Karl Pilny
Korea Inc.

KARL PILNY

KOREA INC.

Thriller

OSBURG
MURMANN PUBLISHERS

Die Zitate aus Luise Rinser,
Nordkoreanisches Reisetagebuch (© 1983),
erfolgen mit freundlicher Genehmigung
der S. Fischer Verlag GmbH,
Frankfurt am Main.

Erste Auflage 2015
© Osburg Verlag Hamburg 2015
www.osburg-verlag.de

Lektorat und Bearbeitung: Clemens Brunn, Hirschberg
Satz: Kaltërina Latifi, Heidelberg
Druck und Bindung: GGP Media GmbH, Pößneck
Printed in Germany
ISBN: 978-3-95510-056-8

Prolog

Berlin fror.

Der verharschte Schnee an den Seiten der Boulevards türmte sich noch, grau und schmutzig, doch tagsüber zeigte die Sonne bereits, wie sich Frühling anfühlen könnte. Kurz nach Mittag war an diesem Februartag das Brandenburger Tor in strahlend kaltes Licht getaucht. Wer vom Brandenburger Tor unter den Linden entlangflaniert, erreicht in zwanzig Minuten die große Baustelle am Schlossplatz. Hier hatte sich sechzig Jahre zuvor, als rings die Stadt in Trümmern lag, noch das gewaltige Stadtschloss erhoben, das 1950 gesprengt wurde, um dem riesigen Palast der Republik Platz zu machen. Nachdem man „Erichs Lampenladen" Stein um Stein abgetragen hatte, sollte dort nun das Stadtschloss wiederauferstehen – ganz, als seien die Jahrzehnte von Zerstörung und Wiederaufbau, der Umbrüche und brutalen Ideologiewechsel nichts als ein unruhiger Traum gewesen.

Wenige Meter nördlich, hinter dem großen Dom – einst gewissermaßen die kaiserliche Hauskapelle des Hohenzollernschlosses –, befindet sich an der Spree eine der vielen Haltestellen der Berliner Ausflugsdampfer. Bei der kleinen Stadtrundfahrt fährt man die Innenstadt ab: zunächst spreeabwärts bis zum Reichstag und danach spreeaufwärts an der Museumsinsel vorbei bis nach Treptow.

Ebendiesen Weg hatte heute die „Alexander von Humboldt" eingeschlagen. Das großzügig ausgestattete Ausflugsschiff zog seine gewohnte Pendelroute durch das Herz der Metropole. Hinter den Panoramafenstern des schwimmenden Salons blickten Touristen aus aller Welt auf das winterliche Berlin hinaus: Straßen, Brücken, Häuser, historische Stätten; winterlich graue Grünflächen dazwischen. Bauten. Zeichen. Chiffren. Manche Fassaden trugen Aufschriften.

Vom Grill Royal leuchtete *Love* herüber, in unwirtlichem Blau glitt *DDR Museum* vorbei, dann eine blutrote Leuchtschrift: *Capitalism kills.*

Schließlich war die Oberbaumbrücke passiert und die Skulptur des „Molecule Man", die am Zusammentreffen der Stadtteile Friedrichshain, Kreuzberg und Alt-Treptow dreißig Meter aus dem Wasser ragt, markierte den Wendepunkt. Die „Alexander von Humboldt" drehte bei. Während an den gemütlich im Salon sitzenden Passagieren das wechselnde Panorama vorbeizog, befand sich auf dem Sonnendeck darüber an diesem frostigen Februartag kein Mensch. Fast keiner.

Dann tauchte das kleine Mädchen auf. Gelangweilt war sie durchs Schiff geschlendert, hatte an einer Tür gerüttelt, vor der ein Schild hing, das sie nicht lesen konnte. Sehr zu ihrer Freude hatte die Tür sich geöffnet, und nun war sie hier oben, genoss zitternd die Sonnenstrahlen und den kalten Wind. Endlich das Abenteuer, das Papi ihr versprochen hatte. Ob er sie wohl schon vermisste?

Sie stellte sich an die Reling und sah über die Kulisse der vorbeiziehenden Großstadt hinaus. Das Schiff näherte sich dem steinernen Gewölbe der Schillingbrücke. Die dunkle Brücke machte dem Mädchen Angst. Sie warf lange Schatten. Wie der Eingang in einen Tunnel. Und jetzt kam die Decke so nah, als wollte sie sich auf sie herabstürzen. Instinktiv zog das Mädchen den Kopf ein. Vielleicht sollte sie lieber zurück nach unten gehen.

Aber schon wieder blauer Himmel über ihr. Am Horizont ragte am Alexanderplatz der Fernsehturm. Um den hohen Turm besser sehen zu können, schlenderte sie in Richtung Bug. Aber da war noch ein Häuschen mit großen Fenstern, in dem ein Mann saß, den Blick starr nach vorn gerichtet. Was machte der da?

Sie fasste das niedrige Häuschen genauer ins Auge und nun sah sie etwas Verwunderliches. Ein paar Schuhe. Schwarz. Oben auf dem Dach des Häuschens. Schuhe in einer gleichfalls schwarzen Hose. Kein Zweifel, da oben lag jemand. Schlief er? War er krank? Es schien ihr nicht richtig, dass da oben jemand lag.

Das Schiff glitt unter einer weiteren Brücke hindurch. Gut, dass der Mann dort oben lag, jetzt hätte er nicht aufstehen dürfen.

Da hörte sie Rufe von unten. Ein aufgelöst wirkender Mann kam auf Deck gestürzt. Als er das Mädchen sah, trat ein erleichterter, dann zorniger Blick auf sein Gesicht. „Ich hab dich überall gesucht. Du darfst doch nicht einfach fortgehn. Komm sofort mit runter." „Aber hier ist es so schön, Papi. Und der Wind ist lustig." – „Aber man darf heute gar nicht hoch. Da unten ist ein Schild. Mich wundert, dass die Tür nicht abgeschlossen war." – „Da vorn in dem Häuschen ist doch auch jemand." – „Das ist aber der Kapitän, der das Schiff führt." – „Und wer ist das auf dem Dach?" – „Wie bitte?" – „Schau doch, die schwarzen Schuhe!" – „Tatsächlich, das ist aber …" Ein beunruhigter Ausdruck trat in sein Gesicht. Er ging auf die Kapitänskajüte zu, in deren Innern der Schiffsführer ungerührt nach vorn blickte. „Hallo? Alles in Ordnung mit Ihnen?"

Erst als er seine Frage wiederholt hatte, richtete sich die Gestalt auf dem Kajütendach auf. Sie war ganz in Schwarz gekleidet und wirkte wenig erfreut, Vater und Tochter hier oben auf dem Sonnendeck zu sehen. Das Mädchen fand, dass die schwarze Gestalt mit der komischen Kapuze über dem Kopf ausgesprochen böse blickte. Wie ein Teufel. Und die Augen waren komisch.

Hinter der schwarzen Gestalt kam die nächste Brücke näher. Besonders niedrig, dunkel, breit. Der Teufel vor dem Tor zur Hölle.

Die Gestalt zischte etwas Bedrohliches. Aus einer Sporttasche neben sich hatte sie einen ovalen Gegenstand gezogen. Was war das? So was hatte das Mädchen noch nie gesehen. Ihr Vater offenbar schon, denn er stieß einen erschreckten Schrei aus, der jedoch vom ohrenbetäubenden Quietschen der Bremsen eines auf den Schienen rechts der Spree vorbeifahrenden Zuges weitgehend verschluckt wurde. Er stürzte auf die schwarze Gestalt zu, stemmte sich aufs niedrige Kajütendach, versuchte, ihr das Ding aus der Hand zu reißen. Die schwarze Gestalt war viel kleiner, aber drahtig und durchtrainiert. Es gab ein kurzes Handgemenge; dann riss sich die Gestalt los, duckte sich rasch nach hinten weg. „Papi!", schrie das Mädchen.

Aber da war die Brücke schon zur Stelle, hatte ein grauer Stahlträger seinen Kopf gerammt und seitlich weggerissen. Mit blutigem Schädel klatschte der Mann in die Spree. Wie in Zeitlupe legte sich der Schatten der Brücke über alles.

Mit einer lichten Höhe von vier Metern gehört die Jannowitzbrücke zu den niedrigsten Brücken im Berliner Stadtzentrum.

Die schwarze Gestalt rutschte vom Kajütendach. Jetzt musste alles schnell gehen. In seiner Kajüte hatte der Kapitän endlich gemerkt, dass um ihn herum etwas vorging. Doch er konnte die Geräusche nicht einordnen und das Dämmerlicht unter der Brücke erschwerte die Orientierung. Schon war die Gestalt in die Kajüte gehuscht.

Als das Schiff Sekunden später die Brücke passiert hatte, saß am Steuer eine kleine, schwarze Gestalt. Hinter ihr lag ein menschlicher Körper. Die stoßweise aus seinem Hals quellende Fontäne wurde schwächer, erlosch, ging in ruhiges Fließen über. Die schwarze Gestalt am Steuer davor spähte angestrengt nach Backbord.

Dort, am Ufer der Spree, thronte wie ein gestrandetes Raumschiff ein mächtiger Achtziger-Jahre-Bau. Silbrig und hellblau spiegelten sich die Strahlen der Februarsonne in den kalten Metallkacheln der Fassade. Ein abweisender Koloss, ein Riesenwesen aus einer anderen Galaxie, das sprungbereit geduckt am Ufer zu lauern schien. Eine Anzahl dunkel gekleideter Herren, gerade nach draußen getreten, stand auf dem Vorplatz. Das große Gebäude mit seinen sieben Stockwerken war in den letzten Tagen der DDR als Sitz des Freien Deutschen Gewerkschaftsbundes errichtet worden. Seit über einem Jahrzehnt beherbergte es nun die chinesische Botschaft. Von einer Säule rechts am Portal blickte reglos die Plastik eines chinesischen Wächterlöwen über den drei Meter hohen Hochsicherheitszaun, der den Vorplatz umgab, sowie über den im Moment unbesetzten kleinen Polizeistand jenseits der Straße Märkisches Ufer auf die Spree hinaus.

Entschlossen riss die kleine, schwarze Gestalt das Steuer herum, zog einen scharfen Bogen durch die beckenartige Erweiterung der Spree hinter der Brücke, lenkte das Schiff bedenklich nahe an der Ufermauer wieder auf die Brückenbögen zu. Dann sprang sie aufs Sonnendeck hinaus. In der linken Hand hielt sie den ovalen Gegenstand. Im letzten Moment bevor das Schiff wieder unter die Brückenbögen glitt, holte sie aus und warf ihn mit athletischer Kraft und geschulter Präzision in einem hohen Bogen hinüber.

Augenblicke später ein donnerndes Geräusch. Vom Botschaftsgebäude her erhebt sich ein blitzender Feuerball und dicker Rauch.

Schon ist das Schiff unter der Brücke hindurch. Die schwarze Gestalt wendet sich um, zieht ein Messer, Blut frisch an der Klinge. In wenigen Sekunden muss das Schiff mit der Ufermauer kollidieren. Der Zeitpunkt dieses Zusammenstoßes sollte später auf exakt 13.02 Uhr datiert werden. Mit dem Blutmesser in der Hand tritt die schwarze Gestalt an das Mädchen heran, das nichts von alledem begriffen hat. Nur, dass etwas Schreckliches geschehen ist. Wo ist Papi? Das Mädchen schluchzt. Der schwarze Teufel kommt näher, hebt das verschmierte Messer. Das Mädchen starrt dem schwarze Teufel in die Augen. Aus Kleinemädchenaugen, in denen endlich die ersten Tränen perlen. Die schwarze Gestalt zögert kurz, flucht unverständlich und springt über die Reling hinab in die eiskalte Spree.

Erst jetzt beginnt das Mädchen brüllend zu weinen.

Erster Teil

Der Film

Einen Tag zuvor, Berlin, Hotel Grand Hyatt
„Ach, entschuldigen Sie, wie ungeschickt von mir." Der großgewachsene Mann mit den graublauen Augen hatte, während er sich suchend im Raum umsah, durch eine allzu heftige Ellbogenbewegung aus Versehen eine neben ihm vorbeieilende Gestalt gerammt, die ihrerseits seine Bewegung nicht bemerkt hatte, da sie gerade angestrengt damit beschäftigt war, bei ihrer erhöhten Geschwindigkeit nichts von dem randvollen Champagnerkelch in ihrer rechten Hand zu verschütten – eine Bemühung, die jene ruckartige Ellenbogenbewegung nun zum Scheitern verurteilt hatte.

„Tut mir sehr leid, ich hab Sie nicht gesehen." Mit verkniffener Miene blickte er ins zornige Gesicht einer hochgewachsenen Blondine mit schulterlangem Haar und einer Nase, die ihn, wiewohl im Grunde nicht unhübsch, eigentümlich an ein Ferkel erinnerte. Mit Erleichterung nahm er zur Kenntnis, dass er nur einige Tropfen über den Ausschnitt ihres schulterfreien Glitzerkleides verschüttet hatte, das ihren üppigen Busen ein wenig zu sehr zur Geltung brachte.

Das nun nicht mehr ganz randvolle Champagnerglas fest in der Hand, funkelte ihn die große Blonde zornig an. Dann rümpfte sie verächtlich die Ferkelnase, schimpfte etwas auf Deutsch, was der kantige Brite nicht recht verstand – „Schieb ab, Trottel"? – und verschwand hinter ihren drei schick gekleideten männlichen Begleitern, die sich nun dicht um sie scharten, um ähnliche Kollisionen fortan tunlichst zu vermeiden. Dann war sie auch schon davongerauscht. Die Dame hatte es offensichtlich eilig, sich in eine der geschlossenen Gesellschaften in den verschiedenen Konferenzräumen des ausgebuchten Hotels zu begeben.

Jeremy Gouldens war sich sicher, die nicht mehr ganz jugendfrische Blondine schon einmal irgendwo gesehen zu haben. Aber woher kannte er sie nur? Eine typisch deutsche Walküre – vielleicht Sängerin in Bayreuth? Nein, nein. Er fuhr durch sein dünner werdendes, graumeliertes Haar, kratzte sich. Dann, als er begriff, schlug er sich mit der Hand an die Stirn. Nebenan im Theater am Potsdamer Platz feierte die Berlinale ihren letzten Abend, und er war im Hotel nun wirklich nicht der Einzige, der etwas mit der Filmindustrie zu tun hatte – vermutlich war es heute sogar schwer, überhaupt jemanden zu finden, der *nicht* auf die eine oder andere Weise mit der Medienwelt zu tun hatte. Ein Großteil der nationalen und auch ein Teil der internationalen Filmprominenz war in Berlin zu Gast – selbst George Clooney sollte gesichtet worden sein –, und natürlich konnte Jeremy die große Blonde nur irgendwo auf der Leinwand oder dem Bildschirm gesehen haben. Schließlich hatte er sich in den letzten Jahren, seit er häufig in der Schweiz war und viel mit Deutschen zu tun hatte, jede Menge deutsche Filme angesehen, schon um seine eingerosteten Sprachkenntnisse aufzubessern. Ach, kam ihm jetzt, war das nicht vielleicht diese Schauspielerin gewesen, die immer die tapfere Heldin ist und am Ende die Welt oder zumindest irgendwelche verfolgten Kinder, Flüchtlinge, Wale rettet? Wahrscheinlich hatte die bedeutende Dame seinen Rempler für die plumpe Anmache eines Autogrammjägers gehalten.

Wie auch immer, Jeremy hatte für große, blonde, europäische Schauspielerinnen momentan keinen Bedarf, selbst wenn sie erfahrene Weltenretterinnen waren. Er war auf der Suche nach einer eher zierlichen, schwarzhaarigen Schauspielerin mit asiatischen Zügen. Mit genau so einer sollte er heute nämlich verabredet sein.

Er sah auf die Uhr. Galten Koreaner nicht als besonders pünktlich? Ihm selbst war jedenfalls eingeschärft worden, bei Geschäftsterminen mit Koreanern immer pünktlich zu erscheinen. Nun gut, ein wirklich offizielles Treffen war der Termin heute auch wieder nicht.

Erneut ließ er seinen Blick über das in der Lobby versammelte internationale Publikum schweifen. Die Frauen schienen einander an

Putz und Kleiderpracht übertreffen zu wollen; daneben wirkten die Herren in ihren dunklen Anzügen, an denen die Krawatte meist das Bunteste war, eher farblos und unauffällig. Seltsam, dachte Jeremy, dass es bei den Menschen in Sachen Schmuck und Schönheit genau umgekehrt ist wie bei Pfauen, Paradiesvögeln, Zierfischen oder fast überall sonst in der Tierwelt, wo das Männchen stets das auffälligere, buntere Wesen ist. Aber, Jeremy sei ehrlich, ist es im Grunde nicht gut so? Seitlich in der Tizian Lounge drängte sich das feiernde Publikum aus mehr oder weniger prominenten Gästen und sonstigen Medienmenschen, vermischt mit allerlei Schaulustigen beim „Celebrity spotting". Durch die Kollision mit der Weltenretter-Walküre neugierig gemacht, vertiefte er sich in die wechselnden Bilder und Szenen vor seinen Augen und meinte nun, weitere vertraute Gesichter ausmachen zu können. Fast hatte er das Gefühl, sich selbst mitten in einem Film zu befinden. Als Statist? Oder würde nun gleich jemand mit einer Frage an ihn herantreten und die Kamera genau auf ihn zoomen?

Ach ja, der Film. Sein Film. Seit langem lag das Drehbuch zu seinem halbautobiografischen Filmprojekt *Yellow Submarine* in Jeremys Schublade – sowie in einigen anderen Schubladen von Produzenten, Agenten, Regisseuren, Schauspielern –, aber der Beginn der Dreharbeiten verzögerte sich weiter. Jeremy war eigens nach Berlin geflogen, in der Hoffnung, beim Filmfestival der Sache vielleicht den entscheidenden Ruck zu geben, aber nun war der letzte Berlinale-Abend gekommen und es hatte sich kein Erfolg eingestellt. Jeremy wusste, dass auch er an den Verzögerungen seinen Anteil hatte; vor allem mit seiner Pingeligkeit in *gewissen* Besetzungsfragen hatte er sich selbst Stolpersteine in den Weg gelegt.

„Ah, der sehr verehrte Herr Jeremy Gouldens, da sind Sie ja endlich!" Der kleine dickliche Asiate mit seiner schrillen Krawatte legte die Hände an die Seite und machte eine betont tiefe Verbeugung. Jeremy wusste, dass J. D. Lee, der lange in Amerika gelebt hatte und nun seit Jahren in Hongkong residierte, äußerlich zwar viel Wert auf die traditionellen koreanischen Höflichkeitsformen und -formeln zu legen schien, sie in Wirklichkeit aber nur eher ironisch zitierte – vergleichbar einem älteren Wiener, der einer steifen Hamburger Dame scherzhaft einen Handkuss gibt. J. D. Lee war einer der albernsten Menschen, denen Jeremy je begegnet war, und doch tat er alles, was er machte, so lächerlich es auch sein mochte, im vollsten Ernst und ohne jemals zu lachen, so dass sich Jeremy manchmal fragte, ob sich J. D. dieser Lächerlichkeit überhaupt bewusst war. Trotzdem war er in seiner Arbeit ein hervorragender Mann; ein quirliger Mensch mit jeder Menge Kontakten, einer unermüdlichen Energie und einem sprühenden Ideenreichtum. An J. D. lag es jedenfalls nicht, dass die Umsetzung des Filmprojekts ins Stocken geraten war.

„Wo haben Sie denn gesteckt, ich habe Sie schon überall gesucht!", fuhr der kleine Koreaner fort und runzelte dabei die Stirn, was spielerisch wirkte, ohne dass Jeremy sich da hätte sicher sein können.

Jeremy verkniff es sich, „Das Gleiche wollte ich Sie gerade fragen" zu sagen, auch wenn es stimmte. Er hatte seit zwanzig Minuten mit seinen unübersehbaren 1,85 Metern hier am Empfang gestanden und die Eingangstür im Blick gehabt, und das konnte sich J. D. auch denken. Dem Koreaner war es offenbar lieber, eine Lüge in den Raum zu werfen, als sich für seine Unpünktlichkeit zu entschuldigen. Jeremy hakte die Sache ab, indem er sie unter dem Oberbegriff „Mentalitätsunterschiede der Völker" katalogisierte – was diesen Punkt betraf, hatte er während seiner Aufenthalte in Ostasien so viele Erfahrungen gemacht, dass ihn nichts mehr wunderte.

Statt eine bloßstellend korrigierende Antwort zu geben, ging Jeremy lieber zur Gegenfrage über: „Wo haben Sie denn die koreanische Schauspielerin gelassen, mit der Sie mich heute unbedingt bekanntmachen wollten? Sie ist meine letzte Hoffnung, dass mein bisher ergebnisloser Berlinale-Besuch doch noch zu einem Erfolg wird."

„Keine Sorge, die wird uns schon nicht im Stich lassen", winkte J. D. ab. „Und selbst wenn – im Herbst ist wieder das Filmfestival in Pjöngjang. Da sollten wir auch hingehen. Dort können wir vielleicht erfolgreicher Kontakte knüpfen als hier auf der Berlinale. Sie wissen, Nordkorea ist ein filmbegeistertes Land, dessen Machthaber frühzeitig erkannt haben, welch wertvolles Propagandamittel der Film ist."

„Im Herbst? Pjöngjang?" Typisch für die jähen Sprünge, die J. D. machen konnte! Ganz ernst gemeint war das wohl nicht. J. D. hatte sicher seine Hintergedanken, warum er das Thema ansprach. „Bis dahin ist es aber noch ein ganzes Weilchen hin! Außerdem wird Ihnen als Südkoreaner in Nordkorea sowieso kein Visum erteilt."

„Ach was, jemand wie ich kommt überall hin. Wenn ein bisschen Geld und Beziehungen im Spiel sind … Und es könnte sich für uns auszahlen, auch da ein wenig die Fühler auszustrecken."

Jeremy seufzte. Es war nicht das erste Mal, dass J. D. von dieser abstrusen Pjöngjang-Geschichte anfing. Jeremy hatte J. D. Lee vor einigen Wochen in Hongkong kennengelernt, wo er auf der Suche nach einem gut vernetzten Insider aus der ostasiatischen Filmwelt gewesen war, der ihm bei der Realisierung seines Filmprojekts helfen konnte. Er brauchte einen „Fixer", der alles zentral arrangierte, und J. D. schien ihm der richtige Mann zu sein. Um ihn zu engagieren, hatte Jeremy zunächst einiges an Überzeugungsarbeit leisten müssen und dabei den Mund vielleicht ein wenig zu voll genommen. Ambitioniertes internationales Filmprojekt, Schauplätze in Japan und China, Starbesetzung, Anspruch, Spannung und Hollywood-Qualität. Viel Arbeit warte auf J. D., aber auch viel Geld. Da hatte der rührige Koreaner zugeschlagen und sogleich allerlei Hebel in Bewegung gesetzt.

Der brisante politische Inhalt des Drehbuchs, das sich mit der Aufarbeitung der japanischen Kriegsverbrechen in den dreißiger und vierziger Jahren des 20. Jahrhunderts beschäftigte, hatte allerdings zur Folge, das viele der von J. D. geöffneten Türen sogleich wieder knallend zugeschlagen wurden. In Japan, so wurde schnell klar, war der Film nicht zu machen, und auch China zeigte sich zögerlich. Nachdem J. D. auch in seinem Heimatland Südkorea auf Schwierigkeiten gestoßen war, hatte er das Projekt ungefragt auch den zuständigen Stellen im Norden des geteilten Landes vorgelegt. Von dort wurde ihm signalisiert, dass man sich eine Realisierung, eventuell als international finanzierte Koproduktion, unter bestimmten Bedingungen vorstellen könne. Mit J. D.s Vorstoß vertraut gemacht, zeigte sich Jeremy entsetzt. Das vielleicht brutalste Regime der Welt an seinem Film profitieren und sein Drehbuch womöglich in ein antijapanisches Propagandamachwerk umfunktionieren lassen? Er hatte geglaubt, J. D., der in der Erfüllung seiner Aufgaben wenig Skrupel kannte, unmissverständlich klargemacht zu haben, dass etwas Derartiges mit ihm nicht zu machen war. „Ich habe Ihnen doch mehrmals gesagt, dass ich diese Nordkorea-Pläne nicht weiterverfolgen möchte", betonte er.

J. D. verzog sein Gesicht. „Aber es sind nicht *diese* Nordkorea-Pläne! – Es sind jetzt andere."

„Inwiefern denn? Dann schießen Sie mal los." Jeremys Stimme klang eher lahm als begeistert. Doch als Geschäftsführer der Gao-Feng-Stiftung, die sich unter dem Motto „Verarbeiten statt Vergessen" die Versöhnung zwischen Japan, China und Korea zum Ziel gesetzt hatte und die über ein in Planung befindliches „Freundschaftszentrum" womöglich bald schon auch in Nordkorea aktiv werden sollte, konnte er es sich nicht leisten, das Thema einfach zu übergehen. Zudem hatte er mittlerweile auch sozusagen *literarische* Interessen an dem in mehrfacher Hinsicht verschlossensten Land der Welt.

J. D. fuhr fort: „Sie haben bei unserer letzten Begegnung den Plan erwähnt, die für den Film so wichtigen historischen Rückblenden zu den Kriegsverbrechen Japans in China und Korea besser als Trickfilmsequenzen zu drehen, um sie nicht gar so brutal wirken zu lassen. Haben Sie schon von den SEK-Trickfilmstudios in Pjöngjang gehört?" Jeremy schüttelte den Kopf.

„Aber Produktionen wie *König der Löwen* und *Pocahontas* sind Ihnen ein Begriff? Und all diese Zeichentrickserien, wie sie hier in Deutschland auf Kika rauf- und runterlaufen. *Briefe von Felix?*, *Lauras Stern?*" J. D. ließ keine Gelegenheit aus zu zeigen, dass er sich in allen Bereichen des Business bestens auskannte.

„Sehe ich aus, als würde ich mir das deutsche Kinderprogramm ansehen? Aber was soll das alles mit Nordkorea zu tun haben?"

„Die SEK-Trickfilmstudios sind einer der wenigen *legalen* Bereiche der nordkoreanischen Wirtschaft, die richtig florieren. Wie Sie wissen, ist die Produktion von Animationsfilmen sehr arbeitsaufwendig. Und in Nordkorea kostet die Arbeitskraft fast nichts. Daher werden viele internationale Trickfilmproduktionen gegen harte Devisen in Nordkorea gezeichnet. Das zahlt sich für beide Seiten aus."

Davon hatte Jeremy noch nichts gewusst. Die Vorstellung, dass abgehärmt-graue Nordkoreaner in freudlosen Räumen für einen Hungerlohn lustige bunte Bilder für die westlichen Traumfabriken zeichneten, die den verwöhnten mitteleuropäischen Kindern abends beim

Chipsknabbern über die Glotze gaukelten, um ihnen vor Augen zu führen, wie gut und heil die Welt ist, erschien Jeremy grausig grotesk.

„Immerhin sind die Produktionsbedingungen in Nordkorea unglaublich günstig. Angeblich bekommt so ein nordkoreanischer Animationszeichner umgerechnet nur etwa drei Dollar im Monat. Das ist weltweit konkurrenzlos. Wir könnten in diesem Punkt viel Geld sparen und müssten dann in anderen Bereichen weniger knapsen."

„Aber gibt es da nicht so etwas wie ein Embargo?"

„Ach was, Embargo. Wenn alle Engländer so zimperlich sind, verstehe ich nicht, wie ihr je euer Empire habt aufbauen können."

„Trotzdem – eine Kooperation mit diesem heillos korrupten und bankrotten Land, wo alle gehirngewaschen sind und ständig der Strom ausfällt? Stelle ich mir sehr problematisch vor! Denken Sie nur an die Sache mit dem gewaltigen Ryugyong-Hotel in Pjöngjang, das seit Jahrzehnten im Bau ist und nun lange Jahre als Investitionsruine dastand, bis es die Kempinski-Gruppe 2013 eröffnen wollte. Aber die Kempinski-Leute verzweifelten an den Nordkoreanern und der ganze Deal ist geplatzt. Jetzt wird gemunkelt, die Nordkoreaner seien dabei, einen Teil des Gebäudes für diverse andere Zwecke einzurichten, aber das Ganze scheint mir sehr chaotisch zu sein."

In diesem Bereich kannte sich Jeremy aus; ja, er konnte förmlich ein Lied davon singen. In einem Stockwerk des Hotels sollte nämlich das sogenannte „Freundschaftszentrum" zur Annäherung und Versöhnung der beiden Teile des gespaltenen Landes entstehen, das von Jeremys Gao-Feng-Stiftung gefördert wurde. Der zugehörige Briefwechsel füllte schon viele Ordner, doch nach wie vor gab es unzählige offene Fragen und Unstimmigkeiten, die im Wesentlichen daraus resultierten, dass sich die Nordkoreaner von nichts und niemand in die Karten schauen lassen wollten und Jeremy keinen richtigen Ansprechpartner hatte, da die ohnehin schon verwirrenden Namen des vorgesehenen Leitungspersonals ständig wechselten. Trotzdem hatte er großes Interesse daran, das „Freundschaftszentrum" im höchsten Gebäude der koreanischen Halbinsel Wirklichkeit werden zu lassen, jenem auch *Hotel of Doom* genannten Monstrum. Jeremy hatte Fotos gesehen: Wie ein riesiger schwarzer Vogel hockte das überdimensionierte Gebäude im Zentrum Pjöngjangs und wirkte in der Tat mehr wie ein düsterer

Turm des Verhängnisses als wie der monumentale Prunkbau zum Preis der Größe Nordkoreas und seines gütigen Staatsgründers Kim Il Sung, als der es geplant gewesen war.

Als 1987 mit dem Bau begonnen wurde, hatte das Gebäude binnen zwei Jahren zum höchsten Hotel der Welt werden sollen. Bei Einstellung der Arbeiten 1992 war immerhin die Endhöhe von 330 Metern erreicht. Doch bis die Baumaßnahmen mehr als fünfzehn Jahre später wiederaufgenommen wurden, waren andere natürlich schneller gewesen. Jeremy musste an das Shanghai World Financial Center denken, ein Gebäude, das für sein Leben eine schicksalhafte Bedeutung angenommen hatte. Dort hatte man ähnliche Rekordpläne gehegt und nach Bauunterbrechungen den Kürzeren gezogen, am Ende war dabei jedoch eine lebendig genutzte architektonische Meisterleistung herausgekommen, während das nordkoreanische Pendant ein stummes Mahnmal geblieben war – und damit eine sinnlose Ruine und gigantische Geldverschwendung in einem Land, in dem sich ein Großteil der Bevölkerung noch immer von Gras und Rinde ernähren musste.

„Ich glaube nicht, dass man den größenwahnsinnigen Protzbau des Ryugyong-Hotels mit der Arbeit der SEK-Studios vergleichen kann", riss ihn J. D.s Stimme aus seinen Überlegungen. „Dort hat man sich gezielt auf die Arbeit als Zulieferer eingerichtet. Da geht es um Devisenbeschaffung, nicht um Propaganda. Ich finde, wir sollten auf alle Fälle mal hinfliegen und uns das anschauen. Und Sie können gleich vor Ort für Ihr Romanprojekt recherchieren."

Letzteres klang allerdings verlockend. Vor einigen Jahren, als Jeremy seine Anwaltstätigkeit für längere Zeit hingeschmissen hatte und auf einer Jacht durch die Südsee schipperte, um sich in der Nachfolge Jack Londons als Schriftsteller zu erproben, hatte er nicht nur an mehreren Roman- und Filmprojekten über Japan und dessen blutige Geschichte gearbeitet (aus denen dann das Drehbuch zu *Yellow Submarine* hervorging), sondern auch an einem weiteren Filmplot, das die Verwicklungen des geteilten Korea ins Zentrum stellte: Spionage, Entführungen, kriegerisches Kettenrasseln. Irgendwann hatte er den Entwurf, wie so viele andere auch, unfertig liegengelassen. Als nun der junge Diktator Kim Jong Un für eine neue Eskalation sorgte und dem Globus in Erinnerung rief, welches Pulverfass der ostasiatische Raum nach wie vor ist, und zur gleichen Zeit die Umsetzung seiner Filmpläne ins Stocken geriet, hatte sich Jeremy an den Korea-Drehbuchentwurf erinnert und beschlossen, ihn zu einem Roman umzuarbeiten.

Dazu kam, dass Jeremy durch seine Stiftungstätigkeit und seine Zusammenarbeit mit der auf Ostasien spezialisierten Zürcher Century Bank immer wieder auch mit Korea und seiner fortdauernden Teilung konfrontiert wurde. In einigen Details war der alte Entwurf inzwischen zwar von der Geschichte überholt, aber von der Grundanlage her erschien er ihm aktueller denn je, und so hatte er sich in den Pausen, die ihm seine sonstigen Tätigkeiten ließen, erneut an die Arbeit gemacht, die gleichwohl noch nicht weit gediehen war. Ein Besuch des sozusagen letzten Landes hinter dem Eisernen Vorhang könnte seiner Arbeit vielleicht den entscheidenden Schub geben.

„Nun gut, ich glaube, Sie haben mich überzeugt. Wenn Sie Nordkorea besuchen wollen, komme ich mit. Ich wollte ohnehin zur Einweihung des Freundschaftszentrums nach Pjöngjang fliegen – wenn es jemals so weit kommt. Aber anrüchige Deals sind mit mir nicht zu machen. Kontakte knüpfen dagegen kann nicht schaden. Dann schauen wir uns im September eben dieses absurde Filmfestival an."

„Nein, so lange will ich wirklich nicht warten, der Film ist ja jetzt schon in Verzug. Das organisiere ich uns gleich in den nächsten zwei Wochen. Auch wenn mich, unabhängig davon, das Festival natürlich reizen würde. Immerhin gilt der junge Oberste Führer als ein großer Filmfan, der auf James-Bond-Filme steht und die Sophie Marceau aus *Die Welt ist nicht genug* attraktiv findet. Vater Kim Jong Il hat das nordkoreanische Standardwerk über Filmkunst verfasst und sogar südkoreanische Filmstars in den Norden verschleppen lassen. Die Entführung des Filmtraumpaars Shin Sang Ok und Choi Eun Hee – er Regisseur, sie Schauspielerin –, die während ihres neunjährigen Zwangsaufenthalts in Nordkorea sieben Filme drehen mussten, darunter *Pulgasari*, die nordkoreanische Version von *Godzilla*, hat in den Achtzigern für Schlagzeilen gesorgt."

Jeremy staunte immer wieder, mit welcher Leichtigkeit J.D. sein enzyklopädisches Filmwissen abspulen konnte. Die Geschichte von den Schauspielerentführungen kannte er allerdings schon aus seinen eigenen Recherchen: wahrlich der Stoff für einen Thriller.

Jeremy bedauerte, dass seine vielfältigen beruflichen Aktivitäten ihm nur wenig Zeit ließen, sich seinen literarischen Plänen zu widmen. Zum einen war da seine fortgesetzte Anwaltstätigkeit: Auch wenn er nun nicht mehr als Partner fungierte, so war er doch als „Of Counsel" – also in beratender Funktion – weiterhin für seine alte Sozietät Lexman & Lexman tätig, die nun im 310 Meter hohen Büroturm „The Shard" in London residierte. Daneben war er zudem ein gern gesehener Keynote-Speaker, der auf Konferenzen zum Thema Ostasien Vorträge hielt. In dieser Funktion war er gerade im Moment sehr gefragt. Schließlich war Ostasien ein Thema von ungebrochener Aktualität, und die Spannungen im fernöstlichen Bereich wuchsen. Viele Entwicklungen, vor denen Jeremy schon seit Jahren warnte, hatten sich unvermindert fortgesetzt und leider schien nun vieles so zu kommen, wie er es prophezeit hatte. Die Spannung zwischen den Koreas hatten sich verschärft, das Säbelrasseln zwischen China und Japan war selbst im fernen Europa unüberhörbar geworden und manche sahen aufgrund der Ähnlichkeiten zu 1914 gar den Dritten Weltkrieg heraufziehen.

Vor diesem Hintergrund wurde Jeremys dritte Hauptbeschäftigung, die Tätigkeit für die Gao-Feng-Stiftung mit Sitz im schweizerischen Zug und Büros in Zürich, Kyoto, Shanghai und London immer wichtiger. Schließlich war es Zweck der Stiftung, die unbewältigte Vergangenheit des 20. Jahrhunderts aufzuarbeiten und durch „Verarbeiten statt Vergessen" zu einer Versöhnung von Tätern und Opfern von damals, von Japanern, Chinesen und Koreanern, beizutragen. Mit fünf Milliarden Dollar Kapital von ihrem Gründer, dem reichlich extravaganten greisen Chinesen Gao Feng, großzügig ausgestattet, widmete sich die Stiftung verschiedensten Projekten, wie etwa der Einrichtung von Informationszentren und Begegnungsstätten, darunter eben auch das geplante Freundschaftszentrum in Pjöngjang.

Als Geschäftsführer und Stellvertreter des Stiftungsvorsitzenden Gao Feng, der nach wie vor in Shanghai lebte, war Jeremy das Gesicht der Stiftung nach außen sowie oberste Kontrollinstanz nach innen und hielt sich deswegen häufig in der Schweiz auf. Einmal im Jahr, Ende Februar, flog er nach Shanghai, um Gao Feng den gemäß den strengen Satzungsauflagen der Stiftung jährlich anzufertigenden Ethikbericht vorzulegen. Schon bald sollte es wieder so weit sein. Daher würde es für Jeremy nach Verlassen der Berlinale nur für eine Stippvisite bei seiner Frau Cathy in London reichen. Ihre Ehe kam bei all den zu absolvierenden Terminen eindeutig zu kurz. Doch selbst für ein schlechtes Gewissen fehlte Jeremy meist die Zeit.

„Wo wir gerade beim Thema koreanischer Film und koreanische Schauspielerinnen sind – haben wir uns nicht verabredet, weil Sie mir eine solche vorstellen wollten?", kam Jeremy auf den Ausgangspunkt ihres Gesprächs zurück. „Wo bleibt Ihr angekündigtes Wunderkind?"

J. D. Lee schlug sich mit der flachen Hand auf die gleichfalls recht flache Stirn. „Die hätte ich fast vergessen. Ja, wo bleibt sie … Aber nur ruhig. Ich habe mich mit ihr für 21 Uhr in der Vox Bar verabredet. Da ist noch viel Zeit. Doch ich werde durstig. Ringsum Menschen mit Gläsern in der Hand, und meine Kehle ist trocken. In der Vox Bar haben sie immerhin eine anständige Sake-Auswahl, wenn auch keinen koreanischen Soju, wie ich zu meinem Bedauern festgestellt habe. Und es gibt über zweihundert Sorten Whisky." Letzteres überzeugte Jeremy. „Was stehen wir hier dann noch hier herum?"

London, Chelsea

An jenem Abend öffnete Cathy Gouldens-Wong die Tür des herrschaftlichen Backsteinbaus in der King's Road am Sloane Square in London, in dem sie, zumindest meldeamtlich, gemeinsam mit ihrem Gatten wohnte, um eine kalte, abweisende Wohnung vorzufinden. Sie wusste, dass ihr Mann, wie so oft, irgendwo auf dem „Kontinent" unterwegs war, und doch enttäuschte sie die Leere und Dunkelheit, die ihr aus der geöffneten Tür entgegenschlug.

Immerhin war nicht eingebrochen worden. Davor hatte sie bei jeder Rückkehr in dieses unheimlich wirkende Haus Angst, seit sie vor etwa einem Jahr von einer Urlaubsreise nach Kalifornien zurückgekommen waren, nur um feststellen zu müssen, dass in der Zwischenzeit jemand ihre Sachen durchwühlt und diverse Wertgegenstände entwendet hatte.

Die letzten Tage hatte Cathy bei einer ihrer wenigen Freundinnen hier in Europa, einer Hongkong-Chinesin, verbracht, die mit ihrem Mann und ihren beiden Kindern ein Landhaus in den Cotswolds besaß. Es war schön gewesen, der Besuch dort hatte sie abgelenkt, aber heute war Cathy dennoch die Decke auf den Kopf gefallen und sie hatte überstürzt ihren Koffer gepackt. Irgendwie hatte sie das *Glück* dort nicht mehr ausgehalten, die strahlende Hausfrau, der fürsorgliche Gatte, die beiden so wohlerzogenen Knaben, von denen der ältere kürzlich in Eton eingeschult worden war. War es etwa Neid, was sie empfunden hatte? Nein, versicherte sie sich, sie hatte nur das drückende Bewusstsein nicht mehr ertragen, dass ihre Freundin und deren Familie offenbar etwas besaßen, was Cathy bislang verwehrt geblieben war. Vor diesem Bewusstsein hatte sie die Flucht ergriffen und gehofft, sich mit ihrer luxuriös ausgestatteten Stadtwohnung im privilegierten Chelsea trösten zu können.

Doch als sie jetzt die Tür öffnete und ihr die leere Wohnung entgegengähnte, bereute sie ihre Entscheidung sogleich. Das Haus, das Jeremy von seinen Eltern und Großeltern geerbt hatte, war wie ein altes britisches Gespensterschloss, in dem ein Geist wohnte, der keinen Eindringling duldete und alles tat, um ihn zu vergraulen. Sie, die in Los Angeles geborene Chinesin mit US-Pass, die zuletzt lange Jahre in Shanghai gewohnt hatte, war hier nie wirklich heimisch geworden.

Nein, Cathy fühlte sich hier nicht wohl. Nicht im Haus, nicht in England. Aber ihre Ehe, ihre Erwartungen und Hoffnungen hatten das lange kompensiert. Doch nun fühlte sie sich auch in ihrer Ehe nicht mehr wohl. Und das Wetter machte ihr zu schaffen, natürlich. Regen und graue Häuser, und all das Grau des Landes an den grauen Gesichtern der Menschen abzulesen.

Keine Frage, London war eine der großen Weltstädte, Zentrum des Kapitals und der Kultur. Trotzdem: Wie sehr vermisste sie Shanghai, die Buntheit, die Gerüche, die Intensität der Menschen, die Geschwindigkeit, den Abwechslungsreichtum. Engländer waren Zyniker, und ihr *sense of humour* war, so Cathys Überzeugung, nichts als Selbstschutz und letztlich eine Art Galgenhumor. Sie mochte den britischen Humor nicht besonders, genauso wie sie die Briten nicht recht mochte. Sie spürte, dass darunter eine sehr nüchterne Weltsicht lauerte. Eine, die ihr wiederum aus China vertraut war. Da gab es auch keine falschen Sentimentalitäten, vor allem nicht im Geschäftsleben. Nur in der Familie, die heilig war, gab es unbedingte Loyalität und Gehorsam den Eltern gegenüber. In China hatte diese Weltsicht viel mit dem noch immer tief verankerten Konfuzianismus zu tun, auch wenn der gute alte Konfuzius seit der Kulturrevolution oft verteufelt worden war. Cathy hatte sich in letzter Zeit vertiefter mit Konfuzius beschäftigt und fand, dass es in manchen Punkten durchaus Zeit war für eine Renaissance seines Wertekanons. Trotzdem war ihr das alles einfach zu nüchtern, es fehlte eine metaphysische Perspektive, und diese pragmatische Weltsicht, wie sie auch aus dem trockenen Humor der Briten zu sprechen schien, machte ihr Angst. Da musste es doch mehr geben, das war noch nicht alles, und über dieses „Mehr", das da sein musste, damit das Leben sich lohnte, einen Zweck und ein Ziel hatte, machte man doch keine Witze. Das war eine ernste Sache.

Über all das hatte sie sich erst kürzlich mit Jonathan unterhalten – ein alter Freund von Jeremy, der in Shanghai ein hohes Tier bei der dortigen Niederlassung der Schweizer Großbank UBS gewesen war, dann aber seinen Posten hatte aufgeben müssen. Nun leitete Jonathan die Londoner Zweigstelle der Zürcher Century Bank, wo er unter anderem für die Verwaltung der Konten der von Jeremy betreuten Gao-Feng-Stiftung zuständig war. Der gut aussehende Mitvierziger hatte sich zu einer Art Seelentröster für Cathy entwickelt. Nicht, dass sie irgendwelche Absichten gehabt hätte. Aber hier war jemand, der zuhörte, sie akzeptierte, wie sie war. Das tat ihr gut. Besonders wenn Jeremy unterwegs war. Und er war viel unterwegs. Hongkong, New York, mal Peking, Tokio und immer wieder die Schweiz. Fast schien es ihr, er verbringe mehr Zeit in der Schweiz als in London. Für seine Stiftungstätigkeit musste er oft in Zug und noch häufiger in Zürich sein.

Cathy mochte auch die Schweiz nicht. Die Berge waren schön, aber die Menschen schienen ihr sonderbar und sie verstand sie nicht, selbst wenn sie mit ihrem eigentümlichen Akzent, der mehr nach Rachenkrankheit klang, Englisch redeten. Und im Vergleich zu London oder gar Shanghai wirkte Zürich ziemlich provinziell. Die Schweiz erschien ihr wie ein einziges großes Schließfach mit ein paar Pförtnern dazu. Man fährt hin, bringt sein Vermögen in Sicherheit, wechselt ein paar höfliche Worte mit dem Pförtner und verschwindet. Dass Jeremy dort *arbeitete*, ging ihr nicht in den Kopf. Na gut, aber er arbeitete ja mit Geld. Vor allem arbeitete er wohl mit diesem stets todschick gekleideten und teuer parfümierten, rotgefärbten Bankierstöchterchen, der Leiterin des Anlageausschusses der Gao-Feng-Stiftung, Chloe Bodmer, Tochter und Augapfel von Beat Bodmer, der die junge Century Bank in den neunziger Jahren gegründet hatte und der als ein ausgesprochener Asienkenner galt, weshalb die Gelder der Stiftung gerade von dieser Bank verwaltet wurden. Mit Chloe stimmte sich Jeremy über die Angelegenheiten der Stiftung ab. Gefühlte zweimal pro Woche. Und jetzt, nachdem Bankgründer Beat kürzlich fast einem Herzinfarkt erlegen wäre und im Sanatorium war, während die überforderte Chloe von einem auf den anderen Tag die Geschäfte hatte übernehmen müssen, würde es eher noch öfter werden. Cathy fragte sich dennoch, ob es hier in London letztlich nicht wichtigere Dinge gab, um die sich Jeremy weitaus weniger kümmerte als um all die Geschichten mit Cloe – schließlich war er *verheiratet*.

Doch selbst wenn Jeremy einmal in London war, beschäftigte er sich mehr mit seinen Film- und Buch-Hirngespinsten als mit seiner Frau. Cathy hasste Jeremys Filmprojekt, für das er jetzt direkt von Zürich nach Berlin geflogen war, zweifellos um dort mit jungen japanischen Schauspielerinnen herumzuturteln, während sie hier in der kalten Wohnung mutterseelenallein war. Auch gefiel ihr nicht, dass das Drehbuch zu seinem Film ziemlich unverhohlen den traumatischen Verlust seiner früheren japanischen Geliebten verarbeitete. Vor einigen Jahren hatte diese Geliebte nach über einem Jahrzehnt Funkstille wieder mit ihm Kontakt aufgenommen, und Cathy hatte das Gefühl, als habe sie damit die Kette von Abenteuer und Unglück der folgenden Tage überhaupt erst ausgelöst. Nur ungern dachte Cathy an jene Ereignisse zurück. Sie war zusammen mit vielen anderen hoch oben auf dem Shanghai World Financial Center von skrupellosen Verbrechern als Geisel genommen worden, die, als chinesische Nationalisten getarnt, in Wirklichkeit von ultranationalistischen japanischen Hardlinern gesteuert worden waren. Und während sie im SWFC so viel durchmachen musste, war Jeremy in Japan herumgeirrt, auf der Suche nach seiner verschollenen Geliebten, die aber für immer verschollen geblieben war. Am Ende war es ihm immerhin gelungen, schlimmeres Unheil zu verhindern und Cathy zu befreien, wobei sie sich bis heute fragte, ob er nicht einfach nur unverschämtes Glück gehabt hatte. Sie würde ihn ja gerne als großen Helden betrachten – wenn er sich in ihrer Gegenwart nur etwas heldenhafter aufführen würde!

Jedenfalls: Nach all den schlimmen Erlebnissen von damals hatte sie die Nase voll von dieser Vergangenheit und besonders auch von Jeremys Filmplänen, die irgendwie mit alledem zusammenhingen. Damals hatte er ihr gesagt, die Sache sei nun erledigt – aber warum ließ er dann sein Drehbuch nicht einfach in der Schublade ruhen? Wollte er das Ganze erneut aufwühlen, sich in seinem uralten Jammer suhlen? Das hielt sie nicht aus. Vielleicht sollte er mal eine Psychotherapie machen. Aber wer weiß, welche Ideen ihm so ein Therapeut in den Kopf setzen würde. Pah, Therapie. Wenn sie wenigstens Kinder hätten, dann hätte Cathy etwas, was ihrem Leben Inhalt geben könnte. Aber selbst das brachte er nicht zustande. Okay, sie beide nicht. Aber mit einem anderen Partner *hätte* es vielleicht geklappt.

Bestimmt hätte sie sich eher mit Jeremys Filmprojekt versöhnen können, wenn der ursprünglich geplante Produzent Kim Park den Film wirklich hätte machen können. Ein intelligenter, athletischer, gut aussehender Koreaner, der einst beinahe Cathys Geliebter geworden wäre. Aber Kim lag im Koma, seit er zusammen mit Jeremy das Schiff der Geiselnehmer geentert hatte, um Cathy zu befreien, und ihn beim Kampf mit ihrem wahnsinnigen Entführer John Huang eine Kugel ins Hirn getroffen hatte. Irgendwo in einer Klinik in Shanghai stand ein Bett, in dem blicklos an die Decke starrte, was einst Kim Park gewesen war – angeschlossen an zahllose Maschinen wie totes Gemüse.

Sie schaltete den elektrischen Ofen an, in dem ein rotes Glühen aus Plastik den Eindruck erwecken sollte, es handele sich um echtes Feuer – typisch britischer Kitsch –, dann ging sie an ihren Schreibtisch und fuhr den Computer hoch. Sie schenkte sich ein Glas Chardonnay aus ihrem Geburtsland Kalifornien ein und scrollte durch ihre Mails. Das meiste war lästiger Müll, der es irgendwie geschafft hatte, ihren Spamfilter auszutricksen. Doch plötzlich leuchteten Cathys Augen auf. Eine Mail von Coco, der Modejournalistin und Cathys bester Freundin, die sie schon lange nicht mehr gesehen hatte.

Hi Cathy, was machst du so in London? Hier in Shanghai ist gerade herrliches Frühlingswetter und jede Menge los – Partys, Einladungen, Modeschauen, man kommt aus dem Feiern gar nicht mehr raus. Aber bestimmt ist dein Leben mit Jeremy ähnlich aufregend. Wann kommt denn jetzt der Klapperstorch, hast lange nichts mehr von dir hören lassen! Weißt du schon, was es ist? Vielleicht kannst du ja vorher nochmal nach Shanghai kommen, würde mich jedenfalls freuen, dich endlich mal wieder in die Arme zu schließen!

Ich drücke dich schon mal ganz fest, deine Coco

Berlin, Hotel Grand Hyatt, Potsdamer Platz

„Na dann: *Cheers!*" Jeremy hielt dem kleinen Koreaner auffordernd sein Glas entgegen. Der schielte an ihm vorbei und verzog die Lippen zum Anflug eines Lächelns, das aber, wie immer wenn J. D. einmal lächelte, eher gezwungen als herzlich wirkte. Dann wandte er sich mit einer kleinen Verbeugung von Jeremy ab, legte die flach ausgestreckte rechte Hand unter sein Glas und wölbte die linke um es herum und nahm einen Schluck. Wieder fiel Jeremy die eigenartige, ironisch wirkende Art auf, wie J. D. die althergebrachten koreanischen Gepflogenheiten beachtete, die mittlerweile auch in Korea selbst mehr und mehr in Vergessenheit gerieten und daher im Ausland umso deplatzierter wirkten: Man schaut sich beim Prosten traditionell nicht in die Augen und zum Trinken dreht sich der Jüngere vom Älteren weg.

Jeremy nahm einen großen Schluck aus seinem hohen Glas. Er war ziemlich durstig, und so hatte er sich zunächst ein bayrisches Hefeweizenbier bestellt, bis er sich einen Überblick über die etwa 250 Whiskys der Bar verschaffen konnte.

„Ah, das war gut", sagte er, als er das Glas absetzte. „Im Allgemeinen finde ich das deutsche Bier ja überschätzt. Da heißt es deutsche Bierkultur und so weiter, und dann bekommt man nur diese immer gleiche Plörre einer Handvoll Großkonzerne vorgesetzt. Da lob ich mir die Vielfalt in England, wo es noch im kleinsten Pub zwanzig Sorten gibt. Hier gibt es ja noch nicht einmal *Real Ales!* Pah, Bierkultur! Aber Weizenbier, zugegeben, das können sie."

„Tja, da geht es mir ähnlich. Auch wenn ich am liebsten Soju oder Cheongju trinke, die koreanischen Reisgetränke, muss ich zugeben, dass der japanische ‚Kubota Manju'-Sake hier auch ganz manierlich ist. Und obwohl man Reiswein dazu sagt, ist Sake im Grunde eher eine

Art starkes Bier, wussten Sie das? Ich meine, viele Biere werden aus Reis gebraut und Sake eben auch, nur ist die Fermentation anders und der Sake alkoholischer. Wir trinken also irgendwie beide Bier." J. D. schien die Feststellung, dass beide *irgendwie* das Gleiche tranken, wichtig zu sein. „Ja gut", sagte Jeremy, „dann werde ich mir noch einen Scotch dazubestellen – auch Bier. Nur eben destilliert." J. D., der eifrig nickte, schien die Ironie der Antwort entgangen zu sein. „Dann bestellen Sie mir doch einen mit, mein sehr verehrter Herr Jeremy Gouldens, Sie sind ja so ein großer Single-Malt-Experte." Jeremy war so unbescheiden, nicht zu widersprechen, und orderte für sich einen 21-jährigen Caol Ila, während er für J. D., den er mit den Rauch- und Torfaromen der Hebrideninsel Islay nicht überfordern wollte, einen alten Glenlivet aus dem Sherryfass wählte.

„Jetzt erzählen Sie mir doch etwas über die Dame, derentwegen wir hier sitzen und das Spesenbudget unseres Films strapazieren."

J. D. nickte wieder. „Sie werden sie gleich kennenlernen. Kurze Geschichte: Sie hat vor etwa zehn Tagen bei mir in Hongkong vorgesprochen; momentan arbeitslose Nachwuchsschauspielerin, die nach einer Rolle sucht. Hatte den Tipp von einer Freundin, die sich schon um die Rolle bemüht hatte, aber aufgrund Ihrer, mein sehr verehrter Herr Jeremy Gouldens, besonderen, äh … Vorgaben abgelehnt wurde. Hatte bei ihr das Drehbuch gesehen und war ganz begeistert. Ihre Referenzen waren allerdings etwas dürftig – eine Handvoll zweifelhafte Kleinstrollen in Billigproduktionen und Werbefilmchen. Auf ihr Drängen hin habe ich sie trotzdem Probe sprechen lassen, hübsch und selbstbewusst ist sie ja. Und da muss ich sagen: Schauspielen kann die Frau, alle Achtung! Das Drehbuch schien sie schon halb auswendig zu können. Vielleicht trotzdem etwas zu kindfraumäßig für die Rolle: Nach meiner bescheidenen Ansicht muss da eine richtige Powerfrau her. Immerhin, jetzt ist sie extra nach Berlin gekommen, und ich dachte, Sie sollten sie sich einmal ansehen."

„Powerfrau?", fragte Jeremy nachdenklich zurück. *Kindfrau* schien ihm da vielversprechender.

„Na klar, was denn sonst, all die Actionszenen." J. D. klopfte mit seinem leeren Sakeglas dreimal kräftig auf den Tisch. „Powerfrau!" Dabei wirkte er irgendwie fordernd und zappelig.

Jeremy erinnerte die Geste daran, dass es nach den verwirrenden traditionellen Trinksitten Koreas als unhöflich gilt, sich nachzuschenken, weil man erst dem anderen nachschenkt, dessen Glas aber leer sein muss. Galt das bei traditionsbewussten Leuten wie J. D. dann auch für die Bestellungen in Bars? Hieß das nicht umgekehrt, dass es unhöflich war, den anderen durch ein *nicht* geleertes Glas warten zu lassen, bis er endlich bestellen konnte? Jeremy nahm einen mächtigen, leerenden Zug aus seinem Weizenglas. Ah, verflucht, die deutsche Kohlensäure! Er versuchte sein Aufstoßen unhörbar zu machen. Irgendeinen Höflichkeitsreflex musste er in der Tat ausgelöst haben, denn kaum hatte er das Glas abgesetzt, war J. D. aufgesprungen, um Nachschub zu holen. „Nochmal zwei solche internationale Bierchen", sagte er mehr zu sich selbst, ehe Jeremy widersprechen konnte.

Während sich J. D. um neue Getränke bemühte, dachte Jeremy zum wiederholten Mal über die Besetzung seiner weiblichen Hauptrolle nach. Es stimmte, keine der bisherigen Anwärterinnen hatte ihn zu überzeugen vermocht. An jeder hatte er etwas auszusetzen gehabt, konnte genau begründen, warum es *so* jedenfalls nicht ging. *Was* nicht ging, wusste er jeweils genau zu benennen. Aber wenn J. D. dann fragte, wie sie *stattdessen* sein sollte, vermochte Jeremy keine konkrete Antwort zu geben. Offenbar wusste er es selbst nicht so recht. Jeremy nahm sich vor, in Zukunft mehr Kompromisse einzugehen, um den Film nicht weiter aufzuhalten. Aber – Powerfrau? Nein, eher etwas Zartes, Verletzliches. Unschuldiges. Ein geheimnisvoll dunkles japanisches Vögelchen, das hilflos im Netz flattert und dann zitternd in der Hand des Helden liegt, nachdem er es gerettet hat.

J. D. war wieder zurück, die hübsche, aber etwas überfordert wirkende Bedienung brachte Sake und Weizenbier, und das Gespräch ging auf andere Themen über. Nun war es schon weit nach 21 Uhr und die rätselhafte Kindfrau ließ weiter auf sich warten. Korea würde heute jedenfalls keinen Pünktlichkeitswettbewerb gewinnen.

Sie waren beim dritten Paar Weizenbier und Sake angelangt, als Jeremy klar wurde, dass er so nicht weitermachen konnte. Den Kampf 0,5-Liter-Weizenbier gegen 5 Zentiliter Sake musste er unweigerlich verlieren, er war schließlich kein Fass. Gegen den Drang zu rülpsen ankämpfend, zwängte er den Rest seines Glases zwischen die Dauben seines Leibes, machte J. D. unmissverständlich klar, dass er, als großer Bewunderer Japans, jetzt bitte auch auf Sake umsteigen wolle, und entschuldigte sich für einen Moment.

Da lob ich mir, wenn es schon absurde Trinksitten sein müssen, das britische Rundenzahlen, dachte er sich auf dem Weg zur Toilette. Da zahlt einfach jeder, sobald ein Glas leer ist, im Wechsel für je ein Getränk der anderen mit, und wenn einer nicht mitkommt, bleibt er eben vor einer Batterie sinnlos gefüllter Gläser sitzen.

Dann fiel ihm noch ein, dass er das mit dem „großen Bewunderer Japans" vielleicht besser nicht hätte sagen sollen. Schließlich war ganz Korea vierzig Jahre lang japanisch gewesen, die Japaner hatten sich dort auf eine Weise verhalten, die nicht gerade dazu geeignet gewesen war, sich unter den Koreanern Freunde zu machen, und die gegenseitigen Animositäten waren nach wie vor groß, wie er oft genug selbst hatte erfahren müssen. Aber … Ach, Teufel auch! Schließlich bezahlte er J. D. dafür, dass er sich hier in dieser teuren Bar teuren Sake hineinkippte und sich Jeremys Geschwätz anhörte.

Als er sich die Hände wusch, merkte Jeremy, dass er heute noch nichts Richtiges gegessen hatte und sich die drei schnell gestürzten Bier nun deutlich bei ihm bemerkbar machten. Gut, dass es jeder bei dem einen Whisky belassen hatte! Er goss sich kaltes Wasser über den Kopf. Es kühlte, ohne aber für Klarheit zu sorgen. Versonnen betrachtete er sein etwas verbraucht wirkendes Gesicht im Spiegel, machte sich dann auf den Rückweg zur Bar. Die Stimmen der Menschen rechts und links verschwammen zu einem wogenden Brausen und er schien wie auf Wolken durch die Reihen zu schweben.

Schwebend näherte er sich ihrem Dreier-Tischchen, wo bisher nur zwei Stühle besetzt gewesen waren und auch jetzt nur zwei Menschen saßen, und plötzlich wurde das Brausen zu einem tosenden Donnern und eine Trommel begann wilde Wirbel zu schlagen. Und im Getöse der Trommel rissen die Wolken auf und ein strahlender Sonnenschein durchdrang sie, dass es fast in den Augen schmerzte. Dann für einen Moment gespenstische Stille. Vom Tosen der rasenden Trommel einmal abgesehen. Aber das war nur sein Herz. Und dann war auch der Lärm wieder da, Menschen, die durcheinanderredeten und lachten, Gläser, die klirrten, im Hintergrund die gedämpfte Lounge-Musik,

Stimmen, die einander zu übertrumpfen suchten. Alles aber wurde in weite Ferne gedrängt durch eine einzige glashelle, hohe Stimme, nicht laut, aber schön und vernehmlich wie eine Nachtigall.

„Freut mich sehr, Sie kennenzulernen, Herr Gouldens."

Die zierliche Frau erhob sich, legte die Arme an die Seite, verbeugte sich tief. Dann lächelte sie ihn mit einem hintergründigen Strahlen an, präsentierte ihre Visitenkarte. Mie Chang und so weiter, Schauspielerin, eine Mobilnummer. Jeremy brauchte einen Moment, um aus seiner Erstarrung zu erwachen und ihr nun seine Karte zu reichen. So macht man das in Korea. „Die Freude ist ganz auf meiner Seite. Kommen Sie, setzen Sie sich zu uns." Jeremy vergaß, dass sie ja schon dort gesessen hatte und er aus ihrer Sicht nun der Neue war, der an ihrem Tisch Platz nahm. Verwirrt ließ er sich auf seinen Stuhl fallen. Ihm gegenüber hob Mie die Grünteetasse, nahm einen kleinen Schluck, lächelte ihn an. In welchem Film war er da nur gelandet?

London, Chelsea

Cathy versetzte den Computer in den Ruhemodus, nahm noch einen Schluck aus ihrem Weißweinglas, dann strich sie sich über die Augen. Sie ordnete die Papiere auf dem Schreibtisch, dabei fiel ihr die Einladung des Bankenvereins zum exklusiven Charity-Dinner im Dorchester Hotel in Mayfair in die Hände. Stimmt, da hatten sie sich schon vor ein paar Wochen angemeldet. Ihr Blick fiel auf das Datum und sie erschrak. Das war ja schon übermorgen! Ob Jeremy noch daran dachte? Eigentlich wollte er übermorgen nach Hause kommen. Aber sicher konnte man sich bei ihm nie sein. Bestimmt hatte er das Dinner völlig vergessen. Ihrem zur Muffeligkeit neigenden Göttergatten waren solche Anlässe ja eher egal bis lästig. Sie dagegen liebte Veranstaltungen wie diese: mit einer gewissen Exklusivität, mit Anspruch, edlem Geschmack und interessanten Leuten. Sie gehörten zu den wenigen Dingen, die sie aus ihrem Londoner Mauerblümchendasein zurück ins Leben der Welt rissen, Aufregung und Noblesse in ihren tristen Schnürsenkelregen-Alltag brachten. Wahrscheinlich würde Jeremy zu spät kommen, oder einfach keine Lust haben und nach der langen Reise lieber zu Hause seine Füße hochlegen und statt Champagner seinen Furunkelsalben-Whisky trinken wollen. Ungerührt vermieste er ihr auch noch die wenigen Freuden, die ihr geblieben waren. Aber das würde sie nicht mit sich machen lassen. Beim nächsten Telefonat musste sie ihn unbedingt an das Dinner im Dorchester erinnern und ihm unmissverständlich klarmachen, dass sie *mit ihm* dort hingehen würde. Wenigstens einmal wieder einen schönen, beschwingten Abend unter der feinen Gesellschaft Londons haben.

Und dann? Wenn das Dinner vorbei war? Wieder der öde englische Alltag? Vielleicht sollte sie wirklich nach Shanghai fliegen, wie Coco ihr vorgeschlagen hatte. Coco würde sich freuen, das wusste sie. Vielleicht könnte sie dort einmal abschalten, alles vergessen. Mit sich ins Reine kommen und über die Beziehung mit Jeremy nachdenken. Sich der Wahrheit stellen, auch wenn sie vielleicht schmerzlich war.

Sie schenkte sich nach. Und, ja, sie *würde* Kim Park im Krankenhaus aufsuchen. Kim, der in sie verliebt gewesen war, mit dem sie eine einzige, schöne Nacht verbracht hatte, die vielleicht doch kein Fehler gewesen war, wie sie es sich immer einzureden versucht hatte. Kim, der schließlich sein Leben für sie hingegeben hatte, sein *menschliches* Leben, als ihn die Kugel in seinem Hirn zu einer Art fleischlicher Pflanze gemacht hatte. Vielleicht brauchte er sie. Vielleicht fehlte ihm nur eine mitfühlende Hand, die ihm aufgelegt wurde, und er würde durch sein Koma hindurch spüren, dass da noch jemand war, dass er gebraucht wurde, dass noch nicht alles vorbei war. Sie kannte Geschichten von solchen Heilungen, und man musste kein Wundertäter sein, um so etwas zu vollbringen, denn schließlich gab es, da war sie sich sicher, verborgene psychische Prozesse, vor denen die allzu kopflastigen Mediziner und Wissenschaftler dieser Welt ihre Augen verschlossen, weil sie sie nicht begreifen und steuern konnten.

Doch das waren Träume. Oder nicht? Sie würde morgen früh aufstehen und dann weiter in diesem nassen, kalten, nebligen London mit seinen grauen Menschen mit grauen Gesichtern und grauen, verregneten Seelen auf Jeremy warten und versauern, weil er nicht kam, und sich nur Tag für Tag etwas vormachen. Aber war das denn das Leben? Glauben, es würde irgendwann, bald, anders werden? Dabei wurde sie nur von Tag zu Tag älter und faltiger.

Seufzend stand sie auf, ging ins Bad, sich nachtfertig machen, kroch dann schlotternd in ihr immer noch viel zu kaltes, viel zu großes, viel zu leeres Bett und versuchte lange vergeblich einzuschlafen.

Berlin, Potsdamer Platz

„Aber Japan hat doch aus dem Desaster von Fukushima zumindest ein wenig gelernt oder etwa nicht?"

Jeremy hörte höchstens mit halbem Ohr zu. Er fühlte sich leicht und glücklich. Die Welt um ihn herum erschien ihm immer noch unwirklich und sie schien zunehmend nur noch unwirklicher zu werden, aber das war okay so. Er genoss diese Welt. Wirklich.

Diese Stupsnase. Das feine Lächeln. So strahlende Augen.

„Somit hätte die Katastrophe letztlich doch etwas Gutes gehabt, auch wenn das vielleicht makaber klingt, nicht?"

J. D. hatte Jeremy an die reichhaltige Whiskyauswahl der Vox Bar erinnert und beschlossen, sich vom Experten eine vertiefte Einführung geben zu lassen. Dabei hatte sich allerdings herausgestellt, dass der feiste Koreaner auf diesem ihm fremden Gebiet erstaunlich schlecht geeicht war. Zunehmend war er in seinen Gesprächsbeiträgen unkonzentrierter und alberner geworden – natürlich stets ohne eine Miene zu verziehen. Und irgendwann hatte er sich einfach umgedreht und die asiatisch aussehenden Damen am Nebentisch angesprochen, die dort mit zwei europäischen Herren saßen.

„Auf alle Fälle ist es wichtig, dafür zu sorgen, dass sich etwas Derartiges niemals wiederholt. Oder wie sehen Sie das?"

Es hatte sich ein Gespräch J. D.s mit den vieren am Nebentisch entwickelt und Jeremy war froh gewesen, den in diesem Zustand und an diesem Abend ohnehin lästigen J. D. los zu sein, aber bald hatten die vom Nebentisch ihre Stühle herübergezogen und sich vorgestellt: ein skandinavischer Dokumentarfilmer und ein deutscher Reporter für ein Reisemagazin, die mit den zwei Damen – wohl Vietnamesinnen – in nicht näher durchschaubaren Beziehungen standen. J. D. hatte Jeremy als renommierten Ostasienexperten vorgestellt, woraufhin beide Männer angefangen hatten, ihn mit Fragen zur aktuellen politischen Lage in Fernost zu löchern – wenn nicht gerade J. D. mit Wünschen im Hinblick auf Jeremys Whisky-Expertise dazwischenging.

„Jetzt empfehlen Sie mir doch mal so ein rauchiges Torfmonster von dieser schottischen Insel, von der Sie gesprochen haben."

Jeremy konnte stundenlang mit Verve über politische Entwicklungen im Fernen Osten dozieren (seine Frau Cathy konnte ein Lied davon singen) und er liebte die theoretische und praktische Beschäftigung mit schottischem Whisky und inzwischen auch mit amerikanischem Bourbon, aber heute fiel es ihm in beiden Fällen schwer, sich auf die Thematik zu konzentrieren. Wollte er doch am liebsten einfach nur sitzen, schauen, zuhören und sich ungeahnt wohlfühlen.

Das schwarze Haar. Das runde Kinn. Dunkel leuchtende Augen.

Aber er musste sich zusammenreißen. „Fukushima, ja …", begann er. Wie war noch einmal die Frage gewesen? „Fukushima dürfte in der Tat einen Wendepunkt bedeuten, aber wohin die Wende geht und ob sie von Dauer ist, ist noch keineswegs gesagt. Vorher war die Anti-Atomkraft-Bewegung in Japan praktisch inexistent gewesen, jetzt wollen knapp siebzig Prozent den Ausstieg. Trotzdem ist Japan von einem Ende der Atomenergie *viel* weiter weg als ihr in Deutschland. Aber da hat es ja auch erst einen Ausstiegsbeschluss und dann einen Ausstieg vom Ausstieg und schließlich den Ausstieg vom Ausstieg vom Ausstieg gegeben. Mit einer Energiewende, die mittlerweile auch wieder rückgewendet wird, so wie ich das mitbekommen habe, so dass nun sicher bald der Ruf nach dem Ausstieg vom Ausstieg vom Ausstieg vom Ausstieg laut werden wird." Jeremy war verwirrt. War er so betrunken? Nein, er referierte die nüchterne Faktenlage der deutschen Energiepolitik. „Auch in Japan hat es unter der Regierung Naoto Kan einen Ausstiegsbeschluss gegeben, den hat die Regierung Abe aber wieder zurückgenommen, sehr zur Freude der daran nicht ganz unbeteiligten Atomlobby von Tepco und Co. Die sehr wirksame Pro-Atom-Propaganda von Wirtschaft und rechter Politik kann sich immerhin auf das nicht zu leugnende Faktum berufen, dass Japan – wie natürlich auch Deutschland – kaum eigene Bodenschätze oder Energieträger wie Erdöl hat, wobei Japans Insellage das Problem noch verschärft. Da ist es schwierig, dauerhaft auf die Option Atomkraft zu verzichten. Deutschland hat immerhin die Braunkohle, und ich finde …"

„Rauchiges Torfmonster!" J. D. schien den Begriff zu lieben.

… finde dich umwerfend. Willst du mir allen Verstand rauben?

„Aber politisch muss der Super-GAU doch Veränderungen bewirkt haben", meldete sich der skandinavische Dokumentarfilmer dazwischen. Jeremy wollte seinen Blick auf ihn richten, aber er konnte ihn nicht von diesen Mandelaugen abwenden, die seit einiger Zeit nur stumm im Raum schwebten und ihn anlächelten. Er wollte in diesen Augen ertrinken und alles andere vergessen. Können Augen denn lächeln? Ja, entschied er, definitiv. Und kann man in Augen ertrinken? Auch das geht. Leider nicht ohne irgendwann wieder aufzutauchen.

„Ja, wie gesagt, Fukushima hat das Problem der Rohstoffknappheit nur verschärft und daher in vielen Punkten eher zu einer Radikalisierung geführt als zu einem Umdenken. Siehe die Streitereien mit China um die Senkaku-Inseln und weitere Gebiete, wo große Rohstoffvorkommen vermutet werden. Der Rechtsruck nach der erneuten Wahl von Shinzo Abe zum Premier hat zusätzliches Öl ins Feuer gegossen. Überall wird die Uhr zurückgedreht. Und die ultranationalistischen Kreise um das offiziell zerschlagene rechte Netzwerk *Waguni* träumen schon von einer nuklearen Bewaffnung. Im Land von Hiroshima!" Jeremy nahm einen Schluck aus seinem Glas. „Und was das Torfmonster betrifft", wandte er sich an J. D., „ist der zehnjährige Laphroaig wohl nach wie vor unübertroffen – jedenfalls in seiner Preisklasse."

Den halblaut gemurmelten Zusatz hatte J. D. nicht mehr gehört, der sich bereits erhoben hatte und zur Bar gewankt war. Jeremy machte sich allmählich Sorgen, dass der heutige Abend den Rahmen seines entsprechenden Budgetpostens doch deutlich sprengen würde. Gut, Geld war bei dem Film nicht das Hauptproblem, Gao Feng mit all seinen Reichtümern war entschlossen, das Projekt zu einem Erfolg zu machen, aber Jeremy war gewissenhafter Rechner und Haushalter genug, um darauf zu achten, dass alle Ausgaben in einem verantwortbaren Rahmen blieben. Schließlich musste er Gao Feng nicht nur über die korrekte und ethisch vertretbare Anlage der Stiftungsgelder, sondern auch über die Filmausgaben Rechenschaft leisten.

Der deutsche Reisejournalist nickte. „Ich bin mal gespannt, wie das mit den Senkaku-Inseln weitergeht. Klar, wenn die Arktis weiter abtaut, sind dort noch mehr Bodenschätze und Gasvorkommen zu holen – aber das dauert noch. Und der Wettbewerb ist größer, da sind noch Russland, die USA, Kanada; selbst wir in Europa versuchen ein Stückchen vom Kuchen abzubekommen. Die Senkaku-Inseln sind für China und Japan im wahrsten Wortsinn naheliegender."

„Allerdings hat auch China jede Menge eigene Probleme", warf der Skandinavier eifrig ein. „Dicke Luft durch Smog, Unruhen, Korruption, soziale Spannungen, Spekulationsblasen, Rufe nach mehr Demokratie, Separatisten, blutige politische Richtungskämpfe …"

„Nicht zu vergessen an der Brust einen unberechenbaren Vasallenstaat wie Nordkorea, der ungehemmt nukleares Know-how zum Beispiel an den Iran und wer weiß wen noch liefert", wusste der Deutsche hinzufügen. „Und wahrscheinlich am liebsten die Atombombe an alle verkaufen würde, die ihm die nötigen Devisen dafür verschaffen. Deswegen testen die sie ja! Eine Art große Werbevorstellung für interessierte Terroristengruppen und Schurkenstaaten."

„Na ja, Nordkorea, halb so wild", ging J. D. dazwischen, der nun wieder von der Theke zurückgewankt kam. „Dieser sehr verehrte Herr hier" – er wies mit der Hand auf Jeremy – „und meine Wenigkeit werden in Kürze da hinfliegen. Und im Herbst wollen wir das Filmfestival in Pjöngjang besuchen. Und dann führen wir die entscheidenden Gespräche, die schließlich die Wiedervereinigung Koreas und überhaupt die Befriedung Ostasiens herbeiführen werden." Dazu nickte er gewichtig. Jeremy wusste natürlich, dass auch J. D. wusste, dass seine Worte bestenfalls aufgeschnitten, eher aber einfach irgendein Blödsinn waren, um sich wieder ins Gespräch zu bringen und die beiden meist schweigenden Vietnamesinnen zu beeindrucken. Wenn sie nicht schwiegen, tuschelten sie. Auf Vietnamesisch. Und kicherten.

„Ach, ist ja interessant", sagte der Dokumentarfilmer. „Da müssen Sie mir mehr erzählen. Da wollte ich nämlich auch schon immer mal hin, zu diesen Filmfestspielen. Da laufen ja auch Dokumentarfilme. Natürlich nur Systemverträgliches. Und das gemeine Volk bekommt diese Filme ohnehin nicht zu Gesicht."

Die Bedienung kam an ihre Tische und stellte sieben Whiskygläser ab, womit Jeremys Budgetpläne endgültig ruiniert waren. Mie lächelte leise und bestellte mit halblauter Stimme noch eine Tasse Grüntee. Mit einer leichten Handbewegung verrückte sie ihr Whiskyglas um einige Zentimeter in Jeremys Richtung. Sie brauchte nichts zu sagen. Er verstand sie, als kenne er sie schon seit Ewigkeiten.

„Was meinen denn Sie als Südkoreanerin zu meinem Plan, uns in Nordkorea nach Hilfe bei der Verfilmung von *Yellow Submarine* umzusehen?", wandte sich J. D. plötzlich an Mie.

Mie, die sich wie die Vietnamesinnen eher darauf beschränkte, die Herren reden zu lassen, zog kurz die fein geschwungenen Brauen zusammen, als überlege sie. Dann legte sich wieder ihr Lächeln um ihre Lippen. „Im September? Beim Filmfestival? Soll denn der Film so lange warten?" Sie warf Jeremy einen strahlenden Blick zu.

Jeremy, so gern er sich darin sonnte, verwirrte dieser Blick mehr als alles andere. „Nein, nein, das muss … jetzt muss er das wohl nicht mehr." J. D. vergaß kurz seinen Rausch und musterte Jeremy verwundert, der weiter nach Worten suchte. „Ich glaube, wir können das jetzt so schnell wie möglich angehen und …"

„Man kann doch mit diesem steinzeitstalinistischen Terrorregime unmöglich gemeinsame Sache machen!", meinte da der deutsche Reisejournalist zum skandinavischen Dokumentarfilmer und verfiel in seiner Erregung in seine Muttersprache.

„Ich finde …", begann der andere, der offenbar Deutsch recht gut verstand, auch wenn er jetzt verzweifelt nach den entsprechenden Worten klaubte, um seinen Gedanken Ausdruck zu geben.

„Das auf keinen Fall", antwortete Jeremy ebenfalls auf Deutsch. „Aber wer sich versöhnen will, muss aufeinander zugehen."

„Oh, Sie sprechen Deutsch!" Jeremy wiegelte ab: „Ein wenig …"

„Nein, Ihr Deutsch ist ziemlich gut."

Jeremy verfiel wieder ins Englische. „Vielen Dank fürs Kompliment, aber Sie übertreiben. Meine Großmutter stammte aus Berlin, musste aber wie so viele in den Dreißigern das Land verlassen. Sie ging nach England, traf meinen Großvater und heiratete ihn. Meine Mutter hat noch perfekt Deutsch gesprochen – ich habe von ihr und Großmutter zwar viel gelernt, das meiste aber später vergessen. Erst seit ich häufig in der Schweiz bin, habe ich viel getan, um mein Deutsch aufzufrischen: Sprachkurse besucht, deutsches Fernsehen geschaut und so weiter. Allerdings habe ich immer schon ein Faible für deutsche Kultur, Literatur und Musik gehabt."

„Echt? Hier aus Berlin stammt Ihre Großmutter?" Der Deutsche hatte seine Nordkorea-Empörung sogleich vergessen und fand nun Jeremys Herkunft wesentlich interessanter. Derweil begannen J. D. und der Skandinavier ein Gespräch über Whisky. Mies lebendige Augen richteten sich wieder auf Jeremy. Ihm wurde warm ums Herz.

„Ja, ich habe mir vorgenommen, morgen, an meinem letzten Tag in Berlin, ein wenig Familienforschung zu betreiben und auf den Spuren meiner Großmutter zu wandeln. Sie entstammt einer Bankiersfamilie und wohnte in einer Villa auf Schwanenwerder. Wissen Sie, wo das ist? Hier habe ich die genaue Adresse: Inselstraße 40a."

„Ja, das ist eine Reichensiedlung draußen am Wannsee."

„Wannsee, wo damals diese Konferenz war?"

„Nun gut, Berlin ist voller Orte und Namen, die mit schrecklichen Erinnerungen beladen sind. Aber das ist eine tolle Gegend dort draußen. Sehr viel Natur. Sie werden bestimmt einen schönen Ausflug haben, vor allem wenn morgen wieder so ein strahlender Februartag ist."

„Ja, denke ich auch", meinte Jeremy, bemerkte, dass sein Whiskyglas leer war und griff gedankenverloren nach demjenigen Mies, das sie in seine Richtung bewegt hatte. Er suchte ihre Mandelaugen, fand sie und wollte erneut darin ertrinken. Doch plötzlich schwand ihr Lächeln und ihre Augen wurden schwarz. „Ich muss jetzt leider gehen, es ist schon spät", sagte sie und stand auf. „Ich höre von Ihnen, ja?"

J. D. wollte ansetzen, etwas daherzuplappern, aber Jeremy kam ihm zuvor. „Sie hören mit Sicherheit von mir, Mie. Mit Sicherheit. Aber können Sie nicht doch noch ein Weilchen bleiben?"

„Das ist leider nicht möglich."

„Sehr schade. Aber ich darf Sie vielleicht hinausbegleiten?"

Sie zuckte die Schultern. „Das ist wirklich nicht nötig."

Jeremy war schon aufgestanden und neben ihr. Draußen leuchteten hell die Lichter des Marlene-Dietrich-Platzes. Ganz Berlin war ein einziger Film. Und Jeremy und Mie waren die Hauptpersonen, die übrige Welt nur bedeutungslose Statisten. Kalt und klar war die Nacht, und wären die Lichter Berlins nicht so hell gewesen, Jeremy hätte hinauf in die Sterne und hinter den Sternen hinaus in die Unendlichkeit sehen können, die sich mit dem gesamten Universum rings um Berlin ballte, wie um es schützend zu wärmen.

Da brach es aus Jeremy heraus. „Wie wäre es, wenn Sie morgen mitkommen würden nach Schwanenwerder? Wir machen einen Spaziergang, ich zeige Ihnen das Haus meiner Großmutter, wir kehren irgendwo ein, essen eine Kleinigkeit …"

Sie drehte sich um, lachte ihn an. „Wollen Sie das wirklich?"

„Ja, ich will, natürlich will ich. Sagen wir am Nachmittag, nicht zu spät, fünfzehn Uhr? Draußen am Wannsee?"

„Mal sehen." Sie zögerte, aber es war kein unwilliges Zögern. Eher ein einladendes Zieren, so kam es Jeremy vor.

„Oder sollen wir uns vielleicht besser irgendwo in der Stadt …"

In diesem Moment wurde Jeremy von der Seite angestupst. Ein junger Deutscher, offensichtlich stark alkoholisiert. „Mann, he! Sind Sie nicht dieser Schauspieler, dieser … ?", fragte er auf Deutsch.

„Bitte, was soll das, was für ein Schauspieler?", antwortete Jeremy. Er hatte Mühe, höflich zu bleiben. Eben noch war er Mittelpunkt und Hauptrolle des Universums gewesen. Jetzt wünschte er sich nur noch raus aus diesem Film.

„Na siehste, er hat 'nen amerikanischen Akzent!", lallte ein zweiter, der zum Anstupser hinzugetreten war. „Bingo, Volltreffer!"

„Was für ein Schauspieler, fragen Sie noch? Na dieser, dieser … dieser Schauspieler halt. Aus Hollywood eben. Der, der, wo zur Berlinale gekommen ist."

„Nein, bitte. Ich bin Brite und bitte um Respektierung meiner Privatsphäre." Die betrunkenen Deutschen murmelten etwas Unverständliches und wankten von dannen.

Als sich Jeremy mit einem teils ungehaltenen, teils verlegenen Lächeln wieder umwandte, war Mie in der Nacht verschwunden.

Küsnacht bei Zürich

Der kurze Moment der erfüllenden Ekstase war schon von ihr gewichen, als sich sein schweißnasser Körper von ihr löste und zur Seite rollte. Klamm und klebrig, irgendwie schutzlos lag sie auf dem Rücken, und mit einem Mal waren auch die Sorgen wieder da, die sie eben noch himmelweit unter sich zurückgelassen geglaubt hatte.

„Musst du denn morgen früh wirklich nach London fliegen?"

Er zündete sich seine obligatorische Zigarette an. Fuhr sich durchs kurze, rötliche Haar. Lachte kurz auf. „Schatz: Wir haben doch alles durchgesprochen. Ich muss ehrlich sagen, ich bin ziemlich müde und morgen muss ich sehr früh raus und zum Flughafen."

„Aber kann das nicht noch einen Tag warten? Jetzt, wo ich das alles zum ersten Mal ohne den Rat meines Vaters zu bewältigen habe, lässt du mich allein? Du weißt, wie überfordert ich mich fühle."

Der schwere Herzinfarkt Beat Bodmers, der bisher die Bankgeschäfte ganz allein geleitet hatte, machte Chloe nach wie vor sehr zu schaffen. Ihr Vater schwebte zwar nicht mehr in akuter Lebensgefahr, aber er bedurfte auf strenge ärztliche Anweisung hin größter Schonung, auf seinen Beistand konnte Chloe also bis auf weiteres nicht rechnen. Umso mehr setzte sie auf Jonathan, der sich mehr und mehr zu Beats rechter Hand entwickelt hatte.

Jonathan strich ihr beruhigend durchs rote Haar. „Du schaffst das. Ich weiß das. Außerdem kannst du mich ja jederzeit anrufen."

„Jederzeit? Du bist in letzter Zeit oft genug nicht zu erreichen. Und ich habe einfach dieses mulmige Gefühl. Nicht nur, was die Prüfung der Stiftung durch die Finanzaufsicht angeht. Sondern auch, was die Bankgeschäfte meines Vaters betrifft. Und ich habe erst angefangen, mich in die Unterlagen einzuarbeiten."

„Es wird schon alles gutgehen, Chloe. Dafür lege ich meine Hand ins Feuer." Er nahm einen tiefen Zug von seiner Benson & Hedges.

„Sollten wir Jeremy nicht in die ganze Sache einweihen?"

„Auf keinen Fall!" Er schüttelte heftig den Kopf. „So peinlich darauf bedacht, dass die Anlagen der Bank immer mit der Stiftungssatzung übereinstimmen, wie der ist, macht er uns eine Riesenszene."

„Ich fände es trotzdem besser, wenn wir ihm gegenüber offener sein könnten. Er weiß ja nicht mal, dass wir schon seit Monaten ein Paar sind! Ich will unsere Beziehung nicht mehr verheimlichen."

„Musst du auch nicht. Nicht mehr lange. Sobald Beat wieder auf dem Damm ist, sollten wir es ihm sagen und dann zügig die Hochzeit vorbereiten. Aber bis dahin möchte ich alle Irritationen mit Jeremy vermeiden. Du weißt doch, wie misstrauisch Jeremy sein kann, wie er nachbohrt, wenn er merkt, dass man ihm etwas verschweigt. Mein Gott, diese Hyperkorrektheit! Und das gerade in der Gao-Feng-Stiftung! Gao selbst hat doch mit seinen chinesischen Triaden früher ganz andere Dinge gedreht und ist darüber zu Reichtum gekommen. Jetzt ist er ein alter Mann und will mit der Stiftung sein Vermächtnis weißwaschen. Als Geldwäschebeauftragte der Century Bank weißt du besser als ich, dass nicht hinter jeder Geldverwendung für löbliche Zwecke gleich böse Hintergedanken oder die dunklen Schatten der Vergangenheit stecken müssen."

Chloe hatte bisher eigentlich nicht den Eindruck gehabt, dass Jeremy übermäßig misstrauisch war. Und die letztlich wohl nicht ganz blütenweiße Herkunft der Gao-Feng-Reichtümer war ohnehin ein alter Hut: Kaum jemand, der in China ein Milliardenvermögen aufgebaut hat, dürfte das auf restlos saubere Weise getan haben. „Die Geschäfte, die Gao irgendwann mal getätigt haben mag, haben doch nichts mit der Stiftung von heute zu tun. Und deren Satzung sieht nun mal ausschließlich Anlagen vor, die in jeder Hinsicht ethisch vertretbar sind."

„Ach, Chloe. Das ist doch Augenwischerei von vorgestern. Die Finanzwelt ist heute so schnell und unübersichtlich, dass sich das eine Geschäft nicht vom anderen lösen lässt. Ethisch vertretbar? Was heißt das schon? Ist unsre Finanzwelt an sich ethisch vertretbar? Keine Ahnung. Ich glaube, das ist eine falsche Begrifflichkeit. Wer mit dem Getreidepreis spekuliert, macht legale Geschäfte, verdient damit sein Brot. Dass infolgedessen irgendwo auf der Welt Menschen verhungern, weil sie ihr Brot nicht mehr bezahlen können … Das ist wahrscheinlich, aber im Einzelnen so komplex, dass es nicht nachvollziehbar ist. Es gibt immer Gewinner und Verlierer. Damit die Finanzwelt funktioniert, muss sie über Leichen gehen – auch wenn sie meist schön unsichtbar bleiben –, wer da nicht mitmacht, hat im Bankgeschäft nichts verloren. Und was wäre die Alternative? Soll das Finanzsystem zusammenbrechen? Das würde nur noch mehr Leichen geben."

Chloe schwieg. Sie kannte Jonathans zynische Ansichten. Da schwang immer auch ein wenig Bitterkeit mit, wie von einem enttäuschten Idealisten. Doch da war noch eine Sache, die ihr auf dem Herzen lag. „Ich habe heute mit Dr. Welti telefoniert. Er meint, er sei da auf ein paar Unklarheiten gestoßen und bräuchte Erklärungen. Ich habe gesagt, er soll sich morgen mit dir in Verbindung setzen."

„Hast du gut gemacht. Typisch junger Paragrafenreiter, dieser Welti. Selbst noch grün hinter den Ohren und will anderen besserwisserische Vorschriften machen. Der aufgeblasene Wichtigtuer kann ruhig ein paar Tage schmoren. Ich fliege morgen erst mal nach London. Das hat alles noch Zeit, wenn ich zurückkomme. Dieser eitle Schnüffler!" Mit Verve drückte er die Kippe im Aschenbecher aus, wickelte sich in die Decke und drehte sich demonstrativ zur Wand.

„Wie du meinst, Jonathan." Sie wusste, dass Jonathan den jungen Rechnungsprüfer von der Revisionsgesellschaft Fiducia sogar noch weniger mochte als dessen älteren Kollegen Stirnimann. Trotzdem schien ihr mehr hinter Jonathans heftiger Reaktion zu stecken als nur persönliche Aversionen. Es war letztlich Jonathan, der über das von ihm geleitete Londoner Büro der Century Bank den größten Teil der Anlagengeschäfte der Gao-Feng-Stiftung abwickelte, besonders was die üppigen Zinserträge anging. Chloe wusste, dass er bei diesen Anlagen beträchtlichen Geschäftssinn, aber auch eine nicht ungefährliche Risikobereitschaft an den Tag legte und außerdem die strengen ethischen Vorgaben der Stiftung sehr *weit* auslegte. Sie, die Tochter des Eigners der Century Bank, hatte aufgrund ihrer Position im Stiftungsrat und im Anlageausschuss diese Geschäfte mitzuverantworten, was für sie immer wieder einen schwierigen Spagat zwischen dem risikofreudigen Jonathan Creed und dem reichlich skrupulösen Geschäftsführer Jeremy Gouldens bedeutete. Das alles war lange gutgegangen, doch mittlerweile waren gewisse *Unregelmäßigkeiten* aufgetreten, die vor dem Geschäftsführer zu verbergen ihrer Ansicht nach nicht länger zu rechtfertigen war. Über diesen Punkt hatten sich Jonathan und Chloe schon des Öfteren gestritten. Jonathan hatte sie immer wieder davon überzeugt, dass es sich dabei nur um eine vorübergehende Angelegenheit handele und dass es besser sei, keine schlafenden Hunde zu wecken. Da hatte sie die Ankündigung einer Prüfung durch die FINMA, die Eidgenössische Finanzmarktaufsicht, vor kurzem kalt erwischt und eine hektische Betriebsamkeit in Gang gesetzt.

Der erregte Anruf von Dr. Welti heute ließ allerdings darauf schließen, dass besagte Spürhunde schon wach waren und Witterung aufgenommen hatten. Und auch wenn Jonathan ihr immer versichert hatte, dass diese Unregelmäßigkeiten erstens nahezu unmöglich zu entdecken und zweitens zwar „kreativ" waren, aber nicht eigentlich „illegal", deutete seine aggressive Reaktion doch darauf hin, dass auch er sozusagen Angst hatte, gebissen zu werden.

Und noch etwas beunruhigte sie. „Ich hab sie wieder gesehen."

„Mh?", murmelte Jonathan, schon halb eingeschlafen. Sie hatte ihn stets um seinen seelenruhigen Schlaf in jeder Situation beneidet.

„Die dunklen Männer. Als ich heute Abend aus der Bank bin, standen sie auf der anderen Straßenseite. Und als ich vorbeikam, haben sie mich komisch angelächelt und sich alle drei gleichzeitig tief verbeugt. Irgendwelche Chinesen oder so. Die sind mir jetzt schon öfter über den Weg gelaufen. Vielleicht waren es nicht immer dieselben. Erst war es auch nur einer. Und dann waren es zwei. Aber immer dieses Lächeln und die Verbeugung. Heute hatten sie auch so einen großen Hund dabei. Der hat nicht gelächelt. Der hat die Zähne gefletscht."

„Ostasiaten machen sich nicht viel aus Hunden. Außer gegrillt. In Korea auch als Fleischauflauf oder erfrischender Sommereintopf."

Sie ging nicht auf ihn ein. „Als ich vorbei war, hat der Hund hinter mir angefangen zu bellen. Ganz wild, wie wenn nachts ein Wachhund anschlägt. Ich hatte Angst, sie könnten ihn auf mich loslassen."

„Kein Wunder, dass du schlecht schläfst, wenn du schon tagsüber auf offener Straße Alpträume hast. Ihr Schweizer mit eurer Fremdenangst! Die ganze Welt soll ihr Geld zu euch bringen, aber die Menschen selbst sollen gefälligst draußen bleiben. Weißt du eigentlich, dass du deinen ganzen Millionenreichtum, deinen Platinschmuck, dieses Haus in der teuersten Wohngegend am Zürichsee, dass du all das ebenjenen chinesisch aussehenden Männern verdankst, die ihr Geld so brav zur guten Familie Bodmer in die Schweiz bringen?"

„Vielleicht ist es gerade das, was mir Angst macht."

Jonathan antwortete nicht. Während seine Atemzüge neben ihr gleichmäßiger wurden und schließlich in leises Schnarchen übergingen, wurde der Druck in ihrer Brust immer stärker, verwandelte sich in den Drang davonzurennen. Sie wusste, was sie jetzt tun musste. Sie ging ins Bad, drehte die Brause auf. Etwa eine halbe Stunde stand sie so da, ließ das Wasser laufen und rieb sich mit Seife, Shampoo und Körperlotion ein, bis sie wieder ruhig war. Sie trug ihr Parfüm auf, zog sich ein neues Nachthemd an, schlüpfte ins Bett. Ich hätte den Bettbezug noch wechseln sollen, dachte sie bekümmert, als sie in Jonathans beruhigendes Schnarchen eintauchte, doch ich will ihn nicht wecken. Im nächsten Moment war sie vor Erschöpfung eingeschlafen.

Berlin, Weißensee

Dr. Johannes Habrecht löschte das Licht. Morgen war auch noch ein Tag. Neben ihm im Bett schnarchte seine Frau Magda in langen, vibrierenden Zügen. Habrecht hatte vor vielen Jahren aufgehört, sich an diesem Schnarchen zu stören. Jetzt, wo er begann, ein alter Mann zu werden, hatte dieses Schnarchen vielmehr etwas Beruhigendes, Konstantes, einschläfernd Vertrautes. Er mochte Routinen, mochte die Dinge, an die er sich gewöhnt hatte. Er mochte das allnächtliche, gleichmäßige Schnarchen seiner Frau.

Es war nicht immer so gewesen, dass er das Gleichbleibende so geschätzt hatte. Obwohl: Schon seine Jugend im Osten der Stadt war geradlinig verlaufen. Was nicht heißt, dass sie in allem systemkonform gewesen wäre, was auch daran lag, dass er aus einem protestantisch geprägten Elternhaus kam. Wiewohl nie SED-Mitglied, war er lange in der FDJ aktiv gewesen, und aufgrund seiner großen Begabung und weil er, vom Protestantismus abgesehen, nie negativ aufgefallen war, war es ihm gelungen, einen Studienplatz an der Humboldt-Universität zu ergattern, wo er 1987 zu einem kernphysikalischen Thema promoviert hatte. Damals hatte er es sich in seinem Leben bereits bequem eingerichtet, und es hätte von ihm aus so weitergehen können. Er war sich bewusst gewesen, dass die DDR nicht die beste aller Welten war, aber wer hätte das auch erwarten sollen? Immerhin hatte sie einen Dr. Habrecht aus ihm gemacht. Doch dann, 1988, hatte er seine spätere Frau kennengelernt. Er hatte sich verliebt, und das hatte sein Leben durcheinandergewirbelt. Schon ein Jahr später war er mit ihr und Tausenden anderen auf der Straße gestanden und hatte „Wir sind das Volk!" skandiert. Inmitten dieser unruhigen Tage hatten sie geheiratet und sich gemeinsam beim Neuen Forum engagiert. Da war es ihm gewesen, als sei er aus einem langen Schlaf erwacht und jetzt könne er endlich etwas bewegen, verändern. Dann die Wiedervereinigung: Plötzlich hatte er sich in einer neuen Welt wiedergefunden und sich mit ihr arrangieren müssen. Natürlich hatte ihn diese Welt mehr verändert, als er sie zu verändern vermocht hatte. Er trat der CDU bei und wurde in den Nachwendejahren weit nach oben getragen.

So hatte seine Diplomatenlaufbahn begonnen, die freilich, kaum hatte er einen mittleren Posten im Außenministerium ergattert, wieder ins Stocken geraten war. Auf diesem Posten war er geblieben, bis heute. Sein wiedererstarktes Bedürfnis, Veränderungen nie allzu groß werden zu lassen, hatte seinen Karrieretrieb einschlafen lassen. Alles war anders geworden, doch bald war auch dieses andere wieder altvertraut. Selbst jetzt, nach 25 Jahren, war er sich nicht sicher, ob das Neue wirklich besser war als das Alte. Sicher war nur: Er wollte das Alte nicht zurück. Aber er wollte auch nichts neues Neues mehr. In seiner diplomatischen Funktion hatte er sich seit langem auf eine Vermittlerfunktion für Ostasien spezialisiert, und er machte seine Sache gut, wie es hieß. Er verhandelte dahin und dorthin, hatte tief im Bauch immer das unverrückbare Gefühl, dass sich im Grunde nichts änderte, war aber ganz zufrieden damit. Solange alles blieb, wie es war, würde seine Vermittlertätigkeit jedenfalls gebraucht werden.

Er wälzte sich einmal in seinem Bett herum. Jetzt würde er einschlafen können. Von Magdas Schnarchen in den Schlaf gewiegt.

Ob sein Leben umsonst war? Manchmal hatte er sich das gefragt, früher. Nein, war die Antwort. Denn ohne ihn und sein diplomatisches Geschick wäre womöglich alles *schlimmer* geworden. Vielleicht war es ja mit sein Verdienst, wenn alles blieb, wie es war. Und das war viel wert auf dieser chaotischen Welt. In seinem tiefsten Inneren war er überzeugt, dass das Universum so angelegt ist, dass das Chaos größer und alles immer schlimmer wird. Und dass es die menschliche Aufgabe ist es, diese Entwicklung möglichst zu bremsen. Als Physiker war er auch überzeugt, dass sich das alles zwangsläufig aus dem zweiten Hauptsatz der Thermodynamik herleiten ließ, der stark vereinfacht besagt, dass die Unordnung im Universum stets zunehmen muss und daran nicht zu rütteln ist. Er wollte ja auch nicht rütteln. Er wollte so gut wie möglich bewahren und das Schlimmere aufhalten.

Er dämmerte dahin und sein Schnarchen mischte sich mit dem seiner Frau zu einer seltsam harmonischen Kakophonie. Doch das beharrlich klingelnde Telefon riss ihn aus seinen beginnenden Träumen.

Er stand schlaftrunken auf und hob ab. „Ja? … Ach, Sie sind's … Probleme, welche Probleme denn? … Ach so … Ich sage Ihnen ja, diese Koreaner wissen selbst nicht, was sie wollen … Jaja, ich weiß, dass Sie das auch wissen. Trotzdem bin wohl ich derjenige, der mal wieder für …" Er hielt inne. Schließlich seufzte er. „Gut, verstehe. Ich bin mir durchaus im Klaren, wie sehr es uns wieder zurückwerfen würde, wenn sie das Treffen abblasen. Aber noch ist nichts verloren. Ja, ich werde da sein. Halb elf, chinesische Botschaft. Mal wieder für euch die Kartoffeln aus dem Feuer holen. Ist gut, dafür bin ich ja da – euer treuer Johannes Habrecht. Gute Nacht gleichfalls, Herr Korff."

Mal wieder alles richten. Damit alles blieb, wie es war. Das Chaos ein Stück auf Abstand halten. Einen Tag. Dann sehen wir weiter.

Berlin, zwischen Potsdamer Platz und Brandenburger Tor
Berlin leuchtete. Obschon viele Fenster dunkel waren, pulste hinter anderen das Leben. Um den Marlene-Dietrich-Platz feierte das Berlinale-Publikum in den Veranstaltungsstätten, den Hotels, in Kneipen und Clubs die letzte Nacht. Auch im Regierungsviertel war vielfach helles Licht, da tagte noch so manche Runde, debattierten Ausschüsse, besprachen sich Berater mit ihren ministerialen Vorgesetzten. Etwas dunkler war es in den weit über die Stadt verstreuten Botschaften von über hundert Ländern der Welt, was aber nicht hieß, dass dort nicht auch noch allerlei Aktivitäten im Gang waren. Reges nächtliches Treiben herrschte etwa in der chinesischen Botschaft, die am Märkischen Ufer wie ein gestrandetes UFO an der Spree lag. Selbst in der nordkoreanischen Botschaft in der Glinkastraße, wo normalerweise nur ein paar spärliche Lichter brannten, waren heute viele Fenster erleuchtet, als sei dort ein Fest im Gang. Und auf dem Gelände der britischen Botschaft neben dem Hotel Adlon am Brandenburger Tor waren Arbeiter damit beschäftigt, die so wichtigen Antennen auf dem Dach des Botschaftsgebäudes zu warten. Nicht nur die Freuden der Partygänger, sondern auch so manche harte Arbeit scheute in der wiedervereinten deutschen Hauptstadt offenbar das Licht des Tages.

Auch Jeremy war noch unterwegs. Nachdem er vergeblich den Umkreis des Hotels nach Mie abgesucht und erfolglos versucht hatte, sie über die Nummer auf ihrer Visitenkarte zu erreichen, hatte er sich irgendwann auf der Alten Potsdamer Straße wiedergefunden und beschlossen, nicht mehr zu J. D. in die Vox Bar zurückzukehren, sondern einen Spaziergang durchs nächtliche Berlin zu machen. Er ging unter kahlen Bäumen an den aufragenden Fassaden der zugleich *posh* und prollig wirkenden Gebäude des neuen Berlin entlang, bis sich vor ihm braunrot der Kollhoff-Tower in die Höhe reckte. Dann überquerte er den Potsdamer Platz und folgte der Ebertstraße. Gut fünfzehn Jahre zuvor war hier noch Niemandsland gewesen. Ein Todesstreifen für die Menschen und ein Paradies für Kaninchen. Was wohl aus den Kaninchen geworden war? Nun, jede politische Veränderung hat Gewinner und Verlierer. Doch Jeremy versuchte vergeblich, sich mit Gedanken an die wechselvolle Geschichte Berlins abzulenken. Immer wieder schweiften seine Gedanken zu den Szenen, Gesprächen, Blicken und Anblicken des Abends zurück.

Falling, yes I am falling, and she keeps calling me back again … Was war das für ein Lied, das ihm da im Kopf herumging? Ach, natürlich, seine Lieblingsband aus Liverpool, *Help!*-Album. *I've just seen a face, I can't forget the time or place, where we just met …*

Er folgte der nächsten Straße nach rechts. Vor der unspektakulären Kulisse mehrstöckiger rotgrauer Wohngebäude informierte eine Tafel über „Mythos und Geschichtszeugnis Führerbunker". Auf der Freifläche über dem Ort, wo sich der Diktator erschossen hatte, parkten jetzt Autos. Die Geschichte geht weiter. Jeremy bog ab, erreichte ein dunkles Feld aus unzähligen Betonquadern. Sein Smartphone klingelte. War sie das? Er warf einen Blick aufs Display. J. D. Ach so. Er drückte ihn weg, ging weiter. Unvermittelt war er tief zwischen die düsteren Stelen geraten, die ihn wie ein Labyrinth verschlucken wollten. Aber das wahre Labyrinth war in seinem Kopf. *Falling, yes I am falling …*

Natürlich liebte er Cathy. Sie wollten zusammen glücklich werden, Kinder haben. Nur dass ihnen beides in ihren kurzen Ehejahren nicht gelungen war. Jeremy war kein Katholik, der an die Unauflöslichkeit der Ehe glaubte. Aber er war ein aufrechter Brite mit Prinzipien. Er glaubte an die Treue und Zugehörigkeit zweier verheirateter Menschen als eine ethische Verpflichtung, auch dann, wenn das schwer zu fassende Etwas, das man „Liebe" nennt, zwischen ihnen vielleicht erloschen war. Zumindest was den hormonellen Glücksrausch anbelangte. Aber heute Abend hatte Mie etwas in ihm wiedererweckt, was er, unbemerkt, lange vergessen hatte, und jetzt wurde ihm bewusst, wie unendlich es ihm doch gefehlt hatte. Ein Gefühl, das er seit den ersten Tagen der rasenden Verliebtheit in Cathy nicht mehr verspürt hatte. Oder etwa nicht? Jeremy, sei ehrlich: Du hast es auch in den ersten Tagen der Verliebtheit in Cathy nicht gespürt. Deine Verliebtheit ist nie eine rasende gewesen. Nicht die in Cathy.

Ein Gefühl also, das er seit den ersten Tagen der rasenden Verliebtheit in *Yukiko* nicht mehr verspürt hatte. Yukiko, seine große Liebe, damals in Japan, die er verloren hatte, weil die Schatten der dunklen Vergangenheit sich zwischen sie drängten. Als sie vor wenigen Jahren wieder mit ihm Kontakt aufgenommen hatte, war es zu spät gewesen. Und jetzt war sie tot, ohne dass sie sich noch einmal begegnet wären.

Ja, das war das Gefühl, das ihn heute Abend erst in Rausch und Euphorie versetzt hatte und ihn jetzt noch zugleich mit Glück und einem Empfinden von schmerzlich nagender Leere erfüllte, das so intensiv war, dass er, so angetrunken er sein mochte, unmöglich an Schlaf denken konnte, sondern ziellos weiter durch das nächtliche Berlin streifen musste, bis in dieses stelenbesetzte Herz der Finsternis hinein. Ein Gefühl wie damals bei Yukiko. Konnte es sein, dass er Cathy nie *richtig* geliebt hatte? Dass er sich das nur vorgemacht hatte, um sich aus dem Schatten der Vergangenheit zu befreien? Dass Yukiko bisher die einzige wahre Liebe seines Lebens gewesen war? Und jetzt war dieser schwarze Schatten wiederauferstanden, bedrängend, bedrohlich und so süß und verführerisch. Es war fast unheimlich, wie sehr ihn Mie an Yukiko erinnerte. Streich das „Fast". Es *war* unheimlich.

Der gleiche zierliche Körperbau, auch wenn Mie etwas kräftiger war, die gleichen großen, dunkel strahlenden Mandelaugen, das gleiche offen getragene schwarze Haar. Die kleine Bewegung der Hand, wenn sie ihr glänzendes Haar zurückstrich; die Art, wie sie lachte, die immer seltsam verschämt wirkte; die Art, wie sie sich kleidete. Das zurückhaltende, stets gefasste Wesen. Selbst solche Kleinigkeiten wie die Tatsache, dass Mie den ganzen Abend über nur grünen Tee zu sich genommen hatte. Yukiko hatte niemals Alkohol angerührt – auch nie geraucht hatte sie – und am liebsten Matcha getrunken, schaumig geschlagenen japanischen Pulver-Grüntee. Fast als wäre Mie eine verschollene jüngere Schwester Yukikos. Aber das konnte nicht sein.

Yukiko war damals, als er sie verloren hatte, Anfang zwanzig gewesen. Jetzt wäre sie Mitte bis Ende vierzig. Mie war eindeutig älter als Yukiko damals und jünger als sie jetzt gewesen wäre. Sehr exakte Aussage, Jeremy! Eine Spanne von 25 Jahren! Geht das nicht etwas genauer? Aber Jeremy, der Mie den ganzen Abend über angestarrt hatte, stellte fest, dass er sich schwertat, ihr Alter einzugrenzen. Sicher war sie unter vierzig. Aber wie so manche fernöstliche Frau wirkte sie seltsam alterslos. Sie hätte Mitte zwanzig und Ende dreißig sein können, und beides hätte Jeremy nicht überrascht.

Das Alter war also ein Unterschied. Gab es noch andere? Sicher. Yukiko war Japanerin gewesen und Mie war Koreanerin, auch wenn man es ihr nicht ansah – vielleicht hatte sie, wie viele Koreaner, auch japanisches Blut in den Adern. Die andere Kultur musste natürlich gewisse Unterschiede mit sich bringen, wenngleich Jeremy in dieser Richtung nicht das Geringste aufgefallen war. Yukiko war stets fröhlich, aufgeweckt und wissbegierig gewesen, jedenfalls am Anfang, bevor sich die Wolke über ihre Beziehung gelegt hatte. Mie dagegen schien, auch wenn sie lächelte, eine rätselhafte Schwermut zu umgeben. Sie hatte heute Abend nicht viele Fragen gestellt, fast als würde sie, auf unerklärliche Weise, längst alles wissen. Vielleicht war das eine Folge des Altersunterschieds: die Abgeklärtheit eines Lebens, das viel erlebt und erlitten hatte. Vielleicht war Yukiko zuletzt ebenfalls so geworden, da waren so viele Rätsel, die ihre letzten Jahre umhüllten. Die Rätselhaftigkeit des Wesens war also auch eine Gemeinsamkeit der beiden Frauen? Ja und nein. Yukiko war auf andere Art rätselhaft gewesen, und vieles davon hatte er schließlich verstanden, die Gründe ausgelotet, wenn sich ihm auch längst nicht alles erschlossen hatte. Das Rätsel Mie jedoch – er wusste nicht, woher der Gedanke kam, empfand ihn aber sofort als zwingend – schien ihm prinzipiell unverständlich. Er kannte sie kaum zwei Stunden und war bereits restlos davon überzeugt. Als bezöge sie all ihre Lebenskraft aus diesem Rätsel und würde sich mit der Lösung ihres Rätsels förmlich selbst auflösen. Vielleicht war es das, was sie auch etwas unheimlich machte, so dass sie Jeremy, bei allem Gefühl des Hingezogenseins, ein wenig Angst machte. Vor Yukiko hatte er nie Angst gehabt.

Natürlich waren da, was die Unterschiede anbelangte, auch so äußerliche Punkte wie die Tatsache, dass Yukiko Jura studiert hatte, während Mie eine bisher wohl eher erfolglose Schauspielerin war – was im Grunde alles war, was er über sie wusste. Jeremy fiel auf, dass sie letztlich nicht viel miteinander gesprochen hatten, und das meiste war mehr oder weniger belanglos gewesen. Doch das war nicht wichtig. Die Anwesenheit war wichtig, die Aura, die Nähe, das rätselhafte Gefühl von Einverständnis. Jeremy hatte ihr allerlei Fragen gestellt, über sich, ihre Arbeit, ihr Leben. Gespannt hatte er ihren Antworten gelauscht oder vielmehr dem Klang dieser Stimme, und jetzt wurde ihm bewusst, wie wenig vom *Inhalt* der Antworten bei ihm hängengeblieben war. Natürlich würde sie die Filmrolle bekommen, ob sie nun große Erfahrung vorweisen konnte oder nicht; sie war unbedingt die ideale Besetzung, das hatte er auf den ersten Blick gesehen. Aber selbst das war in diesem Moment nicht das Wichtigste: Das Wichtigste war, wie es mit ihnen jetzt weitergehen sollte. *Konnte* es denn überhaupt weitergehen? Nein. Aber es musste.

Nachdem ihn sein Weg immer tiefer in das leicht abschüssige Rund zwischen den gespenstischen Betonblöcken hinabgeführt hatte und er mehrmals abgebogen war und darüber die Orientierung verloren hatte, stellte er nun fest, dass das Labyrinth, in dem er sich befand, kein wirkliches Labyrinth war. Es gab keine Sackgassen, keine verwinkelten Gänge mit Abzweigungen, es gab nur dieses große Feld aus rechteckigen Blöcken, und er musste nur stur durch schwarze Nacht geradeausgehen, egal in welche Richtung, um wieder hinauszugelangen.

Mach das, Jeremy: Geh stur geradeaus. Die Stelen wurden niedriger, und er gelangte an das Licht einer Straße.

Natürlich: Nicht Mie selbst war unheimlich. Nicht einmal ihre Ähnlichkeit mit Yukiko war es; es gab so viele Asiatinnen, die einander ähnlich waren, jedenfalls für seine europäischen Augen. Das Unheimliche war vielmehr, was aus dieser Ähnlichkeit folgte. Jeremy hatte Angst, den Boden unter den Füßen zu verlieren. Er hatte Angst, dass sich alte Abgründe wieder öffneten und ihn verschlangen. Angst, sich zu verlieben und in einen Strudel gerissen zu werden, aus dem er sich nicht mehr befreien konnte. Angst, alles zu verlieren, was er sich mit Cathy aufgebaut hatte. Angst vor einer Wiederholung seiner Lebensgeschichte, nur mit anderen Vorzeichen.

Wie war es noch, dieses Marx-Zitat von der Wiederholung der Geschichte als Farce? Hobbyphilosoph Jeremy kramte in seinem Gedächtnis und ihm fiel der Zusammenhang wieder ein. Marx bezog sich da auf ein Zitat seines Lehrmeisters Hegel, das besagte, dass „alle großen weltgeschichtlichen Tatsachen und Personen sich sozusagen zweimal ereignen". „Das eine Mal als Tragödie, das andere Mal als Farce", habe er vergessen hinzuzufügen, so Marx. Und Marx hatte vergessen, so Gouldens, dass jede Farce auch eine Tragödie sein kann, je nach Blickwinkel, je nachdem, wo man persönlich steht. Jeremy hatte Angst vor der Tragödie, hatte Angst vor der Farce.

Vor ihm eröffnete sich der Blick auf das gelb beleuchtete Brandenburger Tor. Hier hatte sich einst die Berliner Mauer erhoben. Jeremy erinnerte sich an seinen ersten Westberlin-Besuch Mitte der achtziger Jahre. Er könnte dieses Tor, das so lange ein Symbol der geteilten Stadt gewesen war, jetzt durchschreiten und unter den Linden nach Osten gehen. Aber Jeremy entschied, dass er am Endpunkt seiner nächtlichen Wanderung angelangt war. Oben auf dem Tor hell bestrahlt die Quadriga: Eine geflügelte Frau, die Friedensbotin, lenkt ihren Wagen, von vier Pferden bespannt, auf die Fahrt ins Ungewisse.

Jeremy verspürte den Impuls, Cathy anzurufen, jetzt, mitten in der Nacht. Doch sicher schlief sie, und sie war nie gut gelaunt, wenn er sie weckte. Aber vielleicht konnte er schon morgen zurückfliegen, nicht erst übermorgen, und sie überraschen. Ihrer Ehe Frieden und Versöhnung bringen. Ja, morgen, gleich nach Schwanenwerder, würde er sich bemühen, noch einen Flug zu ergattern. Oder, das war wohl realistischer, zumindest früh am Morgen darauf. Und Mie dann schleunigst vergessen. Jedenfalls *diese* Mie und alles, was sie in ihm auslöste. Sie war nur ein Traum gewesen. Ein wiedererwachter Traum aus der Vergangenheit, in dem man nächtlich trunken schwelgt, über den man tags indes nur den Kopf schütteln kann.

Aber die Rolle sollte sie bekommen. Klar. Das war eine Sache der Kunst, nicht der persönlichen Gefühle. Interesseloses Wohlgefallen.

Auf einmal tat ihm Cathy leid. Er ließ sie zu viel allein. Wo sie doch eine schwere Zeit durchmachte. Erst vor wenigen Wochen hatte sie wieder eine Fehlgeburt gehabt. Dabei hatten sie sich doch alle Mühe gegeben. Nein, er würde nicht so schnell aufgeben. Liebe war nicht nur ein Gefühl, sondern eine Verantwortung, Verpflichtung.

Entschlossen richtete er seine Schritte zurück, hin zum Hotel.

Aber wie rätselhaft schön die schwarze Mie gelächelt hatte. Und so gern wäre er darin versunken. In ihrem Lächeln, ihren Mandelaugen.

Er winkte einem Taxi. Nichts wie zurück ins Hotel.

Küsnacht

Als Chloe Bodmer am Morgen aufwachte, war das Bett neben ihr leer. Jonathan war in aller Frühe aufgebrochen und hatte sie, von einem nicht allzu wohlriechenden Abschiedskuss abgesehen, schlafen lassen, und das war auch gut so. Chloe, tendenziell eher ein Nachtmensch, neigte zu Migräne, wenn sie vor acht Uhr geweckt wurde.

Sie schlüpfte in ihre Pantoffeln und stellte sich erst einmal ausgiebig unter die Dusche. Dann ging sie nach unten, um Kaffee zu kochen. Als sie die Zeitung aus dem Rohr zog, fiel ein Kuvert heraus, wie sie, mit Werbung gefüllt, des Öfteren Zeitungen beiliegen. Als sie es aufhob, bemerkte sie, dass es mit drei großen roten Ausrufezeichen versehen war, per Hand mit dickem Edding aufgetragen. Neugierig geworden, griff sie hinein und zog ein Blatt der *Berner Zeitung* hervor. Ein Artikel war rot umrandet. Er trug die Überschrift: „Bestialischer Mord im Oberland. Marcus B. von Hunden zerrissen?" Sie erinnerte sich an einen kurzen Bericht in den Nachrichten gestern. Da war allerdings kein Name gefallen. Mit stockendem Herzen las sie weiter.

Grindelwald. Eine schreckliche Entdeckung machte die Polizei gestern in einem Chalet bei Grindelwald. Als sie, auf einen anonymen Hinweis hin, ein abgelegenes Haus an der Oberen Gletscherstrasse inspizierten, stiessen die Polizisten auf die stark verstümmelte Leiche des Berner Unternehmers Marcus B. (31). Die Leiche, die offensichtlich schon seit einigen Tagen dort gelegen hatte, wies zahlreiche Bisswunden am ganzen Körper auf, der rechte Unterarm und ein Teil des rechten Fusses fehlten. Ersten gerichtsmedizinischen Untersuchungen gemäss wurden die Bisswunden von mindestens zwei grösseren Hunden zugefügt. Noch ist unklar, ob sie auch die Todesursache darstellen. Striemen am Hals deuten darauf hin, dass Marcus B. auch gewürgt wurde – mutmasslich waren mindestens zwei Täter an der Gräueltat beteiligt. Noch ist das Tatmotiv völlig unklar. Obwohl auch Wertgegenstände aus dem Haus verschwanden, geht die Polizei nicht von einem Raubmord aus. Die Umstände lassen eher auf einen Rachemord oder eine rituelle Tötung schliessen. Der alleinstehende Berner Unternehmer war zum Skifahren nach Grindelwald gefahren. Bekannte beschreiben ihn als freundlich, aber verschlossen. Über persönliche Feinde oder mögliche mafiöse Kontakte seiner Firma ist nichts bekannt. Denkbar ist allerdings eine Verbindung ins Rotlichtmilieu – Marcus B.s Firma „Princesse bizarre" handelte mit Intimschmuck und erotischen Accessoires und er soll seine Waren auch direkt in einschlägigen Kreisen vertrieben haben. Die Ermittlungen dauern an.

Marcus B.? 31 Jahre alt? Sie kannte einen Marcus, der so alt war, ein ehemaliger Mitschüler: Marcus Berghof. Chloe setzte sich an den Computer, gab im Suchfenster „Marcus" und „Princesse bizarre" ein. Etwa siebzig Funde. In den Meldungen zur Gräueltat war der Nachname immer mit „B." abgekürzt, aber die Seiten zur Firma ließen keinen Zweifel: Marcus B. *war* Marcus Berghof.

Und der hatte mit Intimschmuck gehandelt? Marcus? Dabei war er immer so ein biederes Bübchen gewesen! So geschockt sie auch war zu erfahren, dass er auf eine derart bestialische Weise zu Tode gekommen sein sollte – dass er in so ein Schmuddelgeschäft eingestiegen war, fand sie fast genauso unglaublich, ja, anständige Bankierstochter, die sie war, geradezu empörend. (Dass auch sie, als angesehene Bankierin, ihre Piercings natürlich nur an Stellen tragen konnte, wo sie im normalen Kundenverkehr *nicht* auffielen, stand für sie auf einem ganz anderen Blatt; Privatsache ist eben Privatsache.)

Marcus – wie lange hatte sie ihn nicht mehr gesehen? Womöglich schon seit der Matura nicht mehr. Kaum zu glauben, dass sie mal mit dem „gegangen" war, wie man seinerzeit gesagt hatte. Mein Gott, die Geburtstagsfete bei ihm, Mirjam und sie die einzigen Mädchen, mit Apfelkorn und Flaschendrehen. Wie gut, dass es da noch kein Facebook gegeben hat! Damals, mit fünfzehn, hatte er immer nach Amerika auswandern und Profi-Basketballspieler werden wollen. Was hatte er sie damit genervt! Aber daraus war nichts geworden. Und jetzt handelte er also mit Intimschmuck? Nein. Jetzt war er tot. Aber warum sollte *den* jemand ermorden? Wie war das nochmal? Von Hunden zerrissen? Was für eine Todesart war das denn? Und, Frage der Fragen, *wer* hatte ihr das Kuvert in den Briefkasten gesteckt?

Plötzlich lief es ihr kalt über den Rücken. Sie musste an die drei Asiaten gestern denken, mit ihrem wütend kläffenden Hund. Was hatte das alles zu bedeuten? Ihre Haut begann zu jucken, und sie fühlte sich irgendwie schmutzig. Sie musste ins Bad.

Berlin, Weißensee
Johannes Habrecht blickte, den Rasierer in der Hand, aus dem Badezimmerfenster seiner Wohnung in der Indira-Gandhi-Straße an der Grenze der Stadtteile Weißensee und Alt-Hohenschönhausen. Jetzt, wo die Bäume unbelaubt waren, konnte er direkt auf den gegenüberliegenden Auferstehungs-Friedhof schauen. Der Tag versprach, zwar frostig, aber schön zu werden. Habrecht beschloss, die rund sieben Kilometer zur chinesischen Botschaft mit dem Fahrrad zu fahren. Straßen und Radwege waren seit einigen Tagen schneefrei und gestreut, und beim Fahrradfahren konnte er am besten nachdenken.

Seine Frau saß bereits am Frühstückstisch. Wie jeden Morgen trank er zwei Tassen Kaffee mit Milch und Zucker, dazu gab es ein perfekt weichgekochtes Frühstücksei. Es folgten ein Brötchen mit Aufschnitt und eine Schale Müsli mit Kleie – für die Verdauung. Er konnte sich heute Zeit lassen, er musste erst um 10.30 Uhr an der Botschaft sein.

Bei Tisch erfuhr er von seiner Frau, dass heute überraschend Katharina, die jüngste ihrer drei Töchter, zum Abendessen kommen würde. Während die älteste nach einem abgebrochenen Theologiestudium auf Psychologie umgesattelt hatte und nun in einem Heim für suchtanfällige Jugendliche bei Basel arbeitete und die mittlere, das Sorgenkind, momentan in einem Aschram im südindischen Coimbatore nach sich selbst suchte, war die jüngste, Katharina, in seine naturwissenschaftlichen Fußstapfen getreten und studierte Chemie in Heidelberg. Waren dort schon Semesterferien? Er hatte sie jedenfalls seit

Weihnachten nicht mehr gesehen und freute sich sehr auf die Wiederbegegnung.

Nachdem ihm Magda noch die obligatorische Wurststulle für zwischendurch geschmiert hatte und sie sich den gleichfalls obligatorischen, mehr formellen als zärtlichen Abschiedskuss gegeben hatten, setzte er sich seine russische Uschanka-Pelzmütze auf, schlüpfte in Jacke und Handschuhe, stieg die vier Stockwerke nach unten und schwang sich aufs Fahrrad. In eher gemächlichem Tempo fuhr er den Radweg an der Indira-Gandhi-Straße Richtung Süden, passierte den jüdischen Friedhof Weißensee rechts und die Berliner-Kindl-Schultheiss-Brauerei links und dachte über die vor ihm liegenden Herausforderungen nach.

Auch wenn der Himmel über Berlin heute strahlend blau war, so zogen weit im Osten doch düstere Wolken auf. Ganz in der Tradition von Papa und Großpapa hatte der junge nordkoreanische Diktator Kim Jong Un den starken Mann markiert, mächtig auf den Tisch gehauen und dabei viel wertvolles Porzellan zerschlagen. Habrecht erinnerte das an einen gekränkten Jungen, der sich von seinen Eltern vernachlässigt fühlt und daher irgendetwas Schlimmes anstellt, um die in seinen Augen eigentlich schuldigen Eltern zu bestrafen und ihnen die Augen zu öffnen. Und der junge Kim hatte allen Grund, sich vor seinem Volk und der Welt zu beweisen und durch eine außenpolitische Provokation von der inneren Misere im Land abzulenken.

Also hatte Kim neue Atomwaffentests durchgeführt, den Waffenstillstandsvertrag gekündigt, der 1953 den drei Jahre zuvor vom Norden begonnenen Koreakrieg beendet hatte, den Atomreaktor Yongbyon wieder hochgefahren, die der wirtschaftlichen Annäherung dienende Sonderwirtschaftszone Kaesong zeitweise geschlossen und gleich noch nicht nur mit Bomben, sondern mit *der* Bombe gedroht. Ein atomarer Angriff auf die Vereinigten Staaten sei „endgültig genehmigt" worden, hieß es vonseiten der Volksarmee. Und Seoul würde sich ohnehin „in ein Flammenmeer verwandeln".

Habrecht bog nach rechts in die Hohenschönhauser Straße ab, fuhr am Volkspark Prenzlauer Berg vorbei und erreichte über die Oderbruchstraße die Landsberger Allee. Rechts und links der sechsspurigen Durchgangsstraße mit Radweg kahle Bäume und etwas heruntergekommene Plattenbauten, in denen zu leben einst, als die Straße noch Leninallee hieß, ein großes Privileg gewesen war.

Habrecht wusste mittlerweile, dass mit einem Erstschlag zu drohen im Grunde nur die nordkoreanische Art war zu sagen: „Kommt, Jungs, lasst uns mal miteinander reden." Es gibt Menschen, die Probleme haben, den ersten Schritt zu tun, wenn sie auf andere zugehen wollen, und daher zunächst aggressiv auftreten. Und dass Staaten in ihrem Agieren oft die gleichen irrationalen Verhaltenszüge an den Tag legen wie kleine Kinder, darüber machte sich Habrecht längst keine Illusionen mehr. Trotzdem war er sich auch im Klaren, wie viel nüchternes Kalkül hinter dem riskanten Drohgebaren steckte – das bei aller marktschreierischer Rhetorik stets ernst genommen werden wollte. Also folgte die unweigerliche Eskalationsspirale, und die Welt schaute gebannt zu, wie weit an den Rand des Abgrunds sich die Seiten wohl diesmal wagen würden. Und vom Blick in den Abgrund war der Schritt *in* den Abgrund niemals weit. Die lächerliche Farce konnte sich unversehens doch in eine furchtbare Tragödie wandeln.

Wenn man nachts in Berlin an der U-Bahn von irgendeinem Durchgeknallten mit dem Messer bedroht wird, weil man ihn angeblich angerempelt oder ihn einfach nur falsch angeschaut hat, tut man meist recht, nicht in Kohlhaas-Manier die Stellung zu halten, sondern man wiegelt ab, entschuldigt sich womöglich, tritt zur Seite. Genauso wenig hatten die USA oder Südkorea Lust, sich aus irgendeinem uneinsichtigen Grund vom Babydiktator im Norden mit Bomben bewerfen zu lassen. Also begütigt man, macht Angebote, schlägt Gespräche vor. So, wie jetzt wieder. Und wenn die Angebote verlockend genug geworden sind, wechselt das Rumpelstilzchen in Pjöngjang von wütend auf schmollend und freut sich, sein „Recht" durchgesetzt zu haben. Nun sei aber die andere Seite in der Bringschuld. 1994, als die Welt wieder einmal kurz vor einem neuen Koreakrieg stand, hatte das Ganze für Papa Kim Jong Il schon mal funktioniert und sich für den Norden im Nachhinein als recht lukrativ erwiesen. Warum sollte dieser Coup nicht noch einmal klappen? Mit nur wenig bösem Willen könnte man die Sache schlicht „Erpressung" nennen.

Um dergleichen ging es also mal wieder, morgen bei dem Treffen in der Borsig-Villa draußen in Tegel. Das war Diplomatie. Hier kannte sich Habrecht aus. Ein Treffen zur Vorbereitung eines Treffens in Pjöngjang, das wiederum die Wiederaufnahme der Treffen im Rahmen der Sechs-Parteien-Gespräche einleiten sollte – jener der gegenseitigen Annäherung dienenden Konsultationen über das nordkoreanische Atomwaffenprogramm, die seit 2003 zwischen den beiden Koreas, China, Japan sowie Russland und den USA geführt worden waren, bis Nordkorea sie 2009 abgebrochen hatte.

Er passierte die rotbraunen Backsteinmauern und schweigenden Tannen des altehrwürdigen Georgen-Parochial-Friedhofs von Friedrichshain. Hier befand sich das Familiengrab der Habrechts, in dem auch Johannes eines Tages seine letzte Ruhe finden würde.

Aber noch gab es viel zu tun. Zum Beispiel heute. In letzter Minute waren, wie er gestern spätabends von Korff erfahren hatte, aufseiten der nordkoreanischen Delegation noch allerlei Irritationen entstanden, die ausgeräumt werden mussten, sonst drohte der morgige Termin zu platzen und damit die ganze Kette möglicher Kontakte schon zu Beginn abzureißen. Da war Habrecht gefragt, der Spezialist für die delikaten Fälle. Deshalb das heute noch schnell eingeschobene Treffen in der chinesischen Botschaft zur Vorbereitung der Gespräche morgen, die dann ihrerseits vorbereitend zur weiteren Sondierung … und so weiter. Den Nordkoreanern passte etwas am Protokoll für die in der Borsig-Villa geplanten Unterredungen nicht und China hatte sich als sozusagen „neutraler" Vermittler erboten, diese Irritationen bei einem Treffen am Rande der heutigen Konferenz zum Thema der ostasiatischen Wirtschaftsbeziehungen in seiner Botschaft auszuräumen. So verwickelt wurde es also schon im ersten Vorfeld, wenn die Hälfte der Partner für die anzustrebenden Sechs-Parteien-Gespräche (Russland, Japan, Südkorea) noch gar nicht beteiligt war. Weiter verkompliziert wurde die Sache dadurch, dass „offiziell" auch China und die USA nichts mit den Borsig-Gesprächen zu tun hatten: Blieb also nur ein seltsames nordkoreanisches Selbstgespräch in Deutschland.

Offiziell war die nordkoreanische Delegation heute lediglich bei der Konferenz über „Chancen und Risiken grenzüberschreitender Wirtschaftsbeziehungen in Ostasien" in der chinesischen Botschaft zu Gast. Morgen besuchte sie dann die Tagung „East meets West" in der Akademie Auswärtiger Dienst, in deren Zusammenhang auch deutsch-

nordkoreanische Gespräche über ein Kulturaustauschprogramm stattfinden sollten, die auf eine Wiedereröffnung des 2009 geschlossenen
Goethe-Informationszentrums in Pjöngjang abzielten. Die USA dagegen unterhielten nach wie vor keine diplomatischen Beziehungen zu
Nordkorea, mit dem sie offiziell noch im Kriegszustand waren, und somit fanden auch keine diplomatischen Treffen statt – es sei denn im
abgesteckten Rahmen des multilateralen Sechs-Parteien-Dialogs. Die
morgen im Anschluss an die „East meets West"-Gespräche geplante
Begegnung zwischen hochrangigen ehemaligen US-Diplomaten und
der nordkoreanischen Delegation in der neben den Gebäuden der
Akademie Auswärtiger Dienst befindlichen Borsig-Villa hatte also
eher privaten Charakter. Deutschland, als sozusagen siebte Partei, trat
bei alledem nur als Vermittler in Erscheinung. Das war alles sehr verwickelt, aber das war Habrecht als altgedienter Fernost-Diplomat gewohnt. War er doch einerseits erfahren genug und andererseits seine
Position hinreichend unbedeutend, um ihn zu einem idealen Akteur
im Rahmen der sogenannten Track-II-Diplomatie zu machen: jener
formal inoffiziellen Expertenkontakte zwischen verfeindeten Staaten,
wenn das „erste Gleis" der Gespräche auf Regierungsebene blockiert
ist, wie zwischen den USA und Nordkorea der Fall. Immer wieder waren es da die Deutschen gewesen, die in diesem schwierigen Konflikt
die Vermittlerrolle übernahmen. Anders als die USA hatten sie eine
Botschaft in Pjöngjang. Und aufgrund ihrer einzigartigen Geschichte
auf beiden Seiten des Eisernen Vorhangs verfügten sie über Kanäle, die
anderen Ländern verschlossen waren. Die Deutschen hatten vierzig
Jahre in einem geteilten Land gelebt – die Koreaner taten es heute
noch. Nach der Wiedervereinigung war das politische Berlin in die
Fußstapfen *beider* deutscher Staaten getreten und hatte bis zu einem
gewissen Grad auch deren jeweils spezielle Beziehungen zu dem einen
oder dem anderen Korea übernommen. Und so war Deutschland (und
für Deutschland Dr. Johann Habrecht) als Vermittler geradezu prädes-
tiniert, wenn es Irritationen auszuräumen galt.

Irritationen. Der ganze Prozess der Konfliktvermittlung in Ostasi-
en war von Irritationen begleitet. China im Konflikt mit Japan. Taiwan
im Konflikt mit China. Chinas belastete Beziehung zu Nordkorea als
„großer Bruder" und letzter Verbündeter, der aber die Eskapaden des

kleinen Bengels mit zunehmendem Unwillen verfolgte. Die problematischen Beziehungen Japans zu beiden Koreas. Die verfahrene Situation der Koreas untereinander. Die Rolle der USA als Schutzmacht Japans, Taiwans und Südkoreas, die aber immer mehr an Boden verlor, während China und Russland ihren Einfluss ausweiteten.

Die Koreafrage stand gleichsam im Brennpunkt all dieser fernöstlichen Konflikte, und Habrecht wusste, dass sich daran so schnell nichts ändern würde. Denn so sehr sich die Lust auf einen echten militärischen Konflikt auf allen Seiten in Grenzen hielt – die Betonköpfe, die es überall gab, einmal ausgenommen –, war doch an einer echten Lösung ebenso kaum einem gelegen. China, das seine Einflusszone nicht verlieren wollte, konnte an einer Wiedervereinigung wenig Interesse haben, den unwahrscheinlichen Fall vielleicht ausgenommen, dass diese unter „kommunistischen" Vorzeichen geschah. Japan hätte ein wiedererstarktes vereintes Korea nur zu fürchten. Südkorea, nach siebzig Jahren der getrennten Wege plötzlich von Millionen hungernder, fremd gewordener Brüder aus dem Norden überrannt, stünde vor Belastungen, denen gegenüber die Billionenkosten der deutschen Wiedervereinigung Peanuts wären – das Wirtschaftsgefälle zwischen den Koreas war jetzt viermal größer als damals zwischen den Deutschlands. Im Fall eines Zusammenbruchs des Kim-Regimes würde die vom Süden zum Norden hin errichtete Mauer das Land nicht mehr vor Panzern schützen müssen, sondern vor anbrandenden Flüchtlingswellen. Und der Norden selbst? Auch wenn das Volk hungerte, lag doch die Macht in den Händen einer korrupten Nomenklatura, die im Luxus schwelgte – sollte sie ihre Privilegien durch eine Reise ins Ungewisse gefährden? Schon jedes bisschen Öffnung des Landes musste zudem enthüllen, wie sehr das Regime sein Volk über Jahrzehnte belogen hatte, und das könnte rasch sein Todesurteil sein.

Dennoch, so monolithisch die nordkoreanische Staatsführung auf den ersten Blick wirken mochte, Habrecht wusste, dass es spätestens seit der Machtübernahme des jungen Kim mächtig im Gebälk knirschte. Hinter den Kulissen tobte ein mit harten Bandagen geführter Machtkampf, der Ende 2013 aller Welt offenbar geworden war, als Kim sogar seinen mächtigen Mentor, den eigenen Onkel Jang Song Thaek, hatte hinrichten lassen. Wohin wollte der unberechenbare junge Diktator? Und: Wer würde sich letztlich durchsetzen können?

Fragen, über die Johannes Habrecht nur spekulieren konnte. Wichtig war, dass sich diese Risse und Brüche von oben nach unten durch das gesamte Machtgebäude des Landes zogen und dass die damit verbundenen Unwägbarkeiten die Verantwortungsträger aller Etagen einerseits hektisch und zappelig machten, sie andererseits aber geradezu lähmten. Offenbar hatte niemand einen Plan, wohin die Reise gehen sollte, und so hatte jeder höchst berechtigte Angst vor jedem, wollte sich nicht zu weit vorwagen. Ein ganzes Land war dabei, in einen spannungsgeladenen Stillstand zu verfallen. Die Ruhe vor dem Sturm?

Am Platz der Vereinten Nationen bog Habrecht nach links in die Lichtenberger Straße ab. Jetzt war es nicht mehr weit.

Das alles waren schwierige Voraussetzungen für die heutigen Vermittlungsgespräche. Da musste Habrecht ran. Eigentlich hätte statt seiner Diethard Schischkoff, MdB, von der deutsch-koreanischen Parlamentariergruppe teilnehmen sollen, aber dem waren, wie Habrecht spätabends von Walter Korff erfahren hatte, andere Verpflichtungen dazwischengekommen. Zum Mittagessen, zu dem die deutsche Seite ins direkt neben der chinesischen Botschaft gelegene China-Restaurant „Ming Dynastie" geladen hatte, wollte Schischkoff dann aber, zusammen mit Korff, erscheinen. Typisch, dachte sich Habrecht. Ich muss die Kastanien aus dem Feuer holen – sie kommen zum Essen. Hoffentlich würde *er* sich dann wenigstens absetzen können. Er war kein großer Freund von chinesischem Essen. Auch wenn er die Köstlichkeiten der „Ming Dynastie" – wie Schweineohrensülze mit Chiliöl, eingelegte Hühnerfüße oder Quallensalat mit acht Kostbarkeiten – nicht wirklich verschmähte und als in allen Bereichen erfahrener Diplomat ohnehin stets verschlang, was immer man ihm auf den Teller legte, war ihm ein anständiges Eisbein oder eine Leber mit Kartoffelpüree lieber als dieses quabbelige chinesische Zeug, das nach nichts schmeckte. Gut, am Eisbein gab es auch Quabbeliges. Aber das schmeckte wenigstens.

Korff hatte nichts davon gesagt, dass Habrecht beim Essen dabei sein musste, oder? Nein. Korff hatte sich überhaupt kurz gefasst, wie es seine Art war. Habrecht schüttelte es jedes Mal innerlich, wenn er an

Walter Korff dachte. Kaum einer seiner diplomatischen Kollegen aller Länder war ihm so unsympathisch wie sein umtriebiger Landsmann, der seit langen Jahren sein Leben damit verbrachte, zwischen Pjöngjang und Berlin zu pendeln. Und das offenbar in mehrfacher Beziehung. Dieser windige Pseudodiplomat, der überall seine Finger drin hatte. Habrecht wusste natürlich, dass Korff eine wichtige Arbeit leistete und, Immunität hin oder her, bei seinen Missionen oft Kopf und Kragen riskierte, trotzdem mochte es Habrecht lieber aufrecht, offen und ehrlich. Diplomatie war Diplomatie, und Geheimdienst war Geheimdienst, und wenn man beides vermischte, konnte nichts Gutes herauskommen. Korff und seine zwielichtigen Kontakte; Korff und sein Agieren jenseits der Ränder der Legalität. Wer sich so eng mit Schurkenstaaten einließ wie Korff, stand in Gefahr, selbst zum Schurken zu werden. Habrecht war sich im Klaren, dass er Korff mit dem, was er über seine Aktivitäten wusste, gehörig in Schwierigkeit bringen könnte. Natürlich würde Habrecht schweigen. Petzen war seine Sache nicht, und Diskretion ist die erste Pflicht eines guten Diplomaten.

Gut, die Diskrepanzen zwischen Habrecht und Korff hatten eine lange Geschichte. Habrecht verachtete Korff, seit er Mitte der Achtziger von dem jungen, ehrgeizigen Stasimann verhört worden war, bevor der seine Laufbahn in Moskau und anderen Bruderländern fortgesetzt hatte. Wäre es damals nach Korff gegangen, hätte Habrechts Karriere eine andere, unschöne Bahn genommen. Dumm nur, dass sie später in der gleichen Behörde wieder aufeinandergetroffen waren. Natürlich hatte Korff wiederum Habrecht nicht verziehen, dass Habrecht eine ständige mahnende Erinnerung an eine Zeit darstellte, an die Korff nicht erinnert werden wollte – das heißt, er wollte vor allem jedenfalls nicht, dass die *Welt* an den Korff jener Zeit erinnert wurde. Was Habrecht verstehen konnte. Dennoch machte es Korff nicht sympathischer.

Er hatte das Spreeufer erreicht und steuerte das kalt in der Sonne liegende Gebäude der Botschaft an, als sein Handy klingelte. Er stieg vom Rad. Korffs Nummer. Schon wieder. Seufzend hob er ab. „Ja ... ja, sicher ... bin fast da. Wie bitte? Natürlich. Ja. Natürlich bleibe ich zum Mittagessen!" Seufzend stieg er wieder auf. Quallensalat.

Berlin-Mitte

Die Botschaft der Demokratischen Volksrepublik Korea in der Glinkastraße, ein typischer DDR-Plattenbau aus den siebziger Jahren als Geschenk an den sozialistischen Bruderstaat, wirkte nahezu ausgestorben. Stumm lagen auf sechs Stockwerken Zimmer an Zimmer hinter milchigen Fenstern und grauen Vorhängen. Auf dem Dach thronte, weithin sichtbar, eine riesige, mit Querstreben versehene Antenne, die an das Grätengeripppe eines Riesenfischs erinnerte.

Einst hatte die Botschaft bessere Tage gesehen. Damals waren hier über hundert Menschen beschäftigt gewesen, für die es sogar ein eigenes Schwimmbad gegeben hatte. Jetzt war nur etwa ein Zehntel davon verblieben; Menschen, die, waren sie alt genug, mit Wehmut auf jene gute alte Zeit zurückblickten. Die meisten Botschaftsangestellten entstammten jedoch einer weit jüngeren Generation. Nach der Wiedervereinigung war die Botschaft zunächst geschlossen und durch ein „Büro für den Schutz der Interessen der Demokratischen Volksrepublik Korea" ersetzt worden. 2001 waren dann offizielle diplomatische Beziehungen aufgenommen und auf dem alten DDR-Gelände die nordkoreanische BRD-Botschaft eröffnet worden. Das protzige Gebäude war inzwischen jedoch viel zu groß, und das chronisch geldknappe Land hatte entsprechende Konsequenzen gezogen und das Hauptgebäude kurzerhand verpachtet – unter anderem an ein Hostel für Globetrotter aus aller Welt, die nun dort in Achtbettzimmern nächtigten, ohne auch nur zu ahnen, den „Boden" welches Landes sie da betreten hatten. Die Botschaft selbst war dagegen in das ehemalige Nebengebäude an der Mohrenstraße umgezogen, das für die verbliebenen Mitarbeiter und deren Familien mehr als ausreichte.

Zwar mochte die Botschaft ein gesichtsloser Plattenbau sein, doch stand sie keinesfalls auf geschichtslosem Boden. Am gleichen Ort hatte sich zuvor das Hotel Kaiserhof befunden, eines der Lieblingshotels Adolf Hitlers, von dem es nur wenige Schritte sowohl zum alten Berliner Machtzentrum um die Reichskanzlei in der Wilhelmstraße als auch zum neuen NS-Machtzentrum mit Hitlers Neuer Reichskanzlei in der Voßstraße waren. Was nach dem Krieg noch an Trümmern geblieben war, wurde von der jungen DDR radikal entfernt, der einst für Berlin so zentrale Wilhelmplatz verschwand unter Plattenbauten und im Umkreis wurde das Botschaftsviertel von Ostberlin eingerichtet. Direkt neben der im modernen brutalistischen Stil gebauten Botschaft der Tschechoslowakei in der DDR war etwa zeitgleich das Botschaftsgebäude der Volksrepublik Korea errichtet worden.

Es war in der Botschaft meist ruhig und beschaulich. Was, wie der Botschafter fand, durchaus seine Vorteile hatte. Seit gestern Abend die Delegation aus Pjöngjang eingetroffen war, hatte sich allerdings ein leiser Abglanz der alten Größe und Geschäftigkeit über die Botschaft gelegt, was den jungen Botschafter einerseits stolz machte, andererseits aber mit Arbeit, Stress und Problemen verbunden war.

Der neue Botschafter war erst seit wenigen Wochen im Amt. Was aus seinem Vorgänger geworden war, wusste er nicht. Der hatte bis zu seiner überraschenden Abberufung seine Tätigkeit in aller Ruhe und Diskretion wahrgenommen. Nur einmal hatte er in der deutschen Presse für kleinere Schlagzeilen gesorgt, als er beim Schwarzfischen in der Havel erwischt worden war: Die polizeiliche Aufforderung zur Einstellung seines verbotenen Tuns nahm er, so der Polizeibericht, „wohlwollend und lächelnd zur Kenntnis und setzte die Straftat fort". Aber solche diplomatische Immunität galt nicht im Heimatland: Ob jenen Vorgänger wohl das gleiche Schicksal ereilt hatte wie dessen Schweizer Kollegen, der nach 22 verdienstvollen Jahren abgelöst worden war, nur um in der Heimat hingerichtet zu werden? Davon berichtete jedenfalls die Propagandamaschinerie der westlichen Medien. Der neue Botschafter verbot sich besser jeden Gedanken daran.

Unterstützt wurde der diplomatisch noch nicht sonderlich erfahrene neue Botschafter von einigen Attachés, Wachsoldaten, Sekretärinnen und sonstigem Personal. Dazu kamen noch die Herren von der „Vereinigungsfront", einem der mindestens vier nordkoreanischen Geheimdienste. Sie alle befanden sich hier mitten im Feindesland, und das wussten sie. Ihre Hauptaufgabe bestand darin, Informationen zu sammeln, um den vereinten Angriffen einer neidischen Welt auf ihr geliebtes Heimatland zuvorzukommen, alles zu verhindern, was ihm schaden, und alles zu befördern, was ihm nutzen konnte.

Und ihr Heimatland war vielfach in Gefahr. Nur mit größten Anstrengungen war es sechzig Jahre zuvor im siegreichen Vaterländischen Befreiungskrieg gelungen, den Überfall der räuberischen Yankee-Imperialisten durch die heldenhaften Truppen der Volksrepublik zurückzuschlagen. Dabei hatten sie jedoch die südliche Hälfte ihres Landes verloren, die nach wie vor von den Imperialisten besetzt gehalten wurde. Nach wie vor musste *Choson*, die Demokratische Volksrepublik Korea, mithin unermüdlich auf das Ziel einer Wiedervereinigung hinarbeiten – unter der weisen Leitung ihres Obersten Führers Kim Jong Un, der bereits in jungen Jahren die Stärke und Führungskraft bewiesen hatte, um die Nachfolge des Geliebten Führers Kim Jong Il anzutreten, des Ewigen Generalsekretärs. Dieser Leitung sich freudig und aufopferungsvoll zu unterwerfen war oberste Pflicht des gesamten Botschaftspersonals. Den Prinzipien der weisen *Juche*-Politik des Staatsgründers, des Großen Führers und Ewigen Präsidenten Genosse Kim Il Sung, folgend, würden sie alle ihre Lebenskraft unablässig in den Dienst des Obersten Führers stellen. Hatte die *Juche*-Philosophie doch, über alles Denken von Marx, Lenin und selbst Stalin hinausgehend, bewiesen, dass *Choson* der Mittelpunkt der Welt und somit als allein in sich ruhendes Land über alle anderen Länder gestellt ist. Dies weckte natürlich den Neid der minderwertigen Staaten und ganz besonders der Yankee-Imperialisten. Angesichts der vielfachen Bedrohung von allen Seiten war aus der *Juche*-Doktrin konsequent die *Songun*-Politik gefolgt, seit 2009 das offizielle zweite Standbein des Landes. Und da diese Politik so einfach und einleuchtend ist, enthält schon ihr Name das ganze Prinzip: „Militär zuerst!"

Es hatte geklopft. Der Botschafter rieb sich die Stirn, hinter der ein unangenehmer Kopfschmerz pochte. Es folgte ein energisches „Herein!". Die Tür öffnete sich und Kyok Kwon Il trat ein.

Er war mittelgroß, Mitte fünfzig und unauffällig korrekt in einen dunkelgrauen Anzug mit einem weißen Hemd und einer dunkelblauen einfarbigen Krawatte gekleidet. Seine wachen Augen funkelten den Botschafter hintergründig an. Kein Zweifel: Er hatte hier einen hochintelligenten – und entsprechend gefährlichen – Mann vor sich.

Sofort sprang er auf, legte die Arme an den Körper und verbeugte sich tief vor dem Eintretenden. Der reagierte mit einer ähnlichen Verneigung, die jedoch nicht ganz so tief ausfiel. Der Botschafter hatte Kyok Kwon Il erst am Vorabend kennengelernt. Ein hochrangiger Diplomat aus Pjöngjang, der als zweiter stellvertretender Delegationsleiter für die inoffiziellen Gespräche mit den Yankee-Imperialisten morgen angereist war. „Ich bin höchst erfreut, dass Sie mich mit Ihrer Anwesenheit beehren, Genosse Kyok Kwon Il."

Kyok nickte lächelnd. „Ich sehe, Sie bereiten sich auf den Aufbruch vor, Genosse?" Es lag ein Unterton in Kyoks Stimme, den der Botschafter nicht zu deuten wusste. Woran der andere diese Aufbruchsvorbereitungen ablesen wollte, war ihm zudem unklar.

„Ja. Sie wissen, wie sehr die Chinesen Pünktlichkeit schätzen."

Kyok nickte und sah den Botschafter an. Der bemerkte ein Aufflackern in den Augen seines Gegenübers, das nichts Gutes zu verheißen schien. Übergangslos begann Kyok: „Ich hatte die unschätzbare Freude, heute Morgen mit einem Anruf aus Pjöngjang beehrt zu werden. Von keinem Geringeren als Generaloberst Choe Ryang Kee."

Der Botschafter erstarrte. Äußerlich bemühte er sich, sich nichts anmerken zu lassen. Der Generaloberst war einer der höchsten Militärs der fünftgrößten Armee der Welt und folglich ein sehr mächtiger Mann. Dass Kyok Kwon Il zu diesem Mann direkten Kontakt hatte, ließ auch ihn mächtiger erscheinen, als er es dem Protokoll nach war.

Kyok machte eine bedeutungsschwere Pause. „Sie wissen vielleicht, dass es der Generaloberst nicht sonderlich schätzt, wenn Gespräche mit den Yankee-Hunden geführt werden", fuhr er fort und blickte weiter starr ins Gesicht des Botschafters, in dem sich kein Mienenspiel bemerkbar machte. „Wer auch nur mit ihnen spreche, setze sich dem Pesthauch ihrer Verderbnis aus, mache es dem dekadenten kapitalistischen Virus leicht, überzuspringen. Insofern erübrige sich im Grunde auch das Vorbereitungsgespräch in der chinesischen Botschaft, so die Überzeugung des Generalobersts. Gerade heute, am Tag des strahlenden Sterns, sollten wir die Chinesen lieber meiden, die den Kommunismus verraten und uns so oft düpiert haben."

Der Botschafter verkrampfte sich innerlich noch mehr. Das fiel Pjöngjang aber früh ein. Das Treffen sollte in einer knappen Stunde beginnen. Warum hatte man ihn, den Botschafter, nicht benachrichtigt? Wie sollte er jetzt reagieren? „Welche Position vertritt, wenn ich fragen darf, Genosse Pak Song Rim in diesem Punkt?", fragte er steif.

Pak Song Rim war der eigentliche Verhandlungsführer. Ein verdienstvoller hoher Diplomat, der als junger Mann noch im Vaterländischen Befreiungskrieg gekämpft hatte, mittlerweile allerdings hochbetagt und kränklich war, so dass man mit ihm nur noch eingeschränkt rechnen konnte. Gestern Abend bei der kleinen Begrüßungsfeier war er allerdings, soweit sich der Botschafter zu erinnern vermochte, noch äußerst guter Laune gewesen.

„Ich habe ihn heute noch nicht sprechen können."

„Und Genosse Lee Hyun Hae?" Lee Hyun Hae war der *erste* Stellvertreter Pak Song Rims und damit der eigentlich Entscheidungsbefugte, wenn Pak Song Rim verhindert war.

Kyok zuckte die Schultern. Schwieg. Der Botschafter hatte bereits am Abend bemerkt, dass Kyok und Lee einen sehr distanzierten Umgang miteinander pflegten. Nebenbei hatte ihm Lee mit der gebotenen Zurückhaltung deutlich gemacht, dass Seine Exzellenz, der Oberste Führer, große Hoffnungen auf eine Wiederaufnahme der Gespräche setzte. Den heutigen Termin ungenützt verstreichen zu lassen würde wohl auch das Treffen morgen platzen lassen. Das konnte Lee nicht wollen. Es sei denn, er hatte entsprechende Order aus Pjöngjang. Wo er nur blieb? Wenn sowohl Pak als auch Lee aus irgendwelchen Gründen nicht auftauchten, war der Botschafter in einer sehr schwierigen Lage. Er musste sich Gewissheit verschaffen.

„Handelt es sich bei dem … äh … Geäußerten aus dem hochverehrten Munde des Generaloberst Choe also um einen offiziellen Befehl?"

Kyok zögerte. „Ist es nicht die erste Pflicht eines Untergebenen, seinen Vorgesetzten jeden Wunsch von den Lippen abzulesen und ihn pflichteifrig zu erfüllen?"

Also kein offizieller Befehl. Der Botschafter überlegte. Bei zwei sich widersprechenden gleichrangigen Anweisungen – Derartiges war schon wiederholt vorgekommen – war abzuwägen, welcher Befehlsgeber hochrangiger und mächtiger war, und zudem, das war sehr wichtig, auch zu berücksichtigen, wer wohl *in einigen Wochen* der Hochrangigere und Mächtigere sein würde. Erschwerend kam hinzu, dass Hochrangigkeit und Mächtigkeit nicht immer dasselbe waren und dass es oft besser war, sich dem Mächtigeren zu beugen, wiewohl die Ranghöhe das eigentlich Ausschlaggebende sein müsste.

Der Fall war auch hier schwierig: Generaloberst Choe Ryang Kee war um ein Vielfaches mächtiger als Lee Hyun Hae. Aber Lee Hyun

Hae bezog seine Direktiven wiederum aus dem unmittelbaren Umfeld des Obersten Führers, der hochrangigsten und unanfechtbarsten Stimme der gesamten zivilisierten Welt. Damit war der Fall klar. Zumal von Generaloberst Choe offenbar kein direkter Befehl vorlag.

Der Botschafter sah den zweiten stellvertretenden Delegationsleiter an und sagte dann, jedes Wort sorgfältig wählend. „Ich denke, verehrter Genosse Kyok, wir sollten uns in dieser Sache so verhalten, wie es die übereinstimmende Ansicht der Delegationsleitung ist und wie es dem weisen Willen unseres geliebten Obersten Führers entspricht."

„Ohne Zweifel", antwortete Kyok Kwon Il. Dann räusperte er sich: „Es ist nur so, dass ich Sie nicht in die chinesische Botschaft begleiten werde, Genosse. Generaloberst Choe hat mir einen anderslautenden Auftrag erteilt. Entschuldigen Sie mich bitte bei der übrigen Delegationsleitung. Ich bin mir sicher, Sie werden meine Positionen würdig und in meinem Sinne vertreten. Viel Glück! Leben Sie wohl." Mit einer nur angedeuteten Verneigung schlüpfte er durch die Tür hinaus.

Der Botschafter sah ihm mit zusammengekniffenen Brauen nach. Dann erhellte sich sein Blick. Da kam jemand. Lee Hyun Hae. Endlich. Mit äußerst knapper Begrüßung waren der erste und der zweite stellvertretende Delegationsleiter aneinander vorbeigegangen.

„Kommen Sie, Genosse Botschafter. Der Wagen wartet bereits. Sie wissen, wie sehr die Chinesen Pünktlichkeit schätzen."

„Wird der verehrte Genosse Delegationsleiter Pak Song Rim uns begleiten? Gerade *er* war es ja, der auf das heutige Treffen in der Botschaft bestanden hat, das ansonsten gar nicht erst stattgefunden hätte."

„Er ist leider … unpässlich. Sie wissen, die Begrüßungsfestlichkeiten gestern. Der hochverehrte Genosse hat, äh … das deutsche … Essen nicht vertragen. Leider ist er momentan nicht bei bester Gesundheit. Ich werde für ihn die Gespräche leiten."

Der Botschafter nickte und stand auf. Das *Essen* war eigentlich koreanisch gewesen. Er hatte selbst noch einen dicken Kopf.

Berlin, Potsdamer Platz
Jeremy war früh aufgestanden, weil er nicht mehr schlafen konnte. Nach zwei Aspirin, einem kontinentalen Frühstück und einem kurzen Fitnessprogramm im Olympus Spa auf dem Dach des Hotels hatte er

beschlossen, sich die Zeit bis zum Mittag mit einem weiteren Spaziergang zu vertreiben. Der Tag war sonnig, Jeremys Kopf nun wieder klar, und es war sein letzter Tag in Berlin.

Er verließ gut gelaunt das Hotel, schlug den gleichen Weg wie die Nacht zuvor ein, überquerte den Potsdamer Platz, bog dann aber von der Ebert- in die Voßstraße ein. Der Tag war wirklich herrlich. Er ertappte sich dabei, wie er eine Melodie vor sich hin pfiff. *I feel good in a special way, I'm in love and it's a sunny day ...* Er schmunzelte. *In love?* Das war doch wohl etwas übertrieben. Dennoch: *Good day sunshine!* Im Gehen versuchte er, Mie anzurufen, erreichte sie aber nicht, was seine Laune ein wenig dämpfte. Dann versuchte er Cathy anzurufen. Erreichte sie nicht. Bei ihr sprang immerhin die Mailbox an, doch Jeremy sprach nur ungern auf Anrufbeantworter. Später.

Zwischen dem Restaurant „Peking Ente" und dem graubraun glitzernden futuristischen Klotz der tschechischen Botschaft klingelte sein Handy. Mie? Cathy? Nein – J. D. Seufzend nahm Jeremy den Anruf an. Er erwartete, dass J. D. wegen Jeremys plötzlichen Verschwindens ungehalten sein könnte, aber zu seiner Überraschung erwähnte J. D. die ganze Sache mit keinem Wort. Möglicherweise war J. D. sein gestriger Zustand peinlich. Außerdem war J. D. ja ein Koreaner, der stets auf die Wahrung der traditionellen Werte von *Gibun* und *Nunchi* achtete, die für Nichtkoreaner schwer zu begreifen sind. Wichtig ist in ihrem Zusammenhang, sich stets um eine harmonische, respektvolle Beziehung zum anderen, den höflichen, zurückhaltenden Umgang und die Wahrung des inneren Gleichgewichts zu bemühen und in diesem Sinne alles zu vermeiden, was zu Irritationen führen könnte.

„Gratuliere", posaunte Jeremy ins Telefon. „Ich würde sagen, Sie haben diesmal ins Schwarze getroffen!"

„Ja?" J. D. wirkte ein wenig überrascht.

„Ich bin entschlossen, Mie Chang die Rolle zu geben. Sie hat mich überzeugt. Genau das, was ich gesucht habe."

„Ist das nicht etwas vorschnell? Ich meine, ihre Referenzen ..."

„Sie haben selbst gesagt, dass sie gut schauspielen kann, ich teile diesen Eindruck und das reicht mir. Sie können also gleich die Verträge fertig machen. Rufen Sie sie bitte umgehend an und erinnern Sie sie bitte auch daran, dass wir uns heute treffen wollten."

J. D. zögerte kurz. Dann, wie aus der Pistole geschossen: „In Ordnung, sehr verehrter Herr!" Jeremy legte auf und atmete durch. Vielleicht gelang es J. D. ja besser, sie zu erreichen.

Aus einer grauen Gittertür hinter einer Parkplatzzufahrt rechts kam mit überhöhter Geschwindigkeit ein schwarzer Mercedes geschossen und bog am Zietenplatz in die Mohrenstraße ein. Jeremy war gerade noch rechtzeitig zur Seite gesprungen. Er warf dem Auto einen wütenden Blick nach und sah, dass neben dem Nummernschild der Aufkleber „CD" prangte: Diplomatenkennzeichen. Typisch. Die brauchen sich nicht um Verkehrsvorschriften zu scheren, sind ja immun – wenn auch nicht gegen Unfälle.

Hinter dem Tor ein hellgrauer, etwas heruntergekommen wirkender Plattenbau. Auf der Seite zum hoch umzäunten Hinterhof hin, aus dem das Auto gekommen war, hing einsam und schlaff ein trostloser Basketballkorb. Ein zweiter lag demontiert daneben. Neugierig geworden umrundete Jeremy das graue Gebäude mit seinen dunkel türkisfarbenen Fensterfronten und blieb vor einem seitlich neben dem Vordertor an der Glinkastraße angebrachten Schaukasten stehen, in dem ein paar alte Fotos hingen. Der ungelenk und grammatisch fehlerhaft formulierte Begleittext handelte vom 15. April, dem Geburtstag der „großen Sonne", und endete mit den Worten: *Unter kluger Führung des hoch verehrten Generalobersts Kim Jong Un verwirklicht Songun-Korea weit reichende Zukunftspläne und Ideal. Der in der Geschichte jährlich zu begehende Tag der Sonne wird auf ewig als der größte Feiertag der Kim-Il-Sung-Nation und ein gemeinsamer Frühlingsfesttag der Menschheit bleiben.*

Oben vorm Schaukasten ein goldenes Metallschild: „Botschaft der demokratischen Volksrepublik Korea". Darüber die rot-blau-weiße Fahne. Das Land schien Jeremy zu verfolgen. *Good day sunshine!* Zeit, dass er seinen Thriller fertig bekam.

Einer spontanen Anwandlung folgend drückte er auf den Klingelknopf neben der Tür. Schließlich schien es J. D. ernst damit zu sein, für sie beide eine Reise dorthin organisieren zu wollen, und da konnte es, wenn er schon einmal hier war, nicht schaden, sich die üblichen Touristikbroschüren mit Einreisebedingungen geben zu lassen; dafür waren Botschaften auf der ganzen Welt ja da. Während er wartete, warf er einen Blick durchs Gittertor. Das Gebäude wirkte verlassen. Unter den Bäumen an der Seite traten zwei etwa zehnjährige Mädchen mit schwarzen Pferdeschwänzen hervor. Sonst tat sich nichts.

Er klingelte erneut, wartete weiter. Die Mädchen lachten und rollten mit Inlineskates über den Innenhof. Kein Lebenszeichen sonst. Erst jetzt fiel Jeremy auf, dass jemand links hinter dem Tor Blumentöpfe mit prächtig rot blühenden Blumen aufgestellt hatte. Davor ein handgemaltes Schild: *16. Februar – Tag des strahlenden Sterns.* War das nicht heute? Geburtstag des Geliebten Führers, wie der „Tag der Sonne" ein hoher Nationalfeiertag. Die Blumen mussten dann Kimjongilien sein, die eigens für diesen Tag gezüchtete Begonienart.

Jeremy ging. Darum sollte sich mal schön J. D. kümmern.

Küsnacht

„Was heißt hier, du wirst bedroht? Jetzt mach mal halblang! Das wird mir jetzt, um ganz ehrlich zu sein, langsam zu …"

„Jonathan, ich habe die ganze Zeit versucht, dich zu erreichen. Warum gehst du nicht ans Telefon?"

„Was heißt, ich gehe nicht ans Telefon? Ich war im Flugzeug, Schätzchen. Ich habe hier wichtige Gespräche vor mir, du weißt ja gar nicht, was alles daran hängt. Wahrscheinlich werde ich so bald wirklich nicht mehr ans Telefon gehen können. Aber jetzt habe ich ein paar Minuten Luft, also erzähl mir nochmal alles, langsam, geordnet und ausführlich und bitte nicht in diesem hysterischen Tonfall."

Chloe holte tief Luft, riss sich zusammen und fing noch einmal von vorn an. Von den Ostasiaten mit dem Hund. Von dem Kuvert, das ihr irgendwer ins Zeitungsrohr gesteckt hatte. Vom Mord an Marcus B. Von ihrer gemeinsamen Schulzeit (dass sie ein Jahr lang auf ihre damalige kindliche Weise „zusammen" gewesen waren, hielt sie für nicht so wichtig, dass es einer Erwähnung wert gewesen wäre).

Jonathan blieb ungerührt. „Und was ist da der Zusammenhang?"

„Das weiß ich doch nicht. Aber es ist schon ein bisschen viel Zufall, oder? Die Ostasiaten bedrohen mich mit Hunden, mein ehemaliger Mitschüler wird von Hunden zerrissen, und dann steckt mir auch noch jemand den Zeitungsbericht dazu in den Briefkasten. Verstehst du nicht, dass das diese Asiaten sein müssen, die mir drohen wollen? Und das gerade jetzt, wo Vater so krank ist und ich mich nicht mit der Bitte um Rat und Hilfe an ihn wenden kann!"

„Den Zeitungsartikel hat dir sicher jemand reingesteckt, der weiß, dass du Marcus' Mitschülerin warst, ein Bekannter oder so. Jetzt bleib mal am Boden, meine kleine Verschwörungstheoretikerin!"

„Davon weiß hier aber niemand – das heißt, diese Asiaten müssen es wohl irgendwie wissen. Ich sag dir doch, die wollen mir drohen!"

„Weshalb? Womit? Ich sehe, um ganz ehrlich zu sein … "

„Du weißt genauso gut wie ich, dass die Century Bank mit allen möglichen Leuten aus Ostasien Geschäfte macht. Und ich glaube, du weißt noch besser als ich, dass das nicht immer die saubersten Geschäfte sind. Da geht es um irgendwelche dieser krummen Dinger, die ihr – du oder mein Vater oder du in seinem Auftrag – über die Bank abwickelt. Mir wird die Sache zu heiß. Du musst die Finger davon lassen, Jonathan, sonst sage ich's Jeremy! Oder ich geh zur Polizei."

Am anderen Ende herrschte kurz Stille, in die man einen Vogel zwitschern hören konnte, bis er vom fernen Rollen einer Straßenbahn übertönt wurde. Dann meldete sich Jonathan mit mühsam beherrschter Stimme zurück: „Erstens, Chloe, mache ich keine ‚krummen Geschäfte', wie du das nennst. Rechtlich ist alles höchstens Grauzone. Zweitens sollte man am Telefon auch mit spaßeshalber gemachten Bemerkungen vorsichtig sein, schließlich weiß man nie, wer alles mithört. Drittens, Chloe, selbst wenn das alles stimmen würde, was du dir da an haarsträubenden Sachen zusammenreimst … Gut, gesetzt den Fall also, das *stimmt* alles und da droht dir wirklich jemand … dann wäre es, um ganz ehrlich zu sein, immer noch das Sicherste, dich ruhig zu verhalten. Ich meine, wenn die dir drohen wollen – dann jedenfalls nicht, damit du alles groß ausposaunst, sondern weil sie dich einschüchtern wollen. In solchen Fällen empfiehlt es sich dann aber auch, ein wenig … na ja … *schüchtern* zu sein. Hast du das verstanden? Es ist ganz wichtig, dass du das verstanden hast. Bitte, höre in diesem Punkt auf mich. Ich bin mir sicher, dein Vater würde dir jetzt den gleichen Rat geben. Mach ihm keine Schande oder bring dich gar in Gefahr, indem du etwas Unüberlegtes tust. Ja?"

„Ja. Ich versteh schon. Ich soll erst einmal gar nichts machen."

„Korrekt. Bald, wahrscheinlich übermorgen Abend, komme ich zurück und dann besprechen wir in Ruhe, wie wir weiter vorgehen. Ist es jetzt gut, mein Schatz? Ich drücke dich ganz fest, ja?"

„Ja. Vielleicht hast du recht. Aber ich hab trotzdem Angst."

„Etwas Angst und Vorsicht kann nie schaden. Aber wenn du dich richtig verhältst, wird schon nichts passieren. Dafür lege ich meine Hand ins Feuer. Ich denk an dich. Ich melde mich, ja? Küsschen."

Er hatte aufgelegt. Chloe wischte sich eine Träne aus dem Augenwinkel und trat auf den Balkon, um sich eine „Eve 120" anzuzünden. Sie liebte diese dünnen, langen, *femininen* Zigaretten mit ihrem raffinierten Parfümaroma. Es war ein klarer Tag und in der Ferne konnte sie die weißen Häupter der Alpen sehen. Ein paar Häuser weiter bellte ein Hund. Sie zuckte zusammen. Drinnen, auf dem Esszimmertisch, lag immer noch aufgeschlagen das rotumrandete Zeitungsblatt.

Berlin, Chinesische Botschaft
Dr. Johannes Habrecht sah auf die Uhr. 12.40 Uhr. Dann würde er ja wohl bald erlöst sein. 12.45 Mittagspause. Alle Termine, die er bisher in der chinesischen Botschaft wahrgenommen hatte, hatten pünktlich begonnen und pünktlich ein Ende genommen. Darauf war Verlass. Erlöst? Zu Quallensalat und tausendjährigen Eiern mit Korff und Diethard Schischkoff, MdB: 13 Uhr Mittagessen, in der „Ming Dynastie". Die Gespräche im Rahmen der Konferenz über die grenzüberschreitenden Wirtschaftsbeziehungen in Ostasien wurden am Nachmittag fortgesetzt, da musste Habrecht aber nicht mehr mit dabei sein. Er hatte seine Aufgabe erledigt. Wie so oft zur allseitigen Zufriedenheit. Ob Schischkoff das ohne ihn wohl genauso gut hinbekommen hätte?

Johannes Habrecht ließ seinen Blick über den im würdevollen Rot der chinesischen Kaiserpaläste gestrichenen Saal schweifen. Die Mehrzahl der etwa achtzig Teilnehmer waren Deutsche und Chinesen, doch hatten sich neben der kleinen nordkoreanischen Delegation auch einige Amerikaner, Japaner und Südkoreaner unter das Publikum gemischt. Die meisten wirkten ähnlich gelangweilt wie er. Habrecht merkte, dass er dem zu Ende gehenden Vortrag des chinesischen Wirtschaftsattachés nicht die geringste Beachtung geschenkt hatte. Worüber hatte er nochmal gesprochen? Habrecht war ein erfahrener

Diplomat, und zu den wichtigen Befähigungen eines erfahrenen Diplomaten gehört es nun mal, zu wissen, wann man „scharfstellen" muss und wann man abschalten kann. „Scharfstellen", das war häufig nur eine Sache von wenigen Augenblicken. Der entscheidende Moment, in dem man die entscheidende Frage stellen muss. Wie bei Großkatzen, Geparden; den ganzen Tag dösen und lauern sie – das natürlich schon wesentlicher Bestandteil ihrer „Arbeit", die auch sie gewissermaßen im Halbschlaf erledigen. Und dann der kurze, entscheidende Sprint, höchste Wachheit, höchste Konzentration, höchste Anstrengung von Körper und Geist. Dann ist die Beute erlegt. Oder auch nicht.

Was Habrecht anging, so war dieser wichtige Moment des Tages eine Phase von einigen Minuten in der Pause der Konferenz gewesen. Ein kurzes Gespräch mit dem nordkoreanischen Botschafter, dem Delegationsleiter und dem chinesischen Botschaftsrat. Es war Habrechts erstes Treffen mit dem neuen Botschafter gewesen, und als Delegationsleiter war statt des Habrecht seit langen Jahren bekannten Pak Song Rim unangekündigt sein junger Stellvertreter Lee Hyun Hae gekommen. Das Nichterscheinen Paks hatte Habrecht wenig verwundert. Pak war ein halbseniler Vertreter des alten Kaders, dem zudem ein gewisses *Problem* nachgesagt wurde und der vermutlich nur deshalb noch nicht ausgemustert worden war, weil er einer der wenigen niemals weggesäuberten Veteranen war, die als junge Kerle noch im Koreakrieg gekämpft hatten und durch die Hand des Großen Führers Kim Il Sung persönlich in Amt und Ehren gelangt waren. Inzwischen war er wohl zu alt, um einer Säuberung zum Opfer zu fallen, aber immer noch tauglich, um als Grüßaugust für irgendwelche scheinbar wichtigen diplomatischen Missionen in Erscheinung zu treten.

Habrecht hatte den jungen Botschafter als einen etwas gehemmten, nicht sehr entscheidungsfrohen Mann erlebt – damit entsprach er dem Bild fast jeden Nordkoreaners, den er in seiner diplomatischen Laufbahn kennengelernt hatte –, aber letztlich schien er ihm erfreulich zugänglich. Ein Pragmatiker, soweit er ihn durchschaute. Gehirngewaschen waren sie natürlich alle, lebten in einer Welt der Täuschung, wie man sie von außen kaum begreifen kann. Die eigentliche Überraschung war aber der stellvertretende Delegationsleiter Lee Hyun Hae gewesen. Ein gleichfalls junger, karrierebewusster Mann, offenbar aus dem direkten Umfeld Kim Jong Uns. Wenn er alles richtig anstellte und das entsprechende Maß an Ehrgeiz an den Tag legte – nicht zu wenig, aber keinesfalls zu viel –, könnte er noch weit kommen. Genauso wahrscheinlich war allerdings, dass er schon bald weggesäubert wurde – so, wie der Kerl vorgeprescht war. War das der frische Wind aus Pjöngjang? Johannes Habrecht, der sein Lebenswerk dem Versuch gewidmet hatte, die Welt, wie sie war, zu bewahren, und sie nicht noch schlimmer werden zu lassen, war das fast *zu* frischer Wind.

Nun gut, der junge Diktator wollte eben zeigen, dass er nicht einfach nur in die Fußstapfen seines Vaters und Großvaters trat, sondern sich über diesen Fußstapfen nach und nach auch eine eigenständige Gestalt zu erheben begann, die mit den ruhmreichen Leistungen von Vater und Großvater mithalten konnte. Ob sich in dem abgeschotteten Land nun wirklich etwas zu verändern begann? Gar zum Besseren? Oder zumindest zum Nicht-mehr-noch-Schlechteren?

Angenehm überrascht war Habrecht auch darüber gewesen, dass sich die von Walter Korff befürchteten Irritationen schnell als heiße Luft erwiesen hatten. Einige Feinheiten des Protokolls: Wem wann zuerst das Wort erteilt wurde, wer wo wann wem die Hand schütteln würde und derlei Kinderkram mehr, mit dem sich Habrecht nur zu gut auskannte. Die Punkte waren schnell ausgeräumt.

Wie erwartet beendete der Wirtschaftsattaché seinen Vortrag Punkt 12.45 Uhr. Im Hinauseilen wurde Habrecht vom Asienkorrespondenten einer großen Tageszeitung aufgehalten. Er servierte ihm einige jener vorgefertigten Gemeinplätze, die er für solche Gelegenheiten parat hatte und die im Grunde immer passen, und es gelang ihm, Routinier, der er war, allen heiklen Punkten und somit allen echten inhaltlichen Aussagen geschickt auszuweichen. Als er den Journalisten endlich abgewimmelt hatte, ging er zur Garderobe und holte seine Aktentasche. Wie immer hatte er das Gefühl, dass sie durchsucht worden war, weshalb er darin grundsätzlich keine vertraulichen Dokumente aufbewahrte. Dann schritt er auf die kleine Gruppe um den nordkoreanischen Botschafter zu. „Es ist mir eine Ehre, Sie heute zum Essen begrüßen zu dürfen", wandte er sich an Delegationsleiter Lee Hyun Hae, von dem er vermutete, dass er der protokollarisch Ranghöchste war.

„Herr Schischkoff von der deutsch-koreanischen Parlamentariergruppe wird gleich hier sein, um uns zu begleiten."

Die Konferenzgäste hatten begonnen sich für die Mittagspause zu zerstreuen. Die meisten nutzten das bereitgestellte Catering im Bankettsaal der Botschaft, einige waren aber auch hinausgegangen, um auf dem Vorplatz eine Zigarette zu rauchen und die Strahlen der Vorfrühlingssonne zu genießen.

Habrechts Handy klingelte. Korff. Schon wieder. „Schischkoff und ich werden uns leider ein wenig verspäten, wir stehen im Stau." Korffs Stimme klang tonlos, fast mechanisch, wie immer. Habrechts für feinste Nuancen geschultes Gehör meinte trotzdem, eine gewisse Anspannung herauszuhören. „Am besten, Sie warten alle gemeinsam in der Botschaft auf uns. Es kann sich nur um Minuten handeln. Ach, und ist der Botschafter in der Nähe? Gut. Teilen Sie ihm bitte mit, dass er sich unbedingt sofort mit einem gewissen Kyok Kwon Il in Verbindung setzen soll, das ist sehr wichtig. Es gibt da Neues aus Pjöngjang. Alles klar? Also – Sie warten in der Botschaft, bis gleich." Korff machte eine Pause, um dann zögernd hinzuzufügen: „Oder gehen Sie selbst meinetwegen schon mal auf den Vorplatz und gönnen sich eine Zigarette. Aber erst geben Sie unbedingt dem Botschafter Bescheid!" Eine gewisse Schärfe hatte in Korffs letzten Worten gelegen. Habrecht hätte noch Fragen gehabt, aber Korff hatte aufgelegt. Idiot.

Habrecht wandte sich an den Botschafter und gab ihm die Neuigkeit weiter. Als er die Bitte um einen Anruf bei Kyok Kwon Il äußerte, sah er, wie der Botschafter zusammenzuckte. Eher Unangenehmes also. Der Botschafter machte ein paar Schritte zur Seite, wo er, zur Wand gedreht, gestikulierend auf sein Handy einzureden begann. Das würde etwas Längeres werden. Lee Hyun Hae blieb, halb Habrecht, halb dem Botschafter zugewandt, unsicher lächelnd zwischen ihnen im Raum stehen. Auch er wirkte mit einem Mal angespannt.

Habrecht empfand es plötzlich als unhöflich, hier zu stehen und womöglich den Eindruck zu erwecken, die beiden Männer belauschen zu wollen. „I'll be back in a minute", sagte er zu Lee. „Just take your time and wait here." Der Diplomat schenkte ihm ein starres Lächeln.

Habrecht trat durch die verspiegelte Tür nach draußen. Rechts und links die beiden schwarzen Skulpturen chinesischer Wächterlöwen, die die Botschaft vor allen Gefahren beschützten. Ein dritter thronte hoch oben auf der weißen Säule links der Eingangstür. Habrecht blickte über den kleinen Polizeistand auf der anderen Straßenseite hinweg auf die Spree. Nicht nur die Löwen bewachten die Botschaft. Der Polizist war gerade aus seinem Unterstand getreten und hatte die Straße überquert, um mit seinem Kollegen drüben ein paar Worte zu wechseln. Sie steckten die Köpfe zusammen und lachten. Die Februarsonne strahlte frühlingversprechend herab und alle Menschen waren guter Dinge. Was für ein herrlicher Sonnentag! Habrecht warf einen Blick auf die Uhr. Punkt eins. Eine Handvoll Männer in dunklen Anzügen standen auf dem umzäunten Vorplatz verteilt, unterhielten sich, einige rauchten. Habrecht zog eine Zigarette aus dem Päckchen in seiner Jacketttasche. Die erste des Tages. Seit jeher rauchte er die alte Ostmarke „Cabinet", die zusammen mit ihm die Wende überlebt hatte.

Woher Korff das mit den Neuigkeiten aus Pjöngjang wohl hatte? Und warum hatte Kyok seinen Botschafter nicht einfach selbst angerufen? Korff und seine zwielichtigen Geheimnisse!

Habrecht kannte Kyok nur flüchtig, wusste aber einiges über ihn. Offenbar war er zusammen mit der Delegation in Deutschland eingetroffen. Nicht zum ersten Mal. Nach außen hin war Kyok ein höherer außenpolitischer Diplomat, der politisch vor allem durch markige Sprüche bei gleichzeitiger Tatenlosigkeit auffiel. Eindeutig einer von der Betonkopffraktion, mit engen Kontakten bis in höchste Militärkreise. Habrecht vermutete, dass ihm sein diplomatisches Agieren hauptsächlich als Tarnmantel für allerlei windige Geschäfte diente. Geldschiebereien, Devisenbeschaffung, mit dem Embargo belegte Luxusgüter besorgen. Korff, der Kyok schon aus DDR-Zeiten kannte, hatte näher mit Kyok zu tun, wahrte darüber aber eisernes Stillschweigen. Noch so ein windiger Kerl. So gesehen passte es, dass Korff im Auftrag Kyoks anzurufen schien. Zwei Schurken unter einer Decke.

Unter der Jannowitzbrücke passierte das Ausflugsschiff mit der Aufschrift „Alexander von Humboldt", das Habrecht schon mehrmals aufgefallen war. Habrecht war öfters zu allerlei Anlässen in der chinesischen Botschaft. Um 13 Uhr war Mittagspause und immer Punkt 13 Uhr fuhr dieses Schiff vorbei. Deutschland, Land der Pünktlichkeit – da fahren selbst die Ausflugsdampfer auf die Minute genau. Nur die Ostasien-Diplomaten sind nicht pünktlich. Zumindest nicht heute.

Jetzt galt es also nur noch, den Quallensalat im Lokal nebenan hinter sich zu bringen. Voller Vorfreude dachte er an die Wiederbegegnung mit seiner Tochter heute Abend. Was Katharina wohl zu berichten wusste? Sie war jetzt im vierten Semester, nicht? Wie doch die Zeit verging. Ehe man sich's versah, gehörte man zum alten Eisen.

Wieso wechselt das Schiff auf einmal seinen Kurs? Ist der Kapitän volltrunken? Sieht fast so aus, als wollte der hier mitten auf der Havel wenden. Der hat Nerven. Kommt der schnurstracks …

Ein greller Blitz und ein ohrenbetäubender Knall. Ein heftiger Schlag seitlich ins Gesicht und vor die Brust schleuderte ihn nieder. Dr. Johannes Habrecht sah noch kurz seinen offenen Bauch und was da alles hervorquoll, er wollte schreien, aber da war nur unendliche Stille und Dunkelheit um ihn. Und er konnte sie nicht aufhalten.

Berlin, Insel Schwanenwerder

Jeremy schritt zwischen dichten Hecken, hohen Bäumen und Mauern sowie versteckt liegenden Villen entlang und suchte nach der Hausnummer 40a. Sie musste wohl am anderen Ende der kleinen Insel liegen, die seit über hundert Jahren über eine Brücke mit dem Festland verbunden war. Trotz all der Idylle von Natur und See hatte die Insel etwas Abweisendes, fast Bedrohliches. Kein Mensch war auf den Gehwegen zu sehen. Die Häuser lagen in ihren Verstecken hinter hohen Mauern und Hecken wie ausgestorben. An einem Hauseingang entdeckte er eine Überwachungskamera. An keinem einzigen der schmiedeeisernen Tore bemerkte er ein Namensschild. Wer hier wohnte, wollte ungestört bleiben. Jeremy kam sich wie ein böser Eindringling vor. Dabei war er nur auf der Suche nach seinen Wurzeln.

Er war mit der S-Bahn S 1 zum Bahnhof Nikolassee hinausgefahren und hatte sich dort ein Taxi genommen. Mehrfach hatte er noch versucht, Mie zu erreichen, doch ihr Telefon blieb ausgeschaltet. Er hatte halb gehofft, sie in der Hotellobby zu treffen oder zumindest von der Rezeption eine Nachricht zu erhalten, aber nirgendwo ein Zeichen von ihr. Ihm blieb die schwache Hoffnung, dass sie vielleicht tatsächlich um drei draußen am Wannsee auftauchte. Immerhin war Jeremys

Anfrage das Letzte gewesen, was sie zusammen gesprochen hatten. Und sie hatte nicht Nein gesagt.

Jeremy hatte sich direkt an der Brücke absetzen lassen, um die Insel mit ihren rund vierzig Häusern zu Fuß zu erkunden. Erstaunliche Ecken gab es in Berlin. Er blieb vor den fünf blasslila Gedenktafeln stehen, die auf Deutsch und Englisch über Geschichte und Geschicke der Insel und ihrer Bewohner informierten, und studierte sie interessiert. Schwanenwerder, ein gerade mal 25 Hektar großes Eiland, war in den achtziger Jahren des 19. Jahrhunderts von einem findigen Kaufmann parzelliert und zu einem exklusiven Wohnort für die schnell wachsende Gruppe der neureichen Unternehmer und Bankiers deklariert worden. Darunter viele jüdische Familien wie die, der Jeremys Großmutter entstammte. Die Grundstücke waren begehrt: Man wohnte hier am Busen der Natur und dank der ausgebauten Zugverbindung vom Wannsee ins Zentrum war man schnell im Herzen der Hauptstadt.

Doch dann kam die Machtergreifung Hitlers. Die jüdischen Familien auf Schwanenwerder waren in den folgenden Jahren allesamt gezwungen worden, ihre Grundstücke zu verkaufen – meist zu Spottpreisen und an hochrangige Repräsentanten des NS-Staates. Albert Speer kaufte sich ein Grundstück, Hitlers Arzt Theodor Morell hatte hier gewohnt, und es hatte Pläne gegeben, dass der Führer selbst nach Schwanenwerder übersiedelte. Sein Propagandaminister hatte gleich mehrere Grundstücke auf der Insel besessen.

Jeremy hatte sich so in seine Gedanken verloren, dass er jetzt erst bemerkte, dass er eine Gabelung erreicht hatte und vor ihm wieder der Weg lag, den er vorhin gekommen war. Er begriff, dass die Inselstraße einen runden Bogen um die Insel schlug. Gegenüber, hinter einem hohen, mit Eisenspitzen besetzten Zaun, ein flacher weißer Bungalow mit der Hausnummer 10. Er musste also am Haus seiner Großmutter vorbeigegangen sein. Er wollte gerade umkehren, da nahm eine kleine Tafel am Hauseingang seinen Blick gefangen: „Hier wirkte Shepard Stone, ein Amerikaner von Geburt, ein Berliner aus Neigung" und „Gründer des Aspen Institute Berlin". Hier befand sich also die Berliner Niederlassung des Aspen-Instituts, einer US-amerikanischen Denkfabrik, die sich darauf spezialisiert hat, im Dialog mit Vertretern aus Wissenschaft, Wirtschaft und Politik Wege zur Lösung der verzwicktesten politischen Probleme der Welt zu finden. Die Amis hatten eben ein Talent, sich die Filetstücke herauszupicken. Für ein Institut, das sich die Ermöglichung unmöglicher Treffen zum Ziel gesetzt hat und schon Begegnungen zwischen Arafats Palästina und Baraks Israel oder auch diskrete Gespräche zwischen Vertretern der USA und Nordkoreas vermittelt hatte, war es natürlich verständlich, dass es sich für derlei diplomatisch heikle Missionen lauschige Plätzchen fernab der öffentlichen Aufmerksamkeit suchte.

Im Bungalow hinter dem hohen, gusseisernen Zufahrtstor waren in allen Fenstern die Rollladen herabgelassen. Es wirkte unbewohnt, wozu indessen der metallicfarbene Wagen nicht passte, der, von Bäumen verdeckt, ein Stück oberhalb neben dem ebenfalls verlassen wirkenden weiß gestrichenen Nebengebäude parkte.

Was Jeremys Einbildungskraft im Moment aber stärker gefangen nahm als der Gedanke an die Rolle des Aspen Institute bei der Lösung der politischen Probleme der Gegenwart, war die Erinnerung daran, gelesen zu haben, wer lange vorher hier an der Stelle des jetzigen Aspen-Hauses gewohnt hatte. Nämlich der Mann, der einst in sein Tagebuch geschrieben hatte: „Wir werden als die größten Staatsmänner in die Geschichte eingehen oder als ihre größten Verbrecher", und auch recht behalten hatte – mit Letzterem. Typisch deutsch, dass eine Gedenktafel *dazu* fehlte: Hier, Inselstraße 10, hatte sich einst der „Bock von Babelsberg" seinen palastartigen Sommerwohnsitz eingerichtet. Nicht nur um die Aussicht zu genießen und dem deutschen Volk ein in den Wochenschaubeiträgen verbreitetes deutsches Familienidyll vorzugaukeln, sondern auch um seinen zahlreichen Affären mit den Damen der Berliner Filmwelt zu frönen.

Angewidert schüttelte Jeremy den Kopf. Ein hinkender Zwerg mit zu groß geratenem Kopf und Hakennase, der Propagandaminister der arischen Nation. Selbst war Goebbels das beste Beispiel dafür gewesen, was die Aufgabe von Propaganda ist: Ihren gleißenden Mantel so über die Wirklichkeit zu hängen, dass die Augen der Menschen für die Wahrheit geblendet werden. Eifrig hatte Goebbels mitgeholfen, Millionen Juden und andere „Nichtarier" in die Gaskammern zu schicken. Nur wenige Hundert Meter von hier, im Haus der Wannseekonferenz, war all das beschlossen worden. Scheinbare Idylle und schlimmste Gräueltaten liegen oft nahe beieinander. Grimmig kickte Jeremy einen Stein über die Straße – er schlug mit dumpfem Knall gegen das gusseiserne Zufahrtstor des Aspen-Hauses. Volltreffer.

Hinter sich hörte Jeremy ein leises Pfeifen. Er fuhr herum. Aus dem Schatten eines niedrigen Umspannhäuschens, an dem ein großes Schild mit der Aufschrift „Hochspannung! Vorsicht, Lebensgefahr!" prangte, hatte sich die Gestalt eines unauffällig grau gekleideten Mannes gelöst, der eine unmissverständliche Winkbewegung machte.

Jeremy wandte sich vom Haus weg und ging auf ihn zu. „Entschuldigen Sie, ich suche hier nur …"

„Sie haben hier gar nichts zu suchen. Machen Sie, dass Sie wegkommen. Und hören Sie auf, hier mit Steinen um sich zu treten, wenn Sie sich keine Schwierigkeiten einhandeln wollen, ja?"

Jeremy konnte ein Pistolenhalfter an der Hüfte des Mannes erkennen. Was war das für ein Typ? Ein Polizist in Zivil? Das Haus wurde offensichtlich überwacht. Was lag da in der Luft?

Der Mann war wieder hinter das Häuschen getreten. Als Jeremy die Stelle passierte, wo er eben noch gestanden hatte, warf er einen neugierigen Blick nach rechts. Es war niemand mehr zu sehen. Seltsam.

London, Chelsea
„Ja?", die Stimme am anderen Ende der Leitung klang verschlafen. Mist, sie hatte mal wieder nicht an die Zeitverschiebung gedacht.

„Entschuldige, Coco, hab ich dich geweckt?"

„Hey, Cathy! Wie geil ist das denn! Nein, nein, war nur ein bisschen vor der Glotze am Dösen. Ist erst halb elf oder so, bin ja eher ein Nachtmensch. Mensch, wie geht's dir denn? Schön, von dir zu hören. Hast du meine Mail gelesen? Was macht der Nachwuchs?"

„Das, ähm …" Cathy suchte vergeblich nach Worten. Dann entrang sich ein nicht enden wollender Schluchzer ihrer Brust.

„Oh Gott, ich verstehe. Wie ist das bitter. Total bitter, verdammt."

„Das war jetzt schon die zweite", brachte Cathy mühsam hervor. „Und dabei haben wir alles getan. Die Ärzte sind sich nicht sicher, ob wir überhaupt noch Kinder bekommen können."

„Oh Cathy, du tust mir so leid!"

„Schon gut. Ich bin im Grunde schon drüber weg. Nur manchmal, in Momenten wie jetzt, weißt du, da …"

„Mensch, ist doch klar! Das geht an die Nieren. Gerade wenn man unbedingt Kinder bekommen will, wie Jeremy und du. Habt ihr schon mal über Adoption nachgedacht?"

„Weißt du, ich bin mir im Moment gar nicht mehr sicher, ob ich überhaupt noch Kinder will. Es läuft im Moment nicht so gut mit Jeremy. Er ist fast nie zu Hause, und wenn er mal da ist, hat er tausend andere Dinge im Kopf und kümmert sich nicht richtig um mich."

„Echt? Immer der Stress mit diesen scheiß Männern! Manchmal denke ich, Mei-Ling hat es echt einfacher: Die weiß, was sie hat." Mei-Ling war ihre gemeinsame Freundin, eine lesbische Regisseurin von Independent-Filmen. „Aber andererseits, auf den Spaß im Bett möchte man ja auch nicht verzichten. Du weißt, ich hatte immer ein ungutes Gefühl mit dir und Jeremy. Der ist doch eigentlich zu alt für dich, bringt's nicht mehr richtig – glaubst du, er hat 'ne andere?"

„Ich weiß nicht, ob es das ist, Coco. Aber, wenn du schon fragst, er ist ziemlich viel drüben auf dem Kontinent, trifft sich in Zürich mit diesem rothaarigen, stinkreichen Bankierstöchterchen …"

„Ich sag's ja, Männer! Undankbar, schwanzgesteuert, geldgierig! Und das gerade jetzt, wo du ihn so dringend bräuchtest. Zieht Leine und turtelt mit anderen herum. Auf so einen würde ich pfeifen!"

„Nun ja, Coco, ich weiß ja gar nicht, ob da wirklich was ist."

„Dann musst du's rausfinden. Stell ihn zur Rede. Vor die Entscheidung: du oder die Schweiz. Und wenn er dir was vorschwindelt, wie ich vermute, kannst du ihm ruhig ein wenig nachspionieren. Kennst du da jemand, bei dem du mal nachhaken könntest?"

Cathy überlegte. „Na ja, gut, er hat einen Freund, Jonathan. Der ist auch ständig zu irgendwelchen Bankgeschäften in der Schweiz, aber eigentlich arbeitet er hier in London. Mit ihm verstehe ich mich ganz gut. Wir wollten uns die Tage sowieso mal treffen."

„Dann horch den doch mal aus. Klar, Männer halten zusammen, das ist ein verschworenes Pack, aber meistens sind sie dumm und können nicht gut lügen. Wirst ja sehen, ob er irgendwelche Ausflüchte macht, und dann nagel ihn fest. Und wenn es wirklich nichts mehr ist mit Jeremy, dann kommst du zu mir nach Shanghai. Mensch, du versauerst doch drüben in England. Cathy, glaub mir, das ist nichts für dich! Nicht auf die Dauer! Ich hab's dir schon immer gesagt."

„Vielleicht sollte ich mich wirklich mal nach Flügen umsehen."

Berlin, Insel Schwanenwerder
Jeremy machte, dass er vom Aspen-Haus mit seinem mysteriösen Bewacher wegkam, und ging die Inselstraße zurück. Irgendwie musste er die Hausnummer 40a übersehen haben. Er dachte an die blutige Geschichte des 20. Jahrhunderts in Ost und West und an sein Filmprojekt, das nicht die Verbrechen von Goebbels und Co, sondern die zeitgleichen Untaten der verbündeten Japaner thematisierte. Noch immer war keine einzige Szene gedreht, auch wenn eine der entscheidenden Fragen nun geklärt war. Er musste an Mie denken und an seine Euphorie und Verwirrung vom Vorabend. Sicher hatten da die geistigen Getränke eine Rolle gespielt. Heute, am hellen, klaren Wintertag, würde sich alles in jeder Beziehung viel nüchterner gestalten. Nur schade, dass Mie sich nicht meldete und offenkundig nicht nach Schwanenwerder gekommen war. Nun gut: auch etwas Ernüchterndes.

Dann dachte er an Cathy. Sobald er das Haus seiner Großmutter gefunden hatte, wollte er sie anrufen, direkt an Ort und Stelle. Sie mussten an ihrer Beziehung arbeiten. Dringend. Momentan waren sie eindeutig dabei, sich auseinanderzuleben, auch wenn er sich das meist nicht eingestehen wollte. Wenn es nur mit dem Kinderkriegen geklappt hätte! Bei Cathys erster Fehlgeburt im vergangenen Jahr hatte er sich ihr noch ganz nah gefühlt, hatte das Gefühl, das gemeinsame Unglück habe sie nur weiter zusammengeschweißt. Bei der zweiten schweren Fehlgeburt vor wenigen Wochen war das anders gewesen. Für Cathy war es ein Trauma, und es kam ihm so vor, als könne er seitdem nicht mehr wirklich zu ihr durchdringen. Fast, als würde sie ihm irgendwie die Schuld an ihrem Unglück geben, das er weder von ihr abzuwenden noch körperlich zu teilen vermocht hatte.

Eine überwachsene Einfahrt führte nach links von der Inselstraße ab. Davor ein Holztor mit Schild: „Privatweg. Durchgang verboten". Hier war er vorhin vorbeigegangen. Jeremy stellte verwundert fest, dass das Tor unverschlossen war. An einem Baum dahinter entdeckte er ein verwittertes Schild. „40a", daneben ein Pfeil nach rechts. Kurzentschlossen folgte er dem Fahrweg zwischen dicht gepflanzten Tannen, Douglasien und Fichten, bis er an einem weiteren, nun schmiedeeisernen Tor anlangte. Das war verriegelt. Durch kahle Buchen und Birken hindurch konnte er etwa zwanzig Meter weiter ein Gebäude ausmachen. Ja, das war es. Inselstraße 40a. Eine ockergelb gestrichene, gut hundert Jahre alte Villa. Jeremy erinnerte sich an vergilbte Schwarzweiß-Fotos aus dem Fotoalbum seiner Mutter und fühlte sich in der Zeit zurückversetzt. Viele der alten Villen waren nach dem Krieg abgerissen worden, um pompösen Neubauten Platz zu machen. Doch das Geburtshaus seiner Großmutter war stehen geblieben. Schweigend lag das Haus, verwunschen, braune Blätter bedeckten die Zufahrt, die Fensterläden dicht, kein Licht. Dennoch drückte Jeremy auf den Klingelknopf. Nichts geschah. Vermutlich gehörte das Haus inzwischen einem reichen Industriellen, der im Winter auf Ibiza oder Bali residierte. Doch wenn Jeremy jetzt einfach über den Zaun oder die Steinmauer stieg, würde die Alarmanlage losgehen. Er warf einen Blick auf die Uhr. Halb vier. Zwecklos, noch zu warten.

Er machte ein Foto mit seinem iPhone und wandte sich zum Gehen. Da fiel ihm ein, dass er ja Cathy hatte anrufen wollen. Er wollte gerade wählen, als er ein Geräusch unter den Tannen rechts der Einfahrt hörte. *Hinter* der Mauer. War doch jemand zu Hause und kam nun, um ihn hereinzulassen? Oder zu verjagen? Eine Gestalt trat aus den Schatten. Zierlich, schwarze Haare, glänzende Mandelaugen, weiblich.

Berlin, Treptow

„Nein und nochmals nein, wir haben noch keine Anhaltspunkte, wer diese Schweinerei angerichtet hat. Wir ermitteln. Und wenn wir dauernd gestört werden, können wir nicht weiterkommen. Wiederhören!"

Oberkommissar Hartmut Seitz' aufmüpfige blonde Haartolle wippte im Takt, als er mit dem Telefonhörer auf den abgenutzten Schreibtisch aus blasser Eiche klopfte. Wutentbrannt starrte er aus dem Fenster seines Zimmers im dritten Stock eines nach außen hin recht unscheinbaren roten Backsteinbaus. Hier war seit 2004 das GTAZ angesiedelt, das Gemeinsame Terrorismusabwehrzentrum von BKA und Verfassungsschutz. Es war noch keine drei Stunden her, dass die Granate den Vorplatz der chinesischen Botschaft verwüstet hatte. Die Nachrichten überschlugen sich und gingen über die Liveticker. Alle möglichen Theorien machten die Runde, wurden vom Nächsten als Gewissheit ausposaunt und mussten im Viertelstundentakt dementiert werden. Vier Tote, acht Schwerverletzte, vom Attentäter keine Spur. Unter den Toten ein Wachmann sowie zwei chinesische Geschäftsleute und ein deutscher Diplomat, Gäste einer Konferenz zur Wirtschaftsentwicklung in Ostasien. Schiff nach dem Rammen der Ufermauer schwer beschädigt, aber alle an Bord mit dem Schrecken und leichten Verletzungen davongekommen – mit Ausnahme des toten Kapitäns und eines Passagiers, der mit einer frischen Kopfwunde in der Spree ertrunken war. Aufschlüsse zum Tathergang erwartete man sich von der Aussage eines kleinen Mädchens, der Tochter des Ertrunkenen, vermutlich der einzige Augenzeuge des Verbrechens auf dem Schiff.

Schon wieder klingelte das Telefon. Verflucht! Aber diesmal immerhin kein störender Politiker oder Journalist, sondern Waltraud Bronner, die Polizeipsychologin. „Wir haben jetzt die Aussage des Mädchens, auf die Sie so gedrängt haben, obwohl die Kleine noch völlig verstört ist. Sie sagt, da war eine böse schwarze Person mit einer Tasche auf dem Kabinendach. Sie nennt sie den Teufel."

„*Schwarze* Person? Ein Ne…äh, Maximalpigmentierter?"

„Herr Seitz, bitte, es ist nicht schwer, sich politisch korrekt auszudrücken. Aber, nein, das können wir ausschließen. Dem Mädchen ist nämlich der ausgeprägte *Epikanthus medialis* der Gestalt aufgefallen."

„Wie bitte? Epik… wie? *Das* waren die Worte der Kleinen?"

„Nein, natürlich nicht." Waltraud Bronner seufzte. Zögerte. „Also gut: Das Mädchen sagt, der Teufel hatte *Schlitzaugen*."

Berlin, Insel Schwanenwerder
„Mie! Was machen Sie hier?"

„Ist die Frage nicht etwas unhöflich, verehrter Herr? Ich dachte, wir haben eine Verabredung. Oder habe ich Sie da missverstanden?"

„Nein …, das heißt, ja, entschuldigen Sie … Ich dachte nur …" Sie lächelte ihn undurchdringlich an, was ihn vollends aus der Fassung brachte. Das Lächeln wirkte zugleich vorwurfsvoll wie ironisch und spielerisch, so dass es Jeremy unmöglich war zu entscheiden, ob sie den Vorwurf ernst meinte. Seine offenkundige Verwirrung ließ ihr Lächeln nur breiter werden. Aber es schien eher ein liebevolles Lächeln zu sein. Ihre Mandelaugen strahlten und sofort war er wieder ihrem Bann verfallen. „Ich dachte nur, Sie kämen nicht und … Ich freue mich so, dass Sie da sind!" Das war vielleicht ein wenig zu enthusiastisch aus ihm herausgeplatzt – schließlich hatte er es hier mit einer reservierten Asiatin zu tun, die er kaum kannte –, deshalb schob er sofort nach: „Aber wie sind Sie auf das Grundstück gekommen?"

„Durch die Gartenpforte am See. Aber …" Sie griff von innen nach der Klinke des Seitentürchens am Tor und siehe da: Die Tür öffnete sich. „… heraus geht es durch die Vordertür."

„Moment!" Jeremy trat hinein. „Jetzt möchte ich selbst noch einen näheren Blick auf das Geburtshaus meiner Großmutter werfen."

„Bitte sehr." Mie machte eine tiefe Verbeugung wie ein koreanischer Pförtner vor einer hochgestellten Persönlichkeit und wies die Auffahrt zur ockergelben Villa hinauf. „Wir sind ungestört. Hier war mit Sicherheit seit Wochen keiner zu Hause."

Während sie sich dem Haus näherten, erfuhr Jeremy von Mie die Einzelheiten ihres unverhofften (und doch so erhofften) Erscheinens. Tatsächlich war *er* der Unpünktliche gewesen. Mie war pünktlich um drei am Haus gewesen, und als Jeremy nicht erschienen war, hatte sie begonnen, das Umfeld zu erkunden. Beim Versuch, um das Haus herumzugehen, hatte sie sich jedoch in einem Gewirr aus vermeintlichen Gehwegen, Büschen und Mauern verirrt und war plötzlich unten am Wannsee-Ufer gestanden. Nun hatte sie sich einen Weg durch Schilf und Schlamm bahnen müssen, bis sie sich vor einer Gartenpforte mit der Aufschrift „Inselstraße 40a" wiedergefunden hatte.

„Und nun bin ich hier."

Ja, das war sie. Ihr schwarzes Haar glänzte in der schwächer werdenden Nachmittagssonne und ihre dunklen Augen blitzten, wie wenn es einzelnen Sonnenstrahlen gelingt, durch dichtes Astwerk einen Weg auf den schwarzen Spiegel eines verborgenen Waldsees zu finden. Schön war sie. Schön, rätselhaft und abgründig – wie der Waldsee. Und mutig. Brach die einfach in das Grundstück einer leerstehenden Millionärsvilla ein, als sei das das Selbstverständlichste der Welt!

„Hier ist also Ihr eigentliches Elternhaus?" Sie waren vor der stattlichen ockergelben Villa angelangt, die mit ihren verschlossenen Fensterläden aus braunem Holz wie schlafend dalag.

„Nein, nicht eigentlich mein Elternhaus. Meine Großmutter mütterlicherseits, eine geborene Goldmann, ist hier aufgewachsen, bevor die Familie in den dreißiger Jahren zum Verkauf des Hauses gezwungen wurde. Sie ist dann nach London emigriert. Das Haus wurde zwangsversteigert. Vermutlich hat es sich irgendeine Nazigröße unter den Nagel gerissen. Keine Ahnung, wer heute hier wohnt."

„Momentan offenbar niemand. Jedenfalls nicht heute."

„Sicher das Sommerhäuschen eines reichen Unternehmers, der über schmutzige Waffengeschäfte mit Despotenstaaten ein Vermögen angehäuft hat, das er den Winter über auf den Bahamas zum Fenster hinauswirft, während andere dafür hungern und sterben müssen." Jeremy zuckte die Schultern. „Meines Wissens hat die Familie meiner Großmutter nach dem Krieg ein Verfahren zur Rückerstattung angestrengt, das aber unter fadenscheinigen Begründungen abgewiesen wurde. Gleich nebenan befand sich übrigens die Reichsbräuteschule, wie ich gelesen habe. Dort wurden die angehenden Frauen der SS-Größen in den Grundlagen von Rassenkunde und Vererbungslehre unterrichtet mit dem Ziel, sie im Sinne der nationalsozialistischen Familienpolitik für die arische Fortpflanzung zu instrumentalisieren. Indoktrination bis ins Ehebett hinein! Können Sie sich ein derart totalitäres Regime vorstellen, das es sich zum Ziel gesetzt hat, bis in die intimsten Bereiche seiner Bürger einzudringen und sie zu kontrollieren? Der reinste Orwell! Und doch hat es das wirklich gegeben – hier, auf dieser friedlichen Insel, unter diesen hundertjährigen Bäumen." Jeremy machte mit den Armen eine ausladende Bewegung. „Was sagen Sie dazu?"

Mie zögerte, wirkte irritiert und schien nach den passenden Worten zu suchen. Mit einem jähen Schreck merkte Jeremy, dass er sich zu weit hatte mitreißen lassen. Er hatte hier eine Art erstes Rendezvous mit Mie, einer Koreanerin – ein Volk das höfliche Reserviertheit über alles stellt –, und ließ sich sogleich über die Intimbereiche des Ehelebens aus: ein schwerer Verstoß gegen die Regeln von *Gibun* und *Nunchi*. Schnell irgendwas sagen, Jeremy!

„Haben Sie vorhin nicht etwas von Gartenpforte und Wannsee-Ufer erwähnt? Bei meinem Rundgang habe ich feststellen müssen, dass es zwischen den Häusern nirgendwo einen Zugang zum Wasser gibt. Das wollen die elitären Bewohner wohl so. Damit der Pöbel wegbleibt. Wollen wir denen nicht ein Schnippchen schlagen? Am Ufer hat man sicher einen schönen Blick auf die sinkende Sonne."

„So ein Zufall, das Gleiche wollte ich gerade vorschlagen! Dort unten ist auch eine Bank, da ist es sehr schön."

„Also, gehen wir!", antwortete Jeremy erleichtert. „Wenn uns bis jetzt keiner gestört hat, wird auch keiner mehr kommen." Mit Mie an seiner Seite machte sich eine gelöste Abenteuerstimmung in ihm breit. Das war eine Frau, mit der man wahrlich Pferde stehlen könnte. Und jetzt hatte sie genau das Gleiche sagen wollen. Wieder ein Beweis dafür, wie ähnlich sie dachten und wie sie sich geradezu intuitiv verstanden. Wie Seelenverwandte. Wie damals er und Yukiko. Diese gefühlte Seelenverwandtschaft war auch der Grund gewesen, warum er eben so vorgeprescht war. Wie oft hatte er mit Yukiko über dunkle Vergangenheiten gesprochen – auch über das Dritte Reich, aber mehr über dessen damaligen Bündnisgenossen Japan und dessen schreckliche Kriegsverbrechen – und dabei kein Blatt vor den Mund genommen. Er, so wurde ihm bewusst, war unversehens in seine alte Rolle gegenüber Yukiko zurückgefallen, hatte für einen Moment vergessen, dass er hier nicht die altvertraute Japanerin, sondern eine fremde Koreanerin vor sich hatte. Lass dich nicht gehen, Jeremy! Du bist hier mit einer netten Schauspielerin, die du zur Hauptrolle deines Films auserkoren hast. Erträum dir nicht das Blaue vom Himmel herunter!

Kurze Zeit später saßen sie schweigend nebeneinander auf einer grün gestrichenen Bank unten am Ufer und sahen in die späte Nachmittagssonne und über den Großen Wannsee und die hier seenartig verbreitete Havel hinaus. Ein atemberaubender Anblick aus Blau und Grün und dem leuchtenden Schimmer über dem Wasser, mit dem die Sonne eine Verbindungsstraße zum anderen Ufer zu legen schien. Über diese Straße wollte Jeremy mit Mie auf ihren gestohlenen Pferden reiten, im goldenen Licht, immer der großen Sonne folgen, auf dass sie nie untergeht!

Mie hatte sich dicht neben Jeremy gesetzt, ohne ihn aber zu berühren, und die körperliche Nähe verschlug ihm die Sprache. Er wollte sie so viel fragen – ob sie mit J. D. gesprochen und die Rolle angenommen hatte, warum er sie telefonisch nicht hatte erreichen können, was sie überhaupt für ein Mensch war und welche Bedeutung sie im Begriff stand, für sein Leben anzunehmen. Aber Ersteres konnte noch ein wenig warten, die Frage nach den Anrufen könnte ihr unangenehm sein, gegen ihr koreanisches Taktgefühl verstoßen, und er würde sie also zurückstellen, bis er das mit der Rolle geklärt hatte. Und auf die beiden letzten Fragen hätte wohl auch sie keine Antwort gewusst.

So war er oft auch neben Yukiko gesessen, vor langen Jahren, sie hatten stumm geschwiegen, und er hatte sich ihr, der Japanerin aus einer fernen, fremden Kultur, die zugleich auch einfach eine schöne, begehrenswerte Frau war, so nah und zugleich so fremd gefühlt. Solange er schwieg, konnte er sich ganz auf diese Nähe konzentrieren, sie in sich aufsaugen und genießen. Und so schwieg er. Auch jetzt. Und Mie schien es offenbar ebenso zu gehen. Die Seelenverwandte.

Über das Gras neben ihnen hüpfte eine Amsel, ohne Scheu pickte sie hierhin und dorthin, flatterte ein Stück näher, pickte weiter. Beide richteten sie ihre Blicke auf die Amsel, als sei sie das interessanteste und seltenste Wesen der Welt. Ein Lied kam Jeremy in den Sinn. Eines seiner Lieblingslieder. Als Jugendlicher hatte er es sogar einigermaßen auf der Gitarre spielen können. Halblaut fing er an zu singen.

Blackbird singing in the dead of night
Take these broken wings and learn to fly
All your life – you were only waiting for this moment to arise

Blackbird singing in the dead of night
Take these sunken eyes and learn to see
All your life – you were only waiting for this moment to be free

Blackbird fly, blackbird fly – into the light of the dark black night

Mie sah ihn zuerst überrascht, dann leicht belustigt an und schließlich schien sie einfach nur zu lauschen. Als er geendet hatte, fragte sie: „Ein englisches Kinderlied? Sehr hübsch!"

Jeremy fuhr zu ihr herum: „Sagen Sie bloß, das kennen Sie nicht? *Blackbird* von den Beatles!"

Mie eröffnete ihm, leicht entschuldigend, dass sie sich nie viel aus westlicher Popmusik gemacht habe. Auch nicht aus K-Pop. Sie mochte die alte koreanische Musik. Volkslieder. Keinen seichten Pop.

„Aber *Blackbird* ist mehr als Pop! Das ist große Kunst. Mit einer großen politischen Aussage! Die Amsel, so hat Paul McCartney erklärt, das ist die unterdrückte schwarze Frau, die sich erhebt und frei wird. Das ist eine Hymne an die Bürgerrechtsbewegung, an Frauen wie Angela Davis und so weiter. Und ein großes poetisches Bild für die Freiheit als Ziel und Verheißung. So wie in dem deutschen Lied *Auf einem Baum ein Kuckuck*, wenn Sie schon Volkslieder wollen. Das hat mir meine Großmutter immer vorgesungen, als ich ein Kind war. Sie, die politisch Verfolgte, aus der Heimat Vertriebene, hat sich immer sehr für die Freiheit eingesetzt. Da geht es um einen Kuckuck, der auf einem Baum sitzt und singt, und dann wird er vom bösen Jäger erschossen und ist tot – aber im nächsten Jahr ist er wieder da und singt. Meine Großmutter hat erklärt, dass das Lied eine versteckte politische Hymne aus dem 19. Jahrhundert darstellt. Die Freiheit wird sich immer durchsetzen, egal wie oft und von wie vielen sie mit Waffengewalt, mit Mord- und Totschlag unterdrückt wird. Der Drang zur Freiheit ist nicht totzukriegen und wird letztlich siegen. Der Moment zum Aufsteigen, Davonfliegen und Freisein wird endlich kommen. *We shall overcome!"*

Jeremy merkte, dass er sich erneut in eine seltsame Erregung geredet hatte. Er sprang auf, hob einen flachen Kiesel vom Ufer auf und warf ihn knapp über der Wasserlinie in den windstillen See hinaus. Er sprang vier- oder fünfmal auf, bevor er im Wasser versank. Dann richtete sich Jeremy auf und blickte in der beginnenden Abenddämmerung nach Westen in Richtung Kladow und zur Pfaueninsel hinaus. „Kaum zu glauben, dass irgendwo dort drüben vor fünfundzwanzig Jahren noch die Mauer stand", sagte er dann, zu Mie gewandt. „Macht Ihnen das nicht Hoffnung auch für die Zukunft *Ihres* Landes?"

Wieder dieses verlegen-höfliche Lächeln. Wieder hatte er sich zu weit hinreißen lassen. Man sprach, höflichkeitshalber, Koreaner nicht auf die Teilung ihres Landes an. Aber jetzt war es zu spät, schnell das Thema zu wechseln. Mie wandte ihm ihr Gesicht zu. „Ich sehe, Sie sind ein politisch bewegter Mensch", sagte sie, weiterhin lächelnd. „Ein Mann mit einer Vision. Das ist gut, wenn man Filme macht."

„Richtig." Jetzt war sie also in einer für sie eher unangenehmen Situation selbst aufs Thema zu sprechen gekommen. Clever. „Das sehe ich auch so. Mein Film soll seinen Beitrag dazu leisten, alte Gräben zu schließen und die Welt ein klein wenig besser zu machen. Ein Film für Freiheit, Aufklärung und Versöhnung. Mie –" Er streckte pathetisch die Hände aus. „Wollen Sie meine weibliche Hauptrolle werden?"

Sie sah ihn mit einem belustigten, aber freundlichen Lächeln an, als habe ihr gerade ein reicher älterer Herr einen überschwänglichen, aber nicht ganz ernst zu nehmenden Heiratsantrag gemacht.

Sie schwieg einen Moment, wie grübelnd. „Vielleicht schon", sagte sie dann. „Aber haben Sie sich das auch gut überlegt?"

„Sehr gut. Und jetzt ist es genug. Oh, Mie – *dai suki desu!*", entfuhr es ihm. Zu spät bemerkte er, dass er erneut zu weit vorgeprescht war und sich dazu noch peinlich in der Sprache vergriffen hatte.

Sie lachte nur und antwortete in einem langen, wohlklingenden Wortschwall. Nicht alles verstand er, zu eingerostet waren seine Japanischkenntnisse. Ihre dagegen waren verblüffend. Dass sie sich freue, sagte sie. Dass auch er ihr keineswegs gleichgültig sei. Und dass es ihr eine Ehre wäre, ihm eines Tages die *koreanische* Entsprechung seiner Worte beizubringen. So oder so ähnlich ihre Antwort.

„Ach, Mie, entschuldigen Sie, ich bin heute so verwirrt!" Und zu Recht: Erst erinnerte sie ihn auf geradezu unheimliche Weise an seine verlorene Liebe aus Kyoto, und jetzt sprach sie auch noch ein makelloses Japanisch. Diese Frau war wirklich voller Rätsel.

Berlin, Treptow

Hartmut Seitz schenkte sich Kaffee nach, lehnte sich in seinem Stuhl zurück, massierte sich die Schläfen. Und überlegte. Viel hatte die Befragung des Mädchens nicht erbracht. Es konnte nicht einmal zweifelsfrei geklärt werden, ob es sich bei der „Gestalt" nicht auch um eine *Teufelin* gehandelt haben könnte. Die enorme Distanz, die beim Granatenwurf überwunden worden war, ließ eher auf einen durchtrainierten Mann schließen, doch gab es auch athletische Frauen, die so weit werfen konnten. Blieben als einziger weiterer Anhaltspunkt die Schlitzaugen. Bei einem Attentat auf die chinesische Botschaft waren schlitzäugige Attentäter zwar wenig verwunderlich, aber es war immerhin eine Spur. Allerdings kamen immer noch alle möglichen schlitzäugigen Nationalitäten, Ethnien, Menschen in Frage.

Auch die Befragung der zufälligen Augenzeugen im Umkreis der Jannowitzbrücke war wenig ergiebig geblieben. Einigen war das riskante Drehmanöver mitten auf der Spree aufgefallen, manche meinten auch, flüchtig eine dunkle Gestalt auf dem Sonnendeck wahrgenommen zu haben, aber dann hatte die Explosion alle Blicke auf sich gezogen. Am interessantesten war vielleicht noch die Aussage eines Obdachlosen, der auf einem Matratzenlager unter der Jannowitzbrücke hauste. Der (allerdings reichlich alkoholisierte) Mann wollte gesehen haben, wie „ne Jestalt mit em Buckel" etwas von Bord geworfen habe, sie sei dann aber „plötzlich wech jewesen". Aufgefordert, die Gestalt näher zu beschreiben, war auch aus diesem Mann nicht mehr rauszubekommen gewesen als: „Na, mit'm Buckel halt. Am Rücken." Ja, wo auch sonst? Was immerhin darauf hinweisen könnte, dass die Gestalt, die vermutlich unter ihrer schwarzen Kleidung einen Neoprenanzug getragen hatte, um im kalten Spreewasser schwimmen zu können, auch mit einer Sauerstoffflasche ausgestattet gewesen war. Dann war sie wohl irgendwo fernab unbemerkt ans Ufer gegangen.

Schlitzaugen … Hartmut Seitz hatte wenig Erfahrung mit Ostasiaten. Schließlich war das Gemeinsame Terrorismusabwehrzentrum vornehmlich zur Bekämpfung des *islamistischen* Terrors eingerichtet worden. Wenn es stattdessen um irgendwelche Streitigkeiten zwischen Chinesen, Japanern und so weiter ging, war er nicht zuständig. Vielleicht würde er die Angelegenheit bald schon vom Hals haben.

Berlin, Insel Schwanenwerder

„Wissen Sie was? Wir fahren jetzt gemeinsam in die Stadt und gehen noch was Schönes essen, was meinen Sie? Koreanisch, deutsch, italienisch, französisch, japanisch … was Sie wollen. Vielleicht nicht unbedingt englisch. Auch wenn das Essen meines Heimatlandes besser ist als sein Ruf, heb ich mir das doch lieber für zu Hause auf." Jeremy strahlte Mie an und sprudelte wie ein Wasserfall. Sie hatte zugesichert, die Rolle zu übernehmen, die Details sollte J. D. mit ihr ausmachen. Als Jeremy sie in seinem Überschwang umarmte, hatte sie sich ihm nicht entzogen, sondern sich ihm dezent entgegengedrückt, so zumindest sein Eindruck. Er hatte sie allerdings rasch wieder losgelassen; hier ging es um seinen *Film* und das Besiegeln einer rein professionellen Beziehung. „Na, was halten Sie davon? Also, mich hat der Nachmittag an der frischen Luft richtig hungrig gemacht."

Mie lächelte ihr rätselhaftes Lächeln. „Ganz, wie Sie meinen."

„Dann rufe ich uns jetzt ein Taxi." Jeremy griff nach dem Kärtchen des Taxiunternehmens, das ihn hergebracht hatte, und wählte die Nummer. „Es ist in etwa fünf Minuten hier", berichtete er Mie.

Sie gingen den Fahrweg zur Inselstraße zurück. Von der anderen Seite kamen einige Spaziergänger des Weges. Die einzigen Menschen, von Mie abgesehen, denen Jeremy in seinen zwei Stunden hier draußen begegnet war. „Wir können dem Taxi ja noch ein Stück entgegengehen", schlug er vor. „Es kann uns wohl kaum verfehlen. Schließlich gibt es nur diese eine Straße. Auch wird mir allmählich kühl." Und dann war da noch dieser Druck auf seiner Blase.

„Gerne. Ganz wie Sie wollen."

Jeremy blickte sich in der einsetzenden Dämmerung um. Die Spaziergänger waren ein Stück weiter unter den Bäumen verschwunden. Da fiel ihm ein, dass er doch noch einen anderen Menschen auf der Insel gesehen hatte. Diesen seltsamen Typen unten am Aspen-Haus. Ob er immer noch dort war und ihn jetzt erneut anpflaumen würde? Er erzählte Mie von seiner merkwürdigen Begegnung. „Der wirkte echt unheimlich und hat gemeint, ich soll abhauen. Eigentlich möchte ich ihm oder seinen Kollegen nicht nochmal über den Weg laufen."

Mie kniff kurz die Brauen zusammen und musterte ihn. Dann kehrte ihr Lächeln zurück. „Ich kann ja schon mal schauen, ob die Luft rein ist", schlug sie scherzhaft vor.

„Nein, wo kommen wir da hin, ich werde Sie doch nicht allein gehen lassen. Aber ich, äh … vielleicht …" Unruhig trat er von einem Bein auf das andere. Er müsste sich jetzt dringend mal in die Büsche schlagen, aber ihr das zu sagen, erschien ihm höchst unromantisch.

Musste er auch nicht. Plötzlich lachte sie auf. „Versteh schon. Bis gleich." Und war davongestürmt. Jeremy seufzte. Diese Frau hatte ihn mal wieder durchschaut. Und war immer für eine Überraschung gut. Er sah sich um, ob die Spaziergänger nicht zurückkamen, überquerte die Straße und trat hinter einen der großen Bäume am Zaun. Puh, war wirklich höchste Zeit. Jetzt nichts wie ihr nach.

Ein Wagen fuhr vor, hupte. Er wandte sich um. Oh schon, das Taxi! „Se hatten eene Taxe jerufen?" Er sprang auf den Beifahrersitz.

„Ins Zentrum. Aber erst müssen wir die Frau auflesen, ein Stück die Straße hinunter. Sie haben sie sicher gesehen." Der Fahrer grunzte etwas Unverständliches im Berliner Dialekt.

Sie rollten am Aspen-Haus vorbei. Aus den Ritzen der Rollladen drang schwaches Licht. Mindestens zwei Autos standen seitlich hinter den Bäumen. Vom mysteriösen Überwacher nichts zu sehen. Aber etwas ging dort vor. Vielleicht wieder eines dieser internationalen Krisen-Vermittlungstreffen? Und, verdammt, wo war Mie? Auf einmal wurde es viel zu schnell dunkel. Unheimlich schnell.

Das Taxi rollte über die Brücke. Konnte sie überhaupt so weit gekommen sein, auch wenn sie rannte? Warum hatte sie nicht auf ihn gewartet? Er selbst hätte spätestens hier an der Brücke gewartet. Jeder vernünftige Mensch würde das tun. „Halt! Halten Sie an. Wir müssen die Frau einladen." Der Taxifahrer warf ihm einen merkwürdigen Blick zu. „Na jut, aber hier is et jerade schlecht halten."

„Halten Sie schon! Oder wenden Sie bei der nächsten Gelegenheit. He – da war eine Kreuzung; dort auf dem Kopfsteinpflasterweg hätte man doch wenden können, warum haben Sie das nicht getan?" Was war da los? War er an einen Verrückten geraten? Oder waren die deutschen Taxifahrer alle so … unflexibel?

Er konnte Mie doch nicht im Stich lassen! Jeremy zog mit fahrigen Fingern sein Handy hervor und wählte ihre Nummer. Dabei fiel ihm siedend heiß ein, dass er sie doch nicht gefragt hatte, warum sie nie ans Telefon ging. Wahrscheinlich gab es irgendeine banale Erklärung dafür – eine veraltete Nummer auf der Karte, eine Störung, ein Fehler seinerseits bei der Ländervorwahl –, aber sie hatte ihm diese Erklärung eben nicht gegeben, also war damit zu rechnen, dass es auch diesmal nur in die Leere der Sphären tuten würde.

Es tutete in die Leere der Sphären. „Verdammt, sind Sie schwer von Begriff? Jetzt wenden Sie doch! Die zierliche, schwarzhaarige Frau, Koreanerin! Die *müssen* Sie bei der Herfahrt gesehen haben."

„Ik hab überhaupt keenen jesehen. Nur Sie, wie Se an den Baum jepinkelt ham. Se wissen ja wohl, dass dat in diesem Land verboten is. In Berlin kostet Se dat dreißig Euro, wenn Se erwischt wern."

„Hören Sie, ich habe jetzt wirklich andere Sorgen. Sie wenden jetzt oder ich steige hier mitten auf freier Strecke aus."

„Moment …" Der Taxifahrer ergriff sein Funkgerät. Eine metallisch klingende Stimme gab ihm halblaute Anweisungen. „Jut … verstehe … wird jemacht … muss nur aufpassen, dat der mir nich rabiat wird." Dann wandte er sich zu Jeremy um. „Tut mir leid, Meester, Anweisung von oben."

Der Taxifahrer bog in eine Waldstraße ein, die definitiv nicht in der Richtung lag, aus der Jeremy heute Nachmittag gekommen war. Aber noch immer machte er keinerlei Anstalten zu drehen. Stattdessen fuhr er tiefer in den dunklen Wald hinein.

„He, soll das jetzt eine Entführung sein, oder was? Vielleicht verwechseln Sie mich mit wem? Ich werde mich über Sie beschweren."

„Nun machense mal halblang, Meester. Jeschieht allet nur zu Ihrer Sicherheit. Wir sin gleich da."

Vor ihnen wurden in der Dunkelheit Scheinwerfer sichtbar. Dort parkten mehrere Wagen. Mitten im Wald. Das Taxi hielt. Drei Männer traten auf das Auto zu. Einer hatte eine Taschenlampe in der Hand. Ein anderer eine Waffe. Jeremy rüttelte an der Tür, aber sie ließ sich nicht öffnen. Der dritte Mann öffnete von außen. „Steigen Sie aus und machen Sie keinen Quatsch", sagte er auf Englisch mit kaum hörbarem deutschen Akzent. „Wir bringen Sie zu Ihrem Hotel zurück, Mister Gouldens. Ganz umsonst. Guter Service, nicht wahr?"

Jeremy erstarrte. Wie konnten die seinen Namen wissen? Er zwang sich, ruhig zu bleiben. „Hören Sie, ich weiß nicht, wer Sie sind und was Sie von mir wollen – aber ich hoffe, Sie sind ein Gentleman: Auf dieser Insel wartet eine Frau auf mich, der ich versprochen habe …"

Sein Gegenüber verzog das Gesicht zu einem spöttischen Grinsen. „Schon gut, können wir alles auf der Fahrt klären. Los, steigen Sie ein, wir haben nicht die ganze Nacht Zeit. Zigarette?"

Eigentlich rauchte Jeremy, wenn überhaupt, fast nur noch Zigarren, aber in manchen Situationen ... Beklommen zog er aus dem hingehaltenen dunkelgelben Päckchen mit blauem Aufdruck eine deutsche Filterlose.

Wenige Minuten später hatte der unauffällige graue Mercedes bereits das Kreuz Zehlendorf erreicht und raste auf der ehemaligen Strecke der hundert Jahre zuvor gebauten ersten deutschen Autobahn AVUS mit hoher Geschwindigkeit dem Stadtzentrum zu.

London, Chelsea

Cathy war sauer – seit ihrem Telefongespräch mit Coco am frühen Nachmittag hatte sie es ungefähr jede Viertelstunde bei Jonathan probiert, aber es war immer nur die Mailbox dran gewesen. Jetzt beschloss sie, es aufzugeben. Sie würde sich nicht zum Affen machen. Nicht für Jeremy und auch nicht für seinen Freund. Coco hatte recht: scheiß Männer! Es hatte gutgetan, sie so von der Leber weg lästern zu hören. Coco, die dann doch gleich wieder mit dem nächstbesten in die Kiste sprang, solange er nur athletisch genug gebaut war, einen knackigen Arsch und wenig Hirn hatte. Nein, Cathy war nicht wie Coco. Trotzdem würde sie in ihrer trostlosen Lage das Gespräch mit der Freundin gut brauchen können. Mittlerweile war Cathy entschlossen, sie in Shanghai zu besuchen. Mochte Jeremy sagen, was er wollte. Wahrscheinlich würde er gar nichts sagen. Womöglich würde er nicht mal merken, dass sie weg war. Scheiß Männer!

Auch Jeremy hatte, wie sie sehen konnte, heute vergeblich versucht sie anzurufen. Aber nur ein einziges Mal! Typisch. Wenn sie jemanden sprechen wollte, wählte sie sich die Finger wund, und Jeremy probierte es ein müdes Mal und damit war sein Gewissen beruhigt. Der konnte sie mal. Sie versuchte es bei Jonathan. Wieder nichts. Sie fühlte sich einsam. Wollte eine menschliche Stimme hören. Coco in Shanghai schlief, die konnte sie nicht anrufen. Teufel auch. Dann eben doch Jeremy. Schließlich war morgen das Charity Dinner im Dorchester Hotel, und sie hatte nicht vor, dieses Top-Event wegen seiner Unzuverlässigkeit sausen zu lassen. Sie wählte seine Nummer.

Immerhin. Er ging sofort dran. „Ach, du bist's. Ist gerade ganz schlecht, Cathy. Du, ich kann jetzt wirklich nicht. Ich melde mich, ja?"

Und war schon wieder weg. Arschloch. Wütend schleuderte Cathy ihr Smartphone durchs Zimmer. Irgendwas klirrte. Als sie das Gerät aufhob, war ein Sprung im Display. Ein Spiegelbild ihrer Seele.

Auf den Straßen von Berlin
„Ihre Anrufe können Sie später erledigen", sagte der Fahrer, zufrieden, dass Jeremy auf sein drohendes Kopfschütteln prompt reagiert hatte. „Jedenfalls dann, wenn Sie sich uns gegenüber kooperativ zeigen."

„Jetzt verraten Sie uns erst mal, was Sie da draußen auf Schwanenwerder zu suchen hatten." Die zweite Stimme kam aus dem Rücksitz. Sie hatte einen stärkeren deutschen Akzent, der gutural klang. Jeremy wandte den Kopf, konnte im dunklen Auto aber nur die massige Silhouette eines Mannes erkennen, dessen Kopf im Dunkeln lag.

„Erst sagen Sie mir, wer Sie sind! Sind Sie etwa Polizisten oder so? Dann zeigen Sie mir bitte Ihren Ausweis."

Der Mann auf dem Rücksitz lachte dröhnend. „*Oder so* – ja, da mögen Sie recht haben. Wie Sie bestimmt wissen, gilt Berlin als die europäische Hauptstadt der Agenten. Alle spionieren sie hier herum: unsere Feinde, unsre Freunde, Briten wie Amis, Chinesen wie Russen und so weiter. Was glauben Sie, wie viele ausländische Diplomaten hier herumlaufen, die in Wahrheit nichts als getarnte Agenten sind?"

„Okay, Sie sind also vom Geheimdienst", versuchte Jeremy die Sache auf den Punkt zu bringen. „Und Sie halten mich für einen ausländischen Spion. Warum? Ist jeder, der die Insel Schwanenwerder besucht, ein ausländischer Spion? Gehen die alle dorthin? Dafür war dort heute aber verdammt wenig los – in Ihrer Agentenhauptstadt."

„Nein, nicht alle. Aber eben der eine oder andere. Und die beschäftigen uns. Es hat heute, wie Sie vielleicht wissen, in Berlin einen terroristischen Anschlag gegeben." Nein, das wusste Jeremy noch nicht. Seine ehrliche Überraschung musste überzeugend gewirkt haben, denn nun mischte sich der Fahrer erklärend ins Gespräch: „Jemand hat von einem Schiff auf der Spree aus eine Handgranate auf die chinesische Botschaft geworfen. Vier Tote und viele Verletzte."

Jeremy war für einen Moment sprachlos. Anders als London war Berlin bislang nicht als bevorzugtes Ziel politisch motivierter Anschläge aufgefallen. Dann fragte er: „Gibt es schon einen Verdacht?"

„Klar. Glauben Sie, wir haben Sie zum Vergnügen aufgegabelt?"

Wie bitte? Konnten die allen Ernstes meinen, Jeremy habe eine Verbindung zum Anschlag? „Hören Sie, werter Herr Geheimdienstler. Soviel ich weiß, befindet sich die chinesische Botschaft im Zentrum. Was hat das mit Schwanenwerder da draußen zu tun?"

„Das wissen wir noch nicht", meldete sich der Mann auf der Rückbank wieder zu Wort. „Aber vielleicht können *Sie* uns das sagen?"

Vielleicht wollten sie ja nur seinen Expertenrat. Immerhin war er ein renommierter Fachmann in Sachen Fernost, und wenn die seinen Namen kannten, wussten sie das wohl auch. Jeremy kam ein Einfall. „Vielleicht gibt es eine Verbindung zu diesem Aspen-Institut?"

„Aha!", kam die Stimme des Mannes. „Inwiefern denn?"

Jeremy hatte plötzlich das Gefühl, man versuche ihn in die Falle zu locken. „Hören Sie mal. Ich bin Fernostexperte, wie Sie vielleicht wissen. Momentan recherchiere ich für einen Thriller über den Koreakonflikt. Und als vor einigen Jahren ein Anschlag auf das SWFC in Shanghai verübt wurde, hatte ich direkt damit zu tun: bei der *Aufklärung*, nicht bei der Ausführung. Meine jetzige Frau ist damals entführt worden und ich hab sie befreit. Macht mich das etwa verdächtig?"

„Wir wollen nur wissen, was Sie wissen. Und wenn Sie schon so ein Experte sind, wie Sie sagen, dann erzählen Sie bitte weiter! Was wissen Sie über dieses Haus auf Schwanenwerder?"

„Nun, bekanntlich bemüht sich das Aspen-Institut um Vermittlung in den kniffligen Konflikten der Welt. Und da gibt's in Ostasien jede Menge. Vielleicht liefen in dem Haus irgendwelche Gespräche."

„Geht das nicht noch etwas genauer?"

„Nein, geht es nicht", antwortete Jeremy wahrheitsgemäß.

„He, wenn Sie wirklich ein solcher Experte sind, sollten Sie nicht den Ahnungslosen mimen", mischte sich der Fahrer ungehalten wieder ins Gespräch. „Sie wissen so gut wie wir, dass sich das Aspen-Institut schon seit Jahren nicht mehr auf Schwanenwerder befindet."

„Was?" Jeremy fiel aus allen Wolken. „Aber ich bin doch vorbeigegangen. Da war diese Tafel für den Aspen-Gründer und dann dieser Wachmann oder wer immer das war, der mich fortgeschickt hat."

„Die Gedenktafel ist ja auch geblieben. Aber das Institut ist 2010 nach Mitte umgezogen, und das Haus wurde lukrativ an privat verkauft. Jetzt hören Sie doch auf, uns naive Märchen aufzutischen!"

Mittlerweile hatten sie die Autobahn verlassen und quälten sich durch den dichten Abendverkehr der Innenstadt.

„Sie halten sich wohl für sehr clever, was?", kam die Stimme vom Rücksitz. „Aber wir können auch anders. Wenn Sie vermeiden wollen, dass die Sache für Sie ausgesprochen *unangenehm* wird, dann beantworten Sie unsere Frage."

„Welche denn?" Sie hatten Jeremy mittlerweile so viele Fragen gestellt, dass ihm regelrecht der Kopf schwirrte.

„Na, die erste. Immer der Reihe nach. Was Sie heute Nachmittag da draußen auf Schwanenwerder zu suchen hatten." – „Ich habe das Haus meiner Großmutter besucht." – „Das können Sie Ihrer Großmutter erzählen." – „Nein, kann ich nicht. Ihr Deutschen habt sie in den Dreißigern aus dem Land gejagt und sie ist inzwischen verstorben." – „Nun ja, nicht so pauschal, bitte. Nicht wir persönlich. Wie hieß denn Ihre Großmutter? Damals?" – „Sara Josephine Goldmann."

„Mh", grunzte der Korpulente. „Und da kommen Sie zufällig gerade heute an der Inselstraße 10 vorbeigeschnüffelt, um nachzusehen, ob der Name Ihrer Großmutter auf dem Klingelschild steht."

„Ich wüsste nicht, dass dergleichen in Deutschland verboten ist. Klar, ihr mögt es nicht, wenn man in einer Geschichte herumstochert, über die ihr gern den Mantel des Vergessens breiten würdet. Das kenne ich von den Japanern. Deshalb ist ja auch keine Goebbels-Gedenktafel an dem Haus. Aber dass man hier gleich vom Geheimdienst verhaftet wird, wenn man auf den Spuren von Schandtaten des NS-Regimes an der eigenen Familie wandelt, ist mir neu."

Dem dicken Deutschen platzte der Kragen. „Jetzt machen Sie aber mal 'nen Punkt, ja! Ist Ihnen eigentlich klar, wie verdächtig Sie sind? Dass wir allen Grund haben, in Ihnen einen terroristischen Staatsfeind der Bundesrepublik Deutschland zu vermuten? Und wenn Sie es nicht sind – dann seien Sie froh, dass Sie noch am Leben sind."

Ringsum nun wieder Bäume und Sträucher. Der Tiergarten. Sie waren fast am Hotel. Ob die ihn auch wirklich dort absetzen würden? Jeremy wagte es kaum zu hoffen. Noch immer hatte er nicht die leiseste Ahnung, was man von ihm wollte. Er war entweder ein terroristischer Staatsfeind oder konnte froh sein, am Leben zu sein? Hallo?

„Jetzt hören Sie mal zu." Der dicke Schattenmann holte tief Luft. „Entweder Sie erklären sich bereit, mit uns zu kooperieren, dann können Sie jetzt ins Hotel gehen und sich morgen zu einer vertieften Befragung bei uns in der BND-Zentrale in der Chausseestraße melden."

„Und wenn nicht?"

Der Mercedes hielt an einem Taxistand an der Eichhornstraße vor dem Park Hyatt. „Verdacht auf Beteiligung an terroristischen Straftaten, Verdunklungs-, Fluchtgefahr. Da gibt's genug Gründe, Sie unsren Kollegen von der Polizei zu übergeben. Wie auch immer die Sache ausgehen wird: Die Nacht werden Sie dann jedenfalls nicht so bequem verbringen wie da oben im Hyatt."

Jeremy, obwohl er innerlich vor Wut kochte, sah keinen Grund, dieses Angebot zurückzuweisen. „Ich habe nichts zu verbergen. Ja, ich komme morgen in die Chausseestraße. Dann kann ich jetzt gehen?"

„Wenn Sie uns zuvor noch einen Blick auf Ihr Handy und in Ihre Brieftasche werfen lassen …" Zögernd händigte Jeremy dem Fahrer das Gewünschte aus. Er durchstöberte Jeremys Brieftasche, zog den Pass heraus, reichte ihm die Brieftasche zurück. „Sie können gehen."

„Mein Pass und mein Smartphone?"

„Können Sie sich morgen beides Punkt 13 Uhr in der neuen BND-Zentrale abholen. Sagen Sie dem Pförtner, dass Sie einen Termin im Büro von Dr. Fels haben. Keine Angst, Sie bekommen alles wieder. Ach, noch was: Lassen Sie sich heute auf keinen Fall nochmal im Umkreis von Schwanenwerder blicken! Sonst könnten Sie sich ernste Probleme einhandeln." Der Fahrer stieg aus, ging um den Wagen herum, öffnete Jeremy die Tür. „Dann bis morgen, Mister Gouldens."

„Bis … Nein, halt, eins noch: Was ist denn jetzt mit dieser Frau? Ich war auf Schwanenwerder mit einer Frau verabredet."

„Die Frau? Aha, *persönliche* Interessen! Versteh schon." Jeremy konnte förmlich ein Zwinkern in seiner Stimme hören. „Wir kümmern uns um die kleine Japse. Keine Sorge. Bis morgen dann. Gute Nacht!"

Und schon war der dunkle Mercedes davongebraust.

Berlin, Treptow

Im GTAZ, dem Gemeinsamen Terrorismusabwehrzentrum der deutschen Sicherheitsbehörden, liefen weiterhin die Drähte heiß. Der Anschlag hatte international hohe Wellen geschlagen. China verlangte zügige Aufklärung und verdächtigte sogleich japanische Nationalisten, worauf Japan mit erbitterten Kommentaren reagierte. China kritisierte daraufhin Deutschland indirekt, indem es darauf hinwies, dass ein „falsches Verständnis von Demokratie und Menschenrechten" die staatliche Sicherheit unterhöhlen und solchen Anschlägen Vorschub leisten könne, worauf deutsche Oppositionspolitiker heftig reagierten, während sich die Regierung eher kleinlaut auf die üblichen „entschiedenen Verurteilungen" des Anschlags beschränkte. Zusätzliche Aufregung entstand, als am Nachmittag das Gerücht die Runde machte, die Handgranate sei mit einer radioaktiven Substanz verunreinigt gewesen, was aber von den Behörden rasch dementiert worden war.

„Ich habe da ein ganz dummes Gefühl." Oberkommissar Hartmut Seitz saß in seinem mit Akten zugemüllten Zimmer im dritten Stock und blickte seinem Gegenüber, Dr. Friedrich Fels vom BND, starr in die Augen. „Irgendwann stellt sich doch heraus, dass wir den Menschen nicht die volle Wahrheit gesagt haben. Dann muss wohl wieder mal die Polizei den Kopf hinhalten und das BND ist fein raus."

„Schmutzige Bomben sind darauf angelegt, für Panik unter der Zivilbevölkerung zu sorgen. Das wollten wir in diesem Fall unbedingt verhindern, da schließlich keinerlei Grund zur Panik besteht."

„Weil diese schmutzige Bombe in Wirklichkeit wiederum hochrein war. Diesen Punkt habe ich immer noch nicht verstanden."

„Also, nochmal: Schmutzige Bomben nennt man bekanntlich konventionelle Sprengvorrichtungen, die mit radioaktivem Material kontaminiert sind, das durch die Explosion verteilt wird und die unmittelbare Umgebung verseucht. Anders als bei einer Atombombe findet also keine Kettenreaktion statt. Für solche Bomben kommen giftige Radioisotope wie etwa Cäsium oder Plutonium in Frage. Nun hat sich herausgestellt, dass unsere Handgranate mit Spuren von hochangereichertem, nahezu reinem Uran 235 kontaminiert war, also genau jenem Stoff, den man für *echte* Atombomben braucht – in größeren Mengen von verheerender Wirkung, in so geringer Beimengung aber praktisch harmlos. Glauben Sie mir: Wir haben niemanden gefährdet, indem wir das nicht an die große Glocke gehängt haben. Und für die internationale Sicherheit war es wichtig, jenen, die hier ein gefährliches Statement abgeben wollten, eben keine Bühne zu verschaffen."

„Die Uranbeimengung war also nur von *symbolischer* Bedeutung?"

„Genau das. Hier wollte jemand zeigen, was er kann. Wozu er fähig ist. Dass er radikal und zu allem bereit ist. Dass er schmutzige Bomben bauen kann. Und mehr als das. An hochangereichertes Uran kommt keiner so leicht ran. Aber die *hatten* das. Und wenn sie noch mehr davon haben, dann …"

„Dann haben wir die Bombe in den Händen von Terroristen. Das alte Schreckensszenario wäre endlich wahr geworden. Aber wer kann das sein? Wer sind diese *Schlitzaugen*? Ich bin ja nach wie vor der Ansicht, dass dieser Anschlag gar nicht in unserem Zuständigkeitsbereich liegt. Das ist doch ein anderes Kaliber als damals die Sauerland-Gruppe, der wir das Handwerk gelegt haben, als sie einen islamistischen Sprengstoffanschlag vorbereitete. Hier haben wir es eher wieder mit durchgeknallten Japsen oder so zu tun, die ihre alten Rechnungen mit China auf unsere Kosten begleichen wollen. Haben wir eigentlich schon das Datum überprüft? Ich meine, asiatische Terroristen wählen für ihre Anschläge ja gerne irgendwelche symbolischen Jahrestage. Das war vor ein paar Jahren in Shanghai auch schon so."

„Richtig, aber der 16. Februar scheint da nichts herzugeben."

„Und dann hat es auch noch einen deutschen Ostasien-Diplomaten erwischt: Dr. Johannes Habrecht, der sich, wie unsere Recherchen ergeben haben, gerade in der chinesischen Botschaft befand, um ein Vermittlungsgespräch mit einer nordkoreanischen Delegation zu führen, in dem es wiederum um die Vorbereitung eines diplomatischen Geheimtreffens morgen Abend in der Borsig-Villa ging. Mein Bauchgefühl sagt mir, dass da irgendein Zusammenhang besteht."

„Und der wäre? Von den Schlitzaugen mal abgesehen."

„Das weiß ich noch nicht. Da waren noch zwei weitere Diplomaten, der Bundestagsabgeordnete Schischkoff, deutsch-koreanische Parlamentariergruppe, und ein Kerl namens Korff, die hätten sich eigentlich mit Habrecht und den Nordkoreanern zum Mittagessen treffen sollen, kamen aber erst an, als das Ding schon explodiert war. Ich habe mit beiden Gespräche geführt. Schischkoff scheint mir integer zu sein, aber diesem Korff traue ich nicht über den Weg. Ich bin mir sicher, der schmierige Kerl wusste mehr, als er mir gesagt hat. Wieso lachen Sie jetzt? Ach so …" Seitz wusste, was nun kommen würde.

„Korff lassen Sie ruhig meine Sorge sein. Um den kümmern wir uns schon." Auf Fels' meist so grau und ausdruckslos wirkende Züge legte sich ein wissendes Grinsen. Seitz hasste das. Er riss sich hier den Arsch auf und dann kamen diese arroganten Geheimdienstler und wussten immer schon mehr, rückten jedoch nicht heraus damit. Er war erfahren und frustriert genug, um gar nicht erst weiterzufragen. Er kannte sie alle, ihre Floskeln. Nationale Sicherheitsinteressen, komplexe internationale Verwicklungen, absolute Geheimhaltungsstufe, hochbrisante Sache, Aufklärung schön und gut, aber wir dürfen unsere Kontaktleute nicht gefährden, sonst richten wir am Ende mehr Schaden als Nutzen an. Seitz wusste nur zu gut, dass es in Deutschland ein Trennungsgebot zwischen Nachrichtendiensten und Polizei gab, auf das sich Fels in seiner Geheimniskrämerei berufen konnte. Aber welchen Sinn hat so ein „Gemeinsames Terrorismusabwehrzentrum" dann überhaupt, wenn jeder sein eigenes Süppchen kocht?

Ungefragt ließ Fels dennoch sein Sprüchlein vom Stapel. „Wissen Sie, wir sind da an einer hochbrisanten Sache dran, die absoluter Geheimhaltung und äußerster Behutsamkeit bedarf. Da könnten einige Menschenleben gefährdet und Leute unnötig gewarnt werden. Deshalb, nochmal: Lassen Sie Walter Korff mal unsere Sorge sein."

Seitz sah Fels starr an. „Und was ist mit der Sache oben am Wannsee? Gibt es da auch eine Verbindung, die Sie mir verschweigen?"

Fels zuckte die Schulter. „Darüber werden wir mehr wissen, wenn wir unsere Aktion auf Schwanenwerder abgeschlossen haben."

„Das heißt, sie dauert noch an? Bis so weit in die Nacht?"

Fels erhob sich, griff nach seiner Jacke. „Bisher hat sich dort noch nichts getan. Außer dass wir, wie ich höre, einen verdächtigen Engländer aufgegriffen haben. Ich fürchte, da ist was schiefgelaufen."

Seitz' Telefon klingelte. Er hob ab, gab Fels ein Zeichen, einen Moment zu warten. „Okay, ich verstehe … Ja, schicken Sie es mir gleich rüber." Dann legte er auf. Sah Fels starr an. „Es ist ein Bekennervideo aufgetaucht. Von wegen Schlitzaugen."

Anders als etwa die schlossartige Residenz der Rockröhre im Ruhestand, Tina Turner, und ihres deutschen Gatten lag das Anwesen der Familie Bodmer nicht unten am Ufer des Sees, sondern es befand sich, unweit der Villa des russischen Oligarchen Wiktor Felixowitsch Wekselberg, an der Goldbacher Straße oben auf dem Hügel.

Natürlich war es nicht das einzige Haus der Familie. Unter ihren Schweizer Besitztümern war neben dem Chalet in Gstaad vor allem das alte Stammhaus in Liebefeld bei Bern zu nennen. Das Haus in Küsnacht hatte Beat Bodmer erst kurz nach der Jahrtausendwende erworben, als seiner anfänglich schwächelnden Bankenneugründung Century plötzlich die Gelder nur so zuflossen. In seiner nachempfundenen Bauhaus-Ästhetik war es nicht unbedingt schön, aber eben schön gelegen. Von außen sah es aus wie ein Bunker. Unverputzter Beton unterstrich die kantige Fassade. Wie das Maul eines Haifischs hatte sich das Haus tief in den Hang hineingefressen. Aus den riesigen Panoramafenstern hatte man einen fantastischen Blick über den See.

Chloe Bodmer hatte ihren Bunker auf dem Berg den ganzen Tag nicht verlassen. Heute Morgen, bald nach Lektüre jenes ominösen Zeitungsartikels und nachdem sie sich erst einmal ausführlich ihrer Morgentoilette gewidmet hatte, hatte sie bei der Bank angerufen und sich krankgemeldet. Sie hätte es nicht ertragen, noch einmal auf jene drei Ostasiaten mit dem Hund zu stoßen. Sie war sich fast sicher, wäre sie ihnen heute begegnet, wären *zwei* Hunde dabei gewesen.

Sie fühlte sich nicht wohl, ganz allein in dem großen Haus. Chloe hatte ihren Hauptwohnsitz inzwischen eigentlich in ihrem Penthouse in der Stadt, hatte ihr altes Jugendzimmer in Küsnacht aber behalten. Jetzt, wo Beat im Spital war, empfand sie es nachgerade als ihre Pflicht, das Familienheim zu hüten. Nach wie vor liebte sie das luxuriöse Anwesen oben auf dem Hügel der Reichen. Hier hatte sie in ihrer Jugend rauschende Partys gefeiert, hier war sie der Schwarm der besten Kreise Zürichs gewesen, hier hatte sie ihre Unschuld verloren.

Aber heil war auch diese Welt niemals gewesen. Heil: Das war, als die Bank ihren Sitz noch in Bern gehabt hatte. Als ihre Eltern noch zusammen gewesen waren. Als ihre Mutter nur so viele Tabletten genommen hatte, dass sie irgendwann wieder aufwachte. Und die Geschäfte zwar schlecht liefen, doch die Menschen gut schliefen. Zumindest einer: sie, die junge, unbekümmerte Gymnasiastin Chloe.

Damals war sie mit Marcus zusammen gewesen, dem Basketballtrottel. Der natürlich irgendwie ganz nett war. Der ihr den ersten Kuss gegeben hatte. Und das schon einige Monate *vor* dem Flaschendrehen an seinem fünfzehnten Geburtstag.

Da hatten ihr auch einige andere Küsse gegeben. Doch das zählte nicht. Wer war da eigentlich noch dabei gewesen, am Ende dieser Geburtstagsparty, als alles etwas aus dem Ruder lief? Mirjam, klar, Miguel, Marcus' portugiesischer Basketballpartner, und dann dieser seltsame Koreaner Pak. Oh nein, nicht wieder diese blöde Geschichte. Sie zuckte zusammen. Nicht *wieder* diese blöde Geschichte. Bitte nicht.

Sie hatte in ihrem Herzen nie daran geglaubt. Damals nicht, als er gegenüber Marcus davon geprahlt haben sollte. Ihm ein Foto zeigte, das ihn, Pak Un, neben einem Mann zeigte, der angeblich der koreanische Staatsführer war. Marcus interessierte sich damals nicht für Dinge, die mit Basketball nichts zu tun hatten, und so hatte er mit dem Bild nichts anfangen können. Und auch jetzt, als die Zeitungen das Gerücht verbreitet hatten, hatte Chloe alledem kaum Beachtung geschenkt. Pak Un mit seinem albernen Trainingsanzug und den Nike-Air-Jordan-Turnschuhen. Der immer bei Marcus abgeschrieben hatte. Mit den Rettungsringen am Bauch, die er sich auch durch unermüdliches Basketballspiel nicht hatte abtrainieren können. Der Sohn eines Diplomaten aus der koreanischen Botschaft, mein Gott, sie waren damals im Schulhaus Steinhölzli alle etwas Besseres gewesen. Der *nord*koreanischen Botschaft, aber das hatte für sie keinen Unterschied gemacht. Für sie war er immer ein Rüpel gewesen, und das hatte Pak Un bei jener Geburtstagsparty ja auch bewiesen.

Kurz danach hatte er die Schule vom einen auf den anderen Tag verlassen, und keiner hatte je erfahren, was aus ihm geworden war, jedenfalls über lange Jahre hinweg. Nicht, dass sie das sonderlich interessiert hätte. Aber jetzt … Ein Koreaner in ihrer Klasse. Dann diese lächelnden Ostasiaten mit ihrem Hund. Essen die Koreaner nicht Hunde? Marcus jedenfalls hatten wiederum die Hunde gegessen. Zumindest Teile von ihm. Und jemand hatte ihr den Artikel ins Zeitungsrohr gesteckt. Das gehörte alles irgendwie zusammen. Und das waren keine angenehmen, keine harmlosen Zusammenhänge.

Sie trat auf den Balkon hinaus. Sie brauchte jetzt noch eine „Eve 120". Vom Balkon konnte sie bis hinunter auf die dunkle Wasserfläche schauen. Von irgendwo dort unten drang grelles Hundegekläff herauf. Das schien ihr ein ganzes *Rudel* zu sein.

Ohne eine Valium würde sie heute Nacht nicht schlafen können. Mindestens eine. Aber erst einmal unter die Dusche.

Berlin, Potsdamer Platz
Teaser: Der englische Rechtsanwalt Adrian Bell und seine japankoreani-sche Freundin Hana-ko am Strand. Lachen, Küsse, weichgezeichnete Bil-der. Dann verzweifelte Schreie, die Leinwand wird schwarz. Dazu in großen Lettern der Filmtitel: „Korea Incorporated". Während der Vor-spann läuft, ertönt im Hintergrund das in ganz Korea beliebte Volkslied „Arirang", das von der tragischen Trennung zweier Liebenden erzählt, die hoffen, bald wieder vereint zu sein. Zwischen Vorspann und eigentli-chem Filmbeginn das Bild eines vereisten Sees vor dem Hintergrund schneebedeckter Gipfel. Dazu wiederholt eine tiefe Stimme aus dem Off die Liedstrophe:

So viele Sterne es im klaren Nachthimmel gibt
So viele Träume gibt es in unserem Herzen
Dort drüben, da ragt der Berg Paektu
wo selbst mitten im Winter die Blumen erblühn

Handlung: Adrian Bells Freundin Hana-ko verschwindet während eines gemeinsamen Ausflugs an die japanische Westküste spurlos. Bell erhält von hinten einen Schlag auf den Kopf und kann sich an nichts mehr er-innern. Dennoch wird er verdächtigt, seine Freundin umgebracht zu ha-ben, und flieht aus dem Land. Während Hana-ko für tot erklärt wird, hört Bell nie auf zu glauben, dass sie noch lebt, und durchzieht auf der Suche nach ihr die Welt. Häufig hält er sich dabei in Südkorea auf – dem Land, aus dem Hana-kos Vorfahren während der japanischen Besat-zungszeit verschleppt worden sind.

Als die Spannungen zwischen den Koreas erneut eskalieren, arbeitet Bell als Korrespondent für die BBC. Als „embedded journalist" ist er auf einem südkoreanischen Kriegsschiff unterwegs, als es in der Nähe der umstrittenen Insel Yeonpyeong zu einem Feuergefecht kommt. Ein nordkoreanisches Patrouillenboot sinkt und Bells Schiff rettet einen Teil der Besatzung aus den Fluten. Einer der Männer kommt ihm auf unheimliche Weise bekannt vor. Als er die Südkoreaner davon in Kenntnis setzt, unterziehen sie den Mann einer sogenannten „Weißen Folter" mittels harscher Verhörmethoden. Der Mann gesteht, Teil eines Teams gewesen zu sein, das im Auftrag des nordkoreanischen Geheimdiensts zahlreiche Japaner entführt hat, darunter Hana-ko, die nun in Pjöngjang lebe und in den Propagandafilmen des Regimes die böse japanische Verführerin mime. Bell besorgt sich daraufhin zahlreiche nordkoreanische Filme, erkennt Hana-ko in vielen Szenen wieder und verliebt sich nur noch wahnsinniger in sie.

Während sich der Koreakonflikt zuspitzt, setzt sich Bell in der Mandschurei mit Schlepperbanden in Verbindung, die ihn auf abenteuerlichen Pfaden über die Weißen Berge bis nach Pjöngjang schleusen. Es gelingt ihm, Hana-ko wiederzufinden, und sie verbringen eine rauschhafte Nacht miteinander. Sie planen, durch einen versteckten Tunnel in den Süden zu fliehen. Doch zuletzt verhält sich Hana-ko rätselhaft traurig und verschwindet ohne Abschied.

Am nächsten Tag erscheint Hana-ko nicht am vereinbarten Treffpunkt. Bell gerät in einen wilden Strudel der Ereignisse. (Das noch näher ausführen!) Er wird verhaftet und zu zehn Jahren Zwangsarbeit verurteilt. Nach wenigen Wochen wird er unter mysteriösen Umständen entlassen. Es stellt sich heraus, dass ein enger Bekannter des Lagerkommandanten der hohe Parteifunktionär Kim Ko Ryu ist, dem Hana-ko nach ihrer Entführung als Frau zugeteilt wurde, was sie Adrian verschwiegen hat. Kim hat ihr den Weg in die Filmkarriere eröffnet, und auch wenn sie ihn nicht wirklich liebt, empfindet sie doch tiefe Dankbarkeit für den Mann, der ihr alle Wünsche von den Lippen abliest. Erneute Wiederbegegnung von Hana-ko und Adrian, diesmal im pompösen Luxusanwesen ihres Mannes. Hana-ko überredet ihren Mann zu einem Fluchtversuch zu dritt, der ihnen, auf skurrile Weise, in einer Privatmaschine des Geliebten Führers zunächst auch gelingt. Über den Wolken stoßen sie zusammen mit Champagner an, doch noch ehe auch Adrian einen Schluck aus seinem Glas nehmen kann, sinkt Hana-ko vergiftet zu Boden. Aus dem Hintergrund stürmt eine Gruppe bewaffneter nordkoreanischer Soldaten in die Kabine. Bell glaubt Hana-ko tot und stürzt sich in den Kampf, mit dem Wunsch zu sterben. Wider Erwarten gelingt es ihm, alle Angreifer zu besiegen. Da hört er den Hilferuf der nur scheinbar Toten (im Champagner war ein Betäubungsmittel), die ihn vor Kim Ko Ryu warnt, der sein falsches Spiel mit ihnen treibe. Kim tritt Adrian mit der Waffe in der Hand entgegen und teilt ihm mit, wenn er Hana-ko retten wolle, müsse er zuerst ihn töten. Adrian zögert einen Moment, da stürzt sich Hana-ko mit letzter Kraft von hinten auf ihren Gatten. Aus Kim Ko Ryus Waffe löst sich ein Schuss, Adrian und Kim sinken getroffen nieder. Sie wirft sich auf den totgeglaubten Geliebten und wird erneut ohnmächtig. Im Hintergrund Wagner, Liebestod. Da erwacht Adrian – in Wirklichkeit hat ihn nur ein Streifschuss der Kugel getroffen, die als Querschläger den alten (seit der Erkenntnis, dass Hana-ko ihn nicht wirklich liebt, seines Lebens überdrüssigen) Kim getötet hat. Auch Hana-ko schlägt lächelnd die Augen auf.

In einer Schlussszene sieht man Adrian und Hana-ko mit glücklich entspannten Gesichtern nackt im Bett liegen. Fazit: Der Himmel ist ein Platz auf Erden, und besser als der Liebestod ist das Liebesleben. Im Abspann dann Beatles: Got to get you into my life!

Ja, Schluss und Anfang gefielen ihm richtig gut. Vielleicht etwas theatralisch, aber effektiv. In der Mitte dagegen war noch einiges an Arbeit nötig. Jeremy seufzte. Nach all der Aufregung des Tages konnte er nicht schlafen, und um sich abzulenken, hatte er seinen Entwurf hervorgeholt. Niemand außer ihm wusste, dass (von Dutzenden unzusammenhängenden Skizzenblättern abgesehen) von seinem Korea-Roman bisher nicht mehr existierte als der alte Drehbuchentwurf aus seiner Schublade. Er wusste, dass er damit die Liebesgeschichte nicht gerade neu erfunden hatte. Und doch: Die Sache hatte Potenzial. Und das würde er nun entfalten.

Wenn nur nicht alles durch die Wirklichkeit überrollt würde. „Die kleine Japse", hatte dieser Geheimdienstmensch gesagt, als Jeremy nach Mie gefragt hatte. Dabei hatte Jeremy immer nur von einer „Frau" gesprochen. Das konnte nur bedeuten, dass sie von Mie wussten. Und wahrscheinlich wussten sie auch, wo sie war. In den Abendnachrichten hatte Jeremy gehört, dass die Polizei nach einem Attentäter, Mann oder Frau, ostasiatischen Aussehens fahndete. Für ihn gab es nun kaum einen Zweifel mehr: Mie befand sich in den Händen des Geheimdiensts. Zwar nicht des nordkoreanischen, sondern des deutschen. Trotzdem war es unheimlich, wie sich Wirklichkeit und Erfindung manchmal überschnitten. Noch einmal begann er zu lesen: *Adrian Bells Freundin Hana-ko verschwindet während eines gemeinsamen Ausflugs an die japanische Westküste spurlos …*

Berlin, Treptow
Eine schwarz vermummte Gestalt, nur ein stechend blickendes Auge ist durch einen schmalen Schlitz sichtbar. In der rechten Hand hält sie eine Handgranate. Der Hintergrund kahl, Beton, ein Kellerraum. Die Gestalt spricht gebrochen Englisch. Kehliger Akzent. „Der chinesische Staat tritt die Rechte seiner islamischen Bürger mit Füßen. Seit das kommunistische China 1949 Ostturkestan besetzt hat, wurden über vier Millionen Muslime durch das Regime getötet. Das Regime hat 30 000 Moscheen zerstört und in der Nähe der Städte systematisch Atombombentests durchgeführt, um den Lebensraum der islamischen Bürger zu zerstören. Aber wir werden es ihnen mit gleicher Münze zurückzahlen. Heute in Berlin, unser Warnschuss, morgen schon in Peking und überall dort, wo man die Rechte von Muslimen beharrlich aufs Gröbste missachtet. Der chinesische Staat hat es nicht länger mit einem Aufruhr irgendwo in seinen fernen Provinzen zu tun. Wir sind jetzt eine islamische Armee, in der sich Muslime aus der ganzen Welt unter dem Ziel vereinen, ein neues Kalifat zu errichten, in dem Allahs getreuen Dienern ihre alte Macht und Würde zurückgegeben wird und wo alle, Araber und Nichtaraber, Weiße, Schwarze, Chinesen, Inder, in der Liebe Allahs zusammenleben. Wer aber die Muslime in Kaschgar oder Urumchi angreift, hat den gesamten Islam angegriffen. In fünf Jahren wird das Kalifat ein Gebiet von Spanien bis Ostturkestan erobert haben und die chinesischen Unterdrücker aus dem Land jagen. Ihr mögt es Terrorismus nennen – wir nennen es Kampf um Freiheit und Recht, unseren geheiligten Kampf auf dem Wege Allahs." Mit aggressiver Geste streckte der Vermummte den Arm mit der Handgranate in die Kamera. Dann wurde der Bildschirm schwarz.

Die beiden Männer im Raum schwiegen. Fels fand zuerst Worte. „Ich muss gestehen, das kommt selbst für mich etwas … überraschend. Muslimische Separatisten aus der Unruheprovinz Xinjiang – Ostturkestan. Wir wissen zwar, dass die IS-Terroristen auch Chinesen ausbilden. Aber dass gerade *die* hier einen Anschlag verüben …"

Seitz seufzte. „Tja, hätte nicht gedacht, dass mich mein Bauchgefühl mal trügt. *Doch* wieder mein Zuständigkeitsbereich: islamischer Terrorismus. Dabei hätte ich schwören können, dass da irgendwelche Japsen oder Koreaner dahinterstecken. *Echte* Schlitzaugen!"

London, Chelsea

Jonathans Stimme wirkte angespannt, aber freundlich. „Entschuldige die späte Störung, aber du hast gesagt, ich soll zurückrufen. Was gibt's so Dringendes, Cathy? Du hast es siebzehn Mal bei mir probiert."

Cathy hatte bereits im Bett gelegen und sich die trüben Gedanken ein wenig mit dem neusten Liebesroman von Nicholas Sparks vertrieben. Doch war sie froh, dass sich Jonathan noch meldete. Geflissentlich überhörte sie seinen gezwungen heiteren Tonfall. Siebzehn Mal? Jonathan war als Banker ein notorischer Rechner und mit Zahlen stets sehr genau. „Dringend? Nein, eigentlich wollte ich mich einfach mal mit jemandem unterhalten. Ich bin gestern Abend vom Land zurückgekommen und seither fällt mir im leeren Haus die Decke auf den Kopf. Sag mal, wieso gehst du den ganzen Tag nicht ans Telefon?"

„Wir haben hier sehr schwierige … Besprechungen. Bis in die Nacht hinein. Bin gerade erst fertig geworden."

„Wegen Jeremys Stiftung?"

„Ähm, ja, das heißt … nicht direkt. Es sind ziemlich komplexe …"

„Na ja, ist auch egal. Sind für mich ohnehin alles böhmische Dörfer. Bist du in London? Meinst du, wir können uns treffen?"

„Was denn, heute noch? Also heute … heute ist es etwas schlecht, um ganz ehrlich zu sein. Morgen … morgen bin ich in London."

„Du bist gar nicht in London? Bist du noch in der Schweiz? Sag mal, hast du meinen Göttergatten da irgendwo gesehen? Hat er nicht gerade erst eine Besprechung mit seiner kleinen Freundin Chloe gehabt?" Ruhig mal ein bisschen auf den Busch klopfen, Cathy!

„Mit Chloe? Nein, nein. Übermorgen. Übermorgen wollte er in die Schweiz kommen, soviel ich weiß. Wegen des Ethikberichts."

Also eine Nacht London, wenn überhaupt, dann gleich wieder in die Schweiz. Und das musste sie jetzt hier von Dritten erfahren, weil er nicht anrief und sie auch noch abwürgte, wenn sie es einmal selbst versuchte. Unter diesen Bedingungen konnte sie ihr Charity-Dinner vergessen. Dorchester Hotel lebe wohl! Plötzlich reifte ein böser Gedanke in ihr. Ja, das hatte er verdient.

„Hättest du dann vielleicht morgen Abend Zeit, Jonathan?"

„Ja klar, warum nicht? Zu allen Schandtaten bereit!"

Ich auch, dachte Cathy. Laut sagte sie: „Ich habe hier eine Einladung für ein exklusives Charity-Dinner des Bankenvereins morgen im Dorchester Hotel. Hättest du Lust mitzukommen?"

„Klar, warum nicht. Aber was ist mit deinem Herrn Gemahl?"

„Keine Ahnung, der treibt sich wohl in Berlin mit irgendwelchen japanischen Miezen mit großgeschminkten Manga-Augen herum."

Jonathan lachte auf. Cathy fand Jonathan sehr sympathisch, aber sein Lachen mochte sie nicht. Es hatte so etwas Hechelndes. Außerdem lachte er oft über Dinge, die nicht zum Lachen waren. Wie jetzt.

„In letzter Zeit nimmt er sich allzu viel raus, finde ich. Kommt kaum noch nach Hause, ruft nicht an, behandelt mich wie Luft, aber ich soll schön die treusorgende Ehefrau spielen. Da mache ich aber nicht mehr mit. Ich glaube, der hat mal einen Denkzettel verdient."

„Und dazu hast du mich auserkoren?" Es lag ein vorsichtiger Argwohn in seiner Stimme, der Cathy aufhorchen ließ. Da hatte sie sich doch etwas zu weit aus dem Fenster gelehnt. Niemand mochte es, im Rahmen von Partnerstreitigkeiten dazu benutzt zu werden, dem anderen eins vor den Bug zu geben, um dann weggeworfen zu werden, sobald der gewünschte Zweck erreicht ist.

„Ach was, du kennst doch Jeremy. Selbst wenn er wider Erwarten noch aufkreuzt, ist er wahrscheinlich nur froh, wenn er abends nicht fort muss. Der legt doch lieber die Füße hoch und schlürft seinen moorigen Whisky." Das war leider allzu wahr. Sie hatte wiederholt versucht, Jeremy eifersüchtig zu machen, um seine Aufmerksamkeit auf sich zu lenken – es hatte nie geklappt. „Ich will da einfach hingehen, und natürlich will ich nicht allein hin. Du begleitest mich also?"

„Wann fängt es an?" – „Auf der Einladung steht zwanzig Uhr Champagnerempfang. Bis es mit dem Essen losgeht, ist es sicher mindestens neun." – „Gut, das müsste zu machen sein. Soll ich dich abholen? Vielleicht schaffe ich es sogar früher und wir können vorher in der Lounge vom Quaglino's noch etwas trinken, wenn es dir passt." – „Abgemacht. Dann also bis morgen." – „Ich freu mich."

Lächelnd griff Cathy wieder nach ihrem Liebesroman. Selbst ist die Frau. Sie würde morgen zum Dinner ins Dorchester gehen. Jeremy hin, Jeremy her. Das bisschen Spaß ließ sie sich nicht nehmen. Und aus Jonathan würde sie schon herauskitzeln, was er über Jeremy und diese feine Chloe wusste. Sie kannte ihre Tricks.

Küsnacht

Es war für Chloe Bodmer an diesem Morgen kein leichter Gang, nach kargem Frühstück und einer umso ausgiebigeren Wellness-Dusche die Treppe hinunterzusteigen und die Zeitung aus dem Rohr zu ziehen. Wieder fiel ein weißes Kuvert heraus. Mit klopfendem Herzen hob sie es auf. Diesmal hatte man sich gar nicht erst die Mühe gemacht, rote Ausrufezeichen aufzumalen. Aber der entsprechende Artikel war wieder umringelt. Sie hätte ihn auch so gefunden.

Mord an ehemaligem Liebefeld-Steinhölzli-Schüler immer mysteriöser
Bern. Im Mordfall am Berner Unternehmer Marcus B. sind die Ermittler noch nicht weitergekommen. Doch scheint eine Verwicklung ins kriminelle Umfeld des Rotlichtmilieus (wir berichteten) zunehmend unwahrscheinlich. Eine gewagte Hypothese hat gegenüber der Berner Zeitung der Journalist und Geheimdienstexperte F. A. Schliermeyer geäussert. Er wies darauf hin, dass B. während seiner Schulzeit im Steinhölzli in Liebefeld die gleiche Klasse besuchte wie der angebliche Sohn eines nordkoreanischen Botschaftsangehörigen, der von 1998 bis 2000 unter dem Namen Pak Un Schüler der siebten bis neunten Klasse war. Neben einem Klassenkameraden portugiesischer Nationalität, dessen gegenwärtiger Verbleib unbekannt ist, war B. der einzige Schüler, mit dem Pak Un näheren Kontakt pflegte. Beide teilten eine Begeisterung für das Basketballspiel und besuchten sich gegenseitig. Schliermeyer hegt nun keinen Zweifel daran, dass es sich bei Pak Un in Wirklichkeit um den gegenwär-

tigen nordkoreanischen Diktator Kim Jong Un handelte. „Marcus B. wurde bei lebendigem Leib von Hunden zerrissen", so Schliermeyer, „und auch der junge Diktator in Pjöngjang soll seinen eigenen Onkel Jang Song Thaek von Hunden zerreissen haben lassen – eine unter dem Namen ‚quan jue' bekannte, äusserst brutale Exekutionsart. Ich glaube an keinen Zufall." Gefragt, welche Motivation hinter der Gräueltat stecken solle, antwortete der hochbetagte, doch nach wie vor sehr alerte Schliermeyer: „Diktatoren überhöhen sich systematisch zu göttergleichen Überwesen. Sie sehen es nicht gern, wenn es Zeugen aus der Zeit vor dieser Überhöhung gibt, die sie als normale, unvollkommene Menschen kennengelernt haben und darüber berichten können. So sorgte schon Adolf Hitler dafür, die eigene Person im wahrsten Wortsinn ‚mit aller Gewalt' zu verklären; er tat alles, damit die Spuren seiner Herkunft verwischt wurden und etwa die ungewöhnliche Häufung von Geisteskrankheiten in seiner Verwandtschaft nicht publik wurde. Zudem liess er Reinhold Hanisch, den Freund aus den Tagen im Wiener Männerheim, ermorden, nachdem er Informationen über Hitlers frühe Jahre hatte publizieren lassen. In Nordkorea ist der Führerkult seit Kim Il Sung Staatsdoktrin. Was daran rührt, wird ausgemerzt. Der junge Diktator hat auch seine Jugendgeliebte Hyon Song Wol ermorden lassen, obwohl sie als Sängerin des berühmten Pochonbo Electronic Ensemble ein Star war. Mit Hyon Song Wol verband Kim eine langjährige romantische Liebesbeziehung, direkt nachdem er 2000 von der Schweiz nach Korea zurückgekehrt war. Kim eliminiert gnadenlos alle, die an seinen Mythos rühren könnten. Ich würde mich nicht wundern, wenn noch weitere Personen aus dem ehemaligen Schweizer Umfeld des Diktators ihr Leben lassen müssten."

Der letzte Satz war mit rotem Edding unterstrichen. Wie auch das Wort *Jugendgeliebte*.

Berlin, Kreuzberg
Walter Korff, der sich soeben eine Ladung eingelegten Chinakohl in den Mund geschoben hatte, schmatzte anerkennend. „Das Kimchi hier ist wirklich Extraklasse – fast so gut wie im berühmten Ongnyu-Restaurant in Pjöngjang. Nur ist dort die Inneneinrichtung schöner." Er warf einen zweifelnden Blick über den Raum. Mit seinen rustikalen

Holzbänken, der grauen Betondecke, über die sich metallverkleidete Leitungen zogen, den Neonlampen und der roten Blechwand an der Rückfront verströmte das Restaurant „Kimchi Princess" den Charme einer Universitätsmensa aus den siebziger Jahren. „Tja, es gibt eben durchaus Dinge, die in Pjöngjang besser sind als in Berlin", stellte er sodann fest, nahm die vor ihm stehende 0,375-Liter-Flasche Soju, schenkte die kleinen Schnapsgläser voll und prostete seinem Gegenüber zu: „Auf die guten alten Tage! Auf die deutsch-koreanische Freundschaft." Er nahm sein Glas und leerte es in einem Zug. Das fast geschmacklose koreanische Nationalgetränk, das ein wenig wie mit Wasser und Zucker versetzter Wodka schmeckte, übte eine wohltuende Wirkung auf seinen etwas angeschlagenen Magen aus.

Der Koreaner mit den wachsam funkelnden Augen verzog den Mund zu einem schiefen Lächeln, trank ebenfalls und beugte sich wieder über seinen Teller – *Bul Nak*, scharfer Tintenfisch mit Rindfleischstreifen, direkt am Tisch gegart. Korff fiel erneut die Geschwindigkeit auf, mit der Kyok sein Essen wölfisch in sich hineinstopfte, als könnte ihm jeden Moment jemand den Teller wegreißen. Dann schob er entschieden seinen eigenen Teller weg, der nur zur Hälfte geleert war. Es war an der Zeit, zum Thema zu kommen. Schließlich hatte er gleich noch einen Termin in der Chausseestraße.

„Schlimm, das mit dem Anschlag dieser islamischen Separatisten auf die chinesische Botschaft gestern, nicht?" Korff fuhr sich durch sein kurzes, graublondes Haar.

Kyok hielt in seinem Schlingen inne. „Es hätte schlimmer kommen können." Um seine Lippen lag ein schwer einzuordnendes Grinsen.

„Kam's aber nicht", unterstrich Korff. „Was hatten Sie denn so Eiliges am Telefon mit dem Botschafter zu besprechen?" Kyok schlürfte geräuschvoll ein großes Stück Tintenfisch in sich hinein. „Der Botschafter ist ein junger Mann", sagte er sodann. „Noch unerfahren. Er muss seine Lektion lernen, wenn er ein guter Botschafter sein will." Korff nickte. Auch so eine Eigenart, die Kyok, den er nun schon so lange kannte, mit vielen seiner Landsleute beiderseits des 38. Breitengrades gemeinsam hatte: Auf allzu viele Fragen folgte eine Antwort, die bestenfalls indirekt zu nennen war. „Welche Folgen wird der Anschlag für die auf heute Abend angesetzten Gespräche haben?", fragte Korff weiter. „Nach meinen Informationen werden sie stattfinden – der nordkoreanischen Delegation ist nichts geschehen und die Chinesen sind heute nicht beteiligt. Oder wissen Sie Gegenteiliges?"

„Der stellvertretende Delegationsleiter Lee Hyun Hae wird wieder die Verhandlungsführung übernehmen", berichtete Kyok. „Unserem Obersten Führer ist sehr an einem Zustandekommen der Gespräche gelegen. Ich selbst werde dem Anlass erneut fernbleiben – zu *heiß*."

Korff quittierte den versteckten Hinweis mit einem Nicken. „Wir werden uns darum kümmern. Und was ist mit dem eigentlichen Delegationsleiter Pak Song Rim? Ist er wieder unpässlich?"

Kyok wiegte den Kopf hin und her, versteckte ihn dann tief in seiner Schüssel und hantierte eifrig mit den Stäbchen, bis alles blitzblank war. Er leckte sich die Lippen und begann: „Der verehrte Genosse Pak Song Rim ist ein alter, kranker Mann. Er ist noch gestern Abend zur Erholung in die Schweiz gefahren. Mit dem Nachtzug. Er wird kaum je wieder nach Deutschland zurückkehren."

Korff nickte erneut. „Der alte Fuchs. Tut, als wäre er scheintot, und dann schlägt er doch allen ein Schnippchen. Dann weiß er also, dass wir ihm auf den Fersen sind, diplomatische Immunität hin oder her. Irgendetwas ist gestern schiefgelaufen, draußen am Wannsee. Die Sache könnte brenzlig werden. Und was es wohl mit diesen chinesischen Islamisten auf sich hat?" Doch Kyok setzte wieder sein undurchsichtiges Lächeln auf. Korff wusste, dass heute nichts mehr aus ihm herauszuholen war. Er sah auf seine Uhr, seufzte, griff nach seiner Jacke. „Ich habe leider einen dringenden Termin." Der Koreaner deutete eine kleine Verbeugung an. Korff wandte sich zum Gehen, drehte sich dann noch einmal um. „Danke für den kleinen … Tipp gestern."

„Keine Ursache. Gleichfalls danke für die, wie soll ich sagen … diskrete Reaktion eines verständnisvollen alten Bekannten."

„Wir werden uns natürlich auf die übliche Weise erkenntlich zeigen. Vielleicht fällt Ihnen bis zu unserem nächsten Treffen noch die eine oder andere Zusatzinformation ein. Dann gibt's einen Zuschlag."

Kyok lächelte und nickte leicht. Dann sagte er: „Tut mir leid, dass Sie Ihren … geschätzten Kollegen verloren haben."

„Wo gehobelt wird, fallen Späne", antwortete Korff mit ungerührtem Achselzucken, trat auf die Manteuffelstraße und ging zur Skalitzer

Straße hinunter. In zehn Minuten musste er in der Chausseestraße sein. Sollte er ein Taxi rufen? Aber die U-Bahn war jetzt wohl schneller. Ächzend stieg er die Stufen zum Görlitzer Bahnhof hinauf.

Berlin, BND-Zentrale, Chausseestraße

Dr. Friedrich Fels saß in seinem erst vor wenigen Wochen mehr provisorisch bezogenen Büro, in dem er sich noch immer nicht heimisch fühlte, kritzelte mit dem Kugelschreiber Krakellinien über das vor ihm liegende Papier und fasste in Gedanken zum x-ten Mal den Ergebnisstand seiner geheimdienstlichen Ermittlungen zusammen.

13.02 Uhr hatte der Anschlag auf die chinesische Botschaft stattgefunden, für den nun eine uigurische Splittergruppe der Terrororganisation Islamischer Staat die Verantwortung übernommen hatte. Aber im Moment interessierte Fels etwas anderes: Etwa eine halbe Stunde später hatte ein schwarzer Mercedes mit Diplomatenkennzeichen und getönten Fenstern die nordkoreanische Botschaft in der Glinkastraße verlassen und war stadtauswärts gefahren. Mitarbeiter des Geheimdiensts, die die Botschaft routinemäßig überwachten, waren dem Wagen gefolgt, hatten ihn aber im dichten Verkehr aus den Augen verloren. Überwachungskameras auf der Autobahn hatten den Mercedes jedoch kurz vorm Kreuz Zehlendorf aufgezeichnet. Und zwar, interessanterweise, zweimal innerhalb weniger Minuten: einmal auf dem Weg stadtauswärts, einmal auf dem Weg stadteinwärts. Zehn Minuten später hatte ein metallicfarbener Hyundai Genesis mit mehreren Insassen ostasiatischen Aussehens die Brücke nach Schwanenwerder passiert und war auf das Gelände des Hauses Inselstraße 10 eingefahren.

Das Haus, ehemaliger Sitz des Aspen-Instituts, jetzt im Besitz eines Schweizer Geschäftsmannes, der sich aber fast nie dort blicken ließ, stand schon länger im Visier des BND, da der Verdacht bestand, dass über diese Adresse brisante illegale Geschäfte organisiert wurden. Nun gab es ganz konkrete Hinweise, dass der Besuch der nordkoreanischen Delegation in Berlin letztlich nicht nur dem vorgeschobenen Kulturdialog mit Deutschland und auch nicht allein dem inoffiziellen Treffen mit ehemaligen US-Diplomaten dienen sollte, sondern daneben auch, wie so oft, der Devisenbeschaffung für das klamme Regime in Pjöngjang. Da ging es um Geschäfte. Und Geschäfte Nordkoreas in Europa waren in diesen Zeiten des Embargos zumeist *illegale* Geschäfte. Teils mehr oder weniger harmloser Art, wie wenn es sich um die Beschaffung exquisiter Luxusgüter und edler Genussmittel von altem Cognac bis zu japanischem Wal-Sushi für die Diktatorenfamilie handelte; oder auch um den Kauf von Feuerwehrautos, Geigerzählern, Telefonabhöranlagen und Ähnlichem. Teils aber waren das auch sehr dunkle Geschäfte. Und hier war der Geheimdienst gefragt. Da ging es um Drogenhandel und Waffenschmuggel, Verkauf und Einkauf von Nuklearmaterial, Falschgeld, Devisenbetrug und vielerlei mehr.

Friedrich Fels war sich sicher, dass sein verdienter „inoffizieller Mitarbeiter" – ein treffender Begriff, so missverständlich er im heutigen Deutschland sein mochte – Walter Korff, mit all den undurchsichtigen Kontakten und alten Seilschaften, die bis in seine Stasizeit zurückgingen, noch einiges mehr über die Details dieser Geschäfte wusste. Wenn der Moment gekommen war, würde er schon mit der Sprache rausrücken müssen, Informantenschutz hin oder her.

Drahtzieher hinter all diesen Aktivitäten sollte ein mächtiger nordkoreanischer General sein, über den man kaum mehr wusste, als dass er wohl nicht nur ein Phantom der westlichen Geheimdienste war: der sogenannte „Puppenspieler". Offenbar entstammte er jenem militärischen Umfeld, in dem die Säuberungsaktionen des jungen Diktators – der nicht einmal vor seinem Onkel, dem zweitmächtigsten Mann im Staat, Halt gemacht hatte – besonders stark wüteten. Den Puppenspieler hatte Kim aber bislang in Frieden gelassen, obwohl er, als hoher Militär, dem hingerichteten Onkel nahegestanden haben dürfte. Vielleicht weil Kim seine Macht insgeheim fürchtete? Oder weil er auf ihn und seine Auslandskontakte, diese Schwarzhandel- und Devisenmaschine, in seiner bedrängten Lage nicht verzichten konnte?

Während der reiche Schweizer Geschäftsmann mit seinem Anwesen auf Schwanenwerder offenbar nur als Vermittler fungierte, der den illegalen Kontakten einen Treffpunkt zur Verfügung stellte, operierte als der eigentlich aktive Mittelsmann auf europäischer Seite, so die kolportierten Informationen, ein britischer Staatsbürger mit großen Erfahrungen im Geschäft mit den Staaten Ostasiens. Seine Identität war ebenfalls unklar. In Geheimdienstkreisen hatte sich der Codename

„der Kofferträger" eingebürgert – wiewohl diese Koffer wohl meist virtueller Natur waren und vor allem aus Geldschiebereien von Konto zu Konto rund um die Welt bestanden.

Der Plan des Geheimdiensts hatte vorgesehen, alle verdächtigen Personen, die den Ort des vermutlichen Treffens auf Schwanenwerder aufsuchten, zu beschatten, sobald sie das Haus verließen. Kurz vor dem Hyundai mit den Insassen ostasiatischen Aussehens war dort auch ein Kleinwagen mit vier Männern eingetroffen, von denen zwei dunklerer Hautfarbe mit eher vorderasiatischen Gesichtszügen gewesen waren und der dritte ein hellhäutiger Europäer mit rötlichem Haar. Doch dann hatte den ganzen Nachmittag und Abend über offenbar niemand das Haus verlassen. Und noch bis jetzt, Mittag des nächsten Tages, nicht. Dennoch war dem deutschen Geheimdienst dort am Vorabend ein in der Tat verdächtiger britischer Staatsbürger mit rotblond-graumeliertem Haar in die Hände gefallen: Er hatte am Vormittag, wie aus Videoaufzeichnungen hervorging, die nordkoreanische Botschaft aufgesucht und war nachmittags auf Schwanenwerder gesichtet worden, wo er sich mit einer ostasiatischen Frau getroffen hatte. Zudem hatte er über viele Jahre als Anwalt in Japan und China gewirkt und fungierte gegenwärtig als Geschäftsführer der um Versöhnung im ostasiatischen Raum bemühten Gao-Feng-Stiftung. Nach außen sicher eine ehrenwerte und untadlige Sache, aber doch mit einem leichten „Geschmäckle", so der Eindruck von Friedrich Fels (der seine Stuttgarter Herkunft, ganz Geheimdienstler, in Berlin stets erfolgreich zu verschleiern gewusst hatte): Immerhin wurden dem Stifter, Gao Feng, Kontakte zur chinesischen Mafia der Triaden nachgesagt.

Trotz aller Indizien hatte Fels dennoch Zweifel, ob es sich bei Jeremy Gouldens um den gesuchten Kofferträger handelte. Vielleicht war er nur zufällig – oder über weniger zufällige, aber ihn nicht direkt belastende Ostasienkontakte – in die Sache reingerutscht.

Fels' Sekretärin klopfte an die Tür. „Herr Gouldens ist eingetroffen." Dann würde er sich gleich ein besseres Bild von dem zwielichtigen Engländer verschaffen können. Er sah auf die Uhr. Punkt eins. Wo blieb Korff? Der Verhörexperte der speziellen *alten* Schule war sehr erfahren darin, einem Verdächtigen auf den Zahn zu fühlen.

Küsnacht
„Hier ist der Anschluss von Mirjam und Jobst Meier. Leider sind wir nicht zu Hause, aber über eine Nachricht würden wir uns freuen."

„Hallo Mirjam, hier ist deine alte Freundin Chloe. Ich hoffe, du bist gesund und wohlauf. Du hast sicher gehört, was mit unserem Klassenkameraden Marcus passiert ist. Es gibt da ein paar Dinge, über die ich gern mal mit dir persönlich reden möchte. Sei doch so lieb und ruf mich zurück." Seufzend legte Chloe auf. Das war jetzt schon der fünfte Anrufversuch gewesen; immerhin hatte sie sich endlich durchringen können, auf den Anrufbeantworter zu sprechen. Eine aktuelle Mobilnummer von Mirjam hatte sie nicht. Hoffentlich lag sie nicht mit zerrissenem Leib und fehlenden Gliedmaßen über ihr Haus verteilt.

Plötzlich vermisste sie die Freundin so sehr, dass ihr ein geradezu körperlich fühlbarer Schmerz durch die Brust zog. Waren es jetzt zwei, waren es drei Jahre, dass sie sich das letzte Mal gesehen hatten? Chloe war noch bei Mirjams Hochzeit gewesen, aber bald danach hatte sich die Freundschaft merklich abgekühlt, was vor allem daran gelegen hatte, dass Chloe mit Mirjams reichlich paranoid wirkendem Mann Jobst nicht viel hatte anfangen können und ihre wenigen Treffen zu dritt in einer sehr angespannten Atmosphäre stattgefunden hatten. Seither hatte sich ihr persönlicher Kontakt darauf beschränkt, dass sie einander an ihren Geburtstagen anriefen. Chloe hatte die Hochzeit mit Jonathan nun als endgültigen Termin einer Wiederbegegnung mit der alten Freundin anvisiert. Doch das konnte noch dauern. Noch *viel zu lang*. Frühestens im Spätherbst, so hatten Jonathan und Chloe vereinbart. Aber wenn da irgendwer durch die Gegend zog und Jagd auf Chloes ehemalige Mitschüler machte, zählte jeder Tag.

Nein, sie würde jetzt nicht noch einmal anrufen. Heute würde sie einfach mal *spontan* sein. Wenn es nur nicht zu spät war.

Berlin, Chausseestraße
Fels hatte den Engländer im Befragungsraum etwa zehn Minuten lang durch eine nur von dieser Seite her durchsichtige und schalldurchlässige Scheibe beobachtet, ohne dass ihm etwas Besonderes aufgefallen war, und wollte nun endlich zu ihm hinübergehen, da trat Walter Korff durch die Tür. „Entschuldigen Sie die Verspätung, aber ich hatte ein

wichtiges Treffen mit einem meiner Spezialfreunde." Korff und seine Spezialfreunde. Alles war bei ihm immer *speziell*.

„Und?" – „Es gibt, wie bereits vermutet, Grund zur Annahme, dass es beim Borsig-Treffen heute Abend erneut zu einem Zwischenfall kommen könnte. Ich habe bereits unsere Freunde vom BKA kontaktiert, damit sie entsprechende Vorkehrungen treffen. Und noch was: Dieser tattrige alte Koreaner Pak Song Rim, offizieller Delegationsleiter der Nordkoreaner, ist uns durch die Lappen gegangen. Er hat sich noch gestern Abend in die Schweiz abgesetzt, während der BND vor dem Haus in der Inselstraße gewartet hat, dass diese Jungs rauskamen. Wahrscheinlich hat sich die ganze Bagage durch die Hintertür und mit dem Boot über die Klare Lanke davongemacht – da haben Ihre Leute wohl versagt. Immerhin haben wir ja unseren verdächtigen Engländer." Korff wandte sich der Scheibe zu. „Ah, das ist er also?"

„Ja und nein. Engländer ist er, ja, und nicht unverdächtig. Trotzdem glaube ich eher nicht, dass er der ist, den wir suchen. Unsere Männer vor Ort haben angegeben, dass er wie ein normaler Tourist vorbeigeschlendert ist. Sonst hätten sie ihn auch nicht weggescheucht."

„Dann hat er sich dort noch ein, zwei Stunden lang mit einer Frau ostasiatischen Aussehens herumgetrieben – nachdem er erst am Vormittag um die nordkoreanische Botschaft geschlichen ist. Und das soll ihn nicht verdächtig machen?"

„Er hat sich nicht *herumgetrieben*, sondern das ehemalige Wohnhaus seiner Großmutter besichtigt. Wir haben das überprüft. In dem Haus hat tatsächlich mal eine gewisse Sara Josephine Goldmann gewohnt, und sie ist wirklich die Großmutter eines Jeremy Gouldens. Was er über seine deutschen Wurzeln sagt, stimmt."

„Na gut, wenn man das denn deutsche Wurzeln nennen mag", gab Korff achselzuckend zurück. Fels runzelte die Stirn, überging die Bemerkung aber. Irgendwas war dort drüben mit der Entnazifizierung offenkundig schiefgelaufen. „Und sein Handy?", fragte Korff weiter.

„Gestern hat er mit seinem koreanischen Filmagenten telefoniert und einmal seine Frau in London angerufen. Und ständig eine andere Nummer gewählt, die wir nicht identifizieren konnten. Ortung Fehlanzeige, das Handy ist abgeschaltet."

„Die mysteriöse Ostasiatin."

„Vermutlich. Er war mit ihr zusammen auf der Insel, das steht fest. Unsere Leute haben beide bei ihrer Inselpatrouille gesehen, als er das Taxi gerufen hat, und daraufhin entschieden, das Taxi zu stoppen. Merkwürdig nur, dass niemand die Frau gesehen hat, als sie auf die Insel gekommen ist oder sie verlassen hat. Aber vielleicht haben wir es ja wirklich nur mit einer Kette seltsamer Zufälle zu tun. Schließlich stimmt es auch, dass Gouldens an einem Film über Japan und China arbeitet und deshalb die Berlinale besucht hat. Er ist Ostasienkenner und verfügt über gute Kontakte in den Raum. Er hat vor ein paar Jahren eine wichtige Rolle bei der Beendung der Geiselnahme in Shanghai gespielt und ist dafür bekannt, in Wespennestern herumzustochern. Außerdem ist er Geschäftsführer einer Stiftung zur Förderung der Versöhnung zwischen Japan, Korea und China. Ich kann mir nicht vorstellen, dass wir hier einen abgezockten Kriminellen vor uns haben."

„Sie wissen, dass ich auf sentimentale Bauchgefühl-Sachen nicht viel gebe. Aber ich sehe, worauf Sie hinauswollen."

„Genau. Da drüben sitzt ein Mann, der uns vielleicht hilfreich sein kann. Möglich, dass er auf irgendeine Weise an dieser Sache beteiligt ist, als Schuldiger, als Unschuldiger oder irgendwo in der breiten Grauzone dazwischen, die wir nur zu gut kennen. Dass er unser ominöser Kofferträger ist, glaube ich nicht; schließlich hat er das Haus gar nicht betreten. Wir sollten herausfinden, was er weiß, und uns seiner Mitarbeit versichern. Er hat angegeben, dass er zu einem Korea-Roman recherchiert. Können wir ihn nicht zu einem Rechercheur in eigener Sache machen? Natürlich geht es nicht ganz ohne Offenheit. Wenn wir etwas von ihm wissen wollen, müssen wir bereit sein, ihm den einen oder anderen vertraulichen Brocken hinzuschmeißen, und ihn dazu bringen, dass er anbeißt. Was halten Sie davon?"

Wieder zuckte Korff die Achseln. „In Vertraulichkeit bin ich ganz gut. Lassen Sie mich machen. Sobald ich Ihnen ein Zeichen gebe, verlassen Sie den Raum und verfolgen die Sache von hier aus."

„Gut, gehen wir hinein."

Zürich

Energisch drückte Dr. Urs Welti von der Treuhandgesellschaft Fiducia seine Zigarette im übervollen Aschenbecher aus. Schenkte sich mit zittrigen Fingern die nächste Tasse Kaffee ein. Zog eine neue Parisienne Noire aus dem Päckchen. Gut, dass er zumindest in seinem Büro rauchen durfte. Und jetzt, wo sein einziger Partner, Kurt-Anton Stirnimann, im Urlaub war, auch in der kleinen Kaffeeküche. Das war aber schon der einzige Vorteil seiner Abwesenheit. In allen anderen Bereichen vermisste Welti seinen Kollegen von Tag zu Tag mehr. Wieso musste er ihn auch gerade jetzt mit all den dringenden Entscheidungen alleinlassen! Denn wenn Stirnimann im Urlaub war, *war* er im Urlaub. Der kreuzte mit dem Cocktailglas in der Hand auf seiner Jacht durch die Karibik und war für niemanden zu erreichen. Welti hatte es längst aufgegeben, auf Stirnimanns Mailbox zu sprechen.

Welti war jung, intelligent und ehrgeizig, trug stolz seinen nagelneuen Doktortitel. Nur an der Berufspraxis fehlte es ihm noch. In diesem Punkt griff er gern auf die langjährige Erfahrung seines Partners zurück. Welti wusste, dass er noch viel zu lernen hatte. Und er wollte auf keinen Fall einen Fehler machen. Und hier hatte er es mit einem wichtigen Kunden zu tun, mit dem er es sich nicht verscherzen durfte. Aber je weiter er prüfte und bohrte, desto abgründiger schien ihm die Sache. Nahm allmählich gar strafrechtliche Dimensionen an.

Im Grunde war es eine Routinearbeit. Die Schweizer Finanzaufsicht FINMA hatte sich für eine Prüfung bei der Gao-Feng-Stiftung mit Sitz in Zug angemeldet, deren Gelder und Geschäfte von der Zürcher Century Bank verwaltet wurden. Die FINMA, die für die Geldwäschereibekämpfung zuständige Behörde, war 2009 eingerichtet worden, um das Schweizer Finanzsystem vor dem Missbrauch durch zwielichtiges Gesindel zu schützen. Stiftungsgründer Gao Feng in Shanghai und Geschäftsführer Jeremy Gouldens hatten entschieden, die Bücher sicherheitshalber zunächst von der kleinen Revisionsgesellschaft Fiducia prüfen zu lassen. Dabei ging es auch darum, den jährlichen Ethikbericht vorzubereiten, zu dem die Stiftung laut Satzung verpflichtet war, und in diesem Zusammenhang zu überprüfen, ob bei der Anlage der Gelder die in der Stiftungssatzung festgelegten strengen moralischen Kriterien eingehalten worden waren – keine

Spekulation mit Agrarrohstoffen, kein Geschäfte mit Waffen und dergleichen. Zunächst hatte alles nach einer schnell erledigten, alltäglichen Aufgabe ausgesehen. Die Bücher schienen vorbildlich geführt, keine Verstöße gegen die Compliancekultur der Stiftung waren ersichtlich. Doch sobald Welti noch einen Schritt weiterging und hinter diese makellose Fassade blickte, ergaben sich immer mehr Fragen und Ungereimtheiten. Und irgendwie wollte sich niemand finden lassen, der ihm auf diese Fragen eine Antwort gab. Gouldens verwies auf die Bank, die Geldwäschebeauftragte der Bank, Chloe Bodmer, verwies auf den Leiter des Londoner Büros, Jonathan Creed, der für die Geldanlage der Stiftungsgelder zuständig war, aber der war praktisch nie zu erreichen. Und jetzt hatte zu allem Überfluss auch noch den Bankbesitzer Beat Bodmer ein schwerer Herzinfarkt ereilt.

Dr. Weltis Fragenliste war lang. Er war auf Hinweise gestoßen, dass die Century Bank bei der Anlage der Stiftungsgelder ihre Sorgfaltspflichten verletzt hatte. Gelder in Millionenhöhe waren in einer verwirrenden Vielfalt von Transaktionen hin und her geschoben worden, bis sich die Wege nicht mehr nachvollziehen ließen. Häufig verloren sich die Spuren bei halbseidenen Offshore-Banken und Sitzgesellschaften von Vaduz bis nach Macao und den Kaimaninseln. Die wiederholte Überweisung von gestückelten Kleinbeträgen in kurzer Zeit an gleiche Konten legte den Verdacht auf „Smurfing" nahe – Verschleierung hoher Zahlungen durch Aufteilung in eine Vielzahl von Tranchen. In diesem Zusammenhang war Welti immer wieder auf den Namen einer dubiosen Firma namens „Koryo Capital" gestoßen, über die er bisher nicht mehr hatte in Erfahrung bringen können, als dass es sich dabei um eine auf der Kanalinsel Guernsey ansässige Sitzgesellschaft handelte – also wohl nicht viel mehr als eine Briefkastenfirma. Wer sich hinter Koryo Capital verbarg, hatte Dr. Welti noch nicht herausgefunden, und womöglich wusste es auch die Bank selbst nicht. Letzteres wäre ein klarer Verstoß gegen das „Know Your Customer"-Prinzip, das Banken verpflichtet, ihre Kunden und die wahren wirtschaftlich Berechtigten (also diejenigen, die letztlich den Zugriff auf die Kontengelder haben) identifizieren zu können. Offenbar waren hier Geschäfte mit Partnern gemacht worden, die ihren Offenlegungspflichten nicht nachkamen, und die zuständigen Mitarbeiter der Bank hatten ihre Pflicht zur Legitimationsprüfung und damit ihre Pflicht zur Kontenwahrheit vernachlässigt. Für all das brauchte Welti überzeugende Antworten. Denn so ungern er einen wichtigen Kunden von Fiducia verprellen wollte, stand doch umgekehrt fest, dass es seine unumstößliche Pflicht war, mögliche illegale Praktiken zu benennen und aufzudecken. Schließlich würde die unbestechliche FINMA dergleichen ohnehin auf die Spur kommen. Da durfte sich Fiducia auch nicht in den leisesten Ruch bringen, ein Auge zugedrückt zu haben.

Eine weitere Auffälligkeit, die Urs Welti stutzig machte, war die rätselhafte Häufung von anonymen Großspenden an die Stiftung in den letzten Wochen. Es war zwar nicht das erste Mal, dass die Stiftung anonyme Spenden erhielt, aber im vorliegenden Fall gab es nicht einmal Kontenverbindungen, die sich zurückverfolgen ließen; die Spenden waren in Teilen sogar bar oder über Kurierdienste wie Western Union auf Konten der Gao-Feng-Stiftung eingezahlt worden. Dr. Welti hatte die vage Vermutung, dass diese Spendenzuflüsse mit den Kontenbewegungen in Richtung Koryo Capital und Co zusammenhingen, doch fehlten ihm alle Beweise hierfür. Eine etwa zeitgleiche weitere Großspende in beträchtlicher Höhe hatte er auf eine Briefkastenfirma auf den Kanalinseln zurückführen können, hinter der letztlich wiederum offenbar ein südkoreanisches Start-up-Unternehmen namens Brainweb steckte, das spezielle medizinische Mikrochips und computergesteuerte Implantate einer neuen Generation entwickelte. Bestand hier auch eine Verbindung? Auffällig war, dass diese Spende ausdrücklich dem alleinigen Verwendungszweck „Einrichtung des Freundschaftszentrums, Ryugyong-Hotel, Pjöngjang" vorbehalten war. Urs Welti nahm sich vor, dieses Unternehmen einmal unter die Lupe zu nehmen.

Zum wiederholten Male wählte er die Mobilnummer von Jeremy Gouldens. „Der Teilnehmer ist vorübergehend nicht erreichbar." Dr. Welti schenkte sich seufzend Kaffee nach. Warum schaltete der sein Natel nicht an? Dann würde er sich jetzt eben auf die Fährte dieser rätselhaften Gesellschaft Koryo Capital setzen. Irgendwie musste er an das Register der wirtschaftlich Berechtigten kommen, herausfinden, wer die Namen und Köpfe waren, an die hier die Gelder flossen.

Er zündete sich eine neue Parisienne Noire an.

Berlin, Chausseestraße

Der kleine Gesprächsraum im nagelneuen, noch immer unfertigen Hauptquartier des BND war zwar angenehm temperiert, dennoch überkam Jeremy das Gefühl, keine Luft mehr zu bekommen. Was nicht nur am Geruch von frischer Farbe und Lack lag, der über dem Raum hing, sondern auch daran, dass seine Nervosität und Verärgerung mit jeder Minute stieg, die man ihn hier sitzen ließ.

Den Vormittag hatte Jeremy mit ergebnislosen Anrufen und ergebnislosem Grübeln zugebracht. Jetzt waren es auf einmal uigurische Islamisten aus dem Westen Chinas, die den Anschlag verübt hatten. Aber Mie blieb verschwunden. War sie wirklich in der Gewalt des Geheimdienstes? Nun, er hoffte es jetzt zu erfahren. Nach einem Spaziergang in der Pracht eines sonnigen Wintertags, der schon ein wenig nach Schneeglöckchen und Vorfrühling roch, war Jeremy pünktlich in der Chausseestraße angelangt. Der Anblick, der sich ihm dort bot, hatte ihn regelrecht erschlagen. Die mehrere Hundert Meter lange BND-Zentrale war ein grünlich graues Ungeheuer von Gebäudekomplex, wie ein steinerner Krake, der seine Arme in alle Richtungen ausstreckt, um Menschen und anderes Kleingetier zu verschlingen; dabei von einer auf bedrohliche Weise „futuristischen" Architektur, die den Eindruck erweckte, als sei die BRD damals der DDR beigetreten und nicht umgekehrt. Kein Zweifel, Deutschland wollte mit diesem Komplex, in dem bald Tausende arbeiten sollten, demonstrativ unter Beweis stellen, dass es in Zukunft nicht mehr hinter den Kollegen von CIA, FBI und NSA bis MI6 und Mossad zurückstehen wollte.

Jeremy hatte an der Pforte nach Dr. Fels gefragt und war zwischen Baugruben, Bauwägen, gelblichen Pfützen und schmutzigen Schneeresten hindurch zu einem der schon einigermaßen fertigen Gebäudetrakte gewiesen worden. Dort hatte man ihn über Fluchten von Korridoren, über Treppen und Fahrstühle zu dem Konferenzraum geleitet, wo er jetzt wartete. Und wartete. Er wollte gerade aufstehen und sich bei der Dame im Vorraum beschweren, als sich die Tür öffnete und zwei Männer hereintraten. Der eine, etwas Gedrungenere, war Ende fünfzig, hatte einen Bürstenhaarschnitt und blondes, leicht ergrautes Haar. Er wirkte muskulös, doch war unter seiner schwarzen Lederjacke sein deutlicher Bauchansatz nicht zu übersehen. Der andere war jünger und wirkte verhältnismäßig farblos – eine typisch deutsche Beamtenpersönlichkeit, die vermutlich auch die Geheimdiensttätigkeit zu einer langweiligen, nüchternen Routinearbeit machen konnte.

„Entschuldigen Sie die kleine Verspätung, Mister Gouldens", begann der Farblose. „Mein Name ist Fels und das ist Herr Korff vom diplomatischen Auslandsdienst. Wir hätten da ein paar Fragen."

Der andere hatte sich inzwischen seiner Lederjacke entledigt und sie ungeniert über die Stuhllehne geworfen. Darunter war eine geschmacklos karierte Krawatte und ein offenbar maßgeschneiderter Anzug zutage getreten, der dem korpulenten Mann dennoch saß, als sei er von der Stange. Aus der Tasche zog er ein Zigarettenpäckchen mit dem Aufdruck „f6". „Es stört Sie doch nicht, wenn ich rauche?", warf er süffisant grinsend in den Raum. Es klang mehr nach Drohung als nach Frage. Seine Stimme hatte jenen gutturalen, typisch ostdeutschen Tonfall – als würde er sich bei jedem Wort verschlucken –, den Jeremy gestern auch an dem obskuren dunklen Mann auf dem Rücksitz des grauen Mercedes wahrgenommen hatte. Für einen Moment überlegte er, ob es die gleiche Person gewesen sein konnte; aber der Mann gestern hatte noch beleibter gewirkt. Jeremy entschied sofort, dass ihm dieser Korff zutiefst unsympathisch war. Er hoffte, ihm nie wieder über den Weg laufen zu müssen. Aber erst einmal diese Begegnung hinter sich bringen.

„Jetzt erzählen Sie uns bitte noch einmal in allen Einzelheiten, was Sie nach Berlin geführt hat, und besonders, was Sie gestern den ganzen Tag so getrieben haben", begann der Farblose, Fels. Er war offenbar das eigentlich zuständige hohe Tier beim BND, was den undurchschaubaren Korff allerdings wenig zu beeindrucken schien.

„Lassen Sie sich ruhig Zeit, dann dauert es nicht so lang", ergänzte Korff mit einem kryptischen Lächeln, nahm einen tiefen Zug von seiner Zigarette und beugte sich weit vor, so dass Jeremy direkt in die roten Äderchen seiner unangenehmen wasserblauen Augen blickte.

Als Jeremy das BND-Gebäude zweieinhalb Stunden später verließ, verspürte er das dringende Bedürfnis, in einen klaren Bergsee zu springen und durchs Wasser zu tauchen, bis er allen Schmutz von sich abgewaschen hatte und sein Kopf wieder klar war. Noch immer hatte er weiche Knie und so setzte er sich für einige Minuten auf eine winterlich kalte Bank, um durchzuschnaufen und nachzudenken.

Zuerst war das Gespräch ganz erträglich verlaufen. Jeremy hatte erzählt, die beiden Männer hatten zugehört und nur hin und wieder kurze Nachfragen gestellt. Mit der Zeit waren sie jedoch zudringlicher geworden und hatten versucht, ihn einzuschüchtern, besonders dieser Widerling, Korff. Sie suchten nach Widersprüchen in Jeremys Aussagen, nach Schlingen, in denen er sich verfangen könnte, und als sie nichts fanden, bemühten sie alle möglichen Geheimdienstschlichen, drohten ihm mit unangenehmen Konsequenzen, wollten ihm Angst machen. Offenbar waren sie überzeugt, dass er ihnen etwas verheimlichte, und es wurmte sie, dass sie es nicht aus ihm herauslocken konnten. Sein Klingeln bei der nordkoreanischen Botschaft, seine Anwesenheit auf Schwanenwerder, sein Treffen mit einer Asiatin – alles schien ihn verdächtig zu machen.

Dann hatte sich der farblose Fels dringender Termine halber verabschiedet, und sobald sie beide allein waren, änderte Korff seine Strategie und wurde geradezu anbiedernd, was Jeremy fast noch unangenehmer war. Dennoch beschloss er, auf sein Entgegenkommen einzugehen und es dazu zu benutzen, um nun umgekehrt Informationen aus dem sächselnden Widerling herauszukitzeln. Womit er sich, wie ihm nun klar wurde, vermutlich genau auf das Spiel eingelassen hatte, das Korff mit ihm zu spielen und zu gewinnen beabsichtigt hatte.

Aber jedes Spiel hat seine Grenzen.

Vor allem hatte Jeremy mehr über den Verbleib Mies herausfinden wollen. Aber hier biss er auf Granit. Entweder Korff wusste wirklich nicht, wohin sie verschwunden war, oder er wollte es ihm nicht sagen. Jeremy erschien es zunehmend unwahrscheinlich, dass sie sich in der Tat im Gewahrsam des Geheimdiensts befand. Aber natürlich konnte es auch nur bewusste Taktik sein, diesen Eindruck zu erwecken.

Und dann hatte dieser Widerling versucht, den Spieß umzudrehen. „Mie Chang, sagten Sie? Eine koreanische Schauspielerin? Gut, wir werden das überprüfen. Bis dahin kann ich Sie nur warnen und Sie bitten, die Augen offenzuhalten. Womöglich ist diese Frau gar nicht so unschuldig, wie sie sich Ihnen gegenüber darstellt." Er hatte Jeremy eine Visitenkarte in die Hand gedrückt und hinzugefügt: „Im Klartext heißt das, ich möchte von Ihnen auf dem Laufenden gehalten werden. Lassen Sie mich wissen, sobald Sie wieder Kontakt mit ihr haben, und berichten Sie alles, was Sie durch sie und über sie in Erfahrung bringen können. Was haben Sie nun als Nächstes vor?"

Jeremy hatte nur mit Mühe die Fassung bewahren können. Er sollte seine Schauspielerin, zu der er doch ein Vertrauensverhältnis aufbauen wollte, im Auftrag eines fremden Landes ausspionieren? Was nahm sich dieser zwielichtige Kerl vom „diplomatischen Außendienst", was auch immer sich hinter dieser harmlosen Bezeichnung verbarg, da heraus? Wollte der Geheimdienst in die persönlichen Beziehungen zweier Menschen eindringen, um sie zu unterminieren? Dennoch nahm Jeremy die Visitenkarte entgegen und beschloss, sich zur Vermeidung weiterer Schwierigkeiten lieber kooperativ zu zeigen. Natürlich hatte er nicht vor, Korff je anzurufen. Ohne auf Mie einzugehen, hatte er also möglichst gleichmütig geantwortet, dass er noch heute zu seiner Frau nach London zurückfliegen wolle. „Morgen reise ich dann nach Zürich, wo ich in Stiftungsangelegenheiten zu tun habe und Gespräche mit unserer Treuhandgesellschaft und dem Revisor Dr. Welti anstehen, in denen es unter anderem um den Ethikbericht der Stiftung geht, der übernächste Woche dem Stiftungsgeber vorgelegt werden soll."

„Als Vermögensverwalter und Treuhänder der Stiftungsgelder fungiert die Zürcher Century Bank von Beat Bodmer, nicht wahr?", bohrte Korff nach. Jeremy war abermals überrascht gewesen, wie viel diese Leute über ihn und seine Tätigkeit wussten.

„Ja. Mittlerweile führt aber Tochter Chloe Bodmer die Geschäfte für ihren erkrankten Vater. Er hat vor ein paar Tagen einen schweren Herzinfarkt gehabt und es ist fast ein Wunder, dass er überlebt hat. Von einem Tag auf den anderen ist sie jetzt für die angelegten Milliarden einer Bank zuständig. Eine schlimme Zeit für Chloe."

„Sie wissen, dass Century Verbindungen nach Nordkorea hat?"

„Die Bank ist auf Geschäfte mit Ostasien spezialisiert – deshalb ‚Century': weil das 21. Jahrhundert das asiatische Jahrhundert ist. Sie hat dort Partner in vielen Ländern, allerdings nicht in Nordkorea, wo das aufgrund des Embargos gar nicht möglich ist."

„Bei Ihren Recherchen dürften Sie wohl auch auf die Tatsache gestoßen sein, dass die nordkoreanische Nomenklatura Devisen kofferweise außer Landes schleppt und sie dann, teils über Mittelsmänner und ostasiatische Banken, besonders in Macao, teils auch direkt, mit gefälschten Pässen und ähnlichen Tricks, auf sicheren Banken in Europa anlegt. Das heißt im Regelfall: in der Schweiz. Unter anderem, wie wir vermuten, eben auch bei Century."

„Das müssen Sie erst einmal beweisen. Wenn Sie dabei auf meine Hilfe zählen, muss ich Sie enttäuschen: Ich kann Ihnen versichern, dass ich keinerlei Einblick in das Kundengeschäft von Century habe. Die Bank verwaltet für uns nur die Anlage der Stiftungsgelder und da hat sie stets korrekt gearbeitet."

„Century war bis vor einigen Jahren Europas größter Finanzpartner der Banco Delta Asia in Macao. Sagt Ihnen der Name etwas?"

„War das nicht die mit dem Falschgeldskandal?"

„Richtig. Die sogenannten Superdollars: Hundert-Dollar-Scheine, so perfekt gefälscht, dass sie sich kaum vom Original unterscheiden lassen. Die US-Geheimdienste haben herausgefunden, dass sie im Auftrag des Office 39 produziert wurden. Also der nordkoreanischen Geheimorganisation zur Devisenbeschaffung etwa mit Drogen- und Waffenhandel und Versicherungsbetrug, deren Profite jedoch allein dazu dienen, den luxuriösen Lebensstil des Herrscherclans zu finanzieren. Dem Office 39 unterstehen etwa 120 Außenhandelsunternehmen des Landes. Auch wenn sich das Office inzwischen um einen etwas legaleren Anstrich bemüht, macht Nordkorea mit seinen kriminellen Geschäften noch immer Milliardengewinne. Seit nun Portugal vor vielen Jahren, als Macao noch seine Kolonie war, Nordkorea dort verschiedene Handelsprivilegien zugestanden hat, ist Macao der wichtigste nordkoreanische Finanzplatz zum Handel mit der Welt. Dort hat der Kim-Clan allein bei der Delta Asia Bank 25 Millionen Dollar gebunkert – auf 40 Konten verteilt. Unseres Wissens hat Century seine Geschäftsbeziehungen zu Delta Asia inzwischen abgebrochen, hält aber weiterhin Bankkontakte nach Macao. Und praktisch jede Bank dort ist letztlich in Geschäfte mit Nordkorea verwickelt. Bei der Vielzahl kleiner Institute mit häufig wechselnden Namen und Besitzern fällt es allerdings schwer, den Überblick zu behalten. Wir wissen auch, dass Beat Bodmer wiederholt nach Macao geflogen ist. Wir möchten herausfinden, was er dort gemacht hat."

„Warum fragen Sie ihn nicht einfach? Er ist ein redlicher Mann, und ich bin mir sicher, er wird Ihnen Rede und Antwort stehen."

„Sie wissen so gut wie ich, dass er sich im Moment in einer Rehaklinik befindet und in keiner Weise vernehmungsfähig ist. Da lassen die Schweizer Ärzte nicht einmal den eigenen Geheimdienst ran. Mit seiner Tochter Chloe wäre es vielleicht einfacher …"

„Wenn Sie glauben, mich als Ihren Handlanger und Schnüffler in die Sache hineinziehen zu können, haben Sie sich geschnitten."

„Sie täten schon im eigenen Interesse gut daran, sich genauer über die Geschäfte der Bank Ihrer Stiftung zu informieren."

„Chloe kenne ich gut genug, um mich für sie zu verbürgen. Ihre Bankgeschäfte werden stets mit der typischen Schweizer Korrektheit getätigt. Ich bin mir sicher, das gilt auch für ihren Vater."

„Schweizer Korrektheit heißt nicht immer ethische Korrektheit. Mein guter Mister Gouldens: Ich darf Ihnen nicht viel verraten, aber eine Hand wäscht die andere, und wenn ich offen zu Ihnen bin, sind Sie es vielleicht auch zu mir. Also nur so viel: Der BND ist einem schmutzigen Deal auf der Spur, der unter anderem vermutlich über jenes ehemalige Aspen-Haus auf Schwanenwerder abgewickelt wird, an dem Sie gestern gesehen wurden. Und diese Spuren führen einerseits zurück bis in innerste Kreise der Nomenklatura in Pjöngjang und andererseits, über Zwischenstationen wie Macao und die Kanalinseln, weiter zu Banken in der Schweiz und Liechtenstein, die im Verdacht stehen, wissentlich oder unwissentlich mit der finanziellen Abwicklung dieses Deals in Verbindung zu stehen. Eine dieser Banken ist eben Century. Noch haben wir nichts in der Hand. Aber wir raten Ihnen, vorsichtig zu sein und Ihre geschäftlichen Verbindungen genaustens zu prüfen. Sie wollen sich doch nicht leisten, dass Ihre saubere Stiftung mit einer Bank in Verbindung gebracht wird, über die möglicherweise die anrüchigsten Geschäfte laufen?"

„Natürlich nicht. Aber ich bitte Sie, solange Sie keinerlei …"

„Sie wissen bestimmt, wie eng die Kim-Dynastie mit der Schweiz verbandelt ist. Nicht nur, was das Finanzielle angeht: In diesem Punkt ist die Schweiz natürlich mit der ganzen Welt verbandelt. In Genf zum Beispiel werden am Zentrum für Sicherheitspolitik auf Schweizer Kosten regelmäßig nordkoreanische Offiziere geschult – auch an der Waffe: Da dürfen die schon mal mit Schweizer Sturmgewehren herumballern. Kim Jong Il hat seine Kinder in verschiedene Schweizer Internate gesteckt. Und vielleicht haben Sie auch gehört, dass erst vor wenigen Tagen ein ehemaliger Mitschüler des heutigen Diktators Kim Jong Un in der Schweiz auf bestialische Weise ermordet worden ist."

Nein, das hatte Jeremy noch nicht gehört. „Und was hat das alles mit den Vorgängen hier in Berlin zu tun?"

„Wir wissen es nicht. Vielleicht gar nichts. Wir halten unsere Augen und Ohren offen. Tun Sie das auch, Mister Gouldens. Sie befinden sich nahe am Zentrum von Ereignissen, die *vielleicht* etwas mit Ihnen zu tun haben, vielleicht auch nicht. Vielleicht werden diese Ereignisse erst in Zukunft etwas mit Ihnen zu tun haben; als würden Sie sie magisch anziehen. Vielleicht wissen Sie mehr darüber, als Sie uns verraten. Machen Sie, was Sie wollen. Wir haben nichts gegen Sie in der Hand. Und ich bin nicht einmal offiziell beim Geheimdienst – betrachten Sie dies hier also als einen rein freundschaftlichen, privaten Gesprächsaustausch. Ich gebe Ihnen einen guten Rat: Seien Sie vorsichtig, kooperieren Sie mit uns. Und trauen Sie keinem. Außer uns."

Das sagen immer die, denen man am wenigsten trauen sollte, hatte sich Jeremy gedacht. Laut aber sagte er: „Hatte ich Ihnen nicht gesagt, dass ich zu einem Thriller recherchiere? Sie geben hier vor, mich abschrecken zu wollen, und dann liefern Sie mir nur Material, um mir den Mund wässrig zu machen. Ist das etwa Absicht?"

Korff verzog die Mundwinkel zu einem in seiner Überheblichkeit fast dämonisch wirkenden Grinsen. „Wenn Sie Betaleser zu Ihren Rechercheergebnissen brauchen, möchte ich gerne Ihre erste Adresse sein." Dann legte er die Stirn in Falten, nahm ein Blatt Papier und schrieb darauf einen Namen, eine E-Mail-Adresse und eine Telefonnummer. „Das ist so ein bisschen unser Kontaktmann in dieser Sache, Friedhelm Albrecht Schliermeyer. Eine Mischung zwischen Geheimdiensträger, rein privat, versteht sich, und Enthüllungsjournalist, wenn es so etwas gibt. Mittlerweile über achtzig und ohne Angst vor dem Tod. Melden Sie sich mal bei ihm und sagen Sie ihm einen Gruß von Walter Korff."

Dann war der undurchsichtige Unsympath aufgestanden, hatte seine schwarze Lederjacke genommen und den Raum verlassen.

Jeremy begann zu frösteln. Er stand von seiner Bank auf und hüllte sich fester in seine Winterjacke. Schwanenwerder, die Century Bank, Mie, Diktatorensöhnchen in der Schweiz, das sollte am Ende alles irgendwie zusammenhängen? Oder auch nicht? Und was war mit dem Anschlag auf die chinesische Botschaft? Ihm fiel auf, dass *davon*, dem eigentlichen blutigen Ereignis dieser Tage, nur am Rande die Rede gewesen war. Fast als wäre das für den deutschen Geheimdienst gar nicht mehr so wichtig. Was aber war *dann* wichtig?

Noch immer benommen kehrte er ins Hyatt Hotel zurück, um vor der Fahrt zum Flughafen Tegel seinen Koffer abzuholen. Er war schon im Gehen, da fiel der netten Dame an der Rezeption noch etwas ein. „Halt, einen Moment, das sollte ich Ihnen ausrichten: Es war jemand da und hat nach Ihnen gefragt. Hat dies hier hinterlassen." Sie schwenkte eines der hoteleigenen Briefkuverts.

„Junge Frau? Schwarze Haare? Ostasiatisches Aussehen?"

Das könne sie nicht sagen, bedauerte die Hotelangestellte, „war bei meiner Kollegin in der anderen Schicht". Jeremy riss das Kuvert auf, entnahm einen kleinen Zettel und las die wenigen, in einer zierlichen Handschrift geschriebenen Worte: *War schön gestern. Mir geht es gut. Tut mir leid, dass wir uns verfehlt haben. Ich melde mich! Mie*

Bern

„Ja, ich werde das prüfen, versprochen. Bei unserem Treffen morgen weiß ich sicher schon Näheres. Ja, ich fahre noch heute Abend von Bern zurück. Wie bitte? Warum das eine *was* ist? Eine ‚verwandte Angelegenheit'? Das habe ich wirklich gesagt? Na ja, Mirjam und ich, wir hatten da einen Mitschüler … Ach, das ist jetzt am Telefon zu kompliziert; ehrlich gesagt, weiß ich es selbst nicht, ich hoffe, ich weiß morgen mehr. Dann also bis morgen, Jeremy."

Chloe beendete das nun schon dritte Telefongespräch ihrer Autofahrt und konzentrierte sich wieder auf die Straße. Musste sie jetzt ab? Nein, das war erst die Autobahnausfahrt Bern-Wankdorf. Mirjam und ihr Mann wohnten in Oberbottigen, einem Stadtteil von Bern, der aber eigentlich nur ein stadtnahes Bauerndorf war, um das herum man einige Siedlungen für Pendler errichtet hatte. Chloe musste erst bei der übernächsten Ausfahrt, Bern-Brünnen, abfahren.

Hatte sie Jeremy zu viel verraten? In ihrer Verwirrung und dem Bedürfnis, nicht den Eindruck zu erwecken, als verschweige sie etwas, hatte sie ihm von ihrer Fahrt zu Mirjam erzählt, als habe das etwas mit jenen womöglich nicht ganz sauberen Privatkundengeschäften ihres Vaters zu tun, nach denen Jeremy sie befragt hatte. Mittlerweile *war* sie davon überzeugt, dass hier ein Zusammenhang bestand, auch wenn sie sich über dessen Natur nicht im Klaren war. Gott sei Dank hatte Jeremy nicht nachgehakt.

Jetzt war also eingetreten, was sie lange befürchtet hatte. Jeremy hatte, woher auch immer, Hinweise darauf erhalten, dass Beat Geschäftsbeziehungen mit Leuten unterhielt, mit denen er eigentlich keine Geschäfte machen durfte. Und Chloe hatte es natürlich immer gewusst. Gewusst und weggeschaut. Wie man etwa weiß, dass ein Familienmitglied Alkoholiker ist, aber keiner bringt es je zur Sprache. Dann wird es nicht so schlimm sein. Dann muss sich auch nichts ändern, es geht ja alles weiter wie bisher. Und man ängstigt sich vor dem Tag, wo es nicht mehr so weitergehen kann. Der Tag wird kommen, das weiß man. Aber ob morgen oder in fünfzehn Jahren, das weiß man nicht. Und so schiebt man alles von sich weg.

Jetzt konnte es Chloe nicht länger wegschieben. Jeremy hatte auch erwähnt, dass er als Nächstes mit Dr. Welti von der Revisionsgesellschaft sprechen wolle – schon da sie soeben selbst mit Welti telefoniert hatte, vermutete sie Schlimmes. Selbst Jonathan würde nun nicht mehr vor Jeremy verborgen halten können, dass es eine direkte Verbindung zwischen der Anlage der Zinserträge der Gao-Feng-Stiftung und den unerlaubten Geschäften Beat Bodmers gab. Welcher Art diese Verbindung war, konnte auch Chloe bisher nur erahnen. Aber es gab sie, das schloss sie nicht zuletzt aus Jonathans hektischem und oft widersprüchlichem Gebaren der letzten Tage. Mittlerweile war sie überzeugt, dass Jonathan viel stärker in die Geschäfte ihres Vaters eingeweiht und darin verwickelt war, als sie bisher geahnt hatte.

Das Telefongespräch, das sie vor Jeremys Anruf irgendwo auf der Strecke zwischen Olten und Solothurn mit Jonathan geführt hatte, hatte sie in ihrem Verdacht nur bestätigt. Von ihrer spontanen Fahrt nach Bern hielt er selbstverständlich nichts. Dass Mirjam nicht ans Telefon gehe, bedeute nicht gleich, dass ihr etwas zugestoßen sei. Das wusste

Chloe natürlich auch. Und selbst *wenn* ihr etwas zugestoßen war – sei es da nicht unverantwortlich, wenn sich Chloe in die gleiche Gefahr begebe? Sie solle am besten sofort kehrtmachen und nach Küsnacht zurückfahren. Diese Sätze hatten Chloe hellhörig gemacht. Verrieten sie ihr doch endgültig, dass Jonathan ihre Befürchtungen nicht mehr als paranoide Spinnerei abtat. Er *wusste*, dass sie bedroht wurde. Und womöglich auch, warum. „Jonathan: Wenn du mich wirklich liebst, dann musst du mir sagen, was hier gespielt wird. Dann fahr ich auch zurück nach Zürich. Versprochen.“

„Gut. Ja, tu das. Und ich verspreche dir dafür, dass ich dir alles sage, was ich weiß. Aber nicht hier am Telefon. Ich hab dir schon mal gesagt, man weiß nie, wer alles mithört. Ich bin wahrscheinlich morgen Abend zurück in Zürich, hörst du? Dann alles Weitere. Fahr heim und bleib am besten zu Hause in Küsnacht; Beat hat das Haus so gut sichern lassen, dass dir da kaum etwas passieren kann. Bleib ruhig und tu so, als ob gar nichts wäre. Am besten zu keinem ein Wort. Und jetzt nimmst du die nächste Ausfahrt und drehst um, ja?“

An der nächsten Ausfahrt, Luterbach, fuhr Chloe geradeaus weiter.

Dass Jonathan am Telefon nicht mehr offen sprechen wollte, war auch so eine neue Marotte von ihm. Hatte er vielleicht wirklich Grund zu befürchten, dass sein Handy abgehört wurde? Waren ihm Polizei und Geheimdienste womöglich schon auf den Fersen?

Das zweite Telefongespräch während ihrer Fahrt nach Bern – noch vor Jeremys Anruf – hatte sie mit Dr. Welti von der Revisionsgesellschaft Fiducia geführt, jenem mittlerweile geweckten „schlafenden Hund“, der eine Witterung aufgenommen hatte, von der er nicht ablassen würde. Er hatte aufgeregt gewirkt und Chloe gebeten, sich so schnell wie möglich mit ihm zu treffen. Jeremy und Jonathan könne er nicht erreichen. Chloe konnte sich schon vorstellen, warum Jonathan die Anrufe von Dr. Welti nicht annahm. Das Gespräch mit Welti hatte viele von Chloes Befürchtungen bestätigt und andere noch übertroffen. Sie hatten vereinbart, sich noch heute Abend, direkt nach Chloes Rückkehr aus Bern, gegen 20.30 Uhr zusammenzusetzen.

Aber zuerst stand der Spontanbesuch bei Mirjam Meier an. Chloe erreichte die Ausfahrt Bern-Brünnen und bog am Kreisverkehr nach rechts in die Bottigenstraße ab. Nun war sie gleich da.

Sie fasste zusammen, was sie zu wissen glaubte. Marcus hatte aus irgendeinem Grund sterben müssen, weil er einst mit dem mutmaßlichen Sohn des damaligen nordkoreanischen Diktators befreundet gewesen war. Und dieser Tod hatte auch etwas mit ihr, Chloe, zu tun, die mit den beiden die gleiche Klasse besucht hatte. Deshalb hatte man ihr die Zeitungsartikel ins Rohr gesteckt. Auch ihre Begegnungen mit den ostasiatischen Männern waren kein Zufall. Sie hatten entweder etwas mit den Vorfällen um Marcus' Tod zu tun oder damit, dass ihr Vater (und mit ihm vermutlich Jonathan) illegale Geschäfte machte: mit Nordkorea. Wieder Nordkorea – das musste auch irgendwie zusammenhängen. Aber was hatte der Mord mit den Bankgeschäften ihres Vaters zu tun? Und was war bei alledem Chloes Rolle?

In Oberbottigen bog sie nach links zur Siedlung Matzenriedstraße ab. Eines der hässlichen zweistöckigen Beton-Flachdachhäuser rechts gehörte Mirjam und ihrem Mann. Das vierte in der zweiten Reihe. Chloe parkte ihren Wagen am Straßenrand und stieg die Treppen zur Wohnsiedlung hinauf. Erst als sie das Haus erreicht hatte, fiel ihr ein, dass der eigentliche Eingang vorn lag, hier waren nur die Gartentüren. Sie müsste also die ganze Reihe aneinandergebauter Häuser zurücklaufen. Dann stellte sie fest, dass die niedrige Gartentür unverschlossen war, und beschloss, es auf diesem Weg zu probieren. Sie schritt über den Rasen zum Haus. Nichts Auffälliges. Kein Hundegebell. Keine Blutspuren. Sie erreichte die Hintertür und klopfte. Keine Antwort. Seltsam. Sie drückte gegen die Tür. Sie ließ sich öffnen. Nanu? Chloe wusste, wie entnervend ängstlich Mirjams Gatte war; so einer ließ eigentlich keine Tür unverschlossen. Sie trat ein. „Hallo?", rief sie mit gedämpfter Stimme. Plötzlich hatte sie aller Mut verlassen.

Da hörte sie hinter sich vom Gartenweg her Schritte. Sie fuhr herum und blickte in die Mündung einer auf sie gerichteten Waffe.

Berlin, Chausseestraße
„Glückwunsch, Korff! Sie sind eben ein echter Diplomat! Sie haben soeben einen neuen Mitarbeiter für uns angeheuert."

„Na, wir werden sehen. Ich glaube, der ist sturer, als wir dachten. Noch habe ich ihn jedenfalls nicht so weit. Aber ich bin mir sicher: Das heute wird nicht unser letztes Gespräch gewesen sein."

„Interessant, was er über diese Koreanerin erzählt hat. Der schien doch wirklich zu glauben, wir hätten sie in unserer Gewalt."

„Ich wünschte, es wäre so – was immer es mit ihr auf sich hat."

„Meinen Sie, die hat was mit der Schwanenwerder-Sache zu tun?"

„Ich meine im Moment gar nichts. Ich war auch überzeugt, dass die Nordkoreaner hinter dem Anschlag auf die Botschaft stecken. Und dann bekennen sich diese beknackten Islamisten dazu!"

„Die Nordkoreaner? Die hatten ihre eigenen Leute da drinnen!"

„Eben deshalb. Da läuft gerade einiges schief in dem Land."

„Und Ihnen hat ein Vögelein geflüstert, dass ein nordkoreanisches Komplott hinter dem Anschlag steckt?"

„Das musste ich aus meinen Informationen schließen, ja."

„Korff – wenn Sie am Ende sogar von den Anschlagsplänen gewusst und sie nicht vereitelt haben, sind Sie einen entscheidenden Schritt zu weit gegangen! Ich fordere Sie hiermit auf, Ihre Geheimnistuerei ein für alle Mal zu beenden und alles auf den Tisch zu legen. Sonst kann ich mich nicht mehr schützend vor Sie stellen."

„Ach ja?" Korffs Miene war unbeeindruckt, steinern. „Und was ist mit denen, vor die *ich* mich schützend stellen muss? Kommen Sie, wir haben oft genug darüber gesprochen. Sie wissen, dass es da um Netzwerke geht, die aufzubauen Jahrzehnte gedauert hat. Das gibt man nicht um eines flüchtigen Erfolgs willen auf. Und wegen der saftlosen Drohungen einer sesselpupsenden Geheimdienst-Nase wie Ihnen schon gar nicht. Ich sag Ihnen eins: Wenn Sie mich machen lassen, sind wir in einigen Wochen am Ziel und dann sprechen wir uns wieder. Ich weiß, ich hab so manches auf dem Gewissen. Aber wenn Sie mir Steine in den Weg legen, wird ein Unheil geschehen, das *Sie* wirklich nicht auf dem Gewissen haben wollen, glauben Sie mir!"

Fels wollte auffahren, besann sich dann aber. Er wusste, dass es Korff im Grunde bedauerte, dass es die gute alte Stasi nicht mehr gab, und dass er auf alles stolz war, was er von damals zu bewahren gewusst hatte, nicht zuletzt seine Nordkorea-Seilschaften. Auch wenn es Fels nicht behagte, musste er zugestehen, dass der BND den alten Stasi-Connections viel verdankte und Korff mit seinem speziellen Verschwiegenheitskodex beachtliche Erfolge hatte erzielen können. Dieser Korff: in zwei politischen Systemen mit allen Wassern gewaschen, bis er in jeder Beziehung aalglatt geworden war.

„Gut. Wahrscheinlich ist es wirklich besser, wenn ich nichts weiter weiß. So verliere ich schon mal nicht meinen verpupten Sessel, wenn es Ihnen an den Kragen geht. Also: Ich fasse zusammen, *was* ich jetzt weiß: Wir haben diese Islamisten. Wir haben die Nordkoreaner. Und wir haben den Anschlag. Und dazwischen gibt es eine Verbindung. Auf Schwanenwerder haben sich unsere Ostasiaten offenbar mit irgendwelchen Vorderasiaten getroffen. Da gibt es auch eine Verbindung. Unwahrscheinlich, dass die nur um Kamele geschachert haben. Und diese Handgranate war … das klingt alles nicht gut, Korff!"

Der seufzte leise. „Fels, ich *sag* es Ihnen doch."

Berlin

Jeremy hatte zunächst Chloes Nummer gewählt, dann diejenige Weltis von Fiducia. Welti hatte, wie Jeremy jetzt feststellte, in der Zeit, seit er sein eben zurückerhaltenes Handy gestern dem Geheimdienst überlassen musste, selbst mehrfach versucht, ihn zu erreichen. Nun hatte wiederum Jeremy Dr. Welti nicht erreicht und bei Chloe war ständig besetzt. Als sie zuletzt doch abgenommen hatte, war sie recht einsilbig gewesen. Was wohl auch daran lag, dass sie gerade im Auto saß und die Verbindung nicht besonders gut war. Sie hatte von ihrem kranken Vater erzählt und davon, dass er *gewisse* Kunden stets persönlich betreut habe. Sie sei momentan in einer schwierigen Lage, da sie dringend der Einweisung in jene Geschäftsbereiche bedürfe, die bislang allein ihrem Vater vorbehalten gewesen waren, Beat aber aufgrund seiner Herzkrankheit absolut geschont werden, alle Anstrengungen und Aufregungen von ihm ferngehalten werden müssten. Auf die Frage hin, ob Beat mit Privatpersonen aus Nordkorea finanzielle Beziehungen unterhalte, hatte sie für einen Moment geschwiegen. Nordkoreanern sei es nicht gestattet, in der Schweiz Konten zu eröffnen, sagte sie dann. Schon gar nicht sogenannten PEPs, politisch exponierten Personen, bei denen Geldwäscheverdacht bestehe. Aber sie werde das prüfen. Sie sei in einer *verwandten Angelegenheit* gerade zu ihrer alten Schulfreundin Mirjam in Bern unterwegs. Morgen, wenn Jeremy in die Schweiz komme, wisse sie mehr. Vielleicht wusste sie wirklich nicht mehr, als sie sagte. Aber für ihn bestand kein Zweifel, dass sie mehr *ahnte*. Und dass das eher ungute Ahnungen waren. Und dann dieser merkwürdige Satz von der verwandten Angelegenheit (oder *Verwandtenangelegenheit*?). Was hatten die nordkoreanischen Finanzbeziehungen in die Schweiz mit ihrer ehemaligen *Schul*freundin zu tun?

Jeremys nächster Anruf, da saß er schon im Taxi zum Flughafen, galt seinem Freund Jonathan, der mit seinen Verwaltungs- und Finanztätigkeiten die direkte Schnittstelle zwischen der Gao-Feng-Stiftung und der Century Bank der Familie Bodmer war. Jonathan ging ausnahmsweise sofort ran. „Hey Jeremy, altes Haus, wo treibst du dich denn wieder rum? Hab gestern mit deiner besseren Hälfte telefoniert. Solltest dich mal wieder zu Hause blicken lassen. Familiensegen und so. Hast du sie inzwischen mal angerufen?"

Cathy, verdammt. Das hatte er gleich nach dem Mittagessen erledigen wollen. Aber er hatte gar kein Mittagessen gehabt. „Ja, ja, nein, mach ich gleich. Bin noch hier in Berlin und hatte heute einen sehr hektischen Tag. Hast du mal fünf Minuten Zeit?"

„Im Moment ist's gerade schlecht, um ganz ehrlich zu sein, aber worum dreht sich's denn?" Jeremy schilderte ihm knapp die Verdächtigungen, die Korff gegenüber der Century Bank geäußert hatte, ohne aber seine Quelle zu nennen und konkreter zu werden.

„Das ist doch Quatsch, du kennst doch den alten Beat! Ein redlicher Schweizer von echtem Schrot und Korn. Zu schlimm, dass ihm das mit dem Herzinfarkt passiert ist. Für den leg ich meine Hand ins Feuer. Aber wir sollten uns mal zusammensetzen und die Sache bereden. Bin momentan in London nicht abkömmlich, aber soviel ich weiß, kommst du ja morgen in die Schweiz. Ich bin spätestens übermorgen wieder dort, und dann können wir … Moment, ist gerade laut hier."

Jeremy wollte dem Freund gerade mitteilen, dass er noch heute nach London fliege und sie sich am Abend gleich treffen könnten, da hörte er hinter Jonathan vernehmlich ausgelassene Stimmen, einen Sprechchor, Gegröle. *Ha – ho – he – Herta BSC! Ha – ho – he …* Jeremy war irritiert: Ähnliche Rufe hatte er zuvor selbst auf der Straße gehört. Ein Berliner Fußballverein. Hatte der heute womöglich ein

Champions-League-Spiel gegen Arsenal oder Chelsea? Jeremy war kein großer Fußballfan, aber er glaubte doch zu wissen, dass der Berliner Club dieses Jahr *nicht* in der Champions League spielte.

„Jonathan? Sagtest du nicht gerade, du bist in London?" – „Nein. Wie kommst du darauf? Gerade bin ich *auf dem Weg* nach London. Stecke im Moment auf dem Flughafen Tegel in Berlin fest. Zwischenlandung. Hab keinen direkten Flug bekommen." – „Na, so was, ich bin, wie gesagt, auch in Berlin und gerade auf dem Weg nach Tegel." – „Na prima, großartig! Wann geht denn dein Flug?" – „In etwa zwei Stunden. 18.10 Uhr." – „Vergiss es, die machen hier gerade mächtig Stress von wegen erhöhte Sicherheitsstufe. Terrorwarnung und so. Keine Ahnung, was da los ist. Die meisten Flüge scheinen sich um ein bis zwei Stunden zu verspäten. Jedenfalls meiner, wie ich grade erfahren habe. Eigentlich hätte ich um 16.50 Uhr fliegen sollen. Es bleibt jedenfalls genug Zeit, was zusammen zu trinken und die ganze Angelegenheit durchzusprechen. Mensch, Zufälle gibt's!"

Wirklich, ein Zufall. Aber Jonathan hatte eher nervös als erfreut geklungen. Und warum hatte er nicht gleich gesagt, dass er ebenfalls in Berlin war? Sein Freund war manchmal *sehr* merkwürdig. Undurchschaubar. Hatte sich nie gern in die Karten blicken lassen.

Bern-Oberbottigen

„Keine Bewegung oder ich schieße!" Chloe bemerkte, dass die Pistole in seiner Hand leicht zitterte. Er hatte in den wenigen Jahren erstaunlich viele Haare verloren, aber trotzdem erkannte sie ihn schneller als er sie. „Jobst?", grüßte sie fragend. Er blickte sie irritiert an. Aus dem Augenwinkel sah Chloe, wie sich den Gang hinab eine Tür öffnete. Eine Frau im Bademantel mit nassen Haaren trat heraus. Die war in den kurzen Jahren aber ganz schön auseinandergegangen.

„Chloe! Was machst *du* denn hier? Tu das Ding weg, Jobst!" In Mirjams braunen Augen blitzte es unternehmungslustig wie eh und je. „Du kannst einen aber auch erschrecken."

Chloe konnte nicht erkennen, ob diese Feststellung nun auf sie oder Jobst mit der Pistole gemünzt war. „Entschuldigung, ich bin von der falschen Seite gekommen und da bin ich durch die Gartentür gegangen. Ich habe geklopft und als niemand reagiert hat, bin ich rein und hab gerufen. Ich hatte einfach große …" Chloe verstummte. Wenn Jobst schon einen normalen Besucher mit vorgehaltener Waffe empfing, war er vielleicht nicht der richtige Mensch, um ihm von ihren Ängsten zu erzählen.

„He, ich war unter der Dusche und habe gesungen. *Oops! … I Did It Again* von Britney, weißt du, wie wir früher in der Schule. Die alten Lieder sind doch immer noch die besten. Da könntest du jemand erschießen, ohne dass ich es höre." Sie warf ihrem Mann einen strafenden Blick zu. „Gut, dass das nicht passiert ist."

Der hatte die Waffe seitlich auf dem Schuhschrank abgelegt und wirkte zerknirscht. „Entschuldige, Mirjam, und vor allem du, Chloe. Ich war draußen in der Garage, um die Einkäufe reinzuholen – wir waren den ganzen Tag in der Stadt und sind eben erst zurückgekommen. Da höre ich ein Geräusch von der Gartentür und sehe, dass sich da eine dunkle Gestalt herumtreibt, die versucht, ins Haus zu kommen. Da habe ich dann sicherheitshalber die Pistole genommen und …"

„Gut, dass wir nicht in Amerika leben", warf Mirjam dazwischen. „Da hätte er dich gleich erschossen und vor Gericht Recht bekommen. Weil er sich *bedroht* gefühlt hat."

„Das ist, wie du weißt, eine Schreckschusspistole, Mirjam. Damit kann man niemand erschießen – zumindest braucht es sehr viel Pech dazu. Und ansonsten: Ja, ich *fühlte* mich bedroht. Hier haben sich in letzter Zeit komische Typen rumgetrieben, weißt du, Chloe."

„Was für komische Typen denn?", fragte Chloe gespannt.

„Ach komm, jetzt überfall sie nicht gleich mit deiner Paranoia! Ich meine, hast du ja schon getan … Aber jetzt lass dich erst mal drücken, alte Freundin! Was für eine Überraschung! Wieso hast du nicht angerufen, ach, du hast meine neue Natel-Nummer gar nicht, richtig? Ja, Jobst mag es nicht, wenn ich sie weitergebe. Kann ich dir was anbieten? Wasser, Saft, Tee? Oder gleich ein Gläschen Begrüßungssekt? Wir haben einen guten Crémant aus dem Jura. Mensch, du weißt gar nicht, wie ich mich freue, dich wieder zu sehen. Hast ein bisschen zugelegt, oder? Na ja, wir sind halt alle keine fünfzehn mehr."

Berlin, Tegeler See

Die Borsig-Villa auf der Halbinsel Reiherwerder ist von drei Seiten her vom See umgeben. Der mit dem Bau von Dampflokomotiven unermesslich reich gewordene Großindustrielle Ernst Borsig ließ sich das protzige, dem Potsdamer Schloss Sanssouci nachempfundene Palais in den Jahren vor dem Ersten Weltkrieg erbauen, um seinem Reichtum ein Denkmal zu errichten. Heute gehört die Villa der Akademie Auswärtiger Dienst und dient als Gästehaus des Außenministeriums. In ebendieser Villa sollte an diesem Februarnachmittag das inoffizielle Treffen der nordkoreanischen Delegation mit hochrangigen ehemaligen US-Diplomaten stattfinden. Offiziell kreuzten sich die Wege der beiden Gruppen überhaupt nicht. Die beiden im Gästehaus einquartierten US-Vertreter waren Teilnehmer einer Tagung zum Thema Brennpunkt Ostasien, die von der DGAP, der Deutschen Gesellschaft für Auswärtige Politik, veranstaltet wurde, einem Thinktank, ähnlich dem Aspen-Institut, der seine Zentrale in der Rauchstraße im Botschaftsviertel Berlin-Tiergarten hat. Die koreanische Delegation wiederum war zu Gast bei einer Kulturkonferenz unter dem Motto „East meets West", die ebenfalls nicht in der Villa Borsig, sondern in den direkt daneben gelegenen neuen Gebäuden der Akademie Auswärtiger Dienst stattfand, wo das Auswärtige Amt Fortbildungsmaßnahmen veranstaltet. Die Borsig-Villa war gewählt worden, weil sie sich leicht abschirmen lässt und sich hier eine diskrete Begegnung gut arrangieren ließ. Punkt 17 Uhr, unmittelbar mit dem Ende der Kulturkonferenz, sollten die nordkoreanischen Delegationsteilnehmer von einer gepanzerten Limousine am Akademiegebäude abgeholt und die wenigen Meter zur Villa hinüberkutschiert werden, wo in einem Zimmer im ersten Stock die US-Diplomaten auf sie warteten.

Nach dem Attentat vom Vortag und einer Gefahrenwarnung aus Geheimdienstkreisen waren die Sicherheitsvorkehrungen verstärkt worden. Beamte der GSG 9 hatten die Umgebung weiträumig abgeriegelt. Der Tegeler See war auf einer Linie nördlich der Inseln Scharfenberg und Lindwerder bis hinüber zur Bernauer Straße für den Schiffsverkehr und das Landgebiet zwischen der DLRG-Rettungsstation an der Lieper Bucht und dem Malchseegraben für den Auto- und Fußgängerverkehr gesperrt worden. Diese Zone endete kurz vor der Landzunge, die die Nebenbucht Große Malche vom Tegeler See trennt. Dort steht unter alten Eichen die imposante Skulptur „Der archaische Erzengel von Heiligensee", ein Denkmal für die in Berlin-Heiligensee verstorbene Künstlerin Hannah Höch.

Keine zehn Meter vom „archaischen Erzengel" entfernt stieg an diesem sonnigen Februarnachmittag, von Bäumen und Schilf verdeckt und für die weiter oben an der Großen Malche positionierten Polizisten unsichtbar, eine in einen schwarzen Neoprenanzug gehüllte Gestalt lautlos in die eisigen Fluten des Tegeler Sees. Der kleine Buckel auf ihrem Rücken war eine Sauerstoffflasche. Das Wasser war hier flach, aber tief genug, dass man schwimmen und untertauchen konnte. Eine zweite dunkle Gestalt, die nun nicht mehr von Hilfe sein konnte, entfernte sich in Richtung Gabrielenstraße. Ein paar Luftblasen stiegen an die Oberfläche, und bald war da unter Wasser nur noch ein dahingleitender Schemen, der vielleicht eher ein Hecht oder ein anderer großer Raubfisch sein konnte. Doch steuerte der große Fisch nicht die streng bewachte Halbinsel Reiherwerder an, sondern wählte einen etwas längeren Weg. Als sich von den Bootsstegen des Ruder-Clubs Tegel 1886 her ein blau gestrichenes Polizeiboot näherte, tauchte der dunkle Fisch tiefer ab. Das Polizeiboot fuhr weiter, um nahe der Gaststätte Seepavillon am nördlichen Ende von Reiherwerder Position zu beziehen. Weitere Polizeiboote patrouillierten südlich zwischen der Lieper Bucht und der Südseite der weiter draußen im See liegenden unbewohnten Insel Hasselwerder.

Der große Fisch stieg wieder auf. Mit kräftigen Zügen schwamm er knapp unter der Wasseroberfläche auf das gut fünfhundert Meter entfernte Nordufer von Hasselwerder zu. In den Schatten der dicht am Ufer stehenden Bäume tauchte er auf, verwandelte sich wieder in eine schwarze Gestalt und verschwand im Buschwerk. Aus einem Versteck zog die Gestalt das Präzisions-Scharfschützengewehr M 40, das, zerlegt und in einem wasserdichten schwarzen Sack verpackt, zwei Tage zuvor dort verborgen worden war. Mit geübten Handgriffen setzte sie die Waffe zusammen und schraubte ein Infrarot-Zielfernrohr auf. Damit konnte man noch über eine Entfernung von einigen Hundert Metern hinweg ein Ei treffen. Die Gestalt band es sich mit Gummischlaufen auf den Rücken ihres Neoprenanzugs und kroch nahezu unsichtbar zwischen den Baumstämmen auf die der Halbinsel Reiherwerder zugewandte Spitze der kleinen Insel zu. Sie kannte den Weg.

An der Spitze der Insel neigte eine Weide ihre kahlen Äste ins Wasser und bot in den wachsenden Schatten der Dämmerung hinreichend Schutz vor etwaigen drüben auf Reiherwerder positionierten Scharfschützen. Die dunkle Gestalt befand sich nun direkt gegenüber dem etwa 250 Meter entfernten Bootssteg der Borsig-Villa, von dem, zwischen entlaubten Bäumen, ein schnurgerader Weg die wenigen Meter bis zum ringförmigen Vorplatz der Villa führte. Stolz wehte die deutsche Flagge auf dem Dach des stattlichen neobarocken Baus.

Die Gestalt blickte auf ihre Taucheruhr. 16.57 Uhr. Punkt 17 Uhr sollte die Veranstaltung in der Akademie Auswärtiger Dienst beendet sein und unmittelbar danach eine Mercedes-Limousine auf den Vorplatz der Villa gerollt kommen. Die Gestalt würde warten, bis der Wagen hielt und die Türen sich öffneten. In dem Moment, wo die Insassen den Wagen verließen, musste sie handeln. Sobald die Ausgestiegenen auch nur zwei, drei Schritte zur Villa hin zurückgelegt hätten, wären sie aus diesem Winkel nicht mehr zu erreichen.

Minuten vergingen. Die Gestalt atmete tief durch. Wenn sich der Wagen weiter verspätete, würde es schwierig. 17.09 Uhr war Sonnenuntergang, dann wäre es bald zu dämmrig für einen präzisen Schuss.

Dann, Autoscheinwerfer. Ein dunkler Wagen fährt langsam an, stoppt. Jemand steigt aus. – Halt, noch nicht. Der Fahrer.

Der Chauffeur geht um den Wagen herum, öffnet die Türen. Eine vorn, zwei hinten. Drei Männer in Anzügen kommen heraus. Das ist der Augenblick, auf den die dunkle Gestalt gewartet hat. Jetzt.

Konzentriert hebt sie das lange Gewehr, legt an, zielt sorgfältig, atmet ein und hält die Luft an. Jetzt, oder es ist zu spät.

Der Finger krümmt sich am Abzug. Jetzt.

Die dunkle Gestalt drückte ab. Es klickte.

Flughafen Tegel

Unweit des Tegeler Sees, inmitten der Jungfernheide lag der Flughafen Tegel, der eigentlich längst hätte geschlossen werden sollen, aber wacker noch immer seinen Dienst tat. Seine Schließung mit Eröffnung des neuen Hauptstadtflughafens Berlin Brandenburg war beschlossene Sache, doch da dessen Eröffnung regelmäßig ausblieb, würde auf Tegel auch weiter Verlass sein. Und das war auch gut so. Der sechseckige Flughafen, nach Plänen des Architekten Meinhard von Gerkan bis 1975 gebaut, war einer der praktischsten Flughäfen der Welt. War man einmal im Innenkreis des Sechsecks, konnte man an jedem beliebigen Schalter einchecken und beinahe direkt aufs Rollfeld gehen. Wenn keine große Schlange an der Gepäckabfertigung war, konnte man also binnen 15 Minuten vom Taxi im Flugzeug sein.

An diesem Tag allerdings waren die Schlangen lang und die Verwirrung groß. Was genau los war, konnte Jeremy niemand sagen. Jedenfalls waren im Zusammenhang mit dem Anschlag auf die chinesische Botschaft die Sicherheits- und Personenkontrollen verschärft worden, auch wurde gemunkelt, dass die Gefahr weiterer Anschläge bestand und selbst der Flughafen zur Zielscheibe werden könnte.

In ebendem Moment, da das Taxi Jeremy im Innenhof des Terminals absetzte, hatte sein Handy geklingelt. Dr. Welti. Endlich. „Sie haben bei mir angerufen, Herr Gouldens? Ich habe es auch schon mehrmals bei Ihnen probiert. Ich hätte nämlich ein paar Fragen."

„Gut, ich auch. Dann schießen Sie los."

Das Ergebnis des Telefonats trug nicht gerade zu Jeremys Beruhigung bei. Zwar wusste auch Dr. Welti nichts Genaueres über illegale Geschäfte der Century Bank mit Nordkorea, doch war er, was die Gao-Feng-Stiftung selbst anging, bei der Überprüfung der Geschäftsbücher auf einige Vorgänge gestoßen, die er nicht recht einordnen konnte. Es hatte auf den Konten der Stiftung einen auffälligen Zu- und Abfluss von Geldern in Millionenhöhe gegeben, der unter anderem über Gesellschaften in Liechtenstein gelaufen war. In diesem Zusammenhang bestand auch der Verdacht auf Veruntreuung von Stiftungsgeldern. Außerdem waren die Überweisungen in Dutzende Tranchen von jeweils knapp unter hunderttausend Franken gestückelt worden, ein Indiz, dass jemand den gesetzlich vorgeschriebenen gesonderten Nachweis von Geldtransfers von über hunderttausend Franken hatte umgehen wollen. Mehrmals sei Dr. Welti dabei auf eine auf den Kanalinseln ansässige Sitzgesellschaft mit dem Namen „Koryo Capital" gestoßen. Der Name sagte Jeremy nichts. Aber er klang nicht gut. Mit Chloe Bodmer habe Dr. Welti schon über seine Bedenken gesprochen und sie habe zugesagt, ihn noch heute zu einem Gespräch in Zürich aufzusuchen; Jonathan Creed, der für derlei Transaktionen zuständig sei, habe er aber noch nicht erreichen können. Na, dem werde ich gleich mal gründlich auf den Zahn fühlen, dachte sich Jeremy.

„Ich muss noch das eine oder andere überprüfen, aber in ein paar Stunden sehe ich bestimmt klarer", hatte Welti hinzugefügt. „Daher sollten wir uns so bald wie möglich zusammensetzen und diese Dinge besprechen. Wenn es nach mir ginge, am besten noch heute Abend."

Jeremy war erschrocken. „Ist es denn so eilig? Ich bin gegenwärtig in Berlin und wollte heute noch weiter nach London. Ich plane, morgen Nachmittag in Zürich zu sein, reicht das denn nicht?"

„Morgen bin ich den ganzen Tag verplant. Ich komme erst übermorgen wieder nach Zürich." Im weiteren Gespräch stellte sich heraus, dass Dr. Welti am nächsten Tag einen Privattermin hatte, den er nicht absagen wollte: ein „Outdoor-Event", so Welti. Er hatte seinem siebzehnjährigen Neffen und Patenkind zum Geburtstag eine Mountainbike-Fahrt in den Bergen versprochen. Konkreter, eine Teilnahme am nur einmal im Jahr stattfindenden renommierten „Glacier Bike Downhill-Rennen" in Saas-Fee. Deshalb sei ihm dieser Tag „heilig". Heute Abend sei er aber verfügbar, wenn nötig bis spät in die Nacht, auch wenn er morgen in aller Früh aufbrechen müsse. Wenn Jeremy es einrichten könne, noch nach Zürich zu kommen, umso besser, ansonsten werde er den Abend für weitere Recherchen nutzen.

„Gut, dann werde ich es mir überlegen, ob ich nicht doch heute noch kommen kann, ich kann es aber nicht versprechen. Eigentlich müsste ich dringend zu meiner Frau nach London fliegen."

Für diesen Fall wolle Dr. Welti heute Abend noch ein Dossier über seine bisherigen Ergebnisse anlegen und es Jeremy mailen, damit er übermorgen bei ihrem Treffen vorbereitet sei. Jeremy hatte ihm daraufhin seine private E-Mail-Adresse gegeben, da er auf die Mails an die Stiftung nur von seinem Büro aus Zugriff hatte, er aber möglichst noch am Abend einen Blick in Weltis Dossier werfen wollte.

Und jetzt saß Jeremy seinem alten Freund Jonathan gegenüber, den er seit Jugendjahren kannte, dann aber lange aus den Augen verloren hatte. Ihre Wege hatten sich wieder gekreuzt, als Jeremy in Shanghai als Anwalt arbeitete. Jonathan Creed war dort während dieser Zeit ein hohes Tier bei der UBS-Bank gewesen. Kurz nach Jeremys Übersiedlung nach London hatte Jonathan seinen Posten bei der Bank aufgeben müssen. Die Zürcher Century Bank, die mit der Verwaltung der Stiftungsfinanzen betraut war, suchte damals einen kundigen Banker als Leiter ihres Londoner Büros, und Jeremy war es gelungen, Beat Bodmer davon zu überzeugen, dass Jonathan für diesen Posten genau der Richtige war. Seither war Jonathan für die Anlage der Stiftungserträge zuständig, und für Jeremy war es sehr günstig, seinen Freund auch als Finanzgeschäftspartner, an den er sich jederzeit wenden konnte, in seiner Nähe zu haben. Von kleineren Diskrepanzen, vor allem was unterschiedliche Ansichten zum Thema Anlagerisiko und -moral anging, einmal abgesehen, hatten sie bisher gut zusammengearbeitet. Jeremy hoffte, dass dies auch in Zukunft so bleiben würde.

Sie hatten im Bistro Leysieffer im zentralen Abflugbereich des Flughafens Platz genommen, wo sie die Anzeigetafeln gut im Blick hatten. „Koryo Capital", wiederholte Jonathan grübelnd. Er betrachtete seine manikürten Finger und die Manschetten des maßgeschneiderten Hemdes von Turnbull & Asser, das er unter seinem perfekt sitzenden Maßanzug aus der Savile Row trug. Jonathan hatte schon immer hohen Wert auf schicke und teure Kleidung gelegt. Dann blickte er Jeremy aus seinen stahlblauen Augen direkt ins Gesicht. „Koryo Capital – ja, das sagt mir etwas."

„Was ist das für eine Firma?"

„Schwer zu sagen. Einer der Kontakte, die ich von Beat übernommen habe. Der hat da ein ganzes Netzwerk aufgebaut. Junge, ich sag dir, von dem Alten können wir uns alle noch ein Scheibchen abschneiden. Hoffentlich ist er bald wieder auf den Beinen."

„Wo kommt diese Firma her?"

„Nun ja – England. Also Großbritannien. Sitz auf den Kanalinseln."

„Aber Koryo heißt doch Korea. So hieß dort ein mächtiges Reich im Mittelalter. Wird der Begriff nicht vor allem von nordkoreanischen Staatsunternehmen verwendet: Air Koryo und so weiter?"

„Nein, das verwendet der Süden genauso. Ich kann dir versichern, dass Koryo Capital *kein* nordkoreanisches Staatsunternehmen ist. Du weißt, es gibt ein Embargo gegen das Land, und in der Schweiz ist es sogar nordkoreanischen Privatbürgern nicht gestattet, ein Konto zu eröffnen, geschweige denn staatlichen Unternehmen. Ein ehrwürdiges Haus wie das von Beat Bodmer würde also den Teufel tun, an den Schweizer Gesetzen vorbei mit denen Geschäfte zu machen."

„Allerdings hat die Century Bank, wie ich erfahren habe, lange Zeit Geschäfte mit der Banco Delta Asia in Macao gemacht, die auf einer schwarzen Liste der USA steht, weil sie im Verdacht steht, gefälschte Dollarscheine aus Nordkorea in Umlauf gebracht zu haben."

„Das ist ein alter Hut. Jeremy: Ich weiß von Beat, dass er nach diesem Skandal 2007 alle Kontakte zur Delta Asia abgebrochen hat."

„Es gibt Geschäftsbeziehungen zu weiteren Banken in Macao."

„Jeremy: Century hat Geschäftsbeziehungen zu so gut wie *allen* Bankenzentren im Fernen Osten. Nur eben nicht nach Pjöngjang."

„Und wer steckt dann hinter Koryo Capital?"

„Jeremy, ich bin nicht Jesus. Ich bin ein Geschäftsmann, ich lege Gelder an, achte darauf, dass die Rendite stimmt, und vermehre so den Besitz der wohltätigen, ehrenwerten Gao-Feng-Stiftung. Wie du weißt, ist die moderne Finanzwelt ein sehr komplexes Gebilde und oft ist es schwer nachzuvollziehen, mit wem und womit man seine Geschäfte macht. Als es 2007 zum großen Bankencrash kam, waren sehr viele Geldanleger ausgesprochen überrascht zu erfahren, ihr Geld über viele Ecken letztlich in die faulen Kredite überschuldeter amerikanischer Häuslebauer gesteckt zu haben. *Shit happens*, Jeremy, und niemand ist ganz davor gefeit, dass auch ihm dergleichen passiert. Du weißt, du kannst mir vertrauen, wegen meiner Geschäfte hat die Stiftung bisher jedenfalls keinen Penny verloren. Aber, um auf dieses obskure Koryo Capital zurückzukommen: Ich werde der Sache nachgehen. Versprochen. Wenn wir uns übermorgen in Zürich treffen, weiß ich schon mehr. Ich verstehe nur nicht, welche Probleme Dr. Welti und seine Treuhandgesellschaft Fiducia mit dieser Sache haben. Um ganz ehrlich zu sein: Meines Erachtens ist der Junge allzu, na ja … übereifrig. Kannst du mir seine Bedenken genauer darlegen?"

Jeremy erzählte in allen Details den Inhalt seines Gesprächs mit Dr. Welti. „Er ist da anscheinend gerade mitten in etwas drin und ziemlich aufgeregt. Am liebsten würde er sich gleich heute Abend noch mit mir treffen; ich bin noch am Überlegen, ob ich das wirklich …"

„Ich sag's ja, übereifrig. Das wird doch bis morgen Zeit haben!"

„Morgen fährt er mit seinem Neffen zu einer Mountainbiketour ins Berner Oberland und bleibt dort über Nacht, daher geht es erst übermorgen wieder. Auf alle Fälle aber mailt er mir heute noch seine bisherigen Erkenntnisse, wenn ich es nicht mehr nach Zürich schaffe."

„Na, hoffentlich kann er beim Radeln seinen überstürzten Leistungsdrang abreagieren. Überhaupt: Mountainbike? Im Februar?"

„Klar. Biken im Schnee ist gerade groß in. Sie wollen nach Saas-Fee fahren. Da gibt es ein Rennen den Gletscher hinunter."

„Dann lass ihn ruhig fahren. Und du fliegst nach London. Heut noch in die Schweiz, ich glaub's ja nicht! Da plustert sich aber einer auf. Ich bin mir jedenfalls sicher, das wird sich alles als heiße Luft erweisen. Zerbrich dir nicht den Kopf, du hast genug andere Sorgen. Apropos, hast du Cathy inzwischen angerufen?"

Cathy! Jeremy überlief es siedend heiß. So viele Telefonate wie er seit seinem Besuch in der BND-Zentrale geführt hatte … „Gut, dass du mich erinnerst. Das mache ich gleich nachher."

„Mach es *jetzt*." Jonathan sah auf die Uhr, dann nahm er den letzten Schluck aus seiner Pilstulpe. „Ich hab noch etwa zwanzig Minuten, bis ich zu meinem Flug muss. Ich lass dich jetzt mal auf eine Zigarettenlänge allein und du bringst deine Eheangelegenheiten in Ordnung. Viel Erfolg! Und das mit der Schweiz erwähnst du lieber gar nicht erst." Er lachte sein leises Lachen, das Jeremy irgendwie an das Hecheln eines Hundes erinnerte und das zu den Eigenheiten seines Freundes gehörte, die er weniger mochte. Dann war Jonathan auch schon aus dem Raum und Jeremy hatte Cathys Nummer gewählt.

Anders als von Jonathan vorgeschlagen, würde Jeremy einfach an Cathys nüchternen Verstand appellieren, ihr die Sachlage erklären und letztlich sie entscheiden lassen, ob es unter den gegebenen Umständen überhaupt sinnvoll war, für ein paar Stunden nach London zu hetzen. Sie war sofort am Apparat. „Hallo Schatz, ich bin's. Jeremy."

„Jeremy? Ich kenn keinen Jeremy. Oh, jetzt erinnere ich mich, lang, lang ist's her. Doch nicht etwa Jeremy Gouldens, mein verschollen geglaubter Göttergatte? Was verschafft mir die unglaubliche Ehre?"

Der bösartig ironische Tonfall an der Grenze zum Umschlagen in blanke Wut verriet nichts Gutes. Dieses Gespräch würde kein leichtes sein. Dann überschlug sich ihre Stimme auch schon. Was ihm denn einfalle, tagelang nichts von sich hören zu lassen und sie dann einfach abzuwürgen, wenn sie ihn anrufe, und wieder 24 Stunden in die Versenkung abzutauchen. Ob er vergessen habe, dass er verheiratet sei? Nein, habe er nicht. Dass er sich für heute Abend in London angekündigt habe? Natürlich auch nicht, das sei ja ausgemacht und deshalb sei es auch nicht nötig, dass er anrufe, solange nichts dazwischenkomme, wobei er bei der Gelegenheit vorsichtig nachhaken wolle, ob… Und dass heute Abend das Charity Dinner im Dorchester Hotel stattfinde, für das sie sich vor Wochen angemeldet hätten? Charity Dinner. Gut, das hatte er doch tatsächlich vergessen.

„Klar, das Dinner." Vergiss die Schweiz, Jeremy. Hier ist Schadensbegrenzung angesagt. „Das Dorchester-Dinner … das ist eben auch ein Grund, warum ich anrufe. Heute Abend um acht, nicht wahr? Hör mal, Schatz, hier in Berlin gibt es eine Terrorwarnung und alle Flüge haben Verspätung. Es ist dumm, aber ich glaube, ich werde es wohl leider nicht mehr rechtzeitig schaffen. Wenn ich Glück habe, kann ich noch nachkommen. Könntest du nicht vielleicht …"

Eine Flut von Vorwürfen und Verwünschungen ergoss sich über ihn. Mit jedem Ansatz, sich zu entschuldigen, schien er alles nur schlimmer zu machen. „Vielleicht hätten wir uns lieber gar nicht erst anmelden sollen", brachte er schließlich heraus. Er wusste, dass es sinnlos war, das jetzt zu sagen, aber ihm fiel nichts anderes ein. Außerdem merkte er, dass er allmählich anfing wütend zu werden und dass seine Strategie, ihr den Wind aus den Segeln zu nehmen, indem er den verständnisvollen Dulder mimte, einmal mehr nicht aufging. „Schon aus ethischen Gründen. Schließlich gehört das Hotel dem Sultan von Brunei, der in seinem Land gerade die Scharia einführt, die für Schwule und Ehebrecher den Tod durch Steinigung vorsieht. Das Hotel wird international von einem Großteil der Prominenz boykottiert."

Aber der Appell an Cathys ausgeprägtes moralisch-soziales Gewissen fruchtete heute nicht. „Ach was, Prinzessin Kate hat kürzlich auch dort getafelt. Außerdem sind das alles doch nur fadenscheinige Ausflüchte. Als ob du nicht schon vor ein paar Wochen von diesem Scharia-Dings gewusst hättest." Was stimmte. Nur daran *gedacht* hatte er nicht. Fakt war, dass er sich aus all dem High-Society-Schnickschnack nichts machte. Im Unterschied zu seiner Frau.

„Weißt du was", platzte es aus ihr heraus. „Du kannst mir gestohlen bleiben. Wenn du dich lieber in Berlin und Zürich mit andern Frauen rumtreibst – bitte schön. Ich finde schon jemand, der mit mir hingeht. Die Männer in London sind auch nicht hässlicher als die Frauen in Zürich. Und mein Begleiter wird mit Sicherheit nicht Jeremy Gouldens heißen. Pah! Wer ist das überhaupt?!" Sie hatte aufgelegt.

Berlin, Tegeler See

Es klickte wieder und wieder, als die dunkle Gestalt in rasender Geschwindigkeit panisch den Abzug betätigte. Aber nichts geschah. Schon hatten die drei Männer in Anzügen die wenigen Schritte in den Hof der Borsig-Villa zurückgelegt, waren unerreichbar hinter der hellbraunen Fassade verschwunden. Die dunkle Gestalt im Neoprenanzug zischte einen halblauten Fluch. Versagt. Warum hatte plötzlich die Waffe versagt? Warum hatte *sie* versagt? Und was jetzt?

Als sie sich wie hilfesuchend zur Inselseite umdrehte, erstarrte sie. Aus dem Schatten der Bäume trat ein Mann in einem grün-braunen Tarnanzug, ein Gewehr in der Hand. Die Gestalt warf ihr nutzloses Scharfschützengewehr zur Seite und griff instinktiv nach dem Tauchermesser, aber es war zu spät. „Hände weg und stehen bleiben, oder ich schieße!", rief Polizeikommissar Kramer von der GSG 9 und legte an. Die Gestalt machte einen Hechtsprung ins Wasser. Noch in der Luft traf sie ein Schuss aus Kramers Gewehr. Die Gestalt tauchte auf und ließ einen hohen Schrei der Wut und Verzweiflung fahren. Ringsum färbte sich das Wasser rot. „Das Spiel ist vorbei, kommen Sie heraus", rief Polizeikommissar Kramer, „Sie haben keine Chance."

Die Gestalt ruderte noch ein paarmal wild mit Armen und Beinen und blieb dann reglos im Wasser liegen. War das eine Finte? Wie auch immer, Kramers Auftrag lautete, den Attentäter auf jeden Fall lebend zu erwischen. Er legte die Waffe ab, sprang ins seichte Wasser, griff vorsichtig nach der reglosen Gestalt. Nichts. Er packte zu und zog sie zu sich. Aus einem klaffenden Durchschuss am Oberschenkel troff Blut. Eine schwere, aber keinesfalls tödliche Wunde. Kramer schleppte den Körper ans Ufer, legte ihn ins schlammige Gras, drückte ihm seine Hand an die Brust, fühlte nach dem Herzschlag. Nichts. Aber er fühlte etwas anderes. Fleisch, wo er keines vermutet hätte. Er riss der Gestalt die Kapuze ihres Taucheranzugs vom Kopf. Schwarzes Haar quoll hervor, länger als vermutet. Sie war hübsch. Sehr sogar.

Dann legte er ihr die Hand an den Hals, konnte aber auch hier keinen Puls feststellen. Kramer beugte sich zu ihr herab, um mit den üblichen Wiederbelebungsmaßnahmen zu beginnen. Mund-zu-Mund-Beatmung? Da roch er den leicht bitteren, süßlichen Duft, der von ihren bläulich verfärbten Lippen aufstieg. Er erinnerte ihn auf fast schon angenehme Weise an Marzipan.

Kopfschüttelnd richtete er sich wieder auf und sah seufzend über den abendlichen See hinaus.

Berlin, Flughafen Tegel

„Und, wie ist das Gespräch gelaufen?" Das mitleidige Lächeln auf Jonathans Lippen verriet, dass man Jeremys Gesicht das Ergebnis nur zu deutlich ansehen konnte. Er nahm seufzend einen Schluck aus seinem Weizenglas. „Du hast recht, war keine gute Idee, das mit Zürich heute Abend. Ich hab es lieber gar nicht erst erwähnt. Sie war ohnehin schon etwas … ungehalten." – „Tja, Frauen …" – „Ja, da hat sich wohl einiges zwischen uns aufgestaut. Das werde ich heut Abend wohl nicht alles in Ordnung bringen können. Aber wenn ich jetzt wegbliebe, würde ich es nur schlimmer machen. Hilft alles nichts, ich muss da durch." Er kratzte sich grübelnd am Kopf. Dann fiel ihm etwas ein. „Jonathan, kannst du einem alten Freund einen Gefallen tun?"

„Gern, wenn es sich einrichten lässt."

„Ich wollte heute eigentlich mit Cathy zu so einem Charity Dinner gehen. Im Dorchester Hotel. Das heißt, eigentlich wollte *Cathy* mit mir gehen. Du weißt ja, ich lege zu Hause lieber die Beine hoch und schenk mir einen Lagavulin ein; gerade an einem Tag wie heute, nachdem ich über eine Woche unterwegs war. Natürlich würde ich trotzdem hingehen, schon ihr zuliebe, aber ich werde das zeitlich nicht schaffen, deswegen ist sie stinksauer. Jetzt sucht sie einen Begleiter. Und dein Flug geht ja gleich, bei dir könnte es noch reichen."

„Versteh schon. Klar."

„Vielleicht kannst du sie ja mal anrufen."

Jonathan überlegte, setzte an, als wolle er etwas sagen, biss sich auf die Lippen, schnaubte kurz, und für einen Moment legte sich wieder jenes mitleidige Lächeln auf seine Züge. Dann sagte er jovial: „Kein Problem, alter Freund. Um ehrlich zu sein, hab ich heut sowieso noch nichts Richtiges gegessen und könnte einen Happen vertragen."

„Sei einfach ein bisschen freundlich zu ihr, kümmere dich um sie und bring sie auf bessere Gedanken. Aber erzähl ihr bitte nicht, dass ich dich darum gebeten habe, so was verträgt sie *gar* nicht. Vielleicht kannst du ja ein gutes Wort für mich einlegen. So dass sie mir nicht gleich den Kopf abreißt, wenn sie heut Nacht nach Hause kommt."

„Tja, es hat eben seine Vor- und Nachteile, wenn man eine dermaßen temperamentvolle Frau heiratet. Aber ich werde mir alle Mühe geben, ihr einen schönen Abend zu machen. In dem Punkt kannst du dich auf mich verlassen."

Bern-Oberbottigen
„Nein danke, ich muss noch fahren."

„Ach was, du kannst … du *musst* heute hierbleiben." Ungerührt befüllte Mirjam Chloes Glas. „Wir haben uns so lange nicht gesehen. Und unser Gästezimmer ist sowieso immer gerichtet."

„Ich habe heute Abend noch ein wichtiges Gespräch wegen der Bank, weißt du. Jetzt, wo mein Vater krank ist, geht es da drunter und drüber." Chloe dachte mit Bauchschmerzen an ihr bevorstehendes Treffen mit Dr. Welti. Wenn sie pünktlich sein wollte, musste sie zügig aufbrechen. Dabei war sie noch gar nicht dazu gekommen, ihr eigentliches Anliegen ernsthaft anzusprechen. Sooft sie es versucht hatte, Mirjams sorglos mäandernder Redefluss hatte stets schnell eine andere, unerwartete Richtung genommen.

Dem Begrüßungs-Crémant war, nach einer raschen Tasse Kaffee und dem Rückzug von Jobst, der die Freundinnen lieber allein ließ, ein etwas plumper Chasselas vom Bieler See gefolgt. Dazu hatte Mirjam ein rustikales Zvieri bereitet, mit Weggli und Bauernbrot, Bündnerfleisch und großlöchrigem Käse aus dem nahen Tal des Flüsschens Emme sowie – darauf war Mirjam besonders stolz – Appenzeller Mostbröckli; aus Pferdefleisch, wie sie betonte. Als Chloe, die eine leidenschaftliche Reiterin war und selbst vier Shagya-Araber-Stuten besaß, auf ihre Vorbehalte gegenüber dem Verzehr dieser Freunde des Menschen verwies, antwortete Mirjam unbekümmert: „Weißt du, dass die besten Appenzeller Mostbröckli die aus Hundefleisch sein sollen? Leider sind die mittlerweile schwer zu bekommen, da die kommerzielle Verwendung von Hundefleisch als Nahrungsmittel in der Schweiz 2005 verboten wurde und die Appenzeller Bauern jetzt nur noch für den Eigenbedarf herstellen dürfen. Ich mag zwar Hunde – lebend, meine ich – und komme gut mit ihnen aus, aber irgendwie würde mich das schon reizen. Ich meine, man soll alles mal probiert haben, oder nicht? Einfach damit man weiß, ob einem nicht etwas entgeht. Tja, zur Not müssen wir doch mal nach Vietnam oder Korea fliegen."

Chloe zuckte bei der Kombination „Hund" und „Essen" zusammen – egal, wer nun in wen biss. Aber das war jetzt vielleicht ein guter Einstieg. „Apropos Korea …"

„Komm, jetzt probier doch mal." Die Freundin hielt ihr eine der hauchdünnen Räucherfleischscheiben hin. Todesmutig griff Chloe zu und biss hinein. Es schmeckte wie Fleisch. Eigentlich gut. Und immerhin kein Hund. Sie spülte das luftgetrocknete Pferd mit einem ordentlichen Schluck Weißwein hinunter. Vielleicht sollte sie Welti doch absagen. „Und ist total mager und gesund. Nicht, dass mich etwas Fett stören würde, ist schließlich ein wichtiger Geschmacksträger."

Man sieht's, dachte Chloe. Ein neuer Anlauf: „Apropos Hund, ich würde gern nochmal auf die Sache mit Marcus zurückkommen."

„Tja, ein Jammer, dass es eines so scheußlichen Anlasses bedurft hat, dass wir wieder einmal zusammenkommen. Trotzdem: Ich glaube, du fantasierst dir da was zusammen. Was soll sein Tod denn mit Pak zu tun haben, wie du vorhin gemeint hast? Oder gar mit uns? Allmählich kommst du mir fast so paranoid vor wie mein Mann. Nein, sagen wir *halb* so paranoid. Jedenfalls *ungeheuer* paranoid."

„Er hat seinen eigenen Onkel von Hunden zerreißen lassen, Mirjam. Unser netter Mitschüler Pak Un. Die Meldung ging um die Welt. Und nun ist Marcus, sein ehemaliger Mitschüler, auf die gleiche Weise gestorben. Und das soll nichts miteinander zu tun haben?"

„Ach, soviel ich weiß, ist nicht einmal bewiesen, dass Pak Un und Kim Jong Un wirklich der gleiche Mensch sind. Ich meine, ich habe mir Bilder angesehen, ich erkenne da keine große Ähnlichkeit. Diese

Koreaner schauen sowieso alle gleich aus. Gut, etwas pausbäckig ist Pak auch gewesen. Aber *so* fett? Nach nur fünfzehn Jahren?"

Schau dich doch selbst an, dachte Chloe. Mirjam prustete fröhlich auf. „Ja, ja, ich weiß, was du denkst, sag's lieber nicht. Klar, Menschen können sich verändern. Körperlich und vom Wesen her. Ich hab Pak ja nie sonderlich gemocht – aber dass der gnadenlos Menschen zu Hunderten hinrichten lassen soll, bis in engste Familienkreise hinein … also, das kann ich mir beim besten Willen nicht vorstellen."

„Der Schüler Adolf hat auch keine Juden ermorden lassen. Und es besteht leider kein Zweifel, dass es auf der Welt viel mehr gibt, als wir uns vorstellen können. Selbst in unseren schlimmsten Alpträumen."

„Mag sein. Aber doch nicht hier bei uns. Nicht in Oberbottigen."

„Lass uns einfach mal sammeln, was wir von Pak wissen. Vielleicht stoßen wir auf irgendeine Spur. Schließlich ist das nun ein halbes Leben her, und zwei Gehirne erinnern sich besser als eins."

Mirjam hob ihr Glas: „Auf die Gehirnzellen! Und die gute, alte Zeit, als wir zu den Liedern von Britney getanzt haben. *Oops! I did it again, I played with your heart, got lost in the game, oh baby, baby.*"

Chloe musste schmunzeln. „Zurück zu Pak. Ich hab ihn noch gut vor mir. Immer trug er diese Trainingsjacke."

„Und die neusten Nike-Turnschuhe, blitzblank. Sein ganzer Stolz. Der eitle Schwachkopf. Weißt du noch, wie er am Anfang immer getreten hat, wenn ihm etwas nicht passte? Wie er ausrasten konnte? Wie er andere Jungs aus den nichtigsten Gründen angespuckt hat?" Nein, das wusste Chloe nicht mehr. „Dann hat er sich aber relativ schnell eingepasst. Ich weiß noch, wie er mitten im Schuljahr in die Klasse gekommen ist. Dass er aus einem ‚kriegsversehrten Land' komme, hat die Lehrerin gesagt. Das hat meine Fürsorgeinstinkte aktiviert. Doch dann ist er immer mit einem Mercedes von der Schule abgeholt worden, der arme Kriegsversehrte. Da sind die guten Mirjam-Fürsorgeinstinkte wieder eingeschlafen."

„Ich weiß nur noch, wie er ständig in der Nase gebohrt hat. Da sind *bei mir* sämtliche Bemutterungsinstinkte eingefroren."

„Na ja, etwas hat er mir schon leidgetan. Immer der ernste Blick. Hast du ihn je lachen sehen? Und wenn er sein Basketball nicht gehabt hätte, wäre er völlig isoliert gewesen, schon weil er kaum Deutsch konnte. So hat er aber mit Marcus und Miguel seine basketballver-rückten Freunde gefunden. Die drei und ihr Sport – die waren eine Zeit lang ganz dicke, bis Pak dann plötzlich von der Schule verschwunden ist. War das nicht auch die Zeit, als du und Marcus …?"

„Volltreffer. Tja, meine wilde Jugendzeit."

„Got lost in the game, oh baby, baby. Oops! You think I'm in love that I'm sent from above. I'm not that innocent."

Definitiv schon etwas beschwipst. „Trotzdem habe ich mit Pak nicht viel zu tun gehabt. Es stimmt, er war öfters mal bei Marcus zu Hause oder Marcus hat Pak in seiner Wohnung in der Kirchstraße besucht, wo er mit seinen Betreuern gewohnt hat, irgendwelche obskuren Koreaner, die kein Deutsch konnten. Dort haben sie sich dann chinesische Actionfilme angeschaut, Bruce Lee und Jackie Chan. Da war ich aber nie dabei. Gut, als die Freundin von Marcus bin ich ihm schon öfters mal über den Weg gelaufen. Aber mit Mädchen hat es Pak ja sowieso nicht gehabt. Ich weiß bis heute nicht, ob er uns gegenüber eher schüchtern oder einfach nur verächtlich gewesen ist."

„Wahrscheinlich beides. Obwohl, wenn er sich unbeobachtet glaubte, hat er dich in der Schule ja immer so angestarrt. Ich glaube fast, der war in dich verknallt." – „Ach Quatsch, das bildest du dir doch nur ein. Ich glaube eher, dass er *dich* angestarrt hat." – „Vielleicht hat er ja alle Mädchen angestarrt. Typisch verklemmter Sonderling, der sich nichts traut. Aber nach außen hin so tun, als wären wir Mädchen praktisch inexistent." – „Na ja, bis auf das eine Mal." – „Bis auf ein Mal, korrekt. Da ist er aufgetaut. Aber ordentlich." – „Du erinnerst dich also noch?" – „Marcus' Geburtstagsparty? Mensch, Chloe, daran hab ich sicher über zehn Jahre nicht mehr gedacht. Aber klar erinnere ich mich. An das meiste jedenfalls. Dieser scheußliche Apfelkorn." – „Du hast gekotzt." – „Genau. Das heißt … das ist eben der Teil, an den ich mich *nicht* mehr erinnere. Aber ist das jetzt wichtig? Du, Chloe, ich hol uns nochmal so ein Fläschchen, ja?"

Und weg war sie. Chloe schwirrte der Kopf. Sie nutzte Mirjams Abwesenheit für einen kurzen Anruf bei Dr. Welti. Für heute Abend war Zürich jedenfalls gestorben. Aber Welti war ein Gentleman. Ja, kein Problem. Morgen? Nein, morgen ginge nicht, wichtiger familiärer Anlass. Outdoor. Übermorgen sehr gerne. Außerdem würde eventuell

Herr Gouldens noch heute Abend bei ihm eintreffen, der könne Chloe ja dann morgen in Kenntnis setzen. Uf Wiederluege.

Jeremy? Flog heute noch in die Schweiz? Dann musste bei der Stiftung wirklich Land unter sein. Chloe schenkte sich ein Glas Wasser ein und versuchte sich jenen fünfzehnten Geburtstag ins Gedächtnis zu rufen. Der scheußliche Apfelkorn. Der scheußliche Koreaner.

Mirjam kam zurück. Wollte die Flasche öffnen und stellte fest, dass sie sich im Regal vergriffen hatte und die Flasche statt des üblichen Drehverschlusses einen „Zapfen" hatte. Sie verschwand, um den Korkenzieher zu suchen, und ließ Chloe mit ihren Gedanken allein.

Zuerst war es eine ganz normale Geburtstagsfeier gewesen, auf der Schwelle vom Kinder- zum Jugendgeburtstag. Statt lustige Spiele zu spielen, hatten sie zusammen Pizzableche belegt, alkoholfreie Cocktails gemixt und sich Musikvideos auf MTV angesehen. Britney Spears und so weiter. Bis Marcus dann irgendwann diese Flasche Apfelkorn hervorgezaubert hatte. Da waren die meisten schon gegangen. Außer Mirjam und ihr, den einzigen Mädchen, waren nur noch Marcus und Miguel da gewesen. Und eben Pak. Es war, soweit sie sich erinnerte, das einzige Mal, dass er je bei einer ihrer Partys dabei war.

„Der isch aba guat." Mirjam ließ ihrem Probierschluck ein reich gefülltes Glas folgen und beschickte Chloes Glas auf ähnliche Weise. Chloe erhaschte einen Blick auf das Etikett. Statt des leichten Schweizer Chasselas hatte Mirjam im Nachbarregal des Weinkellers einen gereiften burgundischen Montrachet erwischt, der wohl irgendetwas zwischen 40 und 400 Franken gekostet hatte. Jedenfalls endlich ein Wein in einer Kategorie, die Chloe etwas zu sagen hatte.

„Kannst du dich noch daran erinnern, dass du ihn geküsst hast? *Bevor* du gekotzt hast?" – „Pak? Wahrscheinlich war das ebender Grund, warum ich gekotzt hab." – „Wer ist denn auf die Idee mit dem Flaschendrehen gekommen?" – „Keine Ahnung. Einer der Jungs, wahrscheinlich Marcus. Fand es wohl lustig, seinen koreanischen Freund in die dekadenten Spielchen der westlichen Jugend einzuweisen. Der hat sich erst etwas geziert, aber später, so ab dem dritten Glas Apfelkorn, hat er ganz schön die Sau rausgelassen. Also, ich meine … *Zunge* hatten wir jedenfalls nicht ausgemacht."

Verschwommene Erinnerungen stiegen in Chloe auf, an eine Zeit, da alles Sexuelle noch verwirrend, verboten, diabolisch und wunderbar war, Lust und Schuld eng beieinanderlagen. Wie der Mädchen gegenüber sonst so abweisende Koreaner plötzlich kaum mehr zu bändigen gewesen war, das pubertäre Spiel plötzlich zu kippen drohte: in einen Abgrund, der voller Verheißung war. Unheimlich, mit welcher Gewalt sich der Kerl einfach nahm, was er wollte, und wenn es nur ein Kuss war; brutal, animalisch, aber doch (und eben deshalb) auch von einem verführerischen exotischen Reiz. Und dann war Mirjam auf der Toilette verschwunden, und Marcus und Miguel durchstöberten die Bar von Marcus' Vater nach Flaschen, bei denen es nicht auffallen würde, wenn etwas fehlte, und sie war mit Pak allein im Raum gewesen und dann … Und dann? Sie war offenbar auch sehr betrunken gewesen. Dann waren sie übereinander hergefallen. Tatsächlich. Jetzt erinnerte sie sich wieder. Er über sie? Sie über ihn? Vielleicht die Welt über sie beide, sie wusste es nicht. Aber dass sie diesen Moment all die Jahre über vergessen – verdrängt? – hatte … Und da war noch was, da lag ihr noch etwas auf der Zunge … nicht nur der fremde, würzige Geschmack des sich gegen sie drängenden Asiaten. Was war das …

„Wie ist der Abend denn ausgegangen?"

Chloe schreckte hoch. Mirjams Frage riss sie aus dem Flashback in ihre Jugend. Nein, es war nicht *wirklich* etwas passiert. Ihre Jungfräulichkeit hatte sie erst Jahre später verloren, erst in Küsnacht. Aber irgendwas war eben doch geschehen, in jener Küssnacht in Liebefeld.

„Entschuldige mich bitte einen Augenblick." Einen Moment später stand sie im Bad, kippte sich Wasser übers Gesicht, rieb sich Hände und Arme mit Seife ein. Minuten darauf war sie wieder bei Mirjam im Wohnzimmer. Und die war unerbittlich.

„Jetzt sag schon. Das große Finale!"

„Nix Finale. Antiklimax. Ich erinnere mich jetzt, dass Pak noch versucht hat, mich zu küssen, als ihr alle aus dem Raum wart. Ganz ohne Flasche. Aber dann bist du wieder reingekommen, Gott sei Dank, mit kreidebleichem Gesicht, und kurz darauf hat ihn, wie immer, der Mercedes abgeholt. Marcus' Vater hat uns nach Hause gebracht. Wir haben ihm irgendwas vorgeschwindelt, du hättest dir an den Erdnussflips den Magen verdorben oder so. Wie das damals eben so war."

„Tja, die wilden Jahre. Aber man kann nun mal nicht ewig fünfzehn sein. Und dreißig plus hat auch Vorteile. Prost!" Sie ließen die Kelche klirren. „Und dann?", fragte Mirjam. „Wie ging das mit Pak eigentlich weiter? Waren wir nicht noch …"

„Am Montag drauf war er abweisend wie immer. Ich bin ihm auch aus dem Weg gegangen. Klar, bei den peinlichen Erinnerungen."

„Und du meinst, deshalb hat er Marcus jetzt umbringen lassen? Weil ihm das mit dem Flaschendrehen peinlich ist? Damit keiner erzählen kann, dass er in seiner Jugend mal knülle mit Mädchen geknutscht hat? Das ergibt doch keinen Sinn. Vielleicht machen die drüben in Nordkorea so was. Aber doch nicht hier in der Schweiz."

Ja, seufzte Chloe. Das sah sie ähnlich.

„Außerdem ist da immer noch Miguel, der meines Wissens jetzt irgendwo in Brasilien im Regenwald Paranüsse anbaut, dort dürfte er schwer zu finden sein. Und du und ich natürlich."

„Nun gut", sagte Chloe langsam. „Das ist eben das Problem. *Das* ließe sich ändern." Ruckartig wandte sie sich zu Mirjam. „Du, ich bräuchte jetzt dringend mal eine Zigarette. Habt ihr einen Balkon oder soll ich vor die Tür gehen?"

Flughafen Tegel
„Entschuldigen Sie, wenn Sie bitte mitkommen würden?"

Beim Check-in wimmelte es von Polizei. Jeremy war von zwei männlichen Polizisten einer sehr detaillierten Leibesvisite unterzogen worden, man hatte ihn genauestens befragt, wo er herkomme und wo er hinwolle, und dann hatten sie seinen Pass haben wollen. Ein Polizist war damit für einige Minuten in einem Nebenraum verschwunden. Der reichte ihm nun den Pass zwar zurück, jedoch mit besagter Aufforderung verbunden.

„Aber warum denn?" Der Polizist murmelte etwas von erhöhten Sicherheitsvorkehrungen und weiteren nötigen Kontrollen. „Nun gut, wenn es nicht lange dauert. Ich muss nämlich zu meinem Flug, wissen Sie." Mit Befriedigung hatte Jeremy soeben noch zur Kenntnis genommen, dass seine Maschine wider Erwarten und im Unterschied zu den meisten anderen Flügen an diesem Tag pünktlich um 18.10 Uhr starten sollte. Da blieb nicht mehr viel Zeit. „Wir kümmern uns darum", so die vage Antwort des Polizisten. Dann führte man ihn durch ein paar Türen und Gänge in einen Raum der Polizei, verschloss die Tür hinter ihm und ließ ihn dort sitzen.

Jeremy bemühte sich, entspannt zu bleiben. War er doch gerade wieder einigermaßen guter Dinge gewesen. Er würde heute noch zurück bei Cathy sein, zumindest irgendwann am späten Abend, und Jonathan würde das Seine tun, Cathy bis dahin versöhnlicher zu stimmen. Außerdem hatte ihn Jonathans gelassene Besonnenheit angesichts der von Dr. Welti vorgebrachten Verdächtigungen beruhigt. Sicher würden sich die irritierenden Kontobewegungen als harmlos erweisen. Es war schon eine große Hilfe, einen so gefassten, nüchternen Freund zu haben, besonders wenn man Cathys Hysterie dagegenhielt. Männerfreundschaften waren eben aus einem anderen Schrot und Korn als die verschiedenartigen Formen der Beziehungen zwischen Männern und Frauen, die doch meist in irgendeiner Form erotisch aufgeladen sind und dadurch bei allem damit verbundenen Schönen mitunter sehr verkompliziert werden.

Jeremy saß Minute um Minute allein und wurde immer unruhiger. Er wollte gerade laut zu fluchen anfangen und an die verschlossene Tür hämmern, da öffnete sie sich und zwei Polizisten traten ein, ein älterer Mann und eine recht appetitliche junge Frau, die offensichtlich noch in der Ausbildung war. „Sie werden sich leider noch ein wenig gedulden müssen", erfuhr er. Auf seine erregte Nachfrage hin wurde ihm mitgeteilt, dass sich sein Name auf einer Liste von „zu überprüfenden Personen" gefunden habe und diese Überprüfungen noch nicht abgeschlossen seien. Dann schloss sich die Tür wieder.

Nun fluchte Jeremy doch laut auf. Er blickte auf die Uhr. Zehn Minuten vor sechs. Wenn er nicht in den nächsten fünf Minuten hier rauskam, konnte er seinen Flug nach London mit an Sicherheit grenzender Wahrscheinlichkeit vergessen.

Liste von Verdächtigen? Klar hatten ihn die Deutschen verdächtigt. Daher war er gestern aus seinem Taxi heraus sozusagen verschleppt und seither zweimal vom Geheimdienst vernommen worden. Aber das hatte sich inzwischen doch erledigt. Das hatte er mit dem Widerling Korff und seinem farblosen Kollegen Fels alles geklärt.

Mit den beiden ja. Aber nicht mit den Listen der Polizei. Dann gab es wohl nur eine Lösung. Jeremy fluchte erneut. Dann lachte er bitter. Noch vor wenigen Stunden hatte er sich geschworen, niemals diese Telefonnummer anzurufen. Seufzend kramte er nach der Visitenkarte. Er musste es länger klingeln lassen. Der Herr war offensichtlich gerade beschäftigt. Dann endlich ein Klickgeräusch. „Ja? Ach, unser britischer Gentleman. Das hätte ich ja nicht gedacht, dass Sie sich so schnell bei uns melden, freut mich sehr! Na, neue Erkenntnisse? Fassen Sie sich bitte kurz, es hat gerade gewisse … nun ja, gewisse Vorkommnisse gegeben, die meine ganze Aufmerksamkeit erfordern."

Jeremy beeilte sich, sein Anliegen durchzugeben. „Ist gut, keine Sorge, wir kümmern uns darum", war die knappe Antwort Walter Korffs, dann hatte er auch schon aufgelegt. Ganz beruhigen konnte Jeremy diese Aussage nicht, schließlich hatte er den gleichen Spruch erst vorhin von der deutschen Polizei gehört, ohne dass der Ankündigung Taten gefolgt waren. Doch war er sehr erleichtert, als sich nach wenigen Minuten die Tür öffnete, die junge Polizistin und ihr Begleiter wieder eintraten und er mit einer knappen Entschuldigung nach draußen entlassen wurde.

Noch blinkte die Boarding-Anzeige für seinen Flug. *Last Call.* Sein Gate war acht Nummern weiter. Das Handy in seiner Tasche begann wild zu läuten. Keine Zeit jetzt. Lange war er nicht mehr so gerannt.

Leider war er nicht mehr der Schnellste. Er hatte gerade sein Gate erreicht, als die junge Polizistin ihn eingeholt hatte. „Es tut mir sehr leid. Ein Herr Korff möchte Sie sprechen. Es ist dringend. Rufen Sie ihn bitte sofort zurück." Erneut begann Jeremys Handy zu klingeln. Er ging ran. Die unangenehme Stimme des Widerlings.

„Entschuldigen Sie, Mister Gouldens. Nur noch eine Frage: Hat sich Ihre koreanische Freundin inzwischen bei Ihnen gemeldet? Aha. Aber nicht persönlich? Dann bräuchten wir leider nochmal Ihre Hilfe, Mister Gouldens, schon in Ihrem eigenen Interesse. Wir müssen Sie bitten, eine Identifizierung vorzunehmen." – „Eine Identifizierung? Wenn ich noch eine Minute warte, verpasse ich meinen Flug." – „Tut mir leid. Wir kümmern uns um einen Ersatz." – „Aber warum gerade ich? Ich kenne in Berlin doch niemanden!" – „Eine Frau, Mister Gouldens. Ostasiatisches Aussehen. Passt genau auf Ihre Beschreibung."

Jeremy stockte das Herz. „Eine Frau? Was ist mit ihr?"

„Nun ja, sie ist … genau gesagt nicht direkt eine Frau. Genau gesagt handelt es sich um eine Frauen*leiche*."

Bern-Oberbottigen

„Du, Jobst, wir machen noch eine kleine Runde um den Block, ja? Wir sind in einer halben Stunde wieder da."

„Muss das sein? Draußen ist es stockdunkel. Wenn wieder diese Typen herumschleichen? Lasst euch wenigstens von mir begleiten."

Chloe war hellhörig geworden. „Was sind das denn für *Typen*?" Sie hatte schon gleich nach der Begrüßung versucht, Jobst zu diesem Punkt auszufragen, aber Mirjam war immer wieder mit ihren humorigen Bemerkungen dazwischengegangen, hatte alles als eine Art harmlosen Verfolgungswahn abgetan. Zuletzt hatte Jobst entnervt den Raum verlassen, ohne dass Chloe viel aus ihm hatte herausbekommen können. Gut – wenn der Kerl sie mit gezogener Waffe empfing, dann hatte er wohl wirklich eine Störung. Oder eben allen Anlass dazu. Mirjam konnte Chloe in diesem Punkt keine Hilfe sein: Sie war – und war es immer schon gewesen – mindestens in dem Grad unbekümmert, leichtsinnig und sorglos wie Jobst mit paranoider Bangigkeit auf Schutz und Sicherheit bedacht war. Gegensätze ziehen sich an.

„Ihr glaubt es mir ja eh nicht. Aber ich hab sie schon zweimal gesehen. Standen drüben, hinter dem Fußballplatz, mit ihrem Lieferwagen an der Durchgangsstraße und haben herübergestarrt. Ich glaube, sie hatten Feldstecher dabei. Dunkle Anzüge. Mehrere Männer."

„Hatten sie Hunde?", fragte Chloe mit beklommener Stimme.

„Hunde? Wieso? Aber … Jetzt, wo du's sagst, fällt mir ein, dass von dort drüben immer wieder Hundegebell rübergekommen ist."

„In Oberbottigen wimmelt es von Hunden", warf Mirjam ein.

„Die standen da ganz schön lange und haben das Gelände inspiziert. Und gestern war das Auto wieder da. Grauer Lieferwagen. Außerdem ist irgendwer mal nachts ums Haus geschlichen."

„Der Fuchs", ging Mirjam dazwischen.

„Füchse bellen nicht", meinte Jobst düster.

„Wie sahen diese Männer denn aus? Waren sie …?" Chloe verkniff sich den Rest. Wenn sie nach *asiatischen* Männern fragte, würde Jobst bestimmt zurückfragen; und wenn sie ihm dann von ihren eigenen Erfahrungen berichtete, würde er vollends in Panik geraten. Chloe erinnerte sich an das, was Jonathan ihr eingeschärft hatte: Am besten zu keinem ein Wort, verhalte dich ruhig und unverdächtig. *Keep a low profile*, das waren seine Worte gewesen.

„Das konnte ich nicht erkennen. Männer in dunklen Anzügen. Irgendwie wirkten sie verdächtig."

„Natürlich, für dich ist ja alles verdächtig", schnaubte Mirjam. „Denkst bei allem immer nur das Schlimmste, hältst jeden für einen Verbrecher und benimmst dich entsprechend. Und wenn die Leute dann dir gegenüber unfreundlich sind, fühlst du dich in deinem Verdacht bestätigt. Aber man muss die Dinge anders angehen. Wir werden uns jetzt mal ein bisschen umschauen. Und wenn wir diese verdächtigen Typen sehen, fragen wir sie einfach freundlich, was sie vorhaben, und kraulen ihren Hunden die Ohren. Dann werden wir schon sehen, ob sie als Nächstes die Knarre ziehen."

„Ich habe euch jedenfalls gewarnt."

Berlin, Polizeistation Tegel

Ein roter Backsteinbau. Daneben ein altes Industrietor. Dahinter, einige Dutzend Meter weiter, ein angestrahltes Gebäude. Der Borsig-Turm im Zentrum der ehemaligen Eisenbahnfabrik des gleichnamigen Industriellen ist eines der bedeutendsten Industriedenkmäler Berlins. Doch Jeremy war im Moment nicht nach Sightseeing zumute.

Mie war auf Schwanenwerder einfach verschwunden. Sein Verdacht, der Geheimdienst habe sie in seinen Fängen, hatte sich nicht bewahrheitet, sofern man denen Glauben schenken durfte. Doch jetzt sollte Jeremy eine tote Frau identifizieren, von der der Geheimdienst annahm, sie könne eventuell Mie sein. Das ergab nur dann einen Sinn, wenn sie *nicht* vom Geheimdienst festgehalten wurde.

Nein, falsch. Es ergab auch dann keinen Sinn. Unter keinen Umständen der Welt ergab es Sinn, dass Mie tot sein konnte. Es musste ein Irrtum vorliegen. Jeremy war sich hundertprozentig sicher. Warum dann das beklommene Gefühl, das ihm die Brust zu zerreißen drohte?

Er wurde in ein von kaltem Neonlicht grell ausgeleuchtetes Zimmer geführt. Walter Korff erwartete ihn, schüttelte ihm die Hand, dankenswerterweise diesmal ohne sein süffisantes Grinsen. Das machte ihn um keinen Deut sympathischer.

Korff stellte ihn der Rechtsmedizinerin vor, einer gewissen Frau Dr. Dürkopp-Freiesleben. Sie war um die fünfzig und musterte Jeremy ausdruckslos aus bunt geschminkten Augen. Jeremy fand, dass sie ein wenig an einen exotischen Vogel erinnerte, vielleicht einen Kakadu. Ohne weitere Worte führten ihn Korff und Frau Dr. Dürkopp-Freiesleben in ein nicht minder grell und kalt erleuchtetes Nebenzimmer. Ein lang gestreckter Tisch. Ein ausgebreitetes weißes Laken. Darunter die Umrisse eines menschlichen Körpers. Jeremy schluckte den Drang hinunter, einfach aus dem Raum zu rennen und dieses surreal makabre Schauspiel ins Reich der Alpträume zu verbannen.

„Sind Sie bereit?", fragte Korff. Jeremy konnte nur schlucken und nicken. Korff gab der papageienhaften Rechtsmedizinerin ein Zeichen. Sie zog der Leiche das weiße Laken vom Kopf.

Mie! Mie? War das Mie?!

Jeremy verschwamm alles vor den Augen und ihm schlug das Herz so heftig, dass er das Gefühl hatte, ihm würden die Lungen zusammengedrückt, bis sie platt waren wie Wiener Schnitzel. Er bekam keine Luft mehr. Gleichzeitig glaubte er, sich gleich erbrechen zu müssen. War es so, wenn man ohnmächtig wurde? Oder kam jetzt der Herzinfarkt? „Kann ich … kann ich mich setzen?"

Die Medizinerin hatte ihm bereits einen Stuhl hingeschoben, auf den er jetzt herabsackte. Etwa eine Minute lang herrschte völlige Stille im Raum, von Jeremys Keuchen und Herzklopfen einmal abgesehen.

„Das ist also die Frau, die Sie vermissen …?", begann Korff.

„Ja … das heißt: nein … Will sagen: Ich weiß es nicht."

„Was heißt, Sie wissen es nicht? Sie waren doch mit ihr zusammen! Sie müssen doch wissen, wie sie aussieht."

„Ja, natürlich … Das heißt: Ich bin mir nicht sicher. Natürlich, ja, ich war mit ihr zusammen. Zweimal. Gestern und vorgestern. Mit Mie, meine ich. Aber ich bin mir nicht sicher, ob diese Frau hier Mie ist."

I've just seen a face, I can't forget …

„Es besteht also eine Ähnlichkeit?"

„Ja. Ähnlichkeit. Große Ähnlichkeit." Das war es. Ähnlichkeit. Das Wort bedeutete eine gewaltige Erleichterung für Jeremy. Fast schien es ihm, als könne es Mie nachträglich das Leben retten. Nur dieses eine Wort. Nur eine Ähnlichkeit.

„Dann muss ich Sie bitten, noch einen genaueren Blick auf die Dame zu werfen." Jeremy nickte, erhob sich auf wackligen Beinen.

Eigentlich war der Anblick nicht schlimm. Eine schlafende Schönheit. Und eine Schönheit war es, zweifellos, auch wenn sie niemand mehr aus ihrem Schneewittchenschlaf würde erwecken können, der vergiftete Apfel für immer in der Kehle festsaß. Dabei hatte sie so hochrote Wangen, die fast lebendig wirkten!

Nun gut, Jeremy, erfüll deine Pflicht. Der genauere Blick. Schwarze Haare. Wie Mie. Die Länge stimmte. Der Farbton auch. Für eine Ostasiatin eher bleicher Teint, bogenförmiger Mund, zarte Stupsnase, nicht so breit wie bei vielen Koreanerinnen, rundes Kinn, schmale Mandelaugen. Auch das stimmte. Ein dunkelbraunes Muttermal am Hals. Hatte Mie ein Muttermal am Hals gehabt? Jeremy konnte sich nicht erinnern. Verflucht, er hatte die Frau doch stundenlang angestarrt! Nein, Jeremy hielt sich daran fest, eher kein Muttermal. Vielleicht ein ganz kleines. Zurück zur Frau vor ihm: keine Ohrringe, keine Ohrlöcher, die Fingernägel unlackiert. Wie bei Mie. Beim genaueren Hinsehen schien ihm die Frau zwar schön, aber doch nicht *so* schön. Die Wangen etwas eingefallen. Kleine Krähennester in den Augenwinkeln. War sie etwa älter? Vielleicht nicht. Die bleichen, leicht bläulichen Lippen weniger voll und etwas nach unten gezogen, was dem Gesicht einen leicht bösartigen Ausdruck gab. Aber das könnte alles auch nur Folge dessen sein, was mit der Frau passiert war. Tote tendieren dazu, nicht mehr so hübsch zu sein wie Lebende.

„Schauen Sie sich mal ihre Arme an", forderte Korff und zog das Laken noch etwas weiter herunter. „Fällt Ihnen etwas auf?"

Die Arme? Nein. Frauenarme eben. Obwohl sie recht dick waren. Fast wie Männerarme. „Sie sind kräftig", sagte Jeremy.

„Verdammt kräftig", pflichtete Korff bei. „Das sind durchtrainierte Athletenarme. Sehr muskulös. Damit könnte man eine Handgranate vierzig Meter weit werfen. So etwas muss auffallen. Hatte Ihre Bekannte, Mie Chang, muskulöse Arme?"

Jeremy erinnerte sich daran, dass Mie bei ihren beiden Treffen weite, langärmlige Blusen getragen hatte. Er hatte von ihren Armen nicht viel mehr gesehen als ihre Handgelenke. Trotzdem schien es ihm, als hätten ihm derartige Muskeln bei einer Frau doch auffallen müssen. Allerdings hatte er ihr ja immerzu ins Gesicht gestarrt. Nicht auf die Arme. Nicht einmal auf die Brust. Nun ja, fast nicht. Dennoch: Jeremy hatte den Eindruck, dass Mie nicht *so* muskulös gewesen war. Wieder hatte er ihr ein kleines Stückchen ihres Lebens gerettet. Keine Sorge, Mie, ich krieg das schon noch hin, dass du das nicht bist.

„So muskulös? Nein, ich glaube nicht. Aber sie hat weite Blusen getragen. Ich habe ihre Arme gar nicht gesehen."

Korff stieß schniefend die Luft aus. „Sie sind uns wirklich eine große Hilfe, Mister Gouldens. Vielleicht hätten wir Sie doch besser nach London fliegen lassen sollen. Wie genau kannten Sie die Frau überhaupt? Haben Sie Sex mit ihr gehabt? Etwaige intime Details, die uns weiterhelfen könnten? Tattoos? Arschgeweih? Intimpiercing?"

Jeremy hatte den Eindruck, dass ihn Korff bewusst provozieren oder ihm auch einfach nur wehtun wollte, um seinen Frust loszuwerden. Er drehte sich zu dem unsympathischen Deutschen um, holte tief Luft und sagte mit gefasster Stimme, jedes Wort deutlich akzentuierend: „Sehr geehrter Herr, ich kann Ihnen nicht mehr sagen, als ich bereits gesagt habe. Ich kann nur versichern, dass ich nicht mit Sicherheit bestätigen kann, dass es sich bei dieser Frau um Mie Chang handelt. Es *könnte* sein, aber ich glaube und hoffe, dass sie es nicht ist. Ich bitte Sie inständig, weiter nach ihr zu suchen. Wenn ich jetzt gehen dürfte? Ich fühle mich gerade sehr … schwach."

„Gut, Mister Gouldens. Wir bringen Sie ins Superior Mercure Airport Hotel unmittelbar am Flughafen. Da haben wir bereits ein Zimmer für Sie reserviert. Geht natürlich auf unsere Kosten. Da können Sie gleich morgen früh den erstbesten Flug nehmen und fliegen, wohin Sie wollen." Dann wandte sich Korff der Gerichtsmedizinerin zu. „Frau Dr. Dürkopp-Freiesleben, Sie können jetzt gehen, warten Sie draußen." Mit einem letzten ausdruckslosen Vogelblick verließ die Ärztin den Raum. „Und nun zu Ihnen, Mister Gouldens. Ich möchte nur betonen, dass es nicht unsere Aufgabe ist, Vermisste zu suchen – wir sind hier dabei, Verbrechen zu bekämpfen. Dabei ist uns die Leiche dieser Frau, nun ja … in die Hände gefallen."

Jeremy durchzuckte ein Gedanke. „Sie haben sie also … getötet?"

„Nein", gab Korff zurück. „Ich dürfte Ihnen das alles eigentlich nicht sagen, aber ich baue nun mal auf Ihre Kooperation und hoffe, dass im Gegenzug auch Sie uns helfen werden. Also …" Er hob das Laken an. „Sehen Sie hier die Fleischwunde am Schenkel? Das waren wir. Ein gezielter Schuss eines unserer GSG-9-Männer. Schmerzhaft, aber nicht tödlich. Wir haben die Frau erwischt, wie sie ein Attentat ausüben wollte, und als sie zu fliehen versuchte, musste unser Mann schießen. Aber daran ist sie nicht gestorben. Sie hat sich umgebracht."

„Und wie?"

„Sie hat auf eine Zyankalikapsel gebissen. Wie einst Himmler, als ihr Engländer die wahre Identität eures Gefangenen herausfandet."

Jeremy fiel ein anderes Beispiel ein, auf das er bei seinen Recherchen gestoßen war. „Oder wie ein nordkoreanischer Agent, wenn er Gefahr läuft, enttarnt zu werden." Jeremy erinnerte sich an die verrückte Geschichte der Agentin Kim Hyun Hee, die 1987 eine Bombe in einem südkoreanischen Verkehrsflugzeug platzierte. Damit sollten die Olympischen Spiele in Seoul 1988 torpediert, Südkorea destabilisiert und letztlich eine Wiedervereinigung nach den Bedingungen des Nordens herbeigeführt werden. Die Bombe explodierte und riss 115 Menschen mit in den Tod. Die erhofften politischen Folgen blieben allerdings aus, und Kim Hyun Hee und ihr Kompagnon gerieten beim Versuch, sich abzusetzen, auf dem Flughafen von Bahrain als verdächtige Personen ins Visier der Ermittlungen. Als sie festgenommen werden sollten, zerbissen beide in Zigaretten verborgene Zyankalikapseln. Hees Kompagnon starb, sie konnte gerettet werden, wurde nach ihrer Genesung zum Tode verurteilt, dann begnadigt, konvertierte zum Christentum und schrieb einen Insiderbericht über ihr Agentenleben.

Korff warf Jeremy einen scharfen Blick zu. „Ich gebe zu, Ihr Vergleich trifft es genauer."

„Dann *war* es vielleicht gar kein Vergleich? Sondern ich habe ins Schwarze getroffen?"

Korff verzog die Lippen, stülpte sie vor. „Sagen wir mal: Es ist eine Möglichkeit. Durchaus. *Noch* wissen wir nichts Genaues."

„Und die Nordkoreaner stecken letztlich womöglich auch hinter dem Anschlag auf die Botschaft? Und das mit den Islamisten ist ein Fake? Immerhin war gestern der Geburtstag von Kim Jong Il."

Korffs Blick blieb starr. „Wie gesagt, wir wissen nichts Genaues."

Jeremy war einerseits völlig erschlagen und verwirrt. Er wollte nur noch hier raus und anfangen loszuheulen oder sich betrinken oder einen Halbmarathon rennen oder … er wusste nicht was. Erst war da Yukikos Verschwinden und ihr rätselhafter Tod gewesen, mit dem er sich Schritt für Schritt hatte abfinden müssen, und dann kam Mie, die wie die wiederauferstandene Yukiko wirkte, und plötzlich verschwand sie ebenfalls, und jetzt war sie womöglich ebenfalls tot, auch wenn Jeremys Bauchgefühl dagegen sprach, aber das waren vielleicht nur die falschen Hoffnungen, die er sich einredete, um nicht völlig durchzudrehen. War das nun die Geschichte, die sich als Farce wiederholte? Eine grausame Farce.

Andererseits war er zugleich hellwach, und seine geschärften Sinne sagten ihm, dass dieser Korff mehr wusste, als er sagte, und womöglich würde dieses Wissen ja dazu beitragen können, Jeremys Verwirrung zumindest ein wenig zu lindern. Diese Chance durfte er sich nicht dadurch entgehen lassen, dass er sich seinen Instinkten ergab und blind aus dem Raum stürmte, wie es sein erster Impuls gewesen war. „Hören Sie", sagte er deshalb. „Sie haben mich gebeten, zu kooperieren. Gut, ich bin dazu bereit. Wie Sie sehen. Schließlich bin ich hierhergekommen und habe dafür meinen Flug sausen lassen, was mir nicht zuletzt jede Menge Ärger mit meiner Frau einbringen wird. Aber *wenn* ich kooperieren soll, dann muss ich auch wissen, *worin*. Dann muss ich wissen, welches Spiel hier gespielt wird. Sagen Sie mir, was Sie wissen, dann kann ich auch sagen, ob ich Ihnen helfen kann."

„Einverstanden." Walter Korff nickte. „Ich habe Ihnen ohnehin schon zu viel anvertraut, um Sie hier einfach aus dem Spiel lassen zu können. Aber vielleicht suchen wir uns dafür einen angenehmeren Ort. Ohne diese stumme Ohrenzeugin hier." Er beugte sich über den Kopf der Toten. „Hübsches Ding, wirklich. Ein Jammer, dass sie gestorben ist, um niemals in Versuchung zu kommen, uns zu sagen, was hier wirklich gespielt wird. Offenbar wusste sie viel, wenn sie diesen Preis zu zahlen bereit war." Mit einem bekümmerten Kopfschütteln zog er ihr das Laken wieder über den Kopf.

Bern-Oberbottigen

Der Abendspaziergang hatte Chloe gutgetan. Die frische Luft und ihre Eve-Zigaretten taten ein Übriges, ihre Stimmung zu heben. Mirjam hatte der Freundin ihr Leid mit ihrem Mann geklagt, der nicht nur überall Bedrohungen erkannte, sondern auch noch Hypochonder war: Alle paar Wochen erkrankte er an einer neuen tödlichen Krankheit. Und Mirjam gleich mit. „Wenn man ihm glaubt, ist es geradezu ein Wunder, dass ich nicht schon längst an Brustkrebs gestorben bin wie damals meine Mutter. Wahrscheinlich verlangt er von mir demnächst, dass ich mir prophylaktisch die Brüste wegoperieren lasse wie Angelina Jolie." Dazu lachte sie gutmütig. Das, worin andere ein therapiebedürftiges pathologisches Phänomen gesehen hätten, war für Mirjam nur eine liebenswerte Schrulle. So ging sie durchs Leben. Immer noch. Sie hatte sich die alte Sorglosigkeit ihrer Kindertage, die andere mit den ersten unausweichlichen Schicksalsschlägen verlieren, bis ins Erwachsenenleben bewahrt. Fast bewunderte Chloe sie um diese Leichtigkeit, auch wenn ihr eine solche Weltsicht doch allzu blauäugig und damit gefährlich erschien. Im Bankgeschäft hätte Mirjam jedenfalls nicht arbeiten dürfen – sie an Chloes Stelle, und Century wäre längst bankrott. Hier und heute, bei diesem abendlichen Spaziergang, half ihr Mirjams Unbekümmertheit jedoch, die eigenen drückenden Ängste ein wenig, nun, nicht zu vergessen, aber sie doch *leichter* zu machen. Es war fast so, als sei man an Mirjams Seite vor Leid und Dunkelheit der Welt gefeit.

Sie waren an der Schule vorbei zur Durchgangsstraße gegangen. Natürlich hatten sie an der von Jobst benannten Stelle hinter dem Fußballplatz nichts Verdächtiges bemerkt, schon gar keine lauernde Männer in dunklen Anzügen. Chloe fiel aber auf, dass man von hier aus in der Tat einen besonders guten Blick auf Mirjams Haus hatte, ohne von drüben gesehen zu werden; jedenfalls solange man nicht an einen hypermisstrauischen Kontrollfreak wie Jobst geriet.

Sie schlugen einen Bogen über die Felder und kehrten an einem kleinen Wäldchen vorbei zur Siedlung zurück. Chloe versuchte an das

Gespräch von vorhin anzuknüpfen. „Hattest du nach dieser Party bei Marcus eigentlich nochmal näheren Kontakt mit Pak?"

„Wir haben uns noch einmal an der Aare getroffen, weißt du das nicht mehr? Er hatte dir doch diesen Zettel unter die Bank gesteckt. Er scheint wirklich sehr in dich verknallt gewesen zu sein."

Stimmt, das hatte Chloe tatsächlich vergessen. Warum nur vergaß sie so was? „Wollte er nicht mit uns baden gehen oder so? Und hatte eine Flasche Apfelkorn besorgt?"

„Mit dir wollte er baden gehen, mit dir! Ich bin ja nur mitgekommen, weil du dich nicht allein getraut hast. Na ja, er war ja auch *spooky,* mit dem wär ich auch nicht allein irgendwo hingegangen. Aber aus dem Baden wurde nichts, das Wasser war so kalt."

„Und irgendwann ist Marcus dazugekommen, nicht?"

„*Gaanz* zufällig, ja. Weil du ihm vorher Bescheid gegeben hast. Das hat Pak dann nicht gepasst und er ist beleidigt abgezogen. Mitsamt seinem Apfelkorn. Klar: noch so ein Grund, Marcus fünfzehn Jahre später umbringen zu lassen."

„Dein Mann wäre davon wahrscheinlich überzeugt."

„Meinem Mann erzählen wir von alledem besser kein Sterbenswörtchen. Sonst holt der gleich die Polizei. Wenn sie überhaupt kommen, heißt das. Er ist schon bestens bekannt bei den Jungs."

Das konnte sich Chloe gut vorstellen. Doch etwas anderes beschäftigte sie im Moment mehr. Sie erinnerte sich nun, dass Marcus tatsächlich eifersüchtig auf seinen koreanischen Freund gewesen war: Auch Marcus hatte damals vermutet, dass sich Pak für Chloe interessierte. Sie wusste noch, wie er ihr einmal entnervt erzählt hatte, wie Pak ihn wieder über sie ausgefragt hatte. Alles habe er über sie wissen wollen. Auch wie sie wohne und was ihr Vater arbeite und ob er als kapitalistischer Bankier denn reich sei und so weiter. Sie hatte damals zumindest in Ansätzen gewusst, dass es um die Bank sehr schlecht bestellt war. Ob sie Marcus da eingeweiht hatte? Vermutlich. Damals hatte sie noch geglaubt, eine Frau solle vor dem Mann, den sie liebt, keine Geheimnisse haben. So naiv war sie gewesen.

„Kurz danach war er dann weg", fuhr Mirjam fort. „Das dürfte höchstens zwei, drei Wochen nach dieser Sache an der Aare gewesen sein. Vom einen auf den anderen Tag kam er nicht mehr in die Schule und keiner wusste, was aus ihm geworden war. Hatte denn Marcus nochmal Kontakt zu ihm?"

„Ich glaube, sie haben sich noch ein paar Briefe geschrieben, aber das war's dann. Kann sein, dass er mich mal von ihm hat grüßen lassen, weiß ich nicht mehr. Wir waren ja dann auch nicht mehr lange zusammen, und seitdem habe ich kaum noch Kontakt zu ihm gehabt."

Aber etwas war da doch noch. *Irgendetwas* habe ich vergessen …

Sie erreichten die Wohnsiedlung Matzenriedstraße. Ein Stück weiter unten heulte ein Motor auf. Ein dunkles Auto brauste zur Durchgangsstraße davon, bog nach rechts ab Richtung Autobahn.

Als Chloe ihren parkenden Wagen passierte, sah sie, dass ein weißes Blatt unter den Scheibenwischer geklemmt war, das sich vorhin noch nicht dort befunden hatte. Ein Strafzettel, der sie informierte, dass sie wegen „falschen Parkierens gebüsst" worden sei? Hier draußen? Um diese Zeit? Wohl kaum. Ohne dass Mirjam es merkte, zog sie das Blatt im Vorbeigehen heraus und steckte es in die Tasche.

Fünf Minuten später, im Badezimmer, holte sie es wieder hervor, entfaltete es. Darauf ein Foto. Ein Hund. Er sah so aus wie der Hund, den die ostasiatischen Männer vor der Bank bei sich gehabt hatten. Der Hund trug einen Maulkorb. Darunter war etwas geschrieben. In Blockbuchstaben. Drei englische Wörter: *Silence is life.*

London, Chelsea

„Bitte überprüfen Sie noch einmal Ihre Angaben. Um verbindlich zu buchen, klicken Sie auf ‚Bestätigen'."

Der Abend hatte sich nicht gut angelassen. Erst das verkorkste Telefongespräch mit ihrem partiell dementen, unverbesserlichen Trampel von Mann (von einem unbestechlichen Gedächtnis in Geschäfts-, Rechts- und Stiftungsfragen, partiell dement aber in Beziehungsangelegenheiten, jedenfalls was Cathy, nicht aber was tote Japanerinnen und dergleichen anging), dann hatte auch noch der eingesprungene Ersatzmann Jonathan angerufen und verkündet, dass er sich verspäten würde. Irgendwas von Terroralarm in Berlin und Flugverspätungen und verschärften Personenkontrollen hatte er berichtet; um ein Haar hätten ihn die deutschen Paragrafenreiter sogar dabehalten, da nach irgend so einem verdächtigen Briten gesucht wurde. Er bemühe sich aber, rechtzeitig zum Essen da zu sein, wenn es auch fürs Vorglühen im Quaglino's und wohl auch für den Champagnerempfang nicht mehr reichen würde.

Ja, sollte sie nun von aller Welt verlassen werden? Nein, noch hatte sie ihre Freundinnen. Und eine, ihre beste, hatte sie eingeladen, wartete auf sie. Und vielleicht wartete da noch jemand, selbst wenn er, an lebenserhaltende Maschinen angeschlossen, in seinem dämmrigen Dahinvegetieren gar nicht wusste, dass er wartete. Ihr klopfte das Herz. War es richtig, was sie zu tun im Begriff stand? So überstürzt? Und ohne dass Jeremy überhaupt davon wusste? Ja, das war es. Er hatte es verdient. Sie hatte es verdient. Sie klickte. „Vielen Dank, dass Sie sich für den Flug mit China Eastern entschieden haben."

Sie stand auf, ging zum Kühlschrank, um ihren Sieg mit einem Glas Chardonnay zu besiegeln, da klingelte das Telefon. Wehe, wenn Jonathan jetzt noch abzusagen wagte. Aber es war nicht Jonathan. Auch wenn es ähnlich konfus klang, was er zu sagen hatte. Nein: unvergleichlich konfuser. Irgendwas von Geheimdienst und einer Verwechslung und einer asiatischen Frauenleiche, über Einzelheiten dürfe er nicht sprechen, und die Sache sei so verwickelt, dass er die Details am Telefon nicht würde klären können, er bitte um Verständnis.

Verständnis, klar. Sie verstand schon: Er kam nicht nach Hause. Über den ganzen chaotischen Rest würde sie sich lieber kein Kopfzerbrechen machen, das endete nur in Migräneattacken. Ja, war er nun endgültig übergeschnappt, ihr Göttergatte? Klang fast so. War er betrunken? Betrunkene und kleine Kinder sagen die Wahrheit – zumindest über das, was in ihrem unreifen, unbewältigten Inneren vorgeht. War er wirklich so besessen von seinen asiatischen Frauenleichen? Dann konnte er ihr sowieso gestohlen bleiben.

„Die wollten mich in einem Hotel nebenan unterbringen, aber ich hab drauf bestanden, dass sie mich noch hierher zum Flughafen bringen. Leider hab ich es nicht mehr geschafft, im letzten Flug nach London um 20.45 Uhr unterzukommen. Dafür kriege ich wohl noch den Flug nach Zürich um 21.25." Und so weiter. Und Dr. Welti. Und verdächtige Geldflüsse in der Stiftung. Natürlich alles schlimmer als befürchtet. Die ganze Palette. Klar, dass man da keine Zeit hat für seine

Frau. Und so weiter. Und: „Ich liebe dich, Cathy. Ich komme nach London, sobald ich kann, versprochen. Mach dir eine schöne Zeit."

„Ist gut, Jeremy. Und du amüsier dich auch gut, unten in Zürich. Ich bin sicher, das machst du ohnehin. Sag deiner Chloe einen schönen Gruß von mir. Und, ach so, ehe ich's vergesse: Ich bin dann übrigens nicht mehr hier, wenn du herkommst, übermorgen oder nächste Woche, nächstes Jahr, wann auch immer. Ich sag es dir nur schon mal, weil es dir wahrscheinlich sonst nicht auffällt. Du kommst ja auch so bestens zurecht. Mach's gut, Jeremy Gouldens."

Schon hatte sie aufgelegt. Sie schlug mit der Hand auf den Tisch und brach in ein befreiendes schallendes Gelächter aus, das Minuten anhielt. Gut, vielleicht war es auch ein wenig ein hysterisches, ein bitteres Gelächter. Überhaupt, der Übergang war so fließend, dass weder sie noch ein Zuhörer, hätte es denn einen gegeben, zu sagen vermocht hätte, wo genau der Punkt des Umschlagens gewesen war. Aber er kam früh, eher nach Sekunden als nach Minuten des Gelächters. Und als sie schließlich aufhörte, hatte sie sich schon länger sehr gründlich und lautstark die Seele aus dem Leib geheult.

Doch die Entscheidung war getroffen. Kein Weg zurück. Jetzt musste sie nur zusehen, dass sie sich in der nächsten halben Stunde wieder hingeschminkt bekam. Schließlich hatte sie auch ihren Stolz. Gegenüber Jeremy. Gegenüber Jonathan. Smile, Cathy. Smile.

Berlin, Flughafen Tegel
Hektische Minuten lagen hinter ihm. Insgeheim war er froh gewesen, dass der letzte Flug nach London ausgebucht war und er sich in seinem emotional desolaten Zustand nicht auch noch mit Cathy konfrontieren musste. Noch froher war Jeremy, dass es noch einen Flug nach Zürich gab. Nach dem, was er von Korff erfahren hatte, war es umso dringender, möglichst rasch mit Dr. Welti zu reden. An das zweite Telefongespräch mit Cathy wollte er sich lieber nicht erinnern. Wie hatte sie ihre letzten Sätze gemeint? Na ja, die würde sich schon wieder einkriegen. Dr. Welti hatte sich da verständnisvoller gezeigt. Jeremy könne jederzeit heute Abend noch bei ihm auftauchen, hatte er gesagt, und wenn es ein Uhr in der Nacht sei. Und dass sich die Dinge, die er herausfinde, immer unglaublicher gestalteten, Jeremy

könne sich auf etwas gefasst machen. Davon jetzt lieber nichts am Telefon.

Unglaubliches von Dr. Welti. Unglaubliches zuvor von Walter Korff: über den Verdacht, dass es zwischen dem islamistischen Anschlag auf die chinesische Botschaft und dem versuchten Attentat auf die Borsig-Villa in der Tat eine ungeklärte Verbindung gab. Über die staatliche nordkoreanische Mafia, die, aus leitenden Militärzirkeln heraus, mit allem Geschäfte mache, was sich irgend zu Geld machen lasse. „Ich betone: mit *allem*. Wir sind dabei einem der denkbar übelsten Deals auf der Spur. Im Klartext – ich bin verrückt, wenn ich es Ihnen sage, aber wir reden hier im Vertrauen, versteht sich –: Offenbar handelt es sich darum, jenes ultrakapitalistische Geschäftsprinzip auch auf das Atomprogramm des Landes anzuwenden. Und beim Verschleiern des Ganzen scheint Ihre feine Century Bank dick die Finger mit drin zu haben. Wenn Sie Schaden von Ihrer untadeligen Stiftung abwenden wollen, tun Sie gut daran, sich eine andere Bank zu suchen. Ich fürchte allerdings, es ist bereits zu spät.“

Im Gegenzug hatte Jeremy zugesichert, die Geschäftsverbindungen der Stiftung unter die Lupe zu nehmen und Korff Bericht zu erstatten. Vermutlich handelte es sich bei alledem um die gleiche krumme Schiene, der nun auch Dr. Welti hinterherspürte. Heute Abend würde Jeremy Gewissheit haben. Noch vor Mitternacht.

London, Mayfair

„Großartig, diese scharf angebratenen Jakobsmuscheln! Willst du vielleicht probieren? Eine ist noch da.“

Der große Ballsaal des Dorchester Hotels war gut gefüllt. An den geschmackvoll dekorierten Tischen ringsum saßen Männer, teils im Smoking, teils im dunklen Anzug, und Frauen in allen möglichen Abendgarderoben von stilvoll-dezent bis megageschmacklos. Cathy warf einen Blick über den Saal und sah dann neidisch zu Jonathans Teller hinüber. Sie bedauerte ein wenig, dass sie sich stattdessen für die Fischfrikadelle aus geräuchertem Schellfisch mit Hummersoße und Gartenkresse entschieden hatte, die einfach nur seltsam fad und damit mal wieder schlicht *britisch* schmeckte. Es kostete sie daher etwas Überwindung, Jonathans Angebot abzulehnen, aber gerade bei einem so exklusiven Anlass empfand sie es als unschicklich, von fremden Tellern zu essen. Jonathan hatte da weniger Skrupel und so machte er sich gleich über ihren geräucherten Schellfisch her, als sie den kaum angerührten Teller zur Seite schob.

Aber der Wein, immerhin, war großartig. Ein chilenischer Sauvignon Blanc vom Weingut Miguel Torres. Ein wahres Feuerwerk aus tropischen Anklängen von Mango, Zitrone und Passionsfrucht.

Passionsfrucht … eigentlich ein seltsamer Name. Cathy war gerade nicht sonderlich nach Leidenschaft und deren Früchten zumute.

Wie das Essen, so ließ sich auch der Abend eher durchwachsen an. Jonathan hatte sich, wie angekündigt, verspätet; es hatte gerade so noch zu einem schnellen Glas Champagner gereicht. Auch wirkte er, wiewohl nach außen hin charmant wie stets, seltsam unruhig, und in der kurzen Zeit, seit sie hier waren, war er schon zweimal nach draußen gegangen, um zu rauchen oder zu telefonieren. Da war er fast wie Jeremy – immer unter Strom, immer angespannt, immer gab es wichtige Dinge, die diese Männer daran hinderten, einfach mal abzuschalten und sich um ihre weibliche Gesellschaft zu kümmern.

Wenigstens entschuldigte sich Jonathan jedes Mal mit diesem etwas verlegenen Lächeln – seinem *hübschen* Lächeln. Er war zweifellos höflicher und zuvorkommender, einfach angenehmer als Jeremy. Auf den sie immer noch eine Riesenwut im Leib hatte. Die sie loswerden musste. „Also, heute Abend, vorhin bei diesem zweiten Anruf, da war er völlig durch den Wind. Erzählte irgendwas vom deutschen Geheimdienst und einer Leiche und dass er heute Abend unbedingt noch zu diesem Dr. Welti in die Schweiz fliegen müsse."

„Ach ja? Klingt spannend. Geheimdienst? Leiche? Das interessiert mich jetzt, um ehrlich zu sein. Kannst du mir das genauer erzählen?"

Cathy gab sich alle Mühe, Jeremys Worte zu wiederholen, aber es hatte alles so wirr geklungen, und sie merkte, dass sie in ihrer Wut gar nicht richtig zugehört hatte. Wie wenn er ihr gegenüber seine Romanszenarien entfaltete. Da hörte sie auch nie richtig zu und verlor rasch den Überblick. „Na ja, er hat sich da offensichtlich alles Mögliche zusammengereimt, das kenne ich von ihm. Keine Ahnung, was davon stimmt. Die haben in Berlin eine asiatische Frauenleiche gefunden und sie irgendwie mit jemandem verwechselt und ausgerechnet der große Mister Gouldens sollte sie identifizieren und Klarheit in die Sache bringen, was ihm natürlich nicht gelungen ist. Und wegen alledem hat er den Flug nach London verpasst. Und weil er schon da war, haben diese komischen Geheimdienstleute ihm auch gleich erzählt, dass sie sich mitten in Ermittlungen zu allerlei krummen Ostasiengeschäften befinden, die wohl über die Schweiz laufen, und gefragt, ob er ihnen dabei helfen kann. Für mich klingt das wie eine Mischung aus Größenwahn und Paranoia. Ich meine, ein *Geheim*dienst ist doch dazu da, geheim zu sein! Die posaunen doch nicht aus, was sie über Geldwäsche und illegalen Uranhandel oder was auch immer wissen, oder?"

Jonathan hielt mitten im Kauen inne, schluckte, schüttelte den Kopf. „Sicher nicht." Er schob den immer noch halb gefüllten Teller von sich und tastete nach seiner Jacketttasche. Ihm stand heute der Sinn offenbar ebenfalls nicht nach fadem Fisch. „Na siehst du", fuhr Cathy fort. „Also, wenn du mich fragst, hat er in der Flughafenbar ein paar Whiskys zu viel gekippt und dann ist er zu seiner Chloe geflogen." Und da sie schon im Fluss war, rutschte es ihr einfach heraus, obwohl sie sich doch eine viel subtilere Herangehensweise zurechtgelegt hatte. „Meinst du, er hat was mit der, Jonathan? Du kennst sie doch beide. Hat Jeremy ein Verhältnis mit Chloe Bodmer?"

Jonathan, der schnell noch einen Riesenschluck Sauvignon Blanc genommen hatte, um den faden Fisch hinunterzuspülen, musste husten, bekam aber noch rechtzeitig die Hand vor den Mund. „Keine Ahnung, Cathy. Um ganz ehrlich zu sein, die zwei sind manchmal schon recht … na ja … *eng*. Gut, sie haben auch eng geschäftlich miteinander zu tun. Aber …" In seine Augen trat wieder der leicht verlegene Dackelblick. „… gleich kommt der nächste Gang, und ich müsste vorher dringend mal … Entschuldige mich bitte, bin auch gleich wieder da."

Er schnappte sich Handy und Benson & Hedges, und schon war er weg. Seufzend nahm Cathy noch einen Schluck. Der Wein schmeckte ihr jetzt nicht mehr ganz so gut. Passionsfrucht. Pah!

Berlin, Flughafen Tegel
Jeremy saß vor seinem Gate und wartete, dass das Boarding begann – der Flug nach Zürich sollte nun wieder etwas Verspätung haben. Da klingelte sein iPhone. Hatte sich Cathy beruhigt? Natürlich nicht. Und

selbst wenn: Die saß mit Jonathan beim Dinner, genoss ihren Abend und dachte nicht an ihn. Die Nummer des Anrufers war verborgen. Er nahm das Gespräch an. Nein, es war nicht Cathy.

Als er einige Minuten später auflegte, fing er endlich zu heulen an. Hier, mitten auf dem Flughafen, auf seiner Bank und unter Leuten, die jetzt allerdings fast alle verschwunden waren, da das Boarding begonnen hatte. Einsam blieb Jeremy sitzen und ließ die Tränen laufen. Sobald er sich einigermaßen beruhigt hatte, rief er Dr. Welti an und sagte privater Umstände halber für heute Abend ab. Übermorgen, gleich in der Früh. Der reservierte Schweizer zeigte sich enttäuscht, aber verständnisvoll. Auf alle Fälle werde er Jeremy heute noch sein Dossier mailen. Dann verließ Jeremy das Flughafengebäude und winkte ein Taxi heran. „Superior Mercure Airport Hotel", sagte er.

Etwas enttäuscht deutete der Fahrer geradeaus und erwiderte: „Dat is direkt da drüben. Da könntense eijentlich ooch jleich rüberloofen."

Jeremy, auf seinem Wackelpudding von Beinen, drückte ihm einen Zwanzig-Euro-Schein in die Hand. Er würde es drüben immerhin noch die Treppe hinauf schaffen müssen.

Bern-Oberbottigen

Chloe konnte nicht einschlafen. Sie musste ständig an das Foto von dem Hund denken. Der einen Maulkorb trug, damit er niemanden zerreißen konnte. Das Bild, mit dem man auch ihr einen Maulkorb verpassen wollte. Würde sie ihren Mund öffnen, so die unmissverständliche Botschaft, würde auch der Hund seinen Mund öffnen. Und wer wäre der Nächste? Mirjam? Oder doch gleich sie, Chloe?

Sie dachte an den Abend zurück. So viel hatte sie schon lange nicht mehr getrunken. Mirjam schien ja gut geeicht zu sein. Überschwang und Leichtsinn erstreckten sich bei ihr eben auf alle Bereiche. Gut, sie wiedergesehen zu haben. Sie hatten sich gleich verstanden wie früher, als wären die Jahre dazwischen nicht gewesen. Das zeichnet echte Freunde aus. Hätte sie Mirjam mehr sagen sollen? Sie in alles einweihen? Aber was wusste Chloe wirklich? Und was waren nur konstruierte Vermutungen, Spekulation? Außerdem – wie hätte sie Mirjam klarmachen können, dass auch sie womöglich bedroht war? Alle Hinweise hatte sie behandelt, wie sie die Paranoia ihres Mannes behandelte: gelacht. Dass Marcus so brutal gestorben war, war natürlich furchtbar, aber dass ihr selbst Ähnliches drohen konnte, bewegte sich für Mirjam in ihrer kindlichen Unschuldswelt außerhalb des Bereichs ihrer Vorstellung. Wieso sie? Sie hatte schließlich keinem Menschen etwas Böses getan. Chloe hatte nichts weiter vermocht, als der Freundin einzuschärfen, vorsichtig zu sein und sich bei ihr zu melden, wenn etwas Verdächtiges vorfalle. Aber schon bei dem Wort „verdächtig" hatte Mirjam wieder lachen müssen. Der Rest des Abends hatte sich dann mehr oder weniger darauf beschränkt, alte Anekdoten aus der Schulzeit auszugraben. Mirjam wäre vermutlich noch stundenlang so dagesessen, hätte gelacht, erzählt und Wein getrunken, aber Chloe, die die letzten Nächte sehr schlecht geschlafen hatte, war bald müde geworden und hatte sich für ihre Verhältnisse relativ früh ins Gästezimmer zurückgezogen, natürlich nicht ohne vorher ausgiebig zu duschen.

Und jetzt konnte sie wieder nicht einschlafen. Dachte an Dr. Welti, den sie heute Abend versetzt hatte. Dachte an Jonathan, der sein falsches Spiel mit ihr trieb und den sie zur Rede stellen würde, sobald er wieder in der Schweiz war. Dachte an Jeremy, der vielleicht schon in der Schweiz war und dem sie morgen irgendetwas würde erzählen müssen: am besten die Wahrheit, so schwer es auch war. Dachte an ihren kranken Vater, der ihr keine Hilfe sein konnte – jetzt, wo sie ihn so sehr brauchte. Dachte an den zerrissenen Körper von Marcus und an die brutal-animalische Zunge ihres rätselhaften Mitschülers Pak.

Irgendwann musste sie dann doch kurz eingenickt sein, denn als sie in Panik hochschreckte, hatte sie geträumt. Sie war mit Pak in einem großen Haus gewesen. Weit oben am Hang inmitten von Weinbergen, mit einem tollen Blick über einen See, der sich bis zum Horizont erstreckt. Oben scheint die Sonne und alles lacht, ihr Vater lacht, Mirjam lacht, Pak lacht und der andere Mann mit den Schlitzaugen auch. Aber dann hat Pak sie in den Keller geführt. Da ist es feucht und dunkel. Pak lacht immer noch. Mirjam lacht nicht mehr. „Ich hab dich gekauft", ruft Pak immer wieder, „ich habe dich gekauft!", und tanzt durchs Zimmer, in dem hoch der Schnee liegt, und dichter Schnee fällt von der Decke herab. Aber es ist kein Schnee, es sind wirbelnde Geldscheine, das ganze, dunkle Kellerzimmer ist mit Dollarnoten gefüllt. Und dann packt er sie, sein Eigentum, und steckt seine lange und unendlich immer länger werdende Zunge in sie hinein, bis sie würgen muss. Sie will schreien, aber sie kann nicht, ist sie doch kurz davor, an dieser schlangenhaften Zunge zu ersticken. Dann wird sie von dem anderen Mann mit Schlitzaugen weggerissen, plötzlich sind da viele Männer mit Schlitzaugen, und Beat kommt herein, blickt traurig, sagt: „Schäm dich, Chloe!", und beginnt die Dollarnoten aufzulesen.

Schweißnass, mit bis zum Hals pochendem Herzen lag sie da. Was sie eben durchlebt hatte, war kein Traum. Nicht *nur* Traum. Sie war *wirklich* noch einmal mit Pak allein gewesen. In diesem großen Haus mit Blick über den endlosen See. Mit dem dunklen Keller. Was war da geschehen? Und warum konnte sie sich nicht erinnern?

Berlin, Flughafen Tegel
Das Telefongespräch war Jeremy vorgekommen wie ein Anruf aus einer anderen Welt. Wieder und wieder rief er es sich ins Gedächtnis zurück. „Hallo, hier spricht Mie! Die Schauspielerin." Er war zusammengezuckt. „Mie? Sind Sie's wirklich? Ich dachte, Sie seien tot!" Ein amüsiertes, freies, befreites Lachen. Und dass es sich eine leicht schuldbewusste Färbung gab, war nur heiteres Spiel: „Ja, verstehe, entschuldigen Sie, dass ich mich nicht eher gemeldet habe, aber …"

„Nein, das war kein Vorwurf. Ich habe einen Moment lang *wirklich* gemeint, Sie seien tot."

Wieder dieses Lachen, nun gab es sich ein wenig verwundert. „Haben Sie denn schon mal eine Tote am Telefon sprechen hören?"

„Nein, natürlich nicht. Das heißt, ja, aber …" Das letzte Mal, dass er Yukikos Stimme gehört hatte, war in Form einer alten Maibox-Nachricht der Totgeglaubten und bald Mehr-als-nur-Tot*geglaubten* gewesen. „… ich hatte solche Angst! Und jetzt bin ich so froh. Aber ich kann es noch nicht fassen. Wo sind Sie? Noch hier in Berlin? Wir müssen uns treffen, unbedingt, sofort, bitte, ich *muss* Sie sehen, Sie wissen ja gar nicht, wie viel für mich daran hängt!"

Und dann hatte sie es ihm versprochen. Sie wolle sofort zu ihm kommen. Heute Nacht. Hinaus nach Tegel in die wenig spektakulären wohlhabenden Randbezirke des alten Westberlin. Jeremy hatte ihr den Namen des Hotels genannt, in dem Korff ein Zimmer für ihn reserviert hatte. Morgen konnte er immer noch in die Schweiz fliegen.

So saß er nun in der Bar des Flughafenhotels, wo er, nach drei Schultheiss-Pils und zwei Glenmorangie, auf alkoholfreies Hefeweizen umgestiegen war, um nicht wie Rick, alias Humphrey Bogart, in *Casablanca* zu enden, wenn er, emotional hochgradig aufgewühlt, der nächtlichen Wiederkehr seiner alten Pariser Liebe Ilsa Lund, alias Ingrid Bergman, harrt, und wartete auf seine rätselhafte neue – na ja, *Bekanntschaft* Mie. Die noch vor einer Stunde *vielleicht* tot gewesen war. Und jetzt lebte sie wieder und kam zu ihm. Hatte er ihr, irgendwie, auf eine rätselhafte, übersinnliche, menschenunverständliche Weise, vielleicht doch das Leben gerettet mit seiner Weigerung, die Tote aus dem Tegeler See zu identifizieren? Noch immer war er unruhig, noch immer wollte sich das entspannte Gefühl der Gewissheit, die klare Überzeugung, dass nun *alles gut* war, nicht einstellen. Er fühlte sich wie der ungläubige Thomas. Dass sie wiederauferstanden war, konnte er erst glauben, wenn er seine Hände in ihre Wundmale legen konnte. Nun ja, vielleicht nicht Wundmale. Um sie, an sie, in sie legen.

Es war ein traumartiger Augenblick, als sie in den Raum getreten kam. Mehr geschwebt als getreten. Aber sie lebte. Kein Engel. Keine Erscheinung. Sie war Körper. Sehr, sehr irdisch. Himmlisch.

Er konnte gar nicht anders, als ihr entgegenzurennen und sie zu umarmen. Lange, innig. Sie entzog sich ihm nicht. Legte ihm die Hände um die Hüfte, um den Rücken. Schmiegte sich an ihn.

Selig, die fühlen und glauben.

London, Chelsea
„Nun ja, gut, gegen einen kleinen Absacker hätte ich natürlich nichts einzuwenden, um ganz ehrlich zu sein."

Cathy zuckte zusammen. Hatte sie das soeben wirklich gesagt? Dass er gern noch auf ein Glas mit nach oben kommen könne? Und er besaß die Frechheit, darauf einzugehen? Dabei war sie eigentlich nur müde und wollte ins Bett. Na ja, nicht *nur* müde, wie sie sich eingestand. Sie war auch etwas beschwipst. Also gut: Sie war ganz gehörig beschwipst. *Pissed.* Und drittens war sie einsam. Viertens wütend. Fünftens eine Frau. Der allmählich das Leben davonlief.

„Ja klar, komm mit hoch, kannst dich gern an Jeremys Whisky vergreifen."

„Solange es nur sein Whisky ist …" Da war es wieder, dieses kleine, ein wenig hässliche, hechelnde Lachen. Sein *unangenehmes* Lachen. Sie bereute innig, ihn eingeladen zu haben. Aber für einen Rückzieher war es zu spät. Außerdem: Insgesamt war sie mit dem Verlauf des Abends zufrieden und so gesehen wäre es wiederum schade, ihn schon enden zu lassen. Die Ente in Honigkruste war hervorragend gewesen und hatte fast chinesischen Ansprüchen genügt, auch wenn Cathy sich bei den Beilagen hatte zurückhalten müssen, nicht nur wegen ihrer Linie, sondern auch weil sie bei Butterkohl Bedenken wegen Blähungen hatte. Und der begleitende blumig-würzige Burgunder, ein Volnay Premier Cru von 2005, hatte glänzend dazu gepasst, auch wenn Cathy normalerweise kaum Rotwein trank, weil sie davon rote Flecken im Gesicht und Kopfweh bekam. Das Mousse vom grünen Apfel mit Calvadoscreme war daraufhin genau das passende i-Tüpfelchen gewesen. Das sie auch einigermaßen damit versöhnt hatte, dass Jonathan noch etwa drei weitere Male nach draußen gerannt war. Der hatte heute echt Hummeln im Hintern.

„Zum Rauchen musst du aber auf den Balkon, klar?" Jonathan hatte das Taxi bezahlt, sie waren die Treppen hinaufgegangen, Cathy schloss auf und knipste das Licht an. Ihr trautes Heim. Ach ja.

„Gut, dann mach ich das gleich. Kannst mir schon mal einen Whisky einschenken." Sie beschloss, selbst lieber den Rest Chardonnay im Kühlschrank zu trinken. Sie mochte keine harten Getränke. Und Jeremys nach altem Aschenbecher schmeckende Whiskys schon gar nicht.

Das Gespräch mit Jonathan war nett, aber weder tiefschürfend noch ergebnisreich gewesen. Sie hatte sich erzählen lassen, was Jonathan über Jeremy und Chloe wusste, war sich aber sicher, dass er ihr etwas verbarg. So was spürt eine Frau. Er wiederum hatte alle möglichen Details über Jeremys Stiftungstätigkeit wissen wollen, hatte aber sichtlich entnervt aufgegeben, nachdem sie ihm wiederholt klargemacht hatte, dass sie sich für Jeremys dröge Geldangelegenheiten grundsätzlich nicht interessiere. Dafür hatte sie viel über den momentanen Stand ihrer Ehe geklagt. Dabei war ihr umso deutlicher geworden, dass sich etwas ändern musste. Die Situation war unhaltbar geworden, verlangte nach Lösungen. Den ersten Schritt hatte sie ja schon getan. Jonathan hatte mit höflichem Interesse zugehört, und auch wenn er nichts Substanzielles beizutragen gewusst hatte, war es doch erleichternd gewesen, einem männlichen Zuhörer ihr Herz ausschütten zu können.

„Dann fliegst du also wirklich schon morgen Abend nach Shanghai? Ohne jeden Abschied von Jeremy?" Jonathan war vom Balkon hereingetreten, hatte Handy und Benson & Hedges verstaut und nahm ihr gegenüber Platz. Sie nickte. „Ja, ich bin selbst überrascht, dass ich mich das getraut habe. Vielleicht war es etwas vorschnell, aber ich bin einfach auf diesen supergünstigen Last-Minute-Flug gestoßen und ich hab ja noch ein gültiges Jahresvisum, das aber in vier Wochen abläuft, und da wusste ich gleich: Entweder ich schlage zu oder es wird nichts aus der Sache. Da bin ich ja noch fest davon ausgegangen, dass Jeremy heute Abend nach Hause kommt. Direkt danach hat er angerufen. Du kannst dir vielleicht vorstellen, wie wütend ich war."

„Hast du ihm gesagt, dass du fliegst?"

„Na ja, ich hab's angedeutet. Aber er hat es gar nicht kapiert. Und ernst genommen sowieso nicht. Wenn er überhaupt zugehört hat. Der unsensible Trampel." Sie nahm einen hastigen Schluck. „Weißt du, wie das ist, wenn man von seinem Partner alleingelassen wird? Muss man da als Frau nicht … Ich meine, ist es dann manchmal nicht so, dass man sich einfach sehnt und dann … und dann …" Sie fühlte, wie ihr Tränen in die Augen stiegen. Cathy, nicht weinen. Nicht jetzt.

Und dann legte er ihr den Arm um die Schultern. Sie wehrte sich nicht, als er sie an seine breite, männliche Brust zog. Es hatte so etwas Tröstliches. Ein tröstlicher Freund. Es war schön, dass sie hier an seiner Schulter ruhen konnte, ohne Hintergedanken, ohne dass er sie gleich angrabschte oder so. Ohne das ganze erotische Durcheinander, das sie im Moment so endlos satthatte. Einfach die wärmende Nähe eines anderen Wesens spüren und nicht mehr so unendlich allein sein.

Als er sie dann küsste, war es ihr fast schon ein wenig zu viel.

Berlin, Flughafen Tegel
Und er küsste weiter, gierig, unersättlich; so anders, fern und fremd war sie ihm mit dem ersten Kuss noch gewesen, doch der Kuss hatte alles ertränkt, hatte triumphiert über alles unverständlich Fremde, hatte es hinweggespült und für immer vergessen gemacht, hatte ihre Münder verschmelzen lassen; die Münder immerhin, aber Münder

sprechen nur die Sprache des Anfangs. *Sa rang hae yo!* Mie war überall um ihn, über ihm, unter ihm, in ihm, so nah, aber doch immer noch nicht nah genug. Näher, immer näher, immer enger, bis es nicht mehr weitergeht, ein wilder Tanz der Begierde, ein Kreiseln, umeinander, aneinander, ineinander, das ihn schwindlig machte. Jeremy wollte in diesem wirbelnden Tanz, seinem unwiderstehlichen Sog, verschwinden, ertrinken, versinken, gab sich ihm hin, bis die Wellen über ihm zusammenschlugen, als gäbe es kein Morgen mehr. *Sa rang hae yo!* Aber zugleich, so sehr er sich ganz in Mie verlieren wollte, blieb er doch auch er selbst, ein wacher, denkender Mensch, mit einem Leben, einer Geschichte, ein Mann, der sich erinnerte, verglich.

Wie schüchtern sie doch zunächst gewesen war. Sich lächelnd zierend und passiv, wie damals Yukiko, die dann doch auf einmal so stürmisch und ernst hatte werden können, wenn sie ihm ihr *dai suki desu* ins Ohr flüsterte. Und stürmisch war auch Mie geworden, ein wahrer Taifun, der bald alles hinter sich ließ, was Jeremy von Yukiko je erlebt hatte. *Sa rang hae yo!* Seine erste Koreanischlektion, und sie schmeckte so gut! Es war, als sei Mie angetreten, ihm alles wiederzugeben, was ihm mit Yukiko genommen worden war, und es zu übertreffen. Yukiko, die, hatte sie ihre Zurückhaltung erst abgeworfen, zwar nie spröde und prüde gewesen war, sich aber nicht von ihrem Entschluss hatte abbringen lassen, jungfräulich in die Ehe zu gehen.

Jungfräulich, nein, jungfräulich war Mie nicht. Trotz der Ähnlichkeiten war sie nicht einfach eine Wiedergängerin Yukikos, und Jeremy war froh darüber. Auch *roch* sie anders. Yukikos Duft war mädchenhaft frisch gewesen, hatte ihn immer ein wenig an grüne Minze erinnert. Mies Geruch war wild, würzig und animalisch, eine Orgie aus Moschus und Patschuli, darunter dunkle Töne wie von Tabak und Leder, und er sog alles tief in sich ein, als sich ihre schweißgetränkten Leiber nun aneinander wälzten, einander tränkten, jeder den unstillbaren Durst des anderen – nein, nicht stillen, noch nicht, noch lange nicht – nur weiter anstacheln wollte. Yukiko war immer nur Verheißung gewesen, Vorspiel, ein Versprechen, das seiner Einlösung harrte, Knospe, Mädchen und Jungfrau bis zum Schluss; doch hier war Erfüllung, Frau, die reife, süße Frucht. *Sa rang hae yo!* Korea hatte Japan abgelöst, vollständig, für immer. Es war das, was ihm Yukiko nie gegeben hätte, nie hatte geben können; es war vielleicht das, was Yukiko hätte werden können, wenn sich nicht so viel Trennendes zwischen sie geschoben hätte; es war all das, was ihm mit Cathy immer gefehlt hatte, worauf er ein Leben lang vergeblich gewartet hatte, ohne es zu wissen, bis zu diesem Moment, da die Wogen über ihm zusammenschlugen, in ihm, in ihr, und alles explodierte, Wasserstoffbombe, Kernfusion. Wenn dieser Moment, dieser Urknall, nur zeitlos und ewig sein könnte! Wenn jetzt die Zeit stehenbleiben könnte, weil mit Lichtgeschwindigkeit diese Welle alles überrollt, alles Denken und Sein, alles Du und Ich, alle Vergangenheit und Zukunft, und mit ihr alles sich verwandelt in reine, strahlende, göttliche Energie.

Zürich

Dr. Welti drückte auf „Senden". Das, immerhin, wäre geschafft. Todmüde fuhr er seinen iMac-Computer herunter. Übermorgen war auch noch ein Tag. Da würde Jeremy Gouldens von ihm ganz schön was zu hören bekommen. Bis dahin würde er mit Weltis Dossier vorliebnehmen müssen, das zwar bereits alle wichtigen Indizien enthielt, aber in einer Form, die Gouldens vielleicht nicht sofort verständlich war. Urs Welti wäre heute Nacht nicht mehr in der Lage gewesen, umfassende Erklärungen beizufügen. Übermorgen war auch noch ein Tag.

Wenn er auch noch nicht alles durchschaute, so war er doch auf eine Spur gestoßen. Stiftungsgelder waren auf eine Weise verwendet worden, die den strengen ethischen Kriterien der Stiftungssatzung hohnsprachen. Und jemand hatte sich äußerste Mühe gegeben, das zu vertuschen. So große Mühe, dass kaum noch ein Zweifel daran bestand, dass die Gelder auf eine Weise eingesetzt worden waren, die ebenso auch im Widerspruch zur Schweizer Gesetzgebung stand.

Er putzte die Zähne, ging ins Bett, löschte das Licht. Halb im Einschlafen, schreckte er hoch, weil er glaubte im Hof ein Geräusch gehört zu haben. Schlich da wer über den Kies der Einfahrt? In den letzten Wochen hatte es in der Nachbarschaft wiederholt Einbrüche gegeben. Er schlüpfte in die Pantoffeln, nahm die Taschenlampe in die Hand. Dann öffnete er die Verandatür, leuchtete hinaus. War da ein Huschen am Geräteschuppen? „Isch dört öpper?" Doch alles lag still.

183

Er ging über knirschenden Kies zum Schuppen hinüber. Alles wie immer. Der Rasenmäher. Die Motorsense. Sein Velo für die Fahrten in der Stadt. In der Mitte, auf seinem Ehrenplatz, das funkelnde Mountainbike, für das Abenteuer im Schnee gerüstet. In ein paar Stunden musste er es nur noch verladen und dann nichts wie weg. Er schloss die Tür. Wahrscheinlich wieder die Katze des Nachbarn, die immer auf seinem Rasen ihr Geschäft verrichtete. Er würde vielleicht doch einmal mit rechtlichen Schritten drohen müssen. Immerhin war er Jurist. Und das Vieh hatte auf dem fremden Grundstück nichts verloren. Und dann killen sie die schönen Singvögel. Die zwitschernden Amseln. Eine Pest war das! Mit grollenden Gedanken kroch er zurück ins Bett.

Trotzdem: Er freute sich auf den Tag morgen und das Biken im Gebirge. Den Blick auf das über 4000 Meter hohe Allalinhorn. Und die rauschende Fahrt von dessen eisigen Hängen hinab in die Tiefe.

Berlin, Flughafen Tegel

Jeremy wachte früh auf, weil er glaubte, ein Geräusch gehört zu haben. Er lauschte in die Dunkelheit, die durch den Schimmer gelblicher Lichter von draußen zwar durchdrungen, aber nicht erhellt wurde. Er hatte sich geirrt. Was ihn geweckt hatte, war kein Geräusch gewesen, sondern die Stille. Kein Atmen neben ihm. Er tastete mit dem Arm, fand niemanden. War alles nur Traum, Vision, Rausch gewesen?

Er knipste das Licht an. Ein Rausch sicher. Aber auch Wirklichkeit. Das Bettlaken neben ihm war sorgfältig, auf Kante, zurückgeschlagen. Jeremy fuhr über die Stelle, wo sie gelegen hatte, und meinte, noch den Hauch ihrer Wärme zu spüren. Und da war auch ihr betörender Duft im Laken, im Zimmer, in seinem Haar. Aber sie war weg.

Er sprang auf. Es war noch nicht einmal halb sechs. Die Tür zum Bad stand offen, es war niemand darin. Auf dem Tischchen an der Tür lag ein Zettel. Die zierliche Schrift kannte er.

Entschuldige bitte, aber ich musste sehr früh los und wollte dich nicht wecken. Ich melde mich. Ich küsse dich! Mie. PS: Anbei neue Handynummer. Jetzt bin ich besser zu erreichen! Versprochen!

Wie benommen wankte er ins Bad, steckte den Kopf unter den Wasserhahn. Eiskalt brachte es ihn wieder zu Bewusstsein. Gott, was hatte er getan? Wie hatte es so weit kommen können? Natürlich war es schön gewesen. Schön, wie seit Jahren nicht mehr. Aber der Preis, der Preis! Für jede Sekunde der Lust würde er mit langen Stunden der Qual bitter bezahlen müssen. Das wusste er jetzt schon.

Teufel auch! War es das nicht wert gewesen? Und hatte es nicht so kommen *müssen*? Vielleicht. Doch jetzt galt es erst einmal, die Konsequenzen zu tragen. Sich den Folgen zu stellen. Wie ein Mann. Er wusste, was er zu tun hatte. Rasch schlüpfte er in seine Kleider, griff nach seinem Koffer, ging zur Tür. Nahm noch den Zettel, steckte ihn ein. Immerhin, er würde sie endlich anrufen können. Aber nicht jetzt. Nicht heute. Heute galt es zu retten, was noch zu retten war.

London, Chelsea

Cathy erwachte gegen halb acht mit stechenden Kopfschmerzen. Neben ihr schnarchte Jeremy. Laut, erschütternd. Wie immer. Typisch. Der einzige Haken an der Sache war, dass es nicht Jeremy war.

Siedend heiß schoss es ihr durch den Kopf. Verdammt, sie hätte gestern nicht so viel Burgunder trinken sollen! Sie schlüpfte aus dem Bett, schluckte drei Alka-Seltzer-Tabletten und verschwand im Bad. Und das heute, wo sie noch so viel vorzubereiten und zu packen hatte. Da brauchte sie einen schmerzfreien Kopf. Es reichte, wenn der Schmerz in ihrer Seele war. Gut, dass ihr Flug erst um 22.30 Uhr ging. 17 Uhr morgen war sie dann in Shanghai und hatte das Schlamassel hier hinter sich gelassen. Aber zuvor den Tag bewältigen.

Wie hatte das gestern nur passieren können! Hatte sie sich einfach abschleppen lassen wie eine betrunkene Sechzehnjährige. Gut, sie war in der Tat alles andere als nüchtern gewesen, hatte sich einsam gefühlt, Trost gesucht und, zugegeben, da war auch das wühlende Wollen gewesen, sich an Jeremy zu rächen. Tief hatte es sich in ihre Eingeweide gefressen und mit all den anderen Gefühlen von Lust, Frust, Trunkenheit und Alleingelassensein einen verhängnisvollen Emotionscocktail ergeben. Trotzdem fühlte sie sich beschmutzt und gedemütigt, und es kam ihr vor, als hätte sie sich letztes Endes mehr an sich selbst gerächt als an Jeremy. Du hast da eine selbstzerstörerische Ader in dir, die dir nicht guttut. Die musst du in den Griff bekommen, Cathy.

Dennoch: Letztlich war es alles Jeremys Schuld. Konnte man ihr, einer leidlich jungen, liebebedürftigen Frau denn einen Vorwurf machen, wenn sie so alleingelassen wurde? Kein Wunder, wenn die Hormone verrückt spielen. Du hast dir nichts vorzuwerfen, Cathy.

Dabei war es nicht mal gut gewesen mit Jonathan. Sie hatte sich nicht entspannen können, und er hatte eigentümlich lustlos gewirkt. Nein, nicht gerade, was seinen Körper, aber doch, was seine Emotionen anging. Wenn sie mit einem Mann zusammen war, wollte sie als Ganzes, als ganze Frau, begehrt werden, als Körper, Geist und Seele. Jonathan hatte zielstrebig die Erfüllung seiner Lust angesteuert und dabei alles andere beiseitegestoßen, erdrückend, brutal, fast reptilienhaft, mechanisch. Für sie war das zugleich irgendwie unwiderstehlich wie auch lähmend und abstoßend gewesen. Nichts, woran sie mit der süßen Erinnerung an vergangene Wonnen zurückdachte.

Es war das erste Mal, dass sie fremdgegangen war, seit sie in Shanghai eine Nacht mit Kim Park verbracht hatte. Auch da war es alles andere als geplant gewesen, es hatte sie vielmehr aus heiterem Himmel überwältigt, aber *daran*, an jene verwunschene Nacht, dachte sie jetzt mit Wehmut zurück. Damals waren sie und Jeremy noch nicht verheiratet gewesen. Jetzt waren sie es nicht mehr richtig. Sie merkte, wie sehr ihr Kim noch immer fehlte. Womöglich fehlte er ihr noch mehr als damals. Und schon übermorgen könnte sie an seinem Krankenhausbett stehen. Damals hatte er sie gerettet. Vielleicht würde nun sie ihn retten können, auf irgendeine geheimnisvolle Weise, sie wusste es nicht. Aber da war ein unwiderstehlicher Drang in ihr.

Sie wählte Cocos Nummer in Shanghai, konnte sie aber nicht erreichen. Dort musste es jetzt etwa drei Uhr nachmittags sein. Vielleicht war sie gerade mitten in einem Fotoshooting. Cathy hatte Coco ihre baldige Ankunft zwar schon per Mail mitgeteilt, aber da waren noch ein paar Dinge, die sie persönlich besprechen wollte. Etwa die Sache mit Kim. Vielleicht konnte Coco schon einmal nach ihm fragen.

Hatte ihr die Nacht mit Jonathan Klarheit gebracht? Höchstens in dem Punkt, dass Jonathan auch nicht der Richtige war und dass es von ihrer Seite her definitiv bei dem einen Ausrutscher bleiben würde. Jetzt wurde es außerdem Zeit, dass er ging. Schlief er noch immer?

Gähnend blickte sie in den Spiegel. Ringe unter den Augen und Falten im Gesicht. Sie sah aus wie eine alte Frau. Natürlich, sie hatte sich nicht nur in mehrfacher Hinsicht gehen lassen, sondern auch ausgesprochen schlecht geschlafen. Jonathan war „danach" natürlich gleich nochmal aufgestanden, um besagte Zigarette zu rauchen. Cathy hatte das als Erniedrigung empfunden. Wenn ihm die Zigarette wichtiger war als sie, konnte er ihr gestohlen bleiben! Am liebsten hätte sie ihn gleich, mitten in der Nacht, aus dem Haus geworfen, aber dazu fehlte ihr die Kraft. Dann war er noch nicht mal ins Bett zurückgekommen, sondern hatte sich an den Esszimmertisch gesetzt und gemeint, einen „finalen Absacker" zu brauchen. Als wäre er nicht schon abgesackt genug. Sie war irgendwann leicht eingenickt, hatte ihn aber immer wieder draußen rumoren hören, was sie irritierte. War das hier seine oder ihre Wohnung? Gut, es war, streng genommen, Jeremys Wohnung. Später war sie dann doch tief eingeschlafen, denn als sie das nächste Mal hochschreckte, lag Jonathan schnarchend neben ihr. Da war es mit ihrer Nachtruhe endgültig vorbei gewesen.

Sie stieg unter die Dusche. Das warme Wasser tat ihr gut. Natürlich hatte sie ein schlechtes Gewissen gegenüber Jeremy. Auch wenn sie fand, dass sie durchaus das Recht zu diesem Ausrutscher gehabt hatte, hätte sie nicht unbedingt davon Gebrauch machen sollen. Jeremy und mehr noch sich selbst zuliebe. Sie beschloss, ihn gleich anzurufen, sobald Jonathan endlich aus dem Haus war. Er sollte erfahren, dass sie nach Shanghai flog, alles andere wäre unfair. Natürlich würde sie nichts vom Vorgefallenen erzählen. Jeremy würde das am Ende womöglich noch „verstehen" – jedenfalls würde er das behaupten, aber was verstand er denn überhaupt? –, und das wäre im Grunde sogar das Verletzendste an der ganzen Sache. Ein richtiger Mann, der seine Frau liebt, würde denjenigen, der ihm Hörner aufgesetzt hat, zumindest krankenhausreif prügeln. Jeremy, das Weichei, würde alles vermutlich „unter Freunden regeln" wollen. Weil ihm eh nichts an ihr lag.

Jetzt könnte sie sich doch fast wieder über ihn aufregen.

Sie trocknete sich ab, zog sich an und ging in die Küche, Kaffee kochen. Hörte, wie sich der Schlüssel in der Wohnungstür drehte.

Saas-Fee
Urs Welti liebte die Berge. Er liebte Tage wie diesen, die klare, schneidende Luft, den blauen Himmel, die strahlend aufgehende Sonne und den glitzernden Schnee. Und er liebte es, mit dieser Geschwindigkeit

über die speziell präparierte Piste ins Tal zu rasen. Schon nach den ersten Metern war seine Übermüdung wie weggeblasen.

Es war bereits das dritte Mal, dass er am Glacier Downhill teilnahm. Und zum ersten Mal war auch Flori, sein Neffe, mit dabei, der sich schon seit Wochen „wie ein Schneekönig" auf dieses Event gefreut hatte. Und wie Schneekönige glitten sie dahin.

Vom Startpunkt an der Bergstation Allalin in fast 3500 Metern Höhe – dem Endpunkt der unterirdisch in den Berg gehauenen Standseilbahn Metro Alpin, die darum auch die „höchstgelegene U-Bahn der Welt" genannt wird – ging es über 1700 Höhenmeter die tief verschneiten Pisten hinab. Die schnellsten Fahrer erreichten dabei Geschwindigkeiten von über hundert Stundenkilometern und legten die Strecke in gerade mal achteinhalb Minuten zurück. Zu diesen gehörten Welti und sein Neffe allerdings nicht. Sie bewegten sich bald, recht nahe beieinander, irgendwo am Anfang des weit auseinandergezogenen hinteren Drittels des Fahrerfelds. Verhältnismäßig flache Passagen wechselten mit schwindelerregenden Steilhängen und jähen Kurven. Auf einem eher gemächlich fallenden Gletscherstück sauste Flori, der seinen Schwung besser zu nutzen gewusst hatte, an Welti vorbei.

Na warte, Bürschchen, dir werd' ich's zeigen!

Schon hatten sie den Bereich des Feegletschers verlassen, weiter unten kündigten erste Krüppelhölzer die nahende Baumgrenze an. Die Strecke wurde abwechslungsreicher und anspruchsvoller. Die Hänge schienen immer steiler, die Kurven enger zu werden, und Flori zog ihm mehr und mehr davon. Jetzt würde er ihn wohl nicht mehr einholen können. Sollte er sich etwa schon von der nächsten Generation überholen lassen? Dabei war Urs Welti erst einunddreißig. Bitter. Das durfte er sich nicht bieten lassen. Er legte sich in die nächste Kurve und bremste, seine Angst überwindend, nur ein ganz klein wenig.

Genau genommen bremste er überhaupt nicht.

Irritiert bremste er kräftiger – natürlich nicht so kräftig, dass er auf der glatten Strecke hätte ins Rutschen kommen können. Die Bremsen zeigten keinerlei Wirkung. Jetzt probierte er es doch heftig. Und noch heftiger. Bei diesem Bremsdruck hätte er sich eigentlich überschlagen müssen. Was womöglich besser gewesen wäre, als hier mit immer höherer Geschwindigkeit den Hang hinabzusausen. Unten näherte sich die nächste scharfe S-Kurve. Bedenklich nahe am Pistenrand.

Mit unheimlicher Geschwindigkeit raste er an Flori vorbei, der kurz den Kopf wendete und einen anerkennenden, erregten Lacher ausstieß. „Meine Bremsen!", brüllte er ihm zu, aber selbst wenn Flori das bei dem brausenden Fahrtwind gehört hatte, was könnte er tun? Wie durch ein Wunder schaffte er es irgendwie durch die Kurve, ohne *aus* der Kurve heraus und über den Pistenrand zu fliegen, aber nun folgte ein Steilstück, ein jäh abfallender Hohlweg; eine der Highspeed-Passagen der Abfahrt. Hier war es nirgendwo möglich abzubiegen und den Berg hinaufzufahren – die einzige Art und Weise, wie er sein Gefährt zu bremsen gewusst hätte. Das Rad schlingerte in den Spurrillen und er merkte, wie er die Kontrolle verlor. Unten eine zweite enge Kurve in den Ziehweg hinein, und nun war er definitiv zu schnell, und so trug es ihn über die Pistenabgrenzung, und dann überschlug er sich hoch in der Luft, rechts und links nichts als Schnee und Felsen, und fiel, über ihm der strahlende Himmel, unter und mit ihm der Abgrund.

Sein letzter Gedanke galt absurderweise Flori. Hatte er dem Neffen doch einen schönen Tag machen wollen. Und jetzt das. Aus dem Käsefondue später in Zermatt würde nichts werden; er hatte den Tisch im gemütlich-„urchigen" Restaurant Whymper-Stube umsonst reserviert.

Tolles Geburtstagsgeschenk, Urs!

Dann war sein Flug beendet, er schlug auf dem Fels des Tobels auf und der blaue Tag versank in bleierner Schwärze. Die Wucht des Aufpralls hatte sein Helm noch etwas zu lindern vermocht.

Doch nicht genug.

London, Chelsea

Jeremy war punkt acht Uhr westeuropäischer Zeit in Heathrow gelandet, nachdem es ihm in Tegel gerade noch geglückt war, einen Platz im ersten Flug nach London zu ergattern. Von dort nahm er den Heathrow Express, der ihn in einer Viertelstunde ins Zentrum brachte. Als er die Tür aufschloss, war es noch nicht einmal neun.

„Schatz, ich bin zurück! Hab einfach meine Termine in der Schweiz gecancelt, um heute bei dir zu sein." Was nicht in allen Punkten die *vollständige* Wahrheit war. „Hast du schon gefrühstückt?"

Sie trat aus der Küche und sah ihn mit einem sehr intensiven, sehr eigenartigen Gesichtsausdruck an. Es war kein Ausdruck der Freude. „Ich habe gerade Kaffee gekocht." Die Worte kamen langsam und sehr leise, als müsste sie jedes einzelne sozusagen mit vorgehaltener Waffe aus der Kehle stoßen. Der Gesichtsausdruck war noch immer undeutbar, aber es war kein Wiedersehensglück. Sigourney Weaver in *Alien* blickt manchmal ähnlich. Jeremy Gouldens, das unheimliche Wesen aus einer fremden Welt.

„Ich hatte dich nicht erwartet"; noch immer die tonlose Stimme.

„Ich wollte dich einfach überraschen. Hab mich nach dir gesehnt. Hab gedacht, du freust dich."

„Ich muss sagen, das … trifft mich etwas …" Sie ließ sich auf den Hocker neben der Küchentür fallen und griff sich an den Schädel. „Ich bin heute leider etwas unpässlich. Verdammte Migräne. Außerdem ist überhaupt nichts im Haus. Zum Frühstücken, mein ich. Kannst du vielleicht beim Bäcker um die Ecke noch eine Kleinigkeit holen?" Ihre Worte kamen nicht nur stockend, sondern da lag auch ein eigentümliches Zittern in ihrer Stimme. Was hatte sie nur?

„Klar, ich stell nur rasch meine Sachen ab." Jeremy öffnete die Schlafzimmertür und stieß zu seiner Überraschung mit jemandem zusammen, der von der anderen Seite her ebenfalls gerade auf dem Weg zur oder hinter die Tür gewesen war. Sein alter Freund. Jonathan.

„Morgen Jeremy. Was für eine Überraschung!"

„Jonathan, was *tust* du hier?" Sein Haar zerzaust, Hemd und Hosenladen offen, der Gürtel nicht geschlossen. Es war offensichtlich, dass Jeremy es nicht mit einem frühmorgendlichen Besucher zu tun hatte. Seine Frage hatte sich schon erübrigt, ehe er sie überhaupt ganz ausgesprochen hatte. Jonathan, was *tatest* du hier!

Hinter Jeremy war Cathy aufgesprungen, hatte ihn am Arm gepackt und aus dem Raum gezerrt. Plötzlich wieder voller Leben und brausender Energie. „Es ist nicht das, was du denkst." Ihre Stimme schrill, überschlug sich fast. „Was fällt dir überhaupt ein, unangekündigt hier reinzuschneien und eine Szene abzuziehen! Also überraschen wolltest du mich? Schöne Überraschung! Du solltest dich eigentlich um mich *kümmern*, für mich da sein – aber wenn man dich braucht, bist du nie da, und alles, was du hinbekommst, ist es, einen in genau dem Moment zu überraschen, wo man dich definitiv nicht braucht. Überhaupt, überraschen … sag mal, spionierst du mir jetzt auch noch nach oder was? Wie kann man nur so *krankhaft* eifersüchtig sein!"

„Moment, Cathy, bitte." Jeremy wandte sich zu Jonathan, der sich nun ein wenig geordnet hatte und zu ihnen hinaus auf den Flur getreten war: „Ich glaube, Freund, du hast das etwas missverstanden, als ich dir gesagt habe, du sollst dich um Cathy kümmern und freundlich zu ihr sein. Oder meinst du, du bist einfach nur ein wenig … wie soll ich sagen … *übereifrig* gewesen? *Zu* freundlich?"

Zur Antwort brachte Jonathan nur ein ehrlich verlegenes Lächeln hin. Als er endlich ansetzte, etwas zu sagen, kam ihm Cathy zuvor, die nur eben nochmal tief, tief Luft geholt hatte. „Ach, so ist das also? Ich soll hier also verkuppelt werden? Von meinem eigenen Mann? *Du* hast das alles eingefädelt? Damit du selbst ungestört mit deiner Chloe rumvögeln kannst?! Sag mal, wie schäbig kann man sein, Jeremy? Das ist doch das Allerletzte! Raus! Raus aus diesem Haus, alle beide! Ich glaub's einfach nicht! Oh, wie ich euch Männer *satthabe*!"

Als sich die Tür hinter Jeremy schloss, ertönte dahinter ein gellendes Aufheulen. Jonathan folgte etwa dreißig Sekunden nach ihm.

Zürich, Kappelergasse

Es gibt kein Land der Welt, das mehr Privatvermögen von Ausländern verwaltet als die Schweiz. Und kein Finanzplatz ist so groß wie der von Zürich. Die höchste Konzentration von Geld pro Quadratmeter befindet sich im Stadtkreis 1, dem Quartier zwischen Hauptbahnhof und Zürichsee, durch das die Bahnhofstraße hinunter zum Bürkliplatz am See führt. Auf der Bahnhofstraße und in ihren engen Seitenstraßen betreuen Schweizer Banken ungefähr sechs Billionen Franken. Über ein Drittel der grenzüberschreitend angelegten Privatvermögen der Welt, Offshore-Gelder genannt, sind in der Schweiz deponiert. Damit ist die Schweiz das größte Offshore-Finanzzentrum des Globus. Der Begriff „offshore" – vor der Küste – mag bei einem Land ohne Meereszugang irritierend wirken. Ursprünglich waren damit fern der Küste gelegene ehemals britische Inseln gemeint – was noch immer für Offshore-Paradiese wie die Kaiman- und die Jungferninseln gilt. Heute ist der Begriff eher juristisch zu verstehen und bezeichnet Finanzplätze, die durch die auf dem Festland der straffen Anlageüberwachung üblichen Rechtsnormen nur schwer zu erreichen sind. Und so kann auch die Schweiz plötzlich „vor der Küste" liegen. Jenseits der Reichweite der Finanzämter, Steuerfahnder, Geldwäschegesetze und anderer Einrichtungen, die verhindern sollen, dass Einzelne auf Kosten der Allgemeinheit ihre Schäflein ins Trockene solcher Offshore-Eilande bringen. Allerdings gestaltet sich die insulare Idylle der Schweiz längst nicht mehr so ungestört paradiesisch wie noch vor einigen Jahren und ein rauer Wind hat von der Küste her zu blasen begonnen.

Die in Zürich verwalteten Billionen vermochte die Verschärfung der gesetzlichen Regelungen allerdings bislang nicht aus der Bahnhofstraße zu vertreiben, auch wenn das eine oder andere Milliönchen mittlerweile auf versteckte Inseln und Oasen ausgewandert sein dürfte, wo das lauschige Offshore-Idyll intakt geblieben ist.

Verglichen mit anderen Vorzeigemeilen der Metropolen dieser Welt, wirkt die Zürcher Bahnhofstraße auf den ersten Blick verhältnismäßig unscheinbar. Doch ihre Anziehungskraft ist ungebrochen, nicht nur was die Reichtümer der Welt, sondern auch was die Menschen angeht, die mit ihnen ihre Geschäfte machen: Die Umsätze, die hier pro Quadratmeter Fläche gemacht werden, sind höher als an fast allen anderen Flecken der Erde.

Der prächtigste Ort an der Bahnhofstraße ist der Paradeplatz. An dem irgendwie seltsam verschoben wirkenden kleinen Platz entlassen die Tramwagen jeden Morgen ihre Fracht. Adrett gekleidete Herren im Businessanzug und Frauen im Kostüm wechseln dann in die Tram Richtung Bahnhof Enge oder zum Stauffacher hinter dem einstigen Arbeiterquartier, wo viele Wirtschaftsprüfungsgesellschaften ihren Sitz haben – und unter anderem auch die Treuhandgesellschaft Fiducia von Stirnimann und Welti. Geht man vom Paradeplatz weiter Richtung See und biegt in die nächste Straße links ein, gelangt man in die Kappelergasse. Dort befand sich, neben einigen anderen Banken und Finanzberatungsgesellschaften, seit nunmehr rund einem Dutzend Jahren auch der Sitz der noch recht jungen Century Bank Beat Bodmers. Und dort durchwühlte an diesem Morgen die rothaarige Bankierstochter Chloe in verzweifelter Suche das Büro ihres Vaters.

Chloe hatte gemeint, das Büro gut zu kennen. Wie wenig Überblick sie aber tatsächlich hatte, war ihr erst nach Beats Herzattacke klar geworden. Ordner, Regale, Akten, Ablagen, Tresore, Computer. Und wie es im Computer Bereiche gab, die mit speziellen Passwörtern gesichert waren, so hatte ihr Vater wichtige Papierdokumente zum Teil in Schließfächern im Tresorraum der Bank verstaut, zu denen sie die Schlüssel bisher nicht hatte finden können. Sie hatte Jeremy versprochen zu prüfen, ob es nicht Hinweise darauf gab, dass Beat verbotenerweise Konten nordkoreanischer Staatsbürger geführt habe. Doch wusste sie noch nicht einmal, wo sie mit der Suche anfangen sollte.

Zwei Stunden später wusste sie es immer noch nicht. Es war ja nicht so, dass sie unter den penibel alphabetisch geordneten Akten einfach nur unter „N" den entsprechenden Ordner hervorzuziehen oder im Computer den Suchbefehl „Nordkorea" oder „Kim" einzugeben brauchte. Anzunehmen war vielmehr, dass besagte Personen ihre Konten unter anderen Namen eröffnet hatten, mit gefälschten Pässen fremder Staatsangehörigkeiten. Da kämen dann natürlich alle möglichen Länder in Frage. Selbst wenn sie sich auf den ostasiatischen Raum beschränkte, hätte sie schon etwa drei Viertel der Kontakte der Bank zu prüfen. Ein hoffnungsloses Unterfangen. Sie entschied, mit den *koreanischen* Kontakten anzufangen. Für einen Bürger des Nordens war es vielleicht am leichtesten, sich für einen Südkoreaner auszugeben; da gab es immerhin von den Namen und der Sprache her keinen Unterschied. Da sie zudem wusste, dass die meisten nordkoreanischen Bankenverbindungen mit der übrigen Welt ihren Weg über den Offshore-Finanzplatz Macao nahmen, schränkte sie die Suche weiter ein – auf Koreaner mit Verbindung nach Macao. Auch wenn sie verschiedene Indizien fand, die darauf hinwiesen, dass sie hier auf eine heiße Spur gestoßen sein könnte, verlor sie doch bald wieder den Mut: Um das alles durchzusehen und aufzuarbeiten, würde sie Tage, wenn nicht Wochen benötigen. Zeit, die sie nicht hatte.

Sie beschloss, erst einmal eine Zigarette zu rauchen. Dabei bemerkte sie, dass sie ihre „Eve 120" im Wagen liegen gelassen hatte. Sie war am Morgen in aller Frühe – Mirjam hatte noch geschlafen – von Bern aufgebrochen und nach Zürich gefahren, wo sie ein ganzes Stück vom Bankgebäude entfernt geparkt hatte. Sie hatte keine Lust zurückzugehen – und womöglich auf die Männer mit dem Hund zu stoßen, von denen am Morgen, Gott sei Dank, nichts zu sehen gewesen war. Da fiel ihr ein, dass ihr Vater immer eine Stange seiner geliebten „Yves Saint Laurent"-Mentholzigaretten im Büro verstaut gehabt hatte. Eine von denen würde es jetzt auch tun. Aber wo waren sie? Sie öffnete eine Reihe von Schubladen unter seinem Schreibtisch, die sie bisher noch nicht durchgesehen hatte. In der untersten fand sie, was sie suchte. Eine frisch angerissene Stange Mentholzigaretten.

Aber sie fand noch mehr. Darunter lag eine Zeitung. Mit Datum vom Februar; genau der Tag, an dem ihr Vater seinen Herzinfarkt erlitten hatte. Warum stopfte ihr Vater eine neue Zeitung in seinen Schreibtisch? Sie zog die Zeitung hervor.

Ach so: Um etwas zu verdecken. Es ging nicht um die Zeitung. Aber aus der gefalteten Zeitung rutschte etwas. Ein Foto. In Farbe.

Mit Sicherheit kein Foto der Polizei. Das Blut war frisch, es strömte. Das war kein Foto einer zerstückelten Leiche, die mehrere Tage lang dagelegen und zu verwesen begonnen hat. Das war eine *frische* zerstückelte Leiche, die Hunde hatten ihr grausiges Werk soeben erst verrichtet. Mann, oh Mann, die hatten den ja regelrecht *ausgeweidet*. Nur das Gesicht war relativ unversehrt geblieben. Chloe erkannte sofort die etwas gealterten, entseelten Züge ihres ehemaligen Jugendfreundes Marcus, obwohl sie jetzt im Tod, der ihn ja nicht direkt schmerzfrei ereilt hatte, völlig verzerrt waren. Darunter, in ungelenken Blockbuchstaben: *Next time your daughter. Silence is life.*

Chloe schloss die Augen, aber das scheußliche Bild hatte sich ihr unauslöschlich eingebrannt, in die Netzhaut, ins Gehirn, die Seele. Kein Wunder, dass Beat einen Herzinfarkt bekommen hatte. Und sie? Immerhin war sie fast dreißig Jahre jünger und hatte noch ein starkes Herz. Auch wenn es nun jeden Moment zu zerspringen drohte.

London, Chelsea
Jeremy hatte sich in ein Café am Sloane Square gesetzt, in das er regelmäßig und gerne ging, um dort einen Tee mit gebutterten Scones zu genießen. Heute war es allerdings das erste Mal, dass er dort saß, weil man ihn zu Hause ausgesperrt hatte. Er wusste, dass er mit Cathy in diesem Zustand nicht würde reden können. Er ging aber davon aus,

dass sie sich in einer oder zwei Stunden so weit beruhigt haben würde, dass er zumindest die Wohnung wieder betreten konnte.

Der Abschied von Jonathan war knapp und einsilbig gewesen. In den nächsten Tagen, in der Schweiz, würde es „eine Aussprache unter Männern" geben. Ihre geschäftlichen Beziehungen über Bank und Stiftung waren das eine – Jeremy war nüchtern genug, das vom Persönlichen zu trennen –, ihre menschliche Beziehung indes hatte durch das Vorgefallene einen mehr als heftigen Schlag erhalten. Jeremy war nicht sonderlich nachtragend. Aber er hatte klare Vorstellungen davon, was eine Freundschaft ausmachte und was man von einem Freund erwarten konnte. Und wann ein Freund eben kein Freund mehr war.

Während er so dasaß, an seinem Tee mit Milch nippte und nachdachte, versuchte er mehrmals, Dr. Welti telefonisch zu erreichen, bis ihm einfiel, dass der wahrscheinlich gerade auf seinem Mountainbike durch den Schnee brauste. Dann probierte er es bei Chloe, sprach auf die Mailbox und bat um einen Rückruf. Am späten Nachmittag würde er bereits in Zürich sein. Aus einem spontanen Impuls heraus wählte er schließlich noch die Nummer des Nordkoreaspezialisten F. A. Schliermeyer, die ihm Walter Korff gegeben hatte. Mit ihm entspann sich ein längeres Gespräch, das damit endete, dass die beiden noch für den gleichen Abend ein Gespräch in Zürich vereinbarten, wo Schliermeyer, der sich gegenwärtig eigentlich in Bern aufhielt, am Nachmittag einen Termin bei einer Zeitung hatte.

Gegen halb elf begab er sich mit klopfendem Herzen zurück zu seiner Wohnung. Um nicht wieder zu überraschend zu kommen, klingelte er. Als sie nicht öffnete, klopfte er. Erst als Cathy noch immer nicht reagierte, schloss er auf. Immerhin war der Riegel nicht vorgeschoben. „Schatz, ich muss eben ein paar Sachen holen", rief er und begab sich in sein Arbeitszimmer. Vom Schlafzimmer her ertönte eine Art Grunzen oder Schluchzen, das er als Einverständnis wertete. Immerhin.

Er fuhr den Computer hoch, um seine Mails zu checken. Dr. Welti hatte ja versprochen, ihm ein Dossier mit Informationen zu seinen bösen Vermutungen zu schicken. Die bange Erwartung dieser Mail erfüllte Jeremy mit neuen Beklemmungen, aber natürlich durfte er sich jetzt nicht davor drücken, nur weil bei ihm der Haussegen mehr als nur schief hing. Normalerweise bekam Jeremy alle E-Mails seiner Privatadresse automatisch auf sein Smartphone weitergeleitet, aber seit er vor zwei Wochen ein neues iPhone gekauft hatte, gab es ein Synchronisationsproblem, und er hatte noch nicht die Muße gefunden, sich darum zu kümmern, und natürlich hatte er vergessen, sich das Passwort zu notieren, um seine E-Mails online beim Provider direkt checken zu können. Jeremy war zu alt, um ein *digital native* zu sein, und er hatte auch keine Ambitionen in diese Richtung. Er schätzte die modernen Technologien, wenn sie funktionierten, und war schnell entnervt und hilflos, wenn sie es nicht taten.

In seinem Mailordner hatte sich neben allerhand Werbung eine Reihe von Nachrichten angesammelt, aber eine Mail von Welti war nicht darunter. Sicherheitshalber sah er auch noch auf seinem Server beim Provider nach, da dort in letzter Zeit wiederholt Mails im Spamfilter hängengeblieben waren. Nichts. Heimlich war Jeremy über das Ausbleiben der Mail erleichtert, obwohl er wusste, dass es ihn eher beunruhigen sollte. Nun konnte er zumindest *das* noch einen Tag von sich wegschieben, bis er sich morgen mit Welti traf.

Ärgerlich machte ihn allerdings eine Meldung, die nach dem Log-in am Bildschirm erschien und die er beinahe übersehen hätte: „Guten Tag, Jeremy Gouldens. Ihr letzter Log-in: heute 01.13 Uhr." Was bedeutete, dass ihm Cathy mal wieder hinterhergeschnüffelt hatte. Es war nicht das erste Mal, dass sie sich bei ihm einloggte, um seine Mails zu kontrollieren. Jeremy wusste, dass ihre Eifersucht dazu tendierte, krankhaft zu sein – aber dass sie in der gleichen Nacht, in der sie mit seinem Freund schlief, nachsehen ging, ob er nicht mit anderen Frauen *Mail*verkehr gehabt hatte, verschlug ihm die Sprache. Er musste sie deshalb zur Rede stellen. Aber sicher keine gute Idee, das gerade jetzt zu tun. Jetzt hatte er sich mit noch schwerwiegenderen Belastungen ihrer Beziehung zu konfrontieren. Er suchte die Unterlagen zusammen, die er für die Schweiz brauchte, dachte auch daran, den Zettel mit sämtlichen Online-Passwörtern einzustecken, den er immer parat unter der Schreibtischunterlage liegen hatte, und packte alles in seine abgewetzte rotbraune Aktentasche aus weichem Pferdeleder. Dann holte er tief Luft und klopfte an die Schlafzimmertür.

„Dann komm halt rein." Erleichtert drückte er die Klinke herunter. Cathy saß auf dem Bett, das Gesicht noch immer verweint, mit herabhängenden Mundwinkeln, die sie zehn Jahre älter aussehen ließen. Aber sie wirkte gefasst. Vor ihr ein großer Koffer, den sie zu zwei Dritteln mit Kleidungsstücken gefüllt hatte. Auf Bett und Zimmerboden verteilt weitere Kleiderstapel. Eine Vorauswahl, von der es angesichts der begrenzten Kapazität des Koffers nur noch ein kleiner Teil auch in die Endrunde schaffen konnte.

„Du willst doch nicht etwa ausziehen?" Die Frage hatte humorvoll klingen sollen, was aber der große Kloß in seiner Kehle verhinderte.

„Ich will *verreisen*, Jeremy." Sie sah ihn angespannt, trotzig an.

„Was? Wohin denn? Warum hast du mir das nicht gesagt?"

„Weil ich keine Gelegenheit dazu hatte. Weil *du* verreist warst. Und so selten, wie du hier vorbeischaust, dürfte es dir ohnehin kaum was ausmachen, wenn ich mal ein paar Wochen verschwinde. Vielleicht hättest du es ja gar nicht mal gemerkt, dass ich weg bin."

„Wo soll's denn hingehen?" Seine Kehle war ausgetrocknet.

„Ich fliege noch heute zu Coco nach Shanghai. Ich brauche eine Auszeit. Muss zur Besinnung kommen. Entscheidungen treffen. So kann es nicht weitergehen. Ich brauche einen Mann, zu dem ich Vertrauen haben kann. Der für mich da ist. Mit dem ich eine Familie gründen kann. Der sich nicht ständig mit anderen Frauen herumtreibt. Und ich glaube mehr und mehr, dass du dafür nicht der Richtige bist."

„Cathy, wirklich, glaub mir, ich treibe mich nicht mit Chloe herum. Ich bin gekommen, damit wir uns aussprechen, alles auf den Tisch bringen, uns zusammenraufen. Deinetwegen habe ich ein wichtiges Meeting in Zürich sausen lassen." Jeremy hatte aufrichtig sein wollen, und er war Anwalt genug, um zu wissen, dass er im juristischen Sinn die Wahrheit sagte, dennoch war es nur die halbe Wahrheit: Er hatte sein Treffen mit Chloe auf den frühen Abend *verschoben*, ja, und sie war es nicht, mit der er sich *herumtrieb*, und das Einzige, was fast die ganze Wahrheit gewesen wäre, war, dass er um einer aufrichtigen Aussprache willen hergekommen war – aber eben weil der Rest nicht stimmte, konnte die nun auch nicht mehr ganz aufrichtig werden.

Cathy zog verächtlich die Mundwinkel herab. „Ja, die Leier kenne ich – immer ist es etwas Wichtiges, was dich davon abhält, bei mir zu sein. Wenn du dann mal etwas absagst, ist es gleich das Wichtigste auf der Welt und ich muss dir endlos dankbar sein. Dabei sagst du alles nur, damit ich mich schuldig fühle. Du erträgst neben dir keine starke Frau, die ihr Leben in die Hand nimmt. Du bist ein Schwächling, innerlich zerrissen, bekommst nichts auf die Reihe. Such dir deinen Trost ruhig bei anderen Frauen, die dir Honig um den Mund schmieren und dich dabei doch immer nur ausnehmen in deiner entsetzlichen Naivität und Unsicherheit. Du kannst mir noch dankbar sein, dass ich offenbar die Einzige bin, die dir je reinen Wein einschenkt."

„Cathy, nochmal: Ich habe dich nicht mit Chloe betrogen."

„Ist gut. Ich glaube dir sogar. Mir ist im Grunde auch egal, mit wem du mich betrügst. Aber glaub mir – eine Frau spürt das, wenn ein Mann sie betrügt. Mir kannst du nichts vormachen, Jeremy. Pass auf, dass du dir keine ansteckenden Krankheiten einfängst."

Das kam so verletzend – in jeder Beziehung „unter der Gürtellinie" –, dass ihm keine Antwort einfiel. Glaubte sie denn, er hure wild in der Gegend herum? Zeit, in die Offensive zu gehen. „Und du? Du betrügst mich etwa nicht? Was war das mit Jonathan heute Nacht?"

„Nenn es, wie du willst. Ich war betrunken. Ich war einsam und alleingelassen. Es war etwas rein Körperliches. Ich empfinde nicht das Geringste für deinen Freund. Es war, so gesehen, ein Fehler."

„Aha." Jeremy setzte an, um nach versöhnlichen Worten zu suchen, aber sie kam ihm zuvor: „Trotzdem war es mit Abstand der beste Sex, den ich seit langem gehabt habe."

Er wollte auffahren, dann begriff er, dass sie das nur sagte, um sich vor sich selbst zu rechtfertigen. Und weil sie nicht wollte, dass er ihr verzieh, weil er dann bei ihr zugleich den Eindruck erwecken würde, es mache ihm nicht sonderlich viel aus, wenn sie mit einem anderen schlief. Cathy war kompliziert, aber hinter einen Teil der Kompliziertheiten hatte Jeremy mit den Jahren zu blicken gelernt. Sie wollte den Streit und die große Szene, einfach um zu sehen, wie wichtig und bedeutsam sie einander waren. Daher sagte er ruhig: „Du weißt selbst, wie hässlich es ist, wenn du so über unsere Beziehung sprichst."

„Es war mit Abstand der beste Sex, den ich seit langem gehabt habe", wiederholte sie, jedes Wort betonend, sah ihm dabei trotzig ins Gesicht. Senkte dann den Kopf. „Jedenfalls seit etwa zwei Wochen." Jeremy war viel unterwegs gewesen und sie hatten seit mindestens zwei

Wochen nicht miteinander geschlafen. Dann hob sie wieder den Kopf. „Nicht meine Worte sind es – das Leben ist hässlich, Jeremy."

Er dachte an die letzte Nacht, seinen Rausch, das selige Versinken, seinen Wunsch, nur noch im Augenblick zu verweilen und dafür alle Zukunft untergehen zu lassen. Nein, es war nicht hässlich, das Leben. Nur unerbittlich. Und in seinem heftigen Schwanken manchmal kaum zu ertragen. Wenn es einen zu Entscheidungen zwang, die wirklich hässlich waren. „Und du glaubst, in Shanghai ist es weniger hässlich?"

„Ich kann mir kaum einen Ort vorstellen, wo das Leben hässlicher wäre als hier in London. Mir reicht's – ich hab endgültig die Schnauze voll von dir, von diesem Land, von all deinen Geschichten."

Du verzogenes Gör, am liebsten würde ich dir jetzt tausend andere Orte auf der Welt an den Hals wünschen, die hässlicher sind, dachte Jeremy in einer plötzlichen Wutwallung. Guantánamo. Die Konzentrationslager Nordkoreas. Laut sagte er: „Und wann wirst du wiederkommen – ins ach so hässliche London?"

„Ich weiß es nicht, Jeremy. Ich weiß nicht, ob ich wiederkomme."

Er sah sie an. Sein Herz klopfte. War es schon so weit gekommen? „Dann ist es also aus?" Die Frage erschien ihm unpassend und krumm, aber er musste sie einfach stellen, schon um ein Nein zu hören.

„Ich weiß es nicht, Jeremy. Ich weiß es wirklich nicht. Aber ich kann es dir sagen, *wenn* ich aus Shanghai zurückkomme."

Jeremy wollte vor ihr zu Boden sinken, sie bitten und anflehen, ihrer Ehe noch eine Chance zu geben, er wollte sie umarmen und ihr versichern, dass alles wieder gutwerden würde, dass er sich bessern und ein anderer Mensch werden wolle. Dass sie immer noch ein gutes Paar und gute Eltern werden könnten, und wenn sie es so machen müssten wie Madonna und ihre Kinder in Malawi adoptierten. Aber er konnte es nicht. Nicht nach dem, was letzte Nacht passiert war. In Berlin. Nicht in London. Was in London passiert war, bedeutete sogar eher eine Art Entlastung. Es nahm ein Stück der drückenden Schuld von ihm. Fast, als hätte er seine gerechte Strafe schon erhalten. Er wusste aber, dass seine Strafe nun überhaupt erst begann.

Also sagte er nur: „Ist gut, Cathy. Pass auf dich auf. Sag Coco einen Gruß." Er griff nach ihrer Hand, drückte sie fest, sah ihr noch in die Augen, wandte sich zum Gehen.

Ihr verwunderter – *verwundeter* – Blick sagte ihm, dass auch sie erwartet hatte, dass er ihr noch einmal um den Hals fiel und alles tat, um sie zu halten – alles, was er mit Sicherheit gestern noch getan hätte. Aber heute konnte er das nicht mehr. Die Tür fiel hinter ihm ins Schloss und es war zu spät, sich umzudrehen.

Berlin, Chausseestraße

„Und wie geht es jetzt weiter?" Dr. Friedrich Fels war aufgestanden und schritt, die Arme hinter dem Rücken verschränkt, mit steif wirkenden Bewegungen um seinen Schreibtisch herum.

Korff zündete sich eine neue f6 an. „Tja, hier in Deutschland dürfte es jetzt erst einmal ruhig werden. Die Gespräche in der Borsig-Villa sind gelaufen; immerhin mit dem Ergebnis, dass die Unterredungen unter Einbeziehung Südkoreas zu einem späteren Zeitpunkt in Pjöngjang fortgesetzt werden sollen. Trotz der bedauerlichen Zwischenfälle bleibt also die Chance gewahrt, dass die Verhandlungen wieder in Gang kommen. Und die Sache mit der Toten im Tegeler See, der Zusammenhang mit dem Borsig-Treffen, ist weitestgehend vertuscht worden – nichts, was für unnötige internationale Verwicklungen sorgen könnte. Auch die pikante Verbindung der Islamisten zu den Nordkoreanern ist bislang nicht über die Geheimdienste hinausgedrungen. Die Polizei sucht weiterhin nur nach schlitzäugigen Westchinesen – bisher ergebnislos. Weiß gar nicht, ob diese Uiguren überhaupt Schlitzaugen haben. Jedenfalls finden die bestimmt niemanden mit so schönen Mandelaugen wie unsere Tote im See."

„Sie meinen, sie hat auch den Anschlag auf die Botschaft verübt?"

„Das Muster ist jedenfalls das Gleiche: eine schwarze Gestalt, die durchs Wasser kommt oder verschwindet. Ob dieselbe Person oder nicht: Mit Sicherheit stecken die gleichen *Leute* dahinter."

„Das hieße: Was immer das islamistische Bekennervideo zu bedeuten hat, letztlich haben wir es tatsächlich mit Nordkoreanern zu tun, die es auf Landsleute abgesehen hatten? Und das bei Bürgern eines Staates, der nach außen hin wirkt wie von eisernen Hand so straff regiert, dass es nicht einmal nennenswerte Kriminalität gibt – von den Verbrechen des Staates an seinen Bürgern jetzt einmal abgesehen?"

„Tja, in Nordkorea scheint sich gegenwärtig eben einiges im Umbruch zu befinden. Ich kenne das Land nun schon Jahrzehnte und seither hat sich dort so manches verändert, besonders seit dem Ende der Sowjetunion. Ich kann nur sagen: Unter Großpapa Kim Il Sung hätte es dergleichen wohl nicht gegeben. Aber spätestens seit sein Enkel am Ruder ist, gibt es zunehmend Grabenkämpfe zwischen Militärs und der Diktatorendynastie. Der junge Diktator scheint mit allen Mitteln zu versuchen, keine interne Opposition innerhalb des Führungsapparats aufkommen zu lassen, und da sind Hinrichtungen das probate Mittel. Aber damit verbreitet man nicht nur Angst und Lähmung, man schürt auch Hass. Aus meinen besagten alten Quellen weiß ich, dass in Pjöngjang intern ein heftiger Machtkampf tobt, dessen Ausgang völlig offen ist. Und unser Puppenspieler sitzt da mitten im Zentrum."

„Und diese Spannungen im Machtapparat setzen sich bis in die diplomatischen Vertretungen und Auslandsdelegationen fort?"

„Exakt. In diesem Zusammenhang finde ich es interessant, dass der Anschlag auf die chinesische Botschaft ausgerechnet am Geburtstag Kim Jong Ils stattgefunden hat – unser wohl doch nicht so dummer Freund Gouldens hat mich darauf gebracht, dass es hier eine Verbindung geben dürfte. Geburtstage der Führer werden in Nordkorea gerne genutzt, um Zeichen der nationalen Größe zu setzen. Denken Sie nur an den international verurteilten Teststart einer Taepodong-2-Interkontinentalrakete aus Anlass des hundertsten Geburtstags von Kim Il Sung 2012. Wenn also die reaktionäre Clique des Puppenspielers hinter dem Anschlag steckt, dann sind die Ereignisse vom 16. Februar einerseits als Affront gegen den jungen Führer und seine Reform- und Annäherungsbemühungen zu deuten und umgekehrt eben als eine Art Hommage an seinen Vater, unter dem für diese reaktionären Kader noch alles in Ordnung war, während nun sein Sohn genau diesen Gruppen, die unter Kim Vater gelebt haben wie die Made im Speck, den Kampf angesagt hat. Im Übrigen habe ich aus verlässlicher Quelle die nur auf den ersten Blick überraschende Information, dass Kim Jong Il, der große Verfechter der *Juche*-Autarkie, kein Land so *hasste* wie den dominanten großen Bruder China, der ihn wiederholt empfindlich gedemütigt hat. Das macht es plausibel, dass seine Getreuen gerade die chinesische Botschaft als Ziel gewählt haben.

Der neue nordkoreanische Botschafter in Berlin wiederum ist ein junger Mann, ein Mann Kim Jong Uns. Die zugereiste Verhandlungsdelegation hat sich zusammengesetzt teils aus besagten Hardlinern der alten Garde, die keinerlei Veränderungen wollen, teils aus den Leuten des jungen Kim, die wohl zumindest behutsame Reformen anstreben und die Wiederaufnahme des Entspannungsprozesses forcieren. Bei den beiden Berliner Anschlagsvorhaben ging es, so wie ich es sehe, gezielt um Versuche der Hardliner, die Moderaten auszuschalten und in jedem Fall zumindest Unruhe zu stiften und jegliche Verhandlungen zu torpedieren. So, wie wir das etwa vom Palästinakonflikt kennen: Sobald Friedensgespräche aufgenommen werden, explodiert mit Sicherheit irgendwo eine Bombe, und der Käse ist gegessen. Der Anschlag auf die Botschaft hätte die nordkoreanische Delegation beim Verlassen des Gebäudes treffen sollen, aber auch wenn diese Rechnung nicht aufging, war klar, dass er in jedem Fall zu einer Verschärfung der Sicherheitslage und zu einer Eskalation führen musste. Insofern ist es fast ein Wunder, dass die Borsig-Gespräche daraufhin *nicht* abgesagt wurden, was wiederum zeigt, wie sehr die Kim-Riege an einer Wiederaufnahme der Verhandlungen interessiert und den alten Kadern zu trotzen gewillt ist. Wahrscheinlich steht sie, wie seinerzeit Gorbatschow, mit dem Rücken zur Wand und weiß, dass ein Überleben des Regimes letztlich nur durch Reformen möglich sein kann."

„Wobei ich diesen Baby-Diktator nicht mit einem Staatsmann wie Gorbatschow vergleichen möchte."

„Von mir aus können Sie ihn gerne auch mit Hitler oder Stalin vergleichen, wenngleich da wohl ein wenig das Niveau fehlt."

Fels hatte keine Lust, das zu vertiefen. „Was ist jetzt eigentlich mit dieser nordkoreanischen Delegation?"

Korff zuckte die Achseln. „Heute ist Abschiednehmen angesagt. Der Botschafter wird froh sein, wenn an der Glinkastraße wieder beschauliche Ruhe eintritt. Der alte Pak ist, wie Sie wissen, bereits in der Schweiz, um dort seine Schwarzgeldkonten zu pflegen."

„Und um jenen Schwanenwerder-Deal weiterzuverfolgen."

„Vermutlich. So ein Pech, dass Pak Song Rim uns hier in Berlin durch die Lappen gegangen ist. Wir sollten jedenfalls nicht darauf bauen, dass unsere Schweizer Kollegen mehr Erfolg haben."

„Vielleicht schafft es ja unser neuer englischer Mitarbeiter, an der Sache dranzubleiben." Fels' Tonfall war eher scherzhaft.

Korff bleckte süffisant seine Zähne und schnaubte. „Mister null null Gouldens? Immerhin fliegt er heute tatsächlich in die Schweiz und trifft sich dort mit meinem alten Bekannten Schliermeyer, wie ich gerade erfahren habe. Und was die Bankgeschichten um Century angeht, ist er mit seiner Stiftung ganz nah an der Sache dran. Vielleicht führt er uns auf eine Fährte."

„Und dann noch die merkwürdige Verbindung zu der Toten aus dem Tegeler See. Die Untersuchung der Leiche hat so gut wie nichts ergeben. Eine Frau um die dreißig; durchtrainiert, gutes Gebiss, fast ohne zahnärztliche Eingriffe, kein Schmuck oder so." Fels trat ans Fenster und sah auf die graue Baustelle hinaus, die sich vor ihm in alle Richtungen ausbreitete. „Ich weiß nicht, was wir davon halten sollen."

„Er hat sie letztlich nicht identifizieren können", hielt Korff fest. „Es spricht also einiges dagegen, dass es sich um seine verschwundene Bekannte handelt."

„Ich glaube eher, er hat sie nicht identifizieren *wollen*. Es kommt häufig vor, dass jemand einfach nicht wahrhaben will, dass ein anderer Mensch tot ist. Aber was heißt es, wenn die Tote im See auch die Frau war, mit der er sich auf Schwanenwerder getroffen hat? Dann war er offenbar zusammen mit einer nordkoreanischen Agentin dort. Warum? Kaum aus Zufall. Ich glaube nicht an Zufälle. Warum wohl sollte der nordkoreanische Geheimdienst jemanden auf Jeremy Gouldens ansetzen? Haben wir etwas übersehen, was ihn wichtig macht?"

„Nun gut, wir interessieren uns ja *auch* für ihn. Kontakte knüpfen und seine Fühler ausstrecken ist schließlich alles in unserem Metier. Aber ich weiß nicht, ob diese Überlegungen zu etwas führen. Ich bin mir ziemlich sicher, dass ihn einfach die verwirrende Ähnlichkeit irritiert hat. Am Ende schien er mir, all den psychologischen Krimskrams beiseite, doch überzeugt, eine Fremde vor sich zu haben."

„Aber warum *war* sie ihr dann so ähnlich? Wie gesagt, ich glaube nicht an Zufälle."

„Ich glaube auch nicht an Zufälle. Aber ich glaube, dass wir in unserem Bedürfnis, überall einen Sinn zu sehen, oft Zusammenhänge konstruieren, wo gar keine sind. Und, und unter uns gesagt: Sehen diese Schlitzaugen nicht alle gleich aus?"

Zürich, Utoquai

Das heisere Schreien Dutzender Möwen, die über den silbrig glänzenden See flogen, schien vom Uetliberg, dem Hausberg der Zürcher auf der anderen Seeseite, widerzuhallen. Jeremy saß vor dem Restaurant Pumpstation am Utoquai auf einer Holzbank, die um einen Baum herumgebaut war, blickte über das Wasser und dachte nach.

Gerade noch rechtzeitig hatte er seinen Flug um 12.55 Uhr vom Londoner City Airport nach Zürich erwischt, war gegen halb vier gelandet, hatte die S-Bahn S 16 ins Zentrum genommen und war am Hauptbahnhof in die Tram gewechselt. Am Bürkliplatz war er ausgestiegen, dann das letzte Stück zu Fuß gegangen. Vorbei an der Anlegestelle der Ausflugsdampfer, über die Quaibrücke und am Utoquai entlang. Nun saß er hier und sah über den glitzernden See hinaus, auf die Möwen und Schwäne, die sich wiegenden Segelboote. Weit dahinter, doch scheinbar zum Greifen nah, der Gebirgszug der Alpen. Frisch und rein stachen die schneebedeckten Gipfel in den blauen Himmel.

Davor das beeindruckende Panorama von See und Stadt. Auf der rechten Seeseite, die Jeremy vor Augen hatte, erhoben sich die repräsentativen Bauten der Schweizer Großunternehmen und international tätigen Versicherungen. Dahinter, nur wenige Gehminuten oberhalb der Swiss Re, befand sich im Zürcher Stadtteil Enge, wie Jeremy wusste, der „Grüne Hügel" mit der ehemaligen Villa der Familie Wesendonck. Dort hatte sich bis 1858 Richard Wagner einquartiert und zu Gedichten der Frau des Hausherrn, Mathilde, seine Wesendonck-Lieder geschrieben, Vorstudien zur Oper *Tristan*, in der er seine unerfüllte Liebe zu Mathilde romantisch verklärte: eine Liebe, die ein jähes Ende nahm, als Wagners erste Frau Minna Briefe ihres Gatten an die Geliebte abfing und Richard nach dem entsprechend heftigen Eklat die Schweiz verlassen musste. Im *Tristan* mit seiner für die damalige Zeit unerhört kühnen Musik setzte er seinem aus dem tragischen Geist des Frusts geborenen Gedanken, dass die wahre Vereinigung von Liebenden nur im Tode möglich sei, ein zumindest musikalisch überzeugendes Denkmal. Einige Jahre später sollte er dann, wieder ganz im Diesseits angelangt, dem Dirigenten Hans von Bülow seine Frau Cosima wegnehmen und mit ihr in der Villa Wahnfried in Bayreuth Einzug halten. Dass die wehmütige Erinnerung an die holden Zürcher Zeiten in Wagner gleichwohl lebendig geblieben war, zeigt der Name, den er der Anhöhe gab, auf der er sein Festspielhaus errichten ließ. Jeremy hatte, seit er sich viel im deutschen Kulturraum aufhielt, Wagners Musik zu schätzen gelernt. Es mussten ja nicht immer die Beatles sein. Er dachte an Wagners damalige Züricher Situation zwischen eifersüchtiger Frau und unerreichbarer Geliebten, dann an seine eigene Beziehungsmisere und begann leise die Melodie von „Isoldes Liebestod" zu summen. Wagner, immerhin, hatte sein Gefühlschaos zu großer Musik zu sublimieren vermocht. Jeremy blickte auf den See hinaus.

Weiter gen Südosten schloss sich an Enge mit der Wesendonck-Villa der Stadtteil Wollishofen an, dann folgte Kilchberg mit seinem Friedhof, auf dem ein berühmter Verehrer der wagnerschen Musik und weiterer großer Sublimierer erotischer Verwirrungen (nun zwischen erreichbaren Frauen und unerreichbaren Knaben) begraben lag: Thomas Mann, der nach seiner Rückkehr aus Amerika zuerst auf der anderen Seeseite in Erlenbach gelebt hatte, um dann in Kilchberg sein letztes Lebensjahr zu verbringen. Könnte er aus dem Grab steigen, hätte er einen guten Blick über den See zum oberhalb von Erlenbach gelegenen Küsnacht, wo Thomas und Katia am Anfang ihrer Emigration einige Jahre gewohnt hatten. Dort, auf der Sonnenseite, war auch das Hotel „Sonne", in dem Jeremy gern nächtigte und wo er auch heute ein Zimmer reserviert hatte. Wie es ihm überhaupt dieser Ort angetan hatte: ausladende Weinberge, ein wunderschönes Strandbad, ein herrlicher Blick auf die Alpen und den See. All dies nur vier S-Bahn-Stationen vom Zürcher Zentrum entfernt. Weit oben am Hang, in der Goldbacherstraße, befand sich auch das Familienhaus der Bodmers.

Gegenüber der Sonnenseite der sogenannten Goldküste – mit den von den Reichen der Welt geschätzten Nobelgemeinden Zollikon, Küsnacht, Erlenbach, Herrliberg und Meilen, in denen jeder fünfte Steuerzahler ein Millionär ist – hat die rechte Seeseite einen Makel. Hinter ihr geht die Sonne unter, mit der Folge, dass man auf der Goldküstenseite bis spät die Sonne genießen kann. Wohingegen die rechte Seite die „Pfnüselküste", also Schnupfenküste, genannt wird. Während die rechte Seite an diesem späten Februarnachmittag bereits im Schatten lag, konnte Jeremy auf seiner Bank ganz am Beginn der Goldküste noch die letzten Sonnenstrahlen genießen. Er hatte noch ein wenig Zeit. In einer halben Stunde war er mit Chloe in der Bar des Restaurant Du Théâtre verabredet, gleich nebenan in der Dufourstraße.

Jeremy hatte Zürich in den zwei, drei Jahren, da er nun für die Gao-Feng-Stiftung tätig war, schätzen und lieben gelernt und war froh, dass er die meisten seiner Termine in Zürich wahrnehmen konnte und nicht in Zug, wo sich der eigentliche Sitz der Stiftung befand.

Das kleine Zug und das große Zürich übernehmen im komplexen Finanzgeschäft komplementäre Funktionen: Zürichs Banker (wie Beat Bodmer von Century) horten, verwalten und verschieben das Geld, die Zuger Anwälte und Treuhänder sorgen für die steuerrechtlich optimale Konstruktion des Firmengeflechts. Zug, der kleinste Schweizer Kanton, ist nur eine halbe Stunde Autofahrt von Zürich entfernt. In elf Tal- und Berggemeinden rund um den Zuger See haben feine Anwaltsfirmen, Rohstoffhändler mit Weltruf und diskrete Vermögensverwalter ein begehrtes Domizil für Milliardäre eingerichtet. Der weltweit als Steueroase geschätzte reichste Kanton der Schweiz ist Zürichs Hinterhof für Firmenkonstruktionen und dient als Holdingstandort für internationale Geschäfte und Finanzgesellschaften. Auf vierhundert Einwohner kommt hier ein Anwalt – die verschwiegene Zunft verpasst der Stadt ein kollektives Amtsgeheimnis. Auch wenn die Stadt Zug mit ihren nicht einmal dreißigtausend Einwohnern oft mit gesichtslosen Briefkastenfirmen in Verbindung gebracht wird und der größte Teil der modernen Stadt durch hässliche Bürogebäude verunstaltet ist, gibt es dort doch immerhin eine pittoreske gotische Altstadt direkt am Zuger See, in der nicht zuletzt auch die Gao-Feng-Stiftung ihre Büroräume zu ergattern vermocht hatte. Jeremy gab dennoch Zürich mit seinem Flair einer kleinen Weltstadt den Vorzug. Dort beriet er sich häufig mit den Leuten der Century Bank, vor allem mit Chloe, die er sehr mochte, über die Angelegenheiten der Gao-Feng-Stiftung. Und ein solches, bei aller gegenseitigen Sympathie wohl weniger angenehmes Beratungsgespräch mit Chloe stand auch heute an.

Zwei chinesische Touristinnen gingen an der Promenade vorbei, Arm in Arm, plaudernd, lachend. Chinesinnen, wie, trotz ihres amerikanischen Passes, auch Cathy eine war. Ob Cathy nicht auch so unbeschwert und heiter mit ihren chinesischen Freundinnen zusammen sein wollte? Er hatte sie oft genug in Shanghai erlebt, wenn sie sich mit Coco oder Mei-Ling getroffen hatte. Da war es immer laut und temperamentvoll zugegangen. Ihm wurde bewusst, dass Cathy ihre Freundinnen in China sehr vermissen musste. Und er fühlte sich schuldig. Er hatte sie in letzter Zeit meist einsam im ungeliebten London sitzenlassen. Kein Wunder, dass ihr die Decke auf den Kopf gefallen war und sie jetzt so überstürzt nach China flog. Ob es für sie beide nun wirklich das Ende war? Bei aller Wärme, die er im Moment für Cathy empfand, spürte er doch, wie leer ihre Beziehung seit Monaten gewesen war. Vielleicht schon immer? Cathy tat ihm leid, er tat sich leid und ihre Beziehung tat ihm leid. All die langen und verschwendeten Jahre.

Immer matter war nun die Sonne; es wurde kalt. Über dem Uetliberg schoben sich Wolken vor die sinkende Sonne. Bald würde ihre leuchtende Scheibe, nun in einen täuschend rosigen Schimmer getaucht, hinter der schwarzen Bergflanke verschwinden. Er stand auf, ließ den See hinter sich und überquerte am nächsten Zebrastreifen den Utoquai. Zeit für sein Treffen mit Chloe. Sie hatte sehr nervös geklungen, vorhin am Telefon. Da war etwas, was sie bedrückte. Jeremy hoffte, dass sie ihm sagen würde, was das war, und ihm nichts mehr verheimlichte, wie sie und ihr Vater das offenbar jahrelang gemacht hatten. Zugleich aber hatte er auch Angst davor. Nicht nur davor.

Berlin, Prenzlauer Berg
Das kleine koreanische Lokal Core nahe der U-Bahn-Station Eberswalder Straße hatte nur ein paar Tische, doch Walter Korff schätzte gerade diese intime Überschaubarkeit. Jetzt, am späten Nachmittag, war er der einzige Gast. Und wartete. Wie üblich hatte er sich eine Plastikflasche Makgeolli bestellt, ein milchig trübes Getränk auf Reisbasis. Walter Korff mochte dessen erfrischend säuerlichen Geschmack und den im Vergleich zu Soju niedrigen Alkoholgehalt von nur sechs Prozent. Er hatte seine Tasse gerade wiederbefüllt, als Kyok Kwon Il endlich den Raum betrat. Nun füllte Korff auch die zweite Tasse. Einige Momente lang saßen die beiden Männer einander schweigend gegenüber, tranken. „Und?", begann Walter Korff schließlich.

„Unsere Sache hier in Berlin ist abgeschlossen. Ein Teil der Delegation ist dem alten Pak Song Rim in die Schweiz gefolgt, darunter interessanterweise der junge stellvertretende Delegationsleiter Lee Hyun Hae, der alles andere als ein Freund von Pak ist. Ich könnte mir vorstellen, dass es da zu … na ja, *Spannungen* kommt. Ich fliege noch heute Abend mit dem Rest der Delegation Richtung Pjöngjang zurück, das wurde mir so aufgetragen. Ich kann also bei den Vorgängen in der Schweiz, was immer dort geschieht, keine Hilfe mehr sein."

„Und was *könnte* geschehen?"

Kyok setzte ein leeres Gesicht auf. „Schwer zu sagen. Pak wird seine Geschäfte dort fortführen. Dass auch Lee in die Schweiz abgereist ist, der nicht an dem Deal beteiligt ist, bedeutet wohl, dass er einen geheimen Spezialauftrag direkt aus dem Umfeld des Obersten Führers hat. Ich bezweifle aber, dass die Fraktion des Puppenspielers ein Interesse daran hat, ihn diesen Auftrag ausführen zu lassen."

„Geht es um die Kim-Gelder auf den Schweizer Konten?"

„Vermutlich. Und dann gibt es Gerüchte."

„Gerüchte? Geht das etwas klarer? Eigentlich kann ich dieses Wort im Zusammenhang mit euch schon gar nicht mehr hören."

Ein schiefes Grinsen legte sich auf Kyoks Züge. „Wir sind eben eine verschworene Gemeinschaft."

„Eine? Viele! Auf eine undurchschaubare Art zwar gemeinsam gegen alle Übrigen verschworen, aber genauso auch gegeneinander, und zwar bis auf den Tod, ohne dass dem Außenstehenden klar wird, wo die Trennlinien sind. Da soll noch einer durchblicken!"

„Wissen Sie, heutzutage wissen selbst die Innenstehenden nie so recht, wo die Fronten verlaufen. Aber das hat in *Choson* eine lange Geschichte, auch wenn die Lage im Moment zu eskalieren scheint. Was wieder mit den erwähnten Gerüchten in Verbindung steht."

„Nun, machen Sie es nicht so spannend." Mit gerunzelter Stirn füllte Korff ihre Tassen erneut.

„Es gibt schon länger das Gerücht, dass in den Schweizer Tresoren nicht nur die Gold- und Geldschätze der Kim-Dynastie liegen. Sondern auch ein Dokument, das die Dynastie in ihren Wurzeln bedroht. Doch erst vor ein paar Tagen sind neue Hinweise darauf aufgetaucht, dass es dieses Dokument tatsächlich gibt und es womöglich bald den Besitzer wechseln könnte. Wer auch immer in dessen Besitz gelangt, könnte damit den regierenden Kims schwersten Schaden zufügen."

„Aber kein Dokument der Welt, das außerhalb Nordkoreas bekannt wird, wäre doch in der Lage, das Kim-Regime intern in Schwierigkeiten zu bringen: ein Regime, das seine Macht auf ein geknechtetes Volk stützt, in dem jeder von Geburt an gehirngewaschen und von der Welt außerhalb abgeschottet wird, so dass seine einzige Informationsquelle die staatliche Propaganda ist."

„Ach, Korff, glauben Sie etwa, *Sie* seien nicht gehirngewaschen? Die Methoden des Kapitalismus sind nur subtiler. Wir unterliegen alle irgendwelchen Täuschungen, die wir selbst nicht durchschauen können. Aber lassen wir unsere ideologischen Zwistigkeiten beiseite. Sie haben ja recht: Auch wenn die Grenzen für unerwünschtes Wissen durchlässiger geworden sind, wäre eine ‚Facebook-Revolution‘ in unserem Land ohne freies Internet nach wie vor unmöglich. Die Gefahr für das Regime kann also nur aus seinem eigenen Inneren kommen."

Korff sah sein Gegenüber grübelnd an. „Sie meinen, der Kim-Kult könnte direkt aus dem Zentrum des Apparats unterhöhlt werden? Aber wie? Auch wenn wir inzwischen wissen, dass die Nomenklatura längst nicht so geschlossen hinter dem Diktator steht, wie es den Anschein hat – wer im heutigen Nordkorea wäre hierzu in der Lage?"

„Wer wohl anderes als der Mann, den Sie den Puppenspieler nennen? Ich sage Ihnen: Dem geht es nicht nur um Geld bei dieser Schweiz-Geschichte. Sondern um den Schlüssel zur Macht."

„Sie wissen, wer dieser Mann ist, Kyok, nicht? Wollen Sie es uns nicht sagen? Wie viel verlangen Sie dafür?"

Der Nordkoreaner lächelte Korff undurchdringlich an.

Stadtpolizei Zürich, Regionalwache City, Bahnhofquai
Polizeileutnant Wengli fluchte. „Das kann doch nicht sein, dass von den beiden Partnern dieser Revisionsgesellschaft Fiducia nirgendwo jemand zu erreichen ist! Der eine ist irgendwo in der Karibik abgetaucht und der andere meldet sich einfach nicht. Das Ganze riecht irgendwie nach … nach … Ach, weiß Gott, jedenfalls riecht es!"

Erneut ging Wengli alle Informationen durch. Heute Morgen hatte die polnische Putzfrau, die einmal pro Woche die Räume des Junggesellen Dr. Welti reinigte, bei der Zürcher Stadtpolizei einen Einbruch gemeldet. Die polizeiliche Überprüfung hatte ergeben, dass die Tür zu Weltis Bungalow professionell aufgebrochen worden war. Inwieweit Wertgegenstände fehlten, war schwer zu bestimmen, da Welti nicht in seinem Büro zu erreichen war, nicht an sein Natel ging und sich schlicht nicht auffinden ließ. Auch die Putzfrau, die regelmäßig dann das Haus reinigte, wenn Welti zur Arbeit war, konnte in diesem Punkt keine Angaben machen. Sie beharrte jedoch darauf, dass ein iMac-Computer, der sich bisher *immer* auf Weltis Schreibtisch befunden habe, entfernt worden sei. Eine Überprüfung des Schreibtischs, der – heute ungeputzt – an der von ihr bezeichneten Stelle einen gleichschenklig trapezförmig zulaufenden Fleck aufwies, der nicht ausgebleicht und im Vergleich zu seiner Umgebung völlig staubfrei war, unterstützte ihre Behauptung. Auch von externen Festplatten, USB-Sticks und Ähnlichem keine Spur. Trotzdem war natürlich nicht auszuschließen, dass Welti seinen Computer eben mitgenommen hatte, so dass vom Einbruchsverdacht vorläufig nichts blieb als die aufgebrochene Tür. Festzustellen war darüber hinaus, dass die Einbrecher sehr routiniert vorgegangen waren und keine Spuren hinterlassen hatten.

Damit hätte sich die Sache zunächst einmal erledigt, wäre nicht etwa eine Stunde später ein weiterer Einbruch, aus einem Bürohaus am Stauffacher, gemeldet worden. Hier hatte sich jemand, vermutlich in den frühen Morgenstunden, gewaltsam Zugang zur Hintertür verschafft. Die Sicherheitstür war auch hier sehr professionell geöffnet worden; Anzeichen von Diebstahl, Vandalismus oder Ähnlichem fehlten. Polizeileutnant Wengli war erst hellhörig geworden, als er erfuhr, dass im gleichen Gebäude unter anderem auch die Büros der Treuhandgesellschaft Fiducia der Herren Stirnimann und Dr. Welti untergebracht waren. Da sich noch immer weder Stirnimann noch Welti erreichen ließen, möglicherweise aber Gefahr im Verzug war, hatte Wengli beschlossen, sich Zugang zu den Fiducia-Büros zu verschaffen. Die Untersuchung ergab, dass auch hier die Tür aufgebrochen worden war, aber auf eine solche Weise, dass sie sich unauffällig wieder schließen ließ. Der Zustand der Räumlichkeiten innen indes – besonders des rauchgeschwängerten Büros von Dr. Welti – war in keiner Weise unauffällig: Auch hier fehlten sämtliche Computer und anscheinend waren ganze Berge von Akten entwendet worden.

Eines war jetzt immerhin klar: Der Einbruch in Weltis Wohnung war kein normales Raubdelikt gewesen. Wohnungs- und Büroeinbruch gehörten vielmehr zusammen. Und da Welti und Stirnimann Wirtschaftsprüfer waren, musste das Motiv im Bereich der Wirtschaftskriminalität liegen. Es galt also herauszufinden, bei welchen Firmen, Banken oder sonstigen Organisationen Fiducia gerade tätig gewesen war. Nicht ganz so einfach, wenn die entsprechenden Unterlagen entwendet worden waren und von beiden Partnern jede Spur fehlte.

Wenglis Assistent Graustätter erschien in der Tür. „Ich habe nun endlich das Natel von Dr. Welti orten können. Es befindet sich im Universitätskrankenhaus von Lausanne."

„Immerhin ein Fortschritt. Aber was macht es im Krankenhaus? Ist Welti etwa auch …? Ach so, deshalb geht er nie ran!"

„Richtig", nickte Graustätter. „Dr. Welti liegt bewusstlos im Universitätskrankenhaus Lausanne. Er ist heute Morgen beim Gletscher-Mountainbiken in Saas-Fee schwer verunfallt. Noch ist unklar, ob er überhaupt jemals wieder das Bewusstsein erlangt."

„Aha", sagte Wengli. Weiter erst einmal nichts. Zwei Einbrüche, ein Unglücksfall. Alles am gleichen Morgen. Das *roch* nun wirklich.

Zürich, Dufourstraße

„Nochmal langsam zum Mitschreiben, Chloe: Du und die Bank, ihr werdet *bedroht*? Aber was will man von euch? Geld?"

Sie saßen an einem Tischchen im hintersten Winkel der um diese Zeit praktisch menschenleeren Bar und zum zweiten Mal innerhalb von fünf Minuten glaubte Jeremy seinen Ohren nicht trauen zu können. Zuerst die erstaunliche Mitteilung, dass Chloe und ihre Freundin Mirjam nicht nur zusammen mit jenem grausam Ermordeten, von dem ihm Walter Korff in Berlin berichtet hatte, die Schulbank gedrückt hatten, sondern zudem auch noch mit einem verwöhnten Söhnchen aus der nordkoreanischen Nomenklatura, bei dem es sich offenbar um niemand anderen als den heutigen Diktator persönlich handelte. Und jetzt die Mitteilung, dass man die Century Bank unter Druck setzte. Und dazu Chloes dubiose Vermutung, dass beides auf irgendeine Weise zusammenhing.

„Das weiß ich noch nicht. Ich könnte mir vorstellen, dass es denen vor allem darum geht, uns einzuschüchtern, dafür zu sorgen, dass wir den Mund halten. Mir ist nur noch nicht ganz klar, *worüber* wir den Mund halten sollen. Aber ich bin mir sicher, dass mein Vater mehr weiß. Er wurde inzwischen in eine Rehaklinik bei Davos überwiesen. Ich will noch heute hinfahren und alles dafür tun, dass man mich mit ihm sprechen lässt, obwohl er momentan noch absoluter Ruhe bedarf und kein Besuch zugelassen ist. Aber im Moment steht einfach viel mehr auf dem Spiel als die Sorge um seine Gesundheit."

„Klar. Dich werden sie schon zu ihm lassen. Meinst du, die Sache könnte auch etwas mit den obskuren Unregelmäßigkeiten in der Stiftung zu tun haben, denen Dr. Welti auf die Schliche gekommen ist?"

„Ich weiß es nicht. Vielleicht am Rande."

„Du sagst, ihr werdet bedroht – wie äußert sich diese Bedrohung? Werdet ihr erpresst? Oder Psychoterror? Eingeschlagene Fensterscheiben, anonyme Anrufe, Drohbriefe und so weiter?"

Chloe druckste herum. Setzte wiederholt an, fand aber die Worte nicht. „Jeremy, glaub mir – ich würde dir gern alles sagen, aber … ich habe Angst, verstehst du. Du darfst nicht zur Polizei gehen!"

„Zuerst mal will ich dir helfen. Und das kann ich nicht, wenn du mir Wichtiges verschweigst. Wieso hast du mir nie erzählt, dass du mit Diktator Kim in einer Klasse warst? Ist ja ein echter Knüller!"

Chloe zuckte die Schultern. „Weißt du im Liebefeld-Steinhölzli, meiner Schule, da gab es alle möglichen ‚besseren Leute' – wenn man einen mordenden Diktator denn so nennen kann. Ich habe selbst seit langem nicht mehr an die Sache gedacht, sie vielleicht sogar ein wenig, na ja … *verdrängt.* Außerdem steht ja gar nicht fest, dass Pak Un wirklich der Gleiche wie Kim Jong Un ist. Das ist nur eine Hypothese. Ich meine, die Nordkoreaner haben das nie bestätigt."

„Gut, die bestätigen überhaupt nur sehr wenig. Und wenn sie mal etwas bestätigen, kann man mit großer Wahrscheinlichkeit davon ausgehen, dass eine Lüge dahintersteckt. Ich treffe mich noch heute Abend mit einem Mann namens F. A. Schliermeyer, der ist so eine Art Experte zu dem Thema. Journalist. Da werde ich nachhaken."

Chloe zuckte zusammen. „Den Namen habe ich schon einmal gehört", begann sie und verstummte. Jeremy konnte sehen, wie es in ihr kämpfte. Schließlich atmete sie tief durch, öffnete ihre Tasche und zog einen rot umrandeten Zeitungsausschnitt hervor. Es folgte ein zweiter. „Das haben mir Unbekannte in den Briefkasten gesteckt." Sie wies auf den unterstrichenen letzten Satz des einen Artikels: *Ich würde mich nicht wundern, wenn noch weitere Personen aus dem ehemaligen Schweizer Umfeld des Diktators ihr Leben lassen müssten.* „Offenbar sind das Anhänger der Theorien dieses Herrn Schliermeyer."

Jeremy schluckte. „Sie drohen also, dir etwas Ähnliches anzutun wie deinem Schulfreund Marcus?" Chloe nickte. „Aber warum? Wenn ich dich recht verstehe, war Marcus, mit dem dieser Pak Un ständig Basketball gespielt hat, mehr oder weniger sein einziger Freund. Mal abgesehen von dem Portugiesen, der, wie du sagst, nun irgendwo im brasilianischen Urwald haust und hier nichts zur Sache tut. Aber du? Du hattest doch keine nähere Beziehung zu Pak Un."

Chloe zuckte die Schultern, fuhr sich durch ihr rotes Haar. „Mirjam meint, er könnte eventuell in mich … *verknallt* gewesen sein."

Jeremy konnte sich ein kurz aufwieherndes hysterisches Lachen nicht verkneifen. „Aber deshalb bringt man doch niemanden um! Ich lasse meine ehemalige Mitschülerin von hungrigen Hunden zerreißen, weil ich mal *verknallt* in sie war? Wie absurd krank ist das denn?"

Chloe zuckte mutlos die Schultern. Dann gab sie sich einen Ruck und zog auch noch das Foto heraus, das sie im Büro ihres Vaters gefunden hatte. Das Gemetzel der Hunde. *Next time your daughter. Silence is life.* Jetzt war alles auf dem Tisch.

Jeremy wurde schwarz vor Augen. Er rang nach Luft. Dann klaubte er mühsam die Wörter einzeln zusammen. „Heißt das womöglich, dass Marcus nur sterben musste, um deinem Vater zu zeigen, wie ernst es ihnen mit der Sache ist? Also auch mit *dir*? Das hieße ja, da draußen laufen ein paar sehr entschlossene, sehr brutale und völlig wahnsinnige Mörder herum. Du bist in großer Gefahr, Chloe!"

„Das weiß ich ja. Und anscheinend nicht nur ich, sondern auch Mirjam. Wenn man Mirjams – allerdings reichlich paranoidem –

Mann Glauben schenken kann, waren diese Typen auch schon bei ihr und haben das Gelände ausgekundschaftet. Jedenfalls haben sie mir, als ich dort war, eine weitere Warnung zukommen lassen, das Bild eines Hundes mit Maulkorb. Und mir haben sie vor der Bank aufgelauert: drei dunkel gekleidete Asiaten mit einem großen Hund. Offenbar wollten sie mir einfach nur Angst machen – aber wann tritt der Punkt ein, wo sie mir nicht mehr *nur* Angst machen wollen? Schweigen ist Leben, schreiben sie. Jeremy, eigentlich dürfte ich dir von alledem gar nichts sagen! Wer weiß, ob sie mich nicht auch jetzt überwachen? Du darfst auf keinen Fall etwas von der ganzen Sache weitersagen, schon gar nicht diesem Schliermeyer, der auch noch Journalist ist. Wenn der damit an die Öffentlichkeit geht … Bitte, Jeremy, kein Wort. Mein Leben könnte davon abhängen!"

Jeremy schwieg einen Moment. Nickte dann. „Schliermeyer soll von mir nichts erfahren." Er überlegte. „Weiß sonst noch wer davon? Hast du mit Jonathan darüber gesprochen?" Jeremy dachte nur ungern an Jonathan. Doch er wusste, dass er in den letzten Monaten zur helfenden Stütze Beats geworden war, während Chloe von ihren Aufgaben zunehmend überfordert wirkte. Und jetzt, wo Beat krank war, war Chloe umso mehr auf die Zusammenarbeit mit Jonathan angewiesen.

Chloe zögerte. „Nein … das heißt ja. Ich habe ihm von meinen *Vermutungen* erzählt, da wusste ich allerdings noch nicht, was ich jetzt weiß. Er hat mich gebeten, es keinem weiterzuerzählen. Auch er ist der Ansicht, dass es sich um einen Einschüchterungsversuch handelt. Wir sollen scheinbar auf sie eingehen, das Schweigen wahren und nicht vorschnell handeln, meint er."

„Gut, Verschwiegenheit ist schon immer eine der Haupttugenden der Bankiers gewesen. Manchmal kann der Schuss aber nach hinten losgehen. Wollte er, dass du auch mit mir nicht darüber sprichst?"

„Na ja, er sagte das mehr … generell."

Jeremy hatte das Gefühl, dass Chloe ihm nicht alles erzählte. Immerhin: Er war dankbar, dass sie ihn überhaupt einweihte. So, wie er Jonathan mit seiner bekannten Heimlichtuerei einschätzte, hatte der sicher nicht gewollt, dass sie sich an Jeremy wandte. Und als sie sich gestern in Berlin begegnet waren, was Jonathan offensichtlich sehr ungelegen gekommen war, hatte er völlig abgeblockt und Jeremys Befürchtungen heruntergespielt, obwohl er zweifellos mehr gewusst haben musste, als er sagte. Mit keinem Wort hatte er die prekäre Situation der Bank überhaupt nur angedeutet! „Als ich ihn gestern in Berlin getroffen habe, schien er in dieser Sache wenig gesprächig", setzte er seinen Gedanken laut fort. Dann biss er sich auf die Lippen. Jonathan hatte ihn, ohne Angabe von Gründen, gebeten, ihr Treffen in Berlin für sich zu behalten. Ganz der verschwiegene Bankier eben. Er würde es ihm später erklären. Jeremy hatte darum auch nicht nachgehakt. Aber so, wie sich Chloes Gesicht nun schlagartig veränderte, war sich Jeremy sicher, dass Jonathan *sehr* gute Gründe gehabt hatte.

„Wie bitte? Er war in Berlin? Aber … er war doch in London!"

„Wir haben telefoniert und dabei stellte sich heraus, dass er am Flughafen Tegel war, wo ich gerade hinwollte. Es kam zufällig heraus; er hatte es mir offensichtlich nicht sagen wollen. Er meinte, er sei *auf dem Weg* nach London und in Berlin nur zwischengelandet."

„Er ist aber schon vorgestern in der Früh abgeflogen und hat mir gesagt, dass er direkt nach London fliegt."

„Aber wo war er dann in der Zwischenzeit?" Jeremy überlegte. Bisher war er davon ausgegangen, dass es sich bei der Sache zwischen Cathy und Jonathan um einen One-Night-Stand gehandelt hatte, den er (wenngleich unfreiwillig) irgendwie selbst eingefädelt hatte. Was aber, wenn das Ganze schon länger ging? Nun, dann wäre Jonathan ihm gestern nicht so ruhig gegenübergesessen, oder? Doch Jeremy war sich mittlerweile nicht mehr sicher, wie weit er Jonathan trauen durfte, weder privat noch geschäftlich. Ein Pokergesicht hatte der schon immer getragen. Vielleicht war er ja vorgestern direkt zu Cathy geflogen? Nein, das ergab keinen Sinn. Die Sache schien immer verworrener zu werden. Und jetzt vermischte sich auch noch Geschäftliches und Privates. Jeremy hasste so was. „Sag mal, Chloe: Glaubst du, Jonathan hat schon länger ein Verhältnis mit meiner Frau?" Er hatte seine Eheprobleme eigentlich für sich behalten wollen, aber nun war die Frage aus ihm hervorgequollen, ehe er sie zurückdrängen konnte. So viel zum Thema Trennung von Geschäftlichem und Privatem.

Chloe verschluckte sich an ihrem Sauerkirschsaft. „Wie kommst du auf die Idee, er könnte ein Verhältnis mit deiner Frau haben?", fragte sie mit beunruhigt leiser Stimme, als sie sich ausgehustet hatte.

„Er hat heute Nacht mit ihr … Nun ja, ich bin heute Morgen in die Wohnung gekommen, und da hab ich ihn getroffen. Er hatte ganz offensichtlich dort übernachtet."

Chloes vornehme Blässe verwandelte sich in das aschfahle Antlitz einer Toten. „Jeremy: Ich weiß nichts von einem Verhältnis von Jonathan und deiner Frau. Ich weiß nur, dass er ein Verhältnis mit *mir* hat … hatte. Schon seit Monaten. Wir wollten im Herbst heiraten. Aber wenn stimmt, was du sagst, dann …"

„Mit dir? Aber warum habt ihr mir das nicht verraten?"

„Er wollte das nicht. Noch nicht. Hat mich immer vertröstet. Er meinte, es könnte dich stören, dass uns beide neben den geschäftlichen auch sehr private Kontakte verbinden. Du seist da auf strikte Trennung bedacht, meinte er."

„Mich stört es, wenn Leute, die sich meine Freunde schimpfen, mich belügen und an der Nase herumführen. Hinter meinem Rücken!" Ein schiefes Bild von anatomischer Unmöglichkeit, fiel Jeremy auf. Aber jetzt hatte er andere Sorgen. „Nun gut, wir haben schlimmere Probleme; verschieben wir das Thema auf später und versuchen, das Beste aus der Sache zu machen. Chloe: Wenn ihr zusammen seid, dann weißt du vielleicht besser als ich, was er als Nächstes vorhat."

Chloe hob und senkte seufzend die Schultern. „Er wollte möglichst noch heute nach Zürich kommen. Er hat sich aber noch nicht bei mir gemeldet und ich habe ihn selbst nicht erreichen können."

„Wir müssen uns dringend alle zusammensetzen. Je früher, desto besser. Das wird keine angenehme Begegnung. Die Stiftung und deine Bank stecken in argen Schwierigkeiten, du schwebst womöglich in Lebensgefahr und ausgerechnet jetzt kommt auch noch dieses private Schlamassel hinzu. Und mit Jonathan ist offensichtlich etwas oberfaul. Allmählich glaube ich, der macht uns allen was vor."

Chloe schluckte. „Das glaube ich mittlerweile auch."

„Und du musst mit deinem Vater sprechen und rauskriegen, warum sie euch erpressen. *Silence is life* … Schön und gut. Aber bevor ich den Mund halte, möchte ich erst mal wissen, worüber ich den Mund halten soll!"

Küsnacht, Hotel Sonne

Jeremy war todmüde. Die Nacht zuvor hatte er nur wenige Stunden geschlafen und die Aufregung der letzten Tage saß ihm tief in den Knochen. Erst die tote Frau, die *vielleicht* Mie war, dann die unerhört lebendige Mie, die rauschhafte Nacht und der ernüchternde Tag heute; der Streit und womöglich Bruch mit Cathy, die Feststellung, dass sein vermeintlicher Freund Jonathan ihn hintergangen hatte, und zuletzt Chloes Enthüllungen. Das war einfach *too much*. Jeremy wäre am liebsten gleich ins Bett gegangen, um möglichst viel Schlaf nachzuholen. Der nächste Tag würde wieder anstrengend sein. Am späten Vormittag stand sein Termin mit Dr. Welti an und für den Abend war die Besprechung mit Chloe und Jonathan angesetzt – sofern Jonathan sich meldete. Im Moment war er mehr oder weniger abgetaucht und genauso unerreichbar wie Welti. Doch allzu früh würde Jeremy auch heute nicht ins Bett kommen, schließlich traf er sich am Abend noch mit dem Nordkoreaexperten Schliermeyer. Dankenswerterweise hatte der sich bereiterklärt, nach Küsnacht herauszufahren. So musste Jeremy immerhin nicht mehr das Haus verlassen.

Er loggte sich über sein Handy bei seinem E-Mail-Provider ein und checkte seine E-Mails. Nichts. Weder Welti noch Jonathan hatten auf seine wiederholten Anfragen reagiert. Doch da war eine Mail in seinem „Unbekannt"-Ordner. Wider Erwarten war es keine Spam.

Sehr geehrter Herr Gouldens,

mein Kollege Dr. Welti hat mich von dem Dossier in Kenntnis gesetzt, das er Ihnen gestern Abend zugemailt hat. Leider ist es mir heute nicht gelungen, ihn zu erreichen. Weil es um so gravierende Angelegenheiten geht, wende ich mich hiermit direkt an Sie. Da der dringende Verdacht besteht, dass Gelder der Gao-Feng-Stiftung in grossem Ausmass nicht satzungsgemäss verwendet wurden und ein nicht unerheblicher Verstoss gegen das Schweizer Geldwäschegesetz stattgefunden hat, muss ich Sie bitten, sich unverzüglich mit meinem Kollegen Dr. Welti in Verbindung zu setzen, um mit ihm die nötigen Schritte zu einer juristischen Klärung der Angelegenheit in die Wege zu leiten.

Hochachtungsvoll, Kurt-Anton Stirnimann

Jetzt war es also endgültig heraus. Die Unregelmäßigkeiten bei der Stiftung waren noch schlimmer, als es Jeremy je befürchtet hätte. Und da war ohne Zweifel viel mehr im Spiel als nur Schlamperei, Leichtsinn und eine allzu lasche Auslegung der Stiftungssatzung. Hier hatte jemand echte kriminelle Energie bewiesen. Wer? Jeremy schob die naheliegende Erkenntnis von sich, indem er zum etwa zehnten Mal an diesem Tag Dr. Weltis Nummer wählte. „Sich unverzüglich mit meinem Kollegen Dr. Welti in Verbindung zu setzen" – ja, leichter gesagt als getan. An Jeremy lag es jedenfalls nicht.

Geh schon dran, Welti. Vermutlich saß der jetzt beim Käsefondue und ließ noch einmal die atemberaubende Abfahrt Revue passieren. Aber *fünf Minuten* müsste er doch entbehren können. Vielleicht könnte er Jeremy zumindest das angekündigte Dossier heute doch noch zukommen lassen und vielleicht hatte er auch eine Erklärung, warum Jeremy die von Stirnimann erwähnte Mail nicht bekommen hatte. Aber wie all die Male zuvor sprang bei Dr. Welti nur die Mailbox an.

Nun gut, wurde Jeremy schlagartig klar, jene Erklärung konnte sich Welti auch sparen. Denn bestimmt *hatte* er die Mail bekommen. „Ihr letzter Log-in: heute 01.13 Uhr." Der Zettel mit allen Passwörtern griffbereit unter der Schreibtischauflage. Er hatte Cathy zu Unrecht verdächtigt. Vermutlich hatte er dem alten Freund sogar einmal von seiner Computer-Dusseligkeit erzählt. Jeremy hatte das Gefühl, als hätte er einen Knoten im Magen. Und der zog sich zu, drückte von unten gegen die Lunge, dass es ihm alle Luft raubte. Warum hatte er nicht längst etwas geahnt? Seine spätestens seit dem unverhofften Treffen in Berlin gestern aufgekeimten Ahnungen beiseitegeschoben? Weil er, Jeremy, etwas altmodisch-ehrenwerte Überzeugungen in puncto Freundschaft und Vertrauen hatte. Im Rückblick war alles so klar. Das hatte er nun davon. Die Sache mit Cathy – geschenkt. Hier war mehr als nur eine Aussprache fällig. Hier ging es um den dringenden Verdacht der Vertuschung eines kapitalen Finanzverbrechens. Und womöglich anderer Verbrechen darüber hinaus.

Autobahn A3, am Walensee
Wenn die in den Fels gebrochene Autobahn nicht gerade Tunnels und Galerien passierte, ergaben sich spektakuläre Ausblicke hinab auf den

grün glänzenden See und die Appenzeller Alpen mit den Churfirsten dahinter. Aber Chloe hatte heute keinen Sinn für die Schönheit der Strecke. Sie hatte soeben mit Mirjam telefoniert, die Freundin über ihr Gespräch mit Jeremy informiert. Und ihr Jeremys Nummer gegeben; Mirjam könne ihn jederzeit anrufen, falls Verdächtiges vorfalle oder sie sich bedroht fühle. Mirjam hatte über Chloes Ängste wie immer nur gelacht, sich aber immerhin die Nummer notiert. Aus Bern-Oberbottigen also eher beruhigende Nachrichten.

Dennoch war Chloe nach dem Gespräch mit Jeremy tief aufgewühlt. Jonathan hatte sie mit Cathy betrogen. Er hatte sie außerdem belogen, war in Berlin gewesen, während er vorgab, in London zu sein. Und er hatte noch immer nicht bei ihr angerufen. Wie würde sie reagieren, wenn er sich bei ihr meldete? Und was verbarg er wohl noch alles vor ihr? Da waren so viele Fragen offen. Nur in einem war sich Chloe sicher: Es würde in diesem Herbst keine Hochzeit geben.

Sie hatte auch in Davos bei der Rehaklinik angerufen. Ihrem Vater gehe es den Umständen entsprechend gut, er müsse aber nach wie vor sehr geschont werden und dürfe *eigentlich wirklich* keinen Besuch empfangen. Weitere Auskünfte hatte man Chloe nicht geben können. Aber Chloe hielt sich an diesem „eigentlich" fest, das im Grunde eben doch ein halbes Ja war. Chloe konnte sehr resolut sein, wenn es nottat. Sie hatte keinen Zweifel daran, sich irgendwie Zugang zu Beat verschaffen zu können. Schon hatte sie die Ausfahrt Walenstadt passiert und jagte weiter in Richtung Sargans, da klingelte ihr Telefon. Jeremy.

„Es ist Jonathan", begann er unvermittelt das Gespräch. „Er dreht irgendwelche krummen Dinger mit den Stiftungsgeldern. Dr. Welti wollte mir gestern ein Dossier mailen, aus dem hervorgehen soll, dass mit Hilfe der Gao-Feng-Stiftung im großen Stil Geldwäsche betrieben wird. Dummerweise habe ich Jonathan bei unserem Treffen in Berlin davon erzählt. Er hat sich heute Nacht Zugang zu meinem Computer verschafft und die Mail einfach gelöscht. Womöglich hat er Cathy einfach nur ausgenutzt, sie kaltblütig verführt, damit er mir hinterherschnüffeln kann, so unglaublich das klingt."

Chloe durchzuckte es. Auch wenn es immerhin bedeutete, dass Jonathan keine echten Gefühle für Cathy empfand – konnte er wirklich so eiskalt sein? Wie echt waren dann wohl seine Gefühle für *sie* gewesen? Vielleicht war es ihm die ganze Zeit auch mit ihr nur darum gegangen, an Beat Bodmer, dessen Millionen und dessen Kontakte heranzukommen. Aber wie war es möglich gewesen, dass sie sich von ihm so lange Monate hatte blenden lassen? Weil sie ihn liebte und nichts anderes hatte sehen *wollen* als die Zeichen seiner Gegenliebe? Wie auch immer – das war jetzt vorbei. „Wie kannst du dir so sicher sein, dass Jonathan deine Mail gelöscht hat?", fragte sie.

„Ich habe eine Mail von Stirnimann bekommen, Weltis Partner bei Fiducia. Welti hat ihm mitgeteilt, dass er mir das Dossier sehr wohl bereits gestern geschickt hat. Stirnimann weiß offenbar auch über den Inhalt Bescheid. Er hat jedenfalls gemailt, dass sich daraus der dringende Verdacht auf Verstöße gegen das Schweizer Geldwäschegesetz ergibt. Zu dumm, dass ich Dr. Welti einfach nicht erreichen kann. Und dieser Stirnimann macht Urlaub in der Karibik. Aber ich habe ihm zurückgemailt und außerdem habe ich morgen ein Treffen mit Welti, das hoffentlich Klarheit bringt. Wir werden nicht drum herumkommen, die Polizei einzuschalten, Jonathan anzuzeigen. Was immer das für die Stiftung bedeuten mag – wir müssen reinen Tisch machen."

„Ja, natürlich … aber, halt! Das dürfen wir nicht!"

„Aber Chloe! Du willst doch diesen Verräter nicht auch noch schützen! Bedenk nur, was er dir angetan hat! Und mir. Und Cathy. Der Stiftung. Und eurer Bank wahrscheinlich auch."

„Ich weiß. Nein, ihn will ich nicht schützen. Aber … ich will *mich* schützen. Du hast doch gelesen, was sie unter das Bild der zerrissenen Leiche von Marcus geschrieben haben: *Next time your daughter.*"

Am anderen Ende der Leitung kurze Stille. „Du meinst … das gehört zusammen? Aber wie … und Jonathan? Glaubst du, er … er …"

„Jeremy, ich *weiß* es nicht. Ich habe nur Angst. Schweigen ist Leben, haben sie geschrieben. Zur Polizei gehen ist jedenfalls *nicht* schweigen. Wenn du der Polizei etwas sagst, bin ich tot, Jeremy!"

Zürich

Jonathan Creeds Maschine war pünktlich gelandet. Daraufhin war er mit der S-Bahn in die Innenstadt gefahren. Er mochte Zürich nicht besonders. Aber es gab Dinge, die er nur von hier aus erledigen konnte. Auch die Erledigung dieser Dinge mochte er nicht. Doch es war nötig.

Der Tag war für ihn in mehrfacher Hinsicht schlecht gelaufen. Erst die Szene mit Cathy und Jeremy. Dann hätte er am Mittag in London ein wichtiges Treffen mit einem Kontaktmann gehabt, doch der Kontaktmann war nicht aufgetaucht. Das war beunruhigend. Ein Treffen, bei dem es um viel Geld gegangen wäre – Geld, das ihm bei den anschließend von der Londoner Bankniederlassung aus vorgenommenen Transaktionen fehlte. Dennoch: Was er von London aus tun konnte, hatte er getan. Aber die letzten Schritte waren nur vom Stammhaus der Bank aus möglich. Und nur mit Einwilligung ihrer Besitzer. Die musste er sich besorgen. Notfalls mit Gewalt.

Jonathan hatte sich den ganzen Tag über vor dem Anruf bei Chloe gedrückt, doch nun war es allerhöchste Zeit. Noch brauchte er sie. Dringender denn je. Sie ging sofort ran. „Hallo Schatz, hier Jonathan. Du, ich bin jetzt in Zürich. Tut mir leid, dass ich mich nicht früher gemeldet habe, aber es war heute alles so hektisch. Ich komme gleich raus nach Küsnacht, bin in einer halben Stunde bei dir."

Am anderen Ende der Leitung Schweigen. Dann: „Ist gut, Jonathan. Komm ruhig raus nach Küsnacht. Aber ich bin nicht da. In unser Haus kommst du heute Nacht jedenfalls nicht rein."

„Aber wieso? Wo bist du denn? Du wusstest doch, dass ich heute kommen wollte! Wir hatten doch ausgemacht … Jetzt bin ich aber doch etwas verwundert, um ganz ehrlich zu sein."

„Wenn du dich nie an unsere Abmachungen hältst, brauche auch ich mich nicht daran zu halten. Ich spiele dieses Spiel nicht mehr mit, Jonathan. Gut, wenn du es schon wissen willst: Ich bin gerade in Davos, um Vater zu besuchen. Er muss mir alles erzählen. Ich werde mich nicht mehr anlügen lassen. Weder von ihm noch von dir."

„Chloe, nein! Du darfst jetzt nichts Unbedachtes tun. Du weißt nicht, in welche Gefahr du dich begibst. Du musst sofort zurückfahren, Chloe. Dann kann ich dir alles erklären."

„Erst spreche ich mit Beat. Ich vertraue dir nicht mehr, Jonathan. Allmählich glaube ich, die größte Gefahr hier bist du. Ich habe Jeremy alles erzählt. Lebe wohl, Jonathan."

Schon hatte sie aufgelegt. Fieberhaft überlegte Jonathan. Noch so eine Sache, die heute katastrophal danebengegangen war. Hatte sich denn alles gegen ihn verschworen? Was konnte er jetzt noch tun? Was *musste* er tun? Offenbar hatte Chloe noch nicht mit Beat gesprochen, hatte es aber für heute noch vor. Es war zwar schon Abend, doch die Klinik hatte bis zwanzig Uhr Besuchszeit. Nach Davos war es eine zweistündige Autofahrt. Es gab keine Möglichkeit, dieses Gespräch noch zu verhindern. Wenn Beat redete, war alles verloren. Und wahrscheinlich – jetzt, nachdem er fast gestorben wäre – *würde* er reden.

Nein, *noch* war nicht alles verloren. Nicht, solange Chloe nicht auspackte. Verflucht, sie hatte Jeremy alles erzählt?! Aber was war *alles*? Wie viel wusste sie schon, wie viel konnte Jeremy wissen? Gab es eine Möglichkeit, dass ihn Weltis Mail doch erreicht hatte? In jedem Fall war dringend Handeln geboten. Chloe durfte nicht weitererzählen, was sie von Beat erfuhr. Und Jeremy …? Vielleicht war es jetzt doch unumgänglich, dass er aus dem Verkehr gezogen wurde. Nur wie? Ob das seine Kontakte auch noch erledigen würden?

Eine halbe Stunde später befand er sich im Haus der Bodmers in Küsnacht. Gut, dass er beizeiten daran gedacht hatte, sich, ohne Chloes Wissen, einen Zweitschlüssel anfertigen zu lassen. Jetzt hatte er das erste Mal Gelegenheit, sich in aller Ruhe umzusehen. Er wusste, dass sich irgendwo in diesem Haus etwas befinden sollte, was von ungeahnter Wichtigkeit war. Wenn er es an sich brachte, könnte es ihm eine große Hilfe dabei sein, sich zumindest aus einem Teil seiner Scherereien zu befreien. Der Haken: Er wusste erstens nicht, wo in dem Riesenhaus dieses Etwas zu finden sein könnte. Er wusste darüber hinaus zweitens nicht, was dieses Etwas überhaupt war. Und drittens hatte er momentan noch nicht den blassesten Schimmer, wie er dieses Etwas dann zu seiner Rettung einsetzen konnte. Er hoffte nur, dass es wirklich so war, wie er gehört hatte, klammerte sich an den dünnen Strohhalm der Hoffnung und machte sich an die verzweifelte Suche.

Er war noch nicht weit gekommen, als sein Handy klingelte. „Verstehe", sagte er. Und: „In etwa zwei Stunden bin ich da." Dann seufzte er und starrte lange und leer in die Luft des weiten Raumes. Schließlich rappelte er sich auf. Jetzt würde er sich erst einmal bei Beats exquisiter Cognac-Bar bedienen. Ein Gläschen „Louis XIII". Das hatte er nötig. Aber nur eins. Denn dann würde er sich aus Beats großem Fuhrpark das Geeignete aussuchen und sich auf den Weg machen. Wäre peinlich, wenn jetzt alles womöglich noch an einer pingeligen Schweizer Alkoholkontrolle scheiterte.

Küsnacht, Hotel Sonne
„Sie wollen also Informationen darüber, wieweit die Schweiz mit Nordkorea verbandelt ist? Welche Lesart wollen Sie? Die offizielle? Der Schweizer? Der Nordkoreaner? Der Geheimdienste? Welcher?"

„Die Wahrheit, bitte." Jeremy und Schliermeyer hatten sich in der gemütlichen Bar des Seehotels niedergelassen, die, sehr urig, in einem Türmchen aus dem 14. Jahrhundert untergebracht war.

„Die Wahrheit?" Schliermeyer verzog das Gesicht. „Das ist schwierig. Wo so viel Vertuschung und gezielte Falschinformation im Spiel ist, sind auch Spezialisten wie ich vielfach auf reine Spekulation angewiesen. Aber ich will mir Mühe geben. Und wenn Sie schon ein so guter Bekannter meines Spezialfreundes Walter Korff sind, brauche ich wohl kein Blatt vor den Mund zu nehmen. Auch wenn Sie mir nicht wie ein waschechter Geheimdienstler aussehen – keine Angst, ich werde Sie keiner Wäsche unterziehen." Schliermeyer funkelte Jeremy vergnügt an. Der rüstige Alte strahlte einen unverwüstlichen Elan aus. Er freute sich sichtlich, einen interessierten Abnehmer für die Schätze seines Wissens gefunden zu haben. „Also, wo fangen wir an?"

„Stimmt es, dass der junge Diktator Nordkoreas vor nicht allzu langer Zeit noch in der Schweiz zur Schule gegangen ist?"

„Na ja, ist jetzt auch schon etwa fünfzehn Jahre her. Aber, ja, davon ist auszugehen. Nicht nur er übrigens, sondern auch sein älterer Bruder Kim Jong Chol, seine jüngere Schwester Kim Yo Jong sowie zuvor der Halbbruder Kim Jong Nam. Vermutlich hat es sich bei dem Schüler, der 1993 bis 1998 als Pak Chol die private internationale Schule in Gümligen bei Bern besuchte, um Kim Jong Chol gehandelt, während Kim Jong Un unter dem Namen Pak Un in der öffentlichen Liebefeld-Steinhölzli-Schule in Köniz bei Bern unterrichtet wurde. Beide Jungen wurden als Angehörige von Botschaftsangestellten ausgegeben. Am wenigsten wissen wir über die Schweizer Jahre des älteren Halbbruders. Dabei war Kim Jong Nam ursprünglich als Anwärter auf den Diktatorenthron vorgesehen, bis er 2001 bei Vater Kim Jong Il in Ungnade fiel, nachdem er in Japan dabei ertappt worden war, wie er mit falschem Pass Disneyland besuchen wollte. Schwester Yo Jong – auf die Kim Jong Un, der ihr erst Ende 2014 einen wichtigen Posten in der Partei übertragen hat, nun große Hoffnungen setzt – hat nach meinen Recherchen dann, wie ihre Brüder unter einem Pseudonym, von 1999 bis 2007 das Schulhaus Hessgut, ebenfalls in Köniz, besucht."

„Was macht die Schweiz denn für die nordkoreanische Nomenklatura so attraktiv?", fragte Jeremy.

„Die Schweiz ist ein kleines, reiches, landschaftlich schönes Land. Vor allem aber ist sie politisch stabil und neutral, war auch in den Zeiten des Kalten Krieges immer blockfrei. Dann natürlich der Vorteil, dass man hier nicht nur Skifahren, sondern auch diskret größere Geldmengen bunkern kann. In den Jahren um die Jahrtausendwende, als die Kim-Söhne hier zur Schule gingen, war die Schweiz Nordkoreas Finanzdrehscheibe in Europa. Der ehemalige Schweizer Botschafter Nordkoreas, der in deren Schweizer Zeit auch als Vormund der Kim-Söhne fungierte, soll von hier aus das im Ausland versteckte Kim-Vermögen in einer geschätzten Höhe von vier Milliarden Dollar verwaltet haben – ein Großteil davon zweifellos unter falschen Namen bei Schweizer Banken angelegt. Auch das berüchtigte nordkoreanische Office 39 zur Devisenbeschaffung war hier im großen Maßstab aktiv und dürfte noch immer über etliche Schweizer Konten verfügen, die ihm zur Geldwäsche und zu anderen illegalen Aktivitäten dienen. Offizielle Konten von Kim und Co sind jedoch eingefroren, seit sich die Schweiz nach den Atombombentests von 2006 den Sanktionen gegen das Land angeschlossen hat. Seither haben Finanzfahnder bereits rund 200 unter falschem Namen geführte Konten und Depots der nordkoreanischen Führung bei Banken in Österreich, Liechtenstein und der Schweiz gefunden, auf denen Gelder in Milliardenhöhe untergebracht wurden, die offenbar dem illegalen Handel mit Waffen und Atommaterial dienen sollten. Aber sicherlich ist noch viel weiteres Geld versteckt. Wikileaks-Dokumente von 2007 warnen vor einer verstärkten nordkoreanischen Aktivität in der Schweiz und deuten darauf hin, dass Nordkorea nach der Schließung seiner einzigen europäischen Bank, der Golden Star Bank in Wien, der man Geldwäsche, illegale Waffengeschäfte und Handel mit radioaktiven Substanzen vorgeworfen hat, die zuvor über Wien abgewickelten Geschäfte nun über eine

Schweizer Bank laufen lässt. In letzter Zeit besteht aufgrund der verstärkten Embargokontrolle und der verschärften Geldwäschegesetze zwar die Tendenz, dass die Nordkoreaner ihr Geld abziehen. Aber ich bin mir sicher, dass sie in der Schweiz immer noch Millionen, wenn nicht gar Milliarden gebunkert haben. Und die eine oder andere Bank drückt beide Augen zu, weil sie mächtig von diesen Geldern profitiert."

„Haben Sie da einen besonderen Verdacht?"

„Ja, den habe ich. Aber haben Sie bitte Verständnis, dass ich da momentan keine Namen nennen möchte. In dem Bereich hat man sehr schnell eine Verleumdungsklage am Hals."

„Klar, da kenne ich mich aus. Neben meiner Autorentätigkeit arbeite ich auch als Anwalt und bin als Geschäftsführer der Gao-Feng-Stiftung aktiv, deren Finanzgeschäfte über die Zürcher Century Bank abgewickelt werden. Offenbar sagt Ihnen der Name etwas?"

Der alte Mann blickte Jeremy starr an. „Natürlich sagt mir der Name etwas. Passt ja auch gut ins Thema. Ich sehe, Ihre Interessen an der Sache sind nicht rein … na ja, *literarischer* Natur. Nun gut, wie dem auch sei – dann kennen Sie Beat Bodmer wohl auch persönlich."

„Natürlich. Ich bin mit ihm und Tochter Chloe gut bekannt."

„Ich würde vorschlagen, Sie fragen ihn einmal selbst nach seinen Kontakten zum ehemaligen nordkoreanischen Botschafter. Wenn er nichts zu verbergen hat, wird er Ihnen sicher freimütig antworten."

„Sie glauben aber, dass er etwas zu verbergen hat?"

Der alte Mann zuckte die Schultern. „Ich weiß aus gesicherten Quellen, dass er den Botschafter mehrfach in seiner Privatvilla am Genfer See besucht hat. Gut – man darf in der Schweiz Privatkontakte haben, mit wem man will. Wie gesagt: Fragen Sie ihn bitte selbst."

„Das kann ich momentan leider nicht. Er hat vor einigen Tagen einen schweren Herzinfarkt erlitten und liegt im Krankenhaus."

„Stimmt, ich hab davon gehört. Vielleicht sind ihm seine Geschäfte ja ein wenig … über den Kopf gewachsen. Soll vorkommen."

Jeremy merkte, dass Schliermeyer mehr wusste, als er sagte, und vermutlich ahnte er, dass auch Jeremy mehr wusste, als er sagen durfte. Vielleicht erwartete Schliermeyer, wie zuvor Korff, dass sie sich gegenseitig mit Informationen weiterhalfen, und würde gesprächiger, sobald Jeremy auspackte. Aber Jeremy erinnerte sich auch an das Chloe gegebene Versprechen, und Schliermeyer war immerhin Journalist. Schweigen ist Leben. Wenn Jeremy erzählte, was er über die Bedrohung der Bank wusste, könnte er Chloe in Gefahr bringen. Also bemühte er sich, das Gespräch auf unverfänglicheren Boden zurückzularvieren. „Irgendwie kommt mir die Haltung der Schweizer bei alledem schizophren vor", begann er deshalb. „Auf der einen Seite halten sie ihre demokratischen Prinzipien hoch und schließen sich dem Embargo an, auf der anderen Seite profitieren sie von den hier gebunkerten Schwarzgeldern, tragen nicht viel zur Aufklärung bei, bilden die Kim-Kinder und nordkoreanische Militärs aus und gewähren der Diktatorenfamilie und ihrem Geld weiterhin Unterschlupf."

„Stimmt. Das Schweizer Departement für Verteidigung, Bevölkerungsschutz und Sport – früher nannte man so etwas Kriegsministerium – hat bestätigt, dass der Bund über die Jahre hinweg Hunderttausende für die Ausbildung nordkoreanischer Offiziere am Genfer Zentrum für Sicherheitspolitik ausgegeben hat: natürlich auch in der Hoffnung, sie im Sinne der westlichen Werte zu beeinflussen. Und was die Kim-Familie angeht: Momentan soll sich, falls sie überhaupt noch lebt, des Diktators Tante Kim Kyong Hui, die Frau des auf Befehl ihres Neffen hingerichteten Onkels, schwer krank in der Schweiz aufhalten und sich medizinisch behandeln lassen. Sie ist seit Jahren Alkoholikerin und ein geistiges wie körperliches Wrack – so die Aussage des ehemaligen japanischen Sushikochs von Diktatorenvater Kim Jong Il."

„Sie meinen diesen Koch Fujimoto, der jahrelang für die Diktatorenfamilie durch die Welt gereist ist, um immer die besten Fischspezialitäten zu besorgen, es dann aber mit der Angst zu tun bekam und sich nach Japan absetzte? Ich hab einen Artikel über ihn gelesen."

„Genau. Kenji Fujimoto hat in Japan mehrere Bücher über das Innenleben der Führungsriege veröffentlicht. Er ist auch deswegen interessant, weil ihm Kim Jong Un als Kind offenbar sehr nahegestanden hat. Er habe oft mit ihm gespielt, sagt Fujimoto, und Kim mit Videokassetten und -spielen versorgt. 2012, nach dem Tod Kim Jong Ils, lud Kim Sohn Fujimoto wieder nach Nordkorea ein, und bei seiner Ankunft soll er ihn weinend mit den Worten ‚Der Verräter ist zurückgekehrt' begrüßt haben. Fujimoto verdanken wir auch das Wissen, dass dieser ständig gegen den dekadenten Westen polemisierende Diktator privat dem westlichen Lebensstil sehr zugetan ist, Actionfilme aus Hollywood mag und ein großer Fan der Beatles ist."

„Der Beatles!" Sollte sich Jeremy jetzt freuen oder entsetzt sein? Eigentlich machte ihn der Gedanke unbehaglich, mit Diktatoren etwas gemeinsam zu haben. Und Jeremy mochte die Beatles *und* Wagner. Er beschloss, das Thema nicht zu vertiefen. „Auch in Dingen der sinnlichen Genüsse scheinen sich die Kims ja der westlichen Dekadenz hingebungsvoll verschrieben zu haben", sagte er stattdessen.

„Exakt. Da steht der junge Kim seinem Vater kaum nach. Nach Fujimotos Bericht hat Kim bereits in frühen Jugendjahren das Rauchen und den Alkohol für sich entdeckt. Am liebsten habe er Mentholzigaretten der Luxusmarken Yves Saint Laurent und Cartier geraucht und russischen Wodka getrunken; in den letzten Jahren habe er sich jedoch mehr auf gute Bordeauxweine verlegt. Diese Vorliebe für edle französische Tropfen teilt er mit seinem Vater, der noch während der großen Hungersnot der Neunziger bei Hennessy für 750000 Dollar Cognac eingekauft hat – pro Jahr. Doch nicht in allen Bereichen des sinnlichen Genusses sei der junge Kim so aufgeschlossen gewesen: Dem anderen Geschlecht gegenüber habe er sich eher reserviert gezeigt; angeblich hat sich sein Vater sogar Sorgen gemacht, ob sich Sohnemann überhaupt für Frauen interessiere. In diesem Fall hätte die Dynastie nämlich ein ernstes Problem gehabt: Nachdem sein älterer Bruder aufgrund seines ‚weibischen Wesens' als möglicher Thronfolger beim Vater durchgefallen war, ruhten alle Hoffnungen auf Jong Un. An seiner züchtigen Zurückhaltung gegenüber Frauen soll sich im Übrigen bis heute nicht viel geändert haben. Fujimoto ist sogar überzeugt, Kim habe seinen mächtigen Onkel nicht primär aus politischen Gründen hinrichten lassen, sondern wegen dessen loser Moral: Jang Song Thaek habe für Kims Vater eine sogenannte Lustbrigade aus blutjungen Frauen eingerichtet, bei der er sich selbst oft genug bedient habe. Diese Praktiken der außerehelichen Unzucht habe Jong Un ein für allemal beenden wollen und daher hart durchgegriffen."

„Und? Glauben Sie, dass das stimmt? Und ob er seiner Tante damit wohl einen Gefallen getan hat? Dein Mann betrügt dich mit Minderjährigen, also lassen wir ihn mal rasch von hungrigen Hunden zerreißen, denn das hat er verdient, nicht wahr, liebes Tantchen?"

Schliermeyer gab ein schnaubendes Geräusch von sich. „Immerhin ist die einzige Schwester von Exdiktator Kim Jong Il im Unterschied zu sehr vielen anderen aus dem Umfeld des Onkels nach außen hin unbeschadet aus der Säuberungswelle hervorgegangen, die auf dessen Hinrichtung folgte, und es heißt, sie habe keine Einwände gegen die Hinrichtung geltend gemacht. Aber sicher haben Sie recht, das von Fujimoto ins Feld geführte Argument der Unzucht dürfte eher ein Vorwand sein. Wobei Kim Jong Un in Sachen eheliche Treue durchaus andere Saiten aufzuziehen scheint als sein Vater. Er scheint eine Lustbrigade jedenfalls nicht nötig zu haben."

„Er ist inzwischen verheiratet, nicht wahr?"

„Ja. Seit 2012, mit einer hübschen Frau namens Ri Sol Ju, über die nur wenig bekannt ist. Und hat inzwischen eine Tochter mit ihr, wie die Welt exklusiv von seinem neuen Freund, dem durchgeknallten ehemaligen US-Basketballstar Dennis Rodman, erfahren durfte. Und zuvor hat er nur einmal eine langjährige Freundin gehabt, die Sängerin Hyon Song Wol vom bekannten Pochonbo Electronic Ensemble, mit der er seit Jugendjahren eine romantische Liebschaft unterhielt, die jedoch ein Ende fand, als sein Vater ihm 2006 den Umgang mit ihr verbot. Nach anderen Quellen wurde die Beziehung im Geheimen fortgeführt. Nach Kim Jong Ils Tod 2011 hat er wieder offen Kontakt zu ihr aufgenommen. Er ist also wohl eine treue Seele, zumindest gegenüber den Frauen, die er liebt. Frauen wie Hyon Song Wol."

„Ist das nicht diese Sängerin, die er, Treue hin, Treue her, dann doch kurzerhand hat hinrichten lassen, wie Sie das kürzlich in Ihrem Interview für die *Berner Zeitung* erwähnt haben?"

„Nun ja, so hieß es zumindest. Sie haben den Artikel gelesen?"

„Ja, darauf wollte ich gerade zu sprechen kommen. Er ist mit ein Grund dafür, warum ich mich mit Ihnen treffen wollte. Sie schreiben da, dass Sie davon überzeugt seien, Kim habe seinen ehemaligen Mitschüler Marcus B. ermorden lassen, weil der zu viel über die Schweizer Vergangenheit des Diktators wisse, so dass er an dessen göttergleichem Mythos rühren könne. Auch weitere Menschen aus dem alten Schweizer Umfeld des Diktators seien bedroht. Ich frage mich, welche Personen das sein könnten. Nur als Gedankenspiel: Gesetzt, dieses Szenario stimmt und wir nehmen rein hypothetisch an, es gäbe so etwas wie eine Schweizer Jugendliebe von Pak Un alias Kim Jong Un, dann müsste sie jetzt ganz schön Angst haben, nicht?"

Schliermeyer lachte auf und in seinen wachen Augen blitzte es. „Wieso glauben Sie denn, dass es eine Schweizer Jugendliebe gegeben haben könnte? Sicher, alle Jungen entwickeln romantische Fantasien gegenüber ihren Mitschülerinnen. Aber darüber hinaus? Wir sprechen hier über das zukünftige Oberhaupt Nordkoreas. Ganz undenkbar, dass man eine Liaison mit einer westlichen Ausländerin geduldet hätte."

„Ich meinte das, wie gesagt, natürlich rein hypothetisch."

„Also gut – rein hypothetisch. Meine Antwort, rein hypothetisch: Ja, wenn das Szenario stimmt, müsste diese Frau größte Angst haben."

„Und was könnte eine solche Person dann tun, um sich zu retten?"

Schliermeyer zuckte die Achseln. „Wenig." Dann sah er Jeremy eindringlich an. „Es ist nur so, dass jenes Szenario eben *nicht* stimmt. Aber ob ihr das viel helfen wird, sei einmal dahingestellt."

Kantonspolizei Bern, Waisenhausplatz
„Aber Sie sind doch die Polizei! Sie *müssen* helfen!" – „Jaja, natürlich helfen wir. Wir helfen ja gerne. Es ist nur so, dass … Ich meine, Sie müssen schließlich auch verstehen, dass …" – „Schicken Sie sofort ein Kommando vorbei! Ich sage Ihnen, die führen was im Schilde. Die waren schon mehrmals da, und jetzt ist der Moment gekommen, dass …" – „… dass wir auch noch andere wichtige Aufgaben haben, um die wir uns vordringlich kümmern müssen." – „Sie haben für meine Sicherheit zu sorgen! Das ist Ihr Auftrag! Ich werde mich bei Ihren Vorgesetzten beschweren. Das heißt, wenn ich noch die Gelegenheit dazu habe. Ich sage Ihnen, Sie werden es noch bereuen, wenn Sie jetzt nicht sofort …" – „Ja, sicher, nein, natürlich, ich kann verstehen …" – „Ich kann sie sehen, hier aus dem Fenster! Die haben einen Wagen. Und Hunde! Sie schleichen ums Haus." – „Wir werden uns darum kümmern. Bis dahin verhalten Sie sich besonnen und bleiben im Haus. Wir melden uns bei Ihnen, ja?" – „So bald wie möglich!" – „Natürlich, ja, ja. Wir sind ja schon unterwegs." Etwas entnervt knallte Polizeikorporal Stocker den Hörer auf die Gabel. „Das war er schon wieder."

„Dieser Verrückte aus Oberbottigen?", fragte sein Kollege Wachtmeister Schöttli mitfühlend. „Das wievielte Mal ist es jetzt schon, dass der bei uns anruft? Und immer die gleiche Leier."

Stocker machte zur Antwort nur eine ausholende Geste mit den Händen. „Wenn Sie mich fragen, ist der ein Fall für die Klapse. Ich möchte wissen, wie es seine Frau mit dem aushält."

„Tja, Frauen halten es mit allen möglichen Kerlen aus. Die Frage ist eher, wie *wir* es mit ihm aushalten. Wir haben schließlich auch unsere Arbeit zu tun. Fühlt er sich wieder bedroht?"

„Natürlich. Mehrere Männer, dunkle Anzüge. Mit Hunden. Und einem Lieferwagen, Marke Mercedes. Haben vom Fußballplatz her das Haus inspiziert und parken jetzt auf einem Feldweg in der Nähe." – „Sehr verdächtig." – „Total, ja." – „Was, glauben Sie, sind das für Leute?" Polizeikorporal Stocker zuckte die Achseln. „Wenn da wirklich jemand ist, können das alle möglichen Menschen sein, die dort draußen heute Abend etwas zu schaffen haben. Schließlich ist es in der Schweiz nicht verboten, auf Feldwegen zu parken."

„Trotzdem. Wenn da irgendwann mal wirklich was passiert und wir sind dem nicht nachgegangen, bekommen wir Schwierigkeiten, da hat er recht. Das ist wie in der Fabel vom Hirtenjungen und dem Wolf. Alles falscher Alarm, aber wehe, der Wolf kommt einmal doch – da geht es dann auch uns an den Kragen."

„Was soll da, bitte schön, passieren?"

„Keine Ahnung. Aber solche übergeschnappten Leute wie dieser Jobst Meier können schon mal nicht nur zur Belästigung, sondern sogar zur echten Gefahr für ihre Mitbürger werden. Ich denke, wir sollten auf alle Fälle wie üblich die zuständige Polizeiwache in Bümpliz informieren. Dann sind wir aus dem Schneider. Sollen die doch entscheiden und eventuell pro forma eine Streife vorbeifahren lassen. Schon für den Fall, dass er sich tatsächlich beschwert. Denn das scheint mir bei alledem noch das akut Gefährlichste zu sein."

„Da werden sich unsere Kollegen von der Polizeiwache Bümpliz aber mal wieder freuen!"

Küsnacht, Hotel Sonne

Jeremy war irritiert. Sollten sie auf der falschen Fährte sein? „Das Szenario stimmt nicht? Sie haben es doch selbst aufgestellt!"

„Ja, ist aber auch schon ein paar Tage her. Da kann sich vieles tun. Es ändert sich zum Beispiel die Informationslage. Und es ändern sich die aktuellen Erfordernisse. Ich bin immer noch überzeugt, dass jener Pak Un, der Klassenkamerad des Ermordeten, heute als Diktator in Pjöngjang regiert. Ob er aber den Mord in der Schweiz beauftragt hat – daran hege ich doch erhebliche Zweifel."

„Das hört sich in der Zeitung aber noch ganz anders an."

„Gut, Zeitungen … Die vereinfachen eben gerne und lassen bisweilen die entscheidenden Zwischentöne fallen. Die Zeitungen rund um die Welt haben auch mit regelrechter Begeisterung die Nachricht aufgenommen, dass Kim seinen Onkel von Hunden habe zerreißen lassen: zusammen mit fünf Vertrauten sei er 120 Jagdhunden zum Fraß vorgeworfen worden, die zuvor drei Tage lang gehungert hätten. Ganz groß wurde davon berichtet. Dass all diese Medien einer Ente aufgesessen sein dürften, wurde später höchstens im Kleingedruckten erwähnt. Diese ganze Hundegeschichte ist jedenfalls sehr zweifelhaft und geht vermutlich auf eine Satire zurück, die chinesische Mikroblogger durchs Netz gejagt haben und die dann erst von einer wenig zuverlässigen Hongkonger Zeitung und daraufhin von den Medien der Welt gierig als bare Münze aufgegriffen wurde. Typisch für die Nordkorea-Berichterstattung: Man weiß so wenig über das abgeschottete Land und man traut dem Regime schlichtweg alles zu, wenn es nur brutal und verrückt genug klingt, so dass sich kaum jemand die Mühe macht, solche Geschichten zu prüfen – was ohnehin schwer genug ist. Und umgekehrt gibt es ja auch keine Belege, dass die Sache *nicht* stimmt. Es ist nur, seien wir ehrlich, ziemlich unwahrscheinlich."

„Aber … ich verstehe nicht. Wenn der Kim-Onkel gar nicht von Hunden zerrissen wurde – wieso wurde dann Marcus B. von Hunden zerrissen? Wo ist da der Zusammenhang?"

„Ich sag es Ihnen doch: Die Geschichte wurde von den Medien verbreitet und ist bei den Menschen hängengeblieben. Die Leute, die diese Bluttat begangen haben, wollten … nun ja, sie wollten noch einmal ausdrücklich auf die Hundegeschichte aufmerksam machen."

„Sie meinen, die wollten damit nur das Regime anschwärzen?"

„Sie sind ein schlaues Köpfchen, Herr Gouldens. Ja, genau das. Aber nicht *nur*. Wir haben es hier offenbar mit einer Art Trittbrettfahrern zu tun, nur dass sie den eigenen Profit aus einer Untat ziehen wollen, die in dieser Form wohl nie stattgefunden hat. Auf der einen Seite wollten sie sozusagen die Hundegeschichte untermauern und den blutrünstigen Ruf des Regimes weiter festigen. Da wiederholt sich eine solche grausame Form der Hinrichtung auch noch in der Schweiz. Die Botschaft ist klar: Keiner ist sicher vor diesem Irren; wenn Kim seine ehemaligen Mitschüler in der Schweiz abschlachten lässt, dann feuert er auch Atomraketen auf die USA. Damit kann man prima Stimmung machen. Immerhin hat sich die Schweiz recht geschickt verhalten und sie tut gut daran, dass sie den Ball bisher flach gehalten hat. Was natürlich auch daran liegt, dass die zuständigen Stellen selbst wissen, dass irgendetwas an der Sache faul sein muss."

„Aber eins verstehe ich nicht: Wenn Sie so ein Nordkoreaexperte sind – wieso haben Sie dann nicht gewusst, dass die Geschichte nicht stimmt, die Sie da der Zeitung erzählt haben?"

„Wieso glauben Sie denn, dass ich es nicht gewusst hätte? Für wen halten Sie mich? Ich habe der Zeitung nur gegeben, was sie wollte. So läuft es nun mal in diesem Geschäft – wenn Sie lediglich dröge die gesicherten Fakten referieren, hört Ihnen keiner zu und niemand will dafür zahlen. Um einen Scoop zu landen, muss man dergleichen schon ein wenig *aufsexen*, wie es auf Neudeutsch so schön heißt. Aber das ist nur die eine Seite. Die andere ist meine eigene Sicherheit. Wissen Sie – meine Nachforschungen über die Schweizer Zeit der Kim-Kinder sind gut bekannt, und ich bin so manchem ein Dorn im Auge, weil ich zu viel weiß. Wenn ich der Zeitung meine wahren Vermutungen mitgeteilt hätte, hätte ich mich nur selbst gefährdet. Glauben Sie mir – die Leute, die hinter diesem Mord stecken, kennen mich. Ich bin ein alter Mann und habe keine Angst vor dem Tod, aber ich bin auch lebensfroh und neugierig. Ich lasse mich nur ungern abmurksen, bevor ich herausbekommen habe, was die im Schilde führen. Keine Sorge – mein Dementi wird beizeiten erscheinen. Bis dahin ist es im Sinn meiner Nachforschungen wie auch derer meiner verschiedenen … *Kontakte*, dass die Wahrheit erst mal nicht ans Licht kommt."

„Sie haben der Zeitung also Märchen erzählt?"

Schliermeyers buschige Augenbrauen fuhren zusammen. „Herr Gouldens! Märchen? Ich habe eine *mögliche Deutung* der Dinge vorgetragen. Das meiste entspricht den Tatsachen, etwa das Faktum, dass die Kim-Dynastie mit immensem Aufwand einen grob verfälschenden Mythos um sich aufbaut. Die hirnrissigsten Lügen werden im Sinne dieser Propaganda hinausposaunt, den Nordkoreanern tagtäglich mit einem Cocktail aus nun wirklich dreisten Märchen das Gehirn gewaschen. Kein Wunder, wenn die Gegenpropaganda mit ihren eigenen Lügen antwortet. Und wer immerzu schweigt und verhüllt, trägt seinen Teil dazu bei, dass sich auf der anderen Seite Spekulationen schnell zu geglaubten Wahrheiten verhärten. Nehmen Sie etwa den Fall von Kims Jugendliebe, der Sängerin Hyon Song Wol – wir haben vorhin von ihr gesprochen –, die ich in dem Artikel ebenfalls erwähne. Sie wird länger nicht in der Öffentlichkeit gesehen – prompt erscheint ein weltweit für Aufsehen sorgender Artikel in der südkoreanischen *Choson Ilbo*, der zu berichten weiß, dass sie wegen Verbreitung pornografischer Videos, die sie und andere Musiker beim Sex zeigen, durch ein Erschießungskommando hingerichtet worden sei. Als Quelle beruft sich der Artikel auf einen ungenannten nordkoreanischen Informanten. Schnell kommen Zweifel an der Pornografie-Geschichte auf und man vermutet, wie immer, dass politische Motive hinter der Hinrichtung stecken – oder auch Kims eifersüchtige Ehefrau. Hingerichtet blieb Hyon Song Wol jedoch, schließlich gab es aus Pjöngjang neun Monate kein Lebenszeichen von ihr. Bis sie plötzlich quicklebendig im Fernsehen auftauchte. Davon habe ich in der Tat erst erfahren, nachdem ich das Interview gegeben habe. Sie sehen, wie variabel die Wahrheit in Nordkorea ist. Alles kann wahr sein, was über das Land berichtet wird, und je verrückter und grausamer, umso besser. Genauso gut kann aber auch nichts von alledem wahr sein."

„Fehlt nur noch, dass auch Kims Onkel nicht hingerichtet wurde."

„Tja, Kims US-Freund Dennis Rodman hat doch tatsächlich behauptet, bei einem Nordkoreabesuch sowohl den Onkel als auch die Jugendliebe Song Wol lebend gesehen zu haben. Keiner hat ihm geglaubt, und nun ist zumindest *sie* wieder aufgetaucht. Und der angeblich zusammen mit dem Onkel hingerichtete ehemalige Schweizer

Botschafter ist jetzt plötzlich Außenminister. Trotzdem ist der Fall von Jang Song Thaek ein ganz anderer: Da ging die Sache groß durch die Staatsmedien und das Fernsehen hat sogar Aufnahmen von seiner Verhaftung gezeigt – im Übrigen eine gefährliche Strategie, weil dadurch vielen Nordkoreanern überhaupt erst klar geworden sein dürfte, dass so etwas wie Opposition möglich und das Regime alles andere als vollkommen, sondern angreifbar und gefährdet ist. Wie auch immer, nach dieser propagandistischen Ausschlachtung der Sache wäre es jedenfalls undenkbar, dass ein noch lebender Onkel wieder auftauchen könnte, da das Regime damit seine Propaganda als Lüge zu erkennen geben würde, was niemals passieren darf. So sehr sind die Nordkoreaner im orwellschen *Doublethink* noch nicht fortgeschritten, dass sie sich an die Propagandameldungen von der Hinrichtung nicht erinnern würden, wenn auch in der Tat alle Erinnerungen an den Onkel inzwischen in Orwell-Manier aus den Archiven gelöscht wurden, so dass er im Nachhinein nie existiert hat. Daher gehe ich davon aus, dass Jang tatsächlich tot ist, was auch immer Rodman deliriert haben mag. Schließlich ist der propagandagestützte Mythos gewissermaßen die einzige und eigentliche ‚Wahrheit‘ Nordkoreas. Und dieser Mythos muss kompakt und allumfassend gestrickt sein, darf keine fadenscheinigen Stellen aufweisen. Nehmen wir nur die ‚wiederauferstandene‘ Sängerin Hyon Song Wol, deren Hauptaufgabe es ist, erbauliche Liedchen zu trällern, die den Obersten Führer und die Errungenschaften des wunderbaren Nordkorea lobpreisen. Propaganda überall. Und das Orchester, in dem sie singt, heißt nicht zufällig ‚Pochonbo Electronic Ensemble‘ – schon im Namen wieder so ein konstruierter Mythos, ja, wohl der Grund- und Gründungsmythos der Kim-Dynastie überhaupt. Schließlich bezieht er sich auf den siegreichen Überfall auf die verhassten japanischen Besatzer in der Polizeistation Pochonbo, aus dem die Kim-Dynastie ihren Herrschaftsanspruch ableitet, wobei nicht mal gesichert ist, ob er in dieser Form überhaupt stattgefunden hat. In letzter Zeit mehren sich nämlich Hinweise, dass …"

Jeremy, den der unablässig strömende Redefluss des alten Mannes ungeduldig machte, schnitt ihm grob das Wort ab. „Bitte, die Zeit drängt, lassen Sie uns aufs eigentliche Thema zurückkommen."

„Aber wir *sind* beim eigentlichen Thema."

„Klar, ich weiß natürlich, dass der Geschichtsmythos wichtig für die Kims ist, das ist ja bei Herrschaftsdynastien seit jeher der Fall. Trotzdem möchte ich mehr über die Menschen wissen, die den Mord an Marcus B. auf dem Gewissen haben. Wer sind diese Leute denn dann, wenn es gar keine Nordkoreaner sind, sondern sie das Kim-Regime nur anschwärzen wollen? Südkoreanische Agenten? Oder gar japanische Koreafeinde, die die jüngste Annäherung des Premiers Abe an Pjöngjang torpedieren wollen? Aber der wird sich ja wohl kaum von einem Mord in der fernen Schweiz beeindrucken lassen."

„Ich habe nicht gesagt, dass diese Leute *keine* Nordkoreaner sind. Wir können nur davon ausgehen, dass sie wohl nicht im Auftrag Kims handeln, wie sie den Anschein erwecken wollen. Südkoreaner? Die sind zwar gut darin, Schauergeschichten in den Medien zu lancieren, aber dafür reicht eine Computertastatur und ein wenig Fantasie; die geben sich nicht die Mühe, für so was zu morden, und das gar in der Schweiz. Das Gleiche gilt für die ähnlich motivierten US-Geheimdienste. Genau weiß ich auch nicht, wer dahintersteckt, aber ich bin mir fast sicher, dass wir es hier mit Nordkoreanern zu tun haben, die gegen die Kim-Dynastie intrigieren. Wie Sie wissen, sitzt Kim Jong Un alles andere als fest im Sattel, da mag er Militärs und Politiker exekutieren lassen, soviel er will. Irgendwen muss er übrig lassen, um den Laden zu schmeißen, und nie kann er sicher sein, die gegen ihn operierenden Seilschaften ganz ausgelöscht zu haben. Es bleiben immer welche übrig, das wächst nach wie ein Krebsgeschwür. Oder wie die Köpfe der Hydra – schlägt man ihr einen ab, wachsen zwei neue; das klassisch-antike Sinnbild dafür, dass Gewalt nur doppelte Gegengewalt hervorbringt. Ich vermute daher, dass hinter dem Ganzen mal wieder der Puppenspieler und seine Leute stecken, die momentan ohnehin von Berlin bis Bern in Europa für Unruhe sorgen."

„Wer ist denn der *Puppenspieler*?"

„Hat Korff Ihnen nichts von ihm erzählt? Und Sie wollen wirklich ein inoffizieller Geheimdienstzuträger sein? Na ja, immerhin hat er Sie zu mir geschickt und sich die Mühe gemacht, extra deshalb bei mir anzurufen. Er meinte, ich könne Ihnen gegenüber von meinem Wissen Gebrauch machen, wie ich es für nötig halte, also tue ich das. Ich muss

Sie nur um Verschwiegenheit bitten – zumindest bis ich meinen entsprechenden Artikel publiziert habe."

„Meine Verschwiegenheit haben Sie. Mir ist bekannt, dass in dieser Sache von der Verschwiegenheit buchstäblich Leben abhängen können, Schweigen also mehr als Gold ist. Ich gehe entsprechend davon aus, dass diese Verschwiegenheit unbedingt auch Ihrerseits gilt."

Schliermeyer nickte ungeduldig. „Natürlich."

„Was hat es nun mit diesem obskuren Puppenspieler auf sich?"

„Puppenspieler ist nur der Codename. Wir wissen nicht, wer sich dahinter verbirgt. Vermutlich ein hoher nordkoreanischer Militär, der eine wichtige Rolle im Office 39 und bei dessen schmutzigen Deals spielt. Dabei operiert er aber nur scheinbar im Dienst der herrschenden Dynastie und wirtschaftet stattdessen so weit wie möglich in die eigene Tasche, um mit den angehäuften Reichtümern an seinem eigentlichen Ziel zu arbeiten: einer Entmachtung der Kim-Dynastie."

„Warum lässt Kim eine so gefährliche Person dann nicht einfach hinrichten, wie all die anderen potenziell gefährlichen Kader auch?"

„Mit Sicherheit würde er das tun, wenn er es könnte. Aber offenbar kann er es eben nicht. Vielleicht weiß er ja selbst nicht, wer da hinter den Kulissen sein Doppelspiel treibt, oder seine Machtposition ist inzwischen zu geschwächt. Es gibt Gerüchte, dass längst eine Militärjunta die Macht übernommen hat und Kim nur noch deren Marionette für das dem Führerkult bis ins Mark ergebene Volk ist. Ich glaube zwar nicht, dass es schon so weit gekommen ist, aber vielleicht sind Kim zumindest dem Puppenspieler gegenüber die Hände gebunden."

„Und was haben die Geschäfte des Puppenspielers mit der Schweiz zu tun? Und vor allem mit dem Mord an Marcus B.?"

„Nun, wenn in der Schweiz tatsächlich noch Abermillionen an Kim-Vermögen auf versteckten Konten lagern, dann ist es sicher ein Ziel des Puppenspielers, diese Gelder an sich zu bringen. Seine Handlanger, die gerade hier in der Schweiz operieren, werden wissen, bei welcher Bank diese Gelder versteckt sind. Durch den Mord am ehemaligen Mitschüler des jungen Diktators wollten sie offensichtlich ihre Macht demonstrieren und jemanden unter Druck setzen."

„Und wer sollte das sein?"

„Ich glaube, Sie wissen so gut wie ich, dass ein anderer Mitschüler Pak Uns im Liebefeld-Steinhölzli die damalige Freundin Marcus Berghofs war. Sie kennen sie: Chloe, die Tochter des Bankiers Bodmer. Kurz nachdem Pak im Jahr 2000 die Schule verlassen hat, begann der kometenhafte Aufstieg der Century Bank. Zufall? Wohl kaum."

Ein Schauer überrieselte Jeremy. Er hatte Chloe versprochen, nichts von ihrer Notlage zu erzählen. Aber wenn Schliermeyer sowieso alles wusste? Offenbar wusste er mehr als Jeremy und sogar Chloe. Gab es denn überhaupt Dinge, die Jeremy wusste, aber Schliermeyer nicht, und durch deren Preisgabe er Chloe gefährden konnte? Und war nicht zu vermuten, dass Schliermeyer ihnen mit all seinem Wissen und seinen Verbindungen in jedem Fall mehr helfen als schaden konnte? Jede veränderte Situation verlangt auch eine veränderte Reaktion.

Jeremy holte tief Luft. „Herr Schliermeyer", begann er. „Es scheint nach Stand meines Wissens in der Tat so zu sein, dass Chloe Bodmer von diesen – wie sagten Sie? – *Puppenspielern* erpresst wird. Man will von ihr, dass sie schweigt, bestimmte Dinge nicht weitergibt. Nicht an die Öffentlichkeit, nicht an die Polizei. Nicht an die Presse – also auch nicht an Sie. In diesem Fall wird ihr mit dem Tod gedroht. Ich gehe ein hohes Risiko ein, indem ich Ihnen das sage. Sie glaubt, dass sowohl sie selbst als auch ihre Schulfreundin Mirjam Meier, ebenfalls aus der Klasse mit Pak Un, in unmittelbarer Lebensgefahr schweben."

„Noch eine zweite Schweizer Jugendliebe Kims? Also *diese* pikanten Details sind mir nun wirklich neu."

Jeremy schnaubte. „Mirjam und Chloe glauben, dass Pak vielleicht in Chloe *verknallt* gewesen sein könnte. Wie sie vorhin sagten: Jungen entwickeln nun einmal romantische Fantasien gegenüber Mitschülerinnen. Da war nichts Ernstes. Mit Mirjam genauso wenig."

„Romantische Jugendliebe in Bern. Schlächter Kim händchenhaltend an der Aare … Wäre ein lukrativer Knüller für den *Blick* oder so … Nein, schlechter Scherz, entschuldigen Sie. Ich versichere Ihnen, Sie können sich auf mich verlassen. Und was die mögliche Lebensgefahr angeht: Man weiß bei diesen Leuten leider nie, wie weit sie gehen, wie hoch sie pokern, wie viel Bluff, wie viel tödlicher Ernst ist. Marcus Berghof war jedenfalls kein Bluff. Oder, wenn Sie so wollen, eben ein blutiger Bluff. Und Chloe? Solange sie sich richtig verhält und schweigt, dürfte ihr nichts passieren. In ihrer Position als gegenwärtige Leiterin der Bank könnte ich mir allerdings vorstellen, dass die Puppenspielerleute nicht nur ihr Schweigen wollen. Ich brauche jetzt wohl keine Hand mehr vor den Mund zu nehmen und kann Ihnen im Vertrauen bestätigen, was Sie sicher ahnen: dass es in der Tat die Century Bank ist, die im Verdacht steht, seit 2000 eine der wichtigsten Schwarzgeldbanken der Nordkoreaner in Europa zu sein. Vermutlich benötigen diese Leute Chloe auch, um an dieses Geld heranzukommen. Zumindest solange es ihnen nicht gelungen ist, werden sie Chloe jedenfalls *nicht* von Hunden zerreißen lassen. Und ihre Freundin? Nun gut, ich hoffe, dass immerhin das ein Bluff ist."

Bern-Oberbottigen
Polizeigefreiter Lutz Baumann war schlecht gelaunt. Zum einen war er müde, hungrig und durstig, sehnte sich nach Feierabend, der Scheibe Grillierspeck in der Pfanne und der Flasche Feldschlösschen im Kühlschrank. Zum anderen nervte ihn kolossal, dass er schon wieder mit der Polizeiaspirantin Selina Aeschlimann unterwegs sein musste. Sie war erstens recht unansehnlich mit ihrem blond gefärbten Haar, das nicht zu ihren Sommersprossen, und dem dicken Make-up, das nicht zu ihren kantigen Gesichtszügen und dem feisten Körperbau passte; zweitens hatte sie ihr unangenehmes Parfüm, das ihn jedes Mal an diese Auto-Duftbäume erinnerte, die er so hasste, heute wieder viel zu dick aufgelegt. Und drittens und mit Abstand am schlimmsten, redete sie pausenlos auf ihn ein. Das hätte ihn ja nicht weiter gestört, oft fand er es sogar ganz angenehm, wenn Menschen – wie etwa seine Frau Erika – Endlosmonologe führten, denn dabei konnte er prima abschalten und seinen Gedanken nachhängen. Selina Aeschlimann aber redete nicht nur, sie *fragte* auch, sie *wollte wissen*, sie *interessierte sich*, wollte *auch seine Meinung hören* und *hakte nach*, und das war es, was die Sache so anstrengend machte. Je einsilbiger seine Antwort, umso bohrender ihre Nachfrage. Es gab kein Entrinnen.

Was neben Hunger, Durst, Müdigkeit sowie dem ganzen Komplex Aeschlimann noch entscheidend zu seiner schlechten Laune beitrug, war, dass sein Feierabend nun durch diesen völlig unnötigen Einsatz weiter von ihm weggeschoben wurde. Und nicht zum ersten Mal. Siedlung Matzenriedstraße. Verrückte zu beruhigen war eigentlich die Aufgabe von Psychologen, nicht von Polizisten. Seufzend parkierte er den Wagen vor der Ansammlung aus nicht sonderlich schönen zweistöckigen Beton-Flachdachhäusern. Warum es viele Schweizer offenbar schick fanden, in solch hässlichen Neubauten zu wohnen, hatte sich Lutz Baumann, der seine Altbauwohnung liebte, nie erschlossen.

„Sie haben mir immer noch nicht richtig erklärt, was für ein Typ dieser Jobst Meier eigentlich ist", meldete sich nach nahezu einer halben Minute Schweigen der Komplex Aeschlimann wieder zu Wort.

„Das werden Sie gleich sehen." Dunkel lag das Haus vor ihnen.

„Ja, aber man muss doch im Vorfeld informiert sein, um sich einstellen zu können. Ich meine, Sie haben doch gesagt, dass Sie schon mehrmals hier waren, auch wenn mir noch immer nicht ganz klar ist, warum. Wissen Sie, vielleicht rastet der ja aus oder so, ich meine, das könnte mir doch, wenn ich's wüsste, vielleicht einen Fingerzeig …"

Baumanns energisches Läuten brachte sie zum Schweigen. „Wenn er Ihnen gleich mit der Waffe in der Hand gegenübertritt, einfach die Nerven behalten. Das Ding ist nur eine Schreckschusspistole."

„Herzlichen Dank, dass ich zumindest das erfahre. Ich meine, Sie könnten einem zumindest …" Erneutes Läuten. „Seltsam, dass da keiner aufmacht, nicht? Ich meine, wir stehen hier schon ungefähr …"

„Pscht. Seien Sie doch einen Moment leise. Nur zehn Sekunden."

Aeschlimann sah ihn verdrießlich an und aus dem leichten Nicken ihres Kopfes konnte Baumann ersehen, dass sie innerlich die Finger ihrer beiden Hände abzählte. Acht, neun, zehn. „Ich höre rein gar nichts. Wenn Sie mich fragen, ist da niemand zu Hause."

„Ich meine, ich hätte vorhin so etwas wie ein Stöhnen gehört."

„Ein Stöhnen, sind Sie sicher? Aber das würde ja bed…"

„Pscht. Jetzt wieder. Ich glaube, wir müssen die Tür eintreten."

Küsnacht, Hotel Sonne
Ein Summton riss Jeremy aus dem Halbschlaf. Eine neue SMS.

Filmgespräche in Genf gut gelaufen fliege übermorgen hab morgen frei könnte nach Zürich kommen willst du? LG Mie

Jeremy wurde warm ums Herz. Die erste gute Nachricht an einem Tag voller Hiobsbotschaften. Aber durfte er Mie in dieses Schlamassel

239

hineinziehen? Trennung von Cathy, Chaos in der Stiftung, Jonathan als Betrüger entlarvt, Chloe und Century von dubiosen Nordkoreanern bedroht, die hier in der Schweiz die Puppen tanzen lassen wollten. Er musste Mie absagen. Sie anrufen, ihr alles erklären, das Treffen auf später verschieben. Aber wann sollte das sein, später?

Gestern, in jener rauschhaften Nacht, hatte sie ihm, irgendwann zwischen Küssen und Umarmungen, gesagt, dass sie schon bald nach Korea zurückfliegen müsse, da sie in Seoul dringende Termine habe. Im Rausch der Nacht hatte er alles so hingenommen, überzeugt, die Nacht so intensiv zu erleben, dass es die Zeit zum Stillstand bringen würde. Bei Drehbeginn würden sie sich ja spätestens wiedersehen. Aber so lange konnte er nicht warten. Trotzdem, nein, sie *durfte* nicht kommen. Er *konnte* sie da nicht mit hineinziehen. Er *musste* ihr eine Absage erteilen. Aber *wollte* er das auch? Er wollte, dass alles anders kam und er immer in Mies Armen liegen konnte. *Hab morgen frei könnte nach Zürich kommen willst du?* Eine einfache, ehrliche Frage erfordert eine einfache, ehrliche Antwort. *Ja!*, simste er zurück.

Zehn Minuten später schlief er tief, ein Lächeln auf dem Gesicht.

Bern-Oberbottigen

Polizeigefreiter Lutz Baumann trat zur Seite, damit die Rettungssanitäter mit ihrer Bahre aus der Tür treten und zu ihrem mit Blaulicht wartenden Wagen preschen konnten. „Wird er. ...?", wandte sich der Komplex Aeschlimann an einen der Vorbeieilenden. Der warf ihr einen kurzen Blick zu, entschied dann aber, dass es im Moment wichtiger war, Leben zu retten, als unfertige Fragen zu beantworten, die sich eben aus dem vordringlichen Grund des zunächst notwendigen Lebenrettenmüssens im Moment ohnehin noch nicht beantworten ließen.

Lutz Baumanns schlechte Laune hatte sich nicht gebessert. Das hätte sie natürlich auch nicht getan, wenn er hätte feststellen müssen, zum wiederholten Male unnütz in die Matzenriedstraße gefahren zu sein. Die Feststellung, dass der Einsatz diesmal zum ersten Mal *nicht* unnütz gewesen war, verschlechterte seine Laune demgegenüber allerdings ungemein. Lutz Baumann schätzte es nicht, dass er in seinem Polizistendasein so viel Zeit mit Nichtstun oder unnützem Tun verschwendete. Wenn er dann aber doch etwas tun musste, war es häufig ein unangenehmes Tun, das er noch weniger schätzte. So wie heute. Ganz abgesehen davon, dass Feierabend, Grillierspeck und Bier nun noch weiter in die Ferne gerückt waren. „Erschießt er sich mit seiner eigenen Schreckschusspistole, so ein Idiot", entfuhr es ihm.

„Aber wie ist das möglich? Geht das denn überhaupt? Ich meine, ist eine Schreckschusspistole nicht eben deshalb eine Schreckschusspistole, weil man damit eben nur Schreckschüsse abfeuern kann? Also, ich meine, zum Erschrecken, nicht zum Verletzen, oder liege ich da falsch, und Sie können mir da vielleicht …"

„Na ja, wenn man das Ding direkt auf dem Kopf aufsetzt, ist der Druck so hoch, dass man sich schon böse, wenn nicht gar tödlich verletzen kann. Man muss sich aber schon verdammt ungeschickt anstellen. Dieser Idiot, ich sag's ja … ‚Der Mensch stirbt vor lauter Todesangst, er stirbt, wenn man ihm droht …' Kennen Sie das Lied?"

Selina Aeschlimann musterte ihn irritiert. Normalerweise war sie es, die hier die Fragen stellte. „Nein, aber, trotzdem, noch einmal zurück: Da finden wir ihn also in einer Blutlache, gleich hinter der Eingangstür, keinerlei Anzeichen für eine akute Bedrohungssituation … Aber da stimmt doch etwas nicht, oder wie sehen Sie das? Ich meine, wie macht er das, ganz allein im stockfinsteren Haus, und wieso hat er kein Licht an, wenn er sich in den Kopf schießt, und überhaupt, er wohnt hier mit seiner Frau. Wo ist sie denn?"

„Keine Ahnung, vielleicht verreist."

„Keine Frau hinterlässt ihr Badezimmer in einem solchen Zustand, wenn sie verreist. Oder würden Sie sagen, dass …?"

„Wir werden schon herausbekommen, wo sie ist, sobald wir ihre Natel-Nummer haben. Hoffentlich bin ich nicht derjenige, der ihr das beibringen muss! Und den Rest soll jetzt erst einmal die Spurensicherung klären. Vielleicht können wir dann endlich nach Hause."

Muri bei Bern
Es war gegen ein Uhr nachts, als Jonathan in der Zentrale in Muri anlangte. Nach ergebnislosem Abbruch seiner Suche hatte er sich Beats Range Rover geliehen und die Autobahn Richtung Bern genommen.

Die Zentrale befand sich in einem zweistöckigen Einfamilienhäuschen am Ortsrand, im Mettlengässli, nur wenige Straßen von der

Pourtalèsstraße entfernt, wo die nordkoreanische Botschaft war, und sie diente offiziell als Privatwohnung eines hochrangigen Botschaftsangehörigen. Es war erst das zweite Mal, dass Jonathan hierher beordert worden war. Die Treffen mit seinen Kontaktmännern fanden in der Regel an weniger exponierten Örtlichkeiten, meist im Ausland, statt. Nun aber war die Situation sehr ernst geworden und die Zeit drängte.

Ein dunkel gekleideter Koreaner, der Jonathan von Berlin her vage bekannt vorkam, hatte ihn mit einem Nicken an der Tür in Empfang genommen und nach drinnen geleitet. Die geräumige Wohnung war modern eingerichtet, aber ein müffelnder Geruch irritierte Jonathan. Als er in den Raum trat, begrüßte ihn Pak Song Rim mit leichter Verbeugung, ohne sich aber zu erheben. Von Mal zu Mal schien der Alte gebrechlicher. Dabei war es erst ein paar Tage her, dass sie sich in Berlin begegnet waren. „Der Puppenspieler ist unzufrieden mit deiner Arbeit", begann Pak mit bedrohlich leiser Stimme. „Cognac?"

Jonathan schüttelte den Kopf, was den alten Koreaner nicht daran hinderte, zwei Gläser zu befüllen und eines davon Jonathan hinzuschieben. Ging der Geruch von seinem Gegenüber aus, das bereits bei lebendigem Leib zu verwesen begann und nur noch durch die konservierende Wirkung des Alkohols zusammengehalten wurde? Wenn, dann hatte Jonathan diesen Geruch bei seinen vorhergehenden Treffen mit Pak Song Rim jedenfalls noch nicht wahrgenommen.

„Chloe Bodmer hat heute ihren Vater in der Klinik in Davos besucht", begann Jonathan. „Wieso konntet ihr das nicht verhindern?"

Der Alte zuckte die Schultern. „Wir sind hier nicht so mächtig wie zu Hause. Bei uns in *Choson* ist es fast unmöglich, ohne offizielle Erlaubnis von einer Stadt in die andere zu gelangen. Wer eine Stadt verlässt, muss eine Genehmigung vorweisen. Hier ist das anders."

„Wenn ihr Vater gegenüber Chloe auspackt, bekommen wir schwerwiegende Probleme. Besonders ich."

„Die haben wir ohnehin schon. Besonders du."

„Ich habe für euch alles getan, was ich tun konnte. Hab eure schmutzigen Gelder sauber gemacht. Euch bei eurem großen Deal geholfen, den ihr ohne mich nie über die Bühne bringen könntet."

„Aber es hat nicht gereicht. Du weißt, dass heute in London der Libanese verhaftet wurde."

Jonathan wurde es eiskalt ums Herz. Nein, das wusste er nicht. „Er ist nicht zu unserem vereinbarten Treffen erschienen", sagte er dann mit leiser Stimme. „Das habe ich euch ja gleich gemeldet."

„Und wir haben uns ein bisschen umgehört. Unsere Fühler ausgestreckt. Und nachgedacht. Der Libanese war einer unserer wichtigsten Kontaktmänner. Jetzt ist der ganze große Deal in Gefahr."

Jonathan war dem Libanesen nur einige Male begegnet, zuletzt in Berlin. Jonathan wusste nicht seinen Namen, wusste nicht einmal, ob es sich tatsächlich um einen Libanesen handelte. Fest stand nur, dass er arabisch aussah und einen entsprechenden Akzent hatte. Und dass besagter „Libanese" sein Kontaktmann bei der finanziellen Abwicklung des „großen Deals" war. Was es wiederum mit dem großen Deal selbst auf sich hatte, wollte Jonathan gar nicht genau wissen. Wenn Nordkoreaner mit Vorderasiaten Geschäfte machten, konnte es um nichts Gutes gehen, nicht in Zeiten wie diesen, wo von Libyen bis nach Syrien und Irak Konflikte eskalierten oder Krieg herrschte.

„Der Libanese ist aufgeflogen, nachdem er Einzahlungen auf eines unserer Kontaktkonten geleistet hat", fuhr der alte Pak fort. „Das bedeutet, dass es eine undichte Stelle gibt. Irgendwie sind die uns auf die Schliche gekommen. Dafür kannst nur du verantwortlich sein. Du hast immer behauptet, deine Arbeit bei der Bank sei hundertprozentig sicher. Dafür legst du deine Hand ins Feuer, hast du gesagt. Nun gut, es kann sein, dass du bald gezwungen sein wirst, Wort zu halten."

Jonathan fröstelte. Er wusste, dass die nordkoreanischen Geheimdienste über eine große Palette unterschiedlicher Straf- und Foltermethoden verfügten, zu denen auch die Variante gehörte, potenzielle Delinquenten bei lebendigem Leib zu rösten.

„Es *war* auch alles sicher. Die Sache war praktisch wasserdicht. Bis dann dieser übereifrige Rechnungsprüfer gekommen ist."

„Den wir nun vorerst ausgeschaltet haben. Aber womöglich ein wenig zu spät. Hättest du uns früher informiert, hätten wir die Sache etwas eleganter und effektiver lösen können."

Jonathan zuckte hilflos die Schultern. „Ich hätte nie gedacht, dass er in der Lage ist, so viel Staub aufzuwühlen. Ich halte ihn immer noch eher für einen streberhaften Schaumschläger, um ehrlich zu sein."

Der alte Koreaner verzog die Lippen zu einem kleinen Lächeln. „Da sind *wir* aber anderer Meinung. Wir haben jetzt seinen Computer. Wir haben seine Unterlagen. Wir haben auch dieses Dossier in seinem Mailprogramm gefunden. Es enthält genügend Informationen, um womöglich unser ganzes europäisches Netzwerk auffliegen zu lassen. Und um deine Bankierskarriere mit Sicherheit zu beenden."

„Mir ist es gelungen, die entsprechende Mail aus Jeremy Gouldens' Mailaccount zu löschen. Er hat sie nie erhalten."

„Welti hat das Dossier auch an seinen Partner weitergeleitet."

Jonathan zuckte zusammen. Dann war die ganze Aktion mit Cathy in London umsonst gewesen. „Stirnimann ist in der Karibik auf Urlaub", sagte er schwach. „Wir müssen nur dafür sorgen, dass ihn die Mail nicht erreicht. Oder er nicht für Unruhe sorgen kann."

„Das wissen wir", antwortete Pak Song Rim, immer noch lächelnd. „Wir haben uns sicherheitshalber auch seine Wohnung und seinen Computer vorgenommen. Es ist uns gelungen, die Mail auch von seinem Server zu löschen, aber wir wissen nicht, ob er nicht mittlerweile von einer anderen Stelle auf seine Mails zugegriffen hat. Oder jemand anderes … Sprich: Wir müssen davon ausgehen, dass dieses Dossier in der Welt ist, und uns entsprechend verhalten."

„Das heißt?" – „Das heißt, dass jetzt alles schnell gehen muss. Wenn der Libanese aufgeflogen ist, kannst du von Glück sagen, dass du nicht gleich mit ihm hopsgegangen bist. Doch das wird bald der Fall sein. Und dann wird man die Century Bank dichtmachen und alle Konten werden eingefroren. Dem müssen wir zuvorkommen. Wir brauchen Zugang zur Bank. Und zu den Konten. Das Geld muss weg."

„Das heißt, ihr braucht Chloe."

„Wenn du uns diesen Zugang nicht allein verschaffen kannst, ja."

„Im Fall von Umständen, die verhindern, dass Beat Bodmer seinen Aufgaben nachgehen kann, ist Chloe bevollmächtigt, an seiner statt alle erforderlichen Transaktionen zu tätigen. Aber ich habe nun keine Macht mehr über sie. Man wird sie zwingen müssen."

„Das haben wir vor. Wir haben ihre Freundin. Wenn sie sich unkooperativ zeigt, wird sie ihre alte Schulkameradin Mirjam verlieren. Wenn nötig Stück für Stück, ein Körperglied nach dem anderen."

Im gleichen Moment glaubte Jonathan, aus einem der hinteren Räume ein Geräusch zu hören. Leise, aber eindringlich. Etwas wie das Röcheln eines sterbenden Tiers. Oder hatte er sich das nur eingebildet? „Ist sie hier?", fragte er und bemühte sich, seine Miene möglichst ausdruckslos zu halten. Der alte Koreaner schüttelte mild lächelnd den Kopf. „Sie ist an einem sicheren Ort. Wo niemand sie hören kann. Gut bewacht durch einen unserer Männer. Einen Spezialisten in … nun sagen wir mal *Anatomie*. Und unsere Hunde."

„Ihr zieht es also durch bis zum Letzten. Was habt ihr mit ihrem Mann gemacht? Wenn er die Polizei holt, werden die auf Mirjams Verbindung zu Chloe kommen. Chloe hat sie erst gestern besucht."

Wieder war da dieses leise, röchelnde, beunruhigende Geräusch. Also doch keine Einbildung?

„So schlau sind wir natürlich auch. Deshalb wurde er … na ja, durch einen kleinen *Unfall* aus dem Verkehr gezogen. Jeder im Dorf weiß, dass er paranoid war und immer mal wieder mit seiner Schreckschusspistole um sich ballerte. Er ist ungeschickt gestolpert, dabei hat sich ein Schuss gelöst und er hat sich aus nächster Nähe in den Kopf getroffen. Wenn ich unserem zuständigen Mann glauben darf, war das sogar *tatsächlich* so. Ich weiß nicht, ob er flunkert, spielt auch keine Rolle. Wahrscheinlich hat nicht mal ein Nachbar die Polizei gerufen, auch wenn er den Schuss gehört hat, und er wird tagelang dort liegen, ohne dass man ihn vermisst. Bis man ihn findet oder merkt, dass seine Frau verschwunden ist, sind wir längst über alle Berge."

„Und wozu braucht ihr dann noch mich?"

„Du wirst uns Chloe präsentieren. So bald wie möglich."

„Wenn ich sie richtig verstanden habe, bleibt sie heute in Davos."

„Dann morgen. Wir müssen sie morgen Nacht in der Bank haben, damit sie die nötigen Transaktionen vornimmt. Und du musst ihr als kundiger Mitwisser ihres Vaters wo immer nötig mit Rat und Tat beiseitestehen." Er leerte sein Glas mit einem großen Zug.

„Dafür will ich aber auch meinen Teil vom Kuchen. Es war nicht ausgemacht, dass die Sache derart eskaliert. Das ist durch die vereinbarte Summe nicht abgedeckt. Ich will jetzt das Doppelte."

„Ich will, ich will …" Wieder legte sich ein Lächeln über die Züge des Alten. Er winkte dem dunkel gekleideten Koreaner, der die ganze

Zeit über schweigend dabeigestanden hatte, ihm aufzuhelfen. Mit schlurfenden Schritten ging er zu einer Tür am Ende des Gangs und bedeutete Jonathan, ihm zu folgen. Hinter der Tür hörte Jonathan wieder, nun deutlich vernehmlich, ein Röcheln. Das sterbende Tier. Ihm kroch ein klammer Schauder über den Rücken.

Das Erste, was Jonathan auffiel, als der Dunkelgekleidete die Tür öffnete, war der unglaubliche Gestank. Er traf ihn mit brutaler Konzentration wie ein Faustschlag auf die Nase: nach Kot, Urin, Erbrochenem. Angstschweiß. Blut. Seine Augen mussten sich erst an das Dämmerlicht im Raum gewöhnen, dann nahm er auch den Mann wahr. Seine Hände waren in gut einem Meter Höhe hinter dem Rücken an eine aus der Wand ragende Eisenstange gefesselt, von der er in einer unnatürlichen Hockhaltung herabhing. Der Kopf baumelte vor seinen nackten Knien. Im Mund steckte ein Knebel.

„Wir nennen das zu Hause die Taubenfolter", erläuterte Pak in einem Tonfall, als sei er ein Museumsführer, der eine Besuchergruppe von Raum zu Raum geleitet. „Sehr schmerzhaft und darum höchst effektiv. Man kann nicht stehen, nicht sitzen, nicht schlafen, seine Notdurft nicht verrichten. Wenn man dazu von Zeit zu Zeit noch gepeitscht und geprügelt wird, bis man Blut erbricht, empfindet man das fast als erholsame Ablenkung. Wer das ein paar Tage überlebt hat, wünscht sich nichts sehnlicher als den Tod. Du fragst, warum das alles? Der Mann heißt Lee Hyun Hae. Er hat sich in Berlin dem Puppenspieler gegenüber als wenig kooperativ gezeigt. Und allzu übereifrig; träumte von der großen Karriere unter dem Obersten Führer. Deshalb sollte er eigentlich schon dort aus dem Verkehr gezogen werden. Als das aus verschiedenen Gründen nicht funktioniert hat, haben wir ihn uns hier vorgenommen. Und siehe da: Nach nicht mal zwei Tagen in dieser Lage hat das Täubchen uns eine sehr interessante Neuigkeit gezwitschert. Nun aber sind seine Flügel gebrochen und es wird wohl nicht weitersingen." Mit einem bekümmerten Blick gab Pak Song Rim dem Dunkelgekleideten ein Zeichen, die Tür wieder zu schließen. „Vielleicht wird morgen Nacht schon ein neues Vögelchen hier hängen. Es liegt an dir, mein verehrter Jonathan Creed."

Ein Haus in den Bergen

Mirjam Meier saß auf einem Stuhl, der gegen die Tür an der Wand geschoben war und versuchte vergeblich zu schlafen. Die Arme waren ihr über Kreuz gelegt und mit Lederriemen gefesselt worden, was ihr nur einen stark eingeschränkten Gebrauch der Hände erlaubte. Ihre Fußfesseln zum Beispiel konnte sie so unmöglich erreichen. Auch die Füße waren mit Lederriemen gebunden, so dass sie sich nur mit winzigen Schlurfschritten fortbewegen konnte. Es gab allerdings auch nicht den geringsten Grund, sich durch den fensterlosen Kellerraum zu bewegen. Sobald sie aufstand, fingen die beiden Hunde wild zu kläffen an, stürzten auf sie los, bis sich ihre Ketten an den Halsbändern spannten. Große, wütende, hechelnde Ungeheuer. Der einzige Punkt im Raum, den sie nicht erreichen konnten, war ein Radius von etwa einem Meter um Mirjams Stuhl an der Tür. Wenn sie sich aus diesem Raum herausbewegte, würde sie zerrissen werden. Somit hätten sich ihre Entführer die Arbeit mit den Fesseln auch sparen können, solange sie nur sicherstellten, dass Mirjam nicht durch die mehrfach verriegelte Tür entwischen konnte. Die kurzen Ketten der Hunde waren an Metallringen an der gegenüberliegenden Seite des Raumes festgemacht. Kein Zweifel – jetzt, wo sie keine Maulkörbe mehr trugen, hatten auch Mirjams Entführer größten Respekt vor ihren Tieren.

Mirjam dachte an Jobst. Es war alles so schnell gegangen. Die Männer waren ins Haus gestürmt, Jobst hatte ihnen mit seiner Pistole gedroht, dann war es zu einem Handgemenge gekommen, ein Schuss hatte sich gelöst und Jobst war zu Boden gesunken. Im gleichen Moment hatte man ihr einen Lappen mit stechendem Geruch vor die Nase gehalten. Als sie wieder aufgewacht war, lag sie gefesselt und geknebelt im Laderaum eines Lieferwagens, der über kurvige Straßen bergauf fuhr. Dann hatte der Wagen gehalten und man hatte sie in dieses Haus gezerrt. Mirjam wusste nicht, wo sie war. Vermutlich irgendwo hoch in den Bergen. Dass man ihr den Knebel herausgenommen hatte, wies darauf hin, dass wohl auf Kilometer keine Menschenseele war, niemand, der ein Schreien hören würde. Darum schrie sie auch nicht. Es würde ohnehin vom Gekläff der Hunde übertönt werden.

Ob Jobst tot war? Dann war er vermutlich in einer besseren Welt als dieser. Er hatte ohnehin nie sonderliche Freude am Leben gehabt, so viel Mühe sich Mirjam auch gegeben hatte, ihn aufzumuntern. Was jetzt wohl mit ihr passieren würde? Würde man auch sie den Hunden vorwerfen? Fast taten ihr die beiden Hunde mehr leid als sie selbst – so ausgehungert, geschunden, missbraucht. Kein Wunder, dass sie Menschen zerrissen. Trotzdem: Mirjam hatte nicht vor zu sterben. Ihr Leben lag noch vor ihr, und anders als ihr Mann hatte sie große Freude daran. Das durfte nicht aufhören. Und sie hatte ja niemandem etwas getan. Sie musste diese Menschen davon überzeugen, dass es nicht anging, ihr noch mehr Leid anzutun. Allerdings, und das machte die Sache schwierig, hatten sie kein Wort mit ihr gesprochen, und Mirjam wusste nicht einmal, ob diese Asiaten überhaupt Deutsch verstanden. Drei Männer waren es gewesen, die sie überwältigt und hergebracht hatten. Und kurz nachdem sie eingesperrt worden war, hatte sie den Lieferwagen wieder davonfahren hören. Seitdem hatte sie nur noch den einen Mann gesehen, der ihr vorhin das Essen gebracht hatte. Vermutlich war er ihr einziger Bewacher. Neben den Hunden.

Ach ja, das Essen. Ein eintopfartiger Brei mit undefinierbarer Fleischeinlage, den der Mann auf den Beistelltisch neben ihrem Stuhl geknallt hatte. Sie hatte keinen Hunger. Aber verkommen sollte das Zeug nicht. Und immerhin war hier jemand, der Hunger hatte.

Mirjam griff unbeholfen nach dem Teller und bewegte sich mit kleinen Schlurfschritten an den Rand ihres Ein-Meter-Überlebensradius. Die Hunde heulten in den höchsten Tönen; stemmten sich ihr mit aufgerissenen Mäulern in ihren Ketten entgegen. Jetzt keine Panik, Mirjam. Nur ruhig. Als ihre langen Zungen den Rand von Mirjams Teller erreichten, wurden die Hunde still.

Muri bei Bern

„Ich hätte mich nie auf euch einlassen sollen." Jonathan stützte den Kopf in die Hände. „Menschenschlächter, die über Leichen gehen."

„Natürlich. Für unsre Ziele gehen wir über alles. Was wären das auch für Ziele, für die man solche Opfer nicht eingehen würde? Ein Ziel, für das man nicht bereit ist, zu sterben und sterben zu lassen, ist es nicht wert, ein Ziel zu sein. Aber das könnt ihr entarteten Europäer nicht verstehen. *Ich hätte mich nie auf euch einlassen sollen",* der alte Pak verfiel in einen spöttisch äffenden Tonfall. „Da fangen sie an zu

jammern. Beat war am Ende genauso. Glauben, sich die Rosinen raus-
picken zu können, die Drecksarbeit andere erledigen zu lassen. Und
dann den Kopf aus der Schlinge ziehen, damit die makellose Weste
keine hässlichen Flecken bekommt. Kauft euer Fleisch im Supermarkt,
und wenn ihr jemanden ein Schwein schlachten seht, werdet ihr ohnmächtig oder wollt davonrennen. Wir schlachten nur die Schweine für
das Fleisch auf eurem Teller, Jonathan Creed. Wir schlachten sie hier
und wir schlachten sie zu Hause in *Choson*, und solange ihr nur euer
Fleisch zu fressen bekommt, beklagt sich keiner darüber."

„Oder vielmehr, ihr lasst eure Hunde für euch schlachten."

„Ach was, soviel ich weiß, war dieser Mann schon tot, bevor die
Hunde über ihn herfielen. Alles nur … Folklore."

„Aber war das nötig? Der Mord an einem Unschuldigen? Und war
es nötig, auch Chloe und ihre Freundin hineinzuziehen?"

„Du hast das doch selbst vorgeschlagen. Jagt meiner süßen Kleinen
einen Schreck ein, die hab ich in der Hand, dann wendet sie sich hilfesuchend an mich und ich regel die ganze Sache für euch. Du hast gemeint, jetzt, wo ihr Vater ihr nicht mehr helfen kann, sei sie so überfordert, dass sie dir alles in den Schoß wirft, wenn man ihr nur einen
kleinen Schuss vor den Bug gibt. Genau das haben wir getan. Aber es
hat wohl nicht ganz so geklappt, wie du dir das vorgestellt hast. Und
nun werden wir noch ein wenig mehr Gewalt anwenden müssen."

„Ihr dürft Chloe nichts tun." – „Erst einmal muss sie liefern. Und
du musst liefern. Dann sehen wir weiter." – „Und was ist der nächste
Schritt? Was wollt ihr jetzt von mir?" – „Zunächst einmal sollst du mir
noch ein paar Fragen beantworten. Du warst ja dabei, als mein Freund
U Jong Rin sich das letzte Mal mit Beat Bodmer getroffen hat."

Jonathan nickte. Er dachte an jenes Treffen zurück, wenige Tage
vor Beats Herzinfarkt. Schon da war Beat aufs Äußerste erregt gewesen, hatte gezittert, nervös gezappelt und immer wieder hatte ihm die
Stimme versagt. U Jong Rin war eine Art Botschaftsattaché in Bern
und ein langjähriger Kontaktmann Beats; die beiden hatten sich im
Grunde stets gut verstanden. U Jong Rin hatte im Wesentlichen die
Funktion des nach Pjöngjang zurückberufenen alten Botschafters
übernommen und war nun Beats wichtigster Ansprechpartner hinsichtlich seiner geheimen Finanzgeschäfte mit den Nordkoreanern,

wenn er auch längst nicht über die Vollmachten seines Vorgängers verfügte.

Bei jenem Treffen also war es mal wieder um den „großen Deal" gegangen, den Jonathan mithilfe der Zwischenstation der Gao-Feng-Stiftung und vielen weiteren Bewegungen – durch die er Geld hin und her schob, analog etwa dem Vorgang des Kartenmischens – in großen Teilen bereits erfolgreich abgewickelt hatte. Beat hatte wieder mal einen seiner Anfälle von moralischen Bedenken gehabt und angedeutet, sich aus dem Deal zurückzuziehen. Daraufhin hatte U Jong Rin seinerseits schweres Geschütz aufgefahren und in martialischen Tönen mit der *Vernichtung* der Bank gedroht. Beat war der Kragen geplatzt. Er war aufgesprungen und hatte eine anmaßende Gegendrohung in den Raum geschrien, die Jonathan wie der pure Größenwahn erschienen war. Beat hatte wohl erwartet, dass sein Gegenüber nun auf Zwergengröße zusammenschrumpfte, der aber hatte nur lächelnd gemeint: „Wir werden ja sehen, wer am längeren Hebel sitzt." Dann hatte Beat mit Jonathan den Raum verlassen. Jonathan hatte noch mehrmals versucht, Beat auf seine vermessene Drohung anzusprechen, doch er biss auf Granit. Nur einmal hatte Beat mit Tränen in den Augen gesagt: „Ich wollte mit Century zur Völkerverständigung beitragen – und daran verdienen, sicher. Aber am Guten: an der Annäherung, der wirtschaftlichen Vernetzung, am Aufbau. Aber ich kann doch keine Bombe an Terroristen verkaufen, verstehst du, Jonathan?"

Pak Song Rim sah Jonathan konzentriert an. „Und, kannst du dich erinnern, was Beat Bodmer gesagt hat, als er U Jong Rin so angebrüllt hat? Wiederhole es im genauen Wortlaut, bitte."

Jonathan schloss die Augen. Als Banker hatte er nicht nur für Zahlen ein gutes Gedächtnis, sondern auch für Formulierungen. Dann begann er: „Ich bewahre in den Räumen meines Hauses etwas auf, was *euch alle* vernichten kann. Was euren Menschenschlächter von Diktator von seinem illegitimen Thron zu stürzen vermag. Ihr habt mich lange genug erpresst, von nun an werde ich euch erpressen!"

„Sehr gut. Und weißt du auch, was er da meint?"

„Nein. Ist es denn wirklich etwas so Wichtiges und Gefährliches? Oder hat er nur geblufft? Ich habe mehrmals versucht, es aus ihm herauszukitzeln, aber vergebens."

„*Kitzeln* ist auch nicht die richtige Methode. Wir hätten da andere, die wir jedoch vorerst noch nicht brauchen. Und, ja, es *ist* etwas Wichtiges und Gefährliches – für manche. Und wohl kein Bluff. Wir wissen in etwa, *was* es ist. Aber noch nicht, *wo* es ist. Hast du irgendeine Vorstellung, wo in seinem Haus er so etwas aufbewahrt?"

„Nein. Ich habe mich selbst schon dort umgesehen und versucht, Chloe auszuhorchen. Aber sie weiß von nichts. Ihr Vater hat immer noch jede Menge Geheimnisse vor ihr."

„Jetzt, nachdem sie ihn besucht hat, vielleicht nicht mehr. Wie auch immer, wir können nicht erst auf sie warten, sondern müssen uns gleich ans Werk machen. Wir werden uns so bald wie möglich mit U Jong Rin und seinen Leuten treffen. Wir müssen uns noch heute Nacht Zugang zu Beat Bodmers Haus in Küsnacht verschaffen. Du kennst das Haus. Du musst uns helfen, die Alarmanlage auszuschalten."

„Kein Problem." Jonathan machte eine Kunstpause, dann setzte er hinzu: „Ich kann euch aber auch den Schlüssel geben."

Ein breites Grinsen legte sich über das Gesicht des alten Koreaners. „Sehr gut, Jonathan Creed. Du bist doch noch für Überraschungen gut. Darauf trinken wir noch ein Glas, ja? Und …" Seine Züge wurden nachdenklich. „Vielleicht bist du ja klüger, als wir dachten. Lass mich dir noch eine Frage stellen: Warum wohl hat Beat Bodmer so einen riesengroßen Fehler gemacht, als er versuchte, U Jong Rin zu drohen, indem er mit seinem Geheimnis geprahlt hat?"

Jonathan überlegte. Da war viel am Agieren und Larvieren der Nordkoreaner, das er nie verstanden hatte. Aber allmählich begann er etwas zu ahnen. „Vielleicht ist er ja an den Falschen geraten?"

Der Alte klatschte freudig in die Hände. „Du *bist* ein kluger Junge. Wenn man einem Schaf sagt: ‚Pass auf, da vorn ist ein Wolf', so wird es anders reagieren als der Wolf, dem man sagt: ‚Pass auf, da vorn ist ein Schaf.' Und wir leben nun mal in Zeiten, wo sich ein Schaf von einem Tag auf den anderen in einen Wolf verwandeln kann."

Küsnacht, Hotel Sonne
Jeremy saß beim Frühstück, als sein Telefon klingelte. Die Nummer von Welti. „Na endlich, Dr. Welti, haben Sie meine Nachricht erhalten?" Aber es war nicht die Stimme von Welti. „Stadtpolizei Zürich,

mein Name ist Wengli, nicht Welti, auch wenn das ähnlich klingt. Sie haben gestern etwa ein Dutzend Mal diese Nummer gewählt. Was hatten Sie denn so Wichtiges mit Dr. Welti zu besprechen?"

„Ja, aber ich verstehe nicht … Was ist denn mit Dr. Welti?"

„Er ist gestern Vormittag bei Saas-Fee mit dem Mountainbike verunfallt und liegt seitdem im Koma." – „Aber … wie konnte das passieren?" – „Nun, die Ermittlungen haben ergeben, dass die Hydraulikbremsen seines Rades manipuliert wurden. Überrascht Sie das?" Jeremy war so verwirrt, dass er keine Antwort fand. Der Polizist sprach weiter: „Wir gehen von einem gezielten Mordversuch aus. Und dann hat es noch den einen oder anderen Einbruch gegeben … Sie sind der Geschäftsführer der Gao-Feng-Stiftung, nicht? Wir hätten da ein paar Fragen an Sie, wenn Sie vielleicht zu einem kurzen Gespräch bei uns in der Regionalwache City vorbeikommen könnten? Das ist ganz zentral am Bahnhofquai. So bald wie möglich!"

Aber ich habe doch heute Morgen einen dringenden Termin, dachte sich Jeremy. Ach nein, fiel ihm ein. Der hatte sich soeben erledigt.

Davos

Die Zürcher Höhenklinik Davos war reizvoll am Eingang des Sertigtales oberhalb des Davoser Ortsteils Clavadel untergebracht. Ein modernes, mit allen Errungenschaften der heutigen Medizin ausgestattetes Klinikgebäude, das zugleich aber, nicht zuletzt wegen des grandiosen Ausblicks auf die Alpengipfel ringsum, auch nach hundert Jahren noch ein wenig den beschaulichen Charme von Thomas Manns *Zauberberg* atmete. Doch jetzt ging es in den wenigen verbliebenen Davoser Sanatorien nicht mehr darum, siechen und moribunden Schwindsüchtigen in der klaren Alpenluft das Leben zu verlängern. Schwerpunkte der Höhenklinik waren vielmehr unter anderem die muskuloskelettale, die onkologische, die pulmonale, die psychosomatische und die kardiovaskuläre Rehabilitation ihrer stationären Patienten.

Man hatte Chloe am Abend nicht mehr zu ihrem Vater vorgelassen, da, wie es hieß, der verantwortliche Arzt nicht mehr im Haus sei. Schweren Herzens hatte sie sich schließlich in einem der vielen Hotels des um diese Jahreszeit von Wintersportlern reich frequentierten

Bergdorfes einquartiert. Doch zu ihrer großen Erleichterung war heute Morgen alles ohne Probleme gegangen. Man hatte ihr an der Pforte sogleich den Weg zur Abteilung für kardiovaskuläre Rehabilitation gewiesen. „Es ist gut, dass Sie kommen", hatte ihr die Schwester noch auf dem Flur zugeraunt, „er ist sehr unruhig und fragt seit Tagen ständig nach Ihnen – wahrscheinlich hätten wir Sie heute ohnehin informiert und gebeten zu kommen: einfach zu seiner Beruhigung."

Und jetzt stand sie in dem exklusiv ausgestatteten Einzelzimmer vor dem Krankenbett. Ihr Vater sah nicht gut aus. Die Wangen eingefallen. Das Haar schien noch grauer geworden. Er hing an Schläuchen und Maschinen. Seine Hände zitterten. Aber seine Augen blickten wach, und als er sie erkannte, huschte der Anflug eines Lächelns über sein Gesicht. „Du bist gekommen", begann er mit schwacher Stimme.

„Ja", antwortete sie. „Du musst mir alles sagen." Nicht erst lange um den heißen Brei herumreden.

„Das wollte ich ja. Aber das darf ich nicht. Sie … sie haben es mir verboten. Sie tun dir etwas an … die Hunde …"

„Schweigen ist Leben, ja. Aber ich glaube nicht daran. Wer zuletzt schweigt, sind die Toten. Und wer leben will, muss *wissen*."

„Es gibt Wissen, damit kann man nicht leben."

„Bitte, Vater, sag mir, was ich zu wissen habe. Vor allem: Was ist damals wirklich passiert in jenem Haus – der prunkvollen Villa in den Weinbergen, hoch über dem großen See?"

„Das fragst du jetzt? Komisch, dass du nie zuvor gefragt hast."

„Ich … ich hatte es … vergessen."

„Dacht' ich's mir doch. Genau das, was der Psychologe damals gesagt hat: dissoziative Amnesie, häufig bei belastenden Ereignissen."

„Was war das für ein Ereignis? Bitte sag mir, was passiert ist!"

Beat seufzte, sah sie mit unsicherem Blick an. „Das weiß ich selbst nicht genau. Nicht, was dich betrifft. Ich weiß nur, dass jener Tag die Bank gerettet hat. Dass all unser Reichtum auf jenen Tag gründet. Das ist leider oft so im Leben – dass Erfolg mit der Erinnerung an Belastendes verbunden ist, an Schuld, an Dinge, die man vielleicht besser nicht getan hätte, wenn es im Leben nur um moralische Maßstäbe ginge. Aber im Leben geht es vor allem um das Leben selbst – das *Über*leben."

Das eigene, das der Familie, der Kinder. Und um die Sicherung der materiellen Grundlagen dafür. Da verdrängt man das Belastende lieber. Insofern hast du, meine Liebe, in deinem kindlichen Instinkt genau das Richtige getan. Nur manchmal kehrt das Verdrängte leider wieder und man *muss* sich erinnern. Auch wenn es wehtut."

„Dann erinnere dich mal, Vater. Und komm zur Sache."

Er hob seine zittrige Hand und sie legte sie in die ihre. Das schien ihn etwas zu beruhigen. „Du weißt, dass es der Bank damals nicht gutging. Tatsächlich stand sie vor dem Kollaps. Als ich Century ein paar Jahre zuvor gegründet hatte, habe ich ganz auf das gesetzt, was man damals die New Economy oder den Neuen Markt genannt hat, also auf innovative Firmen aus den Bereichen Internet, Multimedia, Biotechnologie und so weiter. Als dann 2000 die sogenannte Dotcom-Blase platzte, hat es nicht nur zahlreiche Kleinanleger in den Ruin getrieben, sondern auch meine Bank. Wären da nicht die Koreaner gekommen, wäre ich verloren gewesen. Unsere ganze Familie. Du hättest nicht weiter im Luxus leben können, Chloe, sondern wärst ganz unten im Keller gelandet – im Dreck. Hättest du das gewollt?"

Chloe erinnerte sich an ihren Traum von feuchten Kellerräumen und es lief ihr kalt den Rücken hinunter. Natürlich war es ihr all die Jahre über gutgegangen, das wollte sie nicht missen. Aber welchen Preis zahlte sie dafür? Zahlten vielleicht andere? Gab es womöglich Menschen, die ihretwegen zu Tode kamen, ohne dass sie je davon erfahren würde? Was hatte sie vergessen und verdrängt?

„Welche Koreaner denn? *Nord*koreaner nehme ich an."

„Von der Botschaft. Ohne Ankündigung standen sie plötzlich vor mir in der Bank. Und der Deal, den sie mir anboten, war außerordentlich verlockend. Nicht ganz legal, aber mehr als nur der rettende Strohhalm. Mehr als ein Silberstreifen am Horizont. Die *große Sonne* würde über mir aufgehen. Über uns, Chloe. Über unserer Familie."

„Wie kamen sie gerade auf dich?" Doch Chloe ahnte es. *Wusste* es.

„Das war mir zu Anfang auch nicht klar. Der eigentliche Geschäftsabschluss sollte in einer Privatvilla des Botschafters stattfinden. Bei Montreux. Das ist das Haus, an das du dich erinnerst, Chloe."

„Aber wieso war ich dabei? Ich hatte doch sonst nie etwas mit deinen Geschäften zu tun. Du hast die Familie immer rausgehalten."

„Ich weiß. Das hätte ich auch damals gern getan. Aber man hat mir gesagt, ich solle mein Töchterlein mitbringen. Das sei die Bedingung. Das käme von ganz oben. Es gäbe Essen, schöne Landschaft, Unterhaltungsprogramm. Du würdest es nicht bereuen."

„Wo war Mutter damals?" – „In der Klinik. Oder auf Kur. Du weißt, dass sie schon damals psychische Probleme hatte."

„Depression, Tablettensucht, der gescheiterte erste Selbstmordversuch, ich weiß. Als sie dann zwei Jahre später alles drei effektiver kombiniert hat, war sie erfolgreicher. Sprich weiter."

„Also habe ich dich mitgenommen. Ich weiß nicht mehr, welche Lüge ich dir erzählt habe. Dir hat es jedenfalls gefallen, zuerst. Das prächtige Haus, der Blick über den See … Der Botschafter hat uns sehr herzlich begrüßt. Doch dann kam der Junge dazu. Da hast du irgendwie … komisch reagiert."

„Pak Un. Es stimmt also. Nun ja, der war bei mir in der Klasse. Mit fünfzehn ist das manchmal etwas peinlich, wenn man plötzlich einem der Jungs aus seiner Klasse gegenübersteht. Die meisten fand ich damals doof. Und diesen komischen Koreaner fand ich *extrem* doof."

„Was dich nicht davon abgehalten hat, mit ihm rumzuknutschen."

„Wie bitte?" – „Ich habe mich mit dem Vater deines Freundes Marcus unterhalten. Hinterher. Der hatte seinen Sohn zur Rede gestellt, weil dessen Geburtstagsparty, na ja … etwas aus dem Ruder gelaufen war. Ein Mädchen hatte so viel getrunken, dass sie erbrechen musste. Und da hat sein Herr Sohn ihm alles erzählt. Pubertäre Knutschspiele, Komasaufen. Und dazu war ausgerechnet *dieser* nordkoreanische Junge eingeladen. Was habt ihr euch da nur gedacht?"

„He, wir waren fünfzehn! Und überhaupt – Marcus hat mir gegenüber immer einen auf cool gemacht. Und heimlich beichtet er seinem Vater alles. Ich könnt' ihn echt …" Chloe schüttelte ihr rotes Haar.

„Und jetzt ist er tot."

„Ja. Jetzt ist er tot. Vater, was weißt du davon?"

„Ich, Chloe … ich … gleich … Wo waren wir stehengeblieben?"

„Bei jener Villa am Genfer See. Mein Mitschüler Pak …"

„Richtig. Nach dem Essen ist er mit dir verschwunden. Wollte dir etwas zeigen, was weiß ich. Ich habe mir nichts draus gemacht, inzwischen wusste ich ja, dass ihr Schulkameraden wart. Eine halbe

Stunde später bist du verheult wieder aufgetaucht. Mehr weiß ich nicht."

„Das ist schade. Ich nämlich auch nicht."

„Es war wohl das, was man einen ‚Übergriff' nennt. Der Junge hat die Kontrolle über sich verloren. Du bist aber nicht vergewaltigt worden, Chloe, nicht körperlich. Was auch immer er mit dir angestellt hat, es ist aus *Liebe* geschehen. Jedenfalls etwas in die Richtung. Begehren – wie auch immer. Mit Jungen in diesem Alter geht es eben manchmal durch. Pak hatte etwa zehn Tage zuvor die Schule verlassen müssen. Er sollte zurück nach Korea. Er wollte dich noch einmal sehen, Chloe. Und der einzige Weg, dir nahezukommen, schien es ihm zu sein, seine Sippe an unsere Bank zu binden. Sicher hatte er Erkundigungen anstellen lassen und wusste, wie es um Century stand, und die Nordkoreaner suchten damals nach Banken, die sich darauf einließen, mit ihnen, nun ja, *besondere* Geschäfte zu machen, daher war es für Pak ein Leichtes, seinen Vormund zu überreden, um so gewissermaßen zwei Fliegen mit einer Klappe zu schlagen. Er war ohne Frage sehr, sehr in dich verliebt. Und genau dem verdanken wir die Rettung unserer Bank und unseren heutigen Wohlstand. Vielleicht hat er sich ja selbst als eine Art Retter gesehen und erwartete Dank und eine angemessene Belohnung. Doch als du dann nicht auf ihn und seine Wünsche eingegangen bist, muss er wohl ausgerastet sein. Ich weiß, wie gesagt, nicht, was genau passiert ist. Womöglich war es weniger schlimm, als es im Nachhinein den Anschein hat. Du, in einem fremden Haus allein mit fremden Menschen, die dir gegenüber zudringlich werden – das reicht für eine traumatische Erfahrung, die man von sich wegschiebt. Und vielleicht hast du auch geahnt, dass ich dich bei der ganzen Sache gewissermaßen *missbraucht* habe. So etwas verdrängt eine Tochter vielleicht lieber, als dass sie anfängt, ihren Vater dafür zu hassen."

Der muffige, dunkle Kellerraum, Paks Arme, die sich um sie legten und nicht losließen, wie würgende Tentakeln, und sie schrie, es hallte von den Wänden wider, und plötzlich waren da andere Menschen, viele andere, der Raum voller Menschen, die ebenfalls schrien, die sie foltern und töten wollten – und dann wurde alles schwarz.

„Irgendwann gab es eine große Unruhe. Von ferne hörte ich Rufe und Schreie. Der Botschafter entschuldigte sich. Als du zurückkamst, warst du völlig verstört. Der Junge hatte verheulte Augen und einen roten Abdruck auf der Wange. Kein Zweifel, dass dem jemand eine kräftige Ohrfeige verpasst hatte. Er machte den Eindruck, als schäme er sich. Er hat sich verbeugt und ist verschwunden, und ich habe ihn nie wiedergesehen. Wir sind dann bald gegangen, alles Geschäftliche war ja erledigt. Ich habe nie nachgefragt, was damals mit dir passiert ist. Tat es ab als eine harmlose Kinderei, du warst ja äußerlich unversehrt. Ich wollte das Geschäft nicht gefährden – die Rettung der Century Bank. Du kannst mich jetzt hassen, wenn du willst."

„Ich werde dich nie hassen, Vater. Ich weiß, was du alles für uns getan hast. Und wenn ich auf diese Weise das Instrument sein musste, um die Bank zu retten, dann … dann … musste es eben sein. Ich werde es überleben. Immerhin hat er sich nach dieser, na ja, *verunglückten* Szene nicht an mir gerächt und mein Verhalten unten im Keller hat die Geschäftsbeziehungen nicht zum Platzen gebracht." Bei sich dachte sie: Aber warum rächt er sich dann jetzt, nach fünfzehn Jahren?

„Ja, das war nun alles besiegelt. Von diesem Tag an flossen die Gelder. Millionen und Abermillionen. Auf die Konten der Century Bank. Aber je mehr Devisen bei uns verwaltet wurden, umso größer wurden auch die Erwartungen der anderen Seite an uns. Zugleich wurde diese Art von Geschäften von Jahr zu Jahr schwieriger, es gab ständig neue Auflagen und Embargovorschriften, wir mussten uns immer neue Finten ausdenken und haben uns immer weiter verstrickt. Ich bin da in etwas reingerutscht, Chloe, und es scheint nahezu unmöglich, da wieder herauszukommen. Aber irgendwo *muss* Schluss sein. Einen gewissen Punkt *darf* man nicht überschreiten."

„Und deshalb erpressen sie dich jetzt?"

„Ja. Sie haben mich in der Hand. Aber es gibt vielleicht noch eine Möglichkeit. Ein Druckmittel hätte ich noch. Aber es ist gefährlich. Chloe, erfülle deinem alten Vater noch eine letzte Bitte."

„Was soll ich tun?" – „Nimm das hier." Er hielt ihr die zitternde Faust entgegen, dann öffnete er seine Finger. In seinem Handteller lag ein kleiner Schlüsselbund. „Das eine ist der Schlüssel zu einem Tresor in unserem Haus, im oberen Gästebad, hinter den Kacheln unterm Waschbecken. Den Schlüssel habe ich immer bei mir getragen. Dort hatte ich die wichtigsten Unterlagen hinterlegt. Aber kurz vor meiner … Erkrankung habe ich die Dokumente dort herausgenommen. Vielleicht würde ich sie bald brauchen, und da wollte ich sie nicht im Haus haben. Auch hatte ich vor Dritten eine unbedachte Bemerkung gemacht. Daher habe ich sie kurzfristig in einem Schließfach der Bank Hollenstein & Grahm in der Dufourstraße verstaut – der andere Schlüssel. Da würde sie unter den über hundert Banken Zürichs keiner vermuten. Im Fach findest du einen Umschlag mit der Aufschrift ‚Nur im Falle meines Todes zu öffnen'. Öffne ihn. Ich bin so gut wie tot. Darin findest du einen Brief von mir sowie einige Papiere, die du nicht lesen kannst: Koreanisch. Ich weiß ihren Inhalt selbst nur ungefähr, aber es sind sehr wichtige Dokumente. Womöglich können sie uns noch retten. Gib sie Jeremy. Ihm vertraue ich. Aber er soll vorsichtig sein, sonst kosten sie ihm das Leben. Und lass sie um keinen Preis Jonathan in die Hände fallen. Halte dich überhaupt von Jonathan fern. Und dann verschwinde. Tauche unter, gehe ins Ausland, was auch immer, aber bring dich als Erstes in Sicherheit. Das hat oberste Priorität, vor allen Reichtümern der Bank und ihrem jetzt ohnehin ruinierten Ruf."

„Und Jonathan? Wir wollen – wollten – heiraten, Vater."

„Ich fürchte, Jonathan kann wohl niemand mehr helfen."

Beat Bodmer wirkte mit einem Mal unendlich matt und kraftlos. Sie sollte ihm jetzt Ruhe gönnen, aber die wichtige Frage war noch offen. Sie musste sie stellen. „Ich habe die Bilder in deinem Schreibtisch gefunden, Vater. Der zerfetzte Leib von Marcus Berghof. Was sind das für Geschäfte, die du da machst? Was wollen die von dir?"

Beat keuchte auf. „Es war ein Fehler … Ich hätte ihnen nicht sagen dürfen, dass ich die Dokumente habe … dass ich sie damit … Ich wollte sie doch nur … einschüchtern. Aber ich habe wohl … zu hoch gepokert." Ein Röcheln drang aus Beats Brust. Chloe sprang auf ihren Vater zu und schüttelte ihn. Irgendwelche medizinischen Geräte fingen an, heftig zu piepen. Wie eine Alarmanlage. Schwestern und Ärzte stürzten herein, Chloe wurde unsanft aus dem Raum getrieben.

Nach einer Stunde erfuhr sie, dass ihr Vater außer Lebensgefahr war. Den Ärzten war es gelungen, sein Herz wieder zum Schlagen zu bringen. Um eine erneute lebensgefährdende Aufregung zu vermeiden, hatte man ihn in einen künstlichen Tiefschlaf versetzt. Bis auf weiteres würde nun wirklich *niemand* mehr mit ihm sprechen können.

Zürich, Am Seeufer

Jeremy saß auf einer Bank nahe der Quaibrücke und blickte über den See. Die Möwen. Die Enten. Die Boote. Die Berge. Der blaue Himmel. Wieder ein klarer Februartag. Alles strahlte Ruhe und Harmonie aus. Aber in ihm war es nicht ruhig. Das Gespräch mit Polizeileutnant Wengli in der Regionalwache hatte ihn tief erschüttert. Einige Zeit lang war er ziellos am Limmatufer entlanggelaufen, bis er sich hier auf die Bank gesetzt hatte, um seine Gedanken zu ordnen.

Gestern ein Einbruch bei Welti zu Hause. Ein Einbruch in den Büroräumen der Revisionsgesellschaft Fiducia. Und heute hatte man entdeckt, dass auch in der Wohnung seines Partners Stirnimann eingebrochen worden war. Dabei waren sämtliche Unterlagen zur Rechnungsprüfung bei der Gao-Feng-Stiftung verschwunden. Noch war völlig unabsehbar, welcher Schaden dadurch angerichtet worden war und welche Folgen für die Stiftung daraus entstehen mussten.

Wenglis Argwohn, die Stiftung selbst – und damit Jeremy – könne hinter diesen Einbrüchen stehen, glaubte Jeremy immerhin zerstreut zu haben. Dass er für den Morgen des gestrigen Tages ein Alibi hatte, fiel da weniger ins Gewicht, schließlich könnte er die Einbrüche immer noch in Auftrag gegeben haben. Überzeugender war das Argument, dass die Stiftung die Prüfung ja selbst veranlasst und die Unterlagen bereitgestellt hatte. Da ergab es wenig Sinn, sie durch einen aufwendigen Einbruch wieder zurückzuholen. Außerdem waren ein Großteil der Unterlagen und natürlich sämtliche Datensätze nur Kopien und daher in den Büros der Stiftung in Zug weiterhin verfügbar. Jeremy hatte dem Polizisten seine Bereitschaft zur Zusammenarbeit signalisiert und zugesichert, der Polizei Einblick in die Zuger Bücher zu gewähren; schließlich war ihm selbst an einer Aufklärung der Vorgänge gelegen. Das hatte den Polizisten freundlicher gestimmt und geholfen zu verdecken, dass sich Jeremy ansonsten eher zugeknöpft gezeigt hatte. Was denn der Diebstahl unter diesen Bedingungen überhaupt bezwecken könne? Jeremy wisse es nicht. Wer sonst ein Interesse an den Dokumenten haben könne? Jeremy zuckte die Achseln. Ob es in letzter Zeit irgendwelche außergewöhnlichen Vorkommnisse gegeben habe? Jeremy schüttelte den Kopf. Erleichtert war er, dass die ganze Zeit der Name „Century" nicht fiel und dass man ihn schließlich mit der Auflage, sich zur Verfügung zu halten, gehen ließ.

Jeremy starrte auf den kalten, klaren See hinaus. Er wünschte, sein Verstand könnte im Moment auch so kalt und klar sein. Ob er mehr verraten hätte, wenn ihm Chloes Schrei nicht noch in den Ohren hallen würde – „Wenn du der Polizei etwas sagst, bin ich tot!"? Sobald er auch nur ein Wort gesagt hätte, hätten sie wohl *alles* wissen wollen. Aber was wusste er denn wirklich? Dass Jonathan hinter den Einbrüchen steckte, weil er Weltis Dossier aus der Welt schaffen wollte? Jonathan war an besagtem Morgen in London gewesen, wie Jeremy. Sie könnten sich gegenseitig ein Alibi geben und Cathy könnte es bestätigen. *Wenn* Jonathan hinter den Einbrüchen steckte, dann bedeutete es, dass er nicht allein handelte. Dann steckte er vermutlich tatsächlich mit den Leuten unter einer Decke, die Chloe grausam erpressten.

Jeremy schüttelte es. Das Schlimmste war ja nicht, dass diese Leute so weit gingen, für ihre Ziele Einbrüche zu begehen. Das Schlimmste war, dass sie deshalb *mordeten*. Laut Wengli waren die Bremsen von Dr. Weltis Mountainbike geschickt dergestalt manipuliert worden, dass sie bei fortgesetzter starker Belastung abrupt den Dienst aufgeben mussten. Bei einem alpinen Wettrennen über fast 2000 Höhenmeter musste das mit hoher Wahrscheinlichkeit einen schweren bis tödlichen Unfall bedeuten; Welti wäre zumindest bis auf weiteres außer Gefecht gesetzt. Ohne die Entdeckung der Einbrüche wäre Weltis Bike nicht auf Manipulation untersucht worden. Und die Einbrüche wären nicht so schnell entdeckt worden, wenn sich Weltis so aufmerksame Putzfrau nicht zufällig am Tag des Unfalls in seiner Wohnung befunden hätte. All das waren Hinweise, dass es diesen Leuten wohl nicht darum gegangen war, das perfekte Verbrechen zu begehen, sondern vor allem darum, einige Tage Zeit zu gewinnen. Aber Zeit wofür? Woran würde man sie in dieser Zeit vielleicht noch hindern können?

Sein Handy klingelte. Chloe. „Du Jeremy, ich muss sofort mit dir reden, wir haben keine Zeit zu verlieren! Wo bist du? Gut, ich bin gerade ganz in der Nähe. Ich komm gleich vorbei und lese dich auf."

Berlin, Chausseestraße

Zwischen Europa und Amerika verlaufen etwa ein Dutzend Tiefseekabel, die unzählige Informationen von hier nach dort befördern. Eines davon ist das über 12 000 Kilometer lange Glasfaserkabel Apollo. Ein anderes das 15 000 Kilometer lange Transatlantische Telefonkabel Nummer 14, meist kurz TAT-14 genannt. Bevor sie auf dem Meeresgrund die weite Strecke bis Nordamerika überbrücken, passieren beide Kabel das Örtchen Bude an der Nordostküste Cornwalls. In diesem unspektakulären Dorf befindet sich außerdem ein Militärstützpunkt der britischen Government Communications Headquarters (GCHQ), des in vielfacher Hinsicht eng mit den US-Diensten vernetzten britischen Geheimdiensts zur Datenüberwachung und technischen Nachrichtengewinnung. Man muss nicht Walter Korff oder Friedrich Fels heißen, um hier nicht an Zufall zu glauben. Aus Unterlagen des ehemaligen NSA-Mitarbeiters Edward Snowden geht jedenfalls hervor, dass der GCHQ zumindest das TAT-14 direkt an seinem Knotenpunkt anzapft und im Rahmen seines geheimen Tempora-Programms zur Überwachung des weltweiten Telekommunikations- und Datenverkehrs abhört.

Richtung europäisches Festland führt die Haupttrasse des TAT-14 zunächst zur Stadt Norden in Niedersachsen und verzweigt sich dann über Knotenpunkte wie Frankfurt, Paris und Zürich über Europa hinweg. Eines der etwa fünfzig Telekommunikationsunternehmen, die sich an Verlegung und Nutzung des TAT-14 beteiligt haben, ist die Schweizer Swisscom, und alle Informationen, die über die Schweizer Knotenpunkte Genf und Zürich ihren Weg Richtung Großbritannien und Nordamerika nehmen, passieren das Küstendorf Bude. Dort werden sie laut Snowden abgefangen und gefiltert und über einen Zeitraum von drei bis etwa dreißig Tagen hinweg gespeichert.

Was nach Snowdens Enthüllungen für öffentliche Empörung gesorgt hatte, war führenden Kreisen beim BND zumindest in Teilen längst bekannt gewesen und man hatte es sich gemäß dem Motto „Eine Hand wäscht die andere" zunutze zu machen gewusst. Auch wenn die britischen und US-Dienste damit geizten, ihre so großzügig ausspionierten Verbündeten an ihrem Wissensschatz teilhaben zu lassen, so verfügten gewiefte deutsche Informationsbeschaffer doch über ihre

Tricks und Kontakte, sich Zugang zu dem einen oder anderen Spionageergebnis zu verschaffen – besonders dann, wenn sie an dessen Zustandekommen durch tatkräftige eigene Hilfe beteiligt gewesen waren.

„Bingo!", rief Walter Korff, als er das Büro von Friedrich Fels betrat.

„Was gibt's Neues?" – „Die Briten haben zugeschlagen. Sie haben einen Araber verhaftet, der in einen schmutzigen Waffendeal verwickelt ist. In einschlägigen Kreisen als ‚Der Libanese' bekannt."

„Meinen Sie, er ist einer der arabisch aussehenden Männer, die an dem konspirativen Treffen auf Schwanenwerder beteiligt waren?"

„Die Fotografie, die sie uns rübergeschickt haben, passt jedenfalls gut zu dem Phantombild, das wir nach den Beschreibungen unserer Mitarbeiter angefertigt haben."

„Wissen die Briten Genaueres über dieses schmutzige Geschäft?"

„Sie wollen nicht recht raus mit der Sprache, aber was ich erfahren habe, bestätigt unsere schlimmsten Befürchtungen. Offenbar waren der Libanese und der Kofferträger die entscheidenden Scharniere für die finanzielle Abwicklung des Deals. Während der Kofferträger den Nordkoreanern die für ihr Waffenmaterial erhaltenen Gelder über Stiftungen und Sitzgesellschaften wusch und dabei natürlich selbst gehörig profitierte, war der Libanese die Kontaktperson zur anderen Seite, also zu jenen, die das Material kaufen wollten. Und jetzt kommt's: Man hat in der Wohnung des Libanesen eine Handgranate gefunden, die exakt jener gleicht, die auf dem Bekennervideo dieser obskuren islamistischen Chinesen zu sehen war, die die Verantwortung für den Anschlag auf die chinesische Botschaft übernommen haben."

„Den aber in Wirklichkeit unsere schlitzäugige Nordkoreanerin aus dem Tegeler See ausgeführt hat."

„Mit einer weiteren baugleichen Handgranate. Und es gibt noch eine Gemeinsamkeit: Man hat auch in der Granate des Libanesen Spuren hochangereicherten Urans gefunden. Macht es jetzt klick?"

„Ich glaube doch. Beide Granaten sind sozusagen Vorführmodelle. Selbst der Anschlag war eingebundener Teil des Waffendeals. Die Nordkoreaner demonstrieren den Islamisten, dass ihre Granaten funktionieren und sich als schmutzige Bomben einsetzen lassen."

„Oder sich mit dem darin enthaltenen Uran, gesetzt der Kunde zahlt den für die nötige Menge erforderlichen hohen Preis, auch eine richtige Atombombe bauen und liefern lässt. Das sind echte Schlitzohren, diese Nordkoreaner. Das Ganze war einfach eine Verkaufsvorführung, wie wenn jemand an einem Jahrmarktstand eine tolle Küchenmaschine in Aktion demonstriert. Nur mit dem Nebeneffekt, dass diese IS-Leute zugleich aller Welt Angst machen und dadurch für sich werben konnten, während die nordkoreanischen Puppenspieler gleichzeitig die Verhandlungen torpedieren, ihre Kim-getreuen Landsleute aufs Korn nehmen und wiederum verhindern konnten, dass die verhandlungswilligen Kim-Leute zu Hause rauskriegen, wer ihnen da wirklich einen Strich durch die Rechnung gemacht hat."

„Und zugleich konnten sie ihrem geliebten toten Führer Kim Jong Il noch eine Art Geburtstagsfeuerwerk servieren. Auch wenn die Rechnung nicht in allen Punkten aufgegangen ist: eine reife Leistung."

„Durchaus. Und was nicht ist, kann ja noch werden. Ein echter Entspannungsprozess liegt nach wie vor in weiter Ferne, und die Jungs vom IS wissen jetzt, dass die Leute um den Puppenspieler Ernst machen können. Der Rest ist nur noch eine Sache des Geldes und der Organisation. Bereits im Afghanistankrieg hat es Waffendeals zwischen Nordkorea und den Taliban gegeben, und es gibt Beweise, dass die IS-Rebellen schon jetzt auch mit Waffen aus Nordkorea kämpfen – konventionell, unkonventionell, schmutzig oder hochrein, egal: wo ein Wille ist, ist auch ein Weg. Ob die über den Libanesen und den Kofferträger verschobenen Gelder nun eine Bezahlung für bereits erhaltenes Material darstellen oder eine Anzahlung für Kommendes sind, womöglich in der Tat eine funktionsfähige Atombombe *Made in North Korea*, darüber schweigen sich unsere Kontakte leider aus."

„Immerhin schön, dass die Briten uns da ausnahmsweise zumindest insoweit Auskunft erteilen." – „Schön? Wir haben es uns hart verdient. Schließlich stammt der entscheidende Tipp, der zur Ergreifung des Libanesen geführt hat, von uns." – „Von uns? Wieso das denn?" – „Nun ja, wir haben doch bei denen anfragen lassen, ob sie Daten über den Telefon- und Internetverkehr eines gewissen Dr. Welti mit unserem guten Jeremy Gouldens gesammelt haben. Der ist schließlich britischer Staatsbürger und der GCHQ wacht sehr sorgfältig über den Informationsaustausch britischer Bürger mit Ausländern. Zum Beispiel Schweizern." – „Die haben also was gefunden?"

„Klar. Dr. Welti hat Gouldens ein umfangreiches Dossier zuge-mailt, aus dem schwarz auf weiß hervorgeht, dass die Zürcher Century Bank tief in der ganzen Sache mit drinsteckt. Konkret gab es – im Weg über Koryo Capital, eine vorgeschobene Briefkastenfirma – verdächtige Bewegungen auf ein Konto, das die britischen Ermittler schon seit einiger Zeit im Visier hatten und das mit besagtem Libanesen in Verbindung steht. Es war das letzte fehlende Puzzleteil."

„Dieses Dossier würde ich mir gern mal ansehen." – „Ich auch. Aber das können wir uns wohl abschminken. In diesem Punkt bleiben die Angelsachsen lieber unter sich, Verbündete hin, Verbündete her. Es war schon Arbeit genug, dass sie uns überhaupt diese Informationen geliefert haben. Nach dem, was man mir zugemunkelt hat, steht der ganze Sumpf kurz davor, trockengelegt zu werden. Da wird es einigen korrupten Bankern bald mächtig an den Kragen gehen."

Zwischen Zürich und Küsnacht
„Und was willst du jetzt tun, Chloe?"

„Was mein Vater mir geraten hat. Ich hole noch ein paar Sachen aus unserem Haus und dann werde ich verschwinden. Wenn ich nicht da bin, können die mich auch nicht erpressen. Sie können mich nicht zwingen, etwas für sie zu tun, wenn ich auf Tauchstation gehe. Und dann werden sie auch keinem anderen etwas tun können, um mich zu etwas zu zwingen. Weil sie ja gar nicht wissen, wo ich bin."

Jeremy fand das keine so gute Idee. Für ihn wirkte Chloe wie ein kleines Kind, das die Hände vor die Augen schlägt, damit die anderen es nicht sehen können. Aber sie war panisch entschieden und für rationale Argumente unzugänglich. Verständlich, dass sie einfach ihr nacktes Leben retten wollte. Doch im Unterschied etwa zum Pferd ist der Mensch kein Fluchttier. Was der Spezies Homo sapiens das Überleben ermöglicht hat, ist vielmehr die Fähigkeit, im Angesicht der Gefahr stehen zu bleiben und sich der einzigen Waffe zu bedienen, die sie den anderen Wesen überlegen macht: ihres Verstandes. Manchmal gibt es allerdings Situationen, in denen nur der urtümliche Primatenimpuls übrig bleibt: Auf den nächsten Baum klettern und hoffen, sich im Blattwerk verbergen zu können, bis die Gefahr vorüber ist.

Chloe hatte Jeremy an der Ecke Quaibrücke–Utoquai aufgelesen. Während der Fahrt nach Küsnacht hatte sie in übersprudelnder Geschwindigkeit und ohne Zusammenhang berichtet, was sie von Beat erfahren hatte. Century als die Hausbank der Kim-Dynastie in Europa, was irgendetwas mit Chloes gemeinsamer Schulzeit mit dem vermutlichen Diktatorensöhnchen zu tun hatte; diesen Teil hatte Jeremy noch immer nicht verstanden. Wahrscheinlich Hunderte von Schwarzgeldmillionen auf verschiedenen Konten der Bank. Beat völlig abhängig von seinen Geldgebern und daher erpressbar, die Bank Drehscheibe für schmutzige Geschäfte. Zuletzt habe Beat angefangen, sich zu wehren, wodurch die Sache eskaliert sei. Doch sie, Chloe, habe nicht mehr vor, sich zu wehren. „Jeremy, das kann ich nicht abwaschen, so viel Seife und Parfüm gibt's auf der ganzen Welt nicht. Ich kann nur wegrennen! Du kannst das nicht verstehen. Es reicht, dass *ich* es endlich verstanden habe." Dann bremste sie abrupt. „Dort vorn ist das Hotel Sonne. Bitte steig aus, ich kann nicht mehr. Versuch erst gar nicht, mich anzurufen. Wenn ich in Sicherheit bin, melde ich mich. Ach, und …" Sie zog ein braunes Kuvert neben ihrem Sitz hervor. „Vater meint, ich soll dir das geben. Ich weiß nicht im Einzelnen, was es ist. Ich habe nur seinen Brief an mich gelesen. Du solltest ihn auch lesen. Jedenfalls sind es wichtige Dokumente. Er vertraut dir, vielleicht kannst du uns damit irgendwie alle noch retten. Und jetzt steig aus. Ich muss von nun an für mich selbst sorgen. Lebe wohl, Jeremy."

Verwirrt stand Jeremy an der Seestraße, starrte auf das Kuvert in seiner Hand und dem die Alte Landstraße hinauf davonrasenden Auto hinterher und wusste, dass er Chloe nicht hätte gehen lassen sollen.

Küsnacht, Hotel Sonne
Liebe Tochter, wenn Du diese Zeilen liest, weile ich nicht mehr unter den Lebenden. Ich habe stets versucht, Dir, meinem einzigen Kind, ein guter Vater zu sein, und bin es doch nur selten gewesen. Vor allem habe ich zugelassen, Dich ein Erbe antreten zu lassen, auf dem eine drückende Hypothek lastet. Du bist jetzt reich – Herrin über Millionen –, doch sind das Millionen, die buchstäblich aus dem Blut von Millionen geschöpft sind, für die Menschen gehungert und gelitten haben, gefoltert und ermordet wurden. Es ist eine Schuld, die nun auch auf uns lastet und von der uns

keine „Geldwäsche" zu reinigen vermag. Eine Schuld, mit der wir uns zu arrangieren haben, wenn wir leben und überleben wollen. Zu deren Opfer wir in gewisser Weise genauso geworden sind, wie wir die Nutznießer von deren bitteren Früchten sind. Ich hoffe inständig, dass eines Tages neue Zeiten anbrechen, in denen wir unsere Sühne antreten können, ohne Kopf und Leben von uns und unseren Lieben zu riskieren, aber jetzt, da ich diese Zeilen niederschreibe, scheinen diese seligen Tage in weiter Ferne zu liegen.

Jeremy wurde ungeduldig. Beat Bodmers Vater war Pastor gewesen und den Hang zum salbungsvollen Pathos hatte auch sein Sohn nie abgelegt, ob er nun – wie öffentlich meist der Fall – das Wirken seiner Bank als Wohltat für die Menschheit darstellte oder, wie nun hier, seine Seele öffnete und darlegte, wie sehr sein Tun in Wirklichkeit an seiner protestantischen Seele nagte. Jeremy überflog die nächsten Zeilen (in denen es um das Wechselspiel zwischen Verantwortung und Verstrickung ging und um die Notwendigkeit, in einer komplex gewordenen Welt zwischen verschiedenen Gütern, Werten und Moralmaßstäben abzuwägen, sowie um das geflügelte Bibelwort vom „ersten Stein", den sicherlich niemand zu werfen vermöge, der heute eine leistungsstarke und profitorientierte Bank aufbauen wolle) und las erst weiter, wo Beat endlich konkret wurde und auf seine Bankgeschäfte einging. Wie er den ehemaligen nordkoreanischen Botschafter in der Schweiz kennengelernt hatte – *die genauen Umstände, liebe Chloe, lasse ich lieber außen vor, da sie dich nur belasten würden* – und sich daraus eine intensive Geschäftsbeziehung entwickelte, *der allein die rasche Konsolidierung der schon einen Schritt über dem Abgrund stehenden Bank zu verdanken gewesen* sei.

Und weiter: Führung und Verwaltung der üppigen Spesenkonten der in der Schweiz erzogenen Kinder des Diktators Kim Jong Il, deren Mentor der Botschafter während deren hiesigen Aufenthalts gewesen sei. Weitere Konten der Diktatorenfamilie, um ihre Luxuseinkäufe im Westen zu finanzieren. Neue Konten, über die diverse andere Geschäfte abgewickelt wurden. *Die Liste all dieser Konten und der wahren wirtschaftlich Berechtigten dahinter findest du in einem Schließfach im Tresorraum der Century Bank, der Schlüssel dazu liegt in der untersten Schublade im Tresor im oberen Gästebad bei uns zu Hause in Küsnacht.*

Und die über all die vielen Konten laufenden Geschäfte hatten bald eine immer obskurere, brisantere Natur angenommen. Über windige Offshore-Finanzplätze vom nahen Vaduz bis ins ferne Macao, mit Transaktionen, deren Spuren von Nordkorea einerseits bis nach Burma, Afghanistan, in den Iran, nach Syrien, Libyen, Kuba und zu weiteren eher zwielichtigen Adressen andererseits führten. Beats wachsender Wunsch, sich dem allen zu entziehen, und der im gleichen Maß zunehmende Druck, ihm durch Abziehen der verwalteten Gelder die Grundlage von Solvenz und Funktionsfähigkeit seiner Bank zu nehmen. Denn so sehr sich Beat auch angestrengt hatte, Century war immer vom geheimen Nordkoreageschäft abhängig geblieben – sowie vom Geschäft mit einer Handvoll Firmen und Personen, die ihrerseits halblegale oder illegale Nordkoreageschäfte trieben, namentlich einem reichen Geschäftsmann mit Hausbesitz auf Schwanenwerder in Berlin. Wie Beats Situation über die Jahre hinweg durch verschärfte Sanktionen und Kontrollen einerseits und verstärkten Druck andererseits immer prekärer geworden sei, so dass er kaum mehr einen Rat wusste.

Doch verfüge ich über ein Mittel, das einen letzten Ausweg aus alledem weisen könnte, allerdings ist es ein genauso wirksames wie gefährliches, und ein kleiner Fehler bei dessen Anwendung kann rasch meinen und womöglich auch Deinen Tod bedeuten, und so bin ich immer davor zurückgeschreckt, mich seiner zu bedienen. Doch eins nach dem anderen: In meiner Tätigkeit für hochrangige Vertreter der nordkoreanischen Nomenklatura habe ich außer dem damaligen Botschafter auch zahlreiche weitere Landesvertreter kennengelernt. Einer davon war ein naher Verwandter des 1982 verstorbenen Choe Hyon, eines verdienstvollen Veteranen aus dem antijapanischen Befreiungskrieg, der einer der engsten Vertrauten des Staatsgründers Kim Il Sung war. Wir kamen uns im Laufe der Jahre über das zwischen Bankier und Kunde übliche Maß hinaus näher, und bevor er wieder in die Heimat abberufen wurde, überreichte er mir eine Mappe mit Dokumenten in koreanischer Schrift und bat mich, sie sorgfältig für ihn zu verwahren. Eines Tages, so vertraute er mir an, würden ihm diese Schriftstücke vielleicht nicht nur das Leben retten, sondern ihm sogar dazu verhelfen, „eine große Veränderung" in seinem Heimatland herbeizuführen und eine „neue Sonne aufgehen" zu lassen. Damals habe ich nicht verstanden, was er damit meinte, jetzt weiß ich aber, dass er sich nur auf einen Regimewechsel in Pjöngjang bezogen haben kann. Leider erfüllten sich seine Hoffnungen nicht, denn ich habe nie wieder von ihm gehört, so dass ich davon ausgehen muss, dass er einer Säuberungsaktion zum Opfer gefallen ist.

Mit den Dokumenten, die Du nun in den Händen hältst, hast Du also womöglich auch das Mittel in der Hand, dem Terrorregime der Kims ein Ende zu setzen. Genauso könnten sie Dir und den Deinen den Tod bringen. Oder, richtig in die Waagschale geworfen, unsere Bank vor Schmach und Untergang retten. Ich wünschte, ich könnte Dir einen klaren Rat geben, wie Du mit ihnen zu verfahren hast. Ich wünschte, ich hätte bei Lebzeiten den Mut und die Kraft dazu aufbringen können, Dich, meine letzte Stütze auf der Welt, in all das einzuweihen. Dass Du den Brief und das Konvolut jetzt in Händen hältst, ist leider der traurige Beweis, dass mir das nicht gelungen ist. Ich wage nicht, Dich um Verzeihung zu bitten, doch wünsche ich Dir aus tiefstem Herzen den besten Erfolg. In Liebe, Dein untröstlicher Vater

Anlage: Hochbrisante Dokumente auf insgesamt acht Blättern

Küsnacht, oben auf dem Hügel

Nicht immer sucht es sich zu siebt besser als allein: Seit den frühen Morgenstunden hatten Jonathan und das Kommando, das ihm der alte Pak zugeordnet hatte, das bunkerartige Bodmer-Haus systematisch durchstöbert, ohne fündig zu werden. Das Kommando bestand aus fünf Männern und einer Frau. Pak Song Rim selbst hatte sich wie üblich entschuldigt. Dafür hatten der wortkarge Dunkelgekleidete, der Jonathan als Ryul Jong vorgestellt worden war, sowie eine etwa fünfunddreißigjährige Nordkoreanerin mit dunklen Augen – sie hatte als Namen Ryn Jong Mi angegeben – Jonathan zusammen mit ihrem Fahrer von Muri Richtung Zürich begleitet. Wie Ryul Jong war Jonathan auch der attraktiven Ryn Jong Mi bereits in Berlin flüchtig begegnet. Auf einem Parkplatz an der Autobahn hatten sie sich mit drei weiteren Koreanern getroffen, die ebenfalls dunkel gekleidet waren und alle recht ähnlich aussahen. U Jong Rin war nicht darunter. Wie zuvor der Fahrer hatten sich auch diese drei neuen Koreaner nicht die Mühe gemacht, sich Jonathan vorzustellen. Jonathan hatte unwillkürlich begonnen, die Gruppe dieser drei in Gedanken „die Schweizer" zu nennen, was im Grunde natürlich absurd war, da sie Koreaner waren wie die anderen, „die Berliner", auch, doch meinte er, aus ihrem spärlichen Englisch – meist sprach das Kommando untereinander Koreanisch – neben dem koreanischen Akzent auch einen leichten Anflug von schweizerischem Singsang herauszuhören; vielleicht ein Indiz, dass sie sich schon länger in der Schweiz befanden und womöglich, wie der unerwarteterweise fehlende U Jong Rin, Botschaftsangehörige waren.

Einer der drei war ein wenig korpulenter als die anderen, hatte ein breites, rundes Gesicht und war offensichtlich der, der unter den „Schweizern" das Sagen hatte. Jonathan fiel auf, dass der Umgang von „Schweizern" und „Berlinern" sehr reserviert war und die beiden Gruppen immer als getrennte Teams agierten. Auch schienen die „Berliner" verstimmt darüber, dass Botschaftsattaché U Jong Rin nicht wie vereinbart aufgetaucht war. Mehrfach war der Name in ihren Gesprächen gefallen, ohne dass Jonathan hätte verstehen können, worum es ging. Bei seiner knappen Nachfrage hatte Ryul Jong nur unwirsch geantwortet, dass es wohl eine Änderung im Plan gegeben habe und U Jong Rin später nachkommen werde. Bisher hatte sich Ryul Jong jedoch nicht blicken lassen und Mittag war längst vorüber.

Da hörte er draußen einen Wagen vorfahren. War er das? Nein. Das automatische Zufahrtstor öffnete sich. Das war *sie*.

„Jetzt beginnt dein Part, Creed!", sagte Ryul Jong.

Küsnacht, Hotel Sonne
Jeremy musterte zum wiederholten Male mehr oder minder ratlos die Dokumente mit dem angeblich so hochbrisanten Inhalt, die Beat Bodmers Brief beigelegt waren. Etliche vergilbte Blätter, allesamt sicher Jahrzehnte alt, aber er konnte sie nicht lesen. Das eine schien ein Brief zu sein. Dann ein zweiter Brief, in anderer Handschrift. Einige lose Blätter mit Aufzeichnungen, in der gleichen Handschrift wie der zweite Brief. Alles auf Koreanisch. Mit einer Ausnahme: Als Letztes war da noch ein Zeitungsausschnitt, in dem eine kleine Meldung dick eingekringelt war. Eine japanische Zeitung, die *Asahi Shimbun*, noch heute die zweitgrößte Zeitung der Welt. Ausgabe vom 7. Juni 1937. Jeremy kramte all seine angestaubten Japanischkenntnisse hervor und unter

Zuhilfenahme eines via Smartphone abgerufenen Wörterbuchs gelang ihm die folgende Übersetzung:

Kaum mehr als hundert Mann unter Führung des kommunistischen Räubers Choe Hyon griffen Pochonbo an. Eine Gruppe fiel über die örtliche Polizeistation her, während eine andere das ganze Dorf in Brand setzte und plünderte.

Jeremy war enttäuscht. *So what?* Einen Choe Hyon hatte Beat in seinem Brief erwähnt und als engen Vertrauten des Staatsgründers Kim Il Sung bezeichnet. Dass eine Persönlichkeit wie Choe Hyon von der Gegenseite als „kommunistischer Räuber" beschimpft wurde, war da wenig verwunderlich und wohl kaum geeignet, das Regime in Pjöngjang in seinen Grundfesten zu erschüttern. Pochonbo … Hatte nicht auch Schliermeyer den Angriff auf die japanische Polizeistation erwähnt? Und als den „Gründungsmythos der Kim-Dynastie" bezeichnet? Diese Dokumente mussten also auf irgendeine Weise an diesem Mythos rütteln. Inwiefern? Jeremy ärgerte sich, dem Koreakenner gerade in dem Moment das Wort abgeschnitten zu haben, als er von diesem Mythos zu berichten begann.

Sollte er Schliermeyer anrufen? Aber erst einmal wollte er sich darüber klar werden, was er jetzt zu tun hatte. Chloe hatte ihn mit der Übergabe der Dokumente überrumpelt. Und jetzt war sie abgetaucht. Aber war dadurch alles ausgesessen? Sicherlich nicht. Vielmehr hing Jeremy nun völlig in der Luft. Auch Jonathan war nicht zu erreichen. Bestimmt wusste er inzwischen, dass er aufgeflogen war. Was würde er tun? Sich ins Ausland absetzen? Auf alle Fälle musste dafür gesorgt werden, dass Jonathan keinerlei Transaktionen im Auftrag der Stiftung oder der Century Bank mehr vornehmen durfte. Was die Stiftung anging, hatte Jeremy bereits gestern dafür gesorgt, auf diskrete Weise Entsprechendes zu veranlassen. Er hoffte, dass Chloe, was die Bank betraf, ähnliche Schritte unternommen hatte, sie war ja nicht dumm. Sicher konnte er sich freilich nicht sein; nicht in ihrem Zustand am Rande des Nervenzusammenbruchs. War es nun endlich an der Zeit, sich an die Polizei zu wenden? Wenn Chloe untergetaucht war, konnte Jeremy sie dadurch doch nicht mehr gefährden, oder?

Aber er hatte Chloe sein Wort gegeben. Und was war mit ihrer Freundin, Mirjam? Jeremy wusste auch das nicht. Jedes Tun oder

Nichtstun konnte verheerende Folgen haben. Sollte er Schliermeyer ins Vertrauen ziehen? Einen Enthüllungsjournalisten? Jeremy hatte den Eindruck, dass Diskretion im Moment erst einmal das Wichtigste war. Oder Korff, Schliermeyers Spezi? Hallo, Herr Korff, ich habe hier ein Bündel Dokumente, mit denen sich das Kim-Regime stürzen ließe, können Sie damit etwas anfangen? Nur her damit, wir schicken gleich jemanden vorbei! Jeremy hatte genug Erfahrungen mit Geheimdiensten gemacht, um zu wissen, dass sie sich nie mit dem kleinen Finger begnügten und meist noch nicht mal mit dem ganzen Arm. Die wollten *alles*, und am Ende konnte man oft genug froh sein, nackt und mit dem bloßen Leben davonzukommen. Nein, bevor er diese Dokumente auf irgendeine Weise einsetzte, musste er sich ein Bild davon verschaffen, *was* das für Dokumente waren. Er durfte keinen falschen Schritt tun. Zu viel hing an ihm. Zu viel *erwartete* man von ihm. Aus Beats Brief sprach letztlich Ratlosigkeit. *Mit diesen Dokumenten hast Du also womöglich das Mittel in der Hand, dem Terrorregime der Kims ein Ende zu setzen. Genauso könnten sie Dir und den Deinen den Tod bringen. Oder unsere Bank vor Schmach und Untergang retten. Ich wünschte, ich könnte Dir einen klaren Rat geben, wie Du mit ihnen zu verfahren hast.* Eine Bankrotterklärung. Kein Wunder, dass Beat mit diesen Sätzen nichts anderes vermocht hatte, als die eigene Lähmung und Panik auf Chloe zu übertragen. Und nun war Jeremy an der Reihe. An wen könnte *er* den Schwarzen Peter abgeben?

Ein Summton aus Jeremys iPhone. Eine neue SMS. *Bin gleich in Zürich. Kann in einer halben Stunde bei dir in Küsnacht sein.*

Mie! Konnte es sein, dass er seit dem Treffen mit Chloe kein einziges Mal an Mie gedacht hatte? Und jetzt war sie auf dem Weg zu ihm. Unmöglich würde Jeremy das ganze Schlamassel, in dem er momentan steckte, von ihr fernhalten können, ein so guter Schauspieler war er nicht. Nun ja, wie gut Mie selbst schauspielern konnte, wusste Jeremy, wenn er ehrlich zu sich war, immer noch nicht; auch das Filmprojekt war durch die Ereignisse in den Hintergrund gedrängt worden. Aber eines stand fest: Koreanisch konnte sie. Und die Zeit drängte.

Küsnacht, oben auf dem Hügel

„Lasst mich doch einfach gehen", wiederholte sie mit wimmernder Stimme. „Ich will hier raus. Ich will verschwinden. Ich kann nicht mehr. *Lasst mich doch einfach gehen!*"

„Bitte, reiß dich zusammen, Chloe. Es ist zu spät. Sie haben Mirjam entführt und werden ihr etwas antun, wenn du nicht kooperierst."

Chloe zuckte zusammen, schien förmlich zu schrumpfen. Dann sagte sie mit leiser Stimme: „Ich hasse dich, Jonathan Creed. Du hast mir das alles eingebrockt. Wie hab ich dir je vertrauen können."

„Glaub mir, ich wollte nie, dass es so weit kommt. Da hat sich etwas verselbstständigt, ist größer geworden als wir: du, ich, dein Vater. Wir sind da hineingerutscht, bis es uns verschluckt hat. Der einzige Weg hinaus führt jetzt durch die Dunkelheit, Chloe. Es gibt kein Zurück, es gibt keine Flucht. Wir müssen da durch."

Ryul Jong trat in den Raum, in dem man die beiden für eine kurze Aussprache allein gelassen hatte. „Also, du hast es gehört, Chloe Bodmer: Du sagst uns, wo dein Vater die Dokumente versteckt hat, und danach machen wir alle einen kleinen Ausflug in die Räumlichkeiten der Century Bank, wo du uns bei gewissen … Transaktionen hilfst. Dann lassen wir deine Freundin frei, und auch du kannst gehen, wohin du willst. Aber wenn du uns nicht hilfst, fürchte ich …"

„Beweist mir erst mal, dass ihr sie habt." Von irgendwoher schien Chloe die Kraft zu schöpfen, sich noch einmal aufzubäumen.

„Nichts leichter als das." Die attraktive Mittdreißigerin Ryn Jong Mi war in den Raum getreten, ein Handy in der Hand. Sie wählte eine Nummer, wechselte ein paar Worte auf Koreanisch. Dann reichte sie es Chloe. Am anderen Ende Stille. Dann, endlich, eine Stimme. „Hallo?" – „Mirjam! Es tut mir so leid!" – „Chloe, bist du's? Komm, Kopf hoch, wir schaffen das! So leicht lassen wir zwei uns schon nicht unterkriegen." – „Mirjam, die haben mich hier in meinem eigenen Vaterhaus überfallen, und jetzt drohen sie mir, dass sie dir … Aber … ist auch alles okay mit dir? Was haben diese Unmenschen dir angetan?"

„Ach, sie haben mich ein bisschen gefesselt, das ist nicht weiter schlimm. Ansonsten sind sie höflich, aber wenig gesprächig. Das Essen ist bescheiden. Zwei nette Hunde haben sie auch und …"

Mit einer groben Bewegung hatte ihr Ryn Jong Mi das Telefon aus der Hand gerissen. „Du hörst, es geht ihr gut. Das wird sich aber rasch ändern. Wenn du nicht tust, was wir dir sagen, werden wir ihr ein Fingerglied nach dem anderen abschneiden und du darfst es dir am Telefon mit anhören. Wir können dir gern auch Filmchen dazu schicken." In den Blick der Koreanerin war ein bösartig kalter, brutaler Zug getreten, der auf seltsame Weise ihre Schönheit nur hervorhob.

Chloe hatte sich in einen Stuhl sacken lassen „Ihr blufft ja nur", murrte sie trotzig. Aber es war ein kleinlauter Trotz.

„Gut", antwortete Ryn Jong Mi und begann durchs Telefon Anweisungen zu geben. Alle Koreaner hatten sich im Raum versammelt und standen um Chloe herum. Rechts die drei „Schweizer", links die schöne Ryn Jong Mi, dann Ryul Jong und ihr schweigsamer Fahrer.

„Bitte, Chloe", flehte Jonathan, „die foltern sie zu Tode, das machen die routinemäßig, ich hab das gestern Nacht selbst gesehen. Da war ein Mann namens Lee Hyun Hae, einer ihrer eigenen Leute, ein Diplomat, und die haben den dermaßen zugerichtet, dass …"

Jonathan kam nicht weiter. Plötzlich waren die Koreaner in Unruhe geraten. Ryn Jong Mi brach ihren Anruf ab, rief irgendetwas. Die drei „Schweizer" bauten sich drohend auf, schrien wild durcheinander, Ryul Jong sprang auf Jonathan zu, blieb dann aber stehen und zog eine Waffe. Jonathan warf sich flach hin, da jagten auch schon die Kugeln aus dem Revolver des etwas korpulenteren „Schweizers" mit dem runden Gesicht durch den Raum. Ryul Jong schoss und fiel dann, selbst getroffen, zu Boden. Ryn Jong Mi hechtete hinter ein Sofa.

Momente später lagen drei Männer tot oder sterbend auf dem Parkettboden: Ryul Jong, der Fahrer und einer der drei „Schweizer". Die beiden übrigen, darunter der korpulente Koreaner, waren hinter dem rasch umgeworfenen Tisch in Deckung gegangen. Hinter ihrem Sofa rief Ryn Jong Mi hastig etwas Koreanisches. Dann warf sie ihre Waffe heraus. Der Korpulente antwortete mürrisch, aber es klang nicht mehr so feindselig wie vorhin, und dann erhob sich, wer sich erheben konnte. In abwartender Haltung standen sich Ryn Jong Mi auf der einen Seite und die beiden koreanischen „Schweizer" auf der anderen Seite des Raumes gegenüber und es gab einen erregten Wortwechsel.

Wie betäubt hatte sich auch Jonathan wieder aufgerichtet und blickte entgeistert auf die drei leblos am Boden Liegenden, um deren Körper sich Blutlachen gebildet hatten. „Verdammt, was hat das alles zu bedeuten?", rief er in den Raum.

„Danke, dass Sie uns das von Lee Hyun Hae mitgeteilt haben. Nun wussten wir endgültig, dass wir es mit verräterischen Hunden zu tun haben, Handlangern des Puppenspielers. Auch U Jong Rin, der ursprünglich mit uns hätte herkommen sollen, war ein räudiger Verräter, der ins Lager des Puppenspielers übergelaufen ist. Wir haben das erst gestern erfahren, und er hat bekommen, was Verräter verdienen."

„Aber warum habt ihr die Frau dann verschont?"

„Sie hat uns zugerufen, dass wir einen Fehler machen, wenn wir sie töten. Lee Hyun Hae sollte im Auftrag des Obersten Führers Kontotransaktionen vornehmen. Unter Folter hat er die hierfür nötigen Informationen preisgegeben und diese Leute haben sie auswendig gelernt. Jetzt kann uns nur noch sie helfen, an diese Gelder heranzukommen. Außerdem behauptet sie, nur scheinbar für den Puppenspieler gearbeitet zu haben, um seine Leute ans Messer zu liefern. Wir werden das prüfen. Sie hat beteuert, dass sie mit uns zusammenarbeiten will. Also werden wir, wenn hier alles erledigt ist, mit ihr und dir und der anderen Frau zur Bank gehen und alles Nötige in die Wege leiten. Dann lassen wir euch frei. Aber erst einmal müssen wir dieses Dokument haben, das irgendwo im Haus verborgen ist."

„Das werdet ihr aber nicht bekommen." Jonathan und der Korpulente fuhren herum. Vor ihnen stand Chloe. Keiner hatte auf sie geachtet. Ein Fehler. In der Hand hielt sie die entsicherte Pistole, mit der Ryul Jong vor seinem Tod noch genau einen Schuss abgegeben hatte.

Küsnacht, Hotel Sonne

Mie! Wie lange hatte er sie nicht mehr gesehen? Konnte es wirklich sein, dass nur ein einziger Tag dazwischengelegen hatte? Jeremy kam es vor, als seien sie seither durch eine Entwicklung von Jahren gegangen, Jahre die sie verändert, sie reifer, weiser gemacht hatten. Und Mie war noch schöner geworden! Begehrenswerter. Doch gleichzeitig war da, in den ersten Momenten, wieder die Fremdheit, ein anderer Mensch aus einer anderen Welt, den Jeremy noch immer kaum kannte, obwohl er doch mit ihr geschlafen hatte; eine Fremdheit, die nicht sein durfte, die überbrückt und vernichtet werden musste durch eine bedingungslose Nähe, die keinen Abstand duldet.

Und so kam es, dass ihre vierte Begegnung von Anfang an einen anderen Verlauf nahm, als von Jeremy geplant. Er hatte gleich mit ihr reden wollen, ihr von den sich überschlagenden Entwicklungen der letzten Tage erzählen; Entwicklungen, von denen sie noch nicht mehr wusste, als dass sie um ein Haar dazu geführt hätten, dass Jeremy sie für tot hätte erklären lassen, sie mit einer Leiche aus dem Tegeler See verwechselte. Er hatte ihr sagen wollen, was er wusste, hatte ihr von den Dokumenten erzählen, sie ihr zu lesen geben wollen. Aber er wusste nicht, wie er anfangen sollte, und dann hatte sie ihn doch wieder nur so unschuldig angelacht – und noch nie war ihm ihr Lachen *so* frei und sorglos unbekümmert erschienen –, da war er wieder in diesem Blick ertrunken, in ihrer Nähe, ihrer Umarmung. Ihr Duft, so tropisch und üppig, erschien ihm heute noch aufregender, verführerischer, unwiderstehlicher, eine betörende Blüte, und wieso hätte er ihr auch widerstehen sollen? Wieder lauerten darunter diese würzigdunklen Töne von Leder, Tabak und Lapsang-Souchong-Tee. Kurz dachte er an Yukiko, bei der er diesen wilden Ton nie geschmeckt hatte, und ihm fiel auf, dass er sich noch nie darüber gewundert hatte, dass Mie, wiewohl Koreanerin, so vollkommen *japanisch* aussah.

Und dann wusste er plötzlich, dass er von nun an nicht mehr an Yukiko würde denken müssen, dass Mie ihren Platz so vollkommen und endgültig, so *vollendet* eingenommen hatte, dass es keinen Grund mehr gab, an die Toten zu denken; es war Zeit, die Toten ruhen zu lassen und das Leben in vollen Zügen zu trinken. Dann dachte er trotzdem noch kurz an die Tote aus dem See und das Muttermal an ihrem Hals und daran, dass er sich gefragt hatte, ob denn die echte Mie auch ein Muttermal habe und keine Antwort gewusst hatte. Und er musste lachen und biss ihr in den Hals, in ihr Muttermal, das natürlich da war, wenn auch nicht so groß und dunkel wie das der Toten, sondern klein und zierlich, wie alles an Mie. Und dann hörte er ganz auf zu denken und trank, ertrank nur noch und sie trank und ertrank mit ihm. So gierig war sie heute, so wild und unersättlich, wie ein Leben lang ausgehungert, und so war kein Platz mehr für Worte, Gedanken, für nichts mehr als den anderen, und bald gab es auf der Welt kein Ziel mehr, als alle Trennwände einzureißen und eins zu sein auf ewig in einem endlosen Moment, der alle Zeit zum Sillstand bringen musste.

Küsnacht, oben auf dem Hügel

„Machen Sie keine Dummheiten", sagte der Korpulente mit ruhiger Stimme. „Sie können vielleicht einen von uns töten, aber dann werden Sie und Ihre Freundin Mirjam eines grauenvollen Todes sterben."

„Pah! Darauf soll ich reinfallen? Ihr habt einen Fehler gemacht! Sie ist nicht eure Geisel, sondern die eurer Feinde, dieser Puppenspieler."

„Den Fehler machst du, Kleine", zischte die grausam schöne Ryn Jong Mi verächtlich. „Ich bin nach wie vor deren Verbindungsperson. Und jetzt leg die Waffe weg. Sonst ruf ich dort an. Ich muss ohnehin noch den Befehl bestätigen, deiner lustigen Freundin den kleinen Finger abzuschneiden." Sie griff nach ihrem Mobiltelefon.

In Chloes Züge trat ein abwesender Ausdruck. „Dann erschieße ich eben mich selbst", sagte sie mit tonloser Stimme. „Ihr glaubt, mich erpressen zu können. Aber ich bin frei. Diese Waffe macht mich zu einem Menschen, der über sein Leben entscheiden kann. Ich kann fliehen, und ihr habt keinen Anlass mehr, Mirjam etwas anzutun. Schade, dass ich eure Gesichter nicht sehen kann, wenn ich tot bin."

Sie setzte sich die Waffe an die Schläfe. „Chloe, nein, liebe Chloe, das darfst du nicht!", brüllte Jonathan und sprang auf sie zu. Ihr Finger krümmte sich am Abzug, doch im letzten Moment durchzuckte sie irgendein Impuls, sie drehte den Kopf Richtung Jonathan, und als sich die Kugel löste, streifte sie haarscharf an Chloes Schläfe vorbei, traf Jonathan mitten ins Gesicht. Aus dieser Nähe sprengte sie ihm regelrecht den Schädel auf. Jonathans Kopf flog mitten in der Sprungbewegung nach hinten, Blut und Hirn spritzten durch den Raum.

„Das hast du nun davon", sagte Chloe, wieder seltsam gefasst. „Ich habe dich geliebt und du hast mir alles genommen. – Und jetzt ich."

Aber noch ehe sie die Waffe wieder an die Schläfe setzen konnte, hatte Ryn Jong Mi sie ihr aus der Hand gerissen und rasch zweimal abgefeuert. Aber nicht auf Chloe. Das Ganze war so schnell gegangen, dass die beiden Männer keine Zeit gehabt hatten, zu reagieren.

„Und jetzt Schluss mit dem Quatsch! Nach der ganzen Ballerei wird bestimmt bald die Polizei hier sein. Jetzt sag mir, wo diese Dokumente sind, und dann verschwinden wir von hier. Von nun an regeln wir die Sache unter Frauen."

„Im oberen Gästebadezimmer muss es einen Tresor geben", hauchte Chloe gebrochen. Sie strich sich das rotgefärbte Haar in die Stirn.

„Dann komm! Hast du den Schlüssel?"

Chloe konnte nur matt nicken. Ryn Jong Mi packte Chloe am Arm und zerrte sie grob mit sich.

Zurück blieben, wahllos über den Raum verteilt, die leblosen Körper von fünf Koreanern und einem Engländer, deren Blutlachen allmählich begannen, sich zu einem einzigen See zu vereinen.

Küsnacht, Hotel Sonne

Mie wirkte eigenartig erschüttert. Immer wieder strich sie sich rechts und links über die Schläfen, wie um etwas wegzuwischen. Lange hatte sie nur dagesessen und gelesen. Und geschwiegen. Jetzt legte sie die Papiere weg. „Und?", brach Jeremy das Schweigen.

„Wo hast du das her?", fragte sie statt einer Antwort.

„Das kann ich dir im Moment noch nicht sagen. Formulieren wir's mal so: Diese Dokumente wurden mir zugespielt. Es hieß, das seien wichtige, hochbrisante Dokumente. Du wirkst, als würde das stimmen." – „Allerdings." – „Und?", wiederholte Jeremy ungeduldig. „Was ist ihr Inhalt?" – „Du willst die Wahrheit wissen?" – „Natürlich." Mie zögerte, schien mit sich zu ringen. „Ich kann dir gern sagen, was in diesen Dokumenten steht, ich glaube aber nicht, dass du es verstehen würdest. Nicht in seiner ganzen Tragweite. Kann ich dir erst eine Geschichte erzählen?" Nun zögerte Jeremy. „Mich interessiert eher die wahre, historische Geschichte, über die diese Dokumente berichten."

„Es gibt keine wahre Geschichte, Jeremy. Es gibt nur erinnerte und weitererzählte Geschichte, die dann irgendwann niedergeschrieben wird und sich zu dem verfestigt, was dann, hier so und dort so, in den Schulbüchern steht. Alle Geschichte ist gemacht, und statt eine wahre Geschichte zu suchen, ist es wichtiger zu wissen, wer Geschichte für wen und warum gemacht hat."

„Jetzt erzähl mir bitte nicht, dass du auch noch Philosophie studiert hast", meinte Jeremy ein wenig schnippisch. Insgeheim war er verblüfft. Ein solches Gespräch hatten sie bisher noch nie geführt.

Sie lächelte. „Meinst du denn, ich hätte mich mein ganzes Leben lang nur mit der Schauspielerei beschäftigt?"

„Ich weiß so wenig über dich, Mie!"

„Und das ist auch besser so! Jedenfalls im Moment. Also, willst du meine Geschichte nun hören oder nicht?"

„Ja, natürlich. Aber bitte nicht bei Adam und Eva anfangen!"

„Das muss ich aber." Sie lächelte. Und fuhr fort: „Stell dir vor, du bist ein kleines Kind und wächst wohlbehütet im besten aller Länder auf. Zwar musst du hungern und wirst streng bestraft, wenn du etwas Falsches machst, aber du bist rundum so gut behütet, dass gar kein Zweifel daran bestehen kann, *dass* du im besten aller Länder lebst, denn für alles, was du weißt, gibt es nur eine einzige Wissensquelle, und das gilt besonders natürlich für das, was du über die schlechten anderen Länder weißt. Denn diese einzige Wissensquelle ist die mächtige, allumfassende, einheitliche *eine* Stimme, in der dein Land zu dir spricht. Und sie spricht zu dir von frühsten Kindesbeinen an, in jeder Geschichte, die man dir erzählt, in jedem Lied, das du singst, in allem, was du in der Schule hörst, im Radio, im Fernsehen, in der Zeitung, ja selbst aus dem, was deine Freunde und Eltern dir berichten, die, selbst wenn sie es anders wüssten, niemals wagen würden, dieser einen Stimme des besten aller Länder zu widersprechen. Du saugst dieses Wissen in dich auf, lernst es auswendig, spulst es wieder ab, so wie du es gelernt hast, und man lauscht dir andächtig.

Vor fünftausend Jahren, so erzählt man dir und so erzählst du es weiter, verliebte sich Hwanung, der Sohn des Himmelskönigs, in das schönste Land der Erde mit seinen Tälern, Wäldern und Bergen und so stieg er vom Himmel herab und gründete auf dem Gipfel des Berges Paektu eine Stadt: Shinsi, die Stadt Gottes, Hauptstadt seines Reichs. Er traf eine Bärin, die nichts sehnlicher wünschte, als zum Menschen zu werden, und nachdem sie die ihr auferlegten Prüfungen bestanden hatte, wurde sie durch die Gnade des Sohns des Himmelskönigs in eine Frau verwandelt. Die beiden heirateten, und ihr gemeinsames Kind war Dangun, der das Reich Go-Joeson begründete, das heutige

Korea, das somit auf eine Gründung der Götter selbst zurückgeht; und der Paektusan, wo sich das Wunder des Herabsteigens der Götter ereignete, wo Gott zum Koreaner wurde, ist noch heute der heilige Berg des Landes. Korea gedieh über Jahrtausende, führte Kriege, gewann und verlor, bis es, fünftausend Jahre nachdem der Enkel des Himmelskönigs vom Berg herabgestiegen war, seine schwärzeste Stunde erlebte. Eroberer von jenseits des Meeres hatten das Land besetzt und zu ihrem Eigentum erklärt. Das göttliche Land Danguns drohte für immer unterzugehen. Aber wie konnten das die Götter, die das Land einst begründet hatten, zulassen? Gab es denn keine Götter mehr?

Wo die Gefahr am größten ist, ist auch die Rettung am nächsten, und so wiederholte sich das Wunder vom Paektu nach fünftausend Jahren, und der göttliche Berg wurde zum Berg der Rettung, zum Berg der Revolution. Hier begann der Kampf gegen die Japaner, hier war später, im Vaterländischen Befreiungskrieg, nach dem Vorstoß der US-Imperialisten aus dem Süden, auch das letzte Rückzugsgebiet der Koreanischen Volksarmee um ihren Führer Kim Il Sung, von dem aus die entscheidende Wende zur Rückeroberung des gesamten Nordens des Landes gelang, und genau hier, in einer bescheidenen Kate am Fuße des Paektu, wurde zuvor, im Winter 1942, in den schlimmen Zeiten des Partisanenkriegs gegen Japan, nach fünftausend Jahren erneut ein Sohn der Götter geboren, der spätere Geliebte Führer und Ewige Generalsekretär Kim Jong Il, der Sohn des Paektu. Mit seinem Vater Kim Il Sung war also der göttliche Dangun nach fünftausend Jahren wiedergekehrt und hatte Go-Joeson, das gottgeschenkte Korea und schönste Land der Welt, auf ewig neu begründet. Solange *Choson* von den Söhnen des Paektu regiert und die Blutlinie des Paektu fortgesetzt wurde, würde das Land also in der Hand Gottes liegen. Als Kim Jong Il im Dezember 2011 starb, trauerte folglich auch der Paektusan selbst. Das dicke Eis in seinem Kratersee barst mit einem ohrenbetäubenden Getöse, das klang, als seien Himmel und Erde erschüttert worden, der Gipfel des Berges leuchtete neun Stunden lang in grellem Rot auf und Kraniche flogen mit hängenden Köpfen übers Land. Die staatlichen Medien berichteten ausführlich von diesem Wunder.

Die Geburt Kim Jong Ils am Paektu war das dynastische Zeichen der Wiedereinsetzung der von Dangun begründeten göttlichen Erbfolge, aber die eigentliche Stunde der Neugeburt Koreas vollzog sich einige Jahre zuvor mit dem Beginn des Befreiungskampfes gegen die Japaner, ebenfalls in den vorgelagerten Hügelländern am Fuße des Paektu. Und diese Geburtsstunde des neuen Korea wird durch ein Datum markiert: den 4. Juni 1937. Den Angriff auf Pochonbo."

Jeremy griff nach dem Zeitungsblatt, erinnerte sich an Mies vorzügliche Sprachkenntnisse und las laut den japanischen Text: „Kaum mehr als hundert Mann unter Führung des kommunistischen Räubers Choe Hyon griffen Pochonbo an. Eine Gruppe fiel über die örtliche Polizeistation her, während eine andere das ganze Dorf in Brand setzte und plünderte."

„Unterbrich mich bitte nicht. Wenn du verstehen willst, worum es hier geht, musst du schon zuhören. Also: Als die faschistische Tyrannei der Japaner Mitte der dreißiger Jahre immer schlimmer wurde und sogar die koreanische Sprache und Schrift verboten werden sollte, entschied sich der große Kim Il Sung, ein Zeichen zu setzen, um der darniederliegenden Nation neue Hoffnung zu geben. ‚Lasst uns ihnen unseren Mut und unsere Kampfkraft zeigen‘, rief er, ‚lasst uns ihnen zeigen, dass die koreanische Nation nicht tot ist, sondern am Leben!‘ An der Spitze der Haupteinheit der koreanischen Revolutionsarmee verließ er sein Exil, überquerte den Fluss Amrok oder Yalu, den Grenzfluss zwischen China und Korea, und schlug am Hügel Konjang sein Lager auf. Am Abend des 4. Juni 1937 feuerte er seine Waffe in den koreanischen Nachthimmel, und mit diesem Signal begann die historische Schlacht um Pochonbo. Durch den druckvollen Angriff der Revolutionsarmee wurde die japanische Polizeistation zerstört und die Unterdrückungsinstrumente der verhassten Besatzer gingen in Flammen auf. Der Feind wurde ohne echte Gegenwehr besiegt, das erste Stück Heimaterde war befreit, das Feuer leuchtete über der koreanischen Halbinsel auf und vertrieb die Dunkelheit, die hier so lange geherrscht hatte. Voller Freude begrüßte das Volk seinen legendären Helden, und jeder rief, so laut er konnte: ‚Lang lebe General Kim Il Sung‘ und ‚Lang lebe die Unabhängigkeit Koreas‘. General Kim Il Sung aber rief alle zum heiligen antijapanischen Krieg auf. ‚Die Schlacht um Pochonbo hat gezeigt, dass das imperialistische Japan zerschlagen und wie ein Häufchen Dreck verbrannt werden kann‘, rief er. ‚Die Flammen über dem Nachthimmel von Pochonbo, der ersten befreiten Stadt im Vaterland, kündigen die Dämmerung der Befreiung Koreas an, das so lange in Dunkelheit begraben lag.‘ Und so nahm schlechthin alles, was Nordkorea heute ausmacht, was es trägt und worauf es aufbaut, an jenem denkwürdigen Tag des historischen Sieges von Kim Il Sung seinen Anfang und wäre ohne diesen Tag und diesen Sieg schlichtweg undenkbar." Mie schwieg einen Moment. Dann fügte sie hinzu: „Das ist die Geschichte, die ich dir erzählen wollte."

Auch Jeremy schwieg. Dann fragte er: „Ist das *deine* Geschichte?"

„Es ist die Geschichte aller Kinder Nordkoreas. Und eine Geschichte, die auch wir im Süden kennen. Auch wenn *wir* natürlich nicht an sie glauben. Dort aber glauben sie fest daran, schon weil sie nichts anderes haben, woran sie glauben können. Und das ist der Punkt."

Jeremy griff noch einmal nach dem Blatt der *Asahi Shimbun* mit der drei Tage nach dem Vorfall von Pochonbo erschienenen Notiz. Allmählich begann er zu begreifen. „Und diese Dokumente beweisen, dass in Wirklichkeit gar nicht der Große Führer selbst …"

Mie nickte hart. „Ja. Von dem Zeitungsbericht abgesehen bestehen sie aus Tagebuchaufzeichnungen Choe Hyons aus den Junitagen 1937, in denen er Stichpunkte zur strategischen Planung und zum Verlauf des Überfalls festhält, sowie aus einem Brief Choes an den Kampfgenossen Kim Il Sung. Diese Dokumente sind schon brisant genug, werden aber alle von diesem hier" – sie hielt das andere Briefblatt in die Höhe – „übertroffen: der Antwortbrief Kim Il Sungs. Es ist seine eigenhändige Unterschrift. In seinem Brief, datiert auf den 2. Juni, berichtet Choe Hyon von seinen Plänen zum Überfall auf Pochonbo, fragt Kim, auf den er offenbar ungeduldig wartet, ob er denn mit seinem baldigen Eintreffen rechnen könne, und tut seine Entschlossenheit kund, notfalls ohne ihn den Grenzfluss zu überschreiten. Der Antwortbrief Kims ist vom 5. Juni: der Tag nach dem Überfall. Kim gratuliert dem Kampfgenossen zu seinem großen Erfolg und entschuldigt sich dafür, dass er nicht mehr rechtzeitig habe zur Stelle sein können. Eine ‚Unpässlichkeit‘ habe ihn überraschend aufs Krankenlager niedergeworfen. So wie ich seine Äußerungen deute, hatte er entweder eine heftige Darmgrippe oder, nach dem Genuss von gepanschtem Schnaps, einen schweren Kater, vielleicht auch beides zusammen, jedenfalls ist von Erbrechen und Durchfall die Rede. Erstaunlich eigentlich, dass er sich überhaupt so freimütig äußert. Im heutigen Nordkorea gilt bekanntlich schon die Vorstellung, der Führer müsse wie normale Sterbliche eine Toilette aufsuchen, als ungeheures Sakrileg. Über derlei geht man meist diskret hinweg, auch wenn *nicht* der Mythos und die Zukunft eines ganzen Landes davon abhängen – und nicht zu vergessen der Machterhalt der eigenen Herrschaftsdynastie."

„Damals konnte er das alles ja wohl so noch nicht wissen."

„Vermutlich nicht. Nicht, als er den Brief schrieb. Aber bald danach konnte er es. Und dann hat er seinem Freund die Legende geraubt; einem Freund, der das alles erstaunlicherweise mit sich hat machen lassen und, noch erstaunlicher, niemals den für dergleichen üblichen Dank erfahren hat und im Gegenzug weggesäubert wurde, sondern bis zu seinem Tod 1982 ein hohes Tier im Staat blieb. Und sein Sohn Choe Ryong Hae hatte bislang in Pjöngjang eine ähnlich hohe Position inne, auch wenn es wiederholt Gerüchte gab, dass er jetzt, unter Kim Jong Un, eben doch einer Säuberungswelle zum Opfer gefallen sein könnte, die Schatten seiner allzu verdienstvollen familiären Vergangenheit ihn also zuletzt eingeholt hätten."

„Aber wenn doch niemand über diese Dokumente verfügt, die wir hier in den Händen halten, dann …" Jeremy brach ab und dachte nach. Nein, im Grunde war es genau anders herum. „Der Zeitungsartikel", setzte er neu an. „Eine offizielle Meldung der größten Zeitung Japans kann man wohl kaum als ‚Geheimdokument' bezeichnen. Die pikanten Details mal beiseite – diese Briefe und Tagebuchblätter bestätigen im Grunde doch nur, was damals sowieso in der Zeitung stand und sich in den Archiven bis heute erhalten haben muss: dass der wahre Anführer nicht Kim Il Sung, sondern Choe Hyon hieß."

Mie schnaubte spöttisch. „‚Nur' ist gut. Zeitungen können alle möglichen Gerüchte berichten. Gegen die ‚kommunistischen Räuber' *Chosons* machen Zeitungen in Japan, Südkorea und dem Westen auf diese Weise bis heute Propaganda. Die *Asahi Shimbun* war das Blatt des Besatzers, der die schändliche Guerilla-Aktion nicht sehr ernst genommen hat. Da kann man schon mal verwechseln, wer von zwei ‚kommunistischen Räubern' das Kommando geführt hat. Dieser alte Zeitungsbericht, so er denn bekannt geworden ist, kann Zweifel säen, mehr aber nicht. Wenn das Beweisdokument nun aber ein von der großen Sonne persönlich verfasster Brief ist, vom göttergleichen Staatsgründer, dessen sämtliche sonstigen Werke in Dutzenden von Bänden in allen Bibliotheken stehen, dann rüttelt dieser Brief, würde er bekannt werden, in der Tat an den Fundamenten des Kim-Staates."

„Trotzdem: Letztendlich verstehe ich immer noch nicht so recht, was daran so wichtig sein soll, dass nicht Kim Il Sung, sondern eben sein Freund diesen kleinen Angriff geführt hat."

Mie seufzte. „Wofür habe ich dir die ganze Geschichte erzählt? Natürlich, es *wäre* nicht wichtig. Damals war es kaum wichtig. Aber nun ist es Teil der Mythologie und allein *deshalb* ist es wichtig. Stell dir vor, es würde offenbar, dass am Berg Sinai nicht Moses die zehn Gebote erhalten hat, sondern sein Bruder Aaron. Oder dass der Erzengel Gabriel den Koran nicht Mohammed offenbarte, sondern jemandem aus seinem Umkreis, etwa seinem Gefährten Abu Bakr. Aber Moses und Mohammed hätten diese Offenbarungen für sich reklamiert und alle Spuren verwischt. Stell dir weiter vor, beide hätten zugleich mit ihren Religionen auch dauerhafte Staaten und Erbfolgen begründet, die auf ebenjener Lüge aufbauten. Und ihre Kindeskinder würden noch heute regieren und ihrerseits ihren Thronanspruch und göttergleichen Status mit jener Wahrheit legitimieren, die keine ist. Und plötzlich kommt alles ans Licht. Nicht nur ihre dynastische Herrschaft wäre in Gefahr, sondern auch die von deren Begründern verkündete Religion: alles, worauf ihr System aufgebaut ist. Es müsste unweigerlich zerbrechen, Revolte, Chaos und Untergang wären die Folge."

„Was im Falle Nordkoreas nicht das Schlechteste wäre."

Sie sah ihn zweifelnd an. „Bist du dir sicher? Einen Zusammenbruch des Kim-Systems will im Moment wohl niemand. China bestimmt nicht. Japan, das gerade zögernde Annäherungsversuche unternimmt, auch nicht. Die USA haben sich nach den Debakeln in Irak, Libyen und Syrien daran zurückerinnert, was sie eigentlich immer schon wussten: dass Stabilität in einer Region ihren Interessen in der Regel förderlicher ist als ein fragwürdiger Demokratieexport; und Diktaturen sind meist Garanten für Stabilität. Am wenigsten Interesse an einem Zusammenbruch kann im Moment Südkorea haben, das schlicht überfordert wäre. Allmähliche Öffnung und Annäherung, ja – darauf arbeiten unsere Politiker hin, jedenfalls viele von ihnen. Der Zusammenbruch aller allein auf die Kim-Dynastie ausgerichteten Strukturen im Norden – für uns im Süden eine Katastrophe."

„Dann will auch keiner, dass diese Dokumente an die Öffentlichkeit gelangen?"

Mie zuckte die Schultern. „Bis sie dem staatlichen Propagandaapparat zum Trotz ihre zersetzende Wirkung entfalten könnten, wäre es noch ein weiter Weg. Trotzdem bin ich mir sicher, dass sich die Geheimdienste der Welt die Finger nach diesen Papieren lecken würden. Allen voran der nordkoreanische – um sie sofort zu vernichten. Er würde *alles* tun, um diese Papiere an sich zu reißen. Jeremy: Ich weiß aus sicherer Quelle, über die ich dir jetzt keine Rechenschaft ablegen kann, dass er ihnen womöglich schon auf der Spur ist. Du schwebst in höchster Lebensgefahr. Und ich mit dir, solange ich hier bin."

„Die Person, die mir diese Dokumente gegeben hat, meint, ich könnte damit womöglich ein großes Unheil verhindern."

„Ich möchte mich ungern in deine Geheimdinge einmischen, Jeremy. Du machst hier dein Ding und ich meins und wir stellen keine Fragen, okay? Aber die Tatsache, dass sie dir die Papiere gegeben hat, weist doch eher darauf hin, dass dieses Unheil bereits in der Welt ist. Und unaufhaltsam seinen Lauf nimmt."

Ein Haus in den Bergen

Mirjam Meier war froh, dass ihr Peiniger den Raum verlassen hatte. Sein Blick hatte ihr nicht gefallen, als er mit theatralischer Geste sein großes Messer gezückt und ihr damit vor der Nase herumgefuchtelt hatte. Dann hatte er sein Telefongespräch etwas abrupt beendet, sie einen Moment lang böse grübelnd angeblickt und mit einem enttäuschten Achselzucken die Klinge weggesteckt. Mirjam hatte tief ausgeatmet, als sich hinter ihm der Schlüssel im Schloss drehte.

Das kurze Gespräch mit Chloe hatte sie aufgewühlt. Es sah nicht so aus, als würde das Ganze einen guten Verlauf nehmen. Es war an der Zeit, dieser Entwicklung etwas entgegenzusetzen, das Heft des Handelns an sich zu reißen. Schwierig: an einem unbekannten Ort in einen fensterlosen Keller gesperrt, an Händen und Füßen gefesselt, von einem grimmigen Asiaten und blutdürstigen Hunden bewacht.

Doch das war die pessimistische Sicht. Mirjam war nie gut im Pessimistischsein gewesen; das hatte sie stets ihrem Mann überlassen. Vielleicht war ja der Asiat gar nicht so grimmig: Er handelte nur auf Befehl und wahrscheinlich musste man nur seinen weichen Punkt finden und er würde mit sich reden lassen. Geredet hatte er, egal, was Mirjam versuchte, allerdings noch kein Wort, und inzwischen war sie fast sicher, dass er weder Deutsch noch Englisch verstand.

Ein anderer Punkt waren die Hunde. Mirjam war überzeugt, dass kein Wesen auf der Welt von Natur aus böse ist. Tiere und Menschen handelten entweder aus Instinkt, und Instinkt war auf den praktischen Nutzen des Wohlergehens ausgelegt, oder aufgrund von prägenden Erfahrungen. Aber Erfahrungen konnten durch neue Erfahrungen korrigiert werden. Wenn Hunde Menschen zerrissen, dann entweder aus Hunger und damit aus Instinkt oder weil sie dazu abgerichtet worden waren und damit aus Erfahrung. Mirjam hatte immer ein gutes Händchen mit Tieren gehabt. Und mit diesen Hunden war sie nun schon seit langen Stunden zusammen gewesen – Zeit, sich kennenzulernen.

Der Rest waren technische Probleme: Fesseln, eine verschlossene Tür, Waffen … Alles Dinge, für die sich auch technische Lösungen finden lassen konnten. Tatsache war immerhin, dass ihre Fußfesseln mittlerweile nur noch Attrappe waren. Sie hatte sie sich über die Füße gestreift und mit ihren über Kreuz gefesselten Händen notdürftig verschnürt, damit ihrem Bewacher nichts auffiel. Doch der war ja vor allem daran interessiert, überlegen sein Messer zu schwingen; da war es unter seiner Würde, auf die Füße seiner Gefangenen zu schauen.

Die ganze Nacht hindurch hatte sich Mirjam mit den Hunden beschäftigt. Sie waren ausgehungert und über jeden Brocken aus Mirjams Teller dankbar. Und sie waren intelligent. Schnell hatten sie begriffen, dass sie nur dann etwas zu essen zugeworfen bekamen, wenn sie alle Zeichen von Aggressivität unterließen. Schließlich ließen sie sich sogar berühren, ohne zu schnappen. Man beißt nicht die Hand, die einen füttert. Aber galt das auch für Füße?

Es war der heikelste Moment, als Mirjam damit begann, die Lederriemen, die ihre Füße im Abstand von etwa dreißig Zentimetern zusammenhielten, mit Essensbrei einzuschmieren. Einige Male passierte es tatsächlich, dass die Hunde in ihrer Gier auch nach den Füßen schnappten. Gott sei Dank hatte man Mirjam die hohen Lederstiefel gelassen, so dass sie die Beine immer rasch zurückziehen konnte. Und jedes Mal wurden die Hunde mit Essens- und Zuwendungsentzug bestraft. Schließlich lernten sie ihre Lektion und begannen, sich durch das immer neu bestrichene Leder zu kauen. Als der Teller leer war, kauten sie auch ohne Belag weiter. Ohne Zweifel hätten sie Mirjam die Riemen gänzlich von den Füßen gekaut und nicht mehr hergegeben, wenn Mirjam nicht einige Brocken aus ihrem Brei aufgehoben hätte, um sie ihnen zuzuwerfen, sobald sich die Riemen so weit gelockert hatten, dass sie herausschlüpfen konnte.

Am Morgen war der Wächter nur kurz hereingekommen und hatte ihr ein Glas Wasser und etwas Brot hingeknallt. Mirjam hatte jetzt Hunger und Durst, doch das musste warten. Als sie den Hunden das Brot hinhielt, kamen sie schwanzwedelnd auf sie zugerannt.

Fehlte noch der letzte Schritt. Würden die Hunde sie auch als ihren Brotgeber akzeptieren, wenn sie auf sie zutrat und *nichts* mehr in den Händen hatte? Nur zwei Stück Rinde waren ihr verblieben. Mirjam schüttelte die Fesseln von den Füßen. Die Hände waren zu eng aneinandergefesselt, um die Riemen dort einer ähnlichen Prozedur zu unterziehen – irgendwann hätten die Hunde in ihrem Eifer eine Schlagader getroffen. Mirjam durchschritt ihren Ein-Meter-Radius. Die Hunde kamen hechelnd auf sie zugestürzt, bellten, stemmten sich in ihren straffen Ketten hoch. Nach wie vor ein beängstigender Anblick. Aber Mirjam wollte keine Angst mehr haben. Geh einen Schritt weiter. Eine nasse Hundezunge fuhr ihr über die Hand. Ohne zu beißen. Sie öffnete die Hand, ließ den Hund nach der Brotrinde schnappen. Das Gleiche mit dem anderen Hund. Gierig widmeten sie sich ihren spärlichen Happen. Sie hatten sie nicht gebissen. So gut sie konnte, fuhr Mirjam ihnen mit gefesselten Händen streichelnd übers Fell. Die Hunde nahmen es hin. Noch kauten sie. Und jetzt? Der einzige Weg aus dem Raum war die verschlossene Tür mit dem Stuhl in der Ein-Meter-Zone. Diese Tür musste sich für Mirjam öffnen. Sie kraulte einem Hund mit der Hand durchs Fell hinterm Kopf. Er ließ sie gewähren. Ihre Finger stießen auf etwas Hartes. Der Karabinerhaken, mit dem die Kette am Halsband befestigt war. Bleib ruhig, bist ein guter Hund.

Du machst kein Hackfleisch aus mir und wir machen keine Most-bröckli aus dir, okay? Es war nicht ganz leicht, den Verschluss mit den Fingern einer Hand aufzudrücken, aber es klappte.

Der Hund schüttelte sich, merkte, dass er frei war. Sprang kläffend durch den Raum, seiner Befreierin dankbar. Der andere jaulte auf, konnte nicht fassen, dass sein Leidensgenosse sein Joch abgeschüttelt hatte, stemmte sich hechelnd in die Kette. Mirjam fand auch seinen Schließmechanismus, drückte auf. Begeistert tobten die Hunde durch den Raum, verfielen in übermütiges Gebelle, schienen Mirjam im Rausch der Freiheit vergessen zu haben. Sie ging zurück zur Tür, nahm Platz, wo sie aufschwingen musste. Dann begann sie zu schreien. Die Hunde bellten noch lauter, freudiger, als ginge es um einen Wettbe-werb, in dem einer den anderen zu übertrumpfen suchte.

Schritte von draußen. Schlüssel dreht sich im Schloss. Tür öffnet sich ein wenig. Aber es reicht. Freiheit, endlich Freiheit! Nur einen Satz weit weg. Die würden sie sich jetzt von nichts und niemandem mehr nehmen lassen. Mit einem Sprung sind die Hunde durch die Tür. Aber da ist ihr Quälgeist, ihr Peiniger, ihr Folterknecht. Mit einem Angst-schrei wendet er sich zur Flucht. Doch schon sind sie über ihm.

Dann ist auch Mirjam durch die Tür. Von links die Geräusche. Vie-hisches Brüllen, malmende Zähne, knackende Knochen, zerreißendes Fleisch. Sie geht rechts die Treppe hinauf. Eine Tür führt ins Freie. Draußen, im Dämmerlicht des schwindenden Tages, dunkle Bäume, ferne Schneehäupter, ein Weg. Und dann rennt sie nur noch.

Küsnacht, Hotel Sonne
„Was machen wir jetzt mit diesen Dokumenten? Wenn sie so gefähr-lich sind, müssen wir sie schleunigst irgendwo hinbringen, so dass sie und wir in Sicherheit sind. Andererseits kann es noch immer sein, dass ich einer Freundin damit helfen kann, nur weiß ich nicht wie."

Jeremy überlegte. Beat hatte seinen Erpressern offenbar einen Deal anbieten wollen: Ihr bekommt die Dokumente, wenn ihr meine Bank in Ruhe lasst. Oder, wahrscheinlicher, er wollte mit einer Gegenerpres-sung drohen: Wenn ihr mich nicht in Ruhe lasst, werde ich diese Do-kumente publik machen und euer Regime ans Messer liefern. Aber dann war das Ganze in die Hose gegangen. Warum? Weil er an die falschen Leute geraten war. Die Leute um den Puppenspieler, von dem Korff erzählt hatte, zielten ja gerade auf die Unterminierung des Systems ab, daher konnte eine solche Drohung sie nicht ernstlich schrecken. Vermutlich arbeiteten sie dennoch daran, die Dokumente „exklusiv" zu erhalten, damit sie selbst darüber entscheiden konnten, wie sie am effektivsten davon Gebrauch machen wollten. Doch anders als für die Kim-Fraktion bestand für sie kein Grund, nach Beats Ankündigung in Schockstarre zu verfallen, und so hatten sie einfach weitergepokert: mit dem brutalen Mord an Marcus Berghof. Darauf war Beat nicht gefasst gewesen. Aber wie könnte Jeremy mittels der Dokumente jetzt noch die Bank retten? Da gab es wohl nur eine Möglichkeit: Er müsste mit den „echten" Nordkoreanern Kontakt aufnehmen, den getreuen Vertretern des Kim-Clans. Die müssten dann all die Puppenspieler aus dem Weg räumen und möglichst Jeremy nicht gleich mit. Um Letzteres zu verhindern, müsste Jeremy möglichst rasch ein Dutzend Kopien der Dokumente anfertigen, sie über Schließfächer und Notare in der Welt verteilen, mit dem Hinweis „Im Falle meines Todes zu öffnen", und das dann in die Welt hinausposaunen, damit alle, die ein Interesse daran haben konnten, ihn, den Mitwisser, mitsamt seinem verräterischen Besitz aus der Welt zu schaffen, gleich wüssten, dass sie nicht die geringste Chance hatten, dass sein Leben vielmehr die einzige Garantie war, dass die Sache nicht aufflog. Ja, etwas Derartiges müsste jetzt sein erster Schritt sein. Aber mit dem brisanten Kram einfach in den nächsten Copyshop einmarschieren?

Auch Mie hatte überlegt und ihre Antwort zerriss seine Überlegungen. „Ich denke, langfristig sollten diese Dokumente der Welt zugänglich gemacht werden, damit die Wahrheit siegen kann und dem Regime die Maske vom Gesicht gerissen wird. Aber der Zeitpunkt und der Weg, über den das geschieht, bedürfen einer sorgfältigen Wahl. Sie können so vielen Menschen helfen und so vielen schaden, dass wir als Erstes nicht an jemand Einzelnes denken dürfen, sondern nur an das Gesamte, das große Bild."

Jeremy war immer noch verblüfft über die Überlegtheit, die Mie auf einmal bewies. War das wirklich die schüchterne Nachwuchsschauspielerin, die er in Berlin kennengelernt hatte? Die nur wenig redete und sich zumeist darauf beschränkte, die Welt mit ihrem zurückhaltenden Lächeln zu überstrahlen? Jetzt hielt sie Vorträge über Propaganda und Mythos und sprach, als hätte sie ein Dutzend Jahre im diplomatischen Dienst gearbeitet. Dazu ihre geschliffenen Japanischkenntnisse. Wer war diese Frau? „Mie, meine Mie: Woher weißt du das alles? Warum bist du so … klug? Du bist doch mehr, als du zu sein vorgibst! Wo kommst du her? Was verbirgst du vor mir?"

Das Lächeln um ihre Lippen wirkte kurz spöttisch, dann traurig. „Vergiss nicht, was ich vorhin gesagt habe, Jeremy: Du machst hier dein Ding und ich meins und wir stellen keine Fragen, ja? Es ist sehr wichtig, dass wir uns nicht gegenseitig in unsere Geheimdinge einmischen, Jeremy, viel wichtiger, als du es dir vorstellen kannst. Gerade jetzt im Moment, heute. Also: Keine Fragen über früher, okay? Keine Fragen über die Vergangenheit." Ihre Stimme war plötzlich sehr ernst und resolut geworden. Von der sonst so weichen, zarten, zärtlichen Frau würde in diesem Punkt keine Nachgiebigkeit zu erwarten sein.

„Verstehe. *Nie sollst du mich befragen, noch Wissens Sorge tragen, woher ich kam der Fahrt, noch wie mein Nam' und Art.*"

Sie blickte ihn irritiert an. „Ist das wieder so ein Volkslied?"

„Fast. Deutsche Oper. Ein unbekannter Ritter rettet ein Burgfräulein und heiratet sie unter der Bedingung, dass sie nie nach seinem Namen und seiner Herkunft fragt. Natürlich geht das nicht lange gut. Und als sie ihn in ihrer Neugier dann doch gefragt hat, berichtet er, dass er vom Gralspalast Montsalvat kommt und, solange er unerkannt bleibt, mit der göttlicher Kraft des Grals zur Rettung seiner Schutzbefohlenen kämpft, sobald er aber erkannt werde, müsse er seine Schützlinge verlassen und zum Gral zurückkehren. Bist du auch so eine gottgesandte Beschützerin? Fast kommt es mir so vor."

Mie lächelte. „Vielleicht. – Und wie geht die Geschichte aus?"

„Na ja, schlecht natürlich, wie fast immer in den Opern Richard Wagners. Der Ritter muss jetzt verschwinden und Elsa, das Burgfräulein, stirbt, da sie ohne ihn nun nicht mehr leben kann. Pech für sie, dass sie nicht weiß, in welchem Film – also welcher Oper – sie sich die ganze Zeit schon befindet, da hätte sie sich all die Fragerei nämlich sparen können. Denn die Oper heißt wie der Ritter: *Lohengrin*. Aber genug von all den Geschichten und Mythen, jetzt müssen wir ganz praktisch vorgehen, und da würde ich vorschlagen, wir …"

Jeremys Handy klingelte. Eine unbekannte Nummer. Er hob ab.

„Jeremy Gouldens? Ich heiße Mirjam Meier. Meine Freundin Chloe hat mir Ihre Nummer gegeben, bevor diese Männer mich entführt haben. Aber ich bin geflohen, und die Hunde … die wilden Hunde haben mich nicht bekommen. Doch jetzt haben diese Leute Chloe, und ich glaube, sie ist in großer Gefahr … Können Sie ihr helfen?" Dann brach die Frau am anderen Ende in haltloses Weinen aus.

Ein Haus in den Bergen

Das Schlimmste, was Mirjam je getan hatte, war die Rückkehr in jenes Haus gewesen. Einige Minuten war sie gerannt. Dann keuchend stehen geblieben. Der Weg, zwei vereiste Fahrspuren im Schnee, würde sich noch auf Kilometer so erstrecken. Vielleicht würde es Stunden dauern, bis sie auf Menschen traf. Doch hing jetzt alles davon ab, schnellstmöglich zu *helfen*. Chloe. Vielleicht auch dem Mann in jenem Haus, über den die Rache der Hunde gekommen war. In jedem Fall hatte er ein Telefon gehabt.

Den eigenen Fußstapfen war sie zurückgefolgt. Ins schweigende Haus. In den nun gespenstisch stillen Keller.

Die Hunde waren verschwunden. Kein Bellen, kein Hecheln; nicht das Geräusch knochenbrechender Kiefer. Aber der Mann war noch da. Teils. Die Hunde hatten ihn ausgeweidet. Rumpf und Kopf nur noch an Hautfetzen verbunden; Herz, Lunge, Leber fehlten. Gliedmaßen über den Raum verteilt. Blutlachen. Es wäre auch ohne gebundene Hände nicht leicht gewesen, in die Reste dieser zerrissenen, verkrusteten Hosen zu greifen. Doch das Natel war intakt und angeschaltet. Sie dachte an Chloe. Wählte die Nummer, die Chloe ihr gegeben hatte.

Als sie sich von ihrem Weinkrampf erholt hatte, berichtete sie kurz, was passiert war. Und dass Chloe sie angerufen habe, von ihrem Haus in Küsnacht aus. Und dass sie dort nicht allein gewesen war. Dass diese bösen Menschen einen asiatischen Akzent gehabt hatten.

„Ich kümmere mich darum, Mirjam; ich bin schon in Küsnacht, werde sofort dort hingehen. Und Sie – ja, rufen Sie die Polizei, die kann das Handy orten und Sie holen kommen. Verlassen Sie das Haus und verstecken Sie sich so lange irgendwo in der Nähe. Ich glaube, Sie sind eine starke Frau, Mirjam. Sie schaffen das."

Eine starke Frau? Wohl nicht. Aber doch eine, die die Hoffnung nicht schnell aufgibt. Sie wählte den Notruf, und als sie alles gesagt hatte, setzte sie sich draußen ein Stück über der Straße, auf einen Fels am Rand einer Schneewechte, ins schwindende Tageslicht. Es verging eine halbe Stunde, da sah sie weit unten im Tal die sich nähernden Scheinwerfer mehrerer Polizeiautos aufleuchten.

Küsnacht, oben auf dem Hügel
Vom Romantik-Seehotel Sonne unten am See hinauf zum Bodmer-Anwesen auf dem Hügel waren es etwa zehn Minuten zu Fuß, wenn man die Strecke in erhöhtem Dauerlauftempo zurücklegte. Jeremy war überrascht, welche Kondition Mie hatte, die ihm leichtfüßig vornewegtrabte. Er hatte nicht gewollt, dass sie mitkam, aber sie hatte darauf bestanden. Die Dokumente hatten sie auf die Schnelle unter der Matratze versteckt, was immer noch besser war, als mit ihnen hier durch die Gegend und vermutlich in die gleiche Gefahr hinein zu laufen, vor der Jeremy sie doch schützen sollte. Nur den Brief von Beat Bodmer hatte Jeremy eingesteckt.

Plötzlich blieb Mie stehen, wich zurück, gab ihm ein warnendes Zeichen. Als kurz darauf auch Jeremy oben am Waldrand um die Ecke spähte, stockte ihm der Atem. Was auch immer hier passiert war – jetzt war es zu spät, noch etwas zu ändern. Ein Stück weiter unten Reihen von Polizeiautos, Rettungswagen und weitere Fahrzeuge. Rot-weiße Bänder waren aufgespannt, überall wimmelte es von Polizisten.

„Wir sollten hier besser nicht weitergehen", flüsterte Mie.

„Aber ich *muss* wissen, was mit ihr passiert ist", beharrte Jeremy. Dann überlegte er. Er dachte daran, wie er in Berlin vom Geheimdienst befragt worden war. Dass er zuvor mit Mie gesehen worden war, hatte zu allerlei unnötigen Komplikationen geführt. „Es ist besser, du gehst zurück ins Hotel", fuhr er fort. „Ich komme nach, sobald ich etwas in Erfahrung gebracht habe." Er gab ihr einen raschen Kuss und schritt hinaus auf die Straße, ehe sie die Erwiderung hatte vorbringen können, die ihr offensichtlich auf der Zunge lag. Sofort sah ihn ein Polizist und machte eine abweisende Handbewegung. „Halt", rief Jeremy. „Ich bin ein Bekannter der Familie Bodmer. Ich war heute mit Chloe verabredet. Kann ich sie kurz sprechen?" – „Mich? Ja, gut, kommen Sie her." – „Nein, *sie*, Chloe Bodmer. Ist sie hier?"

„Ich glaube, Sie unterhalten sich jetzt besser erst einmal mit uns. Und was Ihre Frage angeht: Nein, ich fürchte Chloe Bodmer ist nicht hier. Oder, besser gesagt, gut, dass sie nicht hier ist. Wir haben im Haus keine Frau gefunden. Nur Männer. Lauter Asiaten. Und einen Europäer. Aber von denen kann uns leider keiner mehr Auskunft geben. Schön also, dass immerhin *Sie* hier sind und uns vielleicht ein paar Fragen beantworten können. Davon haben wir nämlich jede Menge. Nun kommen Sie doch bitte! Wer sind Sie eigentlich?"

Shanghai, Pudong International Airport
„Cathy, da bist du ja! Du siehst gut aus! Ich bin so froh, dass du gekommen bist!" Cathy konnte an Cocos Blick ablesen, dass die Freundin den letzten Teil dieser Aussage auch durchaus so meinte, nicht jedoch den vorausgegangenen Teil. Sie fiel ihr um den Hals. „Ich bin auch unglaublich froh, wieder hier zu sein; ich kann dir gar nicht sagen, wie! Es ist, als könnte ich jetzt mit allem nochmal neu anfangen. Weißt du, alte Fehler wiedergutmachen und so weiter."

Bei der Gepäckabholung gab es eine Verzögerung; sie mussten einige Minuten auf Cathys Koffer warten und setzten sich auf eine Bank. Cathy hatte sich eigentlich vorgenommen, nicht gleich davon anzufangen, aber nun war ihre Ungeduld so groß, dass sie sich nicht zügeln konnte. „Und? Wie geht es ihm? Hast du ihn gesehen? Ist sein Zustand immer noch unverändert? Wann kann ich ihn besuchen?"

Coco blickte die Freundin irritiert an. Dann sagte sie zögernd: „Du meinst … Kim? Kim Park? Dein Freund, der auf einer Station im Shanghai East Hospital im Koma liegen soll?"

Jetzt war es an Cathy, irritiert zu sein. „Ach, Coco, wir haben doch gestern telefoniert, und du hast mir versprochen, dich drum zu kümmern."

„Habe ich ja auch. Ich hab dort angerufen. Mehrmals. Mit Schwestern, Ärzten und allem möglichen Personal geredet."

„Und? Jetzt mach's nicht so spannend!"

„Es gibt dort keinen Kim Park. Glaub mir, Cathy, ich habe alle Hebel in Bewegung gesetzt. Du weißt, wie hartnäckig ich sein kann. Es ist niemals ein Mann dieses Namens ins Shanghai East Hospital eingeliefert worden. Noch in irgendein anderes großes Krankenhaus der Stadt. Weder am 7. Mai 2012 – dem Tag, an dem er, wie du sagst, so schwer verwundet wurde – noch an sonst einem Tag. Wenn es nach dem Krankenhaus geht, hat es einen Kim Park nie gegeben."

Zürich, Kappelergasse
Es war früher Abend, als sie die Räumlichkeiten der Century Bank in der obersten Etage eines herrschaftlichen Wohnhauses aus den 1890er Jahren betraten. Um diese Zeit hatte das Personal die Bank verlassen. Niemand schien die zwei Frauen, von denen die eine eine große Tasche trug, beim Betreten des Hauses bemerkt zu haben. Der Fahrstuhl war leer und auch als Chloe die mehrfach gesicherte Tür aufschloss, war kein Mensch in der Nähe. Als Erstes ließ sich Ryn Jong Mi zeigen, wie sich die Überwachungskameras ausschalten und die Aufzeichnungen löschen ließen. Dann führte sie ihr Weg zum Tresorraum.

Den Heimtresor im selten genutzten Gästebad im obersten Stockwerk des Hauses in der Goldbacherstraße zu finden, war für Ryn Jong Mi kein Problem gewesen. Er war unauffällig unterm Waschbecken hinter den Kacheln verborgen, die die Koreanerin kurzerhand zerschlagen hatte. Kein Wunder, dass das Versteck allen Suchbemühungen entgangen war – als sie das geräumige Haus durchstöbert hatten, hatten sie den insgesamt acht Badezimmern und sonstigen Nasszellen, die teils mit Sauna, Dampfbad und weiterer Extraausstattung versehen waren, nur eine untergeordnete Beachtung geschenkt. Im Tresor hatte Ryn Jong Mi, neben einigen Geldbündeln, die sie ungerührt einsteckte, einen weiteren Tresorschlüssel gefunden, jedoch nicht jene koreanischen Dokumente, die sie suchte. Chloe Bodmer hatte angegeben, nichts über den Verbleib der Dokumente zu wissen, war auch durch die Zufügung von Schmerzen nicht von dieser Position abzubringen gewesen und für ein Erzwingen von Informationen mit professionellen Mitteln war jetzt keine Zeit. Ryn Jong Mi hatte insgeheim etwas Derartiges befürchtet: Der alte Beat musste bemerkt haben, dass es ein Fehler gewesen war, sich damit zu brüsten, die brisanten Unterlagen in seinem Haus aufzubewahren, und so hatte er sie rechtzeitig fortgeschafft. Aber wohin? Vermutlich in die Bank. Chloe hatte ihr immerhin verraten, dass der gefundene Schlüssel zu einem Schließfach im Tresorraum der Century Bank gehörte, und wenn Beat seiner Tochter schon den Schlüssel für den Tresor im Haus anvertraut hatte, dann sicher, damit sie auf diesem Weg Zugang zu den wichtigsten Bankgeheimnissen erhielt. Und die Bank war ohnehin ihr nächstes Ziel.

Ryn Jong Mi hatte den Schlüssel an sich genommen und die noch immer wie gelähmte Chloe in den Wagen verfrachtet. Kein Mensch auf der Straße, kein Anzeichen von Polizei weit und breit. Wenn jemand die Polizei alarmiert hatte, war sie jedenfalls nicht schnell genug gekommen. Über Zumikon und Witikon war Ryn Jong Mi ins Zürcher Hinterland hinausgefahren und hatte den Wagen in einem Waldstück am Adlisberg geparkt. Noch musste sie warten, bis es Abend wurde und die Bank geschlossen war. Den alten Pak, der sich schon auf dem Weg ins Ausland befand, hatte sie mittels einer verschlüsselten SMS in den wichtigsten Punkten über das Vorgefallene informiert. Mehrmals hatte sie auch versucht, Mirjams Wächter telefonisch zu erreichen, doch er ging nicht an sein Telefon, was sie beunruhigte. War etwas passiert? War er aufgeflogen? Nun musste alles sehr schnell gehen und sie durfte sich keinerlei Nachlässigkeit leisten.

Und jetzt war sie fast am Ziel, stand mit Chloe Bodmer an der Tür zum Tresorraum der Century Bank. Die Tür war mit einem biometrischen Fingerabdruckscanner ausgestattet, um sicherzustellen, dass nur der kleine Kreis von Befugten Zutritt zu diesem Allerheiligsten erhielt. Zu diesem Kreis gehörte auch die Tochter des Bankengründers. Summend schnappte die Tür auf. Ryn Jong Mi kannte die Schließfachnummer auf dem Schlüssel längst auswendig und steuerte gezielt das entsprechende Fach an. Drinnen fand sie eine Liste mit einem Verzeichnis spezieller Kundendaten. Das war wichtig. Aber keine sonstigen Dokumente. Kein Papier, kein Datenträger. Schlecht. Wo waren die brisanten Unterlagen, mit deren Besitz Beat Bodmer geprahlt hatte? Sie würde Chloe doch noch einmal in die Mangel nehmen müssen. Aber zuerst zu den Konten. Auf der Liste fein säuberlich verzeichnet waren sämtliche etwa dreißig Konten, die Beat seit dem Jahr 2000 für den Kim-Clan, das Office 39 und andere Vertreter und Einrichtungen der nordkoreanischen Nomenklatura eingerichtet hatte. Neben den

Scheinnamen und allem übrigen Mummenschanz zur Täuschung waren auch die Klarnamen der zugriffsberechtigten *Beneficial Owners* aufgeführt. Für eine ganze Reihe dieser Konten hatte sie nun dank der Informationen, die „Vögelchen" Lee Hyun Hae so freundlich gewesen war, auf ihr dringliches Bitten hin preiszugeben, alles Nötige beisammen, um die Überweisungen vorzunehmen; bei den anderen würde Chloe ihr helfen müssen. Entscheidend war, dass all diese Gelder, insgesamt ein hoher dreistelliger Millionenbetrag, noch heute Nacht die Schweiz verließen. Anschließend würde Ryn Jong Mi noch in ihre Tasche packen, was an leicht erreichbaren Bargeldbeträgen im Tresorraum vorhanden war, um schließlich mit dem, was sie zuvor aus ihrer Tasche herausnehmen würde, ihr Werk zu vollenden.

„Los, meine Süße, fahr die Computer hoch und logg dich ein. Wir haben heute Nacht viel vor uns." Apathisch stapfte Chloe in die Schalterräume der Bank zurück. Jeglicher Widerstand, jeglicher Wille schien nun endgültig gebrochen. Ohne ein Wort, ohne Aufbegehren befolgte Chloe jede Anweisung ihrer Peinigerin. Rief Konten auf, gab Passwörter ein, füllte Formulare aus. Binnen Minuten hatten sie bereits Hunderttausende auf Konten in Macao überwiesen. Die Bank der Bodmers war dabei auszubluten. Ryn Jong Mi drückte gerade die „Bestätigen"-Taste einer weiteren Überweisung in Millionenhöhe, da wurde der Bildschirm schwarz. Dunkelheit legte sich über den Raum. Nur von draußen drang schummriges Licht durch die Fenster. Ein Stromausfall, jetzt? Ryn Jong Mi war sich sicher, dass das *kein* Zufall sein konnte. War jetzt alles verloren? Doch sie würde nicht aufgeben, solange sie atmete. Mit einem Sprung war sie am Fenster. Unten auf der Straße Blaulicht. Vom Treppenhaus her Geräusche; Getümmel vor der verschlossenen Sicherheitstür. Verflucht, wo war jetzt die Frau?

Ryn Jong Mi erwischte Chloe, die in neu aufkeimender Lebenshoffnung begonnen hatte, sich einen Weg zur Tür zu tasten, warf sie zu Boden, drehte ihr den Arm auf den Rücken, zog das Messer. „Und jetzt verrätst du mir, wo diese gefährlichen Dokumente versteckt sind, die deinem Vater so wichtig waren, sonst bist du auf der Stelle tot."

„Ich hab sie nicht! Au, aua, ich schwöre, ich hab sie nicht mehr!"

„Nicht mehr? Und wer hat sie jetzt?" Scharf schlitzte Ryn Jong Mis Messer durch Chloes Haut. Chloe schrie auf. Sie schrie und schrie.

Draußen auf dem Flur wurden Stimmen laut. „Kommen Sie raus und ergeben Sie sich. Sie haben keine Chance!"

Ryn Jong Mi schlitzte noch etwas tiefer. Chloe brüllte vor Schmerz. „Jeremy hat sie. Jeremy Gouldens!"

Da war es heraus. Oh Mist, verdammt nochmal. Dreimal verfluchter Jeremy Gouldens! Und du hältst jetzt die Klappe, Mädchen!

Stadtpolizei Zürich, Regionalwache City, Bahnhofquai
„Korff; ja bitte? Ach, Sie sind's, Mister Gouldens! Na, endlich melden Sie sich mal. Und? Haben Sie was Wichtiges rausgefunden? Von Schliermeyer habe ich schon erfahren, dass Sie da offenbar auf einer heißen Spur sind, auch wenn er mit den Details nicht rausrücken wollte. Aber genug der Vorrede, nur raus mit der Sprache!"

Es hatte Jeremy all seine Überredungskraft gekostet, Polizeileutnant Wengli davon zu überzeugen, ihn ein wichtiges, vielleicht lebenswichtiges Telefongespräch unter vier Augen führen zu lassen. Doch Wengli nahm Jeremy sein Schweigen vom Morgen noch übel und zeigte sich eine endlos lange Zeit stur, bis er sich zuletzt doch Jeremys offenkundiger Not erbarmte und ihm einen Anruf in einem separaten Kämmerchen gestattete. Als Mie dann wieder einmal nicht an ihr Handy gegangen war, hatte Jeremy – nach kurzer Überwindungsphase – kurzerhand Walter Korffs Nummer gewählt. Schließlich hatte der ihm schon einmal geholfen, als er in Polizeigewahrsam festsaß.

„Was ich herausgefunden habe? Nun, es hat im Haus von Bankier Beat Bodmer ein Gemetzel gegeben, fünf tote Koreaner und ein Brite, mein Mitarbeiter und ehemaliger Freund, Jonathan Creed, der im Auftrag der Bank schmutzige Geschäfte mit den Nordkoreanern gemacht hat, aber das wissen Sie vielleicht alles schon selbst."

„Natürlich. Dieser Creed, das ist ja ebender Kerl, mit dem wir Sie in Berlin verwechselt haben; höchstwahrscheinlich handelt es sich dabei um unseren gesuchten Verbindungsmann, den Kofferträger, der im Auftrag der Nordkoreaner den Nukleardeal mit den IS-Rebellen abwickeln sollte. Na ja, inzwischen ein alter Hut. Apropos, was ist eigentlich mit der süßen Koreanerin, die Sie in Berlin vermisst haben, hat die sich mal wieder bei Ihnen gemeldet? Oder war es doch die Tote im See?"

„Ja, nein, alles in Ordnung, sie ist wohlauf. Aber, Korff, ich gestehe, es fällt mir schwer, Sie zu bitten, aber es ist von allergrößter Wichtigkeit, dass ich möglichst schnell hier rauskomme, sonst … Wissen Sie, ich bin da in Besitz von … Egal, wenn diese sturen Schweizer Polizisten mich nicht laufen lassen, garantiere ich für nichts und es geschieht vielleicht ein Unheil, oder das Unheil nimmt seinen Lauf, ohne dass wir noch was dagegen tun können, und wir verlieren gerade jenen wichtigen Schlüssel, mit dem wir …" Jeremy hielt inne. Korff musste sein Gerede bestenfalls völlig wirr erscheinen. Und schlimmstenfalls zog er daraus Schlüsse, die wiederum Jeremy und Mie in Schwierigkeiten bringen konnten. Kurz: Jeremy war dabei, sich um Kopf und Kragen zu reden. „Langer Rede kurzer Sinn", setzte er also unvermittelt hinzu, „Sie lassen am besten Ihre Kontakte spielen und sorgen dafür, dass die Schweizer mich schnellstens gehen lassen, und ich …"

Korff schnaubte auf. „Wie Sie sagen, Mister Gouldens: Das sind *Schweizer*. Ich bin Deutscher. Wir mögen vielleicht die gleiche Sprache sprechen oder so etwas in der Art, aber das sind trotzdem zwei grundverschiedene Staaten und ich kann Ihnen nicht versprechen, dass mein Arm so weit reicht. Wie auch immer, ich werde sehen, was sich tun lässt. Aber wir sprechen uns nochmal, Mister Gouldens, lassen Sie sich das gesagt sein, *wir sprechen uns nochmal!*"

Zürich, Kappelergasse

Die vereinten Polizeiverbände der Bundespolizei Fedpol sowie der Kantons- und der Stadtpolizei Zürich hatten das Gebäude in der Kappelergasse von allen Seiten umstellt. Spezialkräfte hatten sich vor dem Eingang zur Century Bank versammelt. Der weltweit mit den Geheimdiensten vieler Staaten gut vernetzte Nachrichtendienst des Bundes, NDB, der selbst über keine eigenen Polizeieinheiten verfügt, hatte Hinweise erhalten, dass die Century Bank Ziel einer Straftat werden könne, und diese an die Staatsschutzabteilung der Kantonspolizei Zürich weitergeleitet, die eine Überwachung des Bankgebäudes angeordnet hatte. Somit war es, nachdem die beiden verdächtigen Frauen das Gebäude betreten hatten, rasch möglich gewesen, entsprechende Maßnahmen in die Wege zu leiten und durch eine Stromabschaltung etwaige illegale Transaktionen größeren Ausmaßes zu unterbinden.

Eigentlich hatte der Plan vorgesehen, die Einbrecher, die aus dem umzingelten Gebäude ohnehin nicht entkommen konnten, zur Aufgabe zu zwingen. Doch jetzt hatte man drinnen Schreie gehört. Was ging dort vor? Sollte man stürmen? Hastige Beratungen waren im Gange. Dann, auf einmal, wurden die Lichter wieder hell. Die Einsatzleitung hatte entschieden, dass ein Zugriff besser dann erfolgte, wenn man auch sehen konnte, was auf einen zukam. „Was ist das?", rief da ein Beamter. Wieso war es in den Bankräumen plötzlich so gleißend hell? Das waren nicht die wieder aufgeleuchteten Lichter. Ein Knall. Eine Explosion! Die Bank brannte! Ein Feuerball rollte durch die Geschäftsräume. Die Tür aufbrechen! Wo war die Feuerwehr?

Doch noch bevor die Polizisten in Aktion treten konnten, öffnete sich von innen die Tür. Eine Frau kam herausgetorkelt. Sie sah fürchterlich aus. Das Blut strömte durch ihr langes rotes Haar und die Wangen und die Schultern hinunter. Sie war offensichtlich schwer am Kopf verletzt und hatte, um das Blut notdürftig zu stillen, den Kopf in ein Tuch gewickelt, das sie wohl aus einem Kleidungsstück herausgerissen hatte. „Helfen Sie mir", rief sie mit letzter Kraft. „Ich bin Chloe Bodmer, und eine Mörderin ist hinter mir her."

„Schnell, Würgler, bringen Sie die Frau nach unten und sorgen Sie dafür, dass sich ein Sanitäter um sie kümmert!", wandte sich der Einsatzleiter im zackigen Tonfall an einen seiner Polizisten. „Diese Mörderin werden wir uns schon vornehmen. Und wo sind hier die Feuerlöscher, verflucht?" Der Polizist Würgler öffnete den Mund, um noch etwas zu sagen, doch der Einsatzleiter scheuchte ihn mit einer gereizten Handbewegung weg. Wenige Sekunden später verschwand Würgler pflichtbewusst mit der Schwerverwundeten, die offenkundig dem Zusammenbrechen nahe war, im Aufzug. Mehrere Polizisten versuchten, die Bankräume zu stürmen, aber die Flammen hatten sich rasend schnell ausgebreitet. Den Einsatzkräften blieb bald nichts anderes mehr übrig, als alles Weitere der Feuerwehr zu überlassen.

Aber wo war besagte „Mörderin"? Wollte sie lieber verbrennen, als für ihre Taten zur Rechenschaft gezogen zu werden? Wie auch immer, die Polizei konnte unter diesen Umständen nichts für sie tun. Eine lodernde Feuersbrunst verschlang die Räume der Century Bank und alles, was Beat Bodmer in seinem Leben aufgebaut hatte – aufgebaut durch einen unheiligen Pakt mit Mächten, die stärker waren als er.

Küsnacht, Hotel Sonne
Es war spät am Abend, als die Polizisten Jeremys Befragung abgeschlossen hatten und ihn endlich gehen ließen – ob wirklich auf Intervention Walter Korffs hin oder einfach nur, weil sie zur Überzeugung gekommen waren, keine weiteren Informationen mehr zu erlangen, blieb unklar. Immerhin war Polizeileutnant Wengli so freundlich gewesen zu veranlassen, dass der erschöpfte und todmüde Jeremy direkt vorm Romantikhotel Sonne in Küsnacht abgesetzt wurde.

Ein beklommenes Gefühl packte ihn, als er die Treppen zum Zimmer emporstieg. Er hätte Mie nicht allein lassen sollen. Er hätte die Dokumente nicht allein lassen sollen. Er hätte auch Mie mit den Dokumenten nicht allein lassen sollen. „Mie?", flüsterte er an der Tür. Keine Antwort. Als er öffnete und das Licht anschaltete, bot sich ihm ein erschreckendes Bild. Der Raum lag verwüstet vor ihm. Die Matratze war herausgerissen und aufgeschnitten worden, auch die Betten. Federn waren im ganzen Raum verteilt. Zertrümmerte Gegenstände, als hätte ein Kampf stattgefunden. Vom Stuhl fehlte ein Bein. Er fand es an der Tür zum Badezimmer und sah, dass Blut daran klebte. Blutspuren auch an Waschbecken und Tür, Spritzer am Spiegel. Nirgendwo eine Spur von den Dokumenten.

Nirgendwo eine Spur von Mie.

Zürich
Erst am Tag nach dem verheerenden Brand in der Zürcher Kappelergasse wurde in den völlig ausgebrannten Räumen der Century Bank, neben den geschmolzenen Überresten eines Benzinkanisters, eine verkohlte Frauenleiche gefunden. Das Leben der anderen Frau hatte immerhin gerettet werden können.

Dennoch gab es eine Reihe von Punkten an diesem Polizeieinsatz, die für die Ermittler nicht gerade ein Ruhmesblatt darstellten:

1. Wenige Minuten nach Einsatzbeginn hatte eine Polizistin in schlecht sitzender Uniform das Gebäude an der Kappelergasse verlassen und war mit schnellen Schritten in die Fraumünsterstraße abgebo

gen. Auch wenn sie mehreren Beamten – denen sie allesamt völlig unbekannt war – aus verschiedenen Gründen aufgefallen war, hatten sie doch alle unterlassen, sie anzusprechen oder gar aufzuhalten.

2. Erst am Ende des Einsatzes wurde in einem Kellerraum des Hauses der leblose und entkleidete Körper des Polizisten Ueli Würgler gefunden. Ein heftiger Schlag auf den Kopf hatte ihn in Ohnmacht versetzt. Sobald er wieder ansprechbar war, kritisierte er den Einsatzleiter: Er, Würgler, habe seinen Vorgesetzten noch auf den starken, höchst unschweizerischen Akzent der verletzt aus der brennenden Bank geretteten Dame aufmerksam machen wollen, der so gar nicht zu einer Zürcher Bankierstochter passe, aber der Einsatzleiter habe Würgler gar nicht erst zu Wort kommen lassen. An alles, was nach Betreten des Fahrstuhls passiert war, konnte sich Ueli Würgler, der ein schweres Schädeltrauma erlitten hatte, nicht mehr erinnern.

3. Zwei Tage nach den Vorfällen machten Spaziergänger im Wasser der Limmat am Bauschänzli einen grausigen Fund. Was zunächst wie ein Büschel im Wasser treibender Haare ausgesehen hatte, entpuppte sich bei näherem Hinsehen als die abgetrennte Kopfhaut einer etwa dreißigjährigen Frau mit rotgefärbtem Haar.

Zweiter Teil

Die Fabrik

Aus den Aufzeichnungen von Kim Ho Soon
Warum ich dieses Mal gefoltert wurde, weiß ich nicht mehr. Vielleicht
hatte ich heimlich ein paar Getreidekörner eingesteckt (und ich hatte er-
lebt, dass Menschen wegen einer Handvoll Maiskörner zu Tode geprügelt
wurden), vielleicht habe ich mich vor einem Bild des Großen Führers
nicht tief genug verbeugt, vielleicht habe ich einem Wärter die falsche
Antwort gegeben, als er am Abend sein Privatvergnügen mit mir haben
wollte (auch wenn meine einstige Schönheit längst verwelkt war, kam
dergleichen noch vor). Im Nachhinein glaube ich aber, dass es bei jener
letzten Folter in diesem Lager gar nicht so sehr um ein Warum ging. Es
ging vielmehr damals schon um ein Wozu: Die Qualen sollten nicht Stra-
fe, sondern Vorbereitung sein. Aber ich greife zu weit vor.

Durch die Folter habe ich alles vergessen, was unmittelbar davor pas-
siert ist. Als ich nach drei Monaten vom Lagergefängnis ins normale La-
ger zurückkehrte, hatte ich sogar auch fast alles andere vergessen, mein
ganzes Leben bis dahin, mein Kopf war wie eine leere, schwarze Tafel:
Die Foltertorturen hatten alles andere geschwärzt, überschrieben, ge-
löscht. Erst allmählich, auch mit Hilfe meiner Mutter, die damals noch
im gleichen Lager lebte wie ich, ihre einzige Tochter, kehrten meine Erin-
nerungen wieder.

Drei Monate brachte ich in einem hundehüttenartigen Raum zu, in
dem man weder stehen noch richtig sitzen konnte. Im Lager nannten wir
diese etwa sechzig Zentimeter breite und nur einen Meter hohe Zelle den
„Schwitzkasten". Man kniet geduckt in kompletter Finsternis, bis alles im
schwarzen Nichts versinkt und nur der ohnmächtige Schmerz bleibt. Aus

den Wänden ragen rostige Eisenspitzen, so dass man sich nicht anlehnen kann. Man bekommt kaum etwas zu trinken und fast nichts zu essen. Glücklicherweise gibt es Ritzen im Untergrund und in den Wänden, durch die sich immer wieder kleine Insekten verirren: Kakerlaken, Käfer, Maden, auch Spinnen und Würmer. Wer geschickt war und möglichst viel des wuselnden Geziefers erhaschte, konnte damit seine Überlebenswahrscheinlichkeit steigern.

Manchmal ließ man mich kurz heraus, damit ich meine Notdurft verrichten konnte; oft allerdings, um mich zusätzlicher Folter zu unterziehen. So zwang man mich einmal, als ich kurz vorm Verdursten stand, literweise Wasser zu trinken. Dann sprang mir ein Wärter auf den Bauch und drückte das Wasser wieder heraus. Oder ich musste mich, die Hände hinterm Kopf, über die Jauchegrube beugen, bis ich fast erstickte. Oder man rieb, nachdem man mich ausgepeitscht hatte, meine brennenden Striemen mit salzigem Kimchi-Kohl ein, die höllischen Schmerzen spotten jeder Beschreibung. Damals war, wenn ich mich recht erinnere, auch das erste Mal, dass ich mit Elektroschocks gefoltert wurde. Doch anders als bei all den Folterungen zuvor hatte ich den Eindruck, dass meine Wärter dieses Mal zimperlicher vorgingen. Eigentlich war es völlig egal, ob ein Insasse unter der Folter starb, sein Leben zählte nicht mehr als das eines Wurms, und er war kein Mensch mehr, sondern nur ein Tier ohne Schwanz. Diesmal jedoch hatte ich den Eindruck, dass sie sorgfältig darauf achteten, mich nicht zu Tode zu foltern. Warum war ich auf einmal so wichtig?

Als sich dieser Eindruck bei mir verfestigte, beschloss ich, etwas zu tun, was im Grunde nicht meine Art war: Über all die Jahrzehnte hinweg hatte ich nur überlebt, weil ich jeden Tag gekämpft und gehofft hatte. Und weil ich an meinen großen Bruder gedacht hatte, der in einem fernen Land lebte und wohl gar nicht wusste, dass es mich gab, mit dem ich mich aber dennoch auf geheimnisvolle Weise verbunden glaubte. Von ihm fühlte ich mich beschützt und gehütet, und selbst wenn er nie von mir erfahren würde – auf mich sollte er immer stolz sein können. Dafür lebte und kämpfte ich; eine Niederlage kam nicht in Frage. Nun aber beschloss ich, den Kampf aufzugeben. Ich verweigerte Nahrung und Wasser. Ich würde das Risiko eingehen zu sterben.

„Nein, tut mir leid. Aber wir hätten hier eine *Cathy Wong* in unserem Verzeichnis. Die ist an ebendem Tag, nach dem Sie fragen, bei uns eingeliefert worden. Komisch, die Frau heißt ja ganz ähnlich wie Sie."

Sie hatte in den Tagen seit ihrer Ankunft in Shanghai alle Hebel in Bewegung gesetzt. Mehr denn je war sie entschlossen, Kim Park zu finden, koste es, was es wolle. Für sie bestand kein Zweifel daran, dass man Coco auf ihre Frage nach Kims Verbleib falsche Auskünfte erteilt hatte. Und dass nicht einfach ein Irrtum dahintersteckte, sondern bewusste Manipulation. Aber warum? Was steckte dahinter? War Kim vielleicht gestorben? Vielleicht hatte es einen Behandlungsfehler gegeben, den man zu vertuschen versuchte? Oder man hatte Kim einfach als hoffnungslosen Fall eingestuft und verschwinden lassen, nachdem man ihn im wahrsten Sinne des Wortes ausgeschlachtet, also aller verwertbaren Organe beraubt hatte? Sie wusste, dass derlei in China vorkam, allerdings eher bei Strafgefangenen und ähnlich bedauerlichen Kreaturen, für die sich niemand interessierte. Gut, aber wer interessierte sich für Kim? Hatte er überhaupt Angehörige? Dafür, dass sie einmal fast ein Paar geworden wären, wusste sie recht wenig über ihn, musste sie feststellen. Dennoch – in jedem Fall war Kim ein koreanischer Staatsbürger, der zudem durch seine Arbeiten für verschiedene TV-Anstalten einen gewissen Bekanntheitsgrad erlangt hatte. Kaum anzunehmen, dass es die Chinesen da gewagt hatten, ihn als wertvolles Organlager einfach zu „recyceln". Wahrscheinlicher war, dass man Kim in sein Heimatland verlegt oder vielmehr abgeschoben hatte. Aber welchen Grund gäbe es, das zu vertuschen?

Cathy hatte ein schlechtes Gewissen, sich nicht längst mehr um Kim gekümmert zu haben. Damals, als sie von Kims schwerer Hirnverletzung erfahren hatte, hatte sie nur wenige Tage zuvor ihr erstes und einziges Mal mit Kim geschlafen; ein Unfall, auch wenn sie ihn im Rückblick nun nicht mehr bedauerte. Und sie hatte Jeremy gerade das Jawort gegeben, nachdem er es endlich geschafft hatte, ihr den Antrag zu machen, auf den sie seit Wochen gewartet hatte. Sie selbst war krank und traumatisiert gewesen, hatte keinen anderen Wunsch gehabt, als das Geschehene schnellstmöglichst zu vergessen. Zu jener Zeit war sie schlichtweg nicht in der Lage gewesen, sich mit Kims Schicksal zu

konfrontieren. Mehrmals hatte sie vorgehabt, ihn an seinem Krankenbett aufzusuchen, aber sie hatte es nie fertigbekommen. Sehr bald,
Ende Mai, waren Cathy und Jeremy dann nach London gezogen. Seither war sie immer nur kurz in Shanghai gewesen und hatte den Gedanken an Kim jedes Mal erfolgreich verdrängt. Erst in den letzten
Wochen, seit es mit ihrer Ehe immer weiter den Bach hinuntergegan-
gen war, hatte sie wieder vermehrt an Kim gedacht, bis sich in ihr immer stärker der Wunsch gefestigt hatte, ihn zu besuchen, und die verrückte Hoffnung aufgekeimt war, ihn vielleicht irgendwie, wie durch
ein Wunder im Märchen, zu dem nur eine liebende Frau fähig ist, doch
retten zu können. Und darum war sie jetzt hier. Mochten ihre Träume
auch romantisch-versponnene Illusionen sein – bevor sie sie aufgab,
wollte sie ihn, schlicht und ergreifend, einfach sehen.

Woher wusste sie überhaupt, dass er am Leben war? Nun, Jeremy
hatte es ihr gesagt. Hatte er es ihr nur vorgelogen, um ihre damals so
angeschlagene Psyche zu schonen? Nein, so feinfühlig war er nicht, der
unsensible Trampel. Außerdem erinnerte sie sich, dass er in den Wochen vor ihrer Abreise nach London auf ihr Bitten hin mindestens
zweimal im Krankenhaus angerufen hatte. Die Auskunft war immer
die gleiche gewesen: Kims Zustand sei nach wie vor kritisch, aber stabil, man würde sich melden, sobald eine Änderung eintrete. Sie sah Jeremy noch mit dem Telefon vor sich, das hätte er ihr nicht vorzuma-
chen vermocht; er war immer ein schlechter Lügner gewesen. Die
Klinik hatte sich nie gemeldet, und so war Cathy immer davon ausgegangen, dass sich Kims Zustand eben auch nicht verändert hatte.

Da Coco mit ihren von Cathy beauftragten Nachforschungen beim
Krankenhaus nicht weitergekommen war, beschloss Cathy, ihrerseits
die Sache anders aufzuziehen. Also hatte sie sich unter Vorlage ihres
Presseausweises – sie arbeitete noch immer für *Vanity Fair*, wenn auch
seit ihrer ersten Fehlgeburt nur noch freiberuflich – bei der Klinik gemeldet und angegeben, an einer Reportage über das gewaltsame Ende
der SWFC-Geiselnahme auf der Jacht „Chiyo" des japanischen Unternehmers Minato Moto am 7. Mai 2012 im Meer vor Shanghai zu recherchieren: jene Befreiungsaktion, bei der Kim seinen Kopfschuss erlitten hatte. Sie habe gehört, dass einige der Verletzten daraufhin im
Shanghai East Hospital behandelt worden seien, und würde gerne für

ein Interview mit ihnen Kontakt aufnehmen. Auch wolle sie mit den damals diensthabenden Ärzten sprechen. Man hatte ihr Ansinnen unter Verweis auf die Datenschutzrichtlinien der Klinik abgewiesen, aber schließlich war Cathy mit einer Krankenhausangestellten ins Gespräch gekommen, die sich weniger zugeknöpft gezeigt hatte – dass Cathy ihr diskret zwei Hundert-Dollar-Noten zugeschoben hatte, mochte geholfen haben. Die Angestellte hatte zugesagt, sich um Cathys Anfrage zu kümmern, und Cathy ihrerseits hatte versprochen, im Erfolgsfall noch einmal die gleiche Summe nachzulegen.

Und jetzt hatte Cathy besagte Dame am Telefon. Die herausgefunden hatte, dass an jenem Tag eine „Cathy Wong" eingeliefert worden war. Das war nun wirklich keine 200 Dollar wert. Cathy erinnerte sich selbst nur zu gut – wenn auch ungern –, wie sie an jenem Tag in der Klinik wiedererwacht war, Gott sei Dank ohne größere Schäden davongetragen zu haben. Und dann war sie, dummerweise, auf Jeremys Heiratsantrag eingegangen und hatte ihren Namen geändert.

„Hören Sie, mein Name lautet *Gouldens*-Wong, und es geht hier um einen *Mann*, der an diesem Tag mit einer Gehirnverletzung in die Intensivstation eingeliefert wurde. Gibt es da wirklich niemanden?"

„Doch. Augenblick … Ein Park Sang Il kam am frühen Morgen in die Intensiv und ist sogleich das erste von mehreren Malen notoperiert worden. Verantwortlicher Chefarzt war Professor Zhao."

„Und dann? Was ist aus Park Sang Il geworden?" Cathy konnte die Erregung in ihrer Stimme nicht verbergen. Sie hatte ihn gefunden. Es bestand kein Zweifel, dass Park Sang Il und Kim Park dieselbe Person sein mussten, was auch immer der andere Name zu bedeuten hatte.

„Moment. Ah ja, hier der Vermerk. Entlassen. Am 31. Mai."

„Entlassen? Am 7. wurde er mit einer Kugel im Hirn notoperiert, und drei Wochen später wird er entlassen? Sie meinen, er wurde in ein anderes Krankenhaus verlegt?"

„Nein. Das würden wir in unseren Akten vermerken. Ein Entlassungsvermerk bedeutet normalerweise, dass jemand geheilt ist. Manchmal gibt es so etwas aber auch bei unheilbar Krebskranken oder ähnlichen Fällen, wenn jemand zu Hause sterben will. Doch Sie haben recht, in diesem Fall scheint mir das etwas merkwürdig."

„Wissen Sie, wann ich diesen Professor Zhao sprechen kann?"

„Soviel ich weiß, arbeitet er nicht mehr hier an der Klinik. Ich fürchte, weitere Auskünfte kann ich Ihnen leider nicht erteilen."

Aus den Aufzeichnungen von Kim Ho Soon
Ich hatte also beschlossen, nicht weiter zu kämpfen. Aber natürlich hatte ich nicht aufgehört zu hoffen. Letztlich hatte ich nur die Kampfstrategie geändert: Falls ich mich sichtbar ins Sterben ergab und zugleich mein Eindruck stimmte, dass sie mich dringend am Leben halten wollten, würden sie es nicht erlauben, mich auch sterben zu lassen. Zunächst schien meine Rechnung nicht aufzugehen: Es folgten Tage verschärfter Folter mit ausgefeilten Methoden – sie wussten genau, wie zäh ich war, es waren wahre Künstler der Folter. Doch sie konnten meinen eisernen Willen, nicht mehr um mein Leben zu kämpfen, nicht brechen. Und dann – noch war ich nicht tot – entließen sie mich. Ich musste aus dem Schwitzkasten gezogen werden, konnte nicht mehr laufen. Aber ich lebte und durfte nun bald ins Lager zurück.

Die folgenden Tage sind mir als die schönsten meines Lebens im Gedächtnis geblieben. Wie gesagt, durch die dauernde Folter hatte sich ein schwarzer Schleier über alles gelegt, was zuvor gewesen war. Mir war, als hätte ich all mein Leben in jener völligen Finsternis und drückenden Enge der Hundehütte des Schwitzkastens zugebracht. Nun sah ich die Sonne, die mir wie ein unbegreifliches Wunder erschien. Wie konnte man zu dieser Sonne hinaufblicken dürfen, ohne von Glück und Erhebung durchdrungen zu sein? Unser Lager – Yodok – befand sich in den Bergen und es gab auf den Hängen ringsum Bäume und Wiesen, blühende Pflanzen in allen Farben, auf denen sich Schmetterlinge und Hummeln niederließen. Wie konnte man in eine solche Welt hinausblicken und sich nicht in der Natur geborgen fühlen? Wir durften uns bewegen und gehen, und wenn wir alles richtig machten, wurden wir von den Wärtern öfters nur angebrüllt als wirklich geschlagen; wir durften unsere Hände rühren, und nach nur sechzehn Stunden täglicher Arbeit durften wir uns auf den Betonböden unserer Wohnhütten zusammenrollen und bis morgens um fünf erquickenden Schlaf genießen. Wie konnte man einen solchen Tag durchleben, ohne stolz auf das Werk seiner Hände zu sein? Wir durften miteinander reden, uns unterhalten – freilich waren überflüssige Wortwechsel verboten und man hatte jede Äußerung sorgfältig abzuwägen, da jeder ein Spitzel sein konnte, von dem ein Wort genügte, dich aus dieser wunderbaren Welt herauszureißen und wieder in den Abgrund der Folter zu werfen –, wir konnten Lieder zum Lobpreis des Geliebten Führers singen, manchmal gar miteinander lachen oder weinen, kurz: Menschen unter Menschen sein. Wie konnte man Teil einer solchen Gemeinschaft sein, ohne sich daran zu erfreuen? Und wir konnten essen und trinken: klares Wasser und zweimal am Tag ein paar Löffel Maisgrütze oder Salzsuppe. Dazu, nicht zu vergessen, die reichen Gaben, die die Felder und Wiesen uns bei unserer Tätigkeit draußen ganz nebenher abwarfen: eine Raupe oder Schnecke hier, einen Käfer dort; im kleinen Bach konnte man mit etwas Geschick einen Molch oder einen Frosch erhaschen. Gut weiß ich noch, wie es uns eines Abends gelang, in unserer Hütte ein große Ratte zu fangen, sie zu häuten und zu braten. Wenn man sie richtig zubereitet, werden die Knochen ganz mürbe und weich, so dass man sie einfach mitessen kann. Wie konnte man an einer Welt verzweifeln, die Genüsse wie das Fleisch von Ratten parat hat! Ich hatte damals in Yodok eine Freundin, die auch die Welt draußen kennengelernt hatte – in jener Welt war sie Chinesischlehrerin gewesen –, und die hat mir erzählt, dass es in jener Welt bisweilen auch Hühner zu essen gäbe, und deren Fleisch sei noch besser als das der Ratten. Mir aber war jede Welt außerhalb des Lagers unendlich fremd und unverständlich, und in jenen ersten Tagen nach meiner Entlassung aus der Folter des Schwitzkastens und bis die Erinnerungen an früher wiederkehrten, erschien mir „meine" Welt, die Welt des Lagers, jedenfalls wie das reine Paradies.

Ein Dorf am Gelben Meer

Professor Zhao war ein weißhaariger Endsechziger mit wachem Blick. Cathy traf sich mit ihm in seinem Häuschen nahe am Meer in einem Dorf im ländlichen Shanghaier Stadtbezirk Fengxian, weit südlich der eigentlichen Metropole. Seit etwa anderthalb Jahren befand er sich nun im Ruhestand. Seine Adresse herauszufinden war nicht sehr schwer gewesen. Der Professor sah Cathy mit funkelnden Augen an, bis sie ihr Anliegen vorgebracht hatte. „Park Sang Il, ja, ich erinnere mich. Ein merkwürdiger Fall. Eine sehr schwierige Operation. Die Kugel hatte zentrale Teile des Großhirns und des limbischen Systems durchdrungen und unter anderem die rechte Amygdala, den Mandelkern, völlig zerstört. Ein Wunder, dass es uns überhaupt gelungen ist, sein Leben zu retten. Aber ob es das auch wert war? Nun gut, es ist nicht an mir, das zu entscheiden. Jedenfalls bestand praktisch keine Aussicht darauf, dass er je wieder das Bewusstsein erlangen würde."

„Aber die Medizin macht doch immer weitere Fortschritte und heute ist vieles möglich, was noch vor wenigen Jahren unmöglich war!"

Cathy erinnerte sich einmal mehr an den Kim, den sie gekannt hatte, und ein Stich durchzog ihre Brust. Kim mit seinem feinen, immer etwas distanziert wirkenden Lächeln und dem durchtrainierten Körper eines Panthers. Sinnlichkeit gepaart mit Sensibilität und Intelligenz. Dutzende Male war sie in den letzten Wochen im Geist bei ihm im Krankenhaus gewesen. Hatte sich in ihren Träumen an seine Seite gesetzt und ihm von ihrem traurigen Leben in England erzählt. Und sich vorgestellt, dass er sie hören konnte und mitfühlte, und aus dieser Vorstellung hatte sie einen eigenartigen Trost gezogen.

„Mag sein", riss sie die Stimme des Professors aus den Gedanken. „Natürlich entwickelt sich die Medizin weiter. Aber die Menschen, die sich im Glauben an den medizinischen Fortschritt nach ihrem Tod mittels Kryostase haben einfrieren lassen, können wir auch heute noch nicht wieder zum Leben erwecken und ich bezweifle, dass das je möglich sein wird. Ich bin fest davon überzeugt, dass es Grenzen gibt, die wir nie werden überschreiten können, auch wenn es manche meiner Kollegen anders sehen. Sicher, gerade im Bereich der Hirnforschung hat es gewaltige Fortschritte gegeben und dank modernster Techniken können heute Menschen, die bis vor kurzem als hoffnungslose Wachkomapatienten gegolten hätten, wieder mit der Außenwelt kommunizieren. Aber im Fall von Kim Park … Ich frage mich, was diese Leute von ihm wollten, warum er ihnen so wichtig war, dass …"

„*Kim Park!* Also doch, ich wusste es!"

„Oh, habe ich Kim Park gesagt? Unter diesem Namen war Park Sang Il eingeliefert worden. Aber dann tauchten diese Männer auf, legten einen Pass und Dokumente vor, die bewiesen, dass sein wahrer Name Park Sang Il sei, und alle Einträge wurden geändert."

„Was waren das für Männer?" – „Ich selbst habe kaum mit ihnen zu tun gehabt. Koreaner. Eher unangenehme, undurchschaubare Leute." – „Und die haben ihn mitgenommen?" – „Ja. Ich war streng dagegen, ihn schon nach drei Wochen zu verlegen. Er hing an vielerlei Maschinen, die Sache war sehr riskant. Jedenfalls wenn man ihn wirklich am Leben erhalten wollte ..." – „Und wo kam er dann hin?" – „Keine Ahnung. Ich war an jenem Abend nicht im Krankenhaus. Und in den Akten wurde er als ‚entlassen' vermerkt, was lächerlich war. Es bestand kein Zweifel, dass die Koreaner ihn mitgenommen hatten." – „Aber was waren das für Koreaner? Warum war er ihnen so wichtig?"

„Das frage ich mich ja gerade selbst. Aber so, wie die sich verhalten haben ... Und nach den Weisungen zu urteilen, die wir selbst von oben bekamen ... Da ist irgendein Deal gelaufen. Das muss etwas streng Geheimes gewesen sein. Ich tippe aufs Militär. Trotzdem habe ich keinerlei Vorstellung, was die mit ihm haben anfangen wollen. Ich meine, der lag reglos da wie ein Kürbis. Vielleicht haben die sein Gehirn seziert oder so. Wir Mediziner sind froh, wenn wir tote Körper haben, an denen wir forschen und unseren Nachwuchs ausbilden können. Einen, zumindest im rein biologischen Sinn, *lebenden* Körper für derlei Experimente zur Verfügung zu haben, stelle ich mir sehr reizvoll vor, auch wenn dergleichen nicht einmal hier in China so einfach zu bewerkstelligen sein dürfte, zumindest für normale Mediziner wie mich. Auch wenn es zynisch klingt: Ich bin der Überzeugung, dass mit diesem Körper nur eine *Zweitverwertung* möglich gewesen ist. Das menschliche Bewusstsein, sein Ich, seine Seele, wie immer man das nennen mag, ist ein Produkt unseres Gehirns – wenn man so will, eine *Fiktion* unseres Gehirns – und hat dort auch seinen Sitz. Und genau das hat ihm die Kugel rausgeschossen. Jenes Wesen war kein Kim Park mehr. Kein Mensch. Nur noch ein vegetierendes Gemüse."

Im Nirgendwo
Der Eingeschlossene hätte nicht zu sagen vermocht, wie lange er schon eingeschlossen war. Ja, er wusste nicht einmal sicher, ob es je eine Zeit und einen Ort gegeben hatte, wo er nicht eingeschlossen gewesen war. Ob es je etwas anderes gegeben hatte als dieses äußerste Nichts. Aber wenn es für ihn niemals ein Nicht-Eingeschlossensein gegeben hatte,

woher konnte er dann wissen, dass er eingeschlossen war? Nein: Nur im Weg über das Nicht-Eingeschlossene konnte er der Eingeschlossene sein, konnte er *sein*. Also existierte er. Immerhin. Und was ihm seine Existenz verschaffte, war die Tatsache, dass es irgendwo außer ihm jenes Nicht-Eingeschlossene gab, das ihn einschloss. Und das erst hob ihn von jenem äußersten Nichts ab, rief ihn ins Leben, ließ ihn er selbst, der *Eingeschlossene* sein.

Die Erkenntnis beruhigte ihn. Das logische Denken beruhigte ihn, hatte ihn immer beruhigt. – Immer? Gab es denn überhaupt eine Zeit in seinem Eingeschlossensein? Er war sich nicht sicher. Aber irgendwie wusste er, dass ihn das logische Denken immer schon davor bewahrt hatte, den Verstand zu verlieren. Also gab es eine Zeit. Es gab eine Zeit und einen Ort außerhalb des Eingeschlossenseins. Also musste es auch ein *Davor* geben. Und gab es dann vielleicht auch ein *Danach*? In jedem Fall gab es ein Jetzt: das Eingeschlossensein.

Also gab es Zeit, Ort und Logik. Aber woher wollte er wissen, dass er den Verstand nicht doch schon verloren hatte? Vielleicht war er ja eben deshalb der Eingeschlossene? Vielleicht. Aber immerhin, das sagte die Logik, musste er dann einmal einen Verstand besessen haben und konnte nicht immer eingeschlossen gewesen sein.

Überhaupt: Es gab noch andere Hinweise, dass er nicht immer eingeschlossen gewesen war. Da waren Bilder. Die irgendwie ihren Weg in seine Eingeschlossenheit gefunden haben mussten. Wäre er immer der Eingeschlossene gewesen, müssten auch die Räume seines Gefängnisses völlig leer und kahl sein. Das waren sie aber nicht. Da waren die Bilder. Immer wenn er eines dieser Bilder zu erhaschen vermochte, hängte er es an die kahle Wand seines Kerkers, versuchte es festzuhalten, *sich* daran festzuhalten. Aber so sehr er sich bemühte, sie zerflossen stets zu dunklen Schattenrissen, dann gähnendem Schwarz. Dennoch war es wichtig, dass er sich bemühte, sie festzuhalten. Und er hatte den Eindruck, dass, je länger er sich darin übte, er und die Bilder stärker, deutlicher wurden. Einige Bilder tauchten häufiger auf als andere. Eine endlos weite Fläche: Wasser. Farben: Grün, Rot, hell. Dann, später, Bilder von sich bewegenden Körpern. Diese Bilder mussten alle einmal eine Bedeutung gehabt haben. Besonders das eine, sein Lieblingsbild. Es erfüllte ihn jedes Mal mit unendlicher Wehmut, wenn es unter seinem zupackenden Griff zerrann. Doch es kam wieder. Immer. Und er konnte nicht fassen, dass es in seinem dunklen Eingeschlossensein etwas so unbegreiflich Schönes geben konnte.

Zwischen Shanghai und Seoul
Der Abschied von Coco und Shanghai war Cathy nicht leichtgefallen. Es war ihr, als habe sie mit dem Besteigen der Maschine nach Seoul die vertraute Welt verlassen und die Reise in eine unerforschte Wildnis angetreten. Hinter ihr verschwanden die Hochhäuser von Pudong am Horizont, unter ihr glitzerte das Ostchinesische Meer, und sie kam sich fast vor wie ein Astronaut, der fern den Blauen Planeten entschwinden sieht, während er selbst eine ungewisse Mission in die Weiten des Alls antritt. War es auch richtig, was sie machte?

Aber Cathy hatte sich fest vorgenommen, nicht lockerzulassen; nicht, solange sie keine Gewissheit hatte. Wenn er noch lebte, befand sich Kim wahrscheinlich in einem koreanischen Militärkrankenhaus. Und wenn um seinen Verbleib schon hier in Shanghai eine solche Geheimniskrämerei veranstaltet wurde, dann würde man Cathy in Korea erst recht nicht ohne weiteres Auskunft erteilen. Immerhin: Sie hatte inzwischen einen kleinen Anhaltspunkt. Ein Ziel.

Lange hatte sie sich gefragt, ob es nicht noch eine weitere Spur gebe, der sie würde folgen können. Jeder Mensch kommt schließlich irgendwoher, hinterlässt seine charakteristische Spur auf der Welt. Eine Spur, in Kims Fall, die bis hin zu Cathy führte und die sie nun einfach zurückgehen musste. Du musst nur den Ausgangspunkt finden, hatte sie sich immer wieder eingeschärft und alles zusammengefasst, was sie über Kim wusste. Dass er als Japankoreaner, dessen Vorfahren übers Meer verschleppt worden waren, in Japan aufgewachsen, dann aber nach Korea zurückgekehrt war, wo er es in der Marine bis zum U-Boot-Kommandanten gebracht hatte. Dass er nach Verlassen des Militärs (und offenbar Schicksalsschlägen, über die er nicht sprach) wieder nach Japan gegangen war, an der Fakultät für Künste der Nihon-Universität in Tokio studiert und sich auf Filmarbeit spezialisiert hatte, bevor er sich dann in Shanghai niederließ, wo Cathy ihn kennengelernt hatte. Hatte er nicht einmal erwähnt, dass sein Vater sehr stolz gewesen sei, als es Kim zu einem der jüngsten Kommandanten der südkoreanischen Marine gebracht hatte? Und was war mit seiner Mutter? Geschwistern? Lebten noch Angehörige in Japan? In Korea? Wo konnte Cathy zu suchen anfangen? Bei der Marine? Aber da wäre sie wieder beim Militär und würde zweifellos auf Granit beißen. Bei der Nihon-Universität? Vielleicht besser. Cathy konnte sich erinnern, dass Jeremy ihr einmal erzählt hatte, Kims Abschlussarbeit dort sei ein Film namens *Itai Itai* gewesen, ein Dokumentarfilm über einen Cadmium-Umweltskandal in der Präfektur Toyama. Von diesem Film gab es Kopien in Bibliotheken, er würde einen Abspann haben, Namen von Mitarbeitern nennen, die Kim aus den Tagen seines Studiums kannten und womöglich mehr über seine Herkunft wussten.

Und Cathy hatte Glück gehabt. Mit viel Hartnäckigkeit war es ihr gelungen, den Betreuer von Kims Abschlussarbeit in Tokio ausfindig zu machen. Der konnte schließlich eine Kontaktadresse aufstöbern, die ihm Kim damals gegeben hatte, damit er erreichbar war, wenn er sich in Korea aufhielt. Eine Adresse in einem Dorf im äußersten Norden Südkoreas unweit der Stadt Yeoncheon. Die angegebene Telefonnummer war allerdings abgeschaltet: Was sollte Cathy tun? Einen Brief ins Ungewisse schreiben und auf eine Antwort warten, die vielleicht niemals kam? Cathy wollte Ergebnisse haben, und das so bald wie möglich. Da fasste sie den mutigen Entschluss, selbst hinzufahren.

Und so saß sie nun im Flieger nach Seoul und fragte sich, ob sie das Richtige tat. Warum war sie so besessen von dem Gedanken, Kim zu finden? Oder ging es ihr in Wirklichkeit vielleicht mehr darum, weiter davonzulaufen? Vor Jeremy? Vor sich selbst? Ihrer gemeinsamen Lebenslüge? Wie auch immer, jetzt war sie in der Luft, in der Wildnis, im Raumschiff, und es war zu spät, um umzukehren. Und wer immer weiter davonlief, würde zuletzt doch irgendwo ankommen.

Aus den Aufzeichnungen von Kim Ho Soon
Bis die Erinnerungen an früher wiederkehrten … Es wäre nicht ganz richtig zu behaupten, dass ich gar keine Erinnerungen an die Welt vor dem Lager hätte. Ich war ja schon etwa vier Jahre alt, als meine Familie nach Yodok deportiert wurde. Ich habe vage Erinnerungen an eine große Stadt, an marschierende Menschen, wehende Fahnen, leuchtende Monumente. Aber das ist alles mehr Traumbild als wache Erinnerung.

Alles, was ich von früher, der Welt vor dem Lager weiß, habe ich von meinem Vater, der nachts, wenn wir uns auf unserem kalten Betonboden zusammenscharten (und der Frost so unerbittlich war, dass wir nicht wie sonst sofort in todesähnlichen Schlaf fielen), immer wieder raunend davon zu erzählen begann. Natürlich war das verboten: Die Lagerregeln stellten alle Gespräche unter Strafe, die sich nicht auf die notwendigen Erfordernisse des Lagerlebens beschränkten. Aber wenn wir nachts in unseren Hütten lagen, waren auch die Wärter meist müde und nachlässig. Trotzdem war es von meinem Vater unklug, so vieles zu erzählen. Denn ich war damals noch jung und prägsam; eifrig bestrebt, mich zu bewähren und mich den strengen Lagerregeln mit aller geforderten Hingabe zu unterwerfen. Er hätte sich denken können, dass ich ihn eines Tages würde denunzieren müssen. Meine Mutter war da schlauer. Sie sprach immer nur das Nötigste und vermied alle heiklen Themen, jedenfalls in jenen Tagen, als sie noch jung war und zu überleben hoffte. Mein Vater jedoch war ein zutiefst gekränkter Mensch, der seiner Kränkung hin und wieder Luft machen musste. Bis es ihm zum Verhängnis wurde.

Der eigentliche Anlass und Wortlaut meiner Denunziation war im Grunde ein harmloser. Wie alle im Land mussten sich auch die Insassen des Lagers Yodok regelmäßig zweimal pro Woche zu Sitzungen versammeln, in denen sie ihre Angehörigen und andere Lagerinsassen ihrer Fehler bezichtigten sowie sich selbst härtester Selbstkritik unterzogen, verbunden mit dem Versprechen, sich zu bessern. Meist war das eine Art Routineritual: Man beschuldigte sich etwa, bei einer Arbeit nicht mit ganzer Konzentration dabei gewesen oder aus Nachlässigkeit zu spät zum Appell erschienen zu sein und sich damit der unendlichen Liebe und Fürsorge des Großen Führers, der damals ja noch unter den Lebenden weilte, unwürdig erwiesen zu haben; daher gelobe man nun, in Zukunft das Doppelte zu leisten und noch früher aufzustehen. Später habe ich erfahren, dass es unter den Christen ein ähnliches Ritual gibt. Nun, unser Gott war Kim Il Sung, und die Wärter waren seine Vollstrecker, die dafür sorgten, dass keiner von uns Sündern seiner gerechten Strafe entging.

Eines Tages – ich mochte etwa vierzehn Jahre alt gewesen sein – zeigten sich die Wärter mit meiner Selbstanklage unzufrieden. Da sei etwas, was ich ihnen verschweige, und das müssten sie wissen, bevor sie sich mit der Tiefe meiner Reue zufriedengäben. Gerade am Abend zuvor hatte mein Vater wieder einmal raunend von früher erzählt und dabei seine Unzufriedenheit mit dem Leben im Lager durchblicken lassen. Wenn er könnte, so hatte er gesagt, würde er sofort wieder dahin zurückkehren, wo er einst hergekommen war. Wäre er nur nie in dieses Land gekommen! Unerhörte Worte; Worte, die einem Vaterlandsverrat gleichkamen. Wie konnten Menschen die Güte des Großen Führers zurückweisen, den liebenden Strahlen der großen Sonne den Rücken kehren? Natürlich hatten wir hier im Lager Entbehrungen zu dulden, aber diente unsre Strafe nicht letztlich nur dem Ziel, uns zur Einsicht zu bringen, uns durch eigene, alles überwindende Anstrengung zu bewähren und durch Arbeit zu erlösen? Ja, ich hatte mich geschämt zu hören, wie mein Vater so sprach, aber ich hatte nicht reagiert, wie man es in einem solchen Fall von mir verlangte, und plötzlich beschlich mich der Argwohn, dass diese Leute uns am Abend zuvor belauscht hatten. Natürlich kannte ich die Lagerregel, die vorschrieb, Rede und Verhalten der anderen scharf zu beobachten und alles Verdächtige sofort zu melden; wusste, dass Nichtbefolgung mit Erschießung bestraft werden konnte. Und nun waren da die drohenden Wärter vor mir und behaupteten zu wissen, dass ich ihnen etwas verschwiegen hatte. Sie begannen schon zuzuschlagen, da schrie ich in höchster Not den auswendig gelernten Text der Regel, schrie, dass ich dagegen verstoßen und nicht gemeldet habe, dass mein Vater schlecht über Yodok geredet habe und dahin zurückkehren wolle, wo er einst hergekommen war. Ich hoffte, dass sie mich nun in Ruhe lassen würden, doch meine Worte hatten ihre Neugierde erst recht angestachelt. Sie schlugen mich, bis ich ohnmächtig wurde. Als ich wieder zur Besinnung kam, befand ich mich in der speziellen Strafabteilung, dem Gefängnis innerhalb des Lagers. Damals, mit vierzehn Jahren, wurde ich zum ersten Mal systematisch gefoltert. Meinen Vater habe ich nur noch einmal kurz lebend wiedergesehen.

Im Nirgendwo

Immer wieder durchschritt der Eingeschlossene unendliche Korridore, suchte an die letzten Wände seines Kerkers zu gelangen. Denn wenn er diese Wände nie erreichte, konnte er nicht eingeschlossen sein, und dann gab es logischerweise auch keine Möglichkeit, sich je aus seinem Gefängnis zu befreien. Aber je weiter er ging, desto mehr hatte er das Gefühl, stets wieder dort anzulangen, wo er angefangen hatte. Egal, in welche Richtung er sich wandte. Und er ging in sie alle, unermüdlich: nach vorn und nach hinten, nach rechts und nach links.

Es dauerte lange, bis er begriff, dass es noch weitere Richtungen gab. Mindestens zwei: oben und unten. Die Erkenntnis, dass sich sein Kerker nicht nur rund, sondern eher kugelförmig rings über viele Stockwerke erstrecken musste, ließ ihn schwindeln. Dann begann er nach Wegen, Treppen zu suchen. Aber er war doch bei seinen bisherigen Erkundigungen auf keinerlei Durchgänge gestoßen!

Weil es für ihn bisher nur die vier Richtungen gegeben hatte.

Es war seltsam: Sobald er wusste, dass es weitere Richtungen gab, und er konzentriert nach Wegen suchte, oben, unten, fand er sie auch. Treppenhäuser, die kreuz und quer in die Tiefe oder in schwindelnde Höhen führten. Davon Abzweigungen in neue Stollen und Gänge. Hier fand er andere, klarere Bilder. Das große Wasser war das Meer, und über das Meer fuhr ein Schiff. Die bewegten Körper waren Menschen, zumeist. Bedrohliche Fratzen. Ein geschwungenes tödliches Ding, von dem er kurz wusste, dass es ein Samuraischwert war. Aber da war nicht nur Angst und Bedrohung. Da war auch sein Lieblingsbild. Und immer schöner wurde es: das dunkle Haar, die leuchtenden Augen.

Auf anderen Stockwerken fand er anderes. Dort waren Gerüche. Da gab es Geräusche. Hier nun Gefühle. Nicht, dass es tatsächliche Gerüche, Geräusche, Gefühle waren. Erinnerungen? Träume. Doch dem Eingeschlossenen taten sich neue Welten auf. Die Ausdünstungen von duftender Nudelsuppe, blühendem Lotos, verwesendem Fleisch. Der Klang der Stimme, der Lärm der Stadt, das Klirren von Waffen. Die Berührung durch jenes wunderbare Menschenbild. Eine Frau. Ihre Lippen. Ihr nackter Körper.

Und immer wieder jenes Gefühl, das sein Gefängnis erzittern ließ, von dem er in irrsinnigem Lauf zu entfliehen suchte, vor dem es aber im ganzen weiten Gefängnis kein Entfliehen gab und vor dem er so große, unendliche Angst hatte.

Es dauerte lange, bis er begriff, dass das der Schmerz war.

Zwischen London und Peking

Flug CA 773 von London nach Peking war bis auf den letzten Platz besetzt. Jeremy hatte gerade noch einen Sitz in der Business Class ergattern können und lehnte sich nun erleichtert zurück. In rund acht Stunden sollte er in Peking sein.

Seit den aufwühlenden Ereignissen in Zürich waren einige Tage vergangen. Allmählich begann der erste Schock von ihm zu weichen, um Trauer, Fassungslosigkeit und ohnmächtiger Wut Platz zu machen. So viel Ungeheuerliches war passiert. Chloe war tot, Jonathan, der Freund und Verräter, ebenfalls, und ob der arme Dr. Welti von Fiducia, der doch nur pflichtbewusst seine Arbeit getan hatte, nach seinem schweren Sturz jemals wieder erwachen würde, war noch unklar. Das Gemetzel im Bodmer-Anwesen in Küsnacht hatte, neben Jonathan, fünf Koreanern das Leben gekostet. Ob der Tod des bis zur Unkenntlichkeit verkohlten Asiaten, dessen Leiche einige Tage später bei Muri in der Nähe von Bern gefunden worden war, mit den Vorfällen zu tun hatte, blieb unklar. Laut Medienberichten war er vor seinem Tod gefoltert, dann mit Benzin übergossen und verbrannt worden, die Überreste hatte man in die Aare geworfen. Die nordkoreanische Botschaft verweigerte zu alledem jede Auskunft; der Verdacht, dass es sich bei den ermordeten Koreanern zumindest zum Teil um unter dem Mäntelchen diplomatischer Tätigkeit über die Botschaft agierende Geheimdienstler handelte, blieb im Raum, konnte aber nicht bestätigt werden. Unklar war auch der Verbleib des Botschaftsattachés U Jong Rin, der laut Aussage der Botschaft kurzfristig nach Pjöngjang abberufen worden war, dessen Name aber auf keiner Passagierliste aufgetaucht war. Das war umso bedauerlicher, als sich bald Hinweise erhärteten, dass ebendieser U Jong Rin in näherer geschäftlicher Verbindung zu dem Bankier Bodmer gestanden hatte, dessen Century Bank nun völlig ausgebrannt war, während der Bankinhaber selbst bis auf weiteres – und womöglich für immer – unansprechbar blieb.

Chloes Freundin Mirjam war die Flucht gelungen, doch mussten die traumatischen Erlebnisse ihrem Leben einen Stempel aufdrücken. Immerhin war es den Ärzten gelungen, das Leben ihres Mannes Jobst zu retten, der überhaupt reichlich Glück im Unglück gehabt hatte: Nachdem ihn der wohl versehentlich abgefeuerte Schuss aus seiner

Schreckschusspistole in den Schädel getroffen hatte, hatten ihn die Entführer Mirjams, die ihn unter anderen Umständen sicherlich getötet hätten, als tot liegen gelassen. Noch war allerdings unklar, welche bleibenden Schäden seine Hirnverletzungen zurücklassen würden.

Cathy war nun in Shanghai und suchte, wie Jeremy telefonisch von ihr erfahren hatte, nach dem aus dem Krankenhaus verschwundenen Kim Park. Von Mie und den Pochonbo-Dokumenten keine Spur. Was Jeremy schwer zu schaffen machte. Der Fall gestaltete sich ziemlich dubios. Gleich mehrere Hotelangestellte hatten angegeben, Mie ins Hotel zurückkommen gesehen zu haben, auch wenn sich ihre zeitlichen Angaben nicht deckten. Niemand aber hatte sie das Hotel wieder verlassen sehen. Da die Balkontüre offen stand, war eine Flucht aus dem Fenster in der bald einsetzenden Dunkelheit wahrscheinlich. Seltsam war, dass niemand eine andere potenziell verdächtige Person bemerkt hatte. War Mie etwa mit den Dokumenten geflohen? Aber woher dann die Spuren eines Kampfes? Und wenn andere die Dokumente entwendet hatten, wo blieb dann Mie? War sie als Mitwisserin kaltgestellt worden? War der nordkoreanische Geheimdienst so schnell zur Stelle gewesen? Oder waren andere womöglich noch schneller?

Jeremy hatte in den letzten Tagen in alle Richtungen spekuliert, war aber einer Lösung keinen Schritt nähergekommen. Müßig zu erwähnen, dass Mie weiterhin nicht über ihr Handy zu erreichen war. Fest stand lediglich, dass sie sicherlich mehr war als die schüchterne Nachwuchsschauspielerin, als die J. D. sie Jeremy in Berlin vorgestellt hatte. Dennoch fühlte sich Jeremy schuldig, dass er die Ereignisse im Hotel Sonne zugelassen hatte, dass er nicht sofort – wie es Mie ihm offensichtlich noch hatte raten wollen – zurückgewichen war, als sie die Polizisten vorm Bodmer-Anwesen bemerkten. Er war fest entschlossen, weiter an Mies Unschuld zu glauben, auch wenn es da einige offene Fragen gab. Die Schweizer Polizei hatte sich des rätselhaften Falls um Mies Verschwinden und das mutmaßliche Gewaltverbrechen in jenem Hotelzimmer angenommen, war aber bisher nicht weitergekommen. Ein Problem war, dass sich Mie bei ihrem letztlich leider so kurzen Besuch im Hotel nicht angemeldet hatte und ihr Schweizaufenthalt auch sonst nirgendwo Spuren hinterlassen zu haben schien. Selbst zu einem erneuten Telefonat mit dem unangenehmen Korff in

Berlin hatte sich Jeremy durchgerungen, doch der hatte ihm auch nicht weiterhelfen können und ihn nur mit süffisanten Sprüchen und arrogantem Betragen genervt.

Die Aufarbeitung der Geschäfte und Vermögensverhältnisse der Century Bank würde jetzt, nach dem verheerenden Brand, wohl Monate beanspruchen, und nicht alles würde sich je restlos klären lassen. Nicht ganz so chaotisch stand es da um die Angelegenheiten der Gao-Feng-Stiftung. Zwei Tage nach dem Brand in der Bank hatte sich Jeremy mit Stirnimann getroffen, der seinen Urlaub in der Karibik nun doch abgebrochen hatte. Endlich hatte Jeremy jenes Dossier erhalten, das Dr. Welti am Tag vor seinem Sturz nicht nur ihm, sondern auch seinem Partner zugemailt hatte. Aus Weltis Recherchen und Stirnimanns Nacharbeitung ging eindeutig hervor, dass Jonathan seine Verfügungsgewalt bei der Verwaltung der Stiftungsfinanzen dazu missbraucht hatte, im Auftrag seiner nordkoreanischen Kontaktleute über die Stiftung Geld zu waschen. Ein nicht unbeträchtlicher Betrag an Stiftungsgeldern war dabei zudem in dunklen Kanälen versickert und offenbar veruntreut worden. Die Spuren dieser Geldgeschäfte wiesen über die nun aufgeflogene Scheinfirma Koryo Capital und andere dubiose Gesellschaften überwiegend nach Macao und letztlich nach Pjöngjang. Allerdings schien es auch obskure Verbindungen in den Süden Koreas zu geben, denen noch nachgegangen werden musste.

Und jetzt war Jeremy auf dem Weg nach Peking, um sich dort mit Gao Feng und dessen Neffen Cai Feng zu treffen. Er wollte Gao einen ausführlichen Bericht über die unerfreulichen Vorgänge der jüngsten Zeit bei der Stiftung erstatten, und Gao hatte angedeutet, dass sein Neffe Cai – der offenbar im Auftrag des Sicherheitsministeriums in Peking für eine geheime Sondereinheit tätig war, die sich mit der Verfolgung von Geldwäsche, Schmuggel und anderen zwielichtigen Geschäften beschäftigte – Jeremy bei der Aufklärung der dubiosen Geldflüsse würde helfen können. Noch am Abend war Cai mit Jeremy zum Abendessen im „Peking Hotel" verabredet. Am nächsten Tag wollte dann Gao von Shanghai nach Peking kommen, um sich zu einem „kleinen Arbeitsessen", wie er es nannte, mit Jeremy zu treffen.

Aber Peking war nur ein Zwischenstopp. J. D. Lee hatte Wort gehalten und für sie beide einen Termin im nordkoreanischen SEK-Trickfilmstudio arrangiert. Alle Visumsangelegenheiten hatte Jeremy in den letzten Tagen erfolgreich erledigt; das Zugticket für die 26 Stunden lange Bahnfahrt nach Pjöngjang wartete abholbereit in Peking, Abreise übermorgen am späten Nachmittag. J. D. würde zweifellos enttäuscht sein, wenn er erfuhr, dass Jeremy gar nicht die Absicht hatte, die Trickfilmsequenzen von *Yellow Submarine* in Nordkorea produzieren zu lassen – für ihn war das nur der Vorwand für eine Reise in das abgeschottete Land, wo so viele Fäden zusammenliefen. Natürlich wusste Jeremy, wie gefährlich und fast aussichtslos sein Vorhaben war, vor Ort Erkundungen nach den Spuren der Geldwäscheaffäre anzustellen, die der Stiftung so schwer zugesetzt hatte, und nach dem Verbleib der veruntreuten Gelder zu forschen. Immerhin hoffte er in seiner Funktion als Geschäftsführer einer Stiftung, die auch das geplante Freundschaftszentrum im Ryugyong-Hotel mitfinanzieren sollte, gewisse Informationen einfordern zu können, auch wenn seine Vorabanfrage, trotz mehrfachen Nachhakens, unbeantwortet geblieben war. Vor Ort würde man ihn nicht so einfach abspeisen können.

In jedem Fall war Jeremy entschlossen, der Sache auf den Grund zu gehen. Das war er Gao schuldig, das war er sich selbst schuldig, und das war er letztlich auch den unzähligen namenlosen Opfern schuldig, deren unbekanntes Leid zu lindern statt zu mehren sich die Gao-Feng-Stiftung zur Aufgabe gesetzt hatte. Und natürlich war er es irgendwie auch Mie schuldig, ob nun die Nordkoreaner hinter ihrem rätselhaften Verschwinden steckten oder nicht. Mie hatte am nächsten Tag nach Seoul fliegen wollen, und irgendetwas in Jeremy wollte nicht von dem Glauben ablassen, dass sie das auch tatsächlich getan hatte. Sie war schon in Berlin unter ungeklärten Umständen plötzlich verschwunden und es hatte den Anschein gehabt, sie könne tot sein. Aber sie war nicht tot gewesen, er hatte sie nicht für tot *erklärt*, sich schlicht geweigert, und sie würde auch jetzt nicht tot sein. Jeremy war überzeugt, dass sie noch lebte und dass seine Reise nach China und Korea, auf welche Weise auch immer, zuletzt auch eine Reise zu Mie war.

Ein Dorf nahe der Demarkationslinie
Hier, das kleine, traditionelle Holzhaus etwas abseits oben am Hang über dem vergessen wirkenden Dorf, das musste es sein. Cathys Herz

klopfte nicht nur vom steilen Aufstieg, als sie an die einfache Lattentür pochte. Lange tat sich dahinter nichts, dann näherten sich schlurfende Schritte. Ein Schlüssel drehte sich knirschend im Schloss.

Cathy war am Vortag auf dem etwa fünfzig Kilometer westlich von Seoul im Gelben Meer gelegenen Flughafen Incheon gelandet, hatte die Nacht in einem Hotel in Seoul verbracht und war am nächsten Morgen mit dem Zug die wiederum etwa fünfzig Kilometer hinauf nach Yeoncheon gefahren, von wo aus sie ein Taxi in das kleine Dorf gebracht hatte, das direkt am Rand der demilitarisierten Zone lag.

Die Tür öffnete sich ein Stück, dahinter erschien das Gesicht einer alten Frau mit runzligem Gesicht. „Frau … Park? Bin ich hier richtig? Kennen Sie vielleicht jemand, der Kim heißt? Kim Park?"

Die zerknitterte alte Frau sah Cathy aus traurigen, aber wachen Augen an. Dann drehte sie sich um, machte Anstalten, die Tür wieder zu schließen. „Ich bin nicht Frau Park und hier gibt es keinen Kim Park. Bitte lassen Sie mich in Ruhe. Ich bin eine alte, leidgeprüfte Frau."

Doch ihre Worte ließen Cathy einen Schritt nach vorn machen und die Hand nach der Tür ausstrecken. Für sie klangen sie eher wie ein Code, eine Prüfung. Sicher hätte die Frau anders geantwortet, wenn sie noch nie etwas von einem Kim Park gehört hätte. Cathy witterte eine Spur. „Bitte, nur einen Moment noch. Vielleicht *gab* es hier ja mal einen Kim? Ach, und entschuldigen Sie, dass ich mich nicht vorgestellt habe. Mein Name ist Wong, Cathy Wong." Cathy erschien es besser, das *Gouldens*-Wong wegzulassen. „Ich bin eine gute Bekannte von Kim. Darf ich kurz reinkommen?" Die alte Frau blieb stehen, wandte den Kopf zögernd, wie suchend, nach links und rechts und nickte dann langsam. „Also gut, Cathy Wong. Kommen Sie rein."

In einem Film, dachte Cathy, hätte sie nun noch gesagt: Ich habe auf Sie gewartet. Aber das sagte die alte Frau nicht. Stattdessen begann sie, als sie sich nun an dem Tischchen im Wohnraum ihrer kleinen Kate gegenübersaßen: „Er hat mir von Ihnen erzählt."

„Nur Gutes, hoffe ich?" Es hatte vorwitzig-neckend klingen sollen, aber das Einzige, was Cathys Worte, wie ihr schien, vermittelten, war ihr plötzliches Gefühl von Beklommenheit.

„Nein. Nicht nur Gutes. Aber ich glaube, dass er sehr in Sie verliebt war. Unglücklich, nicht wahr?" Sie blickte Cathy scharf ins Gesicht.

Jetzt, wo eigentlich der passende Zeitpunkt für Zerknirschung und Trauer über ungelebtes Leben gewesen wäre, machte Cathys Herz unvermittelt einen Sprung. Sie hatte es geschafft, war ihm auf der Spur! Wenn er dieser Frau von ihr erzählt hatte, musste sie ihm sehr nahegestanden haben. Und er *war* in sie verliebt gewesen (gut, sie hatte es natürlich gewusst, aber eine Bestätigung in solchen Dingen zu erhalten, ist immer schön und wichtig), und diese Frau hatte es ihm angemerkt. Was wohl bedeutete … „Dann sind Sie Kim Parks Mutter?"

„Ja. Das heißt: nein. Ja und nein. Ich bin seine Mutter, aber dann auch wieder nicht. Und er war Kim Park und dann auch wieder nicht. Ich kann Ihnen alles erklären, aber es ist eine lange Geschichte. Wollen Sie sie hören?" Cathy wollte.

Die Familien der Großeltern Kims waren in den Jahren vor Ausbruch des Zweiten Weltkriegs von den besetzten Gebieten auf die Inseln Nippons verschleppt worden. So viel hatte Cathy gewusst. Der Rest war ihr neu: dass Kims Mutter und Kims Vater die Kinder zweier befreundeter koreanischer Familien waren, die sich schon vor der Verschleppung gekannt hatten und sich dann in einem Vorort von Osaka zufällig wiedertrafen – sie stammten aus Nachbarorten. Damals spielten die wenigen Kilometer Distanz noch keine Rolle. Nur wenige Jahre, und sie sollten den alles entscheidenden Unterschied machen.

Beide Familien, die Parks und die Kims, haben Kinder, die Parks drei Töchter, die Kims einen Sohn. Der Sohn der Kims verliebt sich in die zweite Tochter der Parks. Um die Mitte der sechziger Jahre heiraten sie. Einige Jahre später heiratet auch die älteste Tochter, ebenfalls einen Exilkoreaner, während die dritte Tochter ohne Mann bleibt und mittlerweile in das koreanische Heimatdorf ihrer Eltern zurückgekehrt ist, wo sie fortan zusammen mit einer entfernten Tante im alten Elternhaus lebt. Die alte Frau machte eine deutende Handbewegung vom Tisch durch den Raum und zum Fenster hin.

„Verstehe", sagte Cathy. „Und Sie sind diese dritte Tochter?"

„Nein", erwiderte die Frau. „Ich bin die älteste. Aber lassen Sie mich weitererzählen. Oder, nein, kommen Sie erst mit. Ich will Ihnen etwas zeigen." Sie führte Cathy auf die kleine Terrasse hinter dem Haus, deutete Richtung Horizont. „Was sehen Sie?"

„Einen Zaun", sagte Cathy. „Grenzanlagen. Dort beginnt die DMZ. Die entmilitarisierte Zone. Das fünf Kilometer breite Niemandsland zwischen Nord- und Südkorea."

Die alte Frau nickte. „Hinter den Grenzanlagen ist ein Hügel. Und hinter dem Hügel sind wieder Grenzanlagen. Dahinter liegt das Dorf, aus der die andere Familie gekommen ist. Die der Kims, deren Sohn meine jüngere Schwester, die mittlere von uns dreien, geheiratet hat."

„Die Grenze ging also mitten durch die beiden Familien hindurch."

„Geht", sagte die alte Frau. „Ging und geht. Aber kommen Sie doch wieder nach drinnen und ich erzähle Ihnen weiter. Der Anblick der Grenze, die sich wie eine unaufhörlich blutende Wunde durch das Herz unseres Landes zieht, macht mich traurig."

Sobald sie wieder am Tisch Platz genommen hatten, fuhr sie fort: „In den Sechzigern gestalteten sich die Verhältnisse in den Koreas noch ganz anders. Natürlich war hier auch schon die Grenze, standen sich Millionen bis an die Zähne bewaffnete Soldaten gegenüber. Der Unterschied war, dass die Frage, auf welcher Seite der Grenze das Leben besser war, viel schwieriger zu beantworten war als heute. Und sie wurde höchst kontrovers diskutiert, besonders unter den Exilkoreanern in Japan. Der Süden war damals eine von Präsident Park Chung Hee mit eiserner Hand geführte Militärdiktatur, die die Menschenrechte mit Füßen trat, Oppositionelle und Bürgerrechtler vom Geheimdienst foltern und ermorden ließ. Die Menschen lebten von der Landwirtschaft, waren arm, und bis Anfang der Siebziger der wirtschaftliche Aufschwung an Fahrt gewann, ging es ihnen schlechter als ihren Brüdern im Norden. Denn Kim Il Sungs Land blühte, nicht zuletzt dank der üppigen Hilfe aus der Sowjetunion und dem übrigen Ostblock, und für viele Intellektuelle der Welt stellte der *Juche*-Kommunismus Kim Il Sungs den Beweis dar, dass ein Kommunismus mit menschlichem Antlitz möglich war. Sehr mächtig war damals unter den Exilkoreanern in Japan der Chongryon, auch Chosen Soren genannt, die von Nordkorea unterstützte Organisation der Exilkoreaner. Es gibt sie noch heute und sie ist für einen Großteil der Schwarzmarktgeschäfte zwischen Japan und Nordkorea verantwortlich, aber im Vergleich zur alten Glorie fristet sie nur noch ein kümmerliches Schattendasein."

Kim Gwang Il, so berichtete die alte Frau weiter, der Mann ihrer jüngeren Schwester Jae Eun, sei im Chongryon aktiv gewesen, glühend überzeugt von der besseren Welt im Norden. Natürlich gebe es da noch Kinderkrankheiten, Verbessernswertes, aber doch bilde der Weg des Nordens einen Ansatz zur gerechten Herrschaft des Volkes und stehe, verglichen mit der Militärdiktatur im Süden, für ein Ideal der Menschlichkeit. Während seine Frau, „meine Schwester", skeptisch blieb, erlag Kim Gwang Il den verheißungsvollen Lockungen aus dem Norden, und 1969 beschloss er, koste es, was es wolle, nach Nordkorea und ins alte Zuhause zurückzukehren. Es kam zu einem heftigen Streit der beiden sonst so glücklich Verheirateten, der schließlich damit endete, dass Jae Eun, hochschwanger, zurückblieb. Es war keine Trennung für immer, sie hatte sich nur Bedenkzeit ausbedungen, und auch er war sich nicht restlos sicher, ob sich *Choson* wirklich als das versprochene Paradies auf Erden erweisen würde. In einem Jahr, spätestens, würden sie, ob hier, ob dort, wieder vereint sein. Ihr gemeinsames Kind, der Knabe Sang Il, wurde geboren, ohne dass ihn sein Vater je gesehen hätte. Doch trafen Briefe vom Vater ein, die die neue Heimat priesen, zugleich aber seltsam anders, unpersönlich klangen – fast wie die Sprache eines Mannes, der seine Frau betrügt. Sang Ils Mutter blieb misstrauisch, schließlich aber wurde die Sehnsucht nach ihrem Mann übergroß. Sie war jung, wollte leben, lieben und geliebt werden. Nach einem Jahr beschloss sie, ihrem Mann zu folgen. „Meine Schwester und ich haben damals viel diskutiert und gestritten. Ich habe da schon nicht an die Verheißungen geglaubt, weder des Nordens noch des Südens. Schließlich gelang es mir, meine Schwester zu überreden, zumindest den kleinen Sang Il erst einmal bei mir in Japan zu lassen. Sie könne ihn ja holen kommen, wenn im wunderbaren Norden auch wirklich alles ihren Erwartungen entsprach."

„Aber sie kam nicht wieder", ahnte Cathy.

„Sie kam nicht wieder. Weder sie noch irgendwer sonst der in den Norden Zurückgekehrten kam je wieder. Was kam, waren noch einige Briefe. Wie schön es dort sei, wie gut Kim Il Sung für alle sorge und dass sie bald kommen werde, um Sang Il zu holen. Dann kam nichts mehr. Monatelang, ein Jahr. Ich wurde unruhig. Auf meine wiederholte Anfrage bei den nordkoreanischen Behörden hieß es, die Familie Kim sei gerade auf Urlaub. Ähnliches vernahm ich von anderen Exilkoreanern, deren Angehörige in den Norden zurückgekehrt waren; und sie waren genauso beunruhigt wie ich. Es bestand kein Zweifel, dass dieser ‚Urlaub‘ keiner von der angenehmen Sorte war.“

Aus den Aufzeichnungen von Kim Ho Soon
Mein erster Aufenthalt im Lagergefängnis dauerte einige Wochen. Man hat mich täglich gefoltert, um weitere Einzelheiten über die „Fluchtpläne“ meines Vaters aus mir herauszupressen. Ich wurde über ein brennendes Feuer gehängt, bis mir die Haut vom Fleisch hing. Ich wurde mit dem Kopf nach unten aufgehängt und, die Hände hinter dem Rücken, in einer Position an die Wand gekettet, in der ich weder stehen noch sitzen konnte. Aber ich hatte doch nichts zu sagen. Fluchtpläne? Mein Vater hatte nicht fliehen wollen. Jeder wusste, dass es völlig unmöglich war, aus Yodok zu fliehen, und dass jeder, der beim Versuch erwischt wurde, erschossen wurde, meist seine gesamte Familie mit dazu. Mein Vater hatte nur gesagt, dass er am liebsten nach Japan zurückgehen würde, wo er aufgewachsen war. Natürlich hatte er gewusst, dass er das nicht konnte, und ich hatte das ebenfalls gewusst. Aber die Wärter glaubten mir nicht, oder sie drehten mir einfach die Worte so im Mund herum, dass mein Vater als ein gefährlicher Verschwörer erschien. Als die Wärter in ihrer Suche nach Wahrheit die Folter noch verschärften, begann ich in meiner Not, alle möglichen Einzelheiten zu erfinden. Mein Vater war oft mit anderen Gefangenen draußen in den Bergen gewesen, um wilde Ginsengwurzeln zu sammeln, die dann in ferne Länder verkauft wurden. Dort habe er eine Stelle im Zaun gefunden, über die er steigen wolle, erfand ich, auch habe er die Flucht zusammen mit einem anderen Insassen unternehmen wollen, den ich ihnen genau beschrieb, und dergleichen mehr. Ich muss wohl eine überzeugende Fantasie bewiesen haben, denn als ich nach Wochen aus dem Foltergefängnis entlassen wurde, brachte man mich zur Hinrichtungsstelle, wo zwei Männer auf ihren Tod wegen Vaterlandsverrat und versuchter Flucht warteten: In dem einen erkannte ich meinen Vater, auch wenn er so geschunden und ausgezehrt war, dass ich mehrmals hinsehen musste. Den anderen hatte ich noch nie gesehen, aber er passte gut auf die Beschreibung, die ich den Folterknechten gege-

ben hatte. *Später war ich froh, stets beteuert zu haben, dass meine Mutter von den „Fluchtplänen" meines Vaters nichts wisse. Doch an jenem Tag, als die Schüsse meinen Vater trafen und er in die Grube stürzte, die er zuvor selbst hatte ausheben müssen, fühlte ich nichts als Wut und Hass. Warum hatte mein Vater so über das Lager gesprochen? Ich gab ihm alle Schuld an dem Leid, das ich hatte erdulden müssen. Und wenn ich auch keine Genugtuung über seinen Tod empfand – ich war innerlich wie tot –, so erschien es mir doch billig und gerecht, was ihm geschah. Er hatte es verdient.*

Am gleichen Tag wie ich war auch meine Mutter aus dem Lagergefängnis entlassen worden, bei der Hinrichtung sahen wir uns zum ersten Mal wieder. Ihrem schlurfenden, seltsam eckigen Gang und ihren merkwürdig verdrehten narbigen Armen war anzusehen, dass auch sie gefoltert worden war. Wir haben nie darüber gesprochen.

Ein Dorf nahe der Demarkationslinie
Die alte Frau strich sich über die knittrige Stirn. „Nein, schon damals ahnte ich, dass der Aufenthalt meiner Schwester und ihres Mannes in Nordkorea alles andere als ein angenehmer Urlaub war. Wie schlimm es ihr tatsächlich ergangen ist, hätte ich mir allerdings in keinem Alptraum je auszumalen vermocht. Wie dem auch sei – irgendwann stand ein Mann bei mir vor der Tür, der angab, im Auftrag von Sang Ils Mutter vom Chongryon zu kommen, und forderte mich auf, ihm den Kleinen zu übergeben. Als ich mich weigerte, wurde ich bedroht. Mehrfach. Da bin ich umgezogen, habe jemanden kennengelernt, einen Koreaner, der für die Mindan tätig war, die Südkorea nahestehende Konkurrenzorganisation des Chongryon, und wir haben geheiratet. Seit diesem Zeitpunkt – Sang Il war etwa zwei Jahre alt – habe ich nie mehr etwas von seiner Mutter gehört, jedenfalls bis vor kurzem. Wir haben Sang Il dann offiziell adoptiert, er ist in unserer Familie aufgewachsen, lange Zeit ohne von seiner wahren Herkunft zu wissen. Mein Mann hat ihn wie einen eigenen Sohn angenommen. Als Sang Il etwa 15 Jahre alt war, sind wir nach Südkorea zurückgekehrt, nach Busan. Mit 18 ging Sang Il dann zur Marine, und als mein Mann starb, bin ich zu meiner jüngeren Schwester hierher in die alte Heimat zurückgezogen. Vor vier Jahren ist auch sie gestorben. Da hatte ich nur noch Sang

Il, der mich regelmäßig zwei-, dreimal im Jahr besucht hat. Das letzte Mal ist er im Frühjahr 2012 hier gewesen."

„Und wie ist aus Sang Il dann Kim Park geworden?"

„Als er erwachsen wurde, hielt ich es für geboten, ihm seine wahre Geschichte zu berichten. Das hat ihn so beeindruckt, dass er, als er in Japan Film studiert hat, diesen Namen als eine Art Künstlernamen angenommen hat: Die vereinten Zunamen seiner zwischen Nord und Süd geteilten Familie. Aber für mich ist er immer Sang Il geblieben."

Kim hieß eigentlich Sang Il. Die Sache mit dem geänderten Namen in der Klinik in Shanghai war also gar nicht *so* mysteriös, wie Cathy ursprünglich angenommen hatte. Diese verfluchten koreanischen Namen! In Korea wird der Familienname immer zuerst genannt, Park Sang Il war also die korrekte Form für jemanden, der mit „Nachnamen" Park hieß, wie Kim Jong Un die korrekte Form für jemanden ist, der mit Familiennamen Kim heißt. Dass Kim in Korea als Vorname praktisch nicht vorkommt, war Cathy seltsamerweise noch nie aufgefallen (Kim und Park sind die häufigsten koreanischen Familiennamen; der Name Kim Park war also, als würde etwa ein Engländer mit Vor- und Zunamen Miller Smith heißen), aber jetzt war ihr alles klar.

Die alte Frau hatte aus einer Schublade des Tisches ein Foto hervorgezogen, das Kim (oder vielmehr Sang Il) als jungen Mann zeigte. Ein sportlicher Jüngling in Kampfkleidung, stolz in die Kamera lächelnd. „Der gute Junge", seufzte sie. „Als das Bild gemacht wurde, hatte er soeben seinen schwarzen Gürtel im Taekwondo errungen. Er liebte diesen traditionellen koreanischen Kampfsport über alles. Sang Il war immer so sportlich und ehrgeizig, deshalb wollte er auch zur Marine. Die strenge und anspruchsvolle Ausbildung zum U-Boot-Fahrer – das war die Art von Herausforderung, die er brauchte. Er wollte immer der Beste sein. Aber als er dann aus der nordkoreanischen Gefangenschaft zurückkehrte, war er ein anderer Mensch."

„Wie bitte? Er war in nordkoreanischer Gefangenschaft?"

„Er hat selbst nie darüber gesprochen. Nicht einmal mir gegenüber. Ich weiß fast nur das, was ich aus einem Armeebericht erfahren habe. Er wurde bei einem U-Boot-Einsatz 1998 zusammen mit drei Mann seiner Besatzung aufgegriffen. Alle Übrigen starben. Elf Monate saß er in einem dunklen Gefängnisloch, elf Monate lang wurde er gefoltert. Man hat ihm seine Wunden mit brennend salzigem Kimchi-Kohl eingerieben, so dass sie nicht verheilen konnten. Offenbar wurde er auch einer Elektroschockfolterung unterzogen. Da ging etwas in ihm kaputt. Ist einfach zerbrochen. Er war so ein fröhlicher Junge gewesen, doch seitdem war er so *unnahbar*. Immer korrekt und freundlich, aber doch ohne Wärme, irgendwie kalt und distanziert. Ich bin mir sicher, dass sie ihm dort etwas unsagbar Schlimmes angetan haben."

Cathy schauderte es. „Natürlich. Ihm die Wunden mit brennendem Kimchi einreiben ist doch unsagbar schlimm genug."

„Nein, es war etwas Schlimmeres. Etwas, was die *Seele* zerstört. Für immer. Ich hoffe, er ist dort, wo er jetzt ist, glücklicher. Freier."

Stille legte sich über den Raum. Cathy schluckte beklommen. Dann räusperte sie sich. Die Frage musste endlich heraus. „Wissen Sie denn, wo er jetzt ist?" Wo war sein Körper, sein Geist, seine Seele?

Die alte Frau blickte sie lange und ernst an. Dann stand sie umständlich auf und schlurfte in einen Winkel des Raumes, wo eine niedrige Holztruhe stand. Nach einigem Kramen zog sie ein Papier hervor, legte es vor Cathy auf den Tisch. Ein sehr offiziell wirkendes Dokument. „Hier, sehen Sie, dieses Schreiben habe ich bekommen. Seine Todesurkunde. Er ist am 31. Mai 2012 verstorben, nachdem er infolge einer Schussverletzung im Kopf drei Wochen im Koma gelegen hatte. Er ist den Heldentod gestorben. Die Urne mit seiner Asche ist hier auf dem Friedhof beigesetzt. – Hat man Ihnen das nicht gesagt?"

Cathy schwieg, schüttelte heftig den Kopf. Dann schaute sie der alten Frau starr ins Gesicht. „Glauben Sie wirklich, dass man Ihnen die ganze Wahrheit gesagt hat? Dass er tatsächlich tot ist?"

Die Alte trat durch die Tür hinaus auf die Terrasse, sah über die Zäune und Grenzanlagen hinweg. „Tja. Glauben." Sie schwieg. Schließlich drehte sie sich zu Cathy um. „Haben Sie etwa Zweifel?"

„Ich möchte Gewissheit", sagte Cathy bestimmt. „Und solange ich sie nicht habe – ja, ich *habe* Zweifel. Irgendetwas stimmt nicht an dieser Geschichte." Die Alte nickte. „Ja, das sagt sie auch."

„Wer ist *sie*?", fragte Cathy. Die Alte wandte sich wieder dem Horizont zu, starrte in den ungeteilten Himmel über dem geteilten Land.

„Es kommen dunkle Wolken von dort drüben. Bald wird es ein garstiges Unwetter geben. Wollen Sie heute wirklich noch in die Stadt zurück? Sie können gern hierbleiben. Ich kann Ihnen hier ein Lager machen. Für mich gibt es noch das Kämmerchen hinten."

„Ich … weiß nicht", sagte Cathy. Dann fiel ihr ein, was sie vorhin schon hatte fragen wollen: „Was ist da passiert? Vor kurzem, meine ich." Die Alte blickte fragend. „Sie haben gesagt, Sie hätten bis *vor kurzem* nichts mehr von Sang Ils verschollener Mutter gehört." Die Alte starrte in die Ferne. „Bleiben Sie über Nacht", sagte sie dann.

Aus den Aufzeichnungen von Kim Ho Soon
Später habe ich noch oft an die Dinge zurückgedacht, die mein Vater uns in eisigen Winternächten auf unserem Lager mit flüsternd raunender Stimme erzählt hatte. Alles wirkte so fremd, so unwirklich, hatte so gar keine Verbindung mit dem Leben, das ich kannte. Es war ein Märchen von einem fernen Feenland. Von einem Land namens Japan erzählte er. Wo er ein eigenes Haus und ein Auto besessen und viel Geld verdient habe – bunte Papiere, für die man von anderen alles bekommen kann, was es auf der Welt an Erstrebenswertem gibt. Aber dieses Paradies habe er einst verlassen, weil man ihm erzählte, dass es noch ein größeres Paradies gebe: ein Land, wo man all diese Dinge auch haben könne, ohne Geld zu besitzen, wo Geld nichts gelte und die Menschen alles, was sie haben, in wahrer Brüderlichkeit teilen.

Dann hatte er die lichterleuchtende, lebhafte Welt Japans verlassen und war mit dem Schiff ins neue Paradies gefahren. Dort war er in einer dunklen Stadt an Land gegangen und hatte in beklommene Gesichter geblickt. Er hatte seine Freunde aufgesucht, die vor ihm ins Paradies gereist waren, und die hatten ihm zugeflüstert: Wir haben versucht, dich zu warnen, aber sie haben unsere Briefe abgefangen, und dann hat man uns gezwungen, dir neue Briefe zu schreiben, in dem wir dir all die Geschichten vom auf Erden wahrgewordenen Paradies haben auftischen müssen. Du bist in die Falle gegangen, es tut uns sehr leid. Dann musste mein Vater ebenfalls solche Briefe schreiben.

Aber erst nachdem auch meine Mutter ins Land gekommen war, wurde es wirklich schlimm. Man nahm meinem Vater sein mitgebrachtes Auto und gab es einem Parteibonzen, man nahm ihm sein mitgebrachtes Geld, seine Wohnung in Pjöngjang und schließlich auch seine Arbeit als Ingenieur, da man ihm, wie allen Japanrückkehrern, die das kapitalisti-

sche Leben kennengelernt hatten, nicht traute. Sie galten als politisch unzuverlässige Elemente. Schließlich wurde er, mitsamt seiner Frau und mir, der zwischenzeitlich geborenen kleinen Tochter, ins Umerziehungslager gesteckt. Welche Schuld er auf sich geladen hatte, wurde nie so recht klar, vermutlich beschuldigte man ihn, wie in dergleichen Fällen üblich, der Spionage für Japan, zumindest jedenfalls einer unverbesserlichen ideologischen Verderbtheit. Spätestens da, im Straflager, behielten sie damit auch durchaus recht: Der Glaube meines Vaters an die Größe und Güte von Kim Il Sung, den er sich auch nach seiner Rückkehr trotz aller Widerstände noch lange bewahrt hatte, war nun endgültig jener tiefen Verbitterung gewichen, die schließlich bewirkte, dass ich ihn denunziert habe. Ob mir das heute leidtut? Natürlich. Ob ich Schuld empfinde? Ich weiß es nicht. Ob ich anders hätte handeln können? Wohl kaum. Dieses Regime ist darauf angelegt, den Willen der Menschen zu brechen, sie bei lebendigem Leibe zu töten, alle zu einer Art belebter Maschine zu machen. Und ich bin nur ein Mensch von Millionen, bei dem sie damit in einem sehr weitgehenden Sinn Erfolg gehabt haben.

Die für mich wichtigste Information über das Leben meiner Familie, bevor sie ins Lager kam, hat mir mein Vater allerdings nicht erzählt, sondern ich habe sie erlauscht. Das muss schon kurz nach unserer Ankunft in Yodok gewesen sein, ich war noch ein kleines Kind. Im Nachhinein habe ich mich oft gefragt, ob ich das alles nur geträumt oder mir ausgedacht habe, aber die Erinnerung ist noch heute klar und wach, so dass für mich nie ein echter Zweifel bestand, dieses Gespräch tatsächlich mitgehört zu haben. Es war tief in der Nacht, und meine Eltern glaubten wohl, dass ich fest schlafe. Aber ich bin aufgewacht, weil meine Mutter weinte. Das machte mir Angst. Ich habe meine Mutter immer als eine Frau erlebt, die nie Schwäche zeigte, selbst inmitten all der Schrecken des Lagerlebens, und diese Stärke hat auch mir Kraft gegeben. Und jetzt weinte sie, was mir den Boden unter den Füßen wegzog. Da hörte ich die Stimme meines Vaters ihr zuwispern: „Ich weiß, wie du dich fühlst, aber inzwischen denke auch ich, dass es das Beste für unseren Sohn war, dass du ihn in Japan gelassen und ihm dieses Elend erspart hast. Ich bin sicher, deine Schwester sorgt gut für ihn." Meine Mutter hörte sofort zu weinen auf. Dann zischte sie: „Bitte sprich nie mehr davon, nie!"

Das war alles. Sie haben tatsächlich nie mehr davon gesprochen, jedenfalls nicht vor mir. Sie haben mir immer verschwiegen, dass ich noch einen älteren Bruder hatte, der in Japan bei meiner Tante geblieben war. Ich weiß nicht, warum sie das getan haben. Glaubten sie, ich würde eifersüchtig werden und ihn hassen, weil ihm das Lagerelend erspart geblieben war? Das genaue Gegenteil war der Fall. Täglich dachte ich voller Liebe an meinen Bruder, der in einer besseren Welt lebte, in jenem verlorenen Paradies, von dem mein Vater manchmal raunend flüsterte. Und dann überlegte ich mir, wie es ihm dort wohl erging. Der große Bruder, von dem ich nicht einmal einen Namen hatte, wurde zum Begleiter meiner Gedanken und Träume, dem ich von meinem schlimmen Leben erzählen konnte und bei dem ich Trost fand. Mit der Zeit wurde er geradezu zu einer überirdischen Person, einer Art Schutzgeist, der seine hütende Hand über mich hielt. Bekam ich einmal mehr als die übliche Ration Mais, gelang es mir, eine besonders fette Ratte zu fangen, blieb ich auf wundersame Weise von Strafen verschont, die ich doch mehr als verdient hatte, glaubte ich, dass auf irgendeine rätselhafte Weise die lenkende, schützende Macht meines Bruders dahinterstecken müsse. In allen schlimmen Zeiten lebte und überlebte ich nur für ihn. Noch heute bin ich fest davon überzeugt, dass es dieses Wissen um meinen Bruder in Japan war, was mir die Kraft gegeben hat, das Lagerleben durchzustehen, und was mir letztlich bis heute das Leben gerettet hat.

Im Nirgendwo

Zuerst glaubte der Eingeschlossene, dass es sich auch mit den Treppen so verhielt wie mit den Gängen in die vier Richtungen der Ebenen: Er mochte so lange steigen, wie er wollte, irgendwann hatte er unweigerlich das Gefühl, wieder am Ausgangspunkt angelangt zu sein. Aber er *musste* die Grenzen seines Gefängnisses erreichen: Ob angenehm oder qualvoll, die Bilder, Träume, die in seinem Kerker gefundenen Schatten einer anderen Welt, sie hatten in ihm das unbändige Verlangen geweckt, von alledem mehr zu haben als nur Bilder, Träume, Schatten. Es musste da eine Welt geben, die auch mehr war, die *echt* war. Und als er sich nun darauf konzentrierte, die Umfassungsmauern seines Gefängnisses zu finden, um sie durchbrechen zu können, sah er plötzlich weit über sich eine Decke aufragen. Und schließlich erreichte er sie.

Schwarz, leicht gewölbt erstreckte sie sich, so weit er laufen konnte, in alle Richtungen. Hart, unerbittlich, endgültig, eine Decke, die jeden Durchgang verweigerte. Aber wenn es nach oben keinen Ausweg gab, dann vielleicht ja nach unten? Wieder stieg er schier unendliche Treppen hinab, bis er merkte, dass er nicht weitergehen wollte. Denn dort unten lauerte der Schmerz. Da blieb er stehen und begann wieder hinaufzusteigen. Aber er begriff, dass er davonrannte, und wenn er davonrannte, rannte er nur zurück ins Zentrum seines Kerkers hinein, wo jenes äußerste Nichts herrschte, das er doch floh. Da wusste er, dass er sich dem Schmerz stellen musste. *Wenn* es eine Möglichkeit der Flucht gab, bestand sie darin, dem Schmerz bis auf seinen tiefsten Grund nachzugehen. Der Schmerz war es, was ihn wirklich machte. Womöglich war er seine einzige echte Verbindung mit der Welt draußen, der Wahrheit. Und so stieg er weiter. In die Tiefe des Schmerzes.

Irgendwann wurden die Treppen enger, die Stufen abschüssiger, immer wieder versperrten herabgefallene Steine und Schutt den Weg. Schließlich war er auf dem tiefsten Grund seines Kerkers angelangt. Der Schmerz war hier unerträglich. Und er schien zu fluktuieren, sich zu verändern, immer neue Gestalten anzunehmen. Da begriff er, dass dieser Schmerz in der Tat mehr war als bloßer Traum und Erinnerung. Er war wirklich, wie eine Sprache, die aus dem Außerhalb seines Gefängnisses zu ihm sprach. Nur dass er diese Sprache nicht verstand.

Die unterste Ebene seines Kerkers war nicht groß. Ein kurzer Gang, leicht oval, ringsum von Türen umgeben. In seinem ganzen, großen Gefängnis war der Eingeschlossene nirgendwo sonst auf Türen gestoßen. Er rüttelte an einer. Verschlossen. Er rüttelte an allen. Alle verschlossen. Er wählte eine, warf sich mit aller Gewalt dagegen, wieder und wieder, bis sie, nach ungemessener Zeit, aufsprang. Geröll kroch herein, ergoss sich in den ovalen Gang. Welcher Weg auch immer einst hinter der Tür gelegen haben mochte, tonnenschwere Massen hatten ihn unter sich begraben. Der Eingeschlossene versuchte, den Weg freizuschaufeln, lange versuchte er es, entsetzlich der Schmerz. Aber immer neue Geröllmassen quollen heran. Nach und nach war es ihm gelungen, sämtliche Türen aufzubrechen. Hinter einigen war der Weg noch einige Meter intakt, doch zuletzt überall das gleiche Bild: Steine, Felsen, Geröll, nirgendwo ein Durchkommen.

Da begriff er, warum er der Eingeschlossene war: Es hatte einst ein großes Unglück gegeben, das alle Verbindungswege verschüttet hatte. Und er begriff auch, dass es aus seinem Gefängnis kein Entrinnen gab, ihm nur die Bilder und Träume blieben. Und der Schmerz. Und dass er nie etwas Reales von der Welt da draußen haben würde außer dem Schmerz. Und er beschloss, hier, im Schmerz, zu verharren.

Peking

Die Maschine war gelandet. Staunend, wie immer, durchschritt Jeremy das neue Terminal 3 des Pekinger Flughafens. Mit ihren 1,3 Millionen Quadratmetern war die von Stararchitekt Norman Forster gebaute Stahl-Glas-Konstruktion aus dem Jahr 2008 das aktuell größte Gebäude der Welt. Der Flughafen selbst musste sich, nach Atlanta, mit Platz zwei zufriedengeben. Trotzdem ließ der überwältigende Gesamteindruck keinen Zweifel daran, dass es sich die neue Supermacht China in den Kopf gesetzt hatte, die alte Supermacht USA auf möglichst vielen Gebieten zu überflügeln. Und Jeremy wusste natürlich, dass im Süden der Stadt bereits ein weiterer Flughafen in Bau war, der nun wirklich der größte der Welt werden sollte.

Der gesamte Flughafenbetrieb funktionierte mit einer reibungslosen Perfektion, wie Jeremy sie noch nirgendwo sonst erlebt hatte, nicht einmal in Japan. Dennoch haftete den Menschenmassen hier nicht jene roboterhafte Ruhe an, der man in Japan so oft begegnet. Man lachte und schubste sich, die Leute wirkten ungestümer und unbekümmerter, irgendwie *jünger* als die Menschen in Japan.

Der Flughafen, dreißig Kilometer außerhalb des Zentrums, aber immer noch inmitten des riesigen Stadtgebiets gelegen, ist verwaltungstechnisch Bestandteil des zentraler gelegenen Chaoyang-Viertels im Nordosten Pekings. Dort befand sich neben dem Botschaftsviertel und vielen Stätten der Olympiade von 2008 auch das Hotel Kempinski, in dem sich Jeremy einquartiert hatte. Während Jeremy durch die langen Korridore des Terminals schritt, dachte er an den riesigen Aufwand, den China für die Olympiade betrieben hatte und zu dem auch der Bau dieses weltgrößten Terminals gehörte. Die Größe fand Jeremy beeindruckend, während die Architektur an sich ihn eher kaltließ – eine lackierte Stahlkonstruktion, die eine niedrige Hängedecke trug und keine Spur von chinesischen Einflüssen zeigte. Sicher waren die Dimensionen des Baus ein gerechtfertigter Ausdruck für den Stolz einer Nation, deren historische Größe so lange darniedergelegen hatte und deren Bürger unter dem „Großen Steuermann" Mao noch zu Millionen verhungert waren, doch hoffte Jeremy, dass das chinesische Volk auch die Größe besitzen würde, seine eigene jahrtausendealte Kultur nicht um des internationalen Eindrucks und einer falsch verstandenen Globalisierung willen Stück für Stück aufzugeben.

Auch auf der Taxifahrt über die Flughafenautobahn Richtung Innenstadt fiel Jeremy immer wieder auf, wie international-modern China geworden war. Die vorbeiziehenden Kulissen unterschieden sich kaum von den Hochhäusern, Brücken, Fabrikbauten, wie sie westliche Metropolen prägen, nur dass hier alles neuer, größer, fortschrittlicher wirkte. Zeugnisse des Booms einer aus den Nähten platzenden Nation. Das Taxi verließ die Autobahn am Dritten Ring – insgesamt sind es fünf solche Ringstraßen, die das Zentrum umgeben – und brachte Jeremy über einige Seitenstraßen zum Kempinski.

Nach dem Einchecken, Frischmachen, Umziehen und einer kurzen Verschnaufpause machte er sich, wiederum per Taxi, auf den Weiterweg zum traditionsreichen „Peking Hotel" im benachbarten Dongcheng-Distrikt im Nordosten des historischen Altstadtkerns, wo das Treffen mit Cai Feng stattfinden sollte. Das alteingesessene Hotel, in dem schon Staatsoberhäupter wie Nixon und Chruschtschow abgestiegen waren, war ein seit Jahrzehnten unter alten *asia hands* beliebtes Haus, das einen gewissen nostalgischen Charme verströmte.

Jeremy war neugierig – wie würde Cai aussehen? Was für ein Mensch war er? Ob er seinem Onkel ähnlich sah? Wohl kaum. Unwahrscheinlich, dass es sich bei Cai überhaupt um einen leiblichen Neffen handelte, denn Gao Feng war als Junge vom Clanoberhaupt einer Triade adoptiert worden, nachdem seine gesamte Familie den schrecklichen Ereignissen im Umfeld der 1937 von den japanischen Besatzern verübten Nanking-Massaker zum Opfer gefallen war.

Und nun hatte Jeremy das Restaurant „Old Pekin" im vierten Stock von Block C des weitläufigen Hotelkomplexes betreten und ließ seinen Blick über die Gäste schweifen. Wer mochte Cai sein? An einem der hinteren Tische war ein etwa vierzigjähriger Mann aufgestanden, etwas kleiner und schlanker als Jeremy, und jetzt winkte er ihm zu. Er wirkte sympathisch. Erfreut, dass das gleich so gut geklappt hatte, ließ sich Jeremy an den für sie reservierten runden Tisch in einer Ecke des heute nicht sonderlich frequentierten Edellokals geleiten.

„Ich freue mich sehr, dass wir uns endlich begegnen. Gao hat mir viel von dir erzählt – und mir auch ein Bild von dir gezeigt", begann Cai und wählte sofort den vertraulichen Umgangston seines Onkels.

„Die Freude ist ganz meinerseits", antwortete Jeremy. „Gao hat sicherlich auch von den Schwierigkeiten berichtet, in denen seine Stiftung steckt. Er hat angedeutet, dass du mir vielleicht helfen könntest."

„Sicher. Aber du siehst aus, als hättest du etwas Aufmunterung nötig – und vor allem eine handfeste Mahlzeit. Du bist bestimmt hungrig. Komm, greif zu." Soeben wurde eine Platte mit verführerisch duftenden Gerichten aufgetragen. Jeremy begriff den Wink mit dem Zaunpfahl: Nicht gleich mit der Tür ins Haus fallen, sondern sich erst einmal den angenehmen Seiten des Lebens widmen, für die unangenehmen ist danach noch Zeit – eine Philosophie, die Cai mit seinem Onkel Gao gemein hatte. Und so machten sie sich, nachdem sie sich die Gesichter mit dampfend heißen Tüchern gereinigt hatten, über das Essen her, das aus geschmorten Seeohren – eine Spezialität des Hauses – und vielerlei Köstlichkeiten mehr bestand. Dazu tranken sie warmen, würzig dunklen Shaoxing-Reiswein. Jeremy merkte, wie seine Lebensgeister sogleich munterer wurden. Warum konnte das Leben nicht immer so sein? Gutes Essen und Trinken mit angenehmen Leuten, ohne sich darum kümmern zu müssen, dass anderswo Menschen verschwanden und gefoltert wurden und die schmutzigsten Geschäfte mit womöglich unabsehbaren Folgen für die ganze Menschheit gemacht wurden, und das auch noch unter Missbrauch ebenjener Gao-Feng-Stiftung, die doch angetreten war, einen Beitrag zur Versöhnung zu leisten. Jeremy seufzte. Cai richtete einen mitfühlenden Blick auf ihn. Er schien seine Gedanken lesen zu können. Jetzt, spürte Jeremy, war der Zeitpunkt zur Aussprache gekommen.

Aus den Aufzeichnungen von Kim Ho Soon
Nach der Hinrichtung meines Vaters lebte ich noch viele Jahre in Yodok, erlebte unzählige weitere öffentliche Hinrichtungen, überstand Winter

mit beißendem Frost, überlebte sogar die große Hungersnot Mitte der neunziger Jahre, als im ganzen Land Millionen starben, auch außerhalb der Lager, deren Insassen es freilich am ärgsten traf. Schon als Kind hatte ich gelernt, alles zu essen, was ich in die Finger bekam, und das hat mir mit Sicherheit zu überleben geholfen – ich aß Gras, Froschlaich, Baumrinde, Ameisen, die unverdauten Körner aus Kuhfladen, die von den Schweinen der Wärter im Trog hinterlassenen Futterreste, ich aß, was immer sich in den Mund stecken ließ.

Damals, während der Hungersnot, war ich noch keine 25 Jahre alt; eine Jugend, wie sie Menschen außerhalb des Lagers erleben mögen, habe ich nie kennengelernt; eine Aussicht auf Liebe oder Ehe bestand für mich nicht, da in Yodok eine Eheschließung unter Häftlingen, wie auch jeder private außerfamiliäre Umgang der Geschlechter, streng verboten war. Man wollte nicht, dass Häftlinge, dieser Abschaum, diese elenden Tiere ohne Schwänze, sich fortpflanzten. Die einzige sexuelle Erfahrung, die eine Frau in Yodok normalerweise machen konnte, war die einer Vergewaltigung durch einen der Wärter. Wurde sie schwanger, fanden die Wärter meist einen Vorwand, sie zu töten, und blieb sie am Leben, wurde das Kind doch unmittelbar nach der Geburt ertränkt oder erschlagen. Glücklicherweise ist mir eine Schwangerschaft stets erspart geblieben.

Über all die Jahre hinweg haben meine Mutter und ich die Hoffnung nie aufgegeben, eines Tages doch entlassen zu werden. Yodok besteht aus zwei Großbereichen: dem Lager der politischen Gefangenen, die dazu verdammt sind, in jedem Fall auch dort zu sterben, sowie dem Umerziehungslager, in dem wir waren und wo zumindest die Hoffnung auf eine Entlassung bestand. Über Jahrzehnte sollte es für uns bei der bloßen Hoffnung bleiben.

Dann, das ist noch gar nicht allzu lange her, hieß es, wir sollten entlassen werden. Das war inmitten jener wundersamen Tage nach der Folter im Schwitzkasten, durch die ich vorübergehend fast alle Erinnerungen verloren habe. Warum uns gerade jetzt diese Gnade gewährt werden sollte – die mir im Nachhinein doch eher wie ein neues Urteil erscheint –, wurde uns nie mitgeteilt. Meine Mutter und ich hatten mittlerweile schon weit über dreißig Jahre in Yodok zugebracht. Nur sehr wenige Menschen schaffen es, so lange zu überleben. Meine Mutter mochte jetzt etwa sechzig sein, sah aber aus wie achtzig. Auch alles, was ich einst an Schönheit besessen hatte, war verblüht. Trotzdem elektrisierte mich die Aussicht auf mögliche Freiheit. So lange hatte ich überleben wollen, auf diesen Punkt, diese vage Hoffnung hin überleben wollen; der Wunsch, nicht zu sterben, um einmal in der Lage zu sein, von den im Lager erlittenen sinnlosen Qualen zu berichten, hat mich aufrecht gehalten. Jeden Tag träumte ich davon, einmal meinem Bruder nach Japan einen Brief schreiben zu können. Und noch jetzt hoffe ich, dass jemand diese Aufzeichnungen liest, so dass mein Wunsch – ob ich nun selbst lebe oder nicht – endlich in Erfüllung geht.

Und dann kam der Tag des Abschieds von Yodok. Ein aufregender Tag, ein Tag der Freude, aber mehr noch der Wehmut, ja Trauer. Ich liebte den Anblick der Berge, den Duft der Blumen, das Rauschen der Bäche, und ich verließ so viele Menschen, die ich liebgewonnen hatte. Der Ort war mit so vielen schrecklichen, aber doch auch mit schönen Erinnerungen verbunden, auch wenn das seltsam klingen mag. Immerhin war Yodok meine Heimat und der Ort meiner Kindheit, und kein Schrecken der Welt ist so groß, dass nicht in seinem Windschatten das kümmerliche, doch bunt blühende Pflänzchen des Schönen zu gedeihen vermag. Und so denke ich noch heute mit gemischten Gefühlen an jenen Tag zurück, als wir im Lagerbüro die übliche Erklärung unterschrieben, nie jemandem von unseren Erlebnissen im Lager zu berichten, wenn wir nicht sofort zurückgeschickt werden wollten – in jenen Tagen erinnerte ich mich ohnehin an nicht allzu viel. Dann öffnete sich vor uns die Stacheldraht-Pforte, und wir bestiegen einen Lastwagen, der uns für immer aus Yodok weggebracht hat.

Wie gesagt, die erste Zeit nach der Schwitzkastenfolter erschien mir, schon im Lager, als eine wundersame, überirdische Zeit, und nach meiner Entlassung wuchsen die Wunder ins Unfassbare. Der Lastwagen fuhr durch eine sommerliche Berglandschaft, an Feldern und Dörfern vorbei, und ich sah Menschen, die sich völlig frei bewegten, allerlei bunte Kleider trugen, lachten, sangen, sich unterhielten – und kein Wärter weit und breit. Ich war fassungslos, fast entsetzt, und fragte mich damals, wie diese Menschen wissen konnten, was sie tun sollten, wenn niemand zugegen war, um Befehle zu bellen und mit Gewalt zu drohen. Wie ließ sich denn so überhaupt eine Form von Ordnung aufrechterhalten? Aber irgendwie schien dieses paradiesisch freie Leben dennoch seinen geregelten Lauf zu nehmen.

Wir wurden in ein umzäuntes Dorf gebracht und meiner Mutter und mir wurde ein kleines Häuschen zugewiesen. Alles war viel sauberer, geräumiger, annehmlicher als im Lager. Auch bekamen wir Reis zu essen, der mir wie die köstlichste Mahlzeit erschien, die ich je zu mir genommen hatte. Im Lager hatte es nur Mais und Salz- oder Kohlsuppe gegeben. Die Portion war so groß, dass ich mich sattessen konnte – noch etwas, was ich nicht kannte. Die Leute, mit denen wir Umgang hatten, waren zunächst auch viel freundlicher als die Wärter im Lager, schienen uns wie Menschen zu behandeln. Ich musste mich erst daran gewöhnen, es schien mir unrichtig, schließlich war ich nicht mehr wert als ein sich krümmender Wurm – Tiere ohne Schwänze hatten uns die Wärter in Yodok genannt.

In jenen Tagen unterhielt ich mich viel mit meiner Mutter; diese letzten Tage waren vielleicht die Zeit, wo wir uns am nächsten gewesen sind. Es stellte sich heraus, dass auch sie mit einer ähnlichen Schwitzkasten-Foltermethode gepeinigt worden war, wenn auch lange nicht so grausam wie ich, das hätte sie in ihrem Zustand nicht überlebt. Im Gespräch mit ihr kehrten allmählich meine Erinnerungen an das Lagerleben vor der letzten Folter wieder, wenngleich vieles neblig und lückenhaft blieb und es bis heute geblieben ist – die entsprechenden Mängel meiner Aufzeichnungen bitte ich zu entschuldigen.

Es dauerte allerdings nicht lange, bis ich begriff, dass wir nicht freigelassen, sondern nur in ein anderes Lager überstellt worden waren: ein Lager für besondere Zwecke. Die freundliche Behandlung, der Reis, die Schonung – all das hatte nur den Sinn, uns aufzupäppeln für die nächste Prüfung. An einem Morgen hat man uns abgeholt und in ein neues Haus aus Beton gebracht, in dem alles sehr modern eingerichtet war – so viele Dinge und Geräte, wie ich sie noch nie gesehen hatte. Wir wurden in einen Warteraum gesetzt und schließlich wurde ich von einer weiß gekleideten Schwester in den Nachbarraum gerufen. Als ich aufstand, trat meine Mutter auf mich zu und umarmte mich heftig. Ich löste mich von ihr, folgte der Schwester in den Raum, in der festen Überzeugung, spätestens am Abend wieder bei meiner Mutter zu sein. Tatsächlich, und das hatte sie wohl schon geahnt, habe ich sie nie wiedergesehen. Ich weiß

nicht, was mit ihr passiert ist. Vielleicht war sie dem nicht gewachsen,
was ihr nun bevorstand, oder sie erwies sich für die Zwecke dieser Men-
schen als ungeeignet (in beiden Fällen ist sie jetzt wohl von ihren Leiden
erlöst) oder, die schlimmste Vorstellung, sie leidet noch immer irgendwo
in einem dieser Räume, an Maschinen angeschlossen, von denen sie sich
nicht befreien, von Stimmen gequält, denen sie sich nicht entziehen, von
Bildern, Visionen, Gedanken verfolgt, die sie niemals vergessen kann.

Im Nirgendwo

Dann wurde der Schmerz so groß, dass er sich nicht mehr in seinem
Schmerzsein erschöpfen konnte. Er begann sich zu formen, über sich
hinauszuwachsen, wurde zu Sinnesempfindungen, Geräuschen, wie
von Bohrern, Lichtblitzen – das erste Licht, das je in die Finsternis seines Kerkers drang! Dann wieder Dunkelheit. Stille. Erschöpfung. Aber
die Geräusche und Blitze kamen wieder, immer wenn aus übergroßem
Schmerz neue, ungeahnte Sinneserfahrungen hervorsprossen, wie auf
einem frostigen Fenster die Pracht der Eisblumen sprießt.

Mit der Zeit lernte der Eingeschlossene die Sprache des Schmerzes
zu verstehen. Sie rief nach ihm, von draußen her. Sie wollte, dass er
antwortete. Aber er konnte nichts tun, als unablässig gegen die Wände
der eingestürzten Tunnel zu hämmern und im Geröll aus Mauerwerk
und Schutt zu wühlen, das jedoch immer nachquoll, ihn ganz zu verschütten drohte. Aber nicht jetzt, bitte nicht, jetzt nur nicht aufgeben!

Und dann hörte er sie: Stimmen, echte, ferne menschliche Stimmen, von weit draußen drangen sie zu ihm durch. Er konnte nicht verstehen, was sie sagten, aber es klang wie kalte Anweisungen, vielleicht
Befehle, die Menschen, Maschinen kommandierten: Wühlt eure Stollen, tief, bis ins Verlies hinein, dort sitzt er, der Eingeschlossene! Und
der Boden begann unter ihm zu vibrieren, lauter, heftiger. Alle Wände
drohten einzustürzen, weshalb er zurückwich, bis in jenen ovalen
Gang. Und er hörte Geräusche. Er hörte Knirschen und Bersten, er
hörte malmende Maschinen. Und immer wieder jene kalten Kommandos, immer lauter, immer näher, durchdringender.

Bis auf einmal die Wände um ihn barsten, grelles, gleißendes Licht
hereinschoss und er jedes Bewusstsein von sich selbst verlor.

Peking

„Ich höre, du bist entschlossen, ins Herz der Finsternis zu reisen? Ins Land des restriktivsten Regimes der Erde?" Cai legte die Essstäbchen neben die Platte und blickte Jeremy ernst an.

Aha, tatsächlich. Es ging los. Jeremys Lebensgeister sanken wieder und er nahm noch einen Schluck dampfenden Shaoxing, bevor er antwortete. „Ja. Ich denke, das bin ich der Gao-Feng-Stiftung schuldig. Außerdem bin ich britischer Staatsbürger. Ich weiß, dass Bürger Nordkoreas oft schon ein kritisches Wort, ja selbst ein zu lauer Lobpreis der Führung das Leben kosten kann, aber als Ausländer, denke ich, kann mir nicht allzu viel passieren."

„Es werden immer wieder auch Ausländer zu Gefängnis und Zwangsarbeit verurteilt", gab Cai Feng zu bedenken. „Und in deinem Fall: Es ist für die Fliege nicht ratenswert, sich ins Netz der Spinne zu begeben, um dort Nachforschungen über deren Menüfolge einzuziehen."

Jeremy schluckte. „Ich glaube, dein Vergleich hinkt ein wenig", begann er. „So wie ich die Sache verstehe, ist der nordkoreanische Staat selbst – also die ‚Spinne', wenn du so willst – nicht in die Geldwäschevorgänge um die Stiftung verstrickt, sondern nur einige hohe Militärs. Das mag bei den Kontogeschichten der Century Bank anders sein, aber das ist jetzt nicht meine Sache. Oder hast du andere Informationen? Gao Feng hat dir Dr. Weltis Dossier weitergeleitet, nicht? Und überhaupt: Wenn ich in Pjöngjang völlig unerwünscht wäre, hätte man mir wohl kaum ein Einreisevisum erteilt, Spinne hin, Fliege her. Immerhin finanzieren wir dort ein Freundschaftszentrum, über dessen Fortschritte ich mir gerne mit eigenen Augen ein Bild verschaffen möchte – ein weiterer Grund für meine Reise."

Cai Feng lächelte. „Die Spinne ist immer einladend. Weißt du, Jeremy, ich glaube, du siehst das alles zu sehr mit westlichen Augen. *Nur einige hohe Militärs …* Aber eins nach dem anderen. Ja, das Dossier kenne ich, habe auch Nachforschungen angestellt und Schlüsse gezogen. Meine Ergebnisse: Ja, es besteht kein Zweifel, dass die Spuren der Kontenbewegungen und Geldverschiebungen bis in höchste Kreise der nordkoreanischen Generalität und der Geheimdienste führen, vermutlich bis hin zu jenem mysteriösen sogenannten ‚Puppenspieler', du hast wahrscheinlich schon von ihm gehört?"

„Ja. Aber immer nur vage Andeutungen. Weißt du Konkreteres?"

Cai schüttelte den Kopf. „Der Puppenspieler ist bisher nur eine Bezeichnung, vielleicht nur ein Konstrukt, eine sozusagen aufgrund von theoretischen Berechnungen zu postulierende, aber nicht bewiesene Größe – etwa wie die Dunkle Materie an den Rändern des Universums."

Jeremy fiel auf, dass Cai, ähnlich wie sein Onkel, offensichtlich zu einer eigentümlich gewählten, bildreichen Sprache tendierte.

„Man nimmt an, dass der Puppenspieler eine wichtige Rolle in der OGD spielt, der ‚Abteilung für Organisation und Leitung'", fuhr Cai fort. „Das ist die geheime Steuerungszentrale des Landes, die noch immer von den alten Kadern Kim Jong Ils besetzt ist und seinem Sohn, vorsichtig ausgedrückt, eher *reserviert* gegenübersteht. Manche Beobachter glauben, dass die OGD längst die eigentliche Macht im Land übernommen hat. In jedem Fall: Die Fliege macht einen Fehler, wenn sie sich allein auf ihre vermeintliche Sicherheit vor der Spinne konzentriert und dabei außer Acht lässt, wie tödlich klebrig schon die Fäden ihres Netzes sind. Stell dir Nordkorea eher wie eine ganze Familie – nein: mehrere Familien – von Spinnen in einem Riesennetz vor. Und alles, was an diesem Netz kleben bleibt, wird verschlungen. Die kleinen Spinnen fressen die Fliegen, die größeren die Fliegen *und* die kleinen Spinnen, und die ganz großen umschleichen einander und versuchen, sich gegenseitig zu fressen. Und wenn man denen dann Freundschaftsangebote macht – Zentren einrichtet –, wird alles gerne mitgefressen."

„Kannst du das vielleicht etwas weniger zoologisch formulieren? Was sind das für verschiedene Arten oder Familien von Spinnen?"

„Nun ja, die fettesten Mutterspinnen sind natürlich der politische Apparat und das Militär. Zwischen beiden tobt ein erbitterter Machtkampf. Wir haben es hier mit der, gemessen an der Bevölkerung, mit Abstand größten Armee der Welt zu tun. Jeder zwanzigste ist in Nordkorea ein Soldat, und nimmt man die Reservisten und paramilitärischen Verbände dazu, sogar jeder vierte. Seit Kim Jong Il die Parole *Songun*, ‚Militär zuerst', ausgerufen hat, wird alles dem Militär untergeordnet. Das Militär ist dabei nicht nur für Kampf und Verteidigung zuständig, es kontrolliert auch Teile der Wirtschaft und der illegalen

Staatsgeschäfte, es unterhält Fabriken, Farmen, Banken, und die Soldaten helfen etwa beim Straßenbau und in der Landwirtschaft aus. Das Militär ist also nicht einfach ein Staat im Staat, es *ist* über weite Bereiche der Staat. Dabei darf man sich die politische Kaste und die militärische Führung nicht als zwei starre gegensätzliche Blocks vorstellen, denn die Gräben und Kampflinien verlaufen nicht nur zwischen den Blocks, sondern auch innerhalb der Lager, und es gibt anderseits auch ständig wechselnde übergreifende Allianzen. Hohe Parteimitglieder sind zumeist auch hohe Militärs. Du kannst dir vorstellen, was da für ein Kampf um Macht stattfindet, der zugleich ein Kampf auf Leben und Tod ist – in den Reihen der Generalität, aber auch innerhalb der Nomenklatura. Kim Jong Un war bis jetzt recht geschickt darin, die verschiedenen Fraktionen gegeneinander auszuspielen – ein Gefallen hier, eine Bestrafung dort. Deshalb hat er sich an der Macht halten können. Aber wie lange wird das noch gutgehen?

Jedenfalls, um zu deinem konkreten Fall zurückzukehren: *Nur einige hohe Militärs* zum Feind zu haben kann in Nordkorea schnell ein Todesurteil sein, auch für Ausländer. Und kein ‚Staat' – jedenfalls kein nordkoreanischer – kann dir da helfen. Für die Bürger des Landes selbst ist es bekanntlich oft genug schon ein Todesurteil, überhaupt nur den nächsthöheren Vorgesetzten gegen sich aufgebracht zu haben. Wo strenge Hierarchie und höchste Korruption zusammenkommen, hat das Individuum nicht die geringste Chance."

„Okay, ich kapier ja, dass es nicht gerade ein Rechtsstaat ist, in den ich reise. Trotzdem glaube ich, dass man mir als Briten …"

„Lass mich nur noch eins zu diesem Thema sagen. Du hast von meinem Onkel vermutlich erfahren, dass ich für eine Sondereinheit arbeite, die sich mit der Verfolgung von Geldwäsche, Schmuggel und dergleichen beschäftigt und die letztlich, wie die Polizei, dem Ministerium für Öffentliche Sicherheit untersteht. Und du weißt wohl auch, dass hier in China gerade eine groß angelegte Antikorruptionskampagne läuft, die schon vielen hohen Funktionären im wahrsten Wortsinn Kopf und Kragen gekostet hat. In deren Zusammenhang wurde nun sogar Haftbefehl gegen einen der höchsten Politiker des Landes erlassen – Zhou Yongkang, der bis 2012 Mitglied des innersten Politbüros war und zuvor Minister für Öffentliche Sicherheit, also Leiter ebender

Behörde, für die ich arbeite. Ihm werden neben Korruption auch Kontakte zum organisierten Verbrechen vorgeworfen. Was, meinst du, sagt es über die Sicherheit in einem Land aus, wenn sich derjenige, der an oberster Stelle für deren Wahrung zuständig ist, als ein korrupter Verbrecher entpuppt? Nicht viel. Nun gut, magst du dir denken, das ist eben das korrupte China. Stimmt auch. Zugegeben, auch ich verdiene mir etwas damit dazu, dass ich in meiner Funktion als Bekämpfer des Schmuggels gegenüber gewissen Banden in den Weißen Bergen, die auf langjährige enge Geschäftsbeziehungen mit meinem Onkel Gao zurückblicken, in Wahrung der Familientradition nun ja … ein wenig *nachsichtig* bin. So läuft das nun mal bei uns. Nur musst du wissen, dass China auf dem weltweiten Korruptionsindex auf Platz achtzig liegt. Das ist ziemlich genau in der Mitte. Auf dem allerletzten Platz jedoch liegt seit Jahren zuverlässig sein kleiner nordöstlicher Nachbarstaat Nordkorea. Also nimm am besten viel Geld mit, Jeremy … Aber das allein wird dir nichts helfen, wenn du nicht auch über die richtige Vorgehensweise und die richtigen Kontakte verfügst.

Tja, von Verbindungen und Hierarchie abgesehen, ist Geld im antikapitalistischen Nordkorea eben alles. Um an Devisen zu kommen, verkaufen seine korrupten Instanzen schlichtweg alles, was sich verkaufen lässt: Bodenschätze, Frauen, menschliche Arbeitskraft, menschliche Organe, Krabbenfleisch, Ginsengwurzeln, Drogen, Nukleartechnologie, womöglich auch chemische und Biokampfstoffe. Ja, es verkauft in Teilen sogar sich selbst an den Todfeind aus dem Süden, der schon ganze Landstriche als exklusive Nutzungszonen für Industrie und Tourismus erworben hat; und es verkauft in den Sonderwirtschaftszonen seine kommunistische Überzeugung an den kapitalistischen Weltimperialismus. Die *Juche*-Ideologie, die ein möglichst autarkes Staats- und Wirtschaftssystem vorsah, ist längst gescheitert. Wenn Nordkorea überleben will, ist es aufs Ausland angewiesen. Das Land muss ausländische Investoren und deren Kapital ins Land holen. Die wachsende Gefahr für das Regime, sich damit auch alle möglichen anderen Erscheinungen des Kapitalismus ins Land zu holen – den Wunsch nach Demokratie, freier Lebensgestaltung, ungehinderten Konsum- und Informationsmöglichkeiten –, ist dabei offensichtlich. Diese Gefahr versucht das Regime dadurch zu bannen, dass es, nach dem erfolgreichen chinesischen Vorbild, Bereiche des eigenen Landes sozusagen abkapselt und sich hier, von der übrigen Bevölkerung streng abgeschirmt, im Kapitalismus übt."

„Die Sonderwirtschaftszonen."

„Richtig. Kaesong, der Industriepark an der Grenze zwischen Nord und Süd, ist sicher die bekannteste. Dort arbeiten Nordkoreaner zu Billiglöhnen sehr profitabel für südkoreanische Firmen, die die Gelder dafür in den Norden überweisen, wovon allerdings nur ein Bruchteil bei den Arbeitern selbst ankommt."

„Um beim Thema zu bleiben: Bei alledem spielt neben dem Militär auch Korruption eine große Rolle, nicht?", warf Jeremy ein.

„Auf nordkoreanischer Seite sicher. Und was die Kooperation mit dem Süden, nicht nur in Kaesong, betrifft … Nun, bei den Südkoreanern funktioniert alles, wie soll man sagen … eleganter. Jedenfalls verfüge ich über Hinweise, dass es bei einigen dieser Joint Ventures zwischen Nord und Süd alles andere als sauber zugeht. Natürlich kann man in den Sonderwirtschaftszonen nicht nur in puncto Arbeitslohn billig produzieren, sondern auch was Sicherheitsauflagen und sonstigen humanitären Krimskrams betrifft. Interessant etwa, wenn es um Güter mit gefährlichen Produktionsprozessen geht, wie in der Chemieindustrie. Für die ganz großen Sauereien aber steht Kaesong noch zu sehr im Fokus der Öffentlichkeit. Dafür müsste man weiter in den Norden gehen. Am besten in jene abgelegenen Landesteile, in die der Norden selbst seine Sauereien auslagert. Hinein in die Straflager, wo ein Menschenleben weniger zählt als ein Wurm."

„Du meinst, ausländische Investoren könnten direkt in den Konzentrationslagern produzieren lassen?"

„Nein, nicht direkt. Schließlich existieren die Lager offiziell gar nicht. Aber auch dort werden unter furchtbaren Bedingungen Exportgüter produziert, die in alle Welt gehen – natürlich ohne entsprechenden Herkunftsvermerk, *made in KZ*. Und warum sollte es nicht ausländische Investoren geben, die zynisch genug wären, sich über nordkoreanische Mittelsleute diese vom Einsatz des ,Humankapitals' her günstigsten Produktionsbedingungen der Welt zunutze zu machen?"

Jeremy schluckte. „Und darauf hast du konkrete Hinweise?"

„Ich weiß nur, dass da etwas vorgeht. Nordkorea unterliegt momentan gewaltigen Wandlungen, die viel mit den inneren Zerwürfnissen zu tun haben. Irgendwas führt der Puppenspieler im Schilde. Und einige seiner Schachzüge weisen darauf hin, dass er mächtige Unterstützer im Süden hat, mit denen er gemeinsame Sache macht."

Ein Dorf nahe der Demarkationslinie
Draußen trommelte der Regen an Dach und Fenster des kleinen Holzhauses. An Schlaf war nicht zu denken. Cathy dachte an das, was sie von der alten Frau erfahren hatte. Konnte es wirklich sein, dass Kim tot war? Ja, konnte es. Es konnte genauso gut aber auch *nicht* sein. Schließlich sprach einiges dagegen. Da war schon mal der angegebene Todestag. Der 31. Mai 2012 war genau der Tag, an dem Kim laut Aussage Professor Zhaos von jenen zwielichtigen Männern in Shanghai abgeholt und nach Korea verlegt worden war. Zhao hatte sich über die riskante frühzeitige Verlegung empört, und natürlich war nicht auszuschließen, dass der Patient sie nicht überstanden hatte. Aber Cathy glaubte das nicht. Sie glaubte vielmehr, dass jener 31. Mai bewusst als der Tag gesetzt worden war, an dem Kim nicht mehr leben *durfte*. Der Tag, an dem er vom chinesischen Radar verschwand und fortan außer jenen koreanischen Militärs niemand mehr von ihm wusste. Und er war verschwunden, weil sie noch etwas mit ihm vorhatten. Aber was? Wofür war Kim als Komapatient noch zu gebrauchen? Vermutlich für nichts *Gutes*. Cathy würde nicht aufgeben, bevor sie es nicht wusste.

Das Hämmern des Regens gegen das Fenster wurde stärker, und plötzlich begriff Cathy, dass es nicht nur der Regen war, was an die Scheibe schlug. Dort draußen stand jemand und klopfte. Mitten in der Nacht, im strömenden Regen stand da ein Mensch und begehrte Einlass. Cathy wurde mulmig zumute. Was sollte sie tun?

Im Nirgendwo
War er der Eingeschlossene? War er der Gerettete? War er *nichts*? Lange waren da nur Fetzen, Facetten, wie wenn man ein Kaleidoskop dreht, abbrechend, Schlaglichter, Bilderblitze, und wieder das äußerste Nichts. So war es dem Eingeschlossenen einmal – ein kurzer Blitz –, als sei sein Gefängnis neu eingerichtet worden. Es gab Möbel, Teppi-

che, Tapeten, die Bilder an den Wänden waren keine solchen, die gleich wieder zerflossen, so sehr man sie festzuhalten versuchte. Als er erneut – blitz, blitz – für einen Moment aus dem Nichts auftauchte, schien ihm sein Kerker Fenster zu haben, Blumen am Fensterbrett, eine Gardine, die im Wind flattert. Von draußen Vogelzwitschern. Nur ein paar Schritte, und vor ihm würde sich Draußen erstrecken, die verlorene Welt. Wieder versank er in Abgrund und Schwärze.

Dann, und es erschütterte ihn bis ins Mark, begriff er, dass er in seinem Gefängnis nicht mehr allein war. Es hätte ihn freuen müssen: Nach den unendlichen Zeiten in Nichts und Nirgendwo, hier, irgendwo, wieder ein menschliches Wesen um ihn. Irgendein *Wesen* zumindest. Aber es war ihm unheimlich. Das andere Wesen ließ sich nicht blicken. Und doch war es da. Manchmal hörte er es huschen. Manchmal hörte er es lachen. War er nun doch wahnsinnig geworden, jetzt, wo die Rettung offenbar bevorstand? Manchmal erschien es ihm, als sei das andere Wesen er selbst, und das waren die unheimlichsten Momente.

Dann wieder hatte er den Eindruck, als ob jenes andere Wesen sich vor ihm versteckte, ihn floh. Doch bald, immer öfter, kam es ihm so vor, als würde der andere ihn *verfolgen*. Als befände er sich selbst schon auf der Flucht, als würde er mehr und mehr aus seinem eigenen Kerker hinausgedrängt. Aber was sollte ihm, dem Eingeschlossenen, noch bleiben, wenn er nicht einmal mehr sein Gefängnis hatte?

Es begann damit, dass es Wege nicht mehr gab, die er gestern noch gegangen war. Zu jenem ovalen Gang mit den Türen ganz unten in seinem Verlies führte längst kein Weg mehr zurück. Das alles gehörte nun zu jener neu eingerichteten Welt, die kein Teil seines Kerkers mehr war. Eine Treppenflucht nach der anderen schwand, bis es keine Treppen mehr gab, sondern nur noch ein paar schwindende Gänge. Und immer war da das Gefühl, verfolgt zu werden, hörte er Huschen, Wispern und Kichern. Nun ließ er es nicht mehr zu, dass die Schwärze noch einmal über ihn kam. Denn dann, so spürte er, würde sie fortan wirklich unendlich sein, das äußerste Nichts ihn nie wieder entlassen.

Irgendwann war da nur noch eine letzte Tür. Seltsam. Sein Gefängnis hatte nie Türen gehabt, außer ganz unten im verlorenen Gang. Er rüttelte an der Tür. Verschlossen. Er klopfte. Sie öffnete sich. Dahinter ein Raum. Es gab Tische, Stühle, Apparaturen, und er hatte mit einem Mal, wie eine Gewissheit, das Gefühl, dass er sich in einem U-Boot befand, das auf dem tiefsten Meeresgrund Richtung Erdmittelpunkt unterwegs war. Auf der anderen Seite des Raumes eine zweite Tür. Aus spiegelndem Glas und dennoch konnte man hindurchsehen.

Dahinter stand er. Er lächelte. Doch *er* lächelte nicht. Der lächelnde Er auf der anderen Seite der Tür hob eine Waffe, und er konnte durch die Tür hindurch sehen, dass es ein langes Samuraischwert war. Und plötzlich schlug der andere, immer noch lächelnd, auf die gläserne Spiegeltür ein, die Tür barst, in Tausende Splitter barst sie, sie barst ihm ins Gesicht und in den Körper, und dann war er selbst das Glas, ein blutiges Glas, ein blutiger Spiegel, der zerbarst, in Tausende Splitter. Und dann war da wieder nur das äußerste Nichts.

Aus den Aufzeichnungen von Kim Ho Soon
In dem Raum waren Ärzte und Schwestern, alle mit Kittel und Mundschutz, so dass ihre Gesichter weitestgehend verdeckt waren. Überall Bildschirme und kompliziert aussehende Maschinen, an denen Lichter blinkten. Der Raum wirkte auf mich wie aus einer fernen, fremden Zukunftswelt. Ich musste mich ausziehen und auf eine Liege legen, an die ich festgeschnallt wurde. Überall an meinem Körper hat man Drähte angebracht. Mein Kopf wurde durch Riemen und allerlei Vorrichtungen sorgfältig fixiert, dann bekam ich eine Art Mütze auf, die an Trägern unter meinen Armen festgeschnallt wurde. An der Mütze waren kleine Kreise, die wie die Saugnäpfe eines Kraken aussahen und sich fest an meine Kopfhaut pressten. Von diesen Saugnäpfen führten Kabel zu einer der blinkenden Maschinen. Eine Weile lag ich so. Dann war mein Körper, meine Seele, mein Sein nur noch ein gleißendes Licht, ein weißer, strahlender Schmerz, von den Fußspitzen zur Schädeldecke hinauf. Ich hatte das Gefühl, vor Schmerz ohnmächtig zu werden. In meiner Ohnmacht jedoch ging der Schmerz weiter.

Ich erwachte in absoluter Dunkelheit. Ich hatte rasende Kopfschmerzen, konnte kein Glied rühren, nicht einmal die Augenlider öffnen, was wohl der Grund für die Dunkelheit war. Ich hatte das Gefühl, als habe man mir bei lebendigem Leib die Kopfhaut vom Schädel gezogen, und

Streifen von Haut auch an beiden Seiten des Halses über Schultern und Brust bis zum Bauch hinab weggerissen. Glühende Nadeln schienen mir überall im Fleisch zu stecken. Bald schwanden mir die Sinne wieder. Da war nur der Schmerz.

An die nächsten Monate habe ich nur nebelhafte Erinnerungen. Immer war ich angeschnallt, immer steckten Schläuche in mir. Manchmal beugten sich verhüllte Menschen mit Mundschutz über mich. Manchmal hörte ich gellende Schreie – offenbar war ich nicht das einzige Tier ohne Schwanz, das dieser Tortur unterzogen wurde.

An einen Traum erinnere ich mich lebhaft. Ich war gefangen in einem dunklen Raum. Ein Bergwerksstollen? Kein Zeichen menschlicher Existenz weit und breit, und das Gefühl absoluten Alleingelassenseins drohte mich zu ersticken. Da hörte ich in der Ferne ein Klopfen. Kam da jemand, grub sich durch den Berg, mich zu befreien? Ich sprang auf und schrie, versuchte, auf mich aufmerksam zu machen. Noch war Hoffnung. Das Klopfen ging in ein dröhnendes Vibrieren, schließlich ein kreischendes Bohren über, das alles erzittern ließ und so ohrenbetäubend war, dass es mein Schreien übertönte – ein Schreien, das, so sehr es anfangs ein Brüllen nach Rettung gewesen war, längst zum Schrei um Verschonung geworden war. Zuletzt öffneten sich die Wände, und die unerbittlich sich drehende Spitze einer gewaltigen Bohrmaschine wühlte sich in den Raum, um mich kleinen Erdwurm ohne Rücksicht zu zermalmen. Zähe, schwarze Fluten einer schlammigen Masse ergossen sich in den Stollen und füllten ihn in Sekundenschnelle, so dass ich ertrank, noch ehe ich erdrückt werden konnte.

Irgendwann kam ich wieder zu Bewusstsein. Konnte die Augen aufschlagen, die Finger rühren. „Na endlich", hörte ich in mir eine Stimme. „Wurde auch Zeit." Die Stimme irritierte mich, weil sie eine Männerstimme war. Zugleich klang sie seltsam blechern und irgendwie so, als würden mehrere zugleich sprechen. Ich blickte mich im Raum um. Da standen einige dieser Wesen mit Mundschutz, eines blickte zu mir herüber. Die Stimme musste wohl von ihm gekommen sein. „Von nun an machst du nur noch, was wir dir sagen, Schlampe!", fügte die Stimme barsch hinzu. Jemand lachte. Ich konnte nicht sehen, ob sich die Lippen des Mannes, der nun an meine Liege trat, hinter seinem Mundschutz bewegt hatten. Bald verließ er den Raum.

Ich stellte fest, dass man mir die Schläuche abgenommen hatte. Doch fühlte ich einen winzigen Fremdkörper unter dem Rippenbogen, den man mir unter die Haut gepflanzt hatte. Von diesem Fremdkörper schienen unter der Haut dünne Drähte bis zu meiner schmerzenden Schädeldecke zu führen. Ich erfühlte einen dicken Verband. Es war, als hätte man mir ein Loch ins Gehirn gebohrt und als sei dort, mitten in meinem Kopf, etwas, was dort nicht hingehörte, was mich sehr beunruhigte.

Später hörte ich wieder die hämische kalte Männerstimme. „Freu dich, Schlampe, du wirst jetzt nie wieder allein sein. Wir sind hier, in dir, und du kannst uns niemals loswerden!" Ich erschrak und schaute mich im Raum um, aber es war niemand zu sehen.

Ein Dorf nahe der Demarkationslinie

Das Hämmern, nun an der Tür, wurde stärker. Was sollte Cathy tun? Sollte sie die alte Frau wecken? Eine Stimme sagte etwas auf Koreanisch. Vom Kämmerchen her hörte Cathy die Alte antworten. Dann öffnete sich die Kammertür und die Alte blickte in den Wohnraum hinaus, wo sie für Cathy die Bettmatte ausgerollt hatte. „Machen Sie ruhig auf", sagte sie auf Englisch zu Cathy.

Entschlossen riss Cathy die Tür auf. Vor ihr stand in schmutzigen Kleidern ein Mensch. Das Gesicht bleich und eingefallen, die Haare zerzaust, der Körper gespenstisch mager. Als die Gestalt Cathy erblickte, schreckte sie zurück. Die Alte sagte ein paar beruhigende Worte, und die Gestalt trat ins Haus. Sie bewegte sich mit seltsam staksigen, ungelenken Schritten. Dass es sich um eine Frau handelte, war im ersten Moment nur an den Kleidern zu erkennen. Und an der Stimme, mit der sie Cathy begrüßte. Sie verbeugte sich vor Cathy und ein scheues Lächeln trat auf ihre Züge. Cathy begriff, dass diese Frau einmal sehr hübsch gewesen sein musste. Mit ihrem faltigen, verhärmten Gesicht sah sie aus wie Ende fünfzig, aber womöglich war sie wesentlich jünger. „Hello", sagte die Frau. „So glad meet you."

„Sie heißt Kim Ho Soon. Sie spricht nur ein paar Brocken Englisch. Wo sie herkommt, wird das in den Schulen nicht unterrichtet", erklärte die Alte. Cathy hatte in London einen Koreanischkurs besucht, aber nur bescheidene Grundkenntnisse erworben. Sie setzte gerade zu einer entsprechenden Antwort an, da kam Ho Soon ihr zuvor. „Ich freue mich, Sie zu treffen", sagte sie in gebrochenem, aber gut verständlichem Chinesisch. „Sie kommen aus China, nicht? Ich hatte im Lager eine Freundin, die in der Welt draußen Chinesischlehrerin gewesen war. Sie hat mir ihre Sprache beigebracht."

„Sie waren im Lager? In was für einem Lager denn?"

„In Yodok, dem Camp 15 in den nordkoreanischen Bergen. Ich bin die Schwester von Kim Sang Il, den manche Kim Park nennen."

Im Nirgendwo

Der Eingeschlossene hätte nicht zu sagen vermocht, wie lange er schon eingeschlossen war. Ja, er wusste nicht einmal sicher, ob es je eine Zeit und einen Ort gegeben hatte, wo er nicht eingeschlossen gewesen war. Hatte es einst etwas anderes gegeben als dieses äußerste Nichts? Er wusste es nicht. Aber doch: Er *wusste*, dass dieses Nichts nicht immer das äußerste gewesen sein konnte. Es war etwas geschehen. Erst hatte er sein Gefängnis erobert, dann war er wieder daraus vertrieben worden, in diese letzte, winzige Kammer. *War* er überhaupt noch jener Eingeschlossene, der er gewesen war? Jedenfalls: Gerettet war er nicht. Er war *verdammt*. Dabei schien er der Rettung so nahe gewesen zu sein. Da begriff er: Die Mauern, die ihn umgaben, waren nicht eingerissen, sondern neu befestigt und versiegelt worden. Der Eingeschlossene war jetzt der andere. Du hast gesiegt und ich trete ab. Er war nun der *Doppelt*-Eingeschlossene. Doch *ein* Bild, immerhin, hatte er mitgenommen in sein neues, winziges, äußerstes Verlies.

Peking

„Wie dem auch sei: Genieße deine Nordkoreareise. Sie könnte deine letzte sein." Lächelnd hob Cai den Shaoxing-Krug und befüllte ihre Tassen ein letztes Mal. Der Abend war spät, Jeremy müde und sein Kopf schwer geworden. Was sagte Cai da, war das zynisch gemeint?

„Keine Angst: Ich werde zurückkommen. Und wenn der Puppenspieler mir ans Zeug flicken will, dann werde eben *ich* mal gehörig die Puppen tanzen lassen." Er bemühte sich, forsch und zuversichtlich zu klingen, aber Jeremy merkte selbst, dass er wenig überzeugend wirkte.

Cays Lächeln verstärkte sich noch. „Dem Puppenspieler gehst du am besten aus dem Weg, der ist vielleicht doch eine Nummer zu groß.

Nein, nein, ich hoffe ja auch, dass du wohlbehalten zurückkehrst. Tatsächlich, und darum ging es mir eben, ist es sehr gut möglich, dass ja *du* es bist, der das Land noch überlebt. Nordkorea in seiner heutigen Form ist ein scheiternder Staat. Die entscheidende Frage ist nur, ob sein Untergang sich als große Katastrophe vollzieht oder ob das Land doch noch irgendwie die Kurve kratzt und der Umbruch ähnlich glimpflich verläuft wie um 1989 in den Ländern Osteuropas."

„Du meinst, in ein paar Jahren könnten Kim und Co schon nicht mehr viel mehr sein als eine schaurige Erinnerung?"

„Ich persönlich rechne damit. Seit der Exekution von Kims Onkel Jang Song Thaek haben viele höhere Beamte aus dem inneren Zirkel die Flucht der drohenden Hinrichtung vorgezogen. Erst kürzlich hat sich Kims Vermögensverwalter Yun Tae Hyong von der staatlichen Daesong Bank mit fünf Millionen Dollar aus Kims Schwarzgeldkasse im Gepäck nach Russland abgesetzt. Nur einer von vielen: Die Ratten verlassen das sinkende Schiff. Das nach außen so statisch und wie ein versteinertes Relikt aus einer vergangenen Zeit wirkende Nordkorea unterliegt in Wirklichkeit bereits seit den dramatischen Hungersnöten und dem wirtschaftlichen Kollaps der neunziger Jahre nach dem Ende der befreundeten Sowjetunion einem dramatischen Wandel, der längst eine Eigendynamik entwickelt hat, die so stark ist, dass selbst das repressivste System der Welt dem nicht mehr Herr werden kann. Damals war die Regierung gezwungen, zeitweise eine inoffizielle Öffnung der Grenzen zu China zu dulden, damit sich die Bevölkerung mit Nahrung versorgen konnte. Seither haben sich überall Kleinmärkte und Wanderhändler etabliert, kapitalistische Strukturen, die der Obrigkeit ein Dorn im Auge sind, die sie aber tolerieren muss, schon weil sich durch sie die Versorgungssituation wesentlich verbessert hat, während das staatliche Verteilungssystem weitgehend zum Erliegen gekommen ist. Durch den fortdauernden Schmuggel aus China kommen aber nicht nur Nahrungsmittel ins Land, sondern auch Dinge, die dem Regime gefährlich werden können: neue Geräte, neue Medien, neue Wege der Information. Das Land kann sich nicht länger völlig von der Welt abschotten. Über China, in dessen Nordosten zwei Millionen Koreaner leben, die sich mehr nach Südkorea hin orientieren, werden heute Transistorradios, die den Empfang von südkoreanischen Sendern ermöglichen, sowie DVDs mit südkoreanischen und amerikanischen Spielfilmen und Soaps ins Land geschmuggelt. Natürlich ist es streng verboten, sich dergleichen anzusehen oder anzuhören – doch die Straflager sind inzwischen so überfüllt, dass es längst nicht mehr möglich ist, jeden ertappten Delinquenten einzukerkern.

Auch von offizieller Seite hat sich einiges getan: Das ägyptische Unternehmen Orascom – das auch das gigantische Ryugyong-Hotel endlich fertiggestellt hat, sozusagen die Cheopspyramide Nordkoreas – hat in den letzten Jahren ein Mobilfunknetz aufgebaut, das mittlerweile über zwei Millionen Nutzer hat. Es gibt auch ein nationales Internet, zu dem zumindest etwa Studenten an Eliteuniversitäten Zugang haben, und das Verbot, ohne Genehmigung von einem Ort zum anderen zu reisen, wurde gelockert. Der Informationsaustausch im Land ist also viel besser als noch vor wenigen Jahren, wodurch auch Informationen aus dem Ausland leichter zirkulieren können. Wenngleich die meisten Nordkoreaner noch immer an die staatlich eingetrichterte Propaganda glauben, dass ihr Land das beste der Welt ist, dass die Kims nur Gutes für ihr Volk wollen und der Rest der Welt dekadent und minderwertig ist, so greift doch allmählich die Erkenntnis immer weiter um sich, dass es sich dabei um eine gewaltige Lüge handelt. Wer sich die Paradieswelt der ausländischen Seifenopern angeschaut hat, beginnt davon zu träumen, selbst in einer solchen Luxuswelt zu leben, und hat sich damit im Herzen schon vom Regime verabschiedet. Allerdings müssen wir uns auch darüber im Klaren sein, dass die Mehrheit der Nordkoreaner trotzdem noch immer in einer Welt der Täuschung lebt, die so total ist, dass wir uns davon keine Vorstellung machen können."

„Nun ja", fiel Jeremy ein, der soeben kurz an Cathy gedacht hatte. „Letztlich unterliegen wir doch alle Täuschungen, die wir selbst nicht durchschauen können. Wir haben alle unseren blinden Fleck."

„Sicher, aber genau das nutzt Nordkorea auch aus. Das Land ist der absolute Weltmeister der Irreführung; denk nur an die vermutlich von dort kommenden Hackerangriffe Ende 2014 auf Sony. Ebendas dürfte dem Regime jedoch zum Verhängnis werden. An dem Tag nämlich, wenn es selbst den Regimetreuen wie Schuppen von den Augen fällt. Das ist dann das Ende. Deshalb sind die Reformen, um die sich Kim

Jong Un offenbar bemüht, während die Kreise um den Puppenspieler sie zu hintertreiben versuchen, für das Regime auch so gefährlich. Ich erinnere mich an einen Ausspruch Kim Jong Nams, des in Ungnade gefallenen, jetzt in Macao lebenden älteren Bruders des Diktators, der sinngemäß lautet: ‚Ohne Reformen wird Nordkorea zusammenbrechen; mit Reformen wird das Regime zusammenbrechen.‘ Das ist der Hintergrund, vor dem all die Machtkämpfe in der Staatsführung, im Militär und zwischen Militär und Staatsführung stattfinden, von denen wir gesprochen haben. Noch ist der Repressionsapparat zu mächtig und zu rigide, als dass die Entstehung einer Bürgerbewegung wie etwa 1989 in der DDR möglich wäre. Aber je größer die Risse werden, desto stärker quillt hervor, was darunter unter gewaltigem Druck zurückgehalten wird. Bis es das Ganze unweigerlich sprengt. Ich weiß, es heißt schon seit dreißig Jahren, dass Nordkorea vorm Zusammenbruch steht. Aber nun ist es wirklich so weit. Daran werden auch die neuen Gespräche auf höchster Ebene nichts ändern, die, wie das Kim-Regime erst heute überraschend bekanntgegeben hat, in einigen Tagen in Pjöngjang stattfinden sollen. Nordkorea wird zusammenbrechen, Jeremy. Hoffen wir nur, dass es nicht über dir zusammenbricht.

Aber ich sehe, du bist müde, und ich möchte dich nicht um deine süßen Träume bringen. Ich wünsche dir eine gute Reise!"

Aus den Aufzeichnungen von Kim Ho Soon
Kurze Zeit später wurde ich, zusammen mit einigen anderen Häftlingen oder Versuchspersonen, die, wie man uns sagte, „ihre Sache gut gemacht" hätten, aus dem Lager fortgebracht. Es war einer der wenigen Fälle, in denen wir eine Information über unsere Lage erhielten. Dass es sich dabei sogar um eine Art Lob handelte, beunruhigte mich zutiefst: Ich war monatelang mit den erschreckendsten, qualvollsten Mitteln misshandelt und gefoltert worden – wie konnte ich da etwas „gut gemacht" haben? Und wenn daran für diese Leute etwas gut gewesen war – musste es für mich dann nicht umso schlimmer sein?

Wenige Tage vor meinem Abtransport kamen einige Männer in die Laborräume, in denen weiterhin an mir Experimente vorgenommen wurden. Männer, die ich (zumindest bewusst) noch nie gesehen hatte. Sie waren sehr auffällig: Statt der grauen Kleider unter den weißen Kitteln der hiesigen Ärzte trugen sie bunte Krawatten und feine Anzüge. Sie kamen auch zu mir, stellten ein paar Fragen. Wie ich heiße, wo ich herkäme, was aus meiner Familie geworden sei und so weiter. Sie sprachen ein merkwürdiges, schnelles Koreanisch in einem mir fremden Tonfall, das mit vielen unbekannten Ausdrücken durchsetzt war – erst später begriff ich, dass das aus dem Englischen übernommene Wörter waren. (Selbst vor der Sprache des imperialistischen Erzfeindes waren wir im Norden immer sorgfältig geschützt worden.) Ich versuchte ihnen, so gut es ging, zu antworten, und meine Antworten schienen sie zu befriedigen. Dann fragten sie mich noch, ob ich nicht manchmal Stimmen hörte, von denen ich nicht wüsste, wo sie herkämen. Ich zuckte zusammen, und sie müssen mir mein Erschrecken angemerkt haben, denn einer der Männer sagte nur: „Vortrefflich, vortrefflich." Und ging dann weiter.

Dann wurde ich also wieder in einen Lastwagen verfrachtet. Wir fuhren viele Stunden und passierten diverse Kontrollen, bis wir einen großen Industriekomplex erreichten, wie ich ihn noch nie gesehen hatte. Die Gebäude waren alle sehr neu und modern und schienen sich bis an den Horizont aneinanderzureihen. Im Vergleich zu allem, was ich im Lager erlebt hatte, war es hier überaus sauber und gepflegt, alles strahlte Wohlstand und Ordnung aus. Später erfuhr ich, dass dies die sogenannte Sonderwirtschaftszone Kaesong sei, in der nordkoreanische Arbeiter für Auftraggeber aus dem Süden alle möglichen Dinge herstellten. Ich war überrascht – im Lager hatte ich kaum etwas von den politischen Entwicklungen ringsum mitbekommen, aber dass der Süden ein geknechteter, darbender Sklave des imperialistischen Teufels Amerika war, von dem er bis aufs Blut ausgesaugt wurde, wusste ich. Wie kam es da, dass hier wiederum Nordkoreaner für diese Schergen des Satans arbeiteten? Und das auch noch an einem Ort, wo alles so schön und gepflegt war wie nirgendwo sonst im Land?

Ich wurde erneut in Laborräume gebracht, die ebenfalls wesentlich moderner, sauberer und aufwendiger ausgestattet waren als jene im Lager zuvor. Wieder wurde ich an Maschinen angeschlossen und mir wurden Saugnäpfe auf den Kopf gesetzt, aber zumindest körperlich litt ich meist keine größeren Qualen mehr. Doch die eigenartigen körperlosen Stimmen hörte ich auch dort wieder. Hier sprachen nun fast alle Ärzte und Wissenschaftler jene merkwürdige, mit unverständlichen Ausdrü-

cken durchsetzte Sprache, die eleganter und weniger guttural klang, als die mir bekannte – kein Zweifel, dass sie aus dem Süden kamen. Ihr Umgangston mit mir war freundlicher als der der nordkoreanischen Ärzte und Pfleger zuvor, trotzdem bestand kein Zweifel, dass auch sie mich nicht wirklich als Menschen ansahen und wenn auch vielleicht nicht als Wurm so doch eben nur als einen Forschungsgegenstand. Fast vermisste ich die Flüche und Prügel der Lagerwärter, die mir von Kindheit an vertraut waren, während diese Menschen in ihren Anzügen und schrillen Krawatten einfach nur fremd und unheimlich waren. Ich hätte gerne gewusst, was das für Experimente waren, die man an mir machte, wem sie wohl nutzten und ob sie für eine bestimmte südkoreanische Einrichtung stattfanden – nicht, dass ich mich da ausgekannt hätte –, aber nirgendwo stand etwas angeschrieben, die Laborräume glänzten nur sauber und weiß und alle meine Nachforschungsbemühungen blieben ergebnislos.

Während alle Ärzte und sonstigen höherstehenden Personen aus dem Süden stammten, waren nur Personal wie Pfleger oder Putzkräfte Nordkoreaner. Einer der Pfleger ist mir besonders im Gedächtnis geblieben. Er schien regelrecht neidisch, dass die Südkoreaner ein solches Interesse an mir hatten, und diesen Neid ließ er mich spüren – indem er mir etwa Hilfe und Essen verweigerte, mich beschimpfte oder auch schlug, wenn niemand in der Nähe war. Auf eigenartige Weise hatte ich ihn sogar liebgewonnen, da er das Letzte war, was mich mit der verlorenen Heimat verband. Eines Morgens kam er zu mir und schien besonders wütend. „Herzlichen Glückwunsch, kleine Schlampe. Eine große Ehre für dich: Ihr Chef will dich offenbar persönlich sehen. Du gehst in den Süden. Genieße die Reise und nimm das als Erinnerung." Mit diesen Worten schlug er mir mit geballter Faust auf die Nase. Es sollte das letzte Mal sein, dass ich auf eine derart handgreifliche Weise körperlich gezüchtigt wurde. Die Südkoreaner haben ihre eigenen Methoden, für den Gehorsam derjenigen zu sorgen, die sich in ihrer Macht befinden, und ich bin mir nicht sicher, welche Methoden die weniger widerwärtigen sind.

Noch am gleichen Tag wurde ich in einem südkoreanischen Sanitätsfahrzeug versteckt und über die nahe Demarkationslinie nach Süden gebracht. Über eine Stunde standen wir an der Grenze, während dieser Zeit durfte ich keinen Ton von mir geben. Wie sie die nordkoreanischen Grenzbeamten dazu bekommen hatten, das Fahrzeug nicht gründlicher zu untersuchen, weiß ich nicht. Aber diese Leute waren natürlich reich und konnten leicht für die entsprechenden Schmiergelder aufkommen oder sich die erforderlichen Papiere kaufen. Auch genauere Kontrollen durch die Grenzer des Südens wussten sie zu vermeiden.

Im Süden angekommen, wurde ich in ein anderes Auto gesetzt, und dort durfte ich eine Zeit lang sogar aus dem Fenster schauen. Was ich sah, verschlug mir den Atem: Wir fuhren durch eine Stadt, die bis an den Horizont reichte, mit bis in den Himmel ragenden Häusern, und, wo man hinblickte, Autos, Autos, Autos in allen Farben, Formen und Größen. Jeder Südkoreaner schien nichts Besseres zu tun zu haben, als den ganzen Tag mit seinem auf Hochglanz polierten Wagen durch die völlig verstopften Straßen zu fahren. An den Häusern hingen überall leuchtende Tafeln, die jedoch nicht von den Großtaten der Revolution kündeten oder zur Erfüllung der Jahrespläne und treuem Gehorsam anhielten, sondern darum baten, bestimmte Produkte zu kaufen: allerlei Geräte, die ich nicht kannte, amerikanische Limonade, mit Fleischklößen gefüllte Brote und natürlich Autos. Ob das Unternehmen, zu dessen Wohl man mich gefoltert hatte, auch darunter war?

Die Fahrt ging noch stundenlang weiter, aber später wurden mir die Augen verbunden. Als wir hielten, wurde ich mitten in der Nacht in ein hohes Gebäude gebracht. Zum dritten Mal stellte es sich als ein Laborkomplex heraus, nur war er noch einmal moderner und größer. Ich hatte das Gefühl, in einer Art Fabrik zu sein, die erst in Teilen fertiggestellt war, eines Tages aber alles übertreffen würde, was es an derartigen Einrichtungen auf Erden gab. Das Essen, das ich diese Nacht bekam, war das reichhaltigste, das ich in meinem ganzen Leben genossen hatte. Es war sogar ein Stück Fleisch dabei, und es stammte sicherlich nicht von einer Ratte. Vielleicht gar Hühnchen?

Am nächsten Tag brachte mich ein junger südkoreanischer Arzt in einen luxuriösen Raum mit Ledersesseln. Er sagte fast dasselbe wie am Vortag der nordkoreanische Pfleger: „Eine große Ehre für dich, der Chef persönlich möchte dich sprechen – unser Dr. Maing Ma Shin. Viel Glück, ich hoffe, du enttäuschst ihn nicht." Nur schlug er mir nun nicht die Nase blutig, sondern verließ lachend den Raum.

Maing Ma Shin. Das erste Mal seit langem, dass mir jemand mit Namen vorgestellt worden war. „Maeng" oder „Maing" ist ein relativ gewöhnlicher koreanischer Name. Doch der Mann war alles andere als gewöhnlich. Ich werde seinen Anblick nie vergessen. Er hatte große buschige Augenbrauen, die über der Nase zusammengewachsen waren. Ich hatte so etwas noch nie gesehen. Überhaupt sah er anders aus als alle Koreaner, denen ich bisher begegnet war: ein stärkerer Haarwuchs, ein größerer, stämmiger Körperbau, hellere Haut. Das Seltsamste waren jedoch seine stechenden Augen, die ihr Gegenüber förmlich zu verschlingen drohten. Seine kurzen Haare waren leicht ergraut und die Wangenknochen standen über den Kiefern hervor, was ihm den Eindruck resoluter Entschlossenheit verlieh.

Er stellte mir in etwa die gleichen Fragen über mich und meine Familie, die mir schon jene ersten Südkoreaner gestellt hatten, bevor ich nach Kaesong gebracht worden war. Seine Stimme hatte etwas eigentümlich Metallisch-Schnarrendes. „Du hast uns große Dienste geleistet", sagte er dann. „In einigen Tagen werden wir noch eine letzte Operation an dir vornehmen und dann wirst du perfekt sein. Ihr werdet beide in die Geschichte eingehen. Wie einst Dolly." Dann begleitete er mich zurück in einen der Laborräume, wo mehrere Männer versammelt waren. Er gab jemandem im Nebenraum ein Zeichen. „Verbeug dich", sagten da die Stimmen in meinem Kopf. Ich gehorchte. „Geh in die Knie und küsse den Boden." Ich gehorchte. Die Stimmen ließen mich noch alle möglichen anderen, teils lächerlichen und entwürdigenden Dinge machen und mich die widersprüchlichsten und haarsträubend lästerlichsten Dinge sagen. So lautete eine Anweisung: „Gestehe, dass du eine nordkoreanische Spionin bist", und eine andere: „Sag, dass du alles dafür tun würdest, den Obersten Führer zu töten."

Ich machte alles genau so, wie es die Stimmen sagten. Zuerst tat ich es ganz unwillkürlich, als wäre es völlig selbstverständlich und zwingend, zu tun, was die Stimmen sagten. Später begriff ich, dass sie eben genau vorführen wollten, wie widerspruchslos exakt und automatisch ich auf ihre Befehle reagierte. Ich war mir nicht sicher, ob ich den Stimmen wirklich würde zuwiderhandeln können – aber solange ich perfekt alles so machte, wie sie es wollten, würden sie es ja vielleicht nicht mehr nötig haben, mich zu operieren? In sklavischer Angst gehorchte ich also jedem Befehl. Was aber, bangte ich, wenn sie mir etwas befahlen, was zu tun ich wirklich nicht in der Lage wäre?

„Zieh dich aus und piss auf den Boden", befahlen die Stimmen.

Ich zögerte. Nein, das würde ich nicht tun können. Nicht vor all diesen Männern. Ich wollte weglaufen. Und dann war er wieder da, jener weiße, gleißende Schmerz, wie ich ihn im ersten Labor so oft durchlitten hatte, ein überirdischer Schmerz des ganzen Körpers und der ganzen Seele von den Fußspitzen bis zur Schädeldecke hinauf und durch alle Ewigkeiten hindurch. Auf einmal war der Schmerz wieder verschwunden, und die Stimmen, mechanisch und tonlos, wiederholten ihre Aufforderung. Ich knöpfte meine Bluse auf und legte sie ab, schlüpfte aus den Schuhen, wollte die Hose folgen lassen. Maing Ma Shin stoppte die Vorführung mit erhobener Hand. „Vortrefflich", sagte er, „vortrefflich", warf mir die Bluse zu und verließ den Raum.

Ich jedoch war nach dieser Begegnung und meiner entsetzlichen Bloßstellung sehr beunruhigt. Offenbar verfügten die Stimmen nun über die Macht, mich zu allem Erdenklichen zu zwingen. Und wenn ich ihnen zu widerstehen wagte, jagten sie jenen weißen Schmerz durch mich hindurch, der so intensiv war, dass er in Sekundenschnelle bewirkte, wozu es in Nordkorea vielleicht Wochen herkömmlicher Folter bedurft hätte. Sie hatten mich völlig in der Hand. Aber was sollte das dann für eine Operation sein, die mich darüber hinaus „perfekt" machte? Ich wollte nicht mehr operiert werden. Wollte nicht perfekt sein. Ich beschloss zu fliehen. Aber wie? Ich wusste ja nicht einmal, wo ich war. Ich wusste nicht, wie es in Südkorea aussah und ob das Fabrikgelände nicht auch mit elektrisch geladenem Stacheldraht umzäunt und von bewaffneten Wärtern und Hunden gesichert war. Von zu Hause her kannte ich ja nichts anderes. Und was ich natürlich am wenigsten wusste, war, ob ich durch eine Flucht auch den Stimmen und dem gleißend weißen Schmerz würde entfliehen können.

Am nächsten Tag gelang es mir durch Zufall, ein Skalpell einzustecken, das einer der Ärzte in seinem Kittel vergessen hatte. Nun hatte ich eine Waffe. Aber was sollte ich damit tun? Die Ärzte attackieren? Ich würde den ersten verletzen können, um dann vom zweiten niedergestreckt zu werden. Mich selbst töten? Das würde mir immerhin die Operation und die „Perfektion" ersparen. Aber ich wollte nicht sterben, auch wenn es diesen Menschen einen Strich durch ihre Rechnung machen würde. Wieder dachte ich an meinen Bruder, dem ich so gerne vor meinem Tod einen Brief schreiben wollte. Vielleicht würde man mich von Südkorea aus eher nach Japan schreiben lassen?

Ich entschied mich für eine Verzweiflungstat. Später stellte sich heraus, dass ich genau das Richtige gemacht habe. Und dass in Südkorea die Gebäude nicht alle durch tödlichen Elektrozaun und reißende Hunde gesichert sind. Jedenfalls nicht die Krankenhäuser.

Ein Dorf nahe der Demarkationslinie

Es war spät in der Nacht als Ho Soon, die Schwester von Kim Park, den sie nie kennengelernt hatte, ihre Erzählung beendete. „Die Details, wie ich fliehen konnte und hierhergekommen bin, kann ich Ihnen vielleicht ein andermal berichten. Sie können alles aber auch hier drinnen nachlesen." Sie überreichte Cathy eine Mappe, die sie die ganze Zeit über fest in den Händen gehalten hatte. „Hier habe ich in den letzten Tagen meine Geschichte aufgezeichnet. Alles, was ich Ihnen erzählt habe. Ich überreiche sie Ihnen mit der Bitte, sie in die Welt zu tragen. Sorgen Sie dafür, dass meine Geschichte bekannt wird. Die Welt soll vom Schicksal der Menschen in den Lagern Nordkoreas erfahren."

Cathy nahm die Mappe nickend entgegen. Dann fragte sie: „Warum haben Sie sich nicht selbst etwa an eine Zeitung gewandt?"

„Weil ich Angst habe. Sie haben hier schon mehrmals nach mir gesucht. Deswegen verstecke ich mich tagsüber in einer kleinen Hütte zwischen Wald und Felsen oben auf dem Berg und komme nur nachts ein paar Stunden herunter. Wenn sie mich finden, werden sie mich in die Labore zurückbringen und ihre Operationen an mir abschließen. Oder sie bringen mich um, weil ich zu viel weiß. Oder sie geben mich den Nordkoreanern zurück und ich komme wieder ins Lager. Ich muss sehr vorsichtig sein und mich bis auf weiteres versteckt halten."

„Aber wer sind *sie*? Was sind das für Menschen?"

„Ich weiß es nicht. Wie gesagt, ich habe nie herausbekommen können, was das für eine Einrichtung war, in deren Auftrag ich festgehalten und misshandelt wurde. Ich habe nur diesen Namen: Dr. Maing Ma Shin. Offenbar der Leiter."

Cathy überlegte. Das Militär war hier offenbar nicht im Spiel, jedenfalls nicht direkt. Ho Soons Beschreibung passte nicht auf einen militärischen Komplex. Dass diese unmenschlichen Wissenschaftler für eine sonstige staatliche Stelle, etwa eine Universität, arbeiteten, war ebenfalls unwahrscheinlich. Also eine Privatfirma. Aber welche Privatfirma hat Interesse daran, Foltermethoden zu entwickeln und sie an nordkoreanischen Lagerinsassen zu testen? Überhaupt warf die Geschichte Ho Soons so viele Fragen auf, dass Cathy schwindelig wurde. Sie war hierhergekommen, um etwas über den Verbleib Kims herauszufinden, und nun stand sie plötzlich seiner nordkoreanischen Schwester gegenüber, die ihren angehimmelten Bruder nie kennengelernt hatte und deren Leben aus unzähligen Rätseln bestand. Jetzt ging es nicht mehr nur darum, Kim zu finden, sondern auch darum herauszubekommen, wer diese Verbrechen an seiner Schwester begangen hatte, und die Täter zur Rechenschaft zu ziehen – zumindest jene in Südkorea. War das nun eine völlig andere Geschichte? Oder konnte es sein, dass das Schicksal der Schwester auf irgendeine verquere Weise mit dem Verschwinden des Bruders zusammenhing? Auch hier lieferte die Erzählung der Schwester nur Fragen, keine Antworten. Und so hakte Cathy nach: „Was meint dieser Dr. Maing Ma Shin damit, wenn er sagt, ihr würdet *beide* berühmt werden? Wieso beide? Auch wenn Sie sagen, Sie hätten mitbekommen, dass auch an anderen Experimente durchgeführt wurden – Sie waren doch immer allein.“

„Ich habe keine Ahnung. Es stimmt, ich erinnere mich noch genau: Wir würden beide in die Geschichte eingehen wie einst Dolly, hat er gesagt. Aber ich weiß ja nicht einmal, wer Dolly ist.“

„Dolly war der Name des ersten Schafs, das geklont wurde.“

„Geklont? Was ist das?“

„Man hat eine Kopie von ihr angefertigt. Das heißt, nein, anders herum: Dolly war das Schaf, das exakt dasselbe genetische Material hatte wie das Schaf, aus dem sie geklont wurde. Also, das ist so, als hätte man zwei völlig identische Lebewesen. Als gäbe es Sie doppelt, verstehen Sie?“

„Sie meinen, mich gibt es jetzt zweimal? Diese Menschen haben mein Gehirn deshalb so genau durchforscht, damit sie es in der anderen Kim Ho Soon nachbauen konnten?“

Cathy überlegte, dann schüttelte sie nachdenklich den Kopf. „Nein, das glaube ich nicht. Ich glaube nicht, dass es noch eine andere Kim Ho Soon gibt. Aber vielleicht gibt es noch einen anderen Kim?“

Aus den Aufzeichnungen von Kim Ho Soon

Wie schon einmal zuvor, während der Schwitzkastenfolter im Lagergefängnis von Yodok, beschloss ich also, zu sterben: auf die vage Hoffnung hin, mich eben dadurch retten zu können. Würde ich sterben wollen, so würden mich diese Leute, die mich noch brauchten, eben nicht sterben lassen, und dadurch ergab sich vielleicht eine Chance auf Rettung. Ich nahm das heimlich eingesteckte Skalpell und schlitzte mir tief die Schlagadern beider Handgelenke auf. Ich hatte so viel Schmerzen von anderen erdulden müssen, dass der mir selbst zugefügte Schmerz fast eine Genugtuung war. Auf jeden Fall war er ein Akt der Freiheit. Und so war auch der Schrei, den ich jetzt ausstieß, fast mehr noch ein unbändiger Freuden- als ein Schmerzensschrei. Noch bevor ich ohnmächtig wurde, sah ich die Pfleger und Ärzte, die mit betroffenem Gesichtsausdruck, Angst in den Augen, in den Raum stürzten.

Als ich erwachte, befand ich mich in einem Krankenhaus. Meine Wunde war schwer genug gewesen, dass meine Peiniger offenbar nur zwei Möglichkeiten gehabt hatten: Entweder sie ließen mich sterben oder sie brachten mich an einen Ort, wo man über Möglichkeiten verfügte, die in ihrem noch unfertigen und medizinisch sehr einseitig ausgerichteten Labor nicht vorhanden waren. Ich hatte hoch gepokert, aber gewonnen: Ihnen war mein Leben so wichtig, dass sie dafür die Unannehmlichkeiten einer Krankenhauseinlieferung in Kauf nahmen.

Kaum war ich wach, waren auch die Stimmen wieder da. Drohend befahlen sie mir, den Ärzten nichts davon zu sagen, dass ich aus dem Norden käme, kündigten mir in diesem Fall schlimmste Schmerzen an. Ich glaube, das war ein Fehler der Stimmen. Sie zeigten mir dadurch, dass sie keineswegs allmächtig waren. Ich wäre ja niemals auf die Idee gekommen, die Ärzte um Hilfe zu bitten. Da, wo ich herkomme, hätte eine solche Bitte bestenfalls Spott oder einen Faustschlag ins Gesicht zur Folge gehabt. Im Konzentrationslager zogen alle Wärter am gleichen Strang, auch wenn es natürlich schlimmere und weniger schlimme gab. Und so war ich auch hier ganz selbstverständlich davon ausgegangen, dass die Krankenhausärzte mit meinen Peinigern unter einer Decke steckten. Doch nun verrieten mir die Stimmen, dass dem nicht so war. Dennoch war mein Vertrauen in die Ärzte nicht groß genug, dass ich es tatsächlich gewagt hätte, ihnen mein Herz zu öffnen. Aber was konnte ich tun? Klar war, dass meine Peiniger zurückkommen würden, sobald es mir ein wenig besser ging, und dass sie mich in ihre Labore und zu jener Operation zurückbringen würden.

Die Ärzte hielten mich noch für sehr schwach, aber ich war aus dem Lager Schlimmeres gewohnt. Wer dort nicht aufstand und arbeitete, auch wenn er noch so krank und schwach war, hatte sein Leben verwirkt. Ich erhielt ein reichhaltiges Frühstück; als Besteck gab es neben den Stäbchen auch ein stumpfes Brotmesser, das ich einsteckte. Dann ging ich ins Bad und auf die Toilette. Niemand beachtete mich. Ich schlüpfte in meinen Krankenhauskittel und trat auf den Flur hinaus. Niemand beachtete mich. Ich nahm den Fahrstuhl und fuhr ins Erdgeschoss hinab. Niemand beachtete mich. In meinem Kopf ertönten wieder die Stimmen. Wehe, du sagst den Ärzten, dass du aus dem Norden kommst! Ich huschte an der Pforte vorbei, vor der eine Gruppe von Leuten versammelt war. Niemand beachtete mich. Wehe, du sagst den Ärzten, dass du aus dem Norden kommst! Da war ich schon draußen. Autos, Menschen, Busse, Lärm. Nirgendwo Stacheldraht, nirgendwo Stromschläge, nirgendwo Hunde. Ich war frei. Unglaublich! Wehe, du sagst den Ärzten … Dumme Stimmen! Welchen Ärzten? Hier gibt es keine Ärzte mehr! Da begriff ich, dass sie zumindest nicht sehen konnten, wo ich mich befand. Ich würde ihnen entkommen können, zumindest ihren Körpern, ihren Fesseln, ihren Operationsmessern. Aber würde ich auch den Stimmen entkommen können?

Und wo war ich überhaupt? Was war das für eine verrückte Stadt um mich herum, die wie aus weiter Zukunft jäh über mich gekommen schien? In dem Moment hielt ein Bus vor der Klinik. Ohne Überlegung stieg ich ein. Erst einmal galt es, so schnell wie möglich vom Krankenhaus wegzukommen. Ich setzte mich auf einen der wenigen freien Plätze. Ich hatte gedacht, in meinem Krankenhauskittel aufzufallen, unter dem ich nichts trug als ein Krankenhausnachthemd, aber niemand schien mich wahrzunehmen. Die Mitfahrenden waren ganz mit sich selbst beschäftigt – sowie mit den kleinen bunten Geräten, die alle in ihren Händen hielten, die sie permanent anstarrten und mit den Daumen streichelten, als suchten sie verzweifelt, sie zu beschwichtigen. Was das wohl für Geräte waren? Alle blickten sie auf die kleinen Kästen, als würden sie von ihnen kontrolliert, ja, als hätte man ihre Augen mit unsichtbaren

Riemen an sie gefesselt. Niemand sah aus dem Fenster. Niemand sah den anderen an. Niemand sah mich. Es war unheimlich, mit all den gut gekleideten, aber leblos wirkenden, von ihren bunten Geräten marionettenhaft ferngesteuerten Menschen in diesem Bus zu sitzen. Keiner sprach, niemand lachte, alle wirkten seltsam erschöpft, und die wenigen, deren Augen nicht an die Kästen in ihrer Hand gefesselt waren, waren über ihrem Hantieren mit dem bunten Ding, ihrem Lageraufseher und Sklavenmeister, eingenickt.

Draußen zog die Stadt vorbei. Alles wirkte neu – Hochhäuser, breite Straßen, langgezogen gewundene mehrstöckige Gebäudefluchten, weitläufige Grünanlagen. Überall standen Kräne und Gerüste, öffneten sich Baugruben, rollten Bagger, hantierten Arbeiter. Offensichtlich bauten die Südkoreaner hier eine riesenhafte neue Stadt. Dafür, dass sie von den blutsaugenden US-Imperialisten gnadenlos ausgebeutet wurden, schien es ihnen allerdings recht gut zu gehen. Alles wirkte großzügig und wohlhabend, niemand schien Hunger zu leiden.

Für einen Moment schloss ich, von den vielen neuen Eindrücken überwältigt, die Augen, da hörte ich wieder die Stimmen. Wehe, du sagst den Ärzten … Kurz musste ich innerlich auflachen. Doch dann lachte ich nicht mehr. Denn die Stimmen änderten sich. „Was … Was machst du da? Du steigst jetzt sofort aus und wartest auf uns, hörst du? Du steigst jetzt sofort aus, sonst kommt ein Schmerz über dich, wie du ihn noch nie erlebt hast!" Ich erstarrte. Konnten sie also doch sehen, wo ich mich befand? Sie schienen zu wissen, dass ich in einem Bus war; konnten zumindest kontrollieren, dass (und wie schnell) ich mich bewegte, und entsprechende Rückschlüsse ziehen. Ich überlegte rasend. Wenn der Schmerz kam, würde ich schreien. Ob die Leute um mich herum dann wohl anfangen würden, mich wahrzunehmen, und sich aus dem Bann ihrer Geräte lösen? Aber was würden sie tun? Wenn sie so strikt von ihren Geräten kontrolliert wurden, würden die ihnen sicher auch befehlen, was nun zu tun war, und das konnte nichts Gutes sein. Wie auch immer: Ich war nicht gewappnet für den weißen Schmerz. Draußen zog erneut eine Grünanlage vorbei. Der Bus hielt. Entschlossen sprang ich hinaus.

Für einen Moment blieb ich unschlüssig an der Haltestelle stehen. „Sehr gut! Du bleibst jetzt genau hier und rührst dich nicht vom Fleck, hörst du? Mach nur einen Schritt, und …" In wilder Panik begann ich loszurennen, immer weiter in die Grünanlage hinein. Doch die Stimme rannte mit mir. „Du bleibst jetzt hier stehen, bis wir kommen, hörst du? Und wenn du auch nur einen Schritt tust, dann …" Sehr gut, sie konnten mich also nicht sehen, jedenfalls nicht direkt. Aber zweifellos würden sie bald merken, dass … „Was machst du da, bleib stehen, bleib sofort stehen! Na warte!"

Schon war der gleißende, gellende, weiße Schmerz über mir. Schreiend ließ ich mich fallen. Noch im Fallen rammte ich mir das bereitgehaltene Brotmesser aus dem Krankenhaus tief ins eigene Fleisch hinein.

Ein Dorf nahe der Demarkationslinie
„Sie glauben also wirklich, dass mein Bruder noch am Leben ist?" Ho Soons Stimme klang aufgeregt.

Was sollte Cathy antworten? „Um ehrlich zu sein: Ich weiß es nicht. Ich weiß nur, dass hier vieles nicht zusammenpasst und eine enorme Geheimnistuerei betrieben wird. Und solange ich die wahren Hintergründe nicht kenne, bin ich entschlossen, nicht aufzugeben."

„Ich glaube auch, dass er am Leben ist."

„Warum?", fragte Cathy überrascht.

„Einfach weil ich selbst so unbedeutend bin, verstehen Sie? Ich bin ein Wurm, ein Tier ohne Schwanz, aufgewachsen in einem abgelegenen Konzentrationslager, wohin die Menschen einfach weggeworfen werden, um sich totzuschuften, damit man sie loshat. Und plötzlich sind all diese Menschen um mich, und ihnen liegt so viel an mir, dass sie mich nicht einmal zu Tode foltern. Warum? Warum soll gerade *ich* wichtig sein? Diese Frage habe ich mir immerzu gestellt, seit man mich im Schwitzkasten nicht hat sterben lassen. Als ich dann hierherkam und erfuhr, dass mein Bruder ein wichtiger Mann in Südkorea gewesen ist, dass er ein U-Boot gesteuert und in Shanghai Filme gemacht hat, war ich wie elektrisiert: Es stimmte, was ich mir immer erträumt hatte – mein Bruder gab meinem Leben einen Sinn. Ich war für meinen Bruder da. Er war mein Schutzgeist, der dafür gesorgt hatte, dass ich das Lager überlebte. Jetzt also hatte mein Bruder einen Kopfschuss erlitten und war angeblich gestorben. Mir hatte man das Gehirn durchleuchtet und ein Loch in den Schädel gebohrt. Konnte das Zufall sein? Vielleicht hatten sie es ja getan, um meinen Bruder zu retten?! Nur schade, dass sie es mir nie gesagt haben. Mit wie viel Freude hätte ich gelitten. Gern hätte ich auch noch jene letzte Operation erduldet, wäre mit einem Lächeln für ihn gestorben. Mein Leid hätte endlich Sinn und Ziel gehabt! Ich bin überzeugt, dass letztlich er es war, der mich nach Südkorea geführt hat. Und Ihnen zu begegnen, die Sie ihn wirklich gekannt haben, ist nun die endgültige Bestätigung."

Cathy seufzte leise. Sie hatte gehofft, über diese Frau Hinweise zu Kims Schicksal zu erfahren, aber was sie da sagte, war kaum mehr als heiße Luft. Die Arme versuchte verzweifelt, ihrem sinnlos schrecklichen Leid eine Bedeutung abzuringen, dafür bot das ferne Idealbild des Bruders eine geeignete Projektionsfläche. Mehr aber auch nicht. Oder doch? Immerhin gab es in der Tat Koinzidenzen, die Cathy nachdenklich machten. So vage Ho Soons zeitliche Angaben auch waren: Zweifellos hatte man erst, irgendwann *nachdem* ihr Bruder am 31. Mai 2012 für tot erklärt worden war, angefangen, ihr besondere Aufmerksamkeit zu schenken. Und beide waren in Nordkorea auf ähnliche Art gefoltert worden. Gut, das war als Koinzidenz ungefähr so viel wert, wie wenn beide bei einem USA-Aufenthalt Hamburger und Steaks gegessen hätten; der schier unerschöpflichen kreativen Fantasie der nordkoreanischen Folterknechte zum Trotz gab es doch offenbar bewährte Standards, die so ziemlich alle Opfer zu durchleiden hatten. Aber beide Male Hirnoperationen … Cathy musste herausfinden, was das für ein Ort war, wohin Ho Soon nach ihrem Aufenthalt in Kaesong verschleppt worden war. *Das* wäre eine echte Spur.

„Die in Bau befindliche Riesenstadt: Wo in Korea gibt es so was?", fragte sie unvermittelt, ohne auf Ho Soons Auslassungen einzugehen.

„In Korea sind gerade gleich mehrere Planstädte in Bau", meldete sich Ho Soons Tante zu Wort. „Eine, Songdo, liegt ganz in der Nähe von Seoul. Aber so, wie Ho Soon die Stadt beschreibt, kann es sich eigentlich nur um Sejong, die neue Landeshauptstadt, handeln."

„Wie bitte, Südkorea hat eine neue Hauptstadt?", fragte Cathy verwundert. „Ich dachte immer, Seoul sei die Hauptstadt?"

„Das stimmt, und das wird Seoul vorerst wohl bleiben. Aber es stimmt doch nicht ganz. Mittlerweile haben wir nämlich zwei Hauptstädte. 2004 wurde beschlossen, eine neue Hauptstadt zu bauen, die in Zukunft auch Hauptstadt eines wiedervereinigten Korea sein könnte.

Später wurde allerdings entschieden, die Regierung im Wesentlichen doch in Seoul zu belassen, so dass ab 2012 nur einige Ministerien und Verwaltungsbehörden in die neue Stadt umgezogen sind."

„Ich muss also in Sejong ein Unternehmen finden, das ein Produkt produziert, zu dessen Herstellung es irgendwie plausibel ist, Menschen zu foltern und ihnen die Gehirne auszumessen. Also vielleicht etwas im Bereich Medizin, Biotechnologie. Und ein hohes Tier der Firma trägt den Namen Dr. Maing Ma Shin. Das sollte doch nicht allzu schwer sein. Ich werde gleich morgen früh Jeremy anrufen, der kennt sich da gut aus und kann mir vielleicht ein paar Tipps geben."

„Jeremy?", fragte Ho Soon. „Wer ist das denn?"

„Ach, nicht so wichtig. Nicht *mehr*." Dann fiel ihr noch etwas ein. „Was ist mit diesen … Stimmen?" Cathy hatte bereits von Menschen gehört, denen Stimmen befahlen, Dinge zu tun; Dinge meist sehr unerfreulicher Art. 1974 etwa hatten in dem Örtchen Amityville auf Long Island einem gewissen Ronald DeFeo fremde Stimmen aufgetragen, die eigene Familie zu töten. Man fand seine Eltern und seine vier Geschwister tot in ihren Betten. 1980 war Mark David Chapman von Stimmen in seinem Kopf mit der Ermordung John Lennons beauftragt worden, und er hatte gehorcht. Nach allgemeinem Konsens war keiner dieser Menschen, die Stimmen hörten, bei klarem Verstand gewesen. Deshalb stellte Cathy die Frage so zögerlich. Sie hätte es so gerne gehabt, dass die Frau vor ihr geistig gesund war und sie *glauben* konnte, was sie sagte. Aber, anderseits, *konnte* sie, nach allem, was sie angab, erlebt zu haben, überhaupt noch bei klarem Verstand sein? Doch die Narben in ihrem Gesicht, an Armen und Beinen waren real. Und ihre Arme waren seltsam verbogen, so dass einem fast übel wurde, wenn man länger hinsah. Die habe man ihr bei der Folter gebrochen, und da sie nie geschient worden seien, seien sie schief zusammengewachsen, hatte Ho Soon in einem entschuldigenden Tonfall erklärt.

„Die Stimmen? Sie halten mich für verrückt, nicht wahr?"

„N… nein. Sie hören sie also immer noch?"

„In den letzten Wochen haben sie meist geschwiegen. Aber gerade heute sind sie wieder lauter geworden. Ich fürchte, sie – diese Leute, die mich operieren wollten – sind irgendwo hier in der Nähe."

„Und was sagen sie? Die Stimmen?"

„Dass sie mich schon noch kriegen werden. Dass ich ihnen nicht davonlaufen kann. Nie."

Ein Schulungsraum in Sejong, Südkorea
„Ich freue mich, dass Sie trotz der fortgeschrittenen Stunde so zahlreich erschienen sind und sich die Zeit genommen haben, meinen Ausführungen zu lauschen. Noch mehr freue ich mich natürlich, dass Sie sich überhaupt entschieden haben, für unser kleines, neues, aber auch entsprechend innovatives Unternehmen zu arbeiten, das sich keineswegs mit Größen wie Samsung, LG oder Hyundai messen kann. Doch was nicht ist, kann noch werden, und der Schlüssel dazu liegt auch in Ihren Händen, meine verehrten Damen und Herren. Sie sind es, die mit Ihrer Kreativität, Ihren Visionen und Ihrem unermüdlichen Einsatz dafür sorgen werden, dass unser junges Unternehmen im harten Wettkampf mit den mächtigen Konzernen nicht unterliegt und kapituliert, sondern vielmehr ganz an die Spitze katapultiert werden wird. An die Spitze nicht nur in Korea, sondern auf der ganzen Welt."

Natürlich wusste er, dass seine Worte heuchlerisch waren, aber ihm war an höflichen und vor allem motivierenden Umgangsformen gegenüber den Angestellten gelegen. Natürlich war keiner der Anwesenden freiwillig hier: Erstens wäre es für all diese neu in den Betrieb eingetretenen Universitätsabsolventen undenkbar gewesen, die Einführungsrede des Chefentwicklers und visionären Kopfes der Firma zu verpassen, auch wenn sie, um keine kostbare Arbeitszeit zu verlieren, ans Ende eines langen Arbeitstages und somit fast schon in die Nacht verlegt worden war. Zweitens hatten sie sich alle nicht „entschieden", für die Firma zu arbeiten, sondern waren nach strengsten Kriterien aus einer Heerschar von Bewerbern mit Bestnoten ausgewählt worden. Drittens würden für die allermeisten von ihnen Kreativität und Visionen niemals eine Rolle spielen; der unermüdliche Einsatz dagegen umso mehr, stets gepaart mit bedingungsloser Hingabe und einem geradezu militärischen Gehorsam gegenüber den Anweisungen ihrer Vorgesetzten in der streng geordneten Hierarchie eines koreanischen Betriebs. Für Visionen und eigene Ideen war hier kein Platz; die waren vor allem die Sache von ihm selbst und dem Kreis seiner engsten Mitarbeiter, in den aufzusteigen nur die allerwenigsten eine Chance hatten. Alle anderen hatten an sechs Tagen pro Woche von frühs bis oft nach Mitternacht dafür zu sorgen, dass diese Visionen und Ideen möglichst effizient umgesetzt wurden, und standen dabei unter einem enormen Erfolgsdruck, um nicht einem gnadenlosen Ausleseprozess zum Opfer zu fallen. All das entsprach dem bewährten Erfolgsmodell, das Südkorea binnen kaum mehr als dreißig Jahren von einem der ärmsten Länder Asiens auf Platz elf der Volkswirtschaften der Welt hatte aufsteigen lassen. Und ein Mitarbeiter eines Start-ups, das den mächtigen Chaebols des Landes die Stirn bieten wollte – also jenen großen familiengeführten Mischkonzernen, die die südkoreanische Wirtschaft weitestgehend dominieren –, musste als Allererstes auch mehr arbeiten als seine ohnehin schon bis zum Umfallen emsigen Kollegen bei Samsung und Co. Das war der hohe Preis, der für hohen Erfolg zu zahlen war. Er fuhr fort:

„Meine verehrten Damen und Herren, ich bin zutiefst davon überzeugt, dass Sie mit Ihrer Entscheidung für uns die richtige Wahl getroffen haben und dass Sie, wiewohl wir erst am Anfang stehen, allen Grund haben, stolz auf Ihr Unternehmen zu sein. In diesem Sinne möchte ich heute in dieser Einführungsrede den Blick wegrichten von Ihren kleinen Anfängen hin zu unseren großen Zielen. Mein Vortrag steckt den Rahmen ab, in dem sich unsere Visionen bewegen – in den kommenden Jahren, Jahrzehnten, vielleicht Jahrhunderten. Vieles, was heute undenkbar scheint, ist morgen schon selbstverständlich. Vieles, was gestern noch der Science-Fiction vorbehalten war, wird morgen Realität und Alltag sein. Wenn wir überleben wollen, müssen wir das Wagnis eingehen, *nach vorwärts* zu denken – schneller, weiter, radikaler als alle anderen. Mein visionärer Ausblick möge dazu dienen, Ihnen allen zu verdeutlichen, in welche größeren Zusammenhänge Ihre kostbare Tätigkeit eingebettet ist. Vergessen Sie nie: Sie selbst sind Teil von alledem, Teil der großen Maschine, und Gelingen oder Misslingen hängt immer auch von Ihnen und Ihrem Erfolg, Ihrem reibungslosen Funktionieren innerhalb des umfassenden Räderwerks ab. Aber nun alle Vorreden beiseite.

Die Wissenschaft hat, wie Sie alle wissen, in den letzten Jahrzehnten ungeheure Fortschritte gemacht, aber drei große Rätsel sind ihr bis heute geblieben: erstens die Frage nach dem Ursprung des Universums, zweitens die Frage nach der Entstehung des Lebens und drittens das sogenannte *mind-brain problem*, also die Frage, wie im Gehirn Bewusstsein entstehen kann – eine Neuformulierung des uralten Körper-Geist- oder auch Leib-Seele-Problems, philosophisch noch allgemeiner gefasst als das Problem des Dualismus von Idee und Materie, dessen Lösung sich alle großen Schulen der abendländischen Philosophie widmeten: Indem sie entweder schlicht alles für Idee oder alles für Materie erklärten und die Gegenseite als reine Illusion bezeichneten oder auch indem sie nach einem vermittelnden Bindeglied, der gemeinsamen Schnittstelle, suchten. Diesem dritten großen Problem widmet sich auch die moderne Neurowissenschaft, die – jenseits der abstrakt philosophischen Fragen – versucht, den neuronalen Code des Gehirns zu entschlüsseln und so endlich zu verstehen, wie sich aus der Biologie des Gehirns das menschliche Bewusstsein und das resultierende Verhalten ergeben. Und ebendiese Schnittstelle zwischen Geist und Materie, sei sie nun biologischer oder technischer Natur, steht auch im Fokus *unserer* Bemühungen. Lassen Sie sich das einen Moment auf der Zunge zergehen, meine Damen und Herren: Mit Ihrer Arbeit in unserer zukunftsgewandten Firma arbeiten Sie zugleich an der Lösung des größten Rätsels der Menschheitsgeschichte! Genau hier, an dieser Schnittstelle von Geist und Hirn auf der einen und Materie, Technik, Elektrizität auf der anderen Seite, setzen unsere Forschungen und biotechnologischen Entwicklungen an: Wer genau diese Schnittstelle unter seiner Kontrolle hat, so bin ich überzeugt, hat letztlich sowohl Geist als auch Materie unter seiner Kontrolle. Insofern geht es uns auch nicht etwa im Sinne der vorhin erwähnten überholten philosophischen Dualismen darum, das eine über das andere zu setzen, sondern eben um das Zusammenwirken von Geist und Materie an dieser Schnittstelle: ein Zusammenwirken, das verspricht, uns größere Möglichkeiten zu verleihen, als das bisher je denkbar erschien.

Geist über Materie – sicherlich: In wenigen Jahren werden wir Computer direkt mit den Gedanken steuern können. Wie antike Götter werden wir bestimmte Kommandos nur zu denken brauchen und unsere Wünsche werden erfüllt. Materie über Geist – das aber auch: In gewisser Weise und bestimmten Situationen wird sich zum Erreichen unserer hohen Ziele auch der Geist der Materie unterwerfen müssen.

Aber wie ich schon sagte, das überholte Entweder-oder hat für uns längst jeden Sinn verloren: Geist und Materie, Mensch und Maschine werden sich vielmehr einen großen Schritt aufeinander zubewegen müssen, bis sie eines Tages vielleicht ununterscheidbar werden. Das ist unsere große Vision, an deren Erfüllung wir alle so unermüdlich arbeiten." Er warf einen stolzen Blick in die Runde, begegnete erwartungsvoll oder demütig dreinschauenden, aber vor allem vom langen Tag erschöpft wirkenden Gesichtern.

„Lassen Sie mich Ihnen im Folgenden einen kurzen Überblick über die Stationen des bereits technisch Machbaren geben, um sodann einen Ausblick in die nähere und weitere Zukunft zu werfen – auf die schier unendlichen Möglichkeiten, die sich uns eröffnen, sobald die jetzt noch bestehenden Probleme gelöst sind. Dabei liegt auf der Hand, dass die Hilfe der Maschine an besagter Schnittstelle von menschlichem Körper und technischem Gerät vor allem dort von Wert und Wichtigkeit ist, wo der Körper sozusagen defekt ist und der Reparatur bedarf: im Bereich dessen also, was wir Medizin nennen. Diesem für unser Unternehmen so wichtigen Gebiet werde ich mich zunächst widmen. Aber es versteht sich ebenso von selbst, dass die Bedeutung all dieser neuen Techniken und Anwendungen weit über das Feld der Medizin hinausgeht – schon da auch der gesündeste Mensch keineswegs vollkommen ist und das, was dem Kranken hilft, mithin auch den Gesunden zu optimieren verhilft. Schon Sigmund Freund hat in seiner Schrift *Das Unbehagen in der Kultur* das im Vergleich zum Tier von seinen reinen Körperfertigkeiten her so hilflose Mangelwesen Mensch als einen ‚Prothesengott' bezeichnet. Der Mensch sei, so Freud, ‚recht großartig, wenn er alle seine Hilfsorgane anlegt, aber sie sind *nicht mit ihm verwachsen* und machen ihm gelegentlich noch viel zu schaffen.' Doch erahnt auch schon Freud die zukünftigen Möglichkeiten, wenn er hinzufügt: ‚Ferne Zeiten werden neue, wahrscheinlich unvorstellbar große Fortschritte auf diesem Gebiete der Kultur mit sich bringen, die Gottähnlichkeit noch weiter steigern.' Als Freud diese Zeilen 1930 schrieb, hätte er wohl dennoch kaum zu träumen gewagt, dass es keine hundert Jahre dauern würde, bis aus jenen äußerlichen ‚Hilfsorganen' tatsächlich mit Körper und Gehirn *verwachsene* sogenannte Neuroprothesen geworden sind. Und Sie hier im Raum sind nun alle die Demiurgen, die an der Weiterverbesserung dieses Prothesengottes arbeiten, der eben darum in Zukunft mehr und mehr nicht nur Mensch, sondern, um vollkommen zu sein, untrennbar auch Maschine sein wird." Der Oberdemiurg und Visionär des Menschmaschinengottes warf erneut einen Blick über seine kleinen, stolzen, müden Hilfsdemiurgen hinweg.

„Die bisherige biologische Evolution wird von nun an also durch eine bio*technologische* ersetzt. Bei diesem Aufeinanderzugehen von Mensch und Maschine, an dem wir arbeiten, muss einerseits der Geist in der Lage sein, Objekte in seiner Umgebung zu beherrschen, und andererseits muss die Maschine – allen voran natürlich das maschinelle Äquivalent des menschlichen Geistes, die künstliche Intelligenz, vertreten durch den Computer – die Wünsche und Absichten einer Person lesen und verstehen können, um sie auszuführen. In dieser Hinsicht ist die Menschheit im 20. Jahrhundert schon weit gekommen, aber erst das 21. wird das Jahrhundert sein, in dem sich Hirn und Computer endgültig und schließlich unauflöslich miteinander vernetzen.

Die einzelnen Forschungsschritte jahrzehntelanger wissenschaftlicher Arbeit möchte ich Ihnen ersparen, um sogleich zu den technischen Erfolgen zu kommen: Zum ersten Mal gelang es 1998 an der Emory-Universität in Atlanta, eine winzige Mikroelektrode in das Gehirn eines Mannes einzuführen, der nach einem Schlaganfall völlig gelähmt war und am sogenannten ‚Locked-in-Syndrom' litt – der Unmöglichkeit jeder Kommunikation mit der Außenwelt bei gleichzeitig vollem Bewusstsein. Nach allerlei Bemühungen gelang es dem Eingesperrten schließlich, über Gedankenkraft einen Computercursor zu bewegen und so den Kontakt mit der Menschheit wieder herzustellen. Das war alles noch sehr mühsam und technisch unausgereift, doch markierte es nicht nur für jenen aus dem Gefängnis seines Hirns befreiten Mann einen gewaltigen Durchbruch. 2003 vermochte dann der Hirnforscher Miguel Nicolelis einem Rhesusaffen, dem er einen Chip eingepflanzt hatte, beizubringen, erst über einen Joystick und schließlich allein über seine via Messfühler weitergeleiteten Hirnsignale einen mechanischen dritten Arm zu bewegen. Diese Technik brachte John Donoghue von der Brown Universität in Rhode Island

2012 auch beim Menschen zur Anwendung. Über einen ins Hirn implantierten vier mal vier Millimeter großen Chip konnte eine seit fünfzehn Jahren gelähmte Frau allein durch Gedankenkraft einen Roboterarm bewegen und so zum ersten Mal wieder selbstständig Kaffee trinken. Und die Entwicklung solcher sogenannter Gehirn-Computer-Schnittstellen sowie anderer Neuroimplantate und Elektrozeutika steht erst an ihrem Beginn – eine Entwicklung gleichwohl, bei der wir hier im Raum Versammelten das Glück haben, ganz vorn mit dabei sein zu dürfen.

Alle geschilderten Methoden zur Verknüpfung von Gehirn und Computer haben indes den Nachteil, dass sie Eingriffe ins Gehirn nötig machen. Man muss ein münzgroßes Loch in die Schädeldecke fräsen, den Chip ein Stück weit ins Hirn treiben, dann wird das herausgesägte Knochenstück wieder eingesetzt, doch die Elektroden im Hirn bleiben über Drähte mit einem Adapter an der Kopfhaut verbunden, wodurch sich die Gefahr von Infektionen ergibt. Allerdings existieren neben diesen invasiven Gehirn-Computer-Schnittstellen – meist nach der englischen Bezeichnung ‚Brain-Computer-Interface' mit BCI abgekürzt – mittlerweile auch nichtinvasive Techniken, die alle auf einer wegweisenden Entdeckung des deutschen Neurologen Hans Berger aus dem Jahre 1924 beruhen. Der Entdeckung nämlich, dass sich die elektrischen Aktivitäten des Gehirns aufzeichnen lassen: die Elektroenzephalografie, kurz EEG, war geboren. Die Messung mittels EEG geschieht, wie Sie wissen, nicht über einen Eingriff ins Gehirn, sondern durch die Aufzeichnung von elektrischen Spannungsschwankungen an der Kopfoberfläche. Heute gehört das EEG längst zu den neurologischen Standarduntersuchungen. Aber es kann noch viel mehr.

Eines der Fernziele der Hirnstrommessung liegt wohl auf der Hand: Jedem unterschiedlichen Gedanken entspricht ein anderer Neuronenfluss. Könnte man alle Gehirnströme genau messen, müsste es also möglich sein, die entsprechenden Gedanken zu entschlüsseln: ein computergestütztes Gedankenlesen. Bis wir dieses Ziel erreicht haben, sind allerdings noch viele Hürden zu überwinden. Und doch baut die Funktionsweise sowohl der invasiven wie der nichtinvasiven BCIs bereits heute auf dem Prinzip des Gedankenlesens auf. Vereinfacht gesagt: Der Patient konzentriert sich auf eine einfache Tätigkeit, das EEG misst die entsprechenden Hirnaktivitäten, die der Computer dann analysiert und zur Ausführung an ein Gerät weitergibt. So kann auch mittels EEG-Messung etwa ein Cursor über einen Bildschirm bewegt und ein Text geschrieben werden. Allerdings besteht hier das Problem, dass die Messung der Gehirnströme über EEG wesentlich ungenauer ist, als wenn ein Implantat ins Gehirn eingepflanzt wird.

Weitere Möglichkeiten verspricht die funktionelle Kernspin- oder Magnetresonanztomografie, kurz fMRT. Hier werden nicht direkt die neuronalen Aktivitäten gemessen, sondern die von ihnen bewirkten Durchblutungsänderungen in den betreffenden Hirnarealen, die mittels Hirnscan aufgezeichnet werden. Die Tatsache, dass durch verschiedene Hirnaktivitäten auch verschiedene Hirnareale aktiviert werden, erlaubt Rückschlüsse auf die entsprechenden Denkprozesse. Das Ziel dieses Ansatzes besteht darin, eine genaue Landkarte des Gehirns und schließlich gar eine Art Gedankenlexikon zu schaffen, so dass im Idealfall jedes Motiv eins zu eins mit einem bestimmten fMRT-Bild korrespondiert. Auf diese Weise könnte es gelingen, den Bewusstseinsfluss eines Menschen zu dekodieren, vor allem sobald die Möglichkeiten von fMRT und EEG kombiniert werden. Bereits jetzt ist es möglich, bestimmten Gedankenbildern eine Position im Gehirn zuzuordnen und somit umgekehrt den gemessenen fMRT-Bildern die entsprechenden Gedankenmuster – eine Art rudimentäres Gedankenlesen."

Er warf einen triumphierenden Blick in die Runde und ignorierte wiederum die Tatsache, dass er bei den jungen Wissenschaftlern unter der Maske des hingebungsvollen Lauschens mehrheitlich auf übernächtigt wirkende Gesichter stieß. Sie würden noch genug Zeit haben, die wahren Dimensionen seiner Worte zu verstehen. Und ihre eigentliche Sprengkraft *sollten* sie auch gar nicht verstehen – jedenfalls nicht diejenigen, die nie zu seinem inneren Kreis gehören würden. Ungerührt fuhr er fort: „Zwar muss echtes Gedankenlesen – das Lesen in einem Menschen wie in einem Buch – noch Zukunftsmusik bleiben. Dennoch werden fMRT- und EEG-Anwendungen bereits heute zum Beispiel als Lügendetektoren eingesetzt, und auch in diesem Bereich ist unsere Firma aktiv. Bei einer Lüge reagieren andere Hirnbereiche, als wenn jemand die Wahrheit spricht, so sind etwa bestimmte Areale im präfrontalen Kortex und im vorderen Cingulum auffällig aktiv. In den USA ist das Aufdecken von Lügen direkt am Ort ihrer Entstehung mittels EEG-basiertem ‚Brain Fingerprinting' heute bereits häufige Praxis, und die CIA hat ein Start-up-Unternehmen, das entsprechende Tests entwickelt, mit Millionenbeträgen finanziert. – Ja bitte?"

Zwischenfragen bei seinen Vorträgen waren eigentlich nicht vorgesehen. So etwas trauten sich die Angestellten der unteren Ebenen ohnehin meist nicht. Zu groß war die Gefahr, sich zu blamieren oder Unwillen auf sich zu lenken. Schließlich war er das Mastermind der Firma und schwebte weit über allen in einsamen Höhen. Doch nun hatte einer der jungen Männer tatsächlich den Finger in die Höhe gereckt. Er war gespannt, was dieser dreiste Kerl zu sagen hatte.

Der räusperte sich, wohl selbst über seinen Mut erschrocken. Dann sagte er: „Aber werfen diese neuen Möglichkeiten nicht auch ethische Probleme auf? Sie haben vorhin, wenn ich das recht verstanden habe, selbst angedeutet, dass der Geist in Zukunft in gewisser Hinsicht auch Sklave der Materie werden könnte. Und jetzt sprechen Sie von Gedankenlesen und Lügendetektoren. Natürlich können diese Maschinen querschnittgelähmten Menschen neue Freiheiten geben – was aber ist, wenn man das Ganze umdreht und von der anderen Seite her denkt: Eröffnen sich dadurch nicht Möglichkeiten zur totalen Manipulation des Menschen bis hin zu Fernsteuerung und Gedankenkontrolle?"

Letzter Teil der Aufzeichnungen von Kim Ho Soon
Ich hatte mir das Messer schräg in den Bauch gerammt, weit unter die Haut, ins Gewebe hinein. Stärker konnte der Schmerz ohnehin nicht werden. Doch nun geschah, was ich, mehr instinktiv, wie ein Tier, erhofft hatte: Im gleichen Moment verstummte der gellende Schmerz in meinem Kopf. Betäubt blieb ich einige Minuten liegen. Natürlich fühlte ich heftig ziehende Schmerzen im Bauch, aber die waren kein Vergleich mit dem überirdischen Schmerz, den ich zuvor gelitten hatte. Dann griff ich mit den Fingern in die pochende Wunde hinein und zog das verbogene Stück Metall hervor, das man mir dort unter die Haut gepflanzt hatte. Mein Verdacht hatte sich bestätigt: Damit hatten sie mir den Schmerz in den Körper geschickt. Und auch die Stimmen?

„Hoffentlich hast du deine Lektion gelernt. Jetzt bleibst du hier liegen, bis wir kommen. Wehe, du tust auch nur einen Schritt, dann wirst du erfahren, dass du den stärksten Schmerz noch gar nicht erlebt hast." Die Stimmen klangen nun anders, leiser, ferner, nicht mehr ganz so mächtig und blechern. Aber sie waren noch da. Aber vielleicht würden sie noch leiser werden und schließlich verschwinden, wenn ich mich nur weit genug von diesem Metallding entfernte.

Mit den Händen machte ich eine Grube in der Erde und verscharrte das Stück Metall. Ich stand auf und ging weiter in den neu angelegten Park hinein. „Jetzt bleibst du hier liegen, bis wir kommen. Wehe, du tust auch nur einen Schritt, dann wirst du erfahren, dass du den stärksten Schmerz noch gar nicht erlebt hast." Sie merkten also nicht mehr, dass ich mich bewegte. Was sie wohl machen werden, fragte ich mich, wenn sie da hinten im Park die Erde aufwühlen und nur ein Stück Metall finden? Wie auch immer, ich musste von hier weg.

Am anderen Ende der Grünanlage stieß ich wieder auf eine breite Straße. Ich fand eine Bushaltestelle, stieg in den nächsten Bus und fuhr bis zur Endstation. Wieder schien niemand von mir Notiz zu nehmen, und es kam auch niemand, um mich nach einer Fahrkarte oder einer Genehmigung zu fragen. In Nordkorea, so hatte ich von anderen Lagerinsassen erfahren, war es unmöglich, in eine andere Stadt zu gelangen, ohne die entsprechende Genehmigung vorweisen zu können. Das war hier anders. Aber stattdessen gab es, vermutete ich, eben die Geräte in den Händen der Menschen, die ihnen Befehle gaben und ihre Bewegungen kontrollierten, so wie mich das Metallding kontrolliert hatte, das ich mir aus dem Leib geschnitten hatte.

Um mich herum Baustellen. Ich fand einen Rohbau, an dem gerade nicht gearbeitet wurde, schlüpfte hinein und versteckte mich darin, bis es dunkel wurde. Ich lief die Nacht durch bis zum Morgengrauen, verbarg mich dann in einem anderen Rohbau. Noch immer hatte ich die unermesslich große neue Stadt nicht verlassen. In der Abenddämmerung machte ich mich wieder auf den Weg. Ich kam an einer Containersiedlung vorbei, wo Bauarbeiter wohnten. Von einer Wäscheleine stahl ich mir ein paar Kleider, die ich gegen meine Krankenhaussachen austauschte. Nun sah ich nicht mehr ganz so auffällig aus. Nun war ich nur noch irgendeine verhärmte, abgemagerte, verwahrloste Frau. Doch im Süden war ein solcher Anblick lange nicht so üblich wie in Nordkorea, und alle Menschen, denen ich begegnete, wirkten gepflegt und wohlgenährt. Wenn sie mich sahen, wichen sie aus, vermieden es, mich überhaupt nur anzuschauen. Ohnehin wirkten die Menschen hier immer sehr gehetzt, wie ich feststellte.

Auch jetzt noch hörte ich, etwas leiser, immer wieder die Stimmen. Zuerst hatten sie mich angebrüllt, mir barsche Befehle erteilt, mir mit dem Tod gedroht. Aber egal, was sie sagten, nichts von alledem hatte ich befolgt. Es war ein erhebendes Gefühl, zu spüren, dass ich ihnen nicht folgen musste, dass sie jetzt, wo sie mir keine Schmerzen mehr zufügen konnten, keine Macht mehr über mich hatten. Schließlich verlegten sie sich darauf, zu bitten und zu flehen, ich solle doch zurückkommen, sie versprachen mir alle möglichen Belohnungen und versicherten, dass ich allein in Südkorea ohnehin nicht überleben könne.

Mit Letzterem hatten sie allerdings nicht ganz unrecht. Ich hatte kein Geld – jene bunten Papiere, von denen mein Vater erzählt hatte – und nichts zu essen, wusste nicht, wo ich war und wohin ich mich wenden sollte. Den Dunstkreis der in Bau befindlichen Stadt hatte ich inzwischen verlassen, ging über Felder, an Bächen und Straßen entlang, passierte kleine Dörfer und größere Städte. Zunächst wagte ich es nicht, andere Menschen anzusprechen, weil ich Angst hatte, sie würden mich den Behörden ausliefern, die mich wiederum zu jenen Laboren zurückbringen würden. Auch wenn ich im Krankenhaus erlebt hatte, dass meine Peiniger keine vollkommene Macht hatten, stellte ich mir Südkorea noch immer wie ein großes Arbeitslager vor, in dem jeder, der geflohen war, mit dem Tod zu rechnen hatte, sobald er ertappt wurde. Und jene Geräte, die ich im Bus in jeder Hand gesehen hatte, waren, so glaubte ich, die Überwachungswerkzeuge der Lageraufseher, mit denen sie alle verfolgen konnten. Später traute ich mich dann, hin und wieder Leute, denen ich begegnete, um etwas zu essen zu bitten. Die meisten wandten sich wortlos ab, aber bisweilen gab man mir auch etwas. Wenn jemand ein Gespräch anfangen wollte, verabschiedete ich mich hastig, denn meine Angst war noch immer groß. Ich muss den Menschen sehr wunderlich erschienen sein.

Eines Abends begann es heftig zu regnen, und ich kroch schutzsuchend unter die Plane eines leeren Lastwagenanhängers. Dort muss ich wohl eingeschlafen sein, denn als ich wieder zu mir kam, war der Lastwagen in Bewegung. Nach stundenlanger Fahrt verlangsamte er sein Tempo. Ich blickte unter der Plane auf die Straße hinaus. Wir befanden uns erneut in einer riesigen Stadt. Überall Hochhäuser, grelle Lichter, Reklametafeln, Autos und ein dichtes Gewimmel von Menschen. Als der Laster an einer Ampel hielt, sprang ich ab.

In der Stadt irrte ich herum, versteckte mich, aß aus Mülltonnen – im Vergleich zu Qualität und Menge des Lageressens ein wahres Schlemmen –, und stellte bald mit Erleichterung fest, dass es dort noch viele andere Menschen gab, die so abgerissen und schmutzig waren wie ich. Nachts zum Schlafen und bei schlechtem Wetter suchten sie ähnliche Plätze auf: leer stehende Häuser, Bushaltestellen, den Bahnhofsbereich, Plätze unter Brücken. Unter diesen Leuten fiel ich nicht weiter auf; viele von ihnen waren selbst sehr wunderlich. Immerhin: Diese Menschen wurden nicht von Geräten in ihren Händen kontrolliert und als einzige Bewohner Südkoreas schienen sie frei zu sein.

Unter einer der Brücken lernte ich eine alte Frau kennen, die ständig eine klare, widerwärtig stechende Flüssigkeit trank – ich wusste, was Alkohol war, weil viele der Wärter welchen getrunken hatten, aber für die Lagerinsassen war es unmöglich gewesen, sich welchen zu beschaffen. Sie erzählte mir vom Leben in Südkorea. Wenn hier jemand nicht genügend oder nicht gut genug arbeitete, so erfuhr ich, wurde er nicht bestraft, sondern man ließ ihn nun gar nicht mehr arbeiten und gab ihm auch kein Geld mehr. Ohne Geld aber endete er wie die alte Frau unter der Brücke. Davor hatten die Südkoreaner solche Angst, dass sie ganz ohne peitschende Aufseher von früh bis spät und bis zur totalen Erschöpfung arbeiteten – wie ich es vom Lager her so gut kante. Daher wirkten die Menschen hier so unglücklich, übermüdet und gehetzt. Sehr viele, so die alte Frau, hätten vor diesem Nicht-mehr-arbeiten-Dürfen solche Angst, dass sie sich von Hochhäusern und Brücken stürzten, einfach um sich die Schmach zu ersparen, womöglich nicht hart genug gearbeitet zu haben und nun gar nicht mehr arbeiten zu dürfen. Das erschien mir sehr sonderbar. Auch im Lager hatten alle von früh bis spät gearbeitet, aber niemand war auf die Idee gekommen, sich selbst einfach umzubringen. Ich weiß nicht, wie viel von dem, was die Alte mir erzählte, wirklich wahr war, aber vieles deckte sich doch mit meinen eigenen Beobachtungen. So *sehr der Norden und der Süden auf den ersten Blick verschieden waren, bei genauerem Hinsehen schrumpfte dieser Unterschied. In beiden Ländern arbeiteten sich die Menschen ihr Leben lang zu Tode, und der Unterschied war nur, dass sie, wenn sie daran scheiterten, sich wie vorgeschrieben zu Tode zu arbeiten, in dem einen Land von anderen umgebracht wurden und in dem anderen von sich selbst. Mir schien das System zu Hause verständlicher, während der Süden mir immer noch große Angst machte. In jenen Tagen kam es häufig vor, dass ich mich in mein altes Lagerleben in Yodok zurücksehnte, wo alles geregelt war und ich wusste, was ich für welches Tun zu erwarten hatte.*

Von der alten Frau erfuhr ich auch, dass die große Stadt, in der ich mich befand, Seoul hieß. Das weckte eine versteckte Erinnerung in mir. Mein Vater hatte, wenn er nachts mit raunender Stimme von früher erzählte, auch von dem Dorf berichtet, aus dem meine Mutter stammte und wohin ihre Schwester zurückgekehrt war. Wir hätten auch dorthin ziehen sollen, sagte er einmal. Er hatte auch erwähnt, dass dieses Dorf nahe einer Stadt namens Yeoncheon nicht weit weg von Seoul liege. Nun fasste ich den Entschluss, nach diesem Dorf zu suchen. In einigen Tagen schlug ich mich zu Fuß nach Yeoncheon durch, fand schließlich das Dorf und das Elternhaus meiner Mutter, in dem in der Tat ihre alte Schwester lebte. Ich erzählte ihr meine Geschichte, und sie nahm mich freundlich auf, zeigte mir eine nahe Hütte im Wald, wo ich mich verstecken konnte, und sorgte von nun an für mich. Seit mehreren Wochen bin ich nun bei ihr und hoffe, dieses Leben noch länger genießen zu können. Doch ich weiß, dass meine Verfolger mir auf den Fersen sind und ich nicht mehr viel Zeit habe. Daher habe ich diese Aufzeichnungen verfasst, damit die Welt von meinem Schicksal und dem Schicksal so vieler Nordkoreaner erfährt. – Kim Ho Soon.

Sejong

Das Mastermind warf dem jungen Mann, der es gewagt hatte, seinen Vortrag durch eine Zwischenfrage zu unterbrechen, einen langen, kritischen Blick zu. Dieses Gesicht würde er sich vielleicht noch merken müssen; vielleicht aber auch nicht – die Karriere des Mannes hier im Haus würde vermutlich entweder schnell beendet sein oder ihn rasch weit nach oben bringen. Womöglich sogar bis in jenen innersten Zirkel hinein, wo er, das Mastermind, ihm dann eine ehrliche und ausführliche Antwort würde geben können – ja *müssen*. Aber so weit war es noch lange nicht, deswegen würde er sich nun mit den üblichen vagen und wolkigen Standardsätzen zufriedengeben müssen.

„Vielen Dank für Ihren interessanten Einwurf. Sie haben natürlich recht: Jede Technik hat auch ihre Schattenseiten, jede große Erfindung oder Entwicklung kann missbraucht werden. Nehmen Sie nur etwa das Internet, das uns einerseits befreit und andererseits versklavt. Das Netz gibt den Menschen die Freiheit der Information und öffnet zugleich Verschwörung und Manipulation Tür und Tor. Es bricht alte Monopole auf und schafft neue; dank ihm kann sich nun nahezu jeder mit jedem auf dem Globus in Sekundenschnelle in Verbindung setzen, es gibt aber zugleich den großen Konzernen wie Google, Facebook und Co sowie den Geheimdiensten die Möglichkeit, die Menschen bis ins Letzte auszuleuchten und zu kontrollieren. Und die Entwicklung des so schnell so unverzichtbar gewordenen Smartphones hat diese Ambivalenzen noch verstärkt. Daher ist es die Aufgabe von Politik und Staat, durch entsprechende Gesetze und Maßnahmen dafür zu sorgen, dass Möglichkeiten des Missbrauchs verhindert und gegebenenfalls geahndet werden. Was unsere Firma angeht, kann ich Ihnen allerdings versichern, dass wir uns verpflichtet fühlen, unsere Entwicklungen ausschließlich zum Wohle der Menschheit einzusetzen. Vermag das Ihre Bedenken auszuräumen?" Er sah dem jungen Mann an, dass der gerne noch weitergefragt hätte, aber spürte, dass er sich auf allzu heikles Territorium begab, daher nickte er nur. Cleveres Bürschchen. „Gut, dann kann ich fortfahren." Das wäre also erledigt. Und er hatte nicht einmal wirklich lügen müssen: Die Absicht, dem Wohle der Menschheit zu dienen, kann es bekanntlich nötig machen, in einzelnen Fällen dennoch über Leichen zu gehen. Und schon oft in der Geschichte hatten das leider sehr viele Einzelne sein müssen.

„Wo war ich eben stehengeblieben?" Er fuhr sich mit der Hand über die Schläfen, hinter denen sein pochender Kopfschmerz wieder eingesetzt hatte. Verfluchte Migräne. Zeit, zum Ende zu kommen. „Ach ja, natürlich – beim Status quo des technisch Machbaren im Bereich des Verwachsens von Mensch und Maschine mittels BCI und Neuroprothesen. Blicken wir nun nach vorn: Der nächste Schritt in dieser Entwicklung wird sicher die Möglichkeit der Telekinese für jedermann sein – also das bislang dem Bereich des Okkulten vorbehaltene Vermögen, Objekte durch Gedankenkraft zu bewegen. Schon bald werden wir Computer rein mental steuern können; Computer, die ihrerseits wieder die Geräte und Abläufe um uns herum kontrollieren. Wir werden die Macht haben, Roboter und Avatare per Gedankenschnittstelle durch die Kraft unserer Vorstellung zu lenken.

Die Zukunft gehört also – neben den Menschen oder vielmehr Cyborgs – den Computern und Robotern. Über die Möglichkeiten von EEG und fMRT werden wir in der Lage sein, künstliche neuronale Netze zu erzeugen, das menschliche Gehirn zu entschlüsseln und es virtuell zu reproduzieren, um schließlich sogar das menschliche Bewusstsein selbst in digitale Speicher hochzuladen. Auf diesem Weg wird die Grenze zwischen natürlicher und künstlicher Intelligenz sukzessive schwinden, der Mensch sich sozusagen in einen Computer verwandeln. Aber wie steht es mit der umgekehrten Entwicklung: der Verwandlung des Computers in eine Form der höheren Intelligenz? Ist es denkbar, dass Roboter schließlich klüger werden als wir? Seit es dem Schachcomputer Deep Blue 1997 gelang, Weltmeister Garri Kasparow vernichtend zu schlagen, scheint dieser Moment in Reichweite gerückt. Schon jetzt gibt es Computer, die lernfähig sind: Sie können sich eigenständig neues Wissen aneignen, ohne dazu direkt auf einen steuernden Programmierer angewiesen zu sein. Wann kommt der Punkt, an dem künstliche Intelligenz in der Lage ist, sich selbst so zu vernetzen, dass sie sich aus eigenem Antrieb organisieren kann? Wo die Roboter also Selbstbewusstsein entwickeln? Werden sie dann womöglich auch Gefühle haben? Vorlieben? Werden sie sich entsprechende Ziele setzen und beginnen, eigenständige Handlungen auszuführen? Und was wird passieren, wenn der Tag gekommen ist, an dem die computergesteuerten Roboter den Menschen endgültig hinter sich zurücklassen? Wird die Entwicklung der Welt dann eine völlig neue, nicht voraussehbare Richtung einschlagen?

Viele Zukunftstheoretiker beantworten diese Frage mit einem eindeutigen Ja. Für den computerbedingten Zeitpunkt des Ausbruchs aus der menschlich steuer- und berechenbaren Erfahrung verwenden sie den aus der Mathematik entlehnten Ausdruck der ‚Singularität‘. Diese technologische Singularität des Moments, an dem die Computermaschine den Menschen überholt, werde an jenem Tag eintreten, an dem der Mensch eine ultraintelligente Maschine schaffe, die nun befähigt ist, ihrerseits neue Maschinen zu schaffen, die wiederum intelligenter sind als sie, und so fort. Eine Armee sich selbst replizierender Roboter kann nun autonom ins Unendliche hinein immer intelligentere Robotergenerationen schaffen. Den Voraussagen des renommierten amerikanischen Futuristen Ray Kurzweil zufolge – der mit seinen Prognosen schon oft sehr genau gelegen hat – wird dieser Punkt der technologischen Singularität bereits um das Jahr 2045 erreicht sein. Was wird passieren? Es entspricht eben den Gesetzen der Singularität, dass wir das vorher nicht wissen können. Wahrscheinlich beginnen die Computer und Roboter in ihrem unersättlichen, quasi ‚genetischen‘ Verlangen nach immer mehr Intelligenz die Ressourcen unseres Planeten zu verschlingen, so dass die ganze Erde am Schluss ein einziger großer Computer sein wird. Sodann könnten sie in ihrem Streben nach noch mehr Intelligenz ins Weltall hinausziehen, bis sie andere Planeten, Sterne, Galaxien erreichen und diese ebenfalls in Computer verwandeln, bis sie das ganze Universum verschlungen haben. Ein solcherart zu einer einzigen, absoluten Intelligenz, einer Art kybernetischen Weltseele, gewordenes Universum, so glauben manche, bilde nun eine neue, absolute Singularität und sei damit das Ziel des Universums und zugleich sein Ende: Die absolute Universal-Intelligenz müsse sich aufgrund ihrer gewaltigen selbstbezüglichen Intelligenz-Gravitation logischerweise auf einen einzigen zentralen Punkt hin kontrahieren und somit als ein Raum und Zeit transzendierendes Schwarzes Loch explodierend im Nichts enden. Oder in einem neuen Urknall.“

Er blickte einen Moment ins Leere, begriff, dass er sich zu weit hatte davontragen lassen. Diese jungen Leute sollten reibungslos funktionieren und dabei das Bewusstsein haben, den Visionen des Masterminds ihrer Firma zu dienen – ohne dabei das Ende von Zeit und Raum im Blick zu haben. Er musste den Bogen zurück schlagen.

„Wenn Sie nun aber glauben, ich habe bei meiner überblicksartigen Darstellung einer menschlichen Intelligenzanstrengung das Wort geredet, die das Ziel hat, sich letztlich selbst von der künstlichen Intelligenz ablösen und vielleicht sogar versklaven zu lassen, so haben sie mich gründlich missverstanden und sind wieder in jenen alten Dualismus von Mensch und Maschine zurückgefallen, dessen Überwindung wir hier doch anstreben. Ziel unserer Anstrengungen ist nicht die Herrschaft der Maschine, sondern der *Transhumanismus*, die Verwandlung von Mensch und Computer in *ein* übermenschliches Wesen, das in sich die Vorzüge von Natur und Technik vereint. ‚Der Mensch ist etwas, das überwunden werden soll‘, formulierte schon vor weit über hundert Jahren der Philosoph Friedrich Nietzsche. Aber dieser Übermensch entsteht, wie wir heute wissen, daraus, dass es eben der Mensch selbst ist, der sich überwindet – mit Hilfe der von seiner Intelligenz geschaffenen intelligenten Maschinen. Ray Kurzweil ist der Ansicht, dass der Mensch der Zukunft ein Hybridwesen aus biologischer und künstlicher Intelligenz sein wird, wobei sich die Einzelwesen zu einem globalen Netzwerk und Superorganismus verbinden werden; ein Prozess, der durch das Internet praktisch schon begonnen hat. Ähnlich sieht es auch Marvin Minsky, jener US-Forscher, der den Begriff ‚künstliche Intelligenz‘ erst geprägt hat. Wir werden schon bald zum Teil Roboter sein, und die Roboter werden menschenähnlich sein. Diese Entwicklung hat bereits eingesetzt – der *cybernetic organism*, kurz Cyborg, ist längst Realität. Schon heute werden, wie vorhin dargestellt, elektronische Geräte direkt im menschlichen Körper installiert. Diese Implantate werden immer komplexer, bis die Grenze zwischen Implantat und Körper aufhört zu existieren und der ‚Prothesengott‘, wie Freud vorausgesagt hat, aber in noch viel stärkerem Maße, tatsächliche Gottähnlichkeit erlangt.

In einem weiter gefassten Sinn – und zwar ebenjenem, in dessen Zusammenhang Freud den Begriff vom ‚Prothesengott‘ ursprünglich prägte – ist die moderne Technik, ohne die wir nicht mehr lebensfähig sind, längst Teil unseres Lebens geworden. Nehmen Sie nur das Smartphone, das gerade wir Südkoreaner kaum einen Augenblick aus der Hand lassen. Medientheoretiker nennen das derart exzessiv gebrauchte Smartphone bereits ein neues Organ des Menschen, sprechen, freilich metaphorisch, von der ‚Implantation eines digitalen Organs‘, dem neu entstandenen Gefühl einer organischen Verbundenheit durch den Blick auf den Touchscreen und seine Berührung. Und auch auf diesem

Gebiet des nichtinvasiven Verwachsens von Mensch und Gerät geht die Entwicklung in Bereiche, die lange der Science-Fiction vorbehalten waren. Die Datenbrille, die uns Informationen direkt auf die Netzhaut projizieren kann, ist nur ein Beispiel von vielen. So gibt es inzwischen etwa auch die Möglichkeit, mit Robotern zu verschmelzen, ganz ohne in den menschlichen Körper einzugreifen. Wir müssen nur Stellvertreter unserer selbst in Robotergestalt schaffen – Avatare.

Die Japaner sind auf diesem Gebiet schon sehr weit. Das könnte dort dazu beitragen, das Problem der schrumpfenden Bevölkerung zu lösen, ohne ein Immigrationsproblem zu schaffen. Die Arbeiter könnten in anderen Ländern leben, aber mithilfe von Avataren Roboter in Japan kontrollieren. Jede Nation, die mit steigendem Facharbeitermangel im Verein mit der Angst vor Überfremdung zu kämpfen hat, könnte davon profitieren: Deutschland etwa, das Japan Europas. Oder denken sie an die Arbeiten in verstrahlten Gebieten. Momentan sind rund um den Globus über 400 meist überalterte und entsprechend marode Kernkraftwerke in Betrieb – in der Welt von morgen wird es unweigerlich viele weitere Fukushimas inmitten weitläufiger Todeszonen geben. Wer hier in entsprechende Techniken investiert, investiert also in einen lukrativen, todsicheren Wachstumsmarkt. Oder denken Sie an die zukünftigen Möglichkeiten zur Erkundung des Weltraums, einer weiteren lebensfeindlichen Zone – feindlich zumindest jenem herkömmlichen biologischen Leben, wie wir es bisher kennen. Man hätte mithilfe solcher Avatare alle Vorteile einer Fusion mit Robotern, ohne den menschlichen Körper überhaupt zu verändern; auch wenn mir dessen technische Optimierung mittelfristig als unausweichlich erscheint, wenn wir mit unseren zahlreichen auf dem gleichen Gebiet forschenden Konkurrenten mithalten wollen – der rein biologische Mensch dürfte durch die einsetzende biotechnologische Evolution bald schon das Schicksal des Neandertalers teilen." Er schwieg einen Moment. „Oder halten Sie sich die gewaltigen Möglichkeiten im Bereich des Militärs vor Augen. Bereits heute haben wir Drohnen, die von Soldaten mit dem Joystick ferngesteuert werden. Bald wird es Roboter als Tötungsmaschinen geben, mittels Gedankenkraft gelenkt.

Sie sehen, die neuen Möglichkeiten sind gewaltig. Und wir in unserer Firma sind bei ihrer Erschließung ganz vorn mit dabei, sind Pioniere, die in bisher unbekannte Räume vordringen und sie für sich erobern. Wer nicht den Mut, die unerschöpfliche Energie und den unbedingten Leistungswillen hat, bei dieser Eroberung in vorderster Linie mitzumachen, ist bei uns fehl am Platze und wird bald ausgesiebt werden. Doch wer sich den gewaltigen Herausforderungen, dem unerbittlichen Kampf um die Zukunft stellt und diesen Kampf unter Einsatz seines Lebens oder zumindest seiner gesamten Lebensenergie zu kämpfen gewillt ist, der marschiert ganz vorn mit und ihm wird die Welt zu Füßen liegen. Überlegen Sie es sich gut, ob Sie im Kampf um die Zukunft zu den Gewinnern oder den Verlierern gehören wollen. Höheres Sternenwesen oder Neandertaler – dazwischen wird kein Platz bleiben. Die Entscheidung liegt bei Ihnen. Im Unterschied zu fast allen anderen Bürgern der Welt haben Sie, meine verehrten Damen und Herren, die heute in diesem Raum versammelt sind, die Wahl.

Mit diesem Appell an Ihre Zukunftsfreudigkeit, Ihre Opferbereitschaft und Ihren bedingungslosen Kampf für die Visionen unseres Unternehmens möchte ich schließen. Wenn es keine weiteren Fragen gibt, will ich Sie mit diesem Ausblick auf eine für alle, die sich den Herausforderungen stellen, rosige Zukunft für heute entlassen und Ihnen eine gute Nacht mit anregenden Träumen wünschen."

Das mit den „weitere Fragen" war rein rhetorisch gemeint gewesen. Doch als er es aussprach, hatte er nicht an jenen dreist-vorwitzigen jungen Mann gedacht, der Zwischenfragen selbst dann stellte, wenn er *nicht* höflichkeitshalber indirekt dazu aufgefordert worden war. Sonst hätte er, das hoch über allen schwebende Mastermind, den Standardsatz heute weggelassen. Dabei bräuchte er jetzt dringend eine Tablette.

„Eine letzte Frage hätte ich noch, wenn Sie erlauben." Etwas mürrisch nickte das hoch über allen schwebende Mastermind mit Kopfschmerzen. „Sie haben eben die Möglichkeiten der neuen Techniken im militärischen Bereich erwähnt. Stimmen die Gerüchte, dass unsere Firma auch aus Kreisen der Armee und des Verteidigungsministeriums Forschungsgelder erhält?"

Er schwieg einen Moment. Der Kerl hatte wirklich Chuzpe. Das ärgerte ihn und gefiel ihm zugleich. Hoffentlich war der Junge kein Christ oder sonstiger Wirrkopf. „Und wenn, würde Sie das stören?"

Der junge Mann schüttelte, plötzlich wieder schüchtern wirkend, den Kopf. „Wissen Sie", geruhte das Mastermind fortzufahren, „ein Start-up-Unternehmen wie wir darf in der Wahl seiner Geldgeber nicht wählerisch sein, besonders dann, wenn es sich um staatliche Unterstützung handelt. Doch kann ich Ihnen versichern, dass wir, von der zur Marktreife gelangten medizinischen Sparte abgesehen, hinsichtlich aller sonstigen Anwendungen unserer technologischen Entwicklungen nach wie vor ein Forschungs- und kein Rüstungsunternehmen sind. Wenn Sie hierzu noch weitere Fragen oder Anregungen haben, möchte ich Sie hiermit bitten, sich zu gedulden, bis Sie in einigen Jahren in die Führungsriege unseres Unternehmens aufgestiegen sind – möglicherweise haben Sie ja das Zeug dazu. Bis dahin rate ich Ihnen im eigenen Interesse, hingebungsvoll Ihre Arbeit zu tun, stets mit vollstem Einsatz und, wenn Sie schon davon anfangen, sozusagen *militärischem* Gehorsam zu erfüllen, was Ihre Vorgesetzten Ihnen auftragen, und mit derlei Frager- und Hinterfragerei etwas zurückhaltender zu sein. Ihre Aufgabe ist es, Ihren Job zu machen und darin reibungslos zu funktionieren, damit auch das Unternehmen funktionieren kann. Vergessen Sie nie: Solange die Firma prosperiert, prosperieren auch Sie. Die Firma weiß, was sie tut, und sie weiß auch, dass es zum Wohl ihrer Mitarbeiter sowie unseres geliebten Landes geschieht. Ich danke Ihnen allen für Ihre Aufmerksamkeit. Schlafen Sie gut!"

Peking

„Hallo", sagte Jeremy schlaftrunken. Das Schrillen hatte ihn aus seinem Schlummer gerissen. Wie lange schrillte es schon so? Gerade war er auf der Flucht vor seinen Verfolgern durch ein nordkoreanisches Tunnelsystem gekrochen, das angeblich auf der rettenden anderen Seite der entmilitarisierten Zone enden sollte. Vielleicht, und das war das wahre Bedrohliche, ging es bei alledem aber zugleich um einen unterirdischen Atomtest, zu dem man ausgerechnet ihn als Testperson auserkoren hatte, das blieb alles seltsam vage und durcheinander. Dann aber hatte hinter ihm auf einmal jenes durchdringende Alarmsignal geschrillt, und dazu rief eine Stimme: „Achtung, wenn diese Glocke zum zwölften Mal schlägt, beginnt der Jüngste Tag und Ihr Fluchtstollen wird sich automatisch in die Luft sprengen, also ergeben Sie sich gefälligst." Da war ihm klar geworden, dass dieses Signal schon die ganze Zeit über immer wieder geschrillt hatte: aber wie oft nur, wie oft?

„Hallo?" Ihm schwirrte der Kopf von zu viel Shaoxing und wirren Träumen, doch nun begriff er, dass er sein Handy in der Hand hielt und dass es keineswegs zu explodieren drohte. Nochmal Glück gehabt.

„Jeremy, hab ich dich geweckt? Es tut mir leid. Hier ist Mie."

Er war mit einem Schlag hellwach. „Mie, mein Gott, du lebst! Ich wusste es! Wo steckst du? Geht es dir gut?"

„Mach dir keine Sorgen, Jeremy. Es ist alles bestens."

„Warum hast du dich die ganze Zeit nicht gemeldet? Ich hab mir solche Sorgen um dich gemacht! Was ist vorige Woche in Küsnacht bloß passiert? Und was ist mit den Dokumenten geschehen?"

„Es tut mir so leid, Jeremy, es klingt verrückt, aber ich konnte bisher noch keinen Kontakt mit dir aufnehmen. Ich kann dir das alles nicht am Telefon erklären. Ich bin hier in Hongkong, und du weißt, die Chinesen ... da muss man sehr vorsichtig sein, was abgehört wird."

„In Hongkong! Ich bin jetzt in Peking!"

„Ich weiß, Jeremy. J. D. Lee hat es mir gesagt, ich habe ihn heute getroffen. Wir haben über den Film gesprochen. Über meine Rolle. Und eure Pläne. Wollt ihr denn wirklich *dahin* fahren?"

„J. D. fliegt; ich nehme übermorgen den Zug nach Pjöngjang, das ist beschlossene Sache. Willst du nicht mitkommen? Wie ich J. D. kenne, kann er das bestimmt auch noch arrangieren." Das war spontan so dahingesagt, ohne dass Jeremy sich darüber Gedanken machte, ob ein Mitkommen Mies wirklich möglich und sinnvoll sein könnte, aber er war einfach nur froh, ihre Stimme zu hören, und ihm wurde bewusst, wie abgrundtief seine Sehnsucht war, sie wiederzusehen.

„Ich ... ich ... Nein, ich kann nicht. Ich kann dir alles erklären, aber nicht jetzt. Du, ich sollte morgen zurück nach Seoul fliegen. Aber ich könnte für eine Nacht in Peking Station machen – möchtest du?"

„In Peking? So, dass wir uns treffen können? Was fragst du, natürlich will ich! Ich kann dir gar nicht sagen, wie sehr ich will!"

In dieser Nacht träumte Jeremy keine Alpträume mehr.

Ein Laborraum

„Ist alles bereit? Können wir anfangen?"

„Soweit ich sehen kann, sind alle Werte okay. Die Körperreaktionen normal, Gehirnaktivitäten unverändert. Gleichmäßiger Tiefschlaf. Und wenn wir unser Objekt bis morgen auf hundert Prozent haben sollen, wird es allmählich Zeit, es aus dem künstlichen Koma zu holen."

„Also los, was warten wir noch! Keine süßen Träume mehr, Objekt PSI! Holen wir unser Baby aus seinem Schlummer."

„Ach, weißt du, fast beneide ich PSI um seinen Schlaf. Irgendwie könnte ich jetzt selbst noch ein wenig Schlummer gebrauchen. Es ist wirklich verdammt früh am Morgen und mir sitzt der lange Arbeitstag gestern noch tief in den Knochen."

„Komm, hab dich nicht so! Wer hier weit kommen will, muss eben früh aufstehen. Du weißt ja gar nicht, wie viel Glück du hast, dass sie dich ins innere Team aufgenommen haben. Hast du sicher auch mir zu verdanken, weil ich ihnen versichert habe, dass du absolut vertrauenswürdig und zuverlässig bist – und auf alle Fälle dichthältst. Also, jetzt enttäusch mein Vertrauen nicht und hör auf zu gähnen!"

„Ist ja gut. Also, gehen wir an die Arbeit. Wecken wir das Baby."

Die beiden in weiße Kittel gekleideten jungen Männer verfielen in hektische Aktivität. Tippten Kommandos in Tastaturen, riefen Dateien auf und füllten Eingabemasken, blickten gebannt auf die wechselnden Bilder in den vielen Monitoren im Raum, über die gelbe, rote, grüne Zickzacklinien zuckten, Zahlenkolonnen rollten oder flimmernde Bilder huschten, überprüften Anzeigen und blinkende Warnlichter, liefen zu den futuristischen Gerätschaften, die den Laborraum füllten und ein wenig wirkten wie rätselhafte Schalentiere aus einer anderen Galaxie, wechselten von Apparat zu Apparat und wieder zurück, betätigten hier einen Schalter und legten dort einen Hebel um, begannen dann, mit Ampullen und farbigen Flüssigkeiten zu hantieren, befüllten damit Schläuche und Kanülen und überprüften wiederum Schalttafeln, Monitore, Kontrolllampen. Zuletzt verließ der etwas Ältere den Raum, während der Jüngere sich an ein Glasfenster an der hinteren Wand des Raumes begab und einen kleinen Vorhang zur Seite zog.

Auf der anderen Seite des Fensters befand sich eine Art Hightech-Krankenhausbett, an dem wiederum verschiedenes Zubehör, Halterungen, Ständer, Schläuche, Geräte angebracht waren, so dass man den darunter befindlichen menschlichen Körper kaum erkennen konnte. Sein Kopf war unter einer Art Glocke verborgen, die entfernt einer Trockenhaube glich, nur dass von der Glocke allerlei Kabel in alle Richtungen wegführten. Neben dem Bett stand in seinem weißen Kittel der etwas Ältere, nahm den Körper in Augenschein, prüfte die Riemen, mit denen er ans Bett gefesselt war, erledigte hier und dort noch den einen oder anderen Handgriff und gab seinem Kollegen hinter dem Fenster schließlich mit emporgerecktem Daumen ein Zeichen.

Keine Minute später war er wieder zurück in dem Raum mit den Maschinen und Monitoren. „So, der Aufwachvorgang ist eingeleitet. In fünf bis acht Stunden spätestens ist es so weit. Bin mal gespannt, ob die Adjustierungen erfolgreich waren. Es ist wirklich wichtig, dass Objekt PSI endlich fehlerfrei funktioniert. Soviel ich weiß, hat unser Baby in ein paar Tagen einen großen Termin.“

„Ach? Davon hast du mir gar nichts erzählt. Worum geht es denn?“

„Tja, strengste Geheimsache. Ich weiß selbst nicht viel darüber, und selbst wenn ich mehr wüsste, dürfte ich dir nichts sagen. Ich kann dir nur so viel verraten, dass PSI nach Kaesong verlegt werden soll.“

„Nach Kaesong? Nordkorea? Wo wir die *schmutzigen* Operationen machen? Aber ich denke, unser Baby ist jetzt fertig und muss nicht mehr operiert werden.“

„Diesmal geht's auch nicht um eine schmutzige Operation. Nicht an einem Menschen jedenfalls. Soviel ich weiß, ist es eine Operation anderer Art. Wie schmutzig die ist, will ich gar nicht wissen, und du am besten auch nicht. Wir machen hier nur unseren Job und verdienen gutes Geld dafür: Was gut für die Firma ist, ist auch gut für uns.“

„Natürlich.“ Der Jüngere warf einen letzten Blick durch das Glasfenster hinüber zu dem hinter all den Schläuchen und Geräten kaum sichtbaren Körper. Dann seufzte er. „Nach all der Arbeit, die wir uns in den letzten Monaten mit unserem Objekt PSI gemacht haben, habe ich unser kleines Spielzeug richtig liebgewonnen. Wäre doch schade, wenn wir unser Baby jetzt verlieren sollten, nicht?“

„Komm, jetzt werd nicht sentimental und mach deine Arbeit.“

„Schon gut, ist ja gut.“ Ein langes Gähnen. „Mann, bin ich müde!“

Peking

„Hallo du", sagte Jeremy schlaftrunken, als sein Handy gegen sechs Uhr früh zum zwölften Mal geläutet hatte. Noch hatte er Mühe, sich zu sortieren. Schon wieder? Mie, tagelang warte ich auf ein Lebenszeichen von dir, und auf einmal …

„Jeremy, ich bin's, Cathy. Du, hör mal, ich hätte Neuigkeiten – und ein paar Fragen an dich."

„Hallo … *Cathy* – na endlich! Ich hab mir schon Sorgen gemacht, weil du dich gar nicht mehr meldest. Wie geht's dir? Wo steckst du? Bist du schon weitergekommen, bei deiner … deiner …" Jeremy hatte das Gefühl gleichzeitiger Beklommenheit und Freude bei zudem fortgesetzter schlaftrunkener Verwirrung dadurch überspielen wollen, dass er einen unbefangen vertrauten Ton anschlug, merkte jetzt aber, dass er sich verheddert hatte. Was hatte er sagen wollen? Bei deiner Suche nach dir selbst? Nach der Zukunft unserer Beziehung? Nach neuen Horizonten und Herausforderungen? Nach diesem Hirntoten; eine Suche, von der du dir weiß Gott was zu erwarten scheinst? Er versuchte neu anzusetzen: „… bei deiner Reise zu …?"

„Danke, mir geht's so einigermaßen gut. Wie es einer Frau eben geht, die … Wie es einer Frau *in meiner Situation* eben geht. Aber lass mich jetzt gleich mal klarstellen: Dies hier ist kein Gespräch über Befindlichkeiten. Und schon gar nicht über Beziehungen. Verstanden? Ich habe ein paar rein sachliche Fragen an dich, ist das klar?"

„Klar, verstanden. Du … unter diesen Umständen … um es mal klarzustellen … Ich hatte eine kurze Nacht und es ist verdammt früh am Morgen. Kannst du nicht in zwei, drei Stunden nochmal anrufen?"

Jeremy hörte sie schnauben. „Typisch. Sobald es mal nicht um den werten Herrn Gouldens selbst geht … Hör mal zu: Hier geht es nicht nur um deinen Schlaf. Hier geht es womöglich um Leben und Tod."

Er seufzte. „Schon gut. Bin jetzt sowieso hellwach. Dann schieß mal los." Im Grunde war er durchaus gespannt, Neues von Cathys Unternehmungen zu erfahren. Seit ihrer überstürzten Abreise hatten sie nur zweimal telefoniert. Im ersten Telefongespräch bald nach ihrer Ankunft hatte sie ihm von Kim Parks Verschwinden aus dem Krankenhaus in Shanghai erzählt und von ihrem Entschluss, die Suche nicht aufzugeben, bis sie ihn gefunden habe. Beim zweiten Telefonat, vor drei Tagen, hatte sie ihm von einer neuen Spur berichtet, der sie nun in ein südkoreanisches Dorf folgen wolle. Er wiederum hatte sie von seiner bevorstehenden Reise nach China in Kenntnis gesetzt, verbunden mit der vagen Hoffnung, in diesem Zusammenhang vielleicht auch Cathy zu treffen. Von dergleichen hatte sie aber nichts wissen wollen – jedenfalls nicht, bevor sie Kim Park nicht gefunden hatte.

Und jetzt packte sie aus. Erzählte von der Adoptivmutter, die sie in jenem Dorf ausfindig gemacht hatte. Vom Schicksal der Familien Kim und Park zwischen Nord- und Südkorea. Und von der Schwester, die unter mysteriösen Umständen von einem Konzentrationslager im Norden in ein biotechnisches Labor des Südens gelangt war – das Labor einer Firma, die vermutlich auf medizinisch-biotechnologische Anwendungen spezialisiert war, eventuell mit Schwerpunkt im Bereich der Neurotechnik. Und in der an exponierter Stelle ein Dr. Maing Ma Shin arbeitete. „Gibt es irgendeine Möglichkeit, mehr über diese Firma in Sejong herauszufinden? Du hast doch so viele Kontakte und Kenntnisse, Jeremy. Vielleicht hast du ja schon von diesem Unternehmen gehört und kannst mir zumindest seinen Namen sagen."

Jeremy dachte nach. Irgendwas an der Sache kam ihm bekannt vor. Durch seine Tätigkeit als Anwalt, Ostasienspezialist und Geschäftsführer der Gao-Feng-Stiftung hatte er in der Tat mit vielen Firmen in Japan, China und Südkorea zu tun. Dennoch, er würde zunächst recherchieren müssen. „Ich kümmere mich darum und melde mich bei dir, okay? Da fällt mir ein: Fährst du heute nach Seoul zurück? Ja? Es gibt da einen Bekannten von mir, Clemens Alt, den Filmregisseur, ich hab dir schon von ihm erzählt. Ich kenne ihn aus Zürich, wo er lebt, wenn er nicht für seine Filme in der Welt herumreist. Er hat soeben einen Dokumentarfilm über die Arbeits- und Lebensbedingungen der Südkoreaner gedreht. Meines Wissens ist er gerade in Seoul, um den Schnitt seines Films zu überwachen, der auf dem Zürcher Filmfestival gezeigt werden soll. Clemens kennt sich sehr gut in der südkoreanischen Firmenwelt aus und kann dir bestimmt weiterhelfen. Wenn du willst, rufe ich ihn gleich mal an und erzähl ihm von der Sache. Und dir kann ich seine Handynummer per SMS schicken."

„Du bist ein echter Schatz, Jeremy!"

„Wirklich? Wie wäre es dann, wenn wir vielleicht doch …"

„Bitte, he, du weißt, wie ich das meine. Wir telefonieren später nochmal, okay? Und du kümmerst dich schon mal um diese Firma, ja? Es ist wirklich sehr wichtig. Dann mach's mal gut, Jeremy."

Schon hatte sie aufgelegt. Jeremy kroch zurück unter die Decke. Immerhin: Sie hatten wie vernünftige Menschen miteinander gesprochen. Und zumindest wenn er etwas für sie tun konnte, war er wieder ein „Schatz". Er sah auf die Uhr. Fünf nach sechs. Zwei Stunden würde dieses Tun trotzdem noch warten können. Bald träumte er wieder, träumte von Mie und Cathy, wie sie ihn beide besuchen kamen, und die eine packte ihn rechts am Arm und die andere links, und dann sagten beide: „Du bist ein Schatz, komm!", und irgendwas zerriss in ihm.

Sejong

„Na, Dr. Mindmachine, wie stehen die Aktien?"

Der so Angesprochene verzog die Lippen zu einem halb gequält, halb überheblich wirkenden Lächeln. Er wusste, dass er innerhalb eines *speziellen* Kreises seiner Mitarbeiter mit diesem Spitznamen tituliert wurde, legte aber Wert darauf, dass der Name diesem Kreis vorbehalten blieb, und im direkten Gespräch verbat er sich die Anrede im Allgemeinen. Allerdings war sein Gegenüber nicht irgendwer, sondern sein Cousin und, zumindest auf dem Papier, auch sein Vorgesetzter. Tatsächlich allerdings teilten sie sich die Firmenleitung. Sein Cousin, der Einzige, von dem er sich diese Anrede gefallen ließ, war das offizielle Gesicht nach außen und für alle geschäftlichen Angelegenheiten verantwortlich, während er, „Mindmachine", eben das Mastermind hinter den Kulissen und vor allem für die Forschung zuständig war. Speziell für jene Firmenaktivitäten, die nach gegenwärtiger Gesetzeslage eben auch hinter den Kulissen stattfinden mussten.

„Nun gut, du weißt besser als ich, dass wir uns mit unserem Börsengang noch ein wenig gedulden müssen. Zumindest bis unser neustes Produkt zur Marktreife gelangt ist."

„Was schon sehr bald der Fall sein dürfte. Dank der außerordentlichen Arbeit von dir und deinem Team."

„Und dank deinen außerordentlichen Talenten und besten Kontakten, was die Bereiche Finanzierung und Vernetzung angeht."

„Danke, danke. Aber was wäre ich ohne dich? Ich habe mir vorhin das Manuskript zu deinem Vortrag von gestern Abend durchgelesen. Welch genialer Weitblick! Wahrhaft faszinierend."

„Gleichfalls danke. Aber Weitblick allein reicht eben nicht. Schon Leonardo da Vinci hat Hubschrauber konstruiert. Aber damit sie fliegen können, bedarf es des praktischen organisatorischen Sinnes, um auch die vergleichsweise banalen technischen Probleme der Umsetzung zu meistern. Ohne dich und deine entsprechenden Fähigkeiten wären all meine Ideen noch heute einfach nur Visionen auf dem Papier."

Die beiden Cousins hatten lange Zeit ein recht unterschiedliches Leben auf verschiedenen Kontinenten geführt, bis sie vor einigen Jahren zusammengekommen waren und herausgefunden hatten, dass sich ihre unterschiedlichen Lebenswege, Begabungen und Tätigkeitsgebiete aufs Trefflichste ergänzten. Große Visionen hatten sie beide, wobei diejenigen des einen in der Tat zunächst eher theoretischer Natur waren, die des anderen dagegen mehr auf die Praxis abzielten – auf das praktisch Machbare und handfesten Gewinn Versprechende. Auch hier also die perfekte Ergänzung. Und so hatten sie beschlossen, gemeinsam eine visionäre Firma zu gründen, die Techniken für die Zukunft entwickeln und eine marktbeherrschende Stellung anstreben wollte.

„Da dürftest du allerdings recht haben. Meine Aufgabe, ich weiß, besteht nicht zuletzt auch darin, dir immer wieder die nötige Erdung zu geben. In diese Richtung geht auch mein leiser Kritikpunkt an deinem ohne jeden Zweifel hervorragenden Vortrag: Findest du nicht, dass du diese jungen Leute ein wenig überfordert hast?"

„Was meinst du damit? Überforderung ist das Erfolgsrezept unseres Staates! Du hast selbst gesagt, dass unsere moderne Welt nach dem Muster einer athletischen Meisterschaft aufgebaut werden muss: Nur die weltbesten Leistungen haben eine Chance auf Edelmetall."

„Ja, ja, natürlich. Ich meine nur: Überforderung mit der kosmischen Weite deiner Visionen."

Mastermind schluckte und rieb sich die Schläfen. Sein Cousin hatte zweifellos recht. Und dabei war die Episode mit der finalen Verwandlung des Universums in einen hyperintelligenten Supercomputer noch nicht einmal Teil jener schriftlich fixierten Fassung gewesen – da waren während der Rede einfach die Neuronen mit ihm durchgegangen.

„Nun gut, ich dachte nur, auch dem kleinsten Rädchen im großen intelligenten Ganzen könnte es förderlich sein, wenn es über seinen Endzweck … natürlich unter Auslassung der brisanten Details …“

„Ja, ich gebe zu, das mit den Auslassungen hast du sehr gut hinbekommen! Aber gerade angesichts der Tatsache, dass die Zahl unserer Mitarbeiter bald in die Hunderte, Tausende gehen wird, ist es wichtig, all den kleinen Rädchen eben *nicht* jene umfassende Perspektive zu geben, die in ihnen womöglich den Argwohn wecken könnte, dass sich die Hälfte unserer Forschungstätigkeit weniger damit befasst, armen Querschnittgelähmten einen Zugang zur Welt zu verschaffen, sondern in gewissem Sinn eher auf das genaue Gegenteil abzweckt.“

„Weiß ich doch, Cousin. Ich halte mich ja auch zurück. Nur: Das gestern war eine sorgfältig ausgesiebte Schar potenzieller Führungskader, und es schienen mir durchaus einige vielversprechende zukünftige Leistungsträger dabei zu sein. Wenn die Zahl unserer Mitarbeiter tatsächlich bald in die Tausende geht, wie du sagst und ich hoffe, werden wir nicht umhinkommen, auch den Kreis unseres eingeweihten Spitzenpersonals zu erweitern.“ Er dachte zurück an den jungen Mann mit seinen forschen Zwischenfragen zu Militär, Manipulation und Gedankenkontrolle. Zu gern hätte er ihm eine ausführlichere Antwort gegeben. Ihm Einblick in seine dunklen Visionen gewährt. Ein faszinierendes Reich der ungeahnten Möglichkeiten tat sich da vor ihm auf wie ein funkelnder Abgrund. Und bei der Eroberung dieses Abgrunds brauchte er Mitstreiter. Wieder rieb er sich die Schläfen, hinter denen es dumpf bohrte. Die alten Kopfschmerzen.

Peking

Moment, was war das? Jeremy scrollte zurück. Er saß in einem *Wangba*, einem der zahllosen privat geführten Internetcafés Chinas, und überflog eine Liste von Firmen, die Niederlassungen in der neuen südkoreanischen Hauptstadt Sejong hatten. War da nicht eben ein Name gewesen, der ihn aufhorchen ließ? Da war es: *Brainweb Inc.* Das Unternehmen, so war zu lesen, war im Bereich der biomedizinischen Technik tätig und auf Hard- und Softwareentwicklung für den medizinischen Implantatebau spezialisiert. Das könnte passen.

Er überlegte. Brainweb ... der Name sagte ihm etwas. War das nicht jene Firma, die vor einiger Zeit bei der Gao-Feng-Stiftung einen Antrag auf Fördergelder gestellt hatte? Die Sache war Jeremy reichlich ominös vorgekommen. Die Antragsteller hatten behauptet, im Sinne der Stiftungssatzung an einem Projekt zur Annäherung zwischen Süd- und Nordkorea zu arbeiten und im Süden Nordkoreas eine humanitäres Begegnungsstätte einrichten zu wollen. Doch blieben alle Angaben hierzu wolkig. Im Rahmen der Prüfung hatte sich herausgestellt, dass diese „Begegnungen" im Wesentlichen an einer Betriebsstätte der Sonderwirtschaftszone Kaesong stattfinden sollten und dabei der begründete Verdacht bestand, dass sie letztlich kommerziellen Zwecken dienten, die im Widerspruch zur Stiftungssatzung standen. Der Argwohn hatte sich nicht ausräumen lassen, dass die Firma einfach nur kostengünstig gewisse personalintensive Betriebsbereiche in den Norden hatte auslagern wollen und dabei die Dreistigkeit besessen hatte, schlichte Ausbeutung mit dem Mäntelchen der „Zusammenführung" schönfärben zu wollen. Natürlich war der Antrag abgelehnt worden. Seither hatte Jeremy von Brainweb nichts mehr gehört.

Aber halt: Hatte er den Namen nicht kürzlich auch auf der langen Liste jener Firmen und Gesellschaften gelesen, die möglicherweise in Zusammenhang mit jenen Geldflüssen standen, die, von Jonathan Creed gelenkt, ihren Weg über die Stiftung genommen und in Dr. Welti den Verdacht auf Geldwäsche geweckt hatten? Mit der Untersuchung der Angelegenheit war nun Weltis Partner Kurt-Anton Stirnimann betraut. Jeremy sollte ihn vielleicht einmal anrufen.

Als Nächstes rief Jeremy die Website von Brainweb auf. Das junge Unternehmen, so erfuhr er, war erst vor kurzem von Seoul in sein neues Hauptquartier in Sejong umgezogen. Im Kleingedruckten fand sich noch der Hinweis auf eine weitere Produktionsstätte in der nordkoreanischen Sonderwirtschaftszone Kaesong. Aha, da haben wir ja unsere „Begegnungsstätte", dachte Jeremy grimmig. Die hatte die Firma offenkundig auch ohne die Gao-Feng-Stiftung aufziehen können. Als CEO, also Hauptgeschäftsführer, fungierte ein Mun Dae Jong, als dessen Stellvertreter ein Raymond Moon. Jemanden namens Maing Ma

Shin konnte Jeremy nicht finden. Dennoch hatte er keinen Zweifel, auf eine heiße Spur gestoßen zu sein.

Sejong

„Selbstverständlich werden wir den inneren Kreis erweitern müssen, mein lieber Cousin. Was natürlich mit Risiken verbunden ist. Wir wandern da auf einem sehr schmalen Grat. Zwar haben wir Rückendeckung aus jenen Armee- und Geheimdienstkreisen, die von unserer Forschung profitieren wollen, aber die Regierung selbst weiß offiziell nichts von unseren *speziellen* Projekten, und wenn irgendjemand den Medien gegenüber auspacken würde, könnte es einen Skandal geben, der uns sehr schaden würde. Und wenn gar jemand dahinterkäme, was wir da für Geschäftskontakte zur Gegenseite geknüpft haben, dann …"

„Nur ruhig Blut. Ich verstehe nicht, warum du so zaghaft bist. Als würde die Größe deiner eigenen Visionen dir Angst einjagen. Ich habe nie Angst vor meinen Visionen. Wenn ich in die Weiten des Kosmos hinausschaue, habe ich nicht das Gefühl, unermesslich klein zu werden, sondern es kommt mir vor, als würde ich mit der Weite meines Blicks selbst ins Unermessliche wachsen. Komm schon, Dae Jong: Du hast alles hier aufgebaut. Du hast dafür gesorgt, dass wir bald nach der Unternehmensgründung das Labor in Kaesong einrichten konnten, und du hast uns die Kontakte in den nordkoreanischen Apparat verschafft, durch die wir unsere Fühler über Kaesong hinaus ausstrecken konnten, wodurch wir einen sicheren Ort gefunden haben, an dem wir unsere unverzichtbaren Experimente zum Wohle der Menschheit durchführen können. Du weißt so gut wie ich, dass es ohne das nun mal nicht geht, wenn wir zukunftsfähig bleiben und expandieren wollen."

„Natürlich. Nur denke ich, wenn du vom ‚Wohle der Menschheit' sprichst, immer mehr an das, was ich für mich unser ‚kleines dunkles Geheimnis' nenne – das uns eines Tages noch einholen könnte."

„Weil deine Perspektive falsch ist: zu menschlich kleinlich, zu sehr aufs nahe Einzelne gerichtet statt aufs große Ganze. Wir müssen eben vorsorgen, dass uns *nichts* je einholen kann. Indem wir schneller, besser, klüger sind. Ich habe in Amerika in den bestausgestatteten Geheimlaboren an Programmen mit einem Etat gearbeitet, der in die Milliarden geht. Doch nicht mal dort hatten wir jene Möglichkeiten, die uns unsere Freunde im Norden nun so billig verschafft haben."

„Ich weiß ja, ich weiß. Es ist nicht so, dass ich moralische Skrupel hätte. Da stimme ich dir ja zu: Das Wohl aller geht über das Wohl Einzelner. Ich mache mir nur Sorgen, wo das alles noch hinführen kann. Wahrscheinlich hast du recht und ich erschrecke manchmal vor der ungeheuren Größe meiner – *unserer* – Visionen. Das hast du von den Amerikanern gelernt und mir ein Stück weit voraus: den Blick und den Mut für die unbegrenzten Möglichkeiten und diese energische, optimistische Herangehensweise zu ihrer Umsetzung."

„Ich glaube, in Sachen Energie stehst du mir in nichts nach. Nur mit dem Mut und dem Optimismus, da stimme ich dir zu, könntest du manchmal etwas weniger *zurückhaltend* sein."

Während er selbst, Raymond Moon, das Mastermind von Brainweb, als Kind zusammen mit seinen Eltern in die USA ausgewandert war – seine koreanische Mutter hatte einen US-Offizier geheiratet –, hatte sein Cousin Mun Dae Jong in Südkorea zunächst eine glänzende Bildungslaufbahn bestritten, um dann direkt nach dem Studium an der prestigeträchtigen KAIST-Universität eine atemberaubende Karriere bei einem der renommiertesten Chaebols des Landes zu beginnen. Binnen weniger Jahre war er in dem streng hierarchisch organisierten Großkonzern bis zum Leiter der Sparte „Bioinformatik und künstliche Intelligenz" aufgestiegen. Die Möglichkeiten, die sich hier eröffneten, faszinierten ihn, zugleich wurde ihm aber rasch klar, dass dem Konzern zwar alle nötigen finanziellen Mittel zur Verfügung standen, Dae Jong dort aber die Machtbefugnisse und die rechtlichen Freiheiten für wirklich revolutionäre Neuerungen fehlten. So international erfolgreich Südkoreas Chaebols auch waren, so sehr fehlte ihnen doch die wagemutige Innovationskraft junger Start-up-Unternehmen, die von den etablierten Großkonzernen meist sogleich verdrängt oder aufgekauft wurden. Konzerne wie Hyundai und Samsung konnten zwar erfolgreich mit Toyota oder Apple konkurrieren, wirklich neue Ideen, mit denen man die Welt erobern konnte, hatten sie bisher jedoch nicht hervorgebracht: Samsung mochte weltweit am meisten Smartphones verkaufen, erfunden jedoch hatte man sie anderswo.

Genau in dem Moment, da Dae Jongs Zukunftsplanung ins Stocken geraten war, hatte er einen Anruf von seinem Cousin aus Amerika erhalten. Zufällig (oder aufgrund einer familiären Anlage) hatten ihre Lebenswege eine ähnliche Richtung eingeschlagen. Mit dem entscheidenden Unterschied, dass der in Amerika Aufgewachsene, der zuerst eine steile akademische Karriere hingelegt hatte, nun in einem Umfeld arbeitete, das weitgehend über allen rechtlichen und ethischen Schranken angesiedelt war – nämlich im Rahmen eines Forschungsprogramms, von dem selbst in Amerika kaum jemand etwas wusste: aus dem einfachen Grund, dass es offiziell gar nicht existierte. Raymond Moons Schwerpunkte – die Möglichkeiten der Bioelektronik an der Schnittstelle von Mensch und Maschine – waren, wie sich herausstellte, die ideale Ergänzung zu denen seines Cousins. Als Raymond nun Kontakt mit Dae Jong in Südkorea aufnahm, befand sich auch sein Leben am Scheideweg: Trotz seiner unleugbaren Talente stagnierte seine Karriere, und er hatte das Gefühl, aus dem inneren Zirkel der Geheimforschungen herausgedrängt zu werden. Wofür er, wohl nicht zu Unrecht, Misstrauen seiner Vorgesetzten angesichts seiner koreanischen Herkunft als Grund vermutete. Dazu gesellten sich gesundheitliche Probleme – in jener Zeit hatte er sich mehrmals stationär wegen schwerer Migräne behandeln lassen müssen –, was zusätzlich dazu beitrug, in ihm die Entscheidung reifen zu lassen, dass die Zeit für eine völlige Neuordnung seines Lebens gekommen war.

In jenem Telefonat der Cousins war die folgenschwere Entscheidung gefallen: Zur Verwirklichung ihrer Visionen würden sie sich zusammentun. Der eine nahm Abschied von seinen US-Geheimlaboren (was nicht ungefährlich war, schon da er unbemerkt einige Terabyte an vertraulichem Datenmaterial mitgehen ließ), der andere kehrte seiner Führungsposition in jenem eher trägen Chaebol den Rücken, wobei er dafür Sorge trug, einen Stab seiner fähigsten Mitarbeiter ins neue Unternehmen mitzunehmen. Auf Grundlage seines inzwischen geknüpften Netzwerks mit Kontakten in Industrie, Wissenschaft, Politik und Militär, das sogar Verbindungen bis ins andere Korea umfasste, gelang es ihm rasch, die Basis zur Gründung eines ambitionierten Start-ups zu schaffen. Das war die Geburtsstunde von Brainweb gewesen. Und jetzt, nach den schwierigen Anfangsjahren, war der ganz große, alles revolutionierende Durchbruch in greifbare Nähe gerückt.

„Wer angesichts der eigenen Größe anfängt, Angst und Schwindelgefühle zu entwickeln, fängt an zu schrumpfen und wird klein. Und wer klein ist, wird angreifbar. Hüte dich also vor der Angst, Cousin."

„Schon gut, Raymond. Ich weiß, dass ich mich gut genug im Griff habe, um nicht klein zu werden. Aber noch etwas anderes macht mir Sorgen: Du hast selbst gerade betont, wie billig wir an die Sache im Norden herangekommen sind. Weißt du: Wenn ich etwas allzu billig bekomme, denke ich entweder, dass es nichts taugt oder dass es nur ein Lockangebot ist und mit Kosten und Nachteilen verbunden, die es letztlich doch teuer werden lassen. Und genau so geht es mir hier."

„Du glaubst, dass die versuchen, uns dranzukriegen? Im Grunde ausgeschlossen. Ohne uns sind die doch aufgeschmissen, die verfügen gar nicht über die technischen Möglichkeiten und das Know-how, um sich unsere Entwicklungen ohne Hilfe zunutze zu machen."

„Ich weiß. Trotzdem habe ich ein ungutes Gefühl. Gerade jetzt, wo das Treffen in Kaesong vor der Tür steht."

„Wir sollten es dazu nutzen, den Leuten des Puppenspielers auf den Zahn zu fühlen. Wenn er schon so begierig ist, zu bekommen, was wir zu bieten haben, sollte es ein Leichtes sein, dafür zu sorgen, dass das nach unseren Bedingungen geschieht und nicht nach seinen."

Peking
„Und du bist dir wirklich sicher, Jeremy?"

„Ziemlich. Es passt alles zusammen. Nur einen Dr. Maing Ma Shin habe ich dort noch nicht gefunden. Der ganze Rest fügt sich ineinander wie Puzzleteile: Die Firma Brainweb ist eben erst von Seoul in ein neues, großes Laborzentrum in Sejong umgezogen. Und, jetzt halt dich fest: Sie haben auch eine Niederlassung in Kaesong."

„Der Sonderwirtschaftszone? Kims Schwester Ho Soon ist auch in Kaesong gewesen. Man hat dort an ihr Experimente durchgeführt!"

„Du hast es mir heute Morgen erzählt, ja. Ich glaube nicht, dass es noch eine zweite Biotech-Firma in Sejong gibt, die auch in Kaesong arbeiten lässt. Das ist eigentlich mehr ein Ort für personalintensive Tätigkeiten in der Textilindustrie und dergleichen. Als Standort für Hightech-Labore ist Kaesong dagegen nicht so gut geeignet."

„Es sei denn, man erledigt dort Dinge, zu denen man in Südkorea nicht die rechtlichen Möglichkeiten hat. Etwa Menschenversuche."

„Eine neue, zynische Bedeutung des Wortes *personalintensiv*!"

„Aber was stellt diese Firma denn her, dass sie es nötig hat, für ihre Produkte Menschen zu foltern?"

„Da gibt es im Grunde viele Möglichkeiten, Cathy. Weltweit werden jährlich über hundert Millionen Tiere für Versuche getötet, sozusagen als zweite Wahl, denn die Ergebnisse wären viel genauer, wenn man die Tests direkt am Menschen durchführen könnte. Frühere Zeiten waren da weniger skrupulös. Du weißt ja, dass die Japaner in den Dreißigern und Vierzigern Hunderttausende von Menschen für Experimente mit Biowaffen und so weiter ermordet haben. Ähnliches lief zur gleichen Zeit auch bei den Deutschen, deren KZs voll waren mit zu vernichtendem Humanmaterial, das man so immerhin noch einer praktischen Verwertung zuführen konnte. Und es gibt begründete Hinweise, dass dergleichen in den nordkoreanischen KZs noch heute gang und gäbe ist. Frag Clemens Alt, der weiß sicher Genaueres."

„Ja, mach ich, wir haben telefoniert. Wir treffen uns noch heute Abend in Seoul. Aber du schweifst ab. Ich wollte von dir keine allgemeinen Ausführungen über Tierversuche und zum x-ten Mal über die Verbrechen der Japaner und Nazis hören, sondern ganz konkrete Auskünfte über den Tätigkeitsbereich von Brainweb."

„Okay, okay, ich wollte das alles nur in seinen Zusammenhang einbetten. Also, Brainweb: Wie du schon vermutet hast – sie produzieren medizinisch-biotechnologische Anwendungen im Bereich der Neurowissenschaften. Neuroprothesen und sogenannte Brain-Computer-Interfaces, ein ganz neuer Boommarkt in der Medizintechnik. Sie haben eine Art Chip entwickelt, über den es vollständig gelähmten Menschen möglich ist, wieder mit der Außenwelt zu kommunizieren, und forschen an weiteren Anwendungen einer Technologie, die es erlaubt, Geräte allein mittels Gedankenkraft zu steuern."

„Klingt für mich nach Science-Fiction."

„War es bis vor einigen Jahren auch. Aber die Zeiten ändern sich, Cathy. Der eine der beiden Firmengründer, Raymond Moon, war in den USA offenbar ein hohes Tier in einem militärischen Forschungsprogramm, ist dann aber ausgestiegen, um zusammen mit seinem südkoreanischen Cousin Brainweb ins Leben zu rufen. Auf Moons Namen bin ich immer wieder auf obskuren Websites von durchgeknallten Esoterikern und Verschwörungstheoretikern gestoßen – so die Sorte, die dann immer gleich anfängt, von MKULTRA, Gedankenkontrolle und so weiter zu faseln. Nicht sonderlich ernst zu nehmen, aber immerhin interessant, dass dieser zwielichtige Kerl in diesen Kreisen offenbar eine gewisse Reputation hat. Es heißt, dass er …"

„MKULTRA? Irgendwo habe ich davon schon mal gehört."

„Vermutlich in einem Film oder Schundroman. MKULTRA ist im Grunde ein alter Hut, war mal ein Geheimprogramm der CIA zu Möglichkeiten der Bewusstseinsüberwachung. Im Rahmen dieses groß angelegten Projekts, an dem, ohne Genaueres zu wissen, Dutzende Universitäten, Krankenhäuser, Pharmaunternehmen teilhatten, hat man etwa damit experimentiert, dass man Patienten, Gefängnisinsassen und Soldaten meist ohne deren Wissen die neue Wunderdroge LSD verabreicht hat. Man wollte herausfinden, ob sich Drogen als eine Art Wahrheitsserum verwenden lassen, mit dem man etwa Spione dazu bringen kann, ihr Wissen zu verraten und die Seiten zu wechseln. Auch hoffte man, Menschen das Gedächtnis löschen und sie danach wie Roboter programmieren zu können. Aber die Erfolge hielten sich in Grenzen. Das Ganze hat zig Millionen und etliche Menschenleben gekostet, was man vertuscht hat, aber irgendwann wurde der CIA die Sache dann doch zu heiß. Nach zwanzig Jahren Forschung ist das Programm 1973 eingestellt worden und der damalige CIA-Chef Richard Helms hat illegal alle Akten vernichten lassen. Letztlich jedoch hat die CIA mit ihrem Geheimprogramm nicht viel mehr bewirkt, als die Jugend auf den Geschmack zu bringen und die Hippiebewegung ins Leben zu rufen. So waren unter denen, die in den frühen Sechzigern an MKULTRA-Experimenten teilnahmen, etwa auch der *Kuckucksnest*-Autor Ken Kesey und Robert Hunter, der Texter der Flower-Power-Band Grateful Dead, die beide neben Timothy Leary zu den begeistertsten Advokaten der neuen Wunderdroge wurden. Außerdem …"

„Genug, genug, Jeremy, du musst mir nicht auf jede Frage gleich einen abschweifenden Endlosvortrag halten, wie oft soll ich dir das noch sagen? Erzähl mir lieber, was dieser alte Hut mit diesem Raymond Moon von Brainweb zu tun haben soll!"

„Na ja, es gibt da Gerüchte, dass dieses Programm in Wirklichkeit nie eingestellt worden ist und vielmehr all diese Dinge über die Jahrzehnte hinweg im Geheimen perfektioniert wurden: Neurowaffen und so weiter. Aber, wie gesagt, das behaupten in der Regel irgendwelche Spinner und Verschwörungstheoretiker. Die Sorte von Leuten, die fabulieren, sie seien von Aliens entführt und manipuliert worden, oder die in ihrem Kopf ständig Stimmen hören und glauben, die CIA stecke dahinter. Im Internet tummeln sich eben alle möglichen …"

„Ho Soon hat auch Stimmen gehört! Ich habe es dir nicht erzählt, weil es mir ein wenig zu … *krank* erschienen ist. Ich meine, nach allem, was sie durchgemacht hat, ist es kein Wunder, wenn sie verrückt wird. Aber wenn das doch stimmt und sie in Wirklichkeit auf diese Weise von den Brainweb-Leuten kontrolliert wird, dann …"

„Sie ist ihnen entkommen, Cathy! Meinetwegen hört sie Stimmen, aber die können sie offensichtlich nicht zwingen, das zu tun, was sie von ihr wollen. Also, wenn du mich fragst, dann …"

„Sie hat gesagt, dass die noch eine letzte Operation an ihr hätten durchführen wollen. Vielleicht wäre es genau diese Operation gewesen, die sie in deren willenlosen Golem verwandelt hätte. Ich trau denen alles zu. Was sind das bloß für Monster! Zombieärzte!"

„Wie auch immer: Bestimmt ist mit denen nicht zu spaßen. Deshalb musst du dich von diesen Brainweb-Typen unbedingt fernhalten."

„Mich fernhalten? Bist du noch bei Trost? Gleich morgen fahre ich hin und stell den Laden auf den Kopf. Dann knöpf ich mir diesen Maing Ma Shin vor und rupfe ein Hühnchen mit ihm, darauf kannst du dich verlassen. Bis dahin vielen Dank, Jeremy, du warst mir ausnahmsweise mal eine große Hilfe. Du hörst von mir!"

„Bitte, Cathy, sei vorsichtig. Du weißt nicht, was …" Aber sie hatte schon aufgelegt. Jeremy seufzte. Eine Stimme von innen sagte ihm laut und vernehmlich, dass er Cathy besser nicht auf diese Spur geschickt hätte. Und er war sich absolut sicher, dass diese Stimme *nicht* von der CIA kam, sondern aus seinem eigenen schlechten Gewissen.

Ein Laborraum in Sejong

Grell, hell, viel zu hell! Gleißendes Licht in den Augen, ein nervenzerfetzendes elektronisches Piepen. Und blendend weiße Strahler. Direkt auf den Kopf gerichtet. Wie aus weiter Entfernung: „Hören Sie uns?" Irrlichternde Bewusstseinsfetzen. Wie ein zerrissenes Stück Papier, dessen Schnipsel in einen windigen Herbsttag geworfen werden, von Böen mal hierhin, mal dorthin getrieben.

Kraft sammeln. Sehr langsam. Das Tor aufstoßen, hinausmarschieren aus dem ewig tiefen Tunnel. Hinaus! Ans strahlende Licht! Aber immer noch so grell, so blendend hell. Weg, geht weg damit!

„Immer mit der Ruhe … Zappeln Sie nicht so! Bleiben Sie liegen."

Liegen bleiben. Gut. Weiteres Warten. Leises Rauschen, eine Klimaanlage. Licht, immer noch zu hell, aber durch die geschlossenen Lider nicht mehr ganz so schmerzhaft.

„Hallo, hören Sie mich?" Vorsichtiges Blinzeln. Das Licht, es sticht ins Hirn, noch immer. Zaghaft den Kopf zur Seite, ja, gut. Gut. Ein spaltweises Öffnen der Augen. Im Zimmer Gesichter. Schemen in weißen Kitteln. Menschen. Vage vertraut. Nicht das erste Erwachen.

„Wissen Sie, wer Sie sind?" Eine angedeutete Kopfdrehung. Rechts, links. Rechts, links. Nein. Auf der Schädeldecke brennt es. Irgendwas wetzt beim Drehen. Noch immer die Drähte im Schädel. Eine Hand geht nach oben, bewegt sich, betastet den Kopf und vermeldet, dass an den Schläfen und am Hinterkopf runde Kreise ausrasiert sind. Dann, weiter oben, ein Widerstand. Kaltes Metall, mit der Schädeldecke verbunden. Darüber, darunter sitzen die Drähte.

„Motorische Fähigkeiten der rechten Hand und des Kopfes positiv und ohne Befund." Aus der kalt diagnostizierenden Stimme sprach, leise, zugleich eine Art stolze Befriedigung. „Dissoziative Amnesie. Symptome von Identitätsdiffusion."

„Können Sie uns wirklich nicht sagen, wer Sie sind?" Eine andere Stimme. Jünger. Wieder der Kopf, der sich langsam nach links, nach rechts dreht. Erst nach links. Dann nach rechts: wieder und wieder. Dann ist da plötzlich doch noch ein Mund, der sich öffnet. „Ich weiß … es … nicht …" Wer ist es, der da spricht? Wer, wer, wer?

„Ich denke, das reicht für heute, Objekt PSI. Sie machen sich gut, herzlichen Glückwunsch! Morgen beginnen wir mit dem eigentlichen

Programm. Sammeln Sie noch ein wenig Ihre Kräfte; schließlich haben wir noch viel vor uns. Schließen Sie die Augen, PSI."

Das Licht ging aus und er tauchte wieder ein in die Welt der Bewusstlosigkeit wie in einen dunklen, schwarzen, ewigen Sarg.

Peking

Nachdem er sich in einem kleinen Lokal nebenan einen Imbiss gegönnt hatte, war Jeremy in sein *Wangba*-Internetcafé zurückgekehrt und hatte sich erneut in die Weiten des World Wide Web vertieft – Weiten, die aufgrund der China fürsorglich umschirmenden „Great Firewall" naturgemäß beschränkt waren. Doch trotz Internetzensur hatte er eine Reihe interessanter Neuigkeiten herauszufinden vermocht. Was davon stimmte, ließ sich freilich schlecht beurteilen. Jeremy war sich sicher, dass am Anfang von alledem Fakten standen und am Ende, wie schon gegenüber Cathy betont, Wahn und Verschwörungstheorien. Wo aber die Übergänge waren, ließ sich schwer sagen.

Die Fakten waren, dass die CIA ihr Geheimprogramm MKULTRA im Jahr 1953 direkt nach dem Koreakrieg ins Leben gerufen hatte und dass es da eine ursächliche Verbindung gab. Militär und Geheimdienste zeigten sich damals verstört über das Verhalten aus der Kriegsgefangenschaft entlassener US-Soldaten, das sie sich nur damit erklären konnten, dass diese Soldaten von Chinesen und Nordkoreanern speziellen Methoden der geistigen Beeinflussung unterzogen worden waren, die ihr Wesen verändert hatten. So hatten einige der Soldaten in der Gefangenschaft grundlos Geheimnisse verraten, viele sprachen nur noch in wärmsten Tönen über den Feind, andere waren gar übergelaufen. Was hatte der Feind mit ihnen angestellt? Was immer es war, über derartige Möglichkeiten wollte man im Pentagon auch verfügen. Der entsprechende chinesische Begriff *xi nao* wurde prompt ins Englische übersetzt: Brainwashing. Das Konzept der Gehirnwäsche war geboren. Jeremy erinnerte sich an den Film *Botschafter der Angst* mit Frank Sinatra. Darin werden im Koreakrieg gefangene GIs von Chinesen und Russen mittels Hypnose so programmiert, dass sie in den USA Attentate verüben. Das Ganze war Jeremy im Kino zwar unterhaltsam, letztlich aber doch unglaubwürdig, ja „hirnrissig" erschienen. Aber vermutlich steckte hinter alledem doch mehr, als er geglaubt hätte.

MKULTRA wurde reich mit Finanzmitteln ausgestattet, und es forschten daran die auf diesem Gebiet renommiertesten internationalen Wissenschaftler. Damals gab es im Westen vor allem *ein* Land, das für dergleichen einen besonderen Leumund genoss: Deutschland. Wie auch schon bei ihrem Biowaffenprogramm holten sich die USA verschiedene bewährte ehemalige Naziwissenschaftler und KZ-Ärzte ins Boot. Zu den im Rahmen des Vorgängerprojekts von MKULTRA, der „Operation Artischocke", rekrutierten neuen Mitarbeitern gehörte etwa der NS-Arzt Kurt Blome, der trotz seiner Kriegsverbrechen offenbar auf CIA-Intervention von der Todesstrafe verschont geblieben war. Blome war Jeremy von seiner Beschäftigung mit dem Biowaffenprogramm Japans bekannt – er war auf diesem Gebiet eine der Koryphäen des deutschen Verbündeten gewesen. Für CIA und Konsorten waren die entsprechenden Naziforschungen auf chemischem, biologischem und radiologischem Gebiet sowie das deutsche Know-how in Sachen Folter nun ein wertvoller Wissensschatz, der nicht einfach untergehen sollte, und so fand er seinen gebührenden Eingang in die Weiterentwicklungen, denen sich MKULTRA verschrieben hatte.

Der Forschungsbereich von MKULTRA war so umfassend wie diffus. Unter dem vorrangigen Ziel der Entwicklung von Methoden zur Steuerung und Kontrolle des menschlichen Verhaltens und der Veränderung der Gehirnfunktionen beschäftigte man sich unter anderem mit verschiedenen Formen der Folter, mit Drogen und Hypnose, mit der Entwicklung von Wahrheitsseren und Medikamenten je nach Bedarf zur Steigerung oder zur Beeinträchtigung der Denkleistung, mit der Suche nach Möglichkeiten, zeitlich umgrenzte (etwa für die Dauer einer Befragung) oder bleibende Amnesie zu bewirken, und mit Wegen, auf heimliche Weise Schock, Verwirrung und Massenpanik auszulösen oder Menschen zeitweise zu lähmen. Subprojekt 119 befasste sich mit der elektronischen Kontrolle des menschlichen Verhaltens durch bioelektrische Sensoren, Subprojekt 54 hatte sich die Erzeugung von Bewusstseinsbeeinträchtigung und Gedächtnisverlust mittels Infraschall zum Ziel gesetzt, andere Projekte arbeiteten daran, akustische Signale über Mikrowellen direkt ins menschliche Gehirn zu übertragen – hier überschnitt sich das Forschungsgebiet mit dem geheimen Projekt Pandora des Pentagon, das die Aufgabe hatte, die Beeinflussbarkeit des Menschen durch elektromagnetische Felder und Mikrowellen zu erforschen. Besonders spannend fand Jeremy, dass es ernsthafte Pläne gegeben hatte, die neuen Methoden der Bewusstseinskontrolle gegen feindliche Staatsführer einzusetzen und ihr Handeln zu manipulieren. So hatte man etwa Fidel Castro unter Drogen setzen wollen.

Wenig Zweifel bestand daran, dass einzelne MKULTRA-Forschungen nach dem Ende des Programms unter zahlreichen Decknamen fortgesetzt worden waren. Aber alles, was Jeremy über diese Projekte in Erfahrung bringen konnte, klang diffus, widersprüchlich oder allzu fantastisch. Immer wieder war etwa von einem unbewiesenen „Projekt Monarch" der CIA die Rede, das bis heute fortgeführt würde. Und dann gab es da eben auch die Menschen, die behaupteten, von der CIA einer „psychotronischen" Folter mittels gezielt in ihr Gehirn gesandter Stimmen unterzogen zu werden. Klar, diese Leute mochten bizarre Spinner sein – doch waren es verdammt viele: vermutlich Tausende, nicht nur in den USA, sondern auch überall von Europa bis Indien, Südkorea und Japan. Sie hatten sich zu Selbsthilfegruppen sogenannter „Targeted Individuals" zusammengeschlossen, unterhielten Webseiten, richteten Kongresse aus und reichten Petitionen ein – bei der Regierung der USA, bei den Vereinten Nationen –, die aber nie ernst genommen wurden. Offenbar existierte in der Tat eine Technologie, um Menschen Radiowellen so ins Gehirn zu projizieren, dass sie als akustische Signale hörbar wurden. Ein entsprechendes Verfahren war 2002 vom Forschungslabor der US-Luftwaffe patentiert worden, die allerdings alle Auskünfte verweigerte. Eine „psychotronische" Folter über bestimmte persönliche Resonanzfrequenzen schien also durchaus ein Ding der Möglichkeit zu sein. Wieso eine solche Mikrowellenbeschallung jedoch an offenbar wahllos ausgesuchten Opfern praktiziert werden sollte, leuchtete Jeremy nicht ein. Vielleicht, so überlegte er, litten diese Menschen ja an einer besonderen Form von Überempfindlichkeit gegenüber elektromagnetischer Strahlung, vergleichbar jenen elektrosensiblen Menschen, die die Nähe von Mobilfunkmasten nicht ertragen. Oder handelte es sich gar um „Kollateralschäden" aktueller Experimente zur Neurowaffenentwicklung?

Wo sich die Berichte der „Stimmen-Opfer" mit denen der durch das ominöse MKULTRA-Nachfolgeprogramm „Monarch" Geschädigten überschnitten, begann nun vollends der Bereich, wo zwischen Tatsachenbericht und Schizophrenieprotokoll, brisanter politischer Enthüllung und Verschwörungstheorie nicht mehr zu unterscheiden war und jede Grenze zwischen Wahrheit, Wahn und Lüge in einer diffusen Grauzone verschwamm. Da gab es etwa den in mehrere Sprachen übersetzten Lebensbericht der Cathy O'Brien, die behauptete, im Rahmen von Monarch von der CIA mittels Hypnose, Drogen, Elektroschocks und „traumabasierter Mindcontrol-Programmierung" zum willenlosen Werkzeug gemacht worden zu sein, ja zur Sexsklavin, an der sich nicht nur Stars aus der US-Countrymusikszene, sondern sogar Politiker aus dem Weißen Haus vergangen hätten. Jeremy verkniff sich das Lachen. Dass diese Frau an einer Persönlichkeitsstörung litt, war offensichtlich. Aber wer, der tatsächlich eine derartige Folter erlitten hätte, würde wohl *keine* Störung davontragen? Und je haarsträubender die Geschichten, die so jemand dann erzählte, umso besser für die Folterer, denn umso unwahrscheinlicher war es auch, dass man beginnen würde, nach dem wahren Kern dahinter zu suchen.

Mit einem Ruck wandte sich Jeremy vom Computer ab. Er hatte nach konkreten Informationen forschen wollen und war zuletzt bei Sexsklaven im Weißen Haus angelangt. Zweifellos wusste das Internet Welten an echten Rätseln und unbestreitbarem Humbug anzubieten. So weit, so gut. Jetzt galt es nur noch, eine kleine Frage zu klären, mit der er leider noch keinen Deut weitergekommen war: Was hatte das alles mit dem südkoreanischen Unternehmen Brainweb zu tun?

Seoul-Gangnam
Cathy hatte ihn sofort sympathisch gefunden. Über einem Schal in den Farben Schwarz-Rot-Gold funkelten zwei wissbegierige blaue Augen, die gewellten Haare gaben ihm ein geradezu kesses Aussehen. Der Ansatz eines Vollbarts sollte wohl unterstreichen, dass sein Träger ein erfahrener Haudegen war, dieser Eindruck jedoch wurde durch die glatte, rosige Kinderhaut seines Gesichts konterkariert. Clemens Alt sah aus wie Mitte dreißig, redete, als sei er Mitte vierzig, und hatte dabei so viel zu erzählen, dass er wie Mitte fünfzig klang.

Sie saßen in einem Restaurant in der Bongeunsa-ro mitten im Zentrum jenes teuren Stadtteils von Seoul, der durch den Song *Gangnam*

Style weltberühmt geworden ist – ein Lied, in dem sich der Rapper Psy über den luxuriösen Lebensstil dort lustig macht sowie über die Versuche der weniger Reichen, diesen Stil zu imitieren. Cathy und Clemens hatten gerade *Bulgogi* und *Bibimbap* gegessen, also gegrilltes Rind und gemischten Reis mit Zutaten wie Ei, Fleisch und Gemüse. Wenn er nicht gerade kaute, hatte Clemens dabei fast nonstop geredet. Normalerweise mochte es Cathy nicht, wenn andere mehr redeten als sie – bei Jeremy machte sie das geradezu rasend –, doch Clemens hatte so viele interessante Dinge zu erzählen, dass sie gebannt an seinen Lippen hing. Ja, sie hatte sogar verdrängt, dass sie heute zusammengekommen waren, um einige sehr wichtige Dinge zu besprechen.

„Nun, Cathy, wie gesagt, es freut mich sehr, dass ich jetzt auch dich kennenlernen darf, nachdem ich mit deinem Mann in Zürich schon die eine oder andere Flasche habe leeren dürfen. Es waren meist feuchtfröhliche Abende, aber immer sehr gehaltvoll. Jetzt verstehe ich natürlich besser, warum sich Jeremy so für meinen Dokumentarfilm *Chaebol Country – der Kampf um Arbeit* interessiert hat. Auch *Durst* solltest du dir mal ansehen. Hab ich dir davon eigentlich erzählt?“

Cathy nickte. Hatte er. Sie kannte mittlerweile alle seine gedrehten Filme, ohne je einen gesehen zu haben, mehr aber noch seine ungedrehten. Ein Dokumentarfilm über König Ludwig II. von Bayern war genauso darunter wie ein Drehbuch über einen UFO-Fremdling, der auf die Erde kommt, diese mit den Augen eines Außerirdischen sieht und sich über die irdischen Absurditäten wundert, bis ihm Hören und Sehen vergeht. Und wenn all diese Filme mit eigenen Augen zu sehen auch nur ein annähernd so großer Genuss war, wie über sie erzählt zu bekommen, dann waren sie zweifellos sehenswert.

Dieser Typ war ein Brausekopf, aber er gefiel ihr. Clemens kam Cathy vor wie ein großes Kind, das sein ideales Spielzeug gefunden hat, nun aller Welt davon erzählen will und dabei automatisch davon ausgeht, dass alle anderen genauso begeistert sein müssen. Jeremy konnte mit dem gleichen Eifer stundenlang über irgendwelche Pech-und-Schwefel-Whiskys mit unaussprechlichen Namen dozieren, ohne je zu merken, dass er Cathy zu Tode langweilte. Noch so ein großes Kind. Kein Wunder, dass sich Clemens und Jeremy so gut verstanden. Der Unterschied bestand allerdings darin, dass Jeremys Vorträge über seine Spielzeuge Cathy mittlerweile nur noch nervten, während Clemens' erzählte Filme sie förmlich in ihren Bann zogen.

„Es ist wirklich unglaublich spannend, dir zuzuhören. Mich würde aber vor allem interessieren, noch mehr von deinem neuen Dokumentarfilm über die Arbeitsbedingungen in Südkorea zu erfahren, davon hast du noch eher wenig gesprochen. Und dann möchte *ich dir* etwas erzählen. Vielleicht kannst du es ja noch in deinen Film einbauen."

„Gut, der ist jetzt endlich fertig geschnitten. Aber wenn es interessanter Stoff für ein neues Projekt ist – ich bin immer auf der Suche."

„Ich glaube schon, dass es das ist. Ziemlich brisanter Stoff."

„Dann schieß mal los!"

Cathy zögerte. Inmitten ihrer so heiteren Unterhaltung fiel es ihr schwer, das Gespräch auf die schlimme Geschichte von Kims Schwester zu bringen. „Gleich. Erzähl mir erst noch mehr von deinem neuen Film. Du sagtest, darin gehe es um den enormen Preis, den Südkorea für seinen rasanten wirtschaftlichen Aufschwung zu zahlen hat."

„Genau. Südkorea ist vielleicht das Land, das das kapitalistische System am konsequentesten verinnerlicht hat. Mit all seinen Zwängen und Auswüchsen. Lass mich dir ein Beispiel erzählen: Hier hat 2013 der Selbstmord einer Frau für Aufsehen gesorgt, die sich vom Dach eines Kaufhauses des Lotte-Konzerns gestürzt hat. Nicht der Selbstmord an sich natürlich – in Südkorea nimmt sich alle 45 Minuten jemand das Leben –, aber doch seine Umstände. In ebendiesem Kaufhaus hatte die Frau eine Damenboutique betrieben. Ihr Arbeitgeber, der Chaebol Lotte, hat seinen Namen übrigens indirekt einem anderen Selbstmörder zu verdanken: Der Konzerngründer war ein Fan von Goethes *Leiden des jungen Werthers*, und daher hat er sein Unternehmen nach jener Lotte benannt, in die Werther so unglücklich verliebt ist, dass er sich erschießt. Aber was ich dir jetzt erzähle, ist alles andere als eine Liebesgeschichte. Nach dem Tod der Frau fand deren Tochter bei ihr Dutzende teure Handtaschen aus dem Sortiment ihrer Boutique. Es stellte sich heraus, dass die Mutter alles von ihrem eigenen Geld gekauft hatte. Was macht eine einfache Frau mit so vielen Luxushandtaschen? Gar nichts natürlich. Der Hintergrund war, dass sie von ihrem Abteilungsleiter bei Lotte extrem unter Druck gesetzt worden war – ihre Umsätze waren zu niedrig. Ihr wurde nahegelegt, das gefälligst mittels eigener Kreditkarte zu korrigieren. Eine in Südkorea verbreitete Praxis; man nennt das *Gamaechul*, Scheinverkäufe. Bei uns in Deutschland sagt man von einem Gastwirt, der trinkt, er sei selbst sein bester Kunde; dasselbe scheint hier offenbar auch für viele Geschäfte zu gelten, mit dem Unterschied, dass sich der Wirt die so angehäuften Schulden immerhin zugleich schönsaufen kann. Besagte Frau also hatte anderthalb Jahre lang von ihrem eigenen Geld von sich selbst Handtaschen gekauft, um irgendwie doch noch ihr Verkaufssoll zu erreichen. Am Ende war sie mit dem 240-Fachen ihres Jahresgehalts verschuldet. Da sprang sie vom Dach des Kaufhauses.

Als die Tochter es wagte, Informationen über die wahren Umstände des Todes ihrer Mutter in einem Internet-Blog zu posten, war der Aufruhr groß. Die Empörung wuchs, als sich herausstellte, dass das Lotte-Management jedem Angestellten mit Kündigung gedroht hatte, der sich gegenüber den Medien in dieser Sache äußerte. Mit ihrem mutigen Post hat die Tochter zweifellos einiges in Bewegung gebracht. Ob es für sie selbst von Vorteil war, wage ich zu bezweifeln. Ich habe wochenlang versucht, die junge Frau zu finden, um sie für meinen Film zu interviewen. Sie ist wie vom Erdboden verschluckt."

Cathy starrte ihn betroffen an. Konnte es sein, dass auch im westlichen, zumindest formal längst demokratischen Südkorea Leute spurlos verschwanden, einfach weil sie auf Missstände und Ungerechtigkeiten aufmerksam machten? Das Ganze klang eher nach *Nord*korea.

„Ich habe dir von diesem Selbstmord nicht erzählt, weil er so ungewöhnlich wäre, sondern umgekehrt, weil das ein repräsentativer Fall ist", fuhr Clemens fort. „Immer mehr Menschen zerbrechen hier am Leistungsdruck und wissen keinen anderen Ausweg als den Tod. Es kommt auch vor, dass sich Eltern, die ihr gesamtes Leben und ihre Karriere für das gesellschaftliche Vorwärtskommen ihrer Kinder geopfert haben, paarweise an Bäumen aufhängen, um ihrem erfolgreichen Sohn, der etwa bei Samsung arbeitet, keine Belastung mehr zu sein.

Bereits Anfang der neunziger Jahre hat Südkorea Japan als das Land mit der höchsten Selbstmordrate der Welt abgelöst, und jetzt führt es in allen Statistiken mit hohem Abstand. Es stimmt natürlich, dass Selbstmord in Ostasien einen anderen Stellenwert hat als etwa im

Christentum, wo man Selbstmördern lange den Friedhof verweigerte, und dass die Selbsttötung hier unter bestimmten Umständen, wie im japanischen Seppuku-Ritual, zur Wiederherstellung der Ehre dienen kann. Das kann aber nicht erklären, warum sich Südkoreas Suizidrate in den letzten dreißig Jahren vervierfacht hat: während der gleichen Zeit also, in der sich das Land vom Armenhaus Ostasiens zu einer der reichsten Wirtschaftsnationen der Welt gewandelt hat."

„Und du vermutest hier einen direkten Zusammenhang?"

„Natürlich. Materiell geht es den Südkoreanern heute so gut wie nie. Aber dafür zahlen sie einen hohen immateriellen Preis."

„Und davon handelt dein Film?"

„Genau. Südkorea ist heute eines der fortschrittlichsten Länder überhaupt; es hat die höchste Internetdichte der Welt, 98 Prozent der Bevölkerung besitzen ein Smartphone. Doch der rasante Wirtschaftsaufschwung hat die traditionellen Familienstrukturen zerbrechen und ungeheure Leistungszwänge entstehen lassen. Schon Schüler begehen hier Selbstmord, weil sie den Druck nicht ertragen. Das brutal kompetitive Schulsystem stellt gnadenlose Anforderungen, mit der Folge, dass es selbstverständlich ist, dass auch Schüler mit guten Noten nach der Schule Nachhilfe nehmen und oft bis nach Mitternacht lernen – denn gut ist hier noch lange nicht gut genug, jeder muss vielmehr der Beste sein. Für Freizeit, Freunde, Schlaf ist im härtesten Bildungssystem der Welt keine Zeit; kein Wunder, dass die südkoreanische Jugend die unglücklichste unter allen OECD-Ländern ist. Am schlimmsten wird es in der Zeit vor dem ‚Suneung' genannten Universitätseingangstest, der über das ganze Leben entscheidet. Unter der Jugend des Landes gibt es den Spruch: ‚Wer drei Stunden schläft, besteht; vier Stunden, und du fällst durch.' Nur die zwei Prozent der Testbesten erhalten einen Platz an einer der drei Elite-Universitäten des Landes und können Karriere machen – die meisten Chabeols, wie Samsung, stellen nur Absolventen dieser drei Unis ein. Doch wer es auf diese Universitäten schaffen will, muss nicht nur Bestnoten haben, er sollte möglichst auch schon aus den besten Schulen kommen – und die befinden sich eben hier in Gangnam, das daher auch die ‚nationale Bildungshauptstadt' genannt wird; ein Hauptfaktor dafür, dass dieser Stadtteil der begehrteste und damit teuerste in ganz Südkorea ist.

Hat man es ins Berufsleben geschafft, geht der Dauerstress weiter: Mit über 2200 Jahresstunden wird in Südkorea länger gearbeitet als in allen anderen entwickelten Ländern, 500 Stunden mehr als im Durchschnitt – das ist, als würde man 365 Tage hindurch ohne einen einzigen freien Tag über sechs Stunden arbeiten. Aber mit der Arbeit allein ist es noch nicht getan: Wer sich auf dem Arbeitsmarkt behaupten will, ist darauf angewiesen, sich neben der Arbeit permanent fortzubilden. Kein Wunder, dass die meisten Südkoreaner chronisch übermüdet sind und die Fälle von Burn-out überhandnehmen. Jährlich sterben Hunderte an Erschöpfung. Weit über zehntausend bringen sich um. Dass Südkorea auch im Spirituosenkonsum das weltweit führende Land ist, in dem pro Jahr allein drei Milliarden Flaschen Soju verkauft werden, dürfte ebenfalls mit dieser Dauerbelastung zu tun haben.

Zu dem stark ausgeprägten südkoreanischen Wettbewerbsdenken passt, dass das Sozialsystem kaum entwickelt ist – bei den Sozialausgaben liegt das Land im OECD-Vergleich an vorletzter Stelle. Im Kampf um die Spitzenplätze ist für die Schwachen kein Platz. Alles ist dem Leistungsprinzip unterworfen. Selbst das Aussehen des eigenen Körpers: Südkorea ist prozentual das Land mit den meisten Schönheitsoperationen weltweit. Pro Jahr gibt es knapp eine Million Eingriffe – bei fünfzig Millionen Einwohnern, einschließlich der Männer, Kinder, Greise. Das geht von den gängigen Transplantationen von Kopfhaar in den Intimbereich, um dort für größere Fülle zu sorgen, bis hin zu komplizierten Kieferverkleinerungen. In dieser männerdominierten Gesellschaft wird Frauen suggeriert, dass sie keine Chance auf dem Heiratsmarkt haben, wenn sie nicht auch ihren Körper optimieren. Allerdings scheinen die Südkoreaner durch ihre ständige Überlastung ohnehin kaum noch Zeit für die Liebe zu haben. Das durchschnittliche Heiratsalter ist auf über dreißig angestiegen und Südkorea hat heute mit 1,2 Geburten pro Frau eine der niedrigsten Geburtenraten der Welt. Auf allen Ebenen hat sich Südkorea durch seinen Turbokapitalismus in einen Teufelskreis hineinmanövriert, aus dem das Land nicht wieder herauskommt."

„Aber warum gerade Südkorea mehr als andere Länder, etwa die des westlichen Europa, die ja auch kapitalistisch sind? Liegt es womöglich auch an der fortwirkenden konfuzianistischen Tradition des Landes?" Cathy hatte in letzter Zeit begonnen, sich stärker auf ihre chinesischen Wurzeln zu besinnen, und sich auch mit dem so lange verteufelten ehemaligen chinesischen Staatsdenker beschäftigt.

„Ein guter Punkt, Cathy! Der Kapitalismus ist in Südkorea sicher auf fruchtbaren Boden gefallen und Konfuzianismus und Kapitalismus sind hier eine folgenschwere Synthese eingegangen. Durch seine Betonung nicht der persönlichen Freiheit, sondern vielmehr der hierarchischen Unterordnung des Einzelnen, seines reibungslosen Funktionierens im Ganzen, bot sich der Konfuzianismus dazu an, mit dem Leistungsdenken des Kapitalismus kombiniert zu werden. Aber auch für eine Diktatur wie in Nordkorea gab es gute Ansatzpunkte: Wer lernt, als Erstes zu gehorchen, die staatlichen Hierarchien zu verehren sowie in der Gesellschaft wie ein Rädchen in einer Maschine zu funktionieren, kommt gar nicht erst auf den Gedanken, sich gegen das System aufzulehnen, so unmenschlich es sein mag. Die Maschine ist auf das reibungslose Funktionieren *aller* ihrer Teile angewiesen, und so ist Nonkonformismus gleichbedeutend mit zerstörerischer Subversion – sozusagen Sand im Getriebe – und damit ein Affront gegen sämtliche in ganz Korea so wichtigen Regeln von Höflichkeit und Zurückhaltung, von *Gibun* und *Nunchi*. Wobei die Rolle, die im Norden Staat und Führer zukommt, im Süden durch die Großkonzerne übernommen wird. Der Satz: ‚Geht es dem Unternehmen gut, geht es auch dir gut‘, wird den Mitarbeitern wie ein Mantra eingebläut. Woran natürlich in einem ganz praktischen Sinn auch etwas dran ist. Allein Samsung ist heute für ein Viertel des südkoreanischen Bruttoinlandsprodukts und für ein Drittel der Exporte verantwortlich – wenn das nächste Galaxy-Handy floppt, stürzt es das ganze Land in die Krise."

„Dennoch: Im Vergleich zu dem, was in Nordkorea abgeht, sind die Probleme im Süden doch immer noch Luxusprobleme."

„Luxusprobleme? Eine Gesellschaft, in der Selbstmord Todesursache Nummer eins ist, dürfte an sehr gravierenden Problemen leiden! Aber du hast insofern recht, als man Verbrechen und Leiden im Norden nicht dadurch relativieren kann, las man die Missstände im Süden hervorhebt. Der Norden ist heute das Land der Welt, wo die staatliche Kontrolle am totalsten ist. Über 200 000 Menschen, mehr als ein Prozent der Bevölkerung, leben unter unvorstellbaren Bedingungen in

Lagern, in die man schon kommen kann, wenn irgendwer in der Familie ein Zeitungsblatt zum Aufwischen benutzt und übersehen hat, dass darauf ein Foto des Führers prangte – es gilt das Prinzip der Sippenhaft. Jeder muss vor jedem Angst haben, Nachbarn, Freunde und Verwandte bespitzeln sich gegenseitig. Im Norden sind seit den Neunzigern über zwei Millionen Menschen verhungert, während eine korrupte Elite im Überfluss lebt – das nennt sich dann Kommunismus. Aufgrund der chronischen Unterernährung sind nordkoreanische Jugendliche heute im Schnitt dreizehn Zentimeter kleiner und elf Kilogramm leichter als gleichaltrige Südkoreaner und oft auch geistig unterentwickelt. Auch die Lebenserwartung liegt über zehn Jahre niedriger. Bei all den erschütternden Fakten gibt es nichts zu beschönigen und zu relativieren.

Trotzdem finde ich den Vergleich schon deswegen interessant, weil sich Nord und Süd über die Jahrzehnte hinweg auf absurd übersteigerte Weise in den Irrwegen ihres jeweiligen Systems verrannt haben. Das ist im Norden augenfälliger als im Süden, aber letztlich haben es beide Systeme nicht geschafft, humane Lebensbedingungen zu schaffen. Ein bisschen erinnern mich die zwei Koreas auch an die beiden großen Antiutopien des 20. Jahrhunderts: im Süden das kapitalistische Scheinparadies der *Schönen neuen Welt* Aldous Huxleys, im Norden der düstere Überwachungsstaat Orwells. Heute ist man sich weitgehend einig, dass Orwell wohl das spannendere Buch, Huxley aber die hellsichtigere, aktuellere Zukunftsvision geschaffen hat. Insofern gleicht Nordkorea in der heutigen Welt einem gigantischen Freiluftmuseum: Allein hier ist die Zeit sozusagen 1984 stehengeblieben.

Weißt du, ich habe mir überlegt: In gewisser Weise machen die Südkoreaner durch den verinnerlichten Druck der Leistungsgesellschaft sozusagen ‚freiwillig‘, wozu die Menschen in den Arbeitslagern Nordkoreas brutal gezwungen werden. Das, wofür der Norden eines gewaltigen Apparats an Bespitzelung, Gehirnwäsche und Bedrohung bedarf, erledigt das kapitalistische System quasi von selbst und wesentlich effizienter. Insofern ist klar, welches System zuletzt den Sieg erringen wird. Nordkorea wird in naher Zukunft unter dem Übergewicht seines aufgeblähten, ineffektiven Repressionsapparats zusammenbrechen. Die südkoreanische ‚Gehirnwäsche‘ durch das Versprechen von materiellem Gewinn, Erfolg und sozialem Ansehen, wenn man sich nur genügend anstrengt, ist wirksamer als die altmodische nordkoreanische Methode einer von oben indoktrinierten Propaganda. – Entschuldige, Cathy, wenn ich allzu theoretisch geworden bin."

„Nein, nein, ich finde alles sehr interessant, was du sagst." Was nicht einmal geheuchelt war. Hätte Jeremy geredet, hätte sie ihn vermutlich schon vor einiger Zeit unterbrochen und ermahnt, nicht wieder Endlosvorträge zu halten. Apropos Jeremy. Ihr fiel etwas ein: „Jeremy hat gemeint, du könntest mir vielleicht Auskünfte darüber geben, ob in den nordkoreanischen Konzentrationslagern Menschenversuche an Inhaftierten durchgeführt werden. Stimmt das?"

„Ob es das gibt? Menschenversuche? Du meinst, wie die Japaner seinerzeit in ihrer Einheit 731, wo man Biowaffen an unzähligen lebenden Menschen ausprobiert hat – ich meine, an *vor* den Versuchen lebenden Menschen? Nun ja, andersherum gefragt, warum sollte es die nicht geben? Es gibt in Nordkorea zwei Arten von Lagern: die sogenannten Umerziehungslager, wo die prinzipielle Möglichkeit einer Entlassung besteht, und die Todeslager für die politisch Unverbesserlichen, als Staatsfeinde Klassifizierten. Da kommt niemand lebend raus. Diese Leute sind nur dazu da, sich durch Zwangsarbeit zu Tode zu arbeiten. Ihr Leben hat keinen Wert, und wenn sie noch zu Versuchen verwendet werden können, dann sind sie in diesem zynischen System wenigstens zu irgendetwas nutze. Also, um auf deine Frage zurückzukommen: Ja, meines Wissens gibt es Berichte über Versuche an Lagerinsassen. Ich habe gehört, dass manchmal angehende Ärzte an Sträflingen, ohne Narkose, sozusagen üben dürfen. Und Soon Ok Lee, eine hohe nordkoreanische Beamtin, die als Opfer von korrupten Machenschaften sechs Jahre in einem Arbeitslager zugebracht hat und später nach China fliehen konnte, berichtet in ihren Erinnerungen vom Test eines tödlichen Giftes an fünfzig weiblichen Lagerinsassen, die man zwang, vergiftetes Kimchi zu essen. Alle starben qualvoll.

Das Problem ist, dass wir fast nichts über die Todeslager wissen, da kein Insasse sie lebend verlässt. Allerdings gibt es Berichte zweier Wärter, die sich in den Süden abgesetzt haben. Einer von ihnen erzählte von Vernichtungsexperimenten mit Gaskammern im mittlerweile vermutlich geschlossenen Lager 22. Und dann gibt es den Fall von Shin

Dong Hyuk, der im Lager 14 geboren und aufgewachsen ist, bevor er als erster bekannter Mensch von dort fliehen konnte. Shin berichtet etwa davon, dass an Lagerinsassen eine Chemikalie als Entlausungsmittel getestet wurde. Doch die Häftlinge bekamen Geschwüre, ihre Haut begann zu faulen, und schließlich wurden die Todkranken von Lastwagen abtransportiert. Mein deutscher Dokumentarfilmkollege Marc Wiese hat einen sehenswerten Dokumentarfilm über Shin gedreht. Darin schildert Shin ausführlich die Qualen, die er im Lager erdulden musste, sowie die Umstände seiner abenteuerlichen Flucht – um am Ende mit dem Bekenntnis abzuschließen, dass er sich heute im hektischen Südkorea, wo sich alles nur ums Geld drehe, bisweilen ins Lager zurücksehne. Womit wir wieder beim Thema der unmenschlichen Lebensbedingungen in *beiden* Koreas angelangt wären. Na ja: Wenn der Norden die Hölle ist, dann ist der Süden der ‚klimatisierte Alptraum‘, wie Henry Miller einst die USA genannt hat.“

„Unmenschlichkeit gibt es auch im Süden, klar“, hakte Cathy nach. Sie zögerte. Vielleicht war jetzt der richtige Moment für ihre drängende Frage. Sie sagte: „Wenn es also wirklich Menschenversuche in den nordkoreanischen Lagern gibt – hältst du es für möglich, dass es letztlich südkoreanische Firmen sind, die das in Auftrag geben?“

Clemens Alt sah sie entgeistert an.

Peking

Es war Abend geworden, und Jeremy merkte, dass er sich viel zu lang ergebnislos mit obskuren Webseiten abgegeben hatte – am Ende landete man doch wieder bei den Illuminaten oder den Protokollen der Weisen von Zion, den Nazis, den Freimaurern, den Tempelrittern oder gar einer Kombination aus alledem: kurz, der allumfassenden Weltverschwörung. Jeremy ging es im Moment jedoch nur um Raymond Moon und Brainweb, also hatte er sich schließlich bemüht, wieder konkret zum Ausgangspunkt seiner Recherchen zurückzukehren.

Fast den ganzen Tag hatte er im Internetcafé zugebracht. Wichtige Termine hatte er heute keine gehabt. Eigentlich hatte er sich am Abend noch einmal mit Cai Feng treffen wollen; nach Mies Besuchsankündigung hatte Jeremy das Treffen jedoch auf den nächsten Vormittag verlegt. Ursprünglich war der heutige Tag für die Begegnung mit dem greisen Stiftungsgründer Gao Feng vorgesehen gewesen, doch Gao hatte den Termin kurzfristig um einen Tag verschieben müssen. Jetzt waren sie für morgen zum Mittagessen verabredet. Einige Stunden danach ging schon Jeremys Zug Richtung Pjöngjang.

Immerhin hatten seine Recherchen doch noch einige Ergebnisse gezeitigt. Jeremy war es zwar nicht gelungen herauszufinden, an welcher Forschungseinrichtung in den USA Raymond Moon gearbeitet hatte, doch war sein Name immer wieder im Zusammenhang mit der Erwähnung der DARPA gefallen, der „Defense Advanced Research Projects Agency", also der speziellen Forschungsbehörde des Pentagon zur Entwicklung neuer Technologien für das Militär, deren bislang erfolgreichstes „Baby" sicherlich die Einrichtung jenes Kommunikationsnetzes ist, das man heute Internet nennt. Auf den Namen dieser Behörde war Jeremy wiederholt bei seinen Recherchen nach etwaigen Nachfolgeprogrammen von MKULTRA gestoßen. Die wenigen seriösen Aufsätze über dieses Thema, die er zu finden vermocht hatte, waren sich darin einig gewesen, dass gerade das ostentative Betonen von offizieller Stelle, dass ausnahmslos alle Programme zur Bewusstseinskontrolle zusammen mit MKULTRA eingestellt worden seien, als ein Indiz dafür gewertet werden müsse, dass es sich hierbei um ein bewusst irreführendes Ablenkungsmanöver handele. Die entsprechenden Forschungen seien nun aber wohl weniger unter dem Mantel der CIA als dem des Militärs zu suchen. Seit Jahrzehnten, so die Vermutung mancher Beobachter, laufe eine Art supergeheimes „Manhattan-Projekt" zur Entwicklung von Neurowaffen, und besonders nach den weltverändernden Anschlägen vom 11. September 2001 seien im Rahmen des „Kriegs gegen den Terror" auch die Forschungen zur Gedankenkontrolle wieder intensiviert worden.

Mit Überraschung stellte Jeremy des Weiteren fest, dass es nicht unbedingt nötig war, nach nebulösen Geheimprojekten der DARPA zu forschen – die es natürlich geben mochte –, da allein das offiziell Bekanntgegebene schon jede Menge brisanter Informationen enthielt. Bei der DARPA hatte man längst den heutigen Menschen als schwächstes Glied in der Kette der Kriegsführung erkannt und arbeitete nun an Techniken, ihn einerseits zunehmend durch Maschinen zu ersetzen und ihn andererseits durch alle möglichen chemischen, elektrischen und technisch-prothetischen Hilfsmittel aufzufrisieren. Hierzu war 2003 das Programm „Enhanced Human Performance" zur Verbesserung der menschlichen Leistungsfähigkeit ins Leben gerufen worden. Es wurde an Exoskeletten gebastelt, die es Menschen erlauben sollten, größere Lasten zu tragen und sich schneller fortzubewegen; neue Medikamente sollten bis zu sieben Tage wach und leistungsfähig machen, und auch hier wurden hohe Millionensummen für die Hirnforschung, speziell für die Fortentwicklung der BCI-Technik der Gehirn-Computer-Schnittstellen, ausgegeben.

Dahinter steckte nun weniger die Absicht, bedauernswerten Gelähmten zu helfen, sondern Fernziele waren die „synthetische Telepathie" und die Entwicklung von Neurowaffen. Man arbeitete also an Waffen, die direkt an den Hirnströmen der feindlichen Soldaten ansetzen, sowie an Methoden, Soldaten in der Schlacht via BCI unmittelbar von Hirn zu Hirn kommunizieren zu lassen. Dazu war es nötig, eine Methode des Gedankenlesens zu entwickeln: Durch einen speziellen „Gedankenhelm" oder eventuell auch per Hirnimplantat sollten die neuralen Blitze eines Soldaten bei bestimmten fokussierten Gedankeninhalten aufgezeichnet und dann direkt ins Hirn eines anderen, genauso ausgestatteten Soldaten gesendet werden: Funk ohne Mikrofon und Lautsprecher. Bereits 2007 war ein System patentiert worden, mit dem auch die Gedankensteuerung von Waffen möglich sein sollte.

Generell waren sich alle Militärbeobachter einig, dass erstens die ultimative Waffe, die die Generäle der Welt zu entwickeln trachteten, eine Neurowaffe war, die aus der Ferne direkt das Gehirn des Feindes attackieren und kontrollieren konnte, und dass zweitens eine solche Technologie im Prinzip bereits möglich sei. In zukünftigen Kriegen könnte man den Feind dann, statt ihn zu töten, einfach gedanklich umpolen – und damit natürlich nicht nur den Feind auf dem Schlachtfeld, sondern auch unliebsame Elemente in den eigenen Reihen. Besonders nachdenklich machte Jeremy ein neues DARPA-Projekt mit dem Kürzel SUBNETS für „Systems Based Neurotechnology for Emerging Therapies", das die Grenze zwischen militärischer und zivil medizinischer Forschung endgültig zu überschreiten schien. „Systems Based", systemgestützt, verwies in diesem Zusammenhang auf die technische Durchleuchtung und Kartografierung des Gehirns sowie die Einpflanzung „therapeutischer" Implantate, die psychische Beeinträchtigungen von Soldaten zu lindern helfen sollten. Kritiker befürchteten, dass die DARPA auf diese Weise einen technologisch upgedateten, gehirngewaschenen Supersoldaten kreieren wolle.

Jeremy überlegte. Wenn Raymond Moon tatsächlich in einem von der DARPA finanzierten Labor gearbeitet hatte, konnte er an der Entwicklung von SUBNETS nicht mehr direkt beteiligt gewesen sein: Als dieses Programm ins Leben gerufen wurde, hatte er bereits sein eigenes Unternehmen gegründet – das mit seinen Hirnimplantaten nun jedoch verblüffend ähnliche Produkte entwickelte. Jeremy nahm an, dass das kein Zufall war. Aber wenn Moon in diesem Punkt mit der Avantgarde der militärischen US-Hirnforschung mitmarschierte, konnte er dann nicht womöglich auch ein vergleichbares Insiderwissen über die modernen Fortentwicklungen der Methoden zur Gedankenkontrolle haben? Cathy hatte Jeremy knapp von den grausamen Experimenten und Operationen erzählt, die – vermutlich im Auftrag von Brainweb – an Kim Parks Schwester Kim Ho Soon durchgeführt worden waren. Setzte Moon nun also seine Forschungen, mit brutaleren Methoden, in Korea fort? Aber zu welchem Zweck? Soweit Jeremy es überblicken konnte, war die Firma mit den therapeutischen Anwendungen ihrer Neuroprothesen bereits recht erfolgreich. Eine „Mind-Control-Software" dürfte sich dagegen auf legalem Weg nicht so einfach auf den Markt bringen lassen. Das waren Dinge, die in einer Demokratie nichts zu suchen hatten – zumindest außerhalb von Militär und Geheimdienst. Arbeitete Brainweb etwa mit dem Militär zusammen? Oder gar mit zwielichtigen Kreisen wie den zu allem entschlossenen japanischen *Waguni*-Nationalisten, die Jeremy zur Genüge kennengelernt hatte? Oder gab es doch die große Weltverschwörung? Wie dem auch sei: Mit solchen Leuten war nicht gut Kirschen essen. Er würde Cathy noch einmal eindringlich warnen müssen.

Sein Handy brummte. Eine SMS. *Bin gelandet soll ich direkt zu dir ins Hotel kommen? Küsse Mie*

Für heute waren Jeremys Recherchen erst einmal beendet.

Seoul-Gangnam

„Hier, das sind ihre Aufzeichnungen, pass gut auf sie auf. Du kennst bestimmt jemand, der sie übersetzen kann. Und dann mach einen Film daraus oder ein Buch. Sie will unbedingt, dass die Welt von ihrem Schicksal erfährt. Das soll sie auch." Kurzentschlossen drückte Cathy Clemens Alt die Mappe mit den Aufzeichnungen Kim Ho Soons in die Hand. Der wirkte immer noch wie vor den Kopf geschlagen.

„Du hast recht, das ist ja eine ganz unglaubliche Geschichte! Ich danke dir sehr, dass du mir diese wichtigen Unterlagen anvertraust. Und ich verspreche dir, ich werde so schnell wie möglich mit dieser Frau in Verbindung treten und mit ihr bereden, wie wir ihre Geschichte unter die Leute bringen können. Mensch Cathy, ich kann das alles immer noch nicht fassen. Okay, was sie dir über ihr Lagerleben erzählt hat, deckt sich im Wesentlichen mit dem, was man aus den Berichten ehemaliger Häftlinge kennt, die fliehen konnten. Das ist, so brutal es klingt, nichts Besonderes. Aber dass dann jemand auf diesem Weg nach Südkorea kommt … davon habe ich noch nie gehört."

„Zweifelst du an ihrer Geschichte?"

„Nun gut, sie war offensichtlich im Lager und jetzt ist sie hier. Und inwieweit ihr wacher Geist durch das erlittene Leid Schäden davongetragen hat, kann ich nicht beurteilen. Dass aber Südkoreaner ihre Hände im Spiel haben könnten, wenn Nordkoreaner Menschenversuche an Lagerinsassen machen, hätte ich, um auf deine Frage von vorhin zurückzukommen, nicht für möglich gehalten. Schon weil sich Pjöngjang bis heute strikt weigert, die Existenz der Lager überhaupt zuzugeben, und alles als Gräuelmärchen der imperialistischen Propaganda abtut – obwohl sich Lager wie dieses Yodok auf Satellitenfotos gut erkennen lassen und sie jeder mit freiem Zugang zum Internet via Google Earth im eigenen Wohnzimmer zu sich heranzoomen kann. Andererseits ist Nordkorea auch das korrupteste Land der Welt und dringend auf Devisen angewiesen. Wer genügend Geld springen lässt, kann dort nahezu alles erreichen, siehe das Beispiel Hyundai."

„Das Beispiel Hyundai? Kannst du das näher erläutern? Ich kenne mich in der koreanischen Wirtschaft und Politik nicht allzu gut aus."

„Klar. Also: Der Gründer des Hyundai-Chaebols Chung Ju Yung stammte ursprünglich aus dem Norden. Er hat sich zeitlebens für die

Annäherung beider Staaten eingesetzt und dafür einiges springen lassen. Der Konzern hat daher traditionsgemäß gute und für beide Seiten lukrative Beziehungen nach Nordkorea. Nach Chung Ju Yungs Tod 2001 wurde Hyundai in zahlreiche Einzelgesellschaften aufgeteilt. Das Tochterunternehmen, das speziell für die Geschäftsbeziehungen mit dem Norden zuständig ist, heißt nun Hyundai Asan. Die Firma war eine treibende Kraft bei der Einrichtung der Sonderwirtschaftszone Kaesong und hat unter anderem auch ein für südkoreanische Touristen gedachtes Sondertourismusgebiet im Kumgang-Gebirge erschlossen, zu dem Nordkoreaner keinen Zutritt haben; seit einem tödlichen Zwischenfall 2008 sind allerdings alle Reisen dorthin ausgesetzt. Für die Einräumung exklusiver Tourismusrechte im Norden soll der Konzern insgesamt eine halbe Milliarde gezahlt haben. 2003 gab es einen Skandal, als sich herausstellte, dass Chung Moon Hun, Leiter von Hyundai Asan und Sohn des Hyundai-Gründers, mittels manipulierter Bilanzbücher Firmengelder in Höhe von hundert Millionen Dollar veruntreut und nach Nordkorea umgeleitet hatte – eine Summe, mit der ein Gipfeltreffen von Diktator Kim Jong Il mit dem damaligen südkoreanischen Präsidenten Kim Dae Jung quasi erkauft werden sollte. Das Treffen, ein Höhepunkt der ‚Sonnenscheinpolitik‘ zur Annäherung der Koreas, war 2000 auch tatsächlich zustande gekommen, Kim Dae Jung erhielt dafür den Friedensnobelpreis. Aber Chung Moon Hun konnte sich an dem durch seine Millionen eingefädelten Versöhnungserfolg nicht lange freuen. Als die Sache mit den veruntreuten Geldern herauskam und Anklage gegen ihn erhoben wurde, reagierte der Hyundai-Asan-Chef auf traditionell südkoreanische Weise: Er sprang aus dem Fenster seines Büros im zwölften Stock der Unternehmenszentrale in Seoul.

Insgesamt handelt es sich bei den Joint Ventures von Hyundai mit dem Norden jedoch stets um offizielle und weitgehend saubere Geschäfte, die im Einvernehmen mit den Regierungen von Nord- wie Südkorea über die Bühne gehen, und selbst die Sache mit der Finanzspritze vor dem Gipfel 2000 war der südkoreanischen Regierung letztlich bekannt und von ihr gebilligt. Wenn nun aber diese neue Firma Brainweb da wirklich krumme Sachen im Norden dreht, geht das aller Wahrscheinlichkeit nach an den höchsten offiziellen Stellen beider

Landesteile vorbei. Dem Süden gegenüber müssen sie nur den Eindruck erwecken, dass ihre Labore im Land sauber sind und dass ihre Niederlassung in Kaesong offiziell genehmigt ist. Weiter erstreckt sich der Arm des Südens nicht. Und im Norden genügt es wohl, an die zuständigen Stellen heranzukommen, da reicht vermutlich der Lagerkommandant und dazu irgendein bestechlicher Funktionär oder General, der die Verbindung aufbaut. Organisatorisch bestimmt nicht einfach, aber, wie gesagt, Geld öffnet im korrupten Kommunismus alle Türen, und Brainweb scheint ja nicht ganz arm zu sein."

„Was weißt du denn über diese Firma?"

„Wie ich dir bereits am Telefon mitgeteilt habe, nicht allzu viel. Bei meinem Dokumentarfilm habe ich mich mehr auf die großen Chaebols konzentriert. Wie auch immer – das wollte ich dir die ganze Zeit schon sagen, bin aber vor lauter Reden noch nicht dazugekommen –, ich habe mich heute noch ein wenig über Brainweb kundig gemacht. Das scheint mir letztlich ein ziemlich verschlossenes Unternehmen zu sein. Kein Wunder – wenn sie dort wirklich so viel auf dem Kerbholz haben. Außer den Informationen, die sich auf ihrer Website finden und hauptsächlich Werbezwecken dienen, ist nicht allzu viel über das junge Unternehmen bekannt. Immerhin haben sie einen Pressesprecher, und bei dem habe ich vorhin angerufen. Ich habe mich wahrheitsgemäß als deutscher Dokumentarfilmer vorgestellt, der gerade einen Film über das Erfolgsmodell der koreanischen Wirtschaft dreht – dass es mir dabei vor allem um die Schattenseiten geht, habe ich lieber unerwähnt gelassen. Weißt du, Deutschland ist in Korea recht angesehen, schon wegen der guten wirtschaftlichen Kooperation. Wie auch immer, natürlich ist auch Brainweb sehr daran interessiert, seine neuartigen Neuroprothesen weltweit an den Mann zu bringen, und als ich dem Pressesprecher mitteilte, dass ich gerne einen Beitrag über sein so innovatives Unternehmen in meinen Film aufnehmen würde, horchte er auf: kostenlose internationale Werbung, das klang verlockend. Er hat mir gleich für morgen Mittag einen Termin zu einer Vorbesprechung angeboten, mit der eventuellen Aussicht, den Geschäftsführer selbst zu treffen – alles aber bitte erst einmal ohne Kamera. Ein recht umgänglicher Typ, so einer dieser unverbindlichen Öffentlichkeitsfritzen, heißt Yoon Sil Sung. Ich habe spontan zugesagt, obwohl ich da ja noch gar nicht wissen konnte, worauf ich mich konkret einließ. Aber so bin ich nun mal. Und absagen kann man immer."

„Mensch, Clemens, das ist ja großartig! Da sitzen wir hier stundenlang zusammen und am Ende machst du mir seelenruhig solche Enthüllungen. Nun gut, ich habe mit meiner Geschichte ja auch hinterm Berg gehalten, bis ich einen besseren Eindruck von dir hatte."

„Ich hoffe doch, du hast jetzt einen *guten* Eindruck."

„Aber klar. So gut, dass ich sogar glaube, dass du machen wirst, was ich dir jetzt sage." – „Und das wäre?" – „Du wirst morgen *nicht* da hingehen." – „Wie bitte? Aber gerade jetzt, nach unserem …"

„*Ich* werde hingehen. Und ihnen sagen, ich sei deine Assistentin und du seist kurzfristig verhindert. Und das bist du ja auch: Denn du kümmerst dich morgen um die arme Kim Ho Soon. Bitte! Du hast mir versprochen, so schnell wie möglich mit ihr Verbindung aufzunehmen. Und der schnellstmögliche Zeitpunkt ist *morgen*. Fahr zu ihr ins Dorf, hilf ihr, bring sie in Sicherheit. Sie ist in großer Gefahr. Und *ich* habe mit diesen Brainweb-Typen noch ein Hühnchen zu rupfen." Sie sagte nicht, dass sie auch eine bestimmte Hoffnung nach Sejong trieb.

Peking

Er hatte sich vorgemacht, Cathy in den letzten Tagen, besonders nach den Telefonaten heute, wieder nähergekommen zu sein, und doch hatte es nur eines Blickes von Mie bedurft, um ihr wieder restlos zu verfallen. Und nach der ersten Berührung war Cathy vergessen.

Da war er wieder, der wilde Taumel, der irre Reigen, der kreiselnde Tanz der Begierde. Wer bist du, wer bin ich? Völlig egal, wenn wir nur *wir* sind. Aber sind wir überhaupt noch? Haben wir uns nicht längst aufgelöst, sind dahingeschmolzen in diesem ewig unwiderstehlichen Sog, dem unendlichen Strömen, dem glühenden Lavafluss, der uns einfach mit sich reißt, in seinen Fluten verglühen lässt? Nein, ich bin da, ich bin Jeremy, ich halte dich fest und lass mir dich niemals, niemals mehr nehmen. Endlich hab ich dich wieder. Meine Mie!

Ihr Geruch, ihr verboten betörender, alles Denken lähmender Duft, wie stark er doch war! Und wieder anders als das letzte Mal in Küsnacht! Da war eine Wildheit in diesem Duft, moschusherb und animalisch, und für einen Moment fühlte er sich zurückversetzt in jene erste unglaubliche Nacht ihrer Wiedergeburt im Hotel in Berlin, als er sie halb schon tot geglaubt hatte. Und wieder war da zunächst jenes unverständliche Stück Fremdheit gewesen, das hemmen und zurückhalten wollte, wo nichts gehemmt und zurückgehalten werden darf, und das niedergerissen, durchbrochen werden musste, wie eine störende Staumauer, die sich den tosend anbrandenden Gebirgsfluten entgegenstellen will, die doch unaufhaltsam von der Anziehungskraft der Tiefe hinabgerissen werden, bis sie alle Mauern mit sich nehmen. Und er verbiss sich in ihrem Hals und suchte das kleine Muttermal, und als er es nicht gleich fand, verbiss er sich weiter, tiefer, verbiss sich in ihrem Nacken, ihrer Brust, ihrem Nabel, ihrer Scham, verbiss sich mit ganzem Körper, ganzer Seele, ganzem Wesen und konnte nicht genug haben, niemals genug, niemals, immer weiter, weiter, bis ihm endlich die Puste wegblieb und die Ermattung zuletzt doch ein Innehalten gebot.

Ein Laborraum in Sejong
Stimmen. Von draußen. Gedämpft. Nicht schrill. Nicht im Kopf. Ganz ruhig, keine Angst. Stimmen von draußen. Ein Gähnen, ein Lachen. „Mensch, jetzt reiß dich endlich zusammen. Du bist ja noch müder als unser Baby hier!" – „Du solltest mittlerweile wissen, dass ich verdammt nochmal kein Frühaufsteher bin." – „Das musst du aber sein, wenn du hier was werden willst; also, nochmal: Reiß dich zusammen!" – „Ja, aber doch noch nicht um halb vier Uhr morgens!" – „Wenn es zum Besten der Firma ist, dann wäre es auch nicht zu viel verlangt, schon um Mitternacht aufzustehen." – „Schon gut, ich verstehe: Für die Firma sollte ich mit Freuden sogar aufstehen, bevor ich überhaupt ins Bett gegangen bin." – „Genau, das ist die richtige Einstellung! Aber kommen wir zur Sache: Wie sind die Werte?" – „Verstärkter Anteil an Theta- und Alpha-Wellen. Erhöhte Gehirnaktivität. Scheint aufzuwachen." – „Ich sag ja, Baby PSI ist wacher als du!" – „Jetzt hör doch mit dem Gehänsel auf. Was steht heute an?" – „Na, eine ganze Menge. Du weißt, übermorgen früh muss unser Wunderwerk fit und vorzeigbar sein. Heute werden ihm die Elektroden, Geräte und alle Schläuche abgenommen. Nichts mehr darf sichtbar am Schädel sitzen. Und dann soll Baby schon mal ein paar Schritte gehen, mal schauen, ob es selbst-

ständig Pipi machen kann." – „Das heißt, der Katheder kommt auch weg?" – „Selbstverständlich. Wenn PSI in Kaesong hohen Besuch hat, willst du ihm dann etwa den Urinbeutel wie eine Schleppe hinterhertragen? Ich glaube, das kommt nicht so gut." – „Versteh schon. Wir richten unser Baby also her, ziehen es an, putzen es heraus und versuchen, zumindest dem äußeren Anschein nach so etwas wie einen richtigen, anständigen Menschen aus ihm zu machen." – „Du hast es erfasst. Also: Machen wir uns an die Arbeit."

Blinzeln. Ein Heben der Lider: Es funktioniert. Noch immer. Der grelle, kahle Raum, nur ein Ausschnitt zu sehen. Etwas mehr kommt ins Blickfeld, wenn man den Kopf hebt. Auch das geht. Muskeln, die einem zentralen Willen gehorchen, einem Willen, der sie steuert. Jenem Willen, der gerade diesen Kopf hat heben lassen. Ich. Mein. Mir. Mich. Aber wer bin ich? Und was ist das: ich?

Peking

„Trotzdem, Mie, Liebes, hör mal: Du *musst* mir sagen, was letzte Woche in Küsnacht passiert ist. Ich weiß, wir haben vereinbart, du machst dein Ding und ich meins und wir stellen keine Fragen, aber Küsnacht war nun mal unser gemeinsames Ding. Nein, es war im Grunde sogar *mein* Ding, weil Chloe die Dokumente eben mir gegeben hat. Sag: Was ist passiert? Und wo sind die Dokumente jetzt?"

Jeremy hätte nicht anzugeben vermocht, ob er in dieser Nacht schon ein Auge zugetan hatte. Wie spät war es überhaupt? Jedenfalls noch tief in der Nacht. Sie hatten sich umarmt, geküsst, geliebt, gedöst, sich wieder umarmt und geliebt, und … jetzt redeten sie endlich.

Mie zeigte ihm ihr abgründiges Lächeln. „Woher willst du wissen, dass Küsnacht nicht auch mein Ding war, wenn du gar nicht weißt, was mein Ding ist?" Jeremy spürte, dass sie schon wieder ausweichen wollte, dass sie nur ungern über die Vorfälle in der Schweiz sprach. Aber irgendwo hatte auch Jeremys Langmut seine Grenzen.

„Willst du damit andeuten, dass du gar nicht zufällig bei mir warst? Dass du mir nachspionierst?" Es gab ihm einen Stich ins Herz, diese Sätze auszusprechen, aber sie mussten raus. Zu viel war rätselhaft: ihr unvermitteltes Auftauchen und Verschwinden auf Schwanenwerder, ihr Auftauchen und Verschwinden in Küsnacht.

Und parallel in der Nähe ungeklärte Vorfälle und Verbrechen. „Mie: *Wer bist du?*"

Sie seufzte und ihr Lächeln wurde traurig. „Jeremy, ich könnte dir viel von mir erzählen, aber wenn meine Leute das herausfinden, könnte das sowohl für mich wie für dich sehr unangenehm werden."

„Deine Leute? Aber wer sind *deine Leute?*"

„Ich glaube, ich habe dir schon einmal gesagt, dass ich nicht bin, was ich scheine. Ich glaube, ich habe auch gesagt, dass du mich nie nach meiner Vergangenheit fragen sollst."

„Ich weiß, das hast du. Natürlich. In Küsnacht. Du brauchst es nicht zu wiederholen. Aber ich frage trotzdem. Ich bestehe darauf."

„Selbst auf die Gefahr, dass das schlecht ausgeht? Wie in dieser Oper, von der du erzählt hast? Im *Tristan* von Wagner, wo beide Liebenden zum Schluss sterben?"

„*Tristan?* Mie, du verwechselst das. Die Oper mit dem Frageverbot heißt *Lohengrin*. Und da stirbt nur die Frau."

Mie wirkte für einen Moment verunsichert. „Bist du dir sicher, dass du nicht *Tristan* gesagt hast?" Sie runzelte nachdenklich die Stirn.

Jeremy nickte. „Ganz sicher. Allerdings wäre mir der *Tristan* mit dem ‚Liebestod' in der Tat lieber, ehrlich gesagt."

„Dann habe ich mich vertan, entschuldige …" Mie stockte.

Jeremy lachte auf. „Mie, bitte, du sollst mir doch nichts über Opern erzählen! Von *dir* will ich endlich etwas wissen, nur von dir!"

Sie schien mit sich zu ringen. Dann: „Ich habe dir eine Geschichte von einem Mädchen erzählt, das glaubt, in der besten aller Welten aufzuwachsen, nicht?"

„Unter der leuchtenden Sonne von Kim Il Sung und Kim Jong Il."

„Genau. Weißt du, Jeremy: Ich habe dir in Küsnacht nicht die Wahrheit gesagt. Es *war* meine eigene Geschichte."

Jeremy blickte sie entgeistert an. „Du kommst aus Nordkorea? *Das* sind *deine Leute?*"

Mie schüttelte heftig den Kopf. „Ich habe für Nordkorea gearbeitet. Lange Jahre. Wurde aufgrund meiner besonderen Fähigkeiten im frühen Jugendalter ausgewählt und habe eine spezielle, sehr elitäre Ausbildung genossen, von der normale Nordkoreaner nur träumen können. Allerdings auch eine sehr harte und anspruchsvolle. Nachdem ich alle Prüfungen mit Auszeichnung bestanden hatte, gehörte ich zu jener geheimen Elite im Land, die in Erfüllung ihrer Aufgaben häufig im Ausland tätig sein muss. Aber mit den Jahren wuchsen meine Zweifel: Ich glaube, ich brauche das nicht zu vertiefen. Einen meiner Einsätze, das war in Wien, habe ich genutzt, um unauffällig die südkoreanische Botschaft aufzusuchen. Man hat mich dortbehalten und später nach Seoul gebracht. Dort hat man mir das Angebot gemacht, meine im Norden erworbenen Kenntnisse von nun an in den Dienst des Südens zu stellen. Ich habe angenommen. *Das* sind jetzt meine Leute."

„Du bist also eine Überläuferin? Aus einer geheimen Elite, die im Ausland tätig ist? Im Klartext: eine nordkoreanische Agentin, die zu einer südkoreanischen Agentin geworden ist?"

„Nenn es, wie du willst. Besser, du weißt nichts Genaueres. Ich diene treu meinem Vaterland Korea."

„*Deshalb* kannst du also nicht mit mir nach Nordkorea kommen?"

„Es würde zweifellos für mich den Tod bedeuten. Selbst hier bin ich nicht sicher. Es gibt Hinweise, dass sie mir schon auf der Spur sind. Und es ist wiederholt vorgekommen, dass Leute wie ich rückentführt wurden. Erst wird dir alles, was du an Geheimnissen verraten kannst, aus dem Leib gefoltert, dann folgt das erzieherische Unterhaltungsprogramm fürs Volk: die öffentliche Hinrichtung."

Jeremy hatte noch immer Mühe zu begreifen. „Du bist also gar keine Schauspielerin?"

„Offensichtlich doch." Das abgründige Lächeln. „Nur anders."

„Willst du trotzdem die Hauptrolle in meinem Film spielen?" Seltsam, dass Jeremy in diesem schwindeligen Moment keine andere Frage einfiel, an der er sich festhalten konnte. Sie nickte. „Wenn alles vorbei ist und man mich lässt – gerne. Wenn du mich noch willst."

Ein anderer Gedanke kam Jeremy. Der bisher unangenehmste. „Du warst als Agentin in Berlin?" – „Ja." – „Und als Agentin hast du mich kennengelernt?" – „Ja." – „Du warst also auf mich angesetzt? Aber warum? Was will der südkoreanische Geheimdienst von mir?" – „Jeremy, ich darf dir wirklich nicht mehr verraten. Ich bringe mich um Kopf und Kragen und gefährde auch dich. Nochmal: Besser, du weißt nicht zu viel." – „Ich soll also davon ausgehen, dass du mich immer nur kaltblütig ausgenutzt und nie echte Gefühle empfunden hast?" Seine Stimme war hart. Trotz des leichten Zitterns.

„Jeremy! Bitte! Du musst mir vertrauen." Ihre Stimme wurde leiser. „Wenn du es noch kannst." Sie schwieg kurz, dann gab sie sich einen Ruck. „Also gut, nur so viel: Es gab seit längerem Hinweise, dass in den Tresoren der Century Bank – die wir wegen ihrer dubiosen Nordkoreageschäfte ohnehin im Visier hatten – wichtige Papiere lagerten, die die Kim-Dynastie in Pjöngjang in ernste Schwierigkeiten bringen könnten. Meine Aufgabe war es, herauszufinden, ob etwas an der Sache dran war. Dafür wollte ich dich kennenlernen, wir wussten ja, dass du in Kontakt mit der Bank standest. Zugleich haben wir, während ich in Berlin war, von dem Treffen auf Schwanenwerder erfahren, bei dem es um jene illegalen Waffengeschäfte der Nordkoreaner mit den Islamisten vom IS ging, die ebenfalls in Verbindung mit Century standen. Kurzfristig bekam ich den Auftrag, das Haus an der Inselstraße zu überwachen, deshalb bin ich verschwunden, tut mir leid, ich durfte dir ja nichts davon sagen. Dass ich mich in dich verliebt habe … Ich brauche wohl nicht zu betonen, in welche Gewissenskonflikte mich das gestürzt hat. In die Schweiz bin ich nicht zuletzt auch gekommen, um dich zu *beschützen*. Der Verdacht, dass dein Freund Jonathan mit den Nordkoreanern gemeinsame Sache machte, hatte sich erhärtet, und ich wusste, dass das nun auch dich in Gefahr bringen könnte. Aber wenn ich dir etwas davon gesagt hätte, hätte alles auffliegen können."

„Und dann bist du gerade in dem Moment bei mir hereingeschneit, als Chloe mir die Dokumente gegeben hatte."

„Ja, aber davon konnte ich nichts wissen. Doch war mir sofort klar, dass genau das die gesuchten Papiere waren."

„Ja, das hast du mir nach der Lektüre ja auch ausführlich erklärt."

Mie zog die Brauen zusammen. „Richtig." Sie zögerte einen Moment, den Jeremy dazu nutzte, ihr ins Wort zu fallen. „Und dann hast du einen Überfall vorgetäuscht und dich mit den Dokumenten aus dem Staub gemacht. Und mich hast du ohne eine Nachricht und mit einer fürchterlichen Angst um dich im Herzen einfach sitzen lassen." Jeremy wunderte sich schon im Sprechen, dass seine Worte, die viel bitterer hätten herauskommen sollen, einfach nur traurig klangen.

„Nein." Mie sprach langsam und konzentriert. „Es *hat* einen Überfall gegeben. Plötzlich waren zwei Männer im Raum und haben mich überwältigt. Ich habe mich gewehrt wie eine Tigerin, aber trotz meiner Kampfausbildung waren sie stärker als ich. Sie hielten mir einen chloroformgetränkten Lappen vor die Nase und ich verlor das Bewusstsein. Als ich wieder zu mir kam, lag ich gefesselt im Laderaum eines Lieferwagens, der geschlängelte Straßen bergan fuhr. Kein Zweifel: Man würde mich umbringen. Diese Fahrt zu einem abgelegenen Ort in den Bergen sollte meine letzte sein. Mir gelang es, meine Fesseln zu lockern, die Heckklappe aufzutreten und mich in einer Kurve aus dem Wagen fallen zu lassen. Es war bereits dunkel, und sie haben mich nicht wiedergefunden. Mit viel Mühe konnte ich mich aus den Fesseln befreien und ins Tal laufen. Ich hatte Angst, mich bei dir zu melden, auch wollte ich nicht, dass du noch tiefer in die Sache hineingezogen wirst. Am nächsten Tag schaffte ich es gerade noch rechtzeitig zu meinem Flug nach Seoul, und dort haben mir meine Leute verboten, mit dir Kontakt aufzunehmen. Auch wenn du's nicht glaubst – mein Anruf gestern war die erste Gelegenheit, mich bei dir zu melden. Ich sollte auch gar nicht hier sein – ich bin es nur deinetwegen, Jeremy."

„Ich glaube dir ja." Jeremy seufzte schwer. „Ja, Mie: Ich glaube dir. Es ist nur so … verwirrend. Und die Dokumente sind also weg?"

„Ja, Jeremy. Es tut mir leid, ich konnte sie nicht retten."

„Und was waren das für Leute?"

„Koreaner. Ich fürchte, der nordkoreanische Auslandsgeheimdienst. Ganz sicher bin ich nicht, weil ich die Männer kaum gesehen habe."

„Also alles umsonst." Wild überschlugen sich die Gedanken und Gefühle, eine schwindlig machende Achterbahn. *Helter Skelter*. Doch im Moment kümmerte ihn kaum, was der Verlust der historischen Dokumente für Geschichte und Zukunft Koreas bedeutete; im Moment konnte Jeremy nur an sich denken. An sich und Mie und seine kleinen und doch so übermächtig über ihm zusammenschlagenden Jeremy-Gefühle. Mie hatte ihn einfach benutzt, ihm etwas vorgemacht, zumindest am Anfang. So mancher würde ihr nun wohl nie mehr vertrauen können, würde sie jetzt bitten, aus seinem Zimmer, aus seinem Leben zu gehen. Und Jeremy? War er es sich nicht auch schuldig, sie nach diesen Enthüllungen fortzuschicken? Vielleicht war er das. Wäre er das. Aber er spürte, dass er nicht die Kraft dazu hatte. Und letztlich: War ihr Verhalten denn so viel anders gewesen als das einer armen jungen Frau, die einen reichen älteren Mann kennenlernt, sich an ihn ranschmeißt und ihn dann „aus Liebe" heiratet? Als das eines Groupies, das auf der blinden Suche nach Ruhm mit einem Rockstar schläft und womöglich seine Geliebte wird? Bei all diesen Beziehungen steht der andere nicht als der, der er wirklich ist, im Vordergrund, sondern als das, was er liefern kann, besitzt, zu geben imstande ist. Und doch waren aus dergleichen „Zweckpartnerschaften" oft genug echte, langjährige Beziehungen geworden. Warum sollte es zwischen ihnen beiden anders sein? Schließlich – Jeremy war nicht mehr der Jüngste, und der Schönste war er nie gewesen; Mie dagegen war eine unbestreitbare Schönheit. Womöglich hatte er sich da allzu viel vorgemacht. Und sollte jetzt einfach dankbar sein, dass sie trotz allem hier war.

Ja, das sollte er vermutlich. Und doch war es hart. Verdammt. Jeremy stöhnte innerlich. Immer, wenn er glaubte, Mie erfasst zu haben, entglitt sie ihm. Er wollte nicht, dass sie ihm entglitt. Vielleicht umarmte er sie nicht fest genug?

Und so umarmte er sie. Fester. Und dann küssten sie sich, liebten sich, umarmten und küssten sich wieder. Bis in der Tiefe der Nacht doch noch der Schlaf seine Arme um ihn legte.

Sejong

„Guten Tag, mein Name ist Wong. Ich habe einen Termin mit Ihrem Pressesprecher, Yoon Sil Sung. Ein Herr Clemens Alt hat das für mich arrangiert; ich bin seine Medienassistentin."

Ein Summton ertönte, und die gläserne Sicherheitstür der fünfstöckigen Brainweb-Zentrale öffnete sich. Die elegant geschwungene Silhouette des Baus hatte etwas Futuristisches, wie überhaupt das gesamte Weichbild der ringsum aus dem Reißbrett entstehenden neuen Stadt in Cathy lebhafte Science-Fiction-Assoziationen weckte. Gleich auf den ersten Blick hatte die Brainweb-Zentrale auf sie den unheimlichen Eindruck eines kalten, lebenden Wesens gemacht. Wie eine gewaltige Schlange mit metallisch funkelnden Schuppen wellte sich die eindringliche Konstruktion aus schimmerndem Stahl, spiegelndem Glas, grauem Beton und bunten neuen Kunststoffen über die weitläufige Grünfläche. Oder auch wie ein unbekanntes, roboterhaftes Wurm-Insekt aus einer fremden Galaxie. Und als sie jetzt durch die schimmernde Glastür trat, war es ihr fast, als würde sie von jener unbekannten Lebensform bei lebendigem Leib verschlungen.

„Kommen Sie nur herein, Yoon Sil Sung erwartet Sie bereits."

Cathy folgte der schick gekleideten Dame von der Pforte einen Gang hinunter. Niemanden störte es offenbar, dass nicht Clemens Alt, sondern Frau Wong zum vereinbarten Gespräch erschienen war.

Es hatte am Vorabend noch einiger Überredungskraft bedurft, um Clemens von Cathys Plan zu überzeugen. Nicht schwer war es gewesen, ihm deutlich zu machen, dass es zunächst einmal am wichtigsten war, sich um Kim Ho Soon zu kümmern, die Cathy am frühen Morgen mit dem Versprechen einer baldigen Rückkehr in jenem Dorf an der Grenze zurückgelassen hatte, wo sie sich für den Tag wieder in ihrer Hütte auf dem Berg verstecken wollte, deren Lage sie Cathy sicherheitshalber ganz genau beschrieb. Nicht, dass Clemens nicht sowieso darauf brannte, die Frau, die so Unglaubliches durchgemacht hatte, so bald wie möglich zu treffen. Er hätte es nur lieber gehabt, wenn Cathy ihn dabei begleitete, schon um etwaige Kontaktängste abzubauen. Aber Cathy hatte darauf gepocht, dass hierfür keine Zeit sei, und ihm stattdessen einige beruhigende Empfehlungszeilen mitgegeben. Dann jedoch hatte Clemens wiederum Cathy nicht allein nach Sejong gehen lassen wollen. Das sei viel zu gefährlich – wenn sich dieses Unternehmen schlimmster Verbrechen schuldig gemacht hatte, würde es vor *einem* weiteren wohl nicht zurückschrecken. Cathy hatte ihm versprechen müssen, zurückhaltend zu sein. Natürlich wusste sie selbst, dass sie diesem Dr. Maing Ma Shin, sollte sie ihn ausfindig machen, besser nicht ins Gesicht sagte, was sie über ihn gehört hatte. *Was* genau sie dann machen würde, wusste sie jedoch selbst noch nicht. Sie wusste nur, dass es für sie einfach unabdingbar war, so schnell wie möglich nach Sejong zu fahren; das gebot ihr ihr Instinkt. Alles andere, hoffte sie, würde er ihr schon ebenfalls einflüstern, wenn es so weit war. Und so hatte sie sich am nächsten Vormittag in den Zug gesetzt und sich nach anderthalbstündiger Fahrt per Taxi zum neuen Brainweb-Hauptquartier bringen lassen.

Und hier stand sie nun vor einer Bürotür im Erdgeschoss. Die sich soeben lautlos vor ihr öffnete. „Kommen Sie herein, Frau Wong. Ich habe mich gestern am Telefon schon sehr gut mit Ihrem Kollegen unterhalten. Schade, dass er heute verhindert ist. Aber, andererseits, umso schöner, Ihre bezaubernde Bekanntschaft machen zu dürfen."

Der sportliche Mittdreißiger, der sie mit diesem aus seinem Mund eher routiniert höflich als schmierig klingenden Kompliment begrüßte, erinnerte sie (nachdem das Gespräch mit Clemens gestern die Erinnerung an ihre einstige Schullektüre geweckt hatte) irgendwie an eine Gestalt aus der Zukunftswelt von Aldous Huxley. Ein intelligenter und rundum perfekt wirkender „Alpha-Plus", eigens dazu geklont und ausgebildet, dem Besucher die *Schöne neue Welt* von Brainweb überzeugend vorzuführen, dessen unverbindliches Wesen sich in genau dieser perfekten Präsentation der Oberfläche aber auch erschöpfte. Als er zu reden begann, verfestigte sich Cathys Eindruck nur noch. Nein, so entschuldigte er sich gleich zu Beginn, leider könne sie den Hauptgeschäftsführer heute doch nicht sprechen, er sei kurzfristig verhindert. Er, Yoon Sil Sung, werde sich aber bemühen, alle ihre Fragen so umfassend wie gewünscht zu beantworten.

Na, dann mal los! Cathy war entschlossen, ihn beim Wort zu nehmen. Sobald sie das Vorgeplänkel hinter sich gebracht hatte – unter anderem betonte sie, dass es ihr heute allein darum gehe, sich über Brainweb zu informieren, um dann zu entscheiden, ob die Firma für eines der Filmporträts in Frage komme –, bemühte sie sich, konkrete Details über das Unternehmen, seine Projekte und Produkte in Erfahrung zu bringen. Yoon Sil Sung hörte stets freundlich nickend zu, begann seine Antworten meist mit einer Floskel wie „Das kann ich Ihnen ganz genau sagen", holte dann aus und setzte zu einer doch sehr allgemeinen Antwort an, die in der Regel allerdings auch etliche interessante Informationen beförderte, so dass Cathy, wenn er geendet hatte, fast schon wieder vergessen hatte, dass er im Grunde nichts Konkretes zu ihrer Frage gesagt hatte. Bald machte sich bei ihr der Eindruck breit, hier in eine Sackgasse geraten zu sein. Die wahren Verantwortlichen von Brainweb saßen woanders. Und an die musste sie ran.

Peking

Jeremy saß am reservierten Tisch im Luxusrestaurant Maison Boulud, dem exklusivsten französischen Restaurant Pekings, und wartete. Gern hätte er chinesisch gegessen – Entenzungen statt Gänsestopfleber, Abalonen statt Austern, Seegurken statt Froschschenkeln –, aber Gao Feng hatte auf einem Treffpunkt bestanden, wo er auch sicher sein konnte, einen gereiften Bordeaux seiner speziellen Anspruchsklasse genießen zu können.

Der Abschied von Mie war Jeremy nicht leichtgefallen. Es war noch früh am Morgen gewesen, lange bevor sich die ersten trüben Sonnenstrahlen durch den Pekinger Smog quälten, als sie sich trennten. Mies Weiterflug nach Seoul wartete. Sie hatte bedrückt gewirkt. Als läge ihr noch etwas auf dem Herzen. Als wolle sie nicht, dass Jeremy nach Pjöngjang fuhr. Als mache sie sich Sorgen um ihn. „Soll ich lieber bei dir bleiben?", hatte er sie unvermittelt gefragt. Sie hatte den Kopf geschüttelt. Geh du nur deinen Weg, ich gehe meinen. Dann ein letzter langer Kuss, ein letztes Drücken, und sie war zur Tür hinaus. Vielleicht würden sie sich in ein paar Tagen in Seoul wiedersehen, wenn Jeremy zurückkam. Sie habe dort eine kleines Apartment in Gangnam, nahe dem berühmten Teheranno Boulevard.

Wenn Jeremy zurückkam. Mie hatte ihm eine Adresse von Kontaktleuten in Pjöngjang gegeben, Tapje-Straße, an die er sich im Notfall zu wenden versuchen könne, sollte er in Schwierigkeiten geraten. Ihre fast hilflos wirkenden Versuche, ihm zu helfen, hatten Jeremy gerührt – wusste er doch so gut wie sie, dass es für einen Ausländer im Norden nahezu unmöglich war, auch nur *einen* unüberwachten Schritt zu tun. Im Gegenzug hatte er sie gebeten, ihre Geheimdienstkontakte zu nutzen, um mehr über die südkoreanische Firma Brainweb in Erfahrung zu bringen. Im Laufe ihres langen nächtlichen Gesprächs hatte er ihr auch von Cathys Anruf und ihrem Verdacht erzählt. Die Leidensgeschichte von Kim Parks Schwester zwischen Nord und Süd hatte Mie so sehr bewegt, dass sie Jeremy gebeten hatte, sie für eine Weile allein zu lassen. Dann war sie auf den dunklen Hotelbalkon hinausgetreten, um in die über dem Pekinger Smog kaum erahnbaren Sterne hinaufzuschauen. Jeremy konnte sich vorstellen, was in ihr vorgegangen war. So viele zerrissene Seelen in diesem zerrissenen Land.

Später war sie wieder neben ihm gelegen, er hatte ihren Geruch nach Leder, Tabak und Torffeuer in sich aufgesogen und begriffen, dass sie dort draußen geraucht hatte. Natürlich, wenn sie aus Nordkorea kam, war das kein Wunder, Jeremy hatte irgendwo gelesen, dass dort so gut wie jeder rauchte, der es sich leisten konnte. Aber warum hatte er sie dann noch nie rauchen sehen? Egal – die Nacht war zu kurz und kostbar gewesen und der Fragen und Eindrücke zu viele; er hatte diese eine Zigarette unbeantwortet in der Nacht stehen lassen.

Jeremy ließ den Blick über den geräumigen Speisesaal schweifen, in den man ihn geführt hatte. Ein prächtiges Interieur: hohe Decken mit Fresken, ausladende Fenster mit kostbaren Seidenvorhängen. Einst war der zentral am Platz des himmlischen Friedens gelegene klassizistische Bau die US-Botschaft gewesen. In Berlin am Brandenburger Tor, hier in der Stadtmitte am Tienanmen: Die Amis pickten sich überall die Sahnestückchen heraus. Und Gao war in der Wahl seiner Treffpunkte so anspruchsvoll wie eh und je. Wo er heute nur blieb?

Am Vormittag hatte sich Jeremy dann mit Cai Feng getroffen, den er telefonisch bereits über den Verdacht gegen Brainweb unterrichtet hatte. Cai hatte versprochen, sich um die Sache zu kümmern, und nun bestätigt, dass das dubiose Gebaren dieses Unternehmens, das über sein Büro in Macao offenbar alle möglichen zwielichtigen Kontakte unterhielt, längst auch den Verdacht seiner Behörde erregt habe. „Erinnerst du dich, was ich über die Unterstützer des Puppenspielers im Süden gesagt habe?", hatte Cai erregt hinzugefügt. „Wenn es stimmt, dass Brainweb im Weg über Kaesong Kontakte nach Norden, vielleicht sogar bis in die geheimen Konzentrationslager hinein besitzt, würde ich mich wundern, wenn der Puppenspieler hier nicht seine Finger mit drin hätte. Und dass Brainweb jetzt auch noch in die Geldwäschegeschichte um die Stiftung verstrickt ist, lässt mir diesen Verdacht fast als Gewissheit erscheinen. Ich habe mir gestern das Welti-Dossier noch einmal angesehen und bin auf eine Spur gestoßen, die dir bisher offenbar entgangen ist: Welti konnte eine hohe anonyme Geldspende an die Gao-Feng-Stiftung bis zu einer Briefkastenfirma auf den Kaimaninseln zurückführen, und irgendwie gelang es ihm sogar, den Namen des wirtschaftlich Berechtigten dahinter herauszufinden. Und jetzt halt dich fest: Dabei handelt es sich um keinen anderen als einen gewissen Mun Dae Jong. Klingelt da etwas?"

„Doch nicht der CEO von Brainweb?"

„Genau der. Vielleicht erinnerst du dich an die Spende: ‚Dem alleinigen Verwendungszweck *Einrichtung des Freundschaftszentrums, Ryugyong-Hotel, Pjöngjang* vorbehalten'."

„Ja, das sind Gelder, die wir für den Innenausbau überwiesen haben. Das Riesengebäude ist ja nach wie vor weitgehend Rohbau."

„Und das wird es auch bleiben – jedenfalls, was die angeblichen Räume deiner Stiftung betrifft: Bevor dort ein Cent für den Bodenbelag ausgegeben wird, ist längst alles durch die Ritzen im Gemäuer versickert. Wenn schon Immobilie, dann ist das ein Verschiebebahnhof. Glaub mir, Jeremy: Die haben unter diesem Deckmantel nur irgendwelche dunklen Gelder rübergeschoben. Freundschaft? Vielleicht. Aber jedenfalls keine im fördernswerten Sinn. Kein Zweifel – da läuft eine ganz krumme Sache zwischen korrupten Kreisen im Norden und gewissenlosen Geschäftemachern im Süden. Als designierter Leiter deines Freundschaftszentrums fungiert, wie ich zu meiner Überraschung herausgefunden habe, inzwischen übrigens ein gewisser Kyok Kwon Il, ein windiger Bursche aus einem der vier Geheimdienste und für mich ein vertrauter Name, da auch er auf der Gehaltsliste verschiedener chinesischer Schlepperbanden in meinem Zuständigkeitsbereich steht, für die er öfters mal ein Auge zudrückt: von der anderen Seite aus. Und wer weiß, auf wessen Gehaltsliste er sonst noch vertreten ist – als Protegé des Puppenspielers kann er es sich offenbar erlauben, für alle die Hand aufzuhalten, die ihn hinreichend schmieren können. Ich sag dir: Das Ganze dort drüben ist ein einziger Sumpf aus Korruption, Mauschelei und krummen Geschäften – kein Vergleich zu den kleineren *Unregelmäßigkeiten* bei uns hier in China."

„Genau darum muss ich dort hin und werde nun alles vor Ort unter die Lupe nehmen."

„Dann wünsche ich dir viel Erfolg, Jeremy!"

Ja, den wünschte er sich auch. Während er jetzt auf seinem gepolsterten Stuhl in der für alle, die es sich leisten konnten, heilen Luxuswelt des Maison Boulud saß, wurde es Jeremy zum wiederholten Mal flau im Magen. Hatte er sich doch zu viel vorgenommen?

Im prächtigen Saal wurde Gemurmel laut, das ihn von seinen trüben Gedanken ablenkte. Alle Blicke richteten sich zur Tür. Jeremy musste schmunzeln. Es war so weit. Herein trat ein zierliches Männchen im perfekt sitzenden Nadelstreifenanzug, einen Sonnenschirm unterm Arm, die graue Melone auf dem Kopf. Um den Hals hatte der kleine Greis einen weißen Seidenschal geschlungen, im Knopfloch steckte eine frisch erblühte dunkelrote Rose. Sogleich roch Jeremy den üppigen Blumenduft, überlagert von der herben Frische seines wie immer zu dick aufgetragenen Rasierwassers. Gao Feng war nun an die neunzig Jahre alt, wirkte aber immer noch elanvoll, wenn auch zugleich irgendwie fragil, ja *ätherisch*. Als er nun in all seinem extravaganten Putz an Jeremys Tisch trat, verzog Gao seine feinen Lippen zu einem undeutbaren, ironisch-stolzen Lächeln.

„Jeremy! Wie erquickend, dass sich unsere Wege in diesem Erdental noch einmal kreuzen! Lass mich dich in diese dürren Arme schließen, mein Junge!" Gaos Stimme hatte immer noch jenen nasalen, die Worte dehnenden Singsang, der etwas hypnotisch Einschläferndes besaß. Wie sehr hatte Jeremy sie doch vermisst.

Sejong

Yoon Sil Sung, der Pressesprecher, war wie eine Dauerwerbesendung im Fernsehen: Er hatte etwas Ermüdendes. Cathy gab sich alle Mühe, ihn festzunageln, doch stets entschlüpfte er ihr. Fragte sie etwa nach den Entwicklungszielen der Firma, so antwortete er: „Das kann ich Ihnen mit wenigen Worten erklären, meine liebe Frau Wong. Im Grunde ist die Antwort schon in unserem Firmennamen enthalten: Brainweb." Dann der Schwenk aufs Allgemeine: „Wie Sie wissen, ist das menschliche Gehirn das Komplexeste, was es auf Erden gibt. Die vollständige Entschlüsselung seiner Funktionsmechanismen ist auch für die fortgeschrittenste Wissenschaft noch Zukunftsmusik. Dennoch sind wir in vielen Bereichen heute weiter, als es den meisten bewusst ist. Hieraus ergeben sich völlig neue Therapiemöglichkeiten für die Medizintechnik der Zukunft – eine Zukunft, die bei Brainweb vielfach schon Gegenwart geworden ist. Natürlich bedarf eine Forschung, die sich der Herausforderung einer Erkundung des Gehirns und der Entwicklung der dadurch möglich werdenden medizinisch-technischen

Anwendungen stellt, des fortschrittlichsten Know-hows und der komplexesten Computer, die es heute gibt, denn der Computer ist gewissermaßen das technische Gegenstück des biologischen Gehirns. Und über genau dieses Know-how, diese Techniken und Kenntnisse verfügen wir hier bei Brainweb, in einem der modernsten Labors der neuen Hauptstadt Südkoreas, des fortschrittlichsten Landes auf der ganzen Welt. *Brain-Web*: Was wir anstreben, ist die höchste Vernetzung des menschlichen Gehirns mit den Möglichkeiten der neuen Technik."

Als Cathy fragte, ob man vor den Möglichkeiten der neuen Technik nicht manchmal auch Angst haben müsse, begann er darüber zu dozieren, dass das bislang Unbekannte beim Menschen seit jeher irrationale Ängste auslöse – Ängste, die jedoch bei Gewöhnung ans Neue rasch überwunden würden, ja im Rückblick nachgerade lächerlich wirkten. Er ließ sich darüber aus, wie von innovationsfeindlichen, rückwärtsgewandten, kurzum altmodischen Menschen den neuen Techniken schon immer mit Argwohn begegnet worden sei – bereits bei der Erfindung der Lokomotive habe es geheißen, dass eine so hohe Geschwindigkeit dem Menschen doch schaden müsse. „Und? Hat sie ihm geschadet? Die der Concorde? Des Spaceshuttles? Sehen Sie?" Natürlich brächten alle Erfindungen auch ihre Schattenseiten mit sich, aber wenn sie sich erfolgreich durchsetzten, bewiese das doch, wie sehr die Vorteile überwögen. Im Übrigen sei sich Brainweb seiner ethischen Verantwortung aufs Höchste bewusst, und er könne nur betonen, dass sich daraus das stete Bestreben aller Firmenverantwortlichen ergebe, zum Wohle der Menschheit unermüdlich daran zu arbeiten, ihre Produkte weiter zu perfektionieren, um bedürftigen Menschen zu helfen. „Diese ethischen Unternehmensgrundsätze sind für uns bei Brainweb so unumstößlich wie für einen Arzt der hippokratische Eid."

Als Cathy daraufhin bat, ihr zumindest theoretisch zu erklären, wie ein unethischer Missbrauch der Brainweb-Forschungen aussehen könne, erklärte er ihr wieder etwas von Risiken und Grenzen, Sicherheitsvorkehrungen und Verpflichtungen; und als sie ihn bat, konkreter zu werden, schweifte er vollends ins Weite, erzählte ihr von internationalen Sperrverträgen und nordkoreanischen Atomversuchen und dass die im Bereich der friedlichen Atomenergienutzung in der Tat auftretende Problematik, was indes Brainweb angehe, vernachlässigenswert sei, weil man hier nicht auf radioaktive, sondern auf elektromagnetische Strahlung setze, um dann abschließend mit verächtlich triumphierendem Unterton die rhetorische Frage zu stellen, ob das Auto nun als eine Waffe zu behandeln sei, nur weil man damit in eine Menschenmenge hineinfahren könne. Cathy war zu verwirrt, um zu antworten. „Na sehen Sie: Manche dieser vorgebrachten Bedenken sind völlig absurd und werden meist von unseriösen Alarmisten und generell von Leuten vorgebracht, die in den entsprechenden Bereichen über nicht die geringste Sachkenntnis verfügen." An diesem Punkt war Cathy einen Moment lang kurz davor, entnervt den Raum zu verlassen.

Konkret wurde Yoon Sil Sung immer nur, wo es um die marktreifen Firmenprodukte ging, speziell deren motorische und sensorische Neuroprothesen sowie die sogenannten Elektrozeutika, also bioelektronische Arzneimittel und sonstige medizinische Anwendungen. Darunter, so Yoon Sil Sung, Entwicklungen, die in den Industriestaaten schon medizinischer Standard seien, wie der sogenannte Hirnschrittmacher, mit dem sich etwa die Parkinson-Krankheit behandeln lasse, und das Cochleaimplantat, wodurch mittels Stimulation des „Statoacusticus" genannten Hirnnervs vielen vormals tauben Menschen das Gehör zum Teil zurückgegeben werden könne. Beim ähnlich funktionierenden Mikrochip-Retinaimplantat, um Blinde wieder sehen zu lassen, habe Brainweb bereits Bahnbrechendes geleistet. Besonders intensiv arbeite man jedoch an der Fortentwicklung komplexer Gehirn-Computer-Schnittstellen. „Wir haben eine Technik entwickelt, mittels deren es möglich ist, neuronale Signale in Bewegung umzusetzen. Vereinfacht gesagt: Ein gelähmter Patient denkt etwa daran, seinen Arm zu heben, und eine computergesteuerte Prothese, das Exoskelett, setzt sich entsprechend in Bewegung. Menschen, die am Locked-in-Syndrom leiden, können über unsere Brain-Computer-Interfaces wieder in Verbindung mit der Menschheit treten. Auf die gleiche Weise, wie sie den Prothesenarm heben, können sie etwa einen Cursor in Bewegung setzen und E-Mails verfassen: *Brain-Web* im wahrsten Sinne des Wortes. Aber das ist erst der Anfang. Auch sogenannte kognitive Prothesen sind machbar. Wir haben hier im Haus bereits einen Prototyp entwickelt, der sich ..."

Zum ersten Mal schien sich der so eloquente Pressesprecher in seinen Ausführungen verheddert zu haben. Cathy, plötzlich hellwach und aufgeregt, nutzte die Gelegenheit, prompt dazwischenzugehen. „Das heißt, Sie könnten jemandem, der etwa nach einem Gehirnschuss im Koma liegt, wieder den Kontakt zur Außenwelt erlauben? Durch das Implantieren einer solchen Schnittstelle ins Hirn?"

Yoon Sil Sung wirkte erleichtert, auf die Zwischenfrage eingehen zu können. „Die traumatische Hirnverletzung ist eines unserer Forschungsgebiete, ja. Allein in den USA erleiden im Jahr hunderttausend eine solche Verletzung. Zusammen mit den über hundert Millionen Parkinson- und Alzheimer-Patienten weltweit und ähnlichen Ziffern von Menschen, die nach einem Schlaganfall oder Unfällen gelähmt sind bedenken Sie, welch unglaublicher Wachstumsmarkt für ein Unternehmen, das bei der Entwicklung von Neuroprothesen zur Korrektur dieser Beeinträchtigungen ganz vorne mitmischen kann!"

„Ja, ja, sicher." Schon wurde Yoon Sil Sung wieder sehr allgemein, wo Cathy doch gern beim *ganz* Konkreten bleiben wollte. „Haben Sie denn auch entsprechende Patienten, mit denen Sie experimentieren können? Patienten mit Gehirnschüssen, meine ich?"

„Wir sind kein Krankenhaus, Frau Wong. Außerdem, um keine Missverständnisse aufkommen zu lassen, ,experimentieren' wir nicht, sondern stellen Patienten technisch ausgereifte Hilfsangebote zur Verfügung. Hierbei, um auf Ihre Frage zurückzukommen, arbeiten wir selbstverständlich mit führenden Kliniken des Landes zusammen."

Konnte es sein, dass dieser aalglatte Typ, an dem alles abprallte, leicht irritiert wirkte? Cathy beschloss, ihn zu provozieren. Vielleicht würde ihn das ja aus der Reserve locken. „Und wenn ein Patient aufgrund seiner Gehirnverletzung gar nicht in der Lage ist, Ja oder Nein zu sagen? Wenn jemand dieses Locked-in-Syndrom hat und Sie ihm erst einen Chip ins Hirn pflanzen müssen, damit er kommunizieren kann, dann können Sie ihn ja vorher nicht fragen, oder?"

„Gut, in der Regel entscheiden dann die Angehörigen, ob …"

„Und wenn es keine Angehörigen mehr gibt?"

„Ich weiß nicht, ob die Konstruktion hypothetischer Fälle uns …"

„Gut. Eine andere Frage: Die Entwicklung solcher Techniken ist doch sicher riskant, nicht? Ich meine, Sie sägen Menschen den Kopf auf, stecken ihnen Elektroden ins Hirn und so. Wie viele sind Ihnen bei Ihren Hirnexperimenten eigentlich schon weggestorben? Wie viele haben für immer Behinderungen und Traumata davongetragen?"

„Frau Wong. Ich wiederhole: Wir machen keine Experimente. Alle Techniken werden im Tierversuch ausgiebig erprobt. Wir haben etwa Ratten und Rhesusaffen; beachten natürlich die Tierschutzauflagen. Ich verstehe auch nicht, was das nun mit Ihrem Dokumentarfilm …"

„Also doch Experimente! An Tieren, nicht an Menschen. Aber an Tieren geht das doch nicht so gut, nicht? Besonders, wenn es um das unter allen irdischen Lebewesen absolut einzigartige menschliche Großhirn, den Sitz des Denkens, geht. Können Tiere überhaupt denken? Ist bei denen nicht alles Instinkt? Ach, und wissen Sie eigentlich, was man in den KZs Nordkoreas das ‚Tier ohne Schwanz' nennt?"

„Bitte, Frau Wong, ich glaube, Sie schweifen in Bereiche ab, die in unserem Zusammenhang wirklich nichts zur Sache …"

Aber Cathy hatte sich in Rage geredet und vergaß alle Vorsicht. „Und welche Rolle spielt bei alledem Ihr dubioser Dr. Maing Ma Shin? Er ist doch so was wie Ihr Dr. Mengele, der die Oberaufsicht über diese geheimen Gehirnexperimente und Vivisektionen hat, nicht wahr?"

Für einen Moment betrachtete der offenbar durch nichts aus der Ruhe zu bringende Pressesprecher Cathy mit einem Blick, als wolle er sie höflich, aber bestimmt des Raumes verweisen. Dann setzte er wieder seine freundliche Maske auf. „Entschuldigen Sie, bei uns gibt es niemanden dieses Namens, und ich weiß auch nicht, was Sie mit Ihren haltlosen Anschuldigungen bezwecken. Aber wenn Sie mir keinen Glauben schenken wollen … Vielleicht vermag Sie ja jemand anderes zu überzeugen. Sie sehen, ich gebe mir alle Mühe, Ihnen entgegenzukommen. Wenn Sie mich für einen Moment entschuldigen würden, dazu müsste ich nämlich kurz telefonieren."

Er trat in ein Nebenzimmer, von dort hörte Cathy halblaute koreanische Gesprächsfetzen. Nach einer geraumen Weile kam der Pressesprecher zurück, sein bekanntes freundliches und nun leicht stolzes Lächeln auf den Lippen. „Sie haben großes Glück, junge Frau. Ich kann Ihnen die frohe Kunde überbringen, dass sich unser stellvertretender Geschäftsführer Raymond Moon die Zeit für ein Gespräch mit Ihnen nehmen will. Wenn Sie bitte mitkommen würden?"

Leicht konfus folgte ihm Cathy auf den Gang. Sie bestiegen einen Aufzug. Yoon Sil Sung drückte den obersten Knopf. Der fünfte Stock. Cathy wusste nicht genau, ob sie über ihren unerwarteten Erfolg froh sein sollte oder ob sie vielleicht unbedacht in eine Falle getappt war. In ihrer Brust machte sich ein Gefühl der Beklemmung breit.

Die Türen öffneten sich wieder. Hier oben wirkte alles noch schicker und edler als unten. Abstrakte Kunstwerke bedeckten die Wände. Der Pressesprecher klopfte an eine Tür. Nach knapper Antwort von innen öffnete er sie, verbeugte sich so tief, wie Cathy noch keinen Koreaner sich verbeugen gesehen hatte. Dann wandte er sich ihr zu. „Treten Sie ein, Sie werden erwartet. Auf Wiedersehen, Frau Wong." Immer noch das feine, unverbindliche Lächeln auf den Lippen.

Sie trat durch die Tür und sah sich einem für koreanische Verhältnisse großgewachsenen Mann gegenüber. Neben seinem stämmigen Körperbau verliehen ihm auch seine helle Haut, das kantige Gesicht mit den hervorstehenden Wangenknochen und vor allem die buschigen, über der Nase zusammengewachsenen und schon leicht ergrauten Augenbrauen ein beinahe westliches Aussehen. Der Mann musterte sie mit einem unangenehm stechenden, entschlossenen Blick, der etwas undefinierbar Unheimliches hatte. „Wie kann ich Ihnen dienen?" Seine Stimme klang freundlich und gelassen, wiewohl da dieses eigentümlich metallische Schnarren war. Dann trat so etwas wie ein Erkennen in seine Augen und ein Lächeln huschte über seine Züge.

Peking

„Wirklich Gao, ich habe lange nicht mehr so gut gegessen! Aber jetzt kann ich endgültig nicht mehr."

„Komm schon, Jeremy! Willst du diese herrlichen Oléron-Austern verkommen lassen? Du bist noch jung und brauchst das Eiweiß!"

Jeremy dachte an letzte Nacht zurück und griff zu. Gao hatte recht: Irgendwo würde für das letzte halbe Dutzend auch noch Platz sein.

Das Essen mit Gao hatte den gewohnten Verlauf genommen. Zunächst hatten sie über einem Glas Champagner und diversen Amuse-Gueules gemütlich parliert, ohne je auch nur eines der zahlreichen brisanteren Themen anzuschneiden, derentwegen Jeremy eigens nach Peking gekommen war. Nach den Vorspeisen – Foie Gras sowie karamellisierte Jakobsmuscheln mit Blumenkohl und Kapern – hatte Jeremy Gao dann den vorläufigen Ethikbericht der Stiftung überreicht und dazu noch einmal knapp die jüngsten außergewöhnlichen Vorkommnisse bei der Stiftung sowie der Century Bank resümiert. Gao Feng hatte größtenteils schweigend zugehört und schließlich dem Kellner ein Zeichen gegeben, jetzt die Hauptgerichte – Duo von Lammschulter und -lende sowie knusprige Ente in Trüffeldressing – und den Wein zu servieren: Gao hatte einen Château Latour aus dem legendären Jahrgang 1961 gewählt. Jeremy wusste, dass das gemeinsame Essen und Trinken als ein Zeichen zu verstehen war, dass Gao die Unregelmäßigkeiten, Probleme und Verluste bei der Stiftung akzeptiert hatte, von nun an nur noch nach vorne, hin zu den anstehenden Erfordernissen, schauen wollte und Jeremy wegen des Vorgefallenen keine Vorwürfe mehr machen würde. Das ließ ihm den in der Tat ausgezeichneten Wein und das rösche Fleisch gleich doppelt so gut schmecken.

Nach dem Hauptgang hatte Gao festgestellt, dass er plötzlich Lust auf frische Austern hatte, und kurzerhand statt eines Desserts – und Käse hatte er ohnehin nie vertragen – 24 *huîtres Marennes Oléron* bestellt. Auf Jeremys Hinweis, dass Austern und Rotwein eine Mesalliance abgäben, hatte Gao noch eine Flasche Pouilly Fumé geordert, war aber selbst hartnäckig beim Bordeaux geblieben.

„Und jetzt reist du also mitten hinein ins Herz der Finsternis, ins Reich des Bösen", stellte Gao fest, nahm noch einen Schluck alten Médoc und verfiel in genüssliches Schmatzen.

„Ja. Ich weiß nicht, was mich erwartet. Weiß auch nicht, ob es der richtige Schritt ist und ob ich dort überhaupt irgendetwas erreichen kann. Aber ich *muss* es tun. Schon für die Stiftung."

„Ich habe dich nicht darum gebeten, Jeremy."

„Ich weiß. Trotzdem."

„Und weißt du auch, warum ich dich nicht gebeten habe?" Gao wartete Jeremys Antwort nicht ab. „Weil ich wusste, dass du es auch ungebeten tun würdest." Wieder nahm Gao einen Schluck, ließ ihn seinen Rachen auskleiden, spürte dem vergehenden Genuss wehmütig schnalzend nach. Dann sagte er: „Ich habe Kontakte zu den Triaden im Changbai Shan, den Weißen Bergen an der Grenze zu Nordkorea. Du weißt, die Schlepperei und der Schmuggel – Nahrungsmittel, Elektrogeräte, DVDs, Drogen – ist da ein einträgliches Geschäft. Ich könnte dich mit meinen Kontaktleuten in Verbindung bringen und über den Landweg einreisen lassen. Klingt spannend, nicht?" In Gaos Züge war ein verträumter Ausdruck getreten.

Jeremy lachte kurz auf. „Nein, ich nehme, wie gesagt, noch heute den Zug. Glaub mir, das ist schon spannend genug. Außerdem habe ich ja ein Visum. Wieso sollte ich dann illegal einreisen?"

„Sicher, sicher." Gao wirkte ein wenig abwesend, fast enttäuscht. „Ich habe nur laut nachgedacht." Dann blickte er Jeremy aus seinen hellwach blitzenden Augen an. „Außerdem wollte ich dir damit zeigen, wie weit mein mächtiger Arm reicht: nämlich genau bis zur Grenze. Jedoch leider eben kaum darüber hinaus. In jenem dunklen Land wirst nun du mein Arm sein müssen." Er griff unvermittelt über den Tisch, betastete Jeremys Ellbogen, drückte seinen Bizeps. „Nun gut, könnte noch etwas fester sein", meinte er tadelnd. „Aber Hauptsache hier oben." Er tätschelte Jeremys Schläfen. „Mein *Arm* und mein *Kopf*. Zu gerne würde ich selbst dorthin reisen und diesem Puppenspieler und Konsorten, den wahren Strippenziehern hinter den verabscheuenswürdigen Vorgängen um meine schöne Stiftung, das Handwerk legen. Allein – Jeremy, ich bin ein alter Mann."

„Und du meinst also, *ich* wäre dazu in der Lage?"

Gao unterzog Jeremy einem musternden Blick. „Nein", sagte er schließlich. „Ein jeder spielt die Rolle, die ihm zugedacht ist."

„Und welche Rolle ist mir zugedacht?"

Gao verzog seine fein geschnittenen Lippen zu einer nachdenklichen Schnute. Dann zuckte er die Schultern. „Wir werden sehen."

Klang ja nicht sehr hilfreich. Andererseits: Warum sollte das Gao auch wissen? Und immer diese eigentümliche Ausdrucksweise: *Ein jeder spielt die Rolle, die ihm zugedacht ist.* „Du sprichst, als sei das Ganze eine Art Theaterstück."

„Die ganze Welt ist eine Art Theaterstück, Jeremy. *Theatrum mundi* nannten das eure europäischen Alten."

„Nein, ist sie nicht. Wer auf der Theaterbühne ermordet wird, steht auf, sobald der Vorhang gefallen ist, und tritt zu den Hervorrufen vors Publikum. Wer auf der Weltbühne erschossen wird, wird begraben."

„Aber was macht er, bitte schön, wenn auch hier der Vorhang gefallen ist? Weißt du das denn?"

„Wie bitte – ach, komm schon, Gao." Jeremy war Gaos arabesk gewundene Ausdrucksweise, die immer irgendwie symbolisch und anspielungsreich wirkte, ohne dass man mit den Symbolen und Anspielungen viel anfangen konnte, zwar gewohnt, aber bisweilen sehnte er sich doch nach Klarheit. „Hör bitte auf vom Jüngsten Tag zu philosophieren – wenn du das meinst –, mir geht es erst einmal darum, den morgigen Tag zu überleben."

„Jeder neue Tag ist, solange er währt, der jüngste."

Jeremy nahm schwungvoll die letzte Auster vom Teller, schlürfte sie mit einem entschiedenen Ruck der Schale und spülte mit einem kräftigen Schluck Sauvignon Blanc nach. Er hatte keine Lust, das Gespräch auf dieser Ebene weiterzuführen. Da fiel ihm etwas ein. „Weißt du, was ich mich frage, Gao? Du bist so gut vernetzt, hast Kontakte nach hierhin und dorthin, von Shanghai nach Peking, Honkong und Macao und über China hinaus in einen Gutteil der übrigen Welt – Nordkorea meinetwegen ausgenommen. Und trotzdem scheinst du nie auch nur das leiseste Gerücht vernommen zu haben, dass du die Gelder deiner Stiftung ausgerechnet *jener* Schweizer Ostasien-Bank anvertraut hast, die im Weg über allerlei korrupte Kanäle zur Hausbank der üblen Nomenklatura in Pjöngjang geworden ist. Haben da nicht deine guten Kontakte gründlich versagt?"

„Wie kommst du denn darauf, dass ich nie davon gehört habe?"

Jeremy zuckte zusammen. „Du willst doch nicht etwa sagen, dass du davon gewusst hast?"

„Selbstverständlich habe ich davon gewusst. Das war ja genau der Grund, warum ich die Century Bank ausgesucht habe."

„W... wie bitte? Aber du wolltest doch, dass alles sauber ..."

„Ich wollte, dass dieser Sumpf ein für alle Mal ausgetrocknet würde! Und du solltest immer mein Mann dafür sein. Ich kann dir gar nicht sagen, wie froh ich bin, dass es jetzt losgeht. Mein lieber Jeremy – über zwei Jahre Zeit hast du dir gelassen, bis du endlich auf Touren gekommen bist. In Anbetracht meiner fast neunzig Lenze ist das einerseits nicht viel, andererseits aber doch fast schon zu lange: Man will ja schließlich auf seine alten Tage noch was erleben."

„Aber Gao, wenn du das alles gewusst und im Hintergrund die Strippen gezogen hast, warum hast du dann nicht …"

„Ich wusste, dass du der Sache irgendwann von selbst auf die Spur kommen würdest. Ich habe mir gedacht, nun gut, der Junge hat viel durchgemacht, gönnen wir ihm etwas Ruhe und Erholung. Das war eine ganz schöne Geduldsprobe, Jeremy! Aber jetzt bin ich froh, dass du doch noch zugebissen hast. Nun ist die Zeit endlich reif, und reife Zeit bringt reife Frucht. Ich bin schon gespannt, wie du dich machst, dort drüben. Aber du wirst deine Rolle erfüllen, da bin ich mir sicher …"

„Nochmal, Gao: Das Ganze ist kein Theater. Und du bist nicht der Regisseur. Wenn du das nämlich wärst, könntest du mir wenigstens klare Anweisungen geben."

Gao lächelte sein vielsagendes Lächeln. „Theater oder nicht: Nichts ist, was es scheint. Wenn ich schon dein Regisseur sein soll: Vergiss nicht, du fährst in ein Land, wo der Schein wichtiger ist als die Wirklichkeit. Wenn du deine Rolle auf beiden Ebenen gut spielst, wirst du deinen Teil dazu beitragen, dass Schein und Wirklichkeit zusammenfallen. Aber pass auf, dass du deinen Kopf rechtzeitig einziehst, *wenn* sie zusammenfallen."

Jeremy seufzte. „Okay, ich gebe auf."

Gao nickte. „Gut. Wer nur richtig aufgibt, hat schon halb gewonnen." Er winkte dem Kellner. „Und damit entlasse ich dich: Nun mach dich auf den Weg ins Abenteuer. Ich bin stolz auf dich, mein Junge! In meinem Spiel bist du mit mein wichtigster Stein."

„Gao: Warum nur spielst du immer diese Spielchen mit mir?"

Der Kellner hatte die 48 zerteilten Austernschalen abgeräumt und zum Abschluss grünen Jasmintee und französisches Madeleine-Gebäck gebracht. Gao nahm einen der Kekse, tunkte ihn in seine dampfende Tasse und ließ ihn genüsslich schmatzend im Mund zergehen. Dann blickte er Jeremy versonnen an und sagte lächelnd: „Weil ich auch ein wenig Spaß haben will, Jeremy."

Ein Dorf nahe der Demarkationslinie

Cathy hatte ihm alles genauestens beschrieben, und so hatte Clemens Alt nicht die geringsten Schwierigkeiten gehabt, das kleine Dorf und das etwas abseits, weit oben am Hang gelegene Häuschen der alten Frau zu finden. Er wusste auch, wo, weiter oben an der waldigen Bergflanke, die Hütte zu finden sein würde, in der sich Kim Parks Schwester tagsüber versteckt hielt. Seine erste Anlaufstation sollte jedoch die alte Frau sein, ihre Tante und Kims Adoptivmutter.

Mit gespannter Erwartung stieg er den Hang hinauf und klopfte an die alte, windschiefe Holztür. Keine Antwort. „Frau … Kim? Cathy Wong schickt mich. Ich bin gekommen, um Ihnen zu helfen, und habe gute Nachrichten für Sie!"

Noch immer keine Antwort. Er umrundete das Haus und den kleinen Gemüsegarten, rief noch einmal. Nichts. Vielleicht machte die alte Frau einen Spaziergang oder war unten im Dorf? Vielleicht. Vielleicht aber auch nicht. Clemens Alt mochte keine Ungewissheiten. Lieber ersetzte er sie durch eigenes Handeln mit Gewissheiten, selbst wenn ihm das mitunter Schwierigkeiten eintrug. Er rief noch einmal. Blickte sich um. Dann versetzte er der Tür einen entschlossenen Tritt. Das morsche Holz sprang aus dem Schloss.

Seine Augen mussten sich erst an das Dämmerlicht gewöhnen. Noch immer Totenstille. Nur der Wind pfiff durch das Dach und eine nackte Glühlampe schwankte in ihrer Fassung hin und her. Der Raum war leer. Nebenan noch die Kammer. Die Tür geschlossen. Klopfen. Nichts. Clemens drückte die Klinke herab. Die Tür schwang auf.

Die Alte lag friedlich auf ihrer Schlafmatte, die Decke über sich gebreitet. Clemens ging zu ihr, sprach sie an. Sie reagierte nicht. Er berührte ihre Hand. Sie war eiskalt. Er hob sie an, ließ sie fallen. Keine Leichenstarre. Die Frau konnte noch nicht lange tot sein.

Sein spontaner erster Gedanke war: Mein Gott, wie soll ich das der Polizei erklären? Sein zweiter: Alte Menschen sterben nun mal, aber wieso muss sie das gerade jetzt tun? Sein dritter, hartnäckigster: Wenn die Tante hier tot auf dem Fußboden liegt, wo ist dann Kim Ho Soon?

Vorsichtig zog er die Decke vom Leichnam. Die Greisin lag völlig angekleidet, aber barfuß auf der Matte. Das war ungewöhnlich, doch nicht allzu sehr. Ihr könnt einfach plötzlich übel geworden sein, überlegte er. Keine Anzeichen von Gewaltanwendung. Aber was hieß das? Sicher gab es Möglichkeiten, eine gebrechliche Alte aus der Welt zu schaffen, ohne dass es nach Mord aussah. Von einer genaueren Untersuchung sah Clemens ab, schon um der koreanischen Polizei nicht noch mehr heikle Fragen beantworten zu müssen. Dann trat er wieder in die Stube hinaus. Was war hier passiert? Wo mochte Kim Ho Soon sein? Auch hier nicht das geringste Anzeichen eines Kampfes.

Er ging vor die Tür. Ließ seinen Blick schweifen. Der Boden war noch von den starken Regenfällen der vorletzten Nacht aufgeweicht. Rechts vor der Treppe die Abdrücke schwerer Stiefel mit grobem Profil. Nicht seine Fußabdrücke – die befanden sich, etwas flacher, weiter links. Mit Sicherheit nicht die Abdrücke zierlicher koreanischer Frauenfüße. Es war jemand hier gewesen. Männer. Mindestens einer, wahrscheinlich mehrere. Also doch Mord?

Clemens fand nach einigem Suchen den kleinen Trampelpfad, der, etwa hundert Meter vom Haus entfernt und vom Weg aus kaum zu sehen, steil den Hang hinaufführte. Er fand weiter oben den breiteren Waldweg, der sich in langen Serpentinen durch dichte Bäume hoch hinauf schlängelte, bis fast zum Gipfel empor. Ja, er fand, auch wenn er länger hatte suchen müssen, selbst den steinigen Steig unweit der vorletzten Kehre, der mitten durch den abschüssigen Felshang zu gehen schien und eher einem Wildwechsel glich. Alles, wie es ihm Cathy beschrieben hatte. Er fand nach längerer Kletterei sogar die winzige Lichtung zwischen zwei Felswänden, wo gestern noch die kleine Waldhütte gestanden hatte. Er fand dort zersplittertes Holz und die schwelenden Reste verkohlter Bretter. Kim Ho Soon fand er nicht.

Sejong

„Frau Cathy Gouldens-Wong! Ach, nehmen Sie doch bitte Platz, kommen Sie." Das Stechende war auf einmal aus seinem Gesicht verflogen und schien einer fast kindlichen Freude Platz zu machen. So wirkte er geradezu vertrauenserweckend. In *Schöne neue Welt*, so musste sie unwillkürlich denken, wäre das jetzt der „Alpha Plus-Plus", der Weltaufsichtsrat, der an der Spitze von allem steht und mit netten, mitfühlenden Worten erklärt, warum zum Besten des Systems der Einzelne nun

445

mal geopfert werden muss. Für Cathy machte Raymond Moons zuvorkommendes, beinahe vertraulich wirkendes Verhalten die ganze Szenerie aber nur noch unheimlicher. Frau *Cathy Gouldens*-Wong? Sie hatte sich hier im Haus überall nur als Frau Wong vorgestellt und niemandem einen Ausweis vorgelegt.

„Kann ich Ihnen etwas anbieten? Bitte, bitte setzen Sie sich. Verzeihen Sie mir meine Unaufmerksamkeit; ich hätte natürlich gleich begreifen müssen, dass Sie es sind. Schön, dass Sie endlich den Weg zu uns gefunden haben." Er strahlte über das ganze Gesicht.

„Entschuldigen Sie – sollten wir uns denn irgendwoher kennen?"

„Sie stammen aus Amerika, nicht wahr? Ich bin ebenfalls dort aufgewachsen und habe, genau wie Sie, bis vor einigen Jahren dort gelebt. Ein tolles Land. Wahrlich unendliche Möglichkeiten – nun ja, jedenfalls fast. Und dann haben wir uns beide, Sie und ich, auf die Suche nach unseren fernöstlichen Wurzeln gemacht. Sie sind nach Shanghai gegangen und ich nach Seoul. Und jetzt begegnen wir uns endlich hier in Sejong, der künftigen Hauptstadt Koreas."

„Ja, aber … Die USA sind groß … Ich wüsste nicht, wo wir uns schon einmal … Außerdem, woher wissen Sie das mit …"

„Nein, sind wir uns auch nicht. Jedenfalls nicht persönlich. Trotzdem kenne ich Sie besser, als Sie es für möglich halten würden. Jaja, ich weiß viel über Sie. Sogar sehr, nun ja … *intime* Dinge." Sein kindlich strahlendes Lächeln verwandelte sich kurz in ein frivoles Lausbubengrinsen. „Aber lassen wir das für einen Moment noch beiseite. Darf ich Ihnen wirklich nichts zu trinken anbieten?"

„Wissen Sie, Ihre mir unbegreifliche Freude über mein Erscheinen beiseite, ich weiß gar nicht, ob ich überhaupt an der richtigen Stelle bin. Ich suche nämlich eigentlich einen Dr. Maing Ma Shin, der hier bei Brainweb arbeiten soll. Vielleicht können Sie mir sagen, wo …"

„Ja, ja, schon richtig. ,Mindmachine' ist hier einer meiner Spitznamen, müssen Sie wissen. Höre ich aber eigentlich nicht so gerne. Vermutlich haben Sie ihn von einem indiskreten koreanischen Mitarbeiter, nicht? Egal, ich werde das schon herausfinden – aber jetzt sagen Sie doch endlich, was Sie trinken wollen!"

Cathy ließ sich schwer in den üppigen Ledersessel fallen, den er ihr hingeschoben hatte. Sie war verwirrt, rang um Fassung. „Wenn Sie schon so fragen, dann vielleicht ... einen Whisky? Scotch?" Cathy wusste nicht, was sie da ritt; schließlich hasste sie dieses Getränk. Aber irgendwie wünschte sie sich plötzlich, Jeremy wäre bei ihr.

„Scotch, Sie? Scheint mir gar nicht zu Ihnen zu passen. Vielleicht eher ein Glas Chardonnay? Aber wie Sie wünschen, womöglich haben Sie heute wirklich einen Whisky nötig. Ich werde mir zur Feier des Tages ebenfalls einen gönnen." Aus einer Vitrine an der Wand beförderte er eine kunstvoll geschliffene Bleiglaskaraffe und füllte zwei bauchige Gläser. „Zum Wohle! Auf den neuen Menschen!"

Cathy verschluckte sich und musste husten. Als sie sich wieder gefasst hatte, sagte sie: „Sie geben sich nicht damit zufrieden, Kranken und Behinderten zu helfen, nicht? Ich meine, mit all diesen Neuroprothesen und Hirn-Interfaces, von denen Ihr Pressemensch schwadroniert hat. Sie wollen mehr – Sie wollen den Menschen selbst verändern. Ihn neu machen. Und dazu arbeiten Sie an Methoden, ihn bis in sein tiefstes Inneres zu durchleuchten."

Cathys Handy klingelte. Sie konnte jetzt unmöglich rangehen. Sie drückte den Anruf weg.

Ihr Gegenüber musterte sie mit scharfem Blick, immer noch ein Lächeln auf den Lippen. „Nun gut, nichts gegen unseren Pressesprecher. Yoon Sil Sung ist ein guter Mann, fast von der ersten Stunde an bei Brainweb mit dabei und erledigt seine Aufgabe vorbildlich. Er weiß natürlich, dass es Bereiche unserer Forschung gibt, die wir ganz bewusst ein wenig ... na ja, aus dem Fokus der Öffentlichkeit halten. Die öffentlichen Diskussionsprozesse sind bisweilen recht zermürbend, wissen Sie, und können sich gerade auf dem sensiblen Gebiet, auf dem wir tätig sind, rasch geschäftsschädigend auswirken. Und es gibt bei uns andere Forschungsbereiche, von denen nicht einmal Yoon Sil Sung Genaueres weiß. Aber *wir* beide sind jetzt unter uns, und da können wir ruhig ein wenig offener miteinander sprechen. Ich gebe zu, dass wir die Bandbreite an ungeahnten Möglichkeiten, die uns unsere Hirnforschungen und unser Computer-Know-how eröffnen, auch ausschöpfen wollen. Dazu gehört die einfache Erkenntnis, dass, was sich in die eine Richtung nutzen lässt, auch in die andere Richtung Perspektiven eröffnet: Wenn wir mit reiner Gedankenkraft Maschinen steuern können, können wir auch mit Maschinenkraft Gedanken steuern. Ich darf Sie aber dahingehend beruhigen, dass *wir keine* Pläne verfolgen, die Bevölkerung unseres Landes auf diese Weise irgendeiner Form von Gehirnwäsche und Kontrolle zu unterziehen. In unserem freien demokratischen System haben wir derlei auch nicht nötig – schließlich gibt es Google, Smartphones, Apps und so weiter; Algorithmen zum völlig schmerz- und eingriffslosen Steuern, Ausleuchten, Manipulieren. Wenn ich von einem *neuen Menschen* spreche, meine ich nicht die mögliche und in Einzelfällen wohl auch sinnvolle Durchleuchtung und Kontrolle des Menschen durch die technischen Möglichkeiten, sondern vielmehr umgekehrt die zukünftige Befreiung des Menschen aus seinen irdischen Unzulänglichkeiten durch seine kommende Verschmelzung mit der Maschine, die am Ende all unserer Bemühungen stehen wird."

Der zweite Schluck Whisky fiel Cathy schon leichter. Immer noch: ein widerwärtiges Getränk. Doch es wärmte schön. Nur dieses hartnäckige Telefon. Wieder drückte sie den Anruf weg. „Aber Sie geben zu, dass Sie an genau einer solchen Methode zur Durchleuchtung des Menschen arbeiten – bis mitten in sein Gehirn hinein, nicht wahr? Wenn auch vielleicht nur *in Einzelfällen*? Und dafür führen Sie grausame Versuche durch, foltern mit Elektroschocks, versuchen, das Gehirn radikal leerzufegen, wie einen Computer, den man plattmacht, um das Betriebssystem dann neu zu installieren. Sie greifen tief in das Hirn ein, erkunden es bis in seine hintersten Winkel, versuchen die Gedanken der Menschen zu lesen und … und …" Wieder dieses hartnäckige Gebimmel. Wenn sie nicht zu sprechen war, dann war sie eben nicht zu sprechen, verdammt! Zum dritten Mal weg damit.

„… und durch das alles *helfen* wir ihm." Der stechende Ausdruck war in die Augen ihres Gegenübers zurückgekehrt. „Sie können nicht nur die eine Seite haben. Wenn wir Menschen helfen wollen, deren Gehirnfunktionen beschädigt sind, müssen wir wissen, wie diese Funktionen ablaufen, und je genauer wir das wissen, desto besser können wir helfen. Das ist nicht nur eine generelle Binsenweisheit, sondern gilt auch für den Einzelfall: Jedes Gehirn ist einzigartig, anders vernetzt, ein absolutes Unikat. Für die nächste Stufe unserer Hirntechnologie, jenes Implantat, dessen Prototyp nun vor der Vollendung steht, ist ein aufwendiger Gehirnscan, bis in die tiefsten und intimsten

Bereiche, unvermeidlich. Natürlich: ein ungeheurer Eingriff in die Persönlichkeit. Wie eine Herzverpflanzung ein ungeheurer Eingriff in einen Menschen ist. Aber nimmt man den nicht gerne in Kauf, wenn es die einzige Möglichkeit ist, ein Menschenleben zu retten? Genauso bei unserem neuen Implantat, einem unglaublichen wissenschaftlichen Durchbruch: Mittels dieses tiefgehenden Eingriffs in sein Gehirn sind wir nun erstmals in der Lage, den Patienten nahezu vollständig … ähm … Entschuldigen Sie, wenn Sie schon nicht rangehen wollen: Würde es Ihnen vielleicht etwas ausmachen, Ihr Telefon für einen Augenblick auszuschalten? Das ständige Gepiepse stört mich beim Denken. Danke, sehr freundlich. Wo war ich stehengeblieben?"

„Sie wollten mir gerade erklären, warum es für ihre ach so tollen Hirnprothesen notwendig ist, grausame Versuche an Menschen zu machen und die völlige Macht über ihre Gehirne zu erlangen."

Sein Blick wurde noch eine Spur stechender. „Ohne weiter auf Ihre diffamierenden Anschuldigungen und den rüden Tonfall eingehen zu wollen – Forschung ist manchmal eben ein schwieriges, vielleicht sogar schmutziges Geschäft. So, wie es schmutzig ist, einen Tunnel zu graben, der letztlich ans Licht führt. Sie müssen, ich betone es nochmals, das alles von seinem *Ende* her sehen. Wenn ein Krieg gewonnen ist, fragt keiner mehr nach denen, die dafür geopfert wurden. Stellen Sie sich vor, Sie hätten einen Angehörigen, der nach dem alten Stand der medizinischen Möglichkeiten dem Tod oder ewigem Siechtum geweiht ist, und unsere Verfahren könnten ihn wieder ins Leben und zu seinen Lieben zurückbringen. Würden Sie da immer noch so wütend auf die zu leistenden Opfer schauen? Wären Sie da nicht vielmehr … dankbar? Na also. Sie brauchen jetzt nicht mehr zu sagen."

Cathys Herz pochte wild. Dieser Mann wusste so viel über sie. Konnte er etwa auch ohne seine Computer und Implantate Gedanken lesen? Wusste er, warum sie nach Korea gekommen war? „In der Tat kenne oder kannte ich jemand, der …"

„Sparen wir uns das noch etwas auf, Cathy Gouldens-Wong. Oh, ich merke, Sie mögen das *Gouldens* nicht so gern; gut, ich lasse es weg. Sie fragen sich, Cathy Wong, mit welchen Methoden wir bei Brainweb gelernt haben, die Gedanken eines Menschen zu lesen. Nun, ich muss Ihre Erwartungen enttäuschen: Ganz so weit sind wir noch nicht. Wir wissen, dass der Schlüssel zum Verständnis des Gehirns und damit der Gedanken im Dechiffrieren der Sprache seiner elektrochemischen Signale liegt; einer Sprache, die wir den neuronalen Code nennen. Die Hieroglyphen des menschlichen Geistes hat bislang noch kein Champollion zu entziffern vermocht, aber weltweit sitzen Neurobiologen, Neurochemiker und -elektroniker, Neurolinguisten und -informatiker an diesem epochalen Gemeinschaftswerk. Inzwischen sind wir immerhin in der Lage, in vielen Fällen zu bestimmen, *woran* ein Mensch denkt und was dabei in ihm vorgeht. Unsere Methoden werden ständig genauer und wir stoßen auf immer neue Wunder und Überraschungen. Das Gehirn ist wie ein Bergwerk, meine liebe Cathy Wong, dessen Reichtümer es zu fördern gilt. Wir haben damit begonnen, Stollen zu graben und die ersten dieser Schätze zu heben. Aber noch stehen wir ganz klein vor unserer riesengroßen Aufgabe. So winzig das Gehirn im Vergleich auch scheint, so gewaltig ist doch der Bereich, den es zu erkunden gilt. Ein menschliches Hirn verfügt über etwa hundert Milliarden Nervenzellen, die ständig ihre elektrischen und chemischen Botschaften austauschen. Können Sie ausrechnen, welche Möglichkeiten der Vernetzung es da gibt? Wohl nicht. Unsere Computer können es. Aber all diese Vernetzungen zu analysieren, dazu reichen auch die leistungsstärksten gegenwärtigen Computer nicht aus. Mir scheint der Vergleich nicht übertrieben, dass das einzelne Gehirn wie eine Weltkugel ist, und wir sind, wie die menschlichen Gold- und Diamantenschürfer, erst in die äußersten Randbereiche vorgedrungen."

„Ist es da nicht sinnlos, einzelne Gedanken lesen zu wollen?"

„Nein, man muss es nur richtig anstellen. Wir wissen heute, dass, wenn verschiedene Menschen an das Gleiche denken, die entsprechenden messbaren neurologischen Aktivitäten erstaunlich ähnlich sind: die Grundlage zum Aufbau einer Art von Gedankenlexikon. Darüber hinaus hat jedes Hirn dennoch seine eigene Sprache oder zumindest einen eigenen Dialekt, den es jeweils zu entschlüsseln gilt, was die Sache beträchtlich erschwert. Aber schauen Sie: Wer etwa einen bestimmten Satz aus einem Buch sucht, dessen Titel er nicht kennt, wird dafür nicht anfangen, sämtliche Bücher der Welt zu lesen. Bei allem, was wir in der heutigen überkomplexen Welt tun, geht es darum herauszufiltern, was *wichtig* ist. Und was dem Gehirn wichtig ist, lässt sich messen. Was es am meisten beschäftigt, vermag die funktionelle Magnetresonanztomografie, fMRT, zumindest indirekt aufzuzeichnen, indem sie die Hirnbereiche der höchsten neuronalen Aktivität sichtbar macht. Wir wissen heute weitgehend, welche Hirnbereiche wofür zuständig sind, auch wenn man sich das natürlich nicht wie die fein säuberlich thematisch eingeordneten Regalreihen einer Bibliothek vorstellen kann, da an jedem Denkvorgang immer mehrere Hirnareale beteiligt sind. Nehmen wir zum Beispiel das sogenannte ‚Gefühlszentrum‘, das limbische System. Früher hat man geglaubt, allein dieser Teil des Gehirns mit seinen unterschiedlichen Bereichen – Hippocampus, Amygdala, entorhinaler Cortex, Gyrus parahippocampalis und so weiter – wäre für die Verarbeitung von Emotionen und die entsprechende Steuerung von Trieben verantwortlich. Als gäbe es da etwa die Abteilung Erotik, wo (um bei unserem Bibliotheksvergleich zu bleiben) die Stapel mit den Schmuddelheftchen liegen. Wir bei Brainweb wissen aber, dass das viel zu simpel, viel zu statisch gedacht ist. Doch sind die verschiedenen beteiligten Bereiche, etwa bei erotischen Gedanken, miteinander verbunden durch die gleichermaßen verstärkte neuronale Aktivität, und diese Verbindungen lassen sich sichtbar machen wie die Lichter einer stark befahrenen Straße bei Nacht auf einem Satellitenbild. Der Ansatz der Lokalisation ist also mit einem dynamischen Element zu verbinden, und daher haben wir hier bei Brainweb die entsprechenden Mess- und Computerprogramme entwickelt, um diese Dynamik aufzuzeichnen und zu berechnen. Auch hierin dürften wir weltweit führend sein. Unter meiner Leitung haben wir nicht nur eine neue Aufzeichnungstechnik für solche neuronalen Verknüpfungen entwickelt, sondern auch eine Methode zu deren Interpretation. Ja, zuletzt ist mir auf Grundlage dieser Auswertungsmodelle sogar erstmals die computergestützte optische Simulation visueller Gedankeninhalte gelungen. Sie können sich gar nicht vorstellen, welche monatelange, letztlich gar jahrelange Mühe es mich gekostet hat, *das hier* zu extrahieren. Deshalb bin ich auch so stolz darauf. Es ist nicht sehr scharf, ich weiß. Kaum schärfer als die erste Fotografie von Joseph Nièpce aus dem Jahre 1826. Aber wahrscheinlich genauso revolutionär. Und immerhin in Farbe.“

Er ließ auf einem Monitor an der Wand ein Bild aufscheinen. Cathy tat sich einen Moment schwer, sich in dem groben Raster von Pixeln zurechtzufinden. Dann erstarrte sie. „Das ist nicht Ihr Ernst, oder?"

Auf dem Bildschirm schemenhaft zu erkennen war das lachende Gesicht einer etwa dreißigjährigen Frau mit glattem dunklen Haar und chinesischen Gesichtszügen. Sie war bei aller Verschwommenheit ziemlich hübsch, jedenfalls ausgesprochen schmeichelhaft getroffen, und das ganz ohne Photoshop – wenn auch, wohl notgedrungen, sozusagen mit Weichzeichner. Zierliche Nase, leuchtende Augen, rote, sinnliche Lippen. Cathy kannte diese Frau. Sie begegnete ihr jeden Morgen im Spiegel. Da sah sie meist nicht so gut aus. Da konnte man jeden Pickel, jeden Millimeter unreine Haut deutlich erkennen.

„Wir wissen heute auch, dass für das Wiedererkennen einer Person zwar nicht, wie man früher gedacht hat, jeweils nur ein personenspezifisches Neuron zuständig ist, aber immerhin doch nur ein begrenztes Bündel von Neuronen", fuhr Moon ungerührt fort. „Wenn ich mir Ihr Aussehen einpräge, erteile ich also einigen individuellen Neuronen die Aufgabe, fortan meine Cathy-Wong-Neuronen zu sein. Wenn ich Sie morgen wiedersehe, werden exakt diese Neuronen anfangen, elektrische Impulse zu feuern, und ich erkenne Sie wieder. Unsere einzigartigen Fortschritte in der Kartierung des Gehirns ermöglichen uns sogar, auch genau diese Gruppe der Cathy-Wong-Neuronen im Hirn – genauer: in der Sekundären Sehrinde im Occipitallappen, dem hintersten Teil des Großhirns – ausfindig zu machen. Das war uns bei der Berechnung dieses Computerbildes zugegebenermaßen sehr hilfreich."

Sie war zu verwirrt, um über die Tragweite seiner Worte nachzudenken. Cathy-Wong-Neuronen im Hirn? In wessen Hirn? In *seinem*?

„Und nun, entschuldigen Sie meine Indiskretion, zeige ich Ihnen das vollständige Bild im Überblick. Wir sind ja, sozusagen, unter uns."

Das Gesicht wurde kleiner; es war nur der Ausschnitt eines Bildes gewesen, das den ganzen Körper zeigte. Cathy saß dahingelümmelt auf einem Sessel oder Ähnlichem, das war nicht zu erkennen, da alles außerhalb ihres Körpers in diffusen Farbtönen verschwamm. Das eben noch unschuldig wirkende Lachen schien sich plötzlich in ein laszives

Lächeln gewandelt zu haben. Cathy war, wie sie zu ihrem Erschrecken feststellte, völlig nackt. Ihre Brüste waren deutlich größer als in Wirklichkeit und zwischen den leicht gespreizten Beinen wucherte, was man in ihrer amerikanischen Heimat einen *beaver* genannt hatte, was aber, seitdem sich das Schönheitsideal der US-Pornoindustrie via Internet über die ganze Welt verbreitet hatte und förmlich zum Diktat geworden war, von den Unterkörpern der meisten westlichen Frauen verschwunden war. So auch von Cathys. Der *echten* Cathy.

„Das … das ist doch ein Witz! Ein Schmuddelwitz! Ich bitte Sie! Wie kann ein intelligenter Mann wie Sie einen so pubertären Humor haben und so billige Fotomontagen anfertigen? *Dafür* wollen Sie jahrelang gearbeitet haben? Wie … abgeschmackt das ist! Schämen Sie sich."

Raymond Moon blickte sie tadelnd an. „Ich möchte Sie bitten, nicht unsachlich zu werden, und erinnere daran, dass wir es hier mit dem Ergebnis einer nach streng wissenschaftlichen Kriterien vorgenommenen computergestützten Analyse neuronaler Daten zu tun haben – Daten, die nicht von mir kommen. Dieses Bild, so wie Sie es sehen, ist genau das, was wir auf Grundlage der Auswertung der stärksten Hirnaktivitäten unseres Objekts über Monate hinweg haben rekonstruieren können. Sie haben hier also im Grunde in der Tat das Ergebnis jahrelanger konzentrierter wissenschaftlicher Bemühungen vor sich. Etwas mehr Ehrfurcht und Respekt, wenn ich bitten darf! Dieses Bild, die erste *Gedanken*fotografie der Welt, wird in die Geschichte eingehen."

Was redete er da? Unser Objekt? Gedankenfotografie? Wie auch immer: „Ich kann Ihnen jedenfalls garantieren, dass das nicht *mein* Unterkörper ist! Das könnte ich auch beweisen." Cathy spürte, wie sie glühend rot wurde. „Also, ich meine natürlich …" Das war aber auch …

„Danke, danke, ich verzichte auf den konkreten Nachweis." Ein schmieriges Lächeln machte sich auf seinen Zügen breit. „Verstehe schon, bin ja selbst in Amerika aufgewachsen. Doch so sehr wir uns hier in Korea auch in vielem an Amerika und den dortigen Bemühungen orientieren, den menschlichen Körper immer artifizieller und aseptischer werden zu lassen, haben sich bei uns doch gewisse *Natürlichkeiten* erhalten, die traditionell in hohem Ansehen stehen. Bei den eher haararmen Ostasiaten in Japan und Korea steht dichte Behaarung an den entsprechenden Stellen seit jeher für Fruchtbarkeit und ist daher wie alles Derartige – breites Becken, große Brüste und so weiter – bei Männlein wie Weiblein das begehrte Wunschbild aller Träume. Aber danke für Ihre Empörung, Frau Wong, Sie haben mir sehr geholfen, indem Sie meine Vermutung bestätigt haben, dass wir es bei dem Bild hier in der Tat nicht mit einem simplen Erinnerungsbild, sondern eben mit einem solchen *Wunsch*bild zu tun haben. Ich habe mir das bereits gedacht: Natürlich sind es unsere Wünsche, unser Begehren, was unsere neuronale Aktivität am meisten formt und unsere Erinnerungen dabei oft überformt."

Cathy klopfte das Herz bis zum Hals. Sie hatte Mühe, den Ausführungen des Wissenschaftlers zu folgen, Mühe, ihre Gedanken zu ordnen. „Das hier stammt von *ihm*, nicht wahr? Das haben Sie aus *seinem* Hirn extrahiert. Oh, was für ein … *Verbrechen*! Könnt ihr das Innerste eines Menschen nicht in Ruhe lassen? Wo ist er? Was habt ihr mit ihm gemacht, ihr Schweine? Wo ist Kim Park?"

„Kim Park?" Die Stimme ihres Gegenübers war plötzlich eiskalt geworden. „Es gibt keinen Kim Park. Jedenfalls nicht mehr."

„Ihr habt ihn also umgebracht? Ganz so wie es Professor Zhao in Shanghai vermutet hat? Habt ihn als menschliches Ersatzteillager und wehrloses Versuchstier benutzt, sein Gehirn herausoperiert, in eine Nährlösung gelegt und irgendwie am Leben gehalten und dann mit allen modernen Mitteln seziert und durchleuchtet, ihr modernen Doktor Frankensteins? Ihn einfach ausgeschlachtet und einer Zweitverwertung zugeführt, wie Professor Zhao gesagt hat? Nur für dieses eine abgeschmackte Bild?"

„Zweitverwertung? Das klingt gut; ja, so könnte man es nennen. Aber jetzt beruhigen Sie sich bitte."

„Beruhigen? Während Sie hier sitzen, mir dieses schändliche Bild zeigen und mir dann kaltblütig gestehen, dass Sie ihn, dass Sie ihn … Sie Mörder! Sie werden das büßen! Ich werde Sie zur Rechenschaft ziehen, verlassen Sie sich darauf!" Cathy hielt inne. Raymond Moon war aus seinem Sessel aufgestanden und hatte sich drohend vor ihr aufgebaut. Wozu hatte sie sich hinreißen lassen? Sie war hier im Herzen einer Firma, die verbotene Experimente an Menschen machte und die nicht das geringste Interesse daran haben konnte, dass die Wahrheit über sie ans Licht kam. Man würde sie selbst festsetzen, foltern und töten, ihr vorher das Gehirn herausoperieren und dann auch ihre geheimsten Gedanken abfotografieren. Die Vorstellung war unerträglich. Du musst hier raus, Cathy, du musst hier raus, musst hier raus. Sie konnte keinen anderen Gedanken mehr fassen. Nur noch hier weg, raus, raus, raus. Sie stürmte zur Tür, riss sie auf. Hinter sich konnte sie Moon wiehernd auflachen hören.

Mit ein paar Sprüngen war sie am Fahrstuhl. Er war noch oben, Gott sei Dank. Sie hieb mit der Hand auf den untersten Knopf. Nur weit, weit weg von hier. Nach wenigen Sekunden Fahrt öffnete sich die Fahrstuhltür wieder vor ihr. Ein schwach beleuchteter Gang. Sie war nicht im Erdgeschoss angelangt, sondern irgendwo tief im Keller. In ihrer Panik rannte sie auf den Gang hinaus. Irgendwo würde es einen Notausgang geben. Womöglich war der Weg oben durch die Pforte ohnehin schon versperrt. Sie folgte dem Gang bis ans Ende, fand eine offene Tür links. Ein weiterer langer Gang schloss sich an. Sie rannte weiter. Was jetzt? Der zweite Gang war zu Ende. Türen rechts und links. Sie probierte eine. Sie war verschlossen. Die dritte ließ sich öffnen. Dahinter allerlei Geräte, medizinische Apparaturen, eine Liege mit riemenartigen Vorrichtungen. Ein Folterzimmer. Sie rannte weiter. Vom ersten Flur her näherten sich Schritte, Stimmen. Wahllos öffnete sie eine weitere Tür zu ihrer Rechten und schlüpfte hinein.

Ein Dorf nahe der Demarkationslinie
„Wie bitte, wie war noch einmal der Name?" – „Cathy Gouldens-Wong!" – „Nein, bedauere es ist niemand dieses Namens hier gewesen." – „Hören Sie, mein Name ist Alt, Clemens Alt, ich bin Dokumentarfilmer, ich habe gestern mit Ihrem Pressesprecher telefoniert und für heute einen Termin mit ihm vereinbart. Leider ist mir etwas dazwischengekommen, und so hat meine Assistentin, Frau Wong, den Termin dankenswerterweise für mich übernommen." – „Ja, ein Herr Alt ist hier für 13 Uhr vermerkt. Der ist aber ebenfalls nicht erschienen."

„Ich sage Ihnen ja, das bin *ich*, und ich konnte leider nicht kommen! Aber ich habe heute Morgen noch mit Frau Wong telefoniert, da war sie bereits auf dem Weg zu Ihnen, und jetzt kann ich sie mobil einfach nicht mehr erreichen. Zuerst ging sie nicht ran und jetzt ist da nur noch die Mailbox. Ich habe sehr wichtige Nachrichten für sie." – „Ja, ich notiere das, wir richten es ihr aus, falls sie doch noch erscheint. Kann ich sonst noch etwas für Sie tun?" – „Ja, dann verbinden Sie mich bitte mit Ihrem Pressesprecher." – „Bedaure, der ist heute nicht mehr im Haus, er hatte um 15 Uhr noch einen wichtigen aushäusigen Medientermin. Ich kann mir Ihre Nummer notieren und ihn bitten, gleich morgen in der Früh …"

Entnervt legte Clemens auf. Hier stimmte doch etwas nicht. Wo war Cathy? War ihr etwas zugestoßen? Ein Unfall bei der Anreise? Unwahrscheinlich, bei dem so perfekten öffentlichen Verkehrssystem des Landes. Oder sie hatte zuletzt doch Muffensausen bekommen, war einfach nicht zu dem Termin erschienen und ging jetzt nicht ans Telefon, weil sie sich ihrer Feigheit schämte? Wohl kaum. Die Frau, die Clemens gestern Abend kennengelernt hatte, hatte einen sehr bestimmten und resoluten Eindruck gemacht. Was war es dann?

Er versuchte es noch einmal bei Jeremy in Peking. Endlich. Er ging ran. „Na, Clemens, was gibt's?" – „Hallo Jeremy, was ist das denn für ein Krach hinter dir?" – „Was? Wie?" – „Was für ein Krach!" – „Du ich versteh nicht, ich bin hier auf dem Bahnhof und mein Zug fährt gerade ein." – „Dein Zug? Du fährst?" – „Was? So, jetzt dürfte es wieder gehen, er steht. Ich fahr heute noch nach Pjöngjang, hab ich dir doch gestern am Telefon erzählt. Was gibt's denn? Wie war dein Treffen mit Cathy?" – „Das Treffen war gut, Jeremy. Wir wollten uns heute Abend gleich nochmal treffen, aber im Moment sieht es nicht danach aus." – „Was? Wieso denn?" – „Du, Jeremy, Cathy ist verschwunden!" – „Was? Was sagst du? Was? Das gibt es doch nicht! Jetzt bitte nochmal schön langsam und eins nach dem anderen."

Clemens Alt versuchte, so knapp wie möglich die entscheidenden Ereignisse von gestern Abend bis heute Nachmittag zusammenzufassen. Ihr Treffen, Cathys Entschluss, nach Sejong zu fahren, ihr plötzliches Verschwinden, dazu das Verschwinden von Kim Ho Soon und der Tod ihrer Tante. Nach einigen Minuten, immer wieder unterbrochen von Jeremys Nachhaken, blieb ihm endlich nur noch der Schlussstrich der Frage: „Was soll ich jetzt tun, Jeremy, was? – Hallo? Jeremy, bist du noch dran?"

„Clemens, ich verstehe immer noch nicht … das wird sich doch sicher alles in den nächsten Stunden aufklären. Ich bin jetzt im Zug, der kann jede Minute losfahren, der nächste geht erst übermorgen …"

„Jeremy, ich hoffe ja selbst, dass sich alles noch aufklären wird. Ich habe nur so ein dumpfes Gefühl, dass es das eben *nicht* tut. Jedenfalls nicht auf die angenehme Art."

„Scheiße, was machen wir jetzt?" Jeremy fluchte. „Okay, ich steig aus, breche das ganze Ding ab und komme nach Südkorea geflogen. Wenn auch nur die leiseste Möglichkeit besteht, dass Cathy vielleicht tatsächlich etwas …"

„Nein, Jeremy, lass es. Mach du dein Ding. Du kannst hier auch nicht mehr erledigen als ich."

„Sag das nicht, zwei sind immer besser als einer. Außerdem … Mist. Ach, scheiße, vergiss es. Wir fahren los. Jetzt komm ich nicht mehr raus. Vielleicht hast du ja recht. Halt mich auf dem Laufenden, ja? Ich sims dir die Nummer von einem chinesischen Bekannten, Cai Feng, vielleicht kann er dir helfen. Aber, wie gesagt, ich bin sicher, Cathy taucht bald wieder auf. Ich kenn doch meine Cathy. Na ja, andererseits, es ist ja nicht das erste Mal, dass sie … Was? Du, der Empfang wird gerade ganz schlecht … Ich melde mich, ja? Und du …"

Noch ein paar abgerissene Wortfetzen, dann nichts mehr. Seufzend steckte Clemens das Handy wieder ein. Cathy war verschwunden, Kim Ho Soon war verschwunden, ihre alte Tante war tot, und Jeremy war auf dem Weg nach Pjöngjang. Dann also jetzt die südkoreanische Polizei. Wenn ich denen wenigstens nur ein paar von all den offenen Fragen beantworten könnte …

Sejong

Ein weiterer Laborraum. Roboterhafte, wie Riesenkrebse von einem anderen Stern wirkende Maschinen füllten den Raum. Zwei wie Ärzte gekleidete, recht jung wirkende Männer saßen auf Stühlen und starrten auf eine Reihe von Monitoren, über die gelbe, rote und grüne Linien zuckten. Einer drehte sich um, sah Cathy und blaffte etwas Drohendes auf Koreanisch. Cathy zuckte die Schultern, murmelte etwas von „Sorry, wrong door", und eilte zur Tür zurück. „He, Sie haben hier keinen Zutritt, stehen bleiben!", rief eine zweite Stimme von hinten, aber

Cathy sprang noch einen Schritt nach vorn – und fiel in die Arme eines kräftigen Koreaners, nachdem die Tür eben ruckartig aufgerissen worden war. Zwei weitere Männer halfen dem ersten, die wild um sich schlagende Frau zu bändigen.

Cathy wurde in einen benachbarten Raum gebracht. Zuerst hatte sie um Hilfe geschrien, aber plötzlich kam es ihr so lächerlich vor. Wer sollte ihr hier, im Keller dieses Laboratoriums der menschlichen Monster, schon helfen? Resigniert sackte sie in sich zusammen. Jetzt war also alles vorbei. Jemand kam den Gang entlang. „Wir haben sie", rief von der Tür her einer ihrer Überwältiger. Die Tür ging auf, er trat herein: Raymond Moon-Mindmachine.

„Warum verabschieden Sie sich denn so hastig, Frau Wong? Wir waren doch noch nicht fertig. Ich dachte, Sie interessieren sich für die heimlichen, spannenden Details unserer Firma – für Ihren Film? Ich habe Ihnen doch nicht etwa Angst gemacht? Das tut mir leid. Sie waren aber auch sehr … böse und ungerecht in Ihrer Wortwahl." Auf seinem Gesicht glänzte wieder jenes Lächeln, es wirkte ein wenig maliziös und ansonsten völlig undurchschaubar.

„Lassen Sie mich gehen", hauchte Cathy. „Lassen Sie mich hier raus. Sie Monster."

„Das wird, fürchte ich, nach allem, was Sie oben von mir erfahren haben, leider unmöglich sein. Ich bin mir auch nicht so sicher, ob Sie das denn wirklich wollen. Im Übrigen muss ich Ihnen zu Ihrem erstaunlichen Instinkt gratulieren. Dass Sie direkt gerade in diese Räumlichkeiten hier gelaufen sind und nicht zum Ausgang – das ist schon beachtlich. Wie ferngesteuert …"

„Was, was, was … wollen Sie von mir? Wollen Sie mir auch die Bilder aus dem Hirn operieren?"

„Nein, nicht nötig. Keine Sorge, ich glaube, ich weiß schon, was ich da finden würde. Ich muss mich noch einmal bei Ihnen entschuldigen; ich fürchte, ich habe mich vorhin ein wenig missverständlich ausgedrückt. Das kommt bei mir manchmal vor, wissen Sie, wenn man mich ungerechtfertigt beschuldigt. Ihre undankbaren hysterischen Vorwürfe haben mich … aber lassen wir das jetzt. Erinnern Sie sich bitte an das, was ich Ihnen über den *neuen Menschen* erzählt habe. Wie heißt es so schön in der Bibel? ‚Ihr habt den alten Menschen mit seinen Taten abgelegt und seid zu einem neuen Menschen geworden, der nach dem Bild seines Schöpfers erneuert wird.' Für den neuen Menschen muss der alte sterben, so ist das nun mal. Wenn er nicht sowieso schon praktisch tot war. Also, lasst uns nicht trauern, sondern uns freuen und nach vorn schauen. Kommen Sie, ich zeige Ihnen etwas."

Er nahm Cathy, nun wieder ganz freundlich, am Arm, half ihr auf und führte sie auf den Gang hinaus zu dem Zimmer mit den Riesenkrebsen, die doch nur komplexe Maschinen waren. Noch immer zuckten verschiedenfarbige Zickzacklinien über die Monitore. Er geleitete sie zu einem Glasfenster an der hinteren Wand des Raumes, zog einen kleinen Vorhang beiseite und mit einer kurzen Winkbewegung bedeutete er Cathy hindurchzublicken. Immer noch verwirrt und mit klopfendem Herzen tat sie wie geheißen.

Da war ein weiterer Laborraum mit Geräten, Kabeln, Schläuchen, Monitoren. Mitten im Raum eine Art Krankenhausbett. Darauf eine Gestalt. Sie lag nicht, sondern hatte sich in Sitzposition aufgerichtet. Im gleichen Moment drehte sie ihren Kopf und sah zu Cathy herüber.

Es war Kim.

Dritter Teil

Die Falle

Pjöngjang

Pjöngjang lag in der Abenddämmerung. Jetzt, da die Nacht begann, ihre Schatten über die Stadt zu legen, waren die Straßen gespenstisch leer. Auf den breiten Bürgersteigen hasteten verspätete Fußgänger zu ihren Einzimmerwohnungen, den sogenannten „Taubenkäfigen", hier und dort schalteten meist schiebende Fahrradfahrer, falls vorhanden, die Lichter ihrer schwerbeladenen Räder an – seit einiger Zeit war das Radfahren in der Hauptstadt wieder erlaubt –, Trolleybusse und unbeleuchtete Straßenbahnen sammelten auf, was noch geduldig Schlange stehend an den Haltestellen wartete. Die weitläufigen Boulevards erstreckten sich im letzten Licht des Tages in alle Richtungen. Nur hin und wieder fuhr ein Lastwagen, ein Kleinbus oder ein PKW vorbei – ein Wagen meist chinesischer oder heimischer Bauart der Marke Pyeonghwa oder „Peace Motors", wenn darin ein Funktionär mittleren Ranges saß, eine Lexus- oder Mercedeslimousine, wenn es sich um einen Funktionär mit höherem Status handelte. Allein die überall in der Stadt aufgestellten Lautsprecher, aus denen Parteiparolen oder Revolutionslieder schallten, durchbrachen die drückende Stille.

Auf einen Besucher aus Mitteleuropa, der zum ersten Mal hier war, mochten die Fahrspuren der Straßen beklemmend leer und die Stadt traurig ausgestorben wirken. Käme er dagegen heute nach drei, vier Jahren erstmals wieder ins Land, wäre er über das immens gestiegene Verkehrsaufkommen und überhaupt das viele neue Leben auf den Straßen sehr verwundert – Nordkorea war im Wandel, auch wenn man es seiner Metropole mit ihrem fast nostalgisch grauen Ostblock-

461

Charme nicht sofort ansehen mochte. Schon gar nicht heute und jetzt, wo sich die Dunkelheit über die Straßenschluchten zwischen den Hochhäusern und langgestreckten Plattenbauten legte und alle Bürger nichts Eiligeres zu tun hatten, als sich in ihre kleinen Apartments irgendwo in den zahllosen Stockwerken der einförmigen Bauten vor der Finsternis zu flüchten, die immer lastender wurde.

Doch dann erstrahlten plötzlich die Lichter und ein märchenhafter Schein legte sich über die Dreimillionenstadt. Pjöngjang war nicht mehr die schwarze Stadt, die es noch vor einigen Jahren gewesen war. Lichterketten erglänzten überall. Farbenfroh in Blau und Grün schimmerten die neuen Hochhäuser am Fuß des Mansudae-Hügels mit dem Großen Monument. Am anderen Ufer des Taedongs reckte sich der Turm der Juche-Ideologie, das zweithöchste Gebäude der Stadt, wie eine rot lodernde Fackel an einem ausgestreckten weißglühenden Riesenarm in den Himmel. Die Taedong-Brücke dazwischen schimmerte bläulich lila, ein leuchtender Regenbogen; die Okryu-Brücke dahinter erglänzte in sattem Gelb, gleißend hell überstrahlt vom weithin sichtbaren, sechzig Meter hohen Stadion Erster Mai mit seinen 150 000 Sitzplätzen, das wie ein illuminierter Riesenkrake auf der Rungna-Insel im Hintergrund zu hocken schien. Auch der sechzig Meter hohe und damit sein Vorbild in Paris um ganze drei Meter überragende Triumphbogen aus 10 500 Granitblöcken – das Monument des grandiosen Sieges Koreas über seine Besatzer, ein Sieg ganz aus eigener Kraft über das in Hiroshima-Schockstarre befindliche Japan – wurde hell angestrahlt; genauso leuchtete das Mausoleum von Kim Il Sung und Kim Jong Il im großen Kumsusan-Palast, gleich hinter der Kim-Il-Sung-Universität. In dieses Licht getaucht, erschien Pjöngjang, im Koreakrieg völlig dem Erdboden gleichgemacht und aus den Trümmern nach den Visionen Kim Il Sungs als moderne kommunistische Planstadt wiedererstanden, als eine Metropole, auf die das ganze Land zu Recht mit Stolz blicken konnte. Und viel hat sich getan, seit der junge Enkel des Staatsgründers im Jahre 100 der neuen *Juche*-Zeitrechnung, die mit der Geburt Kim Il Sungs beginnt, die Führung des Landes übernommen hat: Für das arbeitende Volk gibt es ein neues Fitnesszentrum, ein Eisstadion und eine Rollschuhbahn, ein durch eine hundert Kilometer lange Meerwasserpipeline gespeistes Delfinarium und Vergnügungsparks, einen chinesisch-koreanischen Supermarkt und nun auch schicke Restaurants, in denen schlemmen kann, wer die erforderlichen Euro, Dollar oder Yuan zum Bezahlen hat.

Weiter im Süden der Metropole, im matt erleuchteten Bahnhof, war soeben der Zug aus Peking eingetroffen. Geschäftsreisende und Touristen strömten aus den Abteilen. Die Ausländer wurden sofort von ihren Reisebegleitern in Empfang genommen, die sie, immer paarweise, zu ihren großen Luxushotels geleiten würden, dem Koryo und dem Yanggakdo. In Pjöngjang geht niemand verloren. Manchmal verschwindet jemand, aber das ist eine andere Geschichte.

Mit rund 150 und 143 Metern Höhe sind das Yanggakdo- und das Koryo-Hotel, nach dem Turm der Juche-Ideologie, das dritt- und das vierthöchste Gebäude der Stadt. Würde ein Tourist auf die Idee kommen, seinen Reisebegleiter zu fragen, was es mit dem *höchsten* Gebäude der Stadt auf sich habe, könnte es gut sein, dass er keine Antwort bekäme. Denn obwohl es in der Dämmerung schwarz und drohend in den Himmel aufragte wie ein auffliegender Raubvogel, war doch noch immer nicht ganz klar, ob es offiziell überhaupt existieren durfte. Und gestand der Reisebegleiter erst einmal die Existenz dieses Gebäudes ein, folgten unweigerlich Fragen, die unangenehm zu beantworten und daher besser zu vermeiden waren: Wenn das ein Hotel ist, warum kann ich nicht dort wohnen? Wenn es fertiggestellt ist, warum kann es nicht besichtigt werden? Wenn da das größte Gebäude der Koreanischen Halbinsel über der Stadt thront, wie kommt es dann, dass es offensichtlich nicht genutzt wird? Um all diesen Fragen aus dem Weg zu gehen, war es wahrscheinlich, dass es dem neugierigen Touristen gar nicht erst gelingen würde, seinen Reisebegleiter auf den auffliegenden Riesenvogel im Hintergrund aufmerksam zu machen – denn der würde so lange daran vorbeiblicken, bis der Reisende anfing, seinen eigenen Augen nicht mehr zu trauen. Was sollte der Reisebegleiter auch sagen? Dass das Land dreißig Jahre lang an der pompösesten Ruine der Welt gebaut hatte? Dass noch immer in den Sternen stand, ob der inzwischen hochgradig sanierungsbedürftige Betonbau zuerst eingeweiht oder zuerst in sich zusammenfallen würde? Oder sollte er verraten, dass dieser babylonische Turm Koreas, das eindrucksvolle Mahnmal des Größenwahns der Kim-Dynastie, mittlerweile gar nicht mehr komplett leer stand, sondern die obersten und untersten der 105 Stockwerke, wie man munkelte, für allerlei Aktivitäten genutzt wurden, darunter viele, von denen ein Tourist nichts zu wissen brauchte? Sollte der Reisebegleiter stolz von dem internationalen Treffen hochrangiger Diplomaten erzählen, das, wenn alles gutging, in einigen Tagen dort stattfinden sollte? Besser nicht: Ihm war aufgetragen worden, Gespräche politischen Inhalts, die über den Ruhm und Preis der drei göttergleichen Kims und die Verdammung ihrer imperialistischen Feinde hinausgingen, möglichst zu vermeiden.

„Nochmal, das dunkle große Gebäude dahinten", wandte sich ein soeben per Zug aus Peking in der Stadt eingetroffener hartnäckiger Engländer mit kantigen Gesichtszügen und lichter werdendem Haar zum dritten Mal an einen seiner beiden erstaunlich ähnlich aussehenden Reisebegleiter. „Das ist doch das Ryugyong-Hotel, nicht wahr? Können Sie mich da morgen hinbringen!"

„Eine wunderbare Stadt unser Pjöngjang, nicht? All die Lichter!"

„Da, gleich dort drüben! Sehen Sie es denn nicht?"

„Nein, entschuldigen Sie. Ich sehe gar nichts."

Und der Mann hatte recht. Plötzlich war da kein großes schwarzes Gebäude wie ein auffliegender Raubvogel mehr. Denn in diesem Moment hatte sich Dunkelheit über die Dreimillionenstadt gelegt. Über Pjöngjang, die große Sehnsucht der Bevölkerung, die privilegierte Hauptstadt, zu der den meisten leider der Zugang verwehrt bleibt, da hier ausschließlich die erste Elite Nordkoreas lebt; jene Stadt, in der zwar nicht Milch und Honig fließen und in der auch die Fahrstühle der Hochhäuser oft stillstehen, wo es aber zumindest meist Nahrung und immer wieder auch Elektrizität gibt.

Bis nach Einbruch der Nacht die Lichter erlöschen. Aber auch dann braucht der Tourist keine Angst zu haben: Die großen Touristenhotels, das Diplomatenviertel, die Paläste der Herrscherdynastie, die Armeequartiere – sie alle verfügen über ihr separates Stromversorgungssystem, das niemals zusammenbricht. Oder jedenfalls sehr viel seltener. Am hellsten und dauerhaftesten aber überstrahlt alles das Allerheiligste der Stadt: das Große Monument am Mansu-Hügel mit den beiden zwanzig Meter hohen Bronzestatuen des Großen Führers und des Geliebten Führers. Eine tröstliche Gewissheit, die Groß und Klein in ihren dunklen Zimmern Nacht für Nacht in den Schlaf wiegt: Das Licht der „großen Sonne" erstrahlt Tag und Nacht über ihr Land, auch wenn ringsum alles in Finsternis versinkt.

Kaesong

„Irgendwie mag ich diese Räumlichkeiten einfach nicht. Ich habe ständig das Gefühl, die Jungs könnten doch alles verwanzt haben."

„Jetzt werd mal nicht paranoid, Cousin. Du weißt, unsere Techniker haben alles überprüft, und es gibt ständig Routinekontrollen. Und diese Büroräume haben wir sogar ganz in Eigenregie bauen lassen. Undenkbar, dass die hier irgendetwas drehen könnten. He, wer von uns beiden wirft dem anderen immer Ängstlichkeit vor, hm? Immerhin – wir können froh sein, dass die Nordkoreaner nicht über die unfehlbaren Überwachungstechniken verfügen, wie wir sie entwickeln!"

„Noch, Dae Jong, noch. Allerdings sind wir gerade dabei, das zumindest in Teilen auf für uns höchst lukrative Weise zu ändern. Und merk dir eins: Man darf *Vorsicht* nie mit *Ängstlichkeit* verwechseln."

Raymond Moon rieb sich die Schläfen. Der überstürzte Aufbruch nach Kaesong hatte ihm nicht gutgetan. Ihre Verhandlungspartner im Norden waren nervös geworden, nachdem Kim Jong Un überraschend bereits für die nächsten Tage ein hochkarätiges Treffen mit Diplomaten aus Südkorea sowie UN-Vertretern in Pjöngjang angekündigt hatte, bei dem es um die innerkoreanische Annäherung sowie um die anvisierte Wiederaufnahme der Sechs-Parteien-Gespräche über das nordkoreanische Atomprogramm gehen sollte. Entsprechende Pläne waren nach dem Anschlag auf die chinesische Botschaft in Berlin zunächst auf Eis gelegt worden, doch wie sich jetzt herausstellte, waren die Verhandlungen im Geheimen fortgeführt worden und inzwischen weiter gediehen, als es so manchem im Norden lieb sein konnte. Über Details hüllten sich die offiziellen Stellen in Schweigen, aber Diktator Kim hatte schon einmal vorab seine Bereitschaft zu „revolutionären Ergebnissen" verkündigt – das mochte die übliche Propagandarhetorik sein, dennoch machte es viele unruhig. Der Puppenspieler, das wussten Raymond Moon und Mun Dae Jong, konnte kein Interesse an Entspannung und einer Annäherung an den Süden haben. Und der Clan des Puppenspielers war es nun mal, mit dem sie hier ihre Geschäfte machten – wer auch immer sich hinter diesem Decknamen verbarg. Schon daher, besonders aber, weil die große Vision von Brainweb zu ihrer Verwirklichung ein Fortbestehen des Status quo voraussetzte, konnten die beiden Brainweb-Geschäftsführer ebenfalls kein Interesse an einem Erfolg der Gespräche haben. Insofern hatte Raymond Moon Verständnis dafür, dass die Fraktion des Puppenspielers auf Eile drängte und das seit langem geplante Treffen in Kaesong um zwei Tage vorverlegt hatte. In anderer Hinsicht bereitete ihm diese Vorverlegung im wahrsten Wortsinn Kopfschmerzen: Ihr Objekt PSI war noch nicht ganz auf der Höhe und daher nicht so repräsentabel, wie es eigentlich sein sollte. Und dann war ihnen auch noch Cathy Wong dazwischengekommen. Die *reale* Cathy Wong aus Fleisch und Blut.

„Meinst du wirklich, es war eine gute Idee, sie mitzunehmen?“ Es war Dae Jongs Stimme, die seine Gedanken – nun ja, eigentlich nicht unterbrach, sondern eher *aufnahm*. Raymond Moon wusste, dass Leute in seiner Gegenwart oft den Eindruck hatten, er könne Gedanken lesen – dabei war es nur ein Zusammenspiel aus Intuition, Wissen sowie genauer Beobachtungs- und Kombinationsgabe, was ihm diesen Anschein gab. Eine Begabung, die er offensichtlich mit seinem Cousin teilte. Angesichts seines speziellen Tätigkeitsfeldes war diese Begabung allerdings ein zweischneidiges Schwert: Schließlich arbeitete Moon seit langem an einer Methode zum computergestützten, *technischen* Gedankenlesen. Doch bedurften die Daten der Computer immer der Auswertung und damit der Interpretation durch den menschlichen Geist. Und keiner war hierin so gut wie Raymond Moon. Was ihn einerseits freute, andererseits wurmte: Hatte er doch oft genug einräumen müssen, dass er seine vermeintlich nach streng wissenschaftlichen, nachprüfbaren Kriterien gewonnenen „Leseergebnisse“ letztlich nur aufgrund seiner ausgeprägten Intuitionsgabe richtig zu interpretieren gewusst hatte. Vielleicht war er ja doch mehr genialer *Künstler* als Wissenschaftler? Wieder rieb er sich die Schläfen.

„He, Raymond, träumst du? Ich habe dich etwas gefragt.“

„Jaja … Warum ich darauf bestanden habe, Cathy Wong nach Kaesong mitzunehmen? Du weißt, wie wichtig sie mir war, seit wir angefangen haben, an unserem Objekt zu forschen. Als ich mir im Militärkrankenhaus das erste Mal seine Akte angeschaut habe, wusste ich sofort: Das ist unser Mann. Genau die Art Gehirnverletzung, die ich mir immer gewünscht hatte. Die Zerstörung der rechten Amygdala und die Beeinträchtigung der linken – was ihm die Verknüpfung von Ereignissen mit Emotionen und somit das Empfinden von Angst und die selbstbestimmte Willensentscheidung schwermachen würde –, dazu die Verletzungen im übrigen limbischen System, die diese Effekte zu verstärken versprachen, sowie die teilweise Durchtrennung der Nervenbahnen zwischen Thalamus und Frontallappen, die unter anderem das Schmerzempfinden herabsetzen musste: wie Lobotomie, doch ohne einen nutzlosen Idioten zurückzulassen – vorausgesetzt, wir bekämen es hin, seine Hirnverletzungen *nach unseren Bedingungen* zu kurieren. Und dann habe ich angefangen, weiterzurecherchieren."

„Ich weiß. Hast über ihn herausgefunden, was es nur herauszufinden gab: Seine Laufbahn in der südkoreanischen Marine, dass er von den Nordkoreanern gefangen genommen und gefoltert wurde, ja sogar, dass es in den Arbeitslagern Nordkoreas noch Familienangehörige gab, die wir dann über unsere Kontaktleute aufgestöbert haben. Und alles über sein Leben in Shanghai, seine Verbindungen zur Filmindustrie, seine Beziehung zu Cathy Wong und ihrem jetzigen Ehemann Jeremy Gouldens – was mich auf die Schnapsidee gebracht hat zu versuchen, über dessen Gao-Feng-Stiftung an Fördergelder heranzukommen und so unsere Beziehungen mit dem Norden zu intensivieren."

„Na, immerhin hat uns das letztlich eine Möglichkeit gegeben, unsere Zahlungen an den Puppenspieler über weitgehend unverdächtige Kanäle laufen zu lassen. Aber was meine Forschungen angeht, hat uns die Verbindung unseres Objekts zu Gouldens in der Tat nichts gebracht. Dafür aber umso mehr die zu seiner bezaubernden Gattin."

„Siehst du, und das ist genau der Teil, den ich noch immer nicht ganz verstanden habe."

„Obwohl ich es dir doch schon oft genug erklärt habe! Also nochmal: Unser Objekt war bis zu seiner Hirnverletzung unsterblich in Cathy Wong verliebt. Das ist mit Abstand die stärkste Prägung, die wir in seiner Gehirnstruktur gefunden haben – von den nordkoreanischen Folterungen einmal abgesehen."

„Die aber, wenn ich dich richtig verstehe, weniger eine Prägung waren als das Gegenteil davon."

„Exakt. Auch wenn wir die Mechanismen der nordkoreanisch-chinesischen Gehirnwäschemethode noch immer nicht völlig verstehen, ist doch klar, dass sie zumindest zu einem Teil – und genau das hat sich unsere eigene Methode ebenfalls zunutze gemacht – darauf beruht, traumatische Amnesiezustände hervorzurufen. Durch das traumatische Erlebnis erschafft sich der menschliche Geist sozusagen Wände, die Gedächtnisinhalte undurchdringlich vom Wachbewusstsein abspalten. Das Gehirn wird in gewisser Weise tatsächlich gewaschen: wie eine Tafel, die man mit einem Schwamm reinigt. Dadurch wird vieles beiseitegewischt, was den Erfolg einer Neuroprogrammierung behindern könnte. Mit diesen monatelangen Folterungen, die im Hirn deutlich messbare Spuren hinterließen, haben uns die Nordkoreaner also unsere späteren *Nacharbeiten* enorm erleichtert."

„Insofern kann man die Leute um den Puppenspieler fast verstehen, wenn sie jetzt auch am Erfolg unserer Arbeit beteiligt werden wollen."

„Sachte, Dae Jong! Die haben jahrzehntelang Millionen Menschen auf diese Weise gefoltert, aber keiner ist wie PSI. Wenn Sie jetzt am Erfolg beteiligt werden wollen, dann ist das ungefähr so absurd, wie wenn ein Papierhersteller beanspruchen würde, am Erfolg eines Bestsellers beteiligt zu werden, der auf sein Papier gedruckt ist. Aber zurück zu Cathy Wong. Schließlich hast du damit angefangen."

„Aber bitte doch: Ich lausche."

„Diese starke Cathy-Wong-Fixierung unseres Objekts war mir ein wichtiges Hilfs- und Orientierungsmittel bei der Analyse und Neuausrichtung seiner Prägungen. Wie eine hell erleuchtete Straße durch sein Hirn, die nun auch die Nebenstraßen in ihren Schein tauchte. Ohne sie und ihr unvermindertes Neuronenfeuer wäre ich überhaupt nie in der Lage gewesen, jene weltweit erste Gedankenfotografie anzufertigen."

„Von der ich, nimm's mir nicht übel, nach wie vor nicht ganz überzeugt bin. Nicht, dass ich dir je Scharlatanerie vorwerfen würde – aber du hast dir bei deinen Recherchen, Facebook macht's möglich, so viele Fotos von ihr angesehen, dass es geradezu unvermeidlich war, nicht deinen eigenen optischen Eindruck in die visuelle Rekonstruktion seiner Hirndaten hineinzuprojizieren."

Raymond Moon, an seinem empfindlichsten Punkt getroffen, wollte bei dem Wort „Scharlatanerie" aufbrausen, doch er beherrschte sich. Er kannte die Ansichten seines Cousins. Eines Tages würde er ihn eines Besseren belehren. Laut sagte er: „Du hast deine Meinung, ich hab meine. Aber wie dem auch sei: Knackpunkt bei alledem war, dass ich einerseits mit dieser Cathy-Wong-Prägung wunderbar arbeiten konnte, dass sie mir eine Art Schlüssel an die Hand gab, um sein Gehirn dechiffrieren zu können, andererseits ebendiese Prägung für unser weiteres Vorhaben nun in die Kategorie ‚störendes Hindernis' fällt. Am Ende meiner hirnanalytischen Tätigkeit stand also stets die Herausforderung, diese stärkste Prägung schließlich zu beseitigen. Ich bin mir immer noch nicht sicher, ob ich es wirklich restlos geschafft habe."

„Dann bedeutet diese Cathy Wong also eine Art Sicherheitsrisiko für uns?" – „Exakt." – „Ja, aber sollten wir sie dann nicht sicherheitshalber eliminieren, statt sie hierherzuschaffen? Oder, warte – hast du sie womöglich genau deshalb …?" Dae Jong blickte seinen Cousin mit einem Blick an, als habe er ihn endlich verstanden – und als gefiele ihm nicht besonders, was er da verstanden hatte.

„Sachte, Cousin." Auf Raymonds Züge legte sich sein bekanntes unangenehm überlegenes Lächeln. „Jetzt streng doch mal deinen Grips an. Ich spreche hier von Hirnprägungen, nicht von realen Personen. Das sind zwei völlig unterschiedliche Paar Stiefel."

„Aber die reale Person hat diese Hirnprägung doch verursacht. Und ist nach wie vor in der Lage, diese Prägung durch ihr Erscheinen und ihr Verhalten zu affizieren. Womöglich in eine andere Richtung, als wir das wollen."

„Exakt. Aber sie ist nicht in der Lage, die Prägung zu beseitigen. Das können nur wir – hoffentlich. Und wenn die Prägung einmal erfolgreich beseitigt wurde, kann sie logischerweise auch nicht mehr affiziert werden, auch von Cathy Wong nicht. Verstehst du mich jetzt?"

„Du willst Cathy Wong also als Testperson einsetzen? Für einen ersten echten Praxistest? Um dich zu vergewissern, ob deine Programmierung erfolgreich war?"

„Exakt. Du kannst dir gar nicht vorstellen, wie erleichtert ich im Grunde war, als sie gestern hier aufkreuzte. Ich hatte fast gehofft, dass sie uns früher oder später auf die Spur kommen würde, damit ich unser Objekt diesem Härtetest würde unterziehen können. Geht der ohne Komplikationen über die Bühne, dann können wir uns auch aller unserer übrigen Programmierungen sicher sein."

„Okay, du hast mich überzeugt. Worauf warten wir dann noch?"

Pjöngjang

Jeremy war im vierzigstöckigen Yanggakdo-Hotel untergebracht. Es liegt auf der Yanggak-Insel mitten im Taedong-Fluss, der die nordkoreanische Hauptstadt in eine westliche und eine östliche Hälfte teilt. Auf der gleichen Insel befindet sich auch die große Internationale Kinohalle mit ihren über 3000 Sitzplätzen, wo das Internationale Filmfestival von Pjöngjang stattfindet. Die Insellage macht es leicht, das Ausländerhotel von der Landesbevölkerung abzuschotten. Bis vor kurzem war es Ausländern noch verboten, die Insel ohne einheimischen Reisebegleiter zu verlassen. Dies wird nun etwas lockerer gehandhabt, auch wenn es weiterhin nicht gern gesehen wird, wenn ein Ausländer auf eigene Faust durch Pjöngjang flaniert. Wobei er sich stets sicher sein kann, auf Schritt und Tritt überwacht zu werden.

Heute Abend hatte Jeremy ohnehin nicht vor, das Hotel noch einmal zu verlassen. Von der 26 Stunden langen Zugfahrt war er müde und erschöpft, und die unbeleuchteten Straßen der nordkoreanischen Metropole wirkten wenig einladend. Jeremy sah sich in seinem Zimmer in der fünfzehnten Etage um. Der weißgraue Monumentalbau wirkte von innen luxuriöser, als er es erwartet hatte, dennoch hatte er in all seinem Prunk eine seltsam sterile Ausstrahlung. Das setzte sich fort bis in Jeremys Zimmer: Auch hier war alles in hellen, cremefarbenen Tönen gehalten. An der Wand ein kitschiges Bild, das in giftigen Grün- und Rosatönen eine koreanische Bergszenerie zeigte – den Paektu? Jedenfalls das ungefähre Äquivalent zu dem, was in Deutschland der röhrende Rothirsch gewesen wäre. In einer Ecke eine gummibaumartige Topfpflanze mit knallgrünen Blättern. Es gab sogar einen Fernseher mit Flachbildschirm. Vermutlich, überlegte sich Jeremy, sind da drinnen die Mikrofone, wenn nicht gar Kameras versteckt. Es war ein offenes Geheimnis, dass alle Hotelräume für Ausländer abgehört wurden. „Hallo, ich bin da", sagte er zum Fernseher hin und verbeugte sich leicht. „Ein tolles Land hier." Wenigstens jemand, mit dem ich sprechen kann, dachte er sich. „Endlich mal ein Ort der Ruhe, nach all der Hektik in China. Und es passt immer jemand auf einen auf." Doch er wurde des einseitigen Gesprächs rasch überdrüssig.

Jeremy dachte zurück an die lange Zugfahrt und besonders an die zermürbende, sich quälende vier Stunden hinziehende Wartezeit an der Grenze. Dort führt die Eisenbahnverbindung von Peking nach Pjöngjang zwischen den Großstädten Dandong auf chinesischer und Sinuiju auf nordkoreanischer Seite auf einer Brücke über den Grenzfluss Yalu. Während die chinesischen Kontrollen relativ zügig erledigt gewesen waren, hatte das entnervend gründliche Vorgehen und das militärisch schroffe Gebaren der nordkoreanischen Grenzer Jeremy bereits einen unangenehmen Vorgeschmack auf das gegeben, was ihn wohl im Land erwartete. Es war ein eigentümlicher Moment gewesen, als sich der Zug vom Bahnhof Dandong aus in Bewegung setzte und dann im Schritttempo über die Yalu-Brücke rollte; an der im Koreakrieg zerstörten alten Brücke vorbei, an deren Endpunkt mitten im Fluss die Chinesen eine Aussichtsplattform errichtet hatten. Von nun an war das in der Februarsonne berstende Eis unter ihm nordkoreanisches Hoheitsgebiet. Vor ihm, hinter einem unbelaubten Baumstreifen, niedrige, schäbig wirkende, kaum beleuchtete Gebäude.

Beim Blick zurück auf die am Horizont glitzernde Skyline der Zweimillionenstadt Dandong am anderen Ufer des Yalu – wie überall in der aufstrebenden Großmacht China dominiert von Dutzenden neuer oder in Bau befindlicher Wolkenkratzer – hatte Jeremy das unheimliche Gefühl übermannt, sich auf eine Reise in die Vergangenheit zu begeben, in eine zerfallende, dem Untergang geweihte Welt, in ein Land, das nicht sein darf: ein düsterer, blutiger Anachronismus im 21. Jahrhundert. Mit einem Schlag war das lebhafte Treiben ringsum erloschen. Der Lärm, das quirlige Leben, die fliegenden Händler, wie sie chinesische Bahnhöfe prägen, wichen gespenstischer Leere und militärischer Disziplin. Tristes Grau die vorherrschende Farbe. Der Yalu kam ihm vor wie der Acheron, der Fluss am Höllentor der Unterwelt, über den niemand zurückkommt, der ihn einmal überschritten hat.

Jeremy blickte in die draußen an den Gleisen gleichförmig und wie ferngesteuert vorbeiziehenden freudlosen Gesichter der Nordkoreaner, und sie erinnerten ihn an die hoffnungslosen Gestalten an „des Totenflusses traurigen Gestaden" im ersten Kreis der Hölle, von denen Dante in seinem *Inferno* schreibt. Die Aufschrift auf Dantes Höllentor, so dachte Jeremy, könnte auch warnend an der Grenze zu Nordkorea prangen:

Durch mich geht man hinein zur Stadt der Trauer,
Durch mich geht man hinein zum ewigen Schmerze,
Durch mich geht man zu dem verlornen Volke.
Lasst, die ihr hier eintretet, alle Hoffnung fahren!

Kaesong
Cathy war erleichtert. Vor einigen Minuten hatte sich die Tür geöffnet und jemand hatte ihr Sachen zum Frischmachen hingelegt: Seife, Parfüm, auch ein wenig Make-up sowie ein elegantes Kleid, das ihr sogar passte. Sie war dankbar, sich endlich wieder pflegen zu können. Ihre alten Sachen waren angeschmutzt und rochen, wie auch ihr Körper. Aber warum bescherte man ihr gerade jetzt diese Wohltaten? Stand ihr ein großer Auftritt bevor? Wollte man, dass sie auf jemanden einen guten Eindruck machte? Nun, warum nicht. Sie genoss es, sich duschen, schminken und schön anziehen zu können. Und vielleicht war es ja jemand ganz Bestimmtes, dem sie gegenübergestellt würde.

Seit über 24 Stunden war sie nun in der Macht der Brainweb-Leute. Die ganze Zeit über hatte sie mit niemandem sprechen können – von ein paar gebellten Befehlen ihrer Bewacher einmal abgesehen. Auch Kim hatte sie seit jenen kurzen, seligen Augenblicken, die alles verändert hatten, nicht wiedergesehen. Zu rasch hatte man sie von dem Fenster, das für sie die Welt bedeutete, wieder weggezogen. Sie hatte geschrien und um sich geschlagen und dann hatte sie sich allein in einer Kammer mit einem Bett und einer Toilette an der Wand wiedergefunden. Ihre Gefängniszelle. Aber sie war *glücklich*. Egal, was mit ihr passieren würde – Kim lebte. Warum hatten sie die Tür abgeschlossen? Sie wollte doch gar nicht mehr wegrennen. Von nun an würde sie immer in Kims Nähe bleiben wollen. Ihre Wut auf Raymond Moon hatte sich in eine tiefe, wenn auch diffuse und mit Unbehagen verbundene *Dankbarkeit* verwandelt. Was immer Moon mit Kim vorhatte – er hatte ihm das Leben wiedergegeben. Und für alles Übrige würde Cathy schon sorgen. Raymond Moon hatte Kim gerettet, aber Kim hatte noch immer elend, benommen, nicht ganz bei sich gewirkt. Noch war es nur eine halbe Rettung; eine Rettung, die nur *ein* Mensch vollenden konnte. Das war sie, und genau dafür war sie hier. Mit solchen Gedanken hatte sie die Nacht zugebracht, war schließlich eingeschlafen und hatte wirres Zeug über ihre Zukunft mit Kim – und seltsamerweise auch mit Raymond Moon – geträumt.

Heute Morgen war sie kurz wach geworden, als sie das Piksen einer Nadel an ihrem Arm spürte. Dann hatte sie sogleich wieder das Bewusstsein verloren. Für wie lange, wusste sie nicht. Hier, in diesem kleinen, abweisenden Betonraum war sie aufgewacht. Die Kammer hatte keine Fenster, und ihr Handy hatte man Cathy abgenommen, doch hatte sie das unbestimmte Gefühl, dass es mittlerweile Abend war. Und dass sie sich nun nicht mehr in jenem Brainweb-Gebäude in Sejong befand. Die Luft wirkte kälter. Und es roch anders. Aber wo war sie dann?

Wieder öffnete sich die Tür. Schweigende Wachen führten sie ab. Sie hielten vor einer weiteren Tür. Was würde sie dahinter erwarten? Die Tür ging auf und Cathy wurde hineingestoßen. Eine kleine Zelle. An den Wänden verspiegeltes Glas. Doch Cathy hatte kein Auge für die spärliche Inneneinrichtung. Vor ihr der breite Rücken eines großen Mannes mit sehnigen Muskeln. Auch ohne dass er sich ihr zuwandte, wusste sie sofort, wer dieser Mann war.

Du bist am Ziel, Cathy!

„Kim", brach es aus ihr heraus. „Oh Kim! Erkennst du mich?" Mit einem Schluchzen warf sie sich ihm von hinten an den Hals, schlang die Arme um seinen schlank gewordenen Leib. Keine Reaktion. Vielleicht nicht die allerbeste Position, um nach all der Zeit erkannt zu werden. Verwirrt löste sie ihre Arme wieder. Langsam drehte sich der Mann um und musterte sie mit leerem Blick. Kim. Ein wenig älter, bleicher, hagerer. Aber Kim. „Ich bin's doch, Cathy!"

„Hallo … Cathy", sagte er langsam. – „Du erkennst mich. Nicht wahr, Kim?" – „Kim?" – „So heißt du: Kim Park. Oder auch Park Sang

Il, dein Geburtsname, so hat dich deine Mutter genannt, deine Adoptivmutter, erinnerst du dich nicht?" – „Park Sang Il? Sie sagen PSI zu mir. Objekt PSI." – *„Objekt?* Sie sagen *Objekt* zu dir? Oh, diese herzlosen Ärzte und Wissenschaftler! Gut, ich meine, wir müssen Raymond Moon natürlich dankbar sein, dass er dich wieder so hinbekommen hat, aber dass er so was … Du bist *Kim*, hörst du? Kim Park, kein seelenloses Objekt." – „Kim Park, in Ordnung … Cathy."

Er hatte sie also *doch* erkannt. Erleichterung, für einen kurzen Moment gemischt mit Verärgerung, durchwogte sie. Diese Coolness. Diese Selbstbeherrschung. Ja, so war er seit jeher gewesen. Diese oberflächlich abweisende Art. Unter der sich zuletzt doch etwas *ganz anderes* verbarg, da konnte er eine Frau wie Cathy nicht täuschen. Ja, das war Kim. Typisch Kim. Aber irgendwie … irgendwie schien er ihr nach alledem jetzt sogar noch *typischer*. Und sie musste sich eingestehen, dass es ihr gefiel. Sie beeindruckte. Ganz mächtig beeindruckte. Diese beherrschte Stärke. Nachdem er so viel hatte durchmachen müssen. Kim wusste, wie man eine Frau wie Cathy schwachmachte.

Äußerlich schien er fast völlig wiederhergestellt, von einer haarlosen Stelle an der Schläfe, an der eine Narbe sichtbar war, sowie seiner bleichen, fast gipsernen Gesichtsfarbe einmal abgesehen. Seine Mimik mochte zwar noch etwas monoton und emotionslos erscheinen und sein Blick hatte im ersten Moment gar seltsam starr und tot gewirkt. Doch wenn er mit ihr sprach, meinte sie in seinen Augen ein leises Erweitern der Pupillen zu registrieren, ein warmes, lebendiges Aufflammen. Das konnte nur bedeuten, dass er noch die gleichen Gefühle für sie hegte. Und das *Zeigen* seiner Emotionen war nie seine Stärke gewesen: genau das, womit er sie schon immer in den Wahnsinn getrieben hatte. Was ihn so unendlich begehrenswert machte.

Ja, er hatte sich stets unfassbar unter Kontrolle gehabt. Nun aber wirkte seine Selbstbeherrschung geradezu übermenschlich. So ähnlich hatte sie sich den Kim aus seinen alten Tagen als U-Boot-Kommandant vorgestellt. Aber noch etwas war faszinierend anders geworden: Durch alles, was er durchlitten hatte, dadurch, dass er so lange dem Tod ins Auge gesehen hatte, schien er ihr eigentümlich *geläutert*, auf eine unbegreifliche Art unnahbar weise geworden. Etwas, was Cathy magisch anzog und mit einer tiefen Ehrfurcht erfüllte.

Sie redeten nicht viel. Die meiste Zeit starrte sie ihn nur lächelnd an. Und er blickte zurück. Und immer wärmer und tiefer sein Blick. Nach einer halben Stunde öffnete sich die Tür wieder und ein weiß gekleideter Mann packte Cathy fest am Arm, um sie hinauszugeleiten. Es war eine Geste, die keinen Widerspruch duldete. Also besser nachgeben. Vergeblich streckte sie noch einmal die Hände nach ihm aus. Kim verabschiedete sich mit einem höflichen Nicken und wandte sich dem Tisch zu, auf den ihm der Weißgekleidete sein Abendessen gestellt hatte. Beherrscht und ruhig, wie immer. Sie hätte ihn auffressen können. Der neue Kim gefiel ihr sogar noch besser als der alte.

*

Die beiden Männer traten von dem Wandfenster zurück. „Und?", fragte Raymond, sein stolzes, selbstgefälliges Lächeln auf den Lippen.

„Glückwunsch, Cousin! Ich muss sagen, gelungene Vorführung!"

„Danke, Dae Jong. Ich bin selbst höchst zufrieden, wenn auch nicht unbedingt überrascht. Das ist der Beweis, dass die menschliche Psyche mit unseren neuen operativen Mitteln zu hundert Prozent beherrschbar ist – auch ohne permanente Direktsteuerung und Kontrolle."

„Er schien sie nicht einmal erkannt zu haben!"

„Ich glaube schon, dass er sie erkannt hat. Das von mir isolierte Wunschbild war schließlich der stärkste neuronal fixierte Eindruck, den ich in seiner Hirnstruktur finden konnte. Er war nur unfähig, ihr Erinnerungsbild mit irgendwelchen affektiven Bewusstseinsinhalten zu verbinden – und das ist für mich das Entscheidende. Für ein Gelingen meines Projekts war eine Reduktion der Komplexität des psychischen Lebens unseres Objekts PSI unbedingt erforderlich. Er wird in der Erfüllung seiner Aufgaben nun nicht mehr durch sentimentale humane Residuen wie erotische Leidenschaft, Angst, Mitleid und dergleichen behindert. Doch sollte in besonderen Fällen eine emotionale Reaktion dennoch wünschenswert sein, sind wir in der Lage, etwa Wut, sinnliches Verlangen oder Fluchtreaktionen hervorzurufen: durch die ferngesteuerte elektrische Stimulation entsprechender Resonanzpunkte seiner noch einigermaßen intakten linken Amygdala!"

„Raymond, du bist ein Genie! Ein Künstler!"

„Tja: Konditionierung ist gut, Operation ist besser. Der Behaviorismus ist ein interessanter Ansatz, aber unter Zuhilfenahme der Chirurgie, Neuroelektronik und Neurochemie kommt man viel weiter, als es Pawlow mit seinen Hunden je hätte erträumen können. Was glaubst du, wenn er von unseren heutigen Möglichkeiten hätte wissen können – was das für einen Speichelfluss bei ihm selbst ausgelöst hätte! Apropos Neurochemie: Jetzt gälte es allerdings noch zu prüfen, wie gut seine Programmierung einer Belastungsprobe durch pharmakologisch aktive Neuromodulatoren standhält, die dem Körper von außen zugeführt werden – also chemische Stimulanzien, vereinfacht gesagt.“

„Du meinst Drogen? Opiate, LSD, Amphetamine, Alkohol? Halluzinogene Bewusstseinserweiterung?“

„Exakt. Was Nordkorea angeht, wäre etwa Crystal Meth zu nennen, das dort in Massen für den Schmuggel nach China hergestellt wird, aber mittlerweile dem Land selbst ein gewaltiges Drogenproblem verschafft hat. Es heißt, dass in einigen grenznahen Gebieten heute die Hälfte der Bevölkerung quer durch alle Schichten süchtig ist.“

„Ich glaube, es wird knapp, wenn du bis morgen noch all diese Drogentests durchführen willst.“

„Leider. Mir fehlen durch das vorgezogene Treffen ein paar Tage. Und wir können ihn den Leuten des Puppenspielers ja nicht zugedröhnt präsentieren.“ Raymond Moon seufzte. „Ich fürchte, wir kommen nicht umhin, hier ein paar Abstriche zu machen. Aber ich überlege mir noch eine Kleinigkeit, um unserem seltsamen Liebespaar einen beschwingten Abend zu verschaffen. Nur um sicherzugehen.“ Da war es wieder, sein lausbübisches Grinsen. „Du weißt, ich will in allem so perfekt wie möglich sein.“

Dae Jong räusperte sich. Offenbar lag ihm noch etwas auf dem Herzen. „Nur schade, dass uns diese Frau durch die Lappen gegangen ist – unser Objekt KHS, seine Schwester. Was die finale Perfektion angeht, meine ich.“

Raymond machte eine wegwerfende Handbewegung. „Ach die. Die habe ich schon fast vergessen. Nein, *richtig* schade war das eigentlich nicht. Du weißt, ich arbeite immer in viele Richtungen, versuche mit meinen Forschungen alle erdenklichen Wege auszuloten, aber dieser Weg war, wie ich dir schon einmal erklärt habe, eine Sackgasse.“

„Du hattest überlegt, dass enge genetische Verwandtschaft auch eine ähnliche Hirnstruktur bedingen könnte. Deswegen auch deine Experimente mit den eineiigen Zwillingen, die uns dann leider in Kaesong weggestorben sind. Aber letztlich hast du das alles verworfen."

„Exakt. Ich kämpfe immer noch mit dem Problem, dass jedes Gehirn eine Art eigene Sprache spricht, was die Entschlüsselung der Hirn-Hieroglyphen so schwer macht. Also suche ich nach verwandten Sprachgruppen. Aber ich bin, auch durch meine Experimente an Objekt KHS und ihrer Mutter, die deshalb letztlich dennoch wichtig für mich waren, zu der Erkenntnis gekommen, dass familiäre Verwandtschaft an sich lange nicht so wichtig ist wie Verwandtschaft der Prägung. Verstehst du? Objekt KHS hat ihren Bruder nie kennengelernt, daher war in diesem familiären Punkt die Verwandtschaft der Prägung praktisch inexistent und die genetische Verwandtschaft hat sich im Zuge meiner Forschungen als vernachlässigbar herausgestellt. Viel interessanter war, dass sie beide durch die in der nordkoreanischen Gefangenschaft erlebte Folter eine parallele *Schmerz*prägung erhalten haben. Deshalb war es mir auch so wichtig, sie und unsere anderen Versuchsobjekte den exakt gleichen … äh … *Belastungs*einheiten zu unterziehen, wie sie PSI erlitten hat. Ich nenne das die traumatische Konditionierung. Das hat mir beim Verständnis und bei der Entschlüsselung seiner Hirnstruktur entscheidend geholfen – nicht ihre ähnliche DNA."

„Aber hätten wir diese Operation noch durchführen können …"

„Wir werden diese Operation bald an vielen Menschen durchführen können. Wir haben PSI sozusagen als Muster, wissen, welche Hirnareale wir wie zu behandeln haben, um die gewünschten Resultate zu erzielen, das ist das Entscheidende. Die Details der seriellen Fertigung lösen sich von selbst, sobald diese in Angriff genommen werden kann. Das Beispiel von Objekt KHS hat immerhin gezeigt, dass unser Implantat allein noch nicht in jedem Fall ausreicht, um bei Menschen mit gesunder Gehirnstruktur – also ohne jene Hirnschäden, wie sie PSI aufwies – den freien Willen restlos auszuschalten. Im Verein mit unseren elektrischen Stimulationsmöglichkeiten des Schmerzzentrums hat jedoch auch sie sich als steuerbar erwiesen, so dass weitergehende Operationen in den meisten Fällen nicht nötig sein dürften."

„Nur dass sie sich den entsprechenden Empfänger selbst aus dem Leib geschnitten hat und geflohen ist."

„Natürlich – in diesem Bereich besteht in der Tat noch Optimierungsbedarf. Deshalb arbeiten wir ja an einer Technik, auch den Empfänger selbst direkt in den Schädel zu implantieren – niemand pult sich so einfach ein Loch ins Hirn. Aber nochmal: Eigentlich habe ich alle wesentlichen Erkenntnisse über Objekt KHS zum Zeitpunkt ihrer Flucht schon besessen. Ärgerlich ist nur, dass sie uns mit ihrem Wissen noch in Schwierigkeiten bringen könnte, falls sie einen Idioten findet, der ihr Glauben schenkt. Kein Zweifel, dass sie sich in der Nähe des Hauses ihrer alten Tante versteckt hält, wie wir schon seit Tagen vermuten. Cathy Wong hat sie dort offenbar aufgespürt, deshalb wusste sie meinen Spitznamen und hat all diese bösartigen Anschuldigungen gegen uns vorgebracht. Gut, Wong haben wir ja jetzt in der Hand, die Frage ist nur, was sie anderen erzählt haben könnte – etwa diesem Dokumentarfilmer oder ihrem Gatten, der ebenfalls über unschöne Medienkontakte verfügt. Aber darum können wir uns vertiefter kümmern, sobald wir unseren heutigen entscheidenden Termin hier in Kaesong hinter uns gebracht haben. Und da wir, nachdem Wong gestern bei uns aufgekreuzt ist, gleich heute früh angeordnet haben, das Haus der Tante rund um die Uhr zu überwachen, wird uns KHS sicher bald in die Falle gehen. Dann werden wir mit unserem Forschungsobjekt verfahren müssen, wie man in der Laborforschung nun mal mit lebendem Versuchsmaterial verfährt, das seinen Nutzen erfüllt hat."

Dae Jong seufzte und holte tief Luft. „Das ist es gerade, was ich dir schon die ganze Zeit sagen wollte – also, seit ich vorhin davon erfahren habe, ehe du mich zu deiner kleinen Vorführung gerufen hast: Diese alte Mutter ist bereits gestern tot aufgefunden worden. Und unsere Leute haben von Objekt KHS bisher keine Spur finden können."

„Sie wird nicht weit kommen, verlass dich drauf, Cousin."

Pjöngjang

Jeremy war in seinem sterilen Hotelzimmer die Decke auf den Kopf gefallen und so hatte er den Fahrstuhl hinunter ins Restaurant „Nummer zwei" der insgesamt drei Hotelrestaurants genommen – das Drehrestaurant auf dem Dach war offenbar wieder einmal außer Betrieb.

Großen Hunger hatte er nicht, aber er hoffte, dass ihm ein kleines Kimchi- oder Nudelgericht zusammen mit der ein oder anderen Flasche nordkoreanischen Taedonggang-Biers die nötige Bettschwere geben würde. Der große Raum mit den um weiße Tische gereihten altväterlich plüschbezogenen Holzstühlen war fast leer. Einige Touristengruppen saßen hier und da in den Ecken und unterhielten sich halblaut. Jeremy stand der Sinn nicht nach Konversation, und so war er dankbar, als man ihm einen Achtertisch für sich allein zuwies. Er wollte heute Abend zwar irgendwie unter Leuten sein – einfach nur um sich nicht vorzukommen, als wäre er der letzte Mensch in einem Land von gehirngewaschenen Zombies –, hatte darüber hinaus aber kein Interesse, irgendwelchen Touristen erzählen zu müssen, warum er nach Pjöngjang gereist war. Trotzdem ertappte er sich bei dem Wunsch, J. D. Lee wäre schon eingetroffen. Der redselige Südkoreaner, der so versessen darauf war, in Nordkorea Filmkontakte zu knüpfen, sollte jedoch erst am nächsten Vormittag per Flugzeug nachkommen. Am Nachmittag hatten sie bereits einen Termin bei den SEK-Filmstudios.

Jeremy machte sich nach wie vor Sorgen um Cathy. Er hatte vom Zug aus mehrmals mit Clemens Alt telefoniert, das letzte Mal am Morgen kurz vor der Grenze. Auch mit Cai Feng hatte Jeremy Rücksprache gehalten. In Nordkorea wurden den ausländischen Besuchern zwar seit neuestem die Handys nicht mehr an der Grenze abgenommen und erst bei der Ausreise zurückgegeben, doch gab es für ausländische SIM-Karten im Inland kein Netz – eine entsprechende Auslandskarte konnte zwar im Hotel oder am Flughafen erworben werden, nicht aber im Zug. Natürlich konnte Jeremy für teures Geld auch vom Hotel aus telefonieren, musste sich dann aber, wie bei allen Telefonaten im Land, bewusst sein, dass der Geheimdienst mithörte.

Der neuste Stand war also, dass Cathy noch immer nicht aufgetaucht war. Allerdings hatte sie Clemens eine SMS geschickt und versichert, dass es ihr gutgehe. Auf Clemens' wiederholte Nachfrage waren ähnlich unverbindliche Antworten zurückgekommen und all seine Bemühungen um ein Telefongespräch waren vergeblich gewesen, was in Clemens den Verdacht geweckt hatte, dass diese Botschaften gar nicht von Cathy, sondern eben nur von ihrem Handy stammten. War sie womöglich gar von jenen Brainweb-Typen gekidnappt worden?

Obwohl ihm Cai Feng telefonisch dringend davon abgeraten hatte, so der letzte Stand, hatte sich Clemens entschlossen, noch heute nach Sejong zu fahren und das Unternehmen Brainweb unter die Lupe zu nehmen. Für Jeremy waren das keine guten Nachrichten.

Er schob den Teller von sich. Das Essen war – vom rohen Rindfleisch einmal abgesehen – nicht besonders gewesen. Dafür war das Taedonggang-Bier eine Überraschung: recht kräftig, leicht süß und zugleich gut gehopft. Vielleicht ließ sich der erste Eindruck noch ein wenig vertiefen. Er stand auf. Ja, definitiv: Er hatte heute Abend noch Vertiefungen nötig. Hatte er nicht gelesen, dass es im Untergeschoss, neben einem Spielkasino und einer Diskothek, auch eine Bar gab?

Kaesong

Cathy war seltsam weich und beschwingt zumute. Hatten die ihnen etwas in den Tee gegeben, der Kim und ihr zum Abendessen serviert worden war? Egal – es war gut. Und sie war froh, dass man sie zu ihm gelassen hatte. Dieser Raymond Moon hatte eben doch ein Herz. Und jetzt wollte sie sich nie wieder von Kim trennen lassen.

Auch Kim wirkte anders als zuvor, am frühen Abend. Heiterer, zugänglicher, redseliger. Nun: nicht mehr ganz so wortkarg. Sie gab sich Mühe, ihm Fragen zu stellen, die nicht mit „Ja" oder „Nein" zu beantworten waren. Dann folgte in der Regel auch ein vollständiger Hauptsatz. Meist sprach ohnehin Cathy. Sie erzählte von sich. So, wie sie es sich immer erträumt hatte: Da saß sie nun an seiner Seite und berichtete von ihrem traurigen Leben in England. Das aber nun, so versicherte sie ihm, endgültig vorbei sei. Und sie erzählte ihm von *ihm*. Von ihnen beiden. Wie es gewesen war und wie es werden könnte. „Weißt du, Kim, wenn ich mir etwas in den Kopf gesetzt habe, dann lasse ich so schnell nicht wieder los, verstehst du? Und nun hab ich mir einen gewissen Kim Park in den Kopf gesetzt. Was hältst du davon?"

„In den Kopf gesetzt?" Er blickte sie fragend an, rieb sich die Schläfen. Plötzlich schien sein Blick wieder ganz leer zu werden. Wie ohne Sehkraft.

„Das sagt man eben so. Aber eigentlich – komische Redewendung nicht? Ich meine, bildlich vorgestellt … Ich habe dich in meinen Kopf gesetzt … Als wäre da ein kleines Männchen irgendwo in meinen Gehirnwindungen; in einem verborgenen Kämmerchen ein kleines süßes Kimmchen … Und was hast *du* in deinen Kopf gesetzt?"

Er rieb sich weiter die Schläfen, als sei darunter eine Antwort verborgen, die er herausreiben wollte. Dann stellte er seine Bemühungen ein. „In meinem Kopf? Du willst wissen, was in meinem Kopf ist?"

„Nun, ja natürlich …" Cathy zögerte und hatte plötzlich Angst, er könne anfangen, von jenem obszönen Bild zu erzählen, das ihr Raymond Moon gezeigt hatte. Auch wenn es natürlich schmeichelhaft war, dass Kims allerstärkste Gedanken nach wie vor ihr galten. Wenn auch vielleicht nicht … so. Außerdem hatte er sie, die reale Cathy, jetzt direkt vor sich, da war kein Bedarf, sie sich *anders* vorzustellen. „Ich meine … jeder hat doch irgendwas in seinem Kopf, nicht?", begann sie rasch. „Soll ich dir mal erzählen, was ich im Kopf habe? Da habe ich Sonnenuntergänge. Auf einer Südseeinsel, unter Palmen, der Sand weiß und rein wie Puderzucker. Und die Sonne ein roter Ball, der über den Wellen tanzt, aber nein, das Meer ist ganz still, der Himmel spiegelt sich im Wasser, und die untergehende Sonne legt eine glühende Straße übers Wasser, und wir tanzen über diese Straße zum Horizont hinaus." Cathy sann einen Moment ihrer Vision nach, und kurz wurde ihr schwindelig von ihrem wirbelnden Tanz übers Wasser. Wo war sie? Hier bei Kim. Der, immerhin, war keine Vision. „Weißt du, ich meine das so: Welche Fantasien hast du in deinem Kopf, welche Wünsche, Visionen, Träume? Erzähl du auch mal!" Nein, er würde schon nicht von dem Bild erzählen – er war ein Gentleman.

„Was ich in meinem Kopf sehe? Träume? Visionen?" Er strich sich über die wächsern bleiche Stirn. „Nun ja, ich sehe Zimmer." – „Zimmer?" – „Zimmer. Ein Labyrinth von Gängen." Seine Stimme war tonlos, fast mechanisch. „Man geht immer tiefer hinein, und jedes Mal, wenn man wieder an einer Stelle ankommt, an der man vorher schon war, ist man eine Ebene tiefer in das Labyrinth eingedrungen. Das geht immer so weiter. Und ich weiß, ganz da drinnen, im innersten Kreis, da ist eine Tür, hinter der sich etwas verbirgt, was … Nun ja, nicht, dass ich Angst hätte … Aber ich weiß, dass ich diese Tür niemals aufmachen darf. Auch wenn es dort klopft, pocht und hämmert. Immer wieder klopft und hämmert es dort." Er griff sich mit beiden Händen an die Schläfen und rieb heftig. „Es hämmert!"

„Kim, das sind doch nur Kopfschmerzen." Sie legte ihm die Hand auf die Stirn. Sie war kalt und glänzte nass. Er konnte eine warme Hand gebrauchen. „Ist es jetzt besser?"

„Es ist … es ist … wärmer."

Sie hätte in ihn hineinbeißen können. Er redete weiter, stockend, von Gängen, Treppen, verschlossenen Türen, wurde allmählich leiser, verstummte. Und sie lauschte hingerissen, und jedes seiner Worte erschien ihr von einem abgründigen Tiefsinn, den sie aber nicht verstand, zumindest nicht jetzt, nicht heute. Die haben uns definitiv was in den Tee getan … Sie kauerte sich eng an ihn, keine direkte Reaktion, aber er entzog sich ihr auch nicht, und so sanken sie irgendwann dahin, lagen eng aneinandergeschmiegt, ihr Bauch an seinem Rücken, schienen wie eins, einfach indem sie nur so aneinandergeschmiegt dalagen und nichts weiter taten. Nein, es war auch nicht mehr nötig. „Liebe ist halt doch einfach Chemie", dachte Cathy seufzend, „Chemie und Biologie, dagegen können wir nicht an, das ist wissenschaftlich erwiesen. Bei Jeremy ist es immer nur der Verstand gewesen, nicht der Körper, und so hat es eben nie etwas Echtes werden können." Aber mit Kim war es anders, war es immer schon gewesen.

Sie wartet noch ein wenig, lauscht seinem Atem, und als sich von seiner Seite nichts weiter tut, beginnt sie zaghaft, dann entschlossener, an seinem Ohr zu knabbern, saugt sich fest wie an einer Mutterbrust, kuschelt sich an ihn, heftiger, reibt ihre Hüften an ihm, streicht mit den Händen über die Schenkel, über den Bauch, über die unter ihrer Hand straff gespannte Hose. Er liebt mich also doch, was will ich mehr, heute Abend, vielleicht hat er recht, wenn wir nur so hier liegen und uns gefunden haben, braucht es gar nicht mehr, jedenfalls nicht heute Nacht, und es beweist ja auch … es beweist, dass wir … Ihre Gedanken verwirrten sich und so schmiegte sie sich noch etwas inniger an, und, merkwürdig genug, war bald, wie er, darüber eingeschlafen.

*

„Und, was sagt der Fachmann?" – „Ich glaube, wir können unseren kleinen Versuch durchaus als Erfolg verbuchen. Dass er unter Drogeneinfluss aufgeschlossener und, wenn man so will, ‚menschlicher' wird, war zu erwarten. Aber trotz dieser enormen Belastungen ist er unterm Strich letztlich stabil geblieben." – „Er hat versucht, ihr sein Herz zu öffnen!" – „Nun ja, wohl doch eher sein Hirn. Entscheidend aber ist, was er dort vorgefunden hat: verschlossene Türen, Labyrinthe, aus denen kein Weg heraus und keiner hinein führt. Beschreibt eigentlich ganz gut, was wir operativ mit ihm gemacht haben. Etwas Wesentliches kann er auf diese Weise jedenfalls nicht von sich preisgeben." – „Aber du hast gesagt, er empfinde keine emotionale Bindung mehr an sie. Ich meine, deutlich erkannt zu haben, dass da gewisse körperliche Symptome …" – „Eine Riesenlatte, klar. Habe ich auch gesehen. Ja, was glaubst du denn? Soll ich ihm etwa den Hypothalamus rausoperieren, wo der Sexualtrieb sitzt? Wer würde denn keine Erektion bekommen, wenn sich eine attraktive Frau an ihm reibt? Natürlich ist er biologisch immer noch ein entsprechend reagierender Mann. Aber ich würde das nicht gerade testosterongesteuert nennen. Das Entscheidende ist doch, was er daraus macht: Er hat keinerlei Initiative ergriffen. Da liegt er mit seiner Erektion neben einer Frau, die offensichtlich unsterblich in ihn verliebt ist und nur darauf wartet, dass er ihr die Kleider vom Leib reißt, und was macht er: nichts. Ihm fehlt der entscheidende Impuls: genauso, wie ich es wollte." – „Armer Kerl eigentlich." – „Jetzt werd mal nicht sentimental, Cousin. Sex ist ja schön und gut; aber was ist er im Vergleich zu der Erfüllung, die uns unsere große Vision zu geben verspricht!"

Pjöngjang
Mir fiel schon auf, wie blühend gesund die Leute aussehen. Die Alten freilich haben gekrümmte Rücken und sehen verhärmt aus: die Generation, die zwei Kriege und Hunger und den harten Wiederaufbau erlebte und in der Jugend keine medizinische Betreuung hatte, als die Japaner das Land besetzt hielten. Aber die Jüngeren, besonders die Kinder platzen vor Gesundheit und Lebenslust. Natürlich: Sport und Tanz von Kindheit auf, keine Drogen, kein Alkohol, gesunde unvergiftete Nahrung, keine Medikamente während der Schwangerschaft, unablässige medizinische Überwachung, und ein freundliches Zusammenleben, das schafft innere Harmonie, die sich als körperlich-seelische Gesundheit zeigt. Nur: man raucht unmäßig viel.

„Entschuldigen Sie, könnte ich ein Glas Wasser haben?" Jeremy saß beim Frühstück im Restaurant Nummer eins und hatte soeben beschlossen, nun doch eine Aspirin zu nehmen. Vielleicht hätte er das mit dem Barbesuch gestern lieber sein lassen sollen. Aber wer hätte schon gedacht, dass sich für den Touristen selbst hier in Pjöngjang eine vernünftige Single-Malt-Auswahl zu einigermaßen zivilen Preisen auftreiben lassen würde? Er sah auf die Uhr: 8.30. In einer halben Stunde würden ihn seine Reisebegleiter abholen. Noch etwas Zeit. Er nippte an seiner Tasse – eine dünne Brühe, die den Namen Kaffee nicht verdiente – und wandte sich wieder seiner Lektüre zu.

Wir sehen schließlich vor uns ein zweistöckiges Haus inmitten von Wiesen und Feldern. … Es sieht aus wie eine Jugendherberge. Meine westlichen Vorstellungen von Gefängnis wollen nicht dazu stimmen. Keine Mauer, keine Wachttürme, kein Stacheldraht, kein Gitter vor den Fenstern. Auf der Auffahrtsstraße arbeiten Frauen, sie schaufeln den Reis zum Trocknen von einer Stelle zur andern. Keine schwere Arbeit. Sie tragen Nummern auf ihren Jacken. Sträflinge also. … Die gesetzliche längste Strafdauer ist ein Jahr, aber jeder Häftling hat es selbst in der Hand, wann er entlassen wird. … Isolationshaft gibt es nicht, Folter ist ausgeschlossen, körperliche sowieso, aber auch seelische. Es gibt keine Besuchssperre, keine Briefzensur, keine Schläge, kein Anschreien, keine Demütigungen. … Und da redet man in der Westpresse von einer finsteren Diktatur in Nordkorea?

Hier ist man sehr darauf bedacht, daß die Häftlinge nicht desintegriert werden; darum ist die Haftzeit kurz und human und ohne negative Folgen, und darum wird das Briefschreiben gefördert, ist die Post nicht zensiert und sind Besuche nicht überwacht. Der Gefangene bleibt Glied der Gesellschaft und muß möglichst rasch wieder ins normale Arbeitsleben eingegliedert werden. … So also sieht ein nordkoreanisches Gefängnis aus. Warum kann ein deutsches, hüben und drüben, oder sonst eines auf unsrer Erde nicht ebenso aussehen? Warum: weil in keinem andern Land das Gesetz der Milde herrscht, das nicht Strafe will, sondern Erziehung. Darum. … Und schließlich: weil wir keinen Kim Il Sung haben als vorbildliche Vaterfigur.

Jeremy hatte sich das *Nordkoreanische Reisetagebuch* der deutschen Schriftstellerin Luise Rinser aus den achtziger Jahren in einem Antiquariat in Berlin gekauft und sich später entschlossen, das Bändchen als Reiselektüre mitzunehmen. Nicht, weil er sich daraus echte Aufschlüsse über das Land versprochen hätte, sondern eher weil er gehört hatte, dass kritische Lektüre bis hin zu Reiseführern oftmals an der Grenze beschlagnahmt wurde – so etwas könnte ihm mit dem Elaborat der Ehrendoktorin der Universität Pjöngjang und Kim-Il-Sung-Freundin Rinser kaum passieren. Rinser war in ihren jungen Jahren eine glühende Verehrerin Hitlers gewesen und hatte sich später entsetzt von ihm abwenden müssen. Einer solchen schmerzhaften Erfahrung hatte sie sich offenbar nicht noch einmal aussetzen wollen.

Kein anderes Land, zumindest der Dritten Welt, hat so viele positive Züge wie Nordkorea: keine Arbeitslosen, keine Wohnungsnot, keine Mafia, keine Korruption, keine Art von Armut, keine Drogensucht, keine nennenswerte Kriminalität, keinen Alkoholismus, kein Einsamkeits-Syndrom, keine Chaotik, keine Zerstörung ethischer und humaner Werte. Dies wenigstens muß anerkannt werden, und es ist sehr viel; wir wären froh, wenn es im Westen so wäre. Könnte man eine Einbuße an individueller Freiheit dafür nicht in Kauf nehmen?

Zumindest in einem Punkt waren die Reiseerinnerungen der 2002 verstorbenen Romanautorin, Bundespräsidentenkandidatin und „unbestechlichen Streiterin für eine gerechte Welt" immerhin höchst aufschlussreich: Sie boten eine Art Lehrbuch über die große Kunst des nordkoreanischen Regimes, dem ausländischen Besucher nicht nur potemkinsche Dörfer zu präsentieren, sondern darüber hinaus die Fassade einer ganzen potemkinschen Gesellschaft, die in einer Art Paradies zu leben scheint. An dieser ausgeklügelten Vorspiegelungskunst hatte sich, wie Jeremy sich immer wieder einschärfte, noch immer nichts geändert, nur dass heute wohl kaum jemand mehr mit einer derartigen Entschlossenheit förmlich darum betteln würde, sich in seiner sehnsüchtigen Suche nach dem verwirklichten Kommunismus mit menschlichem Antlitz hinters Licht führen zu lassen.

Schon verrückt, dachte Jeremy, was sich Menschen alles vormachen und sich vormachen lassen, nur weil sie um jeden Preis an etwas glauben wollen.

Abgesehen davon, daß Tyrannis und Weisheit ein Widerspruch in sich selbst ist ..., kann man Kim Il Sung nicht einen Tyrannen nennen.

Er ist aber weise im Sinne des Konfuzius: „Der Meister ist milde, einfach, ehrerbietig, mäßig und nachgiebig." Das Wort MILDE *kann im Westen Skepsis und Ironie wecken. Man erinnert sich an die Verfolgung der Christen im Koreakrieg ..., man erinnert sich einiger Hinrichtungen Oppositioneller und einiger Konzentrationslager. Man vergißt dabei nur, daß die Zeit der Gewalt längst vorbei ist. Das letzte Lager wurde vor zwanzig Jahren aufgelöst. ... Ich habe keine Lager mehr in meinem Land, sagt Kim Il Sung. Ich hatte Lager. Ich habe auch töten müssen. Der Aufbau des Landes forderte Opfer. Das ist vorbei. Das Land ist konsolidiert und verkraftet Oppositionelle. Im übrigen haben Sie letztes Jahr ein Haus gesehen, in dem Leute umerzogen werden, die auf die eine oder andere Art der Revolution schaden.*

Nein, ich habe nur ein normales Gefängnis gesehen, kein Lager.

Aber wir haben nichts anderes! ... Ich bekämpfe den Revisionismus, nicht aber Menschen, die ihn vortragen. Die versuche ich zu überzeugen davon, daß sie irren.

Eine junge Frau in Uniform knallte Jeremy eine Halbliterflasche Wasser hin. Am besten gleich zwei Tabletten auf einmal. Und kräftig nachspülen. Jeremy schlug das Buch zu. Der Tag konnte beginnen.

Kaesong

„Vielleicht noch etwas Kaffee? Milch, Zucker?" – „Etwas Wasser, nur Wasser, bitte." – „Darf ich dir noch einen Toast schmieren? Die Aprikosenmarmelade ist sehr gut." Cathy war unendlich dankbar, dass man sie mit Kim frühstücken ließ. An gestern Abend konnte sie sich nur undeutlich erinnern. Aber was immer vorgefallen war, es war wohl nicht so, dass sie sich dessen schämen müsste. Kim jedenfalls war genauso höflich und reserviert wie immer. Und wenn ich ihm die Kleider vom Leib gerissen hätte – er hätte es verdient! Aber Cathy war sich zumindest darin sicher: Das hatte sie nicht. Schade eigentlich. In allem Übrigen jedoch fehlte ihr die Gewissheit. Diese Brainweb-Typen hatten ihnen wohl tatsächlich etwas in den Tee getan. Aber warum? Am frühen Morgen war Cathy mit dröhnendem Schädel in ihrer kleinen Zelle aufgewacht und hatte sich die Erinnerungen an den Vorabend mühsam zusammenklauben müssen. Fest stand nur: Sie war unendlich in Kim verliebt. Mehr als je zuvor.

Und Kim war auch in *sie* verliebt. Das wusste – fühlte – sie. Warum er sich dennoch aufführte wie ein Mönch, war ihr allerdings ein Rätsel. Hatte er ein Gelübde abgelegt oder so etwas? Damals, wenige Tage vor seiner Verwundung, die ihm fast Leben und Verstand gekostet hätte, war er doch so heißblütig gewesen, ein glühend tosender Sturm, dem sich nichts entgegenstellen konnte, und Cathy schon gar nicht. Auch wenn sie es versucht hatte: Damals war *sie* es gewesen, die sich geziert hatte. Dass er sich jetzt, wo sie auf jede leiseste Regung des Entgegenkommens sehnsüchtig wartete, so unbeteiligt und mönchisch gab, weckte in ihr eine rasende Leidenschaft. Wenn das so weiterging, würde sie vor Verlangen noch verrückt werden! War das etwa Taktik, legte er es bewusst darauf an, um sie, in mehrfacher Hinsicht, zu reizen? Warum wohl gibt es so viele Romane, in denen Nonnen und Mönche verführt werden? Weil sie damit die unwiderstehliche Macht des Eros dokumentieren, die mit jedem Widerstand nur ins Unermessliche weiterwächst, bis aller Widerstand unter ihrer Gewalt zerbricht. Und wenn der Mönch oder die Nonne dahinschmilzt, jubiliert alle Welt. Du Schlimmer, du, Kim, Schlingel! Sie lächelte ihn sinnlich, wissend an.

„Danke, geht schon. Die Marmelade, bitte." Sein Gesicht blieb ausdruckslos. Sie hätte ihn mit Haut und Haar verschlingen können! Schlingel! Sie sah zu, wie er mit bedächtigen Bewegungen die Margarine auf dem Toast verteilte. Das war alles noch etwas langsam, aber sehr konzentriert. Im Vergleich zum Vortag wirkte er bereits wesentlich kräftiger und selbstständiger. Kims Genesung machte rasende Fortschritte. Bald würde er wieder die gnadenlose Kampfmaschine von einst sein. Cathy unternahm noch einige Versuche, ihn zu etwas Smalltalk zu animieren, doch er blieb ernst und wortkarg wie stets. Also verlegte sie sich darauf, ihn einfach selig lächelnd anzusehen. Ein *echter* Mann. Nicht so ein unsensibler Trampel wie Jeremy!

Plötzlich fuhr Kim zusammen, verharrte kurz, nachdenklich, neigte, wie lauschend, den Kopf. Dann stand er auf, ging um den Tisch herum, blieb vor Cathy stehen und beugte sich zu ihr herab.

„Du bist schön", sagte er mit undeutbarem Gesichtsausdruck. – „W… wie bitte?" Ihr Herz drohte zu zerspringen. Er legte die Arme um sie und küsste sie auf den Mund. Dann setzte er sich wieder und fuhr seelenruhig fort, Aprikosenmarmelade auf seinen Toast zu schmieren.

Cathy war völlig überwältigt.

*

Raymond Moon zog einen Vorhang vor das einseitig durchsichtige Wandfenster. „Nun? Kommentare? Keine schlechte Leistung, nicht?"

Der korpulente Mann mit der ordenbesetzten Uniform und den drei Sternen auf der Schulterklappe wirkte beeindruckt. „Ich muss sagen: eine beachtliche Darbietung, durchaus! Sitzt da wie ein Roboter, ein seelenloser Automat. Dann, von einem Moment auf den anderen, unendlich verliebt. Na ja, auch kein Wunder bei dem hübschen Ding. Aber – peng!: Plötzlich wieder abweisend kalt. Und nicht der geringste Übergang zwischen den verschiedenen Phasen erkennbar."

Raymond Moon nickte, stolz lächelnd. „Natürlich. Und wissen Sie was? Er hätte sie auch erschießen können. Mit der gleichen perfekten Präzision. Ich dachte nur, ein Kuss wäre vielleicht romantischer. Wenn auch die Erschießung eher … ähm, *näher am Thema* gewesen wäre."

„Nein, das mit dem Kuss geht schon in Ordnung. Gerade bei dem appetitlichen Ding. Man neigt ja selbst bisweilen zu ein wenig Sentimentalität. Und ich habe in letzter Zeit wahrlich Erschießungen genug gehabt. Ja: Wirklich eindrucksvoll – gesetzt jedenfalls, es handelt sich bei der ganzen Schau um keine eindressierte Zirkusnummer."

Raymond Moon schnaubte. „Lieber Generaloberst Choe Ryang Kee: Ich glaube, eindressierte Zirkusnummern haben Sie hier in Ihrem eindressierten Zirkusstaat genug. Wir bei Brainweb machen Schluss mit den Clowns. Alles, was Sie bei uns sehen, ist ernst und echt. Und seien Sie versichert: Wir haben Ihnen erst einen kleinen Teil der Fähigkeiten unseres Objekts vorgeführt. Nicht nur, was wir aus ihm gemacht haben, sondern auch, was PSI an Fähigkeiten mitgebracht hat, ist höchstes Niveau. Er war U-Boot-Kommandant bei der südkoreanischen Marine, ist ein Meisterschütze, hat jahrzehntelang Taekwondo trainiert und ist Träger des zehnten Dan, des Meistergürtels. Er ist zwar noch nicht wieder ganz in Topform, aber dennoch eine Kampfmaschine, die nicht ihresgleichen hat. Von wegen Zirkusnummer! Ein Killer ist er! Der tötet zwei Männer mit einem einzigen Fausthieb."

„Wissen Sie was? Ich glaube Ihnen sogar. Und darum sollten wir jetzt möglichst rasch miteinander ins Geschäft kommen!"

„Dafür sind wir hier", mischte sich Mun Dae Jong ins Gespräch.

Pjöngjang

9.05 Uhr. Die beiden Reisebegleiter warteten bereits ungeduldig, Zigaretten in den Mündern. Einen Anruf noch. Doch auch hier nur entnervendes Tüten. Lag es am nordkoreanischen Telefonnetz ins Ausland oder war wirklich niemand zu erreichen? Weder Cai Feng noch Clemens Alt noch Cathy noch Mie waren an ihre Apparate gegangen. Erneut fühlte sich Jeremy wie der letzte Mensch auf Erden. Daran konnte auch die Rezeptionistin nichts ändern, die jetzt fürs Telefonieren einen zweistelligen Eurobetrag verlangte – wieso, wo er doch niemanden erreicht hatte? Es wurde auch nicht besser, als er sie nach einer internationalen SIM-Karte für sein Handy fragte. Die seien ausverkauft, erfuhr er.

Mit befriedigtem Gesichtsausdruck nahmen ihn seine zwei Guides in Empfang. Jeremy kannte sie von gestern, als sie ihn am Bahnhof abgeholt hatten. Zwei für einen war zwar reichlich übertrieben, aber er wusste, dass nordkoreanische Reisebegleiter stets paarweise auftreten, um nicht nur den ausländischen Besucher, sondern auch sich gegenseitig überwachen zu können. Damit keiner vom Virus des Imperialismus angesteckt wird. Herr Wang und Herr Yang, zwei junge Männer von mittlerer Größe, beide sehr schlank und in engen grauen Kleidern, waren auch in ihren dunkelbraunen Gesichtern einander so ähnlich, dass Jeremy bald den Versuch aufgegeben hatte, sie auseinanderzuhalten. Die beiden austauschbaren Gestalten (der einzige Farbtupfer in ihrem Erscheinungsbild war das für alle Nordkoreaner obligatorische rote Abzeichen mit dem Bildnis der beiden verstorbenen Diktatoren auf ihren grauen Kitteln) waren leider auch nicht in der Lage, ihm den Eindruck zu nehmen, der letzte Mensch auf Erden zu sein. Unablässig rauchten sie ihre *Kohyang*-Zigaretten – was so viel wie „Heimat" heißt. Ein wenig aufzutauen schienen sie nur, wenn man ihnen internationale Marken anbot. Leider hatte Jeremy schon am Vortag ausgiebig davon Gebrauch gemacht und an diesem Katermorgen versäumt, sich im Hotel mit neuen Lucky Strikes einzudecken.

„Heute wir machen eine Rundfahrt durch das schöne Pjöngjang."

Jeremy fragte, ob das nicht noch bis morgen warten könne, schließlich erwarte er noch seinen Kollegen, der erst heute eintreffe, und da es, wie er wisse, nun mal üblich sei, allen Besuchern bestimmte *Höhepunkte* der Stadt vorzuführen, könnten sie sich durch die Verschiebung auf morgen ein doppeltes Absolvieren des Pflichtprogramms sparen. Stattdessen würde er heute lieber das Ryugyong-Hotel besuchen, zu dem er *geschäftliche* Beziehungen unterhalte. Wang und Yang hörten höflich lächelnd zu, und während Jeremy ihnen noch gestikulierend seinen Standpunkt näherzubringen suchte, hatten sie ihn schon in den bereitstehenden Wagen geschoben und sich über die Taedong-Brücke in Richtung Stadtzentrum auf den Weg gemacht.

Das Bild auf den Straßen war ein ähnliches wie am Vorabend. Scharen von Menschen, die in fast militärischer Ordnung in beide Richtungen auf den breiten Gehsteigen dahinströmten, eher wenig motorisierter Verkehr, alles sehr aufgeräumt und sauber, keine Bettler, kein Müll, keine Hunde auf den Straßen. Jeremy erinnerte sich, gelesen zu haben, dass die Partei auch dafür sorgte, dass auf den Straßen der Hauptstadt ihres Musterstaates niemals Krüppel und Behinderte zu sehen waren. Die imposante Kulisse der Hochhausbauten an den Boulevards hatte heute, in der strahlenden Februarsonne, allerdings im wahrsten Sinne des Wortes Risse bekommen: Die meisten Häuser waren unverputzt, von anderen bröckelte der Kalk, in manchen Fenstern waren die Rahmen brüchig, in anderen fehlten die Scheiben. Insgesamt aber wirkte Pjöngjang weniger trist und gruselig, als Jeremy es sich vorgestellt hatte. Doch das war nur die Oberfläche, die alle dunklen Abgründe darunter sorgsam zu verbergen wusste.

Als Jeremy um die Mittagszeit zum Hotel zurückkehrte, hatte er den Triumphbogen, den zentralen Kim-Il-Sung-Platz und das Große Monument am Mansu-Hügel besichtigt. Immerhin war ihm das Mausoleum mit den einbalsamierten Leichnamen von Kim Il Sung und Kim Jong Il erspart geblieben. Umso eindringlicher in Erinnerung geblieben waren ihm allerdings die Momente vor dem Großen Monument mit den Bronzeskulpturen der beiden Diktatoren vor dem Hintergrund eines ausladenden Mosaiks mit dem Panorama des heiligen Berges Paektu, von dem ihm Mie so viel erzählt hatte. Vor den Zwanzig-Meter-Skulpturen – der Sohn hatte sich erst 2012 zum Vater hinzugesellt, dessen Statue von 1972 zugleich durch eine zeitgemäße, nun gütig lächelnde Version ersetzt wurde – war sich Jeremy in der Tat klein und unbedeutend vorgekommen. Wang und Yang hatten sich tief vor den Skulpturen verbeugt und Jeremy dann starr angeblickt. Was wollten die? Ach so. Verneigen oder nicht? *When in Rome, do as the Romans do.* Aber galt das auch für Pjöngjang? Und was wurde dadurch alles sozusagen abgenickt? Jeremy entschied sich für eine nur angedeutete Verneigung. Wang und Yang warfen sich zweifelnde Blicke zu. Entschieden dann mit einem gleichzeitigen Nicken, dass dem Protokoll damit Genüge getan sei, und wandten sich zum Gehen.

Auf der Rückfahrt verlangte Jeremy erneut, zum Ryugyong-Hotel gebracht zu werden. Wang und Yang versuchten ihn stattdessen in ein allgemeines Gespräch über die architektonischen Meisterleistungen der Kims beim Wiederaufbau der von den Yankee-Imperialisten zerstörten Stadt zu verstricken. Als er nicht lockerließ, versprachen sie immerhin, sich um die Angelegenheit zu kümmern, und vertrösteten ihn auf morgen. Jeremy musste sich so lange damit zufriedengeben, dass die beiden nun also zumindest die Existenz des Ryugyong zugegeben hatten. Wenn es auch noch keinen Weg dorthin gab – immerhin *gab* es doch, was da weithin sichtbar die Stadt überragte.

Ins Hotel zurückgekehrt, war Jeremy erleichtert, zumindest für eine Stunde der Gesellschaft seiner zwei Bewacher entronnen zu sein. Nach allem, was er wusste, musste auch J. D. inzwischen eingetroffen sein. Gut gelaunt fragte er die uniformierte Dame an der Rezeption nach J. D.s Zimmernummer. Die wühlte lange in ihren Papieren und ließ ihn dann wissen, dass es im Hotel niemanden dieses Namens gebe. Jeremy war irritiert. Aber doch wohl zumindest eine Reservierung? Nein, beschied sie ihm. Es kostete Jeremy einige Überredungskraft, sie dazu zu bewegen, am Flughafen nachzufragen. Die Dame wirkte plötzlich lustlos, und ihr war anzumerken, dass sie fand, für Jeremy genug getan zu haben. Nein, erklärte sie schließlich brüsk, in der Maschine aus Peking sei niemand dieses Namens gewesen, und er befinde sich auch nicht auf der Passagierliste. Und wenn dieser Mensch, wie Jeremy angebe, wirklich Bürger von *Nam-Choson*, Südkorea, sei, habe er in Pjöngjang ohnehin nichts verloren; solchen Leuten werde generell kein Visum erteilt, da müssten sie eben bis zur Wiedervereinigung warten.

Wie betäubt trat Jeremy in die metallisch glänzende Lobby hinaus und blieb einen Moment vor dem großen Aquarium mitten im Raum stehen, in dem eine Wasserschildkröte mit überlangem Hals ihren Kopf permanent an die Glasscheibe stieß. Was ging hier vor? Es war, als würde sich langsam eine Schlinge um ihn zuziehen.

Kaesong

„Bevor ich sogleich den Überblick über die jetzigen und künftigen Möglichkeiten unserer Firma abschließe, lassen Sie mich die Leitlinien im Blick auf *unser gemeinsames Großprojekt* noch einmal zusammenfassen", dozierte Raymond Moon in gewohnt professoralem Ton und registrierte den halb erleichterten, halb skeptischen Blick seines Cousins, der, wie er wusste, so schnell wie möglich zum geschäftlichen Teil übergehen wollte. Aber da würde er sich noch ein wenig gedulden müssen: Raymond Moon war sehr daran gelegen, dem Gast aus dem rückständigen Norden die überragenden Fortschritte von Brainweb möglichst umfassend unter Beweis zu stellen.

„Wichtig war, wie gesagt, dass wir bei Brainweb erkannt haben, dass sich das Pferd der Gehirn-Computer-Schnittstelle auch von der anderen Seite aufzäumen lässt. Neuroprothesen als Hilfsmittel, um Gelähmten die Steuerung von Computern und Maschinen zu erlauben, sind ja schön und gut; wirklich interessant wird es jedoch erst, wenn wir diese Technik zum Machtmittel *über* Menschen machen: Mit unseren invasiven Brain-Computer-Interfaces kann Information nicht nur aus dem Hirn herausgeholt, sondern auf dem gleichen Weg auch von außen eingespeist werden, und unsere Sensoren, die die Hirnsignale aufzeichnen, können auch dazu genutzt werden, Signale *an* das Gehirn zu senden. Da jede Willensbildung letztlich nichts anderes ist als eine messbare elektrische Spannungsschwankung in der Hirnrinde, mussten wir nur Methoden entwickeln, um den Prozess kurzerhand umzukehren: Wir verändern die elektrische Spannung in der Hirnrinde und erzeugen Willensbildungsprozesse. Wir liefern selbst die Hirneffekte, die unweigerlich die entsprechenden Gedanken hervorrufen. Die feine Grenzlinie zwischen dem sogenannten freien Willen und der technologischen Fernsteuerung ist fließend und daher veränderbar. Genau hier setzen wir an. Bei Bedarf können wir die körpereigene Steuerung unseres Versuchsobjekts jederzeit durch Befehle von außen überschreiben – wie soeben demonstriert. Wenn Sie so wollen, eine Art *Master/Slave*-Steuerungssystem. *Slave*-Selbststeuerung und *Master*-Steuerung von außen auseinanderzuhalten ist dabei für das Objekt selbst nahezu unmöglich. Und durch unsere neusten Entwicklungen sind wir auch nicht mehr auf die Verwendung von Kabeln aus dem Gehirn und durch die Haut angewiesen. Wir machen das mittels eines eingepflanzten Senders drahtlos, selbst über größere Entfernungen hinweg."

„Und Sie können auch aus der Ferne sicherstellen, dass sich das Objekt jederzeit im Sinne seiner Programmierung verhält? Dass ein Befehl auch wirklich ausgeführt wird, selbst wenn unvorhergesehene Umstände auftreten?" Die Stimme des Generalobersts war erregt. „Dass die Programmierung nicht etwa durch Schock, durch Todesangst, die Begegnung mit einem geliebten Menschen oder auch durch Folter aufgehoben oder zumindest verändert wird?"

„Nun gut, Sie haben ja soeben unseren Prototyp erlebt. Sicher wird es in Zukunft noch Perfektionierungen unserer Technik geben, die wir fortwährend weiterentwickeln. Jedenfalls kann ich Ihnen versichern, dass unsere Technologie im Vergleich zu allem, was auf dem Gebiet der Kontrolle des Menschen bisher entwickelt wurde, einen wahren Quantensprung darstellt. Sie sind sicherlich selbst Fachmann genug, um das einzugestehen: Sie unterziehen Ihre Bevölkerung von Kindesbeinen an einer systematischen Gehirnwäsche, und nicht nur in Ihren Lagern bemühen Sie sich seit Jahrzehnten um nichts anderes, als eine möglichst vollständige Steuerung vorzunehmen. Mit äußerst unappetitlichen, primitiven und vergleichsweise ineffektiven Mitteln, wenn ich das so sagen darf. Wir erledigen nun alles über eine glatte Operation, die ein für allemal dafür sorgt, dass Sie nie mehr mit politischen Aufrührern, unzuverlässigen Subjekten, intriganten Quertreibern, wertlosen Faulenzern, religiösen Spinnern und ähnlichem gesellschaftlichen Ausschuss zu tun haben werden. Sicher, das wird Sie zunächst eine nicht unbeträchtliche Summe kosten" – Moon warf seinem Cousin einen Seitenblick zu –, „aber die Investitionen werden sich bald auszahlen. Sie brauchen keine Gefängnismauern mehr, keine Wärter, keine Henker und Folterknechte, keine Geheimpolizei, keine Propagandamaschinerie; kurzum: keinen aufgeblähten Überwachungsapparat, wie er Sie gegenwärtig Jahr für Jahr Milliarden kostet."

Der Generaloberst nickte heftig. Plötzlich wirkte er eher wie ein Student, der die Gelegenheit hat, vor seinem bewunderten Professor das eigene Wissen zu präsentieren, denn wie der um einen Geschäftsabschluss feilschende Repräsentant einer feindlichen Macht. „Ich habe mich im Auftrag des Militärs unserer Demokratischen Volksrepublik schon lange mit der Thematik und den entsprechenden Forschungen in Amerika beschäftigt, die Sie offenbar sehr gut kennen. Besonders fasziniert hat mich José Delgado mit seiner Erfindung des ‚Stimoceivers' in den sechziger Jahren – das scheint mir geradezu eine Vorform Ihrer Entwicklungen gewesen zu sein."

„Ach ja, der gute alte ‚Stimoceiver'! Mittels einer ins Gehirn gepflanzten Elektrode konnte Delgado bei seinen Probanden auf Knopfdruck Gefühle wie Angst, Lust oder Aggression hervorrufen. Eine veraltete und noch reichlich primitive Geschichte. Aber im Prinzip haben Sie recht: In gewissem Sinn ist das ein Ansatz, den wir bei Brainweb perfektioniert haben. Über die bloßen Emotionen hinaus."

Die Augen des Generalobersts glühten vor Begeisterung. „Delgado hat sich etwa einem tobenden Stier entgegengestellt, der in wilder Wut auf ihn zustürmte. Im letzten Moment drückte er auf einen Knopf, aktivierte die Elektrode im Gehirn des Stiers und verwandelte ihn von einer Sekunde auf die andere in ein sanftmütiges Lämmchen."

„Ich weiß, das berühmte Experiment kann man sich heute auf YouTube ansehen – bei uns im Süden. Wenn Sie sich so gut auskennen, wissen Sie sicher auch, dass Delgado seine Forschungen im Rahmen des CIA-Projekts MKULTRA betrieben hat, dessen Ergebnisse im Geheimen weiterentwickelt wurden. Es gibt nicht viele Menschen außerhalb der engsten Kreise von US-Geheimdienst und -Militär, die über den aktuellen Stand dieser Forschungen informiert sind – einer von ihnen steht nun vor Ihnen. Delgado war ein Visionär, seiner Zeit weit voraus. Und wir sind mittlerweile Delgado weit voraus. So haben unsere US-Kollegen bereits eine Technologie entwickelt, um Ratten ferngesteuert durch komplexe Labyrinthe zu schicken. Ähnliche Projekte gibt es unter anderem auch mit Motten, Käfern, Dornhaien und Küchenschaben. Letztere, die mittels Smartphone-App fernsteuerbaren sogenannten *RoboRoaches*, kann man bei der Firma ‚Backyard Brains‘ für nur 99,99 Dollar sogar für zu Hause bestellen – den ‚weltweit ersten kommerziell erhältlichen Cyborg‘. All diese Forschungen wurden von der Militärbehörde DARPA, in deren Diensten meine Wenigkeit lange Jahre gearbeitet hat, mit Millionenbeträgen gefördert. Auch hier in Korea ist es unseren Forscherkollegen übrigens gelungen, die Bewegungen von Schmuckschildkröten fernzusteuern, während die Chinesen gute Erfolge mit Geckos und Tauben erzielt haben.

Aber verweilen wir doch kurz bei den Ratten, die sind nun mal am menschenähnlichsten: Besagten Ratten, den *Roborats*, werden zwei Mikroelektroden in den Nucleus ventralis posterior im Thalamus eingepflanzt, welche Berührungen an den Tasthaaren der Ratte simulieren, sowie eine weitere Elektrode in das Belohnungszentrum im medialen Vorderhirnbündel, die aktiviert wird, sobald die Ratte die durch die simulierte Tasthaarberührung eines vermeintlichen Hindernisses rechts oder links angeregte Bewegungsrichtung wählt. Außerdem trägt der Nager eine Art Rucksack, der einen Empfänger und einen elektrischen Stimulator enthält. Solche ferngesteuerten Ratten werden, mit Mikrokamera und GPS-Sender ausgestattet, bereits zum Aufstöbern von Landminen eingesetzt. Gegenwärtig arbeitet man an Techniken, die darüber hinaus die Gehirnsignale der Ratte direkt auszuwerten vermögen. Forschern in Harvard ist es zudem gelungen, eine nichtinvasive Computer-Hirn-Schnittstelle zwischen Mensch und Ratte einzurichten. Via EEG und Ultraschallsignal kann ein Mensch nun allein durch seine Gedankenkraft den Schwanz einer betäubten Ratte bewegen. Wir bei Brainweb sind, wie Sie wissen, mit den praktischen Anwendungen, nicht nur bei Ratten, allerdings längst einige Stufen weiter. Um zum Thema zu kommen: Technisch wäre es für uns kein Problem, Ihr gesamtes Volk in ferngesteuerte Roborats zu verwandeln und Belohnungs- und Bestrafungszentren entsprechend zu vernetzen. Wir sind nun endlich in der Lage zu verwirklichen, was der Visionär José Delgado in seinem Buch *Physical Control of the Mind* die

‚psychozivilisierte Gesellschaft' genannt hat. Es ist nur eine Frage der Kosten."

Ein fröhliches Funkeln trat in die Augen des dicken Generaloberts, dessen Wangen sich vor Begeisterung gerötet hatten. „Sie sehen mich sehr angetan. Aber zunächst noch einmal zu den näherliegenden Dingen: Was kostet uns – der da?" Er deutete zu dem Vorhang mit dem Fenster dahinter. „Er wäre uns zu Vorführungszwecken sehr wichtig."

„Unser Objekt PSI? Nun, das ist der Prototyp, der ist unverkäuflich. Aber was unsere menschlichen Roborats generell angeht … Für das Geschäftliche bist du zuständig, werter Cousin Dae Jong."

Dankbar ergriff der Angesprochene die Gelegenheit, das Gespräch von der wissenschaftlichen Ebene auf die geschäftliche zu lenken. „Tja, wie mein Cousin soeben dargelegt hat – die technischen Probleme sind praktisch gelöst, von unserer Seite steht einem Geschäftsabschluss nichts mehr im Weg. Wenn wir gut zusammenarbeiten und Sie uns bei den Produktionsbedingungen entgegenkommen, können wir bald in Serie gehen. Das drückt dann auch die Herstellungskosten. Sagen wir, Sie haben hunderttausend politisch unzuverlässige Elemente, die Sie in steuerbare staatstragende Subjekte, ich meine, *Ob*jekte, verwandeln wollen – eine Zahl, die der tatsächlichen Anfangsgrößenordnung recht nahe kommt, nicht wahr?" Der feiste Generaloberst nickte heftig. „Ich denke, sobald wir in großer Stückzahl hier bei Ihnen produzieren können, kommen wir bei den Kosten für Operation, Logistik und so weiter mit etwa zehntausend Dollar pro Stück hin, das wäre dann bei hunderttausend eine Milliarde – das ist wohl die Summe, mit der Sie rechnen müssen, zumindest am Anfang. Aber denken Sie daran, was Sie auf der anderen Seite dauerhaft und nachhaltig sparen! Wir wissen natürlich, dass Ihr Land momentan eher … klamm ist, die entsprechenden Rabatte sind in meinem Angebot dementsprechend schon eingepreist. Mit weiteren Nachlässen können Sie leider nicht rechnen, wir müssen schließlich kostendeckend produzieren. Eine halbe Milliarde im Voraus. Wäre das zu bewerkstelligen?"

Erneut nickte der Generaloberst, mit enthusiastischer Heftigkeit. „Sie bekommen Ihr Geld, dafür lege ich meine Hand ins Feuer."

„Sie haben so viel Geld?" Mun Dae Jong wirkte überrascht.

„Nicht ich. Nicht wir. Aber unsere *Kunden*. Wir werden dieses Geschäft der Einfachheit halber mit einem anderen kombinieren, verstehen Sie? Das ist auch für Sie besser. Schon weil es viel einfacher ist, wenn Sie das Geld nicht direkt von uns aus *Choson* erhalten, sondern über Drittstaaten. Schließlich sind, wie Sie selbst wissen, unserem Zahlungsverkehr spätestens nach den jüngsten Geschehnissen in der Schweiz gewisse Hürden in den Weg gelegt."

Mun Dae Jong blickte immer noch skeptisch. „Nun gut, letztlich ist es mir egal, woher wir unser Geld bekommen. *Wenn* es nur kommt."

„Dafür lege ich, wie gesagt, meine Hand ins Feuer. Pak Song Rim, mein Finanzexperte, der die Abwicklung der Sache übernehmen soll, wird sich mit Ihnen in Verbindung setzen. Keine Sorge: Unser Kunde verfügt über ein geschätztes Vermögen von mehreren Milliarden Dollar. Und er hat in seinem antiimperialistischen Kampf gegen den US-Satan und dessen Schergen etwas Bestimmtes, sehr … Spezielles dringend nötig, was momentan weltweit nur wir ihm geben können – wir, das Militär der Demokratischen Volksrepublik Korea."

Mun Dae Jong blickte ihn lang an. „Ich glaube, ich verstehe", sagte er schließlich. „Wie gesagt: Woher dieses Geld kommt und welche Geschäfte Sie dafür gemacht haben, ist allein Ihre Sache. Wir wollen gar nicht mehr darüber wissen. Wichtig ist nur, dass der Deal funktioniert und dass er diskret über die Bühne geht."

„Dafür lege ich, nochmal, meine Hand ins Feuer."

„Gut, die halbe Milliarde Anzahlung, und wir können in etwa einem Monat mit den Operationen beginnen."

„In einem Monat? Das ist zu spät. Ich mache Ihnen ein Angebot: *eine* Operation im Voraus. Dafür bekommen Sie zwanzig Millionen. Bar auf die Hand. Die Koffer stehen draußen im Wagen, wir machen keine Sprüche. Am Koreanischen Ostmeer sticht noch heute eines unserer Schiffe in See. Sobald das, was sich dort unter Deck befindet, seinen Besitzer gewechselt hat, kommt auch die halbe Milliarde und wir beginnen zügig die Serienproduktion. Aber zuerst die *eine* Operation. Und die darf um keinen Preis schiefgehen. Hören Sie? *Um keinen Preis!* Es handelt sich um eine hochgestellte Person. Diese Operation muss so bald wie möglich stattfinden. In meinem Spezialkrankenhaus bei Pjöngjang. Ich will bis heute Abend alles vorbereitet haben."

„Dürfen wir erfahren, um was für eine Person es sich handelt?"

„Nein, das dürfen Sie nicht." Ein verschwörerisches Lächeln.

Die beiden Cousins warfen einander ernste Blicke zu. Raymond Moon deutete ein Kopfschütteln an, das Mun Dae Jong aufnahm. „Tut mir leid." Er sah dem nordkoreanischen Militär starr ins Gesicht. „Angesichts der ohnehin heiklen Situation, in der unsere Firma zwischen Nord- und Südkorea *operiert*, können wir unmöglich blind einwilligen, irgendwelche ungenannten hochgestellten Persönlichkeiten unserer Spezialbehandlung zu unterziehen – wer weiß, welche Schwierigkeiten wir uns dadurch einhandeln. Was sind das auf einmal für Forderungen? In allen bisherigen Vereinbarungen war immer nur von Lagerinsassen die Rede – jedenfalls in der Einführungsphase. Außerdem ist die Frist viel zu kurz. Wir können auf keinen Fall noch heute die für eine erfolgreiche Operation nötigen Vorbereitungen treffen."

„Nicht? Das wäre schade. Leider muss ich darauf bestehen. Überlegen Sie sich mein Angebot gut – es könnte mein letztes sein." Noch ein finsterer Blick, doch urplötzlich legte sich Lächeln über die breiten Züge des Generalobersts und er klatschte in die Hände. „Aber das erst einmal beiseite. Nur keine Verstimmungen, meine Freunde! Jetzt darf ich Sie bitten, mir Ihr Objekt noch einmal vorzuführen. Es gefällt mir so sehr, und ich möchte mich mit eigenen Augen überzeugen, dass es sich nicht doch um eine Zirkusnummer handelt. Ich will ihn hier, in diesem Raum. Und seine bezaubernde Begleiterin mit dazu."

Seoul

Clemens Alt war niedergeschlagen. Die Zeit seit Cathys Verschwinden war für ihn alles andere als erfolgreich verlaufen. Nachdem er den Tod der alten Frau gemeldet hatte, war er zunächst von der südkoreanischen Polizei festgehalten worden. Zuerst schien man ihn zu verdächtigen, in irgendeiner Form mit dem Tod der Frau zu tun zu haben. Als er dann endlich dazu kam, die Geschichte von Cathys Besuch, dem Treffen mit Kim Ho Soon und dem Verschwinden beider Frauen zu entfalten, änderte sich das Bild. Jetzt, so Clemens' Eindruck, war die Polizei plötzlich überzeugt, dass es sich beim Ableben der Alten um einen natürlichen Tod handelte und bei ihm, Clemens Alt, zumindest um einen notorischen Geschichtenerzähler, wenn nicht gar um jemanden, der nicht im Vollbesitz seiner Geisteskräfte stand. Ho Soon eine nordkoreanische Verwandte, die von Südkoreanern über die Grenze gebracht und gefoltert worden war? Im Auftrag der angesehenen Firma Brainweb, die mit führenden Forschungsinstituten und militärischen Einrichtungen zusammenarbeitete? Eine Verwandte, die außer der Verstorbenen und der Verschwundenen aber niemand gesehen hatte? Absurd. Über Cathy Gouldens-Wong brachte man immerhin in Erfahrung, dass eine US-Bürgerin dieses Namens vor einigen Tagen nach Seoul geflogen war. Doch bei Brainweb war, nach übereinstimmender Aussage mehrerer führender Mitarbeiter, nie eine Frau Wong eingetroffen, also konnte die Firma auch nicht an ihrem Verschwinden beteiligt sein. Man werde die Sache im Auge behalten, so versicherte man, aber noch bestehe kein Anlass für eine Vermisstensuche. Sicher würde Frau Gouldens-Wong bald wieder auftauchen, bis dahin gebe es keinen Anlass, an der Echtheit ihrer SMS-Nachrichten zu zweifeln.

Immer wieder war Clemens in Versuchung gewesen, seinen letzten Trumpf in die Waagschale zu werfen, aber etwas hatte ihn stets davon abgehalten: Die Aufzeichnungen von Kim Ho Soon, die sich nun in seinem Besitz befanden, bewiesen – gesetzt, ihre Echtheit wurde anerkannt – die Richtigkeit ihrer Geschichte und enthielten gravierendes Belastungsmaterial gegen Brainweb. Aber Clemens besaß nur dieses eine Original. Was, wenn es irgendwo auf dem polizeilichen Dienstweg verschwand? Wenn es einflussreiche Gruppen gab, die kein Interesse daran hatten, dass diese Aufzeichnungen an die Öffentlichkeit gelangten, und deren Arm lang genug war, dafür zu sorgen?

In den späten Abendstunden hatte man Clemens endlich entlassen. Gleich am nächsten Morgen machte er sich auf nach Sejong, und als er bei der dortigen Polizei vorstellig wurde, stellte sich heraus, dass ihn sein Bauchgefühl nicht getrogen hatte. Nach langen Stunden auf unbequemen Stühlen in irgendwelchen Wartezimmern hatte er schließlich erfahren, dass die Polizei keine weiteren Ermittlungen in Sachen Brainweb angestellt hatte. Ein von seiner Hartnäckigkeit entnervter Polizist gab ihm zu verstehen, dass Mun Dae Jong und der Polizeichef von Sejong häufig zusammen Golf spielten und überhaupt in engem persönlichen Kontakt standen. Unter diesen Bedingungen müsse Herr Alt verstehen, dass kein Polizeibeamter ohne Einwilligung der höheren Polizeikreise Ermittlungen gegen Brainweb aufnehmen würde, mit dieser Einwilligung in einer derart dubios klingenden Angelegenheit aber eben so schnell nicht zu rechnen sei. Da war Clemens der Kragen geplatzt. „Dubios nennen Sie das? Wenn Menschen verschwinden? Die doch nur die Wahrheit erfahren wollen? Ich fahre nun zur Brainweb-Zentrale und bitte um sofortige Aufklärung. Was machen Sie, wenn dann auch ich verschwinde?" Der Polizeibeamte blickte ihn verlegen an. „Sie werden aber nicht verschwinden."

Clemens Alt nahm sich ein Taxi zur Brainweb-Zentrale. Er zahlte den Fahrer und drückte ihm zusätzliche hundert Dollar in die Hand. „Sie warten jetzt hier, bis ich zurückkomme. Bin ich in einer Stunde nicht wieder da, rufen Sie die Polizei. Lassen Sie sich diesen Mann hier geben." Er reichte dem Taxifahrer einen Zettel, auf dem er sich den Namen des noch vergleichsweise kooperativen Beamten notiert hatte. Doch keine Viertelstunde später war er schon wieder aus dem Gebäude. Er hatte die Pforte gestürmt, sein Begehr vorgebracht, sofort mit einem der beiden Geschäftsführer oder zumindest dem Pressesprecher zu reden, und war daraufhin von zwei Männern des Werksschutzes aufgehalten worden. Die Geschäftsführer befänden sich zu wichtigen Verhandlungen im Ausland, erfuhr er. Und der Pressesprecher sei leider krankheitshalber verhindert. In drei Tagen, so beschied man ihm, könne er sich wieder melden, dann werde man ihm einen Termin geben, jetzt möge er bitte das Haus verlassen.

Was sollte Clemens Alt tun? Er entließ den Taxifahrer, ging vor dem Firmengebäude auf und ab und zeigte jedem, der hinein- oder hinausging, ein Foto von Cathy, verbunden mit der Frage, ob er oder sie diese Frau in den letzten drei Tagen gesehen habe. Nur Kopfschütteln und kurz angebundene, ängstlich wirkende Menschen. Nach etwa einer Stunde erschien eine Polizeistreife. Er störe die öffentliche Ordnung. Wenn er nicht von sich aus aufhöre, die Menschen zu belästigen, müsse man ihn mitnehmen und bitten, die Stadt zu verlassen. Fluchend brach Clemens seine Befragungsversuche ab. Inzwischen war es Abend geworden und er quartierte sich über Nacht in einem Hotel in Sejong ein. Am nächsten Morgen wiederholte er seine Besuche bei der Polizei und bei Brainweb, aber man ließ an beiden Orten keinen Zweifel, dass er unerwünscht sei. Bei Brainweb, immerhin, gab man sich heute konzilianter und sicherte ihm für den übernächsten Tag ein Gespräch mit dem wiedergenesenen Pressesprecher zu. Clemens Alt war sich weiterhin sicher, dass man ihn nur hinhalten wollte, aber was konnte er tun? Er tröstete sich damit, zumindest einen Teilerfolg erzielt zu haben, und fuhr zurück nach Seoul, wo er sich die nächsten beiden Tage dem Abschluss seiner Filmarbeiten widmen wollte.

Und jetzt stand er vor der Tür seines Hotelzimmers in Gangnam, wo er über die letzten Wochen hinweg gewohnt hatte. Sobald er den Schlüssel im Schloss gedreht hatte, spürte er, dass im Zimmer etwas nicht stimmte. Als er die Tür aufgestoßen hatte, wurde das Gefühl zur Gewissheit. Sein Zimmer war durchsucht worden.

Mensch, ich Idiot, warum habe ich die Aufzeichnungen nicht längst irgendwo in einem Schließfach in Sicherheit gebracht!

Er brauchte gar nicht erst in seinem Aktenkoffer nachsehen. Schon weil der Aktenkoffer verschwunden war. Mitsamt allen Inhalten. Frustriert ließ er sich auf das, wie zum Spott, akkurat gemachte Bett fallen.

Mensch, ich Idiot!

Das Geräusch, wie sich die Badezimmertür sachte öffnete, hatte er gar nicht registriert. Erst eine aus dem Augenwinkel wahrgenommene Bewegung ließ ihn herumfahren. Der Knall, mit dem nun die Tür zum Gang zufiel, war umso lauter. „Da sind Sie ja endlich, Herr Alt. Ich glaube, wir müssen uns ein wenig unterhalten.“

Ihm kam es so vor, als hätte er diese Stimme schon einmal gehört.

Kaesong

„Na, wissen Sie, wer ich bin?“ Der Angesprochene verharrte einen Moment, als würde er nachdenken. „Jawohl, Herr Generaloberst!“ Dazu fuhr seine Hand zu einem zackigen Salut in die Höhe.

„Sehr gut, ich bin beeindruckt! Und – wissen Sie auch, wer *Sie* sind?“ Der Angesprochene wirkte verwirrt. „Ich bin …“ Kurze, fragende Pause. „… stets zu Ihren Diensten!“

„Gut, das hoffe ich und das ist letztlich alles, was zählt.“

„Er heißt Kim Park, mein Herr, also eigentlich Park Sang Il, auch wenn diese Menschen hier, die ihn immerhin gerettet haben, ihn als Objekt PSI titulieren, als wäre er nur …“ Cathy hatte von dem auf Koreanisch geführten Gespräch nur die letzte Frage verstanden und nutzte sie als Gelegenheit, mit einer englischen Antwort dazwischenzugehen. Sie konnte die Vorgänge um sie herum nicht recht einordnen.

„Ach, siehe da, die ist ja echt! Allerliebst, allerliebst." Der Generaloberst sprach ungerührt auf Koreanisch weiter und mehr zu Raymond Moon gewandt. „Wirklich entzückend. Und so ein Temperament. Wäre eigentlich schade, wenn man das nicht beibehielte, wenngleich, nun ja, zu widerborstig dürfte sie auch nicht sein, aber das würden Sie sicher hinkriegen, nicht wahr?"

Cathy war verwirrt. Sie wusste nicht, was das für ein Mann war, aber offenbar war er ein Militär und damit niemand von Brainweb. Und auch wenn sie Raymond Moon dankbar war, dass er Kim gerettet hatte, hatte sie nicht vor, den Rest ihres Lebens in seinem Gewahrsam zu verbringen. Womöglich war das ihre Chance. „Hören Sie, Herr … Ich weiß nicht, wer Sie sind, aber Sie sehen hier zwei Menschen in Not. Man hält uns gegen unseren Willen fest. Helfen Sie uns!"

Mun Dae Jong sprang auf, um zu protestieren, aber Generaloberst Choe Ryang Kee war schneller. „Aber natürlich, meine Dame – ist mir eine Ehrensache." Und zu Kim gewandt, fügte er, ebenfalls auf Englisch, hinzu: „Na, du südkoreanisches Weichei – willst du deiner Dame nicht zur Hilfe kommen? Du scheinst mir ein schöner Schlappschwanz zu sein. Trotzdem sollst du meinen Großmut erfahren: Was hältst du von dem grandiosen Angebot, von nun an in die Dienste der Demokratischen Volksrepublik Korea zu treten?"

Kim Park wirkte kurz wie versteinert. Cathy hoffte und befürchtete zugleich, er würde diesem plötzlich so ekelhaften Militär ins Gesicht spucken oder ihn mit einem seiner Taekwondo-Hiebe, die er so gut beherrschte, außer Gefecht setzen. Aber nichts dergleichen geschah. Kim verneigte sich nur knapp und drehte sich ruckartig um, schritt, ohne Cathy eines Blickes zu würdigen, mit gestelzt wirkenden Bewegungen in Richtung Tür. „Halt, nicht so schnell, mein Junge!", rief da der Generaloberst und stieß einen durchdringenden Pfiff aus. Zu Raymond Moon und Mun Dae Jong gewandt, blaffte er in barschem Tonfall: „Ihr Objekt ist beschlagnahmt. Aus Gründen der staatlichen Sicherheit." Sodann warf Choe Ryang Kee einen Blick auf Cathy: „Und die ist auch beschlagnahmt. Aus *sonstigen* Gründen."

Mun Dae Jong öffnete den Mund, um etwas zu erwidern, doch sein Cousin gebot ihm zu schweigen. Jegliche Eskalation in diesem Moment, begriff er, als nun von allen Seiten Scharen von Soldaten in den Raum drangen, konnte den Erfolg des gesamten Projekts, das Ziel jahrelanger Arbeit gefährden. Da half nur, gute Miene zum bösen Spiel zu machen. Schon war der Raum mit waffenstarrenden Menschen gefüllt. Sie hatten nun nicht mehr alle Trümpfe in der Hand, wusste Raymond Moon. Jetzt würde sich zeigen, wer der bessere Spieler war.

Pjöngjang
Während das 800 000 Quadratmeter umfassende Gelände des großen Koreanischen Filmstudios – Nordkoreas „Hollywood", wo die monumentalen Propagandafilme produziert werden – knapp zwanzig Kilometer nordwestlich von Pjöngjang angesiedelt ist, befinden sich die SEK-Studios für die Trickfilmproduktion direkt im Zentrum. SEK war, wie Jeremy wusste, die Abkürzung für „Scientific and Educational Film Studio of Korea", mittlerweile wurden dort allerdings vorwiegend arbeitsaufwendige Trickfilme für Auftraggeber aus über siebzig Unternehmen aus aller Welt hergestellt. Den Anfang hatten in den achtziger Jahren Italiener und Franzosen gemacht; mittlerweile munkelte man sogar von großen amerikanischen Produktionen, die in Umgehung sämtlicher Embargos, teils im Weg über Firmen in Drittländern wie Südkorea und Indien, in Pjöngjang gezeichnet wurden. So genau wollte auch niemand wissen, wo die Fronarbeit für die Traumfabriken letztlich geleistet wurde – Hauptsache, die Kasse stimmte.

„Und nun betreten wir das Herzstück unserer Produktionsräume."

Jeremy folgte seinem stolzen nordkoreanischen Führer, der am Eingang zu den SEK-Studios die beiden Reisebegleiter Wang und Yang abgelöst hatte, in einen Flur mit vielen Türen. „Annähernd zweitausend Filmschaffende sind in diesem Haus damit beschäftigt, bis zu zehntausend hochwertige Trickfilm-Minuten pro Jahr zu zeichnen, die allen internationalen Standards genügen. Unsere Zeichner gehören zu den besten der Welt und sind alle erstklassig qualifiziert, viele von ihnen Absolventen des prestigeträchtigen Pyongyang College of Arts. – Ähm, wenn ich Sie bitten dürfte?" Er machte eine deutende Bewegung Richtung Boden. Dort waren fein säuberlich etwa 25 Paar Schuhe aufgereiht. Jeremy verstand. Ähnliches kannte er aus Japan. Auch Nordkorea war ein sehr reinliches Land.

Sobald sie sich beide ihrer Schuhe entledigt hatten, öffnete der Führer die Tür und Jeremy blickte in einen langgestreckten Raum, der gefüllt war mit dicht gedrängt an Holztischen sitzenden, meist jüngeren Menschen, die entweder auf etwas betagte Röhrenmonitore starrten oder sich tief über das vor ihnen auf hochgestellten Zeichenpulten ausgebreitete Papier beugten. Zu tun gab es genug: Für eine Minute hochwertigen Trickfilm sind über tausend Bilder zu zeichnen. An den Wänden hingen, wie überall im Land – nur die Toilettenräume sind ausdrücklich davon ausgenommen –, Bilder der beiden ewigen Diktatoren, die Nordkorea auch im Tode erhalten bleiben sollten. Davon abgesehen erweckte der Saal eher den Eindruck eines Seminarraums an einer westlichen Universität der neunziger Jahre als den einer modernen Hightech-Fabrik. Doch alles war sauber, aufgeräumt, wirkte bestens organisiert und, von den Röhrenmonitoren einmal abgesehen, unter die sich hie und da aber auch Flachbildschirme mischten, nicht sonderlich altmodisch. Natürlich war Jeremy klar, dass man ihm, wie stets, nur das Beste vom Besten zeigte und die Arbeitsbedingungen in anderen Räumen wohl weniger modern und komfortabel waren.

Jeremy wusste, dass, wer hier arbeitete, für nordkoreanische Verhältnisse ein relativ glückliches Los gezogen hatte, dennoch sträubte sich in ihm noch immer etwas bei der Vorstellung, dass diese Menschen die Bilder für die lustigen, farbenfrohen Träume imperialistischer Wohlstandskinder zeichneten. Was sie wohl bei ihrer Arbeit empfanden? Verachtung? Neid? Eine Mischung aus beidem? Sahen sie von den Filmen überhaupt je mehr als die einzelnen Bilderreihen, die sie gerade bearbeiteten, oder wurden die Zusammenhänge bewusst von ihnen ferngehalten, um sie vor ideologischer Verderbnis zu schützen? Und nicht nur Kinderserien wurden in den SEK-Studios gezeichnet. Jeremy hatte gelesen, dass die italienische Produktionsfirma Mondo TV hier in Zusammenarbeit mit der katholischen Kirche auch erbauliche religiöse Trickfilme produzierte – und das in einem Land, das in allen Statistiken zur Christenverfolgung noch vor sämtlichen islamischen Staaten auf Platz eins steht und wo schon der Besitz einer Bibel Arbeitslager und Tod für die gesamte Familie bedeuten kann.

Nachdem man Jeremy noch in einige weitere Arbeitssäle und Spezialräume mit technischem Gerät hatte blicken lassen, war die Führung beendet. Er hatte genug gesehen. Hier würde er die Trickfilmsequenzen zu *Yellow Submarine* jedenfalls nicht zeichnen lassen. Aber das musste jetzt noch niemand wissen. „Ich bin sehr angetan von Ihren Möglichkeiten und den vorbildlichen Arbeitsbedingungen in Ihrem Land", log er zum Abschied und bedankte sich für die aufschlussreiche Führung. „Ich melde mich bei Ihnen." Dann trat er an die Tür.

Moment, wo waren seine treuen Begleiter, Herr Wang und Herr Yang? Standen sie irgendwo und rauchten ihre Zigaretten? Aber warum nicht hier? So viele Verbote er in seinem kurzen Nordkorea-Aufenthalt schon erlebt hatte – ein *Rauch*verbot war nicht darunter gewesen. Hier schien jeder immer und überall rauchen zu können; zumindest ein Punkt, in dem es in diesem Land Freiheit gab. Er tastete nach seinen Lucky Strike, fand aber nur das leere Päckchen von gestern Abend und warf es in eine bereitstehende Mülltonne.

„Darf ich Ihnen eine von mir anbieten?" Dröhnendes, gebrochenes Englisch. Jeremy fuhr herum. Ein Mann war aus dem Gebäude getreten und hielt ihm sein volles Päckchen hin. Dunhill. Jeremy musterte ihn irritiert. Es war ungewöhnlich, dass ein Nordkoreaner von sich aus mit einem Ausländer Kontakt aufnahm – ja, nicht nur ungewöhnlich, sondern streng verboten. Und ebenso ungewöhnlich, dass er Westzigaretten rauchte, die nur gegen harte Devisen erhältlich waren. Jeremy erinnerte sich, gehört zu haben, dass Dunhill die Lieblingsmarke von Kim Jong Il gewesen sein soll. Erst auf den zweiten Blick bemerkte er die Rangabzeichen auf der graubraunen Uniform des Mannes. Gut, das Militär war in Nordkorea allgegenwärtig. Aber dass Offiziere in zivilen Filmstudios herumliefen und Ausländern Westzigaretten anboten, kam ihm seltsam vor. Dennoch nahm er höflichkeitshalber die angebotene Dunhill und ließ sich Feuer geben. „Ich warte hier auf meine Reisebegleiter", sagte er in fast entschuldigendem Tonfall.

„Ich weiß. Sie werden nicht kommen." Jeremy durchzuckte es eiskalt. Kein Zweifel, dieser Offizier war nicht zufällig hier. Sie taten schweigend einige Züge. Dann fuhr der Offizier fort. „Herr Wang und Herr Yang sind abkommandiert worden."

„Abkommandiert?" Jeremy verstand nicht.

„Abkommandiert. Dieser Herr hier wird Sie begleiten. Aber rauchen Sie ruhig erst." Ein zweiter Mann, mit nicht ganz so vielen militärischen Abzeichen, war auf sie zugetreten und forderte Jeremy mit wiederholten Handbewegungen auf, ihm zu folgen. Der erste antwortete mit einer Geste, die kurzes Abwarten signalisierte. „Schöner Tag an der frischen Luft, nicht?", sagte er dann zu Jeremy und nahm einen tiefen Lungenzug. „Sollte man so lange wie möglich genießen."

„Was hat das zu bedeuten?", fragte Jeremy. Nein, seine Stimme zitterte nicht, aber irgendwie klang sie brüchig. Der Mann zuckte die Schultern. „Ich soll Sie hier abholen und übergeben. Das habe ich hiermit getan. Mehr kann ich Ihnen nicht sagen, weil ich mehr nicht weiß. So funktioniert das nun mal bei uns in *Choson*: Jeder weiß nur das für ihn Nötige. Und es funktioniert gut." Der Mann ließ die bis zum Filter abgebrannte Zigarette fallen, zermalmte sie mit dem Stiefelabsatz. Zweifellos ein Signal an Jeremy. Wieder winkte der andere Mann und nun nickte der erste. „Auf Wiedersehen, Herr Gouldens! Machen Sie's gut." Der zweite Mann griff Jeremy resolut am Arm und zog ihn mit sich. Dass der Mann offensichtlich kein Englisch verstand, machte ihn nicht vertrauenserweckender. Auch nicht, dass er Jeremy nun gebot, auf der Rückbank eines Militärjeeps Platz zu nehmen, in dem schon einige grimmig blickende Soldaten auf ihn warteten.

Kaesong

„Was jetzt?" Mun Dae Jong ging erregt im Raum auf und ab. „Ich hab schon die ganze Zeit ein ungutes Gefühl gehabt. Wusst' ich's doch, dass die was im Schilde führen. Was sollen wir jetzt tun?"

„Auf alle Fälle erst einmal ruhig Blut bewahren." Raymond Moon gab sich betont gelassen, doch auch ihm war die Anspannung deutlich anzumerken. „Ohne unsere Mithilfe sind die machtlos und das wissen sie auch. Ohne uns sind sie nicht in der Lage, Objekt PSI zu steuern. Die wollen nur pokern, um für sich bessere Bedingungen rauszuschinden. Da müssen wir eben mitpokern."

„Ja, gut, aber wie hoch? Letztendlich haben sie es in der Hand, alles zu zerstören, was wir uns über all die Jahre aufgebaut haben."

„Aber was würde es ihnen bringen? Nichts! Sind doch beide Seiten so aufeinander angewiesen, dass wir nur an einem Strang ziehen können. Das wissen wir, das wissen die. Wir müssen eine für beide akzeptable Einigung finden. Alles andere wäre blanker Irrsinn."

Man hatte es den Cousins erlaubt, sich für eine Vier-Augen-Unterredung in ihre Büroräume zurückzuziehen, um sich über die Forderungen von Generaloberst Choe Ryang Kee zu besprechen.

„Was das wohl für eine Operation ist, die sie von uns verlangen?"

„Keine Ahnung, Dae Jong. Mir schwant nichts Gutes. Aber ich glaube, wir werden uns fügen müssen."

„Bekommen wir das überhaupt hin? Technisch, meine ich."

„Wir werden einige Komponenten aus Sejong benötigen. Und natürlich sofort unsere zwei Ärzte kommen lassen müssen. Die sind routiniert genug, um das auch ohne uns an ihrer Seite hinzubekommen. Dass wir sie nach Pjöngjang abkommandieren, wird ihnen nicht gefallen, aber sie werden es tun, schließlich sind sie als gute Südkoreaner ihrem Unternehmen bedingungslos ergeben. Also, im Prinzip ist alles machbar. Solange es sich nur um das Einpflanzen des Chips unter die Schädeldecke handelt, ist es keine sehr aufwendige Operation. Im Verein mit der dadurch möglichen Stimmsteuerung und Schmerzstimulation reicht sie, wie wir inzwischen wissen, zur Kontrolle aus. Die totale Ausschaltung des freien Willens, wie bei unserem Objekt PSI, würde darüber hinaus noch die quasi-lobotomische Affizierung weiterer Hirnareale erfordern und ist wesentlich aufwendiger."

„Aber davon war ja in unseren Verhandlungen für die Einrichtung unseres *Roborat Camps* nie konkret die Rede."

„Exakt. Das haben wir uns als bloße Option vorbehalten. Insofern: Klar könnten unsere beiden Spezialärzte schon heute oder morgen jedem beliebigen Nordkoreaner unseren Kontrollchip einpflanzen. Selbstverständlich auch von Pjöngjang aus."

„Aber wie verhindern wir Akte von Industriespionage?"

„Du meinst, dass sie Know-how von uns abgreifen? Natürlich müssen wir verhindern, dass sie unsere Techniken je selbstständig anwenden können. Schließlich bauen alle unsere Pläne darauf auf, dass *wir* es sind, die die technische Ausführung der Transformation der nordkoreanischen Gesellschaft leiten. Vermutlich werden wir jetzt nicht umhinkommen, ihnen mehr Einblick in das Funktionieren unserer Technik zu geben als bisher. Aber das müssen wir zugleich dazu nutzen, ihnen klar aufzuzeigen, dass stets nur wir über die eigentliche Steuertechnik verfügen werden. Schließlich stehen alle Computer, die zur Datenauswertung und zur Berechnung der Kontrollparameter unabdingbar sind, in Sejong, und an die kommen sie nicht ran – es sei denn, sie wollen mit ihrer Armee in den Süden einmarschieren."

„Oder sie hacken unsere Computer. Du weißt, was mit Sony vor Veröffentlichung der Filmkomödie *The Interview* passiert ist, in der die CIA einen Mordanschlag auf Kim Jong Un in Auftrag gibt: Sony wurde Opfer eines der größten Hackerangriffe der Geschichte, dessen Drahtzieher vermutlich mal wieder in Pjöngjang sitzen, auch wenn das Ganze sehr undurchsichtig blieb. Mit der Folge, dass Sony Ende 2014 kalte Füße bekam und den Film zunächst einmal zurückzog."

„Komm schon, du weißt selbst, welche aufwendigen Sicherheitsvorkehrungen wir getroffen haben, damit so etwas bei uns nicht passieren kann. *Unsere* Computer hackt jedenfalls niemand. Nein, Dae Jong, es bleibt dabei: Die können Objekt PSI mit sich nehmen und mit ihm machen, was sie wollen – aber steuern können nur wir ihn."

„Gut. Ich hoffe, du hast recht. Offenbar wollen sie ihn tatsächlich nach Pjöngjang mitnehmen. Hoffentlich erwarten sie nicht, dass auch wir sie begleiten. Ich meine, unsre beiden Ärzte, gut, aber …"

„Wie gesagt, die eigentlichen hochkomplexen Computer zur Steuerung von Objekt PSI stehen nun mal in Sejong. Wir haben dank unserer speziell eingerichteten Datenverbindung zwar von hier aus Zugriff auf sie, nicht aber von Pjöngjang aus."

„Das heißt, wenn wir hierbleiben, können wir PSI steuern, auch wenn er in Pjöngjang ist?"

„Selbstverständlich. Das sind nur gut 150 Kilometer. Unsere Sender sind locker auf diese Reichweite ausgelegt. Sowohl was die Übertragung der Bilder der auf seine Retina implantierten Minikamera und die akustischen Signale durch die Mikrofone in seinen Ohren angeht, als auch was die von uns via Radiowellen in sein Hirn projizierten Anweisungen betrifft. Ich fürchte nur, um diese Steuerungsfunktion zwischen Nord und Süd wahrnehmen zu können, wird zumindest einer von uns beiden in der Tat hier in Kaesong bleiben müssen. Das bin dann wohl ich. In Sejong würde ich mich erheblich wohler fühlen. Aber wir sollten denen gegenüber klarstellen, dass du als Kopf der geschäftlichen Seite unserer Firma in Sejong unabdingbar bist, während ich hierbleibe und die technische Umsetzung koordiniere."

„Ich lasse dich wirklich nur ungern allein hier, Raymond, aber du hast recht, wir sollten darauf bestehen, dass einer von uns zurückkehren kann, damit Brainweb nicht führungslos wird und wir eine bessere Verhandlungsposition haben. Schließlich muss jemand sicherstellen, dass das vereinbarte Geschäft mit dem Generaloberst korrekt abgewickelt wird und die uns zugesicherte halbe Milliarde auch tatsächlich bei uns ankommt, sobald die Fracht auf jenem Schiff im Ostmeer ihren Besitzer gewechselt hat. Doch noch etwas anderes bereitet mir Kopfzerbrechen: Wenn wir nun unsere beiden Ärzte kommen lassen, um jene hochrangige Persönlichkeit zu operieren – sicher werden diese Militärs die Person dann auch selbst kontrollieren wollen."

„Natürlich. Ich habe ihnen zwar klargemacht, dass wir die Einzigen sind, die Objekt PSI zu steuern vermögen, aber je mehr derartige Fälle wir haben, desto mehr werden sie darauf drängen, direkte Kontrolle auf die Steuerung auszuüben. Vor allem wenn es tatsächlich so weit kommt, dass wir Hunderttausenden den Chip einpflanzen lassen. Deswegen ja unser Plan, an verschiedenen Stellen des Landes Servicecenter zu errichten, in denen nordkoreanischem Personal spezielle, leicht zu bedienende Steuermasken zur Verfügung stehen, während die eigentlichen Lenkungsmodule, am besten von Sejong aus, von unseren Leuten gewartet werden. Genauso sollen mittelfristig ja auch nordkoreanische Mediziner die Operationen übernehmen, während die Chipherstellung stets streng geheim in Sejong stattfindet. Wichtig ist, dass wir alle arbeitsintensiven Bereiche auslagern, während das zentrale Steuer-Know-how selbst absolut in unseren Händen bleibt. Das ist, wie schon oft besprochen, unser Geschäftsmodell, mit dem wir heute Korea und morgen die ganze Welt erobern wollen."

„Also werden sie in jedem Fall weiter auf uns angewiesen sein. Zur Kontrolle jener Persönlichkeit – und wenn der Chip in Serie geht, sowieso. So gesehen sitzen wir am längeren Hebel und brauchen uns auf ihre Provokation eigentlich nicht einzulassen. Warum lassen wir uns diese Beschlagname von Objekt PSI also überhaupt gefallen?"

„Weil wir uns nicht sicher sein können, ob sie das auch so gut begriffen haben wie wir, mein lieber Dae Jong. Und vergiss nicht: Wir befinden uns hier in Kaesong in ihrer Macht. Das Beste ist also, gute Miene zum bösen Spiel zu machen. Aber alles werde ich nicht mit mir machen lassen. Schlimmstenfalls bin ich sogar bereit, Objekt PSI zu opfern, auch wenn uns das um Jahre zurückwerfen würde."

„Und wenn *die* ihn opfern?" Dae Jong durchzuckte ein banger Gedanke. „Wenn sie ihm den Chip herausoperieren, weil sie versuchen wollen, an das Geheimnis unserer Technik zu kommen?"

„Sie können den Chip nicht herausoperieren, ohne ihn zu töten; nicht, solange er aktiv ist. Und zentrale Schaltkreise des Chips sind, wie du weißt, aus halborganischen Materialien hergestellt, die nach seinem Tod in Kürze zerfallen. Nein, der Chip funktioniert nur am lebenden Objekt. Sobald sie ihn herauszuoperieren suchen, haben sie beides verloren." Er sah Dae Jong triumphierend an. Der zuckte die Achseln. „Jaja, ich weiß, du hast es mir schon öfters gesagt, auch wenn ich die Einzelheiten noch immer nicht verstehe." Nach kurzer Pause fügte er hinzu: „Ich hoffe nur, dass die das auch wissen."

Auf einem waldigen Hügel bei Pjöngjang
Die Fahrt nach Norden auf einer gespenstisch leeren, grauen Autobahn war Cathy wie ein nebelhafter Traum vorgekommen. Hin und wieder in der Ferne vorbeiziehende schäbige Dörfer. Vereinzelt Bauern mit Ochsenpflügen auf den kahlen Feldern. Die grauen Plattenbauten der Städte. Braune, meist baumlose Hügel.

Cathy und Kim saßen auf der Rückbank des Armeejeeps – getrennt durch einen Soldaten in graubrauner Uniform. So oft sie konnte, sah Cathy zu Kim hinüber. Er saß starr, gefasst, blickte geradeaus und wirkte völlig unbeteiligt. So ungewiss die Zukunft war, auf die sie nun zurollten, in seiner Gegenwart fühlte sie sich eigentümlich geborgen. Nur einmal hatte er unvermittelt den Kopf gewandt und ihre Blicke hatten sich getroffen. Es hatte Cathy einen Stich ins Herz gegeben. Seine Augen im ersten Moment so kalt, so abgrundtief, wie Bergseen, doch dann spürte sie das tief darin lodernde unlöschbare Feuer.

Schließlich am Horizont neue Plattenbauten, Hochhäuser, mehr und höher als bisher. Vor ihnen ragte ein gewaltiger hellgrauer Bogen empor: Zwei riesenhafte Steinfrauen beugten sich von rechts und links über die Straße und trafen sich in der Mitte, wo sie eine Art Ball in die

Höhe hoben, auf dem eine Karte von ganz Korea abgebildet war. Cathy wusste, dass sie Pjöngjang erreicht hatten.

Bald nach Passieren des Wiedervereinigungstors mit den Steinfrauen hielt der Jeep, und sie wurden gezwungen, in ein neues Militärfahrzeug umzusteigen, diesmal mit hinten verdunkelten Scheiben: Cathy und Kim würde die übliche Sightseeingtour durch die Hauptstadt nicht gewährt werden. Eine Zeit lang bewegte sich der Jeep in langsamem Tempo und immer wieder abbiegend durch das Straßengeflecht der Hauptstadt. Dann wurde die Fahrt schneller und verlief meist geradeaus. Immer seltener war das Motorengeräusch anderer Fahrzeuge zu hören. Hatten sie Pjöngjang wieder verlassen? Sie mochten etwa fünfzehn Kilometer über Land gefahren sein, da wurde die Straße kurviger, die Fahrt langsamer, es ging einen Hügel hinauf.

Der Wagen hielt. Die Türen öffneten sich. Man winkte Cathy auszusteigen. Die Dämmerung hatte eingesetzt. Viel konnte sie nicht sehen. Hinter ihr schwarze Nadelbäume. Vor ihr ein gewaltiger Gebäudekomplex, der ein wenig wie eine Mischung aus Palast und Kaserne aussah. Jemand packte Cathy am Arm und führte sie ins Innere des Gebäudes. Sie wollte sich zu Kim umwenden, aber mindestens fünf Soldaten versperrten ihr den Blick. Sie versuchte sich zu sträuben, aber der Griff des Soldaten legte sich nur noch fester um ihren Arm.

Cathy wurde durch lange Korridore und etliche Treppen hinauf geführt und schließlich von ihren schweigenden Begleitern in ein Zimmer gewiesen. Sie sah sich in ihrem neuen Gefängnis um. Es war überraschend luxuriös eingerichtet. Geräumig, ein breites Bett, Badezimmer mit Wanne und Dusche, Flachbildfernseher, geschmackvolle Bronzeskulpturen über den Raum verteilt. Ein Fenster mit Blick über die dunklen Bäume hinaus; in der Ferne war unten in der Ebene ein breiter Fluss erahnbar. Kein Zweifel: Der Raum war nicht als Gefängnis vorgesehen, sondern beherbergte normalerweise hochrangige Kader. Sie rüttelte an der Tür. Verschlossen war sie trotzdem. Auch das Fenster ließ sich nicht öffnen. Wo war Kim? Sie wollte zu ihm.

Nach etwa zwei Stunden öffnete sich die Tür und eine Frau trat herein. Eine schwarzhaarige Koreanerin, Mitte dreißig, zierlich, aber keineswegs schwächlich gebaut – Bewegungen und Körperbau wirkten, wie Cathy sofort auffiel, für eine Frau ungewöhnlich drahtig und durchtrainiert. Männer würden wohl eher von ihrem Gesicht gefangen genommen werden: zarte Stupsnase, rundes Kinn, leuchtende Augen. Bleicher Teint. Kein Zweifel, diese Frau war eine Schönheit.

„Mein Name ist Ryn Jong Mi. Ich bin hier deine Betreuerin, Cathy Gouldens-Wong." Sie sagte das freundlich, mit einem eigentümlichen Lächeln, dennoch schien Cathy in der Art, wie sie ihren Doppelnamen aussprach, etwas Verächtliches zu liegen. Diese Frau, spürte sie sofort, *tat* nur freundlich. Seltsam, dachte sie. Wie völlig unbekannte Menschen einem gleich auf den ersten Blick oft ausgesprochen sympathisch oder unsympathisch sein können. Vielfach, so Cathys Theorie, liegt dieser erste Eindruck einfach daran, dass sie einen an einen anderen, bekannten Menschen erinnern, der einem sympathisch oder unsympathisch ist. Genauso war es hier. Cathy wusste nicht, an wen Ryn Jong Mi sie erinnerte. Aber sie erinnerte sie an jemanden. Und wenn diese andere Frau ihr auch nur halb so unsympathisch war wie Ryn Jong Mi, dann konnte Cathy wohl froh sein, dass ihre Identität ihr gerade nicht einfiel.

„Komm mit." Wieder dieses scheinbar warme, tatsächlich eisige Lächeln. „Ich soll dich zum Generaloberst bringen. Er hat heute Abend eine kleine Party vorbereitet. Für seine … Gäste."

*

Generaloberst Choe Ryang Kee rieb sich die Hände. Endlich war wieder einmal etwas ganz nach seinen Wünschen verlaufen. Er blickte aus dem Fenster seiner geräumigen Suite auf den Fluss hinaus. Es war nun zehn Jahre her, dass der Geliebte Führer ihm die auf einem waldigen Hügel in einer Schleife des Taedongs versteckte Wohnanlage zugewiesen hatte, und er würde diesen herrlichen Sitz nicht wieder hergeben, auch wenn unter dem jungen Marschall, dem Sohn des Geliebten Führers, ein anderer Wind zu wehen begonnen hatte, der Choe Ryang Kee nun mächtig ins Gesicht schlug. Der Gebäudekomplex war Teil einer größeren Anlage aus im Wald verstreuten Anwesen für hohe Armeekader. Das Gelände wurde durch Zäune, Wachtürme und eine ganze Garnison Soldaten geschützt und verfügte außerdem über eine eigene Anlegestelle unten am Taedong. Ringsum im waldigen Hügelland östlich der Hauptstadt waren noch eine Handvoll weitere luxuriöse Anlagen für höchstrangige Militärs sowie aufwendige Residenzen für den Kim-Clan verteilt. Allen gemeinsam war dabei die spezielle Anbindung an den nahen Youngsong-Komplex, das Hauptquartier der Armee, das wiederum durch eine geheime eigene U-Bahn-Linie mit dem Zentrum von Pjöngjang verbunden war. Wenn der Youngsong-Komplex gegenüber den prunkvollen Wohnanlagen ringsum nach außen vergleichsweise unspektakulär wirkte, so hatte das seinen Grund: Er bestand im Wesentlichen aus tief in die Erde eingelassenen Bunkeranlagen aus Beton, Stahl und Blei, in denen die gesamte Führungselite *Chosons* einem Atomschlag über ein Jahrzehnt hinweg zu trotzen vermochte. Diese Anlagen waren vor allem in den achtziger und neunziger Jahren auf den weisen Ratschluss des Geliebten Führers hin errichtet worden. Ach, das waren goldene Zeiten! Der Generaloberst dachte wehmütig zurück an die rauschenden Partys, die er in den umliegenden Residenzen und Chalets mit dem Geliebten Führer gefeiert hatte. Es war an der Zeit, dass diese goldenen Tage zurückkehrten. Und mit dem heutigen Tag waren alle Weichen hierfür gestellt.

Der Generaloberst löste sich vom Fenster und wandte sich zur Tür. Die Pflicht rief. Nun gut, zumindest heute würden das durchaus angenehme Pflichten sein. Weitgehend. Sein erster Gang führte ihn in die Kellerräume der weitläufigen Anlage. Das war der nicht ganz so angenehme Teil. Zwei Soldaten wachten vor einer Tür und ließen ihn mit einer tiefen Verbeugung passieren. Im Raum dahinter befanden sich weitere Soldaten sowie Spezialisten der Geheimpolizei.

Auf eine Bahre geschnallt lag, an diverse Apparaturen angeschlossen, ein Mann, der so gar nicht koreanisch aussah: ein großer, stämmiger Europäer, Anfang fünfzig, mit ehemals rotblondem, nun graumeliertem Haar und typisch britischen, kantigen Zügen. Seine sonst graublauen, jetzt blutunterlaufen geweiteten Augen, das nasse, wirre Haar, das schweißglänzende Gesicht und die Striemen auf seinen Armen wiesen darauf hin, dass er jenen Praktiken unterzogen worden war, die in den Geheimdiensten der USA unter Präsident George W. Bush als „harsche Verhörmethoden" gebilligt gewesen waren. Allerdings war das alles mehr schmückendes Beiwerk, denn das eigentlich Wichtige war die Spezialbehandlung mittels der über den Raum verteilten Apparate – am wichtigsten die nagelneu aus Südkorea gelieferte Maschine Marke Brainweb, die versprach, den Befragungsprozess in Zukunft wesentlich abzukürzen. Allerdings bestanden noch gewisse Unsicherheiten in deren Anwendung, weshalb die Spezialisten des Generalobersts die bewährten traditionellen Methoden der Wahrheitsgewinnung, in denen sie so gut geschult waren, noch nicht ganz außen vor lassen wollten und sich erst einmal anderweitig aufwärmten.

„Und? Habt ihr schon was aus ihm herausgeholt?", wandte sich Choe Ryang Kee an ein Männchen im Anzug: Kim Myung Chul, den leitenden Beamten der Geheimpolizei. „Jawohl, Generaloberst! Gleichwohl bestehen noch gewisse … Ungereimtheiten." Durch große Brillengläser blickte er den Generaloberst demütig an.

„Dann seht zu, dass ihr die ausgeräumt bekommt. Aber treibt es nicht so toll! Und vor allem nicht so laut! Hier unten sind die Wände zwar dick, aber nicht *so* dick. Und wir haben heute Abend Gäste, bei denen wir etwaige … Irritationen unbedingt vermeiden müssen."

„Jawohl, Generaloberst!" Der Geheimpolizist stieß dem kantigen Briten, der gerade stöhnend nach Worten rang, mit einer unsanften Bewegung den Knebel in den Mund zurück. Was immer er hatte sagen wollen, ging in ein würgendes Gewimmer über.

„Nun, nun, er muss schon noch reden können", meinte der Generaloberst begütigend. „Ich erwarte Ihren Bericht in einer Stunde. Macht eure Arbeit gut, die Sache ist wichtig." Hinter ihm schloss sich die Tür. Gedämpfte Klagerufe wurden von drinnen laut. Der Generaloberst hatte jetzt keinen Nerv für so was. Auch wollte er sich vor seinem Rendezvous mit der süßen amerikanischen Chinesin gerade *damit* sein Gewissen nicht belasten. Er war schließlich kein Unmensch.

*

Cathy kam aus dem Staunen nicht heraus. Hieß es nicht, Nordkorea sei arm und rückständig? Gut, was sie auf der Herfahrt von Kaesong gesehen hatte, *war* arm und rückständig gewesen. Aber die Gänge, Räume, Säle, die sie hier durchschritt, waren alles andere als das: prunkvoll, schick und mit allen modernen Finessen ausgestattet. „Und das ist der Bankettsaal, wo nachher unser Vorbereitungsdinner stattfindet", erläuterte Ryn Jong Mi auf Chinesisch und öffnete eine Tür.

Cathy hasste es, wenn Ryn Jong Mi chinesisch sprach. Ihr Chinesisch war genauso gewandt und fast akzentfrei wie ihr Englisch. Dabei war die Frau, gefälligst, Koreanerin. Woher diese Perfektion? Was hatte sie denn noch alles drauf? Doch dann trat sie durch die Tür, und nun war es der Raum, der sie überwältigte: ein geräumiger Saal, mehrere Hundert Quadratmeter umfassend und ganz in Weiß gehalten: Boden, Wände, Decke, selbst Tische und Stühle. Farbig waren nur die roten koreanischen Parolen an den Wänden und die riesigen Bilder von Diktator-Großvater und -Vater dazwischen. Die Tische waren mit kostbarem Porzellan, Bleigläsern und Silberbesteck für dreißig bis vierzig Personen gedeckt. Vorbereitungsdinner? Vorbereitung worauf?

„Und das ist die Küche." Cathy durchschritt einen kurzen Durchgang und kam aus dem Staunen nicht mehr heraus. Überall blitzendes Metall, schimmernde Töpfe, die neuste Einrichtung, die sicherlich mit jedem Sterne-Restaurant der Welt mithalten konnte. Der Raum war voller Menschen, die damit beschäftigt waren, große Platten mit Fisch und Meeresfrüchten anzurichten. Personal wuselte emsig hin und her, größtenteils hübsche Koreanerinnen, wohl kaum über zwanzig Jahre alt, wie Cathy mit einem gewissen Unwillen bemerkte. Dazwischen auch einige ernste Männer, die Anweisungen gaben: die Köche. Nur einer schien nicht ins Bild zu passen. Ein älterer Mann mit grauem Ziegenbärtchen, getönter Brille und einem fast turbanartig um den Kopf geschlungenen schwarz-weiß karierten Tuch. Doch schien er das Zentrum des Gewimmels zu bilden. Dabei redete er nicht viel und wenn, dann nur mit einem jungen Mann, der neben ihm stand, stets eifrig nickte und seine Instruktionen an das Küchenpersonal weitergab. Ryn Jong Mi trat auf den Mann mit dem Ziegenbärtchen zu, wechselte einige Worte in einer fremden Sprache mit ihm. Seine Augen leuchteten auf und er antwortete in der gleichen Sprache.

Ryn Jong Mi kam zu Cathy zurück. „Der Chefkoch. Er wurde erst heute Morgen aus Japan eingeflogen. Spricht kein Koreanisch, obwohl er sich einst viele Jahre im Land aufgehalten hat. Und sein Küchendolmetscher ist schlecht. Ich soll nachher seine Übersetzerin sein."

Also auch fließend Japanisch sprach das Miststück. Ryn Jong Mi wurde Cathy immer unheimlicher. Und unsympathischer. Besonders diese Verbindung zu Japan gefiel ihr irgendwie gar nicht.

Auf der anderen Seite des Raums eine Bewegung: Der wohlbeleibte Generaloberst kam in die Küche marschiert. „Ah, hier treffe ich Sie, meine hochverehrte Miss Wong. Moment, ich komme gleich zu Ihnen. Und, ah, Fujimoto!" Er stürzte auf den Japaner zu und die beiden Männer umarmten sich wie alte Freunde. An die ausführliche Begrüßung schloss sich ein längeres Gespräch, das dadurch, dass Ryn Jong Mi die Worte des einen immer erst in die Sprache des anderen übersetzen musste, nicht kürzer wurde. Cathy begann bald, sich zu langweilen. Also verlagerte sie sich darauf, dem Küchenpersonal bei seinen Vorbereitungen zuzusehen: Fische schuppen, filetieren, in Scheiben schneiden. So viele Arten, die sie noch nie gesehen hatte: Große, kleine, flache, runde, bunte, kofferartige, aalförmige … Und dazu diese Vielfalt an Meeresfrüchten, mit Zangen, Beinen, Schalen, Armen, Wurmartiges, Schneckenhaftes, Fischlaichmäßiges, Undefinierbares. Krabbelndes und Totenstarres. Manches sah aus wie an der Kaimauer aus dem Treibgut gezogen: Algen, Muscheln, wabbliges Zeug. Immerhin roch es nicht so. Und, mein Gott, was war das denn? Seeigel?

Die Männer hatten ihr Gespräch beendet. Zuerst hatten sie viel gelacht, doch mehr und mehr waren sie still und ernst geworden. Der Japaner mit dem Spitzbart stellte dem Generaloberst eine Reihe von Fragen, auf die er jeweils den Kopf schüttelte. Zuletzt beide verstummt, trennten sie sich. Hatte es eine Verstimmung gegeben? Mit gepresst wirkendem Lächeln trat der Generaloberst auf Cathy zu. „Entschuldigen Sie, Miss Wong, ich musste noch einen alten Freund begrüßen. Ich hoffe, Sie haben sich nicht gelangweilt, wie unhöflich von mir. Aber ich werde mich revanchieren. Ich hätte jetzt Lust auf ein Gläschen Cognac und eine Zigarre. Bis das Dinner beginnt, bleibt noch eine halbe Stunde. Möchten Sie beide mich ins Raucherzimmer begleiten?"

Die Frage war, natürlich, rein rhetorisch gemeint. Mit bestimmender Geste geleitete der Generaloberst Cathy und Ryn Jong Mi in den Bankettsaal zurück, dann durch eine Seitentür in ein mit Holzmöbeln, Ledersesseln und Lüstern an der Decke gemütlich-protzig eingerichtetes Nebenzimmer. Nachdem sie Platz genommen hatten, gelang es Cathy immerhin, die angebotene Havanna, nicht aber den Cognac abzulehnen. „Auf Ihr Wohl, verehrte Miss Wong!" Der Fusel brannte nicht ganz so heftig wie Jeremys Whisky, aber er schmeckte zugleich irgendwie bitter und schal. Definitiv nicht ihr Ding.

„Na, der mundet Ihnen, was? Der ‚Paradis' ist auch der Edelste von Hennessy. Nicht für jeden Geldbeutel. Da muss man schon mal einen vierstelligen Dollarbetrag lockermachen. Wir nehmen ihn zur Bestechung unserer ranghöchsten Beamten und Militärs – na ja, *haben* ihn genommen. Die normalen ranghohen bekamen nur den XO, *extra old*, der nur etwa ein Fünftel so viel kostet. Unter unserem wahrlich von Herzen geliebten alten Führer hat in diesem Land eben noch alles seine Ordnung gehabt." Er seufzte tief auf, nahm einen großen Schluck und sann wehmütig dem vergangenen Paradies nach.

Ein wahrhaft geordnetes Land, dachte sich Cathy. Sehr wichtig war es da, auf welcher Seite der Ordnung man stand. Waren unter dem gleichen Geliebten Führer nicht auch Millionen Menschen verhungert? Das war, nachdem das staatliche Verteilungssystem zusammengebrochen war und die Menschen offiziell aufgefordert wurden, nun gefälligst für sich selbst zu sorgen. Nahrungsmitteleinfuhren aus dem Ausland wurden abgelehnt, für die nationale Sicherheit war es offenbar wichtiger, die Devisen für den Cognacimport einzusetzen.

„Wissen Sie, mit wem ich mich da eben unterhalten habe?" Der Generaloberst sah Cathy an. Sie schüttelte den Kopf. „Das war Kenji Fujimoto, der berühmte japanische Sushikoch des Geliebten Führers. Von 1988 bis 2001 war er sein persönlicher Chefkoch. Dann schickte ihn der Geliebte Führer nach Hokkaido, um den besten japanischen Uni zu besorgen, und er ist nicht wiedergekommen."

„Uni?", fragte Cathy verwundert.

„Seeigeleier", erklärte der Generaloberst. „Neben sonnengetrocknetem Meeräschenrogen und gepökelten Seegurkeninnereien eine der drei berühmtesten japanischen Delikatessen."

„Aha. Die Seeigel in der Küche", erinnerte sich Cathy.

„Genau. Als nach dem Tod des Geliebten Führers sein Sohn, der Marschall, an die Macht gekommen ist, hat er Fujimoto, der für die Kinder des Geliebten Führers wie eine Art Onkel gewesen war, die Flucht vergeben. Nach einem Kurzbesuch zog der es aber vor, nach Japan zurückzukehren. Bis ich ihn heute persönlich ins Land zurückgeholt habe, damit er unserem Marschall anlässlich eines rauschenden

Dinners seine Lieblingssushi bereitet. Darunter eben jenen Uni aus Hokkaido, den er seinem Vater so schmählich vorenthalten hat."

„Das ist sehr freundlich von Ihnen. Hat er Sie damit beauftragt?"

„Der Marschall? Nein, er weiß noch nichts davon. Es ist Teil einer kleinen Überraschung, die ich mir für ihn ausgedacht habe. Es hat in letzter Zeit gewisse … Missverständnisse gegeben, die ich anlässlich jenes rauschenden Dinners ein für alle Mal zu beseitigen gedenke."

„Aha." Cathy machte es unruhig, dass er ihr gegenüber so freimütig Interna aus dem Innersten der nordkoreanischen Führung ausplauderte. Welche Absicht verband er damit? Sie war ja nicht Dennis Rodman, der abgehalfterte US-Basketballspieler, der regelmäßig bei Kim Jong Un zu Gast war, oder sonst ein namhafter internationaler Freund des Staates. Sie versuchte, das Thema zu wechseln. „Worüber haben Sie mit ihm denn so lange gesprochen? Mit Fujimoto, meine ich?" Cathy, der die ganze Situation zunehmend absurd vorkam, hätte lieber nach dem Verbleib Kims und überhaupt nach den Plänen des Generalobersts mit ihnen beiden gefragt, aber sie spürte, dass er diese Frage irgendwie von ihr erwartete. Außerdem war ihr bewusst, dass jetzt nicht der Zeitpunkt für ihre eigentlich drängenden Fragen war.

„Mit Fujimoto? Über die alten Zeiten natürlich. Aber wenn Sie mich für einen kurzen Moment entschuldigen …" Ein Mann in graubrauner Uniform war an die Tür getreten und hatte dem Generaloberst ein Zeichen gegeben. „Ach, Ryn Jong Mi, erzählen Sie der werten Miss Wong doch so lange von unserem Gespräch, Sie haben schließlich alles übersetzt. Bin gleich wieder zurück. Und nehmen Sie kein Blatt vor den Mund – nicht, dass Sie mir Jang Song Thaek unterschlagen, bloß weil er nun offiziell nie existiert hat. Wir haben ja keine Geheimnisse vor unserem bezaubernden Gast." Er lächelte Cathy etwas schmierig an und war schon durch die Tür verschwunden.

Gehorsam begann Ryn Jong Mi zu erzählen. Von den guten alten Zeiten unter dem Geliebten Führer. Als der Sushikoch und der Generaloberst beide Teil seiner Entourage gewesen waren. Von ausgelassenen Partys, die vier Tage am Stück dauern konnten. Wie sie mit dem Geliebten Führer in seinem kugelsicheren Privatzug durchs Land gefahren und in sein bombenfestes unterirdisches Schwimmbad gesprungen waren. Wie Fujimoto in der Welt herumgeflogen war, um für die Banketts des Geliebten Führers immer das Erlesenste zu besorgen: neben Sushi aus Japan etwa Bier aus Tschechien, Champagner und Bordeaux aus Frankreich, Kaviar aus dem Iran und Big Macs aus Peking. Vom Wein-, Weinbrand- und Whiskykeller des Geliebten Führers mit über zehntausend Flaschen und eingebauter Karaokebar berichtete sie. Wie Fujimoto gemeinsam mit dem Geliebten Führer dessen Lieblings-Clint-Eastwood- und Arnold-Schwarzenegger-Filme angesehen und über die Vorzüge von Haifischflossensuppe diskutiert hatte. Wie er gegen ihn im Jetski-Rennen gewonnen hatte, ihm aber im Wetttrinken unterlegen war. Stockend begann Ryn Jong Mi auch vom Gespräch der alten Freunde über die ‚Lustbrigade‘ des Geliebten Führers zu berichten: blutjunge, schöne Mädchen, die bei den Gelagen in der großen Banketthalle Nummer acht in Pjöngjang für Tanz und Unterhaltung sorgten. Bei diesem Punkt, so Ryn Jong Mi mit ausdrucksloser Mimik, habe sich das Gespräch lange aufgehalten: Wie der Geliebte Führer, aus einer Cognaclaune heraus, den Damen einmal zugerufen habe, sich zu entkleiden, und den Herren, mit den nackten Damen zu tanzen, wobei er jede Berührung aber als persönlichen Diebstahl ahnden werde. Solcherart sei der Humor des Geliebten Führers gewesen. Bei guten Bekannten wie dem Generaloberst und seinem engen Freund Jang Song Thaek, dem Gemahl der einzigen Schwester des Geliebten Führers, habe der Geliebte Führer hinsichtlich jener ‚Berührungen‘ aber schon mal eine Ausnahme gemacht. Cathy konnte erkennen, wie unbehaglich es Ryn Jong Mi war, das alles zu erzählen. Schließlich verstummte sie. Cathy jedoch war neugierig geworden. Vielleicht wollte sie Ryn Jong Mi auch nur ein wenig quälen. „Und was war das am Ende?“, hakte sie nach. „Es sah fast so aus, als habe es eine Verstimmung zwischen den alten Freunden gegeben.“

„Nein, nein.“ Ryn Jong Mi wiegelte ab. „Fujimoto hat sich nur nach einigen guten Kameraden aus den alten Tagen erkundigt.“

„So wie diesem Jang Song Thaek?“ Ryn Jong Mi antwortete nicht, aber Cathy hatte verstanden. Der ganze Bericht der Dolmetscherin hatte Cathy an die Gespräche ehemaliger Schulkameraden bei einem Klassentreffen erinnert, wenn die Anekdoten von damals wieder hervorgeholt und Erinnerungen an Besäufnisse, Streiche, pikante Liebschaften, wilde Partys ausgetauscht werden. Und dann die etwas beklommene Stimmung, wenn der seither Verstorbenen gedacht wird.

Unbemerkt war der Generaloberst wieder zu den beiden Frauen getreten. Er flüsterte Ryn Jong Mi etwas zu, worauf sie mit einer kleinen Verbeugung den Raum verließ. „Tja, die alten Zeiten", sagte er dann. „Von den Kameraden von damals ist mir, von Fujimoto einmal abgesehen, nur mein Freund Pak Song Rim geblieben, der erst gestern von einer längeren Auslandsreise zurückgekehrt ist und unser heutiges Festmahl dankenswerterweise mit seiner Anwesenheit beehrt, obwohl er morgen früh schon wieder in geschäftlichen Dingen nach Macao reisen muss. Tja, unter dem Sohn des Geliebten Führers herrschen nun andere Sitten, und er ist den alten Gespielen seines Vaters nicht sonderlich gewogen. Das nennt man wohl einen Generationskonflikt."

Cathy blickte den fülligen Generaloberst überrascht an, worauf der leise auflachte. „Nun ja, es ist – unter uns gesagt – kein großes Geheimnis, dass der Marschall und ich nicht die besten Freunde sind. Wir haben in gewissen Punkten nun mal unterschiedliche Ansichten."

„Und das können Sie so offen sagen? Ich denke, in Nordkorea ist die Meinungsfreiheit …"

Nun lachte er laut. „Ja, das kann ich. Zumindest hier und jetzt, in meinen Räumen, mit niemandem als Ihnen an der Seite, meine hochverehrte Cathy Wong, der ich schon keine Gelegenheit geben werde, einen indiskreten Gebrauch von meinen Äußerungen zu machen. Außerdem müssen Sie meine herausgehobene Stellung beachten: Sie sitzen einem der ranghöchsten Militärs *Chosons* gegenüber, der zudem eine wichtige Rolle in der geheimen Steuerungszentrale des Landes spielt, der sogenannten ‚Abteilung für Organisation und Leitung'. Ansonsten: Schon die bloße Andeutung, mit einer Entscheidung des Obersten Führers nicht hundertprozentig zufrieden zu sein, bringt einen Nordkoreaner natürlich mindestens ins Arbeitslager."

„Aber Sie können sich Kritik leisten?"

„Nicht offiziell, wo kämen wir da hin. Im Grunde kann ich mir gar nichts leisten. Aber ich *muss*, verstehen Sie? Ich und die Meinen haben ein gewagtes Spiel gespielt, das nun in die letzte Runde geht, und die nächsten Tage werden die Entscheidung bringen – so oder so." Er blickte düster-verbissen vor sich hin. Dann machte er eine Kopfbewegung, wie um alle drückenden Gedanken abzuwerfen. „Aber wieso erzähle ich Ihnen das alles? Heute Abend wollen wir jedenfalls nochmal unseren Spaß haben, nicht? Trinken Sie noch ein Schlückchen; hier, ich schenk Ihnen noch einmal fünfzig Dollar ein. Und dann werde ich der Kapelle den Befehl geben, mit dem Musizieren anzufangen. Das Fest kann beginnen! Tanzen Sie eigentlich, Miss Wong?"

Zwei Männer erschienen mit Ryn Jong Mi im Türrahmen. Einer greise und kränklich wirkend, der andere ein strammer Mitfünfziger mit wachsam funkelnden Augen „Ah, meine Freunde Pak Song Rim und Kyok Kwon Il, da sind Sie ja. Wenn die Damen schon einmal vorausgehen würden? Ich bin dann gleich bei Ihnen." Als sie Cathy wieder in Empfang nahm, warf Ryn Jong Mi den beiden Männern zum Abschied ein Lächeln zu, das breit erwidert wurde. Alte Bekannte.

*

Jeremy war noch nie gefoltert worden, aber er war der Ansicht, dass es Erfahrungen im Leben gibt, die man nicht unbedingt selbst gemacht haben muss, um mitreden zu können. Seine entsprechende Neugier hatte sich mithin auch in Grenzen gehalten. So unangenehm es war, was er in den folgenden Stunden erdulden musste, ihm wurde bald klar, dass seine Folterknechte sozusagen mit angezogener Handbremse arbeiteten und peinlich darauf bedacht waren, ihm nichts anzutun, was sichtbare Schäden hinterlassen würde (von dem einen oder anderen Schlag oder Peitschenhieb, wenn er nicht parierte, einmal abgesehen). Stattdessen hatte man ihn nun mit dem Kopf nach unten auf einem breiten Brett fixiert, ihm einen nassen Lappen über Nase und Mund gelegt und den Lappen ununterbrochen mit Wasser begossen, so dass er glaubte, im nächsten Moment zu ertrinken. Jeremy wusste, dass das „Waterboarding" genannte simulierte Ertränken in den USA unter George W. Bush kurzerhand zur erlaubten Nicht-Folter erklärt worden war, bis Barack Obama dem wieder einen Riegel vorgeschoben hatte. Ja, kopierten die Nordkoreaner nun selbst die Foltermethoden ihres Erzfeindes? Aber die Sprache der Folter war wohl international.

Wie um ihm das Gegenteil zu beweisen, wurden Jeremy als Nächstes die Arme hinterm Rücken über Kreuz gelegt und an eine in niedriger Position an der Wand angebrachte Eisenstange gekettet. „Taubenfolter, eine koreanische Spezialität", erläuterte stolz der oberste Folterknecht – er war der Einzige, der mit Jeremy redete, sprach erstaunlich gut Englisch und wirkte überhaupt hochgebildet; ein Eindruck, der durch seine großen Brillengläser und den gut sitzenden Anzug noch verstärkt wurde. Jeremy hatte von dieser Foltermethode, bei der man weder stehen noch sitzen konnte, bereits gelesen, aber nicht recht begriffen, was daran so schlimm sein sollte. Jetzt wusste er es. Manches musste man eben doch selbst erlebt haben. Nach zwei Minuten fühlte er sich an eine jener unangenehmen Turnübungen erinnert, die er im Sportunterricht so gehasst hatte. Nach einer halben Stunde hätte er wohl gestanden, persönlich einen Mordanschlag auf Kim Jong Un geplant zu haben, wenn man ihn danach gefragt hätte.

Doch man fragte ihn nicht danach. Man fragte ihn nach Mie. Mie hatte Recht gehabt: Die hatten nicht vor, ihre ehemalige Agentin, die sich in den Süden abgesetzt hatte, davonkommen zu lassen, und jetzt waren sie ihr auf der Spur. Sie wussten von Jeremys Treffen in Berlin und Küsnacht mit Mie, und jetzt wollten sie mehr herausfinden. Doch diese Monster konnten mit Jeremy machen, was immer sie wollten, sie würden ihn nie dazu bringen, ein Sterbenswörtchen darüber zu verraten, was er über Mie wusste. Er dachte an die Folterkammer „Raum 101" in Orwells *1984*, wo die angedrohte Alptraum-Folter den Protagonisten Winston Smith psychisch zerbricht und ihn die Treue zu seiner Geliebten Julia verraten lässt. Nein, er würde Mie niemals verraten. Und wenn er drei Tage in dieser Position ausharren musste!

Nach einer Stunde Taubenfolter schrie er heraus, dass er sich vor drei Tagen mit Mie in Peking getroffen habe und sie dann nach Seoul weitergeflogen sei, wo sie in einem kleinen Apartment in Gangnam wohne, gleich neben dem Teheranno Boulevard.

Sofort befreite man ihn aus seiner unangenehmen Lage und band ihn auf eine Art Operationsstuhl. Man schnallte ihm ein Stirnband um den Kopf, in dem offenbar Sensoren angebracht waren. Der oberste Folterknecht deutete auf eine Apparatur nebst Computerbildschirm auf einem Tisch daneben. „Made in South Korea", erläuterte er. „Eine Neuentwicklung der Firma Brainweb. Höchste Qualität." Da begriff Jeremy, dass alles Bisherige nur Vorgeplänkel gewesen war. Und wieder stellte man ihm Fragen. Nach Mie. Nach den Dokumenten.

*

„Nehmen Sie Platz, meine verehrten Herren. Sehr gut, Genosse Kyok Kwon Il, dass Sie sogleich aus Pjöngjang hergefahren sind und meinen alten Freund mitgebracht haben. Ein Gläschen Cognac? Ah, Genosse Pak Song Rim hat sich schon bedient." Der alte Koreaner war in einen der Ledersessel gesunken und hatte nach dem Glas gegriffen, das Cathy stehen gelassen hatte. „Ich bin ein alter Mann, mein lieber Ryang Kee, aber ich sehe, Sie haben das richtige Lebenselixier für mich. ‚Paradis‘, wie früher! Wie in den guten alten Tagen." Eine Träne der Freude glänzte in den Augen des gebrechlichen Alten auf.

Der Generaloberst hatte nun auch sich und Kyok die Schwenker gefüllt. „Auf die alten Zeiten! Auf den Geliebten Führer, den Ewigen Vorsitzenden des Nationalen Verteidigungskomitees der Demokratischen Volksrepublik Korea. Wie sehr er uns doch fehlt." Die drei Männer tranken schweigend, dachten an früher. Dann ergriff Choe Ryang Kee erneut das Wort. „Leider haben wir heute wenig Zeit zum Gedächtnis, die Zeiten sind turbulent und sollen sich bald ändern. Zudem wartet eine Dame auf mich …" Der Generaloberst merkte, dass der Zusatz nicht ganz zu seinem heroischen Tonfall gepasst hatte, und fuhr mit schneidiger Stimme fort: „Also, meine Herren. Lassen Sie uns zur Sache kommen. Wie wir alle wissen, war Ihr Unternehmen in Deutschland und der Schweiz nicht gerade durchweg von Erfolg gekrönt. Es ist uns nicht gelungen, das Zustandekommen weiterer Annäherungsgespräche zu vereiteln; es ist uns nicht gelungen, unseren großen Deal zum Abschluss zu bringen; es ist uns nicht gelungen, die Gelder von den Schweizer Konten in Sicherheit zu bringen, und stattdessen haben wir unsere wichtigste europäische Verbindungsbank verloren. Was die ersten beiden Punkte angeht, können wir Ihr Versagen in Europa nun korrigieren. Durch mein geplantes Vorhaben, auf das ich gleich zu sprechen kommen werde, werden wir dem Annäherungsprozess ein gründliches Ende setzen. Und was den großen Deal angeht, habe ich einen anderen Weg gefunden: Eines unserer Schiffe, die ‚Chong Chon Gang‘, ist heute von Hungnam aus in See gestochen und wird sich auf dem Koreanischen Ostmeer mit einem Frachter unter vietnamesischer Flagge mit vorwiegend arabischer Besatzung treffen, wobei dann ein gewisses Paket seinen Besitzer wechseln wird. Die Zahlungsmodalitäten sind ebenfalls geklärt: Mir wurde versichert, dass die entsprechende Summe in Bargeld, Aktien und Wertgegenständen nun in einem Tresorraum in Macao liegt. Sie, Genosse Pak Song Rim, fliegen gleich morgen früh in einer bereitstehenden Maschine nach Macao und übernehmen die Abwicklung. Ich weiß, das ist alles etwas umständlich, der Weg über unsere Schweizer Bank wäre natürlich der elegantere gewesen. Womit wir wieder beim dritten Punkt angelangt sind – und beim schmerzlichen Verlust unserer Schweizer Konten, auf die wir so bald wohl keinen Zugriff mehr erhalten werden."

„Immerhin haben wir Lee Hyun Hae, diesen karrieregeilen Günstling des Marschalls, aus dem Verkehr gezogen, der uns sehr gefährlich hätte werden können", warf Pak Song Rim ein und goss sich nach.

„Richtig. Dadurch haben wir verhindert, dass sich der Klan des Marschalls an jenen nun eingefrorenen Schweizer Geldern bereichern kann, die doch Eigentum des koreanischen Volkes und seiner wahren rechtmäßigen Vertreter sind", bestätigte der Generaloberst. „Dank dem aufopferungsvollen Einsatz unserer Genossin Ryn Jong Mi, die auch heute Abend wieder unter uns weilt, die ich jedoch aus gewissen Gründen lieber mit der Betreuung meines speziellen weiblichen Gastes beauftragt habe, konnten wir immerhin einen kleinen Teil dieser Gelder retten. Das Wichtigste aber ist, dass es ihr in der Schweiz zudem gelungen ist, jene so lange gesuchten Dokumente für mich zu sichern, die ein für allemal beweisen – wir sind unter uns, meine Herren, und ich kann offen sprechen –, dass die Herrschaft der Kim-Dynastie eine angemaßte ist, die wir rechtmäßig zu Fall bringen müssen."

Pak Song Rim krümmte sich, als habe er ziehende Zahnschmerzen. „Aber, hochverehrter Genosse, angemaßt oder nicht: Das Volk braucht und liebt seinen Führer. Es ist auf ihn angewiesen. Wir können ihn ihm nicht einfach wegnehmen. Ohne ihn sind sie doch alle wie kleine Kinder. Unschuldig, verletzlich, orientierungslos." Mit Schmerzensmiene nahm er einen tiefen Schluck aus seinem Schwenker.

„Natürlich. Das weiß ich. Das Volk braucht die *Gestalt* des Führers. Die will ich ihm auch nicht nehmen. Jedenfalls zunächst nicht. Doch wirklich führen soll fortan die wahre Blutlinie, jene, die schon damals geführt hat, als im Stahlbad der Schlacht von Pochonbo unsere Nation geschmiedet wurde – nun vertreten durch den Enkel des großen Choe Hyon, des Helden von damals."

„Sie halten also an Ihrem Plan fest, hochverehrter Genosse?"

„Wir haben keine andere Möglichkeit. Wir haben uns schon zu weit vorgewagt. Nun gibt es kein Zurück mehr. Er oder wir. Die nächsten Tage entscheiden."

Pak Song Rim seufzte und ließ wehmütig den alten Cognac auf der Zunge zergehen. „Wann soll es so weit sein?"

„Morgen. Für übermorgen ist in Pjöngjang das Treffen mit dem südkoreanischen Wiedervereinigungsminister sowie weiteren internationalen Diplomaten angesetzt, bei dem es um die Unterzeichnung eines Annäherungsvertrages und die anvisierte Wiederaufnahme der Sechs-Parteien-Gespräche geht – ein Treffen, bei dem der Marschall, wie wir alle befürchten müssen, Schritte zum Verrat zentraler Interessen unseres geliebten Vaterlandes unternehmen wird. Im Vorfeld hat der Marschall schon für morgen Abend zu einem symbolischen sogenannten Versöhnungsdinner in der großen Banketthalle Nummer acht geladen, und es heißt, auch hierzu habe, neben einigen hochrangigen UN-Vertretern, der südkoreanische Wiedervereinigungsminister sein Erscheinen angekündigt. Auch ich und weitere hohe Militärs sind eingeladen, offenbar will der Marschall *allen* noch einmal die Hand zur Versöhnung reichen. Als kleine Überraschung für den Marschall habe ich den japanischen Sushikoch Fujimoto einfliegen lassen, der ihm seine Lieblingsspezialitäten bereiten soll. Wie Sie wissen, kennt ihn der Marschall aus seinen Jugendtagen, und Fujimoto ist fast wie ein Onkel für ihn. Ich meine, damit wir das nicht missverstehen … der Marschall *mag* ihn jedenfalls sehr und vertraut ihm bedingungslos. Das heutige Vorbereitungsdinner ist gewissermaßen die Generalprobe. Und außerdem wäre da noch meine Geheimwaffe, ein Meisterwerk gesamtkoreanischer bioelektronischer Ingenieurskunst, das ich heute eigens aus Kaesong habe kommen lassen. Mein Plan sieht nun vor …"

Es klopfte. Der Generaloberst, der mit verhaltener Stimme gesprochen hatte, zuckte zusammen. Konnte da jemand womöglich … Aber nein, er war hier der Herr im Haus und hatte im Laufe der vergangenen Jahre sorgfältig sichergestellt, dass ihn niemand gegen seinen Willen ausspionieren konnte. „Herein!", rief er laut. Mit einer demütigen Verbeugung trat ein Männchen im Anzug in den Raum. Auf seiner gesenkten Nase prangte eine überdimensioniert wirkende Brille.

„Ah, Kim Myung Chul, kommen Sie rein. Und, was hat Ihnen unser englisches Vögelchen gezwitschert? Reden Sie nur offen heraus, die beiden Männer sind enge Vertraute. Aber fassen Sie sich kurz, eine Dame wartet auf mich, und das Festbankett harrt seiner Eröffnung."

Kim Myung Chul sah sich im Raum um, nickte den beiden anderen Männern ergebungsvoll zu und begann: „Da wir uns, gemäß Ihrer Anweisung, hochverehrter Generaloberst, auf eher weiche Verhörmethoden sowie den neuen Brainweb-Lügendetektor beschränkt haben, sind die Ergebnisse unserer bisherigen Befragung in vielen Punkten als *vorläufig* einzustufen. Trotzdem können wir davon ausgehen, dass er uns in allem, was wir wissen, letztlich die Wahrheit gesagt hat – ich habe in meinem Leben schon so viele befragt und dabei selten einen derart schlechten Lügner erlebt. Trotzdem ist nicht auszuschließen, dass er uns noch nicht die *ganze* Wahrheit gesagt hat. Also, Folgendes darf als gesichert gelten: Der Engländer ist nach Pjöngjang gereist, um sich mit dem aktuellen Stand des Baus eines sogenannten Freundschaftszentrums vertraut zu machen, das angeblich im Ryugyong-Hotel eingerichtet werde. Außerdem steht er einer Stiftung vor, die offenbar schon erhebliche Beiträge zur Finanzierung dieses Zentrums geleistet hat. Er will herausfinden, wo diese Gelder verblieben sind, und außerdem dem Verdacht nachgehen, dass seine Stiftung zur Geldwäsche illegaler Geschäfte mit unserem geliebten Vaterland missbraucht wurde."

Choe Ryang Kee lachte auf. „Um das herauszufinden, reist er mal eben hierher. Rührend. Stimmt, von diesem Freundschaftszentrum habe ich schon gehört. Kyok, haben Sie nicht etwas damit zu tun?"

Kyok Kwon Il, als der rangniedrigste der drei um ihre Cognacgläser sitzenden Männer, hatte sich bisher ehrerbietig im Hintergrund gehalten. Nun reckte er sich auf. „Jawohl, hochverehrter Genosse Generaloberst. Ich bin der designierte Leiter dieses Zentrums."

„Und? Wie steht es um das Anliegen des Engländers?"

„Das entsprechende Stockwerk ist nach wie vor Rohbau, Genosse Generaloberst. Auf Ihren Befehl hin blieben die zur Verfügung gestellten Gelder zunächst dringlicheren Angelegenheiten vorbehalten."

„Stimmt, ich erinnere mich. Wir haben Sie für den Kauf von Lügendetektoren und zur Finanzierung jenes Geschäfts zur Unterstützung der antiimperialistischen Freiheitskämpfer in der Levante eingesetzt, das in diesen Tagen zum Abschluss kommen soll." Er lächelte breit. „Wenn Sie den Engländer also auf den neusten Stand bringen wollen, mein verehrter Kyok … Sie wissen ja, wo Sie ihn finden. Ich habe noch nicht endgültig entschieden, wie wir weiter mit ihm verfahren, aber jedenfalls werden wir dafür sorgen, dass er von seinem Wissen keinen für uns nachteiligen Gebrauch machen kann. – Fahren Sie fort, Kim Myung Chul. Und kommen Sie jetzt bitte zu den wichtigen Punkten."

Kim Myung Chul verneigte sich. „Was jene räudige Verräterin angeht, die unser Vertrauen auf die schändlichste Weise betrogen hat, so ist sein Wissensstand leider enttäuschend. Er erzählte von Treffen in Berlin, Küsnacht, Peking. Bisher kaum brauchbar Neues. Keine weitere Kontaktaufnahme. Aber wir bleiben dran. Offenbar ist er sehr in sie verliebt. Und sie womöglich auch in ihn."

„Wir könnten ihn freilassen, wenn wir hier mit allem fertig sind", schlug der alte Pak vor. „Ihn als Lockvogel benutzen. Dann wird sie uns schon auf den Leim gehen, wenn sie so in ihn verliebt ist."

„Wenn wir hier mit allem fertig sind, wird eine neue Zeit angebrochen sein", sann Choe Ryang Kee. „Und alles erscheint im Lichte der neuen Zeit. Deshalb, am wichtigsten – wie steht es mit den Dokumenten? Hat er sie gesehen? Hat er sie verstanden?"

„Daran besteht kein Zweifel." Kim Myung Chuls große Brille wippte feierlich auf und ab. „Das hat der Hirn-Fingerabdruck der Brainweb-Maschine eindrucksvoll bewiesen. Ein wirklich großartiger Apparat! Er misst die Gehirnströme und stellt dabei unter anderem fest, ob dem Befragten bestimmte Details bekannt sind. Präsentiert man ihm ein bekanntes Reizmuster – also etwa einem Mordverdächtigen ein Bild vom Tatort –, tritt, sofern er die Tat tatsächlich begangen hat, bei Beginn des kognitiven Verarbeitungs- und Erinnerungsprozesses etwa 300 Millisekunden nach der Darbietung des

Reizes die sogenannte P300-Reaktion ein, der unleugbare Beweis dafür, dass …“

„Bitte keine wissenschaftlichen Ausführungen, Kim Myung Chul! Wie Sie wissen, interessiert mich nur das Ergebnis Ihrer Befragungen, nicht die kleinen unappetitlichen Details auf dem Weg dorthin!“

„Mit dieser neuen Maschine ist es jedenfalls eine saubere und völlig unblutige Sache. Aber, wie auch immer: Wir haben ihm Kopien der Dokumente gezeigt, die Ryn Jong Mi in der Schweiz sichergestellt hat. Eine bilderbuchmäßige P300-Reaktion, also ein deutliches Zeichen des Wiedererkennens. Wir haben ihn mit Auszügen der Inhalte konfrontiert, und es besteht kein Zweifel, dass er zumindest mit den zentralen Punkten vertraut ist. Irgendwer muss sie ihm übersetzt haben. Bestimmt jene räudige Hündin, die sich jetzt vor uns versteckt hält.“

„Mh.“ Der Generaloberst legte die Stirn in Falten. „Das ist bedauerlich für unseren englischen Freund. Es ist unangenehm für mich, wenn es jemanden gibt, der über dieses brisante Wissen verfügt. Jedenfalls solange wir nicht entschieden haben, wann und in welcher Form wir es publik machen. Der Übergang der dynastischen Blutlinie von den Kims, diesen usurpatorischen Thronräubern, auf die wahren und rechtmäßigen Väter des Landes, die Choes, ist ein schwieriges Unterfangen, wofür es in unserem Land des Führerkults viel Zeit und Fingerspitzengefühl braucht. Mh.“ Die Falten wurden nur noch tiefer.

„Wir könnten ihm dieses Wissen auch *herauswaschen*“, schlug Kim Myung Chul voll Tatendrang vor. „Entweder mit unseren traditionellen Mitteln oder mit den neuen …“ Der Generaloberst machte eine unwirsche Handbewegung. „Jaja, wir werden sehen. Ist das alles?“

„Ja. Das heißt, da ist noch ein Befund, der uns stutzig macht. In Zusammenhang mit den Dokumenten. Nachdem wir sie ihm alle präsentiert haben. Da ist eine Gehirnwelle, die wir nicht recht interpretieren können. Irritation? Verwunderung? Wir wissen es nicht.“

„Mh. Dann gehen Sie dem nach. Wenn es mit den neuen Apparaten nicht fruchtet, gern auch unter Rückgriff auf unsere traditionell robusteren Befragungstechniken. Aber, bitte, weiterhin ohne unschöne bleibende Spuren. Ich glaube es zwar nicht, aber vielleicht tritt doch noch der Fall ein, dass es sich empfiehlt, ihn vom Westen eintauschen oder freikaufen zu lassen. Doch jetzt ist es höchste Zeit, die Festlich-keiten des Abends offiziell zu beginnen. Kommen Sie, meine Herren."

*

„Na, Kim, dir schmeckt es ja heute!" Sie saßen in der Mitte an der In-nenseite der hufeisenförmig angeordneten Tische, und wenn Cathy sich umblickte, sah sie, dass zu beiden Seiten alle Plätze mit Männern in ordenbehängten graubraunen Uniformen besetzt waren, rote Dikta-torenbildchen an jeder Brust. Ein bedrohliches Bild, wenn nicht … Cathy war sehr froh gewesen, Kim wiederzusehen und sogar neben ihm sitzen zu dürfen. Weniger froh war sie, dass Ryn Jong Mi auf der anderen, rechten Seite neben ihr Platz genommen hatte – außer Cathy und den leicht bekleideten Musikerinnen, die auf der Bühne koreani-sche Popsongs darboten, die einzige Frau im Raum. Und dass ihnen gegenüber der wohlgenährte Generaloberst saß, der sie mit seinem leicht schmierig wirkenden Lächeln ansah, das mit jedem geleerten Glas nur umso schmieriger wurde. Was wollte der fette Idiot von ihr?

Cathy beschloss, sich lieber ganz auf Kim zu konzentrieren. So ein beseligendes Gefühl, wieder bei ihm zu sein! Er saß da neben ihr, schweigsam, konzentriert, und verzehrte mit der ihm eigenen gefass-ten Gelassenheit unterschiedslos jeden neuen Gang, den man vor ihn hinstellte. Cathy war erstaunt über diesen großen Appetit, den sie sich damit erklärte, dass Kim noch zu Kräften kommen müsse, und war nur froh, dass er das gefüllte Weinglas vor sich unangerührt stehen ließ. Ganz der alte hochdisziplinierte Kim, der niemals Alkohol trank.

„Na, Kim, dir schmeckt es ja heute!" Er drehte den Kopf und sah sie mit seinen Augen an, in denen es irgendwie kalt und warm zugleich schimmerte. „Ja, oh ja. Mir schmeckt es heute!"

Und auch ihr schmeckte es. Und wie! Zwar war Cathy (von Jakobs-muscheln und Tintenfischringen einmal abgesehen) dem Verzehr von wirbellosen Tieren gegenüber eher skeptisch eingestellt, aber nachdem sie sich auf wiederholtes Bitten des Generalobersts nun doch über-wunden hatte, musste sie feststellen, dass der Seeigelkaviar aus Hokka-ido wirklich köstlich schmeckte. Wie überhaupt alle Sushi und Sashi-mi Fujimotos sehr delikat waren. Besonders angetan hatte es Cathy ein in hauchdünne Scheiben geschnittener Fisch, der beim Kauen ein angenehm-erregendes Prickeln auslöste. Sie konnte davon gar nicht genug bekommen. „Was ist das eigentlich für ein lustiger Fisch?", wandte sie sich, all seine Schmierigkeit für einen Moment vergessend, an den Generaloberst und konnte dabei, sie wusste nicht, warum, ein kleinmädchenhaftes Kichern nicht unterdrücken.

„Das? Das ist Fugu. Eine der großen Spezialitäten Fujimotos."

„Fugu? Doch nicht etwa dieser tödlich giftige Kugelfisch?"

„Nun ja, hängt alles von der Zubereitung ab. Fujimoto ist ein echter Fugu-Künstler. Die hohe Kunst besteht darin, gerade genug Gift im Fisch zu belassen, damit sich beim Verzehr ein euphorisches Hochgefühl einstellt, ohne dass es zu Vergiftungserscheinungen kommt. Freut mich, dass es Ihnen so schmeckt." Choe Ryang Kee legte mehrere Scheiben Sashimi übereinander und schob sie sich in den Mund. „Ah!", schmatzte er, „spüren Sie dieses Kribbeln? Das Fugu-Gift!"

Cathy, von einem leisen Schwindelgefühl beschlichen, beschloss, sich besser doch an die Uni-Seeigeleier zu halten. Der Generaloberst schien ihre Gedanken erraten zu haben, denn plötzlich setzte er wieder sein schmieriges Lächeln auf und hob seinen Champagnerkelch. „Kommen Sie, Miss Wong! Trinken Sie! Auf uns! Auf dieses Kribbeln!" Eher widerwillig stieß Cathy mit ihm an.

Das geordnete Dinner begann nun mehr und mehr in ein ungeordnetes Gelage überzugehen. Der kränklich wirkende Alte rechts des Generaloberst – er war Cathy als Pak Song Rim vorgestellt worden – hatte, zumindest zwischen den einzelnen Schlucken aus seinem großen Glas, seinen Kopf auf den Teller gelegt, klopfte mit der Faust auf die Tischplatte und rief immer wieder die gleiche koreanische Beschwörungsformel. „Die gute alte Zeit, die gute alte Zeit", dolmetschte der Generaloberst ungefragt. Dann zog er ein Tütchen aus der Tasche, dessen Inhalt wie weiße Salzkristalle aussah, und ließ es am Tisch herumgehen. Jeder bediente sich. Die meisten schnupften das weiße Zeug durch gerollte Geldscheine. Cathy war entsetzt: Kokain?

„Wir nennen es *bingdu*", beschwichtigte Choe Ryang Kee, „das heißt so viel wie ‚Eis'. Harmlose Amphetamine. Das nimmt man bei uns so, wie man anderswo Kaffee trinkt." Er nötigte Cathy und, zu ihrem Unbehagen, auch Kim dazu, etwas davon zu probieren. „Halt, nicht so viel! Sie werden sehen, es macht einfach wach, aktiv und gut gelaunt – wie Espresso, nur besser." An Ryn Jong Mi gewandt setzte er hinzu: „Wie nennt man das noch im Westen?" Die unheimliche Frau zeigte ihr kaltes Lächeln. „Crystal Meth", sagte sie ungerührt. Cathy fand diese Aussage wenig beruhigend, musste aber zugeben, dass sie sich auf einmal viel wacher fühlte und das eigenartige Schwindelgefühl nach all dem Fugu und Champagner in einen Zustand gesteigerter Klarheit übergegangen war. Vielleicht war es ja doch keine so schlimme Droge, wie es in den Medien hieß. Oder wollten sich die so eifrig zugreifenden Militärs ringsum alle umbringen?

Der Generaloberst wandte sich an Cathy und lachte: „Spüren Sie dieses Kribbeln?" In der Tat zog ihr ein Kribbeln durch die Nase und über den Nacken, als seien dort tausend Ameisen unterwegs. Aber es war angenehm – sie fühlte sich leicht und über alles erhaben. Und zugleich so klar. Alle Nebel hoben sich von ihrem Bewusstsein. Egal, was diese verrückten Koreaner mit ihr vorhatten – sie würden Cathy nichts anhaben können. Nicht mit Kim an ihrer Seite.

Der Generaloberst hatte sich vom Tisch erhoben und war mit seinem Handy zur Seite getreten – ein nordkoreanisches Arirang-AS1201-Smartphone, in das er unverständliche Anweisungen bellte, wie bereits mehrmals zuvor an diesem Abend. Jetzt kehrte er mit breitem Lächeln an den Tisch zurück. Er beugte sich zu Cathy hinüber.

„Wissen Sie eigentlich, dass bei uns in *Choson* Ehen mit Angehörigen anderer Rassen verboten sind? Auch mit Chinesen. Wenn etwa nach China geflohene Frauen, die dort häufig von den Bauern als käufliche Sexsklavinnen gehalten werden, von den Behörden aufgegriffen und schwanger über die Grenze zurückgebracht werden, werden sie hier erst einmal zur Abtreibung gezwungen. Oder umgebracht. Im Unterschied zum degenerierten Süden bewahren nur wir die wahre Rasse, die darum bald über ganz Korea herrschen wird. Dennoch sollten da in Zukunft *gewisse* Ausnahmen möglich sein, zumindest in den führenden Kreisen. Verstehen Sie, was ich meine?"

Nein, Cathy verstand nicht. War dieses Lächeln nun schmierig oder einfach nur spitzbübisch? Wollte der ihr womöglich gar den Hof machen? Ein übergewichtiger nordkoreanischer General? Irgendwie fand das Cathy zugleich schmeichelhaft und absurd. „Wie auch immer, ich bin schon glücklich verheiratet – mehr oder *weniger*."

„Aber wenn Ihr Mann nicht mehr am Leben wäre, dann wären Sie nicht mehr an ihn gebunden, nicht wahr?"

„Natürlich nicht. Das ‚Bis dass der Tod euch scheidet' gilt ohnehin nur für Katholiken."

Er klatschte vergnügt in die Hände. „Sehr gut. Sie müssen wissen, ich bin ein mächtiger Mann und werde bald noch mächtiger sein. Selbst im Ausland kennt und fürchtet man mich. Man nennt mich dort den Puppenspieler. Aber in Wahrheit bin ich Choe Ryang Kee, der Enkel Choe Hyons, der einst statt Kim Il Sung den Angriff auf Pochonbo befehligte, und damit der Erbe der wahren, echten Blutlinie des Paektu. Miss Cathy Wong: Was würden Sie davon halten, die First Lady des neuen Nordkorea zu werden?" Dabei lachte er über das ganze Gesicht.

Cathy stand einen Moment kurz davor, laut loszuprusten, dann erstarrte sie. Was war das für eine verrückte Frage? Was war das für eine verrückte Situation? Und, vor allem, was war das für ein verrückter Mann? In jedem Fall hatte er die Macht, sie für eine falsche Antwort sofort umbringen zu lassen. Jetzt nur keinen Fehler machen, Cathy! „Das ... das ... wäre natürlich zu überlegen." Und was, überhaupt, war denn mit Kim? Er saß neben ihr und schaufelte ungerührt rohen Fisch in sich hinein. Hatte er von dieser ungeheuren Frage nichts mitbekommen? Aber, andererseits: Auch Kim durfte jetzt nichts Unüberlegtes tun. Erneut bewunderte sie seine Beherrschtheit.

„Überlegen Sie sich's gut, Miss Cathy Wong. Sie mit Ihren chinesisch-amerikanischen Wurzeln. Was für ein machtvolles Zeichen der internationalen Versöhnung!" Erneut klatschte er feixend in die Hände, dann stand er auf und schlug mit dem Löffel machtvoll an sein Sektglas. Sofort Totenstille ringsum. Auch die Musik verstummte. Nur der alte Pak Song Rim fuhr damit fort, seinen Kopf auf den Teller zu schlagen und leise sein Mantra von der guten alten Zeit zu brabbeln.

„Meine Herren. Darf ich Ihnen meine neue Botschafterin der internationalen Versöhnung vorstellen? Eigens heute zu uns angereist: meine hochverehrte Freundin, Miss Cathy Wong!" Cathy wurde genötigt, aufzustehen und sich zu verbeugen. Donnernder Applaus erhob sich im Bankettsaal. „Und mit ihr gekommen ist meine neue Wunderwaffe im Kampf um die Einheit und Unversehrtheit unseres geliebten Vaterlandes: unser Genosse Kim Park. Komm, steh auf, Kim!"

Zu ihrer Verwunderung sah Cathy, wie sich Kim nun von seinem Sitz erhob und militärische Haltung annahm. „Tritt zu mir auf die Bühne!" Der Generaloberst war, für seine Körperfülle erstaunlich leichtfüßig, die wenigen Stufen zur Bühne hinaufgesprungen, auf der die Musikerinnen ehrfürchtig zurückgewichen waren. Kim, der sich in einem gemessenen Stechschritt bewegte, gehorchte; brauchte indes einige Zeit, um zur Bühne zu kommen, da er sich zunächst um das halbe Hufeisen der Tischreihen herumbewegen musste. Doch dann schritt er gravitätisch die Stufen hinauf.

„Nun knie nieder!" Kim kniete nieder. „Sag, was du uns zu sagen hast." Kim hob den Kopf, sah Choe aus seinen klaren, tiefen Augen an und begann mit fester Stimme:

„Ich gelobe, hochverehrter Genosse Generaloberst, dass ich Euch von nun an und immerdar unverbrüchlich die Treue halten und all mein Streben, Schaffen und Kämpfen in den Dienst von *Choson* stellen werde, auf dass mein heiliges Vaterland blühe und gedeihe und sich seiner Feinde erwehre, und wenn ich mein Leben dafür hingeben muss – was ich jeden Moment mit Freuden täte."

Cathy war entsetzt. Was sagte er da? Ihr Koreanischkurs reichte nicht aus, um alle Einzelheiten zu verstehen, aber *was* sie verstand und die zugehörigen Gesten machten die Sache eindeutig: Er lief über! Wieso hatte er ihr nichts davon gesagt? Wieso hatte er seine Heimat, Südkorea, verraten? Hatte er dann womöglich auch *sie* verraten? An den dickwanstigen Generaloberst? Und hatte deswegen nicht reagiert, als der ihr vorhin seinen Antrag gemacht hatte? War sie jetzt ganz allein hier mitten in Nordkorea und hatte nur eine Überlebenschance, wenn sie bei alledem mitspielte? Und wo war Jeremy? Jetzt, wo man ihn einmal brauchte, wieso kam er nicht und holte sie da raus?

Ruhig, Cathy. Du hast getrunken, Drogen genommen. Ruhig. Jetzt nicht ausrasten. Jeremy war kein Gott, er konnte nicht helfen. Und Kim? Schon eher. Kim würde nicht so einfach überlaufen. Nicht Kim. Nein, er hatte einen Plan. Was war Schein, was war Wirklichkeit? Sie musste ihm vertrauen. Ja, sie, Cathy, *musste* mitspielen. Es war nur ein Spiel. Und Cathy spielte eine Rolle, in doppelter Bedeutung. Auf beiden Ebenen. Sie musste das Spiel durchschauen, um zu gewinnen.

„Und jetzt, mein lieber Kim Park, lasst uns alle das Glas heben und auf unser gemeinsames Vaterland trinken. Bringt den Soju!"

Kaesong
Raymond Moon saß in einem Laborraum und starrte auf einen großen Monitor. Über den Ohren trug er einen Kopfhörer. Er war wie versunken in einem Film und musste sich immer wieder klarmachen, dass, was er da sah und hörte, stattdessen groteske Wirklichkeit war. Und er war mittendrin, obwohl er doch ganz woanders war. Nur etwa 150 Kilometer weiter, aber doch durch Welten getrennt.

„Aber wir können das nicht machen! Er hat sein ganzes Leben lang nie Alkohol getrunken. Wir haben das nie getestet."

„Befehl ist Befehl!" Der Mann in der graubraunen Uniform spuckte die Wörter geradezu aus. Raymond Moon wusste über ihn nicht mehr, als dass er sich als General Pak Kyong Dok vorgestellt hatte und offensichtlich ein enger Vertrauter des Generaloberts Choe war.

„Aber das bringt womöglich seine gesamte Programmierung durcheinander! Wir wissen nicht, was dann passiert. Schon das mit dem Crystal Meth war völlig unverantwortlich!" Mit flehendem Blick wandte sich Raymond Moon zu seinem Bewacher um, der ebenfalls einen Kopfhörer aufhatte. Der Mann in der Uniform blieb ungerührt und beschränkte sich darauf, mit seiner Waffe zu wedeln: Befehl ist Befehl. Moon seufzte und konzentrierte sich. Wieder diese stechenden Kopfschmerzen. Stärker. Er blickte auf den Bildschirm.

Objekt: Du nimmst das Glas, schaust ihm in die Augen, sagst ,Auf unser heiliges Vaterland Choson und seinen Führer', nickst, dann drehst du dich weg und leerst es in einem Zug. Im Norden waren die traditionellen Trinksitten viel lebendiger geblieben als im Süden.

General Pak, der Bewacher in der graubraunen Uniform trat an den Monitor heran. „Die werden ihm das Glas jetzt erneut füllen. Er soll es nehmen, den Generaloberst anblicken und sagen: ,Auf die Zukunft Chosons, der glücklichsten Nation auf Erden, möge es all seine Feinde im Abgrund zerschmettern.' Dann soll er es in einem Zug leeren."

„Aber das können wir wirklich nicht …" Ein Wedeln brachte ihn zum Schweigen. *Du nimmst das Glas, schaust ihm in die Augen, sagst*

„Auf die Zukunft Chosons, der glücklichsten Nation auf Erden, möge es all seine Feinde im Abgrund zerschmettern" und dann leerst du es in einem Zug. Schwachsinniger Trinkspruch. Ein neues tiefes Seufzen Raymond Moons. Die Sache begann ihm zu entgleiten. Er konnte nur kontrollieren, solange ihm die entsprechenden Parameter zur Verfügung standen und keine unvorhergesehene Situation eintrat. Aber auch der anderen Seite drohte die Sache zu entgleiten. Wenn man auf ihn und seinen Expertenrat keine Rücksicht nahm, konnte er für nichts garantieren. Er hatte schon darüber nachgedacht, Objekt PSI, seinem besten Stück und Meisterwerk, der Krönung der Arbeit von Jahrzehnten, im äußersten Notfall kurzerhand den Befehl zur Selbstzerstörung zu erteilen – aber was würde dann aus ihm, Raymond Moon, werden?

Wie zur Bestätigung seiner düsteren Gedanken wedelte der Mann in der graubraunen Uniform erneut mit der Waffe in seiner Hand.

Bei Pjöngjang
„Auf die Zukunft Chosons, der glücklichsten Nation auf Erden, möge es all seine Feinde im Abgrund zerschmettern." Nur Cathy fiel das Flattern in Kims Stimme auf. Kim vertrug keinen Alkohol! Und wieder hatte er das Glas in einem Zug geleert! Noch ein Glas, und er würde dort oben zusammenbrechen. Sie sprang auf, lief um die Tische herum und rannte auf die Bühne zu. Kim setzte, das dritte Glas gefüllt in der Hand, zu einer neuen Parole an: „Lasst uns unser Land bis in den Tod verteidigen und unseren Führer zum Preis des eigenen Lebens schützen! Lang lebe unser weiser Generaloberst Choe Ryang Kee!"

„Halt!", brüllte Cathy, da stieß sie mit dem spitzbärtigen Fujimoto zusammen, der gerade aus der Küche gerannt kam, ein nordkoreanisches Smartphone in der Hand. Er rief etwas zum Generaloberst hinauf. Cathy sah, wie der dickleibige Mann erstarrte. Bleich, mit staksigen Schritten kam er von der Bühne herab, nahm dem Sushikoch das Handy aus der Hand. „Mein Marschall? Jawohl, mein höchstverehrter Marschall! Ja, wir bereiten alles vor, höchstverehrter Marschall. In etwa einer Stunde, jawohl." Dann war das Gespräch beendet.

Für einen Moment stand der Generaloberst wie versteinert. Dann strömte neues Leben in ihn. Eine wilde Energie sprach aus seinen

Worten, als er nun die Stimme erhob und seinen engsten Stab zu sich rief. Tumult entstand im Raum. Der Generaloberst war in ein erregtes Gespräch mit Fujimoto vertieft, der hilflose Armbewegungen machte. Um sie herum versammelte sich eine Gruppe ernst blickender Männer in Uniformen. Cathy war rasch auf die Bühne gesprungen und hatte Kim heruntergezogen, der sein Glas noch verkrampft in der Hand hielt. Es war leer. Ryn Jong Mi passte die beiden ab, musterte Cathy mit eisigem Blick. „Der Generaloberst hat mir den Auftrag erteilt, Sie beide auf Ihre Zimmer zurückzubringen. Kommen Sie." Cathy folgte, zog den torkelnden Kim hinter sich her, entschlossen, sich um keinen Preis von ihm trennen zu lassen. Schon gar nicht von dieser Frau.

*

„Fujimoto, was haben Sie da nur gemacht? Wie kommt es dazu, dass ausgerechnet der Marschall persönlich Sie auf Ihrem Handy anruft?"

„Entschuldigen Sie, hochverehrter Generaloberst, aber wir sind alte Freunde! Ich kenne ihn, seit er klein war. Ich weiß noch, was ich für Herzrasen hatte, als er mit sieben Jahren das erste Mal am Steuer eines Mercedes auf dem Palastgelände herumgefahren ist – und ich auf der Rückbank. Aber er hat alles richtig gemacht. Ohne Führerschein!"

„Bitte, jetzt ist keine Zeit für Anekdoten. Ich verstehe nur immer noch nicht …" – „Er hat mir das Handy geschenkt, als ich ihn im Juli 2012 besuchen kam. Ich sollte mich sofort bei ihm melden, wenn ich wieder nach Nordkorea komme. Das habe ich natürlich getan. Schließlich bin ich so etwas wie ein Onkel für ihn. Ich weiß noch …" – „Aber warum haben Sie mir das nicht gesagt, verdammt?" – „Ich konnte ja nicht ahnen, dass er es so wenig erwarten kann, mich wiederzusehen, dass er noch heute …" – „Ach was, irgendetwas führt der doch im Schilde. Aber wie auch immer: Wir werden uns ihm stellen. Wir werden die Gelegenheit am Schopf ergreifen. Was meinen Sie, Fujimoto, können Sie in einer Stunde so weit sein? Ach, natürlich können Sie das! Wir bauen auf Sie. Leisten Sie Ihr Bestes." – „Der Marschall wird von mir nicht enttäuscht sein. Ich habe ihn noch nie enttäuscht."

„Also, was stehen wir hier noch herum?" Der Generaloberst wandte sich an die ihn schweigend umringenden Männer in den graubraunen Uniformen. „Es gibt noch viel vorzubereiten." Sie verschwanden in dem Nebenzimmer mit den prunkvollen Ledersesseln, während im Bankettsaal sämtliche dienstbaren Geister in hektische Aktivität verfielen. Nur der alte Pak Song Rim lag stumm mit dem Kopf in den Scherben seines zerborstenen Tellers und träumte von alten Zeiten.

*

Cathy machte sich Sorgen um Kim. Nicht nur, dass er offenkundig Schwierigkeiten hatte, den Gang gerade entlangzugehen, er hatte auch begonnen, unzusammenhängende Sätze auszustoßen, die Cathy an seinem klaren Verstand hätten zweifeln lassen, hätte sie nicht um die Umstände seiner momentanen Unpässlichkeit gewusst.

„Objekt! Geh gerade und reiß dich zusammen! Du darfst dir deinen Zustand nicht anmerken lassen, Objekt! Folge genau den Anweisungen deiner Betreuerin Ryn Jong Mi! Und lass dir von der kleinen Chinesin nichts einreden, hörst du!"

Hallo, *kleine Chinesin*? Sie wollte schon auffahren, zügelte sich aber im letzten Moment. Er war jetzt nicht Herr seiner Sinne. „He, Kim, was ist los? Geht's dir nicht gut? Ich mach mir Sorgen um dich!"

„Dreh dich zu ihr um und schau ihr tief in die Augen, Objekt! Dann sagst du ihr, dass dir nur etwas unwohl ist, sie sich aber keine Sorgen zu machen braucht. Dann gehst du weiter." Seltsamerweise war er, bereits während er dies alles hervorstieß, unbeirrt weitergegangen.

„Ich *mach* mir aber Sorgen." *Objekt*. So hatten ihn die herzlosen Menschen bei Brainweb genannt. Er musste sehr darunter gelitten haben, auch wenn er sich nichts hatte anmerken lassen. Nun, wo er betrunken war, kam all das Verdrängte wieder hoch. Cathy machten diese seltsamen Selbstgespräche Angst.

„Am besten Sie lassen ihn jetzt einfach in Ruhe." Da war etwas Beunruhigtes in Ryn Jong Mis Stimme. Und zugleich etwas Herrisches, das Cathy rasend machte. Von der würde sie sich gar nichts sagen lassen! Sie packte Kim an der Schulter, stoppte ihn und zog ihn herum. „Kim, jetzt hör mir mal zu." Er sah sie mit glasig leeren Augen an, deren Leere zugleich so tief war, dass es sie regelrecht schwindelig machte. Er legte den Kopf schräg und öffnete den Mund, wie um nach Luft zu schnappen. Stockend kamen die Worte: „Du sagst jetzt nichts, hörst du! *Machen*, nicht sagen! *Machen!* Oh, kapierst du's immer noch nicht!? Jetzt halt endlich die Klappe, du verdammter Idiot!"

„Kim, wie sprichst du mit mir, ich wollte dir doch nur sagen …"

„Gleich hier ist sein Zimmer", ging die Koreanerin dazwischen. „Ich glaube, er braucht jetzt erst einmal Ruhe."

„Du weißt überhaupt nicht, was er braucht! Er braucht jetzt vor allem erst einmal *mich*. Ich werde nicht zulassen, dass du dich wieder zwischen uns schiebst und …" Cathy war mit einem Mal eingefallen, warum ihr diese Ryn Jong Mi so unsympathisch war. Diese schöne, zierliche Asiatin mit ihrer zarten Stupsnase, dem glänzenden schwarzen Haar und den dunkel strahlenden Mandelaugen. Sie erinnerte ihn fatal an Jeremys tote japanische Geliebte, die versucht hatte, Cathy den zukünftigen Mann wegzunehmen, und von deren Erinnerung Jeremy noch heute besessen war. Cathy hatte ihr Bild zwar nur einmal gesehen, es hatte sich ihr aber tief ins Wesen eingebrannt. Ohne diese Japanerin hätte es vielleicht ja doch geklappt mit Jeremy und Cathy. Nicht, dass ihr jetzt noch viel daran lag. Aber sie *hasste* diese Frau. Und sie hasste die überhebliche Koreanerin vor ihr, die ihr nun auch noch Kim wegnehmen wollte. Doch die blieb beharrlich. „Keine Sorge. Ich kümmere mich um ihn, und Sie gehen auf Ihr Zimmer."

„Du bringst mich *nicht* von ihm weg!" Cathy wollte sich schon auf die Frau stürzen, als ihr erneut deren durchtrainierte Arme auffielen. So zierlich sie wirkte: Cathy würde gegen sie nicht die geringste Chance haben. Sie sah wie hilfesuchend zu Kim hinüber. Der griff sich an den Mund und stieß Würggeräusche aus. Cathy begriff.

„Schnell, auf die Toilette mit ihm!" Mit einem raschen Schwung hatte Ryn Jong Mi die Tür zu Kims Zimmer aufgeworfen und, plötzlich vereint, schoben ihn die zwei Frauen nach innen. Kaum hatte sich die Tür hinter Kim geschlossen, hörten sie von drinnen die Bestätigung, dass er gerade noch rechtzeitig die Schüssel erreicht hatte. Die im Hirnstamm angesiedelten Reflexe funktionierten einwandfrei.

Hinter ihnen war ein Uniformierter ins Zimmer getreten und wechselte mit der Koreanerin halblaute Worte. Die wandte sich nun an Cathy: „Der Generaloberst ruft mich dringender Umstände halber zu sich. Dieser Herr wird sich um Sie kümmern. Sehen Sie zu, dass Sie unseren Patienten ins Bett bringen, dann wird er Sie auf Ihr Zimmer geleiten. Jeder Widerstand ist zwecklos. Er hat eine Waffe und zögert nicht, von ihr Gebrauch zu machen."

Cathy hörte kaum hin. Sie lauschte auf die Geräusche, die aus dem Badezimmer drangen. Die Tür zum Gang schloss sich hinter Ryn Jong Mi. Gott sei Dank. Dann Fluchen und Schreien von drinnen. „Verschwinde, hörst du, verschwinde! Was plagst du mich, du kommst da nicht mehr raus! Ich bin hier der Herr, *ich* habe gesiegt, ich mache, was sie sagen! Und jetzt mache ich Schluss mit dir, ein für allemal. Hier, nimm das!" Erneutes Schreien, dann schepperndes Klirren. Cathy, die an die Tür hämmert. „Kim! Kim! Mach auf!" Ach, die Tür ist offen, natürlich. Sie reißt sie auf. Ein Bild der Verwüstung. Überall Glas, kaleidoskopartig; Tausende Splitter des geborstenen Spiegels. Kim taumelt ihr blutig entgegen, die an mehreren Stellen aufgeschlitzte Hand noch um den Boden des zerschmetterten Schnapsglases verkrampft, in dem zwei keilförmige Splitter steckengeblieben sind. Wie blutige Augen, denkt Cathy. Und so leer und gequält ist sein Blick. Sie legt die Arme um ihn. „Ich werde dich retten", schluchzt sie, „ich hole dich raus. Ich hol dich raus aus diesem dunklen Land. Ich hol dich raus aus diesem schwarzen Gefängnis." Obwohl das *bingdu*-Eis noch immer glühend in ihren Adern wogt, glaubt sie in diesem Moment selbst nicht an ihre Worte. Aber es tut gut, sich das sagen zu hören.

*

„Wie, er lässt sich nicht mehr steuern? Aber das geht nicht, ich hatte eine wichtige Rolle für ihn vorgesehen … Das kann doch nicht sein, ich bitte Sie, ich konnte nicht ahnen … das bisschen Soju! Sie hatten ihn mir als Kampfmaschine vorgeführt, und jetzt entpuppt er sich als Memme … Ach was, Kampftrinker, Kampfmaschine, bei uns in *Choson* hat das gefälligst zusammenzugehören. Nein, haben Sie *nicht* gesagt! Keine *Drogen* hieß es. Von *bingdu* und Soju war nicht die Rede." Ungehalten zündete er sich an seiner abgerauchten Kippe eine neue Zigarette an. „Gut, müssen wir eben umdisponieren. Ich hoffe nur, er hat seinen Rausch morgen früh ausgeschlafen." Ergrimmt beendete er das Gespräch. Was waren das im Süden für Memmen! Am Ende hielten die auch noch Tabak und Kaffee für Drogen!

Der Generaloberst warf einen Blick über den großen Bankettsaal. Überall emsige Tätigkeit. Die Tische waren abgeräumt und bereits neu eingedeckt worden, die Betrunkenen waren aus dem Raum geschafft. Aus der Küche nebenan Klappern und gedämpfte Stimmen. Fujimoto war ein routinierter Meister und die Kühlschränke waren noch immer voll mit Fisch, Kaviar, Seeigeln, Austern, Langusten, Tiefseegarnelen aus dem Ostmeer, dem nötigen Fugu; ohne Zweifel würden sie den Marschall standesgemäß bewirten können. Eine Stunde Vorbereitungszeit war zwar knapp, aber das würden sie hinbekommen. Fujimoto hatte erfahren, dass der Marschall von seiner riesigen Yongha-Dong-Residenz her angefahren kam, die sie beide aus ihren schönen, wilden Tagen mit dem Geliebten Führer gut kannten. Die lag knapp dreißig Kilometer nördlich. Da war immerhin nicht damit zu rechnen, dass er schon wesentlich früher überraschend vor der Tür stand.

Dennoch: Der junge Marschall wurde ihm immer unbegreiflicher. Er dachte zurück an den Geliebten Führer. Völlig undenkbar, dass der unangemeldet beim Bankett eines hohen Militärs erschienen wäre, selbst nicht bei alten Freunden, denen er vertraute. Es war immer der Geliebte Führer und sein engster Stab gewesen, der einlud, der organisierte, seine Wohltaten über andere ergoss. Nie hätte er ein Nahrungs- oder Genussmittel zu sich genommen, das nicht eigens für ihn angebaut oder zumindest zubereitet oder gekauft worden war. Es hatte ein eigenes wissenschaftliches Institut gegeben, das sich ausschließlich der Gesundheit und der Ernährung des Geliebten Führers gewidmet hatte. Dreitausend Wissenschaftler hatten dort gearbeitet und nichts anderes getan, als die richtigen Diäten und Präparate zu entwickeln, um das lange Leben des Geliebten Führers zu sichern. Im ganzen Land waren Männer zusammengesucht worden, die ihm an Alter, Gebrechen und Konstitution möglichst ähnelten, um jede neue Kur zunächst an diesen menschlichen Versuchstieren auszuprobieren. Und wenn er Medikamente nehmen musste, denen er misstraute, ließ er auch sein gesamtes Umfeld die gleichen Medikamente nehmen. Dass er nach offizieller Zählung dennoch nur 69 Jahre alt geworden war, hing vermutlich damit zusammen, dass er sich in einzelnen Punkten beflissen über die Ernährungsratschläge seiner dreitausend wissenschaftlichen Berater hinwegsetzte – etwa in Tabak- und Cognacfragen.

Jedes einzelne Reiskorn an seiner Tafel war von seinem Küchenstab einzeln geprüft und auf Fehler und Unregelmäßigkeiten untersucht worden. Ähnliche Qualitätskriterien wurden auch an alle anderen Lebensmittel angelegt, die auf seinen Tisch kamen; undenkbar, dass da einmal etwas Minderwertiges, gar Verdorbenes landen könnte. Natürlich, der junge Marschall ging die Dinge in mancherlei Beziehung anders an als sein Vater, war offener, unerfahrener, unvorsichtiger. Dennoch: Er musste ein enormes Vertrauen in seinen onkelhaften Freund Fujimoto haben, wenn er sich einfach kurzfristig auf ein Galadinner des japanischen Kochs einlud, das noch dazu unter dem Dach eines Mannes stattfand, der zwar ein enger Freund des Vaters gewesen war, nun aber alles andere als ein Bewunderer des Sohnes.

War der junge Mann wirklich so naiv, so leichtsinnig? Wäre er das, er hätte sich nie an der Macht halten können. Nein, er griff durch, entschied, räumte aus dem Weg, setzte resolut Änderungen in Gang. So wenig Generaloberst Choe Ryang Kee das an ihm mochte, so sehr musste er ihm insgeheim für seine Durchsetzungskraft Achtung zollen. Nach zwei Jahren an der Macht hatte der Marschall, als dieser ihm zu mächtig wurde, seinen Onkel, Choes guten Freund, beseitigt, der als der zweite Mann im Staat nicht nur die Kontrolle über weite Bereiche des Apparats und der Wirtschaft besessen, sondern sogar über seine eigene Privatarmee verfügt hatte. Generaloberst Choe hatte damals großes Glück gehabt, nicht nur weitgehend unbeschadet aus der nachfolgenden Säuberungswelle hervorgegangen zu sein, sondern sich sogar große Teile jener ehemaligen Privatarmee Jang Song Thaeks zu sichern. Und genau in die Mitte ebendieses Armeezentrums wollte sich der junge Mann heute Abend begeben? In die Höhle des Löwen? Das konnte nur bedeuten, dass er verzweifelt war, keinen Ausweg mehr wusste, mit dem Rücken zur Wand stand. Oder war es doch eine Falle? Steckte hinter dem verzweifelten Tun eben auch der hastige Plan zu einer undurchschaubaren Verzweiflungstat? Wie auch immer: Solange der Marschall nicht mit einer ganzen Armee anrückte, war Generaloberst Choe zumindest hier, im bewachten Zentrum seines Spinnennetzes, sicher genug, dass ihm nicht einmal der Marschall etwas würde anhaben können – und das müsste der eigentlich wissen. Dann war er also doch blauäugig. Oder so größenwahnsinnig geworden, dass er jeden Sinn für die Realitäten verloren hatte? Bei unumschränkten Alleinherrschern soll dergleichen schon mal vorkommen, wenn sie an die Wand gedrückt werden. Auch Generaloberst Choe hatte jenen Film über den *Untergang* Adolf Hitlers gesehen.

Dann, gut, heute Nacht also ein weiterer Untergang. Es konnte ihm recht sein. Und er würde es auch ohne die Hilfe jenes komplizierten Automaten aus dem Süden schaffen, den man noch nicht einmal mit Soju füttern durfte. Er spielte mit vielen Puppen.

Eine attraktive Frau, die zugleich zierlich und drahtig wirkte, kam auf ihn zugeeilt, Zigarette zwischen den Lippen. „Ah, Ryn Jong Mi, da sind Sie ja endlich! Na, haben Sie unsere Gäste gut untergebracht?"

„Es war nicht ganz einfach. Leider fällt Ihre Wunderwaffe für heute komplett aus, hochverehrter Generaloberst." Der knurrte etwas Unverständliches, irgendwo zwischen Fluch und Resignation angesiedelt.

„Das habe ich mir gedacht, werte Ryn Jong Mi. Nun gut. Jetzt zu Ihnen: Sie müssen sofort nach Pjöngjang fahren und dort alles für meine Ankunft vorbereiten. Ich komme nach, sobald ich die Sache hier erledigt habe. Ich weiß, Sie wären sicher gern einmal dem Marschall persönlich begegnet, aber zunächst ruft die Pflicht."

Als er dann die Tür zum Beratungsraum öffnete, wäre er beinahe mit Kyok Kwon Il zusammengestoßen, der gerade nach draußen treten wollte. „Aber wo wollen Sie denn hin, mein werter Kyok Kwon Il?"

„Ich gehe nur rasch Ihre Anweisung ausführen, hochverehrter Generaloberst. Ich bin zurück, sobald ich kann." Schon eilte er zum Saal hinaus. Der Generaloberst starrte ihm verwundert nach. Anweisung? Nun ja, er hatte dringlichere Fragen zu klären.

*

Jeremy konnte nicht mehr. Ertrug es nicht mehr. Was sollte er ihnen noch gestehen, damit sie ihn endlich aus dieser qualvollen Haltung befreiten? Seit der so freundliche, so unbarmherzige Oberfolterer mit der großen Brille zurückgekommen war, war es noch schlimmer geworden. Jeremy würde ihm ja gern alles sagen, aber er wusste nicht mehr. Er konnte anfangen zu lügen, doch das würden sie merken und sich neue Methoden einfallen lassen, um die Lüge wieder von der Wahrheit zu trennen. *And anytime you feel the pain …* Er wünschte, sie würden ihn zurück auf jenen Arztsessel setzen, ihm die Sensoren anlegen und ihn an ihre Computer anschließen. Diese südkoreanischen Hightech-Wahrheitsfindungsmaschinen zur Ausleuchtung des Hirns stellten zwar gröbste Antastungen der Menschenwürde dar, waren aber immerhin nur unangenehm, nicht schmerzhaft. Raymond Moon und Brainweb als Vorreiter einer menschlicheren Welt? Im nordkoreanischen Gulag, vielleicht. Himmel, hatte Jeremy gedacht, als er merkte, dass seine „Befrager" mit den Ergebnissen ihrer Methoden zunehmend unzufrieden waren, was kommt als Nächstes? Werden Sie jetzt auch mich operieren, wie diese unglückliche Schwester von Kim Park?

Aber sie operierten ihn nicht, unterzogen ihn nicht jener ferngesteuerten Folter mit dem unerbittlichen weißen Schmerz, von der ihm Cathy am Telefon erzählt hatte. Das war offenbar noch gut gehütetes Brainweb-Know-how. Und weil sie über die ausgefeilteren Brainweb-Techniken nicht verfügten und mit der Bedienung der hochkomplizierten modernen Lügendetektor-Apparatur nicht zurechtkamen, hatten sie sich nun ganz auf die Tradition besonnen. Den Kopf unter Wasser! Bis alle Sinne schwinden! Mehrmals. Und dann wieder tief in die Eiformhocke. Diese hässliche Taubenfolter! Hatten die nichts anderes drauf? Doch, vermutlich hatten sie das. Aber das hoben sie sich noch auf. Und so hing er nun in dieser Nicht-Stehen-nicht-Sitzen-Position, seit einer Stunde vielleicht, und doch kam es ihm wie Tage vor.

Er versuchte, sich vom Schmerz abzulenken, indem er seine Lieblingslieder summte, aber es klappte nicht so recht. *Ob-La-Di, Ob-La-Da, life goes on …* Ne, ging nicht. Hey, Jeremy! Reiß dich zusammen, denk an was Schönes, *take a sad song and make it better!* Keine Angst, *don't be afraid,* du schaffst das. *You were made to go out and get her!* Und inmitten seiner Pein dachte er an Mie. Ob er sie heute wohl verraten hatte? Sicher hatte er das. Immerhin hatte er ihnen, Schmerz lass nach, wirklich alles von ihrem Treffen erzählt, erst alles, was sie wissen wollten, dann alles, was sie nicht wissen wollten. Dann hatten sie ihn wieder geschlagen, damit er davon aufhörte. Er hatte aufgehört, der Schmerz aber nicht. Doch war es wirklich so schlimm, was er getan hatte? Was er erzählt hatte? Hätte überhaupt jemand, hätte denn irgendein Mensch die Kraft gehabt, unter diesen Umständen nicht einfach *alles* zu verraten, nur um dem Schmerz zu entrinnen?

Er war heilfroh, dass er wirklich nicht mehr wusste. Mehr nicht herausschreien konnte. Erfahren zu haben, dass sie jetzt in Seoul war, würde ihnen ja wohl nicht reichen, sie zu entführen, zu foltern, wie ihn, sie zu töten, oder doch? Verfügten die Nordkoreaner im Süden überhaupt über die Mittel dazu? Wie schnell ließ sich eine Mie Chang in diesem Moloch von Stadt finden, wenn man nur wusste, dass sie ein kleines Apartment irgendwo nahe des Teheranno Boulevard hatte? Aber, er machte sich keine Illusionen, er hätte ihnen auch ihre genaue Adresse, Blutgruppe, schlimmste Alptraumvision, was immer, gegeben, alles, wenn er denn mehr gewusst hätte. Das war ja das Perfide an Folter. Da konnte man anfangs noch so heroisch und entschlossen sein, hehre Grundsätze fassen. *And anytime you feel the pain …* Hey Jeremy, mach dir keine solchen Vorwürfe, auch du bist kein Übermensch, *don't carry the world upon your shoulders!* Er würde sie um Verzeihung bitten, sollte je noch einmal die Möglichkeit dazu bestehen, er würde vor ihr, Mie, auf die Knie fallen, sie würde es verstehen. *For well you know that it's a fool, who plays it cool …* Er musste sich nur ganz, ganz für sie öffnen, meine, meine, *I, me,* meine Mie. *Remember to let her under your skin, then you'll begin to make it better.*

Au, wieso schlugen sie ihn wieder? Ach, sie hatten ihn etwas gefragt, er sollte antworten, nicht singen. Aua! Doch, singen, singen soll das Vöglein, aber das Lied wollen sie bestimmen. Seine Gedanken verwirrten sich. *Alles ist in uns selbst vorhanden:* Hatte das nicht Gao Feng einmal gesagt? Ja, und der chinesische Weise Meng Tse, Jahrtausende zuvor. Wie kam er jetzt darauf? *And don't you know that it's just you. Hey Jude, you'll do.* Wenn doch alles in ihm vorhanden war, warum sagte er denen nicht einfach, was sie wissen wollten? He, fragt mich doch, es ist alles in mir vorhanden, hier in diesem Kopf, unter dieser Haut, *you're waiting for someone to perform with.* Ich sag es euch, die Antwort auf alle Geheimnisse dieser Welt: *Na na na, nanana na … nanana na … Hey* Aua! Ja gut, wenn ihr sie mir lieber vom Leib schinden wollt, die Haut, die Antwort, um in mein Inneres vorzudringen, bitte. Denn das ist ja euer System: Schält eurem Opfer das Ich weg, bis es eure totale Macht und Kontrolle inkorporiert hat bis ins letzte Lebensmark, Korea bis auf die Knochen, den Stoff der Seele, bis mein Blut auch das eure ist, bis zum letzten, sterbenden Herzschlag.

Aber was wollten sie denn genau? Ach ja, sie fragten, tatsächlich. Sie fragten nach Mie. Immer wieder Mie. *I, Mie, mine.* Immer wieder. Küsnacht. Und die Dokumente. Diese verfluchten Dokumente. Also begann er von vorn. Vom Himmelskönig, vom Berg Paektu, von der Bärin, die zum Menschen wurde. Von der Wiederkehr der Götter in Form des heiligen Blutes, das vom Paektu herab durch die Täler fließt und durch die Gassen von Pochonbo und durch die Adern der heiligen Führer, und solange dieser Strom des Blutes das Land tränkt, werden auch die Kraniche trauernd über den Himmel fliegen. Oder umgekehrt? Aua! Das wollten sie offenbar nicht wissen. Die Dokumente! Der Inhalt der Dokumente! Jeremy war verwirrt: War das nicht eben ihr Inhalt gewesen, wie ihn Mie wiedergegeben hatte? Wie sahen diese Dokumente aus? Beschreibe sie! Nun ja, vergilbte Blätter halt. Ein altes Zeitungsblatt. Tagebuchblätter. Wie viele? Weiß ich nicht mehr. Dann dieser Brief. Beschreibe ihn! Ja, welcher Brief? Welchen Brief hatten sie ihm gezeigt? Er wusste es nicht mehr. Der Nachteil der Folter: Irgendwann kann man nicht mehr klar denken. Was stand darin? Beschreibe seinen Inhalt. Aber Jeremy konnte die Briefe nicht mehr auseinanderhalten, nichts mehr auseinanderhalten, nicht die Briefe von den Zeitungen, Tagebüchern, Geschichten von Bergen, Bären, Kranichen. „Da war dieser kommunistische Räuber, dieser Choe Hyon, aber dann kam die Darmgrippe, und dann kam Kim Il Sung, nein, anders herum, Kim Il Sung hatte Dünnschiss, und was da kam, war …“

Mit plötzlicher Wucht schlug ihm der bisher so ruhig und wohlerzogen wirkende Brillenfolterer brutal ins Gesicht. „Verarschen Sie uns nicht! Hören Sie auf, Ihre Spielchen mit uns zu spielen! Und solch lästerliche Sachen zu erzählen, sonst … Ach, egal: Ich will wissen, was in diesem Brief gestanden hat.“

Sagte er das nicht gerade? Waren das die berüchtigt-raffinierten nordkoreanischen Geheimmethoden zur Gehirnwäsche? Er wusste selbst nicht mehr, was er gesehen und nicht gesehen, gehört und nicht gehört, erfunden, nicht erfunden hatte. Warum auch? War es nicht völlig egal? „Der Brief …“ Warum hörten sie nicht einfach auf damit?

Ja, warum? Warum nicht? Aber sie hörten ja auf. Plötzlich, unvermittelt, aus einem Himmel, der, wenn nicht heiter, so doch gnädig war, hörten sie auf. Schon war er losgekettet, sank wie ein nasser Sack zu Boden. Ein Mann war in den Raum getreten, hatte ein erregtes Gespräch mit dem Brillenfolterer begonnen. Jeremy verstand kein Koreanisch. War auch egal. Er war so müde. War es so leid. Er verlor das Bewusstsein.

*

„Ich versteh Sie nicht, Kyok! Noch einen Moment, und wir hätten ihn gehabt. Ich glaube, er war gerade dabei, etwas Wichtiges zu gestehen." – „Tut mir leid, Genosse Kim Myung Chul, Order vom Generaloberst persönlich. Sie haben ja vorhin selbst gehört, was er gesagt hat." – „Wieso, was soll er denn gesagt haben?" – „Wie bitte, wollen Sie das etwa nicht gehört haben? Er bat mich, den Engländer hinsichtlich des im Ryugyong-Hotel einzurichtenden Freundschaftszentrums auf den neusten Stand zu bringen. Das werde ich tun, dann können Sie ihn wiederhaben." – „Ja ... aber das war doch nicht ernst gemeint!" – „Sie zweifeln am Ernst der Worte des Generalobersts Choe? Sie wissen, Genosse, es sind schon Offiziere wegen weniger ins Arbeitslager gekommen. Jetzt tun Sie, was ich sage, und ich verzichte darauf, wegen Ihrer subversiven Haltung Meldung zu machen, wie ich es eigentlich tun sollte. Also, wird's bald!" Dem Foltermeister der Geheimpolizei rutschte die große Brille die Nasenspitze hinab. Nun gut, was hatte er schon damit zu schaffen. Befehl ist Befehl. Sollte Kyok ihn haben.

*

Cathy hatte Kim geholfen, sich zu säubern und das Blut abzuwaschen. Eine Pflegerin war gekommen, hatte Kims Wunden an den Händen und im Gesicht fachkundig verbunden und Cathy dabei immer wieder freundlich angelächelt. Definitiv der erste nette Mensch, dem Cathy in diesem garstigen Land begegnet war. Da war ja England noch besser! Nun gut, aber in England war kein Kim. Der war hier, wenn auch nicht ganz *da*. Inzwischen hatte er zu sprechen aufgehört, was wohl auch gut war, brabbelte nur hin und wieder etwas Unverständliches, und dann sah er Cathy aus seinen rätselhaft tiefen Augen an, wie zwei dunkle Kristalle, und sie hatte das Gefühl, dass sich ihre Augen in den seinen spiegelten, wie wenn man zwei Spiegel gegeneinanderhält. Und durch diesen Spiegel im Spiegel entstand ein unendlich langer Korridor von Augen, der sich zur Ewigkeit hin verjüngte, und dort, ganz am anderen Ende der Ewigkeit, fühlte sie den Schatten von Kim, wie er in großen, mächtigen Sprüngen durch die Unendlichkeit auf sie zurannte. Ihr wurde schwindelig und unheimlich, sie hatte genug von Spiegeln und Sprüngen. Und von Crystal Meth. Und Nordkorea.

Gemeinsam mit der Pflegerin hatte sie Kim zu Bett gebracht, und nach kaum einer Minute schlief er tief und ruhig wie ein Baby. Sie wollte für immer hier an seiner Bettkante sitzen bleiben und ihm beim Schlafen zusehen, aber der Mann in der braunen Uniform war hartnäckig gewesen, hatte sie unsanft angepackt, und als sie ihn wegschubsen wollte, war er böse geworden und hatte mit der Waffe gewedelt. Sie hatte angefangen loszubrüllen und dann war er noch böser geworden, und an den Rest erinnerte sie sich besser nicht.

Nun lag sie in ihrem Zimmer, ihrem Gefängnis, und war soeben aus dem Schlaf geschreckt, weil sie ein Geräusch an der Tür gehört hatte. Tatsächlich, sie öffnete sich. Der schreckliche Kerl kam zurück! Nein, viele waren es, alle in graubraunen Uniformen; vorsichtig, mit Taschenlampen, näherten sie sich dem Bett. Den einen hatte sie doch vorhin beim Generaloberst gesehen, jetzt kamen sie, um sie zu holen, sie zu ihrem schmierigen Boss zu bringen, dem nach Frischfleisch gelüstete. Komm, Cathy, bleib ruhig, ist doch nur ein Alptraum. Streck die Hand aus, berühre den Spuk, dann löst er sich auf wie Nebel.

Sie nahm allen Mut zusammen, streckte den Arm aus, fasste nach sprödem Stoff und weichem Fleisch und begann zu schreien. In höchsten, lautesten Tönen schrie sie, was Körper, Herz und Seele hergaben. Sie schrie noch, als man ihr das Tuch mit dem durchdringenden Geruch über die Nase legte. Dann hörte sie schnell damit auf.

*

Es war so weit. Grelles Scheinwerferlicht draußen. Eine Kolonne gepanzerter Mercedes-Fahrzeuge kam vorgefahren. Der Generaloberst ging davon aus, dass der Marschall auch bei einer so ungewöhnlichen improvisierten Aktion die üblichen Sicherheitsvorkehrungen nicht außer Acht lassen würde, und er behielt recht. Zuerst betrat eine Abteilung von Sektion eins des obersten Kommandos der Leibgarde das

Haus. Die persönliche Leibwache der Kims umfasst vom Kellner, Fahrer und Matrosen bis hin zum Piloten etwa hunderttausend Mann. Die heutige Abordnung erschien dem Generaloberst allerdings ungewöhnlich klein, nur einige Dutzend umfassend. Ein weiteres Indiz für die fortschreitende Schwächung des Marschalls?

Die Flure, Treppenhäuser und Zimmer, die zum Bankettsaal führten, sowie alle angrenzenden Räumlichkeiten wurden inspiziert, der Saal und die Küchenräume gründlichst untersucht. Vor der Tür zum Bankettsaal hatte ein hoher Offizier der Leibgarde Platz genommen, der mit einem Nicken oder Kopfschütteln entschied, wer zum Bankett mit dem Marschall zugelassen wurde. Steinern war seine Miene, als der Generaloberst passierte. Nur einer Handvoll der ranghöchsten Vertreter seines Stabes wurde der Zutritt gestattet. Generaloberst Choe Ryang Kee fühlte sich wie ein Fremder im eigenen Haus. Hinter dem Türwächter standen weitere Wächter, die jeden Eintretenden einer strengen Leibesvisite unterzogen. Beinahe hätte man Choe sogar seine Tabletten abgenommen; auf seinen energischen Protest hin sah man jedoch davon ab. Weiteres Personal war damit beschäftigt, den Raum für das Eintreffen des Marschalls vorzubereiten. Es wurden Tisch und Stuhl desinfiziert, wo der Marschall sitzen sollte, und jedem Zugelassenen wurde ein kleines Päckchen in die Hand gedrückt, das ein nach Alkohol und Zitrone duftendes Reinigungstuch enthielt: Wer dem Marschall die Hand schüttelte, musste saubere Finger haben.

Es war natürlich nicht das erste Mal, dass der Generaloberst dem jungen Marschall begegnete, und davor hatte er lange Jahre zum elitären Kreis der Erwählten gehört, die persönlichen Zugang zu seinem Vater hatten, daher waren ihm all diese Prozeduren bestens bekannt. Allerdings fiel ihm auf, dass die übliche Routine der Sicherheitsvorkehrungen diesmal doch eher hastig ausgeführt wurde: ein weiterer Hinweis darauf, dass der Marschall unter Druck, vermutlich in Panik handelte. Sicher kam er nicht nur, um seinen onkelhaften Freund Fujimoto wiederzusehen; das musste ein Vorwand sein. Da der Marschall ihn, Generaloberst Choe, hier, in seinem eigenen Reich, umgeben von einer Garnison Soldaten, die Choe bedingungslos ergeben waren, nicht ohne Gefahr für Leib und Leben würde antasten können, ging Choe davon aus, dass der Marschall ihm womöglich ein Angebot unterbreiten wollte. Wahrscheinlich würde er nach dem Essen die Gelegenheit zu einem Gespräch im kleinsten Kreis suchen. Ihm vielleicht drohen, vielleicht auch die Hand zur Versöhnung ausstrecken, ihm gar einen noch machtvolleren Posten im Zentrum der Nomenklatura in Aussicht stellen. Der Generaloberst musste zugeben, dass ihn das neugierig machte, und für einen Moment spielte er mit dem Gedanken, es auf ein solches Gespräch ankommen zu lassen. Dann verwarf er ihn. Nein, er würde es gar nicht erst so weit kommen lassen.

Schließlich trat ein Oberst der Leibgarde durch die Tür. „Seine Exzellenz, der Marschall, wird nun den Raum betreten." Jeder im Saal versteinerte. Stocksteif blickten alle zur Tür. Der Generaloberst spürte, wie sein Herz heftig zu schlagen begann. Nicht nur wegen des Ungeheuerlichen, das er zu tun im Begriff stand. Nein, da war auch ein Stück kindliche Aufregung, fast Freude angesichts der bevorstehenden Begegnung dabei. Was auch immer er an persönlichen Animositäten gegen ihn hegte, der Marschall war immerhin der Enkel des Großen Führers, der Sohn des Geliebten Führers und damit ein nahezu göttergleiches Wesen.

Eine Minute verging, vielleicht zwei. Die Zeit stand still. Und dann schob er sich durch die Tür, ein rundlicher Mann auf Plateausohlen, die ihn größer machten, als er war. Einstimmiges Rufen erhob sich im Saal: „Lang lebe der Marschall! Lang lebe der Marschall!"

*

Jeremy erwachte von den Bewegungen um ihn herum. Er schwebte in der Luft, schwankte leicht. Überhaupt diese Luft, sie war herrlich klar und kalt. Unverschmutzte, reine Landluft. Er öffnete die Augen. Er befand sich im Freien. Lag auf einer Bahre, wurde getragen. Dichtes Schneetreiben hatte eingesetzt. Die letzten Tage waren so mild gewesen, dass Jeremy vergessen hatte, dass noch immer Ende Februar war. Und nun schien der Winter mit aller Macht zurückgekommen. Der Weg ging steil den Hang hinab, rechts und links schwarze, schweigende Stämme. Er hob leicht den Kopf. Vor ihm die Ebene. Alles dunkel. Nur ein Licht, nicht weit weg. Nein, zwei Lichter, ein starkes, klares und ein verschwommenes schwächeres. Wieder falsch: Das eine Licht spiegelte sich auf der trägen Wasserfläche. Dort wartete ein Boot.

Die Szenerie kam Jeremy unwirklich vor. Das dichte Schneetreiben. Die schweigenden Männer, rechts und links, hinten kamen weitere, die offenbar ebenfalls etwas trugen, und dort vorne am Bug des schwankenden Bootes der Schatten eines wartenden Mannes. Er winkte zu ihnen herüber und der Schnee ließ sein Haar schlohweiß erscheinen. Wieder musste Jeremy an den Acheron denken, den Fluss in der Unterwelt, und an Charon, den Fährmann, der die toten Seelen zum anderen Ufer übersetzt. Aber Jeremy war nicht tot. Noch nicht.

„Ah, Sie sind wach, sehr gut. Vertrauen Sie meinen Männern; wenn alles gutgeht, werden sie Sie in Sicherheit bringen. Ich muss noch einmal zurück, aber ich hoffe, dass ich Ihnen bald folgen kann. Ich wünsche Ihnen alles Gute, Jeremy Gouldens. Wünschen Sie es mir auch, ich kann's gebrauchen. Ich habe viel für Sie riskiert. Ach – und vergessen Sie Ihr Freundschaftszentrum. Retten Sie lieber Ihr Leben."

„Halt, warten Sie, wer sind …" Doch der Mann war im knirschenden Neuschnee verschwunden. Jeremy warf den Kopf herum, konnte einen kurzen Blick auf helle Lichter, große Gebäude oben auf dem Hügel erhaschen. Dann war er am Wasser, Charon streckte seine Hände nach ihm aus, die Bahre wurde zwischen den Spanten des Bootes verstaut. Eine zweite Bahre folgte, darauf ein regloser Körper, in eine Wolldecke gewickelt. Charon schwenkte kurz seine Lampe über die Bahren, dann stieß er das Boot vom Ufer und sie fuhren hinaus auf die schweigenden Fluten des Acheron. „Husch!", zischte Charon streng und gab Jeremy einen Klaps: Soeben war ihm ein Aufschrei der unendlichen Überraschung entfahren. Der Strahl der Lampe über dem ohnmächtigen Gesicht auf der anderen Bahre, ein Gesicht, das so vertraut und unwirklich, so bekannt und so verloren wirkte. Wellen von Freude, Verblüffung, Trauer schlugen über ihm zusammen. Nur einen Sekundenbruchteil war es erhellt gewesen, aber er brauchte nach all den Jahren gar kein Licht, um dieses Gesicht erkennen zu können. Noch jetzt, wo wieder nur Dunkel und Schnee über ihnen lag, meinte er, es nicht nur sehen, sondern auch fühlen, ja riechen zu können.

Vielleicht war er ja doch tot. Jeremy wusste noch nicht, ob Charons Kahn nun Himmel oder Hölle ansteuerte. Aber eines schien sicher: Ein Trauschein verlor selbst im Jenseits nicht seine Gültigkeit.

*

Je länger das Essen dauerte, desto mehr wich die Anspannung von den Beteiligten, und eine gelöste, wenn auch feierliche Feststimmung legte sich über den Saal. Viel hatte dazu die herzliche Wiederbegegnung des Marschalls mit seinem onkelhaften Freund beigetragen – wie überhaupt die Tatsache, dass für den schrulligen Japaner die üblichen starren Protokolle im Umgang mit dem Obersten Führer nur sehr eingeschränkt galten. Seine Funktion changierte schillernd zwischen ergebenem Diener, warmherzigem Freund und dreistem Hofnarren.

Während ringsum die Gläser klirrten und gehäufte Teller mit Fisch und Meeresfrüchten in sich rundenden Bäuchen verschwanden, beteiligte sich der Generaloberst an alledem nur so weit, wie es die Höflichkeit gebot. Schließlich hatte er vorhin schon ausgiebig gegessen und noch ausgiebiger getrunken, so dass er sich nun sehr zurückhalten musste, um handlungsfähig zu bleiben. Das war wichtig. Auch wenn er den Vorgängen zunächst ihren Lauf lassen musste.

Der Marschall saß vorn an der Front der hufeisenförmig angeordneten Tische, auf dem Platz, den zuvor Generaloberst Choe selbst eingenommen hatte. An seiner Seite sein engster Stab sowie seine beiden obersten Leibwächter, die zugleich als Vorkoster fungierten: Alles, was der Marschall aß oder trank, wurde zuvor von ihnen getestet. Dem Generaloberst hatte man demonstrativ einen Platz ganz in der Nähe, auf der Innenseite des Marschalltisches, zugewiesen. Immer wieder blickte er musternd zum Marschall hinüber. Er schien ihm seit ihrer letzten Begegnung gar noch dicker geworden. Sein Gesicht, mit den kleinen, von den Lidern überquollenen Augen und den feist überhängenden Wangen, wirkte wie der Kopf eines chinesischen Mopses. Gut, er selbst war ja auch nicht gerade der Schlankste … Auch sonst erschien ihm der Marschall seltsam verändert. Er sprach weniger als üblich, aß und trank hastiger, wirkte unfroh und verkrampft. Auffällig war zudem, dass ihn heute niemand aus der engsten politischen Führungsriege begleitete. Und dennoch: Er war der Marschall und eine eigenartige Aura umgab ihn, hatte sich im Augenblick seines Eintretens über den Raum gelegt. Der Generaloberst seufzte. Wie alle im Land war er geboren und aufgewachsen, um seinen Führer zu verehren, ihm zu huldigen wie einem Gott und bei jedem Anflug eines auch nur im entferntesten lästerlichen Gedankens, der die Größe und Erhabenheit des Führers zu schmälern drohte, in Zerknirschung und Reue zu versinken. Und er wusste auch in diesem Moment, da er im Begriff stand, an alledem den schändlichsten Verrat zu begehen, dass alles noch immer tief in ihm steckte, selbst nach all der Zeit, den langen Jahren der Desillusionierung, des brutalen Kampfes um die blanke Macht. In diesem Moment, während er heimlich sein Mopsgesicht betrachtete, erschien ihm der Marschall wie eine Witzfigur, wie eine jämmerliche Karikatur seiner selbst, aber im gleichen Augenblick verachtete er sich auch für diese Gedanken. Verbitterung überkam ihn. Das Leben war leichter gewesen, als es noch einen Führer gegeben hatte, an den er bedingungslos hatte glauben können. Und er hatte nicht aufhören wollen zu glauben, hatte sich jahrelang dagegen gesträubt, die Augen vor der Realität verschließen wollen, wie all die anderen auch. Aber irgendwann ging es nicht mehr. Doch, es musste sein. Was fällt, das kann man nicht halten. Was fällt, das soll man noch stoßen.

Der Uni war aufgetischt worden und hatte das Wohlgefallen des Marschalls gefunden. Nach einigen weiteren Appetithappen sollte nun der Fugu folgen. Ein betretener Fujimoto erschien mit der Ankündigung, dass leider nur noch eine begrenzte Menge dieser kostbaren Spezialität zur Verfügung stehe – was auf begreiflichen Unwillen des Marschalls und seiner Umsorger stieß. Es wurde entschieden, dass ob des limitierten Angebots dieser Gang allein dem Marschall und seinem Tisch vorbehalten bleibe. Wie immer wurden zuerst die Vorkoster bedient; einige Minuten später dann der Marschall, der sich großzügig den Teller vollhäufen ließ. Der Generaloberst wollte dankend verzichten, wurde aber genötigt, zumindest einige Scheiben zu essen. Der Marschall brach in einen Lobgesang über Fujimotos köstlich prickelnde Sashimis aus und ernannte ihn zum besten Fugu-Koch des Planeten; eine Ehrung, die der Japaner mit einer demütigen Verbeugung entgegennahm, bevor er wieder in die Küche entschwand.

Als abschließender Gang wurde Schweizer Käse gereicht: Seine ausgeprägte Vorliebe für kernigen Sbrinz, räßen Appenzeller und vor allem für gereiften Emmentaler Premier Cru hatte sich der Marschall aus Jugendjahren erhalten. Gerne trank er dazu einen Cognac, wie der

Generaloberst wusste. Jetzt war die Stunde des Gastgebers gekommen. Er habe noch eine einzige ganz besondere Flasche, ließ er verlauten, „eine Spezialfüllung für den Geliebten Führer, die ich einst persönlich aus seiner Hand erhalten und nie anzurühren gewagt habe. Heute scheint mir der Tag gekommen, sie zu öffnen. Darf ich sie bringen lassen?" Er durfte. Er ließ es sich nicht nehmen, die Flasche persönlich aus einer Vitrine im Nebenraum zu holen, zu der nur er den Schlüssel hatte. Er nutzte die Gelegenheit, zudem seine Tabletten einzunehmen.

Auch dieser Cognac, wurde entschieden, war so kostbar, dass er allein dem Tisch des Marschalls vorbehalten bleiben solle, zumal dieser sich sogleich ein mehr als üppig befülltes Glas hatte servieren lassen. Die beiden Vorkoster bekamen weit weniger, sie mussten ja auch, so weit möglich, nüchtern bleiben – was bei längeren Gelagen mit reicher Getränkefolge nicht immer ganz leicht war. Der Generaloberst wusste, dass es einen unverzeihlichen Affront bedeutet hätte, selbst den Cognac abzulehnen, und so ließ er sich, mit kurzem Verweis auf seine angeschlagene Gesundheit, nur so viel einschenken wie gerade noch höflich. Er hatte ja seine Tabletten genommen. „Auf den Geliebten Führer, seinen unvergleichlichen Sohn und auf unser stolzes Heimatland! Möge es unter weiser Führung wachsen und gedeihen!"

Es wurde getrunken und eine wahre Flut von Toasts auf dieses und jenen, am häufigsten aber den Marschall, ausgebracht. Zügig war die Flasche geleert und eine nicht ganz so exklusive neue geholt, der normale Alltags-‚Paradis'. Dann aber änderte sich jäh die Stimmung. Auf einmal begann der Marschall sich wie im Krampf über den Tisch zu beugen und mit seinen Leibwächtern zu wispern, strich sich mit seiner dicken Hand über die schweißperlende Stirn. Er wirkte leidend. Einer der Männer stand auf und verkündete: „Seiner Exzellenz ist unwohl. Exzellenz klagt über taube Glieder und Kopfschmerzen und wird sich nun zurückziehen." Der Mann war selbst bleich und seine Artikulation verwaschen. Die Runde ringsum war schlagartig totenstill geworden, bleierne Lähmung legte sich über den Raum. Ächzend und schwer erhob sich der dicke Marschall, von schwankenden Leibwächtern assistiert, machte einige staksige Schritte, sagte etwas Unverständliches, was eher ein Stöhnen war, und stürzte mit seinem ganzen Gewicht krachend zu Boden. Grenzenlose Verwirrung machte sich breit.

Der Generaloberst war aufgesprungen: „Oh Fujimoto, du Unglückseliger. Hätte dich deine Mutter nur niemals geboren! Der Fugu! Halt deine Seppuku-Klinge bereit! *Du hast den Marschall vergiftet!*"

*

„Kim, mein Kim, ich bin so froh, dass du da bist!", murmelte sie verschlafen. Jeremys Hand, die ihr liebevoll und traurig zugleich durchs Haar gestrichen hatte, fror in der Bewegung ein. „Ähm … knapp daneben", sagte er schließlich.

Cathy zuckte zusammen. „Jeremy?! Was machst *du* denn hier? Was ist das denn für ein alberner Traum!"

Der Wagen rollte mit viel zu hoher Geschwindigkeit über eine leere, stockfinstere und mit Schlaglöchern übersäte Landstraße. Der Fluss, über den sie das Boot gebracht hatte, war doch nicht der Acheron gewesen, sondern der Taedong, und spätestens als die beiden Bahren in den am anderen Ufer wartenden Militärkrankenwagen geschoben worden waren, hatte die Realität Jeremy wieder eingeholt. „Kein Traum, Cathy. Sonst würden wir ja beide den gleichen Traum träumen. Und das tun wir schon seit langem nicht mehr."

Cathy wirkte noch immer benommen, suchte sich zurechtzufinden. „Oh Jeremy, warum du? Ausgerechnet du? Wieso mischt du dich immer in alles ein? Ich meine, ist ja nett, dass du dich um mich sorgst, mich mitten in Nordkorea retten kommst, aber, weißt du, ich bin jetzt mit Kim zusammen, und … entschuldige, aber … es ist alles so verwirrend." Eine Flut der widersprüchlichsten Emotionen schlug über ihr zusammen. Überraschung, natürlich. Der Impuls von Wut auf Jeremy, der sich offensichtlich in ihre Sache mit Kim eingemischt hatte. Das gleichzeitige Bewusstsein, dass diese Wut absolut ungerecht war, und die Empfindung warmer Dankbarkeit, dass er gekommen war, ihr zu helfen. Ein schlechtes Gewissen, weil sie hier lag und Jeremy beschuldigte, dem sie doch danken müsste, und zugleich neue Wut, weil er dieses schlechte Gewissen in ihr ausgelöst hatte. Erleichterung, dass sie offensichtlich irgendwie diesem schmierigen Generaloberst und dessen garstigen Schergen entkommen war. Plötzliches Erschrecken und Angst um Kim, den sie im Wagen nicht entdecken konnte. Verwirrung, über allem. Wagenladungen von Verwirrung.

„Sorry, Cathy, aber diesmal bin ich wirklich unschuldig. Ich habe dich nicht gerettet. Ich bin selbst dort gefangen gewesen. Ich weiß nicht, was passiert ist. Dieser Koreaner hat mich rausgeholt. Und dich offensichtlich auch. Ich wusste ja nicht mal, dass du in Nordkorea bist. Ich habe von Clemens Alt nur erfahren, dass du offenbar nie in Sejong angekommen bist, seither kein Lebenszeichen mehr von dir."

„Oh, ich bin dort angekommen, und wie ich dort angekommen bin. Aber … wo ist Kim? Bitte, Jeremy, sag mir, wo Kim Park ist!"

„Du hast ihn also tatsächlich gefunden? Ich weiß nicht, wo er ist."

„Ich sag dir ja, *wir* sind jetzt zusammen. Oh, Jeremy, er war dort in dem Haus auf dem Hügel. Es ging ihm schlecht, dieser Generaloberst hat ihn betrunken gemacht. Er ist doch noch immer nicht auf dem Damm. Wir müssen ihm helfen! Sag diesem Fahrer, dass er sofort umkehren muss. Wir müssen ihn dort rausholen!"

„Die beiden Männer in der Fahrerkabine sprechen nur Koreanisch. Der Mann, dem wir wohl beide unsere Rettung verdanken, hat mir gesagt, dass sie uns in Sicherheit bringen wollen – wenn es denn irgendwo in diesem Land einen Ort der Sicherheit gibt. Ich glaube, wir haben keine andere Möglichkeit, als ihnen zu vertrauen."

„Aber warum hat er dann nur uns gerettet und nicht ihn? Jeremy, du *musst* da etwas machen. Jetzt sei nicht so träge!"

„Cathy, ich bin da drinnen stundenlang gefoltert worden. Glaub mir, das ist nicht schön. Ich bin froh über jeden Kilometer, den wir von dort wegkommen."

„Und von Kim, nicht wahr? Klar, du gönnst es mir nicht, wenn ich mit jemand anderem glücklicher bin als mit dir!"

„Cathy, nochmal: Ich bin gefoltert worden. *It's been a hard day's night.* Komm mir jetzt bitte nicht so. Ich bin völlig kaputt und hab überall Schmerzen. Ich bin froh, dich wiedergefunden zu haben, auch wenn ich nicht die geringste Ahnung habe wie, aber vielleicht kannst du mich ja noch aufklären. Und jetzt sage ich dir *noch* etwas: Ich gönne es dir, wenn du mit jemand anderem glücklich bist, auch wenn es irgendwo noch immer wehtut. Ich gönne es dir schon deshalb, weil auch *ich* inzwischen mit jemand anderem glücklicher bin."

„Was, wie bitte? Sag mal, spinnst du?" Sie hatte sich halb auf ihrer Krankenbahre aufgerichtet und schleuderte Jeremy wütende Blicke zu.

„Und das erfahre ich jetzt? Wie lange geht das schon? Wie lange verheimlichst du's mir? Du bist doch wirklich so ein mieser … Das ist einfach nicht zum Aushalten!"

„Eine Koreanerin, sie heißt Mie. Wir haben uns auf der Berlinale kennengelernt, das war aber noch nichts Ernstes. Ich hätte dir schon früher davon erzählt, wenn es auch nur *irgendeine* Gelegenheit …"

„Halt den Mund, Jeremy! Ich will deine billigen Ausreden nicht hören. Ich will gar nichts mehr von dir hören. Du bist echt das Letzte …"
Sie warf sich auf der Liege herum und drehte sich zur Wand. Täuschte sich Jeremy, oder war da nicht leises Schluchzen zu hören? Hieß das, dass sie doch noch Gefühle für ihn hatte? Oder wollte sie ihm einfach sein Glück nicht gönnen, weil es kein Glück von ihren Gnaden war und sie ihn auch nach einer Trennung noch kontrollieren wollte? Kränkte es sie, dass er ihr nicht jammernd hinterhergerannt war? Cathy war kompliziert, das wusste Jeremy. Er schwieg. Weil er wusste, dass sie das am wenigsten würde ertragen können. Früher hätte er jetzt nach Entschuldigungen gesucht, aber diese Zeiten waren vorbei.

Die Straße war immer noch dunkel, aber die Schlaglöcher wurden allmählich weniger. Immer öfter sah Jeremy in der Ferne einzelne Lichter vorbeiziehen. Einige Male war der Wagen von kontrollierenden Militärs oder Polizisten gestoppt worden, aber stets hatte man sie weiterfahren lassen, ohne dass der Inhalt des Wagens inspiziert worden war. Die Fahrer verfügten wohl über sehr gute Kontakte, Referenzen oder auch das nötige Schmiergeld, um unbehelligt zu bleiben. Und vielleicht war es ja auch in Nordkorea so, dass ein eiliger Krankentransport sinnvollerweise nicht unnötig aufgehalten wurde.

Nach etwa fünf Minuten warf sich Cathy ruckartig herum. Im schwachen Licht konnte Jeremy sehen, dass ihre Augen verheult waren. „Jeremy! Leider muss ich dir das jetzt in aller Deutlichkeit sagen: Es ist aus zwischen uns beiden. Vielleicht war unsere Beziehung von Anfang an ein Fehler. Ich bin mir fast sicher, dass sie das war. Trotzdem: Du kennst mich, ich kenne dich. Können wir uns angesichts all dessen, was zwischen uns war, nicht einfach wie vernünftige, zivilisierte Menschen benehmen?"

Jeremy wusste, wenn er jetzt sagte: „Wir können ja trotzdem gute Freunde bleiben", würde sie ausflippen. Also meinte er nur: „Gut, ich will es versuchen." Nach kurzem Schweigen setzte er hinzu: „Und jetzt bitte erzähl mir, wie es dir ergangen ist. Was in Sejong mit dir passiert ist und wie du Kim wiedergefunden hast."

Sie begann zu berichten, und als Jeremy so dalag und ihrer Stimme lauschte, war es fast ein wenig wie früher.

Um sie herum immer mehr Häuser, aus denen da und dort Licht drang, schließlich die Straßenschluchten der Großstadt und helle Lichter ringsum. Ein Viertel von Pjöngjang, das so bedeutend war, dass auch spät nachts die Beleuchtung nicht ausgeschaltet wurde.

Der Wagen passierte ein graues Schiebetor, hielt in einem Innenhof, man warf ihnen Mäntel mit Kapuzen über, die ihre Gesichter verdeckten, und bedeutete ihnen, leise zu sein. Vor ihnen ein grauer, dreistöckiger Betonbau. Einige Schritte durch dunkle Nacht, dann ein Hauseingang, Gänge, Treppenhäuser. Eine Tür, dahinter Licht. Sie öffnete sich, Jeremy und Cathy wurden hineingeschoben. Er blickte auf und sah in ein Gesicht, das ihm bekannt vorkam. Ein Mann, Ende fünfzig, Bürstenhaarschnitt, graublondes Haar. Süffisantes Grinsen. Noch immer: eine wirklich unsympathische Visage. Wie lange war es her, dass sie sich – an einem Tag zweimal – begegnet waren? Zwei Wochen? Jetzt sahen sie sich zum dritten Mal und Jeremy hätte nie geglaubt, sich einmal ehrlich zu freuen, dieses Gesicht zu sehen.

*

Die Außenstelle der Ponghwa-Klinik war, wie die Hauptklinik nahe des Ryugyong-Hotels im Herzen Pjöngjangs, allein den obersten Kadern aus Militär und Partei vorbehalten. Ihr unschätzbarer Vorteil war es, dass sie sich, strategisch günstig zwischen zwei Palästen der Kim-Familie gelegen, inmitten eines Elite-Wohnareals in unmittelbarer Nähe vom Anwesen des Generalobersts Choe Ryang Kee befand. Hier hatte sich einst der Geliebte Führer von den Folgen seines 2008 erlittenen Schlaganfalls erholt. Mittlerweile war die Außenstelle fest in der Hand des Generalobersts und seines Gefolges.

Da bei Fugu-Vergiftung schnelles Handeln geboten ist, hatte es gar keine Alternative dazu gegeben, die Vergifteten so rasch wie möglich in die nahe Ponghwa-Außenstelle einzuliefern. Am meisten Sorge bereitete dabei der Zustand des Marschalls. Nicht nur, weil er nun einmal die mit Abstand wichtigste Person im Land war, sondern auch, weil er mit Abstand am meisten Fugu gegessen hatte und so unmittelbare Gefahr für Leib und Leben bestand. Zwölf Menschen hatten mit dem Marschall am Tisch gesessen, von denen alle mehr oder weniger starke Vergiftungssymptome aufwiesen: Taubheitsgefühl, Lähmungserscheinungen, Kopfschmerzen, Koordinations- und Artikulationsschwierigkeiten. Am schwächsten waren die Symptome beim Generaloberst ausgeprägt, und selbst die waren weitgehend simuliert. Die behandelnden Ärzte waren Teil seines Komplotts, wussten, dass nicht der Fisch, sondern der Cognac vergiftet gewesen war, und zwar nicht mit dem Fugu-Gift Tetrodotoxin, sondern mit einem Betäubungsmittel, dessen Symptome einer Tetrodotoxin-Vergiftung stark ähnelten. Auch vom Cognac hatte der Marschall am meisten getrunken und der Generaloberst am wenigsten, der außerdem zuvor Tabletten genommen hatte, die die Wirkung des Betäubungsmittels abschwächten. So war er, von einer leichten Benommenheit abgesehen, fit genug, um Befehle zu erteilen und die Vorgänge in der Klinik zu überwachen.

Der Marschall war in einen abgeschirmten Spezialtrakt gebracht worden. Hier mussten nun selbst seine Leibwächter, sofern sie nicht ebenfalls unpässlich waren, vor der Tür warten. Im Operationssaal hatten sich zwei noch recht jung wirkende Männer in Arztkleidung unter das Personal gemischt. Ebenfalls Koreaner, hoben sie sich doch durch ihre modische Kleidung unter den Arztkitteln und ihre mit vielen englischen Begriffen durchsetzte Sprache ab. Das übrige Klinikpersonal hatte die Order erhalten, ihren Anweisungen strikt Folge zu leisten.

Ein menschlicher Körper auf einem Krankenhausbett wurde in den Saal geschoben: die „hochgestellte Persönlichkeit", die sie operieren sollten. Mehr wussten sie noch immer nicht. Ein Pfleger zog dem Körper die Decke vom Leib. Ein dicklicher junger Mann mit rundem Gesicht im tiefen Koma. Auffällig war der Haarschnitt: unten und hinten an den Seiten rasiert, oben länger und nach rechts und links gebauscht, so dass es entfernt an einen Wischmopp erinnerte. Der Ältere der beiden noch recht jungen Männer in weißen Kitteln schreckte zurück. „Siehst du, was ich sehe?", flüsterte er dem anderen zu. „Ja", hauchte der, „aber bedeutet es auch wirklich, was es zu sein scheint?

Ich meine, die jungen Männer hier müssen doch jetzt alle diesen Haarschnitt haben, das wurde staatlich verordnet. Hast du das nicht in der Zeitung gelesen?" Der andere wiegte den Kopf: „Ja, aber es ist nicht nur der Haarschnitt … Wie auch immer, wir müssen da durch. Am besten wir machen uns keine Gedanken darüber. Also, an die Arbeit."

„Ich hoffe nur, dass wir jetzt keinen Fehler machen …"

„Wie gesagt, darüber will ich gar nicht nachdenken!"

Pjöngjang

Die deutsche Botschaft in Pjöngjang befindet sich links des Taedongs im Munsu-dong-Viertel, einem Teil des Stadtbezirks Taedonggangguyok im Osten der Stadt. Im gleichen Gebäudekomplex sind auch die schwedische und die britische Botschaft untergebracht. In der Nähe befinden sich weitere Einrichtungen für ein internationales Publikum, wie die Ausländerschule, das Ausländerkrankenhaus, das Munsu-Freundschaftsrestaurant, das Munsu-Geschäft für Diplomaten, ein Büro des Außenministeriums sowie das Gebäude des Welternährungsprogramms der UNO. Neben dem Botschafter arbeiteten sieben weitere Diplomaten für die deutsche Botschaft. Einer von ihnen, der allerdings häufig zwischen Pjöngjang und Berlin pendelte, war Walter Korff, der deutsche Nordkoreaspezialist für besondere Fälle.

„Willkommen in der deutschen Botschaft, Mister Gouldens! Nebst bezaubernder Gattin natürlich! Mein alter Freund Kyok hat wieder einmal gute Arbeit geleistet. Aber setzen Sie sich doch. Darf ich Ihnen etwas anbieten? Sie sehen aus, als hätten Sie etwas Starkes nötig."

Korffs sächsischer Akzent war nach wie vor gewöhnungsbedürftig, aber ein entsprechendes Getränk würde dabei vielleicht helfen.

„Gut, ich könnte einen Whisky gebrauchen."

„Und Madame?" Cathy winkte mit einer matten Handbewegung ab. Sie hatte noch immer das Gefühl, unter Drogen zu stehen. Wie lange dauert es, bis Crystal Meth im Körper abgebaut ist?

Korff befüllte zwei Gläser und stellte sie auf den Tisch. Jeremy warf einen Blick auf das Etikett der Flasche: *Racke rauchzart*. Wohl ein deutsches Fabrikat. Nun gut. *Whatever works.*

„Dann Prost, auf Ihre Rettung!" Korff hob sein Glas. „Zumindest in diesen Gemächern stehen Sie nun unter dem Schutz der BRD."

Jeremy blickte sich im Raum um. Vergilbte Tapeten in Braun und Orange mit großen geometrischen Mustern. Auch die Möbel riefen Achtziger-Jahre-Assoziationen wach. Aber insgesamt doch einigermaßen gemütlich. Kein Folterwerkzeug, keine koreanischen Menschenschänder; nur der über allem hängende Gestank nach kaltem Tabaksqualm war im Grunde eine Zumutung. Er lehnte dankend ab, als ihm Korff jetzt sein Päckchen f6-Zigaretten hinhielt. *Rauchzart* reichte.

„Na, erzählen Sie, wie ist es Ihnen bisher in Nordkorea ergangen?"

„Nein, jetzt reden *Sie* erst mal. Sie scheinen wenig überrascht, dass wir plötzlich bei Ihnen vor der Tür auftauchen. Bitte, klären Sie mich auf. Was ist das für ein Kyok, den Sie eben erwähnt haben? Etwa ein Kyok Kwon Il?" *Vergessen Sie Ihr Freundschaftszentrum*, hatte der Mann gesagt, der ihn zum Boot gebracht hatte. Jeremy erinnerte sich, dass ihm Cai Feng in Peking von Kyok, dem windigen designierten Leiter des Freundschaftszentrums, erzählt hatte. Hatte ihm dann womöglich ebenjener Mann das Leben gerettet, den Jeremy gesucht hatte, weil er ihn maßgeblich für die Veruntreuung der Stiftungsgelder verantwortlich machte?

„Ach, Sie kennen meinen Freund? Nun gut, er ist sozusagen ein Hansdampf in allen Gassen." Wieder lächelte Korff süffisant.

„So sehr ich ihm wohl zu Dank verpflichtet bin: Der Kerl steht im Verdacht, eine hohe Geldspende an die Gao-Feng-Stiftung veruntreut zu haben!"

Korff machte eine wegwerfende Handbewegung. „Ach, diese alte Geschichte. Aber ich bitte Sie, das sind doch Peanuts. Sprechen wir darüber, wenn wir glücklich zurück in Europa sind, ja? So was regelt der BND über seine Portokasse. Glauben Sie mir, Mister Gouldens, hier geht es um ernsthafte Dinge, die ernsthafte Summen und Opfer kosten." Korff schaltete einen altmodischen Radiorekorder an. Koreanische Musik begann zu dudeln. „Es ist zwar eher unwahrscheinlich, dass wir hier abgehört werden, aber ich möchte auf Nummer sicher gehen. Also: Wissen Sie, meine Kontakte nach Nordkorea gehen eine lange Zeit zurück. Ich war bereits Nordkorea-Diplomat, als die Beziehungen zwischen Deutschland und Nordkorea sehr viel intensiver und freundschaftlicher waren. Also, eines *Teils* von Deutschland. Das erste Mal war ich im Oktober 1986 hier, anlässlich von Honeckers drittem

Staatsbesuch bei Kim Il Sung. Da hab ich mich in dieses Land verliebt. Nach dem Ende der DDR ging das alles den Bach runter. Doch schon bald nachdem die ehemalige DDR-Botschaft 1991 zu einer Ständigen Vertretung der Bundesrepublik umgewandelt worden ist, war ich wieder hier. 2001 wurde die Vertretung wieder zur regulären Botschaft, und wir haben hier ausgeharrt, selbst als uns im Koreakonflikt 2013 die Räumung nahegelegt wurde. Was ich damit sagen will: Seit fast dreißig Jahren bin ich nun mit diesem Land und vielen seiner Bewohner vertraut. In diesem Zeitraum entstehen Bindungen, Beziehungen, Freundschaften. Ich kenne Kyok Kwon Il noch aus den glücklichen alten Tagen, und es hat sich zwischen uns ein Kontakt entwickelt, der über das rein Diplomatische hinausgeht. Gut, so mancher Freundschaftsdienst, den er mir und der Bundesrepublik leistet, wird aus gewissen Spezialtöpfen finanziert, und das nicht zu knapp. Immerhin riskiert der gute Mann jedes Mal sein Leben."

„Das heißt, der deutsche Geheimdienst hat mit Kyok einen teuer bezahlten Spion tief im nordkoreanischen Apparat sitzen und Sie sind sein Verbindungsmann? Alle Achtung!"

Korff lächelte stolz. „Glauben Sie mir, es hat Jahrzehnte gebraucht, das alles aufzubauen." Er seufzte. „Und nur eine einzige Nacht, um alles zu zerstören. Es ist davon auszugehen, dass die Identität unseres Kontaktmannes Kyok mit den Ereignissen heute aufgeflogen ist."

„Wegen uns? Waren wir der deutschen Botschaft denn so wichtig?"

„Wir arbeiten eng mit den Briten zusammen, die, wie die Schweden, ihre Botschaft sogar hier im gleichen Gebäude haben. Und zusammen leisten wir auch den USA so manchen hilfreichen Dienst. Alle westlichen Länder haben ein gemeinsames Interesse, dass ihre Staatsbürger nicht in Nordkorea verlorengehen. So gelang es erst kürzlich durch Vermittlung der Schweden, einen US-Touristen freizubekommen, der sechs Monate zuvor verhaftet worden war, weil er eine Bibel in seinem Hotel hatte liegen lassen: hier bekanntlich ein eigentlich unverzeihliches Verbrechen. Dass auch ich ein besonderes Interesse gerade an Ihnen habe, Mister Gouldens, brauche ich Ihnen wohl nicht eigens zu versichern. Dennoch bin ich mir, ehrlich gesagt, nicht sicher, ob wir tatsächlich das Risiko eingegangen wären, Sie beide zu befreien und dadurch unseren Maulwurf im Zentrum des Militärapparats zu verlieren, wenn nicht besondere Umstände eingetreten wären, die sofortiges Handeln nötig machen. Hier im Land geht etwas vor, und die Anzeichen verdichten sich, dass der Versuch eines Umsturzes unmittelbar bevorsteht. Als ich – unglücklicherweise erst heute Vormittag – von Ihrer Ankunft in Nordkorea erfahren habe, Mister Gouldens, habe ich gleich versucht, mich mit Ihnen in Verbindung zu setzen, aber die andere Seite war schneller. Sie sind direkt jenen Kreisen in die Hände gefallen, die, nach allem, was ich von Kyok bisher habe erfahren können, einen Militärputsch oder etwas Ähnliches planen. Das Anwesen, wo Sie beide gefangen gehalten wurden, ist der Wohnsitz eines gewissen Generalobersts Choe Ryang Kee. Wir vermuten, dass es sich …"

Cathy, die bisher erschöpft und unbeteiligt danebengesessen hatte, zuckte zusammen. „Ein schrecklicher Kerl! Und ein sehr mächtiger Mann. Er scheint Kim Jong Un die Führung im Land streitig machen zu wollen. Im Ausland nennt man ihn den Puppenspieler."

Jeremy und Korff sahen sie überrascht an. „Sieh mal einer an." Walter Korff pfiff anerkennend durch die Zähne. „Cathy Gouldens-Wong, die Meisterspionin! Wir strecken über Jahre hinweg unsere Fühler aus und versuchen herauszufinden, was es mit diesem geheimnisvollen Puppenspieler auf sich hat, und Sie brauchen nicht einmal einen Tag dazu. Wir wissen selbst erst seit kurzem, dass es tatsächlich Choe Ryang Kee ist, der sich hinter dem Puppenspieler verbirgt, auch wenn wir schon länger über Informationen verfügen, dass er eine führende Position in der geheimen innermilitärischen Opposition gegen die Kim-Dynastie einnimmt. Wenn er also offenbar mit seiner Identität und seinen Umsturzplänen nicht mehr hinterm Berg hält, scheint er sich seiner Sache sehr sicher zu sein. Wie haben Sie das erfahren?"

„Von ihm selbst. Er hat mir einen Heiratsantrag gemacht", erläuterte Cathy. „Ich soll die neue First Lady des Landes sein."

Jeremy lachte leise auf. „Der mächtigste Militär von Nordkorea, und sieht sich anscheinend schon als der neue Diktator – da kann ich natürlich nicht mithalten."

„Weißt du, ich weiß nicht, ob er das mit dem Antrag wirklich ernst gemeint hat. Er war … na ja … in Champagnerlaune. Ich habe ihn natürlich darauf hingewiesen, dass ich noch verheiratet bin."

„Da bin ich ja beruhigt. Nicht, dass ich den Anspruch erhebe …"

„Er hat angedeutet, dass sich das mit dem Verheiratetsein rasch ändern ließe. Etwa durch den Tod meines Mannes." Jeremy lachte nun nicht mehr. „Aber ich hätte mich nie darauf eingelassen. Ein fürchterlicher Kerl. So … schmierig."

„Nun gut, im Fall einer Ablehnung wären Sie wohl beide bald wieder im Jenseits vereint gewesen", versetzte Korff. „Der Puppenspieler gilt als wenig zimperlich."

„Aber eins verstehe ich nicht", überlegte Jeremy. „Ich habe gelernt, dass ganz Nordkorea auf dem Kim-Führerkult als Fundament ruht. Wenn der Puppenspieler nun Kim stürzt, lässt er damit doch zugleich das Gebäude einstürzen, in dem er selbst sitzt."

„Wir können davon ausgehen, dass er das auch weiß. Und dass er offenbar einen Plan hat. Aber was das für ein Plan ist …" Korff seufzte. „Vielleicht hat Kyok inzwischen mehr herausbekommen. Die Frage ist bloß, ob wir ihn jemals wieder zu Gesicht kriegen."

„Der Puppenspieler verfügt über Dokumente, die beweisen, dass der ganze Gründungsmythos Nordkoreas Lug und Trug ist", fiel Jeremy ein. „Dass nicht Kim Il Sung damals den Angriff auf die Polizeistation Pochonbo befehligt hat, sondern sein Gefährte Choe Hyon."

Abermals pfiff Korff durch die Zähne. „Generaloberst Choe ist ein Enkel Choe Hyons. Damit ließe sich schon mal etwas anfangen. Aber Sie erstaunen mich immer wieder. Woher wissen Sie das?"

Auch Jeremy seufzte. „Das ist eine lange Geschichte", sagte er ausweichend. „Zu lange für heute Nacht."

„Und er hat Kim", fügte Cathy hinzu. „Kim Park. Kim hat ihm …" Es war ihr plötzlich peinlich, von Kims Treueschwur zu berichten, der ihr nach wie vor unverständlich war. Und so sagte sie nur: „Er hat ihn in seiner Macht. Wer weiß, was er mit ihm noch alles anstellen will."

Walter Korff blickte sie verwundert an. „Wer ist Kim Park?"

Nun seufzte Cathy. „Auch das ist eine lange Geschichte", meinte sie. „Und ich bin sehr müde. Es ist schon weit nach Mitternacht. Gibt es hier einen Ort, wo ich mich ein paar Stunden hinlegen könnte?"

„Im Nebenzimmer steht eine Art Feldbett. *Ein* Bett. Aber das dürfte für das Ehepaar Gouldens wohl kein Problem sein." Jeremy und Cathy blickten sich schweigend an und folgten dann Korff aus dem Raum, der ihnen noch Zimmer und Bad zeigte und sich dann von ihnen verabschiedete. Die Luft im Nebenzimmer war klar und kalt. Kein Rauch.

„Gib mir eine Decke, ich schlafe auf dem Boden", sagte Jeremy.

„Nein, ist schon gut. Sei nicht albern, Jeremy. Das ändert jetzt auch nichts mehr."

Jeremy war sich nicht sicher, wie er ihre letzte Äußerung interpretieren sollte. Aber er war müde und es war wirklich empfindlich kalt im Raum. Er kroch zu ihr unter die Decke. Er gab sich alle Mühe, nicht zu eng an sie heranzurutschen, was aber in dem schmalen Bett kaum möglich war. Cathy sagte kein Wort, ja, schien sich zu bemühen, möglichst kein Geräusch von sich zu geben. Aber Jeremy kannte sie gut genug, um zu wissen, dass sie nun leise vor sich hin weinte.

Er strich ihr tröstend durchs Haar. Als keine Reaktion erfolgte (vor allem eben keine abwehrende), legte er seine Arme um sie. Die beste Art, entschied er, den knapp bemessenen Raum in diesem Bett sinnvoll auszunutzen. Er wusste, wie es früher weitergegangen wäre. Aber es war nicht mehr früher. Sie kuschelte sich an ihn, fing an, lauter zu weinen. „Es ist aus, Jeremy", schluchzte sie. „Und es tut mir so leid. Ich mag dich ja." – „Ja, es ist aus. Glaub mir, mir tut es auch leid." – „Warum ist alles nur so kompliziert? Warum ist das Leben so grausam?" – „Ich weiß nicht. Vielleicht ist das Leben nicht grausam. Vielleicht sind es nur wir, die grausam sind. Die Menschen, meine ich. Nicht du, nicht ich; nicht im Speziellen. Einfach die Menschen." Cathy schwieg einen Moment. „Vielleicht", sagte sie dann. Drückte sich noch ein bisschen fester an ihn, schluchzte noch zwei, drei Mal und begann dann leise zu schnarchen. Eng umschlungen lagen sie so da, und Jeremy starrte noch eine geraume Weile in die dunkle Nacht von Pjöngjang, bis der Schlaf sich schließlich auch seiner erbarmte.

*

Jeremy und Cathy schliefen tief und fest, als gegen vier Uhr morgens eine Gruppe von Koreanern in der deutschen Botschaft eintraf. Walter Korff, der auf seinem Sessel eingenickt war, schreckte zusammen, als es vernehmlich an der Tür klopfte. Umso erleichterter war er, als Kyok Kwon Il in den Raum trat. Fünf nordkoreanische Geheimpolizisten, die ihn begleitet hatten, warteten im Vorzimmer, während Korff den alten Bekannten in das verräucherte Zimmer führte, in dem er zuvor mit Jeremy und Cathy gesessen hatte.

„Die beiden sind wohlbehalten eingetroffen", begann Korff. „Und ich bin froh, auch Sie wohlbehalten hier zu sehen."

„Dafür sind Sie mir aber jetzt eine Menge schuldig. Es war eine knappe Angelegenheit. Und ich fürchte, ich bin hier im Land nicht mehr sicher. Nicht nach dem, was heute Nacht passiert ist."

„Sie wissen, die deutsche Seite hat sich immer an unsere Abmachungen gehalten. Sie bekommen das Geld und die neue Identität, sobald Sie aus dem Land heraus sind. Bei der Flucht jedoch können wir Ihnen, wie Sie wissen, kaum helfen."

„Ich weiß. Immerhin habe ich Verbindungen nach China und ich hoffe, meine alten Netzwerke sind noch immer stark genug, um mir die Flucht zu ermöglichen. Dabei muss ich aber möglichst schnell sein. Ich werde Pjöngjang noch heute Morgen verlassen."

„Was war denn da los auf dem Anwesen des Puppenspielers?"

„Der Marschall hat dem Generaloberst einen Überraschungsbesuch abgestattet und der hat ihn mit Fugu vergiftet."

„Was? Was erzählen Sie da? Aber das ist doch völlig unmöglich!"

Kyok warf Korff einen hilflosen Blick zu. „Ja, das hätte ich auch gedacht. Und eigentlich denke ich es noch immer. Ich weiß, ehrlich gesagt, auch nicht genau, was da heute Nacht passiert ist. Ich habe die Verwirrung nach der Ankündigung des hohen Besuchs genutzt, um Ihren Auftrag auszuführen und die beiden Ausländer dort rauszuholen. Nachdem ich sie meinen Männern übergeben hatte, bin ich zurückgekehrt, wurde aber nicht zum Dinner mit dem Marschall vorgelassen. Einige Zeit später gab es einen riesigen Tumult; es hieß, der Marschall müsse so schnell wie möglich ins Krankenhaus – eine Außenstelle der Ponghwa-Klinik ist gleich in der Nähe. Der Generaloberst ist mit der gesamten Entourage des Marschalls dorthin verschwunden. In dem ganzen Durcheinander hatte ich Gelegenheit, kurz mit dem japanischen Sushikoch Fujimoto zu sprechen, ehe er in eine der Gefängniszellen im Haus gesperrt wurde: Er steht unter dringendem Verdacht, durch Nachlässigkeit bei der Fugu-Zubereitung den Marschall und elf weitere Männer vergiftet zu haben. Er hat unter Tränen beteuert, dass ihm etwas Derartiges noch nie passiert sei und dass es auch nicht am Fugu gelegen haben könne, habe er doch selbst reichlich davon gekostet. Ich sehe keinen Grund, an Fujimotos Angaben zu zweifeln. Etwas stinkt jedenfalls an der Sache. Wie auch immer – es zeigt, dass der Generaloberst mit seinem Plan Ernst macht. Es ist so weit."

„Das heißt, dass die internationalen Gespräche im Ryugyong-Hotel heute Abend und morgen, die einzufädeln wir uns solche Mühe gegeben haben, kaum stattfinden werden." Korff wirkte frustriert.

Kyok schnaubte verächtlich. „Wenn das Ihre einzige Sorge ist … Der Oberste Führer unseres Landes schwebt in höchster Gefahr und ist vielleicht sogar tot, ermordet – und Sie haben nur Ihre ach so wichtigen internationalen Augenwischereien im Sinn."

„Mein lieber Kyok, Sie wissen so gut wie ich, dass Ihr sauberer Führer verantwortlich für die Knechtung von Millionen und den Mord an Tausenden ist, einer der schlimmsten Gewaltherrscher der Welt …"

„Ach, hören Sie auf, was wissen *Sie* denn! Wie mich Ihre westliche Überheblichkeit ankotzt! Gut, Sie haben vermutlich recht mit dem, was Sie sagen, aber was ändert es daran, dass das hier mein Land ist und kein anderes der Welt? Wenn heute noch der Bürgerkrieg ausbricht und das Regime kollabiert, werden Sie spätestens morgen in Ihr behagliches Berlin ausgeflogen; ich aber habe vielleicht für immer meine Heimat verloren – egal, ob sich der Puppenspieler durchsetzt oder der Marschall, für die ich beide nun ein Verräter bin."

„Wenn das System kollabiert, könnte der Westen über den Süden intervenieren, und nach einer Wiedervereinigung unter demokratischen Vorzeichen könnten Sie bald wieder ins Land zurückkehren."

„Ja, oder China interveniert oder beide zugleich, und wir haben einen tollen neuen Koreakrieg. Verdammt nochmal, lasst die Finger von uns! In beiden Fällen würde ich unbedingt sofort mein Leben für mein Vaterland hingeben, um nicht noch einmal die Schmach einer ausländischen Besatzung über *Choson* kommen zu lassen."

„Aber, mein lieber Kyok, was sind das denn für Töne?" Korff kannte Kyoks empfindliche Stellen, dennoch war er überrascht über den in dieser Heftigkeit ungewohnten Ausbruch. Aber gut, natürlich musste

Kyok aufgewühlt sein: Er hatte für eine stolze Summe Devisen sein Leben aufs Spiel gesetzt, zwar die Summe gerettet, aber noch nicht sein Leben, und musste zugleich die Ungewissheit ertragen, dass in diesen Stunden die Zukunft seines Landes auf Messers Schneide stand – mit womöglich verheerenden Folgen für nahezu alle Menschen, die er kannte. Kein Wunder, dass er so erregt war.

„Ach, Sie und Ihre imperialistische Klugscheißerei! Natürlich, wir Nordkoreaner sind arm und haben kaum Freiheiten. Aber wer hat mein Vaterland denn überhaupt erst in diese Misere getrieben? Wer hat auf koreanischem Boden seinen blutigen Stellvertreterkrieg toben lassen? Wer zwingt uns dazu, alles, was wir haben, ins Militär zu stecken, um uns vor den bereitstehenden Aggressoren im Süden zu schützen? Wer hat uns in die absurde Spirale getrieben, dass die Atombombe einerseits unser letzter Ausweg ist, um die Souveränität unseres Landes zu wahren, und andererseits gerade dieser letzte, absurde Strohhalm der Hoffnung darauf, in Ruhe gelassen zu werden, zugleich zum Auslöser völlig sinnloser Sanktionen wird, die natürlich nicht die Elite treffen, nicht Leute wie mich, die sich ihren Mercedes über China besorgen, sondern die einfachen unschuldigen, doppelt gestraften Frauen und Kinder, die nun erst recht verhungern oder an Krankheiten sterben? Toll, eure so menschenfreundliche, selbstgerechte westliche Demokratie! Sie sagen, der Marschall sei ein Schlächter und Kriegstreiber, und das mag er meinetwegen sein, aber erklären Sie mir mal, welche anderen Möglichkeiten er hat, um sich und sein Land am Leben zu halten. Er war keine dreißig, als sein Vater starb und er, ein politisch unerfahrener Jüngling, an die Spitze des Landes katapultiert wurde. Im Westen gab man ihm kaum eine Chance. Klar, er ist der Führer, doch er braucht nur die kleinsten Reformen und die zaghaftesten Annäherungen vorzuschlagen, und schon stehen die Generäle auf, um im Hintergrund ihre Strippen zu ziehen und alles zu torpedieren, ihn womöglich mit einem Handstreich von der politischen Bühne zu wischen. Er, gerade er ganz dort oben an der Spitze, ist doch selbst nichts anderes als ein Kind und damit ein Gefangener dieses Systems. Sein Großvater und dessen Held Stalin mögen einst dieses System geschaffen haben – aber die Führer von heute hat das System geschaffen. Und auch ich bin ein Kind dieses Systems, das mich erst zum Menschen gemacht hat. Dieses System mag ja, für euch von außen und für viele von uns auch von innen gesehen, hassenswert sein, aber zwingt es mich nicht zugleich, meinen Obersten Führer zu lieben?"

Korff war Diplomat genug, um verinnerlicht zu haben, dass alles immer zwei Seiten hat und jede neue Perspektive auf den gleichen Gegenstand – von außen, von innen, von oben und unten – anderes in den Blick rückt; ganz als hätte man es mit völlig verschiedenen Objekten zu tun. Und nun merkte er auf einmal, dass selbst er längst angefangen hatte, der starren Trägheit des gewohnheitsmäßigen *einen* Blickpunkts zu erliegen, den zu zementieren die Ideologien dieser Welt geschaffen wurden. Wer die tausend bunten, schönen oder hässlichen, vertrauten oder unbegreiflichen Miss- und Mischtöne der Realität in die jeweils auf sich selbst zurechtgeschnittenen Schablonen von Schwarz und Weiß, Gut und Böse presst, macht die Welt einfach, geordnet und für die eigenen Zwecke handhabbar, doch nimmt er ihr damit auch die schillernde Tiefe ihrer Nuancen. Und es gibt Situationen, in denen es wichtig ist, nicht ganz zu vergessen, dass die tatsächliche Welt dort draußen eine völlig andere ist.

Korff musste sich eingestehen, wie verwestlicht er über die Jahre geworden war, dass auch er unweigerlich Opfer einer Gehirnwäsche geworden war, die viel subtiler und daher nur umso erfolgreicher gewesen war als jene, durch deren unerbittlich rotierende Trommel Kyoks graue Zellen zeitlebens geschleudert worden waren. Korff dachte an seine jungen Jahre in der DDR zurück, in denen längst nicht alles rosig gewesen war, und doch war die Arbeiter- und Bauernrepublik für ihn ein Land gewesen, in dem er sich immer behütet und unbedingt zu Hause gefühlt hatte. Von früh an hatte er sich mit dem System zu arrangieren gewusst und war bestens damit gefahren. Natürlich war jeder Vergleich immer sehr grob – mit Stalins Sowjetunion, mit Hitler-Deutschland, mit Kim-Korea, mit Nixon-Amerika –, aber er begriff doch, dass, so wie er, Korff, immer zur DDR gehört hatte, Kyok immer zu Nordkorea gehört hatte und noch immer gehörte. Dass sich Kyok zugleich jahrzehntelang erst von der DDR, dann von der BRD hatte fürstlich bezahlen lassen, war da kein echter Widerspruch: Schließlich war es bei alledem zunächst vor allem um Provisionen und Schmiergelder für das Zustandekommen der verschiedensten zwischenstaatlichen Geschäfte und Vereinbarungen zum gegenseitigen Nutzen (und mit dem Segen oder zumindest Augenzudrücken höherer staatlicher Stellen) gegangen, während der Aspekt der Spionage erst nach und nach hinzugekommen war, als der sonstige Geldfluss vom Westen nach Nordkorea immer dürftiger wurde. Nein, Korff verstand aus eigener Erfahrung nur zu gut Kyoks gebrochene, aber dadurch vielleicht umso innigere Liebe und Treue zu seinem Vaterland; eine Liebe, die Handlungen mit einschloss, die nach außen hin wie ein Verrat des Landes und seiner Prinzipien erscheinen mussten. Doch dass, wer Geheimgeschäfte mit dem Klassenfeind betreibt, ideologisch unbefangen und, besser noch, illusionslos bis korrupt sein muss, war Korff schon spätestens 1983 klar geworden, als er als Begleiter des obersten DDR-Devisenbeschaffers Schalck-Golodkowski heimlich mit Franz Josef Strauß zusammengetroffen war, um einen „rein kommerziellen" Milliardenkredit für die bankrotte DDR einzufädeln.

„Entschuldigen Sie, mein guter Kyok. Ich verstehe Ihre Aufgeregtheit gut. Glauben Sie mir, ich war selbst äußerst aufgebracht und besorgt, als sich Ende des Jahres 1989 auch das Ende meines Vaterlandes abzuzeichnen begann. Heimlich hoffte ich auf ein Eingreifen der fast 400 000 sowjetischen Soldaten im Land, andererseits fürchtete ich das damit unweigerlich verbundene Gemetzel, das gar in einen neuen Weltkrieg münden könnte. Und jetzt, in diesen Stunden, droht nun *Ihr* Vaterland unterzugehen, und dass das ohne Gemetzel und Krieg und tausendfachen Tod verlaufen kann, erscheint noch viel unwahrscheinlicher als damals im Fall der DDR. Aber eben aus diesem Grund wage ich es auch, Ihnen zu widersprechen: Bei den internationalen Bemühungen um Vermittlung handelt es sich nicht um ‚Augenwischerei', wie Sie sagen, sondern es geht um die Wahrung der vitalsten Interessen Ihres Staates: um sein Überleben." Korff merkte, dass er unvermittelt in seinen offiziellen Diplomatenjargon verfallen war, und das ärgerte ihn. Schließlich war die Situation so brisant und seine eigene Lage so prekär, dass momentan allein der *Geheimdienstler* Korff noch eine Chance haben könnte, Klarheit in das unübersichtliche Geschehen zu bringen und das Blatt vielleicht gar noch zu wenden. Eilig fuhr er fort: „Ich hatte den Eindruck, dass Ihr Oberster Führer die Gespräche genau deshalb so überstürzt angesetzt hat, weil er gegenüber dem

Puppenspieler und seinen Ränken mit dem Rücken zur Wand steht –
als eine Art Befreiungsschlag: Wer im Rampenlicht der internationalen Aufmerksamkeit steht, kann hoffen, jedenfalls nicht auf offener
Bühne erdolcht zu werden. Auch wenn das eine riskante Strategie ist."

„Eine *sehr* riskante, wenn man den Puppenspieler kennt", pflichtete Kyok bei. „Aber widerspricht das dann nicht Ihrem gängigen westlichen Bild vom Obersten Führer? Vom Irren, der mit der Atombombe droht, wenn ihm mal wieder keiner zuhört?"

„Und sich dadurch Rückhalt im eigenen Land, bei Volk und Mili-
tär, verschafft. Stimmt. Das scheint zuletzt bei der Krise 2013 genau
seine Strategie gewesen zu sein. Doch Menschen können sich ändern."
Korff bemühte sich demonstrativ, nicht wieder in seinen ideologischen
Scheuklappenblick zurückzufallen. „Und wenn das Regime überleben
will, ist nun vielleicht der Zeitpunkt gekommen, um zu unorthodoxen
Mitteln zu greifen. Aber wenn es stimmt, dass der Puppenspieler den
Führer jetzt in seiner Macht und vielleicht gar getötet hat, dann …"

„Wie gesagt: An der Sache scheint mir etwas faul. Der Generaloberst weiß, dass er es sich nicht leisten kann, den Obersten Führer zu
beseitigen, das würde ihm das Volk nie verzeihen. Er kann ihn eine
Zeit lang von der Bildfläche verschwinden lassen, ein, zwei Monate,
wie das zuvor schon geschehen ist. Aber töten … nein. Außerdem:
Warum soll der Marschall dem Puppenspieler einen Überraschungsbesuch abgestattet haben? Um mit ihm zu verhandeln? Ihn zu verhaf-
ten? Dafür braucht er sich wahrlich nicht der Gefahr eines persönlichen Auftritts in der Höhle des Löwen auszusetzten. Nein, Korff, ich
sage Ihnen: Irgendetwas stimmt hier nicht. Und dann ist da noch diese angebliche neue Wunderwaffe des Generalobersts."

„Wunderwaffe? Also hat er *doch* Nuklearwaffen beiseitegeschafft?
Aber, ich meine, die Sache war doch eher kommerzieller Natur, nicht?
Was will er denn mit einem Einsatz im eigenen Land …"

„Nein, das steht auf einem ganz anderen Blatt. Aber wo wir schon
beim Thema sind: Wenn stimmt, was er geprahlt hat, ist es ihm nun
tatsächlich gelungen, seine Bombe an jene Interessenten aus dem Nahen Osten zu verkaufen. Sie soll sich jetzt auf einem nordkoreanischen
Frachter namens ‚Chong Chon Gang' auf dem Koreanischen Ostmeer
befinden und auf hoher See auf ein Schiff unter vietnamesischer Flag-

ge verladen werden. Wenn Sie also Ihren Kontaktleuten beim japanischen Geheimdienst einen Hinweis zukommen lassen wollen …"

„Kyok, Sie sind wirklich Gold wert!"

„Ich weiß – und rechne fest damit, dass Sie meine Hinweise auch wie üblich vergolden werden, schließlich muss ich mir nun eine neue Existenz aufbauen. Aber zurück zu dieser Wunderwaffe des Generalobersts: Es handelt sich dabei um einen Mann namens Kim Park. Er hat ihn jedenfalls als ‚Wunderwaffe' vorgestellt."

„Kim Park? Gouldens' Frau Cathy hat den Namen erwähnt!"

„Das kann ich mir vorstellen. Sie scheint ihn regelrecht anzuhimmeln. Warum, ist mir völlig schleierhaft. Der Kerl wirkte auf mich wie eine ferngesteuerte Marionette. Na ja, Frauen …"

„Mein guter Kyok: Wenn alle nordkoreanischen Männer, die wie ferngesteuerte Marionetten wirken, keinen Eindruck auf Frauen machen würden, hättet ihr hier ein echtes Fortpflanzungsproblem."

Kyok seufzte. „Aber ich meine das nicht im übertragenen Sinn. Bei diesem Kim Park haben *wirklich* nur die sichtbaren Fäden gefehlt: gemessene, etwas hölzerne Bewegungen, eine Stimme wie das Navigationsgerät eines westlichen Autos, und wenn er nichts tut, wirkt er ziemlich tot und apathisch. Als würde er unter Hypnose stehen."

„Der Puppenspieler und seine Marionette. Passt. Und was nun bezweckt der Generaloberst mit diesem Kim Park?"

„Er ist Südkoreaner und man hat dafür gesorgt, dass er zu ihm übergelaufen ist. Generaloberst Choe hat unten in Kaesong ein paar obskure Geschäfte laufen, an denen offenkundig eine südkoreanische Biotech-Firma beteiligt ist. Einzelheiten habe ich nie herausbekommen können. Was er mit ihm bezweckt? Keine Ahnung."

„Vielleicht nur eine Art Gimmick, um Eindruck zu schinden."

„Vielleicht. Aber mein Bauchgefühl sagt mir etwas anderes. Und genauso meine Informanten." Kyok blickte Korff mit seinen eindringlich leuchtenden Augen ernst ins Gesicht. „Sie wissen, dass ich noch immer eine Handvoll Kontaktleute in den Reihen des Puppenspielers habe – so wie wiederum er sogar das persönliche Umfeld des Marschalls infiltriert hat. Jedenfalls, einer dieser Informanten ist der Fahrer des Generalobersts. Er hat mir vorhin telefonisch mitgeteilt, dass er Choe Ryang Kee in einer Tiefgarage des Ryugyong-Hotels abgesetzt hat. In seinem Gefolge auch Kim Park – obwohl der unpässlich ist, seit er vorhin einen Toast zu viel auf seinen neuen nordkoreanischen Freund ausgebracht hat. Irgendwas hat Choe mit ihm vor, was wir …"

„Kim verträgt eben keinen Alkohol!" Cathy, die die letzten Worte noch mitbekommen hatte, stand schlaftrunken in der Tür. „Der Arme! In diesem Zustand! Ich verlange, dass Sie mich zu ihm bringen! Auf der Stelle. Er braucht mich jetzt!"

*

Schwarz lag Pjöngjang in der Nacht, mit wenigen Lichtpunkten hier und da. Schwarz und bedrohlich thronte das gewaltige Ryugyong-Hotel über der Stadt. Kein Licht drang durch seine Spiegelfassade. Und doch war es in seinem Inneren nicht mehr nur die staubige Baustelle, die es noch vor ein paar Jahren gewesen war. Sicher, die meisten der 105 Stockwerke waren noch immer ein gähnender Leerraum aus kahlen Betonwänden, an denen entlang sich die Baugerüste ins Unendliche hinaufzuwinden schienen; die offenen Räume Stockwerk für Stockwerk mit Schutt und einem Gewirr von Kabeln, rostigen Metallstangen und verstaubten Baumaterialien gefüllt. Doch der Hohlraum erstreckte sich nur noch von der 4. bis zur 84. Etage, während in den unteren Geschossen einige großzügige Konferenz- und Bankettsäle eingerichtet worden waren. Ab dem 85. Stock folgten einige Etagen, die zwar noch leer, aber weitgehend bezugsfertig waren, etwa die nackten Zimmer im 87. Stock, die vielleicht einmal das Freundschaftszentrum beherbergen würden. Fertig verwanzt waren sie schon. Und darüber hatte der Inlandsgeheimdienst – die Behörde für Staatssicherheit – den 88. bis 92. Stock für sich einrichten lassen. Wenn das Hotel einmal eröffnet und als internationaler Treffpunkt genutzt wurde, würde es im Haus viel Arbeit zu erledigen geben. Das Licht im 92. Stock war von draußen natürlich nicht wahrzunehmen. Aber es brannte.

Generaloberst Choe war froh, Pak Yong Sun, einen der stellvertretenden Leiter der Behörde für Staatssicherheit, unter seinen Leuten zu haben. Und dass Pak dort ebender Mann war, der mit der Untersuchung der dem Umfeld des Marschalls letztlich doch suspekt gewordenen Umtriebe Choes betraut worden war. So konnten sie sich regelmäßig absprechen, welche Informationen Pak Yong Sun herausgeben konnte: Das war immer gerade so viel gewesen, dass es Pak nicht die Stelle und Choe nicht den Kopf kostete. Doch seit einigen Tagen war klar, dass Pak seinen Freund Choe nicht mehr schützen und der Generaloberst handeln musste. Was er getan hatte. „Es geht etwas vor in Pjöngjang", sagte Pak. „Wir haben das Spiel noch nicht gewonnen."

Der Generaloberst trat ans Fenster und blickte in die Schwärze hinaus. Tags hatte man von hier einen großartigen Blick über die sich weit unten in schmutzigem Graubraun dahinziehenden Hochhausketten, doch jetzt, im nur noch dichter werdenden Schneegestöber, war fast nichts zu erkennen. Die Lage war unübersichtlich. „Aber wir haben den Marschall. Sein Apparat ist nun kopflos."

„Doch hat er noch immer Arme und Beine, mit denen er gefährlich um sich schlagen kann. Und das Geschehene hat sich bereits bis nach Pjöngjang durchgesprochen. Wir können nicht ausschließen, dass dem Marschall treu ergebene Kreise überstürzt reagieren. Auch wenn ich meinen ganzen Einfluss geltend machen werde."

„Es war eben ein *Unfall*. Ich werde ihnen den japanischen Sushikoch ausliefern. Dann muss die Sache untersucht werden. Das wird dauern. Und in einigen Tagen ist der Marschall so weit, dass er wieder Befehle geben kann. *Unsere* Befehle. Für das Volk wird er eine Weile von der Bildfläche verschwinden, aber das wäre ja nicht das erste Mal. Es geht jetzt nur darum, die nächsten Tage durchzustehen und keine Fehler in der Umsetzung unseres Plans zu machen."

Es klopfte an die Tür. Erst zaghaft, dann kräftiger. In den Nebenräumen warteten einige Dutzend Männer aus der Leibgarde des Generaloberts, eine Handvoll ihm treu ergebener Generäle sowie weitere Geheimdienstleute auf neue Befehle. Die beiden Männer hatten deutlich gemacht, nicht gestört werden zu wollen – nur in wirklich dringenden Fällen. „Herein!", blaffte der Generaloberst. Ein Mann in brauner Uniform linste ängstlich durch die Tür. „Nun? Ich reiß dir den Kopf ab, wenn es nichts Wichtiges ist!" Solche Äußerungen waren im Fall des Generaloberts bisweilen durchaus wörtlich zu verstehen.

„Zu Befehl, Generaloberst! Der Marschall hat für heute Morgen sechs Uhr eine Fernsehansprache angekündigt, die live übertragen wird. In zwanzig Minuten. Ich dachte, das sollte Sie interessieren."

573

„Der Marschall?" Der Generaloberst zuckte zusammen, dann blickte er den Geheimdienstchef an und grinste verächtlich. „Eine Aufzeichnung. Sie haben für solche Fälle natürlich Aufzeichnungen vorbereitet." Aber ganz wohl war ihm nicht dabei.

„Immerhin", gab Pak zurück. „Etwas Derartiges, so kurzfristig angesetzt und um diese Tageszeit – das ist noch nie vorgekommen."

„Ein Jammer, dass wir es nicht geschafft haben, auch das Staatsfernsehen zu kontrollieren", meinte Choe Ryang Kee kopfschüttelnd.

*

Der Ansager sprach mit salbungsvollen Worten und unter energischem Einsatz seines Oberkörpers, wobei er immer wieder den Kopf hob und senkte, als verneige er sich. Hinter ihm ein Landschaftsbild: die Kulisse der Bergszenerie um den heiligen Paektusan, grüne Hänge, geheimnisvoller, violett schimmernder Morgennebel über dem Kratersee unter dem Gipfel. Dann ein flammend rotes Bild, die schematisierten Strahlen der aufgehenden Sonne, darüber koreanische Schriftzeichen. Ein weißes Gebäude im Schnee, weihevolle Tannen davor, auf dem Dach weht stolz die Fahne der Demokratischen Volksrepublik.

Schnitt. Es ist immer noch Nacht. Doch hier leuchten an der Straße helle Lichter. Eine Limousine kommt vorgefahren, passiert ein Eingangstor. Die Tür öffnet sich. Ein pummeliger Mann im dunkelblauen Anzug steigt aus, nickt in die Kamera. Von rechts und links eilen Männer herbei, die Regenschirme über ihn halten, denn noch immer schneit es in dichten Flocken. Jemand hält ihm ein Mikrofon hin und er beginnt von seinem mitgebrachten Zettel abzulesen:

„Ihr heldenhaften Offiziere der Armee und Offiziere der Sicherheitskräfte des koreanischen Volkes, Mitglieder der Rotgardisten der Arbeiter-und-Bauern-Wehr, arbeitendes Volk des ganzen Landes und Bürger von Pjöngjang, ihr Menschen im Süden und ihr Landsmänner in Übersee, Genossen und Freunde auf der ganzen Welt: Heute ist ein besonderer Tag in unserer Kim-Il-Sung-Nation, an dem ein großer Schritt getan wird, um unser Militär-zuerst-Korea getreu den unverbrüchlichen Prinzipien des Kimilsungismus und des Kimjongilismus mit einem neuen, kühnen Schwung dem weit reichenden Ideal und Ziel der Verwirklichung unserer heiligen Sache entgegen voranschreiten zu lassen. Möge hierzu im ganzen Land ein heißer, heftiger Wind des Aufschwungs wehen, möge die Fackel unseres kühnen heroischen Kampfes allen tapferen Kimilsungisten und Kimjongilisten hell voranleuchten, mögen wir alle Arm in Arm und Schulter an Schulter für das Vaterland, um dessen revolutionäre Errungenschaften uns alle Welt beneidet, standhaft fortschreiten und einen steilen, kühnen Sprung zum Sieg hin tun, auf dass im ganzen Land, von Norden bis Süden, das glückliche Lachen des Volkes vereint noch lauter erklinge.

Genossen! Vor uns liegt ein schwieriger Weg, den wir nur vereint erfolgreich beschreiten können. Wer vom Pfade des Kimilsungismus-Kimjongilismus abweicht, wird unweigerlich zugrunde gehen. Es ist daher erforderlich, auch die geringsten Erscheinungen, die unsere einmütige Geschlossenheit beeinträchtigen, mit Wachsamkeit zu verfolgen und den Kampf für die Beseitigung aller Strömungen, die unsere Ordnung untergraben, in hoher Intensität durchzuführen. Unsere Partei hat in den vergangenen Jahren einschneidende Maßnahmen zur Beseitigung des sektiererischen Abfalls getroffen, der sich in ihren Reihen versteckt hielt, und all jene räudigen Hunde eliminiert, die sich irrigen, abweichlerischen Ideen hingaben und so die heiligen Ideale unserer Militär-zuerst-Nation verrieten. Genossen: In diesen Tagen werden nach Entlarvung einer neuen konterrevolutionären Sektiererclique in Militär und Partei die Maßnahmen zur erbarmungslosen, großflächigen Liquidierung der konterrevolutionären Fraktion dieses sektiererischen Abfalls und ihres gesamten Umfelds mit konsequentester Entschlossenheit und einmütiger Geschlossenheit weiter intensiviert. Möge dies all jenen lauen Elementen als Warnung dienen, die sich noch immer nicht mit letzter, heißester Hingabe dem einzigen Weg des Kimilsungismus-Kimjongilismus verschrieben haben.

Genossen! Während jene Sektierer der Partei und unserer mächtigen Kim-Il-Sung-Nation auch nicht ernsthaft schaden können, betrübt uns doch ihr schändlicher Verrat, zumal sich unsere Nation starken äußeren Feinden entgegengestellt sieht und unsere Brüder im Süden das Leid der Teilung nun auf herzzerbrechende Weise seit sieben Jahrzehnten unter dem knechtenden Joch ihrer imperialistischen Besatzungsmacht erdulden müssen. Die kriegslustigen Fanatiker der USA unternehmen alle Anstrengungen, um eine friedliche und selbstbestimmte Wiedervereinigung des Landes zu verhindern, treiben die schwarzen Wolken des von ihnen anvisierten nuklearen Krieges übers Land und provozieren unser Land durch tollwütige Atomkriegsmanöver zusammen mit ihrer südkoreanischen Marionettenarmee.

Vor der ganzen koreanischen Nation steht aber die Aufgabe, die Konfrontations- und Kriegsmachenschaften der kriegslustigen Kräfte entschieden zum Scheitern zu bringen. Es ist nun an der Zeit, dem sinnlosen Hetzen und den Verunglimpfungen all jener feindseligen Kräfte, die die Vereinigung Koreas nicht wünschen, ein Ende zu bereiten, und es dürfen keine Handlungen mehr begangen werden, die eine endgültige Aussöhnung behindern. Wir werden mit allen, die die Nation wertschätzen und die Vereinigung wünschen, Hand in Hand gehen, um in diesem Jahr, ja schon in den nächsten Tagen und Stunden, eine neue Phase für die friedliche Vereinigung durch unsere Nation selbst einzuleiten. Um, im Blick auf dieses Ziel, eine Atmosphäre für die Verbesserung der Beziehungen zwischen Nord und Süd zu schaffen, werde ich noch heute im Ryugyong-Hotel – dem prächtigsten Gebäude unseres Landes und dem bleibenden Monument der großartigen Errungenschaften unseres Ewigen Präsidenten und Großen Führers Genosse Kim Il Sung und des Ewigen Generalsekretärs und Ewigen Vorsitzenden des Nationalen Verteidigungskomitees der Demokratischen Volksrepublik Korea, Kim Jong Il –, werde ich noch heute in diesem architektonischen Meisterwerk, das bei diesem würdigen Anlass zum ersten Mal einer staunenden Welt präsentiert werden soll, in Gegenwart des südkoreanischen Ministers für Wiedervereinigung ein wahrhaft revolutionäres Dokument unterzeichnen, das das gemeinsame Streben unseres Landes nach Versöhnung in Ewigkeit festschreiben und einen heroischen Marsch in Gang setzen wird, an dessen Ende die unauflösliche Einheit unseres unteilbaren gemeinsamen Vaterlands stehen wird. Ich bin des eisernen Willens, diesen Marsch bis zum leuchtenden Ende zu gehen und alle Hindernisse, die sich *Choson* dabei in den Weg stellen mögen, mit aller Entschlossenheit zu zermalmen. Die Kampfaufgaben, die vor uns liegen, sind gewaltig, aber unsere revolutionäre Sache, die dem Banner des großen Kimilsungismus-Kimjongilismus folgt und von der heiligen Macht von Paektusan sowie von allen getreuen Kimilsungisten-Kimjongilisten getragen wird, ist unbesiegbar. Genossen! Unsere Sache ist gerecht und die Macht eines Koreas, das in der Wahrheit vereint ist, wird unendlich sein. Solange wir gemeinsam mit dem großen Genossen Kim Il Sung und dem Genossen Generalissimus Kim Jong Il, die auf ewig in unserem Herzen leben, mit *einer* Seele und eng geschart um die Partei für unsere revolutionären Ziele kämpfen, werden wir unweigerlich siegen."

Tosender Applaus der Umstehenden, einzig ausgenommen die Regenschirmhalter. Dann steigt der kleine, pummelige Mann wieder in seinen großen Mercedes und braust davon.

*

Jeremy hatte geträumt. Er war auf Urlaub in Schottland. Es war ein sonniger Tag, er saß am Ufer eines *Lochs* in den Highlands und angelte, wie er das gerne tat. Neben ihm schimmerte verlockend goldgelb sein Whiskyglas, vor ihm tiefblau das Wasser. Und soeben hatte ein gigantischer Fisch angebissen, der schlug kräftig mit seinem athletischen Schuppenschwanz, und Jeremy kämpfte mit ihm, rang darum, ihn an Land zu ziehen. Doch es war nicht nur der Fisch, der so stark war, plötzlich war im Wasser eine kräftige Strömung, aber Jeremy wusste, dass auch er stark war und nur all seine Kraft einsetzen musste, um zuletzt zu siegen. Je näher er den Fisch aber gen Ufer zog, desto größer schien er zu werden und desto stärker wurde die Strömung, und da sah Jeremy, dass da gar kein Fisch, sondern ein menschlicher Körper im Wasser war, der gegen das Ertrinken kämpfte. Ein Arm hob sich aus den Wogen, wie um ihm zu winken. Und ohne nachzudenken, sprang er hinein; sofort trugen ihn die Wogen wie ein Mahlstrom aufs offene Meer hinaus. Doch er bekam den Arm zu fassen, konnte ihn aus dem Meer und an sich ziehen, eine leblose Frau lag in seinen Armen, aber ihr Körper war warm, ihr Atem süß, sie lebte. Er versuchte mit ihr zum entschwindenden Ufer zurückzuschwimmen, aber er spürte, wie ihm nun die Kräfte schwanden, doch sie schlug die schwarzen Augen auf und sagte lächelnd: „Lass das, ich bin dafür doch viel besser gebaut als du." Da erst sah er, dass er mit seinem ersten Eindruck doch nicht ganz falsch gelegen hatte, denn wenn die Schöne auch kein Fisch war, so hatte sie doch einen Fischschwanz. Da überließ er sich ganz ihrer Führung, ließ sich von ihr mitziehen, und immer schneller schwammen sie, hinaus durch die rauschenden Wogen, das feuchte Blau, den tiefen Himmel, und immer tiefer hinab, doch Jeremy spürte keine Angst, nur Liebe, Rausch und tiefe Dankbarkeit, nur wohligen Einklang mit allem, was ihm geschah. Auch wenn ihm zuletzt, als ihm die Sinne schwanden, plötzlich so war, als hätte sich im schwarzen Mund der Tiefe die Meerjungfrau in einen riesigen Kraken verwandelt, dessen schwarzrote Saugnäpfe ihn umso enger umschlungen hielten, je tiefer er in den Höllenraum der grundlosen See dahinsank.

Er schreckte auf. Rang nach Atem. Luft, Luft, Luft! Sein Körper war nass, aber das kam vom Schweiß. Die Luft war kalt und klar. Der Raum dunkel. Neben ihm ein warmer, schlafender Körper. Die Nixe? Na ja – Cathy. In der Tür ein heller Spalt. Dahinter ein Flüstern. „Mister Gouldens? Wachen Sie auf. Es gibt Wichtiges zu besprechen."

*

Der Generaloberst saß wie versteinert da. „Aufzeichnung", presste er schließlich tonlos hervor. Und, wie befehlend: „Aufzeichnung!"

Pak Yong Sun schnaubte verächtlich. „Warum wohl dieser ungewöhnliche Auftritt im Freien mit den Regenschirmen? Um aller Welt klarzumachen, dass das wirklich live ist. Es hat nun mal erst heute Nacht zu schneien angefangen – nach langem Tauwetter."

„Aber, wie kann das sein … ich bin ihm doch gegenübergesessen! Ich habe mich mit einem Desinfektionstuch gereinigt und ihm die Hand geschüttelt. Ich habe auf ihn mein Glas erhoben und ihn zusammenbrechen sehen. Ich habe ihn dort im Krankenhaus abgeliefert und sichergestellt, dass niemand ihm nahe kommen konnte."

Pak Yong Sun zuckte die Schultern. „Mir kam die ganze Geschichte von Anfang an suspekt vor. Der Marschall verhält sich oft unberechenbar, ja – aber nicht *so* unberechenbar."

Choe Ryang Kee hörte nicht hin. „Ein Doppelgänger! Ja, so muss es sein. Auch Saddam Hussein hat für solche öffentlichen Auftritte Doppelgänger gehabt … Wenn sie ihn verlieren, ersetzen sie ihn einfach durch einen Doppelgänger. Und bei so einer Fernsehansprache … Das Licht war recht schlecht, nicht?"

Pak Yong Sun seufzte. „Genosse Choe Ryang Kee: Sie haben ihm das Gesicht klar und hell ausgeleuchtet. Wenn auch in der persönlichen Begegnung keiner von uns wagt, ihm direkt ins Gesicht zu blicken – wenn er im Fernsehen spricht, wird es von uns *verlangt*. Wo würde man da wohl den Doppelgänger eher hinschicken? Zu einem Gelage mit Cognac und Kugelfisch bei einem nicht ganz zuverlässigen General – oder zu einer Fernsehansprache für ein Millionenpublikum? Nicht er – *Sie* sind hier in die Falle gegangen."

Choe sackte in seinem Stuhl zusammen. Aber nur für einen Moment. Noch war er nicht verloren. Er rief einige Namen. Drei Generäle traten zu ihm hin. Sie gehörten zu seinem engsten Stab und waren am Vorabend ebenfalls zum Fugu-Dinner mit dem Marschall (oder wem auch immer) eingelassen worden. Keiner, so ergab die Befragung, hatte auch nur den leisesten Zweifel gehabt, es nicht mit dem Marschall persönlich zu tun gehabt zu haben. Nun aber fiel ihnen allen etwas auf: Sein hastiges Essen und Trinken. Seine Schweigsamkeit. Er war dicker gewesen, das Gesicht noch runder. Die Frisur etwas zu üppig.

Choe wandte sich wieder an Pak. „Sie sind alle verblüfft, dass keiner gemerkt hat, dass dieser Mensch nicht der Marschall war."

Paks Antwort: „Weil wir in ihm immer nur seine Funktion sehen, den übermenschlichen, göttergleichen Führer, was uns so ehrfürchtig macht, dass wir ihm nicht einmal in die Augen zu blicken wagen."

„Eben." Choe nickte heftig. „Das wurde uns heute Nacht eindrucksvoll klargemacht. Aber eben deshalb: Wir haben noch immer, *was* wir haben. Und wir haben gelernt." Choe blickte Pak abenteuerlustig an. Der zwinkerte ungläubig zurück. „Sie meinen …"

„Genau. Dann ersetzen wir eben das Original durch die Kopie."

*

Die Luft im Raum war womöglich noch rauchgeschwängerter als zuvor. Jeremy hustete. Hinter den grauen Schwaden erhob sich ein Mann, der Jeremy vage bekannt vorkam. „Gestatten: Kyok Kwon Il, wir hatten vergangene Nacht schon einmal kurz die Ehre."

„Sie haben mir das Leben gerettet! Ich bin Ihnen sehr zu Dank …"

„Nun ja, so was in der Richtung. Aber doch nicht ganz uneigennützig …" Er machte eine Handbewegung hin zu Korff. Der zuckte fast verlegen die Schultern. „Klar, wir haben Sie da rausgehauen und jetzt schulden Sie uns was, so läuft das nun mal. – Kaffee?"

Jeremy nahm dankend an. Er hätte jetzt tausend Fragen an Kyok gehabt, aber er sah den Gesichtern der beiden Männer an, dass die Zeit drängte und jetzt andere Dinge vorgingen. Und dass sie bereits einen Plan gefasst hatten. Er nahm einen Schluck, verbrühte sich die Zunge. Nicht so hastig, wiewohl er sich rasche Koffein-Klarheit wünschte. „Gut, ich bin ganz Ohr. Worum handelt es sich?"

„Sehen Sie das?" Korff winkte mit dem Kopf zum Fernseher. Bilder vom Diktator im Schneetreiben. Wieder einmal eine wichtige Ansprache. Aber warum, bei diesen Wetterverhältnissen, im Freien?

„Unser Oberster Führer ist heute Nacht einem Attentat entronnen", erklärte Kyok. „Das heißt, eigentlich nicht er selbst, doch hatte der Anschlag ihm gegolten. Und jetzt überstürzen sich die Ereignisse. Er hat die eigentlich für heute Abend und morgen früh vorgesehenen Begegnungen mit dem südkoreanischen Minister für Wiedervereinigung auf heute Mittag, gleich nach dessen Ankunft in Pjöngjang, vorgezogen. Und angekündigt, dass er das in den Geheimverhandlungen vorbereitete Papier tatsächlich unterzeichnen wird. Wenn es dazu kommt, sind wir im Hinblick auf Entspannung, Annäherung und Reformen mit einem Schlag noch einen großen Schritt weiter als 2002, auf dem Höhepunkt der Sonnenscheinpolitik."

„Ist ja großartig", murmelte Jeremy. Seine Zunge schmerzte. Verdammt, warum war der Kaffee auch so heiß? Er brauchte jetzt dringend einen klärenden Koffeinschub.

„Der Puppenspieler hat stets versucht, genau das zu verhindern", ergriff Korff das Wort. „Und seit den Ereignissen gestern Abend ist, was er da treibt, nichts anderes als ein offener Putschversuch. Jetzt steht *er* mit dem Rücken zur Wand. Wir gehen davon aus, dass er auch die Vertragsunterzeichnung im Ryugyong-Hotel torpedieren will."

„Nun gut, dann wird ihn Kim ja wohl kaum hineinlassen, oder?"

„Er ist schon drin. Choe hat den halben Inlandsgeheimdienst der Staatssicherheit in seiner Macht, der mehrere Stockwerke des Gebäudes kontrolliert. Und bis zu zwei Drittel des Militärs. Überall im Land warten Offiziere auf seine Befehle. Und er hat Kim Park."

„Wie bitte?" Jetzt brauchte Jeremy aber wirklich einen großen Schluck Kaffee. Sollte er eben seine Speiseröhre versengen.

„Der Puppenspieler befindet sich mit ein paar Handvoll Leuten im Gebäude, vielleicht fünfzig, sechzig Mann oder auch mehr. Trotzdem keine Chance, damit gegen die im Hotelbereich zu Hunderten vertretene Leibgarde des Marschalls durchzukommen. Aber irgendwas plant er. Wir vermuten, dass er Kim Park als eine Art Selbstmordattentäter einsetzen will, um Chaos und Verwirrung zu stiften – er verfügt offenbar über die technische Möglichkeit, ihn irgendwie fernzusteuern."

„Wie bitte?" Ah, das tat gut. Nur rein mit der heißen Brühe.

„Wir wissen nicht viel darüber. Neben dem, was Kyok in Erfahrung gebracht hat, ist unsere wichtigste Informationsquelle zu Kim Park Ihre werte Gattin, die jedoch … nun ja, sie hat ihre eigene Sicht der Dinge, die, wie soll man sagen … *romantisch verklärt* ist."

Im Unterschied zum dünnen Muckefuck im Yanggakdo-Hotel war Korffs Gebräu wirklich klasse, aber selbst eine Linie Kokain hätte Jeremy jetzt nicht die nötige Klarheit verschaffen können.

„Cathy war heute Nacht so nett, uns etwas Gesellschaft zu leisten", fuhr Korff fort. „Eine wirklich bemerkenswerte Frau und, wenn Sie mich fragen, schade, dass Sie beide wohl leider …" Jeremy winkte ab: Er *fragte* Korff nicht. „Wie dem auch sei – jedenfalls ist es ihr gelungen, uns davon zu überzeugen, dass es wohl nur einen Menschen auf der Welt gibt, der Kim Park davon abbringen könnte, das zu tun, was der Puppenspieler mit ihm vorhat: Cathy Gouldens-Wong."

„Ja, sie kann bisweilen ganz schön manipulativ sein."

„Mister Gouldens: Sagt Ihnen der Begriff Track-II-Diplomatie etwas?" Jeremy überlegte. „Wo die Großen nicht weiterkommen, dürfen es die Kleinen auch mal versuchen?", schlug er vor.

„So in etwa. Jedenfalls wäre die heutige Begegnung zwischen den beiden Koreas ohne die Vermittlungsfunktion des wiedervereinigten Deutschlands in den letzten Wochen und vor allem seit der vorbereitenden Begegnung mit US-Diplomaten in der Borsig-Villa nicht möglich gewesen. Das weiß der Oberste Führer zu schätzen: Zur Vertragsunterzeichnung mit anschließendem Bankett ist, neben einigen weiteren wichtigen Diplomaten des Auswärtigen Dienstes, auch das diplomatische Korps der deutschen Botschaft in Pjöngjang geladen.

Unser Freund Kyok wird uns nun leider verlassen: Die äußeren Umstände zwingen ihn, egal wie die Ereignisse heute verlaufen, seinem Heimatland schleunigst den Rücken zu kehren." Kyok nahm die letzten Worte zum Anlass, sich nickend zu erheben und aus dem Raum zu gehen. Korff hob kurz die Hand und fuhr dann fort: „Doch Sie, Dr. Johann Habrecht, werden zusammen mit Ihrer liebreizenden Gattin Magda mit dabei sein."

*

„Ob lebend oder tot ist im Grunde egal, zumindest was den Engländer betrifft. Aber die bezaubernde Miss Cathy hätte ich eigentlich schon gern lebend … Ach, sehen Sie zu, dass Sie sie mir möglichst beide lebend bringen, wenn es geht. Kümmern Sie sich darum, meine werte Ryn Jong Mi, veranlassen Sie alles Notwendige. Sobald unser Einsatz zur *Befreiung* des Marschalls erfolgreich beendet ist, werden auch Sie Ihren verdienten Lohn für Ihre unverbrüchliche Treue erhalten!"

Der Generaloberst legte auf. Ryn Jong Mi war eine treue Seele, aber wie bei fast allen Nordkoreanern galt ihre allerhöchste Treue allein dem Obersten Führer und so hatte Choe Ryang Kee stets Sorge getragen, sie, wie alle außer seinen allerengsten Getreuen, über die wahre Natur seiner Absichten im Unklaren zu lassen. Er trat ans Fenster. Es hatte zu schneien aufgehört und eine blendende Sonne war aufgegangen. Vor ihm eröffnete sich ein grandioser Blick auf das prächtig weiße Pjöngjang. Bald würde vielleicht er der Herr über all das sein.

Der Gedanke an die vor ihm liegenden Stunden der Entscheidung beschäftigte ihn im Moment mehr als alles andere. Dennoch war es ärgerlich, vom Verschwinden seiner beiden ausländischen „Gäste" und vor allem vom Verrat eines Mannes zu hören, den er immer für einen ebenjener engen Getreuen gehalten hatte, vor denen er kein Blatt vor den Mund zu nehmen brauchte. Im Rückblick begriff er nicht, wieso er nicht längst gemerkt hatte, dass Kyok die undichte Stelle in seinen Reihen gewesen war, und es fielen ihm eine ganze Reihe von Punkten ein, die ins Bild passten. Aber das war, wie es mit dem falschen Marschall gewesen war: Hinterher ist man immer klüger. Kyok würde mit seinem Leben büßen müssen, ebenso wie dieser Engländer, der zu viel wusste. Wenn es so weit war.

Wenn … Der Generaloberst dachte an den Plan, den er in den letzten Stunden zusammen mit Pak Yong Sun ausgearbeitet hatte. Das war natürlich alles hochriskant, aber ihnen blieb keine andere Möglichkeit. Keine Frage, dass an diesem Tag die strengsten Sicherheitsvorkehrungen gelten würden. Völlig undenkbar also, Verstärkung ins Haus zu holen. Der Generaloberst musste sich auf die wenigen Leute verlassen, die bereits hier waren, zumindest bis seine Truppen von draußen eingreifen konnten. Mit einer Kontrolle der Geheimdiensträume hier oben war nicht zu rechnen, die Staatssicherheit galt als absolut loyal. Aber jeder, der sich unten auch nur in die Nähe des großen Bankettsaals begab, würde mit einer verschärften Leibesvisite rechnen müssen. Waffen in den Raum zu schmuggeln war also unmöglich. Mit den Sicherheitskontrollen würden Mitglieder des obersten Kommandos der Leibgarde des Marschalls betraut werden. Wie weit die sich auch gegenseitig kontrollieren würden, war unklar, aber zweifellos bestand die beste Möglichkeit, in die unmittelbare Nähe des Marschalls zu gelangen, darin, sich unauffällig unter die Leibgarde zu mischen. Da war es hilfreich, dass der Generaloberst vorgesorgt und sich die Uniformen jener Leibwächter gesichert hatte, die gestern zusammen mit dem falschen Marschall betäubt worden waren. Einer von ihnen war recht beleibt gewesen; diese Uniform hatte Choe für sich gesichert. Natürlich bestand das Problem, dass er seit den Ereignissen vom Vorabend für den Marschall und seine Leute endgültig zu den unerwünschten Personen gehörte, ja zum umstürzlerischen „Abfall", den es zu liquidieren galt, und er daher um keinen Preis erkannt werden durfte. Aber, so sagte er sich, wer würde ihn schon hier, mitten im Ryugyong, vermuten? Die fremde Uniform würde zusätzlich dafür sorgen, dass kein Mensch auch nur auf die Idee kommen würde zu ahnen, *er* könne darin stecken. „Die Leute erkennen mich doch an meinen Orden, nicht an meinem Gesicht", hatte er leichthin gegenüber Pak Yong Sun geäußert, als der ihn auf seine entsprechenden Bedenken angesprochen hatte. Dennoch würde Choe Ryang Kee Sorge tragen, sich dezent in der zweiten Reihe zu halten, und seine große Schirmmütze tief in die Stirn ziehen.

Und dann? Was den eigentlichen Moment ihres Zuschlagens anging, waren Pak Yong Sun und Choe Ryang Kee übereingekommen, dass es das Beste war, bis zum Ende der Veranstaltung zu warten. Am leichtesten würde man sich dem Marschall unauffällig nähern können, wenn er sich anschickte, das Gebäude zu verlassen. Dann müsste das Einsatzkommando an der Tür bereitstehen und der Moment zum Einsatz der „Wunderwaffe" war gekommen.

Generaloberst Choe Ryang Kee trat vom Fenster weg, schritt durch den Raum und öffnete die Tür zu einem Nebenzimmer. Dort saß Kim Park mit starr aufgerichtetem Oberkörper, den Blick in eine unbestimmte Ferne gerichtet. Sein Gesicht war noch immer bleich, aber ansonsten wirkte er weitgehend wiederhergestellt und einsatzfähig. Der Generaloberst griff nach seinem Arirang-Smartphone. Es war an der Zeit, die wesentlichen Steuerbefehle nach Kaesong zu übermitteln.

*

„Habrecht? Aber das ist doch dieser deutsche Diplomat, der in Berlin beim Anschlag auf die chinesische Botschaft getötet wurde!"

„Ich weiß, Mister Gouldens, ich weiß. Ich habe ihn schließlich selbst umgebracht." Jeremy sah ihn nur sprachlos an. „Na ja, nicht direkt im strafrechtlichen Sinn. Wissen Sie – Habrecht und ich haben uns nie gemocht. Wir stammen beide aus der DDR. Er stand nach der Wende auf der richtigen Seite, ich auf der falschen. Nicht, dass das jetzt noch eine große Rolle spielen würde. Aber es hat lange Jahre eine Rolle gespielt. Ich wusste, dass er mit meinen zwielichtigen Nordkorea-Aktivitäten nicht einverstanden war, und er wusste mehr darüber als irgendwer sonst in Deutschland. Ich lebte in beständiger Angst, er könne mich ganz oben anschwärzen. Was in vielerlei Hinsicht fatal gewesen wäre, nicht nur für das Einfädeln der nun bevorstehenden Annäherung der Koreas. Jedenfalls – ich hatte von meinem geschätzten Kontaktmann Kyok in letzter Sekunde erfahren, dass ein Attentäter auf dem Weg zur chinesischen Botschaft war, und ich habe durch einen Anruf bei Habrecht dafür gesorgt, dass er die nordkoreanischen Delegationsteilnehmer, denen der Anschlag gelten sollte, am Verlassen des Gebäudes hinderte. Habrecht selbst habe ich, einem spontanen Impuls folgend, nach draußen vor die Botschaftstür geschickt, wo er am gefährdetsten war. Nicht, dass ich ihn wirklich umbringen wollte – ich genoss in dem Moment einfach die Möglichkeit, verstehen Sie?"

„Nein. Und jetzt genießen Sie die Möglichkeit, mich in seinem Namen ins *Hotel of Doom* zu schicken? Da mach ich aber nicht mit!"

„Es war letztlich ein Unfall und ich weine ihm keine Träne nach. Im Grunde habe ich natürlich alle vier bei dem Anschlag Getöteten auf dem Gewissen. Wenn ich die Polizei informiert hätte, hätte die das Gebäude womöglich noch abriegeln können, aber dann wäre mein Kontaktmann Kyok aufgeflogen und ein zweifellos viel schlimmeres Unheil hätte unaufhaltsam seinen Lauf genommen. Alles Abwägungssache – in meinem Beruf kann man sich kein allzu feines Gewissen leisten. Aber was nun Ihre Rolle als Habrecht II angeht: Sie sind uns, das muss ich leider nochmal betonen, einen Gefallen schuldig. Zudem ist es der ausdrückliche Wunsch Ihrer Noch-Gattin, dass Sie die Rolle übernehmen – als sie heute Nacht erfuhr, dass sich Kim Park im Ryugyong aufhält, verlangte sie, auf der Stelle hingefahren zu werden, was natürlich unmöglich war. Ich weiß, Sie sind ein Gentleman, Mister Gouldens. Hier – Ihr Diplomatenpass!"

„Ich sehe dem aber doch gar nicht ähnlich! Der ist mindestens zehn Jahre älter und dicker als ich!"

„Keine Sorge, Sie werden sich bald schon zehn Jahre älter fühlen. Eine unserer Botschaftsangestellten ist gelernte Maskenbildnerin. Glauben Sie mir – Sie werden sich selbst nicht wiedererkennen."

„Aber die Nordkoreaner werden darauf doch nicht reinfallen. Die müssen doch längst registriert haben, dass dieser Habrecht tot ist!"

„Herr Gouldens-Habrecht, ich erzähle Ihnen mal etwas: Als ich ein paar Jahre nach dem Ende der DDR wieder als deutscher Nordkorea-Diplomat nach Pjöngjang zurückkam, gab es drei Währungen im Land: bunte Won für Inländer, rote für sozialistische Ausländer, grüne für westliche Ausländer. Natürlich war der Wechselkurs für die westlichen Ausländer, zu denen ich nun zählte, wesentlich schlechter. Ich besaß aber noch einen DDR-Reisepass, der bis 1994 gültig war, und von dem habe ich ausgiebig Gebrauch gemacht. Glauben Sie, irgendwer hätte sich darum geschert, dass es diesen Staat gar nicht mehr gab? Und wenn sich schon keiner um die tote DDR scherte – wer soll sich jetzt wohl um den toten Habrecht scheren? Wissen Sie: In diesem Land zählen Papiere und Funktionen. Nicht die Menschen."

Kyok trat wieder in den Raum. Er hatte sich in einen Wintermantel gehüllt, trug eine Tasche in der Hand. „Es ist jetzt höchste Zeit. Ich wünsche Ihnen viel Glück. Schön, Ihre persönliche Bekanntschaft gemacht zu haben, Herr Gouldens." Jeremy sprang auf, um sich seinerseits zu verabschieden. „Eine letzte Frage noch, Herr Kyok: Was haben Sie mit dem Stiftungsgeld für den Innenausbau der Räume des Freundschaftszentrums gemacht, das Sie veruntreut haben?"

Kyok machte eine müde Handbewegung. „Ach das. Ausnahmsweise ist es jedenfalls nicht in meine Tasche geflossen. Der Generaloberst hat es beansprucht. Für den innerkoreanischen Austausch, wissen Sie. Es war sowieso *sein* Deal, mein Name stand nur auf dem Papier. In dem Fall war die Spende die getarnte Zahlung einer südkoreanischen Hightech-Firma für gewisse *Freundschafts*dienste und ohnehin nie für die Stiftung vorgesehen. Ein Teil der Gelder floss in die Unterstützung des antiimperialistischen Kampfes; ein anderer ist zum Kauf gewisser aufregender neuer Geräte an die gleiche Hightech-Firma zurückgelaufen. Aber, ach, ja, Sie sind ja gestern selbst in deren Genuss gekommen. Immerhin – gerade *mir* sollten Sie in diesem Punkt lieber keine Vorwürfe machen. Wenn Sie mich jetzt bitte entschuldigen würden?"

*

Cathy konnte kaum glauben, dass der Mann an ihrer Seite Jeremy war. Ein dicklicher Alter mit Haarausfall, grauen Haaren, faltigem Gesicht. In zehn Jahren würde er womöglich tatsächlich so aussehen. Gut, dass sie dann nicht mehr mit ihm verheiratet war. Bei ihr selbst hatte man sich weniger Mühe gegeben. Von einer Magda Habrecht gab es ja auch keinen Diplomatenpass mit Foto. Aber würde man sie ohne Pass überhaupt einlassen? Das würde man schon geregelt bekommen, hatte Korff versichert – auf die schnelle nordkoreanische Art. Was auch immer das war. Bei allem mulmigen Gefühl im Bauch war Cathy jedenfalls froh, dass man sie nicht in eine alte deutsche Schabracke verwandelt hatte. Allerdings galt es sicherzustellen, dass der Generaloberst sie nicht erkannte, falls sich ihre Wege zufällig kreuzten. Also hatte man Cathy eine blonde Perücke aufgesetzt und ihr Gesicht dick mit Schminke bearbeitet. Ihre chinesischen Züge waren noch immer unverkennbar, aber das mache nichts, hatte Korff versichert.

Dennoch hatte Cathys Herz mächtig geklopft, als sie die Personenkontrolle am Ryugyong-Hotel passierten. Die kleine deutsche Delegation bestand aus etwa zehn Personen, darunter der Botschafter und einige weitere Diplomaten wie etwa die Herren Korff und Habrecht. Und eben Habrechts Gattin. Die wurde von einer Sicherheitsbeamtin sorgfältig untersucht und dann an einen Mann in Uniform verwiesen, der sie nach ihren Papieren fragte. Cathy stockte das Herz und sie verwies auf ihren Gatten. „Hier, sie ist bei mir mit eingetragen", erklärte Jeremy. Cathy wusste, dass das nicht der Fall war, und ihr Herz pochte heftiger. Der Mann nahm den Pass, musterte Habrechts Bild, musterte Jeremy, begann in den Seiten zu blättern und zuckte unmerklich zusammen. Er verschwand samt Pass in einem Nebenzimmer. Nach zwei quälenden Minuten kam er zurück, reichte Jeremy mit einem knappen Nicken den Pass zurück, sagte: „Sie können passieren." Jeremy und Cathy traten in das Innere des gewaltigen Gebäudes.

„Was war das für ein Blatt, das da eingelegt war?", raunte Cathy Jeremy zu. „Das?" Er grinste leise. „Zweihundert Dollar. Das macht man hier so, hat Korff gesagt. Und es hat geklappt."

*

Dem Generaloberst und seiner Schar war es gelungen, den Aufzug unbemerkt im vierten Stock zu verlassen und sich über die geheimen Hintertreppen der Staatssicherheit unter die Wachen im Erdgeschoss zu mischen. Hier gab es einige Zimmer, die als Aufenthaltsräume für das Wachpersonal gedacht waren. In einer dieser Kammern, gleich neben dem großen Bankettsaal, hatten sie Position bezogen. Choe blickte Kim Park an. Die Leibgardenuniform stand ihm ausgezeichnet, seine reglose Mimik und der undurchdringlich starre Blick ließen ihn verblüffend echt aussehen. Doch er wirkte noch immer leidend.

Generaloberst Choe dachte noch einmal alle Schritte seines waghalsigen Unternehmens durch. Wichtig war, dass Kim Park dem Marschall so nahe kam, dass er ihn mit einem gezielten Taekwondo-Schlag niederstrecken konnte. Wichtig war weiterhin, dass der nicht nur leblos zusammenbrach, sondern dass ihn der Schlag auch tatsächlich tötete – ohne dass sein Tod sofort offensichtlich war. Schließlich hatten sie in dieser Situation, wenn der Marschall von Leibgarden und staatlichen Würdenträgern umgeben war, praktisch keine Chance, seinen Körper beiseitezuschaffen. Sie würden ihn seinen Leuten überlassen müssen. Und auch Kim, den Attentäter, würde der Generaloberst opfern müssen. Nun gut, der hatte seine Mission dann erfüllt.

Es war nicht damit zu rechnen, dass die staatlichen Medien den Tod des Obersten Führers sogleich bekanntgeben würden. Das hatten sie auch beim Tod von Vater und Großvater nicht getan, und es würde zudem eine unvorhersehbare Situation im ganzen Land schaffen – ein Risiko, das der Apparat nicht eingehen würde. Was dem Generaloberst, sofern er sich glücklich aus dem Tumult gerettet hatte, ein paar Tage Zeit gab. Überall in den von ihm kontrollierten Kasernen am Stadtrand und in weiten Teilen des Landes standen ihm getreue Truppen bereit, die auf sein Signal hin losschlagen würden. Spezielle Eliteeinheiten hatten sich bereits heimlich im Umfeld des Ryugyong versammelt und unter die Kim-treuen Soldaten gemischt, von denen es in Pjöngjang wimmelte. Andere seiner Verbände wurden *unter* der Stadt zusammengezogen. Auch wenn das Militär nicht geschlossen hinter ihm stand – mit Hilfe des Überraschungseffekts und der allgemeinen Kopflosigkeit nach dem Attentat würde es ihm gelingen, in Pjöngjang die Macht zu übernehmen. Ein Blutbad mit Tausenden an Toten würde sich allerdings nicht vermeiden lassen. Das war eben der Preis, den das Land für seine Wiedererneuerung zu zahlen hatte. Sobald er seine Machtbasis gesichert und die Staatsmedien unter Kontrolle bekommen hatte, wäre es an der Zeit, für Ruhe und Ordnung zu sorgen: Dafür brauchte er den Marschall. Das Staatsfernsehen würde also verkünden, dass der Oberste Führer bei einem feigen Anschlag einer vom Ausland gesteuerten Clique von Staatsfeinden verletzt worden sei, schon in wenigen Tagen aber erneut ans Steuer des Staatsschiffes würde treten können. Bis dahin hätten sie den Doppelgänger so weit, seine Rolle zu übernehmen. Dank der Chip- und Steuerungstechnologie der Firma Brainweb würde nun er, Choe Ryang Kee, der Puppenspieler, endlich alle Fäden zur vernünftigen Lenkung des Staatsgeschicks in den Händen halten. Aber bis dahin lag noch ein gefährlicher Weg vor ihm.

Er griff zu seinem Handy, um letzte Instruktionen zu erteilen.

*

Jeremy blickte sich im großen Bankettsaal um. Das Ryugyong-Hotel war in jeder Beziehung überdimensional angelegt. Allein dieser Saal verfügte über die Maße einer mittleren Konzerthalle. Und wie in einer Konzerthalle befand sich vorn eine erhöht über dem Raum schwebende Bühne: das Podium für die hochstehenden Persönlichkeiten. Wie über einem Thron prangte über dessen ganzer Länge in einigen Metern Höhe eine Art kunstvoll verzierter roter Baldachin. Der große Raum mit seiner absurd hohen Decke war offensichtlich bewusst darauf angelegt, dem Einzelnen das Gefühl zu geben: Du bist klein, du bist nur ein Rädchen im Getriebe und du hast keine Chance, wenn du nicht aufopferungsvoll genau die Funktion erfüllst, die dir im gewaltigen Räderwerk des Staats zugewiesen ist, und in den Staub sinkst vor jenen, die größer sind als du – vor jenen da vorn auf dem Podium.

Mehrere lange Tischreihen füllten den Raum. Jeremy und Cathy nahmen zusammen mit der deutschen Delegation irgendwo in der äußeren rechten Tischreihe Platz, in jenem Bereich, der den ausländischen Gästen vorbehalten war. Das waren nicht allzu viele.

Jeremy dachte zurück an das, was ihm Korff über die Geheimverhandlungen erzählt hatte, die zu der für heute geplanten Vertragsunterzeichnung geführt hatten. Nach den Turbulenzen in Berlin war beschlossen worden, die weiteren Verhandlungen vollends auf das zweite Gleis der geheimen Track-II-Diplomatie zu verlagern, was auch hieß, dass die Zahl der beteiligten Parteien stark eingeschränkt werden musste. Warum sechs Parteien, wenn es um die Wiedervereinigung eines einzigen Landes ging? Besonders der Norden hatte stets darauf bestanden, dass es sich hier um eine rein koreanische Angelegenheit handele; eine Position, der gegenüber sich der Süden, wenn auch unter einigem Zögern, nun in Teilen geöffnet hatte. Unter Moderation des wiedervereinigten Deutschlands war es zu mehreren vor der übrigen Welt geheim gehaltenen Treffen von Vertretern beider Koreas gekommen. Man hatte festgestellt, dass eine Reihe von Streitpunkten aus dem Weg geschafft werden könnte, wenn diesbezüglich zuerst eine innerkoreanische Abstimmung getroffen werden konnte; die Gespräche waren erfolgreich, und ein Vertragsentwurf wurde aufgesetzt. Erst nach der Unterzeichnung dieses Annäherungsvertrages, die ursprünglich für die folgende Woche vorgesehen gewesen war, sollten die übrigen vier Parteien (USA, China, Russland, Japan) wieder ins Boot geholt werden. Nachdem sich zu Hause der Druck auf Diktator Kim zuletzt gefährlich erhöht hatte, hatte der Norden darauf gedrängt, die Unterzeichnung auf den baldestmöglichen Zeitpunkt vorzuziehen.

So kam es also, dass die Zahl der anwesenden Ausländer überschaubar geblieben war. Neben der südkoreanischen Delegation um den Wiedervereinigungsminister waren da nur die etwa zehnköpfige deutsche Diplomatengruppe, die so entscheidende Vermittlungsarbeit geleistet hatte, sowie einige maßgebliche UN-Vertreter, die kurzfristig hinzugezogen worden waren, um dem Ganzen den offiziellen Anstrich einer Billigung durch die Weltöffentlichkeit zu geben. Zwar hatten sich sowohl China als auch die USA, als die Sache zuletzt durchgedrungen war, von ihren jeweiligen Verbündeten düpiert gezeigt und verschnupft verkündet, dass sie sich an die Ergebnisse eines ohne sie zustande gekommenen Annäherungsvertrages nicht gebunden fühlten – aus Russland und Japan, die gerade in der Wiederannäherung an den Norden gute Fortschritte erzielt hatten, bisher nur reserviertes Schweigen –, aber insgesamt herrschte doch eher Erleichterung, und die in Aussicht gestellte Wiederaufnahme der Sonnenscheinpolitik wurde, bei aller gebotenen Skepsis, weltweit grundsätzlich begrüßt.

Jeremy hatte neben Korff Platz genommen, zu seiner Rechten saß Cathy. „Wie geht es jetzt weiter?", wandte sich Jeremy halblaut an den zwielichtigen Geheimdienst-Diplomaten. „Nun, es wird zunächst einige Eröffnungsreden hochrangiger Mitglieder von Politbüro und Zentraler Militärkommission geben, in denen alle möglichen Leute begrüßt werden – neben den Kim-treuen Kadern etwa der südkoreanische Minister für Wiedervereinigung und die UN-Delegation sowie der deutsche Botschafter und die beiden anderen an den Geheimverhandlungen maßgeblich beteiligten Diplomaten des Auswärtigen Amts. Die wichtigsten Persönlichkeiten werden vermutlich aufs Podium gerufen; für unseren Botschafter, den UN-Delegationsleiter und den Wiedervereinigungsminister sind ebenfalls kurze Ansprachen vorgesehen. Nach den jüngsten Vorfällen rechne ich eher nicht damit, dass sich der Oberste Führer dadurch exponiert, dass er selbst das Wort ergreift. Dann jedoch wird er sich mit dem Wiedervereinigungsminister zu einem Gespräch im kleinsten Kreis zurückziehen. Wenn dort alles reibungslos läuft, werden sie zur Unterzeichnung des Annäherungsvertrags wieder erscheinen. Vielleicht ist dann der Zeitpunkt gekommen, dass der Puppenspieler mit seiner Wunderwaffe zuschlägt."

„Wieso haben Sie Kyoks brisante Information, dass der Puppenspieler mit Kim Park hier im Haus ist, nicht weitergeleitet?"

„Weil es dann nicht zur Vertragsunterzeichnung gekommen wäre. Ein gewagtes Spiel, gewiss, aber uns ist nun mal viel am Zustandekommen gelegen – wir müssen den Generaloberst eben stoppen, bevor er zuschlagen kann, dafür sind wir hier. Wenn er überhaupt noch so viel Handlungsfähigkeit hat, was ich bezweifle. Aber, bitte, erwähnen Sie das Thema jetzt nicht mehr. Schließlich ist die Sache topsecret."

Jeremys Blick schweifte über den Saal. Die auf Koreanisch gehaltenen Begrüßungsreden hatten begonnen. Ringsum grau gekleidete, überwiegend ältere Männer, die sich in regelmäßigen Abständen ruckartig erhoben und frenetisch Beifall klatschten. Jeremy fiel auf, dass auf den meisten Gesichtern ein breites, gezwungen wirkendes Lächeln lag. Wirklich: ein Land von ferngesteuerten Marionetten.

Er blickte zu Cathy. Seit sie das Gebäude betreten hatten, hatte sie sich immerfort in alle Richtungen umgeschaut. Wo war Kim? Sie hatten nicht die Möglichkeit, sämtliche 105 Stockwerke zu durchsuchen. Wenn er nicht im Bereich des Bankettsaals auftauchte, hatten sie keine Chance, ihn zu finden. Wenn er allerdings irgendeine Form von Anschlag auf die Veranstaltung ausführen sollte, musste er unweigerlich auftauchen. Für Jeremy kein beruhigender Gedanke. Die Wahrscheinlichkeit, dass sie ihn rechtzeitig stoppen konnten, war nahe null.

Seit sie hier saßen, hatte Cathy demonstrativ kein Wort mit Jeremy gesprochen. Dennoch: Von dem Moment an, da sie sich gegenseitig das Scheitern ihrer Beziehung eingestanden hatten, hatten sie sich, alles in allem, erstaunlich gut zusammenraufen können. Er hätte gern ein paar versöhnliche Worte mit ihr gewechselt, aber während sie ihm hartnäckig den Rücken zuwendete, hatte sie begonnen, halblaut mit dem Vertreter der südkoreanischen Delegation zu tuscheln, der rechts neben ihr saß. Was heckte sie aus?

Kaesong

Raymond Moon rieb sich die Schläfen, hinter denen es pochte und tobte. Ihm gefiel die ganze Sache nicht. Er wusste, dass seine beiden Ärzte jene Operation an einer hochstehenden nordkoreanischen Person inzwischen durchgeführt haben mussten, trotzdem hatte ihm General Pak Kyong Dok, sein Bewacher in der graubraunen Uniform, alle Informationen darüber verweigert. Immer noch wusste er weder, ob die Operation erfolgreich verlaufen war, noch, um welche hochgestellte Persönlichkeit es sich handelte. Es war zwar vereinbart worden, dass die beiden Ärzte noch einige Tage in Pjöngjang blieben, bis sich ihr Objekt so weit erholt hatte, dass es keiner medizinischen Spezialhilfe mehr bedurfte, und sie erst dann mit den nötigen Daten nach Kaesong zurückkehren sollten, um zusammen mit ihm die nur von hier aus mögliche Aktivierung des Objekts vorzunehmen, trotzdem hätte sich Raymond Moon erheblich besser gefühlt, wenn er zumindest ein Telefongespräch mit ihnen hätte führen dürfen. Nein, hatte es geheißen, zuerst müsse Moons nach Pjöngjang entführtes Wunderwerk, Objekt PSI, noch seinen *entscheidenden Einsatz* vollbringen. Was das für ein Einsatz sei? Das werde er noch rechtzeitig erfahren.

Moon starrte auf seinen Monitor und die Sache gefiel ihm immer weniger. Jenes riesenhafte Bauwerk, in dem sich sein Objekt nun befand, war unverkennbar das berüchtigte *Hotel of Doom* in der nordkoreanischen Hauptstadt. Nun hatte man PSI ins Erdgeschoss gebracht, wo irgendeine große Veranstaltung, ein Empfang, im Gang war. Moon war das alles definitiv zu heiß geworden. Seit man ihn in Kaesong festgesetzt hatte, hatte man ihn von allem ferngehalten, was draußen in der Welt vorging. Doch natürlich erinnerte er sich an die Medienberichte, die erst die Ursache seiner beschleunigten Abreise nach Kaesong gewesen waren: dass es an einem ungenannten Ort in Pjöngjang überraschend innerkoreanische Gespräche auf höchster Ebene geben sollte. Raymond Moon, dessen Geschäftsmodell von einer Beibehaltung des Status quo am meisten profitierte, war an keiner Annäherung gelegen, die über die üblichen Fensterreden hinausging. Er war aber auch nicht daran interessiert, persönlich in Vorgänge verstrickt zu werden, die zu einer weiteren Verschärfung, gar einem neuen Krieg führen konnten. Und sein Bauchgefühl sagte ihm nichts Gutes.

General Pak Kyong Dok telefonierte schon wieder mit Pjöngjang, sein Gesicht wie versteinert. „Wird gemacht, Genosse Generaloberst! Ordne ich an, Genosse Generaloberst! Natürlich, der wird schon spuren, wenn ihm sein Leben und sein Meisterwerk lieb sind – ganz zu schweigen von seinem Milliardengeschäft mit uns!"

Kein Zweifel, der *entscheidende Einsatz* stand unmittelbar bevor. Und gerade in diesem Moment musste Raymond Moon wie aus heiterem Himmel eine neue schwere Migräneattacke erleiden. Er hatte das Gefühl, sein Gesichtsfeld würde vor ihm zerlaufen, und sein Schädel *brummte* nicht nur, er begann förmlich zu summen, zu singen, als wären darin tausend kleine Ameisen des Schmerzes, die nun einen spottenden Chor anstimmten. Beinahe war ihm, als könne er klar vernehmen, was sie da sangen, als lösten sich verständliche Worte aus dem fürchterlichen Chor der kribbelnden Ameisen.

Pjöngjang

Eine seltsame Unruhe hatte sich am Tisch rechts von Jeremy breitgemacht. Ein südkoreanischer Diplomat tuschelte mit dem nächsten, man steckte die Köpfe zusammen, als spiele man „Stille Post". Und Cathy spielte eindeutig mit. Jeremy sah gerunzelte Stirnen, ungläubige Blicke, Kopfschütteln. Neben ihm war auch Korff auf die hektische Unruhe aufmerksam geworden. Er war sitzen geblieben, als die hochrangigen deutschen Diplomaten aufs Podium gerufen worden waren – Korff war nie ein Mann der Öffentlichkeit gewesen. Aus seiner gerunzelten Stirn schloss Jeremy, dass auch ihm die Sache um Cathy und die Südkoreaner suspekt zu werden begann. Wollte Cathy in eigener Sache in die internationale Diplomatie einsteigen? Das konnte nichts Gutes bedeuten. Jeremy musste dem einen Riegel vorschieben. „Cathy, was geht da vor? Du, ich mach mir Sorgen, sag mir bitte …"

„Pst, ich glaube, es ist jetzt so weit. Sie rufen den Minister für Wiedervereinigung aufs Podium. Tut mir leid, Jeremy. Was auch immer geschieht, mein Trampeltier, ich bin dir nicht böse, hörst du? Aber hier geht es um Größeres als dich. Leb wohl!"

Der Mann ganz vorn am Tisch der südkoreanischen Delegation erhob sich und begann, mit gemessenen Schritten Richtung Podium zu schreiten. Der Mann ganz hinten am Tisch wandte sich zu seiner chinesisch-amerikanisch-britischen Sitznachbarin, die heute indes offiziell als die deutsche Ehefrau eines verstorbenen Berliner Diplomaten anwesend war, und nickte ihr zu. Plötzlich sprang sie auf, schrie laut „Halt!", rannte auf den Wiedervereinigungsminister zu. An den Tischen rechts und links erhoben sich Sicherheitsleute des obersten Kommandos der Führerleibgarde, um der Verrückten in den Weg zu treten, aber der Wiedervereinigungsminister gebot ihnen mit einer energischen Handbewegung Einhalt. Irritiert blieben die Männer stehen. Schließlich war ihnen aufgetragen worden, den Minister für Wiedervereinigung nicht zu behindern und keinesfalls seinen Unwillen zu erregen.

Cathy warf sich vor ihm auf die Knie. „Herr Minister! Sie dürfen diesen Vertrag nicht unterzeichnen! Ich bin amerikanische Staatsbürgerin und flehe Sie im Namen meines Vaterlandes, der Schutzmacht Ihres Staates, an. Ich weiß aus sicherer Quelle, dass eben hier, unter dem Dach dieses Hauses, ein südkoreanischer Staatsbürger, der sich nichts zuschulden kommen lassen hat, gegen seinen Willen festgehalten wird. Verlangen Sie Aufklärung der Sache, verlangen Sie seine sofortige Freilassung als Bedingung einer Unterzeichnung!"

Cathy hatte Englisch gesprochen, eine Sprache, der der Minister für Wiedervereinigung natürlich mächtig war, nicht aber der Großteil der Menschen im Saal. Erregtes Gemurmel erhob sich. Was nahm sich diese Frau heraus? Der Minister wirkte überrascht, aber doch nicht ganz so überrumpelt, wie er eigentlich hätte sein müssen – sein diplomatischer Stab hatte ihn bereits mit dem Anliegen der Frau bekanntgemacht, und er hatte entschieden, dass ein solcher öffentlicher Auftritt vor dem versammelten Saal, wenn auch gewagt und allen Regeln des Protokolls spottend, der wohl beste Weg war, eine prompte Untersuchung ihrer Vorwürfe zu erreichen.

Über das Mikrofon des Redners, der ihn soeben feierlich begrüßt hatte, dazu aufgefordert, diesen unerhörten Vorfall zu erklären, erhob der Minister nun seine Stimme und wiederholte mit lautem, redegeschultem Organ auf Koreanisch, was ihm Cathy soeben mitgeteilt hatte. Das erregte Raunen schwoll zu einem brausenden Durcheinander. Auch auf dem Podium wurde erregt diskutiert. Schließlich erhob der Redner wieder seine Stimme, und mit einem Schlag wurde es totenstill im Raum. „Seine Exzellenz wünscht, dass Sie nach vorn aufs Podium kommen, verehrter Herr Minister. Und die Frau, die diese ungeheuren Anschuldigungen erhebt, bitte mit Ihnen."

*

Zum zweiten Mal tönte es überall in den fertiggestellten unteren vier Stockwerken wohlvernehmlich über die Lautsprecheranlage des Ryugyong-Hotels: „Kim Park – Park Sang Il –, Sie werden gebeten, sich unverzüglich in den großen Bankettsaal zu begeben. Jeder, der weiß, wo sich Kim Park aufhält oder ihn in seiner Macht hält, wird ebenfalls dazu aufgefordert. Der Oberste Führer hat im Beisein des Wiedervereinigungsministers des Südens jedem bedingungslose Straffreiheit zugesichert, der mit dieser Sache zu tun hat, sofern er Kim Park unverzüglich hierherbringt und an den Minister übergibt, der ihn wohlbehütet in seine Heimat zurückbringen wird."

Der Generaloberst glaubte seinen Ohren nicht trauen zu können. War das real? Hier saß er und grübelte darüber nach, wie er Kim Park in die Nähe des Marschalls bringen könnte, und jetzt kam diese Durchsage, die ihn genau dazu aufforderte. Was für eine unglaubliche Chance! Wer steckte dahinter? War das erneut eine Falle? Das mit der Straffreiheit glaubte er natürlich keine Sekunde, solche Behauptungen waren in *Choson* grundsätzlich bloß Finten, damit die Leichtgläubigen schneller ins Netz gingen. Aber Falle oder nicht: Es war völlig ausgeschlossen, dass der Marschall und seine Leute wussten, *was* Kim Park war. Wir werden noch sehen, wer hier wem in die Falle geht!

„Worauf wartet ihr noch? Habt ihr die Durchsage nicht gehört? Gehen wir. Aber helft unserer Wunderwaffe erst mal aus den Klamotten. Gut, dass wir ihm die Sachen darunter angelassen haben. Ich möchte nicht, dass unser südkoreanischer Staatsbürger vor dem Marschall in der Uniform seiner eigenen Leibgarde erscheint."

Zum letzten Mal griff er nach dem Handy. Gab seinen bereitstehenden Generälen das Signal, komme, was wolle, in exakt fünfzehn Minuten mit der Erstürmung des Gebäudes und der Eroberung von Pjöngjang zu beginnen.

Dann nochmal Kaesong. Eine Veränderung im Einsatzbefehl.

Kaesong

„Nein, nicht mit mir. Diese Order werde ich ihm niemals erteilen!"

„Hören Sie zu, Raymond Moon." Die Stimme des Generals in der graubraunen Uniform war kalt und entschieden. „Haben Sie immer noch nicht begriffen, dass es in diesen Minuten auch für Sie um alles oder nichts geht? Alle Ihre Geschäfte haben Sie mit dem Generaloberst, dem *Puppenspieler*, gemacht – vor allem Ihren Milliardendeal zur Optimierung unserer aufsässigen Elemente im Volk mit der Chiptechnologie von Brainweb, der im Übrigen gerade unmittelbar vor seinem Abschluss steht. Zufällig weiß ich, dass im Koreanischen Ostmeer noch heute eine wichtige Fracht von einem unserer Schiffe auf ein anderes verladen wird. Sobald dies geschehen ist, wird Ihrem Cousin Mun Dae Jong die halbe Milliarde ausgehändigt – aber natürlich nur, wenn Sie jetzt kooperieren. Leider hat es in den letzten Stunden gewisse … Irritationen gegeben und der Generaloberst ist zur Unperson erklärt worden. Sie wissen, was das in *Choson* heißt. Und Sie wissen auch, dass sich der Generaloberst soeben, wie auch der Oberste Führer, im Ryugyong-Hotel befindet. Fest steht: Nur einer von beiden wird das Gebäude lebend verlassen. Wenn es den Generaloberst erwischt, können Sie sich all Ihre schönen Milliardenpläne in Nordkorea ein für alle Mal abschminken. Ganz zu schweigen davon, dass Sie wohl kaum lebend aus Kaesong hinausgelangen werden."

„Aber ich kann doch nicht Ihren Diktator töten lassen, auf dessen oberster Führung das Staatsgebäude Ihres Landes aufgebaut ist. Das ist, wie das Ryugyong-Hotel selbst in die Luft zu jagen. Nein, schlimmer: Das ganze Land muss in Schutt und Chaos versinken."

„Schon gut, das wissen wir selbst. Keine Sorge, der Führer wird nur *körperlich* sterben. Als Figur und Repräsentant wird er fortleben."

„*Nur* körperlich …?"

„Guter Mann, wie Sie sicherlich wissen, ist das offizielle Staatsoberhaupt unseres Landes nach wie vor unser Ewiger Präsident Genosse Kim Il Sung und die Nummer zwei der Ewige Generalsekretär Kim Jong Il. Von jetzt an haben wir eben noch eine dritte Leiche an der Staatsspitze. Aber keine Sorge, im Unterschied zum Tod seiner beiden Vorgänger wird die Welt vom Ableben des Marschalls nichts erfahren. Der Führer wird durch einen *Ersatz* ausgetauscht, der von nun all seine gewünschten Funktionen reibungslos erfüllt. Dafür haben wir ja Sie, verehrter Herr Raymond Moon. Aber genug der Worte. Jetzt walten Sie Ihres Amtes. Es ist höchste Zeit.‟

Der Schmerz in seinem Kopf war nun definitiv unerträglich geworden, drohte alles klare Denken zu lähmen. Wieder war da das Brausen der Ameisen. Aber Ameisen *brausen* nicht. Ein Bienenschwarm. Der auffliegt, um seiner Königin ein neues Zuhause zu suchen.

Pjöngjang
Vor Cathy ein gefrorenes Meer aus endlosen Reihen grauer Parteimitglieder und brauner Militärs. Alle stocksteif, unsicher, wie sie mit der Situation umgehen sollen. Nie haben sie Ähnliches erlebt, und so kann jede Reaktion die falsche sein. Besser also gar nicht reagieren.

Ein erstarrter, versteinerter Saal. Neben ihr der Minister für Wiedervereinigung, deutlich nervös, zieht es vor, einfach zur Decke zu blicken. Links an der Wand die deutschen und die UN-Diplomaten, die sich alle weit weg wünschen. Der Saalredner, die hohen ordenbehängten Politbürovertreter alle wie Salzsäulen. Aber auch ihr stockt das Blut in den Adern. In einer nur von hier oben aus sichtbaren Seitennische auf der anderen Seite der Tribüne ein prunkvoll verzierter, fast thronartiger Sitz. Darauf ein rundliches Männlein mit ulkiger Frisur. Auf dem nicht ganz so prächtigen Sitz daneben eine junge Frau, nackenlange schwarze Haare, die ihr salopp büschelweise in die Stirn fallen, während sie an den Seiten sehr kurz sind, schwarzer, nur knielanger Rock, dazu eine Jacke mit roten Punkten auf schwarzem Hintergrund, wie der Rücken eines Marienkäfers. Der Oberste Führer und seine Frau. Sehr jung, sehr hübsch, sehr schick. Fast ähnelte sie ein wenig jener Ryn Jong Mi, jener allzu perfekten Vertrauten des Generaloberts, über die sich Cathy am Tag zuvor so geärgert hatte. Aber definitiv mehr Stil. Auch ihr Mann wirkte ganz proper in seiner perfekt sitzenden dunklen Uniform. Und dann *lächelte* er ihr zu.

Cathy musste sich eingestehen, dass dieser noch so junge Mann plötzlich sympathisch und ungefährlich wirkte. Und das sollte ein Schlächter sein? Ein Monster? Ein Massenmörder? Ein Irrer, der am liebsten wahllos mit Atombomben um sich werfen würde? War es nicht möglich, dass alles letztlich nur ein Missverständnis war? Und sie, Cathy Wong, könnte es aufklären, wenn sie einfach den ersten Schritt tat, jetzt zu ihm hinüberging und ein freundliches Gespräch mit ihm anfing? Sie sah all die Leibwächter, die das junge Paar rechts und links umstanden und ausgesprochen finster blickten. Nein, sie würde nicht hinübergehen. Aber zurücklächeln, das konnte sie. Und der Diktator lächelte wieder. Ich schenk dir mein Lächeln, Cathy Wong.

Ihr wurde schwindelig, und auf einmal war sie sich nicht mehr sicher, ob er nicht schon die ganze Zeit gelächelt hatte und ob er überhaupt sie anlächelte und nicht vielmehr die ganze Welt, wie ein rundlich im Zentrum ruhender Buddha. Und es überkam sie ein unerklärlicher Schauder, als hätte sie der Hauch einer höheren Macht gestreift.

Sie wandte hastig den Blick ab. Lass dir die Sinne nicht betören! Am anderen Ende des Saals entstand eine Bewegung. Die Tür öffnete sich. Jemand trat ein, gefolgt von einer Spezialeinheit der persönlichen Leibgarde des Obersten Führers. Aber der Mann vorn war nicht in Uniform. Der Mann war Kim.

Kim! Und plötzlich setzte sich Kim in Bewegung. Er hat sie entdeckt, er läuft auf sie zu! Und sie kann nicht anders, als selbst, die Stufen zum Podium herab, blindlings auf ihn zuzurennen.

Kaesong

Es waren Kopfschmerzen, wie sie die Welt noch nicht erlebt hatte, es war ein Brausen von Tausenden Bienen, die ihren Futtertanz vor ihm aufführten, die geheimnisvolle Tanzsprache der Bienen. Aber es war doch er, der hier die Befehle zu erteilen hatte! Wieder wedelte der General in der graubraunen Uniform fordernd mit der Waffe. Also, reiß dich zusammen: *Objekt, du läufst stur geradeaus, an der Frau vorbei und die Treppen zum Podium hinauf. Dort verneigst du dich kurz vorm Wiedervereinigungsminister und machst dann einen Sprung zur Nische in der Wand, wo ein feister junger Mann neben einer hübschen Frau sitzt. Den Mann tötest du mit deinen Taekwondo-Künsten, dann schaltest du den Wiedervereinigungsminister aus, und dann …*

Und dann war der Moment erreicht, wo er das Brausen der Bienen endlich verstand. Tief und vernehmlich erhob sich ein sonores Brummen aus dem gewaltigen Lärm: *Raymond Moon, du Idiot! Was machst du da? Du tust jetzt gefälligst, was WIR sagen. Also, du befiehlst dem Mann, dass er …* „Geht weg! Was wollt ihr! Geht verdammt nochmal aus meinem Kopf." *Klappe halten, Moon! WIR sind es, die hier bestimmen. Du sagst jetzt dem Mann, dass er anhalten soll. Er soll kehrtmachen und …* „Halt, das kann ich nicht. Hier steht ein nordkoreanischer General mit einer Waffe, der wird mich umbringen, wenn ich nicht …" *Hör mal, WIR werden dich umbringen, wenn du nicht sofort parierst. Mensch Raymond, du warst doch nicht immer so schwer von Begriff. Also, du sagst ihm, er soll kehrtmachen und …*

„He, was ist los? Machen Sie, was ich sage, hören Sie! Befehl ist Befehl. Und hören Sie sofort mit diesem unverständlichen englischen Gequatsche auf …" Der General richtete böse seine Waffe auf ihn. „Wir sind am Ziel, jetzt vermasseln Sie's nicht, sonst …"

Moons Kopf drohte zu platzen. Den Monitor nahm er nur noch umrisshaft war. Objekt PSI hatte sich, durch die noch immer wie versteinert stehenden Reihen im Saal, nun fast ans Podium herangearbeitet; er hatte die blonde Frau, die mit ausgebreiteten Armen auf ihn zugestürmt war, grob zur Seite gestoßen und sprang nun die Stufen hinauf. Noch im Sprung verneigte er sich knapp vor dem südkoreanischen Minister für Wiedervereinigung.

In Raymond Moons Kopf und im Raum brüllten alle durcheinander, und er brüllte mit ihnen. *Kehrtmachen, sofort, alles auf den dicken Mann!* „Halten Sie die Klappe, Moon, und jetzt wiederholen Sie den Befehl zum Zuschlagen! Ich schieße sonst …" Was war hier los? Was machten diese Stimmen mit ihm? *Alles auf den Puppenspieler!* Was riefen die da? Was hatte der Braune seine Waffe zu entsichern? Warum war er dabei, wahnsinnig zu werden? „Lasst mich in Ruhe! Lasst mich alle in Ruhe!" Er griff mit den Händen nach seinem Schädel, um die Einzelteile beim Zerbersten daran zu hindern, ziellos durch den Raum zu fliegen. Dann, wie aus dem Nichts, ein letzter klarer Sekundenbruchteil. Schon jagten seine Finger über die Tastatur, er tippte den geheimen Code und drückte *Escape-* und *Delete-*Taste auf einmal. Der Bildschirm wurde schwarz und Dunkelheit legte sich um Raymond Moon, Mastermind und Mindmachine der Firma Brainweb.

Aber er hatte keine Kopfschmerzen mehr.

Pjöngjang

In dem Moment, wo sich Cathy selig in die Arme des Geliebten hatte werfen wollen, war der plötzlich ausgewichen, und sie hatte ein unsanfter Stoß von der Seite getroffen. Benommen rappelte sie sich auf. Was war passiert? Was hatte Kim mit ihr gemacht? Hinter Kim die Leibwächter in ihren Uniformen, folgten ihm zum Podium. Der vorletzte, ein dicker Mann in schlecht sitzender Uniform, drehte sich im Vorbeigehen zu Cathy um, blickte sie unter seiner tief ins Gesicht gezogenen Schildkappe an, zuckte zusammen, ging weiter, Kim hinterher. Auch Cathy war zusammengezuckt. Schnell! Wo war Kim? Oh, schon oben auf dem Podium, blickte nach rechts, wo, von hier aus unsichtbar, der lächelnde Diktator saß, und sein Körper spannte sich wie der eines Raubtiers. Nein, das durfte er nicht tun! Sie würden ihn töten, wenn er das tat. Laut schrie sie, doch er hörte sie nicht.

Plötzlich begriff Cathy. Ihre Perücke! Er hatte sie nicht erkannt, weil sie noch immer diese verdammte Perücke aufhatte. Er musste sie für diese dumme Frau Habrecht halten. Oh, Kim, hat dich nun doch einmal deine unfehlbare Intuition im Stich gelassen? Mit einem raschen Ruck riss sie sich ihr blondes Haar vom Kopf, wedelte damit in der Luft. „Kim, hier bin ich. Kim, schnell!"

Noch lag der Saal wie erstarrt, aber allmählich kam Regung in die Leibwächter des Diktators. Kim blieben nur wenige Sekunden, um, verrichteter oder unverrichteter Dinge, am Leben zu bleiben.

Und plötzlich fährt er herum. „Cathy!", brüllt er mit einer Stimme wie ein Urschrei, und dann kommt er herabgestürzt, wie ein tobender Gebirgsbach, der eine Betonwand sprengt, die ihn viel zu lange in seinem natürlichen Fluss gehindert hat.

„Kim, pass auf! Hilfe! Das ist er! Choe, der Puppen...!"

Da hat sich der dicke Mann in der schlecht sitzenden Uniform bereits über Cathy geworfen. Sie droht zu ersticken unter seinem fetten Leib, unter seinen fleischigen Händen, unter deren unerbittlichem Druck. Nochmal will sie rufen, aber ihr fehlt die Luft.

Dafür ruft Kim. „Cathy!" Und nochmal, näher. „Cathy!!"

Dann ein widerwärtiges Knacken, als dem Puppenspieler das Genick bricht und Saft und Kraft von ihm weicht. Der gewaltige Leib wird von ihr gerollt wie der Stein vom Grab Jesu. Und ein drittes Mal, lächelnd, ganz nah, und sein strahlendes, engelgleiches Gesicht über ihr: „Cathy!!!" Während ihr nun die Sinne schwinden, kommt es ihr vor, als öffneten sich über ihr die Tore des Himmels.

Arlington, Virginia, USA
Lieutenant Colonel Will Wilson fuhr sich mit dem Taschentuch über seine schweißglänzende Stirn und starrte unvermindert in den Monitor vor ihm, auch wenn der seit einigen Sekunden nur noch eine schwarze Mattscheibe war. „Verdammt nochmal, das war knapp. Dieser Raymond Moon war am Ende doch cleverer, als wir gedacht hätten."

„Du weißt, wir nehmen immer nur die Allercleversten", gab Major Tom Clance zu bedenken, während seine Finger so flink über seine Computertastatur flogen wie die eines Pianisten über die Tasten seines Konzertflügels. Als sei das nicht schon eine Tätigkeit, die vollster Konzentration bedurfte, fuhr er beim Tippen mit gelassener Stimme fort: „Und wer glaubt, uns, nachdem wir ihn zu etwas gemacht haben, einfach den Finger zeigen und mit seinen bei uns erworbenen Wissensschätzen von nun an in die eigene Tasche wirtschaften zu können, der müsste schon *extrem* clever sein, damit sich das nicht irgendwann an ihm rächt. So einer muss überhaupt erst noch geboren werden."

„Unser alter Freund Raymond war jedenfalls nicht der Typ dafür. Auch wenn er sich alle Mühe gegeben hat, sich den plötzlichen Befehlen in seinem Kopf zu widersetzen. Aber um es wirklich mit uns aufzunehmen, war er doch nicht stark genug."

„Mir war das Schlitzauge, wie du weißt, eigentlich schon immer suspekt. Der hat jetzt nur bekommen, was er verdient hat. In jedem Schlitzauge steckt auch ein Schlitzohr, sage ich immer."

„Und deshalb sorgst du besser dafür, dass wir unser ferngesteuertes Schlitzauge in Pjöngjang schnell wieder unter Kontrolle bekommen."

„Bin schon dabei. Aber das dauert noch. Moon wollte uns ein letztes Schnippchen schlagen und hat das Modul in Kaesong mittels Notabschaltung heruntergefahren. Was auch bedeutet, dass er jetzt aus der Sache draußen ist. Falls er nach unserer brachialen Mikrowellenattacke auf seine Gehirnströme mental überhaupt noch dazu in der Lage ist – wovon ich nicht ausgehe –, bräuchte er Stunden, um den Schlamassel, den er da angerichtet hat, wieder in Ordnung zu bringen. Bis dahin haben wir Zeit, vollendete Tatsachen zu schaffen. Wenn diese Südkoreaner nur nicht mit einer derart veralteten Technik arbeiten würden. Mikrochips … Mein Gott, leben wir noch im 20. Jahrhundert? Als ob das nicht längst auch ohne operativen Eingriff ginge."

„Na ja, jetzt werd' mal nicht überheblich. Hätten wir Raymond damals, kurz bevor er uns verlassen hat, anlässlich seiner stationären Migränebehandlung nicht selbst dieses veraltete kleine Kästchen unter die Schädeldecke gepflanzt, hätten wir uns unter den erschwerten Bedingungen in Kaesong nicht so ohne weiteres in ihn einwählen können. – Bist du jetzt bald so weit? Wer weiß, was in Pjöngjang los ist."

„Stimmt, vielleicht hat die Welt schon einen Tyrannen weniger."

„Und Dutzende ungelöste Probleme mehr. Womöglich gar einen neuen Koreakrieg, worauf wahrlich niemand scharf ist. Du weißt, dass weder dem Pentagon noch dem Weißen Haus momentan an einer Beseitigung des Irren in Pjöngjang gelegen ist. Deshalb haben wir auch den verdammten Auftrag, das zu verhindern."

„Ich weiß, ich weiß. Überall, wo wir in den letzten Jahren irre Diktatoren beseitigt haben, ist die Welt ohne sie nur noch irrer geworden. – So jetzt haben wir's gleich."

„Kriegst du es hin, von hier aus seine Kontrolle zu übernehmen?"

„Klar. Jetzt, wo uns Moon nicht mehr im Weg steht, sollte das kein Problem sein. Seit wir uns bei Brainweb ins Intranet eingehackt haben, hatten wir reichlich Zeit, uns mit deren Computerprogrammen und der Steuerungstechnik vertraut zu machen. Die veralteten Systeme dieser Südkoreaner zu bedienen ist zwar ungefähr so, als müsse man einen PC heute noch mit DOS-Befehlen steuern, aber ich habe mein Metier eben von der Pike auf gelernt, und ich beherrsche beides."

Der Monitor begann zu flimmern, aber es erschien noch immer kein Bild. „Was machst du jetzt genau?"

„Ich hacke mich wieder in die Datenströme und Steuerungscodes der Zentrale in Sejong ein." Auf dem Computer erschien eine Maske mit erst koreanischen, dann englischen Schriftzeichen. Der Bildschirm zuckte erneut und das Schwarz nahm eine veränderte Färbung an. „Jetzt sollte eigentlich ein Bild erscheinen. Warum tut es das nicht?" Erneut flogen Major Tom Clance' Finger eilig über die Tasten.

„Heißt das, dass seine Netzhautkamera möglicherweise beschädigt oder der Datenfluss unterbrochen ist?"

„Nein, Datenfluss ist okay, ich hab jetzt auch einen Tonsignal." Er drehte einen Regler hoch. Man hörte Rauschen, ferne Stimmen und Befehle, in der Nähe merkwürdig schmatzende Geräusche, Atmen. „Ah, jetzt begreife ich!" Major Tom Clance lachte kurz auf. „Er hat nur die Augen geschlossen." – „Dann befiehl ihm, sie verdammt nochmal aufzumachen! Oder ... ist er etwa tot?" – „Nein, die Biodaten sind okay. Hier – der Dopaminwert: rekordverdächtig. Dem geht es gerade richtig gut, emotional jedenfalls. Aber da sind andere Werte, die mir Sorgen machen, da müssen wir dringend ..." Plötzlich erschien ein Bild auf dem Schirm. „Ah! Da versteh ich natürlich alles."

Im Bild die großen Augen einer hübschen Frau mit chinesischen Zügen, die aus nächster Nähe verliebt in die Linse der Kamera schaut. Wieder das schmatzende Geräusch.

„Jetzt bring ihn doch endlich unter Kontrolle! Wir müssen uns dringend einen Überblick über die Lage verschaffen. Da ist keine Zeit für diesen Privatkram!" – Major Tom Clance seufzte: „Können wir dem armen Kerl nicht *einmal* ein bisschen Glück gönnen?"

„Erst kommt die Arbeit, dann das Vergnügen. Ich will sicherstellen, dass wir tatsächlich über die Möglichkeit verfügen, ihn von hier aus zu steuern."

Noch einmal seufzte Major Tom Clance. „Also gut." *Du gibst ihr jetzt in aller Ruhe noch einen langen, innigen Kuss und sagst ihr, dass du sie liebst. Und dann geht's ab an die Arbeit.*

Ein langer Moment der Stille. Dann: „Ich liebe dich, Cathy!"

Major Tom Clance ließ wieder die Finger über die Tastatur tanzen. „Siehst du, Will? Er funktioniert!"

Pjöngjang

Jeremy hatte versucht zu Cathy hinzueilen, war aber von Sicherheitsleuten daran gehindert worden. Ein Zeichen Korffs hatte ihn davon überzeugt, dass es besser war, keinen Widerstand zu leisten. Seit all die grauen und braunen Männer aus ihrer Erstarrung erwacht waren, herrschte ein ungeheures Durcheinander im Raum. Menschen stürmten nach da und nach dort, Leibgardisten stürzten sich blind aufeinander, weil keiner mehr wusste, wer nun zu welcher Fraktion gehörte. Von irgendwo draußen vor dem Saal wurden Schüsse laut, dort schien ein Gefecht zu toben, das rasch näher kam. In all dem Tumult wäre Jeremy fast entgangen, dass die Podiumstribüne mit allen, die sich darauf befunden hatten, von einem Moment auf den anderen spurlos verschwunden war. Wo sie sich soeben noch hoch in den Raum erhoben hatte, glänzte nun ein neuer roter Fußboden. Der rote Baldachin war doch mehr als nur ein zierender Thronhimmel gewesen.

Um die Stelle, wo der dicke Mann erst mit Cathy, dann mit Kim zu Boden gestürzt war, hatte sich eine dichte Menschentraube gebildet, die die am Boden Liegenden verdeckte. Korff hatte Jeremy am einen, einer der Sicherheitsleute am anderen Arm gepackt und gemeinsam zogen sie ihn weg. „Aber ich muss zu ihr!" Korff schüttelte den Kopf, nein, zu spät, schon zerrten sie ihn durch eine Seitentür, die sich hinter ihnen geöffnet hatte. Jeremy blieb nichts anderes übrig, als Cathy Kim Park und den Nordkoreanern zu überlassen.

Im Vorraum war die Verwirrung sogar eher noch größer. Vom Eingang her waren Schüsse und Explosionen zu hören, die ersten Angreifer hatten das Gebäude gestürmt. Jeremy wurde in einen kleinen Raum wenige Meter weiter gezogen, wohl eine Art Unterstand für Saalwachen. Einer der uniformierten Männer – es waren insgesamt fünf Sicherheitsleute, die Jeremy und Korff vor sich her schubsten – öffnete eine Tür in der Wand, hinter der sich eine Treppe befand. Sie stürmten die Stiegen hinunter, gelangten in einen schwach beleuchteten Kellerraum, durchquerten kahle Korridore, immer vom hallenden Echo nahe gebrüllter Befehle, trampelnder Stiefel, knallender Schüsse begleitet; verschwanden hinter einer anderen Tür. Ein Fahrstuhl. Und die Fahrt ging nach unten. Wollte kein Ende nehmen. Verflucht, das hier war ein Wolkenkratzer, und Jeremy wusste, dass es einige Zeit dauert, hundert, zweihundert Meter oder mehr in die Höhe zu fahren. Aber nach *unten*? Sie mussten schon hundert Meter in die Tiefe gerast sein!

Die Männer um ihn schwiegen. Die einzige Kommunikation zwischen ihnen hatte in einer begütigenden Geste Korffs beim Einsteigen bestanden. Offenbar wusste er, was das für Männer waren. Der Fahrstuhl hielt. Vor ihnen ein Gang, in dem hie und da eine schwache Funzel glomm. Jeremy wollte etwas sagen, doch Korff gebot ihm stumm

Einhalt. Aus der Ferne meinte Jeremy Stimmen zu hören, die allmählich lauter wurden. Dann seltsam blecherne Marschmusik. Hier unten in der Tiefe spielte eine Kapelle? Als nun wieder dröhnende Stimmen die Instrumente ersetzten, begriff Jeremy, dass die Marschmusik aus Lautsprechern gekommen war. Und er begriff auch den Rest.

Er rief sich alles in Erinnerung, was er über die berühmte U-Bahn von Pjöngjang gelesen hatte. Dass sie mit über hundert Metern Tiefe die tiefste der Welt war. Dass die Stationen mit verschließbaren Stahltoren versehen waren, so dass sie als Atombunker dienen konnten. Dass ihre Stationen permanent mit der Propaganda des staatlichen Radios beschallt wurden. Dass es zwei *öffentliche* Linien gab, von denen die eine, die Hyoksin-Linie, direkt das Ryugyong passierte. Die andere öffentliche Linie, Chollima, hatte ursprünglich unter dem Taedong hindurch in die Oststadt mit dem Botschaftsviertel hinüberführen sollen, doch 1971 hatte es beim Bau ein schweres Unglück mit über hundert Toten gegeben. Der Tunnel war nie fertiggestellt worden und man hatte der Bahn kurzerhand am westlichen Flussufer entlang eine neue Richtung gegeben, so dass sie nun das zwölf Kilometer außerhalb der Hauptstadt gelegene Geburtshaus von Kim Il Sung in Mangyongdae ansteuerte, das sie aus Geldmangel aber nie erreicht hatte.

Jeremy erinnerte sich auch daran, dass Touristen bis vor gar nicht langer Zeit nur ganz wenige Stationen der U-Bahn hatten benutzen dürfen, was zu Spekulationen geführt hatte, die ganze U-Bahn sei womöglich eine Attrappe für Ausländer, die Fahrgäste bloße Schauspieler. Nun aber konnte er sich vergewissern, dass in diesem potemkinschen Staat zumindest die U-Bahn durchaus echt war – natürlich war sie nicht nur für Touristen eingerichtet worden. Sie war aber auch nicht nur für die Bürger von Pjöngjang erbaut worden. Sondern vor allem wegen ihrer militärischen Bedeutung als Rückzugsort im Kriegsfall und zur sicheren Verbindung wichtiger Regierungs- und geheimer unterirdischer Militäranlagen, etwa im Falle eines Nuklearangriffs.

Der Gang bog um eine Ecke, plötzlich helles Licht. In die Seite des Gangs war ein Sichtfenster eingelassen. Was Jeremy sah, verschlug ihm den Atem. Unter ihnen tatsächlich ein hell erleuchteter U-Bahn-Schacht, eine Haltestelle. Die Wände waren mit prächtigen Mosaiken geschmückt, die fröhliche Männer bei der Arbeit zeigten: Sie hantierten mit Hämmern und Bohrmaschinen, schoben Schubkarren, studierten Baupläne – der Wiederaufbau Pjöngjangs nach der Zerstörung im Koreakrieg. Auf dem Bahnsteig reges Leben. Zug um Zug kam eingefahren, Reihe um Reihe strömten Soldaten aus den rot-weiß bemalten U-Bahn-Waggons. Man drängte Jeremy zum Weitergehen. Zwanzig, dreißig Meter weiter Halt in einer dunklen Nische. Tuschelndes Beraten. Jeremy verstand kein Wort von dem, was Korff und die fünf Männer auf Koreanisch beredeten. Schließlich packten die Männer Taschenlampen aus und bogen in einen unbeleuchteten Gang ab.

Eine ganze Zeit lang gingen sie, schweigend. Immer wieder Verzweigungen, sie kreuzten andere Gänge, ein Labyrinth von Tunneln unter Pjöngjang. Dann endlich trat Korff an Jeremy heran: „Haben Sie die Züge vorhin gesehen?" Jeremy war verwirrt. „Natürlich habe ich sie gesehen. All die Soldaten – sehr beängstigend."

„Ja – der Puppenspieler hat als letzte Aktion seinen Truppen das Signal gegeben, Pjöngjang zu stürmen. Aber das meine ich nicht. Ich meine die Züge selbst: Das war ‚Gisela'! Eine alte Bekannte von mir, Ostberliner Modell, bin ich oft mit gefahren. Jetzt ist sie längst ausgemustert und nach Pjöngjang verkauft. Daneben gibt es hier auch noch ‚Dora', etwas luxuriösere Westberliner Züge. ‚Gisela' habe ich schon ewig nicht mehr gesehen, aber jetzt weiß ich: Ja, sie fährt noch!"

„Aha." Jeremy pfiff auf „Gisela". „Herr Korff, Ihre DDR-Nostalgie in Ehren, aber wenn ich Sie richtig verstanden habe, tobt über uns gerade ein Bürgerkrieg. Angesichts dessen interessiert mich, mit Verlaub, doch eher, warum wir hier durch unterirdische Gänge stolpern, wohin es geht und was diese Männer mit uns vorhaben – ob sie uns nun in die Rettung oder ins Verderben führen."

„Tja, Mister Gouldens, Letzteres weiß ich auch nicht so recht, hoffe aber doch, dass es die Rettung sein wird. Im anderen Punkt kann ich Sie beruhigen: Die Männer sind von der Geheimpolizei und gehören zu Kyoks loyalsten Leuten; er hat mir zugesichert, sich um unser Wohlergehen im Ryugyong zu kümmern, und Wort gehalten – diese Männer würden ihr Leben opfern, um uns zu retten. Und was unser Ziel angeht: Da wir nicht wissen, was über unseren Köpfen vorgeht, und wir vorhin an der ‚Konsol'-Station gesehen haben, dass uns die reguläre U-Bahn versperrt ist, haben sie entschieden, uns auf anderen unterirdischen Wegen die fünf, sechs Kilometer zur Botschaft zurückzubringen, wo wir hoffentlich in Sicherheit sind."

„Und diese ganze lange Strecke ist untertunnelt?"

„Mein guter Gouldens, es soll von Pjöngjang aus ein Netz von geheimen Tunneln geben, das sich fünfzig Kilometer und mehr ins Land erstreckt. Seit unsere Ami-Freunde Pjöngjang dem Erdboden gleichgemacht haben, sind die Nordkoreaner wahre Weltmeister im Tunnelgraben. Sie haben ganze unterirdische Fabriken und Stadtbezirke."

„Das Gerücht mit dem geheimen U-Bahn-Netz stimmt also?"

„Natürlich. Die U-Bahn hier ist bis ins Detail nach dem Vorbild der Moskauer Metro angelegt, von der inzwischen bekannt ist, dass neben der öffentlichen auch eine geheime sogenannte ‚Metro 2' existiert. Zugegeben, im Fall Pjöngjang weiß auch ich kaum mehr als Gerüchte, aber diese Männer scheinen sich auszukennen."

„Man lässt uns eine *geheime* militärische U-Bahn benutzen?"

„Nein. Wohl eher nicht. Das ist, zugegeben, das Problem."

Schweigend setzten die Männer ihren Weg durch das unterirdische Labyrinth fort. Manche der Gänge waren verblüffend gut in Schuss, andere wiederum erweckten den Eindruck, als sei hier nichts verändert worden, seit man sie in den Kriegstagen der frühen Fünfziger angelegt hatte, so dass sie unweigerlich bald einstürzen mussten. Nach einer halben Stunde oder länger hörte der Kegel der Taschenlampe des vorausgehenden Koreaners plötzlich auf, sich zu bewegen. Die übrigen schlossen zu ihm auf. Erneutes Getuschel. Korff wandte sich an Jeremy: „Jetzt kommt der schwierigste Teil: Wir müssen unterm Taedong hindurch. Ich fürchte, es gibt keinen anderen Weg als den U-Bahn-Stollen. Was unangenehm werden könnte – wenn eine Bahn kommt."

„Aber es *gibt* keine Bahn! Die Bauarbeiten wurden nach dem schlimmen Unglück von 1971 aufgegeben!" – „So heißt es, ja. Offenbar ist es aber wohl genau anders herum: Es gibt kein Unglück von 1971."
– „Aber es soll über hundert Tote unter dem Baupersonal gegeben haben. Darunter selbst Armeeoffiziere." Ein Geräusch näherte sich aus der Ferne. „Kann schon sein, dass es hundert Tote gegeben hat. Vielleicht sollten einfach nicht so viele Leute von dieser geheimen Linie erfahren, verstehen Sie?" Korff fuhr sich mit der Hand über die Kehle. „Wie dem auch sei: Hier haben wir unsere U-Bahn."

Sie waren um eine Ecke gebogen und die Männer hatten rasch ihre Taschenlampen ausgeschaltet. In nur wenigen Metern Entfernung ratterte ein schlecht beleuchteter Zug vorbei. Jeremy konnte hinter den vorbeihuschenden Fenstern schemenhafte Umrisse von Uniformen und Schildmützen erkennen. Waren es nun die Soldaten des Puppenspielers oder die treuen Truppen des Diktators?

Kaum waren die roten Rücklichter in der Ferne verschwunden, sprangen die koreanischen Soldaten auf die Gleise und winkten Korff und Jeremy, das Gleiche zu tun. „Rennen Sie, so schnell Sie können!", brüllte Korff. „Rennen Sie um Ihr Leben!" Leicht gesagt, wenn man einen beleibten älteren Geheimdiplomaten vor sich hat. Auch wenn sich Korff für seine Körperfülle noch verhältnismäßig leichtfüßig bewegte, merkte Jeremy doch, dass dem Mann vor ihm rasch die Puste ausging. Sie waren erst ein, zwei Minuten so gerannt.

Die Gleise begannen zu vibrieren. Unter dem Keuchen der Männer ein ominöses Dröhnen aus der Ferne, das schnell lauter wurde. „Verdammt, wieso ist hier unten so ein Verkehr? Rennen Sie, Korff!"

Während die erste unterirdische Bahn von vorn, vom östlichen Taedong-Ufer her, gekommen war, näherte sich die Bahn nun von hinten. Irgendwo in der Nähe mussten sich die Gleise verzweigen. Jetzt war das Rollen des Zuges direkt hinter ihnen, erfüllte den ganzen Tunnel. Jeremy spielte mit dem verzweifelten Gedanken, den Mann vor ihm einfach umzuschubsen und über ihn hinwegzuspringen – als könne ein einzelner menschlicher Körper, selbst wenn er dick war, eine U-Bahn stoppen. Da packten ihn Arme und zogen ihn in eine Nische an der Wand. Andere Arme packten Korff. Der Zug donnerte vorbei.

Die Koreaner machten sich an der Rückwand der Nische zu schaffen, zischelten, fluchten. Jeremy zitterte am ganzen Körper. „Sorry", sagte Korff schließlich. „Jetzt lasse ich Ihnen den Vortritt."

„Was? Ich gehe nie im Leben noch einmal auf dieses Gleis! Bei dieser Zugdichte ist das Selbstmord."

„Einmal werden Sie es leider noch tun müssen. Wir bekommen den Durchgang in dieser Nische nicht auf. Etwa hundert Meter weiter muss es noch einen weiteren Durchgang geben. Dann haben wir es geschafft – vorerst. Also, je schneller wir weiterrennen, desto größer unsere Chancen. Los jetzt, sonst gehe *ich* wieder zuerst."

Stöhnend sprang Jeremy auf die Geleise. Sie erreichten die nächste Nische ohne Zwischenfall. Diesmal hatten die Koreaner Erfolg: An der Rückwand der Nische öffnete sich eine Tür, an die sich ein kurzer Gang anschloss. Vor ihnen Licht. Sie traten aus dem Gang, und Jeremy traute erneut seinen Augen nicht: Da war ein zweiter, paralleler U-Bahn-Schacht. Während der erste dunkel, schäbig und baufällig gewesen war, war dieser hell erleuchtet, an den Wänden glänzende, wie blankgeputzte Kacheln, in die raffinierte rote Muster eingelassen waren. Alles wirkte neu und gepflegt.

Auch Korff war verblüfft. „Es gibt sie also doch!", sagte er schließlich. Jeremy blickte ihn fragend an. „Die Führer-Linie", erklärte Korff. „Es gibt Gerüchte, dass Kim Il Sung eine U-Bahn-Linie allein für sich selbst hat anlegen lassen, die seine wichtigsten Paläste mit dem Flughafen und dem Stadtzentrum verbindet. Diese Linie hier ist allein dem Obersten Führer vorbehalten."

„Gut, dann ist wenigstens nicht so viel Verkehr", bemerkte Jeremy und sprang respektlos auf die Gleise.

Eine weitere halbe Stunde schritten sie zwischen den weißen Kacheln und wechselnden farbigen Mustern dahin. Dann entschieden ihre koreanischen Begleiter, durch die nächste Verbindungsnische auf die militärische Geheimstrecke zurückzukehren, von wo aus ein Stollen hinauf ins Botschaftsviertel führe. Sie hatten die Nische gerade erreicht, als sie aus der Ferne Zuglärm hörten. Immer noch so viel Verkehr im militärischen Bereich? Aber der Lärm kam von hinter ihnen! Hastig wurde Jeremy durch den Durchgang gezogen, aber er ließ es sich nicht nehmen, noch einmal zurückzublicken: Eine unendliche Kette von rotgoldenen Salonwagen rauschte majestätisch an ihnen vorbei. Die meisten schienen leer zu sein. An den Fenstern der wenigen Wagen, die nicht leer waren, waren Vorhänge vorgezogen.

Jeremy war es nicht vergönnt, den Obersten Führer mit eigenen Augen zu schauen. Aber da diese Strecke einzig und ewig ihm vorbehalten war, wusste Jeremy nun, dass Seine Exzellenz den umstürzlerischen Vorgängen um das Ryugyong-Hotel unbeschadet entgangen war. Auf seltsame Weise fand er diese Nachricht beruhigend. Als würde der Oberste Führer *Chosons* auch über ihn wachen.

*

„Ich liebe dich, Cathy!" Noch immer tat es gut, diesen Satz zu hören, und sie konnte ihn gar nicht oft genug hören. Andererseits: Sie hatte ihn im Laufe der letzten Stunde wahrlich oft gehört, und jetzt, fand sie, wäre es an der Zeit, dass er auch einmal etwas anderes sagte.

Sie saßen auf der Rückbank einer schwarzen Mercedes-Limousine, die in zügiger Fahrt über die Autobahn gen Norden rollte. Vor und hinter ihnen weitere Wagen, die die Mitglieder der südkoreanischen Delegation sowie UN-Diplomaten beförderten; dahinter und an der Spitze ein Konvoi aus Militärfahrzeugen. Ziel war der knapp 25 Kilometer nördlich gelegene internationale Sunan-Flughafen. Rechts und links verschwanden die Plattenbauten der Vororte von Pjöngjang allmählich in der Ferne, und je weiter sie zurückwichen, desto mehr verlor sich der Gefechtslärm. Cathy hoffte, dass auch der Flughafen fest in der Hand der regimetreuen Truppen war.

Sie sah auf die vorbeifliegenden grauen Häuser, kahlen Bäume und weißen Felder hinaus und hatte den Eindruck, dass die letzten Stunden ähnlich an ihr vorbeigeflogen waren. Der Aufruhr im Ryugyong. Ihre Blick-Begegnung mit dem Diktator persönlich. Wie Kim an ihr vorbeigerannt war und sie unerklärlicherweise niedergestoßen hatte. Und dann hatte er ihr doch das Leben gerettet. Die unglaublichen Momente der Seligkeit, des Sichwiederfindens und Nie-mehr-Loslassens. Kims ungestümes Feuer, Kims *Leuchten*. Der Trubel ringsum, die Schüsse draußen. Dann war er auf einmal wieder so seltsam gefasst gewesen. Zusammen mit den meisten übrigen Ausländern hatten nordkoreanische Wachen sie in einen gesicherten Raum im Untergeschoss geleitet. Von dort hatte man sie später durch einen langen Gang auf einen Parkplatz gebracht, wo die Mercedes-Kolonne sie startbereit erwartete.

Und nun saßen sie, Arm in Arm, hier, im kugelsicheren Wagen. Bald würden sie am Flughafen sein. Im Flieger sitzen, gerettet sein. Eine neue, gemeinsame Zukunft würde beginnen. Cathy dachte kurz an Jeremy zurück. Komisch, seit sie Kim endgültig wiedergefunden hatte, war alle Wut auf Jeremy wie weggeblasen und nur diese sonderbar traurige Zärtlichkeit war geblieben. Gut, es war alles ein Fehler gewesen, aber sie hatten ihn gemeinsam begangen und nun gemeinsam eingesehen – das würde sie auch für den Rest ihrer Tage irgendwie verbinden. Sie hatte Jeremy nicht mehr gesehen, hoffte aber, dass auch er in einer der Limousinen auf dem Weg zum Flughafen saß.

„Ich liebe dich, Cathy!" Sie sah ihn an. Seine Augen glänzten, die Haut schweißnass. „Ich weiß, Kim. Ich dich ja auch. Geht es dir gut?" Sie dachte an das, was ihr Korff in der Nacht gesagt hatte. Konnte da wirklich etwas dran sein? Dass der Puppenspieler versucht hatte, Kim hypnotisch fernzusteuern? Es würde manche seltsamen Verhaltensweisen erklären. Sie dachte an den unheimlichen Raymond Moon zurück, der Kims Hirn angeblich hatte durchleuchten müssen, um ihn mit seiner Computer-Biotechnik heilen zu können. Steckte womöglich *der* hinter der ganzen Sache? Cathy wollte nicht daran denken, der Gedanke war zu unbehaglich. Wie auch immer: Von Anfang an hatte sie das unerklärliche, starke Gefühl gehabt, Kim eines Tages *retten* zu können. Und sie hatte es getan. Welcher Bann auch immer über ihm gelegen haben mochte – sie hatte ihn aufgehoben. Der Kim, der ihren Namen geschrien, sie aus den Händen des Puppenspielers befreit und geküsst hatte, war kein ferngesteuertes Wesen gewesen. Wenn er in diesem Moment wirklich unter einer Form von Hypnose gestanden hatte, dann hieß diese Hypnose Cathy Wong.

Aber der flackernde Glanz seiner Augen machte ihr Sorgen. „Du wirkst fiebrig. Bist du sicher, dass es dir *wirklich* gutgeht?" Er strahlte sie aus unergründlichen Augen an. „Ich liebe dich, Cathy!" Sie strich ihm über die Stirn. Sie war nass und heiß. Das war beunruhigend.

*

In der Botschaft herrschte helle Aufregung. Sämtliches deutsche Personal, das nicht zum Empfang im Ryugyong geladen gewesen war, hatte das Gebäude bereits geräumt und war auf dem Weg zum Flughafen. Die nordkoreanischen Behörden hatten alle Ausländer aufgefordert, das Land unverzüglich zu verlassen, da ihre Sicherheit nicht mehr gewährleistet werden könne. Nur einige einheimische Bedienstete waren verblieben; die letzten schwedischen und britischen Diplomaten waren gerade dabei, das gemeinsam genutzte Botschaftsgebäude zu räumen. Von diesen erfuhren Korff und Jeremy, dass es offenbar auch dem Botschafter mit den übrigen Teilnehmern der deutschen Delegation gelungen war, das Ryugyong unbeschadet in Richtung Flughafen zu verlassen. Vom Verbleib Cathys und Kims wussten sie nichts. Die Situation im Hotel selbst war unklar, dort tobten weiterhin Kämpfe, und es hieß, im ganzen Land herrschten bürgerkriegsähnliche Zustände. Der in der Ferne zu hörende Gefechtslärm bestätigte, dass es sich dabei um mehr als ein bloßes Gerücht handelte.

Das Erste, was Jeremy gesehen hatte, als sie, vom grellen Tageslicht geblendet, die unscheinbaren Stufen hinaufgestiegen waren, die nach außen hin nur die Außentreppe eines der vielen grauen Hochhäuser ringsum zu sein schienen, waren drei Riesenhände gewesen, die sich drohend bewaffnet aus einem gewaltigen Sockel aus Beton erhoben. Jeremy, der das „Monument zur Gründung der Partei der Arbeit" aus seinem Reiseführer wiedererkannte, wusste zwar, dass es sich bei den scheinbaren Waffen um im Grunde friedliche Symbole handelte – der Hammer für die Arbeiterklasse, die Sichel für die Bauern, der Pinsel für die Intellektuellen –, trotzdem strahlte das gewaltige Denkmal etwas bedrohlich Martialisches aus. Von ihren Geheimdienst-Bewachern beschützt, hatten sie die letzten etwa anderthalb Kilometer zum Botschaftsgebäude unbehelligt oberirdisch zu Fuß zurückgelegt.

„Nichts wie los, Herr Habrecht! Hoffen wir nur, dass Ihre Identität auch den Kontrollen am Flughafen standhält. Ich ließe Sie ungern hier, wäre aber in diesem Fall wohl gezwungen. Also, steigen wir ein. – Ah, da ist Mister Travers! Vielleicht kann ja auch Ihre *eigene* Botschaft helfen; können wir alles im Wagen besprechen. Fahren Sie mit, Mister Travers? Darf ich vorstellen – Ihr Landsmann: Jeremy Gouldens!"

Vor dem Gebäude warteten, von einigen nordkoreanischen Sicherheitsleuten bewacht, noch zwei schwarze Mercedes-Limousinen, um die letzten Ausländer Richtung Flughafen zu befördern. Soeben war ein dürrer, weißhaariger Mann im Anzug vorbeigeschritten, als er durch den Zuruf Korffs aufgehalten wurde. Verdrießlich musterte er Jeremy mit kritischem Blick hinter tief sitzenden Brillengläsern. „Jeremy Gouldens? *Sie* sind das? Na prima, dann hab ich das schon mal vom Hals: Jemand hat es vorhin für Sie abgegeben." Er drückte Jeremy ein Kuvert in die Hand. *Für Jeremy Gouldens. Nur von ihm persönlich zu öffnen!*, stand in einer zierlichen Schrift darauf. Die Schrift kannte er doch. Sein Herz begann wild zu pochen. Er riss das Kuvert auf, entnahm ihm den gefalteten Zettel.

Lieber Jeremy! Ich hoffe, dass dich diese Zeilen im Weg über deine Botschaft noch erreichen. Mir ist ein Missgeschick passiert: Ich wurde heute Nacht von meinem alten Geheimdienst aus meiner Wohnung in Gangnam entführt und nach Pjöngjang gebracht, wo ich als verräterische Überläuferin hingerichtet werden soll. Als ich von der Kaserne, wo man mich zunächst festgehalten hat, in ein Gefängnis überstellt werden sollte, geriet der Militärtransport in ein Gefecht und ich konnte fliehen. Ich halte mich bei einer Kontaktperson aus dem Untergrund versteckt – in dem kleinen blauen Gebäude an der Tapje-Straße, von dem ich dir erzählt habe, als ich dir in Peking die Adresse für den Notfall gegeben habe. Noch bin ich hier sicher, aber sie werden mich bestimmt finden. Ich hoffe, dir geht es gut und du schaffst es wohlbehalten aus dem Land. Tu nichts Unüberlegtes und pass auf dich auf.

Ich küsse dich ein letztes Mal! Deine Mie

Arlington, Virginia

„Nein, das sieht wirklich nicht gut aus. Mist, diese südkoreanische Pfuscharbeit!" – „Was ist denn los mit ihm?" – „Siehst du diesen Wert?" Major Tom Clance deutete auf eine Zahl in einem über den Bildschirm geblendeten Textfeld. „Stark erhöhte Leukozyten!"

„Aha. Und das bedeutet?" Lieutenant Colonel Wilson runzelte fragend die Stirn. – „Mit ein Grund, warum wir uns in vielen Bereichen von den invasiven BCIs verabschiedet haben. Bei der Einpflanzung von Chips direkt ins Gehirn gibt es zwei große Probleme: erstens die Bildung von Narbengewebe, die das Signal stört oder ganz unkenntlich macht. Zweitens lässt sich nie ausschließen, dass es zu Infektionen des Hirnraums kommt. Und genau damit haben wir es hier zu tun."

„Und was machen wir jetzt?" – „Von hier aus können wir nicht viel tun. Er muss jetzt möglichst geschont werden, jede Aufregung und geistige Anstrengung macht alles noch schlimmer. Ich habe ihn ohnehin gleich auf Autopilot gestellt, als deutlich wurde, dass sein Einsatz im Ryugyong beendet ist und er, wie versprochen, zusammen mit der südkoreanischen Delegation aus dem Land geflogen würde. Nun muss der Junge so schnell wie möglich in ärztliche Behandlung, sonst kann es ihm endgültig das Denkvermögen oder gar das Leben kosten." – „Heißt das, der Chip muss raus?" – „Wenn wir ihn lebend haben wollen, ja." – „Ich möchte aber nicht, dass das in irgendeiner unsicheren nordkoreanischen Klinik passiert." – „Klar, kapiert." – „Aber auch in keiner südkoreanischen." – „Dann wird es eng." – „Sieh zu, dass du ihn lebend nach Red Cloud bringst. Und stell mir schon mal eine Verbindung dorthin her." – „Zu Befehl, Lieutenant Colonel!"

Pjöngjang

„Kommen Sie, steigen Sie ein! Wir können nichts für sie tun!"

„Ich habe sie verraten, verstehen Sie das nicht, Korff?! *Ich* habe sie unter der Folter den Nordkoreanern ausgeliefert. Ich muss sie da rausholen, sonst kann ich nie mehr in den Spiegel sehen."

„So gern ich Ihre geheimnisvolle Freundin einmal kennengelernt hätte, nachdem ich Sie schon in Berlin dazu drängen wollte, sie für tot zu erklären … Ach, kommen Sie, Sie haben sich nichts vorzuwerfen!"

„Tapje-Straße! Wissen Sie, wo das ist?"

„Ganz in der Nähe, wir sind vorhin fast vorbeigelaufen. Trotzdem ist es völlig unmöglich … Mister Gouldens! Bleiben Sie stehen! Sie bringen sich um Kopf und Kragen!"

Aber Mister Gouldens war schon losgerannt. Unter den umstehenden Koreanern entstand Verwirrung. Sie waren beauftragt, die Ausländer in Sicherheit zu bringen, indem sie sie schnellstmöglich zum Flughafen beförderten. Dass jemand einfach weglief, war nicht vorgesehen. Natürlich durfte das nicht sein, aber sollten sie ihm jetzt blind hinterherrennen und dadurch womöglich die Übrigen gefährden?

„Los, hinterher!" Korff wandte sich an die Geheimpolizisten Kyoks, von denen er sich soeben eigentlich hatte verabschieden wollen. Sofort stürmten die fünf los. Die Sicherheitsleute an den Autos wirkten erleichtert. Die Geheimpolizei würde das schon regeln.

Nur Korff war sich nicht sicher. „Verdammt!" Und rannte hinterher. Seit langen Jahren war er nicht mehr so viel gerannt wie in den vergangenen Stunden. Und jetzt rannte er höchstwahrscheinlich in sein Verderben. Aus der gleichen Richtung, gar nicht so weit weg,

Schüsse, Gefechtslärm. Mein Gott, Walter, dachte er sich, warum tust du dir das an? Wegen dieses Irren?

*

Noch im Rennen hatte Jeremy alles von sich abgeworfen: das Füllmaterial über seinem Bauch, die graue Perücke; die talgige Schminke aus dem Gesicht gestrichen. Er war jetzt kein falscher, toter Dr. Johannes Habrecht mehr, sein Diplomatenpass würde ihn nicht mehr schützen, nicht mehr außer Landes bringen, er hatte alle Brücken abgebrochen, aber es war egal. Noch war er echter, lebendiger Jeremy Gouldens, und noch einmal wollte er Mie sehen, die er verraten hatte.

Er war bereits ein gutes Stück in die Richtung gerannt, aus der sie zuvor gekommen waren, als er begriff, dass er nicht wusste, wo genau er hinmusste. Und dass er hier schlecht Passanten fragen konnte. Welche der Straßen „ganz in der Nähe" war die Tapje-Straße? Er konnte sich nicht erinnern, an einem kleinen blauen Haus vorbeigekommen zu sein. Unter den grauen Hochhäusern wäre es ihm aufgefallen.

Er bog nach rechts in einen breiten Boulevard ein, wie sie für sozialistische Großstädte so typisch waren. War das die Tapje-Straße? Weiter die Straße hinab Schüsse, Armeefahrzeuge. Jeremy, du rennst in deinen Tod! Und wenn schon, du hast es verdient. Hinter ihm Rufe; er wusste, dass da seine Bewacher waren, die ihm hinterherrannten. Sie würden ihn zu stoppen versuchen, wenn sie ihn erreicht hatten. Er würde sich aber von nichts und niemandem mehr stoppen lassen. „Jetzt halten Sie schon an, Sie Idiot, das ist die falsche Richtung!"

Verdammt, Korff. Jeremy drehte sich um, sah den dicklichen Deutschen an der Straßenkreuzung stehen und in die andere Richtung winken. „Dort ist das blaue Gebäude! Kommen Sie, schnell!" Jeremy musste lächeln. Dieser Unsympath war ein verdammt cooler Typ. Und jetzt lief er ihm voraus, führte ihn zu Mie. Wieso tat er das?

Jeremy machte auf dem Absatz kehrt und rannte hinterher.

Das blaue Gebäude war nicht eigentlich blau, sondern grau wie all die Gebäude ringsum. Aber es hatte ein auffälliges, eigenartig überkragendes tiefblaues Dach und war das einzige kleinere Haus in einer Reihe hoher Plattenbauten. Kein Zweifel, dass es die richtige Adresse war.

Die Tür war offen, zwei der fünf Geheimpolizisten waren schon eingetreten. Korff winkte Jeremy hinein. „Nach Ihnen!"

Im Innern war es dunkel. Eine Treppe führte hinauf in den ersten
Stock, alle Türen unten waren verschlossen. Jeremy stieg hinauf. Was
er vom Gebäude sehen konnte, wirkte schmutzig und unbewohnt, und
es war nicht zu erkennen, ob es sich wirklich um ein Wohnhaus handelte oder nicht vielmehr um eine Art Lagerhalle. Alles lag völlig verlassen. Einer der Koreaner, sein Gesicht war plötzlich merkwürdig
feindselig, winkte mit seiner Waffe in eine Nische, wo hinter einem
Vorhang die Umrisse eines Sofas zu erkennen waren. Darauf saß jemand. „Sie ist da drinnen." Jeremy stürzte hinein.

Sie wirkte verändert. Bleich, übernächtig, angstvoll. Die dicke
Schminke schien zum übrigen Gesicht nicht zu passen. Aber es war
unzweifelhaft Mie. Jeremy sprang auf sie zu, umfing sie mit den Armen. Ihr Körper war kalt, seltsam steif, ihr Haar roch nach Rauch, aber
sie lebte. Natürlich lebte sie. „Mie, ich bin da. Oh, wie bin ich froh, dass
ich es geschafft habe. Du bist allein? Aber egal, jetzt bin ich bei dir und
werde dich nie, nie wieder allein lassen."

„Sie sind gegangen, alle", sagte sie mit tonloser Stimme. „Aber
du … du bist gekommen." Kurz legte sich ein Lächeln auf ihre Lippen,
verflog dann, machte dem Ausdruck tiefen Kummers Platz. „Aber du
solltest doch nicht kommen! Ich hab es dir doch geschrieben. Das wird
dein Tod sein."

Jeremy legte seine Arme fester um sie. Auf einmal wirkte diese so
starke Frau so klein, zerbrechlich, hilflos. Jeremy erinnerte sich daran,
wie er als Kind der Katze des Nachbarn einen Vogel abgejagt hatte;
eine junge, soeben flügge gewordene Amsel, aber sie lebte, atmete, pul-
sierte noch. Jeremy hatte versucht, sie zu wärmen, sie zu behüten, seine Hände um sie gelegt, doch ihre Füße hatten sie nicht mehr getragen, sie war zur Seite gerollt, hatte die kleinen Krallen nach oben
gestreckt. Er war zu seiner Mutter gerannt, die ihm die tote Amsel aus
den verkrampften Fingern gerissen hatte. Selten hatte Jeremy in seiner
Kindheit so geheult wie an jenem Tag. Aber er würde nicht noch einmal so ein Vögelchen in seinen Händen sterben lassen.

„Mie, sollte ich dich denn einfach im Stich lassen? Du wolltest
doch selbst, dass ich komme, glaubst du, ich bin so dumm und dickfel-

lig, dass ich das nicht merke? Du hast genau beschrieben, wo du bist, das hättest du nicht tun brauchen. Damit hast du dich verraten. Du hast gehofft, dass ich doch komme. Und hier bin ich."

„Ja, hier bist du. Du hast recht, ich …" Dann schüttelte sie unvermittelt den Kopf und blickte zur Seite. Jeremy ließ sie los, glitt vor ihr auf die Knie, bettete seinen Kopf in ihren Schoß. Dann brach es aus ihm heraus. „Mein Gott, Mie, es ist alles meine Schuld, dieser Puppenspieler … Seine Leute haben mich in ihre Gewalt gebracht und gefoltert, ich wollte ihnen nichts sagen, lieber sterben, aber sie ließen mich nicht sterben, sie ließen mich leiden. Und irgendwann konnte ich nicht mehr, da habe ich ihnen gesagt, dass … dass … Ich hätte doch niemals geahnt, dass sie so schnell …" Er brach in Tränen aus.

„Sch… ist gut, Jeremy." Sie strich ihm mit der Hand durchs dünner werdende Haar. „Der menschliche Geist kann die Dinge nur bis zu einer bestimmten Grenze ertragen. Mach dir keine Vorwürfe. Kennst du die Geschichte von Kim Hyok?" Er schüttelte den Kopf. „Er war in der Partisanenzeit einer der treusten Gefolgsleute Kim Il Sungs. Als ihn die Japaner verhafteten, hat er sich umgebracht, um nicht unter der Folter den Aufenthaltsort des Führers zu verraten. Seither wird er in Nordkorea als Volksheld verehrt, als Symbol der Treue. Und doch *hätte* er ihn verraten. Dir hat man diese Möglichkeit zur Treue gar nicht erst gegeben. Aber du *wolltest* lieber sterben, hast du gesagt: Warum soll deine Treue dann geringer sein als diejenige Kim Hyoks? Glaub mir, Jeremy, ich weiß, was Treue ist und welchen Belastungsproben sie manchmal ausgesetzt ist. Steh auf."

Jeremy erhob sich verwundert, wischte sich die Tränen aus den Augen. Erneut schienen ihm ihre Worte von einer tiefen, fast übermenschlichen Weisheit getragen, auch wenn zugleich so etwas wie Resignation aus ihnen sprach – als wolle sie damit sagen, dass es im Leben letztlich keine andere Möglichkeit gibt, als zu scheitern. Wenn nicht an der einen Front, dann an der anderen, und das Leben ist ein Krieg an vielen Fronten.

„Und jetzt geh. Auch wenn es bedeutet, dass ich meinen Kampf verloren habe. Auch wenn es bedeutet, dass ich untreu bin. Aber ich kann nicht mehr. Jeremy, ich meine das jetzt ganz ehrlich: Geh! Verschwinde von hier! Sie werden in wenigen Minuten hier sein."

„Nein! Ich gehe nicht ohne dich. Noch ist Hoffnung, noch ist Rettung!" Draußen, ganz nah, ein erneuter Schusswechsel.

„Jeremy, du begreifst das nicht! Du begreifst Nordkorea nicht, begreifst nicht, wie das läuft in diesem Land."

„Aber es muss nicht immer so laufen! Es gibt Zeichen für Hoffnung, Veränderung. Erinnerst du dich an Berlin, unseren Spaziergang zum Ufer und wie die untergehende Sonne uns einen goldenen Weg über den See gelegt hat? Und wie ich dir das Lied vorgesungen habe? *Blackbird singing in the dead of night, take these broken wings and learn to fly ... All your life – you were only waiting for this moment to be free ...* Der Moment der Freiheit ist gekommen, Mie! Der reaktionäre Puppenspieler ist tot! Er hat heute im Ryugyong-Hotel ein Attentat auf den Obersten Führer verübt, ist dabei aber selbst ums Leben gekommen. Der Führer wird den Annäherungsvertrag mit dem Süden unterzeichnen – vielleicht hat er es sogar schon getan –, die Vernunft zieht wieder ein, es gibt Hoffnung für das Land!"

Mie blickte Jeremy mit einem seltsam leeren Ausdruck an. Er spürte, wie sie um Fassung rang. Äußerlich wirkte sie ruhig, aber in ihrem Inneren tobte ein Sturm, der alles mit sich reißen wollte.

Korff kam von draußen an den Vorhang getreten. Er warf einen Blick auf Mie, stutzte und sagte dann mit hastiger Stimme: „Schnell, Mister Gouldens. Draußen ist ein schwarzer Mercedes vorgefahren. Das sind die Leute, die uns zum Flughafen bringen sollen. Fünf schwer bewaffnete Männer. Nicht genehmigte Besuche in Privathäusern sind, wie Sie wissen, strengstens verboten. Ich befürchte, wir bekommen ein ernstes Problem. Noch wird sich das wohl mit ein paar Hundert-Dollar-Noten klären lassen, aber wenn wir nicht sofort ..."

„Ja, schon gut, sehen Sie nicht, dass es sich hier um wichtigere Dinge handelt?! Gehen Sie schon mal vor, wir kommen gleich."

„Mister Gouldens, ich habe für Sie Kopf und Kragen riskiert. Bitte, nehmen Sie Vernunft an." Jeremy riss ihm den Vorhang aus der Hand, zog ihn zu. Er hörte Korff draußen fluchen und mit Kyoks Koreanern tuscheln. Mie saß noch immer wie versteinert da. Ein eigenartig gequälter Zug hatte sich über ihr Gesicht gelegt. Plötzlich lachte sie auf.

„Jeremy, du lügst! Du lügst, um mich zu retten, aber das geht so nicht. Du kennst unser Land nicht! Ein Attentat auf den Führer verübt!

Du weißt ja nicht, was du sagst! Du weißt ja nicht, dass das unmöglich ist. Dass es niemanden in diesem Land gibt, der … So etwas zu sagen, ist … Allein schon daran zu denken, wäre … Entschuldige, aber …"

„Wenn es doch wahr ist!" Poltern auf der Treppe. Korff riss den Vorhang wieder auf. Zwei Koreaner stürzten mit gezogenen Waffen in den Raum. Einer sah Mie, brüllte ihr etwas entgegen, die Waffe auf sie gerichtet. Jeremy begriff: das Verhaftungskommando! Ohne zu überlegen, stürzte er sich auf den Mann, sein Verzweiflungshieb schlug ihm die Waffe aus der Hand. Da knallte ein Schuss, pfiff haarscharf an Jeremys Ohr vorbei. Und wieder ein Schuss. Der zweite Koreaner fiel schreiend zu Boden. Der erste Mann hechtete zur Tür hinaus.

„Verfluchte Scheiße!", brüllte Korff, steckte die Waffe weg. „Dauernd muss man Ihnen sinnlos das Leben retten! Haben Sie nicht gesehen, Gouldens? Das waren die Leute, die uns eigentlich zum Flughafen bringen sollten. Wie sollen wir jetzt noch aus dem Schlamassel rauskommen?" Im gleichen Moment waren vor dem Haus Schüsse zu hören. Korff trat ans Fenster. „Da ist ein Armeelaster vorgefahren. Das sind die *anderen*. In der Fraktion des Puppenspielers hat sich offenbar noch immer nicht herumgesprochen, dass ihr Anführer tot ist." Er sprang vom Fenster weg. Neues Geknatter. „Ich fürchte, die Jungs im Mercedes haben keine Chance. Aber wir auch nicht."

Mie war aus ihrer Erstarrung erwacht. „Es gibt hinten einen Durchgang zum Hof."

„Los, schnell! Aufgeben können wir, wenn wir tot sind."

Mie führte sie zu einer versteckten Tür, von der aus eine Treppe nach unten führte. „Geht!"

„Mie, du musst mitkommen!"

Statt einer Antwort griff sie nach einem Benzinkanister, der hinter der Tür stand. Von der anderen Seite rasche Schritte auf der Treppe. Korff wechselte Blicke mit Kyoks Männern. „Wir machen das!" Einer stieß Mie grob in Jeremys Arme, riss ihr den Kanister aus der Hand. Jeremy zog sie hinter sich her, die Treppe hinunter, hinaus auf einen Hinterhof, auf dem vereinzelt Lastwagen standen. Sie rannten. Ihre Bewacher folgten ein Stück hinter ihnen. Der letzte verließ erst die Tür, als sich oben im Haus schon prasselnd ein Feuerball erhob.

Flughafen Gimpo, Seoul

Der Flughafen Gimpo dient seit der Eröffnung des größeren Incheon-Flughafens 2001 vorwiegend als Flughafen für Inlandsflüge. Direkt im Westen des Stadtgebiets von Seoul gelegen, verfügt er über den unbestreitbaren Vorteil der größeren Nähe zur Innenstadt. Auch wenn die Maschine, die in diesen frühen Abendstunden auf Gimpo gelandet war, nicht direkt ein Inlandsflug war, so handelte es sich doch um einen innerkoreanischen Flug. Und die Insassen hatten es eilig. Der Minister für Wiedervereinigung und sein diplomatischer Stab hatten es eilig, der Regierung vom Ergebnis des abenteuerlichen Gipfeltreffens in Pjöngjang zu berichten, die internationalen Diplomaten hatten es eilig, ihre jeweiligen Botschaften aufzusuchen. Und dann war da der Kranke, der eiligst einer ärztlichen Behandlung bedurfte.

Nicht, dass er selbst es eilig gehabt hätte. Kim Park war längst in einen ohnmachtsähnlichen Schlaf gefallen, aus dem ihn auch Cathy nicht mehr zu wecken vermochte. Cathy jedoch ging alles nicht schnell genug. Sie war in Panik. Sie würde es nicht ertragen, Kim jetzt, wo sie ihn wiedergefunden hatte, erneut zu verlieren.

Auch die Rettungssanitäter hatten es eilig, die den Kranken sogleich auf eine Bahre geschnallt und aus dem Flugzeug befördert hatten. Selbst als Cathy ihnen hinterhergestürzt war, um ihnen durch wilde Rufe klarzumachen, dass nichts und niemand sie je wieder von Kim würde trennen können, hatte sie das nicht stoppen können. Das Botschaftspersonal werde sich um sie kümmern, hatte einer der Männer mit deutlich amerikanischem Akzent zurückgerufen. Und weg waren sie. Bevor Cathy hysterisch werden konnte, war die blonde junge Frau an ihrer Seite, die sich als Angestellte der US-Botschaft in Seoul vorstellte. „Willkommen in der Freiheit, Frau Wong!"

„Wo ist Kim? Bringen Sie mich sofort zu ihm, er braucht mich!"

„Es ist für ihn gesorgt, Frau Wong. Ich bringe Sie zur Botschaft, und ich versichere Ihnen, sobald es ihm besser geht, werden Sie …"

„Bringen Sie mich zu ihm!"

„Glauben Sie mir, es geschieht alles nur zu Ihrem …"

Cathy fuhr herum und funkelte die verunsichert wirkende junge Frau an. Sie spürte, dass sie die Stärkere war, und ihre Angst und Entschlossenheit verliehen ihr nur noch mehr Kraft. „Jetzt hören Sie mir mal zu: Um Kim ausfindig zu machen, habe ich meinen Mann verlassen, bin von London nach Shanghai geflogen und von Shanghai nach Seoul. Ich habe mich entführen und nach Nordkorea verschleppen lassen. Und wissen Sie was: Das alles habe ich gern getan, denn ich habe es wegen ihm getan. Ich habe es getan, um ihn zu finden, und ich *habe* ihn gefunden. Also veranlassen Sie auf der Stelle, dass man mich zu ihm bringt, sonst …" Cathy wusste selbst nicht, wie sie den Satz hätte zu Ende führen sollen, aber die unausgesprochene Drohung darin funktionierte offenbar besser, als es jede klar formulierte getan hätte.

„Ist gut, ist gut, ist gut …" Die Blondine griff nach ihrem Telefon, drehte sich weg und sprach eindringlich auf die Person am anderen Ende ein. Sagte dann: „Okay, wir bringen Sie zu ihm. Aber gehen Sie bitte nicht auf mich los, wenn ich Sie darauf hinweise, dass Sie sich noch ein paar Minuten gedulden müssen." Cathy verkniff sich das Siegerlächeln, das unter ihren Mundwinkeln lauerte, und geduldete sich. Nach zehn Minuten tauchten zwei mürrische US-Offiziere auf und baten Cathy, ihnen zu folgen. Bald saß sie in einem Militärjeep, der auf einer gewaltigen Brücke über den breiten Hangang-Fluss rollte und sich durch die Vororte Seouls einen Weg nach Nordosten bahnte.

Pjöngjang

Ein Seufzer der Erleichterung entrang sich Jeremys Brust, als sich der Güterzug nach langen Stunden langsam in Bewegung setzte.

Kyoks fünf Männer von der Geheimpolizei waren echte Profis. Ebendie Sorte von Menschen, die sonst auf der *anderen* Seite höchst effizient waren; die Menschen aus den verborgensten Verstecken zerrten, auf den abenteuerlichsten Fluchtwegen einholten, vor denen nahezu niemand im Land irgendwo sicher war; jene Monster, denen man in seinen schlimmsten Alpträumen immerfort entflieht, nur um hinter der nächsten Straßenecke, im letzten ausweglosen Zimmer, im tiefsten dunklen Erdloch todsicher wieder aufgespürt zu werden. Erstklassige Jäger waren sie, kannten alle Instinkte ihres gejagten Wildes und waren schizophren genug, jetzt, wo sie selbst in der Rolle der Gejagten waren, alle üblichen Fehler des Wildes zu vermeiden und sich genau so, so unerwartet, zu verhalten, dass sie *sich selbst* jedenfalls nicht ins Netz gegangen wären. Und indem sie so gewissermaßen Jäger und Gejagte zugleich waren, war ihnen die Flucht gelungen. Über jenen Hof mit den Lastwagen, in schäbige, enge Nebenstraßen hinein, wie man sie hier, mitten in Pjöngjang, der reichen Perle des Landes, nie erwartet hätte, durch Gärten, durch Gassen, zwischen Wellblechbaracken, kleinen Häusern, Bäumen hindurch. Diese Männer schienen Schlüssel und Zugang zu allem zu haben, und jeder hatte vor ihnen Angst, jeder gehorchte – jedenfalls all jene, die nicht zu ihren Verfolgern gehörten. Zu denen umgekehrt, und das machte die Lage so unübersichtlich, nahezu jeder im Land gehören konnte: Militär, Staatssicherheit, Polizei, alle, die ihren kleinen Trupp (darunter zwei europäische Ausländer, deren Nicht-Hierhergehören schreiend offensichtlich war) nicht unkontrolliert passieren lassen wollten. Spätestens seit dem Zwischenfall mit den Männern aus dem Mercedes hatten sie nicht nur die Fraktion des noch aus dem Jenseits putschenden Puppenspielers gegen sich, sondern auch den Kim-Staat und seine Behörden – also das gesamte Land. Aber solange jene fünf ihre ehrfurchtgebietenden Geheimpolizistenuniformen trugen, ahnte kaum einer, dass sie Freiwild waren.

Aber manche kontrollierten. Ihren ersten Verfolgern entronnen, waren sie wieder in eine Zone gelangt, die die Anarchie des Aufstandes noch nicht erreicht hatte. An der „Universität für Musik und Tanz" waren sie in eine versteckte Straßensperre geraten. Flüche und Geheimdienstausweise hatten ihnen schließlich ein Durchkommen ermöglicht. Glücklich hatten sie die Tapje-Straße überquert, auf der nun Militärlaster und Panzer rollten. Sie passierten die „Universität für dramatische und filmische Künste" und lieferten sich ein kurzes Feuergefecht mit einem Trupp allzu eifriger Straßenwachen. Passanten staunten ihnen gebannt nach. Studenten starrten aus den Fenstern auf die Straße. Jemand applaudierte. Sonst geschah nichts. Offenbar eine überzeugende Vorstellung. Sie ließen sich vom Ständegewirr des daneben gelegenen großen Marktes von Pjöngjang verschlucken. Männer in Uniform stellten sich ihnen in den Weg und beharrten auf die Vorschrift, dass Ausländer keinen Zugang zu den Märkten der Stadt hätten. Zwei Hundert-Dollar-Scheine öffneten die Durchgangstüren.

Oberhalb eines weiteren Revolutionsdenkmals erreichten sie eine parkähnliche Landschaft; eine bewaldete Hügelkuppe. Auch dort kannten sich die fünf Männer aus, als hätten sie von Kindesbeinen an hier ihre Pfadfinderspiele gespielt. Jeremy war sich auf unheimliche Weise noch immer nicht sicher, ob diese Männer nun ihre Beschützer und Befreier oder doch ihre Gefangenentransporteure waren. Als er sich eines dringenden Bedürfnisses halber für eine Minute in die Büsche schlagen wollte, fühlte er die harte Hand eines der Koreaner im Nacken, der ihn auf den Weg zurückkriss. Als Mie an einer Wegkreuzung unvermittelt falsch abbog, waren gleich zwei hinter ihr, um sie rasch zurückzuholen. Und immerzu diese Blicke auf ihren Gesichtern, die Jeremy nicht anders denn als feindselig einstufen konnte. Aber sie erfüllten ihre Pflicht. Im tiefsten Dickicht des alten Wäldchens führten sie die drei ihrer Obhut Anheimgegebenen zu einer Hütte unter dicht stehenden Nadelbäumen. Dort warteten sie die Abenddämmerung ab. Jeremy versuchte mit Mie zu sprechen, aber sie reagierte nicht. Korffs Gesichtszüge waren undurchdringlich. Hin und wieder tuschelte er mit den Koreanern. Da schien Mie die Ohren zu spitzen. Ansonsten wirkte sie völlig apathisch. Mit Einbruch der Dunkelheit stiegen sie die andere Seite des Hügels hinab. Dann ärmliche, schmutzige Wohngebiete, ein verwahrloster Sportplatz, Geleise, eine große Halle. Güterbahnhof.

Als sich die Tür des leeren Wagens mit dumpfem Hall hinter ihnen geschlossen hatte, setzte sich Korff in den Kohlenstaub neben Jeremy und flüsterte: „Kyok hat mir mal davon erzählt. Da es sehr schwer ist, über Straßen oder Personenzüge an die Grenze zu gelangen, hat er dieses System der Güterzüge eingerichtet. Wenn man die richtigen Leute an den richtigen Stellen hat und weiß, wen man wo in welchen Waggon zu verfrachten hat, ist es relativ einfach, Menschen in Grenznähe zu bringen. Wie die Hobos im Wilden Westen. Er verdient sich eines seiner Zubrote damit, Nordkoreaner so außer Landes zu schaffen. Natürlich keine einfachen Leute – die könnten sich das nicht leisten –, sondern Militärs, Politiker, hohe Beamte; alle, die wichtig genug sind, damit auf der anderen Seite auch die Südkoreaner bereit sind, für sie etwas hinzulegen. Schließlich müssen dazwischen auch noch die Chinesen geschmiert werden. Die haben bekanntlich ein Abkommen mit Nordkorea, alle geschnappten Flüchtlinge über die Grenze zurückzubringen. Aber Kyok hat auch die nötigen Kontakte zur zuständigen Behörde in Peking … Was natürlich alles Geld kostet."

„Sie sagten, der Zug bringt uns in Grenznähe. Und dann? Wie kommen wir über die Grenze. Auch mit dem Zug?"

„Ich hoffe doch. Das ist der schwierige Teil. Da braucht es wiederum Geld. Und Glück. Und Beziehungen. Die immerhin haben wir – hoffen wir nur, dass es am Ende unserer Reise noch die richtigen sind. Aber jetzt wäre ich einfach nur froh, wenn wir losfahren würden."

Das Zischen eines ihrer Begleiter. Korff verstummte. Minuten später schwere Schritte, neben ihnen die Gleise entlang. Dazu ein dissonantes Dröhnen, wie wenn man an eine Glocke ohne Klöppel schlägt. Jemand klopfte mit einem Stock gegen die Wagen. Wollte er sich am Geräusch vergewissern, dass sie auch leer waren? Misstönend erklang es auch an ihrer Zugwand. Dann wurden die Schritte, die Misstöne, leiser, verloren sich in der Ferne. Totenstille. Eine Stunde. Zwei.

Und nun, endlich, war der Zug angefahren. Es war fast, wie in einem Flugzeug zu sitzen, das sich unwiederbringlich aus Feindesland erhebt. Aber ein Güterzug ist kein Flugzeug und kann an jedem Bahnhof, auf jedem Kilometer seiner Strecke zum Halten gebracht werden. Jeremy dachte an das Flugzeug, in dem er nun sitzen sollte – wenn es nicht schon gelandet war. Und an Cathy. Ob wenigstens sie darin saß? Und Kim Park mit ihr? Jeremy hatte Kim nie gemocht. Er war immer so perfekt, so beherrscht, so emotionslos gewesen. Immer auf Zack, immer funktionierend, reibungslos, wie automatisch, jedes „menschliche Versagen" war ihm fremd. Wie hatte Korff das gemeint, als er sagte, der Puppenspieler verfüge nun, nach Kims Genesung, über die Möglichkeit, ihn „irgendwie fernzusteuern"? Jeremy dachte zurück an das, was er über Computer-Gehirn-Schnittstellen, Neurowaffen und diesen südkoreanischen Dr. Frankenstein, Raymond Moon, recherchiert hatte, und eine Gänsehaut lief ihm über den Rücken. Etwas dergleichen wünschte er seinem ärgsten Feind nicht, und sicherlich nicht Kim Park. Cathy hatte immer gehofft, ihn *heilen* zu können. Wenn die Liebe wirklich Wunder zu wirken vermochte – dann mochte sie ihn ruhig lieben.

Er wünschte nur, dass seine Liebe ebenfalls Wunder wirken könne. Mie und er hatten Wunder nötig. Er machte sich Sorgen um sie. Im Moment war sie wieder so fern und fremd. Die körperliche Nähe hatte diese Fremdheit bisher immer hinwegzufegen gewusst, je näher, desto gründlicher, aber gerade war Mie nicht nach körperlicher Nähe. Wenn er sie auch nur mit der Hand berührte, zuckte sie zusammen, als hätte er ihr ein körperliches Leid angetan. Ansonsten schwieg sie. Und rauchte. In dem Moment, da sich der Zug in Bewegung gesetzt hatte, hatte sie sich eine Zigarette angezündet. Seither hatte sie nicht aufgehört, eine Zigarette nach der anderen zu rauchen. Sie rauchte nicht hastig, sondern ruhig und konzentriert, mit geschlossenen Augen, rauchte jede Zigarette bis zum Ende. Dann zündete sie sich eine neue an. Das Ganze hatte fast etwas Meditatives. Dennoch beunruhigte es Jeremy. Natürlich hatte Mie Angst, und Angst hat etwas Lähmendes. Auch er hatte Angst, aber Angst konnte man doch besser bekämpfen, indem man gemeinsam darüber sprach und nicht beharrlich schwieg. Mie erschien Jeremy undurchdringlicher denn je.

Immerhin, die fünf Koreaner, die sie weiterhin begleiteten, rauchten auch. War das die Art, wie sich koreanische Geheimdienstleute auf einen Einsatz vorbereiteten? Mie hatte ihr Päckchen bis auf eine Zigarette zu Ende geraucht und öffnete ein neues. Sie zog eine Zigarette heraus, zündete sie an, dann zog sie die letzte Zigarette aus der alten Packung und steckte sie in die neue. Seltsames Ritual: ein koreanischer Brauch? Die letzte wird aufgehoben. Bei all dem Gerauche war Jeremy froh, dass der Wind durch die Ritzen des Waggons pfiff, auch wenn es bedeutete, dass es empfindlich kalt war. Kyoks Leute hatten ein Stück abseits Platz genommen, redeten kaum, rauchten, warfen prüfende Blicke Richtung Jeremy und Mie. Korff war eingeschlafen. Das sollte Jeremy auch. Er war nach der Aufregung der letzten Tage und Nächte todmüde, fand aber keine Ruhe. So viele plagende Gedanken: Wohin ging ihre Fahrt? Wie sollten sie es je über die streng bewachte Grenze schaffen? Was erwartete sie dort? Was war mit Mie?

Kopf hoch, Jeremy. Es wird alles gut. Er versuchte, wie so oft, Unruhe und Angst zu vertreiben, indem er seine Lieblingslieder hervorsuchte und vor sich hin summte.

One day you'll look to see I've gone
For tomorrow may rain, so I'll follow the sun
Some day you'll know I was the one
But tomorrow may rain, so I'll follow the sun

And now the time has come, and so my love I must go
And though I lose a friend, in the end you will know, oooh …

Jeremy erinnerte sich, dass *Beatles For Sale* seine erste Schallplatte gewesen war, die er sich als Junge stolz vom lange gesparten Taschengeld gekauft hatte, und daran, wie naiv er da noch durchs Leben gegangen war, das vor ihm gelegen hatte wie ein endlos großer Abenteuerspielplatz. Um wie viel Erfahrung, Wissen, Resignation war er jetzt reifer! Das Rattern des Güterwaggons auf den schadhaften, noch von den japanischen Besatzern verlegten Geleisen verwandelte sich in einen treibenden Rhythmus, in eine Musik, die ihn zurücktrug in das heile Land seiner Kindheit, als der Himmel noch so blau wie Jeremys Augen gewesen war, und während sein Leib einer waffenstarrenden Grenze entgegengetragen wurde, hinter der das autoritäre China plötzlich als freies Land der Verheißung erschien, tanzte seine Seele barfuß über die im Licht erglänzenden Morgentauwiesen seiner Jungenjahre. Auf unerbittlich starren Gleisen rollte der Zug durch immer kältere Nacht gen Norden, doch Jeremy folgte der Sonne.

Japanisches Meer
Die zweitgrößte nordkoreanische Stadt, Hamhung an der Ostküste, teilt nicht die Pracht Pjöngjangs, der vom ganzen Land beneideten privilegierten Hauptstadt für die privilegiertesten Treuen, des stolzen Schaufensters zur Welt. Als Industriestadt ist Hamhung weniger von Prunkanlagen zum Lob der Revolution und der Führer geprägt als von schäbigen Arbeitersiedlungen sowie großen Fabrikanlagen zur Aluminiumverarbeitung, zum Maschinenbau und zur Erzeugung von chemischen Produkten. Weltweite Schlagzeilen machte Hamhung, als die Meldung um die Welt ging, dass sich mit den in den Fabriken von Hamhung produzierten Chemikalien neben Pestiziden auch chemische Kampfstoffe herstellen lassen. Auch die in der Nähe befindlichen nuklearen Anlagen sorgten international immer wieder für Sorge.

Als Seehafen von Hamhung fungiert das eingemeindete Hungnam, zehn Kilometer weiter südlich direkt an jenem Gewässer gelegen, das in Nordkorea „Koreanisches Ostmeer" in Südkorea „Koreanisches Meer" oder „Ostmeer" und in Japan sowie der übrigen Welt „Japanisches Meer" genannt wird. Von dort aus war das nordkoreanische Frachtschiff „Chong Chon Gang" mit einer offiziell als „Kartoffeln" deklarierten Fracht in Richtung Kuba in See gestochen, wo es wiederum eine Ladung Zucker entgegennehmen sollte. Da ähnliche Transporte in der Vergangenheit immer wieder gestoppt worden waren – ein Beschluss des Weltsicherheitsrats erlaubt es, nordkoreanische Schiff zu kontrollieren, sobald Verdacht auf Verstöße gegen die internationalen Sanktionen oder auf verbotenen Handel mit Rüstungsgütern besteht –, hatte man sich diesmal eine andere Taktik ausgedacht, um das unter den Kartoffeln Verborgene wohlbehalten ans Ziel zu bringen.

Seit am Nachmittag die Schneewolken nach Norden gezogen waren, war der Himmel klar und das Meer lag sanft und ruhig unter dem sternenbesetzten Firmament. Kurz nach Anbruch der Nacht ging ein zweites Schiff mit der „Chong Chon Gang" längsseits. Es handelte sich dabei um den unter vietnamesischer Flagge fahrenden und im Besitz eines syrischen Reeders befindlichen Frachter „Argo de l'Est", der zuletzt in Macao vor Anker gegangen war, wo er eine offiziell als „Trockenfisch" deklarierte Fracht gelöscht hatte. Der Beginn der Umladearbeiten verzögerte sich, da auf beiden Seiten noch diverse Funktelefonate geführt werden mussten. Dann endlich waren auch die letzten Unstimmigkeiten beseitigt. Es war so weit: Zwei Stunden lang waren die Matrosen beider Schiffe damit beschäftigt, die unter den Kartoffeln verborgene Spezialladung der „Chong Chon Gang" auf die „Argo de l'Est" umzuladen. Schließlich trennten sich die Schiffe wieder. Auch wenn sie noch auf viele Tausend Seemeilen den gleichen Weg vor sich hatten, würden sie ihn in gehöriger Distanz voneinander zurücklegen, was nicht nur daran lag, dass die mit Baujahr 1977 recht betagte „Chong Chon Gang" mit einer Dienstgeschwindigkeit von 12,5 Knoten erheblich langsamer war als die modernere „Argo de l'Est", sondern vor allem daran, dass beide Schiffe vermeiden wollten, miteinander in Zusammenhang gebracht zu werden. Zumindest die Besatzung der „Chong Chon Gang" konnte jetzt aufatmen – würde sie auf ihrem langen Weg nach Kuba einer jener Kontrollen unterzogen, die nordkoreanische Schiffe jederzeit zu gewärtigen hatten, würden die Kontrolleure nur noch Kartoffeln vorfinden (von einigen gut versteckten Tüten mit weißen Kristallen vielleicht abgesehen, die allerdings überwiegend dem Eigenbedarf der Crew dienten). Für die „Argo de l'Est" dagegen fing der brisanteste Teil ihrer Reise erst an.

Macao

Der alte Pak Song Rim kannte den Syrer, seit vor etlichen Monaten die Verhandlungen über den großen Deal begonnen hatten. Zuletzt war er ihm, zusammen mit dessen Kollegen, dem Libanesen, vor nicht allzu langer Zeit auf Schwanenwerder in Berlin begegnet. Der Libanese saß nun leider in irgendeinem englischen Gefängnis, aber der Wichtigere von beiden war ohnehin immer der Syrer gewesen – Pak Song Rim gegenüber hatte er sich als Abu Abdullah Wahib az-Zarqawi vorgestellt, aber ob dies sein richtiger Name war, konnte niemand sagen und „der Syrer" war außerdem wesentlich einfacher.

Immerhin, die Begegnung heute war ohne Komplikationen verlaufen. Natürlich war alles längst geklärt, aber irgendwie musste jedes Gespräch mit dem Syrer dennoch bei einem endlosen Geschacher um dieses oder jenes enden. Auch heute hatte der Syrer Ähnliches im Sinn gehabt und am Ende fast enttäuscht gewirkt – und misstrauisch, weil sich Pak Song Rim ohne Gegenrede auf alles eingelassen hatte. Und das, obwohl der Syrer und seine Hintermänner wieder einmal nicht Wort gehalten hatten und sie jetzt mit *Trödelware* abspeisen wollten. Pak Song Ring nahm es gelassen: Dass die andere Seite wirklich, wie vereinbart, eine halbe Milliarde in bar zahlen würde, damit hatte auf nordkoreanischer Seite ohnehin nie jemand ernstlich gerechnet. Und der Puppenspieler hatte seinerseits nie beabsichtigt, wiederum Brainweb die volle vereinbarte Summe zukommen zu lassen – dergleichen entsprach nicht der nordkoreanischen Zahlungsmoral. Eine Tranche von 100, 150 Millionen, ja. Dann würde man weitersehen.

Heute, an diesem schicksalhaften Tag, auf den sich beide Seiten so lange vorbereitet hatten, hatten Pak Song Rim und der Syrer mehrere Stunden in jenem Tresorraum in der Niederlassung einer vorderasiatischen Bank in Macao zugebracht und Geldbündel abgewogen, Aktien durchgesehen und alten Plunder begutachtet. Die Summe an Bargeld und Wertpapieren belief sich letzten Endes immerhin auf knapp 150 Millionen Dollar. „Und das", hatte der Syrer mit einer ausladend den Raum umfassenden Handbewegung großspurig hinzugefügt, „ist gut und gern noch einmal mehr als das Doppelte wert. Damit sind wir, was die halbe Milliarde angeht, also quitt."

Das? Pak Song Rim hatte sich skeptisch umgesehen. Was war das für Zeug? „Können wir nicht gebrauchen", entschied er schließlich.

„Was sagen Sie da? Schauen Sie nur: Diese wunderbaren phönizischen Goldgefäße, all der antike Grab- und Tempelschmuck, dazu babylonische Skulpturen und Statuen aus römischen Tempeln, assyrische Amphoren, altpersische Öllampen, lydische Goldmünzen, sumerische Keilschriftplatten, frühchristliche Ikonen … Die versammelten Schätze der antiken Oasenstadt Palmyra und des alten Babylon! Und noch vieles mehr! Wenn wir das Zeug nach Europa geschafft hätten, hätten wir auf dem illegalen Kunstmarkt ein Vermögen machen können!"

Pak Song Rim war des ewigen Schacherns müde. „Gut, meinetwegen. Lassen Sie den Krempel da. Also – abgemacht!" Es dauerte noch lange Minuten, bis der stutzige Syrer akzeptiert hatte, dass der alte Koreaner wirklich keine Einwände geltend machen und den 500-Millionen-Handel ohne Nachforderungen abschließen wollte. Schließlich griffen beide zu ihren Telefonen und gaben den Kapitänen ihrer Schiffe den Befehl, das Umladen so zügig wie möglich abzuschließen. Der große Deal war, allen Widrigkeiten zum Trotz, doch noch ungestört und zur beidseitigen Zufriedenheit über die Bühne gegangen.

Pak Song Rim war erleichtert. Darauf wollte er jetzt einen Cognac heben – und das lieber nicht in Gegenwart des Syrers, der, nach allem, was er wusste, im Ruf stand, ein fanatischer Eiferer zu sein. Doch vor lauter religiöser Rücksichtnahme war Pak Song Rim mittlerweile so durstig, dass ihm die Hände zitterten. Und dann, endlich, war alles unter Dach und Fach. Der Syrer war seiner Wege gegangen, und Pak Song Rim hatte mit seinen Männern Geld und Wertpapiere in Sicherheit gebracht. Den übrigen Kram hatten sie im Tresorraum belassen, mochte er dort verrotten. Der alte Pak hatte genug.

Eine Stunde später saß Pak Song Rim mit drei jungen Damen einer chinesischen Escortagentur in der Karaoke-Bar seines Lieblingshotels der Sonderwirtschaftszone und ließ sich soeben den Schwenker erneut befüllen. Da klingelte sein Handy. Das andere: das billige Prepaid-Ding. Ach ja, das hatte er vergessen: Irgendwo in einem anderen

Hotel in Macao wartete ja noch immer ein Mann aus Südkorea auf ihn. Sie hatten in den letzten Tagen mehrmals miteinander telefoniert. Und jetzt probierte es dieser hartnäckige Mun Dae Jong wieder. Es sollte sein letztes Mal sein. Pak Song Rim, der als blutjunger Kerl noch im siegreichen Vaterländischen Befreiungskrieg gekämpft hatte und durch die Hand des Großen Führers persönlich in Amt und Ehren gelangt war, nahm den Apparat und warf ihn quer über den Raum exakt in den Mülleimer. Selbst mit zwei, drei Promille konnte er noch immer gut treffen – ob mit Kugeln oder Handys. Die drei süßen Chinesinnen klatschten kichernd Applaus. Mochte Mun Dae Jong ruhig weiterwarten. Es würde nie eine Geldübergabe geben. Den Puppenspieler gab es nicht mehr, und sein vormaliger Finanzexperte war nun um 150 Millionen reicher. Genug, um alle Weltreserven seines Lieblingscognacs aufzukaufen. Pak Song Rim wusste, dass er nicht mehr lange zu leben hatte. Aber bis dahin würde er *im Paradies* leben.

Arlington, Virginia
„Guten Morgen, Südkorea! Alles klar bei euch in Camp Red Cloud?"

„Guten Abend zurück! Schön zu hören, dass ihr drüben in Virginia schon aufgestanden seid. Bei uns ist jetzt bald Feierabend. Ja, das Wetter war schön heute, herrlicher Sonnenschein, der Schnee wieder weggetaut. Und ein erfolgreicher Tag war es noch dazu, was das betrifft." Lieutenant Ernest Messmer blickte stolz in seine Computerkamera. Er war der leitende Stabsarzt von Camp Red Cloud, dem Hauptquartier der etwa in der Mitte zwischen Seoul und der demilitarisierten Zone in der Stadt Uijeongbu stationierten Zweiten Infanteriedivision der US Forces Korea. Darauf konnte Messmer schon stolz sein. Und auf seine medizinischen Erfolge sowieso.

„Wir haben bereits gehört, dass die Operation gut verlaufen ist", fuhr Major Tom Clance fort. „Lieutenant Colonel Wilson und ich wollten Ihnen noch persönlich unsere Glückwünsche überbringen und nachhaken, ob es wirklich keinerlei Komplikationen gab."

„Nun, ich muss gestehen, es war meine erste derartige Operation. Das erste Mal, dass ich einem anderen Menschen im Hirn herumgefuhrwerkt habe, um es drastisch zu formulieren. Von daher war ich schon sehr nervös. Aber die Zeit drängte und in ganz Korea gibt es im

Moment keinen Militärarzt der Army, der ein Spezialist für solche Fälle wäre. Und Ihre per Webcam zugeschalteten Spezialisten waren mir und meinem Team eine große Hilfestellung. Bisweilen war es fast unwirklich – als würde man gar nicht mehr selbst das Skalpell führen."

„Wir arbeiten hier in der Tat bereits an computergesteuerten Robo-Avataren, mit denen wir ferngesteuerte Notoperationen durchführen können – etwa in verseuchten Gebieten. In diesem Fall waren wir aber dankbar, doch Ihre Hände zur Verfügung zu haben."

„Danke, dass ich noch zu etwas nütze bin." Messmer lachte ein schwer deutbares Lachen. „Jedenfalls – der deaktivierte Chip ist entfernt, der Schädel wieder zu und das Fieber schon stark runtergegangen. Alle Werte im Rahmen. Auch seine einigermaßen intakt gebliebene linke Amygdala funktioniert wieder prächtig. Denke, in ein paar Tagen wird der Junge putzmunter und klar im Kopf aufwachen und das Ganze wird für ihn nur ein langer, böser Traum gewesen sein. Und wir haben dann endlich seine Alte vom Hals. Mann, die kann einem ganz schön auf den Wecker gehen, sag ich euch. Der wird sich irgendwann noch in seine Ohnmacht zurücksehnen! Na ja, Weiber …"

Das Gespräch ging noch ein paar Minuten weiter und verlor sich zusehends in den Untiefen der Männergespräche. Als sie die Verbindung endlich unterbrochen hatten, wandte sich Lieutenant Colonel Wilson an seinen technischen Spezialisten Major Tom Clance. „Ich hab mir die Akte zu diesem Kim Park vorhin nochmal durchgelesen. Interessanter Charakter, interessanter Werdegang. Und bei aller Intelligenz offenbar, richtig eingesetzt, zugleich ein unglaublicher Kämpfer, eine wahre Killermaschine. Eigentlich schade, dass es keine andere Möglichkeit gab … Ich meine, wir hätten vielleicht nicht einfach verschwenden sollen, was Moon da alles in ihn hineininvestiert hat."

„Du meinst, wir hätten den Chip besser drin gelassen?"

„Ja, wenn es möglich gewesen wäre, ohne ihn zu töten."

„Tröste dich: Ich habe inzwischen Zeit gefunden, diese südkoreanische Technik genauer zu studieren. Sie ist doch raffinierter, als ich gedacht hätte: Sie implantiert eine Art Alias von sich in die Hirnstruktur selbst – so etwas wie ein neuronales Backup, verstehst du? Und wir arbeiten mittlerweile sowieso an Systemen, die weit fortgeschrittener sind als die invasiven Chiptechnologien. Ich muss das noch austüfteln, aber ich bin mir sicher, dass wir uns auch in Zukunft bei Bedarf jederzeit bei Kim Park einwählen können. Bei Raymond Moon, wo der Fall anders, aber in gewisser Weise ähnlich war, hat es schließlich auch geklappt. Aber jetzt lassen wir dem Jungen erst mal seine Ruhe. Soll nun seine Freundin ihm den Kopf waschen."

Changbai-Gebirge

Schnee, Schnee, Schnee! Überall lag er weiß und unberührt im ersten Morgenlicht, hatte sich wie ein dickes Tuch über das Land gebreitet. Tief hingen die Arme der Fichten unter der funkelnden Pracht herab. Und kalt war es hier oben! Ein schneidender Wind fegte von den Bergen – den tief verschneiten Gipfeln, hinter denen China lag.

Eine Nacht, einen ganzen Tag und wieder die Nacht hatten sie in wechselnden Güterzügen verbracht – dreimal waren sie im Schutz der Nacht umgestiegen. Oft hatten die Züge gehalten, stundenlag, in Bahnhöfen, auf Nebengleisen. Eine unangenehme Zeit, in der sie ständig damit rechnen mussten, dass die Tür geöffnet und sie unsanft nach draußen gezerrt würden. Aber auch wenn immer wieder die bellenden Stimmen Vorbeigehender zu hören waren – Soldaten? Bahnbeamte? Grenzer? –, hatte sich der Zug schließlich stets wieder in Bewegung gesetzt, gefolgt von kollektivem Ausatmen im Waggon.

Jeremy hatte gehofft, ihr Zug würde irgendwann anhalten, die Tür sich öffnen und jemand ihnen „Willkommen in China" zurufen, aber dazu sollte es nicht kommen. Irgendwann erfuhr er vom weiterhin wortkargen Korff, dass wegen der anhaltenden Unruhen alle Grenzen zu China geschlossen waren und folglich auch kein Güterverkehr stattfand. Stattdessen gehe die Fahrt jetzt in die Berge. „Und dann Flucht über die grüne Grenze?", hatte Jeremy gefragt. Korff zuckte die Schultern. „In dem Fall", gab er zu bedenken, „würde ich es eher weiße Grenze nennen." Jeremy fand diese Aussicht wenig beruhigend.

Und Korff hatte recht behalten: die nur im unteren Teil bewaldeten Hänge ringsum tief verschneit. Sie waren hoch in den Bergen. Jeremy wunderte sich, dass es in Nordkorea eine Bahnstrecke gab, die so weit ins Gebirge hinaufführte. „Raus jetzt, schnell weg vom Zug." Der hatte irgendwo außerhalb in einer waldigen Schlucht gehalten. Hastig sprang Jeremy in den Schnee und stapfte hinter Korff einen steilen Pfad hinauf. Vor Korff ging einer der Nordkoreaner, dann Mie, drei der übrigen marschierten voran, der fünfte bildete den Abschluss.

Von weit oben konnte Jeremy an einer Kuppe einen letzten Blick in die Schlucht hinabwerfen, die weiter vorn eine Kurve beschrieb. Direkt in der Kurve erblickte er ein prunkvolles Bahnhofsgebäude mitten im Niemandsland. Er deutete fragend darauf, doch der Mann hinter ihm zog ihn schnell in die Deckung der Bäume zurück. Später klärte Korff ihn auf. „Einer der Privatbahnhöfe der Kims. Sie pflegen die Gegend einmal im Jahr zu besuchen und haben dafür im Umkreis Paläste anlegen lassen. Es heißt, dass der Bahnhof zweimal verlegt werden musste, bis Kim Il Sung mit dessen Lage zufrieden war."

Jeremy fluchte auf. „Haben die denn *überall* im Land ihre beschissenen Paläste? Ich meine: Wir sind irgendwo mitten in den Bergen."

„Ja, sichtlich: mitten in den Bergen. Aber nicht *irgendwo*", korrigierte Korff. „Gleich ums Eck liegt der Ort Samjiyon, wo die Zuglinie endet. Dort in der Nähe befindet sich das offizielle Geburtshaus Kim Jong Ils – auch wenn er tatsächlich als ‚Juri Irsenowitsch Kim' im sowjetischen Exil geboren ist. Von dieser Bergregion aus wurde der Befreiungskrieg gegen die Japaner geführt, und schon daher ist sie von wichtiger propagandistischer Bedeutung."

„Dann liegt wohl auch das Dorf Pochonbo in der Nähe?"

„Oh, der Herr kennt sich aus!" Zum ersten Mal seit langem legte sich über Korffs Züge wieder jenes süffisante Lächeln, das Jeremy immer so gehasst hatte. „Ja, das haben wir vorhin passiert; das ist ein Stück weiter den Grenzfluss Yalu hinunter."

„Wieso konnten wir nicht einfach über den bei dieser Kälte bestimmt zugefrorenen Fluss nach China hinüber?"

Korff zuckte die Schulter. „Unsere Begleiter meinten, der Fluss sei streng bewacht von Soldaten mit Schießbefehl, während der Weg über die Berge bei diesen Witterungsbedingungen weit weniger gesichert sei. Aber, ganz ehrlich, mir behagt dieses Herumgeklettere auch nicht. Ich bin eigentlich zu alt für so was. Was haben wir davon, nicht erschossen zu werden, wenn wir erfrieren oder abstürzen?"

„Einen Tod muss man sterben – sagt man nicht so in Deutschland?"

Korff lachte. „Ja. Sollte eigentlich nur eine *Redewendung* sein.“

Stunde um Stunde stapften sie durch lichter werdenden Wald. Jeremy musste einräumen, dass Korffs Kondition als Bergwanderer wesentlich besser war denn als Sprinter. Jeremys alpinistische Meriten dagegen beschränkten sich auf einige Berge im Lake District und immerhin ganze fünf der nach ihrem Erstbesteiger „Munros“ genannten schottischen Dreitausender – in *Fuß* gemessen, wohlgemerkt. Höher hinaus hatte es ihn nie getrieben. Das Durch-den-Schnee-Stapfen war extrem anstrengend, und jetzt hätte er dringend eine Verschnaufpause nötig. Die ihm gegen Mittag auch gewährt wurde. An einer Lichtung auf einer Kuppe ließen sie sich nieder. Endlich. Eine halbe Stunde blieben sie auf schneefreien Steinen sitzen. Jeremy wollte gerade sagen, dass sie seinetwegen nun weitergehen könnten, als er unweit unter den Bäumen Stimmen hörte. Sein Blut gefror. Sie waren ertappt!

Alle anderen blieben erstaunlich ruhig. Aus den Schatten der Bäume vor ihnen trat eine Gruppe von vier Männern. Warum zogen die Koreaner nicht ihre Waffen und verteidigten sich? Erst als die Männer aus dem Wald ihnen Grußworte zuriefen, die von den Koreanern lachend erwidert wurden, begriff auch Jeremy, dass sie an dieser Lichtung nicht etwa Rast gemacht, sondern *gewartet* hatten. Er erfuhr, dass die Männer chinesische Schlepper waren, die sie über die Grenze begleiten sollten: drei ethnische Koreaner – jenseits der Grenze eine starke Minderheit – und ihr Anführer, ein Han-Chinese. Als dieser Jeremy vorgestellt wurde, sagte er in gebrochenem Englisch: „Ah – Gouldens, ich soll sagen schönen Gruß!“ Von wem dieser Gruß denn kommen sollte, erfuhr Jeremy nicht. Vielleicht nur eine falsch übersetzte chinesische Grußformel? Die Schlepper hatten Ausrüstung mitgebracht: unter anderem warme Jacken und Schneeschuhe. Eine deutliche Erleichterung. Bald setzte sich der Trupp wieder in Bewegung. Nun waren sie zu zwölft. Jeremy begriff, dass Kyoks Männer mit ihnen über die Grenze gehen würden; wie Kyok selbst waren sie längst Flüchtlinge geworden, auf die in der Heimat nur der Tod wartete.

Sie hatten eine langgestreckte, nur noch sachte ansteigende Hochfläche erreicht und die Bäume wurden spärlicher. An einigen Stellen mussten sie inmitten der Einöde befestigte Wege und einmal sogar eine geteerte Militärstraße überqueren, was stets mit größter Vorsicht geschah. Kein Zweifel: So menschenleer das Land vor ihnen zu liegen schien, so viel tat sich doch im Schatten der Bäume und hinter den Felsen, oben auf den Kuppen, unten in den Tälern: Soldaten, Späher, Wachen, Arbeiter, indoktrinierte Gebirgsbewohner. Und es musste sie nur einer von ihnen zu Gesicht bekommen, um die ganze Aktion scheitern zu lassen. Schließlich war der Wald zu Ende, vor ihnen weites Land bis hin zur noch immer kaum näher gerückten Gipfelkette am Horizont. Jeremy kam der Anblick eigentümlich bekannt vor. Wo hatte er dieses Panorama schon einmal gesehen? Unter den letzten Bäumen geboten ihnen die Schleuser Halt. Wieder emsiges Getuschel.

„Das Gelände vor uns ist zu ungeschützt, es ist eine Kaserne in der Nähe und wir sind da kilometerweit zu sehen", erklärte Korff. „Wir müssen warten, bis die Sicht schlechter geworden ist."

„Sie meinen – bis es dunkel wird?" Die Aussicht auf eine kombinierte Berg- und Nachtwanderung erschreckte Jeremy.

„Hoffentlich nicht. Schauen Sie, dort drüben."

Jeremy folgte seiner Handbewegung. Aus dem Osten drängten schwere, graue Wolken heran. Sie würden Schnee bringen.

Und so kam es. Keine halbe Stunde später war das Schneetreiben so dicht geworden, dass Jeremy kaum mehr die Hand vor Augen sehen konnte. Gut – man würde sie so nicht so leicht sehen können. Würden aber *sie* inmitten dieses Flockengewirbels noch den Weg sehen können? Wie war das mit der Redewendung? Einen Tod muss man sterben. Der Nachmittag war weit fortgeschritten, sie waren seit dem Morgengrauen auf den Beinen und zwanzig Kilometer über weglose Schneehänge gestapft. Jeremy war am Ende seiner Kräfte. In dieser endlosen Wüste aus Weiß konnte man vermutlich sterben und ins Jenseits übergehen, ohne dass man einen Unterschied bemerkte.

Wenn sich Jeremy keine Sorgen um sich machte, machte er sich Sorgen um Mie. Von einigen Alltagsbanalitäten abgesehen, hatten sie auch heute kein Wort miteinander gesprochen. Sie schien immer bleicher zu werden, sich förmlich der Farbe des Schnees anzugleichen. Eine beunruhigende Vorstellung: Wenn das so weiterging, würde sie irgendwann wie die Landschaft ringsum ganz in Weiß übergehen und für immer im Schnee verblassen. Aber wenn ihm nicht einmal mehr Mie als Anhaltspunkt blieb, was drängte ihn dann überhaupt noch vorwärts? Dann wäre der Zeitpunkt gekommen, sich in den Schnee zu legen und vom weißen Leichentuch bedecken zu lassen. Trotz der Schneeschuhe waren Jeremys Füße längst gefühllos geworden. Dumpfheit machte sich in seinem Leib, seinem Gemüt breit, eine Traumhaftigkeit der Sinne. Der Tod durch Erfrieren sei letztlich ein Tod ohne Schrecken, hatte er irgendwo gelesen. Zuletzt fühle man sich leicht und entspannt und dann entschlummere man einfach.

Der Hang war sehr steil geworden und wurde noch steiler. Immer wieder erregte Diskussionen unter den Schleppern. Jeremy begriff, dass sie sich über den Weg uneins waren. Offenbar war er steiler, als er sein sollte. Was im Klartext hieß: Sie hatten sich verirrt. Angesichts der Wetterverhältnisse kaum verwunderlich. Aber umso beunruhigender. Dass nun die Dämmerung einsetzte, machte es nicht besser.

Zuletzt waren sie eine halbe Stunde lang über das Geröll in einer zunehmend steilen Mulde zwischen zwei Bergwänden hinaufgestiegen, bis auch die Mulde für die letzten Meter zur Bergwand wurde. Hätten die Schleuser nicht auch ein Seil sowie Hammer und Haken dabeigehabt, hätte es Jeremy nie hinaufgeschafft. Doch dann waren sie oben. Und das Wunder war geschehen: Auf der anderen Seite ging es bergab. Zwar immer noch steil, aber begehbar. Jeremy wagte kaum, daran zu denken, was das hieß. Landesgrenzen verlaufen in der Regel über Gipfel und Grate, jeweils die höchste Stelle.

Korff sprach es aus: „Wir haben es geschafft, Jeremy. China! Alles Weitere ist nur noch ein technisches Problem." China, Freiheit! Doch Jeremy war zu erschöpft, um sich zu freuen. Ihm fiel nur auf, dass Korff ihn das erste Mal überhaupt mit Vornamen angeredet hatte. Sein Blick suchte denjenigen Mies und fand ihn. Ihre Mandelaugen waren kalt und unergründlich wie ein Bergsee. Ihr eigenartig erfroren wirkender Ausdruck hatte plötzlich etwas unerklärlich Grausames, was auf seltsame Weise ihre Schönheit noch hervorhob. Jeremy wandte den Blick ab. Jetzt erst einmal ins Tal hinunter und dann: auftauen!

Mit jedem Schritt den Hang hinab schien der Schneefall nachzulassen. Allmählich wurden wieder Konturen erkennbar: der Gipfelkranz hinter ihnen, wo, einige Kilometer weiter rechts, ein einsames Licht brannte. Die Hänge rechts und links. Die von Bergen umschlossene Hochfläche vor ihnen. Auch hier, auf beiden Seiten, wenige Lichter. Noch hingen Wolken über einem Großteil der Kulisse, aber hinter einem der Gipfel schob sich gerade ein gerundeter Mond hervor, strahlte sein kaltes Licht herab, und Jeremy fragte sich mit einem Mal, ob er nicht vielleicht doch vorhin in der weißen Hölle gestorben war. Der Anblick war so überirdisch schön, dass er unmöglich von dieser Welt sein konnte. In welche Traumwelt war er geraten?

Er bemerkte, wie die Schlepper wieder unruhig wurden. Einer fluchte. Offenbar waren sie weitab von der Stelle, wo sie hatten ankommen wollen. Egal. Irgendwie würden sie es schaffen. Jeremy wusste jetzt, dass sie überleben würden. Der Boss der Schlepper zückte sein Handy und führte ein längeres Gespräch. Erstaunlich, dass sie hier oben Empfang hatten. Das fortschrittliche China!

Sie stiegen noch zehn Minuten weiter bergab. Nun war nicht mehr zu übersehen, dass die spiegelglatte Fläche vor ihnen keine Hochebene war, sondern ein zugefrorener See, ringsum von hohen Bergen umgeben. „Chonji, der Himmelssee", flüsterte Korff mit zugleich andächtig und enttäuscht klingender Stimme. „Wir sind noch immer in Nordkorea." Der Himmel riss weiter auf. Das einsame Licht auf dem Berg wurde heller. Jeremy traute seinen Augen kaum. Stand dort ein Haus?

„Die Bergstation der Zahnradbahn", suchte Korff Jeremys fragendem Blick entgegenzukommen.

„Wie bitte, es führt eine Bahn herauf? Auf einen Berg am Arsch Nordkoreas?" – „Eine Bergbahn, klar. Aber, Jeremy: Das hier ist nicht der *Arsch* Koreas, sondern, wenn schon, seine Gebärmutter: Wir stehen mitten im Vulkankrater des heiligen Bergs Paektusan."

Jetzt begriff er, warum ihm der Blick bekannt vorgekommen war. Überall im Land, vom großen Monument der Kims in Pjöngjang bis in Jeremys kleines Hotelzimmer hinein, bildeten der Paektu und sein See die Kulisse für heroische Szenerien oder idyllische Landschaftsbilder. Meist idealisierend verkitscht. Jeremy war beeindruckt, dass es etwas in Nordkorea gab, bei dem die Realität doch tatsächlich noch großartiger und überwältigender war als der Mythos. Kein Wunder, dass der Sohn des Himmelskönigs gerade hier zur Erde herabgestiegen war. Jeremy rief sich ins Gedächtnis zurück, was er über die Gegend gelesen hatte: Der Paektu war ein aktiver Vulkan, der allerdings vor etwa tausend Jahren das letzte Mal ausgebrochen war, damals einer der verheerendsten Vulkanausbrüche der Geschichte. Der Kratersee lag in 2200 Metern Höhe und war fast 400 Meter tief. Er wurde von heißen Quellen gespeist und war, so hoch oben, trotzdem einer der kältesten Seen der Erde. Und: Die Grenze zu China verlief mitten durch den See.

Zwischen den vier Schleppern und den fünf nordkoreanischen Deserteuren kam es zu einer hektischen Diskussion. Die Schleuser hoben immer wieder abwehrend die Hände, aber die Koreaner waren unerbittlich, und schließlich setzten sie sich durch. Der erste sprang hinunter aufs Eis. Alle anderen folgten. Schade, dachte Jeremy, dass wir keine Schlittschuhe haben. Auf Kufen in die Freiheit tanzen …

„Was war das vorhin für ein Streit?", wandte er sich an Korff, nachdem sie einige Hundert Meter aufs Eis hinausgelaufen waren.

„Ach, die Schlepper wollten nicht über den See gehen, sondern am Ufer entlang. Aber wir vermuten, dass es auf beiden Seiten Militärposten gibt, die auch zu dieser Jahreszeit besetzt sind. Schließlich befinden wir uns direkt an der Grenze."

„Wieso wollten sie nicht übers Eis? Ist doch fest zugefroren."

„Ja, und so bleibt es normalerweise bis Juni. Allerdings soll es aufgrund der heißen Quellen im Untergrund hier und da dünne Stellen geben und, wie Sie wissen, hatten wir bis vor wenigen Tagen über Wochen hinweg ungewöhnlich mildes Tauwetter. Aber der eigentliche Grund ist natürlich … Sie sind kein Schotte, nicht?"

„Nein, auch wenn ich Schottland liebe und froh bin, dass es im United Kingdom verbleibt: Ich bin hundert Prozent Engländer."

„War da nicht was mit einer jüdischen Großmutter?"

„Wollen Sie jetzt meinen Arierpass oder was? Bei *uns* jedenfalls ändert das nichts an den hundert Prozent."

„Nun gut, trotzdem wissen Sie so gut wie ich, was die weltweit bekannte Attraktion Schottlands aus dem Bereich des Tierlebens ist."

„Klar: Das Highlandrind. Und das Schwarzkopfschaf."

Korff blickte gelangweilt. „Kryptozoologie …?"

Jetzt erst begriff Jeremy. „Und *hier* hat sie Verwandtschaft?"

Korff nickte schwergewichtig. „Das ‚Lake Tianchi Monster‘, nach dem chinesischen Namen des Himmelssees. Den Nordkoreanern liegt es fern, ihren heiligen See mit etwas so Vulgärem wie einem Seeungeheuer in Verbindung zu bringen. Aber die ganze Sache scheint doch mehr zu sein als das, was Sie in England einen *hoax* nennen. Es heißt, seit Beginn des 20. Jahrhunderts seien Hunderte Sichtungen dokumentiert und es gibt sogar einen Videofilm davon. Die Beschreibungen schwanken zwischen banaler Riesenforelle und Monster mit Menschenkopf und Flossen. Natürlich der übliche Humbug, aber erklären Sie das mal einem abergläubischen Chinesen.‟

Jeremy erinnerte sich fröstelnd an seinen Anglertraum. Fast, als hätte der etwas Prophetisches gehabt. Schweigend gingen sie weiter. Mitternacht mochte längst vorüber sein, Jeremy war seit den frühen Morgenstunden, von den zwei Wartepausen abgesehen, ununterbrochen auf den Beinen, mittlerweile endlos erschöpft, aber doch wach, und nun befand er sich in einer Welt zwischen Rausch und Realität, wie sie ein Marathonläufer erlebt oder ein Sterbender …

Der Himmel über ihnen war vollends aufgerissen, die Myriaden Sterne der Milchstraße strahlten auf sie herab. Jeremy war, als könne er hinter den Sternen die Unendlichkeit selbst sehen, die sich von allen Seiten um sie, den kleinen Trupp in ihrem Zentrum, ballte und auf die Eisfläche des Himmelssees herabblickte, als sei sie eine Bühne, auf der gerade ein bedeutendes Drama gespielt wurde. Zum ersten Mal seit langen Tagen dachte er an seine Notizen zu jenem Nordkorea-Film oder -Roman zurück, der inzwischen längst von der Wirklichkeit überholt worden war. *So viele Sterne es im klaren Nachthimmel gibt, so viele Träume gibt es in unserem Herzen; dort drüben, da ragt der Berg Paektu, wo selbst mitten im Winter die Blumen erblühn.* Er hatte seinen Film mit einer Ansicht des Paektusan beginnen wollen, jetzt endete dort seine Flucht. Die Blumen? Natürlich blühten dort Blumen. In eigenartig geometrisch perfekter Schönheit. Aber man durfte sie nicht anfassen, sonst schmolzen sie.

Vor ihnen, fern, kleine Lichter. China. Fast schienen sie auf sie zu warten. Ihnen den Weg zu leuchten. Doch auch hinter ihnen waren Lichter. Nicht nur dort oben an der Bergstation der Zahnradbahn. Auch unten am See. Und eines begann sich nun auf sie zuzubewegen. Die Schlepper hatten das Licht auch gesehen. Sie fluchten.

„Das sind die nordkoreanischen Grenzer‟, sagte Korff mit belegter Stimme. „Sieht aus, als ob sie uns entdeckt hätten.‟

„Wie weit ist es noch bis zur Grenze?‟, fragte Jeremy.

Korff zuckte die Schultern. „Die verläuft in der Mitte des Sees. Vielleicht noch 500 Meter. Ich glaube aber nicht, dass es hier auf dem Eis Schlagbäume gibt, die die Nordkoreaner stoppen und vom Schießen abhalten können. Wirklich sicher sind wir frühestens am anderen Ufer. Jetzt ist wohl wieder einmal Rennen angesagt. Also, laufen Sie!" In Korffs Stimme, die anfeuernd hatte klingen sollen, schwang Resignation mit. Kein Zweifel: Wenn die Grenzer sie erschießen wollten, gab es keine Möglichkeit, sie daran zu hindern. Aber jetzt, wo die Rettung so nahe war, aufgeben? Niemals! Jeremy sah zu Mie hinüber, ihre Blicke trafen sich, und er sah ein Funkeln in ihren Augen. Endlich erwachte sie wieder, wurde wieder lebendig! Nur noch ein paar Hundert Meter, und alles war gut. „Komm, Mie, wir schaffen das!"

Aber auf dem glatten Eis zu rennen war schwierig. Und die Bodenverhältnisse wurden noch schlechter: Während die Seefläche bisher eben vor ihnen gelegen hatte, schien das Eis in diesem Bereich, aus welchen Gründen auch immer, vor nicht allzu langer Zeit aufgebrochen zu sein, die Schollen hatten sich übereinandergeschoben, waren erneut zusammengefroren. Unter dem Neuschnee waren die Bruchkanten schwer zu entdecken. Immer wieder stolperte Jeremy, verlor jeden Halt, rutschte aus und musste sich mühsam aufrappeln. Er drohte hinter den anderen zurückzubleiben. Das Licht hinter ihm kam näher, immer lauter das Dröhnen des Motors: ein Schneemobil.

Aber auch auf der anderen Seite des Sees tat sich etwas, auch dort hatten sich Lichter in Bewegung gesetzt. Kam ihnen da wer zur Hilfe? Wohl kaum: Die chinesischen Grenzbeamten waren dafür bekannt, dass sie alle Flüchtlinge, die es glücklich über die Grenze geschafft hatten, einmal ertappt, an die nordkoreanischen Behörden übergaben, wo ihnen bestenfalls ein längerer Aufenthalt im Arbeitslager drohte. Also Gefahr von beiden Seiten: Einen Tod musste man sterben.

Jeremy war mit seinen Kräften am Ende. Die kalte Luft stach ihm in den Lungen, Beine und Füße waren taub, die Prellungen, die er sich bei seinen Stürzen zugezogen hatte, schmerzten, alle Glieder taten weh und wollten ihm den Dienst versagen; er war seit annähernd zwanzig Stunden auf den Beinen und konnte nicht mehr.

Eine Kugel pfiff an ihm vorbei und knallte ins Eis. Das Schneemobil war auf Schussweite herangekommen. Ein zweiter Schuss verfehlte ihn nur knapp. Im hellen Mondlicht bot er, eine dunkle Gestalt auf gleißendem Weiß, ein leichtes Ziel. Das Schneemobil war nur noch 30 Meter entfernt, 20, 15. Die nächste Kugel musste ihn treffen.

Da ging ein gewaltiges Zittern durch den See, es knackte und klirrte um ihn, adernartig fraßen sich Risse durchs Eis, das hinter ihm platzte wie springendes Glas. Aber unter Jeremy brach das Eis nicht.

Das Eis unter dem Schneemobil brach.

Er fuhr herum und sah das große, hell erleuchtete Fahrzeug nach hinten wegkippen und binnen Sekunden im See verschwinden. Das Licht erlosch in der Tiefe. Das Ganze war so plötzlich geschehen, dass keiner der Insassen hatte herausspringen können. Schon hatte sich das eisige Wasser wieder über allem geschlossen, was der See soeben verschluckt hatte. Doch dann tauchte es jäh wieder auf, eine große schwarze Masse, ein dunkler Schatten, der für einen Moment meterhoch aus dem Wasser ragte, dann ruckartig verschwand. Jeremy war sich bis an sein Lebensende nicht sicher, *was* er da aus dem Wasser hatte auftauchen sehen. Aber er *hatte* etwas gesehen in jener kurzen Sekunde, bevor er entkräftet auf dem Eis zusammenbrach.

Und dann – hatte es eine Minute gedauert, eine Stunde? – waren da die Lichter von der anderen Seite bei ihnen, zwei japanische Allradjeeps, und sie trug das Eis. Sie hielten ein Stück weiter vorn, in sicherem Abstand von der trügerischen Stelle. Zwei Männer kamen zu Jeremy hingerannt, der immer noch keuchend gefährlich nahe der Bruchkante lag. „Jeremy, du hast es geschafft! Willkommen in China. Reich mir die Hand, ich zieh dich in Sicherheit! Schau her, ich hab auch einen alten Freund mitgebracht.“

Mühsam rappelte er sich auf. Das Eis hielt. Einige vorsichtige Schritte, und er war bei den beiden dicht eingemummten Männern angelangt. Die Stimme kannte er irgendwoher. Er sah genauer in die Gesichter. Kein Zweifel: Da standen Cai Feng und Clemens Alt. Ein seltsames Paar. Jeremy rieb sich die Augen. War er etwa doch tot? Aber das würde ja bedeuten, dass es die beiden ebenfalls erwischt hatte, und das wollte er nun wirklich nicht. Er entschied, dass China eben der Himmel auf Erden war. Cai lachte, genoss seine Verwirrung.

„Komm, Zeit für Erklärungen ist später! Jetzt nichts wie rein in die Jeeps und weg von hier. Wir haben zwar mit den chinesischen Grenzern *abgesprochen*, dass sie heute Nacht eher in die andere Richtung schauen, aber Schüsse und Tote waren nicht im Preis inbegriffen. Nicht, dass wir uns da auch noch Scherereien einhandeln!"

Matsue, Japan

Das von einem Patrouillenboot der japanischen Zollbehörde auf internationalen Gewässern im Japanischen Meer aufgebrachte, unter vietnamesischer Flagge fahrende Schiff „Argo de l'Est", das im Verdacht stand, gegen die internationalen Nordkorea-Sanktionen verstoßen und womöglich sogar eine Ladung an Bord zu haben, die mit dem Atomprogramm des abgeschotteten Landes in Verbindung stand, war gegen den heftigen und teils handgreiflichen Widerstand der überwiegend arabischen Besatzung zur eingehenden Kontrolle in den Hafen von Matsue an der Westküste Honshus verbracht worden. Nachdem die Besatzung in Untersuchungshaft genommen worden war, wurde das Schiff zunächst von einem Spezialkommando untersucht, das sich aus einer geheimen Elitetruppe der japanischen Selbstverteidigungskräfte sowie hohen Offizieren des *Koan-cho* zusammensetzte – Indiz dafür, welche Brisanz und Gefährlichkeit man der Sache beimaß. Schließlich ist der *Koan-cho*, international nach seiner englischen Bezeichnung „Public Security Intelligence Agency" auch unter der Abkürzung PSIA bekannt, unter den japanischen Nachrichtendiensten derjenige, der sich besonders mit der Terrorismusabwehr und dem nordkoreanischen Atomprogramm befasst. Die spezielle Vorabuntersuchung, in deren Verlauf das umliegende Hafengelände großflächig gesperrt worden war – sogar für die Beamten der Zollbehörde selbst –, nahm etwa zwei Stunden in Anspruch. Danach entfernten sich die Kräfte des Spezialkommandos auf einem eigens hinzugezogenen Schnellboot, und die „Argo de l'Est", auf der man, wie es nun hieß, doch keine unmittelbar riskanten Gefahrenstoffe gefunden hatte, wurde zur weiteren Untersuchung durch die Zollbehörde freigegeben.

Allerdings machten die Zollbeamten im Inneren des Frachters einige aufsehenerregende Funde, die den Anfangsverdacht bestätigten: Das Schiff, so stellte sich heraus, war geladen mit Aluminiumröhren, wie sie zum Bau von Zentrifugen zur Urananreicherung verwendet werden können. Die Lieferung war offenbar für Syrien bestimmt, eines der wenigen Länder der Welt, mit denen Nordkorea nach wie vor vertiefte Handelsbeziehungen unterhielt. Zudem beschlagnahmten die Beamten mehrere Tüten mit einer verdächtigen kristallinen Substanz – Verdacht auf Drogenschmuggel. Die Meldung von der Beschlagnahme des Schmuggelguts aus Nordkorea sollte weltweit durch die Medien gehen, insbesondere nachdem eine japanische Zeitung unter Berufung auf einen anonymen Gewährsmann berichtet hatte, auf dem Schiff seien zudem unerklärliche erhöhte Radioaktivitätswerte gemessen worden – eine Meldung, die von offizieller Stelle allerdings entschieden dementiert wurde.

In den Bergen oberhalb der Hafenstadt Matsue lag das luxuriöse Anwesen eines hochrangigen Militärs mit besten Kontakten zu Wirtschaft und Politik – zudem wurden ihm geheimnisvolle Verbindungen bis hinein in die innersten Kreise der PSIA nachgesagt. Während die zollbehördliche Untersuchung der „Argo de l'Est" noch im Gange war, hatte oben auf dem Berg bereits eine große Party begonnen, und Champagnerkorken knallten durch die Nacht wie Freudenschüsse.

Fusong, Changbai-Berge, China
„Morgen bringt uns ein Wagen in die Provinzhauptstadt Changchun, dort gibt es einen internationalen Flughafen und natürlich Verbindungen nach Peking, Shanghai und ins ganze Land. Willst du mit mir noch für ein paar Tage nach Peking kommen oder gleich nach London oder Zürich zurückfliegen, Jeremy?" Während er redete, befüllte Cai Feng ihre Tassen neu mit dampfendem Reiswein.

„Wir werden Mister Gouldens wohl noch ein paar Fragen stellen müssen", wandte Korff ein. „Aber das hat etwas Zeit und muss auch nicht unbedingt in unserer schönen BND-Zentrale in Berlin sein."

„Komm doch mit zu mir nach Zürich", schlug Clemens vor. „Oder *kommt*. Alle beide." Jeremy blickte Mie fragend an, die zurücklächelte. Endlich lachte sie wieder. Überhaupt wirkte sie heute Abend geradezu gelöst, das Trauma der erlittenen Schrecken glitt langsam von ihr ab. Sie zögerte. „Ich müsste zunächst in Seoul noch ein paar Dinge erledigen. Das kann ich nur allein. Aber dann wäre ich frei und könnte zu dir kommen." Korff runzelte die Stirn und schien noch etwas sagen zu wollen, behielt es aber für sich. „Wie auch immer: Heute Abend brauchen wir das nicht zu entscheiden", meinte Jeremy. „Heute Abend wollen wir feiern. Auf unsere Rettung! Hoch die Tassen!"

Sie waren im luxuriös eingerichteten Haus des Oberbosses der chinesischen Schlepper untergekommen, wo sie am frühen Morgen eingetroffen waren. Jeremy hatte den ganzen Tag geschlafen und war erst seit zwei Stunden wieder auf. Seit über einer Stunde saß er nun mit Clemens Alt und Cai Feng zusammen; auf beiden Seiten gab es viel zu erzählen. Später waren dann auch Korff und Mie dazugekommen.

Clemens hatte berichtet, wie er von seinem erfolglosen Abstecher nach Sejong zurückgekehrt war und sein Hotelzimmer durchsucht vorgefunden hatte. Und dann die Überraschung ...

„Ich hatte mit ihm telefoniert und ihn einfach nicht davon abbringen können, die Firma Brainweb in Sejong aufzusuchen", war Cai Feng dazwischengegangen. „Nach Cathys Verschwinden und all dem, was ich inzwischen über die Machenschaften dieser Firma hatte in Erfahrung bringen können, erschien mir das als glatter Selbstmord. Also bin ich persönlich hingefahren, um ihn aufzuhalten. Er war aber schon in Sejong, da habe ich mich etwas in seinem Hotelzimmer umgesehen, dabei die Aufzeichnungen von Kim Parks Schwester gefunden und in Sicherheit gebracht. Wir hatten ganz schön Glück, dass uns die Brainweb-Leute nicht zuvorgekommen sind. Und als dann Clemens wieder auftauchte, habe ich ihn gleich mit eingepackt und nach China gebracht, damit er keine weiteren Dummheiten machen konnte."

„Wo sind die Aufzeichnungen jetzt?"

„Die liegen sicher in einem Schweizer Banktresor", erklärte Clemens. „Aber wir haben sie natürlich mehrfach kopiert und arbeiten bereits an einer Übersetzung zur baldigen Veröffentlichung."

Gut, dachte Jeremy. Diese Aufzeichnungen konnten schon einmal nicht mehr das Schicksal jener anderen Dokumente teilen, die so lange scheinbar sicher in der Century Bank gelegen hatten. „Und, hast du auch dafür gesorgt, dass den Leuten von Brainweb ihr finsteres Handwerk gelegt wurde?" Cai Feng lächelte müde. „Ich habe meinen Vorgesetzten in Peking Bericht erstattet. Es hieß, sie würden sich darum kümmern und ich solle in der Sache nicht weiter aktiv werden. Doch ist bisher nichts geschehen. Weißt du, Jeremy, es sieht so aus, als habe Brainweb hochrangige Kontakte bis in die Führungsetagen Südkoreas und vielleicht sogar Chinas hinein. Ich befürchte, wenn Südkorea selbst nichts gegen Brainweb unternimmt, wird China mit Rücksicht auf die guten chinesisch-südkoreanischen Wirtschaftsbeziehungen den Teufel tun, sich in die inneren Angelegenheiten des Landes einzumischen. Wir werden wohl abwarten müssen, was die Vierte Gewalt, die Medienberichterstattung, in diesem Punkt zu bewirken imstande ist. Genau diese Befürchtungen waren auch der Hauptgrund, warum ich mich, trotz gegenteiliger Anweisung von oben, auf eigene Faust auf den Weg nach Südkorea gemacht und Clemens da rausgehauen habe."

Jeremy nickte resigniert: In Sachen Filz und Korruption dürfte Südkorea zwar ein gutes Stück hinter China und natürlich Nordkorea zurückliegen – aber Jeremy wusste, was er in diesem Punkt in Japan so alles erlebt hatte und machte sich keine Illusionen, dass die Verhältnisse in Südkorea viel besser waren. „Und wie seid ihr, Clemens und du, dann bis an den Kratersee des Paektu gekommen?"

„Clemens hatte sich geschworen, nicht lockerzulassen, bis Cathys Verschwinden aufgeklärt war", sagte Cai Feng. „Und dann brach auch noch jeder Kontakt zu dir ab. Zum Glück verfüge ich durch meine Behörde über bestimmte Spezialverbindungen nach Nordkorea."

„Gao hat in Peking gesagt, sein Arm reiche nicht nach Nordkorea."

„Seiner nicht. Aber meiner. Mein Onkel Gao Feng ist ein mächtiger Mann der alten Garde, aber er vermag nicht alles. Und ich arbeite für eine mächtige staatliche Organisation; das ergänzt sich ganz gut. Außerdem sind die Grenzen Nordkoreas längst nicht mehr so undurchlässig wie noch vor ein paar Jahren. Jedenfalls, wie ich dir gegenüber schon einmal angedeutet habe: In meiner Tätigkeit zur Bekämpfung der Schmugglerbanden hat es sich als sinnvoll erwiesen, mit der einen oder anderen dieser Banden zusammenzuarbeiten – natürlich sind das keine offiziellen Kontakte. Die Bande unseres werten Gastgebers ist dabei besonders wichtig, da sie hinter der Grenze wiederum Kontakte bis in hohe Geheimdienstkreise hat – oder, besser gesagt, hatte."

„Kyok, der alte Fuchs!", sagte Korff, der soeben den Raum betreten hatte. „Der ist wirklich nach allen Seiten bestens vernetzt. Von diesen Kontakten nach China hat er mir erst erzählt, als er mitten in der Nacht in der Botschaft aufgetaucht ist und mir anvertraut hat, dass er sich absetzen muss. Ich würde gerne wissen, ob er es geschafft hat."

Cai Feng lächelte unergründlich. „Dazu kommen wir später. Jedenfalls seid ihr mehr oder weniger auf dem gleichen Weg und vom gleichen Schleusernetzwerk aus dem Land geholt worden. Nur der witterungsbedingte Umweg über den Paektu-Gipfel war so nicht vorgesehen. Seit Beginn eurer Bergwanderung stand ich über das chinesische Handynetz mit dem Schleuserboss in Kontakt und so konnten wir unsere Position gerade noch rechtzeitig korrigieren, um euch am Himmelssee abzuholen. Hat der Boss meinen Gruß nicht ausgerichtet?"

„Nun ja, einen Gruß ... Aber nicht gesagt, von wem!" Cai lachte und Jeremy musste mitlachen. Da fiel ihm etwas ein. „Aber was passiert mit den fünf Nordkoreanern, Kyoks Männern, ohne die wir es nie geschafft hätten? Und was passiert mit Kyok selbst, wenn er den chinesischen Behörden in die Hände fällt? Haben die nicht eine Abmachung, alle Flüchtlinge zurückzuschicken? Und vertrittst du in deiner Funktion nicht eigentlich diese Behörden?"

Cai lächelte ein halb verlegenes, halb begütigendes Lächeln, als habe er es mit einem Kind zu tun, das eine ungehörige Frage gestellt hat. „Du hast recht. In China wimmelt es von Zehntausenden nordkoreanischer Flüchtlinge, die sich vor den Behörden verborgen halten, da die sie sofort zurückverfrachten würden. Weil ihnen der direkte Weg nach Südkorea versperrt ist, versuchen diese bedauerlichen Kreaturen auf alle möglichen abenteuerlichen Weisen außer Landes zu kommen, bevorzugt im Weg über ein Drittland wie Laos und von dort weiter ins sichere Thailand; was bedeutet, dass sie erst einmal im Geheimen das ganze Riesenland China durchqueren müssen – für diese meist mittellosen Existenzen ein gewaltiges Problem. Natürlich bin ich im Grunde verpflichtet zu veranlassen, dass solche Leute, wenn sie in meinem Zuständigkeitsbereich aufgegriffen werden, an die nordkoreanischen Behörden übergeben werden, umso mehr, wenn es sich um einen hochrangigen Geheimdienstler wie Kyok handelt. Anderseits bin ich nicht direkt für Flüchtlinge, sondern nur für Schmuggel und Geldwäsche zuständig und zudem in einer Position, wo ich gewisse *Ausnahmen* machen kann – das ist unter anderem auch eine Geldfrage ... Mit der entsprechenden Finanzierung ist es in China relativ leicht, hilfreich zu sein, und das gilt auch nur dann als korrupt, wenn man die gegebenenfalls dafür Zuständigen in der chronisch unterfinanzierten Abteilung für Korruptionsbekämpfung nicht durch die eine oder andere weitergeleitete milde Gabe vom Gegenteil zu überzeugen vermag. Aber all diese komplexen Interna möchte ich dir doch lieber ersparen. Nur so viel: Du kannst beruhigt sein – keiner von den Nordkoreanern, die euch bei der Flucht geholfen haben, wird wieder zurückgeschickt."

In dem Moment war Mie in den Raum getreten. Lächelnd, gefasst, ihr Gesicht hatte wieder etwas Farbe angenommen. Nur ihr Blick wirkte wie stets ernst und unergründlich. Sie hatten einen kleinen Imbiss zu sich genommen – das große Festmahl sollte erst in etwa zwei Stunden stattfinden, wenn sie *vollzählig* seien – und jetzt saßen sie alle bei Reiswein und Zigaretten zusammen. „Auf unsere Rettung! Auf unsere Befreiung aus diesem schrecklichen Land!", wiederholte Jeremy seinen Trinkspruch. „Ist eigentlich schon nach draußen gedrungen, wie die Sache in Pjöngjang ausgegangen ist?" Jeremy hatte von Clemens erfahren, dass Cathy mit Kim im Gefolge des südkoreanischen Ministers für Wiedervereinigung sicher ausgeflogen worden sei, sich aber gegenwärtig offenbar noch „in der Obhut der US-Botschaft in Seoul" befinde, was auch immer das zu bedeuten hatte. Von den politischen Entwicklungen im Land wusste er aber noch nichts.

Korff, der inzwischen einige längere Telefonate mit Berlin geführt hatte, ergriff das Wort. „Der Aufstand der Leute des Puppenspielers ist niedergeschlagen worden. Kim hat die Macht wieder fest in der Hand. Die Säuberungswelle rollt noch. Doch der Annäherungsvertrag ist in aller Eile unterzeichnet worden. Ob sich beide Seiten daran halten, bleibt abzuwarten. Natürlich ist der Alleingang der Koreas von den übrigen vier Ländern der Sechs-Parteien-Gespräche kritisiert worden, allen voran den USA, die sogar die heimlichen Vermittlungsgespräche der Deutschen gerügt haben. Aber inzwischen haben sich die Gemüter beruhigt und es ist sogar davon die Rede, den Vertrag im Rahmen eines offiziellen Sechs-Parteien-Treffens abzusegnen. Ob es wirklich dazu kommt, steht in den Sternen, aber immerhin, ein Anfang ist gemacht." Mit einem befriedigten Nicken griff er nach seinen Zigaretten, stellte aber fest, dass das Päckchen leer war. Mie hielt ihm die Zigarette hin, die sie gerade aus ihrer Packung gezogen hatte. Korff zögerte und blickte sie scharf an, dann dankte er knapp und griff zu.

„Jetzt könnte ich auch mal eine rauchen", meinte Jeremy. „Darf ich mir eine von dir nehmen, Mie? Ich kann immer noch nicht fassen, dass du mir so lange verheimlicht hast, dass du so viel rauchst!" Mit einem halb gespielten, halb besorgt-tadelnden Kopfschütteln blickte er sie an.

Mie lächelte ein resignatives Lächeln. „Ja, ich weiß, dass es nicht gut für meine Gesundheit ist. Eine Angewohnheit aus meinen nordkoreanischen Tagen, du weißt, dort wird nun mal sehr viel geraucht. Ich habe schon ein paarmal versucht, es mir abzugewöhnen, aber es steckt einem doch tief in den Knochen. Wie so vieles." Sie seufzte leise. „Weißt du, Jeremy, wenn man erst einmal … Halt! Nicht die da!" Mit einem plötzlichen Ruck hatte sie Jeremy die Zigarette aus der Hand gerissen und ins Päckchen zurückgesteckt. „Womöglich brauche ich die noch." Wieder seufzte sie. Die mysteriöse letzte Zigarette.

„So, jetzt fehlt eigentlich nur noch unser Gast", sagte Cai Feng und klatschte in die Hände. „Aber er dürfte in einigen Minuten hier sein." Mehr ließ sich Cai nicht entlocken.

Sie verfielen erneut in gemütlichen Smalltalk. Mie erschien Jeremy nicht mehr ganz so entspannt wie zuvor. Etwas lastete ihr offenbar auf der Seele. Immer wieder blickte sie zur Tür. Schließlich klagte sie über Kopfschmerzen und bat, sich zurückziehen zu dürfen. „Mie, meine Mie, bleib doch noch ein paar Minuten", bettelte Jeremy. „Trink noch einen Schluck, das hilft." Schon hatte er ihre leere Tasse befüllt.

Erneut ihr resignatives Lächeln. „Aber nur fünf Minuten."

Korff blickte mit gerunzelter Stirn zu ihr hinüber. Er verhielt sich überhaupt sehr reserviert gegenüber Mie, wie Jeremy fand.

Dann öffnete sich die Tür und ein Mann trat herein. Der mysteriöse Gast war niemand anderes als Kyok Kwon Il. Jeremy freute sich, dass auch dem Geheimdienstoffizier, der so viel für ihn und Cathy getan hatte, die Flucht gelungen war. Korff und Jeremy sprangen auf, um ihn zu begrüßen. Mie hatte sich starr aufgereckt. In ihrem ganzen Körper lag eine Anspannung wie die einer Katze, die zum Sprung ansetzt. Nachdem sich Korff und Kyok, die alten Bekannten, die in ihrem Leben schon manchen politischen Wandel hinter sich gebracht hatten, ausgiebig umarmt und gegenseitig die Schultern geklopft hatten, stellte Korff Clemens Alt und Cai Feng vor – Cai und Kyok kannten einander zwar vom Namen, waren sich aber nie persönlich begegnet. Als Letztes kam Mie an die Reihe. Doch Kyok winkte ab. „Danke, wir hatten bereits die Ehre." Kyoks Stimme war eisig. Es folgten einige gezischelte koreanische Worte, die ebenfalls nicht gerade freundlich wirkten. „Sie kennen sich?", ging Jeremy dazwischen. „Woher denn? Etwa noch aus deiner nordkoreanischen Zeit, Mie?"

„Wollen Sie es ihm sagen?" Kyok sah Mie mit hartem Gesichtsausdruck an.

„Nein", sagte sie entschieden und griff nach ihren Zigaretten. „Ich habe einen heiligen Eid geschworen." Sie wandte sich zu Jeremy, lächelte ihn verloren an und schob sich die Zigarette in den Mund. Jeremy griff nach dem Feuerzeug auf dem Tisch. Als er wieder aufblickte, hatte sich Mies Gesichtsausdruck verändert, ihr Blick war seltsam leer geworden. Die Zigarette war ihr aus dem Mundwinkel geglitten. Sie starrte Jeremy an, schien aber durch ihn hindurchzublicken, als sei er plötzlich durchsichtig. „Ich bin dir treu geblieben", sagte sie mit schwacher, aber fester Stimme. „Ich bin immer dir und den Grundsätzen der Revolution gefolgt, im festen Vorsatz, meine Mission zu erfüllen. Und nun folge ich dir, große Sonne … Ich sehe dein Leuchten im Himmel über dem Paektusan …"

Dann kippte sie nach vorn, fiel leblos in Jeremys Arme, der mit ihr zusammen zu Boden sank.

Zwischen Nirgendwo und Camp Red Cloud
Eine neue Unruhe, ein neuer Lebensmut hatte den Eingeschlossenen gepackt. Er wusste nicht, was es gewesen war, aber er hatte geschrien, er hatte gesehen, er hatte gefühlt. Für einen kurzen Moment war es gewesen, als sei sein Gefängnis ein Gefängnis aus Glas, mit Fenstern, mit Lüftung, ein Gefängnis, das viel mehr, viel offener war, als die undurchdringliche, schalldichte Finsternis, die ihn nun wieder umgab. Aber das Bild! Es war das alte Bild gewesen, das er immer mit sich herumgetragen hatte, fast schon vom ersten Moment seines Erwachens im äußersten Nichts an. Es war das Bild, an dem er sich die ganze Zeit festgehalten hatte, das er nie dauerhaft hatte erlöschen und vergehen lassen, das Bild, das ihn in seinem Kerker vom letzten Wahnsinn, vom Vergehen im äußersten Nichts abgehalten, ihn am Leben, am Sein ge-

halten hatte, das ihn gerettet hatte über all die Zeit, all die Dunkelheit, all das scheinbar ewige Nichts hinweg.

Und nun war es viel klarer geworden. Und nun hatte es einen Namen, eine Stimme, einen Duft, einen Geschmack. Nun war es Frau und ganz in der Nähe. Er wusste das. Ganz in seiner Nähe. Er würde sie sehen können, wenn die Mauern nur noch einmal gläsern würden. Seither war er voller neuen Lebens. Voller neuer Energie. Seither hatte er sich aufgemacht und festgestellt, dass sein Kerker doch viel größer war als jenes letzte Kämmerchen, in das er sich eingesperrt geglaubt hatte. Seither hatte er ständig neue Räume, neue Durchgänge, neue Möglichkeiten gefunden. Und jetzt war er in einen Bereich seines Gefängnisses vorgedrungen, wo er mit Sicherheit noch nie gewesen war. Ein Bereich, in dem, hätte er eine brennende Kerze in der Hand gehalten, diese nicht erloschen wäre, sondern zu flackern begonnen hätte. Etwas wie ein Luftzug war da auf seiner Haut. Er müsste diesem Luftzug nur folgen, bis es heller wurde.

Vor ihm eine Tür. So wenige Türen hatte er in seinem Gefängnis gefunden, und stets hatten sie etwas zu bedeuten gehabt. Er rüttelte daran. Sie war verschlossen. Er nahm all seinen Mut zusammen und ging trotzdem hindurch. Er wunderte sich selbst darüber. Da waren weitere Türen, nun standen sie offen, und eine Treppe, der er hinabfolgte.

Ringsum zerstörte Möbel, umgeworfene Stühle, Anzeichen eines Kampfes, als hätten Piraten ein Schiff geentert und seien mit Gewalt vertrieben worden. Er trat in den nächsten Raum und stellte fest, dass er sich tatsächlich in der Kommandozentrale seines alten U-Bootes befand. Alles etwas verstaubt und verwahrlost, aber doch letztlich mehr oder weniger so, wie er es verlassen hatte. Da war auch sein Mikrofon. Und er war der *Commander*. Er klopfte daran – es war angeschaltet. Dann musste auch seine Mannschaft an Bord sein. Er räusperte sich. „Alle Mann herhören, hier spricht der Kapitän. Wir fahren aufs Meer hinaus. Richtung Shanghai – dort wartet eine Dame auf mich!"

„Was redest du im Schlaf, Kim? Ich bin doch bei dir. He, Doktor Messmer, kommen Sie, ich glaube, er wacht auf!"

„Mie, Mie, wach auf!" Komm schon! Er küsste ihre bläulich verfärbten Lippen, ihren bittersüß marzipanduftenden Mund, aber da war kein Atem, kein Leben mehr. Er vergrub seinen Kopf an ihrem makellos weißen Hals, aber da war kein Herz, das schlug. Er dachte kurz zurück an die Tote aus dem Tegeler See, die er doch auch wieder zum Leben erweckt hatte; aber das stimmte ja nicht, die Tote war nicht Mie gewesen, und nur deshalb hatte Mie leben können. Aber vielleicht handelte es sich nun auch wieder nur um eine Verwechslung? Doch wie sollte das gehen? Dann wäre Mie gar nicht Mie … Seine Gedanken verwirrten sich. Schnell, irgendwas denken, irgendwas tun, nur nicht zulassen, dass sie … Nur das um Himmels willen niemals zulassen!

Die Stimme Kyoks klang aus weiter Ferne herüber. „Geben Sie sich keine Mühe, sie ist tot. Ich hätte es eigentlich kommen sehen sollen: Sie hat ihre im Zigarettenfilter versteckte Zyankalikapsel zerbissen, die sind hundertprozentig wirksam. Ich habe bis gestern auch so ein Ding gehabt, das habe ich gleich im Grenzfluss Yalu versenkt. Ihr tatsächlicher Name ist übrigens Ryn Jong Mi, sie war eine der wichtigsten Agentinnen des Puppenspielers. Eine nordkoreanische Spionin bis ins Mark. Mit entsprechendem Abgang."

„Nein, hören Sie auf damit!" Jeremy schrie auf. „Sie wissen, dass das nicht stimmt! Sie war längst zu den Südkoreanern übergelaufen. Deswegen haben die Nordkoreaner sie rückentführt!"

„Übergelaufen? Sie hätte ihr Land nie im Stich gelassen. Wir stecken nicht jahrelange Arbeit in die ideologische Indoktrination unserer Agenten und schicken sie dann ins Ausland, wenn wir uns nicht ihrer bedingungslosen Treue zu Land und Führer bis in den Tod absolut sicher sind. Glauben Sie mir: Selbst die Möglichkeit, an ein Überlaufen auch nur zu *denken*, hat es in ihrem Weltbild nie gegeben."

„Aber sie hat mich doch geliebt!"

„Geliebt? Haben Sie ihre letzten Worte nicht gehört: ‚Ich bin dir treu geblieben und nun folge ich dir, große Sonne.' Glauben Sie etwa, da wäre es um Sie gegangen? Nein, das war bilderbuchmäßig, da könnte man in meinem Heimatland einen patriotischen Film drüber drehen, vielleicht wird das ja eines Tages auch gemacht – das Drehbuch hat sie denen jedenfalls geliefert. Noch ihre Sterbensworte galten ihrer unverrückbaren Treue zu unserer großen, gütigen Sonne Kim Il Sung. Ziel der Propaganda *Chosons* ist es, den Menschen einzubläuen, dass sie über allem anderen zunächst den Führer zu lieben haben, ähnlich wie Christen die Liebe zu Gott über alles andere setzen. Bedingungslose Liebe ist in Nordkorea allein den drei Kims vorbehalten, einen anderen Menschen über sie zu stellen, gilt als subversiver Akt, und für einen Nordkoreaner ist es eine völlig undenkbare Vorstellung, einen anderen Menschen mehr zu lieben als den Führer. Und gerade unsere Agenten werden natürlich indoktriniert bis ins Mark. Fürs Ausland suchen wir besonders hübsche Frauen aus, die wir, wenn es die Umstände erfordern, dort auch verheiraten. Es kann sein, dass sie dort über Jahre hinweg als ‚Schläfer' leben und auf ihren Einsatz warten. Dann wird von ihnen erwartet, ihren Mann und gegebenenfalls inzwischen geborene Kinder vom einen Tag auf den anderen für immer im Stich zu lassen. Klar wird sich dieser Mann geliebt gefühlt haben, auch dafür gibt es die entsprechende Ausbildung. Aber eigentlich hat das Wort für unsere Auslandsagentinnen keine wirkliche Bedeutung."

Jeremy war über der Toten zusammengesunken, hörte nicht mehr hin, allein mit seinem Jammer, all dem unverständlichen Grauen.

„Wird man bei so etwas nicht völlig schizophren?", fragte Korff in nüchternem Tonfall zurück. Er sprach aus der eigenen Erfahrung eines langen Agenten- und Diplomatenlebens in zwei verfeindeten Systemen, mit denen er sich jeweils zu arrangieren gewusst hatte.

„Natürlich. Die Deckidentität muss ja bis ins letzte Detail perfekt und makellos sitzen. Bei uns in Korea gibt es eine Redewendung, die sinngemäß lautet: ‚Wer eine Lüge hundert Mal erzählt, fängt selbst an, daran zu glauben.' Auf der einen Seite muss die falsche Identität in jedem Moment hundertprozentig glaubwürdig gespielt sein, und das geht nur, wenn man selbst irgendwie an diese Rolle, diese Lüge glaubt. Man ist ein Schauspieler, der mit seiner Rolle verschmilzt. Auf der anderen Seite muss einem dennoch bewusst bleiben, dass es nur eine Rolle, nur ein Schauspiel ist. Man ist förmlich zur Schizophrenie gezwungen, muss seine Rolle auf beiden Ebenen erfüllen, gewissermaßen Schein und Wirklichkeit zusammenfallen lassen. Aber ihre letzten Worte zeigen deutlich, dass sie ihre Wirklichkeit perfekt vom so überzeugend gespielten Schein zu trennen gewusst hat."

„Und trotzdem hatte ich, als wir sie in der Tapje-Straße aufgesammelt haben – oder blindlings in ihre Falle gerannt sind –, irgendwie den Eindruck, dass sie durchaus echte Gefühle für Gouldens hat."

„Sagen Sie mal, Korff, hören Sie mir überhaupt zu? Natürlich hat sie echte Gefühle für ihn entwickelt. Das war ja ihr Job. Glauben Sie, die als Schläferin im Ausland lebende Agentin entwickelt keine Gefühle für ihre dort geborenen Bastardkinder? Meinetwegen mag sie Gouldens sehr gemocht haben. Aber das ist nicht der Punkt. Der Punkt ist, dass sie ihr Land und ihren Führer mit einer ungleich größeren Liebe geliebt hat, vor der so etwas verblasst. Ihr Handeln mag ihr oft genug unendlich schwergefallen sein, aber ihr Ende zeigt, dass sie letztlich immer gewusst hat, welche Liebe die größte ist."

„Aber wenn sie den Führer so sehr geliebt hat", warf Korff ein, „dann verstehe ich nicht recht, dass sie für den Puppenspieler gearbeitet hat, der doch den Sturz des Führers betrieben hat."

„So, wie ich sie kenne, hat sie das nie richtig begriffen. Außer vielleicht ganz am Schluss, als sie vom Tod des Generalobersts Choe und von dem gescheiterten Anschlag erfahren hat."

„Aber wie soll das gehen? Sie hat doch mitbekommen, dass …"

„Ich hatte eigentlich gedacht, Sie hätten über die Jahre hinweg verstanden, wie das nordkoreanische System funktioniert, Korff: Keiner hat einen Überblick über sein engstes Umfeld hinaus, Hierarchie ist alles, und den Befehlen der Vorgesetzten ist bedingungslos Folge zu leisten, ohne groß darüber nachzudenken. Da der Befehlsweg reibungslos von ganz oben nach unten geht, kommt jeder Befehl des hierarchisch Höheren letztlich irgendwie vom Führer selbst und daran darf man unmöglich rütteln. Undenkbar, dass da mal irgendwo ein schwarzes Schaf dazwischensteckt, das eigene Ziele verfolgen könnte, die denen des Führers entgegengesetzt sind. Generaloberst Choe Ryang Kee war Ryn Jong Mis Vorgesetzter und zudem war er einst ein enger Vertrauter Kim Jong Ils. Wenn ein Befehl Choes den Anschein erweckte, den Wünschen des Obersten Führers entgegenzustehen, so war es nicht Ryn Jong Mis Sache, zu entscheiden, ob dem auch wirklich so war. *Auch* eine Form von Schizophrenie, wenn Sie so wollen, aber so funktioniert nun einmal unser schizophrenes Land, wo *jeder* stets in zwei unvereinbaren Welten zugleich lebt und sich mit ihnen arrangieren muss – der harten, oft trostlosen Realität und der heilen Fiktionswelt der staatlichen Propaganda."

„Es ist unglaublich, was sich Menschen alles vormachen können, nur weil sie um jeden Preis an etwas glauben wollen", sagte Korff nachdenklich. „Und doch musste sie am Ende begreifen, dass sie gerade mit ihrer unbedingten Treue zum Obrigkeitssystem den über alles geliebten Führer letztlich betrogen hat. In der Haut von so jemandem möchte man wahrlich nicht stecken." Er schüttelte den Kopf. „Okay, so viel zur Psychologie. Und jetzt verraten Sie mir bitte, warum mir diese Frauenleiche so bekannt vorkommt."

„Na ja, Sie kennen ihre Schwester. Das heißt, *die* haben sie nun wirklich nur tot kennengelernt. Ryn Jong Mi war in Berlin zwar ebenfalls dabei, doch den Anschlag auf die Botschaft hat ihre noch athletischere Schwester ausgeübt. Die konnte werfen, sage ich Ihnen! Und auch sehr gut schießen. Aber mit einem vom deutschen Geheimdienst zuvor manipulierten Präzisionsgewehr hatte sie keine Chance."

„Und auch sie hat ihre Zyankalikapsel immer dabeigehabt", erinnerte sich Korff. „Die Ähnlichkeit hat mich gleich verblüfft, als ich Ryn Jong Mi in Pjöngjang zum ersten Mal gesehen habe."

„Das war Teil unserer Strategie. Der nordkoreanische Auslandsgeheimdienst hat eine ganze Schar von eineiigen Mehrlingen im Einsatz. Das macht vieles einfacher, indem man etwa Identitäten austauschen kann. Durch den Tod der Schwester wurde die Sache für unsere Seite dann schwieriger. Zuvor ist es Ryn Jong Mi immerhin noch gelungen, die Teilnehmer jenes konspirativen Treffens auf Schwanenwerder zu warnen."

„Ach, deshalb sind sie uns durch die Lappen gegangen! Das erklärt auch ihr plötzliches Verschwinden, das Mister Gouldens so sehr beunruhigt hat. Er dachte, *wir* hätten etwas damit zu tun."

„Es war für mich zu riskant, Ryn Jong Mi auffliegen zu lassen. Außerdem hätte man ihr damals noch nichts nachweisen können."

„Dann ist sie mit den anderen Nordkoreanern nach Zürich. War im Bodmer-Haus mit dabei, hat in die Bank eingebrochen, hat dort Chloe Bodmer umgebracht, ihr den Skalp vom Kopf geschnitten und ist geflohen."

„So ist es. Allerdings nicht ohne zuvor noch in Küsnacht die Dokumente zu rauben, mit denen sich der Puppenspieler als der eigentlich rechtmäßige Führer Koreas legitimieren wollte, sobald er den Marschall in seine Marionette fürs Volk verwandelt hatte. Dann ist sie nach Pjöngjang zurückgeflogen. Ich bin ihr in jener Nacht im Anwesen des Generalobersts begegnet. Sie hat Cathy Gouldens betreut und war wie immer völlig gefasst, während sie wahrscheinlich wusste, dass zur gleichen Zeit ihr Liebhaber und Cathys Mann ein paar Stockwerke tiefer im gleichen Gebäude gefoltert wurde."

Jeremy lag noch immer wie leblos über der Toten, die er fest umklammert hielt. Niemand hatte Anstalten ergriffen, ihn von ihrem Körper zu trennen. Clemens Alt hatte sich neben den Freund gesetzt und versucht, ihm tröstend die Hand auf die Schulter zu legen, aber Jeremy hatte seinen Arm weggeschlagen. Während Cai Feng weiterhin erstarrt schwieg, standen Korff und Kyok, die beiden hartgesottenen Geheimdienstleute, zumindest äußerlich unbeeindruckt wirkend im Raum und unterhielten sich in nüchternem Tonfall, als analysierten sie einen Film, den sie gemeinsam gesehen hatten.

„Tja, unser armer Mister Gouldens." Korff senkte die Stimme ein wenig. „Den hat sie wirklich ganz schön eingewickelt. Und dann hat sie auch noch diese Rückentführungsgeschichte erfunden, um ihn in die Falle zu locken. Mir kam die Sache gleich suspekt vor, aber er war völlig außer sich, weil er glaubte, sie unter der Folter verraten zu haben und sie nun retten zu müssen."

„Auch da hat sie sicher rein auf Befehl des Puppenspielers gehandelt, von dessen Tod sie noch nichts gehört haben konnte. Wie immer die getreue Befehlsempfängerin. Vermutlich hätte sie Gouldens auch kaltblütig umgebracht. Aber das war wohl kein Teil des Befehls."

„Wahrscheinlich sollten das die Soldaten erledigen, die dann das Haus gestürmt haben. Sobald sie begriff, dass den Puppenspieler sein Verräterschicksal ereilt hatte, war sie mit ihrer Weisheit am Ende und wurde völlig lethargisch. Kein Wunder, ihre ganze Welt muss zusammengebrochen sein. Wie Sie wissen, hat einer von Ihren Geheimpolizisten, die uns begleitet haben, sie erkannt und mich und die übrigen in sein Wissen eingeweiht. Gouldens haben wir natürlich nichts davon gesagt, der wäre völlig ausgeflippt. Aber von nun an hatten wir immer ein Auge auf sie. Ich weiß nicht, ob auch sie Verdacht gegen uns geschöpft hat. Immerhin hat sie, vielleicht mit einer kleinen Ausnahme, keinen direkten Fluchtversuch unternommen – den wir natürlich unbedingt vereitelt hätten. Uns war sehr daran gelegen, sie als Informationsquelle über das Innenleben der nordkoreanischen Geheimdienste mit über die Grenze zu nehmen. Dem hat sie sich nun aber erfolgreich entzogen und dadurch ihrem so geliebten Führer zum letzten Mal die Treue erwiesen. Nun gut, dafür haben wir ja nun Sie."

„Ich könnte Ihnen schon noch ein wenig erzählen." Kyok nickte mit kaltem Grinsen. „Sobald der finanzielle Aspekt geregelt ist."

„Auch über Ryn Jong Mi?"

„Sicher. Sie gehörte schließlich zu einem unserer erfolgreichsten Agententeams. Aber, wie gesagt …" Er rieb die Finger. „Nun gut, einen Appetithappen hätte ich noch: Wissen Sie eigentlich, dass sie noch vor ein paar Tagen mit Gouldens in Peking zusammen war?"

Korff schüttelte den Kopf. Davon hatte ihm Jeremy nichts erzählt.

„Stimmt, er hat deswegen ein geplantes Treffen mit mir verschoben", meldete sich Cai Feng zum ersten Mal wieder zu Wort.

Kyok fuhr fort: „In der gleichen Nacht hat sie, wie ich später erfahren habe, noch telefonisch den für Südkorea zuständigen Geheimdienst, die Vereinigungsfront, kontaktiert. Sie hatte da etwas über eine Frau in Erfahrung gebracht, die unter abenteuerlichen Umständen von einem Konzentrationslager des Nordens über die Sonderwirtschaftszone Kaesong in den Süden gelangt ist und sich nun dort versteckt hielt. Weitere Einzelheiten weiß ich nicht, aber da die Frau mit ihrem Wissen eine Gefahr darstellte, hat man sich sofort um sie gekümmert. Sie hauste nahe der Demarkationslinie, und natürlich gibt es außer den vier von den Südkoreanern entdeckten Tunneln unter der Grenze hindurch noch einige weitere, von deren Existenz sie nie erfahren haben."

Als Clemens Alt das hörte, erwachte er aus seiner Erstarrung: „Kim Ho Soon! Man hat sich um Kim Parks Schwester *gekümmert*? Heißt das, man hat sie durch den Tunnel in den Norden zurückgeführt? Oder hat man sie kaltblütig ermordet? Sagen Sie: Ist sie tot?"

Kyok zuckte die Schultern. „Keine Ahnung. Ist das wichtig? Ich hoffe für sie doch sehr, dass sie tot ist. Ansonsten ist sie jetzt nämlich wieder dort, wo sie herkam, und so etwas kann man keinem Menschen auf Erden wünschen."

Jeremy bekam von alledem nur Bruchstücke mit. Er umklammerte Mie, seine Mie, mit beiden Armen, er presste sich gegen ihren leblosen Körper, er blickte in ihre eisig gebrochenen Mandelaugen, strich mit der Hand über ihr feines Gesicht, und auf einmal kam es ihm vor, als würden ihre makellos schönen Züge sich zu verzerren beginnen. Da lastete eine Grausamkeit über ihr, die nicht die ihre war, die nicht von dieser Welt war, nicht dieser Menschenwelt, sich aber so tief, so unergründlich in ihr Wesen eingelassen hatte, dass es keine Rolle mehr spielte.

Dann erfasste ihn der Strudel mit rasendem Toben und zog ihn ins Bodenlose hinab. Umschlungen von den schwarzroten Armen einer Riesenkrake, die ihren schnabelartigen Rachen öffnet, stürzte er in die grundlose Tiefe, bis ihn der schwarze Mund der Nacht und des Grauens restlos verschlungen hatte.

Camp Red Cloud

„He, du bist doch noch krank! Und du hast ein klaffendes Loch im Schädel. Sag mal spinnst du? Es kann doch jeden Moment jemand reinkommen. Du kannst mich doch nicht einfach so ins Bett zerren!"

„Doch, das kann ich. Du siehst doch, dass ich es kann."

„Ein Krankenhausbett der US-Army! Das ist Zweckentfremdung! Da gibt's bestimmt Gesetze dagegen. Und du weißt, was Dr. Messmer gesagt hat: noch mindestens zwei Tage absolute Bettruhe. Sonst besteht die Gefahr von Hirnblutungen, Gerinnseln und so weiter."

„Ich bin doch im Bett! Absolut! Er hat nicht gesagt, dass ich im Bett allein sein muss."

„Aber das versteht sich von selbst, wo kommen wir hin, wenn …"

„Komm, los. Keine Widerrede. *Ich* bin hier der Commander!"

„Commander, da lach ich ja! Ich bin doch nicht dein U-Boot!"

„Klappe halten und runter mit den Fetzen!"

„Sag mal, hast du sie noch alle? Kim, so kenne ich dich ja gar nicht! Nein, stopp, stopp, so geht das nicht. Eins muss ich zwischen uns von vornherein klarstellen: Wenn du nur auf meinen Körper aus bist, dann … Fehlanzeige! Ich werd' doch nicht hier auf so einem Krankenhausbett … ich bin doch keine … keine koreanische Trostfrau!"

„Habe ich dir eigentlich schon mal gesagt, wie sehr ich dein Gesicht und deinen ganzen Körperausdruck liebe, wenn du wütend bist?"

„Wenn ich wütend …? Du willst mich nur wütend machen? Du Schuft! Ich geb dir gleich wütend! Wenn du mich nicht sofort loslässt, steh ich einfach auf und geh."

„Gut." Er löste seine Hände von ihr. „Dann steh auf, entschuldige."

„Ach, Kim! So war es doch auch wieder nicht gemeint. Ich finde nur … Man kann doch nicht mitten im Krankenhaus … Weißt du, es ist ja eigentlich nur, weil vielleicht gleich jemand kommt." Sie machte zaghafte Anstalten, sich tatsächlich zu erheben, merkte aber, dass er mit den Füßen ihre Beine fest in die Zange genommen hatte. „He!"

Doch schon hatte er sie wieder an sich gerissen, die Arme eng um sie geschlossen. „Wenn es nur deshalb ist: Ich habe der Schwester fünfzig Dollar gegeben, damit sie uns eine Weile allein lässt. Und jetzt runter damit!" Schon hatte er ihr das Shirt über den Kopf geschoben.

„Du Schuft! Fünfzig Dollar! Mehr bin ich dir also nicht wert? Oh, Kim, jetzt geht's aber *wirklich* los. Was bildest du dir bloß ein? Ihr Männer seid doch völlig unmöglich! Das Allerletzte! Ihr wollt doch immer nur das eine!"

Doch während sie noch schimpfte und sich empörte – sie hätte selbst nicht sagen können, ob es ihr damit nun ernst war oder nicht –, spürte sie seine Hände auf ihrem Rücken, seine so feinen, so einzigartigen Kim-Park-Hände, die so schlank und doch kraftvoll, so muskulös und doch so geschmeidig waren, und wie diese Hände nun über ihre nackte Haut glitten und mit einer kurzen, gekonnten Bewegung die Ösen ihres BHs lösten und ihre bebende Brust nackt auf der pochenden seinen lag, da fand sie auf einmal dieses männliche Immer-nur-das-eine-Wollen *in diesem speziellen Fall* gar nicht mehr so schlecht. Das eine, das andere, egal, solange eben beide nur das Gleiche wollen. Und sie wollte. Ja, und wie sie wollte, ja, ich will, ja!

„Cathy …" Wie schön er das stöhnen konnte! „Cathy!"

Epilog

Friedlich lag der Zürichsee unter der Maiensonne. Enten gründelten in der Tiefe. Ein Schwarm weiße Möwen flatterte gen Himmel auf. Ein Schwan zog übers Wasser, stolz und gewichtig, als stamme er in direkter Linie vom Beförderungspersonal des Gralsritters Lohengrin ab. Drüben hinter dem Albisgrat verschwand rot die Abendsonne, nicht ohne zuvor eine funkelnde Straße aus Licht über den See zu legen.

Jeremy ließ einen letzten Kiesel über die glatte Wasseroberfläche springen, dann machte er sich auf den Rückweg zum Seehotel Sonne. Zum ersten Mal seit den Februarereignissen hatte er sich dort einquartiert. Aber irgendwann war es Zeit, sich der Vergangenheit zu stellen, um sie dann endlich ruhen zu lassen. So hatte er es sich zumindest eingeredet, als er das Zimmer reserviert hatte. In ihm ruhte die Vergangenheit noch lange nicht, sandte ihm jede Nacht unruhige Träume und legte nur langsam kürzer werdende Schatten über seine Tage. Nur ungern dachte er an jene Tage zurück, die Chloe das Leben gekostet hatten und durch die er seinen Freund Jonathan gleich doppelt verloren hatte. Auch an *jene Frau aus Korea* zu denken suchte er zu vermeiden. Dachte er denn überhaupt nicht mehr an sie? Nun ja – wenn sich einem ein Gedanke wie ein Mühlrad über Monate hinweg ergebnislos und unverändert im Hirn herumdreht, ist das eigentlich kein Gedanke mehr, sondern ein Fluch. Komm, denk an etwas anderes, Jeremy!

Er dachte an Chloes Freundin, Mirjam Meier. Er hatte sie am Vortag in Bern-Oberbottigen besucht und war von ihrer Persönlichkeit sehr beeindruckt gewesen. Die erlittenen Schrecken hatten sie etwas abgeklärter und vorsichtiger gemacht, und wenn ihr einst unerschütterlicher Optimismus auch einen Dämpfer erhalten hatte, hielt sie doch an ihrer zuversichtlichen Lebenseinstellung fest. „Mein unbedingter Glaube an das Gute im Menschen und daran, dass alles gut werden würde, war zwar naiv und unrealistisch", so hatte sie Jeremy gegenüber erklärt, „aber ich bin der festen Überzeugung, dass es ebendieser Glaube gewesen ist, der mir letztlich das Leben gerettet hat – ich wäre also lebensmüde, wenn ich nicht an ihm festhielte, auch wenn ich inzwischen weiß, dass die Wirklichkeit ganz anders ist."

Einen Beweis, dass ständiges Schwarzsehen nicht der Weisheit letzter Schluss ist und auch aus Schlimmem Gutes entstehen kann, bildete im Übrigen auch die wundersame Genesung von Mirjams Gatten Jobst, der sich noch in einer Reha-Klinik bei Lausanne befand, aber erstaunliche Fortschritte machte. Nicht nur standen die Aussichten gut, dass er völlig wiederhergestellt werden würde; es hatte sich auch herausgestellt, dass die durch den Schuss aus der Schreckschusspistole verursachte Schädelverletzung vor allem Bereiche seines Hirns in Mitleidenschaft gezogen hatte, die für die Emotionen von Angst, Unbehagen und Argwohn zuständig waren. Mirjam, die Jobst regelmäßig besuchte, versicherte Jeremy, dass sie ihren bisher so griesgrämigen und paranoiden Mann kaum wiedererkenne. Er sei auf dem besten Weg, ein viel ausgeglichenerer, lebensfroherer Mensch zu werden.

Jeremy hatte auch Beat Bodmer und Urs Welti besucht, die beide für ihre Verhältnisse ebenfalls Glück im Unglück gehabt hatten. „Glimpflich" war das schöne deutsche Wort dafür, das Jeremy gelernt hatte. Dafür gab es im Englischen keine Entsprechung: ein Wort, das die Erleichterung darüber ausdrückt, dass etwas Schlimmes nicht noch viel schlimmer gekommen ist, was sehr leicht der Fall hätte sein können. Ein wichtiges Wort, wie er fand: Ereignisse müssen nicht immer ihre denkbar schlimmste Entwicklung nehmen, das menschliche Leben ist keine griechische Tragödie und *Murphys Law* nicht ganz so unbeugbar wie etwa das Gesetz der Schwerkraft.

Beat Bodmer jedenfalls war nach seinem Wiedererwachen aus dem künstlichen Koma in den unschuldigen Stand des Kleinkindes zurückgekehrt, und so war es ihm erspart geblieben, sich mit dem Ruin seiner ganzen Lebensleistung, dem selbstverschuldeten Verlust seiner Bank und seiner Tochter auseinandersetzen zu müssen. Jeremy unterließ es während des Gesprächs mit ihm sicherheitshalber dennoch, das Wort „Korea" auszusprechen; es hätte den gut gelaunten Alten womöglich verängstigen können. Stattdessen hatte Jeremy versucht, dem alten Bodmer zu erklären, dass er anfänglich lange Wochen gebraucht hatte, um zu begreifen, dass man seinen Vornamen „Be-at" ausspreche und nicht einsilbig mit langem „i" wie das englische Wort für „schlagen" im Namen von Jeremys Lieblingscombo; da sich der Vorname vielmehr vom lateinischen *Beatus*, „der Glückliche", ableite. Beat hatte fröhlich gelacht und Jeremy gebeten, seiner Frau und seinem Töchterchen doch die besten Grüße auszurichten. Und wie lustig die kleine Chloe doch sei! Die werde mal eine ganz gewiefte.

Während im Falle Beats ein durch die Überbeanspruchungen des Lebens verbrauchter Geist in einem relativ rüstigen Körper wohnte, war es bei Urs Welti, dem jungen, engagierten Anwalt von der Revisionsgesellschaft Fiducia eher umgekehrt: Ein elanvoller Geist war nach seinem Mountainbike-Unfall in einen Körper gesperrt, der ihm nicht mehr gehorchte. Zuerst hatte es geheißen, Welti würde bis ans Ende seiner Tage (also bis zum Abstellen der Maschinen) als Wachkomapatient dahinvegetieren, doch dann war es ihm gelungen, mittels Augenrollen darauf aufmerksam zu machen, dass er die ganze Zeit bei Bewusstsein war. Daraufhin wurde er in ein Forschungsprogramm einer großen US-Firma aus dem Bereich der Medizintechnik aufgenommen. Nachdem ihm Elektroden ins Gehirn eingepflanzt worden waren – eine sogenannte Gehirn-Computer-Schnittstelle –, war er nun in der Lage, über einen Computer wieder mit der Außenwelt zu kommunizieren. Inzwischen nahm er an einem weiteren experimentellen Programm teil, mit dem Ziel, eines Tages auf ähnlichem Weg via Computer-Schnittstelle auch Nervensignale an die unversehrten Gliedmaßen zu übersenden. Welti machte erstaunliche Fortschritte, konnte bereits stolz den linken kleinen Finger wieder unmerklich anheben und hegte Pläne, in naher Zukunft sogar seine Anwaltstätigkeit wieder aufzunehmen. Die Parisienne Noire musste man ihm allerdings noch an den Mund halten. Als sich Jeremy von Welti verabschiedete, erschien auf seinem Kommunikationsbildschirm die Botschaft: *Nur niemals aufgeben. Wetten? In zehn Jahren fahr ich wieder Mountainbike!*

Jeremy schritt durch die Dämmerung am Seeufer entlang. Es waren noch etwa fünf geschlenderte Minuten bis zum Hotel. Genau eine Zigarettenlänge. Einem spontanen Impuls folgend, steckte sich Jeremy eine der f6 an, die er letzte Woche aus Berlin mitgenommen hatte. Dieses Mal war er rein privat dort gewesen. Er war eingeladen worden. Zur Feier des sechzigsten Geburtstags eines … Freundes? Er scheute sich doch, diesen Begriff auf ihn anzuwenden. Allein: Auch wenn er sein Lächeln immer noch nicht mochte und er ihm unverändert ein wenig unheimlich war, *unsympathisch* war ihm Walter jedenfalls nicht mehr. Und zweifellos hatte er Jeremy in Pjöngjang das Leben gerettet: Statt ihn seinem Schicksal zu überlassen und sich in Sicherheit zu bringen, war er ihm hinterhergerannt und hatte sich selbst in größte Gefahr gebracht. Hatte er sich von Jeremys Rettung irgendeinen beruflichen Nutzen erhofft? Oder war das einfach eine selbstlose menschliche Regung gewesen? Jeremy hatte es aus dem zwielichtigen Kerl nicht herauszubringen vermocht. Stattdessen hatten sie sich über manches andere unterhalten, Gutes und weniger Gutes.

Zum Guten gehörte die politische Neuigkeit, dass Nord- und Südkorea nun regelmäßige hochrangige Gespräche im Grenzdorf Panmunjeom direkt an der Demarkationslinie vereinbart hatten, die ungeachtet aller etwaigen Irritationen ohne Ausnahme einmal im Monat stattfinden sollten. Im Rahmen dieser Gespräche war es bereits zu einer ersten Begegnung der Staatschefs beider Länder gekommen. Die konkreten Ergebnisse waren bisher zwar eher spärlich, aber miteinander zu reden ist in jedem Fall besser als aufeinander zu schießen.

Eher gut war es auch, dass der monatelang auf rätselhafte Weise in Nordkorea verschollene ehemalige stellvertretende Geschäftsführer der Firma Brainweb im Austausch gegen zwei vom Süden festgehaltene nordkoreanische Spione in den Süden überstellt worden war. Allerdings hatte Walter auch gewusst, dass der geistig so brillante Raymond Moon über seine Erlebnisse im Norden offenbar den Verstand verloren hatte. Näheres war nicht bekannt; jedenfalls spielte er nun keine Rolle mehr in der Führungsspitze des Unternehmens, das dessen Cousin Mun Dae Jong im Übrigen schon bald nach den Ereignissen vom Februar an eine große US-Firma aus dem Bereich der Medizintechnik verkauft hatte – wie es hieß, zu einem lächerlichen Schnäppchenpreis, und das, obwohl jener große Chaebol, bei dem Dae Jong einst gearbeitet hatte, die dreifache Summe geboten habe. Es wurde gemunkelt, dass da wohl jemand im Hintergrund größeren Druck ausgeübt hatte, und das Wort „Vertuschung" machte die Runde.

Das war nun eines der Dinge, die gar nicht gut waren: Der Vorwurf, dass im Namen der Firma erstens verbotene medizinische Manipulationen an Menschen vorgenommen worden seien und dass diese, zweitens, unerlaubte und ethisch-politisch höchst fragwürdige Geschäfte mit dem Norden gemacht hatte, hatte in keinem Punkt erhärtet werden können. Als in einem deutschen Nachrichtenmagazin Auszüge aus den Aufzeichnungen Kim Ho Soons, der verschwundenen Schwester Kim Parks, erschienen waren, hatte der US-Mutterkonzern von Brainweb ein Verkaufsverbot der entsprechenden Ausgabe erwirkt. Die Vorwürfe entbehrten jeder Grundlage, hieß es in der Begründung, und schließlich könne nicht einmal bewiesen werden, ob es besagte Kim Ho Soon je gegeben habe. Was sich leider als wahr erwies – die nordkoreanischen Behörden gaben jedenfalls an, nichts von ihr zu wissen, nannten ihre KZ-Geschichte ein „imperialistisches Gräuelmärchen" und verweigerten ansonsten jede Aussage. Von ihr selbst fehlte weiterhin jede Spur.

Jeremy hatte Walter auch nach ihrem gemeinsamen Bekannten Kyok Kwon Il gefragt; vielleicht könne der ja Licht in die Sache bringen? Worauf der füllige Deutsche sehr ungehalten reagierte. Als Jeremy dennoch nachhakte, erfuhr er, dass Walter nach all den Jahrzehnten, gerade jetzt, wo sie doch endlich beide sozusagen wieder auf der gleichen Seite des Vorhangs standen, von seinem alten Kumpel doch noch im Stich gelassen worden war. „Nach allem, was wir für ihn getan haben, den Millionen, die wir in ihn investiert haben, war ihm unser Angebot offenbar zu popelig und er hat sich anders entschieden: Er hat jetzt eine Anstellung in Fort Meade, Maryland, die haben dort eben ein viel größeres Budget; Kontakt haben wir seither nicht mehr." Jeremy, der wusste, wo welcher US-Geheimdienst seinen Hauptsitz hat, fragte nicht weiter. Langley war es also diesmal nicht.

Er selbst dagegen war ganz zufrieden mit dem Budget des BND. Einige Wochen nachdem sich Jeremy zusammen mit Stirnimann von Fiducia daran gemacht hatte, das Durcheinander bei der Gao-Feng-Stiftung zu sichten und die Stiftungsfinanzen wieder in Ordnung zu bringen, war eine ansehnliche anonyme Spende aus Deutschland eingegangen, versehen mit dem Vermerk: *Dem alleinigen Verwendungszweck „Einrichtung des Freundschaftszentrums, Ryugyong-Hotel, Pjöng-*

jang" *vorbehalten.* Jeremy hatte keinen Zweifel, dass letztlich die „Portokasse" des BND hinter dieser Spende steckte. Er hatte beim Anlass der Geburtstagsfeier versucht, sich bei Walter persönlich dafür zu bedanken. Der jedoch hatte getan, als wisse er von nichts, so dass Jeremy wieder unsicher geworden war. „Wenn das Freundschaftszentrum einmal eröffnet ist", hatte Walter einige Minuten später scheinbar zusammenhangslos ins Gespräch eingeworfen, „würden wir uns allerdings schon gerne mal die Besenkammer anschauen kommen. Wir wüssten sie auch modern und edel einzurichten." Darauf hatte Jeremy lieber nicht geantwortet. *Wenn das Freundschaftszentrum einmal eröffnet ist,* hatte Walter schließlich gesagt. Und das konnte dauern. Immerhin hatte Jeremy tatsächlich die entsprechenden Verhandlungen mit Pjöngjang wiederaufgenommen. Allerdings hatte er, da das vorgesehene Leitungspersonal gewechselt hatte, dort nun einen neuen Ansprechpartner. Nur *sprechen* hatte er ihn bislang nicht können.

Jeremy hatte das ganze Wochenende in Berlin verbracht und am Tag nach der Geburtstagsfeier hatten sie sich noch einmal in Groß Glienicke getroffen, wo Walter Korff wohnte. Der Ort, so hatte Jeremy von ihm erfahren, war 1945 geteilt worden. Der Westen Groß Glienickes gehörte seither nicht mehr direkt zu Berlin, sondern war Teil der DDR gewesen und mittlerweile nach Potsdam eingemeindet. Der Osten dagegen war unter dem Namen Kladow nach wie vor ein Teil von Spandau in Westberlin, so dass die Mauer mitten durch den Ort gegangen war. Walters Haus lag, wenig verwunderlich, im Westen – also in dem Teil, der in den irrsinnigen Jahren der Teilung der *Osten* gewesen war. Gemeinsam hatten sie einen Spaziergang hinunter zur Havel gemacht, die hier seenartig verbreitet war. „Sehen Sie die Insel dort drüben?", hatte Walter gefragt und auf das gegenüberliegende Ufer gedeutet. „Dort waren Sie schon mal."

„Ach?" Jeremy suchte durch die frisch belaubten Bäume hindurch nach dem Dach des gelben Hauses seiner Großmutter, doch die Häuser der Reichen dort drüben verbargen sich größtenteils züchtig hinter dem Blattwerk. Und der ehemalige Aspen-Bungalow lag ohnehin auf der anderen Seite der Insel.

„Was wohl passiert wäre, wenn denen der dort drüben ausgehandelte Deal gelungen wäre", sinnierte Jeremy. „Nicht auszudenken!"

Walter blickte düster. „Nun, bisher ist jedenfalls nichts passiert."

Jeremy sah ihn irritiert an. „Klar, aber er ist ja auch vereitelt worden." Walter hatte ihn unverwandt angesehen und sich mit ernstem Gesicht zu ihm hinübergebeugt. „Jeremy, alles was ich Ihnen jetzt sage, haben Sie nie gehört, verstanden? Ich bin verrückt, wenn ich es Ihnen erzähle, aber ich finde, irgendwie haben Sie ein Anrecht darauf, es zu wissen. Aber kein Wort zu irgendjemandem sonst, verstanden?"

Jeremy nickte beklommen. Walter holte tief Luft. „Also, Folgendes: Richtig, ihr Deal *in Europa* ist gescheitert. Aber der Puppenspieler hat es dann von Pjöngjang aus nochmal versucht. Und da hat es geklappt. Wenn auch nicht so wie geplant."

„Was sagen Sie da? Die Nordkoreaner haben eine schmutzige Atombombe an den IS verhökert?! Gütiger Himmel!"

„Na ja, schmutzig oder hochrein, Genaues wissen wir nicht. Und, *Allahu akbar!*, beim IS ist die Bombe auch nie angekommen."

„Aber wer hat sie dann?"

„Erinnern Sie sich an die Geschichte mit der ‚Argo de l'Est'?"

„Das von den Japanern erwischte Embargobrecher-Schiff? Aber das waren doch nur Aluminiumröhren, mit denen man auch alles Mögliche andere anstellen kann, als Uranzentrifugen zu bauen."

„Die waren ja auch mehr oder weniger nur Tarnung. Ich hatte von Kyok in Pjöngjang den Hinweis erhalten, dass die Bombe von einem nordkoreanischen Schiff auf die ‚Argo de l'Est' verladen werden sollte. Ich bin mir sicher, dass sie auch dort war. Und ich habe persönlich einen entsprechenden Hinweis an den japanischen Geheimdienst PSIA weitergeleitet. Damals habe ich noch nicht gewusst, wie weit die PSIA inzwischen von der *Waguni* unterwandert ist – der rechtsextremen sogenannten ‚Heimatfront' Japans, wenn Ihnen das etwas sagt."

Jeremy war bei der Nennung des Namens seiner alten Feinde zusammengezuckt. „Glauben Sie mir: Das sagt mir mehr, als mir lieb ist. Und Sie sind sich sicher, dass …?"

„Die PSIA hat das Schiff erst zwei Stunden lang ganz allein untersucht, bevor sie den Zoll rangelassen hat. Und dann sind sie alle auf einem neben der ‚Argo' längsseits gegangenen Patrouillenboot verschwunden. Wenn wirklich eine Bombe an Bord war, dann hat sich die *Waguni* die Möglichkeit zu dieser japanischen Wiederbewaffnung der ganz besonderen Art bestimmt nicht entgehen lassen. Tja, Jeremy: Japan, das Land von Hiroshima, ist jetzt wohl Atommacht. Nicht die rechte Regierung zwar, sondern ein rechtsextremes Netzwerk von nationalen Fanatikern, was die Sache aber nur noch schlimmer macht. Und ich Idiot bin in gewisser Weise auch noch schuld daran!"

Jeremy hatte eine Weile gebraucht, um diese Nachricht zu verdauen. Dann sagte er: „Am Ende ist es wohl immer noch besser, wenn japanische Nationalisten die Bombe haben als der ‚Islamische Staat'. Andererseits: Die Atombombe in den Händen durchgeknallter Leute ist natürlich nie gut, siehe Nordkorea selbst." Nachdem er einen Moment überlegt hatte, fügte er hinzu: „Aber vielleicht sollten wir uns überhaupt mal grundlegend vor Augen führen, dass der Besitz der Atombombe *an sich* eigentlich schon ein Zeichen von Durchgeknalltheit ist. Überall auf der Welt."

Daraufhin hatte Walter sein süffisantes Lächeln präsentiert. „Jeremy, Sie sind eben ein unverbesserlicher Idealist!"

Jeremy, wieder in der Schweiz – und nun vor dem Hotel Sonne angelangt –, warf die f6 auf den Boden und trat sie aus. Dann ging er nach oben. „Wir haben für Sie auch Ihr gewohntes Zimmer reserviert", hatte ihn die Dame am Empfang heute lächelnd begrüßt. Ihm war das eigentlich nicht recht gewesen; andererseits hatte er sich ja vorgenommen, sich endlich der Vergangenheit zu stellen, und so hatte er sich gezwungen, wortlos zurückzulächeln. Er dachte an den Tag, an dem er das letzte Mal hier im Hotel eingetroffen war. Am Abend des gleichen Tages, an dessen Morgen es zum Bruch mit Cathy gekommen war. Der Tag, an dem sie sich das Scheitern ihrer Ehe hatten eingestehen müssen. Cathy …

Cathy lebte jetzt mit Kim Park in Shanghai und war rundum glücklich. Zumindest behauptete sie das. Wenn sich Jeremy mit Kim traf, klang das schon wesentlich differenzierter. Doch obwohl auch mit Kim nicht alles rosig war – oder gerade deshalb – schmiedete Cathy energische Heiratspläne. Die Hochzeit sollte so bald wie möglich stattfinden. Sobald die Scheidung durch war, hieß das. Daran arbeiteten beide, Jeremy und Cathy, nun in selten harmonischer Einmütigkeit. Es war schon merkwürdig – seit sie einander das Ende ihrer Liebe eingestanden hatten, hatten sie sich kein einziges Mal mehr richtig gestritten und waren so vernünftig miteinander umgegangen wie in den kurzen Jahren ihrer Ehe nur selten. Cathy war auf einmal ein richtig guter Kumpel – jetzt, wo der ganze Komplex Eifersucht wegfiel und Jeremy sich nicht mehr bemühen musste, ihre hochgesteckten Erwartungen zu erfüllen. Auf einmal waren sie nur noch zwei Menschen, die durch die miteinander verbrachten Lebensjahre und alles, was sie dabei erlitten hatten, verbunden waren – was nicht wenig war. Jeremy genoss das. Eigentlich wollte er, was Frauen anbelangte, nun auch überhaupt nicht mehr. War das etwa schon die Abgeklärtheit des sich nähernden Alters? Jedenfalls war er im Grunde froh, dem Beziehungsterror erst einmal entronnen zu sein. Erst einmal. Später konnte man weitersehen.

In den letzten Wochen hatte er Cathy häufig gesehen, da er sich viel in Shanghai aufgehalten und mit Kim das Filmkonzept durchgesprochen hatte. Jetzt, wo er wiedergenesen war, sollte der ursprünglich geplante Regisseur von *Yellow Submarine* auch der des endgültigen Films sein. Jeremy hatte Kim bei der Realisierung alle erdenklichen Freiheiten gegeben. So konnte er etwa die Besetzung frei wählen; Jeremys persönliches Gefühlschaos sollte jedenfalls kein Verzögerungsgrund mehr sein. Assistiert wurde Kim dabei von J. D. Lee – dem damals in letzter Sekunde und ohne Angabe von Gründen das Nordkorea-Visum für ungültig erklärt und die Einreise verweigert worden war; sicher hatte auch dahinter wieder der Puppenspieler gesteckt. Nun gut, das Kapitel Pjöngjang war ohnehin abgeschlossen.

In wenigen Wochen würden die Dreharbeiten endlich beginnen. Bei der gemeinsamen Tätigkeit an ihrem Filmprojekt waren sich Jeremy und Kim auf unerwartete Weise nähergekommen. Zum Beispiel, wenn Kim Jeremy in halb scherzhaftem, halb gequältem Ton von seinen Schwierigkeiten mit Cathy erzählte, dabei zumeist mit der Floskel „Ich will ja nicht klagen, aber …" anfing und mit der Bemerkung schloss: „Na ja, du hast das alles ja hinter dir." Jeremy seufzte dann und fügte hinzu: „Und ich möchte diese Jahre nicht missen." Was stimmte: Die Sache mit Cathy mochte ein Fehler, eine Lüge gewesen sein; aber dann doch eben auch ein Fehler mit vielen schönen Seiten. Ach, wenn sie nur nicht so anspruchsvoll wäre, sagte Kim dann. Und: Wenn sie nur manchmal nicht so *zickig* wäre! Offenbar stritten sie sich regelmäßig, wobei Cathy Kim alle möglichen Beschuldigungen an den Kopf warf. „Früher warst du ganz anders!", war einer dieser häufigen Sätze. Welches Früher sie damit meinte, blieb unklar. Und dass er sich völlig verändert habe. Jeremy sprach Kim dann sein tröstendes Beileid aus. „Ja, ja, kenn ich alles, aber das ist doch noch harmlos …"

Jeremy musste schmunzeln. Cathy brauchte es einfach, sich mit Männern zu streiten. Und wenn es nur war, um sich hernach wieder versöhnen zu können. Und wenn nur, um zu zeigen, dass sie *da* war, dass sie wichtig war, dass sie eine Frau war, die es verdammt nochmal wert war, dass man ihretwegen litt. War ja auch so, irgendwie. In einem hatte sie allerdings völlig recht: Kim hatte sich wirklich verändert. Freilich sehr zum Positiven, wie Jeremy fand. Ob das, wie bei Jobst Meier auch, etwas mit seiner geheilten Hirnverletzung zu tun hatte? Kim war immer so reserviert gewesen, so korrekt und perfekt in allen Dingen, von koreanisch höflicher Freundlichkeit, doch dabei kalt und distanziert, letztlich unnahbar, irgendwie mehr Maschine als Mensch. Das hatte sich nun geändert. Kim wirkte herzlich und voller Wärme, konnte plötzlich fröhlich und traurig sein und echte Tränen vergießen, etwa wenn man ihn auf das Schicksal seiner verschollenen Schwester Kim Ho Soon ansprach, von dem zu erfahren ihn schwer erschüttert hatte – ihr Brief war endlich angekommen. Kim Park selbst erschien Jeremy wie wiedergeboren: So wie sich manche Menschen, die eine schwere Krankheit überstanden und dem Tod ins Auge gesehen haben, nach ihrer Genesung verändern und zu reiferen, echteren Persönlichkeiten werden. Rivale hin oder her – früher hatte Jeremy Kim nie recht gemocht. Jetzt waren sie Freunde geworden. Klar natürlich, dass Cathy, so gut sie sich mit Jeremy nun wieder verstand, ihre neue Männerfreundschaft doch sehr misstrauisch beäugte.

Das Zimmer war ausdrucksleer und unpersönlich, wie es Hotelzimmer an sich haben. Jeremy setzte sich aufs Bett, versuchte, sich *nicht* daran zu erinnern, was bei seinem letzten Aufenthalt in diesem Bett geschehen war. Jedes Sichstellen hat Grenzen. Es klopfte an der Tür. Er schreckte zusammen. Aber es war nur das Zimmermädchen. „Hier, das soll ich für Sie abgeben." Sie drückte ihm einen braunen Umschlag in die Hand und verabschiedete sich. Was sollte das? Wer wusste überhaupt, dass er hier war?

Er riss den Umschlag auf. Ein vergilbtes Blatt fiel heraus, mit asiatischen – genauer: koreanischen – Schriftzeichen übersät. Jeremys Herz begann wild zu pochen. Er kannte dieses Blatt. Es war eines der Dokumente, mit denen Beat geglaubt hatte, seine Bank retten zu können, die ihn aber nur noch tiefer ins Elend gestürzt hatten. Eines der Dokumente, die ihm eine panische Chloe damals zur Verwahrung gegeben hatte; der Dokumente, die ihm *jene Frau aus Korea* dann erläutert hatte, bevor sie ihr später, wie sie behauptet hatte, geraubt worden waren. Es war, konkret, jener Brief, mit dem sich Kim Großvater vor dem Überfall auf Pochonbo bei seinem Freund Choe Hyon entschuldigt hatte. Die Sache mit der peinlichen Unpässlichkeit. Es war, mithin, das brisanteste Dokument der nordkoreanischen Geschichte, einer Geschichte, die konsequent und über Generationen hinweg, bis zum heutigen Tag, auf einem Fehler, einer Lüge, einer Täuschung aufgebaut ist. Und es war, das war unzweideutig, das Original.

Jeremy packte die Panik. Er kam sich vor wie der Protagonist in einem Horrorfilm, wenn, nachdem alles schon ein glimpfliches Ende genommen zu haben scheint, die Geister der Toten überraschend zurückkehren, der grauenvolle Nebel erneut aufzieht und der letzte, tödliche Schwertstreich nun seinem eigenen Kopf gilt.

Prompt klopfte es wieder an die Zimmertür. Nicht schwer und dräuend, sondern ungestüm leicht, ungeduldig. War das Zimmermädchen zurückgekehrt? Aber ihr Klopfen war dezenter gewesen.

Jeremy schluckte den schwarzen, pelzigen Ball der großen Angst hinunter. Und räusperte sich. „Herein!"

Die Geister der Toten kommen nicht immer, um zu töten. Manchmal ergötzen sie sich einfach daran, mit den Lebenden ihr Spiel zu treiben.

Haarfarbe: schwarz. Augen: dunkel, strahlend. Nase: feines Stupsnäschen. Kinn: rund. Gewicht: Viel ist das nicht. Alter: zirka Mitte zwanzig, Ende dreißig, schwer zu sagen. Lächeln: umwerfend. Maße: egal. Besondere Kennzeichen: verflucht athletisch für so einen zierlichen Körper. Hobbys: heimlich rauchen und Männern auch noch das letzte Quäntchen Verstand rauben.

Jeremy fand, dass den Geistern der Toten in Büchern und Filmen immer viel zu schnell böse Absichten unterstellt werden. Aber das hier ging zu weit. Er hob abwehrend die Hände. „Nein, bitte nicht. Diesmal nicht! Diesmal habe ich dich nicht einfach identifizieren sollen. Ich habe dich *sterben sehen*, verdammt nochmal! Das war nicht schön, und ich habe beschlossen, niemals, niemals mehr damit konfrontiert zu werden. Geh, Mie, geh. Verschwinde!"

Ach, und wieder das breite, süße Lächeln. „Ach, Jeremy, begreifst du es noch immer nicht? Es *gibt* keine Mie. Hat nie eine gegeben. Nur uns drei: Ryn Jong Mi – die, ja, dürftest du sterben gesehen haben –, dann Ryn Il Mi, die war schon tot, außerdem natürlich meine Wenigkeit, die gar nicht vorhat zu sterben: Ryn Mi Sung." Sie blickte sich im Raum um. „Hat sich gar nicht verändert! Hier hat es stattgefunden: unser erstes Rendezvous." Sie strahlte ihn aus herzschmelzend funkelnden Augen an. Dann sah sie das Blatt auf dem Bett liegen. „Ah, du hast den Brief bekommen! Ich hab ihn extra für dich aufbewahrt."

„Ich … ich verstehe nicht." Jeremy wusste nicht, ob er nun im falschen Film war oder gar die ganze Zeit schon dort gewesen und jetzt das erste Mal im richtigen – was gefühlt natürlich aufs Gleiche rauskam. Aber definitiv war es ein Film. Und *nicht* sein Drehbuch.

„Sie haben dir deshalb Schmerzen angetan, nicht? In Pjöngjang, in den Katakomben des Puppenspielers. Tut mir leid, das war meine Schuld. Da wussten sie schon, dass ich mich abgesetzt hatte, und haben versucht, aus dir herauszupressen, ob du etwas über mich weißt, was sie auf meine Spur bringen könnte. Aber du wusstest ja nichts. Auch wollten sie in Erfahrung bringen, was ich dir über die Dokumente erzählt habe. Sie haben dich eingehend dazu befragt, nicht?"

Eine Frage. Man hat dir eine Frage gestellt, Jeremy. Also antworte. Als ob es *darauf* jetzt ankäme. „Sie haben mich halb tot gefoltert. Jedenfalls hat es sich so angefühlt. Stimmt, ich erinnere mich, ich habe mich gewundert, weil da irgendwas *gefehlt* hat in ihren Fragen … Ich hätte ihnen ja alles gesagt, aber ich war so verwirrt und …" Und jetzt war er noch viel verwirrter.

„Und sie haben dich auch an ihre neuen südkoreanischen Apparate angeschlossen, nicht? Ich kenne diese Dinger. Sie können mit diesen Lügendetektoren herausfinden, ob du etwas wiedererkennst, was du schon einmal gesehen hast. Wenn sie selbst es kennen. Aber sie können nicht herausfinden, ob du etwas gesehen hast, was *sie nicht* gesehen haben. Sie können nicht herausfinden, was sie selbst nicht wissen, wenn sie nicht wissen, *was* sie nicht wissen!" Die Frau, die nicht Mie war, aber dann offenbar irgendwie doch *jene Frau aus Korea* oder deren Geist oder Zwilling oder was auch immer, lachte hell auf. Jeremy beschloss, mit dem Wahnsinnigwerden zu warten, bis das Gespräch vorbei war. Diese Augen. Dieses Lächeln.

„Verstehst du, was das heißt? Wenn du ihnen also nicht erzählt hast, dass es diesen Brief von Kim Il Sung gibt, dann haben wir gewonnen! Wir haben jetzt etwas sehr Kostbares gegen das Regime in der Hand, wovon keiner sonst weiß!"

Der Brief, mit dem sich womöglich die Kim-Dynastie würde stürzen lassen. Ja. Aber im Moment interessierte sich Jeremy nicht für Politik, und wenn es um die Zukunft der ganzen Welt gegangen wäre. Alles um ihn war nur ein Traum, und er suchte nach Wegen, aus diesem Traum zu erwachen. Klar denken war so ein Mittel. Aber wo sollte er damit anfangen? Alles drehte sich um ihn und er fand keinen Ansatzpunkt. „Ich, ich … verstehe immer noch nicht. "

„Natürlich. Aber ich will's dir erklären: Nachdem wir uns dort oben nahe beim Haus von Chloe Bodmer getrennt haben, weil dort so viel Polizei war, wusste ich, es würde Ärger geben. Also bin ich so schnell wie möglich zurück und hab mir die Dokumente geschnappt. Aber, das wusste ich, wenn ich alle Dokumente verschwinden ließe, würde sie es herausbekommen, sie bekam ja *immer* alles heraus. Also habe ich nur das eine genommen."

„*Wer* würde es herausbekommen?"

„Na, meine nervige große Schwester, Ryn Jong Mi – dabei ist sie grade mal fünfzig Minuten älter als ich, die jüngste von uns dreien. Wie auch immer, weil ich das also wusste, habe ich nicht *die* Dokumente verschwinden lassen, sondern nur das eine, wichtigste, verstehst du?" Jeremy schüttelte kraftlos den Kopf. „Ich wusste ja nicht, wohin damit, da hab ich wahllos an Türen gerüttelt und eine war offen. Zwei Zimmer weiter; vielleicht hatte die Putzfrau vergessen abzuschließen. Dort habe ich das Blatt hinter den Spiegelschrank geschoben. Und erst heute habe ich es wieder geholt. Es war immer noch da; ich kenne mich aus mit sicheren Verstecken. Ryn Jong Mi hat immer geglaubt, ich hätte ihr alles gegeben, als sie zu mir ins Hotel kam und wir den Überfall vorgetäuscht haben, während dich die Polizei in Zürich festgehalten hat. Und genau angeschaut hat sie die Dokumente eh nicht, schließlich hatten wir nur den Auftrag, sie zu besorgen und anhand einer Beschreibung zu identifizieren, sie aber keinesfalls selbst eingehend zu studieren. Anders als ich hat sie sich immer peinlich genau an unsere Aufträge gehalten. Na ja, geschieht ihr ganz recht. Hat sich immer für was Besseres gehalten und sich die besten Einsätze herausgepickt. Auch dich wollte sie ganz für sich allein haben. Aber als es sich dann darum handelte, dich hier in Küsnacht auszuspionieren und dich von Chloe und ihrem Haus fernzuhalten, da ging es nun mal nicht anders und ich musste hier in der ‚Sonne' für sie einspringen. Da schlug meine Stunde!" Sie schenkte Jeremy ein honigsüßes Lächeln.

Jeremy starrte die Frau groß an. Was hatte das alles zu bedeuten? Ja, ihm *war* Mie damals hier im Hotel verändert vorgekommen, jetzt, wo sie das sagte, aber in Peking war sie ihm ja auch wieder verändert vorgekommen. Gut, das ergab natürlich einen Sinn, wenn die Frau zuvor in Küsnacht … Aber die Frau, die da vor ihm stand, das *war* doch Mie, oder nicht? Und jetzt gab es plötzlich gar keine Mie? Oder zwei oder drei? Hatte es nie gegeben? Mie, die tot war? Und doch gab es die Frau, die vor ihm stand. Immer noch. Und die war kein Gespenst. Oder doch?

„Bitte … bitte von Anfang an."

„Vom Anfang? Meinetwegen. Ganz vom Anfang: Als Japanspezialist weißt du ja wohl, warum es 2002 mitten in einem vielversprechenden Annäherungsprozess zu einer deutlichen und anhaltenden Abkühlung der Beziehungen zwischen Japan und Nordkorea gekommen ist?"

Faktenwissen. Das beruhigte Jeremy. „Damals hat Kim Jong Il überraschend zugegeben, dass der nordkoreanische Geheimdienst eine größere Zahl von japanischen Staatsbürgern entführt hat."

„Richtig. Und warum hat der Geheimdienst das getan?"

„Um Spione auszubilden. Die Entführten sollten den nordkoreanischen Agenten Sprache und Kultur des Landes nahebringen und sie so zu perfekten Japanern machen. Sie konnten damit leichter falsche Identitäten annehmen und als echte japanische Bürger auftreten, während sie in Wirklichkeit nordkoreanische Spione waren."

„Genau. Ich wusste doch, dass du dich da auskennst. Aber vermutlich hast du noch nichts von Kim Jong Ils sogenannter ‚Samenfrucht-Strategie‘ gehört?"

Jeremy schüttelte den Kopf. *Samenfrucht?*

„Da ging es darum, die Kinder von Ausländern, nicht nur Japanern, sondern aller möglichen Nationalitäten, in Nordkorea aufwachsen zu lassen, sie dort zu loyalen Kim-Untertanen zu erziehen und sie dann als Spione in ihre Herkunftsländer zurückzuschicken. Meine Mutter, eine im zarten Alter von dreizehn Jahren entführte Japanerin, wurde mit einem ebenfalls entführten Südkoreaner zwangsverheiratet. Dann wurde sie mit Hormonen behandelt, um die Wahrscheinlichkeit einer Mehrlingsgeburt zu erhöhen, Klonen war da ja noch nicht. Das Ergebnis waren wir – eineiige Drillinge: Ryn Jong Mi, Ryn Il Mi und ich. Selbst unsere eigene Mutter hat uns oft nur am Hals auseinanderhalten können. Ach, unsere gute Mutter! Sie hat sich mit Schlaftabletten das Leben genommen, als wir noch Kinder waren: Die Sehnsucht nach ihrem alten Leben in Japan war eben doch zu groß. Bald danach begann unsere harte, langjährige, von Erfolg gekrönte Ausbildung. Am Ende gehörten wir zu den besten Spioninnen Nordkoreas: schön, intelligent, wehrhaft, gefährlich. Genauso perfekt als Japanerinnen wie als Koreanerinnen einsetzbar, wenn nötig sogar als Chinesinnen, und natürlich problemlos untereinander austauschbar."

So weit war ihr Jeremy noch nicht gefolgt. „Am Hals?", flüsterte er wie betäubt. – „Ja, am Hals, hier." Sie deutete auf eine Stelle links über dem Schlüsselbein. „Ach, Jeremy! Dass selbst dir das nicht aufgefallen ist! Ryn Il Mi hatte ein ziemlich großes, ich hab nur ein ganz kleines, und die ach so makellose Ryn Jong Mi hatte natürlich gar keins."

Ja, Jeremy erinnerte sich an die Sache mit dem Muttermal.

„Weißt du, eigentlich habe ich Ryn Jong Mi regelrecht gehasst. Sie war immer die Beste von uns dreien. Natürlich wurde dann keine andere als sie dir hauptamtlich zugeordnet. Dabei hätte dich auch die arme Ryn Il Mi so gern mal kennengelernt. Noch in Berlin hat sie zu mir gesagt, so einen Mann wie dich wünsche sie sich auch in Nordkorea. Obwohl sie natürlich wusste, dass es für uns nie einen Mann geben würde, es sei denn, es war Teil eines Auftrags. Die war ja völlig in dich verschossen, ohne dich je persönlich getroffen zu haben. Aber keine

Chance. Von uns dreien stach sie letztlich am meisten heraus: zu muskulös und dann das dicke Muttermal. Die Arme musste eigentlich immer die Drecksarbeit machen. Handgranaten werfen, Leute erschießen, foltern und so weiter. Und dann hat es sie selbst erwischt, an diesem See in Berlin. Aber du hättest sie kennenlernen sollen, eigentlich war sie total nett, und auch lange nicht so eingebildet und kalt wie unsere ultraperfekte Ryn Jong Mi.

Ich hätte auch wirklich nie geglaubt, je eine Chance zu haben, aber dann überstürzten sich die Ereignisse in Zürich und Küsnacht, und Ryn Jong Mi konnte nicht zu ihrer Verabredung mit dir erscheinen, weil sie wegen dieser Banksache unabkömmlich war. Doch es war wichtig, dich an diesem Tag aus den Vorgängen rauszuhalten. Am besten mit Sex. Jeremy, du weißt gar nicht, wie dankbar ich dir für diesen einen Nachmittag bin. Ich meine, der Sex und so weiter, das war wirklich großartig, das meine ich ernst, und du bist echt unglaublich nett, als Mensch und als Mann, Ryn Il Mi hatte völlig recht, als sie sich so einen Mann wünschte, und das Gleiche würde auch ich sofort unterschreiben. Doch das Wichtigste war eben, dass du mir an jenem Nachmittag die Augen geöffnet hast. Ich hatte ja schon lange Zweifel gehabt, aber jener Nachmittag mit dir hat mir den entscheidenden Impuls gegeben, endlich den Schlussstrich zu ziehen. Ich hatte so lange Angst gehabt, geglaubt, dass ein anderes Leben nicht möglich sein konnte, dass es das Ende sein würde, aber es war dann doch ein neuer Anfang. Dafür, dass du mir zu diesem Neuanfang verholfen hast, werde ich dir ewig dankbar sein, verstehst du?"

Jeremy blickte sie verständnislos an. Nein.

„Weißt du, ich bin nicht wie Ryn Jong Mi. Wir mögen äußerlich vollkommen gleich ausgesehen haben, innerlich aber waren wir sehr verschieden. Für Ryn Jong Mi gab es nichts als die bedingungslose Treue zum Führer und dahinter hörte jedes selbstständige Denken auf. Aber ich habe heimlich weitergedacht. Weißt du, Jeremy, es heißt immer, dass alle Nordkoreaner so sehr gehirngewaschen sind, dass sie gar nicht mehr außerhalb dieses Systems denken können. Aber das stimmt nicht. Nicht für Privilegierte wie mich jedenfalls. Ich habe andere Länder kennengelernt und erfahren, wie die Menschen dort leben und dass die Propaganda vom dekadenten, dem Untergang geweihten Westen, die wir zu Hause vorgesetzt bekommen, nur die halbe Wahrheit ist. Ich habe erfahren, dass Nordkorea *nicht* das beste Land der Welt ist, sondern tatsächlich eines der schlechtesten, jedenfalls was Staatsführung und Lebensumstände angeht. Und ich habe Menschen wie dich kennengelernt. So habe ich mich allmählich immer mehr vom System entfernt, das mir selbstredend weiterhin tief in den Knochen steckt. Aber ich habe nie geglaubt, dass ich je den Absprung würde schaffen können. Natürlich gab es diese Welt da draußen, *ich* wusste das, aber würde ich denn je darin leben und dazugehören können?

Stell dir einen katholischen Priester im Mittelalter vor, der eines Tages begreift, dass die Geschichte vom lieben Gott, nach dem er und seine ganze Welt ihr Leben ausgerichtet haben, nur ein Ammenmärchen der Obrigkeit ist. Er wird es dennoch schwerhaben, sich vollends zum Atheismus durchzuringen. Und wenn es ihm gelingt, hat er seine ganze bisherige Welt, seine Gesellschaft verloren, und er weiß, dass er ihr gegenüber von nun an als wahnsinnig, als Aussatz gelten wird. Ungefähr genauso schmerzhaft und gefährlich ist es für einen Bürger *Chosons*, den Kim-Glauben zu verlieren. Grässlich wie ein Sturz in schwindelerregende Leere. Aber man kann diesen Sturz überleben. Man kann das durchstehen, doch es ist ein langer, peinvoller Prozess. Ich habe noch immer ein schlechtes Gewissen, weil ich ihn, den Obersten Führer meines Lebens, verraten habe, und falls sie doch noch kommen, um mich zu holen, wird mir mein Tod in irgendeinem Winkel meiner Seele als eine gerechte Strafe erscheinen. Aber ich kämpfe dafür, dass es nie so weit kommen wird und dass ich mich eines Tages ganz von Nordkorea werde lösen können. Jetzt ist es noch nicht so weit: Jeden Abend, wenn ich einschlafe, gehe ich die Nacht über nach Nordkorea zurück. Man sagt, ein Flüchtling hat die Flucht erst wirklich geschafft, wenn er endlich auch in seinen Träumen nicht mehr zurückkehrt. So weit bin ich noch nicht, Jeremy. Das dauert Jahre, Jahrzehnte. Aber an jenem Nachmittag, als ich hier in diesem Zimmer mit dir zusammengesessen bin und dir die Dokumente und deren Bedeutung erklärt habe, ist in mir der unwiderrufliche Entschluss gefallen, nicht mehr dorthin zurückzukehren. Und ich habe es getan. Ich bin nicht mehr zurück. Und dann wollte ich immer, für immer, zu dir zurückkehren. Vielleicht, dachte ich, könntest du mir die Stütze und Hilfe sein, die ich im neuen Leben, in der anderen, so fremden Welt brauche. Ich wollte mich so bald wie möglich bei dir melden, aber die ganze Zeit über war es noch viel zu gefährlich und ich musste mich verborgen halten. Aber jetzt bin ich hier. Jetzt kann alles neu werden, Jeremy."

Jeremy sah mit leerem Blick in erwartungsvolle Augen. Das mit der Rückkehr in den Träumen der Nacht verstand er. Erlebte er am eigenen Leib. Und jetzt auch am Tag. Aber der Rest? Nur allmählich begann er zu begreifen. „Ihr wart ... austauschbar? Ihr habt euch bei mir *abgewechselt*? Aber warum habe ich das nie gemerkt?"

„Weil wir gut waren. Und natürlich vor allem auch deshalb, weil du gar nicht anders konntest, als der perfekten Illusion zu erliegen. Nie im Leben wärst du auf den Gedanken gekommen, die Person von heute könnte eine andere sein als die von gestern. Und natürlich weil du, entschuldige, sowieso vor Verliebtheit blind warst. Aber wir haben auch hart an dieser Illusion gearbeitet. Ryn Jong Mi hat mich nach jedem Treffen mit dir ausführlich gebrieft, mir jedes Detail weitererzählt, das ich mir einprägen musste wie eine eigene Erinnerung. Einfach für den Fall, dass ich einmal für sie würde einspringen müssen. Natürlich musste ich nach Küsnacht mit ihr dasselbe tun, wobei ich freilich ein paar Dinge ausgelassen habe. In dem Moment stand mein Entschluss ja bereits fest, mich bei der nächstbesten Gelegenheit abzusetzen. Ich hab sogar versucht, dir ein verstecktes Signal zukommen zu lassen, damit du begreifst, dass du dabei bist, in eine Falle zu gehen – dass du zwei verschiedenen Frauen auf den Leim gegangen bist, wobei *ich* diejenige bin, die die echten Gefühle für dich hat. Ich habe mir gedacht, dass ihr bei eurer nächsten Begegnung die Ereignisse hier im Hotel Revue passieren lassen würdet, und da habe ich einfach die Opern vertauscht."

„Die Opern?"

„Ja, du weißt doch, *Lohengrin*, die Geschichte mit dem Gralsritter, dem man keine Fragen stellen darf, genauso wie man uns keine Fragen stellen durfte, damit die Sache nicht zu kompliziert wird. Du hast mir von diesem edlen Ritter erzählt – oh Jeremy, ich liebe deine Geschichten! Doch Ryn Jong Mi habe ich gesagt, die Oper heiße *Tristan*. Die Oper mit den beiden Liebenden, die sich so sehr lieben, dass sie vor Liebe sterben. Du liebst diese Musik doch so sehr, viel mehr als

Lohengrin. Ich wollte, dass sie sich vor dir blamiert. Und dass du begreifst, dass sie falsch ist, dass *ich* deine wahre Isolde bin."

Jeremy erwachte für einen Moment aus seiner Starre. „Stimmt, ich erinnere mich, dass sie die Namen verwechselt hat. Aber wie hätte ich daraus denn schließen sollen, dass … Und woher weißt du überhaupt, dass ich den *Tristan* lieber mag? Wir haben doch nie darüber gesprochen. Und … und überhaupt die ganze Sache. Die ganze Agentinnen-Geschichte. Ich verstehe immer noch nicht, warum um alles in der Welt ich dem nordkoreanischen Geheimdienst so wichtig sein soll, dass er zwei, drei Agentinnen auf mich ansetzt."

„Na ja, es kommt häufig vor, dass Agentinnen als Schläferinnen mit Ausländern verkuppelt werden. Zur Tarnung. Da muss der Mann gar nicht so wichtig sein. Je farbloser, desto besser. Und du hast dich aus mehreren Gründen angeboten. Vor allem, weil du mit deiner Stiftung und deiner Freundschaft zu Chloe Bodmer ganz nahe dran warst an unseren schmutzigen Geschäften mit der Century Bank. Wir sollten rauskriegen, was du über die ganze Sache wusstest, und dich davon abhalten, mehr in Erfahrung zu bringen; dich gegebenenfalls auch eliminieren, natürlich, das gehört zu unserem Job. Außerdem warst du ja der Verantwortliche für die Zuteilung der Fördergelder zur Einrichtung dieses angeblichen Freundschaftszentrums in Pjöngjang, und dein Freund Jonathan Creed war für all die undurchsichtigen Geldwäscheangelegenheiten des Puppenspielers zuständig. Kurz: Du warst mittendrin im Geschehen. Wir hätten uns eigentlich schon viel früher an dich heranmachen sollen, aber andere wichtige Aufträge sind uns dazwischengekommen. Dann war es natürlich der ideale Moment, als du nach einer Schauspielerin für deinen Film gesucht hast. Da haben wir endlich zugeschlagen." Sie sah sich im Zimmer um und griff nach dem Aschenbecher. „Oh, darf ich rauchen? Weißt du, das war eigentlich immer das Schlimmste: dass wir in deiner Gegenwart nie rauchen durften. So schön alles andere mit dir auch war."

„Aber wieso das? Ich rauche ja auch. Wenn auch, zugegeben, nicht im nordkoreanischen Maßstab und sowieso im Normalfall meist nur mal gelegentlich eine entspannte Zigarre. Das wäre doch kein …"

„Wieso? Ach, auch das hast du noch immer nicht begriffen? Wir sollten doch immer so sein, wie diese, diese … diese Japanerin." Ihr

Gesichtsausdruck ließ keinen Zweifel daran, was sie von dieser Japanerin hielt. „Deshalb hast du uns ja überhaupt erst die Rolle gegeben. Du bist über den Tod deiner großen Liebe nie hinweggekommen, sagen sie, und suchst sie weiterhin in allen Frauen dieser Welt, und dieses unbewältigte Trauma deines Lebens kaust du in deinen Filmen und Büchern und so weiter immer wieder aufs Neue durch."

„Wer sagt das?" Seine Stimme klang, als käme sie aus den Tiefen eines urzeitlichen Gebirges.

„Na, alle. Unsere Vorgesetzten. Unsere Betreuer, Anweiser. Wir hatten sehr gute Psychologen bei uns im Geheimdienst, musst du wissen. Die besten Nordkoreas. Wir mussten also in allem so sein wie sie, diese Japanerin. Uns förmlich in sie verwandeln, damit du uns auch todsicher auf den Leim gingst. Und – das musst du zugeben – es hat geklappt."

Ein Schrei würde nicht helfen, sich zu befreien. Sich auf sie zu stürzen, den Mund zu stopfen auch nicht. Und so blieb er ruhig. Kraftlos sein Aufbrausen. „Ja, aber ihr *kennt* sie doch gar nicht! Wie könnt ihr wissen, wie sie aussah, wie sie sich bewegt hat, ihr ganzes Wesen, ihr Innerstes, das ich … das könnt ihr doch … unmöglich …" Jeremy war wieder mitten im Strudel, das war schlimmer als ein Film, das war ein in sich verdrehtes vierdimensionales Labyrinth, aus dem es kein Entrinnen gab, ein Wirklichkeit gewordenes Bild von M. C. Escher.

„Nein, natürlich kennen wir ihr innerstes Wesen nicht. Müssen wir auch nicht. Es reicht, wenn wir *dein* Innerstes kennen, deine Wünsche, Sehnsüchte, Projektionen. Und das tun wir sehr gut. Wir haben doch bei dir in London eingebrochen, damals. Der nicht aufgeklärte Einbruch, du erinnerst dich sicher. Es ist nicht viel weggekommen – außer dem, was Nordkoreaner immer gern nebenher mitnehmen, wenn sie die Gelegenheit haben –, aber letztlich doch viel, viel mehr, als du ahnst: Wir haben deinen Schreibtisch durchsucht und alles abfotografiert und kopiert. Deine Entwürfe, Tagebücher, Skizzenblätter. Natürlich auch die alten Fotos von ihr, die du dort vor Cathy versteckt hast. Hunderte von Seiten hast du über diese Japanerin geschrieben und daraus haben unsere kompetenten Psychologen das Modell für unsere Rolle entwickelt. Ich habe selbstverständlich auch das meiste davon gelesen, mehrfach. Wir alle. Ich verstehe, warum sich meine Schwester so in dich verliebt hat, ohne dich je gesehen zu haben. Mir ging's ja genauso. Erinnerst du dich an diesen Drehbuchentwurf: *Korea Incorporated*? Korea bis in die Knochen, fürwahr! Der hat uns viele Impulse gegeben. Die Heldin aus Japan nach Nordkorea entführt, damit konnten wir uns bestens identifizieren. So schön: mit der *Arirang*-Strophe am Anfang, von den unerfüllten Träumen in unserem Herzen und den Blumen am Berg Paektu, die selbst mitten im Winter erblühen. Sehr poetisch. Dann am Schluss die erhebende *Tristan*-Musik mit dem *Liebestod*. Das ist *so* eine starke Szene. Du musst diesen Film unbedingt noch drehen, Jeremy. Oder einen Roman schreiben. Allerdings würde ich so einiges umändern. Wenn du willst, kann ich dir helfen und dir weitere Tipps geben. Schließlich bin *ich* jetzt deine Muse.«

Jeremy saß bleich und stumm auf dem Bett zusammengesunken. Aber die Frau hatte ihr begeisterter Schwung mit sich fortgerissen.

»Ja, begreifst du jetzt endlich: Du bist am Ende deiner Suche angelangt. Am Ziel, du hast sie wiedergefunden: Ich bin deine fleischgewordene Wunschfantasie, Jeremy! Das exakte Abbild deiner Träume, freundlicherweise vom nordkoreanischen Geheimdienst finanziert. Ist das nicht toll? Ach, Nordkorea wünscht so sehr und tut alles dafür, dass alle Welt ihm so viel Glauben schenkt wie du! Doch jetzt glaubst du nur noch an mich, und ich bin hier und bin frei! Lass mich allein dein Nordkorea sein! Lass uns zusammen einen Neubeginn wagen. Komm!«

Sie machte einen Schritt auf ihn zu. Jeremy hatte keine Worte mehr. Da war nur noch ein Flehen. »Gehen Sie jetzt. Bitte.«

Sie hielt mitten in der Bewegung inne. Sich besinnend schien sie wie aus einem Rausch zu erwachen. Betroffen wirkte ihr Blick. Fast als schäme sie sich. »Ich verstehe, es ist alles ein bisschen viel für dich. Geht zu schnell. Du brauchst Zeit. In Ordnung, ich versteh das.«

»Bitte: *Gehen Sie!*« Etwas Beschwörendes, Brüchiges, Flehendes lag in seiner Stimme.

Sie senkte den Blick. »Ich melde mich. Und eins sollst du wissen: *Ich bin immer für dich da*. Lass dich nicht los.«

»Ja. Ich weiß. Ich *weiß*. Ist gut. Aber, nochmal: Gehen Sie jetzt!«

Noch zögerte sie in der Tür, sah ihn mit einem Blick an, der irgendwie zugleich mitleidsvoll, zärtlich und grausam wirkte.

Jeremy legte den Kopf auf die Arme, verbarg ihn. Damit sie es nicht sah, wenn er platzte. „Bitte. Geh jetzt – Mie."

Schlussszene: Sie steht lächelnd in der halb geöffneten Türe. Die Tür fällt zu. Abspann. Blackbird. Ein Vogel erhebt sich vor dem Nachthimmel. Im Hintergrund Luftaufnahme vom Ryugyong-Hotel, das langsam in der Ferne entschwindet.

Nachbemerkung

„Alle Ähnlichkeiten mit lebenden Personen sind zufällig und nicht beabsichtigt." Dieser vor oder nach Romanen häufig zu lesende Satz gilt weitestgehend natürlich auch für den vorliegenden Thriller, so sehr er sich zugleich bemüht, seine Fiktion so nahe wie möglich an der Realität anzusiedeln. Daher war in großpolitischer Hinsicht zumindest eine Ausnahme unvermeidlich: Natürlich gibt es in Pjöngjang 2015 in der Tat einen dicklichen Diktator namens Kim Jong Un (so wenig wir wirklich über ihn wissen), dessen oftmals bizarres Agieren weltweit immer wieder für Schlagzeilen sorgt, auch wenn vielfach unklar bleibt, was von diesen Meldungen real und was Erfindung ist – wie es etwa die *vermutlich reale* Hinrichtung seines *wohl nicht* von Hunden zerrissenen Onkels Jang Song Thaek gezeigt hat. Die Fiktion hat den Vorteil, dass sie das ureigenste Recht hat, sich in dieser schillernden und alles andere als grauen Zone zwischen verbürgter Realität und bloßer Spekulation frei zu bewegen.

Alle Informationen zu Kim Jong Un als realer Persönlichkeit des Zeitgeschehens, etwa über seine offiziell unbestätigte Schweizer Schulzeit und die finanziellen und sonstigen Verbindungen der Kims in die Schweiz (wobei die Century Bank der Bodmers in der hier präsentierten Form rein fiktiv ist) wurden diversen Zeitungsartikeln, Internetquellen und Büchern entnommen und gegebenenfalls leicht verfremdet. So war der Schüler Pak Un in Liebefeld in der Tat mit zwei basketballversessenen Mitschülern befreundet – von engeren Kontakten zu Schüler*innen* ist hingegen nichts bekannt. Aber, wie die erfundene Figur Schliermeyer zu Recht unterstreicht: „*Alle* Jungen entwickeln romantische Fantasien gegenüber ihren Mitschülerinnen." Auch der japanische Sushikoch von Kim Jong Il, Kenji Fujimoto (in Wirklichkeit ein Pseudonym), ist eine reale Person, die sich immer wieder in Interviews redselig zum abenteuerlichen Innenleben der Kims zu Wort meldet. Amüsant und lesenswert ist hierzu etwa der Artikel „Dear Leader Dreams of Sushi" des Pulitzerpreisträgers Adam Johnson, in dem der Sushikoch pikante Details zur „Lustbrigade" und überhaupt zum dekadenten Lebensstil Kim Jong Ils preisgibt. Nach 2012 dürfte der „reale" Fujimoto allerdings wohl nicht wieder nach Nordkorea zurückgekehrt sein.

Die Figur der geheimnisvollen Mie ist in Teilen angelehnt an die im Text bereits erwähnte Gestalt der Agentin Kim Hyun Hee (oder Kim Hyon Hui), die 1987 im Auftrag des Geliebten Führers Kim Jong Il eine vollbesetzte südkoreanische Boeing 707 in die Luft sprengte, um damit letztlich eine Wiedervereinigung Koreas herbeizuführen – ein historisches Geschehen, das als Thrillerplot vermutlich als allzu unglaubwürdig durchfallen würde. Kims Lebensbericht ist auf Deutsch unter dem Titel *Die Tränen meiner Seele* erschienen. Von der Verwendung entführter Japaner zur Ausbildung nordkoreanischer Spione und von Kim Jong Ils *Seed-bearing Strategy*, um in Nordkorea gezüchtete Mischlingskinder als Auslandsspione einzusetzen, berichtet der in den Süden geflohene Propagandafunktionär Jang Jin Sung in seinem 2014 erschienenen Insiderbericht *Dear Leader*, der daneben auch mit vielen weiteren zuvor unbekannten Details aus dem Innenleben der Kim-Diktatur aufwartet.

Was die Aufzeichnungen der Romanfigur Kim Ho Soon angeht, so ist ihr Bericht vom Lagerleben im nordkoreanischen KZ in der Tat, wie es einmal lapidar heißt, „nichts Besonderes". Vom Schicksal der Insassen der nordkoreanischen Gulags erzählt inzwischen eine Reihe von Büchern der wenigen in den Süden geflohenen Überlebenden, etwa *The Aquariums of Pyongyang* von Kang Chol Hwan, *Lasst mich eure Stimme sein* von Soon Ok Lee und zuletzt Blaine Hardens *Flucht aus Lager 14* über das Schicksal Shin Dong Hyuks. An diese und ähnliche Berichte sind die Schilderungen Kim Ho Soons im Wesentlichen angelehnt. (Dass Shin Dong Hyuk, wie er im Januar 2015 überraschend zugegeben hat, seine Lagerbiografie in Teilen verändert und erfunden hat, zeigt, wie schwierig es ist, wirklich objektive Fakten über die nordkoreanische Lagerwelt zu erhalten, doch ändert seine Beichte nichts an der grausamen Realität des traumatisierenden Lagerlebens – die Narben und Verstümmelungen an Shins Körper sprechen eine klare Sprache.) Der Übergang ins rein Fiktive ohne Vorlage beginnt erst überall dort, wo die erfundene südkoreanische Firma Brainweb mit ihrer implantierten Steuerungstechnologie ins Spiel kommt. Ob es in der Tat vergleichbare schmutzige Deals zwischen Nord und Süd gibt, ist nicht bekannt.

Allerdings wurden die allgemeinen Details zum Stand der Hirnforschung, etwa was BCIs, Neurowaffen, die Manipulation des Denkens und die Fernsteuerung von Tieren angeht, einschlägigen Quellen entnommen – wer will, möge sich seine Robo-Schabe selbst bestellen. Auch Selbsthilfegruppen von „Targeted Individuals", die angeben, Stimmen zu hören, die ihnen von der CIA oder sonst woher in den Kopf gesandt werden, existieren weltweit. Jeremys diesbezügliche Internetrecherchen kann jeder vom eigenen PC aus wiederholen. Das Gleiche gilt, was das CIA-Geheimprogramm MKULTRA und die offiziell bekannten Projekte der DARPA angeht.

Für den „Puppenspieler" gibt es keine konkret mit Namen benennbare Vorlage, allerdings sind die Verwerfungen im nordkoreanischen Machtapparat, gerade auch zwischen Partei und Militär, wie wir der täglichen Medienberichterstattung entnehmen können, allzu real, wenn auch meist nicht mehr als Spekulationen aus dem abgeschotteten Land nach außen dringt. Wie weit Kim Jong Un selbst überhaupt die Fäden der Macht in den Händen hält, ist nach wie vor ungewiss, allerdings ist er als Galionsfigur für den alles bestimmenden Kim-Kult in jedem Fall unverzichtbar. Erst kürzlich äußerte ein Überläufer in Anbetracht der Spekulationen über Kims verschlechterte Gesundheit im Rahmen seines zeitweiligen Verschwindens im Herbst 2014 auf die Frage hin, ob überhaupt jemand einen (oder eine) Kim ersetzen könne: „Nein, das glaube ich nicht. Ich glaube, der Gedanke, dass Kim aus einer reinen Abstammungslinie hervorgegangen ist, ist die ultimative Basis seiner Glaubwürdigkeit als Führer der Demokratischen Volksrepublik Korea. Nimmt man das weg, nimmt man auch einen Großteil der Magie."

Und auch das ist verbürgt: Am 7. Juni 1937 erschien in der großen japanischen Tageszeitung *Asahi Shimbun* eine knappe Notiz, die mir in englischer Übersetzung vorliegt: *A little more than 100 men lead by Communist bandit Choe Hyon attacked Pochonbo. One group attacked the local police station, while another group set fire to the whole village and plundered at will.*

Ob General Kim Il Sung an diesem Tag tatsächlich unpässlich war, ist nicht überliefert. Hier ist der Punkt erreicht, wo die Fiktion ins Weltgeschehen eingreift.

*

Im Januar 2015, unmittelbar vor Drucklegung des abgeschlossenen Manuskripts, machte in den Medien die Meldung die Runde, Kim Jong Uns jüngere Schwester Kim Yo Jong habe einen gewissen Choe Song geheiratet – ebenso wie unser imaginärer „Puppenspieler" ein Enkel Choe Hyons. Gesetzt, es war in der Tat nicht Kim Il Sung, sondern Choe Hyon, der damals den Angriff auf Pochonbo geleitet hat, wäre diese Ehe ein genialer dynastischer Schachzug: In Kim Yo Jongs Kindern wären nun beide Blutlinien vereint, Mythos und Wahrheit auf ewig miteinander vermählt.

·